"十四五"国家重点出版物
出版规划项目

中华民族音乐传承出版工程
中华民族音乐传承出版工程
精品出版入选项目
苏州艺术基金项目

主　编　韩启超
副主编　韩莉薇
编　委　郑　捷
　　　　钟文君
　　　　王梓均
　　　　王　珂

全宋诗乐舞史料辑录与研究

全宋诗乐舞史料辑录

乐曲、乐器组合卷

苏州大学出版社
Soochow University Press

图书在版编目(CIP)数据

全宋诗乐舞史料辑录.乐曲、乐器组合卷/韩启超主编.--苏州:苏州大学出版社,2025.1.--ISBN 978-7-5672-4691-1

Ⅰ.I207.227

中国国家版本馆CIP数据核字第202469ZC93号

书　　名：	全宋诗乐舞史料辑录·乐曲、乐器组合卷
	QUANSONGSHI YUEWUSHILIAO JILU·YUEQU、YUEQI ZUHE JUAN
主　　编：	韩启超
主　　审：	秦　序
责任编辑：	倪锈霞　征　慧
助理编辑：	祝文秀
出版发行：	苏州大学出版社(Soochow University Press)
社　　址：	苏州市十梓街1号　邮编：215006
印　　装：	苏州工业园区美柯乐制版印务有限责任公司
网　　址：	www.sudapress.com
邮购热线：	0512-67480030
销售热线：	0512-67481020
开　　本：	890 mm×1 270 mm　1/32　印张：33.5　字数：965千
版　　次：	2025年1月第1版
印　　次：	2025年1月第1次印刷
书　　号：	ISBN 978-7-5672-4691-1
定　　价：	98.00元

凡购本社图书发现印装错误,请与本社联系调换。服务热线:0512-67481020

序

  河北师范大学音乐学院院长韩启超带领多届研究生组成的研究团队,历时八年多,对留传至今的两宋诗歌,仔细阅读、爬梳、比较,再将其中涉及乐舞艺术的内容及相关研究成果一一捡录并加以研究,终于编辑成厚厚的六卷本《全宋诗乐舞史料辑录与研究》并正式出版。对于中国古代尤其是两宋时期乐舞史料库的建设来说,这是一项全面而坚实的重要基础工作。该项成果的出版面世将大大有利于中国古代音乐史研究的深入和拓展,有利于我们更好地、创造性地认识和发展传统文化。

  在这之前,已经有学者搜集、编辑了全唐诗中的乐舞资料,以及全宋词中的乐舞资料,但相比较而言,对整个宋代诗歌中的乐舞史料进行考察、辑录,难度更大。

  谈到中国文学史,谈到中国历史上"一代有一代之文学",唐诗、宋词、元曲是大家耳熟能详的对不同时代代表性文学样式的总结。其实,正如唐代不只有诗,也有词(曲子词),宋代最有代表性的、艺术成就最高的韵文样式固然是词,但宋诗的数量和艺术质量,以及相关的史料价值,也是不可忽视的。有关宋诗艺术成就的评价,我们不妨参看钱锺书先生的代表作之一——《宋诗选注》。

  据统计,《全唐诗》共900余卷,收录多达2200余人的诗歌作品,共

48900余首,300余万字,这已经让人兴奋咋舌!然而,20世纪80年代由北京大学古文献研究所牵头,傅璇琮、倪其心、孙钦善、陈新、许逸民几位先生担任主编,集众多学者之力,历经八年之功才系统整理出版的《全宋诗》,可以说篇幅更为宏大,更令人惊叹!

已经出版的《全宋诗》共有72册之多,录入了目前传世的诗集(包括现存宋人别集600多种和历代选集)中的诗,现存宋元诗话、笔记及其他史籍中辑佚的分散宋诗,宋元类书、总集以及《永乐大典》和《诗渊》残存本中可见的宋诗,宋元方志以及近年来集中印行的若干重要方志中所刊载的宋诗。另外,还有《宋诗纪事》《宋诗纪事补遗》已引用到的群书、敦煌遗书中的零散宋代史料中的宋诗等。

因此,整套《全宋诗》,共辑录两宋9000多名诗人的多达24万余首诗作,近4000万字,涵盖了两宋300余年间有迹可循的几乎所有诗作。这是宋诗研究里程碑式的成果,是宋代诗文研究、历史研究的重要资料库。由此可见《全宋诗》不仅在作者人数、诗篇数量上远超《全唐诗》,其体量也是《全宋词》无法比拟的。

现在呈现在读者面前的是获得2023年度国家出版基金支持,并先后入选"十四五"国家重点出版物出版规划项目、中华民族音乐传承出版工程,由苏州大学出版社出版的《全宋诗乐舞史料辑录与研究》(以下简称《辑录与研究》),其字数多达400余万字!《辑录与研究》中所收录的诗歌就是从海量的全宋诗中,经过仔细比较,精心筛选出来的宝贵的相关乐舞史料。

《辑录与研究》将全宋诗中的乐舞史料分门别类地编录为五卷,再加上相关研究成果的汇总介绍一卷,共六卷,分别为《全宋诗乐舞史料辑录·弹拨乐器卷》《全宋诗乐舞史料辑录·吹管乐器卷》《全宋诗乐舞史料辑录·打击乐器卷》《全宋诗乐舞史料辑录·乐曲、乐器组合卷》《全宋诗乐舞史料辑录·乐舞、乐人、乐事、乐律卷》《全宋诗乐舞史料研究》。这样编排,将给读者阅读和查找感兴趣的相关乐舞史料提供极大的方便。

有了这部《辑录与研究》,有心了解或研究宋代乐舞艺术的后来者,不必再一页一页、一首一首地去翻检汗牛充栋的近4000万字的《全宋诗》,或再苦心孤诣地一点一滴搜集、摘录相关史料。我们可以凭借《辑录与研究》,以之为向导、为概要,方便、高效地加以参考和利用,再结合前人的相关研究,结合其他相关文献及考古发现的实物、图像材料等,探寻、把握宋代乐舞艺术的真相和奥秘。当然,也可以在《辑录与研究》的基础上,进一步查阅了解诗歌作者及其所处时代的其他相关信息,以加深对《辑录与研究》材料的深层认知。

据韩启超教授介绍,他是在2016年指导硕士研究生王珂选择毕业论文的题目时,不经意间关注到了《全宋诗》,认为其中的乐舞史料值得搜集研究。但考虑到《全宋诗》的体量,决定退而求其次,先让其选择《宋诗钞》(清代选编刊刻,内收宋诗12000余首)作为自己论文的研究对象,聚焦于《宋诗钞》中的乐舞史料研究。

这一抉择是合理的。由此,也就拉开了韩启超教授和他的研究生团队持续八年之久收集研究全宋诗乐舞史料工作的序幕。他们以《全宋诗》为基础,又得到国家出版基金、"十四五"国家重点出版物出版规划项目、中华民族音乐传承出版工程的支持,以及苏州大学出版社的大力帮助。今天,韩启超教授和他的团队终于完成这一重要工程,并将成果提供于社会。

当初看好像是无意间的抉择和取向,其实,回头看,是天时、地利、人和诸因素的亲密契合。同学们不仅在导师亲力亲为的带领指导下，在实战、实践过程中，学习如何进行学术研究，顺利完成论文取得学位，更重要的是，通过共同的努力，完成了一项很有社会意义和学术价值的、嘉惠学界并可以传世的集体大项目，一项文化艺术工程！

所以，我看到他们的辑录和研究成果能够顺利出版，并提供给学界和广大社会人士运用，可以说是喜出望外，同时又非常振奋、非常感动！

谨向他们团队和出版社表示崇高的敬意和衷心的祝贺！

这里，还想谈谈"以诗证史"，谈谈《辑录与研究》中来自宋代诗歌的乐舞史料的重要性。

历史研究一刻也离不开史料。所以，曾有历史学家强调"史学就是史料学"。从某种意义上讲，这一看法是有道理的。因为，没有史料就无从认识历史、建构历史；而没有可靠的、扎实的史料，便大谈历史，或高谈各种史学理论，也只能是向壁虚构、主观臆造，结论也只能是无源之水，必然掉进历史虚无主义的陷阱。

古人很早就认识到要了解、研究历史，就不能局限于经、史、子、集的简单分类。很早就有学者明确提出"六经皆史"，近代大学问家梁启超更强调"举凡人类智识之记录，无不丛纳之于史"。马克思也说我们所知道的唯一一门科学，就是历史科学。近代科学史学还进一步强调，研究历史，不仅要依靠文献史料，还要结合大量的实物史料、图像史料（包括考古学发掘的相关地下文物史料）。此外，还有"活"的史料，即遗存至今的种种传统文化，来自民族学、人类学、民俗学等各个方面的物质与非物质史料，来以今证古，由此产生了必须结合"二重"乃至"多重"史料来进行研究的多重证据历史研究法。

诗歌是重要的人类文化创造，也是历史、文化和传统的产物，所以

序

"以诗证史",是运用文献史料来研究历史的重要角度。诗歌等文学作品来源于生活,也反映生活,所以,研究古代历史,特别是研究古代乐舞,诗歌当然也是一种不可或缺的史料来源,"以诗证史"也成为一种自觉的历史研究方法。近代著名史学家陈寅恪先生,就有不少通过"以诗证史"取得重要研究突破的成果,他的相关研究被视为"以诗证史"的成功范例,值得关注和学习。

很多学者指出,"以诗证史"是历史研究的基本方法之一,认为这种方法通过分析古代诗歌的内容,来探讨和解读历史现象和社会状况,从而为历史研究提供新的视角和证据。还有学者指出,"以诗证史"这种方法的应用,不应局限于对古代社会的理解上,还应扩展到对历史气候等的研究上。例如,通过分析唐宋时期的诗歌,研究者可以了解当时的农业生产、气候变化、社会生活等多方面的信息。相关诗歌不仅反映了当时的社会生活,还蕴含了丰富的气候和自然环境知识,为历史研究提供了宝贵的资料。比如,具体到唐代的研究,通过分析白居易、丁仙芝、杜荀鹤等诗人的作品,可以发现唐代农村经济商品化发展的情况。这些诗歌中提到的农业生产和商业活动,如蚕桑养殖、农产品交易等,揭示了唐代农村经济活动的多样性和活跃性。这些发现不仅丰富了我们对唐代社会经济的认识,也为我们理解唐代社会经济结构提供了新的视角。又如,通过对唐宋诗歌中关于梅雨、节气、物候等现象的描述进行分析,可以更深入地理解古代人们对自然环境的感知和适应方式,以及这些自然环境因素如何影响当时的社会生活和农业生产。其中,对物候知识和气候变迁的描述,为我们研究古代气候变化提供了直观而生动的资料。

这里我想强调的是,古代的诗歌等韵文,与音乐、舞蹈艺术的关系本来就极其密切。中国以礼乐文明著称,号称"礼乐之邦"。"礼乐"之"乐"不仅非常重要("礼非乐不行,乐非礼不举"),而且在古代,"乐"的内涵与外延是非常广义的,包含文学(尤其诗歌)、音乐、舞蹈、戏剧、戏曲等,这些充分说明文学与乐舞的关系非同寻常,不少学者用"孪生姐妹"来形容它们之间的关系。一部中国文学史和一部中国音乐史,借用王小盾先生的话来说,它们的十分之八九原是重叠在一起的,也就是"一部中国音乐文学史"。换言之,打开中国文学史,从源头《诗经》开始,《楚辞》也好,汉魏南北朝的"乐府"(乐府诗歌)也好,唐诗宋词元曲也好,等等,一言以蔽之,都是配合唱歌、奏乐、舞蹈的歌词。

如唐代刘禹锡的《纥那曲》中"踏曲兴无穷,调同词不同"所描述的那样,文学歌词和歌唱舞蹈本来就是密不可分的,文学最开始也是口头文学,后来人们逐渐发明了文字,便用文字来记载歌词,才逐渐有了歌唱和文学的分离。所以,这种亲密的关系,也是我们通过诗歌来研究乐舞所具有的天然优势。

比如,被誉为中国文学源头的《诗经》,里面就有大量对音乐、乐舞、乐器演奏的刻画与描写。《诗经》"风""雅""颂"的分类(据上海博物馆藏战国楚竹书,分类原是"颂""夏""风",其中"夏"就是"雅"),就是当时音乐的分类,"十五国风"指的就是十五国的民歌。今本《诗经》第一篇《关雎》,里面就有当时乐舞活动和乐舞社会功能的生动展现,例如"窈窕淑女,琴瑟友之""窈窕淑女,钟鼓乐之"等。前辈学者很早就知道运用"诗"(《诗经》)来证史、写史,比如杨荫浏先生在《中国古代音乐史稿》中,就认为《诗经》中提到的乐器有近30种之多。笔者也曾对《诗经》中多次提到的"簧"进行考证,比如《王风·君子阳阳》中的"君子阳阳,左执簧,右招我由房",《小雅·鹿鸣》中的"我有嘉宾,鼓瑟吹笙,吹笙鼓簧,承筐是将",还有《秦风·车邻》中的"既见君子,并坐鼓簧"等,再结合其他历史文献,判断"簧"就是今天仍在部分地区流行的"口弦"(或"口簧")。现在还有考古报告说距今4000多年的石峁遗址出土了骨质的"口簧"。所以,用"以诗证史"的方法来研究考证古代乐舞历史,是不能忽视的方法和途径。

古代的类书,包括今天还能见到的年代最早的唐代的《艺文类聚》《初学记》,以及宋代的《太平御览》《玉海》等,都运用了包括前代和当代的诗歌史料来记述和研究乐舞史问题。清代体量极其巨大的《古今图书集成》,其《经济汇编·乐律典》,除征引经部、史部古籍记载外,还大量引用有关乐舞、乐律活动的历代诗文史料。这些都可以看作是"以诗证史"的史例。

用宋诗来证宋代乐舞史,在已有的中国古代音乐史研究中,也非常有效。比如研究宋代的古琴艺术,就有许多学者采纳、运用了宋代诗歌中的材料。例如,北宋大诗人苏东坡出身于热爱古琴的世家,自己还收藏、研究过唐代名琴——雷琴(雷氏琴)。其一生咏琴的诗很多,如《听杭僧惟贤琴》《九月十五日观月听琴西湖一首示坐客》《听武道士弹贺若》《次韵子由弹琴》《破琴诗》《听贤师琴》等。他写的《琴诗》——"若言琴上有琴声,放在匣中何不鸣?若言声在指头上,何不于君指上听",一直很受关注。为纪念欧阳修,苏东坡还为琴曲《醉翁操》(系沈遵根据欧阳修《醉翁亭记》的意境创作)专门创作了琴歌……这里就不多罗列了。这些都是研究宋代音乐舞蹈非常重要的史料。

当然,诗歌作为文学体裁的一种,也具有反映刻画现实的某些特殊性,比如也运用夸张、虚构等手法,还有习惯性的用典,所以诗歌的描写不完全等同于现实摹写和精确再现。这些都是在"以诗证史"时应该注意的。

  应该说，宋诗（以及其他各种宋代文献）中还有大量的乐舞史料，有待我们进一步去了解、研究。河北师范大学音乐学院韩启超教授和他的团队所进行的相关辑录工作，非常有价值，为我们开启了深入掌握运用这些宝贵史料的大门。我们也期待他们在此基础上继续前行，更好地运用这些宝贵史料，为我们揭开宋代乐舞史上的更多奥秘，传达出更多的珍贵信息，力争取得更多更新的研究成果！

秦 序
2024 年 9 月初草于昆明

凡 例

一、**底本选择**。本书以北京大学古文献研究所编写的《全宋诗》（共72册）为底本，结合北京大学推出的全宋诗分析系统，收录其中涉及乐舞的诗歌。

二、**收录原则**。本书尽可能全面地收录涉及乐舞的诗歌，但以下情况不予收录：（一）标题或诗句中出现乐器名但与乐器无关的诗歌。（二）对标题中只作与乐舞相关的交代，而诗句中与乐舞无关的诗歌。（三）内容完全相同（或只有少数字眼不同），但作者不同或诗名不同的诗歌。（四）个别无法确定与乐舞直接相关的诗歌。另联句诗，只做标注说明，不重复收录。

三、**体例次序**。本书除研究卷外，每卷内容以乐舞元素分列，各名目下呈现作者及诗歌内容，并按照作者姓氏拼音进行排序，姓氏拼音相同者及同姓名者则以生年先后为序，其他涉及无名氏者、僧道以及帝王等，具体情况具体处理。

四、**用字原则**。本书采用简体横排，文字原则上遵循《古籍字体转换释例》，保留通假字、同义字等。异体字在适当范围内审慎稳妥地改为正体字；特殊情况下则保留原字，如人名等专名的用字不作转换。旧字形不作保留。

五、**校勘原则**。本书原则上遵照底本以及全宋诗分析系统中的内容,但针对编校过程中发现的个别错误,参校权威版本直接改正,不出校记。如:(一)"朱碧烂干夜明灭"句,据四部丛刊景清爱汝堂本《石湖诗集》,将"烂"改作"栏";(二)"奇花异奔相迎开"句,据影印文渊阁四库全书本《乐轩集》,将"奔"改作"卉";(三)"晓钟梦裏苦相呼"句,据四部丛刊景宋写本《诚斋集》,将"裏"改作"里";等等。

目　录

乐　曲

琴　操

艾性夫(？—？)
　　严氏古琴　/1

蔡　襄(1012—1067)
　　梦游洛中十首(其二)　/1

曹　勋(1098—1174)
　　琴操·将归操　/1
　　琴操·猗兰操　/1
　　琴操·龟山操　/1
　　琴操·越裳操　/2
　　琴操·拘幽操　/2
　　琴操·岐山操　/2
　　琴操·履霜操　/2
　　琴操·别鹤操　/2
　　琴操·残形操　/2
　　琴操·雉朝飞操　/2

晁补之(1053—1110)
　　听阎子常平戎操　/3

晁说之(1059—1129)
　　谨次知府经略待制韵　/3

陈　杰(？—？)
　　和张岳州雪夜弹琴　/3

陈士楚(？—1195)
　　和林艾轩城山国清塘韵　/3

陈　造(1133—1203)
　　七夕　/4

陈　著(1214—1297)
　　次韵戴帅初架阁剡居四首(其三)　/4

程　俱(1078—1144)
　　送崔闲归庐山四首(其二)　/4

方　回(1227—1307)
　　秋日古兰花十首(其五)　/4

方一夔(？—？)
　　感兴二十七首(其一七)　/4
　　次韵王蒙泉见寄并和鄗作　/4
　　秋晚杂兴十二首(其七)　/5

冯　山(？—1094)
　　送李献甫知吉州　/5

葛胜仲(1072—1144)
　　次韵答王声见赠　/5

招道祖签判尝暑酎辱示佳篇纪事辄
　　依韵奉和且约再冰酿云 /5
郭祥正(1035—1113)
　　醉翁操 /6
　　太平天庆观题壁五首(其五) /6
韩 淲(1159—1224)
　　南庵听琴 /6
韩 驹(1080—1135)
　　游定林寺 /6
何梦桂(1229—?)
　　次山房韵古意四首(其四) /6
　　上留尚书 /6
洪 皓(1088—1155)
　　中秋 /7
胡 寅(1098—1156)
　　游元阳观 /7
胡仲弓(?—?)
　　走笔次月夜颐斋见寄 /7
黄 庚(?—?)
　　赠王琴所 /7
黄庭坚(1045—1105)
　　题罗山人览辉楼 /7
　　听履霜操 /8
黎廷瑞(1250—1308)
　　听琴 /8
　　道傍儿 /8
李 复(1052—?)
　　别鹤曲 /9
李 光(1078—1159)
　　叙游二十韵呈亨叔列之 /9

李 洪(1129—1183)
　　和郑康道春日三首(其二) /9
李之仪(1048—1127)
　　采石三题·赏咏亭 /9
林季仲(1090—?)
　　次曾纮甫韵寄贺子忱 /10
刘 攽(1023—1089)
　　斫冰词 /10
刘克庄(1187—1269)
　　连日寒甚怀强甫二首(其二) /10
　　杂咏一百首·尹伯奇 /10
刘志行(?—?)
　　舜洞秋风 /10
陆 游(1125—1210)
　　雪后寻梅偶得绝句十首(其三)
　　　　 /10
　　幽事二首(其一) /10
梅尧臣(1002—1060)
　　送建州通判沈太博 /11
　　依韵和宋中道见寄 /11
欧阳修(1007—1072)
　　听平戎操 /11
仇 远(1247—?)
　　和子野郊居见寄(其四) /12
释绍嵩(?—?)
　　西湖晚泛 /12
释智圆(976—1022)
　　拟洛下分题·松石琴荐 /12
宋 无(1260—?)
　　寄钱翼之 /12

苏 轼(1037—1101)
  听武道士弹贺若 / 12
  醉翁操 / 12
苏 籀(1091—?)
  送滁守蔡瞻明提举 / 13
唐 庚(1071—1121)
  梦泉 / 13
  六一堂 / 13
汪 藻(1079—1154)
  次韵周圣举过苏次元四首(其一)
    / 14
王安石(1021—1086)
  久雨 / 14
王十朋(1112—1171)
  读东坡诗 / 14
王庭珪(1080—1172)
  方外庵听惠端弹琴明日赴李似矩尚
    书招 / 15
  和刘美中尚书听宝月弹桃源春晓
    / 15
王 炎(1138—1218)
  用元韵答徐尉 / 15
王之道(1093—1169)
  闻蝉和彦时兄 / 16
韦 骧(1033—1105)
  和观雪二十韵 / 16
文 同(1018—1079)
  水仙操 / 16
  任居云栖枝阁 / 17
吴则礼(?—1121)
  赠江贯道 / 17

  再用前韵 / 17
谢 翱(1249—1295)
  续琴操哀江南·我赴蓟门四之一
    / 17
  续琴操哀江南·瞻彼江汉四之二
    / 18
  续琴操哀江南·我操南音四之三
    / 18
  续琴操哀江南·兴言自古四之四
    / 18
徐 积(1028—1103)
  谢王观文 / 18
徐 瑞(1255—1325)
  次韵芳洲兰花 / 18
薛季宣(1134—1173)
  水仙操 / 19
于 石(1247—?)
  琴寥歌 / 19
张 耒(1054—1114)
  和子瞻西太一宫祠二首(其二)
    / 19
  杂咏三首(其三) / 19
张 埴(?—?)
  紫霞宫听南风操 / 19
赵汝域(1172—1250)
  诗二首(其二) / 19
赵希鄂(?—?)
  黄陵题咏 / 20
周 孚(1135—1177)
  公佐索诗次别仲时小诗韵遗之五首
    (其三) / 20

周　密(1232—1298)
　　赠李若虚　/ 20
周文璞(？—？)
　　听琴　/ 20
周紫芝(1082—？)
　　寒食滁阳阻雨　/ 20
邹　浩(1060—1111)
　　王景亮携晁无咎清美堂记来求诗为
　　赋此一篇　/ 20

阳春白雪

敖陶孙(1154—1227)
　　有感一首　/ 21
白玉蟾(1194—？)
　　清听堂　/ 21
蔡　戡(1141—？)
　　朱朝宗割爱嫁遣侍儿忘情如此是可
　　尚也因作忘情吟以道哀怨之意
　　　/ 22
曹　勋(1098—1174)
　　谢杨监丞雪中送羊羔酒　/ 22
曹彦约(1157—1229)
　　送赵主簿　/ 22
　　使君见示鹿鸣诗走笔奉和　/ 22
晁补之(1053—1110)
　　春雪监中即事二首(其二)　/ 22
　　答闳中顺之　/ 23
　　送张缗子望太常簿　/ 23
　　苕雪行和於潜令毛国华　/ 23
　　同鲁直文潜饮刑部杜君章家次封丘
　　杜观仲韵　/ 23

晁说之(1059—1129)
　　次韵和张次应龙图松皮冠子　/ 24
陈　白(？—？)
　　题胜光怡道轩　/ 24
陈　棣(？—？)
　　读豫章集成柏梁体　/ 24
陈　深(1260—1344)
　　次韵陆承之寒夜有怀(其二)　/ 24
　　晚步　/ 24
陈文蔚(1154—1247)
　　和余方叔题傅材甫筼谷韵　/ 25
陈与义(1090—1138)
　　次韵家叔　/ 25
陈　渊(？—1145)
　　答吴济仲见寄　/ 25
　　谒满处冲归以诗赠之　/ 25
　　得用中书有礼人不答之悔作诗解之
　　　/ 25
陈　造(1133—1203)
　　寄邳州崔守八首(其二)　/ 26
　　再用前韵赠高缙之三首(其二)
　　　/ 26
　　次韵魏知元(其一)　/ 26
　　次韵杨宰宿北阿　/ 26
　　次前韵谢胡运属二首(其一)　/ 26
　　次韵同年诸公环碧叙同年会(其三)
　　　/ 26
　　次韵赵帅登平山堂(其二)　/ 26
　　次韵梁教章宰喜雪(其一)　/ 26
程　俱(1078—1144)
　　有美一人(其三)　/ 27

和答江彦文送行长句(其二) / 27
同江仲嘉纳凉飞英寺 / 27

崔敦礼(？—1181)
还孟郎中诗卷用元韵(其一) / 27

戴复古(1167—？)
生朝对雪张子善有词为寿 / 28
次韵陈叔强见寄(其二) / 28

杜　范(1182—1245)
和十九兄梅韵二首(其一) / 28

杜　衍(978—1057)
聚星堂咏雪赠欧公 / 28

范成大(1126—1193)
有感今昔二首(其一) / 28

范　冲(1067—1142)
赠永平寺僧了空 / 28

范纯仁(1027—1101)
和微之湖亭席上见赠 / 29

范仲淹(989—1052)
送刁纺户掾太常下第 / 29

方惟深(1040—1122)
程公辟留客开元饮(其一) / 29

冯　山(？—1094)
送徐之才赴洋州 / 29
再和二首(其二) / 29

冯时行(？—1163)
日望冉雄飞之来久不闻近耗因成鄙句以见翘然之思 / 30
与诸友同坐梅下月雾凄清风琴泠然不类人世各联三二语醉归卧南窗下明日征所出语皆忘失不记因追赋古诗以补遗缺 / 30

傅　察(1090—1126)
无逸用前韵见谢复次韵三首(其一) / 30

郭祥正(1035—1113)
谢历阳王守惠新酿 / 30
上赵司谏 / 30
次韵安中尚书钟阜轩 / 31

韩　淲(1159—1224)
严丈泰伯见贻古句次韵为答 / 31

韩　琦(1008—1075)
中秋席上 / 31
重阳二首(其二) / 32

韩　维(1017—1098)
和晏相公答张提刑州名诗三首·陈情 / 32
和厚卿值风阻游范园 / 32

韩元吉(1118—？)
送汤丞相帅会稽(其三) / 32
寄赵德庄以过去生中作弟兄为韵七首(其一) / 32

何梦桂(1229—？)
挽山房先生(其一) / 32

贺　铸(1052—1125)
快哉亭 / 32
送方安行之官高密令 / 33
潘幽老出十数诗皆有怀苏儋州者因赋二首(其二) / 33
燕子楼 / 33

洪　迈(1123—1202)
奉酬令德寄示长句 / 33

洪 适(1117—1184)
　次韵李举之县丞秋日偶成(其四)
　　/34
胡 宿(995—1067)
　览海东相公伊川集 /34
　次韵曼卿冬直因以勉赠 /34
胡 寅(1098—1156)
　和奇父叔夏雪五首(其三) /34
　和诸友春雪 /34
　冬至前半月赴季父梅花之集与韩蒲
　　向宪唐干诸人唱和十首(其一〇)
　　/35
黄 裳(1043—1129)
　寄梅承事 /35
　送王道观录事 /35
黄 庚(?—?)
　和李蓝溪梅花韵(其二) /35
　奉谢月山太守 /35
黄 庶(1019—1058)
　遣怀 /35
　次韵和酬真长对雪之作 /35
黄庭坚(1045—1105)
　次韵答杨子闻见赠 /36
　赋未见君子忧心靡乐八韵寄李师载
　　(其五) /36
　答余洪范 /36
　送彦孚主簿 /36
姜 夔(1155?—1208)
　次韵诚斋送仆往见石湖长句 /37
孔平仲(1044—1102)
　再寄子由 /37

孔武仲(1041—1097)
　次韵苏翰林西山诗 /38
　入关山 /38
李 壁(1159—1222)
　湛庵出示宪使陈益之近作且蒙记忆
　　再次韵一首适王令君国正携酒相
　　过断章并识之有便仍以寄陈也
　　/38
李 复(1052—?)
　依韵酬朱公掞给事 /38
李 纲(1083—1140)
　正之复次前韵作四篇见示是日适登
　　城楼以望江山且阅捷报因赋六章
　　以报之(其六) /39
李 龏(1194—?)
　前有一樽酒 /39
李 洸(?—?)
　题清芬阁二首(其一) /39
李 洪(1129—1183)
　偶成律句十四韵 /40
李流谦(1123—1176)
　送无害弟之官并呈使君蹇丈一笑
　　/40
李若水(1093—1127)
　寄敦夫弟 /40
李 新(1062—?)
　送万俟持正三首(其三) /41
李曾伯(1198—1268)
　挽别大参(其一) /41
　登郢州白雪楼 /41

李正民(1073—1151)
　　和元叔闻德邵省下之作　／41

李　至(947—1001)
　　伏奉佳句猥寄鄙夫辄写丹诚仰依高韵　／41

廖　刚(1071—1143)
　　廖传道示旅中述怀借韵奉酬且相慰勉云　／41

林　迪(？—？)
　　去夏孙从之示玉蕊佳篇时过未敢赓和今年此花盛开辄次严韵并以新刻辩证为献　／42

林季仲(1090—？)
　　次韵梁守登富览亭(其一)　／42

林希逸(1193—1271)
　　和莆田陈宰筱塘庵韵　／42

刘　攽(1023—1089)
　　次韵裴库部雪二首(其一)　／42
　　平山堂　／42
　　次韵酬曹极司法　／42
　　郓州　／43
　　酬晁单州二首(其二)　／43
　　复次前韵　／43

刘　敞(1019—1068)
　　扬州闻歌二首(其一)　／43
　　和永叔喜雪　／43
　　月夜闻唱歌　／43
　　寄袁陟　／44

刘奉世(1041—1113)
　　杨白花　／44

刘　跂(1053—？)
　　答资道　／44

刘　宰(1166—1239)
　　贺陈子扬致仕追赠父母二首(其二)　／44
　　谢朱仲玉二首(其二)　／44
　　和傅侍郎鹿鸣宴韵二首(其一)　／44

刘　挚(1030—1097)
　　次韵王太傅答周郎中寄酒　／45

刘　著(？—？)
　　寄题张浩然松雪楼　／45

楼　钥(1137—1213)
　　又次韵　／45

陆　佃(1042—1102)
　　依韵和毅夫新栽梅花　／45
　　依韵和呈刘贡父舍人三首(其二)　／46

陆　游(1125—1210)
　　次吕子益韵　／46

吕本中(1084—1145)
　　寄前镇西杨法曹　／46

吕　陶(1028—1104)
　　道祖示及远祖刻像及唱和佳什次韵　／46
　　雪意　／46
　　和孔毅甫州名五首(其三)　／46
　　和陈图南安昌岩避暑诗二首(其二)　／47

梅尧臣(1002—1060)
　　许仲涂屯田以新诗见访　／47

依韵和师厚别后寄 / 47
寄题郢州白雪楼 / 47
依韵和正仲重台梅花 / 48
送蒙寺丞赴郢州 / 48

米　芾(1051—1107)
将之苕溪戏作呈诸友(其一) / 48

慕容彦逢(1067—1117)
次韵张察推咏密印竹轩 / 48
和刘著作伟明贡院即事韵 / 48

欧阳澈(1097—1127)
显道辞中以诗示教因和韵复之 / 49
良臣聚饮梅仙庄和多字韵 / 49
诸友乘兴拉谒吴朝宗因次韵 / 49
秋日山居八事(其八) / 49
德秀和韵见酬因复之 / 50
和子贤借韵书怀 / 50
醉中食鲙歌 / 50

欧阳守道(1209—1273)
索胡学圣诗 / 50

欧阳修(1007—1072)
送张学士知郢州 / 50
代赠田文初 / 51
闻梅二授德兴令戏书 / 51

潘　玙(？—？)
送吟卷还赵万里 / 51

彭汝砺(1042—1095)
次致政张大夫韵二首(其二) / 51
送致政大夫伯常自洛抵襄归郢中旧
　居续赋诗拜送 / 51
再和前韵(其二) / 51
得至郢州寄知郡朝议 / 51

送周朝议赴郢(其一) / 52
元夕与莘老俱宿斋因寄莘老 / 52
感怀 / 52

钱　时(1175—1244)
游齐山仓使遣赠长歌和韵 / 52

强　至(1022—1076)
依韵奉和司徒侍中元宵席上 / 52
依韵奉和司徒侍中雪二十韵 / 53
次韵通判张静之郎中席上对客 / 53
留别西京金幕陈子雍著 / 53

仇　远(1247—？)
三叠(其四) / 53

饶　节(1065—1129)
师节受业师慈慧公喜草书得海老琴
　诀之妙以医隐于会稽比以草书四
　诗招师节归山师节次其韵报之余
　亦为赋四首(其三) / 53

邵　雍(1011—1077)
寄和长安张强二机宜 / 54

沈　遘(1028—1067)
五言和刘原甫阳春宜白雪 / 54

沈继祖(？—？)
送洪内翰知太平府 / 54

史　浩(1106—1194)
代余姚李宰燕交致语口号 / 55

史弥宁(？—？)
再次王宰翟簿喜雨联句韵 / 55

释重显(980—1052)
送文政禅者 / 55

释道宁(1053—1113)
偈六十九首(其四四) / 55

目 录

释道潜(1044—?)
  读子苍诗卷(其一) / 55

释道颜(1094—1164)
  颂古(其三三) / 56

释德洪(1071—1128)
  予与故人别因得寄诗三十韵走笔答之 / 56
  和许乐天 / 56
  阎资钦提举生辰 / 57

释法泰(?—?)
  颂古四十四首(其三四) / 57

释法薰(1171—1245)
  偈颂一百三十三首(其九五) / 57
  秀长老请赞 / 57

释居简(1164—1246)
  和六一居士守汝阴禁相似物赋雪 / 57

释了惠(1198—1262)
  偈颂七十一首(其一〇) / 58

释清了(1088—1151)
  偈颂二十九首(其二四) / 58

释如本(?—?)
  颂古三十一首(其二三) / 58

释绍嵩(?—?)
  呈胡伯圆尚书(其三) / 58
  赠闻人必大(其一) / 58

释绍昙(?—1297)
  偈颂一百一十七首(其一一二) / 58
  偈颂一百零二首(其五〇) / 59

释师范(1177—1249)
  偈颂一百四十一首(其一二) / 59

释师体(1108—1179)
  颂古十四首(其七) / 59

释文珦(1210—?)
  重会馨桂山 / 59
  赠林隐君 / 59

释行海(1224—?)
  辛亥春别湖上诸友 / 60
  归剡(其二) / 60
  壬子七月 / 60
  言诗 / 60

释印肃(1115—1169)
  偈颂十四首(其一二) / 60

释元肇(1189—?)
  梅溪 / 60

释正觉(1091—1157)
  禅人写真求赞(其二一) / 60

释宗杲(1089—1163)
  颂古一百二十一首(其三五) / 61

释祖可(?—?)
  绝句 / 61

舒 亶(1041—1103)
  寄台州使君五首(其四) / 61
  咏蔗 / 61

司马光(1019—1086)
  和始平公贻一二宾僚 / 61
  答张伯常之郢州涂中见寄 / 61
  和子华应天院行香归过洛川 / 61

宋 祁(998—1061)
  过郢中 / 62

祇答延州安抚吴宣徽 /62
答郭仲微以予记注见庆之作 /62
寄令狐撰二首(其一) /62

宋　庠(996—1066)
　　次韵和吴侍郎浯贶雅篇 /62
　　讥俗 /62

苏　轼(1037—1101)
　　和王胜之三首(其三) /62

苏　颂(1020—1101)
　　和孙节推雪 /63

孙　觌(1081—1169)
　　余大观中偕何袭明登仕同为太学诸
　　　生别后二十六年余□南迁道清江
　　　袭明逆余于新淦之洲上苍颜白发
　　　大略相似感叹之余饮酒赋诗以为
　　　笑乐袭明笔力雄赡操纸立就凡六
　　　七反必用前韵余继和者十二篇云
　　　(其二) /63
　　吴益先携文见过以诗为谢 /63
　　何倅利见许出侍儿袭明用前韵赋诗
　　　再和(其二) /63
　　三衢教授陈德召宠贶新篇兼辱寄惠
　　　古史赋三小诗为谢(其二) /63
　　郑惇老谦老出示三赋 /63
　　读范周士诗卷二首(其二) /64

孙　介(1114—1188)
　　用儿子应时宿龙泉寺遇雪诗韵 /64
　　县作鹿鸣会屈致冷副端席半出诗侑
　　　一献次其韵 /64

孙　嵩(1238—1292)
　　遣怀杂赋 /64

孙应时(1154—1206)
　　和答潘端叔见寄 /64
　　和曾舜卿 /64
　　李允蹈再诗言别次韵 /64

唐仲友(1136—1188)
　　续八咏·冬野雪垂垂 /65
　　续八咏·八咏揽英词 /65

滕宗谅(991—1047)
　　白云楼 /66

田　锡(940—1004)
　　寄攀郎中 /66

汪　莘(1155—1212)
　　方壶自咏(其一〇) /66

汪应辰(1118—1176)
　　偶见文子失举后诗次韵以广其志
　　　/66

王安石(1021—1086)
　　次韵张德甫奉议 /66
　　寄题郢州白雪楼 /66
　　次韵乐道送花 /67

王安中(1076—1134)
　　张公作高阳醇酎送幕中杨时可作诗
　　　诗成亦得酒而瀛渌又将熟杨复垂
　　　涎次杨韵 /67

王　迈(1184—1248)
　　送乡先生林敷磻黄石讲会 /67

王十朋(1112—1171)
　　又用时字韵 /67
　　九日把酒十九人和诗者数人而已今
　　　已后期不复追索许来年九日还
　　　用前韵发一笑 /67

次韵嘉叟读和韩诗 /68
兴化簿叶思文吾乡老先生也比沿檄
　　见访既别寄诗二十八韵次韵以酬
　　/68

王庭珪(1080—1172)
　　次韵赵文卿因以送行 /69
　　再次韵酬岳州童使君 /69

王 炎(1138—1218)
　　和至卿叙述三首(其三) /69
　　用十梅韵答冯簿(其二) /69
　　和陆簿韵 /69
　　用前韵答李提干 /69

王 洋(1089—1154)
　　赠颖师 /69

王禹偁(954—1001)
　　酬仲咸雪霁春融偶题见寄之什 /70
　　次韵和史馆丁学士赴阙书怀见示
　　/70
　　次韵和仲咸送池秀才西游 /70
　　月波楼咏怀 /70

王之望(?—1170)
　　鄠守乔民瞻寄襄阳雪中三绝因追述
　　前过石城杯酒登临之胜为和(其
　　三) /71

韦 骧(1033—1105)
　　和舒信道二首(其一) /72
　　中秋夜 /72
　　凌晨马上得惠诗再次元韵(其二)
　　/72
　　世美朝请贤友近按昭武还宠示道中
　　杂诗十三首因成拙句奉呈 /72

和苦吟二首(其一) /72
再次韵和公仪所示 /72
再和陈成伯见寄集句三首 /72

卫宗武(?—1289)
　　和友人新阳韵 /72

魏 野(960—1020)
　　酬谢商秘丞见赠诗牌 /73
　　和进士田亚夫见赠 /73

吴 芾(1104—1183)
　　和方叔载读小集 /73
　　和曾吉甫四明见寄二首(其一)
　　/73

吴则礼(?—1121)
　　和人梅诗 /73

夏 竦(985—1051)
　　奉和御制雪 /73

项安世(1129—1208)
　　次韵谢姜自明秀才示卷诗 /74
　　贺范安抚上事十绝(其五) /74
　　用韵为席婿寿 /74
　　和宋帅出示所送李大著诗(其一)
　　/74

徐 积(1028—1103)
　　除夜(其四) /74
　　答雪 /74
　　和孙元规资政游园(其一) /74
　　和吕秘校(其八) /75
　　谢颖叔 /75
　　答李闳中节推 /75
　　九月九(其三) /75

徐似道(1144—1212)
　　登白雪楼 /75

徐　铉(917—992)
　　江舍人宅筵上有妓唱和州韩舍人歌
　　　辞因以寄　/75
许及之(1141—1209)
　　喜子仪侍郎同游　/75
　　蒋肖李潘才叔和检校园课之什再用
　　　韵为谢　/75
　　次韵程判院喜雪　/76
许景衡(1072—1128)
　　除夕别仲焕　/76
　　送仲焕入颍诗　/76
许应龙(1169—1249)
　　和闽帅(其二)　/76
薛季宣(1134—1173)
　　又和元可二篇(其一)　/76
杨公远(1227—?)
　　三用韵奉酬　/77
杨　杰(?—?)
　　和李义山盘豆馆蘘芦有感　/77
杨武仲(?—?)
　　承漠公承议颁示佳章谨次元韵　/77
杨　亿(974—1020?)
　　坐中朱博士言今荆南张谏议典襄阳
　　　日尝留意一妓公颇畏内终不得近
　　　及移郡荆渚泣别邮亭乃为歌词流
　　　布巴郢予感其事赓而成诗　/77
　　酬谢光丞四丈见庆新命之什　/77
　　次韵和钱少卿早春对景有怀诸学士
　　　/77
　　次韵和章频下第书怀之什　/78

叶　椿(?—?)
　　次韵王翔仲同游山寺　/78
叶　茵(1199?—?)
　　次韵二首(其二)　/78
余　干(?—?)
　　试院即事呈诸公　/78
虞　俦(?—?)
　　十四日雪复作(其一)　/78
　　诸公和诗而菊开主簿沃同年乃有褒
　　　拂之语用韵谢之　/78
　　和吴守拜上方历日之赐已而雪作约
　　　同僚登俯江楼见怀之作(其一)
　　　/79
喻良能(1120—?)
　　题张漕子温贵希斋　/79
　　侍御王公去饶饶之士民数千人遮
　　　道攀辕又相与断城北桥以留之公
　　　不得已乃回城从间道通去余干主
　　　簿翁君画断桥图作诗二十韵寄侍
　　　御求和侍御以和篇见示因次韵一
　　　首　/79
员兴宗(?—1170)
　　哭黄省元贡(其一)　/79
袁说友(1140—1204)
　　谢梁饬公通判登楼赏雪之约　/80
曾　丰(1142—?)
　　项尧章惠二长韵姑赓前篇敬复　/80
　　答厉季平投诗有怀归乡之意　/80
曾　巩(1019—1083)
　　赠张伯常之郢见过因话荆楚故事仍
　　　贶佳什　/80

12

送韩玉汝使两浙 /80
和邵资政 /80

张继先(1092—1127?)
　和元规拜违 /80

张九成(1092—1159)
　庭下草 /81

张 侃(1189—?)
　田元长和烟字韵诗见寄复用前韵 /81

张 扩(?—?)
　次韵朱新仲学士元日会饮馆中同舍家 /81

张 耒(1054—1114)
　感春三首(其二) /81

张 嵲(1096—1148)
　心老得法天柱修静能道黄龙会中诸耆旧及他宗派知名士辛酉秋应供兹院刻意行道讫无应者明年夏末一日弃去将适焦山图岩以栖老焉丐余诗以行为作三绝句(其一) /81

张 祈(?—?)
　吏隐堂为郑参议题 /81

张商英(1043—1121)
　赠玉岩 /82

张 栻(1133—1180)
　次韵周畏知问讯城东梅坞七首(其二) /82

张舜民(?—?)
　诗一首 /82

张元干(1091—1161)
　游东山二咏次李丞相韵·榴花谷 /82

张 镃(1153—?)
　敬和东宫早梅二首(其二) /82
　自安福过真珠园梅坡 /82
　次韵曾侍郎 /83

章 甫(?—?)
　清明病中遣酒问讯史授夫 /83

赵必瑑(1245—1294)
　和同社酒边韵 /83

赵 抃(1008—1084)
　和见雪 /83
　闻杜植移使湖南 /83
　寄谢云安知军王端屯田 /84

赵 蕃(1143—1229)
　次韵斯远重别六言四首(其四) /84
　张涪州出诗数轴皆纪用兵以来时事有感借其韵 /84
　次韵潘端叔送行二首(其一) /84
　寄周文显二首(其二) /84
　呈简寿玉 /84
　寄李处州 /85

赵 戣(?—?)
　阅浯溪集用山谷韵 /85

郑伯玉(?—?)
　远亭 /85

仲 并(?—?)
　次韵答友人四首(其三) /85
　送高提干暂过行在 /85

周端臣(?—?)
　次韵勿斋蜡梅 / 86
周紫芝(1082—?)
　次韵沈彦述官舍书事二绝(其二)
　　 / 86
　次韵季常叠前作见寄 / 86
　次韵季共再赋 / 86
　次韵舒天用元夕观灯喜甚成诗二首
　　(其二) / 87
　郊祀前二日雪 / 87
　客舍有井极深而寒今岁大暑日汲以
　　供盥濯喜甚赋此 / 87
　时宰相生日乐府三首(其一) / 87
　送乔鄜州 / 87
朱长文(1039—1098)
　次韵司封使君立春纪事 / 88
　次韵徐中散丙寅二月见访之什 / 88
朱　松(1097—1143)
　吴江曲 / 88
朱　熹(1130—1200)
　伏蒙制置阁学侍郎示及致政少傅相
　　公送行长句并得窃窥酬和佳篇伏
　　读之余不胜慰幸谨次高韵少见愚
　　悃以饯车尘伏惟采矚(其一)
　　 / 88
　春雪用韩昌黎韵同彭应之作 / 88
　奉陪机仲宗正景仁太史期会武夷而
　　文叔茂实二友适自昭武来集相与
　　泛舟九曲周览岩壑之胜而还机仲
　　景仁唱酬迭作谓仆亦不可以无言
　　也衰病懒废那复有此勉出数语以

塞嘉贶不足为外人道也 / 89
邹　浩(1060—1111)
　送监作院潘供备(其二) / 89
祖无择(1010—1085)
　歌者李苏苏 / 89
　吏隐宜春郡诗十首(其六) / 89
　寄题汉州西湖兼简知郡马屯田 / 89

郢　歌

蔡　沈(1167—1230)
　古意二首(其一) / 90
蔡　戡(1141—?)
　再和前韵 / 90
曹　辅(?—?)
　和邓慎思未试即事杂书(其二)
　　 / 90
陈鉴之(?—?)
　会稽秋日观山 / 90
陈晋锡(?—?)
　和潘良贵三江亭 / 90
陈　襄(1017—1080)
　依韵和解空长老雪颂 / 91
陈　渊(?—1145)
　晓登严陵钓台和安止所留诗 / 91
陈元晋(1186—?)
　和蔡铁窗韵 / 91
陈　造(1133—1203)
　次韵王知军雪 / 91
　次韵郭教授雪二首(其二) / 91
程　俱(1078—1144)
　泛舟鉴湖同赵来叔子泰赵叔问联句

目　录

　　/ 91

丁　谓(966—1037)
　　句(其六)　/ 93

范成大(1126—1193)
　　严子文以春雪数作用为瑞不宜多为
　　　韵赋诗见寄次韵　/ 93

范仲淹(989—1052)
　　青郊　/ 93
　　次韵和刘夔判官对雪　/ 94

方　回(1227—1307)
　　九月八日宾旸携酒西斋晚登秀亭次
　　　前韵(其一)　/ 94

方　岳(1199—1262)
　　效演雅　/ 94

傅　察(1090—1126)
　　雪九首(其六)　/ 94

韩　琦(1008—1075)
　　辛亥七夕末伏　/ 95
　　冬至前一日雪　/ 95
　　次韵酬滑州梅龙图惠诗　/ 95
　　雪十韵　/ 95

韩　维(1017—1098)
　　和胡公谨游李寺丞北园　/ 96

贺　铸(1052—1125)
　　答杜仲观登丛台见寄　/ 96

洪　炎(1067?—1133)
　　秋日登万岁寺平远台次糵韵　/ 96

胡　宿(995—1067)
　　和承旨给事寄酬南京致政杜相公
　　　/ 96

黄　裳(1043—1129)
　　偕王道观雪中联句(其一七)　/ 97

姜　夔(1155?—1208)
　　以长歌意无极好为老夫听为韵奉别
　　　沔鄂亲友(其二)　/ 97

孔平仲(1044—1102)
　　和萧十六人名(其六)　/ 97
　　咏高　/ 97

孔武仲(1041—1097)
　　次韵李至之席上作　/ 98
　　答元珍见赠　/ 98

李弥逊(1089—1153)
　　次韵陆虞仲学士涂中咏雪(其二)
　　　/ 98

李曾伯(1198—1268)
　　和刘疏轩雪堂韵　/ 98

李正民(1073—1151)
　　再次春雪韵(其二)　/ 98
　　次韵同院晚春(其一)　/ 98

李之仪(1048—1127)
　　次韵晁尧民黄鲁直苏子瞻同赋半粲
　　　字韵十往返而不倦者　/ 98

廖　刚(1071—1143)
　　和周材雪诗　/ 99
　　再和　/ 99

廖行之(1137—1189)
　　和前韵(其一)　/ 100

林　逋(968—1028)
　　监郡太博惠酒及诗　/ 100

林景熙(1242—1310)
　　述怀次柴主簿　/ 100

15

林希逸(1193—1271)
　　溪居古榕甚佳未尝有所赋得柞山诗
　　　卷借奇字韵戏成一首 /100
刘　攽(1023—1089)
　　次韵和裴库部喜雪歌 /100
刘　敞(1019—1068)
　　雪后登观风楼 /101
　　寄张献臣 /101
　　得和书自越入京时寓商丘 /101
　　次韵得午日酒 /101
　　答子温雪中见寄 /101
　　社后雪 /101
刘克庄(1187—1269)
　　跋方寔孙长短句 /102
刘　跂(1053—?)
　　寄尹迁介叔(其九) /102
刘　挚(1030—1097)
　　闻东园诸学生雪饮寄之 /102
　　送柳判官引对次邹主簿韵 /102
楼　钥(1137—1213)
　　戏和淳诗卷(其三) /102
陆　游(1125—1210)
　　梦宴客大楼上命笔作诗既觉续成之
　　　 /102
吕　陶(1028—1104)
　　和对雪 /103
　　和孔毅甫州名五首(其一) /103
毛　滂(1060—?)
　　对雪作诗未竟曹使君寄声招饮因成
　　　篇以寄 /103

梅尧臣(1002—1060)
　　次韵任屯田感子飞内翰旧诗 /103
　　次韵和酬杨乐道待制咏雪 /103
欧阳修(1007—1072)
　　贺九龙庙祈雪有应 /104
强　至(1022—1076)
　　次韵知郡郎中应期喜雪 /104
施晋卿(?—?)
　　梅林分韵赋诗得下字 /104
史弥宁(?—?)
　　和潘帐干二首(其二) /104
释重显(980—1052)
　　答天童新和尚 /105
释印肃(1115—1169)
　　金刚随机无尽颂·法界通化分第十
　　　九(其六) /105
司马光(1019—1086)
　　和昌言官舍十题·兰 /105
　　和李八丈小雪同会有怀邻几 /105
　　答师道对雪见寄 /105
宋　祁(998—1061)
　　同年王圣源南都讲授 /105
　　和梅侍读给事秋雪 /106
宋　庠(996—1066)
　　酬王拱辰侍郎归阙见赠 /106
　　谢齐屯田见惠诗什 /106
　　汉上春雪 /106
苏　轼(1037—1101)
　　次韵刘贡父李公择见寄二首(其一)
　　　 /106

16

苏　颂(1020—1101)
　　丘林诸君以春雪三绝见寄走赋长句
　　奉酬　/ 106
　　刁景纯学士寄示嘉篇述前后过颍游
　　览之乐不鄙虚陋曲蒙推奖感叹不
　　足辄用本韵通成五十仰答来贶
　　　/ 107

孙　因(?—?)
　　越问·良牧　/ 107

唐　庚(1071—1121)
　　寄郭虞卿　/ 109

王　珪(1019—1085)
　　依韵和永叔戏书　/ 109
　　送公辟给事自州致政归吴中　/ 109

王十朋(1112—1171)
　　畎亩十首(其二)　/ 109

王庭珪(1080—1172)
　　再次前韵二首(其二)　/ 109
　　雪中访胡次鱼因览新诗次其韵
　　　/ 110

王　洋(1089—1154)
　　乙酉闰八月二十一日出南城游岘山
　　壁间读东坡诗感而有作　/ 110

王　奕(?—?)
　　次韵上雪楼程侍御　/ 110

韦　骧(1033—1105)
　　又和倒韵　/ 110

文彦博(1006—1097)
　　幽兰　/ 111
　　致政中散荀龙连惠三篇俯光衰老辄
　　亦依韵和呈再鼓赢师其气已竭止

　　希一览而弃之可也　/ 111

吴　芾(1104—1183)
　　和杨元明雪中见赠　/ 111
　　和刘判官喜雪　/ 111

吴　潜(1195—1262)
　　再和赵知录韵三首(其一)　/ 111

项安世(1129—1208)
　　四雪诗用前韵寓四字(其一)　/ 112
　　次韵和谢江陵杨县丞投赠四首(其
　　四)　/ 112

谢　翱(1249—1295)
　　九日前子善来会山中　/ 112

徐　积(1028—1103)
　　和吕秘校(其一)　/ 112

许安世(1041—1084)
　　和蓬莱阁赏雪赋诗　/ 112

许及之(1141—1209)
　　再次韵呈徐漕　/ 113

薛季宣(1134—1173)
　　雪　/ 113

杨　杰(?—?)
　　和穆父待制蓬莱观雪　/ 113

杨　亿(974—1020?)
　　灯夕寄献内翰虢略公　/ 114
　　史馆盛学士以诗相贺因而答之
　　　/ 114

姚　勉(1216—1262)
　　次友人王半山韵　/ 114

易袚妻(?—?)
　　对雪　/ 114

17

员兴宗(?—1170)
　李太白古风高奇或曰能促为竹枝歌
　　体何如戏促李歌为数章(其三)
　　　/ 114
袁说友(1140—1204)
　和南伯山行韵二首(其二) / 114
曾由基(?—?)
　题潘庭坚乐府后奉简陈金书 / 115
张　扩(?—?)
　次韵赵悦中防御喜雪 / 115
张舜民(?—?)
　和赵大监雪 / 115
赵　鼎(1085—1147)
　次韵富季申雪中即事时闻北敌起兵
　　京师戒严二首(其一) / 115
赵鼎臣(?—?)
　次韵何德之喜雪 / 115
　均文屡约相过近得书辄迁延偶读予
　　梅花诗次韵诗以趣北辕之约 / 116
赵　蕃(1143—1229)
　寄曾使君昭 / 116
周紫芝(1082—?)
　刘德秀县丞凡五和前篇仆亦五次其
　　韵(其二) / 116
　次韵沈给事对雪长句二首(其二)
　　　/ 116
祖无择(1010—1085)
　和阎运使以诗见奖吏隐宜春郡诗
　　　/ 117

下里巴人

陈　造(1133—1203)
　再次陆子高韵奉寄 / 117
戴表元(1244—1310)
　范文正公黄素小楷昌黎伯夷颂盖宋
　　皇祐三年十一月在青社所书以遗
　　京西转运使苏公舜元者也后二百
　　四十年大兴李侯戡得此本于燕及
　　南来守吴乃文正公乡里即访公子
　　孙以畀之范氏喜而索诗为赠
　　　/ 118
范成大(1126—1193)
　古风二首上汤丞相(其一) / 118
方　岳(1199—1262)
　次韵刘簿寄示 / 118
廖行之(1137—1189)
　和张王臣郊游韵三首(其三) / 119
刘　宰(1166—1239)
　送友人归茅山 / 119
陆文圭(1250—1334)
　和刘潜见赘韵 / 119
梅尧臣(1002—1060)
　送张子野屯田知渝州 / 119
宋　祁(998—1061)
　望仙亭置酒看雪 / 119
宋　无(1260—?)
　答马怀秀兄弟见访 / 120
宋　庠(996—1066)
　次韵和张丞相摄南郊喜王畿大稔
　　　/ 120

18

醉枕 /120
立春前二日嘉雪应祈呈昭文相公 /120

孙应时(1154—1206)
客思 /121

王　洋(1089—1154)
厚载王君求仆赋寄闲斋诗又欲仆作晚实此君二诗皆未果惠然枉佳篇甚厚非老钝所及聊次韵奉酬 /121
以校正字学还方智善作诗赠之 /121

徐　瑞(1255—1325)
仲退示芳洲闲居律诗三首并示和章次韵寄芳洲一笑并简仲退(其二) /121

许及之(1141—1209)
次韵周畏知用南轩闻说城东梅十里句为韵六言七首(其七) /122
立春前一日喜雪 /122

薛季宣(1134—1173)
十四日从诸同官登西山郊坛冈次孟监务韵(其二) /122
痁疾中元式示诗走笔次韵 /122

张　洎(934—997)
暮春月内署书阁前海棠花盛开率尔七言八韵寄长卿谏议 /122

周文璞(?—?)
送蜀客 /122

周紫芝(1082—?)
次韵季共月夜见怀竹坡用子绍韵(其八) /123

高山流水

白玉蟾(1194—?)
琴歌 /123

曹　勋(1098—1174)
和王倅见惠十篇(其二) /124

晁补之(1053—1110)
李成季得阎子常古琴作 /124

陈　东(1086—1127)
次韵邵予可弹琴二首(其二) /124

陈　著(1214—1297)
次韵弟茞客怀 /124

戴　昺(?—?)
侍屏翁游屏山分得水字 /124

邓　肃(1091—1132)
和谢吏部铁字韵三十四首·纪德十一首(其五) /125

董　杞(?—?)
用洪宪韵自述 /125

范仲淹(989—1052)
和韩布殿丞三首·琴酒 /125

冯　山(?—1094)
和刘明复再游剑州东园二首(其一) /125

葛绍体(?—?)
韩氏与闲即事 /125

顾　逢(?—?)
寄碧澜赵右之 /125
琴书斋 /126

顾 文(?—?)
　　三江亭 /126
郭祥正(1035—1113)
　　留题西林寺揽秀亭 /126
郭 印(?—?)
　　陪程元诏文彧李久善游汉州天宁元
　　诏有诗见遗次韵答之 /126
何梦桂(1229—?)
　　闻琴一首 /126
　　和抱瓮冯提学二首(其一) /127
洪 刍(?—?)
　　次李元亮韵 /127
洪咨夔(1176—1236)
　　程广文季允得崔西清荐诗来用韵
　　/127
胡 寅(1098—1156)
　　示能仁长老祖秀 /127
　　和黄执礼六首(其六) /128
黄 庚(?—?)
　　听琴 /128
黄庭坚(1045—1105)
　　次韵刘景文登邺王台见思五首(其
　　三) /128
觉 性(?—?)
　　题汪水云诗卷 /128
李处权(?—1155)
　　次韵叔羽听琴诗 /128
李 光(1078—1159)
　　予与天台才上座相别逾二十年惠然
　　抱琴见访老懒日困朱墨度不能款
　　戏赠小诗 /129

李曾伯(1198—1268)
　　送李琴士据梧(其一) /129
李昭玘(?—1126)
　　吊刘孝嗣 /129
李 鹰(1059—1109)
　　鸣琴泉 /129
刘 黻(1217—1276)
　　追和渊明贫士诗七首(其三) /129
刘学箕(?—?)
　　石假山 /129
刘 挚(1030—1097)
　　次韵辂氏东亭书事四首(其一)
　　/130
　　送蔡景繁赴淮南运使 /130
楼 钥(1137—1213)
　　次韵十诗(其四) /130
卢方春(?—?)
　　寄赵东阁 /131
吕本中(1084—1145)
　　听琴 /131
欧阳澈(1097—1127)
　　游岐原有感 /131
欧阳修(1007—1072)
　　奉答原甫见过宠示之作 /131
石公弼(?—?)
　　题樗轩线泉及闻琴 /132
史 浩(1106—1194)
　　听阮 /132
释宝昙(1129—1197)
　　弹琴 /132

释居简(1164—1246)
　　偈颂一百三十三首(其一一六) / 132
　　送任大卿出知汉州 / 132

释普宁(?—1276)
　　偈颂四十一首(其八) / 133

释绍昙(?—1297)
　　偈颂一百一十七首(其二八) / 133

释元肇(1189—?)
　　琴川图 / 133

释子淳(?—1119)
　　颂古一〇一首(其七五) / 133

司马光(1019—1086)
　　故相国颍公挽歌辞三首(其三) / 133

宋　祁(998—1061)
　　读退之集 / 134

苏　轼(1037—1101)
　　和参寥见寄 / 134

孙　觌(1081—1169)
　　荆溪道中四言送僧 / 134

唐　庚(1071—1121)
　　古风赠谢与权行三首(其二) / 134

王九龄(?—?)
　　听鼓琴 / 134

王　迈(1184—1248)
　　黄君任景伊西上 / 135

王　洋(1089—1154)
　　和周仲嘉再示三篇(其二) / 135

王　质(1135—1189)
　　栗里华阳窝辞·琴 / 135

卫宗武(?—1289)
　　秋山 / 135

文天祥(1236—1283)
　　用萧敬夫韵 / 136

文　同(1018—1079)
　　邛州东园晚兴 / 136

吴龙翰(1233—1293)
　　散发 / 136
　　县尹先伯祖家观遗书 / 136

辛弃疾(1140—1207)
　　和赵国兴知录赠琴 / 136

薛　抗(?—?)
　　县圃十绝和朱待制(其一〇) / 137

阳　枋(1187—1267)
　　咏丝桐 / 137

杨公远(1227—?)
　　闷书(其一) / 137

杨　亿(974—1020?)
　　送僧之大名府谒长城侍郎 / 137

姚　勉(1216—1262)
　　听筝 / 137

姚孝锡(1097—1179)
　　东轩琴示儿子沂 / 138

易士达(?—?)
　　琴 / 138

于　石(1247—?)
　　偶成 / 138

袁　默(?—?)
　　石女冢 / 138

曾　丰(1142—?)
　　载欣 / 139

张九成(1092—1159)
　　拟古(其九) / 139
　　喜晴 / 139

张嵩老(?—?)
　　题汪水云诗卷 / 139

章　甫(?—?)
　　用前韵赠高持一 / 140

赵　抃(1008—1084)
　　和范御史十一月三日见月 / 140
　　月夜听僧化宜弹琴 / 140

赵崇森(?—?)
　　琴 / 140

赵　期(1066—1137)
　　自述(其二) / 140

真德秀(1178—1235)
　　赠邵邦杰 / 141

郑思肖(1241—1318)
　　锺子期听琴图 / 141

周紫芝(1082—?)
　　读蔡中郎传 / 141

朱淑真(?—?)
　　春昼偶成 / 141

邹　浩(1060—1111)
　　次韵罗正之提刑见寄 / 141
　　怀黄光晖 / 141
　　亡友皇甫民望挽词(其二) / 142

广 陵 散

白玉蟾(1194—?)
　　妾薄命 / 142

晁冲之(1073—1126)
　　和新乡二十一弟华严水亭五首(其五) / 142

韩　淲(1159—1224)
　　黄帐干琴一张云澄心堂旧物也因以次韵(其二) / 142

何梦桂(1229—?)
　　赠冯樵隐琴棋 / 142

李　鹰(1059—1109)
　　琴台 / 143

林希逸(1193—1271)
　　勇士赴敌场 / 143

刘　黻(1217—1276)
　　太玉洞听琴 / 143

楼　钥(1137—1213)
　　风琴 / 143
　　谢文思许尚之石函广陵散谱 / 143

陆　游(1125—1210)
　　九月一日夜读诗稿有感走笔作歌 / 144

梅尧臣(1002—1060)
　　杂言送当世待制知杨州 / 144
　　鸣琴 / 144
　　读黄莘秘校卷 / 145

释德洪(1071—1128)
　　赠阎资钦 / 145

释居简(1164—1246)
　　寄潼川东路李漕使 / 145
　　缘识(其五八) / 145

释惟一(1202—1281)
　　雪峰真觉祖师赞 / 146

22

汪元量(1241—1317)
　　湖州歌九十八首(其三七) / 146
王　洋(1089—1154)
　　陈长卿以诗见别依韵 / 146
卫宗武(?—1289)
　　挽林梅癯 / 146
夏天民(?—?)
　　题汪水云诗卷 / 147
许月卿(1216—1285)
　　六月雨十一首(其一一) / 147
姚　勉(1216—1262)
　　先贤八咏·嵇康抚琴 / 147
赵　炅(939—997)
　　缘识(其二八) / 147
周文璞(?—?)
　　古琴歌 / 147
　　欧阳琴歌 / 148

白云曲

韩　淲(1159—1224)
　　初五日孔野云同酌楼下取琴作白云
　　曲因和周倅所赠韵 / 148
刘　敞(1019—1068)
　　答刘同年寄青䅯术煎松汤并诗
　　　　 / 148
梅尧臣(1002—1060)
　　游水帘岩 / 148
欧阳修(1007—1072)
　　书怀感事寄梅圣俞 / 149
释惟一(1202—1281)
　　颂古三十六首(其一四) / 150

王禹偁(954—1001)
　　拍板谣 / 150

缠头曲

黄庭坚(1045—1105)
　　戏答公益春思二首(其二) / 150
汪元量(1241—1317)
　　潼州府 / 151
赵汝鐩(1172—1246)
　　缠头曲 / 151

清商曲

蔡　肇(?—1119)
　　敬用无咎学士年兄长韵上呈子方太
　　仆 / 151
梅尧臣(1002—1060)
　　寄题知仪州太保蒲中书斋 / 152
饶　节(1065—1129)
　　士大夫湛于不义虽穷极富贵君子过
　　之弗顾而况女子失身于委巷容笑
　　之贱亦岂能自拔哉吾友人赋叹息
　　行有谓而作诸人既属和仆亦拟古
　　乐府为辞伤之于其末开之以正是
　　亦诗人之志也 / 152
王　洋(1089—1154)
　　和周仲嘉再示三篇(其一) / 152
严　羽(1192?—1245?)
　　送吴会卿再往淮南 / 152
俞德邻(1232—1293)
　　秋夜杂兴三首(其二) / 153

张　耒(1054—1114)
　　送梅子明通判余杭　/ 153
周麟之(1118—1164)
　　和陈大监　/ 153

芝田曲

艾性夫(?—?)
　　题素庵壁间六首(其四)　/ 153

梁甫吟

曹　冠(?—?)
　　涵碧亭(其三)　/ 154
晁说之(1059—1129)
　　初至郮州感事　/ 154
孔武仲(1041—1097)
　　县斋偶书　/ 154
李　纲(1083—1140)
　　弋阳道中　/ 155
李　彭(?—?)
　　奉赠归宗才首座　/ 155
吕南公(1047—1086)
　　和酬李宣德二首(其一)　/ 155
彭汝砺(1042—1095)
　　山林　/ 155
苏　辙(1039—1112)
　　次韵子瞻题张公诗卷后　/ 155
王之望(?—1170)
　　再和　/ 156
许景衡(1072—1128)
　　和时可醇酎二首(其一)　/ 156

叶　适(1150—1223)
　　梁父吟　/ 156
赵善括(?—?)
　　和邦承所赠中隐古风　/ 157

破阵乐

范成大(1126—1193)
　　闻威州诸羌退听边事已宁少城筹边楼阑槛修葺亦毕工作诗寄权制帅高子长　/ 158
刘克庄(1187—1269)
　　宋侯和灯夕诗再用韵二首(其二)　/ 158
谢　翱(1249—1295)
　　宋骑吹曲·遣将曲第三(其二)　/ 158

笛曲三弄/梅花曲

白玉蟾(1194—?)
　　秋思　/ 158
曹彦约(1157—1229)
　　见梅有感　/ 159
陈　杰(?—?)
　　吴真州屡交诗而不及见告去送别　/ 159
陈　亮(1143—1194)
　　咏梅(其四)　/ 159
陈　造(1133—1203)
　　张丞见和次韵答之(其三)　/ 159
　　再次韵二首(其一)　/ 159
　　次韵章茂深安抚见寄　/ 159

目 录

题张仲思孝友堂　/ 160

戴复古(1167—?)
　　壬寅除夜　/ 160

丁　谓(966—1037)
　　笛　/ 160

董嗣杲(?—?)
　　江上晚眺(其一)　/ 160

范成大(1126—1193)
　　六月十五日夜泛西湖风月温丽　/ 160

方一夔(?—?)
　　杂兴四首(其二)　/ 161

郭祥正(1035—1113)
　　感怀赠鄂守李公择　/ 161

韩　淲(1159—1224)
　　寄文叔合肥令　/ 162

韩　维(1017—1098)
　　水阁　/ 162

洪咨夔(1176—1236)
　　伏中宿富乐山赏泉　/ 162

胡　寅(1098—1156)
　　周尉不来用单令韵见寄和之　/ 162
　　赋向宣卿有裕堂堂在伊山桓伊旧隐也　/ 163

胡仲弓(?—?)
　　落梅　/ 163

黄　裳(1043—1129)
　　和人闻角(其一)　/ 163

黄庭坚(1045—1105)
　　和曹子方杂言　/ 163
　　从王都尉觅千叶梅云已落尽戏作嘲

吹笛侍儿　/ 164

李　纲(1083—1140)
　　去岁道巴陵登岳阳楼以望洞庭真天下之壮观也因诵孟浩然气蒸云梦泽波撼岳阳城之句追古今绝唱用以为韵赋诗十篇(其四)　/ 164

李　刘(?—?)
　　闻笛　/ 164

李　彭(?—?)
　　正月二十六日寇顺之饮仆以釃渌酒径醉闻横笛音李仲先顺之有苍头能作龙吟三弄偶不果戏成此诗　/ 164

李啸轩(?—?)
　　梅(其一)　/ 164

李　远(?—?)
　　仆久客钱塘有吹笛月下者同旅闻之凄然皆有归思属令赋之　/ 165

连文凤(1240—?)
　　绿珠　/ 165

林　檗(?—?)
　　越中五咏·西村　/ 165

刘辰翁(1232—1297)
　　秋景·夕阳如有意　/ 165

刘吉甫(?—?)
　　闻笛　/ 165

刘克庄(1187—1269)
　　梅花　/ 166

刘　攽(1053—?)
　　西溪次韵九首(其九)　/ 166

25

刘一止(1080—1161)
　　寄题叶叔明盛圃熙春堂四首且为他
　　　日往游之约(其四) / 166
陆　游(1125—1210)
　　幽居春夜 / 166
蒲寿宬(?—?)
　　夜闻邻笛 / 166
邵　棠(?—?)
　　闻笛 / 166
释广闻(1189—1263)
　　雪牧 / 166
释文珦(1210—?)
　　羌笛 / 167
释行海(1224—?)
　　雨后 / 167
释智圆(976—1022)
　　江上闻笛 / 167
舒　亶(1041—1103)
　　和石尉早梅二首(其二) / 167
宋　祁(998—1061)
　　高亭驻眺招宫苑张端臣 / 167
谭用之(?—?)
　　江上闻笛 / 167
王庭珪(1080—1172)
　　次韵高秀才 / 168
王　炎(1138—1218)
　　和何元清韵九绝(其八) / 168
王　铚(?—?)
　　山中梅花盛开戏作 / 168
王　镃(?—?)
　　冬暮客中 / 168

文彦博(1006—1097)
　　秋夜闻笛 / 168
吴　苾(1104—1183)
　　垂虹闻笛 / 168
杨万里(1127—1206)
　　和陆务观见贺归馆之韵 / 169
杨　亿(974—1020?)
　　冬夕与诸公宴集贤梅学士西斋分得
　　　今夕何夕探得云字 / 169
　　钱大夫赴并州 / 169
游少游(?—?)
　　田南寺 / 169
曾　丰(1142—?)
　　宿南海神祠东廊候月烹茶次闻雷
　　　 / 169
张玉娘(1250—1276)
　　闻笛 / 170
　　咏竹·雪 / 170
真山民(?—?)
　　三山旅夜 / 170
周文璞(?—?)
　　桓野王画像 / 170
朱南杰(?—?)
　　过长河堰 / 170
朱　松(1097—1143)
　　书钊家园壁(其一) / 170
朱　熹(1130—1200)
　　元范尊兄示及十梅诗风格清新意寄
　　　深远吟玩累日欲和不能昨夕自白
　　　鹿玉涧归偶得数语·寒梅 / 170

胡笳十八拍/胡笳曲

曹 勋(1098—1174)
  胡笳曲二首(其一) / 171
  胡笳曲二首(其二) / 171

葛天民(?—?)
  竺涧梅 / 171

李 纲(1083—1140)
  胡笳十八拍·第一拍 / 171
  胡笳十八拍·第二拍 / 171
  胡笳十八拍·第三拍 / 171
  胡笳十八拍·第四拍 / 171
  胡笳十八拍·第五拍 / 171
  胡笳十八拍·第六拍 / 172
  胡笳十八拍·第七拍 / 172
  胡笳十八拍·第八拍 / 172
  胡笳十八拍·第九拍 / 172
  胡笳十八拍·第十拍 / 172
  胡笳十八拍·第十一拍 / 172
  胡笳十八拍·第十二拍 / 172
  胡笳十八拍·第十三拍 / 172
  胡笳十八拍·第十四拍 / 172
  胡笳十八拍·第十五拍 / 173
  胡笳十八拍·第十六拍 / 173
  胡笳十八拍·第十七拍 / 173
  胡笳十八拍·第十八拍 / 173

释法泰(?—?)
  颂古四十四首(其三四) / 173

释慧性(1162—1237)
  偈颂一百零一首(其一五) / 173

释慧远(1103—1176)
  颂古四十五首(其一四) / 173

释 珏(?—?)
  颂古三十一首(其九) / 174

释文珦(1210—?)
  边思 / 174

释行海(1224—?)
  送春谣 / 174

释宗杲(1089—1163)
  偈颂一百六十首(其一一八) / 174

王安石(1021—1086)
  胡笳十八拍十八首(其一) / 174
  胡笳十八拍十八首(其二) / 174
  胡笳十八拍十八首(其三) / 174
  胡笳十八拍十八首(其四) / 175
  胡笳十八拍十八首(其五) / 175
  胡笳十八拍十八首(其六) / 175
  胡笳十八拍十八首(其七) / 175
  胡笳十八拍十八首(其八) / 175
  胡笳十八拍十八首(其九) / 175
  胡笳十八拍十八首(其一〇) / 175
  胡笳十八拍十八首(其一一) / 175
  胡笳十八拍十八首(其一二) / 176
  胡笳十八拍十八首(其一三) / 176
  胡笳十八拍十八首(其一四) / 176
  胡笳十八拍十八首(其一五) / 176
  胡笳十八拍十八首(其一六) / 176
  胡笳十八拍十八首(其一七) / 176
  胡笳十八拍十八首(其一八) / 176

文天祥(1236—1283)
  胡笳曲·一拍 / 177
  胡笳曲·二拍 / 177
  胡笳曲·三拍 / 177

胡笳曲·四拍 / 177
胡笳曲·五拍 / 177
胡笳曲·六拍 / 177
胡笳曲·七拍 / 177
胡笳曲·八拍 / 177
胡笳曲·九拍 / 178
胡笳曲·十拍 / 178
胡笳曲·十一拍 / 178
胡笳曲·十二拍 / 178
胡笳曲·十三拍 / 178
胡笳曲·十四拍 / 178
胡笳曲·十五拍 / 178
胡笳曲·十六拍 / 179
胡笳曲·十七拍 / 179
胡笳曲·十八拍 / 179

严日益（？—？）
　　题汪水云诗卷 / 179

曾季貍（？—？）
　　秦女行 / 179

朱 翌（1097—1167）
　　闻邻舟琵琶 / 180

竹枝歌

艾性夫（？—？）
　　别离词（其二） / 180

曹 勋（1098—1174）
　　曾端伯自承移帅川口有怀风旨无便附信忽领教喜成小诗附便奉呈三首（其一） / 180

晁公遡（1116—？）
　　谢张待制赴饮 / 180

晁说之（1059—1129）
　　赵德麟书来言黄九闻移命后径游峨嵋慨然有作 / 181

陈 恭（？—？）
　　次韵答友 / 181

陈 似（？—？）
　　龙脊 / 181

崔与之（1158—1239）
　　送夔门丁帅赴召（其二） / 181

戴表元（1244—1310）
　　赵寿父游杭 / 182

邓谏从（？—？）
　　题巫山瞻华亭 / 182

范成大（1126—1193）
　　夔州竹枝歌九首（其一） / 182
　　夔州竹枝歌九首（其二） / 182
　　夔州竹枝歌九首（其三） / 182
　　夔州竹枝歌九首（其四） / 182
　　夔州竹枝歌九首（其五） / 183
　　夔州竹枝歌九首（其六） / 183
　　夔州竹枝歌九首（其七） / 183
　　夔州竹枝歌九首（其八） / 183
　　夔州竹枝歌九首（其九） / 183
　　夔门即事 / 183
　　瞿唐行 / 183
　　归州竹枝歌二首（其一） / 183
　　归州竹枝歌二首（其二） / 183

范仲淹（989—1052）
　　书酒家壁 / 183

方 回（1227—1307）
　　送常德教赵君 / 184

方一夔（？—？）
　　田家四事·种　/ 184

毋丘恪（？—？）
　　次袁说友巫山十二峰二十五韵　/ 184

韩淲（1159—1224）
　　去年间在北高峰下邂逅示我竹枝歌　/ 185
　　昌甫寄所和朴翁诗因亦次韵　/ 185

韩元吉（1118—？）
　　季元衡寄示三池戏藁　/ 185

贺铸（1052—1125）
　　变竹枝词九首（其一）　/ 185
　　变竹枝词九首（其二）　/ 185
　　变竹枝词九首（其三）　/ 185
　　变竹枝词九首（其四）　/ 186
　　变竹枝词九首（其五）　/ 186
　　变竹枝词九首（其六）　/ 186
　　变竹枝词九首（其七）　/ 186
　　变竹枝词九首（其八）　/ 186
　　变竹枝词九首（其九）　/ 186

洪咨夔（1176—1236）
　　次及甫入峡杂咏·至喜亭　/ 186
　　王火井见过先以诗寄用韵（其二）　/ 186
　　用韵答子有　/ 186

胡寅（1098—1156）
　　冬至前半月赴季父梅花之集与韩蒲向宪唐干诸人唱和十首（其九）　/ 186
　　留别王元治师中谭纯益三首（其三）　/ 187

胡仲弓（？—？）
　　竹阁　/ 187

黄庭坚（1045—1105）
　　次韵王稚川客舍二首（其二）　/ 187
　　考试局与孙元忠博士竹间对窗夜闻元忠诵书声调悲壮戏作竹枝歌三章和之（其一）　/ 187
　　考试局与孙元忠博士竹间对窗夜闻元忠诵书声调悲壮戏作竹枝歌三章和之（其二）　/ 187
　　考试局与孙元忠博士竹间对窗夜闻元忠诵书声调悲壮戏作竹枝歌三章和之（其三）　/ 187
　　题大云仓达观台二首（其一）　/ 187
　　竹枝词二首（其一）　/ 187
　　竹枝词二首（其二）　/ 187
　　送曹黔南口号　/ 188
　　梦李白诵竹枝词三叠（其一）　/ 188
　　梦李白诵竹枝词三叠（其二）　/ 188
　　梦李白诵竹枝词三叠（其三）　/ 188

蒋旦（？—？）
　　柘川渔火　/ 188

李洪（1129—1183）
　　和林尚善读子云传梦得诗韵（其二）　/ 188

李彭（？—？）
　　戏刻真牧堂竹间　/ 188

李石（1108—1181）
　　峡中　/ 188

李思衍（？—1290）
　　见维扬崔左丞　/ 189

29

李之仪(1048—1127)
  惠崇扇面小景二绝(其一) / 189

李 廌(1059—1109)
  同德麟仲宝过谢公定酌酒赏菊以悲哉秋之为气萧瑟八字探韵各赋二诗仍复相次八韵某分得哉萧二字(其一) / 189

刘 过(1154—1206)
  呈胡季解 / 189

刘克庄(1187—1269)
  题赵西里诗卷二首(其二) / 189

刘仪凤(1110—1176)
  自归州陆行至夔州(其二) / 189

卢 襄(?—?)
  登摘星岭 / 190

陆 游(1125—1210)
  雨中游东坡 / 190
  湖村月夕四首(其一) / 190
  杨庭秀寄南海集二首(其二) / 190
  三峡歌九首(其八) / 190
  杂题六首(其五) / 190
  次韵李季章参政哭其夫人七首(其五) / 190
  新春感事八首终篇因以自解(其四) / 190
  思夔州二首(其一) / 190
  送查元章赴夔漕 / 190
  高斋小饮戏作 / 191
  杂感六首(其四) / 191
  石帆夏日二首(其二) / 191
  偶忆万州戏作短歌 / 191
  十月九日与客饮忽记去年此时自锦屏归山南道中小猎今又将去此矣 / 191
  睡起遣怀 / 191
  将离江陵 / 191
  读王摩诘诗爱其散发晚未簪道书行尚把之句因用为韵赋古风十首亦皆物外事也(其三) / 192

马之纯(1144—?)
  祀马将军竹枝辞(其一) / 192
  祀马将军竹枝辞(其二) / 192
  祀马将军竹枝辞(其三) / 192
  祀马将军竹枝辞(其四) / 192
  祀马将军竹枝辞(其五) / 192
  祀马将军竹枝辞(其六) / 192
  祀马将军竹枝辞(其七) / 192
  祀马将军竹枝辞(其八) / 193

梅尧臣(1002—1060)
  送临江胥令 / 193
  王龙图知江陵 / 193
  依韵和禁烟近事之什 / 193

冉居常(?—?)
  上元竹枝歌和曾大卿(其二) / 193

饶 节(1065—1129)
  答惇上人七首(其四) / 193

沈继祖(?—?)
  次瞿塘寄呈杨帅 / 193

释居简(1164—1246)
  送忠州悟上人归乡 / 194
  李夔州挽章(其二) / 194
  竹里 / 194

释绍昙(？—1297)
　　偈颂一百零四首(其九四) / 194
释行海(1224—？)
　　无题 / 194
释蕴常(？—？)
　　知止亭晚望寄清大师 / 194
释智愚(1185—1269)
　　颂古一百首(其七六) / 194
释遵式(964—1032)
　　五峰合涧诗·稽留峰 / 195
司马光(1019—1086)
　　送张寺丞知富顺监 / 195
宋　无(1260—？)
　　送毌丘秀才自黔中归益川 / 195
苏　轼(1037—1101)
　　存目(其二五) / 195
　　白帝庙 / 195
　　竹枝歌 / 195
苏　辙(1039—1112)
　　竹枝歌 / 196
孙　升(1038—1099)
　　句(其六) / 196
孙　嵩(1238—1292)
　　画猿 / 196
　　竹枝歌(其一) / 197
　　竹枝歌(其二) / 197
　　竹枝歌(其三) / 197
　　竹枝歌(其四) / 197
　　竹枝歌(其五) / 197
　　竹枝歌(其六) / 197
　　竹枝歌(其七) / 197

　　竹枝歌(其八) / 197
　　竹枝歌(其九) / 197
孙应时(1154—1206)
　　送刘苏州诚之帅夔门(其二) / 197
唐　庚(1071—1121)
　　赠泸倅丘明善二首(其二) / 197
　　书郑抚干诗卷后 / 198
汪元量(1241—1317)
　　竹枝歌(其一) / 198
　　竹枝歌(其二) / 198
　　竹枝歌(其三) / 198
　　竹枝歌(其四) / 198
　　竹枝歌(其五) / 198
　　竹枝歌(其六) / 198
　　竹枝歌(其七) / 198
　　竹枝歌(其八) / 198
　　竹枝歌(其九) / 198
　　竹枝歌(其一〇) / 198
王　迈(1184—1248)
　　再和陈起予二首(其二) / 199
王十朋(1112—1171)
　　读喻叔奇送行六诗 / 199
　　次韵王景文赠行四绝(其二) / 199
　　五月四日与同僚南楼观竞渡因成小
　　　诗四首明日同行可元章登楼又成
　　　五首(其六) / 199
　　呈同官 / 199
　　送元章改漕成都 / 199
王　庠(1071—？)
　　庠拜手顿首启伏蒙学士九丈再赐诗
　　　章庠僭率继和尚凯采览 / 200

王 炎(1138—1218)
　秀叔和章自言及再娶之事用元韵戏
　　答之 /200
王 洋(1089—1154)
　次曾纮父韵二首(其一) /200
王 周(?—?)
　再经秭归(其二) /200
　和程刑部三首·清涟阁 /200
文天祥(1236—1283)
　山中(其一) /201
项安世(1129—1208)
　荆江渔父竹枝词九首和夔帅□侍郎
　　韵为荆帅范侍郎寿(其一) /201
　荆江渔父竹枝词九首和夔帅□侍郎
　　韵为荆帅范侍郎寿(其二) /201
　荆江渔父竹枝词九首和夔帅□侍郎
　　韵为荆帅范侍郎寿(其三) /201
　荆江渔父竹枝词九首和夔帅□侍郎
　　韵为荆帅范侍郎寿(其四) /201
　荆江渔父竹枝词九首和夔帅□侍郎
　　韵为荆帅范侍郎寿(其五) /201
　荆江渔父竹枝词九首和夔帅□侍郎
　　韵为荆帅范侍郎寿(其六) /201
　荆江渔父竹枝词九首和夔帅□侍郎
　　韵为荆帅范侍郎寿(其七) /201
　荆江渔父竹枝词九首和夔帅□侍郎
　　韵为荆帅范侍郎寿(其八) /201
　荆江渔父竹枝词九首和夔帅□侍郎
　　韵为荆帅范侍郎寿(其九) /201
　次韵江陵张抚干送行二首(其一)
　　/201

　次韵答刘正将 /202
　竹枝歌 /202
谢伯初(?—?)
　寄欧阳永叔谪夷陵 /202
谢 薖(1074—1116)
　次韵季智伯寄茶报酒三解(其三)
　　/202
徐 照(?—1211)
　题侯侣之九歌图 /202
许及之(1141—1209)
　次韵广文锁试出院寄似 /202
严 羽(1192?—1245?)
　楚江晚思 /203
阎伯敏(?—?)
　十二峰·净坛 /203
阳 枋(1187—1267)
　赴大宁司理赘俞帅(其一) /203
　和夔州李约斋灯宵 /203
杨 济(?—?)
　云安龙脊滩 /203
杨万里(1127—1206)
　峡山寺竹枝词五首(其一) /204
　峡山寺竹枝词五首(其二) /204
　峡山寺竹枝词五首(其三) /204
　峡山寺竹枝词五首(其四) /204
　峡山寺竹枝词五首(其五) /204
　过白沙竹枝歌六首(其一) /204
　过白沙竹枝歌六首(其二) /204
　过白沙竹枝歌六首(其三) /204
　过白沙竹枝歌六首(其四) /204
　过白沙竹枝歌六首(其五) /204

过白沙竹枝歌六首(其六) / 204
姚　宽(1105—1162)
　　江南新体(其一) / 205
叶绍翁(?—?)
　　送冯济川归蜀 / 205
喻汝砺(?—1143)
　　八阵图 / 205
张　侃(1189—?)
　　书事(其二) / 206
赵　文(1239—1315)
　　题郭索集 / 206
　　竹枝词(其一) / 206
　　竹枝词(其二) / 206
郑清之(1176—1251)
　　江汉亭百韵 / 207
郑　獬(1022—1072)
　　江行五绝(其三) / 208
周　弼(1194—?)
　　石塘 / 209
　　建宁浦城李频行祠 / 209
周行己(1067—1125)
　　竹枝歌上姚毅夫(其一) / 209
　　竹枝歌上姚毅夫(其二) / 209
　　竹枝歌上姚毅夫(其三) / 209
　　竹枝歌上姚毅夫(其四) / 209
　　竹枝歌上姚毅夫(其五) / 209
周紫芝(1082—?)
　　奉答相之再示两诗(其一) / 210
　　次韵黄叔鱼见寄 / 210

阳 关 曲

杜　纯(1032—1095)
　　送中济侍郎帅庆得乘字 / 210
葛起耕(?—?)
　　泪 / 210
刘辰翁(1232—1297)
　　寄别孙潜斋 / 210
楼　钥(1137—1213)
　　题汪季路太傅所藏龙眠阳关图(其一) / 211
陆　游(1125—1210)
　　戍兵有新婚之明日遂行者予闻而悲之为作绝句二首(其二) / 211
释居简(1164—1246)
　　乌槛角行 / 211
释斯植(?—?)
　　与赵五话别 / 212
释行海(1224—?)
　　有怀 / 212
苏　颂(1020—1101)
　　和题李公麟阳关图二首(其一) / 212
孙　觌(1081—1169)
　　嘉会饮饯爱姬大恸而别 / 212
文彦博(1006—1097)
　　咏筝 / 212
熊　瑞(?—?)
　　西湖歌饯杨泽之回杭 / 212
曾　协(1119—1173)
　　周知和李梓伯一再和钵字韵诗益工

勉继元韵　/ 213

郑思肖(1241—1318)
　　送人之行在　/ 213

周必大(1126—1204)
　　送光禄寺丞李德远得请奉祠　/ 213

明妃曲

白玉蟾(1194—?)
　　明妃曲　/ 213

戴表元(1244—1310)
　　行妇怨次李编校韵　/ 214

方一夔(?—?)
　　明妃曲　/ 214

李　纲(1083—1140)
　　明妃曲　/ 214

李曾伯(1198—1268)
　　和疏轩琵琶亭韵　/ 215

梅尧臣(1002—1060)
　　和介甫明妃曲　/ 215

欧阳修(1007—1072)
　　明妃曲和王介甫作　/ 215

孙　嵩(1238—1292)
　　明妃引　/ 215

唐　庚(1071—1121)
　　明妃曲　/ 216

王安石(1021—1086)
　　明妃曲二首(其一)　/ 216
　　明妃曲二首(其二)　/ 216

王　阮(?—1208)
　　明妃曲一首　/ 216

王　炎(1138—1218)
　　明妃曲　/ 216

王　洋(1089—1154)
　　明妃曲　/ 217

武　衍(?—?)
　　明妃曲(其一)　/ 217
　　明妃曲(其二)　/ 217

邢居实(1068—1087)
　　明妃引　/ 217

徐得之(?—?)
　　明妃曲　/ 218

薛季宣(1134—1173)
　　明妃曲　/ 218

于　石(1247—?)
　　读明妃引　/ 218

曾　巩(1019—1083)
　　明妃曲二首(其一)　/ 219
　　明妃曲二首(其二)　/ 219

薤露

葛胜仲(1072—1144)
　　挽致政奉议鲁公歌词　/ 219

胡　寅(1098—1156)
　　古今豪逸自放之士鲜不嗜酒以其类
　　也虽以此致失者不少而清坐不饮
　　醒眼看醉人亦未必尽得盖可考矣
　　予好饮而尝患不给二顷种秫之念
　　往来于怀世网婴之未有其会因作
　　五言酒诗一百韵以寄吾意虽寄古
　　人陈迹并及酒德之大概以为开辟
　　醉乡之羽檄参差反复不能论次也

同年兄唐仲章闻而悦之因录以寄
庶几兹乡他日不乏宝邻尔 / 219

黄　榦(1152—1221)
　　挽潘孺人(其二) / 221

楼　钥(1137—1213)
　　宁海刘君挽词 / 221

徐鹿卿(1189—1251)
　　挽陈太庾(其二) / 222

郑　樵(1104—1162)
　　挽通判黄子方 / 222

蒿　里

陈　棣(?—?)
　　挽张世英母夫人 / 222

洪　朋(?—?)
　　挽潘端州 / 222

黄　裳(1043—1129)
　　安康郡夫人挽辞(其三) / 222

黄　榦(1152—1221)
　　代良夫人二首(其二) / 222

林光朝(1114—1178)
　　哭伯兄鹊山处士蒿里曲(其三) / 223

林亦之(1136—1185)
　　章徽之妻卢氏挽词 / 223

梅尧臣(1002—1060)
　　程文简公挽词三首(其三) / 223

释文珦(1210—?)
　　重阜崔嵬行 / 223

王安石(1021—1086)
　　车载板二首(其一) / 223

王十朋(1112—1171)
　　万府君挽词(其三) / 224

杨　时(1053—1135)
　　席太君挽辞二首(其一) / 224

周紫芝(1082—?)
　　长短歌 / 224

渔　歌

艾性夫(?—?)
　　番城晚眺 / 224

蔡　齐(988—1039)
　　小孤山(其一) / 224

曹　勋(1098—1174)
　　杂诗二十七首(其一九) / 225
　　南园夜宿有怀 / 225

柴随亨(1220—1277)
　　越镇山楼 / 225

柴　望(1212—1280)
　　钱唐 / 225

陈必复(?—?)
　　赋参政叔祖水亭 / 225

陈　宓(1171—1230)
　　次安溪赵簿云津阁韵(其二) / 225

陈　普(1244—1315)
　　代寿德兴尹 / 226

陈　深(1260—1344)
　　送释存游苕川兼怀子昂学士 / 226

陈宋辅(?—?)
　　罗隐题诗石 / 226

陈　著(1214—1297)
　　次韵东平赵孟益游北山寺 / 226

似戴时芳 /226
谌 祐(1213—1298)
　句(其三七) /227
戴 栩(?—?)
　饯曹西土宰南康 /227
董嗣杲(?—?)
　春游(其二) /227
　玉壶园 /227
范仲淹(989—1052)
　赴桐庐郡淮上遇风三首(其一) /227
方 回(1227—1307)
　过秀州城东 /227
方 岳(1199—1262)
　又和晦翁棹歌(其三) /227
　秋江引 /228
傅 宏(?—?)
　和张祐韵 /228
傅梦得(?—?)
　江湖伟观 /228
高似孙(1158—1231)
　九怀·东山 /228
葛绍体(?—?)
　道傍酒家 /228
耿 镃(?—?)
　用功成韵赋外舅短项翁 /229
顾 禧(?—?)
　苎村烟雨 /229
郭祥正(1035—1113)
　和杨公济钱塘西湖百题·白公竹阁 /229

渔舟歌 /229
江上游 /229
金山行 /229
姑熟堂歌赠朱太守 /230
寄题洪州潘延之家园清逸楼 /230
何承裕(?—?)
　寄宣义英公 /230
贺 铸(1052—1125)
　载病东归山阴酬别京都交旧 /231
　黄楼歌 /231
胡仲弓(?—?)
　溪亭夜集走笔 /231
　舟中即事 /231
华 岳(?—1221)
　矮斋杂咏·水禽 /231
黄 溁(?—?)
　诗一首 /231
金君卿(1020—?)
　夜泊竹筱港寄鄱阳朱安石 /232
　同陈郎中游南塘 /232
孔平仲(1044—1102)
　清夜 /232
孔武仲(1041—1097)
　题介之小阁 /232
黎廷瑞(1250—1308)
　新亭 /232
李 觏(1009—1059)
　书楼夏晚 /232
李 洪(1129—1183)
　垂虹亭 /233

李 彭(?—?)
　　度章水道中戏用城字韵呈驹甫师川 / 233

李 石(1108—1181)
　　颂古塔祖胜二首(其一) / 233

林光朝(1114—1178)
　　城山国清塘 / 233

林景熙(1242—1310)
　　溪亭 / 233

林希逸(1193—1271)
　　游孤青作 / 233

刘辰翁(1232—1297)
　　春景·孤舟乱春华(其四) / 234

刘 黻(1217—1276)
　　和朱运筦郊行 / 234

刘 过(1154—1206)
　　渔翁 / 234

刘克庄(1187—1269)
　　和叶尚书解印二首(其一) / 234

刘 跂(1053—?)
　　与李深梁山泊分韵得轻风生浪迟五首(其三) / 234

刘 宰(1166—1239)
　　戏呈南池同游诸兄 / 234
　　丁亥冬感怀寄赵章泉三首(其二) / 235

刘子澄(?—?)
　　过洞庭 / 235

刘子翚(1101—1147)
　　清江行 / 235

陆蒙老(?—?)
　　赴官晋陵别端禅师 / 235

陆文圭(1250—1334)
　　己卯题吴江长桥二首 / 235

陆 游(1125—1210)
　　渔歌 / 236
　　村酒 / 236
　　独立 / 236
　　新霁城南舟中夜兴 / 236
　　夜泛蜻蜓浦 / 236
　　题斋壁四首(其三) / 236
　　夜意 / 236
　　少微山 / 236
　　秋社二首(其二) / 237
　　初冬扫东山之麓置数石于乔松巨竹间以眺西山甚自适也 / 237
　　夏日晚兴 / 237
　　夜坐闻湖中渔歌 / 237
　　新篱 / 237
　　小集 / 237
　　郭西 / 237
　　出游五首(其五) / 237
　　出游四首(其一) / 237
　　南门晚眺 / 238
　　秋怀十首(其二) / 238
　　新秋往来湖山间四首(其四) / 238
　　生涯四首(其一) / 238
　　农家六首(其二) / 238
　　湖上夜赋二首(其一) / 238
　　病减 / 238
　　夜出偏门还三山 / 238
　　记梦 / 239

夜闻湖中渔歌　/239
排闷　/239
罗 敩(?—?)
快阁　/239
梅 询(964—1041)
濠州四望亭闲眺　/240
梅尧臣(1002—1060)
金陵与张十二传师赏心亭饮　/240
长芦江口　/240
余姚陈寺丞　/240
宣州杂诗二十首(其六)　/240
孟 贯(?—?)
春江送人　/240
米 芾(1051—1107)
绍圣二年八月十八日观潮于浙江亭书　/240
将之苕溪戏作呈诸友(其五)　/241
妙普庵主(1071—1142)
偈三首(其二)　/241
欧阳光祖(?—?)
和朱元晦九曲棹歌(其一)　/241
钱仲鼎(?—?)
水村歌　/241
史 浩(1106—1194)
因见父老云东湖九百九十顷七十二溪故有是作　/241
东湖游山　/241
释重显(980—1052)
往复无间(其一一)　/242
释崇岳(1132—1202)
颂古二十五首(其一九)　/242

释道宁(1053—1113)
偈六十九首(其一二)　/242
释法全(1114—1169)
颂古十九首(其一〇)　/242
释法顺(1076—1139)
偈五首(其二)　/243
释怀深(1077—1132)
和尧峰泉老·清辉轩　/243
释净端(1032—1103)
睡起　/243
山居(其三)　/243
释居简(1164—1246)
偈颂一百三十三首(其九七)　/243
释普度(1199—1280)
偈颂一百二十三首(其六九)　/243
释尚能(?—?)
京口僧院　/243
释师范(1177—1249)
偈颂一百四十一首(其六八)　/244
释斯植(?—?)
偶成　/244
过越　/244
释文礼(1167—1250)
颂古五十三首(其二五)　/244
释文珦(1210—?)
湖亭别友　/244
越中三江斗门　/244
释文兆(?—?)
吊屈原呈王内翰　/244
释子淳(?—1119)
颂古一〇一首(其五〇)　/245

释祖钦(1216—1287)
　　允宽上人 / 245
苏 洞(1170—?)
　　晚步湖桥 / 245
汤仲友(?—?)
　　枫桥 / 245
唐 介(1010—1069)
　　谪官渡淮舟中遇风欲覆舟而作 / 245
唐天麟(1227—?)
　　烟雨楼 / 245
陶梦桂(1180—1253)
　　次韵良佐歇心歌三首(其三) / 246
汪元量(1241—1317)
　　画溪酒边 / 246
王 令(1032—1059)
　　晚泊 / 246
王 随(973—1039)
　　句(其二) / 246
王庭珪(1080—1172)
　　和郑元清同游殷仲堪读书台二首(其一) / 246
王 周(?—?)
　　过武宁县 / 246
韦 骧(1033—1105)
　　南湖晚霁 / 247
魏 野(960—1020)
　　送王国博赴江南提刑(其一) / 247
　　寄淮南制置使薛户部 / 247
吴龙翰(1233—1293)
　　冯永之号冰壶工水墨丹青 / 247

吴 潜(1195—1262)
　　吴波亭二首(其二) / 248
吴 栻(?—?)
　　和周焘合江亭(其二) / 248
徐 钧(?—?)
　　张志和 / 248
徐 瑞(1255—1325)
　　溪上晚眺 / 248
徐似道(1144—1212)
　　北闸停舟 / 248
徐 铉(917—992)
　　常州驿中喜雨 / 248
许及之(1141—1209)
　　和人惠白莲花 / 249
　　新晴 / 249
薛季宣(1134—1173)
　　芦花 / 249
薛师石(1178—1228)
　　题南塘薛圃 / 249
薛 嵎(1212—?)
　　春晴泛湖 / 249
　　忆汪氏山亭旧游并简 / 249
杨万里(1127—1206)
　　端午独酌 / 250
姚所韶(?—?)
　　渔歌 / 250
叶 茵(1199?—?)
　　参选有感 / 250
于 石(1247—?)
　　晚眺 / 250

俞德邻(1232—1293)
　　次郭元德二首(其二) / 250
俞　桂(？—？)
　　垂虹 / 250
袁说友(1140—1204)
　　舟遇逆风有叶舟坐二小儿以一竿挂
　　二笠代帆而来 / 251
曾　协(1119—1173)
　　湖山堂 / 251
曾跃鳞(？—？)
　　闻西浦渔歌作 / 251
张　侃(1189—？)
　　新河 / 251
张舜民(？—？)
　　句(其六) / 251
张孝祥(1132—1170)
　　三塔寺阻雨(其二) / 251
张尧同(？—？)
　　嘉禾百咏·秀水 / 252
赵　抃(1008—1084)
　　渔父五首(其五) / 252
赵善傅(？—？)
　　喜闲(其一) / 252
赵师秀(1170—1219)
　　送蒋节推赴岳阳 / 252
赵　文(1239—1315)
　　次韵郭梅边汤孤松见寄 / 252
真山民(？—？)
　　溪行 / 252
　　隐怀 / 253

郑得彝(？—？)
　　龙游八景·双港明月 / 253
郑　起(1199—1262)
　　洞庭君山辞 / 253
周　密(1232—1298)
　　潇湘八景·平沙落雁 / 253
周　郧(？—？)
　　丁酉经由三高亭再和 / 253
周紫芝(1082—？)
　　晓发吴江晚上姑苏台 / 254
朱庆朝(1191—1262)
　　应试渡江 / 254
朱　熹(1130—1200)
　　芹溪九曲诗(其二) / 254
邹登龙(？—？)
　　滕阁怀古 / 254

菱　歌

曹　勋(1098—1174)
　　题迎晖堂 / 254
陆　游(1125—1210)
　　遣兴二首(其一) / 254
薛季宣(1134—1173)
　　雨后忆龙翔寺 / 255
严　羽(1192？—1245？)
　　怀南昌旧游 / 255
张伯玉(？—？)
　　蓬莱阁闲望写怀 / 255

踏 歌

刘有庆(?—?)
　效长吉体 / 256

任希夷(1156—?)
　题蓝道人画梅诗轴(其一) / 256

释元肇(1189—?)
　和白玉蟾韵 / 256

唐　庚(1071—1121)
　戊子大水二首(其一) / 257

薛季宣(1134—1173)
　杨白华 / 257

张良臣(?—?)
　西湖晚归 / 257

周紫芝(1082—?)
　寒食曲 / 257
　西湖春事五首(其四) / 257

浩 歌

白玉蟾(1194—?)
　题清胜轩壁 / 257

程安仁(?—?)
　同章少连游西湖作浩歌行 / 258

戴表元(1244—1310)
　自居剡源少遇乐岁辛巳之秋山田可拟上熟吾贫庶几得少安乎乃和渊明贫士七首与邻人歌而乐之(其三) / 258

邓　肃(1091—1132)
　贺梁溪李先生除右府 / 258

董嗣杲(?—?)
　雨泊蕲州岸下 / 258
　渔郎 / 259

杜　范(1182—1245)
　七夕歌 / 259

范仲淹(989—1052)
　赠张先生 / 259
　送河东提刑张太博 / 260

方　回(1227—1307)
　正月十九日四更起读朱文公年谱至天大明赋十二首(其一) / 261
　晚登会真道堂望庐山大江作 / 261

葛胜仲(1072—1144)
　次韵良器真意亭探韵 / 261

郭祥正(1035—1113)
　治平三年秋七月当涂郭功父招无为杨次公会于环峰时五云叟陈德孚以诗寄吾二人因联句酬之 / 262
　清江台致酒赠范希远龙图 / 263
　醉石 / 263

韩　维(1017—1098)
　和王都尉 / 263

贺　铸(1052—1125)
　广四愁寄李逮 / 263

孔平仲(1044—1102)
　正月七夜饮节之廨舍 / 264

孔武仲(1041—1097)
　介之会徐氏家饮薄暮不归为诗招之 / 264

李　彭(?—?)
　游真风观 / 264

刘　敞(1019—1068)
　　樱桃花开留徐二饮　/ 264
刘季孙(1033—1092)
　　赠贾收处士十韵　/ 265
刘子翚(1101—1147)
　　江山突星石士特欲易为独醒有诗因
　　　次其韵　/ 265
陆　游(1125—1210)
　　寄仗锡平老借用其听琴诗韵　/ 265
吕本中(1084—1145)
　　宿石头多宝寺　/ 265
毛　滂(1060—?)
　　出都寄二苏　/ 266
彭汝砺(1042—1095)
　　月夜示子文　/ 267
钱亿年(1100—1184)
　　和唐子固见寄初冬晚步韵　/ 267
强　至(1022—1076)
　　王广渊郎中挽诗　/ 268
邵　雍(1011—1077)
　　浩歌吟(其一)　/ 268
释永颐(?—?)
　　伯弢出示新题乐府四十章雄深雅健
　　　有长吉之风喜而有咏　/ 268
苏　轼(1037—1101)
　　上元夜　/ 268
王　铚(?—?)
　　除夕　/ 268
魏　野(960—1020)
　　夏夜与臧奎陈越会宿河亭联句三十
　　　韵　/ 269

文彦博(1006—1097)
　　早夏言怀　/ 269
杨万里(1127—1206)
　　寄题赵漕秘阁东山堂　/ 270
姚　勉(1216—1262)
　　题河沙寺西崖　/ 270
岳　珂(1183—?)
　　浩歌行　/ 270
张九成(1092—1159)
　　杨干致仕　/ 271
赵潜夫(?—1227)
　　题弦风亭　/ 272
周紫芝(1082—?)
　　八月三日早起　/ 272

棹　歌

蒋　堂(980—1054)
　　棹歌　/ 272
刘　敞(1019—1068)
　　欲于旧州石桥作偶浯台以备游览先
　　　为五言　/ 273
释行海(1224—?)
　　元日　/ 273
宋伯仁(1199—?)
　　累字戏作解愁吟简旧同寮　/ 273
吴　芾(1104—1183)
　　夜来同诸公泛舟湖中乐甚因更潭名
　　　作北湖乃作拙句呈诸友亲聊以纪
　　　一时之胜云　/ 274
吴　亿(?—?)
　　游莺脰湖　/ 274

辛弃疾(1140—1207)
　　游武夷作棹歌呈晦翁十首(其四) /274
徐　积(1028—1103)
　　大河上天章公顾子敦 /274
赵汝淳(?—?)
　　寿放翁(其二) /278
朱　熹(1130—1200)
　　次韵寄题芙蕖馆三首(其三) /278

啸　歌

韩　淲(1159—1224)
　　二十九日 /278
韩元吉(1118—?)
　　七夕与孟婿约汤朝美率徐行中游鹤山 /278
孔平仲(1044—1102)
　　次韵和常父(其一) /279
陆　游(1125—1210)
　　忆昔 /279
　　自诘 /279
潘从大(?—?)
　　疏斋用前韵记响山之游依韵奉答 /280
钱　选(?—?)
　　题浮玉山居图 /280
秦　观(1049—1100)
　　泊吴兴西观音院 /280
宋　庠(996—1066)
　　谷城主簿王崇者少得养生禅寂之道中年弃官入汉阴武当之间邈与世绝又有吴人山者自远携母与王同隐时余方贫病慨然慕之因为诗代书以寄二子且托王寻耕钓之地相与迩者并以叙怀云 /280
张　埴(?—?)
　　题锺氏深秀楼 /281
郑清之(1176—1251)
　　再和戏黄玉泉 /281

樵　歌

蔡　襄(1012—1067)
　　诗一首 /282
曹　训(?—?)
　　震山岩 /282
陈　普(1244—1315)
　　野步(其六) /282
　　凭阑(其二) /282
陈　著(1214—1297)
　　晴郊意行到梅山示弟苣 /282
　　梅山弟来同饮醉书本堂 /283
程　颐(1033—1107)
　　陆浑乐游 /283
邓忠臣(?—?)
　　和蔡肇慎思说家山之胜用其语得诗 /283
董嗣杲(?—?)
　　漫兴二首(其二) /283
方　回(1227—1307)
　　饮兴道观有感五首(其三) /283
　　别秀亭五首(其四) /283

方 岳(1199—1262)
　　西崦 / 284
高 镕(?—?)
　　春日田园杂兴 / 284
葛天民(?—?)
　　收白匾豆因得二首(其二) / 284
郭祥正(1035—1113)
　　和杨公济钱塘西湖百题·樵歌岭 / 284
　　登清音亭二首(其一) / 284
韩 淲(1159—1224)
　　闻少卫有行役(其二) / 284
　　夏雨 / 284
　　次韵斯远并柬成季(其二) / 285
何梦桂(1229—?)
　　题桥亭 / 285
黄汝嘉(?—?)
　　登骑石山(其一) / 285
柯 举(?—?)
　　游华严寺 / 285
孔平仲(1044—1102)
　　谈道亭睡觉而成 / 285
李处权(?—1155)
　　游石桥 / 285
李 纲(1083—1140)
　　剑浦道中二首(其一) / 286
李 彭(1194—?)
　　与箬溪焕上人夜坐 / 286
刘 敞(1019—1068)
　　王屯田归望山别墅 / 286

刘 黻(1217—1276)
　　呈径畈徐左司 / 286
刘克庄(1187—1269)
　　秋旱继以大风即事十首(其六) / 286
　　太守林太博赠瑞香花(其六) / 286
　　和季弟韵二十首(其四) / 286
　　陈亨叔司理见遗长笺小诗还赘 / 287
　　送方漳浦 / 287
　　竹溪直院盛称起予草堂诗之善暇日览之多有可恨者因效颦作十首亦前人广骚反骚之意内二十九首用旧题惟岁寒知松柏被褐怀珠玉三首效山谷余十八首别命题或追录少作并存于卷以训童蒙之意·太平无象二首(其一) / 287
楼 璹(1090—1162)
　　耕图二十一首·耖 / 287
陆文圭(1250—1334)
　　题立斋不碍云山亭 / 287
陆 游(1125—1210)
　　野寺 / 288
　　即事六首(其五) / 288
　　即事四首(其一) / 288
　　舟过会稽山下因系舟游近村迨暮乃归 / 288
吕南公(1047—1086)
　　将归南城留别高赋亭二首(其一) / 288
　　壬戌岁归治西村居奉答次道见寄长

44

目录

句 / 288

欧阳修(1007—1072)
游龙门分题十五首·上山 / 289
游龙门分题十五首·宿广化寺 / 289

彭汝砺(1042—1095)
试诸葛生笔因书所怀寄诸弟(其一九) / 289

丘 葵(1244—1333)
和张原斋见寄 / 289

裘万顷(?—1219)
绝句 / 289

石 介(1005—1045)
赴任嘉州嘉陵江泛舟(其一) / 289

释慧晖(1097—1183)
偈颂四十一首(其一) / 290

释慧空(1096—1158)
二祖真赞 / 290

释了惠(1198—1262)
送奎上人往中川 / 290

释绍昙(?—1297)
颂古五十五首(其八) / 290
划柴 / 290

释惟一(1202—1281)
偈颂一百三十六首(其一七) / 290

释文珦(1210—?)
闲居遣兴 / 290

释正觉(1091—1157)
偈颂二百零五首(其一五六) / 291

释子淳(?—1119)
山居五首(其三) / 291

舒 亶(1041—1103)
和马粹老四明杂诗聊纪里俗耳十首(其九) / 291

司马光(1019—1086)
和张文裕初寒十首(其六) / 291

宋 祁(998—1061)
望仙亭书所见(其二) / 291

孙 觌(1081—1169)
龟潭二首(其一) / 291

孙应时(1154—1206)
四明山记游八十韵 / 292

汪元量(1241—1317)
虎丘 / 293

王安石(1021—1086)
重游草堂(其三) / 293

王 涤(?—?)
怀潮士吴子野 / 293

王 炎(1138—1218)
喜晴行呈陈宰 / 294
平江道中 / 294

韦 骧(1033—1105)
和江亭春半 / 294

文彦博(1006—1097)
熙宁癸丑季冬十有三日某被旨谢雪于济祠已事与秘书监光禄卿直史馆太常少卿屯田郎中秘书丞同游枋口泛舟沁水至岘石而登岸历观岩谷间前贤之题名翌日游化成寺以车渡沁回入盘谷穷览山水之嘉处由燕川而归·过燕川渡 / 294

45

吴　沆(1116—1172)
　　句(其一八) / 294

吴锡畴(1215—1276)
　　山居寂寥与世如隔是非不到荣辱两忘因忆秋崖工部尝教以我爱山居好十诗追次其韵聊写穷山之趣(其一〇) / 295

徐　积(1028—1103)
　　和汤令 / 295
　　送秦漕 / 295

徐经孙(1192—1273)
　　题伴云樵唱 / 295

许及之(1141—1209)
　　再和二首(其一) / 295

许月卿(1216—1285)
　　赠墨士程云翁 / 295

薛师石(1178—1228)
　　瓜庐至日即事 / 296

杨万里(1127—1206)
　　归路过南溪桥二首(其一) / 296

叶　适(1150—1223)
　　薛子舒墓 / 296

叶　茵(1199?—?)
　　潇湘八景图·山市晴岚 / 296

岳　珂(1183—?)
　　山中书怀 / 296

赵善漮(1145—1223)
　　游西山(其二) / 297

真山民(?—?)
　　冬雪 / 297

朱继芳(?—?)
　　和颜长官百咏·负薪(其四) / 297

邹　浩(1060—1111)
　　马上(其三) / 298
　　中秋日泛湖杂诗(其七) / 298

牛角歌(甯戚歌)

陈　辅(?—?)
　　牛角歌 / 298
　　悲昔游 / 298

陈　渊(?—1145)
　　次韵杨丈夜寒直舍(其二) / 298

陈　著(1214—1297)
　　和单君范古意六首·牧 / 298

方　岳(1199—1262)
　　次韵十二神体(其二) / 299
　　枕石 / 299

韩　淲(1159—1224)
　　雨乍霁散步村野山谷间 / 299

华　岳(?—1221)
　　记梦 / 299

姜特立(1125—1203)
　　冬夜不寐 / 300

林景熙(1242—1310)
　　次曹近山见寄 / 300

刘　过(1154—1206)
　　村墅 / 300

陆　游(1125—1210)
　　蓬门 / 300
　　与青城道人饮酒作 / 300
　　书室明暖终日婆婆其间倦则扶杖至

小园戏作长句二首(其二) / 301

苏　过(1072—1123)
　　次韵曲水泛舟四首(其四) / 301

苏　轼(1037—1101)
　　乔太博见和复次韵答之 / 301

苏　辙(1039—1112)
　　次韵吴厚秀才见赠三首(其三)
　　　　/ 301

谭用之(?—?)
　　幽居寄李秘书 / 301

王　炎(1138—1218)
　　答韩毅伯五首(其四) / 302
　　用前韵答黄一翁二首(其一) / 302

王　奕(?—?)
　　和叠山到山阳郡学四诗(其四)
　　　　/ 302

王　灼(?—?)
　　题政黄牛出山图(其二) / 302

韦　骧(1033—1105)
　　陶掾书斋小饮 / 302
　　暑雨言怀和潘倅十八韵 / 303

许　棐(?—?)
　　题野处 / 303

游　开(?—?)
　　和刘叔通 / 303

俞德邻(1232—1293)
　　送程道大归新安兼简宪使卢处道学
　　　士四首(其四) / 303

张方平(1007—1091)
　　胡生画牛歌 / 303

张　纲(1083—1166)
　　次韵虞章 / 304

张　耒(1054—1114)
　　试院即事呈诸公 / 304
　　读戚公恕进卷 / 304

张孝祥(1132—1170)
　　和王景文(其二) / 305

张　镃(1153—?)
　　杂兴(其三) / 305

赵必瓈(1245—1294)
　　和尹权宰见访韵 / 305

郑思肖(1241—1318)
　　甯戚饭牛图 / 305

紫芝歌

晁说之(1059—1129)
　　记梦 / 305

程　珌(1164—1242)
　　寿皇子(其三) / 306
　　太上虚皇黄庭经句法十篇寿赵帅(其
　　　六) / 306

范仲淹(989—1052)
　　送徐登山人 / 306

方　回(1227—1307)
　　唐阁门挽诗三首(其一) / 306
　　七十翁五言十首(其五) / 307
　　赠相士李山屋 / 307

方一夔(?—?)
　　感兴二十七首(其二四) / 307

韩　淲(1159—1224)
　　八月二十五日过南龥(其一) / 307

晓起 / 307

贺　铸（1052—1125）
　　送章邦杰移家余杭包家山 / 307

胡　宿（995—1067）
　　送致政吴宾客 / 308
　　寄题斋馆 / 308

胡志道（？—？）
　　练玉轩 / 308

黄大受（？—？）
　　读四皓传 / 309

黄庭坚（1045—1105）
　　禅颂 / 309

姜特立（1125—1203）
　　子陵濑 / 309

孔平仲（1044—1102）
　　寄孙元忠（其二〇） / 309

李　复（1052—？）
　　杂诗（其一） / 309

李　纲（1083—1140）
　　读四家诗选四首·太白 / 309

李流谦（1123—1176）
　　得小麖因戏作 / 310

李　彭（？—？）
　　登耶舍塔 / 310
　　赋张逸所画山水图 / 310

刘　敞（1019—1068）
　　送洛南周寺丞 / 311

罗与之（？—？）
　　下第西归（其一） / 311

米　芾（1051—1107）
　　题马远作四皓弈棋图横卷 / 311

潘兴嗣（1021—？）
　　过濂溪 / 311

裘万顷（？—1219）
　　安乐窝示元德弟二首（其二） / 311

释宝昙（1129—1197）
　　紫芝图 / 312

释德洪（1071—1128）
　　次韵君武中秋月下 / 312

释怀深（1077—1132）
　　拟寒山寺（其八六） / 312

释居简（1164—1246）
　　次韵宣州使君陈中书见寄 / 312
　　如隐 / 313

释文珦（1210—？）
　　山中秋日怀友 / 313
　　赠同志 / 313

释元肇（1189—？）
　　高鼓院桃村 / 313

宋　庠（996—1066）
　　寄题职方周员外庐山笑台 / 314

苏　过（1072—1123）
　　次韵孙海见赠（其一） / 314

苏　轼（1037—1101）
　　和陶归园田居六首（其五） / 314

苏　辙（1039—1112）
　　次韵孔平仲著作见寄四首（其二） / 314

王安石（1021—1086）
　　赠上元宰梁之仪承议 / 315

王　阮（？—1208）
　　和陶诗六首·和归田园 / 315

48

王禹偁(954—1001)
  贺柴舍人新入西掖 / 315
谢翱(1249—1295)
  四皓 / 315
谢薖(1074—1116)
  寄题朱氏小隐园 / 315
章甫(?—?)
  卜宅 / 316
赵友直(?—?)
  秋夜宿瑞象寺写怀 / 316
真山民(?—?)
  客中临归仍送游教谕 / 316
邹浩(1060—1111)
  送郑祭酒得宫观还乡 / 316

汾阴曲

李新(1062—?)
  汾阴曲 / 317

法曲

高似孙(1158—1231)
  巾山雪 / 317
黄庭坚(1045—1105)
  次韵宋懋宗三月十四日到西池都人
  盛观翰林公出邀 / 317
李昭玘(?—1126)
  迎驾 / 318
沈遘(1028—1067)
  使还雄州曹使君夜会戏赠三首(其
  二) / 318

宋祁(998—1061)
  奉和御制后苑赏花诗 / 318
宋庠(996—1066)
  正月四日侍宴紫宸殿契丹使预会
  / 318
陶梦桂(1180—1253)
  次韵良佐歇心歌三首(其二) / 318
王珪(1019—1085)
  依韵和梅圣俞从登东楼三首(其三)
  / 318
夏竦(985—1051)
  奉和御制朝元殿朝谢玉皇大帝
  / 319
曾巩(1019—1083)
  和史馆相公上元观灯 / 319
周必大(1126—1204)
  立春帖子·太上皇后阁(其一)
  / 319
  恭和御制幸秘书省诗二首(其一)
  / 319

荔枝歌

蔡襄(1012—1067)
  梨园小部 / 319
陈襄(1017—1080)
  荔枝歌 / 319
周紫芝(1082—?)
  季共见和前诗次韵为谢(其一)
  / 320
  荔枝香 / 320

大 风 歌

曹　勋(1098—1174)
　　大驾亲征 / 320
程　俱(1078—1144)
　　和田龙图升之登秋宴口号(其一)
　　 / 320
李　光(1078—1159)
　　次韵奉酬当时参议见赠游钟山五诗
　　(其五) / 321
刘　攽(1023—1089)
　　王四十监鸿庆宫 / 321
王　质(1135—1189)
　　舟中作二首(其二) / 321
郑　獬(1022—1072)
　　春日陪杨江宁宴感古作 / 321

沧 浪 歌

晁补之(1053—1110)
　　寄怀寿光主簿四叔父 / 322
范仲淹(989—1052)
　　鄱阳酬泉州曹使君见寄 / 322
方　岳(1199—1262)
　　胡道士山房听琴 / 323
　　南窗偶书(其二) / 323
郭祥正(1035—1113)
　　送李察推 / 323
贺　铸(1052—1125)
　　答王拙见寄 / 323
　　除夜叹 / 324

刘　攽(1023—1089)
　　和杨十七伤苏子美 / 324
刘　挚(1030—1097)
　　荆门军惠泉呈李使君舜卿 / 324
饶　鲁(?—?)
　　远浦棹歌 / 325
释义青(1032—1083)
　　第七十四黄连声前颂 / 325
汪　藻(1079—1154)
　　横山堂二首(其二) / 325
王十朋(1112—1171)
　　自鄂渚至夔府途中记所见一百十韵
　　 / 325
吴　璋(?—?)
　　环溪夜坐 / 327
薛季宣(1134—1173)
　　谷里章 / 328
于　石(1247—?)
　　浪吟 / 329
真山民(?—?)
　　光霁阁晚望 / 329
周　密(1232—1298)
　　梦仙 / 329
周紫芝(1082—?)
　　次韵庭藻再赋天申节锡燕书事
　　 / 329

击 壤

曹　勋(1098—1174)
　　山居杂诗九十首(其八四) / 330

目 录

柴元彪(？—？)
　　击壤歌 / 330
晁公遡(1116—？)
　　次刘机将仕韵 / 331
　　赵主簿护贡篚至吴下有诗见示用诗为谢 / 331
晁迥(951—1034)
　　属疾 / 331
晁说之(1059—1129)
　　夏祭日感事 / 331
　　次韵邵子文书梦 / 331
陈宓(1171—1230)
　　送李倅 / 332
陈起(？—？)
　　寿大丞相安晚先生 / 332
陈天瑞(？—？)
　　大暑松下卧起二首(其一) / 332
陈渊(？—1145)
　　萧山雪中寄季修 / 332
陈造(1133—1203)
　　次韵余司理路监岳 / 333
程公许(1182—？)
　　工侍国史奉御香祷雪上竺前一夕雪瑞已应道间志喜成诗以示敬借韵同赋 / 333
程祁(？—？)
　　再宿禅房院五首(其四) / 334
崔敦礼(？—1181)
　　次韵孙抚干二首(其二) / 334
戴复古(1167—？)
　　喜梅雨既晴 / 334

邓肃(1091—1132)
　　与郭舜钦朝请 / 334
杜范(1182—1245)
　　方山有求转语之作并用韵二章(其二) / 335
　　叔虎辱与予游最久其所为诗文仅窥一二未获骞珠璧之椟而纵观也行李来京都携方崖类藁携续集示予暇日隐几读之斫巧抽新绚彩烂烂为之洞心豁目不知君家所藏其富若是辄成古风以自诧奇观因以为谢 / 335
杜衍(978—1057)
　　林下书怀 / 335
范成大(1126—1193)
　　插秧 / 336
　　次韵袁起岩喜雨 / 336
范镇(1008—1089)
　　和君实喜雨三首(其三) / 336
方回(1227—1307)
　　次韵许瑞石送邵容斋见寄 / 336
　　改白云庵疏语为李道大 / 336
方一夔(？—？)
　　田家(其一) / 336
方岳(1199—1262)
　　时事 / 337
冯时行(？—1163)
　　恭州杨倅生日 / 337
　　和杨拱辰见惠 / 337
傅察(1090—1126)
　　天宁节后筵口号 / 337

51

富　弼(1004—1083)
　　弼观罢走笔书后卷　/ 338
　　台上再成乱道走书呈尧夫　/ 338

葛立方(?—1164)
　　九效·自修　/ 338

葛胜仲(1072—1144)
　　次韵李子京宋城道中诗三首(其二)　/ 338
　　送宁守罢任赴阙四首(其二)　/ 338

郭祥正(1035—1113)
　　次韵安止春词十首(其一〇)　/ 338
　　自释二首(其二)　/ 339
　　将归三首(其一)　/ 339
　　将归三首(其三)　/ 339
　　蒲涧奉呈蒋帅待制　/ 339

郭　印(?—?)
　　和许守丰年行　/ 340

韩　淲(1159—1224)
　　乙上人来过　/ 340
　　十六日　/ 340

韩　驹(1080—1135)
　　上太师公相生辰诗十首(其四)　/ 340

韩　琦(1008—1075)
　　喜雨应祷　/ 340

韩　维(1017—1098)
　　和微之尧夫作会　/ 341

何梦桂(1229—?)
　　得雨行　/ 341

贺　铸(1052—1125)
　　田园乐　/ 341

洪　适(1117—1184)
　　独步惠泉用石刻中韵　/ 342

华　镇(1051—?)
　　和都城春雪　/ 342

姜特立(1125—1203)
　　暑退　/ 342
　　喜雨寄曾少卿　/ 342

孔平仲(1044—1102)
　　宽恤民力　/ 343

孔武仲(1041—1097)
　　喜雨　/ 343

李　纲(1083—1140)
　　是日闻报御笔许牵复有感　/ 343
　　次韵王尧明喜雨古风　/ 343

李流谦(1123—1176)
　　寄送梁子辅赴召　/ 344

李昴英(1201—1257)
　　送梁伯隆归丹谷旧隐　/ 344

李弥逊(1089—1153)
　　次韵连江陈丞闵雨　/ 344

李　彭(?—?)
　　寄张圣源　/ 345

李商叟(?—?)
　　寿时相(其二)　/ 345

李　石(1108—1181)
　　扇子诗(其一)　/ 345

李正民(1073—1151)
　　次韵邢丞立春　/ 345

李之仪(1048—1127)
　　甘露堂歌　/ 345
　　和人感怀　/ 346

52

林希逸(1193—1271)
  代怀安王林丞上杨安抚十诗(其六) /346

刘 攽(1023—1089)
  次韵和黄朝议(其二) /346
  八月十五日秋分是日又社 /346
  次韵和张屯田新年六十九 /347
  喜雨和任判官奉呈太守 /347

刘才邵(1086—1157)
  春日郊居四首(其二) /347

刘 敞(1019—1068)
  送李监丞致仕还乡 /347
  劝耕亭晚望田家作 /347

刘 黻(1217—1276)
  田家吟 /348

刘克庄(1187—1269)
  秋旱继以大风即事十首(其一) /348
  诸家牡丹已谢小圃忽开两朵皆大如斗戏题二绝(其二) /348
  次漕庚两使者绝句韵六首(其一) /348
  次王玠投赠韵三首(其二) /348
  次韵三首(其三) /348
  天基节口占二首(其一) /348
  七十四吟十首(其六) /348
  三和(其一) /349
  次韵庚使左史中书行部二首(其一) /349
  和乡守赵计院灯夕韵 /349
  击壤图 /349

刘炜叔(?—?)
  上陈招使 /349

刘 宰(1166—1239)
  赛龙谣寄陈倅校书兼呈黄堂 /349

刘 挚(1030—1097)
  秋日即事 /350
  县北马上 /350

陆 游(1125—1210)
  示儿子 /350
  七月十日到故山削瓜瀹茗翛然自适 /350
  晚步门外书触目 /351
  农舍 /351
  三月十一日郊行 /351
  致仕后述怀六首(其四) /351
  病中杂咏十首(其四) /351
  天申节致语口号三首(其三) /351
  入梅 /351
  十一月十一日夜闻雨声 /351
  访野人 /352
  时雨 /352
  屡雪二麦可望喜而作歌 /352
  夜闻蟋蟀 /352
  月夜作 /352

吕本中(1084—1145)
  次潘节夫韵 /353

吕南公(1047—1086)
  夜听车舍哀歌有感而作(其二) /353

马廷鸾(1222—1289)
  甲子初冬宿直玉堂凄风小雨次日即

承先帝晏驾之变距今二十年矣大
忌前一日孤臣独眠山庵景象正似
当年挑灯危坐闻田家鼓笛之声凄
其有感二首(其二) / 353

梅尧臣(1002—1060)
　　祫享观礼二十韵 / 353

欧阳澈(1097—1127)
　　喜雨八绝寄显道作(其一) / 354

欧阳修(1007—1072)
　　应制赏花钓鱼 / 354
　　留守相公祷雨九龙祠应时获澍呈府
　　中同寮 / 354

彭汝砺(1042—1095)
　　寄周朝议至乐堂(其二) / 354
　　晨起祠先农道中 / 354

蒲寿宬(?—?)
　　山中井 / 355

仇　远(1247—?)
　　初冬郊行(其二) / 355
　　雪晴 / 355

邵　雍(1011—1077)
　　无客回天意(其二) / 355
　　和相国元老 / 355
　　击壤吟 / 356
　　击壤吟 / 356

沈　括(1031—1095)
　　图画歌 / 356

释大观(?—?)
　　偈颂五十一首(其七) / 357

释道潜(1044—?)
　　次韵何子温龙图见赠 / 357

释绍昙(?—1297)
　　老农 / 357

舒　亶(1041—1103)
　　和马粹老四明杂诗聊纪里俗耳十首
　　(其五) / 357

舒岳祥(1219—1298)
　　山行 / 357

司马光(1019—1086)
　　春贴子词·皇帝阁六首(其三)
　　／357

宋　祁(998—1061)
　　属邑告稔寄转运劝农二使台 / 358
　　提刑劝农使者还嘉州 / 358

宋　庠(996—1066)
　　次韵和运使王密学见贻之作 / 358
　　岁暮思归五首(其二) / 358

苏　轼(1037—1101)
　　密州宋国博以诗见纪在郡杂咏次韵
　　答之 / 358

孙　觌(1081—1169)
　　次韵蒋次庄二首(其二) / 359

王安石(1021—1086)
　　歌元丰五首(其三) / 359
　　次韵酬宋玘六首(其五) / 359
　　要望之过我庐 / 359
　　元丰行示德逢 / 359
　　游土山示蔡天启秘校 / 359

王　柏(1197—1274)
　　畴依(其二) / 360
　　夜观野舟浩歌有感 / 360

王　迈(1184—1248)
　　送郑邛叔珪之博罗尉四首(其四)
　　　/ 361

王　阮(?—1208)
　　代胡仓进圣德惠民诗一首　/ 361

王　嵒(?—?)
　　句(其六)　/ 363

王　炎(1138—1218)
　　郊祀庆成诗　/ 363

王禹偁(954—1001)
　　对雪感怀呈翟使君冯中允同年
　　　/ 364

王　质(1135—1189)
　　又次韵　/ 364

卫宗武(?—1289)
　　立秋喜雨　/ 365
　　和催雪　/ 365

魏　野(960—1020)
　　谢刘小谏寄惠双鹤　/ 365

吴　芾(1104—1183)
　　和林大任劝耕　/ 366

吴　潜(1195—1262)
　　再用喜雨韵三首(其三)　/ 366
　　喜雨和赵右司　/ 366

吴　瑀(?—?)
　　春日田园杂兴　/ 366

武　衍(?—?)
　　边烽既息稿事告登歌以五十六字用
　　　和击壤　/ 366

夏　竦(985—1051)
　　奉和御制五岳观告成　/ 367

熊　禾(1247—1312)
　　七夕遇雨访石堂先生(其二)　/ 367

徐似道(1144—1212)
　　硐岭樵歌　/ 367

徐　铉(917—992)
　　又赋早春书事　/ 367

许及之(1141—1209)
　　次韵常之秋日郊居十首(其二)
　　　/ 367

许景衡(1072—1128)
　　次韵王功达见寄　/ 367

许应龙(1169—1249)
　　皇帝阁春帖子(其五)　/ 368

许月卿(1216—1285)
　　献岁　/ 368
　　天道　/ 368

薛　嵎(1212—?)
　　新年换桃符　/ 368

杨　亿(974—1020?)
　　分得朝野多欢娱　/ 368
　　奉和御制南郊七言六韵诗　/ 368

虞　俦(?—?)
　　姜邦杰以四绝见寄因和之(其二)
　　　/ 368
　　五月四日过西山道院田间记老农语
　　　/ 369

宇文虚中(1079—1145)
　　灯碑五首(其五)　/ 369

岳　珂(1183—?)
　　己亥十二月十七日堂帖被召感恩二
　　　首(其二)　/ 369

张　侃(1189—?)
　　多稼亭　/ 369
张　栻(1133—1180)
　　次韵赵漕(其二)　/ 369
张　埴(?—?)
　　食新　/ 369
张　镃(1153—?)
　　戏效乐天体　/ 370
章　甫(?—?)
　　曾仲恭侍郎惠酒以偶有名酒无夕不饮为韵谢之(其七)　/ 370
赵　鼎(1085—1147)
　　上恭祀圜丘天宇晴霁既庆成数日乃得小雪御制喜雪诗示群臣代人次韵拟和　/ 370
赵　炅(939—997)
　　缘识(其一九)　/ 370
赵汝鐩(1172—1246)
　　送洁斋仓使袁都官归班　/ 371
仲　并(?—?)
　　代人上师垣生辰三首(其一)　/ 371
周必大(1126—1204)
　　立春帖子·太上皇帝阁(其三)　/ 371
周　锷(1057—1131)
　　西湖三首(其二)　/ 371
朱长文(1039—1098)
　　雪夕林亭小酌因成拙诗四十韵以贻坐客昔欧阳公与人咏雪先戒勿用梨梅练絮白舞鹅鹤等字今篇中辄守此戒但愧不工伏惟采览　/ 372

朱淑真(?—?)
　　冬日杂咏　/ 372
邹　浩(1060—1111)
　　诗送晦叔先生(其三)　/ 373
　　简俞子恭　/ 373

新　曲

蔡　襄(1012—1067)
　　崇德夜泊寄福建提刑章屯田思钱塘春月并游　/ 373
晁冲之(1073—1126)
　　送王敦素　/ 373
戴表元(1244—1310)
　　送陈养晦谒阆风舒先生四首(其四)　/ 373
范成大(1126—1193)
　　二月三日登楼有怀金陵宣城诸友　/ 374
　　次韵袁起岩送示郡沼双莲图　/ 374
郭祥正(1035—1113)
　　洛中王秀才谈刘伯寿动静慕其潇洒作诗识之　/ 374
韩　琦(1008—1075)
　　七夕　/ 374
洪　适(1117—1184)
　　清音亭　/ 374
刘　攽(1023—1089)
　　杨寺丞书画　/ 374
刘　弇(1048—1102)
　　仪真吕明父席中观新曲　/ 375

陆文圭(1250—1334)
    史药房寿与东坡同日 / 375

强　至(1022—1076)
    依韵奉和司徒侍中壬子九日 / 375

释普宁(？—1276)
    偈颂四十一首(其八) / 376

释文珦(1210—？)
    蓬户 / 376

宋　祁(998—1061)
    和晏尚书咏芙蓉金菊 / 376
    送睦州柳从事 / 376

苏　轼(1037—1101)
    生日王郎以诗见庆次其韵并寄茶二
    十一片 / 376

苏　辙(1039—1112)
    次韵汪琛监簿见赠 / 376

王安石(1021—1086)
    次韵王禹玉平戎庆捷 / 377
    蒙亭 / 377

王　珪(1019—1085)
    依韵和王宣徽冬燕 / 377

王　洋(1089—1154)
    闻秀实归自临安有新作戏以小诗寄
    之四首(其一) / 377

王义山(1214—1287)
    蚤起斋檐独坐 / 377

韦　骧(1033—1105)
    和潘通甫寄孙太守 / 378
    昨日以事不得陪赴和甫学士之召
    / 378

文彦博(1006—1097)
    留守相公宠赐雅章召赴东楼真率之
    会次韵和呈 / 378

无名氏(？—？)
    回文(其二) / 378

夏　竦(985—1051)
    奉和御制幸金明池 / 378

谢希孟(？—？)
    樱桃 / 378

徐似道(1144—1212)
    厪隩牧笛 / 379

徐　铉(917—992)
    奉和宫傅相公怀旧见寄四十韵
    / 379

杨皇后(1162—1233)
    宫词(其一九) / 380

杨　绘(1027—1088)
    游春 / 380

岳　珂(1183—？)
    宫词一百首(其七〇) / 380

张　扩(？—？)
    次韵春雪 / 380

张　耒(1054—1114)
    送杜君章守齐州 / 380

张舜民(？—？)
    桃李花(其二) / 380

赵希槢(？—？)
    湖中曲 / 381

郑刚中(1088—1154)
    再用青字韵 / 381

郑獬(1022—1072)

　　江梅 / 381

　　再和 / 381

周紫芝(1082—?)

　　时宰生日诗六首(其四) / 381

朱彦(?—?)

　　麻姑山 / 381

旧 曲

白玉蟾(1194—?)

　　初至梧州 / 382

陈造(1133—1203)

　　再次韵 / 382

范成大(1126—1193)

　　重九独坐玉麟堂 / 382

郭祥正(1035—1113)

　　玩鞭亭 / 382

　　寄题鄂州李屯田家园仁安亭 / 383

胡寅(1098—1156)

　　寄题吴郁养素轩 / 383

胡仲弓(?—?)

　　回文体二首(其一) / 383

姜特立(1125—1203)

　　方叔每岁一相访送行 / 383

　　刘岩居士再和去年中秋见贻次韵 / 383

李洪(1129—1183)

　　尚善再用韵访梅 / 383

刘克庄(1187—1269)

　　杂咏一百首·房老 / 384

陆文圭(1250—1334)

　　挽孙石山二首(其一) / 384

马廷鸾(1222—1289)

　　病中修实录 / 384

梅尧臣(1002—1060)

　　感李花 / 384

释居简(1164—1246)

　　谢周和州叔子 / 384

苏辙(1039—1112)

　　次韵顿起考试徐沂举人见寄二首(其二) / 384

许及之(1141—1209)

　　后庭花 / 385

许彦国(?—?)

　　虞美人草行 / 385

张耒(1054—1114)

　　寿阳歌 / 385

周紫芝(1082—?)

　　次韵王参猷用前韵见寄 / 385

乐器组合

钟 鼓

敖陶孙(1154—1227)

　　送别史友六首(其四) / 386

蔡蒙吉(1245—1276)

　　阴那山 / 386

蔡襄(1012—1067)

　　句(其二) / 386

蔡　肇(?—1119)
　　游浮玉三首(其三) ／386
　　烟江叠嶂图 ／387
曹　勋(1098—1174)
　　政府生日四首(其三) ／387
　　和同官问耳疾六首(其二) ／387
晁补之(1053—1110)
　　次韵留守王公喜春 ／387
晁冲之(1073—1126)
　　和颜伯武丈山寺 ／387
晁公遡(1116—?)
　　龙爪滩 ／388
晁说之(1059—1129)
　　喜雨一首呈司录诸公及诸先辈
　　　／388
　　说之方忧韩公表大夫疾遽致仕乃蒙
　　　传视送陈州王枢密诗十首意典辞
　　　丽忻喜辄次韵和呈以公若登台辅
　　　临危莫爱身为韵(其五) ／388
　　试迈侄所寄冷金笺 ／388
　　圆机宠以长句贺祷雪龙池辄次韵述
　　　谢 ／388
陈必复(?—?)
　　席上和林端隐韵 ／388
陈鉴之(?—?)
　　京口甘露寺登眺 ／388
陈　宓(1171—1230)
　　山寺 ／389
　　东湖四咏(其四) ／389
陈　襄(1017—1080)
　　祈雨 ／389

古城 ／389
陈　晔(?—?)
　　我爱淳安好(其七) ／389
陈与义(1090—1138)
　　除夜 ／390
陈　渊(?—1145)
　　萧山觉苑寺雪后杜门 ／390
陈允平(?—?)
　　宿大慈山悟真观 ／390
陈　造(1133—1203)
　　送云岩老住天宁寺 ／390
陈知柔(?—1184)
　　题石桥 ／390
陈　著(1214—1297)
　　游鹿顶山 ／391
　　为龄叟作 ／391
　　送丹山主者周东隐 ／391
　　代吴景年次韵净慈寺主僧顿上人二
　　　首(其一) ／391
　　次韵石秀初慈云逃席自解 ／391
　　次韵前人贲籴 ／391
　　龄叟得稼山好语因赞之 ／391
　　次韵如岳醵饮西峰寺分韵成诗十四
　　　首见寄(其四) ／391
　　兄弟醵饮访雪航次弟观韵二首(其
　　　二) ／391
　　戴时芳时可学子吴叔度文可载酒西
　　　坑芳苦 ／392
　　避难雪窦之西坑游西麓庵 ／392
陈宗远(?—?)
　　寺深 ／392

59

程师孟(1009—1086)
  秦少游题郡中蓬莱阁次其韵 / 392
程元凤(1200—1269)
  淳祐己酉岁谒祖梁将军忠壮公庙 / 392
崔敦礼(？—1181)
  太白招魂 / 392
邓　肃(1091—1132)
  遣兴 / 394
丁　可(？—？)
  题寒岩寺 / 394
董嗣杲(？—？)
  厉屏山祠 / 394
  冷翠谷看瀑二首(其二) / 395
  出西城 / 395
  长桥 / 395
  天池寺 / 395
  题江州天庆观 / 395
杜　范(1182—1245)
  灵峰 / 395
范仲淹(989—1052)
  岁寒堂三题·岁寒堂 / 395
方　回(1227—1307)
  晓思 / 396
  五月十四日梅雨始通走笔二十韵 / 396
  三月十一日问政山次刘元煇韵 / 396
  放夜 / 397
  东山庙 / 397
  次韵张文焕慵庵万山堂即事二首(其二) / 397
  次韵受益喜晴二首(其二) / 397
  每旦闻钟鼓诸声 / 397
冯　山(？—1094)
  和蒲安行诚之秘丞游乌奴寺 / 397
葛绍体(？—？)
  总题(其一) / 397
  江心长句 / 397
顾　逢(？—？)
  秋晚与许端甫山行 / 398
郭祥正(1035—1113)
  再用前韵寄省上人 / 398
  深夜 / 398
  后云居行寄和禅师 / 398
  魏王台 / 399
韩　淲(1159—1224)
  乙上人郡请住鹅湖不往 / 399
  崇福庵(其一) / 399
  十月十六日同器远晚步童游桥(其二) / 399
韩　琦(1008—1075)
  寒食开园 / 399
  次韵和机宜强至都官喜雪 / 400
韩　维(1017—1098)
  和子华兄宴王道损公宇 / 400
  和永叔小饮怀同州江十学士 / 400
  奉寄汝守仲仪舅 / 400
  讲武池和师厚 / 401
何梦桂(1229—？)
  赠徐教谕爱兰 / 401
贺　铸(1052—1125)
  留别道士许自然 / 401

洪　适(1117—1184)
　　豹岩之北修竹数亩中有丛冢数十百处皆绍兴末年所寄予得此地先定规抚某处起亭榭某处植花木七八年间成畦径矣所寄之椁愿移者从之不强也作噩之春有姓淡人来启靳卜日携锸掘土数尺败棺俱在朽骨为土所蚀颇亦不具皆包裹而去后数日忽诉于县于州于外台追问证治逾月始定今不复塞其故穴欲使孙曾知之故作此诗　/ 402

胡仲弓(？—？)
　　废寺　/ 402

华　镇(1051—？)
　　赠温幕张子常有诗见怀用韵因成五篇(其三)　/ 402
　　神功盛德诗(其一〇)　/ 403

黄　裳(1043—1129)
　　长乐闲赋(其一)　/ 403

黄庭坚(1045—1105)
　　再次韵兼简履中南玉三首(其一)　/ 403
　　又和二首(其二)　/ 403
　　咏清水岩呈郭明叔　/ 403
　　题神移仁寿塔　/ 403
　　春思　/ 403

惠　哲(1117—1172)
　　题天柱山鸿都观　/ 404

姜　夔(1155？—1208)
　　丁巳七月望湖上书事　/ 404

李　复(1052—？)
　　襄州大悲像　/ 404

李　纲(1083—1140)
　　晏起　/ 404
　　雪霁　/ 405
　　善权即事十首(其八)　/ 405
　　江月五首(其五)　/ 405

李　龏(1194—？)
　　赋江西隆上人瘦岩　/ 405

李流谦(1123—1176)
　　袁季海别驾以所藏灵壁石诗轴见示为此篇　/ 405

李弥逊(1089—1153)
　　独宿昭亭山寺　/ 405
　　次韵曾德明司理留题西山兼简苏宰(其一)　/ 406
　　采蘋亭分韵得花字　/ 406
　　晚投大云峰(其二)　/ 406
　　次韵瑀老窗间　/ 406
　　次韵叔孝郎中送游黄山见一老之作(其二)　/ 406

李　彭(？—？)
　　春夜奉怀苏仲豫次陈无己韵赠仲豫　/ 406

李　新(1062—？)
　　送远曲　/ 406

李曾伯(1198—1268)
　　益昌官舍简晒仲　/ 406
　　登定王台(其二)　/ 407

李昭玘(？—1126)
　　病中闻雨　/ 407

李　至(947—1001)
　　至性迂僻学术空虚幸逢好古之君

61

获在藏书之府惟无功而禄重招髦
彦之讥而多病所紫实喜优闲之任
居常事简得以狂吟因成恶诗十章
以蓬阁多余暇冠其篇而为之目亦
乐天何处难忘酒之类也尘黩英鉴
幸赐一览下情不任兢灼之至(其一
〇) / 407

李　廌(1059—1109)
　　邃经堂　/ 407

林光朝(1114—1178)
　　东宫生日六首·丙申　/ 407

林景熙(1242—1310)
　　游九锁山·大涤洞天　/ 408

凌　嵒(? —?)
　　干山　/ 408

刘　攽(1023—1089)
　　雨　/ 408
　　水阁雨中　/ 408
　　卜居书怀　/ 408

刘　敞(1019—1068)
　　雨晴率张生及诸弟到建福僧居
　　　/ 409
　　吴宫　/ 409
　　闵雨诗(其六)　/ 409
　　答景彝对月　/ 409

刘辰翁(1232—1297)
　　春景·城春草木深　/ 409

刘子翚(1101—1147)
　　吴公路作功德院记成同居安入山书
　　　丹　/ 409

楼　钥(1137—1213)
　　寄题台州倅厅云壑　/ 410

陆文圭(1250—1334)
　　至元重光单阏之岁春正月陇西郡太
　　　夫人介寿八十子侍郎师其昆弟子
　　　侄内外姻族寮友宾客奉觞上寿如
　　　仪州人士相与嘉叹争为歌诗咏其
　　　事而绣使紫山胡公为之序云
　　　/ 410

陆　游(1125—1210)
　　行过西山至柳姑庙晚归　/ 410
　　舍北行饭　/ 411
　　假山拟宛陵先生体　/ 411
　　访僧支提寺　/ 411
　　度浮桥至南台　/ 411
　　出游四首(其二)　/ 411
　　晨起偶题　/ 411
　　不睡　/ 411
　　禹寺　/ 411
　　山园草木四绝句·紫薇　/ 411
　　雨中作　/ 412

吕南公(1047—1086)
　　胜因院　/ 412
　　偶游仙都道先以长句见寄依韵奉答
　　　/ 412
　　寄李居士　/ 413

吕　陶(1028—1104)
　　伏日池上二首(其一)　/ 413

罗　敦(? —?)
　　蟠龙山　/ 413

毛　滂(1060—?)
　　昨夜陪诸公饮今尚委顿未能起坐闻
　　　孙守出送陈祠部供帐溪上见招不

目 录

果往戏作小诗寄之 / 414
桐君山邑人呼为小金山桐君所庐也 / 414

梅尧臣(1002—1060)
吴冲卿鼓契 / 414
送代州钱防御 / 414
次韵景彝祀高禖书事 / 414

欧阳修(1007—1072)
和梅龙图公仪谢鹇 / 415
雨中独酌二首(其二) / 415
初晴独游东山寺五言六韵 / 415

彭汝砺(1042—1095)
和马太守五首·澄心亭 / 415
观画 / 416

钱端礼(1109—1177)
留题授上人曲肱斋 / 416

钱 易(968—1026)
温泉诗 / 416

强 至(1022—1076)
送陈郎中泗州得替 / 417

秦 观(1049—1100)
石鱼 / 417

仇 远(1247—?)
陪戴祖禹泛湖分韵得天字 / 418
和蒋全愚韵 / 418

饶 节(1065—1129)
上竺知客肇师示苏仲豫参寥唱和韫秀堂二绝句求和因追次其韵二首(其二) / 418

邵 雍(1011—1077)
演绎吟(其三) / 418

沈 辽(1032—1085)
诒隐者二首(其一) / 418

石 介(1005—1045)
虾蟆 / 419

史 浩(1106—1194)
燕新第乡人致语口号 / 419
还乡后十月作(其三) / 419

释宝昙(1129—1197)
题磐庵作玻璃窗(其一) / 419
病寓灵芝寺夜闻讲律有作 / 419

释大观(?—?)
寿平章秋壑师相 / 420

释道川(?—?)
参玄歌 / 420

释道潜(1044—?)
西湖雪霁寄彦瞻 / 421
程公辟给事罢会稽道过钱塘因以诗见赠(其一) / 421

释道枢(?—1176)
颂古三十九首(其一二) / 422

释德洪(1071—1128)
谢大沩空印禅师惠茶 / 422
泗州院旃檀白衣观音赞 / 422
次韵云居советский上人有感 / 422

释鼎需(1092—1153)
偈二十首(其八) / 423

释慧空(1096—1158)
雪堂仍旧老师和予送可师新字韵见招复作五首寄之兼呈无证(其三) / 423
送化士 / 423

63

过疏山化士求谒 /423

释居简(1164—1246)
　持钵(其二) /423

释可勋(?—?)
　句 /424

释了一(1092—1155)
　颂古二十首(其一四) /424

释南越(?—?)
　石佛寺 /424

释普济(1179—1253)
　偈颂六十五首(其四九) /424

释清远(1067—1120)
　送禅人入京 /424
　木鱼 /424

释如珙(1222—1289)
　颂古四十五首(其二六) /424

释善珍(1194—1277)
　寿曾大监 /424

释惟一(1202—1281)
　偈颂一百三十六首(其九五) /425

释印肃(1115—1169)
　颂十玄谈(其二) /425
　十二时歌(其一) /425

释元肇(1189—?)
　和杨节使登径山 /425

释　圆(?—?)
　偈 /425

释智月(?—?)
　偈 /425

舒岳祥(1219—1298)
　游潘墺魏都冶墓庵 /426

司马光(1019—1086)
　谢胡文学惠水牛图二卷 /426
　和景仁缑氏别后见寄求决乐议虽用其韵而不依次盖以景仁才力高逸步骤绝群非驽拙所能追故也 /426
　馆宿遇雨怀诸同舍 /427
　朝鸡赠王乐道 /427

宋　祁(998—1061)
　进幸南园观刈宿麦诗 /427
　寒食野外书所见 /427
　顺祀诗 /428

苏　轼(1037—1101)
　赠清凉寺和长老 /428
　望海楼晚景五绝(其三) /429
　是日宿水陆寺寄北山清顺僧二首(其二) /429
　上巳日与二三子携酒出游随所见辄作数句明日集之为诗故辞无伦次 /429
　入馆 /429
　寒食与器之游南塔寺寂照堂 /429
　凤翔八观·东湖 /429
　次韵穆父尚书侍祠郊丘瞻望天光退而相庆引满醉吟 /430
　次韵江晦叔二首(其二) /430
　自金山放船至焦山 /430

苏舜钦(1008—1049)
　升阳殿故址 /430

苏　颂(1020—1101)
　与蒙城知县陈著作同赋吐绶鸟

目录

/ 431
陈和叔内翰得庄生观鱼图于濠梁出以相示且邀作诗以纪其事 / 432

孙　觌(1081—1169)
长乐寺二首(其一) / 432
桂林山水奇丽妙绝天下柳子厚记訾家洲亭粗见其略余以六月六日度桂林岭欲更仆诣象属暑甚遂少留日从诸公于岩穴之下穹林巨壑近接阛阓之中远不过城闉之趾居高望远夸雄斗丽殆不可状择其尤者以十诗记之名之曰桂林十咏·七星岩 / 433

孙　永(1020—1087)
泛汝联句 / 433

滕　岑(1137—1224)
鼓腹无所思朝起暮归眠渊明诗也以诗定韵为十诗(其一) / 434

王安石(1021—1086)
寓言九首(其七) / 434
估玉 / 434

王　柏(1197—1274)
题时遁泽画卷十首(其九) / 434

王庭珪(1080—1172)
和端礼惜花苦风雨之句 / 434

王庭秀(?—1136)
五峰寺 / 435

王　奕(?—?)
登秦邮文游亭天壁亭长歌 / 435
孔庙既拜之后又不远三百里过泰山过汶河壮哉斯游上日观作宾日歌

少发葵恋之私 / 435

王之道(1093—1169)
用东坡三峡桥韵赠源上人 / 436

王　质(1135—1189)
和沈述之与俞舜俞题墨梅 / 436

王仲敏(?—?)
题虎丘次蒲章二公韵(其一) / 437

卫宗武(?—1289)
宣妙寺偶成 / 437

魏　野(960—1020)
和并州刘密学见寄 / 437

文天祥(1236—1283)
借朱约山韵就贺挂冠 / 437

文　同(1018—1079)
宿隆平精舍 / 437

吴　锜(?—?)
游永福方广岩 / 438

吴　潜(1195—1262)
宿省 / 438

吴　泳(?—?)
祁山歌上制帅闻敌退清水县作 / 438

吴则礼(?—1121)
余自离荆渚遍身生疮了无佳思至金陵舍舟登陆之朱方道游钟山 / 438
寄甘露传祖宣老二首(其一) / 438
呈余清老 / 439

向敏中(949—1020)
呈知鄜州何士宗 / 439

65

谢谔(1121—1194)
　　读书台　/ 439
辛弃疾(1140—1207)
　　郡斋怀隐庵(其二)　/ 439
徐公裕(?—?)
　　建炎丞相成国吕忠穆公退老堂(其一)　/ 439
徐瑞(1255—1325)
　　九月廿一自虎林回同程晓崖游梅岩　/ 439
薛季宣(1134—1173)
　　祈晴车中望安乐宫故址　/ 440
　　晨赴寒溪寺乾龙节道场所　/ 440
薛师石(1178—1228)
　　纪梦曲　/ 440
薛嵎(1212—?)
　　松风隆首座住云际禅院　/ 440
杨亿(974—1020?)
　　大名温尚书之任　/ 440
易士达(?—?)
　　育王塔　/ 441
于石(1247—?)
　　潇江亭　/ 441
　　西湖　/ 441
余爽(?—?)
　　石桥(其一)　/ 441
俞桂英(?—?)
　　句(其三)　/ 441
俞汝尚(?—?)
　　过淮阴侯庙　/ 441

虞俦(?—?)
　　连日雨遂阻到草堂用前韵寄意　/ 441
　　立秋四十日矣天气甚凉南坡杖屦之兴犹懒何也不应今年欢意顿减如此因以诗挑之　/ 442
喻良能(1120—?)
　　天申节明庆寺启建　/ 442
　　四月二十九日坐直庐读山谷效东坡作薄薄酒二章慨然有感追赋一首　/ 442
袁说友(1140—1204)
　　巫山十二峰二十五韵　/ 442
云盘山人(?—?)
　　晚宿灵岩　/ 443
曾丰(1142—?)
　　送孙莘老移知南京　/ 443
　　游乌石寺　/ 443
曾协(1119—1173)
　　题大儿新安官舍三乐斋　/ 443
张佖(?—?)
　　题华严寺木塔　/ 444
张澂(?—1143)
　　仰山　/ 444
张方平(1007—1091)
　　都官叶郎中归三衢　/ 444
张扩(?—?)
　　周秀实监丞闻嘉禾兵乱请急归暗其亲朋还朝有作因次其韵　/ 445
　　过龙井辩才退居　/ 445

张 耒(1054—1114)
　题史院直舍鱼鹭屏 / 445
　秋日有作寓直散骑舍 / 445

张 嵲(1096—1148)
　题营山法幢院 / 445

张孝祥(1132—1170)
　次韵(其二) / 445

张元干(1091—1161)
　赋漳南李几仲安斋诗 / 446

张 蕴(？—？)
　钱氏东皋 / 446

赵 鼎(1085—1147)
　泊盈川步头舟中酌酒五首(其二) / 446
　还城次必强韵 / 446

赵 蕃(1143—1229)
　呈衡州使君先生二首(其二) / 446

赵公豫(1135—1212)
　金山 / 446

赵 佶(1082—1135)
　宫词(其七二) / 447

赵汝譡(？—1223)
　囊山寺 / 447

赵汝鐩(1172—1246)
　丰城道中 / 447
　仰山行 / 447

赵汝腾(？—1261)
　癸丑仲秋建安郡学丁奠退而作颂并
　　勉同志之士颂曰 / 447

赵善括(？—？)
　题马氏避暑宫开福寺莲湖 / 448

赵 诚(？—？)
　游云门寺 / 448

赵 湘(959—993)
　圣号雅二篇(其七) / 448

郑刚中(1088—1154)
　无寐(其一) / 448
　和方景南乍晴 / 448

郑 会(？—？)
　天庆观寻裴司直碑 / 449

郑若冲(？—？)
　纪梦 / 449

郑 獬(1022—1072)
　上朝 / 449

钟 仙(？—？)
　龙南玉石岩 / 450

仲 并(？—？)
　代人上师垣生辰三首(其二) / 450

周必大(1126—1204)
　夜直怀永和兄弟 / 450
　同前(其二) / 450
　庆东宫生辰 / 450

周 才(1239—1295)
　游虞山顶维摩院 / 451

周 密(1232—1298)
　游灵岩馆娃宫 / 451

周 南(1159—1213)
　夏日游太湖(其一) / 451

朱 熹(1130—1200)
　题梵天方丈壁 / 451

邹 浩(1060—1111)
　与叶适正资长老同宿觉华山安福寺

／451

靖节堂分题得重字 ／451

钟磬

艾性夫(？—？)
　　洞泉观杨梅屋寮 ／452
毕仲游(1047—1121)
　　夜宿崇因寺述怀奉呈诸公 ／452
蔡　襄(1012—1067)
　　嵩阳道中 ／452
曹仙家(？—？)
　　题梅坛 ／452
曹　勋(1098—1174)
　　送人游福唐 ／452
　　山居杂诗九十首(其四〇) ／453
晁说之(1059—1129)
　　淮南王 ／453
陈舜俞(？—1075)
　　栖贤寺 ／453
陈文蔚(1154—1247)
　　庐山杂咏·天池 ／453
陈知柔(？—1184)
　　天台游山 ／453
程　迥(？—？)
　　尤美轩 ／454
程　俱(1078—1144)
　　豁然阁 ／454
戴表元(1244—1310)
　　朱使君家诸郎将别十一韵 ／454
戴复古(1167—？)
　　题邵武熙春台呈王子文使君 ／455

刘兴伯黄希宋苏希亮慧力寺避暑
　　／455
邓　林(？—？)
　　游北高峰 ／455
邓犀如(？—？)
　　槐林院二首(其二) ／455
范致君(？—？)
　　竹林寺 ／455
冯时行(？—1163)
　　游宝莲寺分韵得尘字 ／455
　　题泸南石硼滩 ／456
高　翥(1170—1241)
　　宿囊山寺 ／456
葛绍体(？—？)
　　题天庆观 ／456
郭祥正(1035—1113)
　　月下怀广胜华师 ／456
　　宿归宗寺 ／456
　　开元禅寺 ／456
郭　印(？—？)
　　游杨村仁王院二十韵 ／456
　　眉州太守刘公忽于池中获东坡所作
　　　远景楼碑费洪雅有诗美之因
　　　率同赋次其韵 ／457
韩　淲(1159—1224)
　　有怀尹贤良玉山旧居 ／457
　　雪观晚步 ／457
　　读东溪可正平诗 ／457
韩　维(1017—1098)
　　游龙门诗十二首·宝应寺 ／458
　　之灵岩三首(其三) ／458

68

韩元吉(1118—?)
 昙花亭供茶戏作二首(其二) / 458
 陆务观寄著色山水屏 / 458

何 群(?—?)
 降真岩 / 458

洪 朋(?—?)
 奉陪方从教泛东湖 / 459

洪 适(1117—1184)
 禅林寺 / 459

洪咨夔(1176—1236)
 阮亨甫寿乐堂澹庵各一首·澹庵 / 459

胡 珵(?—?)
 题定山梵放轩 / 459

胡仲弓(?—?)
 清吟寺 / 459

华 镇(1051—?)
 舟中望金山寺 / 460

黄 登(?—?)
 万峰庵 / 460

黄非熊(?—?)
 钟磬石 / 460

黄庭坚(1045—1105)
 万州下岩二首(其一) / 460
 晚泊长沙示秦处度范元实用寄明略和父韵五首(其五) / 460
 南山罗汉赞十六首(其一五) / 460
 丁巳宿宝石寺 / 460
 次韵周法曹游青原山寺 / 461
 次韵伯氏长芦寺下 / 461

寇 准(962—1023)
 春郊闲望 / 461

李处励(?—?)
 题萃清阁 / 461

李 纲(1083—1140)
 九月八日渡淮 / 462
 余幼尝一到庐山再游已三十年矣感怀二首(其二) / 462
 游栖云寺 / 462
 晚出南康游庐山 / 462
 三月二十五日邀吴民瞻郑梦锡李似之陈巽达周元仲游贤沙凤池二首·贤沙 / 463
 灵隐宫 / 463
 觉度寺 / 463
 还自鼓山过鳝溪游大乘榴花洞瞻礼文殊圣像漫成三首(其二) / 463
 冬日来观鼓山新阁偶成古风三十韵 / 463

李 觏(1009—1059)
 千福寺昧轩 / 464
 寄题钱塘毛氏西湖园 / 464

李 堪(965—?)
 乌目山五题·净居院 / 464

李流谦(1123—1176)
 献万佛图为张雅州寿 / 464

李弥逊(1089—1153)
 和尚书兄留题兴福 / 465

李 彭(?—?)
 自武宁舍舟度岭投宿南山寺 / 465
 游昭德观 / 465

69

用韦苏州神静师院韵寄微公 /465
宿西林寺有先特进及先学士诗
　　/465
送果上人坐兜率夏 /465
赋米芾所画金山图 /466

李虚己(？—？)
　寄化城寺 /466

李正民(1073—1151)
　寄和叔 /466

李　廌(1059—1109)
　范蜀公挽诗(其七) /466

廖　刚(1071—1143)
　次韵和吴济仲见赠长篇 /466

林　逋(968—1028)
　山谷寺 /467

林景熙(1242—1310)
　石门洞 /467

刘　攽(1023—1089)
　晚归望月 /467
　泛舟西湖(其二) /468
　承天寺翠景亭(其一) /468

刘厚南(？—？)
　梅庄春间 /468

刘　庠(？—？)
　碧沼寺 /468

刘　挚(1030—1097)
　自衡岳至福严寺二首(其二) /468

陆　游(1125—1210)
　玉笈斋书事二首(其二) /468

吕本中(1084—1145)
　早至天宁寺即赵州受业院也 /469

　静轩 /469

毛　滂(1060—？)
　赠禧上人 /469

梅尧臣(1002—1060)
　题嘉兴永乐院橶李亭 /469

强　至(1022—1076)
　携印谒新守宿至德上方翌日马上追
　书十四韵 /470

仇　远(1247—？)
　四月十六夜月蚀 /470

裘万顷(？—1219)
　乙亥六月乡民祈雨寿春祠下嘉澍既
　降槁苗尽兴万口一辞颂神之德予
　喜聊成俚语以书祠壁 /470
　兀坐有感 /470
　上元忆大梵明灯二首(其二) /470
　次伯仁善利阁 /470

饶　节(1065—1129)
　次韵吕由义见赠之什兼简若谷居仁
　　/471

阮　阅(？—？)
　郴江百咏·东山寺 /471

沈　晦(1084—1149)
　留题紫岩寺(其一) /471

沈　辽(1032—1085)
　太平上方 /471

史弥宁(？—？)
　僧窗 /471

史　蕴(？—？)
　国清寺 /471

70

释绍嵩(？—？)
 有怀 / 472

释斯植(？—？)
 夏夕雨中 / 472

释文珦(1210—？)
 岞崿山 / 472

释元肇(1189—？)
 赠画僧之金陵 / 472

释云岫(1242—1324)
 寄虚室和尚 / 472

舒　亶(1041—1103)
 游翠岩六首(其三) / 472

宋　祁(998—1061)
 秋日与天章侍讲王原叔曾明仲正言余安道三学士集普光院 / 473

宋　庠(996—1066)
 正月望夜闻影灯之盛斋中孤坐因写所怀 / 473

苏　过(1072—1123)
 不睡 / 473

苏　轼(1037—1101)
 游灵隐高峰塔 / 473
 和田国博喜雪 / 474

苏　颂(1020—1101)
 和林乔年学士 / 474

苏　辙(1039—1112)
 次韵子瞻减降诸县囚徒事毕登览 / 474

孙雄飞(？—？)
 上天竺 / 475

田　锡(940—1004)
 题天竺寺 / 475
 圣节有怀 / 475

汪应辰(1118—1176)
 怀玉山 / 475

汪　藻(1079—1154)
 宿上方院 / 476
 宿焦山方丈 / 476

王安中(1076—1134)
 长句送以道既辱和答而夏传圣诗亦用此韵以道复和一篇篇末颇及少逸与不肖因再赋此传圣姻家书问必数或可达以道 / 476

王　纲(？—？)
 诗赠富乐山海公长老 / 477

王　令(1032—1059)
 金山寺 / 477

王十朋(1112—1171)
 同行可元章报恩寺行香登佛牙楼望胜己山 / 477
 浴佛无雨 / 477
 和喻叔奇游天衣四十韵 / 477

王庭珪(1080—1172)
 陪周秀实通判游欧阳炳文园晚过隆庆寺契真亭 / 478

王　洧(？—？)
 郁罗箫台 / 478

王正功(1133—1203)
 嘉泰二年岁在壬戌正月八日携家还里幕中诸友远来饯别同游乳洞遂为终日之款因成古风一章 / 479

71

王之道(1093—1169)
　和天宁因上人韵送僧用懿住桐城金
　绳山　/ 479

王宗道(?—?)
　春闲　/ 479

魏　野(960—1020)
　题高都监新亭　/ 479
　题石桥　/ 480

文彦博(1006—1097)
　游岳寺　/ 480

翁　卷(?—?)
　太平山读书奉寄城间诸友　/ 480

翁蒙之(1123—1174)
　华胜寺题壁　/ 480

吴　芾(1104—1183)
　游金山二首(其二)　/ 480

吴　与(?—?)
　南楼寺　/ 480

夏　竦(985—1051)
　金陵　/ 481

项安世(1129—1208)
　赋运使张大监道州石山以张诗平地
　风澜险于水此心铁石听之天为韵
　　/ 481

谢　谔(1121—1194)
　清常寺　/ 481

辛好礼(?—?)
　笔架山　/ 482

许广渊(?—?)
　净名院　/ 482

杨　备(?—?)
　岩因崇报禅寺　/ 482

杨　蟠(?—?)
　甘露寺　/ 482

叶　棣(?—?)
　飞来山　/ 482

叶　茵(1199?—?)
　洗妆池　/ 482

余　弼(?—?)
　题慧悟禅师上方　/ 482

袁　默(?—?)
　君山　/ 483

曾　丰(1142—?)
　游三乳洞　/ 483

曾　巩(1019—1083)
　灵岩寺兼简重元长老二刘居士
　　/ 483
　大乘寺　/ 483

曾　几(1085—1166)
　陆务观读道书名其斋曰玉笈　/ 484

张九成(1092—1159)
　竹　/ 484
　鲁直上东坡古风坡和之因次其韵(其
　二)　/ 484

张　耒(1054—1114)
　寄答参寥五首(其三)　/ 484

张良臣(?—?)
　晓行　/ 485

张　嵲(1096—1148)
　游灵岩寺　/ 485
　五月二十四日宿永睦将口香积院僧

轩东望甚远满山皆松桧声三首(其
　　一) / 485

张　祁(?—?)
　　西岩 / 485

张　栻(1133—1180)
　　由西岭行后洞山路 / 485

张孝祥(1132—1170)
　　龟龄携具同景卢嘉叟饯别于荐福即
　　　席再用韵赋四客诗 / 485

张　镃(1153—?)
　　再游(其一) / 486
　　与诸弟游天竺 / 486

赵　蕃(1143—1229)
　　送陈监岳参告宜春 / 486
　　寄赠曾裘父兼呈严黎二师 / 486
　　初夏山居有怀长沙从游四首(其四)
　　　/ 486

赵公豫(1135—1212)
　　望庐山 / 486
　　岑山 / 487

赵　戣(?—?)
　　北窗伊吾(其五) / 487

真山民(?—?)
　　晓行山间 / 487

郑安恭(1099—1171)
　　探梅过西湖 / 487

郑昌龄(?—?)
　　题说法台 / 487

周　弼(1194—?)
　　金坛观 / 487

周紫芝(1082—?)
　　舟过道场山下将往游舟师告以雪涂
　　　不可行而止 / 488

祖无择(1010—1085)
　　慈严院 / 488

铙　鼓

毕仲连(?—?)
　　送程给事知越州(其二) / 488

蔡　襄(1012—1067)
　　送胡武平出守吴兴 / 488

陈师道(1053—1102)
　　送建州郑户部 / 489

陈之方(?—1085)
　　祠南海神 / 489

邓　深(?—?)
　　次正臣韵 / 489

范成大(1126—1193)
　　峡州至喜亭 / 489

方　岳(1199—1262)
　　读白诗效其体(其三) / 490

高似孙(1158—1231)
　　九怀·浙水府 / 490

韩　驹(1080—1135)
　　二十九日戎服按军城外向仪曹亦至
　　　戏赠一首 / 490

韩　琦(1008—1075)
　　舟中再赋一阕 / 490

洪咨夔(1176—1236)
　　用王司理韵送别(其二) / 490

姜特立(1125—1203)
　重午和巩教授韵　／491

李　纲(1083—1140)
　入江西境先寄诸季二首(其二)
　　／491
　奉赠宣抚孟参政二首(其一)　／491
　五月六日率师离长乐乘舟如水口二
　　首(其二)　／491

刘　敞(1019—1068)
　曹秀之待制罢福建还朝刘君玉待制
　　自长沙移邓俱会郡下作七言叙别
　　／491
　寄佑之　／491

刘　挚(1030—1097)
　送衡州王仲和郎中代还　／492

陆　游(1125—1210)
　初夏十首(其八)　／492

吕南公(1047—1086)
　日日　／492
　过巫师步　／492

梅尧臣(1002—1060)
　送渭州刘太保　／493

钱惟演(962—1034)
　句(其七)　／493

强　至(1022—1076)
　依韵和达守徐郎中见寄　／493
　送京西运使周度支　／493

苏　轼(1037—1101)
　和沈立之留别二首(其二)　／494
　次韵述古过周长官夜饮　／494
　次韵刘景文路分上元　／494

　再用前韵　／494
　径山道中次韵答周长官兼赠苏寺丞
　　／494

田　况(1005—1063)
　成都遨乐诗二十一首·二日出城
　　／495

杨冠卿(1138—?)
　齐安(其二)　／495

元　绛(1009—1084)
　送程给事知越州　／495

张　嵲(1096—1148)
　劝农　／495

张　栻(1133—1180)
　题城南书院三十四咏(其一三)
　　／496

张舜民(?—?)
　池州弄水亭　／496

张炎民(?—?)
　送程给事知越州　／496

赵　抃(1008—1084)
　送程给事过越不及口占以寄　／496

郑　獬(1022—1072)
　还汪正夫山阳小集　／496

朱　翌(1097—1167)
　竞渡示周宰　／497

邹　浩(1060—1111)
　送裴仲孺摄汝阴尉　／497

柷　敔

方　回(1227—1307)
　次韵邓善之论诗　／498

郊庙朝会歌辞
  崇恩太后升祔十四首·迎神兴安四章(其二) / 498
  宁宗朝享三十五首·文舞退武舞进正安 / 498

王同祖(?—?)
  明堂观礼杂咏十三首·观景灵宫恭谢(其一) / 498

吴则礼(?—1121)
  田不伐玉磬歌 / 498

薛季宣(1134—1173)
  九奋·记梦 / 499

俞德邻(1232—1293)
  京口遣怀呈张彦明刘伯宣郎中并诸友一百韵 / 499

邹　浩(1060—1111)
  简德符 / 501

笙　箫

白玉蟾(1194—?)
  瑶台散天花词(其三) / 501
  大霄观风竿轩 / 502
  行春辞(其四) / 502
  上元玩灯(其二) / 502
  白鹤观 / 502

蔡　肇(?—1119)
  登多景楼 / 502

曹　勋(1098—1174)
  楚宫词三首(其二) / 502
  长吟续短吟 / 502
  迷楼歌二首(其一) / 502

晁说之(1059—1129)
  山城闻笙箫思□□灵芝宫事作 / 503
  夜雨 / 503

陈　棣(?—?)
  沈德和使君生辰四首(其四) / 503

陈孟阳(?—?)
  答清江钱大尹问阁皂山中景 / 503

陈　犎(1180—1261)
  游武夷作(其一) / 504

陈与义(1090—1138)
  奇父先至湘阴书来戒由禄唐路而仆以它故由南阳路来夹道皆松如行青罗步障中先寄奇父 / 504
  寄题赵景温筠居轩 / 504
  种竹 / 504

陈　造(1133—1203)
  都下春日 / 504

陈　埴(?—?)
  南雁山 / 504

程公许(1182—?)
  清明日郡圃游观者如织余以赵园之约至夕乃还若水赋诗后四日偶因小疾谒告清坐始得奉答 / 505

程元岳(1218—1268)
  云岩 / 505

邓　深(?—?)
  七夕竞渡 / 505

范成大(1126—1193)
  次韵太守出郊 / 505
  玉华楼夜醮 / 505

全宋诗乐舞史料辑录
乐曲、乐器组合卷

范　镗(?—?)
　　书碧落洞 / 506
方　回(1227—1307)
　　题唐人按乐图 / 506
冯熙载(?—?)
　　宣和七年十二月二十一日就睿谟殿
　　张灯预赏元宵曲燕应制 / 506
傅　察(1090—1126)
　　夜登清微亭云阴掩翳东北有雨少顷
　　月出皎然复次前韵 / 507
郭祥正(1035—1113)
　　和杨公济钱塘西湖百题·修竹轩
　　 / 507
　　庭竹 / 508
　　灵芝宫 / 508
　　朝汉台寄呈蒋帅待制 / 508
　　听惠守钱承议谈罗浮山因以赠之
　　 / 508
韩　淲(1159—1224)
　　跨鹤台 / 509
韩元吉(1118—?)
　　蓬瀛台 / 509
　　秋雨新霁过赵慎中留饮 / 509
洪咨夔(1176—1236)
　　中春望后一日登玲珑 / 509
胡　升(?—?)
　　仙都山 / 509
胡　宿(995—1067)
　　后苑观双竹 / 510
胡　寅(1098—1156)
　　和信仲酴醾 / 510

胡仲参(?—?)
　　和伯氏包山观桃花韵 / 510
华　镇(1051—?)
　　闻韶亭 / 510
黄公度(1109—1156)
　　题凉峰 / 511
家铉翁(1213—?)
　　赠谈故人高鹏举 / 511
姜　夔(1155?—1208)
　　雪中六解(其六) / 511
姜特立(1125—1203)
　　乙卯元宵多雨(其一) / 511
金履祥(1232—1303)
　　唐丈命玉涧僧画金华三洞为图障寿
　　母玉涧有诗约和其韵 / 511
李处权(?—1155)
　　简辨老 / 512
　　江上望灵石 / 512
李　纲(1083—1140)
　　武夷山 / 512
　　次韵志宏见示寒翠亭之作 / 512
　　题栖真馆三十六韵 / 512
李　光(1078—1159)
　　次韵徐念道琼台洞酌亭两绝(其一)
　　 / 513
　　感松(其三) / 513
　　吏隐堂 / 513
李流谦(1123—1176)
　　次韵宋德器春晚即事五首(其五)
　　 / 513
　　送樊漕移帅泸南 / 513

76

目 录

李　廌(1059—1109)
　　天封观将军柏 / 514
廖　刚(1071—1143)
　　次韵李全甫惠荼蘼五首(其三) / 514
　　和魏奉议九日夜饮县楼 / 514
　　抚州试院次韵王元衷上元作 / 514
廖　融(？—？)
　　梦仙谣 / 515
刘季孙(1033—1092)
　　西湖泛舟呈东坡 / 515
刘　豫(1073—1143)
　　登苏门山百泉 / 515
刘子翚(1101—1147)
　　游武夷山 / 515
陆　游(1125—1210)
　　宴西楼 / 515
　　迟暮 / 516
吕　辨(？—？)
　　句 / 516
马廷鸾(1222—1289)
　　次韵周公谨见寄(其二) / 516
马之纯(1144—？)
　　古芳林苑 / 516
梅尧臣(1002—1060)
　　同江邻几龚辅之陈和叔登吹台有感 / 516
　　送孙学士知太平州 / 516
米　芾(1051—1107)
　　送大夫孙公镇东阳 / 517

秦　观(1049—1100)
　　蓬莱阁 / 517
上官辰(？—？)
　　游大涤山 / 517
沈　遘(1028—1067)
　　次韵和李审言上元寄王岩夫 / 517
沈　括(1031—1095)
　　浩燕堂 / 517
沈与求(1086—1137)
　　再用子虚韵和呈骏发次颜(其二) / 518
释居简(1164—1246)
　　干元宵灯 / 518
　　送诜老归千顷山 / 518
释月磵(1231—？)
　　湖东庙化元宵 / 518
舒　亶(1041—1103)
　　和西湖即席二首(其二) / 518
宋　无(1260—？)
　　唐宫词补遗(其三) / 518
苏　泂(1170—？)
　　次韵九兄秋吟五首(其一) / 518
苏　轼(1037—1101)
　　鹿鸣宴 / 519
　　次韵蒋颖叔二首·扈从景灵宫 / 519
　　次韵黄鲁直见赠古风二首(其二) / 519
　　杜沂游武昌以酴醾花菩萨泉见饷二首(其一) / 519
　　芙蓉城 / 519

77

苏　辙(1039—1112)
　　春尽　/ 520

汪　莘(1155—1212)
　　赠祁门不老山高法师　/ 520

王安国(1028—1074)
　　纪梦　/ 520

王安石(1021—1086)
　　杭州呈胜之　/ 520
　　送子思兄参惠州军　/ 520

王　古(？—？)
　　妙峰寺　/ 521

王汉之(1054—1123)
　　刘阮洞(其二)　/ 521

王十朋(1112—1171)
　　遇雨两宿县驿　/ 521

王庭珪(1080—1172)
　　长沙试殿闻傅彦济永州考试还先寄此诗　/ 521

王之道(1093—1169)
　　次韵毕少董游西湖　/ 522

王　铚(？—？)
　　无题　/ 522
　　寄题真州扁岫寺　/ 522

王中立(？—？)
　　杂诗四首(其三)　/ 522

韦　骧(1033—1105)
　　和山行回坐临清桥啜茶　/ 523
　　和孙叔康九日三首(其二)　/ 523
　　和山城灯夜　/ 523
　　陪秋叔游幽谷即席赋一川花　/ 523
　　即事　/ 523

近元夕怀景纯少卿　/ 523
游武夷山二首(其一)　/ 523
和宇文伯修侍郎会中和堂二首(其二)　/ 523

文　同(1018—1079)
　　送范尧夫　/ 524

谢　翱(1249—1295)
　　飞来双白鹤　/ 524
　　莲叶舟　/ 524

熊　瑞(？—？)
　　再和元夕　/ 525

徐　玑(1162—1214)
　　水仙花篇　/ 525

许志仁(？—？)
　　东门行　/ 525

薛　嵎(1212—？)
　　越僧一书记索赋二绝·松风阁　/ 525

严　羽(1192？—1245？)
　　钱塘潮歌送吴子才赴礼部　/ 525

杨　蟠(？—？)
　　朝宗门　/ 526

杨万里(1127—1206)
　　送周元吉显谟左司将漕湖北三首(其二)　/ 526
　　寄谢蜀帅袁起岩尚书阁学寄赠药物二首(其一)　/ 526
　　檃括东坡瓶笙诗序　/ 526

尤　袤(1127—1194)
　　台州郡斋杂咏十二首·参云亭　/ 526

张公洞 / 526

余 爽(?—?)
　福圣观(其三) / 527

喻良能(1120—?)
　莆阳道中 / 528

喻汝砺(?—1143)
　草堂诗(其四) / 528

张 魴(?—?)
　次韵和于巽祗谒真祠 / 528

张九成(1092—1159)
　山蝉 / 528

张 侃(1189—?)
　朱陈嫁娶图 / 528

张 耒(1054—1114)
　夏日杂兴四首(其一) / 528
　次颍川 / 529

张 镃(1153—?)
　简虞子建 / 529

赵 鼎(1085—1147)
　蒲中杂咏·竹轩 / 529

赵 构(1107—1187)
　诗四首(其四) / 529

赵师秀(1170—1219)
　陈待制湖楼 / 530

郑思肖(1241—1318)
　醉乡十二首(其一二) / 530

周 密(1232—1298)
　花朝溪上有感昔游(其二) / 531
　挽韩子爽户曹二首(其一) / 531

周彦质(?—?)
　宫词(其六一) / 531

周紫芝(1082—?)
　次韵仲平十七夜太社行礼月色如昼
　　(其一) / 531
　雨后过琴高岩 / 531
　绍兴丙寅岁当郊祀积雨弥月已而大
　　雪前事之夕雪霁月出越翌日天宇
　　开霁日色晏温天子乃躬祀于郊丘
　　赋诗二十韵 / 532
　时宰相生日乐府三首(其二) / 532
　梦礼僧伽大士 / 532
　壬午秋日观桥刘获五首(其五)
　　/ 533

朱 翌(1097—1167)
　峤南元夕时桃李尽花今岁游人甚盛
　　示王守 / 533

笙 竽

白玉蟾(1194—?)
　张子衍为至德知观鄢冲真求诗
　　/ 533
　寒碧 / 533
　秋园夕眺 / 534
　董双成旧隐(其二) / 534

曹 勋(1098—1174)
　三妇艳歌(其一) / 534
　山居杂诗九十首(其一一) / 534
　长夜吟(其一) / 534

陈师道(1053—1102)
　咸平读书堂 / 534

陈与义(1090—1138)
　次韵张矩臣迪功见示建除体 / 535

寄题康平老眄柯亭 / 535
程 迥(？—？)
　　自题眄怡斋(其二) / 535
范 浚(1102—1150)
　　咏东山 / 536
方 回(1227—1307)
　　忆我二首各三十韵(其一) / 536
葛绍体(？—？)
　　雪中月波即事 / 536
郭祥正(1035—1113)
　　寄题湖州东林沈氏东老庵 / 537
郭 印(？—？)
　　宿古峰驿诗四首(其四) / 537
韩 松(？—？)
　　崇寿院霜钟双阁 / 537
韩元吉(1118—？)
　　李编修器之惠诗卷 / 537
贺 铸(1052—1125)
　　九日雨中作 / 538
洪 适(1117—1184)
　　石桥 / 538
胡 宏(1105—1161)
　　观建安七子诗 / 538
胡 宿(995—1067)
　　山居 / 539
孔平仲(1044—1102)
　　梦锡杨节之孙昌龄见过小饮 / 539
李 纲(1083—1140)
　　幔亭峰 / 539
　　畴老修撰所藏华岳衡岳图·衡岳 / 539

李 彭(？—？)
　　游简寂观 / 540
　　寄云居微首座 / 540
李 新(1062—？)
　　某夏夜酣寝飘然身若凌云其觉也作梦游仙以原其所自与状其所以归献于杨德翁其辞云 / 540
李之仪(1048—1127)
　　撚须寄傅子渊 / 541
刘 攽(1023—1089)
　　高楼 / 541
刘才邵(1086—1157)
　　游天竺灵隐寺诗 / 541
陆 游(1125—1210)
　　谒汉昭烈惠陵及诸葛公祠宇 / 542
吕本中(1084—1145)
　　送晁季一罢官西归 / 542
　　正月十五日试院中烹茶因阅溪碑 / 542
毛 滂(1060—？)
　　仆性懒慢喜睡而吏事亦早休因得遂其欲琳老数语仆曰当屈伸步趋以散郁滞乃以诗送白术或云饵术能长生绝谷致神仙苟未至尚能耐寒暑其骨健轻难老倪然则仆异时芒屦布裘步寻此老于径山之上尔 / 543
梅尧臣(1002—1060)
　　去年宋中道自洺州以书令魏殊来谒予魏遂托主后辞归予因中道之兄次道有孔雀赋以送魏生 / 543

目 录

潘良贵(1094—1150)
 郑亨仲作亭西山颜曰可友以书求诗为赋一首 / 543

任希夷(1156—?)
 聚景园宴集 / 544

邵 雍(1011—1077)
 天津水声 / 544

史 浩(1106—1194)
 宴奉使杨御药致语口号 / 544

史尧弼(1119—?)
 白云阁 / 544

释善珍(1194—1277)
 次徐监簿韵贺吴侍郎新第落成(其二) / 544

舒邦佐(1137—1214)
 以昌黎验长常携尺为韵赋笋五首(其三) / 545

舒岳祥(1219—1298)
 山甫画松 / 545

苏 过(1072—1123)
 仆以事至洛言还过龙门少留一宿自药寮度广化潜溪入宝应翼日过水东谒白傅祠游皇龛看经二寺登八节尤爱之复至奉先作此诗以示同行僧超晖 / 545

苏 轼(1037—1101)
 寄刘孝叔 / 545

苏 辙(1039—1112)
 熙宁壬子八月于洛阳妙觉寺考试举人及还道出嵩少之间至许昌共得大小诗二十六首·将出洛城过广爱寺见三学演师引观杨惠之塑宝山朱瑶画文殊普贤为赋三首(其三) / 546
 和子瞻东阳水乐亭歌 / 546

苏 籀(1091—?)
 题张公文潜诗卷一首 / 546

孙钦臣(?—?)
 罗浮即景 / 547

王士元(?—?)
 龙子祠农人享神 / 547

王 炎(1138—1218)
 壬子春罗端长赠别 / 547

王 洋(1089—1154)
 寄廉宣仲 / 548

王禹偁(954—1001)
 五老峰 / 548

王之道(1093—1169)
 西灵鹫 / 549
 送神童胡元弼元英从其父胡庭俊归秋浦 / 549

王 质(1135—1189)
 送施丙卿 / 549

文 同(1018—1079)
 一字至十字成章二首·咏竹 / 550

文彦博(1006—1097)
 次韵留守相公同游龙门 / 550

徐 照(?—1211)
 黄公济 / 551

薛绍彭(?—?)
 左绵山中多青松风俗贱之止供樵爨之用郡斋僧刹不见一本余过而太

息辄讽通守晋伯移植佳处使人知为可贵东川距绵百里余入境遂不复有晋伯因以为惠沿流而来至此皆活作诗述谢并代简师道史君 / 551

杨冠卿(1138—?)
　　仙游 / 551

杨学李(?—?)
　　西郊晚步 / 551

尤　袤(1127—1194)
　　庚子岁除前一日游茅山 / 552

喻良能(1120—?)
　　永祐陵(其二) / 552

曾　巩(1019—1083)
　　庭桧呈蒋颖叔 / 552

曾由基(?—?)
　　游宜春北岩 / 552

詹　本(?—?)
　　春日携客游武夷 / 553

张舜民(?—?)
　　东武二首(其二) / 553

张　镃(1153—?)
　　酬曾无逸架阁见寄 / 553

章　杰(?—?)
　　防风庙 / 554

赵鼎臣(?—?)
　　犹子奕来乞酒戏以诗饷之 / 555

赵　蕃(1143—1229)
　　自安仁至豫章途中杂兴十九首(其一三) / 555
　　贵溪隔岸有二岩仆旧游也闻子畅受秋租于彼以诗寄之 / 555

郑康佐(?—?)
　　夜乐池 / 556

郑　獬(1022—1072)
　　春日陪杨江宁宴感古作 / 556

仲　并(?—?)
　　舟过仁王寺因口占一首 / 556

周　密(1232—1298)
　　记梦 / 556

朱　熹(1130—1200)
　　题吴公济风泉亭 / 557

邹　浩(1060—1111)
　　滩声(其一) / 557

笙　簧

曹　勋(1098—1174)
　　汉宫词三首(其二) / 557
　　美女篇 / 557

陈　普(1244—1315)
　　咏史·刘琨(其一) / 558

陈　岩(?—1299)
　　西洪岭 / 558

陈与义(1090—1138)
　　蒙知府宠示秋日郡圃佳制遂侍杖屦逍遥林水间辄次韵四篇上渎台览(其三) / 558

陈　著(1214—1297)
　　代天府曾安抚鹿鸣宴诗 / 558

程元凤(1200—1269)
　　游清泉寺 / 558
　　同山窗游黄山 / 558

范成大(1126—1193)
　陆务观云春初多雨近方晴碧鸡坊海棠全未及去年(其二) / 559
　元夕大风雨二绝(其二) / 559

冯　山(?—1094)
　和子骏郎中登高 / 559

郭　印(?—?)
　春日云溪即事二首(其一) / 559

韩　琦(1008—1075)
　春阴席上 / 559

华　镇(1051—?)
　用韵谢越帅程给事 / 559

黄　裳(1043—1129)
　桐庐县仙人洞十题·碧鸡 / 559

黄公度(1109—1156)
　题翠峰寺西轩 / 560

贾宗谅(?—?)
　长安上元 / 560

姜特立(1125—1203)
　一年佳节惟立春元夕并在一日亦盛事也灯火笙簧处处有之斗城且尔况京都乎追想旧游成一诗聊摅郁郁(其一) / 560
　一年佳节惟立春元夕并在一日亦盛事也灯火笙簧处处有之斗城且尔况京都乎追想旧游成一诗聊摅郁郁(其二) / 560
　一年佳节惟立春元夕并在一日亦盛事也灯火笙簧处处有之斗城且尔况京都乎追想旧游成一诗聊摅郁郁(其三) / 560

蒋　堂(980—1054)
　和梅挚北池十咏(其八) / 560

孔平仲(1044—1102)
　再作药名诗一篇呈器之 / 561

孔武仲(1041—1097)
　阁下观竹笋图 / 561

李　纲(1083—1140)
　五哀诗·汉处士祢衡 / 561

李　光(1078—1159)
　和胡德晖松轩诗 / 562

李弥逊(1089—1153)
　会饮得助亭分韵得千字 / 562

李　彭(?—?)
　次韵东坡五更山吐月(其四) / 562

李叔与(?—?)
　乌衣园(其一) / 562

李思衍(?—1290)
　妙高台 / 562

李　质(?—?)
　艮岳百咏·松谷 / 563

梁　竑(?—?)
　题陆贾大夫庙 / 563

林用中(?—?)
　泉声 / 563

刘学箕(?—?)
　九月十八日夜梦赏春某氏园池赋春词二首题柱(其一) / 563

刘一止(1080—1161)
　借居鸬鹚山中一首呈方允迪道踪昆仲 / 563

83

刘子翚(1101—1147)
　　汴京纪事二十首(其一四) / 564
吕南公(1047—1086)
　　招豫亭饮 / 564
吕希纯(?—?)
　　千峰榭 / 564
彭汝砺(1042—1095)
　　宿邓桥 / 565
綦崇礼(1083—1142)
　　再次前韵 / 565
饶师道(?—?)
　　游麻姑山 / 565
任希夷(1156—?)
　　上寿大宴二首(其二) / 565
邵　雍(1011—1077)
　　欢笑 / 565
史　浩(1106—1194)
　　姊加封太宜人庆会致语口号 / 565
释德洪(1071—1128)
　　次韵邵陵道中书怀 / 566
释绍昙(?—1297)
　　六言山居(其七) / 566
　　偈颂一百零四首(其三三) / 566
　　偈颂一百一十七首(其一四) / 566
苏　轼(1037—1101)
　　和文与可洋川园池三十首·披锦亭 / 566
　　和鲜于子骏郓州新堂月夜二首(其二) / 566
苏　辙(1039—1112)
　　王诜都尉宝绘堂词 / 567

次韵刘泾见寄 / 567
苏　籀(1091—?)
　　事毕汤巩方三君再用前韵复酬一首 / 567
　　醋饮一首 / 568
唐仲友(1136—1188)
　　辛丑正月上休日谒灵康庙拜滕公祠 / 568
陶应霣(?—?)
　　古诗二首(其一) / 568
汪元量(1241—1317)
　　余将南归燕赵诸公子携妓把酒饯别醉中作把酒听歌行(其一) / 568
王安石(1021—1086)
　　至开元僧舍上方次韵舍弟二月一日之作 / 569
　　有感 / 569
　　送程公辟守洪州 / 569
王　迈(1184—1248)
　　和赵簿题席麻林居士小隐四韵(其四) / 570
王禹偁(954—1001)
　　竹䈽 / 570
　　投柴殿院 / 570
文　同(1018—1079)
　　亭前高柏 / 571
吴龙翰(1233—1293)
　　灵金山观金灯 / 571
吴　璃(?—?)
　　游庐山 / 572

项安世(1129—1208)
　代人得若字 / 572
徐玑(1162—1214)
　松风楼篇 / 572
薛季宣(1134—1173)
　诚台春色 / 572
宇文虚中(1079—1145)
　从人借琴 / 573
袁　甫(?—?)
　辛亥寒食清明之交杜陵先生暂归省
　　谒与诸生食罢游后园独坐萧然戏
　　作长句示诸儿 / 573
曾由基(?—?)
　元夕同友街游 / 573
张九成(1092—1159)
　题竹轩(其一) / 573
　题竹轩(其三) / 573
张　炜(1094—?)
　杂诗 / 574
张　镃(1153—?)
　秦女行 / 574
赵淦夫(?—?)
　元日 / 574
赵公豫(1135—1212)
　江行漫兴 / 574
赵希逢(?—?)
　和百舌 / 574
郑刚中(1088—1154)
　闱门诗三首(其二) / 575
周彦质(?—?)
　宫词(其三一) / 575

箫　笛

曹　勋(1098—1174)
　梦中作四首(其四) / 575
　升天行 / 575
陈舜俞(?—1075)
　中秋玩月宴友 / 575
陈　造(1133—1203)
　次韵袁宪阅兵许浦 / 576
　散解庙行 / 576
　送龙辞三章(其一) / 577
韩　琦(1008—1075)
　太尉侍中宋公挽辞三首(其三)
　　/ 577
韩　维(1017—1098)
　太傅李康靖公挽歌三首(其二)
　　/ 577
　宋元献公挽辞三首(其二) / 577
胡　宿(995—1067)
　挽仁宗皇帝词(其二) / 577
李　纲(1083—1140)
　还自鼓山过鳝溪游大乘榴花洞瞻礼
　　文殊圣像漫成三首(其一) / 578
李　常(1027—1090)
　解雨送神曲(其三) / 578
李之仪(1048—1127)
　送冯子庄赴秦州将官述其督诗之语
　　以广篇首 / 578
林希逸(1193—1271)
　乐轩先师挽歌词(其一) / 578
　戴主簿挽诗(其一) / 578

85

林亦之(1136—1185)
  宜人姚氏挽词 / 578
刘 攽(1023—1089)
  庆寿挽诗二首(其二) / 578
刘 敞(1019—1068)
  晏公挽词三首(其三) / 579
刘克庄(1187—1269)
  真州北山 / 579
刘 挚(1030—1097)
  哀鲁国宣靖曾公三首(其三) / 579
  挽秦国夫人三首(其二) / 579
欧阳修(1007—1072)
  大行皇帝灵驾以引挽歌辞(其二)
    / 579
沈 遘(1028—1067)
  陈府君挽歌辞 / 579
沈 辽(1032—1085)
  和张宝臣即元韵 / 580
释道潜(1044—?)
  俞公达待制挽辞(其一) / 580
司马光(1019—1086)
  故翰林彭学士挽歌(其三) / 580
宋 祁(998—1061)
  送梅学密赴并州 / 580
苏 颂(1020—1101)
  司空平章军国事赠太师开国正献吕
    公挽辞五首(其四) / 581
  尚书左丞赠开府仪同三司邓公挽辞
    三首(其二) / 581
  尚书祠部郎中大理少卿邹公挽辞二
    首(其二) / 581

汪元量(1241—1317)
  登蓟门用家则堂韵 / 581
王 珪(1019—1085)
  赠太尉郑文肃公挽词二首(其二)
    / 581
王 迈(1184—1248)
  挽宁宗皇帝章六首(其二) / 581
王禹偁(954—1001)
  太师中书令魏国公册赠尚书令追封
    真定王赵挽歌(其九) / 582
韦 骧(1033—1105)
  和太守临清阁一首 / 582
文 同(1018—1079)
  仁宗皇帝挽诗十首(其九) / 582
徐 铉(917—992)
  文献太子挽歌辞五首(其四) / 582
张方平(1007—1091)
  温成皇后挽辞二首(其二) / 583
赵 眘(1127—1194)
  高宗皇帝挽词(其五) / 583
周 密(1232—1298)
  挽李太监二首(其二) / 583
周文璞(?—?)
  挽正字南仲四首(其三) / 583

箫 笛

盖 谅(?—?)
  次郑大资竞渡诗韵 / 583
韩 维(1017—1098)
  答曼叔见谢颍桥相过之什 / 584

林光朝(1114—1178)
 吴容州仲一挽词 / 584

箫 竽

贾宗谅(?—?)
 除夜阳口舟中 / 584

埙 篪

白玉蟾(1194—?)
 和主簿家兄赠别韵 / 585
 孤鸿曲 / 585
 丹丘同王茶干李县尉高会 / 585

晁冲之(1073—1126)
 和十二兄五首(其二) / 585

晁说之(1059—1129)
 夜大风 / 586

陈 普(1244—1315)
 程朱之学(其二) / 586
 云庄劝学 / 586

陈 深(1260—1344)
 慰陆子顺丧偶 / 587

陈 造(1133—1203)
 题雍和堂 / 587

陈 著(1214—1297)
 次韵长儿生日示诸弟 / 587
 次韵弟荬怀归 / 587

程公许(1182—?)
 拟九颂(其四) / 588

程 俱(1078—1144)
 晁无敩将之录示近诗有和其兄以道说之诗次韵以致区区兼简以道(其一) / 588

戴复古(1167—?)
 别章泉定庵二老人 / 588

丁 谓(966—1037)
 雁 / 588

杜 范(1182—1245)
 是夜闻十六兄雪中有作次韵 / 589

范纯仁(1027—1101)
 送司马伯康君实归夏县 / 589
 蜀郡范公景仁挽词三首(其二) / 589

范仲淹(989—1052)
 鹤联句 / 589
 得李四宗易书 / 590

郭祥正(1035—1113)
 蒋公桧呈淮南运使金部此桧系鲁侍郎漕淮日手植 / 590

韩 绛(1012—1088)
 教授秘书见示学馆唱酬诗稿辄书累句以谢 / 590

洪 皓(1088—1155)
 次彦深韵 / 590

洪 迈(1123—1202)
 戏答胡汝能 / 591

洪 适(1117—1184)
 盘洲杂韵上·水仙 / 591

华 镇(1051—?)
 渐堂 / 591
 次韵刘三秀才瑞香二首(其一) / 591

黄　榦(1152—1221)
　　双髻峰　/ 591
黄　履(？—1101)
　　正仲移漕二浙用李白留别王嵩韵以
　　　送之　/ 592
黄　庶(1019—1058)
　　庭树联句枝字为韵　/ 592
黄庭坚(1045—1105)
　　戏简朱公武刘邦直田子平五首(其
　　　四)　/ 592
　　以同心之言其臭如兰为韵寄李子先
　　　(其四)　/ 593
　　送伯氏入都　/ 593
　　宿黄州观音院钟楼上　/ 593
金君卿(1020—？)
　　文相生日　/ 593
孔平仲(1044—1102)
　　送朱君贶德安宰罢任还　/ 594
孔武仲(1041—1097)
　　赠子通　/ 594
　　寄题丁子厚二亭·睦亭　/ 594
　　儿归行　/ 595
李处权(？—1155)
　　题周氏棣华堂　/ 595
李　纲(1083—1140)
　　梁溪八咏·棣华堂　/ 595
李　洪(1129—1183)
　　腊雪　/ 595
李弥逊(1089—1153)
　　丞相张公筑室湘江之上若欲远人间
　　　事尽心于山水之乐以奉寿母而末

章以忠孝诏诸来者寓意深矣索诗
　寄之(其二)　/ 596
李　新(1062—？)
　　送元景参辟廱　/ 596
李正民(1073—1151)
　　次韵叶舍人(其二)　/ 596
李之仪(1048—1127)
　　寄赵仰之　/ 596
廖行之(1137—1189)
　　为老人寿苏盐　/ 597
林景熙(1242—1310)
　　双桧堂为鲁圣可行可赋　/ 597
　　送胡汲古归严陵觐亲　/ 597
林希逸(1193—1271)
　　赠周医主簿和后村诗　/ 598
　　云木相参歌　/ 598
刘　放(1023—1089)
　　答张屯田朝退过阁下诸公　/ 598
刘　敞(1019—1068)
　　送子高知润州　/ 598
　　蒙某借示新诗不胜叹服辄妄作五言
　　　一首以志欣慕　/ 598
刘克庄(1187—1269)
　　怀王制参　/ 599
　　题赚兰亭图　/ 599
刘　弇(1048—1102)
　　伤友人潘镇之失意七十韵　/ 599
楼　钥(1137—1213)
　　送王仲言添倅海陵(其一)　/ 600
　　送赵南仲丞溧水　/ 601

陆文圭(1250—1334)
　题陆义斋双莲图 / 601
吕　陶(1028—1104)
　和礼部孔经甫斋宫三首(其二) / 601
　和运判孙圣微游大慈 / 601
　奉和胡右丞视学所赋 / 601
梅尧臣(1002—1060)
　送韩仲文知许州 / 602
牟　巘(1227—1311)
　德清孙氏和乐秀明堂 / 602
彭汝砺(1042—1095)
　答君时弟(其一) / 603
　答君时弟(其二) / 603
仇　远(1247—?)
　顷溧水归登官塘汤汉章义门(其一) / 603
　初冬郊行(其一) / 603
裘万顷(?—1219)
　端午上饶道中 / 603
　题伯量春风堂 / 603
邵　雍(1011—1077)
　又一绝 / 604
　训世孝弟诗(其六) / 604
　观棋大吟 / 604
史　浩(1106—1194)
　待王十六监岳致语口号 / 607
史弥宁(?—?)
　送邬文伯 / 607
释居简(1164—1246)
　代人与赵仓使 / 607

代宣石桥谢两浙部使者 / 608
次韵林别驾(其一) / 608
送宽堂赴南外判宗 / 608
赵宪使席上 / 608
释妙伦(1201—1261)
　偈颂八十五首(其五三) / 609
宋　庠(996—1066)
　和中丞晏尚书和答十二兄夜归遇雪之作 / 609
　陈勤之兄弟同登秀科俱宰江东大邑 / 609
苏　颂(1020—1101)
　次韵王伯益同年留别二首 / 609
苏　辙(1039—1112)
　次韵孔武仲学士见赠 / 609
　次远韵 / 609
孙　觌(1081—1169)
　张全真大资四老堂 / 610
孙应时(1154—1206)
　挽诸葛寿之(其三) / 610
　挽莫子晋丈(其二) / 610
　吴文伯用李允蹈追字韵见赠亦次答之 / 610
汤　悦(?—?)
　鼎臣学士侍郎楚金舍人学士以再伤庭梅诗同垂宠和清绝感叹情致俱深因成四十字陈谢 / 611
田　锡(940—1004)
　寄宋准学士 / 611
王安中(1076—1134)
　闻青守梁元彬移帅定武作诗寄贺诸

89

梁 /611

王　迈(1184—1248)
　寄南剑守陈寺丞宿 /611
　寄浙漕王子文野以思君令人老五字为韵得诗五首(其一) /611

王　遂(?—?)
　会徐侍郎蔡提举 /612

王禹偁(954—1001)
　南郊大礼诗(其四) /612

王之道(1093—1169)
　秋日野步和王觉民十六首(其七) /612
　和许端夫兄弟二首时端夫出守当涂(其一) /612

韦　骧(1033—1105)
　和孙叔康以诗寄芋 /612

卫　博(?—?)
　送长寿黄主簿 /612

卫宗武(?—1289)
　绝交 /613

文　同(1018—1079)
　寄友人 /613

文彦博(1006—1097)
　故宣徽惠穆吕公挽词(其二) /613

吴　芾(1104—1183)
　寄鲁漕 /613
　和十五侄见寄 /613
　三老图既成久欲作诗未果因次任漕韵 /613

吴　儆(1125—1183)
　独酌 /614

夏　竦(985—1051)
　奉和御制看毛诗诗三章二章十二句一章八句(其一) /614

徐　铉(917—992)
　太傅相公以庭梅二篇许舍弟同赋再迁藻思曲有虚称谨依韵奉和庶申感谢 /614
　代书寄谈炼师 /614

许及之(1141—1209)
　亲家张舍人挽词(其二) /615
　王宣甫求崇斋扁榜仍索诗转庵之作先成即次韵为寄 /615

许月卿(1216—1285)
　送碧梧入府 /615

薛师董(?—?)
　秋风 /615

晏　殊(991—1055)
　和三兄除夜 /616

杨　亿(974—1020?)
　次韵和盛博士寄赠虞部李郎中之什 /616
　咏华林书院 /616
　表弟章廷评得象知邵武军归化县 /616

姚　勉(1216—1262)
　寄题陈肩夔兄弟梦草堂 /616

岳　珂(1183—?)
　吕成公宽平通鉴佚老三帖赞 /617

曾　几(1085—1166)
　次忧字韵 /617

曾　协(1119—1173)
　　谢翁子亨惠诗 / 617
张　栻(1133—1180)
　　外弟信臣总干西归驻舟沙岸得半月
　　　之款于其行口占道别 / 618
赵　鼎(1085—1147)
　　送张才元大临归高阳兼寄杨霍
　　　 / 618
赵　蕃(1143—1229)
　　寄送潘文叔恭叔二首(其二) / 618
　　送梁和仲兼属寄谢吴丈三首(其二)
　　　 / 618
　　呈叔骥和叔 / 618
　　寄明叔且示逸远 / 618
　　欲再过子进昆仲舟人给以迷路既远
　　　不能复也怅然怀之 / 619
　　邂逅孙子仪于临安喜而赋诗并怀子
　　　进子肃 / 619
　　蕃欲为辰阳之行适寺簿先生以使事
　　　来武陵既获再侍又蒙俯用近者寄
　　　上鄙韵赐之辄复次韵叙别并呈子
　　　实百六丈 / 619
　　有怀子肃读其诗卷因成数语 / 619
　　辰阳待岳祠之命舟发武陵回寄从游
　　　诸公 / 619
　　遂初泉 / 620
赵孟坚(1200—?)
　　题黄岩夏氏晓山亭诗卷 / 620
赵师秀(1170—1219)
　　徐先辈挽词 / 620
仲　并(?—?)
　　四老堂诗(其二) / 620

陈行之得之因震泽旧居辟小阁面列
　　洞庭山客有名以尊经者江都仲某
　　为长句以纪之 / 621
周必大(1126—1204)
　　重九次七兄韵 / 621
周　孚(1135—1177)
　　谢杜丈见过 / 621
朱　松(1097—1143)
　　戏答胡汝能 / 621
邹　浩(1060—1111)
　　与王仲弓分韵得东字 / 622

笙　笛

白玉蟾(1194—?)
　　西湖大醉走笔百韵 / 622
姜特立(1125—1203)
　　寄方叔游法轮寺三首(其三) / 624
孔武仲(1041—1097)
　　高楼行 / 624
梅尧臣(1002—1060)
　　答中上人卷 / 624
徐俛夫(?—?)
　　上郑丞相 / 624
叶　适(1150—1223)
　　中塘梅林天下之盛也聊伸鄙述启好
　　　游者 / 625

琴　瑟

敖陶孙(1154—1227)
　　与太常丞丁晦甫 / 625

白玉蟾(1194—?)
　题栖凤亭(其四) / 626

晁补之(1053—1110)
　次韵文潜忆杨翰林元素家淮上夜饮作 / 626

晁公遡(1116—?)
　师伯浑用韵复次(其一) / 626

陈 蓥(?—?)
　西山桐十咏·桐乳 / 626

陈 著(1214—1297)
　次韵长儿生日示诸弟 / 626
　挽袁镇 / 626

度 正(?—?)
　和黄侍郎韵 / 627

范仲淹(989—1052)
　书海陵滕从事文会堂 / 627
　商 / 627
　依韵和提刑太博嘉雪 / 628

方 回(1227—1307)
　送赵无己之临川 / 628

方 岳(1199—1262)
　次韵萧同年古意(其二) / 628

冯 山(?—1094)
　小溪尉丘君父母年皆九十康强精明尚能读书挫箴如五六十岁人相继受恩命某固未尝见也亦未尝闻也因作诗遗丘君且以传诸士大夫如果未尝见闻则宜相与乐道其美而形于歌颂云 / 629

葛绍体(?—?)
　仲和亲迎慈溪(其一) / 629

郭祥正(1035—1113)
　庐陵乐府十首(其三) / 629

韩 淲(1159—1224)
　参寥泉 / 629

韩 琦(1008—1075)
　重九次韵答真定李密学 / 629

洪 适(1117—1184)
　程参政挽诗三首(其二) / 630

胡次焱(1229—1306)
　媒问甆 / 630

胡仲弓(?—?)
　咏松(其四) / 631

黄 榦(1152—1221)
　刘正之宜楼四章(其一) / 631

黄庭坚(1045—1105)
　息暑岩 / 631
　病懒 / 631
　次韵周德夫经行不相见之诗 / 631
　和答莘老见赠 / 632
　和刘景文 / 632

姜特立(1125—1203)
　右寄此诗后忽得简云儿曹亦寄五言用韵皆同殆一段佳话遂再赋长句 / 633

孔平仲(1044—1102)
　郡名诗呈吕元钧五首(其二) / 633

李伯玉(?—?)
　淳祐七年丁未十一月朔蔡久轩自江东提刑归抵家时三馆诸公以风霜随气节河汉下文章分韵赋诗送别得下字 / 633

李弥逊(1089—1153)
  硕人赵氏挽诗(其二) / 634
  次韵学士兄秋初(其二) / 634

李之仪(1048—1127)
  题朱砂汤 / 634

刘　攽(1023—1089)
  自舒城南至九井并舒河行水竹甚有佳致马上成五首(其一) / 634

刘　敞(1019—1068)
  种桐 / 634
  移苇 / 635
  庭楸 / 635
  雷氏子推迹石鼓为隶古定圣俞作长诗叙之诸公继作予亦继其后 / 635

刘克庄(1187—1269)
  五言二十韵别方氏长孙女 / 635

刘学箕(?—?)
  度侄从事行亲迎之礼于傅氏朋旧各赋诗赠别老叔虽凄凉阮巷老大谢家可无数语以饯行色 / 636

吕　陶(1028—1104)
  送吴龙图归阙 / 636
  答王仲高 / 637

满维端(?—?)
  桐轩 / 637

梅尧臣(1002—1060)
  书窜 / 637

秦　观(1049—1100)
  刘公干 / 638

史　浩(1106—1194)
  叔父知县庆宅并章服致语口号 / 639
  代弥坚就赵府作会致语口号 / 639

释宝昙(1129—1197)
  送楼尚书 / 639

释道潜(1044—?)
  思正挈家游张氏园有诗俾余次韵 / 639

释居简(1164—1246)
  谢宣城朱长官 / 639

释斯植(?—?)
  和子履雍家园诗 / 640

舒岳祥(1219—1298)
  岩间宴坐 / 640

宋　祁(998—1061)
  上许州吕相公嗣崧许康诗二首·许康诗(其三) / 640

苏　泂(1170—?)
  送邢刍父赴漕试盖予以牒逊之 / 640

孙应时(1154—1206)
  挽汪克之给事母程夫人 / 641

陶　弼(1015—1078)
  桐 / 641

王　柏(1197—1274)
  冽井(其二) / 641
  书隐和韵谢再答之 / 641
  和易岩木犀韵 / 642

王献臣(?—?)
  泗州山 / 642

王　洋（1089—1154）
　　省题秦帝鼓瑟　/ 642
王之望（?—1170）
　　病后戏赠同官蒋子权　/ 642
魏了翁（1178—1237）
　　赐冠帔杨氏挽诗（其一）　/ 643
　　李参政夫人张氏挽诗（其一）　/ 643
鲜于侁（1019—1087）
　　九诵·周公　/ 643
项安世（1129—1208）
　　代作五首（其三）　/ 644
谢　逸（1068—1112）
　　夏夜杂兴（其八）　/ 644
徐　积（1028—1103）
　　复古颂　/ 644
许应龙（1169—1249）
　　和权郡重九韵　/ 644
俞茂实（?—?）
　　游大涤　/ 645
张方平（1007—1091）
　　酬欧阳舍人寄题醉翁亭诗　/ 645
张　耒（1054—1114）
　　次韵子夷兄弟十首（其一）　/ 645
　　夏日杂感四首（其一）　/ 645
张　嵲（1096—1148）
　　绍兴中兴上复古诗　/ 646
赵　蕃（1143—1229）
　　题白龙洞三首（其一）　/ 648
赵汝鐩（1172—1246）
　　响卜辞　/ 648
　　寄远曲　/ 649

诸葛兴（?—?）
　　会稽颂（其二）　/ 649
宗　泽（1059—1128）
　　题赵园（其一）　/ 649
邹　浩（1060—1111）
　　世美寓展江作此简之（其一）　/ 649
左知微（?—?）
　　题北山松轩　/ 650

琴　筑

曹　勋（1098—1174）
　　山居杂诗九十首（其三四）　/ 650
陈　造（1133—1203）
　　王漕小燕玻璃分韵得路字　/ 650
程公许（1182—?）
　　重阳陪诸乡丈游水乐洞过风篁岭龙井张饮观两苏仙辩才法师像晚憩杨家梅园归路小雨　/ 650
程　俱（1078—1144）
　　奉陪知府内翰至卞山有诗五首·庵居　/ 651
　　同江彦文纬江仲嘉褒度菱湖岭游三衢诸山道灵真出入岩谷胜绝可骇杂然有卜筑之意此地寥阒人所不争小隐不难致顾吾曹出处何如耳二公皆修真养气精进不衰予晚闻此道又为忧病顿挫志倦体疲每思益友傥得静舍安余年资二子以待老岂不乐哉作诗叙游且志本末岩谷之胜实自仲嘉发之予尝闻而赋诗所谓武陵迷汉魏妙喜断山川

94

者也 / 651

葛胜仲(1072—1144)
东庄院 / 653

贺　铸(1052—1125)
晓度黄叶岭东谷怀寄金陵王居士闲叟 / 653

洪　迈(1123—1202)
度芙蓉岭 / 653

胡　铨(1102—1180)
峡山 / 654

胡仲弓(？—？)
念昔游四首(其一) / 654

李　纲(1083—1140)
自晋康顺流六十里有山巉然临江下有岩洞可容千人轩豁平坦景幽邃石罅间滴泉厥味甘冽因目之曰玉乳岩赋诗以纪其事 / 654

李　光(1078—1159)
昭真宫 / 655

李　洪(1129—1183)
过分水岭 / 655

李　吕(1122—1198)
游青玉峡 / 655

李　彭(？—？)
奉同伯固驹甫师川圣功养直及阿虎寻春因赋问柳寻花到野亭分得野字 / 656

李　廌(1059—1109)
霹雳琴 / 656

陆　游(1125—1210)
泸州使君岩在城南一里深三丈有泉出其左音中律吕木龙岩相距亦里许黄太史所尝游憩也 / 656

晨起 / 657
寄十二侄 / 657
冬夜听雨戏作二首(其二) / 657

潘良贵(1094—1150)
新梧 / 657

释德洪(1071—1128)
次韵通明叟晚春二十七首(其一) / 657

释居简(1164—1246)
啸云 / 658

苏　过(1072—1123)
次韵少蕴移竹于贾文元园二首(其一) / 658

苏　轼(1037—1101)
立秋日祷雨宿灵隐寺同周徐二令 / 658
和子由记园中草木十一首(其一○) / 658
峡山寺 / 658
和刘长安题薛周逸老亭周善饮酒未七十而致仕 / 658
求焦千之惠山泉诗 / 659

苏　辙(1039—1112)
题李公麟山庄图·泠泠谷 / 659

孙　觌(1081—1169)
滁守平远堂 / 659

孙应时(1154—1206)
峡中歌 / 659

王禹偁(954—1001)
送朱九龄 / 660

95

卫宗武(？—1289)
　　过墓邻僧寺 / 660

姚　勉(1216—1262)
　　题腾芳书院 / 660

喻良能(1120—？)
　　直庐锁宿呈监丞宋丈 / 661

曾　几(1085—1166)
　　读吕居仁旧诗有怀其人作诗寄之
　　　/ 661

张　嵲(1096—1148)
　　鸣筑亭 / 662
　　六月初八日过龙洞纳凉树阴下酌泉
　　　待月而行 / 662

张　镃(1153—？)
　　移石种竹橘 / 662

赵彦假(？—？)
　　翠蛟亭和巩栗斋韵 / 662

朱　翌(1097—1167)
　　湘江亭别程干 / 663

箫 鼓

敖陶孙(1154—1227)
　　送别张长官东归 / 663

白玉蟾(1194—？)
　　九曲棹歌(其三) / 663

毕仲游(1047—1121)
　　熙州蒋颖叔侍郎席上 / 664
　　送范德孺使辽 / 664

蔡　肇(？—1119)
　　北固山 / 664

曹　勋(1098—1174)
　　阳春歌二首(其二) / 664
　　远游篇 / 665

柴随亨(1220—1277)
　　忆昔 / 665

晁补之(1053—1110)
　　钦圣皇后挽辞二首(其二) / 665
　　悲来行哭石起职方 / 665

晁　迥(951—1034)
　　静深生四妙辞 / 666

晁说之(1059—1129)
　　杨班湫神恩加广应公以其诰祭之
　　　/ 666

陈傅良(1137—1203)
　　送郡守汪充之移治严陵 / 666

陈　赓(1247—1315)
　　平水神祠歌 / 667

陈康伯(1097—1165)
　　送叶守 / 667

陈　起(？—？)
　　同友人泛舟过断桥登寿星江湖伟观
　　　归舟听客讴清真词意其适分得江
　　　字奉寄季大著乡执兼呈真静先生
　　　/ 667

陈师道(1053—1102)
　　寿安县君挽词 / 668

陈世崇(1245—1309)
　　元夕八首(其七) / 668

陈　襄(1017—1080)
　　濮妃祔庙挽词二首(其一) / 668

96

陈 渊(?—1145)
　　七夕三首(其二) / 668
陈 藻(1151—1225)
　　元夕同社众携灯上山谒神祠 / 668
陈 造(1133—1203)
　　三月初晚晴寄高缙之三首(其二)
　　　　/ 668
　　再次韵二首(其一) / 669
　　次韵杨帅留客赏雪二首(其二)
　　　　/ 669
　　苦雨 / 669
　　小饮俯江楼分韵得俯字 / 669
　　记扬州旧事 / 669
　　呈赵帅 / 669
陈 著(1214—1297)
　　代京尹吴山云益雪应贺庙堂二首(其二) / 670
程公许(1182—?)
　　谒周孝公祠 / 670
程 俱(1078—1144)
　　元夕块坐因用叶翰林去年见寄元夕诗韵写怀(其二) / 670
戴复古(1167—?)
　　村景 / 670
　　湘中 / 671
　　元宵雨 / 671
刁 衎(945—1013)
　　汉武 / 671
董嗣杲(?—?)
　　丰乐楼 / 671
　　环碧园 / 671

　　清明日晚阴 / 671
　　江湖伟观 / 671
　　辛酉富池元宵写怀二首(其一)
　　　　/ 672
范成大(1126—1193)
　　三湘怨 / 672
　　晓起 / 672
范纯仁(1027—1101)
　　和阎灏中秋赏月四首(其二) / 672
范仲淹(989—1052)
　　尧庙 / 672
　　览秀亭诗 / 672
范祖禹(1041—1098)
　　韩献肃公挽词三首(其二) / 673
方 凤(1240—1321)
　　三吴漫游集唐(其二) / 673
方 回(1227—1307)
　　庆陆仁重举男四首(其三) / 673
　　记正月二十五日西湖之游十五首(其一四) / 673
　　八月二十日晓起 / 673
冯 山(?—1094)
　　和邓内翰游乌奴寺 / 674
甘同叔(?—?)
　　题昌山圣姥庙 / 674
高 钧(?—?)
　　次韵和于巽衹谒真祠 / 674
葛绍体(?—?)
　　乐清道中二首(其一) / 674
葛胜仲(1072—1144)
　　哀范卿学士弟 / 675

97

顾　逢(？—？)
　湖舟　/ 675

顾　禧(？—？)
　小春词　/ 675

郭祥正(1035—1113)
　寄资深承事行营二首(其二)　/ 675
　闻陈伯育结彩舟行乐游湖戏寄三首
　　(其一)　/ 675
　代先书奉迎庐帅元舆待制　/ 675
　游石盆寺呈蒋殿院兼简余光禄
　　/ 676
　采石峨嵋亭登览赠翰林张唐公
　　/ 676

韩　淲(1159—1224)
　小饮(其一)　/ 677

韩　驹(1080—1135)
　故正议李公挽词(其一)　/ 677

韩　维(1017—1098)
　夜泊湖上　/ 677
　和景仁元夕(其一)　/ 677
　晏元献公挽辞三首(其二)　/ 677
　中书傅钦之侍郎挽词三首(其三)
　　/ 677
　和圣俞游梁王吹台有感　/ 677
　和晏相公西湖　/ 678

何　贲(？—？)
　和(于巽)祗谒真祠诗　/ 678

何　澹(？—？)
　和宋宪乙丑元夕韵　/ 678

何梦桂(1229—？)
　和卢可庵悲秋十首(其四)　/ 678

贺　铸(1052—1125)
　喜雨　/ 678

洪　刍(？—？)
　寄赠王允叹　/ 679

洪　朋(？—？)
　城上　/ 679

洪　炎(1067？—1133)
　逍遥阁　/ 679

黄　裳(1043—1129)
　陈朝议挽辞(其一)　/ 679

黄　榦(1152—1221)
　寄郑维忠叶云叟诸友　/ 679

黄庭坚(1045—1105)
　徐孺子祠堂　/ 679
　李濠州挽词二首(其二)　/ 680

黄彦平(？—1046？)
　三月十三日步至杏亭　/ 680

家铉翁(1213—？)
　市桥月色　/ 680

姜特立(1125—1203)
　平原郡王南园诗二十一首·幽翠
　　/ 680

寇　准(962—1023)
　和御制祀后土　/ 680

李　壁(1159—1222)
　青神道中　/ 680
　真州元夕和韵二首(其一)　/ 681

李处权(？—1155)
　元夕陪张使君燕集　/ 681

李　复(1052—？)
　和范君武出郊　/ 681

98

和朱公掞祷雨五龙庙 / 681

李　纲(1083—1140)
 端康之间地名越城五山秀峙有蜿蜒
 飞跃之状山有五龙庙当秦时神媪
 临江五龙从之游没葬山上庙祀至
 今灵响甚著乡人以风雨候龙之归
 因作送迎辞五绝句以遗之(其三)
 / 682
 田家四首(其四) / 682
 自沙阳乘泛碧斋至洛阳口 / 682
 题周孝侯庙 / 682

李　龏(1194—?)
 溪滨晚作 / 682
 送人南海钤兵 / 682
 登苏州齐云楼 / 682

李　兼(?—?)
 田里 / 683

李流谦(1123—1176)
 题富池罗汉院 / 683

李弥逊(1089—1153)
 和陈颖仲题刘鞠祠 / 683

李　彭(?—?)
 元夕高卧 / 683

李若水(1093—1127)
 村家引 / 683

李　淑(1002—1059)
 岘山诗 / 683

李义山(?—?)
 毛竹 / 684

李曾伯(1198—1268)
 寿襄阃 / 684

李正民(1073—1151)
 挽刘刑部(其二) / 685

李之仪(1048—1127)
 书于子高宅 / 685

李　廌(1059—1109)
 秋晓 / 685

廖　刚(1071—1143)
 丙申春贴子八首(其二) / 685

林　迪(?—?)
 闻伯育承事结彩舟作乐游东湖戏寄
 四韵 / 685

林景熙(1242—1310)
 栝城 / 685

刘　攽(1023—1089)
 酬王定国五首(其四) / 685
 赤甲祈雨是日获之 / 686
 陪马守蜀山祷雨 / 686

刘才邵(1086—1157)
 为李邦臣题丛桂堂 / 686

刘　敞(1019—1068)
 竞渡 / 686

刘辰翁(1232—1297)
 春景·新年贺太平(其二) / 687

刘大纲(?—?)
 碧沼寺(其二) / 687

刘　过(1154—1206)
 建业酒楼落成预点灯 / 687

刘克庄(1187—1269)
 神君歌十首(其一) / 687
 喜雨五首(其一) / 687
 辛卯满散天基节即事六首(其三)

99

／687

尧庙 ／687

寄题邵武死事胡将祠堂 ／688

蒲涧寺 ／688

又和八首（其七） ／688

挽林夫人 ／688

刘学箕（？—？）

社日喜晴分韵得前字 ／688

刘弇（1048—1102）

三用前韵酬达夫（其九） ／688

莆田杂诗二十首（其一） ／688

送狄太守清明日燕莆田共乐亭三首（其一） ／689

秋日仪真即事十首（其二） ／689

刘挚（1030—1097）

登照碧亭次韵燕若水 ／689

挽资政殿学士吏部尚书曾公二首（其一） ／689

秋收 ／689

刘子翚（1101—1147）

一树 ／689

过东阳 ／689

靖康改元四十韵 ／689

楼钥（1137—1213）

谢少微兄惠牡丹（其三） ／690

送朱叔止守南剑（其四） ／690

彭子复临海县斋 ／690

湖亭观竞渡 ／691

代求子绍上魏邸寿诗 ／691

陆文圭（1250—1334）

丁丑元夕 ／692

挽邓友梅 ／692

挽朱自斋总管 ／692

七夕祈雨 ／692

陆游（1125—1210）

重五同尹少稷观江中竞渡 ／692

游山西村 ／692

雨中泊赵屯有感 ／692

社日 ／692

苦雨二首（其一） ／693

村社祷晴有应 ／693

秋夜感遇十首以孤村一犬吠残月几人行为韵（其二） ／693

梅市道中二首（其一） ／693

早春出游二首（其二） ／693

初夏闲居八首（其四） ／693

赛神 ／693

埭北 ／693

题野人壁 ／693

遣怀二首（其一） ／694

病中怀故庐 ／694

幽居记今昔事十首以诗书从宿好林园无俗情为韵（其七） ／694

吕南公（1047—1086）

登滕王阁 ／694

毛滂（1060—？）

题雷峰塔南山小景 ／694

毛珝（？—？）

富池庙 ／694

梅尧臣（1002—1060）

依韵和乌程李著作四首·雪上二首（其二） ／695

和寿州宋待制九题·式宴亭 / 695
五日登北山望竞渡 / 695
又平律一首 / 695
送李端明知河中府 / 695
送王龙图源叔之襄阳 / 695
留侯庙下作 / 695

穆 脩(979—1032)
和毛秀才江墅幽居好十首(其一) / 696

欧阳修(1007—1072)
永昭陵挽词三首(其二) / 696
夷陵书事寄谢三舍人 / 696

钱 时(1175—1244)
灯夕有感二首(其一) / 696

强 至(1022—1076)
喜晴 / 696
依韵奉和司徒侍中壬子三月十八日游御河二首(其一) / 696

秦 观(1049—1100)
送孙诚之尉北海 / 697

阮之武(?—?)
汉遗爱庙碑 / 697

邵 雍(1011—1077)
观三国吟 / 697

沈 辽(1032—1085)
箫鼓曲 / 697

施 枢(?—?)
夜闻城中箫鼓 / 698

释道潜(1044—?)
庐山道中怀子瞻 / 698
维扬秋日西郊(其三) / 698

释文珦(1210—?)
东湖北崦人家 / 698

释行海(1224—?)
寄集庆寺瑞上人 / 698

司马光(1019—1086)
奉和经略庞龙图延州南城八咏·禊堂 / 698

宋 京(?—?)
资州(其二) / 698

宋 祁(998—1061)
江上阻风 / 699

宋 庠(996—1066)
流杯亭 / 699
和晏尚书宣德门侍宴观灯 / 699
祭春偶作呈通判职方 / 699
正月望夜侍宴宣德门呈昭文富丞相 / 699

苏 轼(1037—1101)
黄牛庙 / 699
太白词(其四) / 699

苏舜钦(1008—1049)
感兴三首(其一) / 699

苏 颂(1020—1101)
中书令程文简挽辞三首(其三) / 700

苏 辙(1039—1112)
巫山庙 / 700

陶 弼(1015—1078)
句(其三六) / 701
黄陵庙 / 701

汪元量(1241—1317)
　湖州歌九十八首(其六六) / 701
　湖州歌九十八首(其六九) / 701
　唐律寄呈父凤山提举(其九) / 701

汪　藻(1079—1154)
　熊使君垂和漫兴诗次答四首(其一) / 701

王安国(1028—1074)
　句(其一一) / 701
　送李子仪知明州 / 701
　郊外 / 702

王安礼(1034—1095)
　赠别君重安抚太尉 / 702
　送卢大雅赴阙 / 702

王安石(1021—1086)
　呈柳子玉同年 / 702
　歌元丰五首(其一) / 702
　送福建张比部 / 702
　驾自启圣还内 / 702

王　柏(1197—1274)
　元夕独坐 / 702

王伯虎(？—？)
　送程给事知越州二首(其一) / 703

王　操(？—？)
　洛阳春 / 703

王　珪(1019—1085)
　赠太子太傅李康靖公挽词二首(其一) / 703

王　令(1032—1059)
　忆润州葛使君 / 703

王　向(1052—1083)
　题紫霄观 / 703

王　洋(1089—1154)
　苦寒 / 703

王应麟(1223—1296)
　吴刺史庙 / 704

王之道(1093—1169)
　和鲁如晦七夕 / 704

韦　骧(1033—1105)
　击瓯 / 704
　和雪前数刻迎郊赦口占 / 704

魏了翁(1178—1237)
　翌日约客有和者再用韵四首(其一) / 704

文天祥(1236—1283)
　七月十三夜用灯牌字韵凑成一诗与诸宾一笑 / 704

文彦博(1006—1097)
　题韩晋公村田歌舞图后 / 705
　致政仲损工部哀词(其二) / 705

吴　冈(？—？)
　李忠定公挽诗(其二) / 705

夏　倪(？—？)
　寿蒲宪 / 705

夏　竦(985—1051)
　鉴湖晚望 / 705

项安世(1129—1208)
　顺风 / 706
　瑞庆节 / 706
　正月十四夜月色奇甚 / 706

萧立之(1203—?)
　郴幕得告归桂东 / 706
徐集孙(?—?)
　月夜泛湖 / 706
徐 瑞(1255—1325)
　九月四日偕弟可玉外甥张敏修吾孙栋游西山访古追怀甲戌旧游感叹不已纪事五十韵 / 706
徐似道(1144—1212)
　句(其六) / 707
　唐史君与正新建浮桥 / 707
徐元杰(1194?—1245)
　湖上 / 708
许 操(?—?)
　福延院 / 708
许景衡(1072—1128)
　献王祠 / 708
　送李彦侯宰黄岩(其二) / 708
许月卿(1216—1285)
　箫鼓 / 708
许仲蔚(?—?)
　广利庙 / 708
薛季宣(1134—1173)
　寒食二首(其一) / 708
薛 嵎(1212—?)
　舟泊曹娥祠下 / 709
晏 殊(991—1055)
　上巳赐宴琼林与二府诸公游水心憩于西轩(其二) / 709
杨 杰(?—?)
　凌歊台 / 709

杨万里(1127—1206)
　上巳同沈虞卿尤延之王顺伯林景思游湖上得十绝句呈同社(其九) / 709
　六月初四日往云际院田间雨足喜而赋之二首(其二) / 709
　宿金陵镇栖隐寺望横山 / 709
　观社 / 709
　上元夜里俗粉米为茧丝书吉语置其中以占一岁之福祸谓之茧卜因戏作长句 / 710
姚 勉(1216—1262)
　同张公望湖上避暑到四圣观招柏堂月潭二道士出饮 / 710
姚 铉(968—1020)
　曹娥庙碑 / 710
叶 适(1150—1223)
　寄题运使方公祠堂 / 710
叶 茵(1199?—?)
　元夕 / 711
易士达(?—?)
　湖上 / 711
于 巽(?—?)
　参陪使骑袛谒真祠偶成小诗拜呈知府屯田 / 711
岳 珂(1183—?)
　比闻赵季茂奉板舆行春甚乐予跃然效之是日乃值大风雨昏后倦归则素月流天仍复晴矣自此连日春色尤浓杏已过雨红英满地怅然有作因寄 / 711

予癸巳在京口因郡中元夕张灯偶阅国史靖康丙午正月十五日辛巳祐陵南巡驻跸是郡二月二十三日己未始还京师凡居郡三十有八兹闻箫鼓感旧兴叹不胜潸然因涉笔以记大略而僧有冲希者乃携以示正伦彼谓予讽己遂架大怨迄兴妄狱圣明察知其冤予复将指前漫尽白因悼正伦之殁闵其左计亮其初心附昔所作诗于后　／712

曾　巩（1019—1083）
　　英宗皇帝挽词二首（其一）　／713
　　之南丰道上寄介甫　／713

曾　几（1085—1166）
　　苦雨　／713

曾　协（1119—1173）
　　老农十首（其五）　／713
　　寒食雨霁　／713

曾　肇（1047—1107）
　　南丰军山庙碑　／714

张　扩（？—？）
　　次韵莫养正县丞独游钱塘南北山　／714

张　耒（1054—1114）
　　感春三首（其三）　／714
　　钦慈皇后挽词二首（其一）　／714
　　和李令放税　／715
　　登城隍庙　／715
　　腊日四首（其三）　／715
　　谒敬亭祠　／715
　　登双溪阁　／715

张　栻（1133—1180）
　　八月既望要详刑护漕游水东早饭碧虚遍观栖霞程曾龙隐诸岩晚酌松关放舟过水月洞月色佳甚逼夜分乃归赋此纪游　／715

张舜民（？—？）
　　送郑平叔司勋之陕二首（其二）　／716

张孝祥（1132—1170）
　　与同僚十五人谢晴东明得渊字　／716

张尧干（？—？）
　　次唐彦猷顾亭林韵　／716

张　镃（1153—？）
　　园中雪夜二首（其一）　／716

章　甫（？—？）
　　白露行　／717
　　春日呈韩丈　／717

章　谊（1078—1138）
　　绍兴府寒食湖山游人　／717

赵鼎臣（？—？）
　　河间令尹　／717

赵　佶（1082—1135）
　　宫词（其七三）　／717

赵汝谠（？—1223）
　　和叶水心马塍歌　／718

赵汝鐩（1172—1246）
　　秋日同王显父赵子野何庄叟泛湖赵紫芝继至分韵得秋字　／718
　　续蒲涧行　／718

104

赵善括(?—?)
　　清明后一日泛湖游园联句 / 718
郑刚中(1088—1154)
　　送陈季常判院 / 719
　　游西山 / 719
　　纪关陇 / 720
周必大(1126—1204)
　　韩子温尚书以长句送江梅次韵
　　／ 720
周　焘(?—?)
　　题罗汉院小阁 / 721
周　炎(?—?)
　　黄陵题咏(其一) / 721
周紫芝(1082—?)
　　太一宫成奏告礼毕秦枢密有诗示秘
　　阁次韵一首三绝(其一) / 721
朱南杰(?—?)
　　晓发嘉兴府 / 721
朱　熹(1130—1200)
　　山馆诸兄共赋骤雨鹭鸶二绝(其一)
　　／ 721
　　次知郡章丈游山之韵 / 721
朱　翌(1097—1167)
　　宣城书怀 / 722
邹　浩(1060—1111)
　　次韵和端夫喜望之祈雪有应 / 723
祖无择(1010—1085)
　　书高辛氏庙 / 724

箫 铙

司马光(1019—1086)
　　魏忠献公挽歌辞三首(其三) / 724

周　弼(1194—?)
　　天津桥 / 724

笙 镛

冰　壶(?—?)
　　寿右丞相(其一) / 725
蔡　戡(1141—?)
　　家父约端约饭端约以疾辞乃作古风
　　并送腊梅数枝因次前韵 / 725
晁公遡(1116—?)
　　宇文叔介逆妇归过通义为置酒远景
　　　楼饯之 / 725
　　凝香堂 / 725
晁说之(1059—1129)
　　庚子冬至祭鼎阁差充太祝致斋于内
　　　西廊待漏院以近法物库有火禁甚
　　　严不胜昼夜寒苦辄成长言 / 726
陈傅良(1137—1203)
　　送同年林多益丞宁海 / 726
程公许(1182—?)
　　蕊珠歌 / 726
　　过房公湖临发广文载酒登南楼听隐
　　　士陈希逸弹琴读雁湖先生诗及悦
　　　斋先生赋 / 727
崔敦诗(1139—1182)
　　皇帝上太上皇帝寿乐曲·皇帝上太
　　　上皇寿酒用福安之曲 / 727
韩　琦(1008—1075)
　　次韵答张宗益工部 / 727
何　恭(?—?)
　　呈东坡 / 727

黄 庚（？—？）
　　侍郎亭 / 729
黄仲元（1231—1312）
　　张天师正殿 / 730
京 镗（1138—1200）
　　留金馆作 / 730
李 觏（1009—1059）
　　乾元节群臣祝寿小人无位以诗继之 / 730
林景熙（1242—1310）
　　赋双松堂呈薛监簿 / 730
林希逸（1193—1271）
　　至日再和磨字韵一首 / 731
刘克庄（1187—1269）
　　题方友民诗卷 / 731
陆 游（1125—1210）
　　赣士曾兴宗字光祖以其居赟笃谷图来求诗 / 731
　　白干铺别傅用之主簿 / 731
　　冬夜读书甚乐偶作短歌 / 731
吕本中（1084—1145）
　　闲居（其六） / 732
　　谢任伯夫人挽诗 / 732
欧阳修（1007—1072）
　　人日聚星堂燕集探韵得丰字 / 732
强 至（1022—1076）
　　送知府吴龙图 / 732
石 介（1005—1045）
　　庆历圣德颂 / 733
释居简（1164—1246）
　　孤山彭高士借榻 / 735

元宵晴呈仓使曹秘丞 / 735
孙 觌（1081—1169）
　　感春四首（其一） / 735
　　余南迁次临川奏庐陵道属闻盗掠高安新淦之间少留仙游山道祠是时庭下木犀花盛开漫山皆大松一峰苍然终日游偈其下各赋诗一篇（其一） / 735
　　桂林山水奇丽妙绝天下柳子厚记訾家洲亭粗见其略余以六月六日度桂林岭欲更仆诣象属暑甚遂少留日从诸公于岩穴之下穿林巨壑近接阛闠之中远不过城闉之趾居高望远夸雄斗丽殆不可状择其尤者以十诗记之名之曰桂林十咏·来风亭风洞在七星岩之下曾公岩之右大暑时有风出穴中泠然如冰雪被体不可久留旧有亭摧坏始撤而新之赵漕少隐置酒落其成名曰来风云 / 735
　　游钟石寺问名寺之因缘老僧指门旁石如覆钟状赋诗一首邀何袭明登仕同赋 / 736
王俊义（？—？）
　　圆坛午奠行事 / 736
王 奕（？—？）
　　祖庭观丁歌 / 736
吴则礼（？—1121）
　　送曾公善赴定武 / 737
　　鲁侯以上巳日宴高阳偶成长句 / 737

夏　竦（985—1051）
　　奉祀礼毕还京　／738
徐　瑞（1255—1325）
　　次景文听松风韵　／738
曾　协（1119—1173）
　　送赵有翼监丞造朝供职　／738
张　耒（1054—1114）
　　瓦器易石鼓文歌　／739
　　东海有大松土人相传三代时物其状
　　　伟异诗不能尽因读徐仲车五花柳
　　　枝之作作此诗以激之　／739
张孝祥（1132—1170）
　　上封寺　／740
郑刚中（1088—1154）
　　谭胜仲卿有册宝礼成新句用韵和呈
　　　／740
周紫芝（1082—？）
　　恭进郊祀庆成诗五首（其四）　／740

笙鼓

汪元量（1241—1317）
　　绵州　／740
王同祖（？—？）
　　湖上（其一）　／740

笙磬

曹仙家（？—？）
　　赠邹葆光道士　／741
晁补之（1053—1110）
　　次韵和赵令金防御春日感怀　／741

陈傅良（1137—1203）
　　送子婿林申甫还侍　／742
　　挽张春卿尚书（其一）　／742
戴　栩（？—？）
　　上丞相寿（其八）　／742
范祖禹（1041—1098）
　　游李少师园十题·和张二十五游白
　　　龙溪甘水谷郊居杂咏七首（其五）
　　　／742
　　和子瞻尚书仪曹北轩种栝　／742
韩　维（1017—1098）
　　喜吴冲卿重过许昌　／743
黄庭坚（1045—1105）
　　游愚溪　／743
　　寄怀赵正夫奉议　／743
林季仲（1090—？）
　　陪馆中诸人游天竺分得香字　／743
刘才邵（1086—1157）
　　题竞秀亭　／744
秦　观（1049—1100）
　　次韵邢敦夫秋怀十首（其一〇）
　　　／744
释文珦（1210—？）
　　洞霄宫　／744
苏　轼（1037—1101）
　　范景仁和赐酒烛诗复次韵谢之
　　　／744
王禹偁（954—1001）
　　笙磬同音诗　／744
王　铚（？—？）
　　寄东山觉老　／745

叶　适(1150—1223)
　　送徐洞清秀才入道　/ 745
赵鼎臣(？—？)
　　既和时敏止茶诗矣而允迪所饷犹未
　　及请再次韵求之　/ 745
赵　佶(1082—1135)
　　宫词(其八〇)　/ 745

管　磬

崔敦诗(1139—1182)
　　皇帝上太上皇帝寿乐曲·上寿用崇
　　安之曲　/ 746
寇　准(962—1023)
　　御制庆先后升祔礼成七言六韵奉和
　　/ 746
吕　陶(1028—1104)
　　题友人西行杂诗　/ 746
吕天策(？—？)
　　咏洗心堂得鸟鸣山更幽(其二)
　　/ 746
杨　杰(？—？)
　　和钱越州穆赠惠州弟　/ 746

钲　鼓

白玉蟾(1194—？)
　　端午述怀　/ 747
蔡　襄(1012—1067)
　　寒食西湖　/ 747
　　亲祀南郊诗　/ 747
曹彦约(1157—1229)
　　祷雨阳山(其一)　/ 749

雨后早行　/ 749
陈　普(1244—1315)
　　咏史·祭遵(其一)　/ 749
陈　造(1133—1203)
　　采石渡　/ 749
陈　著(1214—1297)
　　春晚课摘茶　/ 750
　　次弟观与龄叟诗韵　/ 750
邓　肃(1091—1132)
　　避贼引　/ 750
　　靖康迎驾行　/ 750
葛胜仲(1072—1144)
　　刁马河上书事呈提举张圣用　/ 751
巩　丰(1148—1217)
　　晓起甘蔗洲　/ 751
华　镇(1051—？)
　　宿道林寺诗　/ 751
李流谦(1123—1176)
　　失题　/ 752
　　送仲明赴举　/ 752
廖行之(1137—1189)
　　立春二首(其一)　/ 753
刘克庄(1187—1269)
　　又即事四首(其二)　/ 753
彭汝砺(1042—1095)
　　长芦阻风　/ 753
史　浩(1106—1194)
　　饯冯圆中郎中守邛州　/ 753
释德洪(1071—1128)
　　代人上李龙图并廉使致语十首(其
　　五)　/ 754

释文珦(1210—？)
　　昨日出城南行　／754
司马光(1019—1086)
　　孙器之奉使淮浙至江为书见寄以诗
　　　谢之(其二)　／754
　　送张学士两浙提点刑狱　／754
　　送次道知太平州　／754
　　将军行　／755
　　送史馆唐祠部江南西路转运使
　　　／755
王　迈(1184—1248)
　　亲旧问盗作诗四十韵以答之亦可备
　　　野史之录　／755
王　炎(1138—1218)
　　秋旱得雨　／756
魏了翁(1178—1237)
　　八月七日被命上会稽沿途所历拙于
　　　省记为韵语以记之舟中马上随得
　　　随书不复叙次(其二)　／756
吴　芾(1104—1183)
　　早行五首(其五)　／756
吴　渊(1190—1257)
　　九日　／756
项安世(1129—1208)
　　送妻兄任以道赴房州竹山尉四首(其
　　　四)　／756
　　过阳罗洑　／757
许景衡(1072—1128)
　　访唐尉　／757
　　还自南邑潮过不及渡因宿江上书所
　　　见　／757

薛季宣(1134—1173)
　　外舅孙帅挽诗　／757
虞　俦(？—？)
　　赴吴兴初入境　／758
袁说友(1140—1204)
　　顺风至采石　／758
　　渡嘉陵江宿什邡驿　／758
　　过渠江渡　／758
　　过新滩百里小驻峡州城　／758
岳　珂(1183—？)
　　宵征　／759
曾　巩(1019—1083)
　　代书寄赵宏　／759
张方平(1007—1091)
　　幽蓟行　／760
张　耒(1054—1114)
　　寒鸦词　／760
张　縯(？—1207)
　　奉陪安抚大卿登八阵台览观忠武侯
　　　诸葛公遗像偶成长句　／760
赵　蕃(1143—1229)
　　简子崧时丞建德　／760
赵　佶(1082—1135)
　　宫词(其三八)　／761
赵万年(1169—？)
　　腊月初三日虏人攻城以强弩射退获
　　　捷　／761
朱　熹(1130—1200)
　　再用前韵　／761

锣　鼓

陈　造(1133—1203)
　　谢朱宰借船　／761

释梵琮(?—?)
　　偈颂九十三首(其一五) / 761

鼓　板

范成大(1126—1193)
　　虎丘六绝句·方丈南窗 / 762
李　纲(1083—1140)
　　又次韵中秋长句 / 762

笛　鼓

曹　勋(1098—1174)
　　方诸曲二首(其二) / 762
　　和程进道见贻 / 763
晁补之(1053—1110)
　　复用前韵并答鲁直明略且道见招不
　　　能往 / 763
晁公遡(1116—?)
　　寄泸南子止兄 / 763
陈　宓(1171—1230)
　　挽傅仲斐生母李氏(其二) / 764
　　挽外舅 / 764
陈师道(1053—1102)
　　和元夜 / 764
陈　襄(1017—1080)
　　慈圣光献太皇后挽词二首(其二)
　　　/ 764
陈　著(1214—1297)
　　嵊县劝农途中示同寮二首(其二)
　　　/ 764
　　闻西兵复至又为逃隐计二首(其一)
　　　/ 764

　　季秋入城郡人迎鲍王有感 / 764
谌　祜(1213—1298)
　　句(其四一) / 765
　　句(其一一五) / 765
程公许(1182—?)
　　寿制使董侍郎 / 765
　　储福观谒唐玉真公主祠 / 766
程　俱(1078—1144)
　　龙图阁待制知亳州事傅公挽词四首
　　　(其四) / 766
范纯仁(1027—1101)
　　九日游西山开化归会柳溪示程宪
　　　/ 766
　　神宗皇帝挽诗四首(其四) / 766
　　富相公挽词五首(其一) / 766
　　安州张大卿挽词三首(其三) / 766
　　司马温公挽词三首(其三) / 767
范祖禹(1041—1098)
　　司马温公挽词五首(其四) / 767
方　回(1227—1307)
　　和陶渊明饮酒二十首(其七) / 767
顾　禧(?—?)
　　宿徐稚山斋中 / 767
韩　淲(1159—1224)
　　送辛帅三山 / 767
韩　琦(1008—1075)
　　腊日出猎二首(其一) / 767
　　壬子三月十八日游御河二首(其一)
　　　/ 768
　　次韵和留守宋适推官游宴御河二首
　　　(其一) / 768

仁宗皇帝揭辞三首(其三) / 768

韩　维(1017—1098)
中书令程文简公挽辞二首(其一) / 768

韩元吉(1118—?)
刘子渊监庙年八十六耳目聪明能饮酒举大白喜赋诗比过之因示长句次其韵 / 768

何扬祖(?—?)
题崙岩 / 768

胡　榘(?—?)
濠梁凯歌 / 768

胡　铨(1102—1180)
家训 / 769

黄彦平(?—1046?)
清明 / 770

黄　元(?—?)
知吴公仲庶游海云寺 / 770

姜　夔(1155?—1208)
和转庵丹桂韵 / 770

姜特立(1125—1203)
歌丰年 / 770

李　镐(?—?)
元夕 / 771

李弥逊(1089—1153)
池亭待月(其一) / 771
送舟过南山用琴韵(其二) / 771
次韵叶观文再赋游灵源桃花二洞之作(其一) / 771

李曾伯(1198—1268)
衡阳道间(其三) / 771

凯还又宴王宣使乐语口号 / 771
从制垣观阅和韵 / 772

林景熙(1242—1310)
新丰道中 / 772

林宋伟(?—?)
题忠毅姚公庙(其三) / 772

林亦之(1136—1185)
松林林岩叟挽词 / 772

刘　攽(1023—1089)
韩康公挽词三首(其三) / 772
送原甫帅永兴 / 772
和原甫郓州乐郊诗 / 773

刘克庄(1187—1269)
挽颜尚书二首(其二) / 773

刘一止(1080—1161)
元日得雪三日立春 / 773
次韵九日四首(其三) / 773

陆文圭(1250—1334)
蔡梅边挽诗二首(其一) / 773

陆　游(1125—1210)
独酌有怀南郑 / 774
壬戌正月十四日 / 774

梅尧臣(1002—1060)
送湖州太守章伯镇 / 774
司徒陈公挽词二首(其二) / 774
自和 / 774

牟　巘(1227—1311)
四安道中所见(其一九) / 774

聂守真(?—?)
题汪水云诗卷(其三) / 775

欧阳修(1007—1072)
　和人三桥(其一) / 775
　宋宣献公挽词三首(其三) / 775

钱惟演(962—1034)
　怀旧居 / 775

强　至(1022—1076)
　送程公辟郎中知洪州二首(其二) / 775
　上知府张少卿 / 775

秦　观(1049—1100)
　乐昌公主 / 776

沈　遘(1028—1067)
　吴正肃公挽歌辞三首(其三) / 776

石　介(1005—1045)
　送范曙赴天雄李太尉辟命(其二) / 776

释居简(1164—1246)
　送谭浚明归江西 / 776

宋　祁(998—1061)
　送澶渊李太傅 / 777
　送张元安肃知军 / 777
　寄泾北都运待制施正臣 / 777

苏　洞(1170—?)
　金陵杂兴二百首(其一三七) / 777
　除夕呈主人 / 777

苏　轼(1037—1101)
　西山戏题武昌王居士 / 777

苏舜钦(1008—1049)
　送李冀州诗 / 777
　郡侯访予于沧浪亭因而高会翌日以一章谢之 / 778

苏　辙(1039—1112)
　次子瞻夜字韵作中秋对月二篇一以赠王郎二以寄子瞻(其二) / 778

孙　锐(1199—1277)
　耀武亭别周申团练 / 778

汪元量(1241—1317)
　杭州杂诗和林石田(其一七) / 778

王安礼(1034—1095)
　王夫人挽词二首(其一) / 779

王安石(1021—1086)
　发馆陶 / 779

王　柏(1197—1274)
　马华父母叶氏挽词(其一) / 779

王志道(?—?)
　和高簿送梅(其六) / 779

韦　骧(1033—1105)
　归兴 / 779
　董公肃都官被命倅南海以当分符之寄南归道中觊书因以诗为寄一首 / 779
　送章郎中赴阙(其一) / 780

文天祥(1236—1283)
　召张世杰第十七 / 780

吴　奎(1011—1068)
　泛五云溪游照湖归 / 780

项安世(1129—1208)
　再次韵谢潘都干 / 780

萧立之(1203—?)
　送实堂吴帅归天台二首(其一) / 780

解 程(?—?)
　　送铃辖馆使王公 / 780
邢 凯(?—?)
　　辛卯上提刑平寇歌 / 781
姚 勉(1216—1262)
　　观风马 / 781
于定国(?—?)
　　阅武喜晴和厉寺正韵 / 781
员兴宗(?—1170)
　　歌两淮 / 781
袁 瑨(?—?)
　　卜居 / 783
岳 珂(1183—?)
　　饯高紫微视师黄冈 / 783
　　以螃蟹寄高紫微践约侑以雪醅时犹
　　　在黄冈 / 783
张德兴(?—1277)
　　朝天宫成纪怀 / 783
张方平(1007—1091)
　　英宗皇帝挽辞五首(其四) / 783
章 岷(?—?)
　　钓台 / 784
赵 抃(1008—1084)
　　次韵何若谷都官灯夕 / 784
　　将还三衢呈温守石郎中 / 784
赵 恒(968—1022)
　　游裴公亭(其二) / 784
赵 佶(1082—1135)
　　泰陵挽词(其二) / 784
赵 企(?—1118)
　　题显孝南山寺 / 784

赵汝镩(1172—1246)
　　上马曲 / 785
周麟之(1118—1164)
　　破虏凯歌二十四首(其二一) / 785
周文璞(?—?)
　　尧章金铜佛塔歌 / 785
周紫芝(1082—?)
　　寒食杂兴三首(其一) / 785
邹 浩(1060—1111)
　　送陈志仁赴河州司理 / 786

板 笛

释崇岳(1132—1202)
　　偈颂一百二十三首(其七六) / 786
释法薰(1171—1245)
　　拈古十四首(其八) / 786
释慧远(1103—1176)
　　偈颂一百零二首(其三〇) / 786
释明辩(1085—1157)
　　颂古三十二首(其九) / 787
释智愚(1185—1269)
　　韩愈见大颠图赞 / 787

鼓 笛

陈 藻(1151—1225)
　　卢北山元夕 / 787
　　一古一律贺懒翁宏仲七十(其二)
　　　 / 787
陈 著(1214—1297)
　　龄叟醉我以鼓笛之筵八句见意
　　　 / 787

元夕应人求题酒肆镫 / 787
乙酉正月二十日游慈云三首(其一) / 787
夜饮慈云诸公索诗因成长篇 / 787

戴表元(1244—1310)
林村寒食 / 788

董嗣杲(？—？)
江州寒食 / 788

范成大(1126—1193)
湘江洲尾快风挂帆 / 788
次韵许季韶通判水乡席上 / 788
忆昔 / 788

方　回(1227—1307)
戊子元日丹阳道中二首(其二) / 788

黄庭坚(1045—1105)
以香烛团茶琉璃献花碗供布袋和尚颂(其二) / 789
答雍熙光老颂 / 789
云居祐禅师烧香颂 / 789

李　纲(1083—1140)
罗修撰宠示龙兴老碑刻 / 789
东坡谪英州以书语所善衲子曰戒和尚又疏脱矣读之有感 / 789

李流谦(1123—1176)
赋寿康海棠 / 789

林希逸(1193—1271)
己巳元宵雨 / 789

陆　游(1125—1210)
重九会饮万景楼 / 790
春夏之交风日清美欣然有赋三首(其一) / 790
武林 / 790
上章纳禄恩畀外祠遂以五月初东归五首(其二) / 790
舟行钱清柯桥之间 / 790
春欲尽天气始佳作诗自娱 / 790
秋雨排闷十韵 / 790
短歌行 / 791
甲寅元日予七十矣酒间作短歌示子 / 791

马廷鸾(1222—1289)
甲子初冬宿直玉堂凄风小雨次日即承先帝晏驾之变距今二十年矣大忌前一日孤臣独眠山庵景象正似当年挑灯危坐闻田家鼓笛之声凄其有感二首(其一) / 791

毛　珝(？—？)
吴门田家十咏(其七) / 791

梅尧臣(1002—1060)
平山堂杂言 / 792

饶　节(1065—1129)
闰老求席因以戏之 / 792

释怀深(1077—1132)
偈一百二十首(其三九) / 792

释慧空(1096—1158)
送莫内翰五首(其一) / 792

释文珦(1210—？)
野祠 / 792
野兴 / 793
江上人家 / 793
农父 / 793

114

释智愚(1185—1269)
　　村乐图 / 793
苏　轼(1037—1101)
　　次韵子由送家退翁知怀安军 / 793
苏　辙(1039—1112)
　　试院唱酬十一首·次前韵三首(其三) / 793
　　记岁首乡俗寄子瞻二首·蚕市 / 793
王禹偁(954—1001)
　　畲田词(其五) / 794
　　和杨遂贺雨 / 794
王　质(1135—1189)
　　送郑德初归吴中 / 794
吴　潜(1195—1262)
　　小至三诗呈景回制干并简同官(其三) / 794
杨万里(1127—1206)
　　闻门外登溪船五首(其四) / 795
员兴宗(？—1170)
　　贺雨 / 795
乐　史(930—1007)
　　咏华林书院 / 795
张公庠(？—？)
　　宫词(其二四) / 795
张商英(1043—1121)
　　竞渡 / 796
赵　文(1239—1315)
　　听请道人念佛 / 796
周　弼(1194—？)
　　冬赛行 / 796

鼓　角

艾可翁(？—？)
　　兵火后野望(其二) / 796
白玉蟾(1194—？)
　　题南海祠 / 796
蔡　戡(1141—？)
　　岁暮有感 / 797
蔡　襄(1012—1067)
　　仁宗皇帝挽词七首(其二) / 797
曹　勋(1098—1174)
　　次韵程机宜感怀(其二) / 797
　　次韵呈南嘉 / 797
　　淮上幕府 / 797
　　黄湾书事时虏人犯淮 / 797
曹彦约(1157—1229)
　　晚登县阵 / 797
晁补之(1053—1110)
　　次韵无极以道寄金山寺佛鉴五绝(其五) / 798
晁公遡(1116—？)
　　送王和甄窦公瑞归鱼洞 / 798
陈傅良(1137—1203)
　　和萧俊仲司法咏谯楼新军额韵 / 798
陈鉴之(？—？)
　　暮登蓬莱阁 / 798
陈　烈(？—？)
　　题福唐津亭 / 798
陈师道(1053—1102)
　　送秦觏二首(其一) / 798

谌 祐(1213—1298)
　　句(其三八) / 799

程公许(1182—?)
　　侍饮宝子山游忠武侯祠 / 799
　　送别制置董侍郎东归 / 799

崔与之(1158—1239)
　　哭赵清之(其一) / 800

邓 深(?—?)
　　秋大阅呈月湖先生 / 800

董嗣杲(?—?)
　　舟泊蕲城下 / 800

董 颖(?—?)
　　贺曾修撰帅江陵(其三) / 800
　　贺曾修撰帅江陵(其四) / 800

杜 纮(1037—1098)
　　送程给事知越州 / 800

樊 预(?—?)
　　句 / 801

范成大(1126—1193)
　　峰门岭遇雨泊梁山 / 801

方 回(1227—1307)
　　十六日大雪 / 801
　　九月初五日 / 801

方 岳(1199—1262)
　　呈知郡汪少卿 / 801

耿 镃(?—?)
　　西楼 / 802

郭祥正(1035—1113)
　　次韵元舆临汀书事三首(其二) / 802
　　南雄除夜读老杜集至岁云暮矣多北

风之句感时抚事命题为篇 / 802
　　追和李白秋浦歌十七首(其一七) / 802

韩 淲(1159—1224)
　　送仲至长乐帅幕 / 802

韩 铎(?—?)
　　送程给事知越州 / 803

韩元吉(1118—?)
　　秋日杂咏六首(其六) / 803

何 琬(?—?)
　　送程给事知越州 / 803

洪咨夔(1176—1236)
　　答赠刘交代(其一) / 803

胡 宿(995—1067)
　　送李留后赴天平 / 803
　　送周屯田倅南徐 / 803

黄庭坚(1045—1105)
　　题李十八知常轩 / 804
　　延寿寺僧小轩极萧洒予为名曰林乐取庄生所谓林乐而无形者并为赋诗 / 804

孔平仲(1044—1102)
　　送登州太守出城马上作 / 804

李 复(1052—?)
　　赠张万户征闽凯还 / 804

李 纲(1083—1140)
　　宿信州景德寺禅月堂 / 804
　　去岁道巴陵登岳阳楼以望洞庭真天下之壮观也因诵孟浩然气蒸云梦泽波撼岳阳城之句追古今绝唱用以为韵赋诗十篇(其一〇) / 805

次雷州 / 805

江行即事八首(其六) / 805

五月六日率师离长乐乘舟如水口二首(其一) / 805

道临川按阅兵将钱巽叔侍郎赋诗次其韵三首(其一) / 805

次韵士特见怀古风 / 805

南渡次琼管江山风物与海北不殊民居皆在槟榔木间黎人出市交易蛮衣椎髻语音兜离不可晓也因询万安相去犹五百里僻陋尤甚黄茅中草屋二百余家资生之具一切无有道由生黎峒山往往剽劫行者必自文昌县泛海得便风三日可达艰难至此不胜慨然赋诗二首纪土风志怀抱也(其一) / 806

李　光(1078—1159)

秋日杂咏十首(其九) / 806

秋夜有怀 / 806

李流谦(1123—1176)

书事(其四) / 806

李　石(1108—1181)

扇子诗(其二) / 807

扇子诗(其七五) / 807

武侯祠 / 807

李　新(1062—?)

龙游寺南屏轩和宋宏父韵 / 807

普州铁山福济庙祀神曲·迎神 / 807

李曾伯(1198—1268)

离永州宿愚溪十里村 / 807

林景熙(1242—1310)

元日即事 / 807

刘　攽(1023—1089)

晚归 / 808

刘　敞(1019—1068)

顺州闻角 / 808

离鄂州至汉阳 / 808

送信阳舒使君 / 808

刘　过(1154—1206)

上金陵章侍郎(其一) / 808

寄湖州赵侍郎 / 808

刘　跂(1053—?)

使辽作十四首(其八) / 808

刘一止(1080—1161)

贼臣刘豫挟虏骑犯两淮天子亲总六师出征贼骑摧衄宵遁銮舆既还效杜拾遗作欢喜口号十二首(其一一) / 809

刘子翚(1101—1147)

春夜二首(其二) / 809

过丹峰庵 / 809

陆　佃(1042—1102)

依韵和查许国梅花六首(其一) / 809

陆　游(1125—1210)

戏题江心寺僧房壁 / 809

乙丑夏秋之交小舟早夜往来湖中戏成绝句十二首(其三) / 809

即事八首(其七) / 809

沙头 / 809

夔州重阳 / 810

117

马上 /810

幽居感怀 /810

官居戏咏三首(其二) /810

自郊外归北望谯楼 /810

乌龙庙 /810

寓蓬莱馆 /810

会稽 /810

梦中游禹祠 /810

秋晚二首(其二) /811

村居四首(其一) /811

秋夕 /811

送韩立道守池州 /811

春晴二首(其一) /811

夜坐中庭 /811

暮秋中夜起坐次前韵 /811

五月十一日夜且半梦从大驾亲征尽复汉唐故地见城邑人物繁丽云西凉府也喜甚马上作长句未终篇而觉乃足成之 /811

闻鼓角感怀 /812

送汤岐公镇会稽 /812

吕本中(1084—1145)

唐张琯书记梁时妇人黄鼎因侯景乱没北齐为小校胡儿所房生二子后附海舶归闻鼓角得岸乃知是会稽郡鼎先在梁许嫁张固及归适为剡令求与相见不可乃遣令送之宣城鼎在齐时作秋风曲渡海时又作诗三章琯书称其词凄怨自琯时已不传 /812

清明游震泽即事 /812

吕 定(?—?)

调兵 /813

吕南公(1047—1086)

夜拟李义山四更四点 /813

毛 珝(?—?)

金陵 /813

梅尧臣(1002—1060)

张修赴威胜军判官 /813

送徐君章秘丞知梁山军 /813

右丞李相公自洛移镇河阳 /813

元忠示胡人下程图 /814

寄许越州 /814

送王微之学士知池州 /814

欧阳修(1007—1072)

送沈学士知常州 /814

送谢希深学士北使 /814

钱惟演(962—1034)

句(其二二) /815

钱 勰(1034—1097)

睦州秀亭 /815

仇 远(1247—?)

邻家晓鸡 /815

鼓角 /815

沈 辽(1032—1085)

复作过商翁墓(其一) /815

沈 绅(?—?)

送程给事知越州(其二) /815

师 严(?—?)

大阅 /816

石麟之(?—?)

送程给事知越州 /816

118

史弥宁（?—?）
　　大阅 / 816

释德洪（1071—1128）
　　湘西暮归 / 816

释善珍（1194—1277）
　　江南 / 816

释思慧（1071—1145）
　　偈四首（其三）/ 816

释斯植（?—?）
　　金陵道中 / 817

释希昼（?—?）
　　寄寿春使君陈学士 / 817

释行海（1224—?）
　　怀㽛潜山 / 817
　　归剡（其三）/ 817

释延寿（904—975）
　　山居诗（其一〇）/ 817

释元肇（1189—?）
　　印金判 / 817
　　和魏侍郎登虎丘 / 817

舒　亶（1041—1103）
　　寄台州使君五首（其二）/ 818

宋　无（1260—?）
　　送邓侍郎归江西 / 818

苏　过（1072—1123）
　　不睡 / 818

苏　洞（1170—?）
　　金陵杂兴二百首（其一九〇）/ 818

苏　轼（1037—1101）
　　王郑州挽词 / 818
　　江月五首（其五）/ 819

　　陶移居二首（其一）/ 819
　　送孔郎中赴陕郊 / 819
　　过江夜行武昌山闻黄州鼓角 / 819
　　送将官梁左藏赴莫州 / 819
　　和陶归去来兮辞 / 819
　　正月二十一日病后述古邀往城外寻
　　　春 / 820
　　壬寅二月有诏令郡吏分往属县减决
　　　囚禁自十三日受命出府至宝鸡虢
　　　郿盩厔四县既毕事因朝谒太平宫
　　　而宿于南溪溪堂遂并南山而西至
　　　楼观大秦寺延生观仙游潭十九日
　　　乃归作诗五百言以记凡所经历者
　　　寄子由 / 820

苏　辙（1039—1112）
　　十一月一日作 / 821
　　次韵子瞻送陈睦龙图出守潭州
　　　 / 821

孙　觌（1081—1169）
　　光禄董公挽词二首（其二）/ 821
　　平江太守侍郎王公挽词三首（其一）
　　　/ 822
　　次韵叔毅兄佳什 / 822
　　平江燕张节使乐语 / 822
　　雉山岩昔有僧结庵此山中诵法华经
　　　野雉日一集听之至终卷乃去率以
　　　为常忽数日不至山下有妇人产子
　　　腰胁间余雉毛数寸寺有石纪其事・
　　　虞氏隐居雷守虞沆避地桂林结茅
　　　江上万山环立二水交流游客过其
　　　下皆有忘归与卜邻之意 / 822

孙应时(1154—1206)
　寄黄州录事刘进之同年 / 822
　益昌夜泊 / 822

唐仲友(1136—1188)
　续八咏·双溪占胜地 / 823

田　锡(940—1004)
　圣方平戎歌 / 823

汪元量(1241—1317)
　湖州歌九十八首(其五一) / 824
　唐律寄呈父凤山提举(其八) / 824

汪　藻(1079—1154)
　次韵桂林经略李尚书投赠之句三首
　　(其一) / 824

汪　晫(1162—1227)
　城中春寒即事 / 824

王安石(1021—1086)
　送和甫至龙安暮归 / 824

王安中(1076—1134)
　闻帅府大阅军作诗送梁帅 / 824

王　珪(1019—1085)
　秋风 / 825
　宫词(其六九) / 825

王十朋(1112—1171)
　枕上闻鼓角 / 825
　寓小能仁寺即事书怀 / 825
　中秋赏月蓬莱阁呈同官 / 825

王庭珪(1080—1172)
　送同年赵季成知武冈军 / 825
　阅军致语口号 / 825
　次前韵酬董衮臣使君见寄 / 825

王　炎(1138—1218)
　和沈粹卿登南楼韵 / 826
　送房陵倅韦同年二首(其一) / 826

王禹偁(954—1001)
　送寇谏议赴青州 / 826

王　灼(?—?)
　题荣首座巴东三峡图 / 826
　前年一首投赠刘荆州 / 826

卫宗武(?—1289)
　过安吉城 / 827

魏　野(960—1020)
　送太博知荣州 / 827

文天祥(1236—1283)
　至扬州(其三) / 827
　睡起 / 827
　元日 / 827

吴惟信(?—?)
　寄朱仁叔伦魁 / 827
　上高疏寮处州守 / 827

吴则礼(?—1121)
　寄尚志 / 828

谢尧仁(?—?)
　句 / 828

谢　逸(1068—1112)
　翻经台 / 828

徐　玑(1162—1214)
　送刘和州 / 828
　送张尚书出镇建宁 / 828

徐　铉(917—992)
　从兄龙武将军没于边戍过旧营宅作
　/ 829

120

徐元杰(1194?—1245)
 荷花 / 829
许及之(1141—1209)
 和袁同年接伴赓从客霍希文过楚州韵 / 829
严 羽(1192?—1245?)
 别客 / 829
阳 枋(1187—1267)
 见欧制干(其一) / 829
杨安诚(?—?)
 白帝庙 / 829
杨 备(?—?)
 观风楼 / 830
杨公远(1227—?)
 游水西次吴秋礀韵 / 830
杨万里(1127—1206)
 毗陵辞满出舍添倅厅 / 830
 过杨子江二首(其二) / 830
 登凤凰台 / 830
杨 亿(974—1020?)
 奉和圣制南郊礼毕五言六韵诗 / 830
叶梦得(1077—1148)
 连日边报稍稀西斋默坐 / 831
 与陈子高夜话 / 831
俞德邻(1232—1293)
 吴门逢友人 / 831
虞 俦(?—?)
 早上过溪报谒林子长承约客回途作(其一) / 831
 秋大阅呈郡僚 / 831

 往瓜州护使客回程 / 831
喻良能(1120—?)
 题祥符寺灵山阁 / 831
岳 珂(1183—?)
 夜过寿昌 / 832
张 纲(1083—1166)
 闻官军掩杀城中群寇次传道韵 / 832
张 耒(1054—1114)
 楚城晓望 / 832
 秋夜 / 832
 秋晓 / 832
 九日独游怀故人 / 832
张 栻(1133—1180)
 多景楼 / 832
张舜民(?—?)
 秋暮书怀(其八) / 833
张 维(956—1046)
 十咏图·宿后陈庄 / 833
张孝祥(1132—1170)
 赠邕州滕史君 / 833
张玉娘(1250—1276)
 灯夕迎紫姑神 / 833
 塞上曲 / 833
赵 抃(1008—1084)
 括苍照水阁饮散闻角 / 833
赵 蕃(1143—1229)
 冯守生日(其一) / 834
 枕上(其一) / 834
赵汝鐩(1172—1246)
 宿康口渔家 / 834

121

题会稽用林帅侍韵 / 834

赵文昌(?—?)
鹤林 / 834

郑刚中(1088—1154)
仙人山寨至日 / 835
即事 / 835

郑獬(1022—1072)
送颍川使君韩司门 / 835

周必大(1126—1204)
二月十二日夜梦奏事 / 835

周紫芝(1082—?)
须江暮春杂题三首(其三) / 835

朱翌(1097—1167)
南华五十韵 / 835

邹浩(1060—1111)
次韵文仲元日登巽亭(其一) / 836
入试院呈同事章显父推官及监试柴承之朝奉 / 836
送望之移帅荆南 / 836

筝 笛

陈普(1244—1315)
赤壁赋中四句·耳得之而为声 / 837

方回(1227—1307)
过李景安论诗为作长句 / 837

方一夔(?—?)
次韵通甫赠别 / 837

方岳(1199—1262)
次韵赵同年赠示进退格(其一) / 838

又次韵 / 838

郭祥正(1035—1113)
和君仪感时书事 / 838

胡志道(?—?)
夜宿仙都山闻松声作 / 838

刘过(1154—1206)
清溪阁交胡仲芳韵 / 838

刘克庄(1187—1269)
题郑宁文卷 / 838
竹溪评余近诗发药甚多次韵(其一) / 839

马廷鸾(1222—1289)
题王氏琴清堂 / 839

史浩(1106—1194)
进锡宴澄碧殿诗 / 839

释居简(1164—1246)
赠悟上人 / 840

汪藻(1079—1154)
宿东山寺有谢公井存焉 / 840
从吴禹功借徐铉小篆帖以诗还之 / 840

王炎(1138—1218)
和何元清韵九绝(其八) / 840

韦骧(1033—1105)
再和二首(其一) / 840

徐安国(?—?)
清音亭 / 841

严粲(?—?)
琵琶洲 / 841

杨万里(1127—1206)
出永丰县西石桥上闻子规二首(其

二) / 841

姚　勉(1216—1262)
　丁巳春言事西归和朱子云赐诗韵 / 841

张　俶(？—？)
　碧户 / 842

张　守(1084—1145)
　族叔祖示四绝句次韵(其三) / 842

郑清之(1176—1251)
　孟童子中异科而还来访余于行都赐第辄赠以诗 / 842

筝 瑟

程公许(1182—？)
　参选铨曹 / 842

戴表元(1244—1310)
　湖山村 / 843

韩　驹(1080—1135)
　入鸣水洞循源至山上 / 843

孔平仲(1044—1102)
　郡名诗呈吕元钧五首(其四) / 843

李流谦(1123—1176)
　林夫有诗趣归期次其韵答之 / 843

李曾伯(1198—1268)
　赠林相士 / 844

仇　远(1247—？)
　赠溧水杨老 / 844

苏　籀(1091—？)
　灵岩寺偃松一首 / 844

孙应时(1154—1206)
　宿上方院祷晴 / 844

王拱辰(1012—1085)
　耆英会诗 / 845

赵　蕃(1143—1229)
　过商叟林居蒙示半村诗集及曾吉父宏父王元渤诗卷因用前者奉简之韵作二诗上呈商叟许抄半村诗集见遗故及之(其一) / 846

郑　昂(？—？)
　题阎立本十八学士图 / 846

箫 瑟

赵　佶(1082—1135)
　宫词(其八八) / 846

丝 竹

晁冲之(1073—1126)
　拟一上人怀山之什 / 847

陈傅良(1137—1203)
　题僧法传为沈仲一画听松图 / 847

陈　造(1133—1203)
　谢程帅衰制使(其五) / 847
　复次韵寄程帅二首(其二) / 847

范仲淹(989—1052)
　天平山白云泉 / 847

方　岳(1199—1262)
　呈和仲 / 848

韩　驹(1080—1135)
　赠蔡伯世 / 848

韩　琦(1008—1075)
　醉白堂 / 848

韩 漪(?—?)
　　六经阁 / 849

韩元吉(1118—?)
　　偶得佳酒怀尹少稷闻其连日致斋在
　　　台作长句寄之 / 849

何梦桂(1229—?)
　　知卢可庵教谕鼓歌 / 850

李之仪(1048—1127)
　　抚掌泉 / 850

释德洪(1071—1128)
　　次韵熏堂 / 850
　　子伟约见过已而饮于城东但以诗来
　　　次韵 / 850
　　次韵游方广 / 851

苏 轼(1037—1101)
　　游东西岩 / 851

苏 辙(1039—1112)
　　舟中听琴 / 851

孙应时(1154—1206)
　　郑倅是岁七月同游和余韵复和酬之
　　　/ 852

王 珪(1019—1085)
　　白鹭亭 / 852

文天祥(1236—1283)
　　名姝吟 / 852

徐 积(1028—1103)
　　谢周裕之(其一) / 853

赵 佶(1082—1135)
　　宫词(其二) / 853

赵 炅(939—997)
　　缘识(其三) / 853

　　缘识(其二九) / 853

赵汝镠(1172—1246)
　　饮通幽园 / 854

赵善坚(?—?)
　　化成岩 / 854

赵师秀(1170—1219)
　　官田之集翁聘君失期陈伯寿赋诗率
　　　尔次韵 / 854

管 弦

董嗣杲(?—?)
　　九江易帅遂得尽游郡斋 / 855
　　大佛头 / 855
　　登城楼 / 855

郭祥正(1035—1113)
　　古思归引 / 855

韩 维(1017—1098)
　　游北台 / 856

黄庭坚(1045—1105)
　　次韵廖明略同吴明府白云亭宴集
　　　/ 856
　　阻风入长芦寺 / 856

孔武仲(1041—1097)
　　诸葛武侯 / 857

李 光(1078—1159)
　　二月九日北园小集烹茗奕棋抵暮坐
　　　客及予皆沾醉无志一时之胜者今
　　　晨枕上偶成鄙句写呈逢时使君并
　　　坐客 / 857

陆 游(1125—1210)
　　题望海亭亭在卧龙绝顶 / 857

罗太瘦(？—？)
　　述怀　/ 857

邵　雍(1011—1077)
　　寄谢三城太守韩子华舍人　/ 857

史卫卿(？—？)
　　渔父　/ 858

汪元量(1241—1317)
　　冬至日同舍会拜　/ 859

王禹偁(954—1001)
　　张屯田弄璋三日略不会客戏题短什期以满月开筵　/ 859

项安世(1129—1208)
　　还过郢城　/ 859
　　金陵纪游百韵　/ 859

徐　铉(917—992)
　　抛球乐辞二首(其一)　/ 861

许及之(1141—1209)
　　送陈西老西上并简张功甫　/ 861

俞德邻(1232—1293)
　　癸未游杭作口号十首因事怀旧杂以俚语不复诠择(其三)　/ 861

张商英(1043—1121)
　　和刘尉赤岸上巳(其一)　/ 861

章　甫(？—？)
　　送张寺丞　/ 861

赵师秀(1170—1219)
　　吹台曲　/ 862

真德秀(1178—1235)
　　嘉定六年皇后阁春贴子词五首(其三)　/ 862

郑　侠(1041—1119)
　　赠余纯臣通判　/ 862

仲　并(？—？)
　　送郑公老少卿赴吉州三首(其二)　/ 863

朱淑真(？—？)
　　元夜三首(其一)　/ 863

八　音

晁补之(1053—1110)
　　八音歌二首答黄鲁直(其一)　/ 863
　　八音歌二首答黄鲁直(其二)　/ 863

陈与义(1090—1138)
　　八音歌(其一)　/ 863
　　八音歌(其二)　/ 864

程　俱(1078—1144)
　　八音歌赠别赵子雍鱿之二首(其一)　/ 864
　　八音歌赠别赵子雍鱿之二首(其二)　/ 864

方　回(1227—1307)
　　冷泉亭　/ 864

方　岳(1199—1262)
　　夏日珠溪赋八音体(其一)　/ 865

黄庭坚(1045—1105)
　　八音歌赠晁尧民　/ 865
　　八音歌赠晁尧民　/ 865
　　赠无咎八音歌　/ 865
　　侯元功问讲学之意　/ 865
　　古意赠郑彦能八音歌　/ 866

孔平仲(1044—1102)
　　八音诗呈诸公　/ 866
　　再赋　/ 866
　　和天觉钱朝散度上余兴之作　/ 866
　　和天觉赠仲光　/ 866
　　奉使京西呈诸公　/ 866
　　宝剑一首赠天觉　/ 866
　　和天觉　/ 866
　　八音诗(其一)　/ 867
　　八音诗(其二)　/ 867
　　八音诗(其三)　/ 867
　　八音诗(其四)　/ 867
　　八音诗(其五)　/ 867
　　八音诗(其六)　/ 867
　　又谢诸君酬和　/ 868
　　又奉项元师　/ 868
　　又奉朱明叟　/ 868
　　又奉周文之　/ 868

赵　佶(1082—1135)
　　宫词(其二)　/ 868

鼓　吹

曹　勋(1098—1174)
　　鼓吹曲　/ 869

晁补之(1053—1110)
　　感寓十首次韵和黄著作鲁直以将穷山海迹胜绝赏心晤为韵(其五)　/ 869
　　家池雨中二首(其一)　/ 869
　　秦国夫人挽辞安门下母二首(其一)　/ 869

陈　棣(？—？)
　　上梁尚书生辰(其三)　/ 869

陈　观(？—？)
　　武夷山　/ 869

陈　襄(1017—1080)
　　寄李惟肖　/ 870
　　马筱潭报雨　/ 870

陈　渊(？—1145)
　　九月二十二日秋举失利出门用中相饯夜步河上留别　/ 871

陈　藻(1151—1225)
　　除夜寄妻叔刘丈　/ 871

陈　造(1133—1203)
　　十绝句寄赵帅(其三)　/ 871
　　梁广文归自襄阳作古乐章迎之(其二)　/ 871
　　西林访铦师　/ 871
　　厅事落成致语口号　/ 872
　　再次韵示师文　/ 872
　　有叹(其一)　/ 872
　　次朱必先与师是唱酬韵(其一)　/ 872
　　雪夜与师是棋次前韵　/ 872
　　再次韵　/ 873

程公许(1182—？)
　　同杨景韩饮虞献子江亭用壁间文与可韵　/ 873

程　俱(1078—1144)
　　次韵和颍昌叶翰林·同许学士兀宗干誉泛舟溴水(其三)　/ 873

淳祐士人(？—？)
　　上元遇雨　/ 873

崔公度(？—1097)
　　送程给事知越州(其二) / 873
戴复古(1167—？)
　　豫章巨浸呈陈幼度提干 / 874
度　正(？—？)
　　八月中浣同官会于尘外亭分韵得烟
　　　字 / 874
范仲淹(989—1052)
　　依韵答蒋密学见寄 / 874
　　依韵和胡使君书事 / 874
　　寄乡人 / 875
　　寄题许州钱相公信美亭 / 875
方　回(1227—1307)
　　秀亭秋怀十五首(其一五) / 875
　　送前歙黟楚□□五首(其二) / 875
　　留吴田霜崖吴居士宅予仲女许其孙
　　　姻 / 875
葛　琳(？—？)
　　和运使学士浣花亭 / 876
葛绍体(？—？)
　　太师汪焕章社日劝农余出湖曲(其
　　　一) / 877
　　西湖二首(其二) / 877
韩　驹(1080—1135)
　　送王左丞宣抚河北 / 877
韩　亿(972—1044)
　　洋州 / 877
韩元吉(1118—？)
　　晓霁再用前韵二首(其二) / 877
洪　刍(？—？)
　　学韩退之体赋虾蟆一篇 / 878

洪　皓(1088—1155)
　　讲武城 / 878
洪　适(1117—1184)
　　留别县僚 / 878
　　又归路 / 878
洪咨夔(1176—1236)
　　送交代王公辅 / 878
胡　宿(995—1067)
　　兵部尚书赠司空侍中晏元献公挽词
　　　三首(其三) / 879
　　送马少卿赴襄阳 / 879
胡　寅(1098—1156)
　　新州鹿鸣宴致语口号 / 879
华　镇(1051—？)
　　早发芜湖风便舟中有感 / 879
黄　裳(1043—1129)
　　送延平太守 / 880
黄公度(1109—1156)
　　别陈景明二首(其二) / 880
黄庭坚(1045—1105)
　　赠黔南贾使君 / 880
　　鄂州节推陈荣绪惠示沿檄崇阳道中
　　　六诗老懒不能追韵辄自取韵奉和·
　　　道中闻松声 / 880
　　出迎使客质明放船自瓦窑归 / 880
　　圣柬将寓于卫行乞食于齐有可怜之
　　　色再次韵感春五首赠之(其二)
　　　/ 881
　　薄薄酒二章(其二) / 881
孔平仲(1044—1102)
　　立春 / 881

127

正月十四夜　/ 881

黎廷瑞(1250—1308)

　　闻蛙　/ 881

李　复(1052—?)

　　梁元彬招池上府会辞之以诗　/ 881

李　纲(1083—1140)

　　上巳日　/ 882

李　觏(1009—1059)

　　虾蟆　/ 882

李　光(1078—1159)

　　三月六日闻五马同郡僚出郊劝农(其一)　/ 882

　　三月三日康守燕严亭　/ 882

　　九日登琼台再次前韵　/ 882

李　彭(?—?)

　　自和六绝句(其四)　/ 883

　　戏次人韵　/ 883

　　次韵寄钱伸仲　/ 883

李　石(1108—1181)

　　扇子诗(其一)　/ 883

李曾伯(1198—1268)

　　丁亥纪蜀百韵　/ 883

李之仪(1048—1127)

　　初夜有雨意欲晓风大作　/ 885

林表民(?—?)

　　挽都梁太守洪季辅寺丞　/ 885

林亦之(1136—1185)

　　丈人行答通平林簿　/ 885

刘　敞(1019—1068)

　　送怀安李使君屯田　/ 886

　　校猎同支使作　/ 886

和过骐骥院观马因饮李氏夜归复与江谢会于敝居　/ 886

刘　过(1154—1206)

　　上袁文昌知平江五首(其五)　/ 887

刘克庄(1187—1269)

　　挽顾监丞　/ 887

刘　弇(1048—1102)

　　读汪都讲邵宫教拟试赋三十韵　/ 887

刘　筠(971—1031)

　　初秋属疾　/ 888

刘　挚(1030—1097)

　　挽司空赠太师申国吕公四首(其四)　/ 888

　　正月十一日迎驾大庆殿次曾子固韵　/ 888

　　挽慈圣光献皇后二首(其一)　/ 888

楼　钥(1137—1213)

　　送制帅林和叔归　/ 888

　　送万耕道帅琼管　/ 889

陆文圭(1250—1334)

　　送元帅移屯太仓　/ 890

陆　游(1125—1210)

　　迎诏书　/ 890

　　立春　/ 890

　　建安遣兴六首(其五)　/ 890

　　湖村月夕四首(其三)　/ 890

　　作盆池养科斗数十戏作　/ 890

　　初冬绝句二首(其二)　/ 890

　　丁酉上元三首(其二)　/ 890

　　初发夷陵　/ 890

记梦 / 890
 五月得雨稻苗尽立 / 891
 残春二首(其二) / 891
 雨夜不寐观壁间所张魏郑公砥柱铭
  / 891
 久雨排闷 / 891
 衰病不复能剧饮而多不见察戏作此
  诗 / 891
 东山 / 891
 梦范参政 / 891
 姜总管自筑墓舍名茧庵求诗 / 892
 题郭太尉金州第中至喜堂 / 892
 秋夜独坐闻里中鼓吹声 / 892
吕本中(1084—1145)
 送苏龙图知明州(其一) / 892
罗大经(?—?)
 陪桂林伯赵季仁游桂林暗洞列炬数
  百随以鼓吹市人从之者以千计已
  而入申而出入自曾公岩出于栖霞
  洞入若深夜出乃白昼恍如隔宿异
  世季仁索余赋诗纪之 / 892
潘大临(?—?)
 登大别眺望 / 893
潘兴嗣(1021—?)
 逍遥亭 / 893
钱惟演(962—1034)
 汉武 / 893
强 至(1022—1076)
 韩魏公生日(其二) / 893
 寄献王中丞 / 893
秦 观(1049—1100)
 次韵莘老 / 894

 中秋口号 / 895
仇 远(1247—?)
 除夜新居(其三) / 895
裘万顷(?—1219)
 上元忆大梵明灯二首(其一) / 895
邵 雍(1011—1077)
 履道会饮 / 895
 静乐吟 / 895
施 枢(?—?)
 正月十四夜 / 896
史 浩(1106—1194)
 诸亲庆弥正弥远及具叔怀恩命复会
  致语口号 / 896
 走笔次韵胡中方赏丹桂之什 / 896
史弥宁(?—?)
 炊烟 / 896
释道潜(1044—?)
 次韵闻复西湖夏日六言(其二)
  / 896
释法全(1114—1169)
 闻僧举五祖颂赵州露刀剑作偈
  / 896
释慧空(1096—1158)
 庵前蜂去数日复返因作(其三)
  / 897
释居简(1164—1246)
 九日寄宜兴谢长官 / 897
 下竺印画像赞 / 897
释绍昙(?—1297)
 题坐禅虾蟆 / 897

释元肇(1189—?)
　湖上　/ 897

舒岳祥(1219—1298)
　雨余草树间羽虫乱鸣山斋晚酌朋辈已散听之不减孔稚圭两部鼓吹也既醉而卧卧而觉家人尚明灯事绩说向来鼻鼾雷鸣两山皆撼也戏作示之　/ 897

司马光(1019—1086)
　效赵学士体成口号十章献开府太师(其六)　/ 898
　陪始平公燕柳溪　/ 898
　和刘伯寿陪潞公禊饮　/ 898
　宿南园·九月十一日夜雨宿南园韩秉国寄酒兼见招以诗谢之　/ 898
　登平陆北山回瞰陕城奉寄李八丈学士使君二十二韵　/ 898

宋　祁(998—1061)
　赋成中丞临川侍郎西园杂题十首·射埘　/ 899
　忆浣花泛舟　/ 899
　送承制刘兼济知原州　/ 899
　孟冬驾狩近郊　/ 899

宋　庠(996—1066)
　和答并州经略太尉相公元日见寄　/ 900
　灯夕斋中香火独坐招希元不至　/ 900
　岁晏出沐感事内讼一首　/ 900

苏　过(1072—1123)
　次韵大人与藤守游东山　/ 900

苏　洞(1170—?)
　杂兴四首(其一)　/ 901
　十六日伏睹明堂礼成圣驾恭谢太一宫小臣敬成口号(其三)　/ 901
　陪制帅宝学侍郎饮别金陵诸胜地　/ 901

苏　轼(1037—1101)
　寒食未明至湖上太守未来两县令先在　/ 901
　残腊独出二首(其二)　/ 901
　次韵正辅同游白水山　/ 901

孙　觌(1081—1169)
　寄题洪巨济中大鄱阳园亭四咏·协趣亭　/ 902
　致政中奉胡公挽词　/ 902
　右丞相张公达明营别墅于汝川记可游者九处绘而为图贻书属晋陵孙某赋之·虾蟆石　/ 902
　过慧山方丈罅老酌泉试茶赋两诗遗之(其二)　/ 902
　龟潭二首(其二)　/ 902

孙应时(1154—1206)
　和刘过夏虫五咏·蛙　/ 902

谭　奫(?—?)
　句(其一)　/ 903

田　况(1005—1063)
　成都遨乐诗二十一首·上元灯夕　/ 903

田　瑜(?—?)
　送铃辖馆使王公　/ 903

汪　莘(1155—1212)
　中秋月(其五)　/ 903

130

汪元量(1241—1317)
  幽州除夜 / 903
  涿州 / 904

汪 藻(1079—1154)
  何郡王挽词二首(其一) / 904

王安石(1021—1086)
  入塞 / 904
  云山诗送正之 / 904
  长垣北 / 904
  寄深州晁同年 / 904
  送李太保知仪州 / 904
  正宪吴公挽辞 / 904

王十朋(1112—1171)
  和韩答柳柳州食虾蟆 / 905

王 遂(?—?)
  宁考神御奉安原庙(其二) / 905

王同祖(?—?)
  京城元夕 / 905
  寒夜(其二) / 905

王 洋(1089—1154)
  七月八日小雨 / 905

王 质(1135—1189)
  代虞枢密宴晁制置口号二首(其一)
    / 906
  水友辞·科斗儿 / 906

韦 骧(1033—1105)
  晓雾归邑 / 906
  送别回作 / 906
  送王学士赴京东漕 / 906

吴 芾(1104—1183)
  大阅即事书怀(其一) / 907

  遣兴 / 907

吴 可(?—?)
  李氏娱书斋 / 907

吴可几(?—?)
  和孔司封题蓬莱阁 / 907

吴则礼(?—1121)
  寄江仲嘉 / 907

武 衍(?—?)
  春日湖上(其三) / 908

项安世(1129—1208)
  贺杨枢密新建贡院三十韵 / 908

谢 翱(1249—1295)
  宋铙歌鼓吹曲(其一) / 909
  宋铙歌鼓吹曲(其二) / 909
  宋铙歌鼓吹曲(其三) / 909
  宋铙歌鼓吹曲(其四) / 910
  宋铙歌鼓吹曲(其五) / 910
  宋铙歌鼓吹曲(其六) / 910
  宋铙歌鼓吹曲(其七) / 910
  宋铙歌鼓吹曲(其八) / 911
  宋铙歌鼓吹曲(其九) / 911
  宋铙歌鼓吹曲(其一○) / 911
  宋铙歌鼓吹曲(其一一) / 911
  宋铙歌鼓吹曲(其一二) / 911

徐 积(1028—1103)
  代简招魏君 / 912
  再送端叔 / 912
  望淮篇示门人 / 912

徐集孙(?—?)
  灵芝寺 / 912

薛季宣(1134—1173)
  天阴 / 913

杨 备(?—?)
　　双莲堂 / 913

杨 亿(974—1020?)
　　寄并州张给事 / 913
　　宋殿丞广南东路转运 / 913

叶 茵(1199?—?)
　　自适 / 913

余 靖(1000—1064)
　　和钱学士见谢新栽竹 / 913

虞 俦(?—?)
　　夜来四鼓枕上闻雨声喜而不寐 / 913
　　巩使君劝耕汪倅有诗次韵 / 914
　　和吴守拜上方历日之赐已而雪作约同僚登俯江楼见怀之作(其二) / 914

喻良能(1120—?)
　　宴饯逢寺丞口号 / 914

元 绛(1009—1084)
　　桐庐晚景 / 914
　　戊戌清明在吴去春阅武于河朔今被召参贰大农悦然有感 / 914

岳 珂(1183—?)
　　中桥二首(其一) / 914
　　当涂劝驾诗 / 914

曾 巩(1019—1083)
　　正月十一日迎驾呈诸同舍 / 915
　　八月二十九日小饮 / 915

曾 极(?—?)
　　华林园 / 915

张 纲(1083—1166)
　　赴喜雪御筵归作 / 915

张 耒(1054—1114)
　　奉安神考御容入景灵宫小臣获睹有感二首(其一) / 915
　　七月六日二首(其二) / 916

张元干(1091—1161)
　　挽少师相国李公(其四) / 916
　　奉同黄檗慧公秀峰昌公丁巳上元日访鼓山珪公游临沧亭为赋十四韵 / 916

张 载(1020—1078)
　　合云寺书事三首(其一) / 916

章 甫(?—?)
　　纳凉 / 916

赵 抃(1008—1084)
　　张公咏二月二日始游江以集观者韩公绛因创乐俗亭为驻车登舟之所 / 917
　　答前人喜杭越二守赓唱 / 917
　　游元积之龙图江湖堂 / 917

赵 鼎(1085—1147)
　　蒲中杂咏·面山堂 / 917

赵 蕃(1143—1229)
　　新淦道中呈运使钱侍郎 / 917

赵公硕(1121—?)
　　积雨初霁乘兴邀王和叟赵久成二监郡游南山饮于云间阁因成一诗醉书于石壁 / 918

郑刚中(1088—1154)
　　移司道中四绝(其二) / 918

元夜二绝(其二) / 918

郑子思(?—?)
三贤祠 / 918

周必大(1126—1204)
安福宗子师共兄弟五人作慈顺堂养
母求诗 / 918

周 密(1232—1298)
怀鸣禽 / 918

周文璞(?—?)
水仙庙鼓吹曲四首(其一) / 919
水仙庙鼓吹曲四首(其二) / 919
水仙庙鼓吹曲四首(其三) / 919
水仙庙鼓吹曲四首(其四) / 919

周彦质(?—?)
宫词(其一五) / 919

宫词(其七一) / 919

周紫芝(1082—?)
次韵罗仲共教授闲居三首(其二)
/ 919
晓晴 / 920
二妙堂落成家集致语口号 / 920

朱淑真(?—?)
元夜三首(其三) / 920

朱 翌(1097—1167)
淮人多食蛙者作诗示意 / 920

左 纬(?—?)
次盛元叙游九峰韵 / 920

后 记 / 921

乐　曲

琴　　操

艾性夫（？—？）

严氏古琴

苍梧弓剑俱尘土，一片枯桐尚传古。有弦弹入碧虚寒，彩凤应来兽应舞。
物真物赝不必论，立名幸有古意存。南风不作民正愠，我欲抱渠招帝魂。

蔡　襄（1012—1067）

梦游洛中十首（其二）

修竹萧萧曲槛前，清泉瀺瀺小池边。琴中一弄履霜操，人静当庭月正圆。

曹　勋（1098—1174）

琴操·将归操

水之深兮，可以方舟。人之非兮，不可以同游。斯人斯游，吾心之忧。

琴操·猗兰操

猗嗟兰兮，其叶萋萋兮。猗嗟兰兮，其香披披兮。
胡为乎生兹幽谷兮，不同云雨之施。
纷霜雪之委集兮，其茂茂而自持。猗嗟兰兮。

琴操·龟山操

龟之卉兮萋萋，龟之云兮霏霏，余之行兮迟迟。龟兮龟兮，鲁之所依。
匪颠匪危兮，靡扶靡持。余之行兮，余心其悲。

琴操·越裳操

彼云雨兮,曾莫之私。黍稷繁芜兮,草木其宜。
田野不辟兮,其谁荒之。远人之思兮,其谁来之。
其勤其施,惟先君之思。

琴操·拘幽操

风入我室兮,霜入我衣。言不敢发兮,声不敢悲。
惟皇考有训兮,余罪之归。余心耿耿兮,其知者为谁。

琴操·岐山操

豳之土兮,民之所宜。豳之居兮,民之所依。
予何为兮尸之。我将全汝兮,之岐之阳。
汝其保宁兮,无越汝疆。斯归斯徂兮,其谁之将。
嗟今之人兮,何思何伤。

琴操·履霜操

皇之车兮,仆夫驰之。皇之舆兮,仆夫乘之。
沉沉广宇兮,燕雀安之。晨羞夕膳,谁其视之。
亲不我思兮,我宁不悲。皑皑繁霜,儿则履之。
父兮母兮,儿知儿非。

琴操·别鹤操

明月皎皎兮,霜风凄凄,摧云翼兮天之涯。望昆丘之路兮,不可以同归。
子其弃予兮,予将畴依。月皎皎兮风凄凄。

琴操·残形操

狸之文兮,蔚乎其成章。身之孔昭兮,而其智之不扬。
维元首之昧昧兮,而股肱孰为其良。吁嗟乎,狸之祥兮。
非吾之伤兮,其谁为伤。

琴操·雉朝飞操

雉兮朝飞,鸣声相随。朝刷其羽兮,夕哺其儿。
虽有风雨兮,莫或化离。嗟余之人兮,曾莫汝为。

晁补之(1053—1110)

听阎子常平戎操

峄阳之孤桐,蹜自霹雳斧。龙伏之灵林复古,断文横截丝百缕。
下垂七轸如牛乳,上有明星稀可数。当轩拂拭待君鼓,君心有在君未语。
仲尼昔时从师襄,顾然一人犹望羊。我独怀之千古长,杖策不省颐之忘。
去年河决疮未补,今年赤地无禾黍,像龙焚尪亦何取。
堂上平戎不敢听,且激南风召时雨。

晁说之(1059—1129)

谨次知府经略待制韵

制胜奇兵不下堂,铅刀何敢齿干将。肯夸舞暖娇回雪,只念琴寒乞履霜。
此日秦郊黄发老,当年汉殿绿衣郎。徘徊四十年来事,险阻艰难间备尝。

陈 杰(?—?)

和张岳州雪夜弹琴

冻云留雪消较迟,乾风飕飕时一吹。原野惨淡看不宜,饥乌愁绝噤寒鸱。
饱死帐下羊羔儿,灞桥寂历久无诗。谁欤凝香清梦回,玉山半侧瘦藤支。
意行仿佛鹤氅披,画堂五丈闲朱旗。胡床冷月浸元规,膝上素弦呵手挥。
木声正与丝声比,避君三舍高渐离。忽然曲终雪满衣,洞庭水涌鱼龙知。
急麾颓魄鞭倾曦,吾声岂与肃杀期。不然持此将安之,折胶无续指无医。
我亦从君妄听奚,雪中作操终何为,古有履霜思伯奇。

陈士楚(?—1195)

和林艾轩城山国清塘韵

山光一洗红尘眼,长松夹道摇青伞。回头下瞰百川溶,亭皋小立凌刚风。
杰阁玲珑朱绿户,何年蓬莱移左股。山僧见客不敛眉,梵呗琅琅应鱼鼓。
欲携三尺弹龟山,淳风一去不复还。仞墙草长章逢少,几百年来风月闲。
嗟哉贤圣远复远,天高地下日易晚。

3

陈　造(1133—1203)

七　夕

龙旌凤扇一相迎,知费青禽几寄声。天上经年才旧约,人间转盼便深更。
凉河只向樽前落,微月偏来酒面明。后夜玉琴弹别鹤,独应乾鹊梦魂惊。

陈　著(1214—1297)

次韵戴帅初架阁剡居四首(其三)

见说三间松下屋,更无长物累中心。难忘独有南风操,时到溪山一鼓琴。

程　俱(1078—1144)

送崔闲归庐山四首(其二)

琅琊山中水,韵入三尺桐。琅然醉翁操,发自玉涧翁。
流泉不成音,写寄十二宫。醉翁不可见,妙语聊形容。
尝闻三峡泉,上与天汉通。请君记余响,相彼玉佩风。
此声倘可继,那复有此公。

方　回(1227—1307)

秋日古兰花十首(其五)

大似斯文不遇时,无人采佩世无知。援琴与鼓猗兰操,五百年间一退之。

方一夔(？—？)

感兴二十七首(其一七)

百年特生木,坚骨余苍干。弃材偶见收,奇制出野爨。
缅以朱丝弦,猗兰度将半。相思越关河,安得见此粲。
悲来不成调,清响忽中断。沈吟卷罗衣,终夕愁零乱。
明月照空庭,盈盈满霄汉。

次韵王蒙泉见寄并和鄙作

君谱猗兰操,曲度得硕师。孤唱绝众和,不与淫声比。
难逢拊石盛,终作蹈海衰。近传贫作祟,疴疣等骈枝。

西风几挥泪,徙倚哀吾私。好音忽西堕,竹下哦君诗。
翛然落月色,融融伴君疑。殷勤告司鼎,君侧要子思。
试归扣小有,坐待天定时。

秋晚杂兴十二首(其七)

青溪溪上路,书剑此栖迟。凉月穿衣褐,寒波照鬓丝。
古桐传贺若,横玉犯龟兹。不为伤秋老,孤吟自可悲。

冯　山(？—1094)

送李献甫知吉州

六经出晚周,日月悬太虚。几蚀复几明,微茫炎汉初。
清识隐虚粹,高风激贪懦。翩翩起江湖,泛泛杂凫雁。
发扬始使蜀,奔走非素愿。郎官虽内迁,相去才一间。
朝廷访耆艾,人物尚清简。骞腾自兹始,宁虑岁月晏。
区区无足道,乡社久息偃。未契许投合,相濡念孤蹇。
迅翮举莫追,窘步行辄踠。把酒难一往,开琴试重援。
别鹤如可弹,新声谢凄婉。

葛胜仲(1072—1144)

次韵答王声见赠

平生未分作臞仙,抵秘英豪不直钱。效智连年居定鼎,策勋何日上凌烟。
高情独寄猗兰操,壮志应存宝剑篇。途辙悬知腾上速,请看火色映鸢肩。

招道祖签判尝暑酹辱示佳篇纪事辄依韵奉和且约再冰酿云

君不见兵火连年扰江汉,一介荩臣无断断。列城守将遁或降,那得捐躯颜与段。
鏖兵喋血八年间,西失平夏北折兰。奔军知是何鸡狗,坐想飞将张与关。
草莽臣谋未云获,且复浇愁倾大白。平时徒有扇障尘,一笑未辨须缠帛。
相邀聊共圣贤中,但愁烛跋鸥夷空。沉酣不畏轻出舌,惊惧悬知不入胸。
午夜醉归闻踏月,林影滩声助清绝。糟兵好向水村营,壑谷正为吾曹设。
儒生嗜酒多有之,高阳酩酊无所缺。
莫言酌我慎无多,休弹贺若唱回波,腾腾相送入无何。

郭祥正(1035—1113)

醉 翁 操

泠泠潺潺,寒泉。泻云间,如弹。醉翁洗心逃区寰,自期猿鹤俱闲。
情未阑,日暮向深源。异芳谁与搴,忘还。
琼楼玉阙,归去何年。遗风余思,犹有猿吟鹤怨。
花落溪边,萧然。莺语林中清圜,空山。
春又残,客怀文章仙。度曲响涓涓,泛商回徵星斗寒。

太平天庆观题壁五首(其五)

听君弹别鹤,别鹤怨离索。何以动乾坤,六月秋霜落。

韩 淲(1159—1224)

南 庵 听 琴

霜晴随意到南庵,近有溪流远看山。小醉情怀听别鹤,数声清弄入幽闲。

韩 驹(1080—1135)

游 定 林 寺

定林何有惟修竹,急唤清樽趁午阴。曲槛以南青嶂合,高堂其上白云深。
人犹未识官曹意,风自能披我辈襟。是夜琴弹醉翁操,笑呼明月作知音。

何梦桂(1229—?)

次山房韵古意四首(其四)

夜舟不藏壑,川流无回波。百年逐忧乐,昼夜相戛摩。
逝者不复来,皓首成蹉跎。谁欤伤凤衰,毋乃楚狂歌。
兹世固难免,纵有朝与鼍。猗兰曲易弹,只恐听者讹。
折杨杂黄芩,每与俚耳和。感此歌晨风,忘我将如何。

上留尚书

昆明池劫化灵缁,梦觉功名忝一炊。锺子未将南操变,庾公空抱北朝悲。
归来眼底湖山在,去后心期淛水知。白发门生怜未死,青袍留得裹遗骶。

洪　皓(1088—1155)

中　秋

旧时相识惟明月,三五而盈盈又缺。盈时常少缺常多,恰似人间足离别。
我今一别已三年,中秋三见望舒圆。乌衣燕子尚得返,鸿雁正尔翔幽燕。
此时蟋蟀犹在宇,声声悲吟正独处。耿耿不寐梦难成,翩翩蝴蝶亦辞去。
寒蛩韵咽草木黄,金风恻恻奏清商。援琴拟操明月吹,调高曲古转凄凉。
母曰嗟予久行役,宁知万里为羁客。乌鹊南飞飞不高,愿为黄鹄无羽翼。
潇湘水阔影沉沉,鄂渚楼高兴又深。明年此际知何处,再睹婵娟照客心。

胡　寅(1098—1156)

游元阳观

矫首元阳观,峥嵘度十年。忽逢尘外客,因访洞中仙。
横蹑修蛇路,低看破衲田。萦纡篁竹岭,窈窕碧松川。
抚石斋坛古,围棋烧劫迁。谅无翻檞术,安得远庖烟。
擗尽苍麟脯,弹余别鹤弦。晴香烘拆蕊,暝色绕归鞭。
太白浮桥上,孤灯炫马前。黄冠纷雨散,紫盖杳云连。
鸟爪休爬背,鸾骖漫拍肩。子真随处隐,何必大罗天。

胡仲弓(?—?)

走笔次月夜颐斋见寄

抱琴时作醉翁吟,吟罢霞觞对月斟。客有可人期不至,相思隔断暮云深。

黄　庚(?—?)

赠王琴所

一曲丝桐余古意,百篇风月寄闲情。君诗即是琴中操,底用离鸾别鹤声。

黄庭坚(1045—1105)

题罗山人览辉楼

凤凰山人开竹径,楼成溪山深照映。眉间郁郁似阴功,壶中有丸续人命。
劝君洗竹买梧桐,风何时来驾归鸿。思齐大任政勤苦,来听天子歌南风。

7

听履霜操

灵宫窈窕兮寒夜永,篁竹造天兮明月下影,木叶陨霜兮秋声动。
我以岁莫起视夜兮,北山饮予斗柄。
幽人拂琴而当予,曰夫子则锺期,尝试刳心而为之听。
若有人兮亦既修,宴衽席之言兮,不知其子之齐圣。
嘉孝子之心终无已兮,不忍忘初之戒命。
人则不语兮弦则语,客有变容而涕洟,奄不知哀之来处。悲乎痛哉!
葛屦翼翼兮绤绤凉凉,衣则风兮车上霜,天云愁兮空山四野。
竭九河湔涕痕兮,忽承睫其更下。嫠不忧其纬兮,恤楚社之不血食。
尽子职而不我爱兮,终非父母之本心。
天高地厚施莫报兮,固自有物以至今。
雉雏鸡乳兮,麋鹿解角。天性则然兮,无有要约。
哀号中野兮,于父母又何求。我行于野兮,不敢有履声。
恐亲心为予动兮,是以有履霜之忧。古人之骨朽矣,匪斯今也。
蠢然如动乎其指,浩然如生乎其心也。声音之发,钩其深也。
枯薪三尺,惟学林也。

黎廷瑞(1250—1308)

听 琴

凄凉乌夜啼,怨抑雉朝飞。有室宁非愿,无枝可得依。
天涯心独苦,岁晚泪频挥。莫作将归操,风尘久念归。

道 傍 儿

落日古道傍,依依闻哭声。云是田舍儿,垂髫才九龄。
前母久已没,后母无复情。饥寒凤所更,驱役不得停。
甫课南山樵,又督西畴耕。早汲或至晏,夕舂恒达明。
曾何少懈怠,动辄遭笞刑。斑斑肤无完,恍恍神不宁。
命也可奈何,怨辞安敢形。但愿后母心,回慈念孤生。
迟我齿力壮,与母供使令。余闻重叹息,为汝双涕零。
凭谁弦履霜,弹与汝母听。

李 复(1052—?)

别 鹤 曲

碧海漫漫烟雾低,三山风惊别鹤飞。千年华表会能归,不及双乌乘夜栖。
乌来相喜哑哑啼,寒月影移庭树枝。枝上营巢庭下食,追随应笑尘中客。
人生聚散羡双乌,乌若别离头已白。光阴百岁共有几,空有相思泪如水。
因君试写别鹤吟,拂弦欲动悲风起。

李 光(1078—1159)

叙游二十韵呈亨叔列之

戊辰三月晦,端居倦烦促。是时天久旱,炎烝剧三伏。
出门得幽寻,佳处在东北。二子俱可人,皎皎莹冰玉。
得趣琴有弦,对案食无肉。初弹醉翁操,再鼓南风曲。
琅然山水音,一洗瘴雾毒。陈园俯江郊,茅茨拥修竹。
造门慕子猷,缓步效颜蠋。汲泉瀹佳茗,萧散谢羁束。
清华临水岸,下有万荷绿。披榛访萧子,清净独无欲。
黎沈爇瓦鼎,溪荪养石斛。杖藜转修径,夹道森乔木。
归途遇冯姥,敛袂不羞缩。蕉花杂山丹,槟榔绕新屋。
欲我留姓名,呼儿为磨墨。似怜穷独叟,曾忝十州牧。
良辰不易遇,此会岂难续。他时倘重来,更为呼醉秃。

李 洪(1129—1183)

和郑康道春日三首(其二)

内乐同颜子,高楼慕隐居。紫苔沿砌合,红糁缀条疏。
谩听平戎操,闲寻种树书。吾曹清净业,所好在三余。

李之仪(1048—1127)

采石三题·赏咏亭

爨下得余薪,便可歌南风。参差长路铎,鼓乐俄相同。
一弃一流落,悠然会天工。始知盛衰际,遇与不遇中。

风清月正好,爽晤聊从容。岂意接心期,赏叹如云龙。
千载瞬息尔,转盼归虚空。何适非适然,神交付冥鸿。

林季仲(1090—?)

次曾竑甫韵寄贺子忱

狂客当年隐四明,至今孙子爱林坰。挂冠无愠亦无喜,抱膝自歌还自听。
时弄清琴怀贺若,何妨后乘载樵青。结邻能践前言否,春色方深绝境亭。

刘 攽(1023—1089)

斫 冰 词

楚客斫冰行苦难,清音愁绝逼人寒。凭君与制水仙操,传入湘灵宝瑟弹。

刘克庄(1187—1269)

连日寒甚怀强甫二首(其二)

人生各有稻粱谋,暂去家庭作远游。年事但看翁齿发,天寒深念汝衣裘。
履霜我独知琴操,立雪谁来问话头。但愿茅檐相保守,千书说不尽离愁。

杂咏一百首·尹伯奇

不愁儿足冻,第恐母心伤。所以子范子,惟弹一履霜。

刘志行(?—?)

舜 洞 秋 风

当年大驾巡南中,薰兮时兮歌南风。太音九奏凤凰集,真与尘世开盲聋。
重华远矣成飞仙,湘灵洒泪秋风前。天荒地老不可诘,秋风满树凄寒蝉。

陆 游(1125—1210)

雪后寻梅偶得绝句十首(其三)

银烛檀槽醉海棠,老来非复锦城狂。疏梅对影太清淡,为拂焦桐弹履霜。

幽事二首(其一)

衰翁喜幽事,阖户不升堂。酒仅三蕉叶,琴才一履霜。
好游力不给,爱客病相妨。独有诗情在,年来亦渐忘。

梅尧臣（1002—1060）

送建州通判沈太博

昔闻醉翁吟，是沈夫子所作。今听醉翁吟，是沈夫子所弹。
声如冰澌下石滩，嚼啮碎玉绕齿寒。四坐整衣容色端，醉翁虽醉无慢官。
其音正以乐，其俗便且安，何害酩酊颜渥丹。沈夫子，邂逅相遇必已欢。
玉琴能写人肺肝，人所为难君不难。平明解船建溪去，轻赍快意不长湍。
溪东白茗象月团，来奉至尊龙屈盘。余为带銙与褏片，散在六合云漫漫。
况君五脏清如水，宜饮沉滛采木栏。更留瓦砚赠我看，邺宫鸳鸯谁刻剜。

依韵和宋中道见寄

岁在涒滩初别子，子适广平裨郡理。廉颇台倾有遗址，今逢四方弓久弛。
时不用兵皆乐乡，念我贫居天子庠。抱经临案空循行，貌垢不洗颜苍苍。
得时少壮相揄扬，独行无侣心渀浪。肠如辘轳转井床，内饥外寒肤粟芒。
若此煎炒何心肠。王都浩浩多球琅，怀珉安可争焜煌。
旧朋升腾皆俊良，殁不发语生括囊。巍巍尧舜开明堂，大调金石来凤皇。
鸳鸯戢翼方在梁，福禄其宜无不臧。已甘老死填沟隍，僵尸阖棺犹目张。
仲尼生世尚徨徨，岂能强盻争跄跄。未由见子举以觞，北望大河衣袂攘。
牵牛横汉不服箱，欲往乘车无可当。天驷有星名曰房，又欲乘马行幽荒。
牛虽蹄莹马眼光，既不我驾路阻长。我怀炳炳何日忘，半夜揽琴弹履霜。
写意缄辞无雁将，低云作雪正苍茫。

欧阳修（1007—1072）

听平戎操

西戎负固稽天诛，勇夫战死智士谟。上人知白何为者，年少力壮逃浮屠。
自言平戎有古操，抱琴欲进为我娱。我材不足置廊庙，力弱又不堪戈殳。
遭时有事独无用，偷安饱食与汝俱。尔知平戎竟何事，自古无不由吾儒。
周宣六月伐猃狁，汉武五道征匈奴。方叔召虎乃真将，卫青去病诚区区。
建功立业当盛日，后世称咏于诗书。平生又欲慕贾谊，长缨直请系单于。
当衢理检四面启，有策不献空踟蹰。惭君为我奏此曲，听之空使壮士吁。

推琴置酒恍若失,谁谓子琴能起予。

仇 远(1247—?)

和子野郊居见寄(其四)

因子洮湖归钓鱼,西湖我亦念吾庐。途穷但觉知心少,性直由来料事疏。
爱把琴弹招隐操,忍拈笔写绝交书。人间喜怒须臾事,暮四朝三任众狙。

释绍嵩(?—?)

西 湖 晚 泛

苏堤一带柳阴长,柳外西风特地狂。晚泊孤舟古祠下,自弹别鹤送斜阳。

释智圆(976—1022)

拟洛下分题·松石琴荐

松石为琴荐,鳞皴状颇奇。补天虽变质,映涧尚含滋。
静砌和烟立,虚堂带藓移。最宜弹别鹤,况有旧栖枝。

宋 无(1260—?)

寄 钱 翼 之

作赋拟相如,何人诵子虚。琴弹中散操,扇玩右军书。
北阙青云近,南冠白发疏。烦君传遗逸,著我入樵渔。

苏 轼(1037—1101)

听武道士弹贺若

清风终日自开帘,凉月今宵肯挂檐。琴里若能知贺若,诗中定合爱陶潜。

醉 翁 操

琅然,清圜。谁弹,响空山。无言,惟翁醉中和其天。
月明风露娟娟,人未眠。荷蒉过山前,曰有心也哉此贤。
醉翁啸咏,声和流泉。醉翁去后,空有朝吟夜怨。
山有时而童颠,水有时而回川。思翁无岁年,翁今为飞仙。
此意在人间,试听徽外三两弦。

苏 籀(1091—?)

送滁守蔡瞻明提举

史家汗简编年垂,掌武集贤筹政机。君侯祖烈冠前世,内外贻厥真天资。
景灵审象丹青炳,端靖颙昂席庆基。浙港之东早乘驿,卓尔群史诸侯师。
云何士元淹骥足,留滞太史周南维。渊源濡染由所自,甚美而度多文词。
猗欤两祖揭二柄,苞凸骞翔天下知。奈何恬无进擢慕,钩引吹嘘众力微。
冷烟横雨秋涛外,滁邦山水停一麾。贫交掺执空里巷,截鞚那复留骖騑。
气宇前修令仪范,才具时侪高品题。绿绮寻绎醉吟操,清流感慨神武遗。
侧听褒嘉最郡课,水衡促召夫何疑。车轮继斫心自了,桑榆稍收宜赴时。
珍向高标警衰钝,鄙哉不敢多陈诗。

唐 庚(1071—1121)

梦　　泉①

入道肯著相,出神得佳泉。起寻定中境,邈意山之巅。
四人蹋靰靰,数里闻潺湲。循声到巘绝,满意流甘鲜。
虽深石可数,太察鱼难筌。分为缟练去,溅作珠玑圆。
一窥宿酲解,三咽沉疴痊。恍惚尚疑梦,欢呼欲成颠。
山间短于井,海饮咸生涎。那知道在迩,几作野遗贤。
事固由人兴,物为知己妍。谁陪濠上游,谅携室中天。
虽无十丈花,中有一滴禅。名酒觉殊胜,宜茶定常煎。
兰亭羽觞冷,鱼腹青筒连。新文来远矣,开卷犹潭然。
径欲抱琴去,临流听未全。不但受以耳,庶几神者先。
写为梦泉操,第入乐府篇。将前辄复却,万事付有缘。

六 一 堂

我思六一翁,羽化四十年。虽不及抠衣,每愿为执鞭。
手弹醉翁操,目睹庐陵编。床头五代史,屏间七交篇。

---

① 唐康《潮阳尉郑太玉梦至泉侧饮之甚甘明日得之东山上作梦泉记令余作诗为赋此篇》内容与此诗大致相同,仅个别字词有异,不再重复收录。

诗常讽思颖,曲每歌归田。斋摹画舫样,酒法冰堂传。
此志自弱冠,到今已华颠。嗟予又晚辈,读书慕先贤。
即彼生处所,馆之与周旋。时对文章姿,稍息簿领肩。
贤者果不死,瞻之犹在前。似挥诛奸笔,犹努击佛拳。
谁当嗣前规,时为易蠹椽。勿毁鲁恭宅,中有夫子天。

汪　藻(1079—1154)

次韵周圣举过苏次元四首(其一)

往闻苏赵公,黄阁望诸老。功名四夷知,无愧越裳操。
同时卿相家,纨绮或佣保。至今子孙贤,庭有书带草。

王安石(1021—1086)

久　雨

煤炱著天无寸空,白沫上岸吹鱼龙。羲和推车出不得,河伯欲取山为宫。
城门昼开眠百贾,饥孙得糟夜哺翁。老人惯事少所怪,看屋箕踞歌南风。

王十朋(1112—1171)

读 东 坡 诗

东坡文章冠天下,日月争光薄风雅。谁分宗派故谤伤,蚍蜉撼树不自量。
堂堂天人欧阳子,引鞭逊避门下士。天昌斯文大才出,先生弟子俱第一。
天人诗如李谪仙,此论最公谁不然。词无艰深非浅近,章成韵尽意不尽。
味长何止飞鸟惊,臆说纷纷几元稹。浑然天成无斧凿,二百年来无此作。
谁与争先惟大苏,谪仙退之非过呼。胸中万卷古今有,笔下一点尘埃无。
武库森然富摛掞,利钝一从人点检。莫年海上诗更高,和陶之诗又过陶。
地辟天开含万汇,少陵相逢亦应避。北斗以南能几人,大江之西有异议。
日光玉洁一退之,亦言能文不能诗。碑淮颂圣十琴操,生民清庙离骚词。
春容大篇骋豪怪,韵到窘束尤瑰奇。韩子于诗盖余事,诗至韩子将何讥。
文章定价如金玉,口为轻重专门学。向来学者尊西昆,诗无老杜文无韩。
净扫书斋拂尘几,瓣香敬为三夫子。

王庭珪(1080—1172)

方外庵听惠端弹琴明日赴李似矩尚书招

浮云卷尽天无风,青山衔日犹半红。谁弹乌啼夜鹤怨,平明结客长安中。
大颠初识韩吏部,清檗亦参裴相公。尚书气欲吞胡虏,手挽天河作霖雨。
响泉韵磬应自携,昵昵莫为儿女语。为陈古操有平戎,此曲聊堪佐旗鼓。

和刘美中尚书听宝月弹桃源春晓①

何年凿源开混茫,桃花两片吹红香。烟消远浦生微阳,渔舟误行溪水长。
溪回岸转山隙光,疑有绛阙仙人房。居民争出罗酒浆,花间笑语音琅琅。
抱琴释子眉发苍,响泉韵磬鸣长廊。能谈往事悲孟尝,昔时台沼今耕桑。
又如勇士赴敌场,坐令游子思故乡。清猿抱木号鸿荒,孤吟划见丹凤翔。
曲终待月西南厢,重调十指初不忙。如见古画秦衣裳,春天百鸟争颉颃。
桃源归来今已忘,弹到落花空断肠。

王　炎(1138—1218)

用元韵答徐尉

于越亭亭羊角峰,下有团团桂树丛。何人为赋反招隐,虞罗亦罥碣石鸿。
学诗妙处如学仙,功成换骨参乔松。肯来洗我筝笛耳,厌丝古曲弹南风。
喜君到此极亹亹,惜君去此尤匆匆。百年莫作千岁调,试往一看枫桥枫。
湘山幸有数斗酒,江蟹肥大霜橘红。梅仙陶令连两壁,得酒可浇丘壑胸。
渔蓑风月笛三弄,虬龙起舞凌空蒙。冯夷不得囿此境,湖山收入奚囊中。
沙寒往事有铜镞,波稳清时无水龙。人生所须得乐尔,嗟我愁绝逃虚空。
已悲朽质悴蒲柳,岂解巧笑开芙蓉。青灯照牖似书舍,素琴挂壁疑僧宫。
悬知堂上一杯水,难饮不边千丈虹。大用自当拥金莲,小用亦合登少蓬。
腾身云路五千里,定笑白凫成老翁。

---

① 许志仁《和宝月弹桃源春晓》内容与此诗相同,不再重复收录。

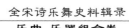

王之道(1093—1169)

闻蝉和彦时兄

浮光我家尉,近处惟高安。尝欲为亲择,敢作非意干。
忆昔从东来,飞雪凌羁单。青春不可挽,明月裁齐纨。
三釜竟何地,一囊今屡殚。我有醉翁吟,试从徽外弹。
古人骨已朽,知音果哉难。挛拳抱枝蝉,未露先号寒。
缅想江南山,琼梳碧成攒。僧窗开南薰,俯仰天地宽。
诗成有佳句,往往胜得官。

韦　骧(1033—1105)

和观雪二十韵

纷纷随朔吹,及物任洪纤。足以称为瑞,疏哉比撒盐。
朝飞收羽翼,夜象晦钩铃。农望先知喜,童心岂易厌。
对疑银界色,唊胜露华甜。寸隙期皆遍,微埃迥不兼。
豪筵宾酒壮,远塞虏兵歼。长坂愁羁旅,空山困隐潜。
尘怀经岁挠,清兴此时添。已变琼铺砌,还惊絮扑帘。
扁舟谁念戴,采笔自追淹。野思生犹浅,诗情雅若燖。
凝眸万顷白,引袖六花尖。和寡思琴操,资高忆酒帘。
江潮云盖水,楼阁玉妆檐。折竹惊寒雀,衰葭拥暮鹣。
冷官饶寂寞,僻邑养安恬。坐患凶年久,行忧疠气渐。
探深评尺咫,均庆及间阎。仰恃贤侯德,无劳太史占。

文　同(1018—1079)

水　仙　操

嗟哉先生去何所兮,杳不可寻。舍我于此使形影之外兮,唯莽苍之山林。
仰圆峤之峨峨兮,俯大壑之沉沉。长波颎涌以荡潏兮,群鸟翻翻而悲吟。
寂扰扰之烦虑兮,纳冥冥之至音。先生将一我之正性兮,何设意之此深。
我已穷神而造妙兮,达真指于素琴。先生盍还此兮,度明明乎我心。

16

任居云栖枝阁

峨峨仙鸾山,杳杳山上阁。道傍问耕者,居云之所作。
居云倜傥士,缰锁不可缚。读书三十年,议论写不涸。
纵横入众艺,深晓不止略。自笑与世疏,回首念岩壑。
安排事幽隐,终老期此托。结茅层峦巅,退比篱下雀。
栖枝榜其号,意岂羡鹏鹗。时兹入岑绝,寄愤满寥廓。
江风拂危栏,涧月满疏箔。独横古溜琴,远意追淡泊。
萧萧履霜操,隐隐天外落。飘扬杂仙籁,泛响度林薄。
其谁共高兴,唯此猿与鹤。愿言解尘缨,一赴方外约。

吴则礼(?—1121)

赠江贯道

即今海内丹青妙,只有南徐江贯道。孤峰叠□真自奇,老树沧波亦复好。
扶杖时来问曲生,戏捉毛锥吾绝倒。龙眠居士唤不譍,世上从交韦偃少。
一生管城良有味,弹琴宁论老会至。时调白羽臂乌号,杨叶曾穿有能事。
独怜老子跛跛归,故遣七弦声作雷。老子从来知贺若,为我剩弹乌夜啼。

再用前韵

玉涧安在哉,注目匡山云。都梁有奇特,渠自能挽君。
伏雌端可烹,岂惟酒盈樽。老子堪料理,枯肠为之醺。
奕奕弦上语,大似机中纹。白头得胜妙,叹咤初未闻。
更弹醉翁操,洗我蒲团昏。且复瀹龙焙,谁言淮水浑。

谢 翱(1249—1295)

续琴操哀江南·我赴蓟门四之一

我赴蓟门,我心何苦。我本南人,我行北土。
视彼翼轸,客星光光。自陪辇毂,久涉戎行。
靡岁不战,何兵不溃。偷生有戚,就死无罪。
莽莽黄沙,依依翠华。我皇何在,忍恤我家。

续琴操哀江南·瞻彼江汉四之二

瞻彼江汉,截淮及楚。起兵海隈,亡命无所。
枕戈待旦,愤不顾身。我视王室,谁非国人。
噫嘻昊天,使汝缧绁。奸党心寒,健儿胆裂。
黄河万里,冰雪峨峨。尔死得死,我生谓何。

续琴操哀江南·我操南音四之三

我操南音,爱酌我酒。风摧我裳,冰裂我手。
薄送于野,曷云同归。自贻伊阻,不得奋飞。
持此盈觞,化为别泪。昔也姬姜,今焉憔悴。
山高水远,无相见时。各保玉体,将死为期。

续琴操哀江南·兴言自古四之四

兴言自古,使我速老。麋鹿是游,姑苏荒草。
起秣我马,裵回旧乡。江山不改,风景忘亡。
谁触尘埃,不见日月。梨园云散,羽林鸟没。
吞声踯躅,悲风四来。尔非遗民,胡独不哀。

徐 积(1028—1103)

谢王观文

东野鳏夫未识公,寄声直入茅庐中。茅庐四面生春风,草头添绿花添红。
东野鳏夫最好吟,感公高义藏于心。为公制作平戎曲,弹向蔡家焦尾琴。

徐 瑞(1255—1325)

次韵芳洲兰花

残雪消阴崖,柔风被晴麓。兰根得天和,芳蕤出丛绿。
澹然如幽人,皎皎在空谷。味薄趣自长,香远韵更足。
尚嫌荃蕙伍,肯与桃李渎。中洲有吟仙,自爱称初服。
丘壑赏孤清,泥涂怜久辱。乃知松柏姿,均此受命独。
石君瘦欲涸,毛颖老不沐。为子操猗兰,清商出枯木。

薛季宣(1134—1173)

水　仙　操

海山中兮四无居人,海之涛兮渺漠而无垠。浮空舆地兮,风云滥其出没。
朝而潮夕而汐兮,浩兔乌之吐吞。彼鸟兮鸣飞,彼鹿兮跂跂。
聊淹留兮岁聿其暮,鼓丝桐兮从夫君而与归。

于　石(1247—?)

琴　寥　歌

璧乎琴兮不弹,心乎道兮忘言。操履霜兮猗兰,忠与孝兮两全。
松风兮涧泉,琴无弦兮有弦。青霞兮柯仙,道不传兮有传。

张　耒(1054—1114)

和子瞻西太一宫祠二首(其二)

玉斝清晨荐酒,天风静夜飘香。凤吹管截孤竹,琴弦曲奏潇湘。

杂咏三首(其三)

鸟鸣高屋上,饥顾朝求食。扰扰市井人,日夜衣食迫。
岂伊理当然,或者养未得。我歌南风诗,归坐还叹息。

张　埴(?—?)

紫霞宫听南风操

促丝历历行泛声,紫霞仙翁之为琴。新声不合天地意,要写虞氏吾民心。
嗟乎二十六字中真趣,久矣南风吹散去。却令紫霞宫里翁,弹到今人未弹处。

赵汝域(1172—1250)

诗二首(其二)

数叶梧桐落短廊,一泓秋水湛银塘。调琴独奏猗兰操,啜茗清飘茉莉香。
涕泣两年同贾傅,痴梦千载笑君房。于今不作武宁客,蓑笠渔竿日月长。

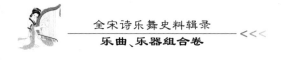

赵希鄂(？—？)

黄陵题咏

怅望銮舆不复还,令人疑尽九疑山。朱弦一断南风操,粉泪长留楚竹斑。
往事悠悠流水去,空祠寂寂暮云闲。客情吊古多悲恨,趣理归舟溯碧湾。

周　孚(1135—1177)

公佐索诗次别仲时小诗韵遗之五首(其三)

朱丝徽黄金,问子用此何。从来履霜操,不及懊侬歌。

周　密(1232—1298)

赠李若虚

江湖游遍到长安,自写名山作画看。蝉腹只便风露饱,鹤心偏喜水云宽。
袖中六甲三关式,肘后千金九炼丹。更约小窗松月夜,素琴重为作猗兰。

周文璞(？—？)

听　琴

向人犹抱舜文弦,可煞书生不值钱。弹出履霜空作恶,一林风露已鸣蝉。

周紫芝(1082—？)

寒食滁阳阻雨

去年束书薄游梁,今年下马古滁阳。滁阳寒食少人出,满城山雨惊淋浪。
闭门客舍颇无事,五白大呼同舍郎。樽前谁唱醉翁曲,鸟歌花舞催红妆。
竟须薄酒浇永日,肯放羁愁煎客肠。功名老矣白发出,岁月几何归路长。
江头藉草作寒食,细雨梨花思故乡。何当秣马候明发,便可一苇横长江。
千村万落鸟呼客,山南岭北花吹香。仍须戒妇速作黍,会见鹿门归老庞。

邹　浩(1060—1111)

王景亮携晁无咎清美堂记来求诗为赋此一篇

先生不出二十年,幅巾种树老卢泉。卢泉水木清且妍,筑堂流水茂树间。
晁侯作记笔如椽,画栏素壁青瑶镌。明珠白璧光射天,先生矜诧喜欲颠。

春归野岸绿漪涟,青山东缺如断环。雪消风软山苍然,杏梢红破胭脂寒。
先生醉狂梦思山,自驾草车束尘编。上堂读书门昼关,金徽朱丝弄猗兰。
相思古人太古前,若非豪士鲁仲连。即是幽人梁伯鸾,先生好学老益坚。
少时不信功名艰,青衫屡补靴决穿。晚知有命绝可怜,归来自买汶上田。
穲稏香露凝秋殷,只知留客有酒钱。肯问釜粥寒齑酸,拖金曳绣卷晓班。
何似布褐暖且宽,先生所愿一何廉。贵人孰与先生贤,朱门铜臭厨肉膻。
夜阑白月照管弦,美人一笑夭桃燃。安知贤达死丘园,正恐后世终无传。
此意已输先生先,我今欲归无由缘。蕙帐依约闻清猿,何时相从一醉眠。
梨花杨柳傍禁烟,曾点浴沂春衣单。德公渡沔应已还,山中桂枝聊攀援。

阳 春 白 雪

敖陶孙(1154—1227)

有 感 一 首

典衣沽美酒,铸金买艳歌。青灯炯长夜,如此粲者何。
平生有廉蔺,方驾欲更过。低颜儿女中,郁若鹰在罗。
酣望八极表,老泪如悬河。诸儿颇嗔黠,见谓同一波。
相如混涤器,谢鲲困掷梭。古来贤达人,细过非所科。
窃愿天子圣,朝廷半丘轲。青春深农桑,东尽青齐阿。
坐令倡楼女,委弃黛黑螺。下里羞阳春,中宫张云和。
我为太平人,短褐生橐驼。醉魂招漫郎,或有石可磨。

白玉蟾(1194—?)

清 听 堂

白龙过涧玉琮琤,涧外松声击戛鸣。烟锁檐牙春二月,月移帘额夜三更。
琴弹白雪阳春调,曲转高山流水声。清听堂中杳无梦,我将乘兴跨长鲸。

蔡　戡（1141—?）

朱朝宗割爱嫁遣侍儿忘情如此是可尚也因作忘情吟以道哀怨之意

风流汉署尚书郎，蛾眉列屋呈新妆。中有一人十四五，雪肤花艳倾后房。
妒宠负恃亦常理，何乃弃置行路傍。妾如桃李眩颜色，君如铁石为心肠。
忆昔赠君绿绮琴，佳期密意寓琴心。白雪阳春世寡和，高山流水谁知音。
燕子楼中空寂寞，凤凰台上忍登临。瓶沉簪断不堪说，钗分镜破何由寻。
君不见韩退之，绛桃柳枝二侍儿。别来柳枝已飞去，故作镇州初归诗。
又不见白乐天，小蛮樊素争取怜。晚年樊素欲谢遣，因赋不能忘情篇。
从来我辈情所钟，绵绵此恨今古同。世间尤物最为累，须信万事浮云空。
二公号为知道者，未免爱欲缠胸中。果能脱去如敝屣，自古未有贤于公。
料得文君对长卿，小窗时鼓一再行。幽愁暗恨欲备写，离鸾别鹤难成声。
知君手种堂前柳，春风披拂还轻盈。怜新弃旧似浅薄，如君未必真忘情。

曹　勋（1098—1174）

谢杨监丞雪中送羊羔酒

朝回六出势飞浮，历乱初看积瓦沟。漫以郢人歌白雪，曲烦从事到青州。
因知洗吻羊肪滑，可但倾肠鼠腹休。纸帐熏炉今已矣，解嘲得免继前修。

曹彦约（1157—1229）

送赵主簿

新诗燕婉似花繁，好在鹓行接羽翰。一笑相逢江海客，三年犹老簿书官。
见闻我阙犹干禄，矍铄君能欲据鞍。却似岑参寮友会，阳春一曲和皆难。

使君见示鹿鸣诗走笔奉和

眼明及见决科文，发策当书第一勋。八句催行歌白雪，一言合意定青云。
君今去亦朝天上，主圣还须对夜分。遥想朱华传敕处，九重春色醉朝曛。

晁补之（1053—1110）

春雪监中即事二首（其二）

白云自非桃李族，阳春且止听黄竹。江风吹苇暗天地，鸥鸟纷纷起追逐。

请看万瓦变璠玙,平日尘寰无此屋。闲居幽事亦堪论,小径苗生土增沃。

答闳中顺之

黄卷翛然遇古人,千秋遗恨一朝伸。久干文举尊中酒,虚负渊明头上巾。
缨冠未暇念同室,闭眼自欲观吾身。幸有元和文似锦,不妨白雪和阳春。

送张缙子望太常簿

张侯于我丈人行,十年江湖心乡往。平生独立白雪曲,少时妙誉青云上。
胡为四十尚飘蓬,逢衣骑马邺城中。将军宝帐簪履肃,开府画筵箫鼓雄。
况复儒宫饱闲暇,堂有丛书竹萧洒。论文不厌夜经过,起看北斗插黄河。
相逢安得怨寂莫,仲宣楼头良可乐。何当奇计出番禺,未应长檄开邛笮。
太常句稽亦不冗,少卿淑问清时重。俎豆之事则尝闻,男儿读书业有用。
归去天边道路长,东风春草满池塘。美人不来时踠晚,谁与玩此林间芳。

苕霅行和於潜令毛国华

苕溪清,霅溪绿,溪水湾环绕天目。
山间古邑三百家,日出隔溪闻打衙,长官长髯帽乌纱。
不曾执板谒大尹,醉卧紫兰花影斜。紫兰花开为谁好,年年岁岁溪南道。
不见西陵白发人,荆江夜雪唱阳春。阳春绝唱和者寡,客醉闻之双泪洒。
夜来魂梦海中山,缥缈云涛烟浪间。云涛烟浪不可渡,睡觉秋风落桐树。
秦吉了,秦吉了,言语无人会。无人会得奈君何,且向紫兰花下醉。

同鲁直文潜饮刑部杜君章家次封丘杜观仲韵

廷尉风流才绝尘,最怜高髻歌阳春。两鬟亦解倚瑟语,催送花前红袖舞。
黄张翰墨海内名,席上生风清夏宇。封丘自倚笔势豪,不怕当筵赋鹦鹉。
对酒含情古所怜,乐事几时如过雨。阮公炉边不拟归,陆郎班雅无用噱。
长灯照出帘幕外,缺月堕落藩墙西。斗酒双鱼何足贵,李侯气许山东吏。
正须新面杂青槐,千里紫莼江上来。长船刻玉流霞动,快引不须帆橹送。
自作新词碧牡丹,箸击杯翻钗坠凤。芍药佳名闻昔人,满插不辞归帽重。
倒床任作鼻鸣雷,屋上啼乌还唤梦。

晁说之(1059—1129)

次韵和张次应龙图松皮冠子

儒冠何事贵松皮,一岁寒来特自奇。发尽著霜相称得,歌酬白雪即非宜。

陈 白(?—?)

题胜光怡道轩

了了无凝滞,谁人知此心。开池待海月,种树宿沙禽。
白雪盈青简,古风生素琴。由来大隐者,何必在山林。

陈 棣(?—?)

读豫章集成柏梁体

元祐升平超治古,诞布人文化寰宇。道山翰苑郡仙处,一代文章继周鲁。
斯道盟寒谁是主,眉山二老文章虎。眉山鉴裁高难与,网罗九万抟风羽。
晁张超然鸿鹄举,秦郎继作翘翘楚。余子纷纷漫旁午,韩门籍湜何须数。
豫章诗律加严苦,洗空万古尘凡语。后来鲜俪前无伍,真是江西第一祖。
锦绣陆离缠肺腑,宝唾珠玑终日吐。兔颖烟煤骤如雨,混然天成绝斤斧。
骚经抑怨知何补,白雪阳春空媚妩。囊括鲍谢包徐庾,下视谪仙平揖甫。
近时作者宗燕许,入社投名仰成矩。残膏剩馥争探取,派别枝分已难御。
专党同门伐异户,陈言糟粕弃如土。宗门不绝仅如缕,究竟畴能踵前武。
遗编璀璨琼瑶谱,八珍间列罗樽俎。诵之琅琅中宫吕,心清何止头风愈。
古人纯全嗟莫睹,徒味篇章想簪组。铺张盛美夸才谞,自笑雷门持布鼓。

陈 深(1260—1344)

次韵陆承之寒夜有怀(其二)

壮志寥寥在,流年冉冉催。寒灯和梦照,暗雨挟愁来。
白雪词难和,青山首重回。夜阑浑不寐,慨想陆机才。

晚 步

偶偕二三子,曳履古城阴。远慕求羊迹,永怀江海心。
残阳隐深巷,积雨歇高林。自笑黄芩曲,那追白雪吟。

陈文蔚(1154—1247)

和余方叔题傅材甫筠谷韵

一区投老将焉卜,扬雄草玄那可续。何似山中种修竹,白驹皎皎人如玉。
山深九夏无炎溽,往来不著市廛足。主人心地一泓渌,调高和寡阳春曲。
时闻樵歌起林麓,趺坐道人方闭目。读书万里归妙瞩,等闲莫蹑巢由躅。
何妨春酒瓮头熟,便约幽人来卜筑。伯夷清风千载肃,堪笑荒凉旧金谷。

陈与义(1090—1138)

次 韵 家 叔

衮衮诸公车马尘,先生孤唱发阳春。黄花不负秋风意,白发空随世事新。
闭户读书真得计,载肴从学岂无人。只应又被支郎笑,从者依前困在陈。

陈　渊(?—1145)

答吴济仲见寄

季子观周乐,妙意传青简。诸孙拾其遗,破具前人眼。
新诗如珠璧,字字无可拣。故应意有余,不但音睍睆。
念昔我方壮,意轻三子撰。自闻歌白雪,欲和色先赧。
中间各流落,念子忘寝馔。阻寻千里盟,未卜一笑莞。
书来得佳句,奇字富瑟僩。推先情已厚,感旧涕应潸。
周宣致中兴,土宇日益昄。肤使尽苏张,九合宁须輓。
天才必有用,造物岂徒产。椽笔傥容挥,斗印定当绾。
既去却须来,毋绝汉中栈。

谒满处冲归以诗赠之

八年重见各蹉跎,把酒论文奈别何。行止未应经扫地,是非安用辩倾河。
阳春属和从来少,流水知音不必多。妙语惊人慵举似,归来如学病维摩。

得用中书有礼人不答之悔作诗解之

一时先达揔飘零,亦有阳春世莫听。漫刺从来无处着,曳裾今日欲谁经。
只应旧友头空白,难使新知眼便青。射猎南山休夜出,灞陵有尉宿君亭。

陈　造（1133—1203）

寄郢州崔守八首（其二）

尝记停骖古郢州，待晴曾是贾胡留。锦囊亦有阳春句，不得亲题白雪楼。

再用前韵赠高缙之三首（其二）

闭门雨两月，君来无旧新。白眼睨牢石，骞飞不受驯。
落落含风松，纷纷栖睫尘。惭非修月手，向君和阳春。

次韵魏知元（其一）

诗人索诗无乃俗，我乎索之更虚辱。从来东郭滥吹竽，缪使尾续阳春曲。
此腹涸矣劳诛求，我老知耻吾罢休。使君拂云敞新楼，且可一醉同楼头。

次韵杨宰宿北阿

寒事峥嵘念解携，芳樽忆共拆红泥。邮筒空有诗相续，夫子东归我复西。
剌剌掀林朔风驶，沈沈阁雪晚云低。巴歌拟报阳春赠，未敢从人索品题。

次前韵谢胡运属二首（其一）

耐暑初宵露白头，诗来分我一襟秋。露飞琼滴溥苍竹，月漾金波冰小楼。
政用桐君弦白雪，便烦从事到青州。此怀未满须笺与，更为狂生赋远游。

次韵同年诸公环碧叙同年会（其三）

聚首论年不计官，寥寥故事复开端。俯容我辈输心语，更遣时流洗眼看。
庾亮宾筵无尽兴，昌黎文饮有余欢。舍人妙句还新样，白雪赓酬政自难。

次韵赵帅登平山堂（其二）

平章景物我何功，犹博宾筵醉颊红。欢甚锐戈思却日，吟余豪兴欲凌风。
急觞泛滟春浮渌，掺鼓喧轰雁堕空。白雪拜嘉仍袖手，汗颜终恐坐雷同。

次韵梁教章宰喜雪（其一）

袖手飞雪前，徒有风雅渴。久亲无言子，此兴今莫遏。
两君壮藻思，诗柄专杀活。可须龙伯睡，骊珠乃平夺。
长翁久荒废，坐受儿女聒。愁城正合围，醉乡况禁遏。
诗来起我敬，一嫡眇众孽。此雪更此诗，清晤乃细阅。

晶荧盘走圆,便旋玉为屑。汛扫无恶氛,肯綮有妙割。
解颐得匡鼎,和羹本商说。技痒吐复吞,正恐诮燕说。
山城僧舍似,休务况佳节。可疏触寒过,一笑卷蕉叶。
作诗供捧腹,巴唱酬白雪。

程 俱(1078—1144)

有美一人(其三)

有美一人在南浦,月明采珠光照渚。瑶衣被体金索缕,独抱幽寒沫烟雨。
何当置之白玉宇,为君歌阳春激楚。

和答江彦文送行长句(其二)

赠行新句比阳春,朝奏当年竦缙绅。素业异时应有待,玄谈高处亦无论。
平生肮脏皆华首,阅世崎岖信损神。只恐鹤书还赴陇,未容公作独醒人。

同江仲嘉纳凉飞英寺

浮图涌平地,翳彼烧空云。虚堂引修廊,白昼来清薰。
翛然据胡床,振我衣上尘。芙渠出金沙,气作芝兰芬。
冉冉度池阁,依依著裾巾。道人拂朱弦,攫醳清且纯。
回观笙篁耳,寡和非阳春。步屧中幽讨,禅房径疏筠。
幽窗不见日,无异昔所闻。苍然小山桂,偃蹇冰雪根。
纷纷壁间题,蛇蚓杂凤麟。嫛妍等一戏,日月无停轮。
我老厌羁旅,三年困欹氛。年年走长道,东越西游秦。
白汗信挥雨,孤蓬坐如焚。今年下苕雪,过此金兰人。
何山岂不好,积翠相依因。炎威不相贷,可望不可亲。
须君蜡双屐,重来约秋旻。兹游亦萧爽,聊足慰吾勤。

崔敦礼(?—1181)

还孟郎中诗卷用元韵(其一)

吟哦两夫子,濯濯春月柳。金石相击撞,论文自为友。
我欲和阳春,高调不容口。披玩若为称,朝酣玉台酒。

戴复古(1167—?)

生朝对雪张子善有词为寿
焚香拜天贶,满眼是瑰琦。腊月雪三尺,春风梅数枝。
登楼忘老态,对酒展秋眉。争唱阳春曲,山翁醉不知。

次韵陈叔强见寄(其二)
穷通元有命,富贵奈无缘。对此黄梅雨,歌君白雪篇。
风生三尺剑,梦逐五湖船。白首成何事,归来敢问天。

杜　范(1182—1245)

和十九兄梅韵二首(其一)
空谷寒花好,荒村野路长。有怀寻往事,无语搅枯肠。
老气犹无恙,幽姿只自香。喜君歌白雪,茂对此新阳。

杜　衍(978—1057)

聚星堂咏雪赠欧公
尝闻作者善评议,咏雪言白匪精思。及窥古人今人诗,未能一一去其类。
不将柳絮比轻扬,即把梅花作形似。或夸琼树斗玲珑,或取瑶台造嘉致。
散盐舞鹤实有徒,吮墨含毫不能既。深悼无人可践言,一旦见君何卓异。
万状驱从物外来,终篇不涉题中意。宜乎众目诗之豪,便合登坛推作帅。
回头且报郢中人,从此阳春不为贵。

范成大(1126—1193)

有感今昔二首(其一)
阳春白雪雅音希,俚耳冬烘辄笑嗤。麋见丽姬翻决骤,鸟闻韶乐却忧悲。
烂奚轻薄人何敢,伏猎荒唐自不知。蚓窍蝇鸣莫嘲诮,彭亨菌蠢正当时。

范　冲(1067—1142)

赠永平寺僧了空
几回飞锡入红尘,一任随缘自在身。琢句不妨明日用,援琴谁与听阳春。
扬眉瞬目如相委,捧腹狂歌即是真。汤饼藜羹奉朝夕,自怜担板小乘人。

范纯仁（1027—1101）

和微之湖亭席上见赠

曾陪湖上醉,一别十秋风。向老相知少,追欢旧德同。
花香来席上,歌韵彻云中。美酒盈尊绿,新妆映烛红。
清时宜共乐,白雪和难工。便合归休去,荒田附郭东。

范仲淹（989—1052）

送刁纺户掾太常下第

精鉴本非深,英僚暂此沉。火炎方试玉,沙密偶遗金。
岂累青云器,犹孤白雪音。敢希苏季子,潜有激仪心。

方惟深（1040—1122）

程公辟留客开元饮（其一）

昼锦新坊路稍西,兴来携客就僧扉。樽前倒玉清无比,笔下铿金妙欲飞。
篮舆直须乘月去,榜歌时听采菱归。流传白雪吴城满,顿觉炎歊一夕微。

冯　山（？—1094）

送徐之才赴洋州

三河使指皆精选,八座郎官最上游。袖手看人趋要职,息肩随分领偏州。
遐方暂屈严明府,旧部争迎郭细侯。常爱昔人为郡乐,不妨循吏与民休。
枌榆指顾秦川近,台榭周环灙水流。阙下子牟心感慨,天涯宾客老淹留。
方将振羽趋庭鹭,岂便忘机狎海鸥。青汉绕山迎隼旆,北风吹雪犯貂裘。
从来恩馆深仁遇,依旧邻封窃庇庥。远别不惟思酒盏,相忘何事更书邮。
郢中无和阳春曲,时寄新声欲强酬。

再和二首（其二）

新诗才读眼惺惺,照见词源彻底清。白雪乍闻高唱喜,明珠翻值暗投惊。
儿童一辈年将晚,研席平生分不轻。为爱惠连才思好,登临重寄远山行。

冯时行(？—1163)

日望冉雄飞之来久不闻近耗因成鄙句以见翘然之思

缓辔微吟自不催,看山下马想徘徊。阳春白雪久不听,日暮碧云殊未来。已戒儿童笃熟酒,更勤风雪化新梅。云间飞鸟何时下,抑郁孤怀迟一开。

与诸友同坐梅下月雾凄清风琴泠然不类人世各联三二语醉归卧南窗下明日征所出语皆忘失不记因追赋古诗以补遗缺

月冷逼疏影,梅孤泛清光。儿曹窃孤竹,天风韵丝簧。
相将二三子,中夜聊徜徉。泠泠白雪唱,滟滟碧霞觞。
清绝非人境,浩荡真醉乡。飞花炯天星,坠叶鸣瓦霜。
歌放满空阔,神融接混茫。三山今何许,仙游谅荒唐。
人间有逍遥,岂阻路且长。簪绂靡步武,得失煎肺肠。
役役少至老,过问或未尝。以愚息我机,以学锄我荒。
以文导我兴,以酒发我狂。使与风月亲,宁不荷彼苍。
夜久梅影偏,月亦邻西冈。严风吹冠巾,白露沾衣裳。
归欤掩关卧,枕上从羲皇。

傅 察(1090—1126)

无逸用前韵见谢复次韵三首(其一)

藉藉声名自妙年,优优惠化咏来宣。宁夸衣锦光前牒,便拟挥金继昔贤。秀句屡同歌白雪,高标犹幸视青天。自惭不得陪驺御,空想余风尚凛然。

郭祥正(1035—1113)

谢历阳王守惠新酿

卓荦英才历阳守,年来不得音书久。隔江知我岩户寒,赤泥封送兵厨酒。碧玉壶,黄金斗,雪树云峰作宾友。为君一醉歌阳春,空山霹雳龙蛇走。只愁君返紫皇家,西望连云谩搔首。

上赵司谏

弹剑思经纶,悲歌负阳春。逢时不自结明主,空文亦是寻常人。

君不见太公辞渭水,谢安起东山。日月再开天地正,龙虎感会风云闲。
又不见屈原泽畔吟离骚,渔翁大笑弗铺糟。
可行则行止则止,胡为憔悴言空劳。夫君之名振朝野,道行谏听逢时者。
南州岂足舒君才,天门夜诏星车回。紫皇之真人,造化无嫌猜。
往将和气辅舒惨,不令地下万物同寒灰。功成收身彩云里,坐酌千觞浮玉蕊。
麻姑王母相经过,醉来共泛瑶池水。乐亦不可尽,名亦不可穷。
愿学李贺逢韩公,他日不羞蛇作龙。

次韵安中尚书钟阜轩

钟山鳞鬣奋晴雷,观里幽轩选胜开。江水北流朝海去,斗杓东转斡春回。
已将白雪传龙笛,何用黄金筑隗台。宝塔中天挂刀尺,层层鸳瓦不浮灰。

韩 淲(1159—1224)

严丈泰伯见贻古句次韵为答

意行无东西,偶成一段奇。寻山得幽伴,遂尔相娱嬉。
水涉渔梁窄,山循鸟道危。每惭衣上尘,素染已如淄。
新安山水邦,寺屋多断碑。摩挲青莓苔,往往识岁时。
所贵眼界阔,岂畏足力疲。榜舟或扶舆,上下适其宜。
吊古践陈迹,怀贤理前规。吕侯读书堂,遗祀留丰姿。
恨生异代深,遐躅无由随。寂寥付短篇,酪酊持屈卮。
是日颇款曲,有时还切偲。虽云各笑语,卒复度礼仪。
英英钓濑仙,其学夙素知。譬彼巨渊薮,蟠伏豹与螭。
一旦奋迅去,谁复维萦之。观乎律调雅,益悼余子卑。
示我千百年,匪特用自怡。传玩入铃斋,使君亦伸眉。
由来绝俗士,定有惊人诗。激烈薄层穹,豁达开晴曦。
况同陟山颠,又已还水涯。物色既甚富,身世真若遗。
昨非兴寄清,曷浣穷陋悲。白雪本寡和,载赓思尤迟。

韩 琦(1008—1075)

中 秋 席 上

去年西洛过中秋,正怯清光刺病眸。此夜北都逢好月,喜延嘉客上高楼。

31

真居自与风尘绝,雅句须穷造化搜。但引流霞歌白雪,岂殊身在广寒游。

重阳二首(其二)

菊有花争一日先,次逢佳节色增妍。任飘杯面黄金碎,好听歌喉白雪圆。戏马遗风应索寞,抱螺高兴且留连。良辰俯仰嗟陈迹,莫惜欢吟烂醉眠。

韩　维(1017—1098)

和晏相公答张提刑州名诗三首·陈情

濠上蒙庄达,田中彭泽归。安能陈道德,直可景光辉。欣奉燕台集,恭陪汉相威。阳春回丽曲,清越满金徽。

和厚卿值风阻游范园

光禄名园惨淡中,十年樽酒与谁同。有秋方毕随轩雨,未节俄惊落帽风。坐想池塘生碧草,独行阶砌惜芳丛。阳春绝唱知难和,白首空搔两鬓蓬。

韩元吉(1118—?)

送汤丞相帅会稽(其三)

畴昔追风幸执鞭,词场好在笔如椽。十年睇骥犹瞠若,晚岁登龙未偶然。下客阳春惊白雪,何人绿水近红莲。尚应九里蒙河润,他日一天今二天。

寄赵德庄以过去生中作弟兄为韵七首(其一)

悠悠功名期,苒苒岁月过。劳生阅半百,仅尔脱寒饿。山林有夷涂,此责当万坐。闭门歌阳春,非君谅谁和。

何梦桂(1229—?)

挽山房先生(其一)

东壁无光夜陨星,为公痛哭泪沾襟。才高不竟平生志,身死空留万古心。听曲谁能歌白雪,知音徒拟铸黄金。伤嗟迟暮遭吾道,恨不相从九地深。

贺　铸(1052—1125)

快　哉　亭

飞亭冠城隅,空豁延四望。夙昔两文雄,故床此相向。

山川气候美,诗酒风神王。弹压许昌侯,阳春惭俚唱。
麾车忽南北,荣辱生誉谤。一蹋云逵间,一落江湖上。
我来得陈躅,伏槛徒怊怅。可畏此尘笼,归哉养荒浪。

送方安行之官高密令

平世功名输阿童,束书洗剑栖渔篷。晚交东武百里长,想见桐庐三拜风。
白雪兴阑吟社远,绿槐阴合讼庭空。它年朱绂指东道,试访钓鳌浮玉翁。

潘豳老出十数诗皆有怀苏儋州者因赋二首(其二)

旧隐江城东复东,堂前杨柳付春风。犹传白雪兴中曲,俄失黄粱梦后翁。
儋耳吉音无雁使,峨眉爽气属狙公。不应更广穷愁志,悟取平生坐底穷。

燕 子 楼

城据山川胜,千年楚故都。高楼临汴水,杨柳荫芙蕖。
唐室中多故,将军老镇徐。球场朝戏马,玉帐夜投壶。
白雪征清唱,黄金得绿珠。春风楼上宴,三日极欢娱。
红粉梦云散,白杨兵火余。当年贺厦燕,老尽几番雏。
曲径拥黄叶,西风时扫除。寒鸱蹲老树,睥睨女墙狐。
有客晚登览,彷徨思壮图。荆榛闭铜雀,麋鹿游姑苏。
陈迹岂足道,旧欢何日无。朱栏开酒场,宝勒迎官奴。
醉袖舞鹳鹆,艳声歌鹧鸪。迟留故时月,桂影来座隅。
回首一相诧,今人如不如。

洪 迈(1123—1202)

奉酬令德寄示长句①

闲官屋舍如幽栖,寒苦余业偿盐齑。忽闻鹊声作破竹,尺书入手谁所赍。
交游胜绝似公少,矫矫鸾凤依蒿藜。青冥侧足在咫尺,谁使狡狯捐其梯。
秋风溪上共尊酒,摆落羁束忘畛畦。红裳起舞意未足,缺月衔岭星河低。
只今跌宕走尘土,清梦往复无山蹊。新诗惊怪烂盈幅,笔力拗怒蟠虹霓。

---

① 朱松《奉酬令德寄示长句》内容与此诗大致相同,仅个别字词有异,不再重复收录。

遥知盘礴小窗底,得丧已著一理齐。此生同困造物戏,未觉与世谁云泥。
虽无绝唱追白雪,赖有妙契如灵犀。一笑从公岂无日,挽袖相属空玻璃。
不须俗物败真赏,但觅佳处同攀跻。

洪　适(1117—1184)

次韵李举之县丞秋日偶成(其四)

笔底渊源万顷多,卷中句法不随波。覃思正作青云计,寡和聊成白雪歌。

胡　宿(995—1067)

览海东相公伊川集

将相文章主簪臣,风流曾冠玉堂人。梦回方丈停批凤,句就伊川止获麟。
洛下胜游空绿野,郢中高调绝阳春。犹欣正始遗音在,三复能还旧观神。

次韵曼卿冬直因以勉赠

八舍严周卫,千门肃汉闱。金胥催递宿,玉羽伴归栖。
禁树惊寒敛,仙云拂夜低。星河紫墙外,霜月碧城西。
汲字纷难整,钧音恍易迷。有人歌白雪,此曲妙清溪。
文献初登亮,君王益徇齐。因知函鼎器,那复久烹鸡。

胡　寅(1098—1156)

和奇父叔夏雪五首(其三)

懒把冬雷问告敖,休将玉雪试方皋。但惊梁苑风流在,难继阳春格调高。
宫女妆梅皆妒色,仙山花石总泠毛。自惭涸思无多子,糟粕何由更取醪。

和诸友春雪

蛰虫恰好雷声发,更听阳春歌白雪。仙葩乱坠絮缤纷,奇韵相高山嶻嶭。
笔尖不为风力退,酒面肯作冰澌冽。千林万木绚华滋,玉李银桃几时结。
不将瑶草充大药,独爱浮筠凛高节。天公悯世缁尘土,故使万秽蒙一洁。
涵濡之力启丰登,后稷资为天下烈。手寒固已懒抟玩,齿病那敢夸嚼啮。
清欢怅然怀旧赏,白战漫尔踵前哲。却欣淑气扫余寒,杲日当天不劳揭。

34

冬至前半月赴季父梅花之集与韩蒲向宪唐干诸人唱和十首(其一〇)

不辞开后苦寒侵,为与骚人托契深。可但风光回岁律,更分华色淡儒林。
欲歌白雪词难和,试挽幽香力尚禁。等是美名无玷染,腊梅何事色如金。

黄　裳(1043—1129)

寄梅承事

沧浪风绉鸭头波,中有高人养太和。怪石换金清兴远,华堂收佛善缘多。
花街山院青春醉,玉管云笺白雪歌。未信闲名羁绊得,试教衫色绿如何。

送王道观录事

一府观风郡督邮,试看鹰隼在高秋。黄花对酌新离别,白雪难思旧唱酬。
尘绪案头来扰扰,银河天上去悠悠。碧罗琢砚初离水,勤写瑰奇度阻修。

黄　庚(?—?)

和李蓝溪梅花韵(其二)

觅句逋仙琢肺肝,声名千古冠吟坛。一诗香尽西湖水,白雪阳春和者难。

奉谢月山太守

太守相过庆诞辰,贵能下贱见公心。行厨鼎列双鱼美,众客咸瞻五马临。
曲唱骆驼夸白雪,杯传鹦鹉拥青衿。宠颁束帛尤增感,恩与沧溟一样深。

黄　庶(1019—1058)

遣　怀

　　六载红莲客,差池又一年。无人和白雪,有意补青天。
　　肝胆论兴废,诗书谒圣贤。尊中古日月,穷达付陶甄。

次韵和酬真长对雪之作

西湖主人久未至,雪云我为开吟天。偷闲把酒罗脍鲤,鱼冻难趁烦鸣舷。
旋求野果向山市,僮仆觅路占平川。恍然白玉为饮国,寒威醉思相翾翾。
顾盼万景来笔端,濡染欲写毫已坚。初疑万国会盟散,断珪破璧盈枯田。
禽巢一一鹤上下,冰殿扫洒迎群仙。又疑水官爱雪柳,故把众庶为飞绵。

我思江淮有流民，往往匍匐僵道边。朱门意气与寒竞，上马酒面红欲燃。
天将景与富贵买，不知一费几万钱。诗家把笔争造化，对此自恨才悭偏。
徘徊嗅嚼醉还醒，来往但见鞋履穿。归来庭树玉花落，稚子狂走皆华颠。
拥炉搔首有余意，喜与荞麦为丰年。夜阑更欲和月看，坐久讽诵琼瑶篇。
调高白雪古难和，思短强被诗魔牵。卒章我欲涕泪下，连茹固已知君贤。

黄庭坚(1045—1105)

次韵答杨子闻见赠

金盘厌饫五侯鲭，玉壶浇泼郎官清。长安市上醉不起，左右明妆夺目精。
结交贤豪多杜陵，桃李成蹊卧落英。黄绶今为白下令，苍颜只使故人惊。
督邮小吏皆趋版，阳春白雪分吞声。杨君青云贵公子，叹嗟簿领困书生。
赠我新诗甚高妙，泪斑枯笛月边横。文章不直一杯水，老矣忍与时人争。
江城歌舞聊得醉，但愿数有美酒倾。莫要朱金缠缚我，陆沈世上贵无名。

赋未见君子忧心靡乐八韵寄李师载(其五)

白雪非众听，夜光忌暗投。古来不识察，浪自生百忧。
三月楚国泪，千年郢中楼。无因杭一苇，浊水拍天流。

答余洪范

倒海弄明月，伐山茹芝英。婆娑一世间，浩荡怀友生。
佳人貂襜褕，眉宇秋江晴。胸怀府万物，器识谢群英。
赠我白雪弦，此意少人明。别怀数弦望，相思何时平。
犹忆把樽酒，夜谈尽传更。

送彦孚主簿

斯文当两都，江夏世无双。叔度初不言，汉庭望风降。
中间眇人物，潜伏老崆谾。本朝开典礼，械朴作株桩。
世父盛文藻，如陆海潘江。三战士皆北，韔弓锦韬杠。
白衣受传诏，短命终萤窗。梦升卧南阳，耆旧无两庞。
空镌欧阳铭，松风悲陇泷。四海群从间，尔来颇玪琤。
主簿吾宗秀，其能任为邦。躯干虽眇小，勇沉鼎可扛。

择师别陈许，取友观羿逄。折腰佐髯令，邑讼销吠尨。
时邀府中饮，下箔蜡烧釭。红裳笑千金，清夜酒百缸。
同僚有恶少，嘲谑语乱哤。君但隐几笑，诸老叹敦厐。
况乃工朱墨，气和信甚矼。持此应时须，十年拥麾幢。
相逢常鞅掌，衙鼓趋馨馨。簿书败清谈，汗颜吏枞枞。
临分何以赠，要我赋兰茳。黄华虽众笑，白雪不同腔。
野人甘芹味，敢馈厌羊羫。顾予百短拙，饱腹戆膀肛。
惟思解官去，一丘事耕稅。君当取富贵，钟鼓罗击撞。
伏藏鼪鼯径，犹想足音跫。

姜　夔（1155？—1208）

次韵诚斋送仆往见石湖长句

客来读赋作雌霓，平生未闻衡说诗。省中诗人官事了，狎鸥入梦心无机。
韵高落落悬清月，铿锵妙语春冰裂。一自长安识子云，三叹郢中无白雪。
范公萧爽思出尘，有客如此渠不贫。堂堂五字作城守，平章劲敌君在口。
二公句法妙万夫，西来橐中藏鲁玙。只今击节乌栖曲，不愧当年贺鉴湖。

孔平仲（1044—1102）

再 寄 子 由

溢城趋高安，相望若邻屋。思君肠九回，终夕转车毂。
一从江上别，再见腊与伏。岩峣阻跻攀，疲曳愧蹜逐。
此心敢忘德，炯炯如寸烛。念昔见教勤，绸缪均骨肉。
及今无所成，长大惟食粟。读君黄楼赋，溢耳感丝竹。
蹈海始知深，秋水暂自足。斯文道中丧，吊古堪恸哭。
勃兴得公家，万物困陵触。声名载不朽，岂羡卿相禄。
琢雕穷乃工，未剥不为复。嗟予空有心，资性本碌碌。
佳篇屡寄酬，珍赐比金玉。隋珠照十乘，只报一鱼目。
反顾拙丹青，何由希画鹄。黄华强再奏，取笑阳春曲。

孔武仲(1041—1097)

次韵苏翰林西山诗

黄州水米宜新醅,东坡好花公自栽。折花倒酒送流景,不念春风飘落梅。
醉投青山上九曲,吴王故宫压崔嵬。寒潭已无昔光景,凉殿欻变今楼台。
南阳翰林当此日,力探奇险祛尘埃。西江雪浪接溪国,巨石森起繁如堆。
手披荒榛得突兀,中有宎处成樽罍。漫疑踪迹尘埃暗,从此出跃樊山隈。
大贤坎轲终必用,古剑双蛰生莓苔。忽抛光芒万丈去,星斗辟易青天开。
欃枪枉矢莫妄动,以汤滴雪谁先摧。披奇振淹自明主,区区识宝非张雷。
阳春一奏众争和,咸韶荡默群仙来。虽然此亦外物尔,岂系两公乐与哀。

入 关 山

轻舆兀兀乘朝晖,渐入山径行逶迤。昨日喜与山相见,今日得与山相随。
山中老翁迎我笑,借问久矣来何迟。答云王都富且乐,四方车马皆奔驰。
我虽疏慵亦勉强,天恩得邑方南归。山林朝市不同调,公虽高简宜无讥。
老翁闻语更欢意,为我煮水烧松枝。山家十钱得升酒,劝我引觞聊沃饥。
为翁一奏白雪曲,翁亦为我歌紫芝。此声淡泊极有味,往往世俗无人知。
山中之乐有如此,嗟我舍此将焉之。

李 壁(1159—1222)

湛庵出示宪使陈益之近作且蒙记忆再次韵一首适王令君国正携酒相过断章并识之有便仍以寄陈也

重将倦翼扛天关,流浪深惭佛眼看。名宿青灯仍燕坐,故人白雪自幽弹。
西江一吸还居士,寒涕双垂任懒残。应笑区区话陈迹,秋风吹老碧芦滩。

李 复(1052—?)

依韵酬朱公掞给事

沧溟酌蠡天窥管,龟兆何长筮何短。什百倍蓰情不齐,斟鬵釜钟难概满。
东西地缺如断玦,西北天倾犹倚伞。山䴏何由蔚豹班,荆鸡岂解伏鹄卵。
虽许驽骀可累驰,所贵镆铘能立断。东陵瓜地久已荒,南山豆苗岁常旱。
日随群影尘满衣,愧窃太仓米盈碗。默嗟世事意难期,却怪古书语多诞。

往来迅景急川流,怅惘无闻归鬼篆。今年短发飒惊秋,余日駸駸岂容算。
逸骥空勤足未舒,寒灯静吊影为伴。数朝忽喜挹高风,烦心执热逢清浣。
仰观眉睫意可见,已许交臂心无懒。飘零铩翮感弯悲,绳墨呈材愧樗散。
须思汲古得修绠,却步归愚识夷坦。惟君早岁叹淹回,白雪调高和宜罕。
谏垣密疏藁常焚,琐闼旧风笔不款。云间遽与鸳鹭分,邑里新歌襦袴暖。
与我晤语若合契,锄去陵谷无隙窾。因君相见慰蹉跎,再激平生嗟已缓。

李 纲(1083—1140)

正之复次前韵作四篇见示是日适登城楼以望江山且阅捷报因赋六章以报之(其六)

伊昔端居寂寞滨,每于骚雅爱其人。长篇剩得斓斑锦,短句兼收细碎鳞。
指下粗能知越操,郢中那敢和阳春。愿藏大手无轻露,寸胆于今已自宾。

李 龏(1194—?)

前有一樽酒

前有一樽酒,主人奉客客称寿。君不见麟不能飞,凤不能走。
龟灵于人,龙死于斗。山有时兮崩,河有时兮决。
秦皇求仙竟不成,梁皇佞佛何曾彻。
我今为君拂青萍,履明月,奏云和,歌白雪。
洗涤尘埃九折肠,澡瀹风雷三寸舌。上愿天子圣,下愿宰相贤。
字民之官不爱钱,四夷妥帖无狼烟。有田负郭安里廛,秋堂夏屋临平川。
左手黄卷右青编,糟糠功名一百年。坐上日日延俊秀,子孙孙子相绵绵。

李 洸(?—?)

题清芬阁二首(其一)

诗亡向千载,礼义谁维持。唐人得名者,沈宋称绮词。
卓哉先生才,逸视数子卑。抗怀信高洁,出事皆清奇。
不矜险绝句,意远窥无涯。春归鉴湖绿,水落严子矶。
往来寄渔钓,遁世心独知。松月绕云山,尽入骚人思。
白雪雅调高,俗耳听不宜。群儿谩嘲毁,百岁名愈驰。

裔孙有清风,宛若先生诗。搔头试一吟,古意犹能追。

李　洪(1129—1183)

偶成律句十四韵

白雪人谁和,朱弦世所轻。薄才惭吐凤,豪气欲骑鲸。
岂有江山助,应无风雨惊。雕龙宁可学,刻鹄叹无成。
韵险元非絮,词新敢效颦。何如一杯水,难比五言城。
七步才空敏,千言敌必勍。固羞鹤膝病,莫继凤雏清。
徒溢牛腰轴,谁题雁塔名。清新希庾信,巧律漫阴铿。
鸟过言难补,鱼劳尾自频。只忧生白发,有志抚青萍。
伯乐方知骏,锺期善听声。敢将呕心作,试就屑谈评。

李流谦(1123—1176)

送无害弟之官并呈使君蹇丈一笑

人生一饮啄,大似有夙缘。蔡蒙穷坤陬,宦游自吾先。
哦松千尺下,剖竹羌水边。泮宫撷芹藻,我归才一年。
子又卢奴去,妙指按五弦。识人旧鱼鸟,入眼昔山川。
子才如干将,当屠横海鱣。纤鳞拾沮洳,人怪我辗然。
火宿用弥壮,鸷伏飞无前。弟兄立分拆,门户同仔肩。
老仙泉下责,岂但冕与蝉。别离不须悲,使君直二天。
不敢祝翁归,冰镜自高悬。梦想五贤堂,囊贮白雪篇。
何时见华筑,琬琰行当镌。

李若水(1093—1127)

寄敦夫弟

秋风秀庭槐,举子勤朝课。丹诏日边下,收揽不赀货。
小陆富才藻,振笔追楚些。朱丝有知音,白雪定寡和。
锐气压同流,龙泉不容锉。芥视青紫荣,未语手先唾。
我昔游词场,一飞脱辖轲。咫尺看青霄,三年困巡逻。
虚名损富贵,此生分寒饿。输他阿买辈,官高金印大。

造物端戏人,益知吾道左。愿尔早著勋,替我云山卧。

李　新(1062—?)

送万俟持正三首(其三)

高歌闻白雪,美味熟醍醐。解印悬虚橐,鸣鞭指上都。
倚楼怀旧德,目远认平芜。

李曾伯(1198—1268)

挽别大参(其一)

几历藩垣一节勤,归来两地会风云。调知白雪阳春别,香到黄花晚节闻。
夷狄犹知问中立,朝廷惜竟老希文。台躔夜折空追叹,留得甘棠满楚郧。

登郢州白雪楼

野迥乾坤阔,楼高岁月深。江山不今古,人物几登临。
云影埋荆树,风声快楚襟。何须唤商女,白雪想遗音。

李正民(1073—1151)

和元叔闻德邵省下之作

文场决胜事何如,神助曾无合浦珠。正论久知传木铎,哇音宁使混锌釪。
土风未改犹思楚,射御今应复教吴。白雪调高难继和,埙篪歌咏古相须。

李　至(947—1001)

伏奉佳句猥寄鄙夫辄写丹诚仰依高韵

独惭师长念遗簪,长感知心在寸心。要路未离扶遣进,闲曹因病放教吟。
风鹏虽远丹霄势,月兔犹依绿桂阴。从此期公惜高鉴,休将白雪换巴音。

廖　刚(1071—1143)

廖传道示旅中述怀借韵奉酬且相慰勉云

高轩惭愧远相过,道义谈余旅琐多。灯底自怜干斗剑,壁间谁办化龙梭。
时来会中青钱选,和寡空为白雪歌。好淬文锋迎紫诏,莫因贤梗叹蹉跎。

林　迪(？—？)

去夏孙从之示玉蕊佳篇时过未敢赓和今年此花盛开辄次严韵并以新刻辩证为献①

食菜曾饕三百囷，种花重看一番新。洞仙旧赏轮无迹，工部高吟笔有神。叠雪雅宜歌白雪，送春仍欲买青春。向来伪帖今冰释，从此嘉名遍广轮。

林季仲(1090—？)

次韵梁守登富览亭(其一)

朝来爽气自横空，蹑屐宁须学谢公。似此江山何处有，合分风月与人同。消磨万古潮声里，摇兀千林酒浪中。欲和阳春无好语，尊前莫笑啜嚅翁。

林希逸(1193—1271)

和莆田陈宰筱塘庵韵

竹根墙下一灯龛，旧事伤心未易谈。十颂尚留禅髓在，诸方应作话头参。高情写入阳春调，远望吟思落日酣。魔种纷纷堪可笑，得君点破料知惭。

刘　攽(1023—1089)

次韵裴库部雪二首(其一)

小雨驻云风借威，回眸千里玉山辉。涂人竟比麻衣色，野老时惊白雁飞。梁苑正应延上客，齐宫遥想辟重闱。谁云自郐无讥者，一曲阳春可见微。

平　山　堂

危栋层轩不易攀，万峰犹在户庭间。长空未省浮云碍，积翠如遮去鸟还。寡和阳春随白雪，知音流水与高山。吴中辩士嗤枚叟，漫说观涛可慰颜。

次韵酬曹极司法

越纸题诗寄我来，君家八斗定多才。冰清玉润高风旧，白雪阳春病眼开。长见夔龙参浚哲，不闻徐乐避雄猜。自缘衰老无能解，战胜方当去剪莱。

---

① 周必大《去年孙从之示玉蕊佳篇时过未敢赓和今年此花盛开辄次严韵并以新刻辩证为献》内容与此诗大致相同，仅个别字词有异，不再重复收录。

郢　　州

但见苍山插霄汉,石城古木高崔嵬。城头层楼又清绝,尚有遗音名白雪。

酬晁单州二首（其二）

弹琴君子邑,贤守智逾多。不作长沙赋,仍传白雪歌。
解酲应用酒,成佛却须魔。正买千金骨,何忧骥跋跎。

复 次 前 韵

仙游欺缅邈,古事厌增加。自我新形胜,因之玩物华。
不劳工子劝,无价境天赊。云构森如画,翚飞势莫遮。
静看梁燕贺,闲听野蜂衙。曹事初无壅,军声信不哗。
倚栏歌白雪,为客进流霞。快意凉风起,余欢素月斜。
吴趋应有始,齐难讵为夸。夏日思王粲,名流得孟嘉。
优游琴八叠,悲壮鼓三挝。遍看题诗语,飘然自一家。

刘　敞（1019—1068）

扬州闻歌二首（其一）

淮南旧有于遮舞,隋俗今传水调声。白雪阳春长寡和,著书愁绝郢中生。

和永叔喜雪

阴风触物生晚劲,积雪经旬戏春令。气排水国吁可骇,势覆山城力谁竞。
缤纷乍逐飞霰夺,惨淡仰见浮云定。稍并日夜明相续,欲乱玄黄色交映。
丘陵迤逦增更高,市井喧卑听逾静。包荒含垢似天德,履素居纯近民性。
可怜佳境浩无极,非有雄辞岂能咏。匆忆避地歌其雱,携手驱车及宽政。
迩来盈尺亦何有,高卧闭门方自庆。矧占丰岁宜九谷,重抑骄阳驱百病。
龙蛇在蛰莺在谷,与我俱欣四时正。新诗翩翩摧古人,汝阴太守明廷臣。
伴色揣称笑流俗,与民乐赓阳春曲。由来曲高和必寡,况我才居郢人下。

月夜闻唱歌

满城明月中宵白,淮南唱歌如淮北。春风忽起高入云,余声却下盘阡陌。
南音俚曲自相知,时复一笑情熙熙。谁道幽兰白雪好,只见独谣应独悲。

43

寄袁陟

巫峡行云外,春江落日边。隔年鸡黍具,万里孝廉船。
远道比何若,相思长渺然。郢中轻白雪,逸响待君传。

刘奉世(1041—1113)

杨白花

春风吹百花,杨花飞恼人。谁家芍药殿春后,花飞杨柳空暮春。
春来复春去,春去又春来。阳阿歌白雪,落絮欲成灰。
花若有情风引去,拂郎征衣点归路。

刘 跂(1053—?)

答资道

都尉声名后,篇章不乏才。谈高正始际,诗自建安来。
险怪探龙颔,甘珍味豹胎。阴何长有思,郊岛漫相猜。
白雪凭谁听,黄花入众咍。楚醒搴水薜,蜀兴动官梅。
晚艇翩翩鸟,秋涛隐隐雷。水兼天浩荡,山为日崔嵬。
丽藻烦三复,愁肠殆九回。自惭无世用,庄语笑迂驸。

刘 宰(1166—1239)

贺陈子扬致仕追赠父母二首(其二)

一笑相逢意自亲,别来庭树几枯荣。流传郢客阳春句,想见鸥夷万里情。
贾傅才能通国体,柳州文字占时名。何如一棹洮湖去,独泛沧波弄月明。

谢朱仲玉二首(其二)

夫子知名浙水西,妙年奥学洞几微。一官簿领身如寄,万里云霄步若飞。
诗苦何妨同杜老,说难终不羡韩非。拟酬白雪阳春句,愿借天孙织女机。

和傅侍郎鹿鸣宴韵二首(其一)

向来北固萃群英,可但江山擅美名。秀气中间空畚筑,斯文今日遇权衡。
歌成白雪传新唱,帆饱西风趣去程。会体使君珍重意,不专车马羡桓荣。

刘 挚(1030—1097)

次韵王太傅答周郎中寄酒

子云寂寞岁将回,门静因逢载酒开。白雪雅歌邮置去,红泥仙檄印封来。
亲闱即日先称寿,宾席何人伴倒罍。莫作独醒孤远意,杜郎亲拨冻醽醁。

刘 著(？—？)

寄题张浩然松雪楼

入座山光秀玉柯,岸巾绝景意如何。瘦来岂为寒松句,和寡还惊白雪歌。
地近云烟来鹤驾,檐高星斗泻银河。悬知老子登临处,渺渺沧波月色多。

楼 钥(1137—1213)

又 次 韵

投老归称前进士,时与田夫相汝尔。渊明赋归何敢望,曼容自免差可拟。
门前爵罗真可设,老圃灌畦聊自比。恕斋空洞最相亲,笑谈颇觉清无滓。
时时过我共衔杯,望望不来予为企。丈夫未遇困泥涂,谁识鸾停兼鹄峙。
方期从容结诗社,相与浮湛向闾里。一朝别我欲远游,欲入桃源深洞里。
为言半隐欲偕行,二子风流真俪美。向来早有四方志,行尽东南到边鄙。
只今名利遂两忘,争心无复于朝市。只有哦诗兴未阑,连得新诗照尘几。
调高韵险不易和,白雪阳春惊俚耳。年登六十鬓未斑,乘兴一行若可喜。
宗盟莫逆素相忘,并辔笑谈无彼此。湖海豪气尽收敛,以恕名斋几一唯。
匆匆掺袪不得留,厄酒未干人欲起。寄声半隐不容言,空有语离书满纸。
归时赓和必盈箱,写尽山川诗作史。送子才归深闭门,莫问是非并誉毁。
但期远归亦升堂,西湖仍访老知章。

陆 佃(1042—1102)

依韵和毅夫新栽梅花

谁赋梅花诗,拟继三百五。　昔闻林居士,幽栖贡岩坞。
琼章虽在人,玉树已埋土。　湖山今寂寥,五云漫无雨。
夫君擅文章,颇以诗自许。　芬芳春草生,光芒夜珠吐。

人间再生岛,名在诗书圃。锦囊贮西施,佳丽生百妩。
翱翔道家山,文采动人主。阳春定能和,白华应可补。
后生谁敢当,柏直口尚乳。老夫幸未疲,腰剑犹能舞。

依韵和呈刘贡父舍人三首(其二)

酒半诗成日转西,骊珠才抵一丸泥。未饶白雪无人和,不忿东山有妓携。
班缀定应连玉笋,姓名还得梦金题。飞腾便见新官上,传语花开慎莫齐。

陆　游(1125—1210)

次吕子益韵

吕子奇才非复常,诗来起我醉中狂。大音谁和阳春曲,真色一空时世妆。
东阁献谀无辙迹,西湖寄傲有杯觞。病怀正待君湔祓,墨妙时须寄数行。

吕本中(1084—1145)

寄前镇西杨法曹

杨子文章老更新,狂吟寡和过阳春。双声叠韵俱难敌,指物程形似有神。
画马已无韩干肉,草书真得伯英筋。可怜一首闲居赋,解道连蜷能几人。

吕　陶(1028—1104)

道祖示及远祖刻像及唱和佳什次韵

山深县古蜀江滨,往哲声华尚未湮。物外低昂应绝品,榜间廋硬亦通神。
名称三凤古为瑞,书仿二家今有人。首唱继酬皆盛事,通泉从此识阳春。

雪　意

凄风向晚来何频,潜与嘉雪为涂津。重云固结惨不动,六幕莽荡空无尘。
信哉北帝举冬令,肃清万类犹时巡。人思沾被率土滨,有若渴者欲饮醇。
傥施余润及芽蘖,寸草亦望繁如茵。尝闻洛阳纵高卧,抑有郢客歌阳春。
何如酒阵与之敌,却退寒色其威振。天心安肯靳一洒,化力自可周群伦。
黎明忽见已盈尺,良瑞岂止山溢银。预知丰年此足贺,十空九室皆斯民。

和孔毅甫州名五首(其三)

谪宦寓湖南,憔悴变容质。老怀极孤穷,益友最亲密。

高轩喜陪从,雅会烦揖屈。馨香袭芝兰,文采辉陋荜。
谈辩虽纵横,仪范甚专一。每闻阳春曲,钦诵不敢佚。
遂将蜀溪纸,连写渐成帙。惭非高尚者,思古感事物。
当时郢楚士,英秀尽簪绂。池台今何在,冠剑久沦失。
我忧复辽远,试听暮鸣瑟。何时还敝庐,一奠九泉骨。
此心实度望,昭昭有如日。未尝果山柑,且馈湘江栗。

和陈图南安昌岩避暑诗二首(其二)

岩前数步到幽房,岩里聊安息偃床。已得清风极潇洒,休弹白雪恐凄凉。
平时地籁乘空发,何日天花坠雨香。三伏屡来君莫厌,流年背我去堂堂。

梅尧臣(1002—1060)

许仲涂屯田以新诗见访

许氏世工诗,浑棠格力微。独能兼古律,无不是珠玑。
捧卷光蓬室,停车照竹扉。阳春复高调,自昔和人稀。

依韵和师厚别后寄

吾与尔别未及旬,吾家依旧甑生尘。闭门不出将谁亲,自持介独轻货珍。
盘餐岂有咸酸辛,苦吟辍寝昏继晨。夜光忽怪来何频,采拾若在沧海垠。
和者弥寡唯阳春。

寄题郢州白雪楼①

楚之襄王问于宋玉,玉时对以郢中歌。
歌为白雪阳春曲,始唱千人和,再唱百人逐。
至此和者才数人,乃知高调难随俗。后来感概起危楼,足接浮云声出屋。
中古客应无,怊怅鲲鱼孟诸宿。楼倾复构春又春,酒泻琉璃烹锦鳞。
青山绕栏看不尽,眼穿荡桨石城人。去知何在,寒花雨敛自生嚬。
今闻太守新梁栋,试选清喉可动尘。

---

① 梅询《诗一首》仅存的前七句内容与此诗大致相同,仅个别字词有异,不再重复收录。

依韵和正仲重台梅花

芳梅何蒨蒨,素叶吐层层。近腊寒犹劲,先春气已承。
冷香传去远,静艳密还增。有意常欺雪,无功合镂冰。
早烟笼玉暖,冻雨浴脂凝。汉女新妆薄,燕姬瘦骨棱。
压枝唯恐折,簇萼似难胜。神物终来护,江乡未解矜。
独奇心岂欲,寄远客何曾。不见黄鹂度,宁防粉蝶凌。
月光临更好,溪水照偏能。画轴开云雾,宫刀翦彩缯。
都无笔可炫,莫信巧堪凭。丹杏尘多杂,夭桃俗所称。
故林尝渴望,大庾更愁登。重和阳春曲,声辞猥愧仍。

送蒙寺丞赴郢州①

郢国当时唱,犹传白雪真。问今非昔日,和者几何人。
客自射飞雁,渔能供跃鳞。芳洲堕马处,吾祖汉名臣。

米　芾(1051—1107)

将之苕溪戏作呈诸友(其一)

松竹留因夏,溪山去为秋。久赓白雪咏,更度采菱讴。
缕玉鲈堆案,团金橘满洲。水宫无限景,载与谢公游。

慕容彦逢(1067—1117)

次韵张察推咏密印竹轩

卫尉才豪虽卓绝,溺志奢淫愧明哲。罗绮丛中醉复醒,趁拍佳人不成列。
黄门侍郎天机深,傲世忘荣事高洁。侯印公主不解颜,好竹之心了无节。
纷华必竟致青螺,恬澹有谁赓白雪。此君佳致识者稀,千古清风与明月。
高僧欲现菩提心,种竹满轩功未彻。婵娟人共得观临,萧瑟师当知演说。
率然相造师勿嗔,胜游本为吾僧设。对君不惜洛生吟,更待诗酬歌一阕。

和刘著作伟明贡院即事韵

簪绂千龄会,朝廷百度明。规摹追古治,符瑞协炎精。

---

① 梅询《送蒙寺丞赴郡》仅存的前四句内容与此诗相同,不再重复收录。

九叙民歌遂，三阶夜彩平。秉文称济济，乐育咏菁菁。
经术渐摩久，人材长养成。礼闱参众听，文鉴肃群情。
预贡观能吏，来游尽硕生。胸襟穷底蕴，头角竞峥嵘。
蓣蓣珠玑堕，喧喧虎豹争。气冲牛斗动，词感鬼神惊。
收视疑无我，湛思讵有声。袍纷晨雾委，帻岸宿云横。
纳试庭除晚，遄归步武轻。身虽同脱鞚，心亦类摇旌。
三级看鳞化，千金想睇迎。膏粱搜卫霍，行伍擢韩英。
巧思怜金注，尘言沮海行。正迷花锦乱，忽睹玉壶清。
奥义窥儒寝，纯音发帝荃。铅刀惭利割，瓦釜失虚鸣。
已奏青钱选，初闻白雪赓。句从天外得，思与海同倾。
相对一杯酒，当前二尺檠。诗坛瞻宿将，笔阵却骁兵。
函剑腾秋紫，霜钟激夜铿。请降衔许璧，引过负廉荆。
水落崖方露，犀燃怪自呈。川吟愁燕雀，林啸栗鼯鼪。
莫逆谐心赏，相从与愿并。尘风传胜语，鼎浪阅名烹。
待报迟星使，摅怀赖墨卿。何当启鱼钥，寒食尚留饧。

欧阳澈（1097—1127）

显道辞中以诗示教因和韵复之

抛砖斐句试相招，远辱高轩过寂寥。教约荷公能发瓿，功名蕲我效题桥。
谈霏玉屑惊人听，歌和阳春满坐谣。投辖苦留留不住，归时明月挂璇霄。

良臣聚饮梅仙庄和多字韵

牛羊茁处绿骈罗，几载鸥夷得趣多。麈尾谈清争嚼麝，笔头草小换笼鹅。
杯行自鄙红裙饮，咏罢人传白雪歌。采摘溪山凭句法，倚风拾得只长哦。

诸友乘兴拉谒吴朝宗因次韵

扁舟乘兴叩寒门，闭户先生不让孙。白雪郢人亲到耳，青天广客迥披云。
吟行牛渚裁佳句，坐对鸡窗嗜古文。淡泊交情俱耐久，几多潇洒寄琴樽。

秋日山居八事（其八）

景铺万籁绝纷华，独泛瑶觞衬脸霞。饮罢仰天歌白雪，醉来启匣拂青蛇。
伴邀佳客推明月，乐奏清声有乱蛙。欲学广文事高节，恨无细雨落檐花。

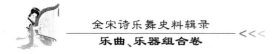

德秀和韵见酬因复之

高才卓荦冠儒门,知是延陵几世孙。白雪歌诗凌鲍谢,青钱事业压机云。
雄图未遂羞投笔,赋分甘贫耻卖文。已结忘形韩孟友,醉吟常愿共开樽。

和子贤借韵书怀

白雪歌诗数百篇,赓酬乐有父兄贤。要晞靖节栽门柳,须俟参寥梦石泉。
咳唾幸存三寸舌,文章可愧一囊钱。会须重咏高轩过,呕出蕲攀李贺肩。

醉中食鲙歌

君不见秋风未发鲈正肥,张翰思归心欲飞。
又不见田文有客歌弹铗,为叹无鱼声激烈。
水晶细鲙落金盘,须信江南味中绝。山谷曾名醒酒冰,一箸未尝延俗客。
助盘橙橘荐甘酸,入口琼瑶碎牙颊。扶起嵇康颓玉山,涤破乐天醉吟魄。
烹龙炮凤未云珍,策勋终是愧霜鳞。江湖散人兴不浅,为羡此品常垂纶。
有时举竿获锦鲤,玉屑花中拚烂醉。笑他大嚼市廛流,浪说屠门能快意。
灵运池中蓄颇多,扬鬐鼓鬣戏清波。知我平生嗜此癖,霜刀细缕红玉搓。
典衣沽酒试轰饮,缬纹入面春风和。男儿大抵皆慷慨,功名未必常蹉跎。
醉来击剑歌白雪,闲愁万斛俱消磨。杯盘虽冷落,风月输吟哦。
逸气射斗牛,无人识太阿。俗态翻云仍覆雨,世情炙手扰张罗。
丈夫富贵当自致,耻傍权门效女萝。雄图自许羞俯仰,请看毫端食鲙歌。

欧阳守道(1209—1273)

索胡学圣诗

为候君诗十日留,无诗何以别交游。自缘白雪难于和,莫把明珠暗处投。
往施固惭三不报,此鸣倪许两相酬。今番但挈空囊去,湘水湘山段段愁。

欧阳修(1007—1072)

送张学士知郢州

汉郎清晓赤墀趋,楚老西来望集凫。侍史护衣薰蕙草,镳铲要剑从骊驹。
阳春绕雪歌低扇,油幕连运水泛渠。千里修门对涔浦,好寻遗玦吊三闾。

代赠田文初

感君一顾重千金,赠君白璧为妾心。舟中绣被薰香夜,春雪江头三尺深。
西陵长官头已白,憔悴穷愁愧相识。手持玉斝唱阳春,江上梅花落如积。
津亭送别君未悲,梦阑酒解始相思。须知巫峡闻猿处,不似荆江夜雪时。

闻梅二授德兴令戏书

君家小谢城,为客洛阳里。绿发方少年,青衫喜为吏。
重湖乱山绿,归梦寄千里。洛浦见秋鸿,江南老芳芷。
自言北地禽,能感南人耳。京国本繁花,驰逐多英轨。
争歌白雪曲,取酒西城市。朝逢油壁车,暮结青骢尾。
岁月倏可忘,行乐方未已。忽尔畏简书,翻然浩归思。
江山故国近,风物饶阳美。楚柚烟中黄,吴莼波上紫。
还乡问井邑,上堂多庆喜。离别古所难,更畏秋风起。

潘　玙(?—?)

送吟卷还赵万里

吟中蛮隽声,太白是前身。风月无非我,江山得主人。
冰梭织古锦,庙瑟奏阳春。洗眼观新稿,客怀清绝尘。

彭汝砺(1042—1095)

次致政张大夫韵二首(其二)

李郭曾同溪上船,途人指点作神仙。松篁老长芝荷密,凫雁飞浮鸂鶒前。
霖雨未终岩野地,阳春方擅郢中天。文章不敢兰亭比,翰墨才能记岁年。

送致政大夫伯常自洛抵襄归郢中旧居续赋诗拜送

投斀全家住白云,地幽鸡犬亦无尘。新成元结垂柏翠,旧有渊明漉酒巾。
汉上更须呼水镜,郢中疑复继阳春。归帆见说如云去,梦断江湖一钓纶。

再和前韵(其二)

世间复见大威雄,把定乾坤一瞬中。郢市未能知白雪,弋人何敢望冥鸿。

得至郧州寄知郡朝议

襄阳曾赋赠行诗,邂逅扁舟得所期。胜迹好寻梅福宅,真游稍记习家池。

郢中白雪今谁和,汉上仙槎恰是时。冰酒直须多准备,寄声先报主人知。

送周朝议赴郢(其一)

岩石沧洲一水涯,画船几夜宿芦花。芭蕉山谷灵峰寺,龟鹤池塘梅福家。
今日岂应无白雪,当时亦未见皇华。兵厨且善为冰酒,当为公浮八月槎。

元夕与莘老俱宿斋因寄莘老

零雨其蒙春始和,明星有烂夜如何。笙篁故与风声远,灯火疑添月色多。
渐老自能忘世味,欲明更起看天河。定留太一青藜照,愿寄荆人白雪歌。

感　怀

浪计寻思直径归,大疏不与世情宜。吟成白雪无人问,歌尽清风只自知。
是否不能寻物议,穷通浑欲付天时。轲雄已矣吾谁适,犹有尘编旧训辞。

钱　时(1175—1244)

游齐山仓使遣赠长歌和韵

昔来阳未复,倏忽今大壮。颇复怀兹游,山山日环乡。
雪多春较涩,寒力花难王。晨兴起和羹,御风飒然往。
嵌空互出奇,峭立屹相并。应接不暇瞬,跬步即异状。
明游俱可人,心惬有余况。寄隐定何许,醒翁本无相。
浑浑太古前,此巧岂天匠。天亦莫能名,谁欤实开创。
妙空与上清,可笑渠汝诳。绣春最孤绝,势压翠微上。
一带抹长江,群雉拱千嶂。超览妙无涯,天地入吾量。
畴能事劖镌,琐琐较真妄。所乏者古木,无木更虚旷。
蛮触战封疆,鸡虫争得丧。坐缚万古痴,无病自生恙。
好是两忘猜,不劳费监谤。载弄阳春曲,万汇同盎盎。
长歌卷雪腴,颇恨阻搜访。此事属臞仙,公勿多怊怅。
东山挂游屐,皇猷赖公畅。玉堂深复深,夜植青藜杖。

强　至(1022—1076)

依韵奉和司徒侍中元宵席上

席上香风转绮罗,北门东道汉萧何。灯摇万井年光嫩,月覆千闾夜色多。

楼阁影重占物阜,管弦声洽验民和。相公不惜阳春曲,传与都人每岁歌。

依韵奉和司徒侍中雪二十韵

瑶林纷有蕊,玉海浩无津。盖地都藏险,漫天不露垠。
片轻消凿落,光冷夺纯钧。贺笏庭前客,欢杯陇上民。
清辉交夜月,妙曲次阳春。兔苑谁传简,蚕崖自比银。
香沈宵爇麝,烟湿昼炊薪。履没平三径,窗明断一尘。
乘时飞更急,带晚赏逾珍。酒合斟琼液,巾宜顶白纶。
分形虽各值,洒润要皆均。渗野今丰魏,飘筵昔瑞秦。
禽疑越贡雉,兽讶晋祥麟。巧到枯株木,偏宜劲节筠。
寒林图似展,粉笔扫初匀。尝爱漆园吏,寓言姑射神。
如公诗具美,揣物意尤亲。久作依刘客,难追访戴人。
幕中赓绝唱,席右愧嘉宾。不独调元手,风骚敌孟醇。

次韵通判张静之郎中席上对客

一饮真须尽百杯,异乡怀抱酒边开。田园几日能归去,轩冕浮云亦傥来。
交态与谁论淡水,宦情空自学寒灰。何如席上张公子,白雪辞兼郢客来。

留别西京佥幕陈子雍著

夷门一别三年梦,雒宅相逢二纪心。人事渐随诗笔老,交情似共酒杯深。
从今日望青云色,寄远时传白雪吟。不独此间堪下泪,秋风无处好开襟。

仇 远(1247—?)

三叠(其四)

饱吃芹宫饭,饥寒未迫身。公侯方重老,妻子莫忧贫。
踪迹新丰客,心期画邑人。皇荂歌一曲,聊以和阳春。

饶 节(1065—1129)

师节受业师慈慧公喜草书得海老琴诀之妙以医隐于会稽比以草书四诗招师节归山师节次其韵报之余亦为赋四首(其三)

平生春蚓秋蛇手,他日阳春白雪歌。况有古灵归论道,似师此乐世无多。

邵　雍(1011—1077)

寄和长安张强二机宜

二公诗美过连城,欲报才非祢正平。本谓柏舟终不遇,却惊华衮重为荣。
岷峨雨后方知峭,风月霜余始见清。前有古人称寡和,阳春白雪岂虚名。

沈　遘(1028—1067)

五言和刘原甫阳春宜白雪

阳春宜白雪,良时宜少年。试攀琼树枝,芳意已觉妍。
梅花初厌多,杨花乍疑早。园林光气生,众物竞鲜好。
一春都几日,行乐遽勿迟。何辞踏泥出,犹当秉烛归。
少年自应然,老大宁复尔。岂不感物华,尚能强醇醴。

沈继祖(？—？)

送洪内翰知太平府

文章有正派,此派公独传。中绝仅如线,鸾胶真续弦。
自有科举累,吾道几弃捐。相挺入茫昧,一律争谈玄。
谁洗新学肠,少愈自圣颠。斯文日琢丧,未丧关诸天。
上帝实惠顾,为时生此贤。高文破崖岸,天地发大全。
论事似陆贽,实录如史迁。绪余寄吟咏,直追风雅篇。
根本于丘轲,道德其渊源。如奏清庙瑟,三叹遗音存。
如闻阳春曲,和者奚寡焉。公昔在西掖,丝纶代王言。
胥吏俱腕脱,思涌惊飞泉。玉堂久挥翰,夜席屡为前。
禁中得颇牧,可但词采专。草书招赞普,传檄定幽燕。
欲清塞北尘,自许素志坚。经纶天下手,绘像期凌烟。
异论忽矛盾,去国何翩然。申伯宣辅相,有时于蕃宣。
帆锦落天东,寒色与江连。雪意聚忽散,雁字整复偏。
行行采石江,斗酒酹谪仙。古来文士贵,宠数极异恩。
金井沃醉面,落笔动至尊。愿言投潜者,以雪千载冤。
伟哉扶靴气,宁复事拘挛。异世倪同调,一系五湖船。

史　浩(1106—1194)

代余姚李宰燕交致语口号

郁葱佳瑞蔼姚州,令尹联翩得胜流。报最已闻腾茂绩,告新行复著芳猷。
歌传白雪欢声洽,酒泡青樽喜气浮。莫惜通宵恣谈谑,他年接武侍宸游。

史弥宁(？—？)

再次王宰翟簿喜雨联句韵

旱魃重为妖,点雨如点血。一念神所矜,蛰廉变骚屑。
灵螭卷天河,千里洗袢热。二妙喜欲颠,饮豪赓白雪。
云烟落溪藤,传玩几漫灭。韩孟不可作,吟社谁与结。
赖有飞凫仙,鸾栖等超绝。娱我清庙音,熏蕕听疏越。

释重显(980—1052)

送文政禅者

古有焦桐音,听寡不在弹。古有阳春曲,和寡不在言。
言兮牙齿寒,未极离微根。弹兮岁月阑,未尽升沉源。
少休几坐花木落,庾岭独行天地宽。因笑仲尼温伯雪,倾盖同途不同辙。
麟兮凤兮安可论,许兮巢兮复何说。秋光澄澄蟾印水,秋风萧萧叶初坠。
送君高蹈谁不知,如曰不知则为贵。

释道宁(1053—1113)

偈六十九首(其四四)

纵横问答有来由,缘木求鱼卒未休。若妙旨寻知见会,还同拨火觅浮沤。
诸佛子,著眼看。严霜晓露,彻骨清寒。匝地普天,通同实际。
休问得皮得髓,徒夸见浅见深。从来一道恩冤,何以自家退屈。
山僧对此,忍俊不禁。闲引少林无孔笛,为君吹起小阳春。
满眼觑不见,满耳听不闻。一堂风冷淡,千古意分明。

释道潜(1044—？)

读子苍诗卷(其一)

蜀国奇男子,能文到古人。淳源稽大雅,妙曲和阳春。

节物惊摇落,僧坊断四邻。看君新著述,时与短檠亲。

释道颜(1094—1164)

颂古(其三三)①

金佛木佛泥佛,度炉度水度火。尽入赵州红炉,烈焰光中煅过。一声白雪阳春,万古无人能和。

释德洪(1071—1128)

予与故人别因得寄诗三十韵走笔答之

天不逸群君独立,洞彻心胸秋色入。于中堆积万卷余,笔力至处风雷集。
刃游理窟无全牛,端与腐儒到固执。昔年囊绽露微铓,已陟云梯最高级。
纵令大醉赋凌云,玄珠闭眼从头拾。森张秀骨真神驹,顾盼绝尘那可縶。
□□亦是个中流,恨不识君只依悒。西园道人工文章,览诗愧叹不复习。
野僧顽钝谁比数,而得听君论轲伋。别来三月鄙吝萌,闹闻传习新诗什。
翻澜妙语惊倒人,气焰霜锋光熠熠。此诗初得喜未展,乌鸣下啄鸡得粒。
初如积水窥落霞,浅碧秋红相间辑。又如霜晓听边风,十万军声何翕翕。
笔锋正锐物象贫,降旌狼籍诗魔泣。嶔嶔太白不得侔,倔强退之自莫及。
蝇头细字好生书,为君卷束藏幽笈。嗟予衰老百无能,园圃自锄瓶自汲。
人间万事一笑空,流年忽忽将三十。形骸念念非昔人,暗中负去何其急。
朅来塞剥犹可哂,两眼欲昏愁泪涩。擎盂专作口腹谋,骨立侯门听与给。
旧山归去成蹉跎,半年飘泊留城邑。诗源荒涸如废池,浅穴败堤微有湿。
不量更拟和阳春,枯木钻膏竹沥汁。夜楼无语立西风,月华如水清堪挹。
君居若耶溪水东,我舍秋河半山隰。露冷亦应思故人,箧有缇衣余十袭。
碧光当户应可挦,顽翠撑天空巢岌。撚须落日意无穷,片片催诗暮云歙。
知君今作蟠泥翁,头角那能久埋戢。妙龄素有廊庙具,破衮烦君重补缉。
我亦东西南北人,从君预可揩杖笠。早晚风云际会时,雷震一声龙起蛰。

和许乐天

沧溟曾见化微尘,花发桃源几度春。俗眼莫轻狂道士,此身应是谪仙人。

---

① 释士珪《颂古七十六首(其二九)》内容与此诗相同,不再重复收录。

清弹一曲悲风远,绝唱千章白雪新。异日三茅成卜筑,却因瓶锡得为邻。

阎资钦提举生辰

节序春将半,风光过上旬。人间识英物,地上见麒麟。
冻雨晴还暗,非烟夜达晨。欢声动湘楚,和气满簪绅。
孝友疑无比,恢疏亦绝伦。一身浑是德,终日不违仁。
梦已游青禁,行当侍紫宸。立朝知大体,博古见全醇。
诗妙终联鼎,文高类过秦。公廉清似玉,刚正凛如神。
幕下名流集,堂中绮宴陈。贯珠歌白雪,浮蚁皱红鳞。
自幸承颜旧,仍容造膝频。何时渡弱水,同看十洲春。

释法泰(?—?)

颂古四十四首(其三四)

白纸三张通信去,展开千里却同风。阳春转入胡笳曲,不是风吹别调中。

释法薰(1171—1245)

偈颂一百三十三首(其九五)

见得彻,用得亲。阳春不同调,入水见长人。
可惜黄金如粪土,撒向阎浮人不顾。

秀长老请赞

飞来峰下,龙床角畔。用没意志一著,师僧遭他惑乱。
胡笳忽转阳春调,也有知音来合伴。描邈将来,未得一半。
直饶即今此话大行,已是彼此两不著便。

释居简(1164—1246)

和六一居士守汝阴禁相似物赋雪

涟漪碎剪成新萼,廉纤带雨尤轻薄。人间但见巧番腾,天上不知谁制作。
九地瑕疵都粉饰,重云揞塞难恢廓。晓光夺目增眩转,夜色侵灯尤闪烁。
康庄充斥去无路,老干压低摇不落。寒棱冻得水生皮,气艳冷欺裘拥貉。
可胜思苦相嘲谑,旋忘手冻争挐攫。乱委平堆可照书,圆瑳小握供弹雀。

静闻裂竹亟扶颠,勇作探春思蹑屩。犯寒果胜附炎热,苦饥预庆歌丰乐。
长须嫩煮蚓方泣,小龙新破团初渝。默观造物真戏剧,更看一色吞沙漠。
载赓险韵付衔枚,孤军大敌空横槊。寡和尤知白雪高,非偶自贻齐大噱。

释了惠(1198—1262)

偈颂七十一首(其一○)

一二三四五,不落宫商角徵羽。混然格调超千古,白雪阳春安足数。
此曲而今谁乐闻,夜来月在长松树。

释清了(1088—1151)

偈颂二十九首(其二四)

旨外明宗,玄中辨的。古帆不挂,洞水逆流。
黄芦渡口奏阳春,偃月城头吹画角。
岂止异苗繁茂,须知别有圆音。更休烂炒浮沤,便请乘时撒手。

释如本(?—?)

颂古三十一首(其二三)

家世挂杖,佛祖付嘱。沩山寄来,香严发哭。
父子投机,阳春雪曲。不是知音,大难相续。

释绍嵩(?—?)

呈胡伯圆尚书(其三)

韩李流芳独未泯,先生孤唱发阳春。惠能伎俩元无有,强到朱门谒近臣。

赠闻人必大(其一)

未遂青云一挂科,科名成后竟如何。贫疑陋巷春偏少,学办痴龙艺最多。
剩把文章鸣圣代,却思猿鸟共烟萝。高吟大醉三千首,他日阳春白雪歌。

释绍昙(?—1297)

偈颂一百一十七首(其一一二)

薄福值荒年,日餐三顿粥。两眼挂青山,真味填枵腹。

贫有余,乐不足。谁管古人见延寿不见延寿,山前麦熟与未熟。
无事岩泉洗耳听,幽禽巧奏阳春曲。好大哥,快活快活。

偈颂一百零二首(其五〇)

小小青山,丛丛翠竹。野景无多,怡然纵目。
明觉老人,向独脱无依处。闲坐解疏慵,为静胜所缚。
拄杖子,一夏同辙不同途。见山不是山,居竹不见竹。
业识忙忙卒未休,忙中解唱阳春曲,欸乃一声山水绿。

释师范(1177—1249)

偈颂一百四十一首(其一二)

阳春曲,无弦琴。声偃六律,韵排五音。
月冷兮风清,山高兮水深,举世有谁知此心。

释师体(1108—1179)

颂古十四首(其七)

阳春白雪非难和,藻鉴冰壶岂足观。一把柳丝收不得,和风搭在玉栏干。

释文珦(1210—?)

重会馨桂山

桂山吾友于,壮岁即相亲。跌宕去靴絷,出语必惊人。
倏尔罹世难,东西各全身。十年不相逢,有若参与辰。
偶乘雪舟来,见翁西涧滨。相对恍如梦,彼此白发新。
抵掌话畴昔,故情一何真。遗我白雪章,字字无埃尘。
长歌山水中,铿鈜惊鬼神。胡为又当别,缱绻难具陈。
风前一回首,寒波渺无津。他时定相思,题诗附双鳞。

赠林隐君

闲居已二毛,破屋翳蓬蒿。短笛清风在,长吟白雪高。
篱腰悬瓠小,柳瘿系船牢。自是嫌机事,宁持抱瓮劳。

释行海(1224—?)

辛亥春别湖上诸友

江南花信厌春寒,乡路迢迢去亦难。不解趋时人笑拙,每怀归计自求安。
明朝芳草空相忆,何处青山复共看。二十八年清苦志,独歌白雪对幽兰。

归剡(其二)

三十将成道未成,菱花频照意频惊。百年得趣非容易,万事无心是太平。
白雪阳春谁欲听,青鞋布袜世相轻。天台庐岳难忘处,泉石皆知旧姓名。

壬子七月

茫茫宇宙事如何,夕菊朝兰宛转歌。陌上柳条谁折尽,客中秋思夜来多。
阳春欲奏朱弦断,江水长流白鸟过。一自五湖人散后,更无魂梦出烟萝。

言诗

句织天机字字难,冥搜长在寂寥间。每惊白雪阳春变,未放光风霁月闲。
子美到今谁是史,仲尼亡后不曾删。衰吾欲话平生志,安得重逢饭颗山。

释印肃(1115—1169)

偈颂十四首(其一二)

迷指不见月,两处大誵讹。来叩普庵老,真心岂奈何。
除非君自肯,阳春白雪歌。毛端如来识,言说用闲多。
情忘并想尽,不断这摩诃。

释元肇(1189—?)

梅溪

三花两蕊开枝上,淡月微云动水边。坐到夜深谁是伴,阳春雪曲和潺湲。

释正觉(1091—1157)

禅人写真求赞(其二一)

默默蒲禅,空空世缘。谁赓白雪,我得青毡。
万法之机开两拳,千僧之檐著一肩。
戏蝶栩栩兮物齐春梦,飞鸿冥冥兮字没秋烟。

释宗杲(1089—1163)

颂古一百二十一首(其三五)

参见南泉王老师,镇州萝卜更无私。拈来塞断是非口,雪曲阳春非楚词。

释祖可(？—？)

绝　句

琴到无弦听者希,古今唯有一锺期。几回拟鼓阳春曲,月满虚堂下指迟。

舒　亶(1041—1103)

寄台州使君五首(其四)

几夜骊珠落部家,直疑光焰映朝霞。彩毫写就千篇赋,红烛才烧一寸花。
卓荦高情欲飞动,淋浪醉墨半欹斜。阳春白雪知难继,捧对空惊衮绣华。

咏　蔗

瑶池宴罢王母还,九芝飞入三仙山。空余绛节留人间,云封露洗无时闲。
节旄落尽何斓斑,野翁提携出茅菅。吴刀戛戛鸣双环,截断寒冰何潺潺。
相如赋就空上林,倦游渴病长相侵。刘伶爱酒真荒淫,狂来欲倒沧溟深。
此时一嚼轻千金,垆边何用文君琴。五斗一石安足斟,坐想毛发生清阴。
萧瑟甘滋欲谁让,柤梨橘柚纷殊状。冷气相射杯盘上,顾郎不见休惆怅。
佳境到头还不妄,诗成虽愧阳春唱,全胜乞与将军杖。

司马光(1019—1086)

和始平公贻一二宾僚

儒冠蔼蔼从平津,东阁由来盛众宾。终始何尝忘教育,高卑曾不间疏亲。
共陪樽俎无虚日,空喜溪山得主人。白雪屡歌殊未和,自知羞愧后车尘。

答张伯常之郢州涂中见寄

　　适意遗轩冕,轻于鸿一毛。扁舟千里远,佳句百篇豪。
　　酒饮宜城美,歌闻白雪高。家林已春色,慎勿滞江皋。

和子华应天院行香归过洛川

印节传呼洛北还,府庭无讼不妨闲。度桥寒色侵春服,按辔晴光露晓山。

61

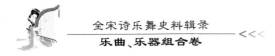

香穗徘徊凝广殿,花篮繁会满通阛。自知白雪高难和,忍愧谁能寄我颜。

宋　祁(998—1061)

过　郢　中

紫宙星翻唾雾开,据鞍追昔剩裴回。空闻曲里阳春老,不见城西艇子来。
苦李成蹊谁驻盖,行云无所自萦台。江皋鱼鸟留连极,枉被从军驿马催。

祗答延州安抚吴宣徽

共看仙山玉树秋,从簪朝笏记同游。调元遂庆登三府,抱帙惟堪读九丘。
重印垂腰荣拥节,征鞍摩体忝为州。如何却舐投残笔,敢与阳春接唱酬。

答郭仲微以予记注见庆之作

晓趁霞暾立殿螭,翠凹濡墨庆逢时。褚生徒记为郎事,方朔犹惭待诏饥。
目极天关趋峒嶂,步依宫柞荫华滋。故人雅意相怜厚,亲唱阳春护草衰。

寄令狐揆二首(其一)

楚山千叠隐南辕,汉渚风樯箭浪翻。流水东西俱怨别,离亭长短共销魂。
歌翻白雪知难和,注怯黄金故易昏。玉骨更羸诗笔苦,客裾犹欲曳何门。

宋　庠(996—1066)

次韵和吴侍郎洊贶雅篇

俊辅西还玉体痊,银台归兴且陶然。谈经宝序常迎日,滕席清司最近天。
君拂翠绥朝右贵,我惊华发鉴中鲜。洛都巴俚虽求旧,莫累阳春一种传。

讥　俗

　　白雪赓歌苦,华颠答难频。寒惊穿履客,饿耻祭墦人。
　　洴澼金终贱,胡卢琐未真。原生宁是病,结驷往相亲。

苏　轼(1037—1101)

和王胜之三首(其三)

要知太守怜孤客,不惜阳春和俚歌。坐睡樽前呼不应,为公雕琢损天和。

苏　颂（1020—1101）

和孙节推雪

腊催时雪到江涯,云压寒空凝不飞。台榭风光先有意,山川秀色远相辉。
人怀姑射清难见,诗似阳春和者稀。闻上高楼寻胜赏,缅怀嘉尚重依依。

孙　觌（1081—1169）

余大观中偕何袭明登仕同为太学诸生别后二十六年余□南迁道清江袭明逆余于新淦之洲上苍颜白发大略相似感叹之余饮酒赋诗以为笑乐袭明笔力雄赡操纸立就凡六七反必用前韵余继和者十二篇云（其二）

龙媒去尽马群空,一曲阳春在郢中。浩浩百川齐赴海,蓬蓬万窍总号风。
谁怜楚国沈湘客,独有商山避世翁。闾里应容投绶急,风波千里一舟同。

吴益先携文见过以诗为谢

千里之马初服鞘,风鬃雾鬣跨九州。驾盐挽磨三千秋,俯首尚与驽骀游。
吴郎人中第一流,文采绚烂珊瑚钩。阳春白雪和者少,夜光明月暗中投。
鲁人不贵东家邱,吾犀凛凛青两眸。拟金戛玉声相求,属镂双蟠九地幽。
有气夜出干斗牛,忽然化作长黄虬。睚眦之怨何足仇,一麾立断楼兰头。

何倅利见许出侍儿袭明用前韵赋诗再和（其二）

锦堂莲烛夜光空,喜笑蝉联绣户中。尘绕梁飞歌白雪,袜凌波去舞回风。
投梭且莫惊狂客,却扇何妨眩醉翁。青鸟殷勤问消息,留髡灭烛许谁同。

三衢教授陈德召宠贶新篇兼辱寄惠古史赋三小诗为谢（其二）

世人识真少,耳剽得惊坐。安知百尺楼,上有元龙卧。
儒官为官曹,学子书吏课。长谣振商音,丽藻发楚些。
独有白雪章,妙绝无人和。

郑惇老谦老出示三赋

妙绝窥三赋,雄才想二豪。望惊河伯叹,却走季咸逃。
句挟青邱大,吟翻白雪高。定知空骥北,犹待九方皋。

读范周士诗卷二首(其二)

汗血苍龙种,名犟紫凤毛。赤霄行未稳,白雪句先高。
月斧将谁断,风斤可独操。雄夸赋云梦,莫学楚臣骚。

孙 介(1114—1188)

用儿子应时宿龙泉寺遇雪诗韵

扁舟趋郡去,携手复同归。款话僧宜访,登山志欲飞。
诗能歌白雪,心合念黄扉。莫作儿童语,丰凶有政机。

县作鹿鸣会屈致冷副端席半出诗侑一献次其韵

早叹朝阳一凤鸣,几多风奏动延英。只今故里夸闲适,得使诸生拜老成。
妙句独先歌白雪,欢颜亲自酌乌程。鹿鸣故事虽荣观,此段邦人分外荣。

孙 嵩(1238—1292)

遣 怀 杂 赋

宇宙迂疏一布衣,谋身毕竟是邪非。能知道义丘山重,定看荣华草芥微。
世事悠悠蝴蝶梦,人情扰扰桔槔机。英雄不是违流俗,白雪阳春和自稀。

孙应时(1154—1206)

和答潘端叔见寄

发白念少年,万事风雨过。倦游得来归,一切付懒惰。
独抱杞天忧,彷徨意无奈。濠鱼定何乐,幕燕渠敢贺。
叹君阳春词,激我巴里和。古来奇特事,信是英雄作。
东山有晚遇,西山有终饿。拭目须君早著鞭,乞与高人北窗卧。

和曾舜卿

晚风吹散雨垂垂,一榻萧然枕独欹。秋燕悄如当去客,夜虫还是可怜时。
我怀松菊归难早,君趁莼鲈喜可知。已叹曲高如白雪,更烦墨妙写乌丝。

李允蹈再诗言别次韵

仙人骑长鲸,醉与月相追。落笔千万篇,要与风雅期。
里耳习巴唱,未省白雪词。欲当莫邪锋,断毛真一吹。

文章游戏耳,功名须鼎彝。推觳天下士,岂无郑当时。
我愚敢望君,君胡首肯之。酒酣激清啸,八极隘指麾。
丈夫叹岁晚,不恨一别离。行行爱体素,江湖劳梦思。

唐仲友(1136—1188)

续八咏·冬野雪垂垂

雪垂垂,迥野望中奇。冥迷一色混,琢镂万般宜。
严风初作意,爱日为收曦。千山淡若惨,万壑冻无姿。
同云忽亘合,飞絮渐分披。漫天历乱落,洒槛横斜吹。
粉浸两溪浪,琼削千林枝。素虹桥枕渚,冰柱瓦流澌。
田种皆雍伯,弦绝非子期。沙头雁影灭,城角鸟声悲。
烟孤辨村墅,天沈迷酒旗。爱登楼之纵目,忘起粟之侵肌。
忽愁容以暂开,漏朝晖之照瞩。射积素之峰岭,认微波之溪谷。
灿垂檐之明珠,烂开府之群玉。凛暮寒而复凝,洒夜声而相续。
靓开阖以多端,玩朝昏而未足。孤松气独刚,百谷土增沃。
积阴那可久,见睍深所欲。白雪与阳春,愿赓郢中曲。

续八咏·八咏掞英词

掞英词,英词有微意。怀章恋双阙,吟情深六义。
秋月清可依,春风惠无私。草桐感霜露,鸿鹤伤羽仪。
解玉佩,去朝会,驾朱幡,张皂盖。张盖非不荣,解佩难为情。
青绸矫浊侈,锦帐怀休明。邦衣未容褫,况值佳山水。
时来一登临,清旷豁千里。既为兹土愁,复云兹土美。
揖林壑,俯清沦,摛锦绣,歌阳春。天球鸣兮朱弦奏,朱弦奏兮玉律新。
灵均渊源,建安风度。参众体于柏梁,接遗声于楚赋。
值重光,叹盈缺。曳长裾,怀散聚。想西园兮不复游,典南尉兮未能去。
薄淮阳之见疏,幸浮邱而来顾。非流落以为患,谅热中而怨慕。
景入咏以增辉,诗因楼而得趣。嗟暗投于拙目,指微瑕于宝璐。
高文一何寥,绝境亦难遇。子期久云亡,蚍蜉只撼树。

滕宗谅（991—1047）

白 云 楼

白云楼危压晴霓，楼下波光数毛发。雕甍刻桷出烟霞，万瓦参差鹏翼截。
兰汀蕙浦入平芜，天远孤帆望中灭。屈平宋玉情不尽，千古依然在风月。
漂零坐想十年旧，岁月飞驰争列缺。青云交友梦魂断，白首渔樵诚契阔。
安居环堵袁安老，泣抱荆珍卞和刖。折杨虽俚亦知名，犹欲楼中赓白雪。

田 锡（940—1004）

寄攀郎中

近遣司宾小吏时，寄书兼寄十篇诗。自惭不是阳春曲，谁敢徵求作者知。
叠嶂晚登空远望，昭停别后倍相思。夜来还有微吟兴，风动新荷月满池。

汪 莘（1155—1212）

方壶自咏（其一〇）

谁和阳春曲，仍操白雪音。郊寒犹有骨，岛瘦未无心。
云到散时看，月当亏处寻。可怜持玉尺，终不度金针。

汪应辰（1118—1176）

偶见文子失举后诗次韵以广其志

落落开谈四座惊，已应俊气压诸生。高山意远难知己，白雪词高绝和声。
此道要须齐得丧，古人初不为功名。芬芳各自随时耳，何用临风嗅决明。

王安石（1021—1086）

次韵张德甫奉议

知君非我载醵人，终日相随免污茵。赏尽高山见流水，唱残白雪值阳春。
中分香积如来钵，对现毗耶长者身。谁拂定林幽处壁，与君图写继吾真。

寄题郓州白雪楼

折杨黄华笑者多，阳春白雪和者少。知音四海无几人，况乃区区郓中小。
千载相传始欲慕，一时独唱谁能晓。古心以此分冥冥，俚耳至今徒扰扰。

朱楼碧瓦何年有,榱桷连空欲惊矫。郢人烂漫醉浮云,郢女参差蹑飞鸟。
丘墟余响难再得,栏槛兹名复谁表。我来欲歌声更吞,石城寒江暮云绕。

次韵乐道送花

沁水名园好物华,露盘分送子云家。新妆欲应何人面,彩笔知书几叶花。
曾和郢中歌白雪,亦陪天上饮流霞。春风已得同心赏,更拟携诗载酒夸。

王安中(1076—1134)

张公作高阳醇酎送幕中杨时可作诗诗成亦得酒而瀛渌又将熟杨复垂涎次杨韵

平生顾建康,名下难为人。见其似者喜,敢复圣贤分。
元侯惟曲蘗,好赐均无贫。萍官新荐熟,莲幕先饮醇。
坐令染指客,诗语生冤亲。柑黄松小苦,赋笔久埃尘。
何时获瀛渌,更可调阳春。

王　迈(1184—1248)

送乡先生林歊磻黄石讲会

岁暮何时更远游,刘蕡下第我色羞。阳春自古难为和,明月如今肯暗投。
宿诺不轻连璧友,新盟借重扞城侯。九江傥拒鼋鳌饵,何处堪人下钓钩。

王十朋(1112—1171)

又用时字韵

黄竹成章日,阳春众和时。玉阶谈战陈,琼燕赐花枝。
陶径还飞絮,商山欠采芝。西畴农事及,归去正吾宜。

九日把酒十九人和诗者数人而已今已后期不复追索许以来年九日还用前韵发一笑

劝君须饮文字酒,劝君耕耨心中亩。饮非文字犹聚蚊,心田不耕棘生口。
登高佳节岂易得,况此相逢皆胜友。谈倾坐上冰玉清,兴生笔下波涛吼。
我亦逢场聊戏剧,韵语殊非三昧手。试投瓦砾已成堆,辱报骊珠未盈斗。
和之者寡岂阳春,高才料耻居王后。嗟我穷愁无以遣,酒债诗篇行处有。
与兹饮会类平原,逃我诗盟几高厚。如今并许隔年还,直须日月逢重九。

次韵嘉叟读和韩诗

孔孟久不作,况雄莫能和。韩公生有唐,力欲拯颓挫。
文兴八代衰,学救诸子过。佛老蔓中华,微公衽其左。
余事以诗鸣,语险鬼胆破。汗澜高驾天,捷敏剧飞笴。
骑龙归帝旁,玉日人间堕。汗流籍湜辈,圭璧分半个。
柳和词拟骚,郊联语成些。咸知太山仰,谁继北窗卧。
我本斋盐生,久供笔砚课。幽香摘天葩,光艳拾珠唾。
后公三百年,杖屦无从荷。世无六一翁,孰知珍古货。
巴词拟阳春,僭窃罪宜坐。神交有吾宗,涉世同坎轲。
学继青箱玉,诗高碧纱播。勉令添和篇,才薄知何奈。
谬同赤效白,深愧愈知贺。世事置勿论,蚊睫虫容麽。

兴化簿叶思文吾乡老先生也比沿檄见访既别寄诗二十八韵次韵以酬

暮年初仕涂,暇日但书策。儒生余气习,笔端事挥斥。
政学两疏缪,篇章稍沉溺。楚东会诗豪,酬唱奏金石。
逢场争出奇,遇险或遭厄。忽溯三峡流,遥经数州驿。
庐山看未足,巫峰过尤惜。西郊祠卧龙,东屯吊诗伯。
飞飞犹倦鸟,秋风送归翮。同行得嘉友,鏖战交锋镝。
弛檐白蘋洲,天日去咫尺。忠谊怀鲁公,霸业悲项籍。
奉诏还故乡,齿落肌瘦瘠。涕泗拜松楸,荒芜翦荆棘。
心期乐田里,誓不绾铜墨。橐虽无陆金,归幸全赵璧。
陛下忽误恩,泉南又分职。入闽如入蜀,枯肠复冥索。
腰缘病减围,发为悲添白。风仰秦君高,节慕姜相直。
恶语谁流传,同僚误刊刻。吾乡老先生,吏事以儒饰。
新篇似庭燎,远寄箴我癖。把酒欲细论,何时再沿檄。
阳春七十首,老艳万丈射。招邀屈原魂,收召子厚魄。
惊开老病眼,喜见墨妙迹。愿公倡斯文,用夏变蛮貊。

王庭珪（1080—1172）

次韵赵文卿因以送行

堤柳迎人自作阴，江流仍涨绿醅深。行人独唱阳春曲，此日重闻正始音。
驵驭已如仙袅袅，骑驴徒欲度駸駸。看君阔步青云上，莫学书生拥鼻吟。

再次韵酬岳州董使君

西望岳阳烟雾里，闻有玺书天上至。增秩何年下凤凰，初无草动风尘起。
我生飘泊任西东，孤军敢犯千人锋。郢中白雪岂容和，牛铎辄应黄钟宫。
郡楼把酒题诗处，笑命骚人等奴虏。不忧突境有狂夫，立遣偏裨生缚取。

王 炎（1138—1218）

和至卿叙述三首（其三）

襟期难与俗人论，摆落浮名莫绊身。妙理自能中酒圣，清谈不肯问钱神。
世情一任手翻覆，此道元如肘屈伸。隐约形容不枯槁，只应胸次有阳春。

用十梅韵答冯簿（其二）

绿绮弦朱丝，为我调白雪。此亦公绪余，所长兼五绝。

和陆簿韵

士龙才气极超然，奕奕家声见象贤。惯学诗翁歌白雪，懒从举子选青钱。
三年小试淹岩邑，千里来归近日边。流落倦游吾老矣，看公腾踏上凌烟。

用前韵答李提干

交游不厌广，益友未必多。晚乃识斯人，心肃而气和。
薄言臭味同，屡枉高轩过。手携绿绮琴，弦以白雪歌。
别易会合难，预愁隔关河。老我无所营，岂复忧蹉跎。
才高位犹下，君意将如何。有玉不愿献，谁能涕滂沱。
自可荐藻藉，政须工琢磨。何以赠君行，圣门睎四科。

王 洋（1089—1154）

赠 颖 师

昔有二大士，比迹相差池。一隐卢老堂，一作贫舍儿。

任缘本无意,音韵偶追随。高唱既绝诣,豹隐那得窥。
颖公实静者,妙赏心自知。以此墨守虑,远继白雪词。
首叙同契语,生死一推移。末袪唱酬迹,风月非所私。
中间任游戏,不假永篇题。自此探骨髓,杜兰杂香蘪。
翻思前作者,往往求其皮。彼非不论量,泛浪忽深思。
但取偶世语,高调终莫追。颖公整襟量,峭耸乘嶔危。
冥搜尚论古,快警耳目疑。不从禅寂缚,此道信权奇。

王禹偁(954—1001)

酬仲咸雪霁春融偶题见寄之什

琼华消散暖风来,多费阳春白雪才。守道也知心下乐,流年争奈鬓边催。
君愁离别烟花好,我待量移翅羽开。渐老分飞更堪惜,海棠凋尽始应回。

次韵和史馆丁学士赴阙书怀见示

清夜哀吟敌晓鸡,行藏无玷白于圭。阳春寡和人传郢,肉味都忘子在齐。
绝俗文章终远大,循资班列暂卑栖。看君更刷鸾皇翼,一举方知燕雀低。

次韵和仲咸送池秀才西游

夏课诗成又旅游,离离秦树叶惊秋。青霄路在何难到,白雪才高岂易酬。
几处读碑寻野径,共谁沽酒上高楼。商于迁客曾如此,系滞空思十二旒。

月波楼咏怀

郡城无大小,雉堞皆有楼。其间著名者,不过十数州。
吹箫事辽敻,仙迹难寻求。庾公在九江,缔构何风流。
谢守镇宣城,叠嶂名有由。东阳敞八咏,吾闻沈隐侯。
白雪架郢中,调高难和酬。黄鹤倚鄂渚,仙去事悠悠。
赞皇谪滁上,作赋怀嵩丘。楼居出俗态,泽国多胜游。
好景不遇人,安得名存留。齐安古郡废,移此清江头。
筑城随山势,屈曲复环周。兹楼最轩豁,旷望西北陬。
武昌地如掌,天末入双眸。平远无林木,一望同离娄。
山形如八字,会合势相勾。三国事既远,六朝名亦休。

近从唐末来,争夺互仇雠。斯楼备矢石,此地控咽喉。
终朝望烽燧,连岁事戈矛。可怜好诗景,牢落无人收。
皇家统万国,远迩尽怀柔。三圣四十年,荡荡文德修。
淮甸为内地,黄冈压上游。儒冠假郡印,践更若公邮。
况多办职吏,谁肯恣吟讴。伊余何为者,窃慕骚人俦。
两朝掌文翰,十年侍冕旒。去岁出西掖,谪居抱穷愁。
日日江楼上,风物得冥搜。何人名月波,此义颇为优。
西南新桂魄,初上悬玉钩。晓濑清且浅,漂荡影沉浮。
三五金波满,夜光如暗投。骊龙弄颔珠,晃朗照汀洲。
澹台拔宝剑,碎璧斩长虬。冰轮晓入地,推下赤金球。
阑干四五星,斜汉印清秋。谁家上元灯,儿戏剡菇蒌。
此景吟不出,谩使声呦呦。千里画图阔,四时诗兴幽。
野花媚宫缬,芳草铺碧绸。火云照沙浦,暴雨倾瓦沟。
白乱芦花散,红殷蓼穗稠。檐冰垂若绠,雪片大于鸥。
江蓠烟漠漠,官柳雨飕飕。舟子斜荡桨,牧童倒骑牛。
水獭有时戏,江豚颇能泅。山鸟奏竽籁,落霞展衾裯。
鱼网雪离离,酒旗风飂飂。旅怀虽自适,诗物奈相尤。
右顾徐逸洞,精灵知在否。左瞰伍员庙,荒隙令人羞。
楼中何所有,官酝湛蚍蜉。棋枰留客坐,琴调待僧抽。
橘苞邻药鼎,诗笔间茶瓯。平生性幽独,寂寞谁献酬。
官常已三黜,怀抱罹百忧。凭栏忆王粲,望阙同子牟。
自甘成潦倒,无复事声猷。身世喻泡幻,衣冠如赘瘤。
放意无何乡,谁分亲与仇。寓形朝籍中,毁誉任啁啾。
君恩无路报,民瘼无术瘳。唯惭恋禄俸,未去耕田畴。
题诗郡楼上,含毫思夷犹。功名非范蠡,何必泛扁舟。

王之望(? —1170)

郢守乔民瞻寄襄阳雪中三绝因追述前过石城杯酒登临之胜为和(其三)

白雪楼倾不记秋,楼前江水自悠悠。多情犹忆湖南守,一曲阳春白尽头。

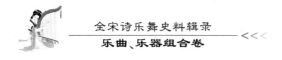

韦 骧(1033—1105)

和舒信道二首(其一)

樽前虽阙旧年人,旧事重论迥若新。记得长春为绝唱,依稀难和似阳春。

中 秋 夜

人间此节号佳辰,锁宿文场意自伸。雨脚洒开秋气象,云头放出月精神。坐无红袖何妨乐,盏有芳醪不计巡。数句愿歌今夕事,主人才力似阳春。

凌晨马上得惠诗再次元韵(其二)

建芽精嫩凤为团,海错珍鲜鳆作干。远物方惭容易献,来篇不似等闲看。始忻报玖情何厚,幡觉阳春和独难。写寄中州传好事,须教纸价踊长安。

世美朝请贤友近按昭武还宠示道中杂诗十三首因成拙句奉呈

冲蒙盛暑历山川,肤使何尝叹独贤。星骑逡巡一千里,仙才洒落十三篇。笼罗绝顶裁诗句,撼发高情破万缘。但恨阳春难继和,暗投终辨夜光圆。

和苦吟二首(其一)

夫子吟何切,辞源泻不枯。秋山凿寒玉,夜蚌抉明珠。感叹通前古,风情满五湖。只忧长寡和,白雪本高孤。

再次韵和公仪所示

匆匆下马脱朝衣,夜直仪曹岁晏时。香穗萦回清一榻,烛花明媚耀重帷。诗成白雪音难和,梦断黄粱熟已迟。见说迟明还剡奏,恳求宫钥待言丝。

再和陈成伯见寄集句三首

两篇藻思敌青春,开拨尘昏向此身。道旧悠悠言易感,论心炯炯谊还亲。光阴似毂何难转,事物如环且谩循。白雪调高知寡和,强歌徒愧郢中人。

卫宗武(?—1289)

和友人新阳韵

生机天地宁终藏,剥极复反开新阳。阳明渐进阴浊散,辉光万象熏佳祥。

不必晷验度合表,不必风问来何方。朝廷有道雨旸若,满家五谷歌穰穰。
占年梅映腊雪瑞,回暖柳拂春昼长。愿君多送锦绣句,为我一洗冰炭肠。
阳春一曲和盖寡,愧我芜陋匪报章。独思愁叹接田里,安得击壤衢游康。

魏　野(960—1020)

酬谢商秘丞见赠诗牌

初得春方暖,今来岁已阑。紫泥辞却易,白雪和终难。
频拂心宁倦,时吟齿觉寒。会须亲谢去,闲拄折鱼竿。

和进士田亚夫见赠

失意人方羡野人,因酬嘉句谢知闻。都缘月桂终难舍,岂是烟萝不肯分。
且纵高情歌白雪,莫嗟下第负青云。孤寒自古功成晚,那独昌朝只有君。

吴　芾(1104—1183)

和方叔载读小集

江城留滞两经年,强把诗篇拟昔贤。岂有高歌翻白雪,只凭短句问青天。
优人献伎徒供笑,丑妇添装岂解妍。君欲学诗须学古,不应读此向窗前。

和曾吉甫四明见寄二首(其一)

老矣何堪剖竹符,频年强出应时须。腰间谩佩买臣印,月下同游贺老湖。
白雪已知人寡和,清风还忆醉相扶。十洲三岛登临处,能记稽山病守无。

吴则礼(?—1121)

和 人 梅 诗

玉妃从以万玉女,正倚广寒琪树柯。端怜横笛陇头罢,不恨落梅江上多。
翠袖清尊知老矣,薰炉茗碗奈侬何。梦惊篷背遽如许,会唤阳春有艳歌。

夏　竦(985—1051)

奉和御制雪

寒风夜傍梁园积,花雪晨临宋殿飞。歌俪阳春争度曲,月承宵幄竞通辉。
五车洛邑延神御,八骏黄台罢猎围。今日云章昭美应,眇观千载事还稀。

项安世(1129—1208)

次韵谢姜自明秀才示卷诗

高人贵寡和,不顾世俗非。君歌阳春曲,调与众耳违。
朱弦古时瑟,素积前朝衣。享我太羹馔,枯肠饫晨饥。
赠我和氏璧,茅檐发霄晖。平生织流黄,忽受古锦机。
愧非锺子鉴,空枉伯牙徽。

贺范安抚上事十绝(其五)

太史当年责了翁,二程佳处似春风。固应却有诸孙在,重把阳春教郢中。

用韵为席婿寿

仲吕欲转蕤宾宫,巽位未放离风通。世有大族传伊嵩,天与峻秀包邛熊。
生申降甫何穹崇,赤昂太白来虚空。星光岳气煜以充,圣樽贤斝醒复中。
援琴大叫苍梧风,呵斗插向南云东。向来两手超逢蒙,连取三鹗摧其衷。
南宫作赋羞雷同,坐见瓦釜欺玲珑。老鹔逈立雌群雄,大花晚折王众丛。
不妨吾事日以隆,小待造物观其终。良金美玉无不公,阳春白雪无不聪。
琅函毡字书春功,绣鞯绒坐开晓幪。我时一醉衰颜红,但愿玉贵甘冰穷。

和宋帅出示所送李大著诗(其一)

掖垣清夜十年愁,梦绕西南处处州。忽向江陵逢太白,同嘲楚国看倡优。
梅花赋就行人远,白雪歌残两桨流。日暮江空魂欲断,更题九辩说悲秋。

徐　积(1028—1103)

除夜(其四)

前日慈闱献寿觥,为亲歌咏祝长生。被君翻作阳春曲,却使巴人和不成。

答　雪

一夜寒声梦不成,读书灯暗雪窗明。起来待唱巴人曲,闲得阳春第一声。

和孙元规资政游园(其一)

禁烟娱乐且须频,二月风光特地新。料得壶中无俗客,更闻歌者尽阳春。
酒来花下斟琼液,茶向松间碾玉尘。应笑谢安空寂寞,东山终日为何人。

和吕秘校(其八)

汾上儒生又续诗,阳春巴调本相违。聊因扣角摅深愤,安得摩天逞快飞。
陶氏弄琴乖俗甚,井丹持刺出门稀。有时入市谋甘脆,怀橘携壶即便归。

谢颖叔

能歌白雪公常事,不醉黄花我几曾。一绝便胜书一纸,情知高义过刘弘。

答李闳中节推

王家池上芙蓉客,曾把新诗赠野人。不道形骸成土木,却言风月长精神。
凡禽易识甘题凤,野兽难分误比麟。努力唱歌酬不得,枉教白雪落红尘。

九月九(其三)

有人才思耸如山,已燕淮亭未肯闲。亲载绿醽温病骨,更歌白雪慰苍颜。
老凭书几犹操笔,暮等吟筒正启关。两手尘泥俱涤尽,金茎玉露我须攀。

徐似道(1144—1212)

登白雪楼

水落方成放牧坡,水生还作浴鸥波。春风自共桃花笑,秀色偏于麦垄多。
村号莫愁劳想象,石名宋玉谩摩挲。试将有裤无襦曲,翻作阳春白雪歌。

徐 铉(917—992)

江舍人宅筵上有妓唱和州韩舍人歌辞因以寄

良宵丝竹偶成欢,中有佳人俯翠鬟。白雪飘飘传乐府,阮郎憔悴在人间。
清风朗月长相忆,佩蕙纫兰早晚还。深夜酒空筵欲散,向隅惆怅鬓堪斑。

许及之(1141—1209)

喜子仪侍郎同游

拟访南山自北山,长堤信马只如闲。画船瞥见矜红粉,紫燕惊飞透白鹇。
三过名园成选胜,再临高阁似知还。兹游不负花时节,寡和阳春更许攀。

蒋肖李潘才叔和检校园课之什再用韵为谢

随意篇章落海苔,琼瑶欲报不知裁。青蒲细草来斋几,白雪阳春走皂台。
梦里勋名槐是国,闲中活计芥为杯。吟哦蒋径潘江句,浅白深红手自栽。

次韵程判院喜雪

帝心端与天心合,务本先农斥浮末。冬温祷雪响交孚,急霰先声如撒泼。
献花女儿弄璇玑,剪裁楚水烦湘妃。东郭先生不敢出,南枝乌鹊空惊飞。
高卧从教深没屋,此是天工真雨粟。但愿四海大有年,无田可耕宁己独。
诗翁爱日亲年高,时时梦里见三刀。男儿盍洒千钟养,蹴踏起舞听鸡号。
勋业欺人头易雪,化工于汝难私爕。满酌长歌白雪吟,下里阳春讵有别。

许景衡(1072—1128)

除夕别仲焕

并辔不嫌车马尘,肯教节物恼行人。残年气候消磨尽,来日风光陡觉新。
我已襄阳访耆旧,君方郢国和阳春。虽然不作多时别,怀古知谁意气亲。

送仲焕入颍诗

好个石城无分到,问君此去意如何。一江春水竹叶酒,万点青山佛髻螺。
闻道楚宫俱泯灭,只应郢邑亦疑讹。直须索取图经看,莫只听他白雪歌。

许应龙(1169—1249)

和闽帅(其二)

新凿南湖接海潮,油幢领客泛兰桡。那知半夜雨声急,却放新晴物色饶。
尽日登临陪步武,高谈洒落挹风标。阳春白雪真难和,泚笔惟书道路谣。

薛季宣(1134—1173)

又和元可二篇(其一)

阳春倡者谁,欲和心已阑。故乡渺千里,念之一辛酸。
人生足离合,岂在共盘餐。胡然儿女情,苟留太无端。
焉得不系舟,使我怀抱宽。信美非吾家,会且即所安。
后园桃李秋,芜径草木繁。酒来辄竟醉,歌强难为欢。
风雨打寒食,枯河尽弥漫。故乏猜嫌累,谁能整其冠。
惟当适意尔,曷贵吕极官。晋贤泣楚囚,卫女赋竹竿。
愿君悯羁思,所友路何曼。归哉昔在陈,孔圣乏体胖。
幸非艰棘徒,亦复谢栾栾。

杨公远(1227—?)

三用韵奉酬

山水新安斗大邦,也烦临按马蹄香。扶持秀士蛟逢雨,纠察贪夫草遇霜。
对景诗成吟思好,劭农心切去装忙。自惭野叟何为者,白雪阳春拜两章。

杨 杰(?—?)

和李义山盘豆馆蓣芦有感

盘豆苍珉刻旧吟,清风自可涤烦襟。庭芦邂逅开青眼,泽国归投是素心。
乡梦不知家远近,世涂休问迹升沉。阳春一曲一樽酒,遮莫秋声四面砧。

杨武仲(?—?)

承漠公承议颁示佳章谨次元韵

当年台阁仰英游,此日还乡接旧俦。共喜故人攀凤翼,伫膺新诏觐螭头。
清欢且尽三春乐,闲饮能消五载愁。夸听郢中歌白雪,敢将巴曲强论酬。

杨 亿(974—1020?)

坐中朱博士言今荆南张谏议典襄阳日尝留意一妓公颇畏内终不得近及移郡荆渚泣别邮亭乃为歌词流布巴郢予感其事赓而成诗

骎骎五马江陵去,寂寂双娥汉水头。一曲歌终眉黛敛,十分酒尽泪珠流。
阳春郢客传新唱,暮雨高堂梦昔游。琼树无人敢亲近,章台京兆不胜愁。

酬谢光丞四丈见庆新命之什

武夷归路苦迢遥,延阁官曹正寂寥。彩凤衔书俄锡命,黄金刻印便悬腰。
紫微署近时当制,建礼门深日趁朝。咫尺天颜曾赐对,荧煌台座得为僚。
鬼神清问忧前席,松柏深情见后凋。一曲阳春特相寄,惭将木李报琼瑶。

次韵和钱少卿早春对景有怀诸学士

草树欣欣暖律回,谢家池沼冻纹开。晴天独向高台望,春色先从上苑来。
且待郢人歌白雪,莫听羌笛怨残梅。乞逢休沐便须去,引满何曾诉玉杯。

次韵和章频下第书怀之什

春闱三上败垂成,白雪新吟思转清。修竹园中曾献赋,慈恩塔下未题名。
禹门烧尾他年事,楚客悲秋此日情。道在不须忧晚达,抟风九万是前程。

叶　椿(?—?)

次韵王翔仲同游山寺

偶穿谢屐邀东阳,踏破烟霞到上方。远水波平缣素展,遥山雪尽画图张。
旋生蕙叶沿幽涧,未有花枝出矮墙。冉冉翠眉舒弱柳,盈盈青眼缀条桑。
云庵共访霜眉老,瓦鼎初然柏子香。书史满前真脱洒,轩窗无处不清凉。
南枝玉蕾标容瘦,北苑云凝气味长。涤砚探题皆白雪,调琴奏曲尽清商。
三分春色行将半,一月人生笑上常。莫羡蒿藜承雨露,自矜松柏耐冰霜。
利途波浪从教险,人世荣枯未可量。且趁良辰恣行乐,时来衡陋自生光。

叶　茵(1199?—?)

次韵二首(其二)

难把来笺向后黏,载持珠玉傍风檐。吟根此性辞平易,学本于经意简严。
未逊弥明联石鼎,还嗤韩渥赋香奁。阳春政不容人和,自听巴音亦自嫌。

余　干(?—?)

试院即事呈诸公

去家策马上长河,逆旅光阴忽忽过。陈迹不堪追放浪,新才仍复委搜罗。
雅谈幸有青云士,佳句宁无白雪歌。此兴非凭吟笑遣,未应能奈客愁何。

虞　俦(?—?)

十四日雪复作(其一)

行令玄冥不敢温,一天雪重压江村。我惭白雪翻巴曲,天为黄茆洗瘴昏。

诸公和诗而菊开主簿沃同年乃有褒拂之语用韵谢之

怪底花心转,知从笔力回。不嫌嘲我瘦,良是为君开。
白雪词何有,黄鸡曲漫催。待牵重九兴,篱下醉徘徊。

和吴守拜上方历日之赐已而雪作约同僚登俯江楼见怀之作（其一）

六花飞舞到江头，清赏朝来破客愁。便遣郢人传白雪，快呼从事到青州。
宠珍历象占星鸟，混一疆封验斗牛。遥想倚栏看未足，寒江浩荡没轻鸥。

喻良能（1120—？）

题张漕子温贵希斋

新营老先生，喜好一何异。端能友造物，直欲骑元气。
古货今难卖，太羹元少味。阳春谁肯和，玄白人争议。
知己如晨星，一笑聊自慰。先民不云乎，有以少为贵。

侍御王公去饶饶之士民数千万人遮道攀辕又相与断城北桥以留之公不得已乃回城从间道遁去余干主簿翁君画断桥图作诗二十韵寄侍御求和侍御以和篇见示因次韵一首

东嘉老先生，文字继坡谷。治饶如京兆，三王岂其族。
政成无一事，澹若处幽独。追踪古循吏，清净非碌碌。
每以坐啸余，时出阳春曲。风流化邦人，吟咏成国俗。
乙酉秋七月，天地正炎燠。有诏帅夔门，引道不淹宿。
境内闻公行，仓皇守牙纛。攀辕人填咽，遮道车击毂。
已去复挽回，出入成重复。桥断蜂腰分，巷拥鱼鳞蹙。
竟从间道去，复许谁追逐。子母若弟昆，相顾皆嘶蹙。
吾父既往矣，畴能继英躅。孟尝附商船，千古垂简牍。
偷席广文毡，使者为标目。去思闻九重，盛事传西蜀。
先生美无度，推诚置人腹。画图照人间，斯民记恩育。

员兴宗（？—1170）

哭黄省元贡（其一）

故国地灵处，人文天意深。公从扪膝子，句亦掉头吟。
白雪双歌断，归云无路寻。祈招浑简远，我念正愔愔。

袁说友(1140—1204)

谢梁饬父通判登楼赏雪之约

茏葱天阔晓光浮,满地斜飞玉作球。好趁阳春歌白雪,政须从事谒青州。
打门报我樽前约,乘兴须君剡上游。清绝有人夸盛事,贰车携客醉南楼。

曾　丰(1142—?)

项尧章惠二长韵姑赓前篇敬复

飘然逸思发于天,三百年间一谪仙。歌调谁欤追白雪,颂声行矣擅甘泉。
山林新筑梦归处,学校旧游愁到边。回首不堪更开口,相过聊复茗瓯传。

答厉季平投诗有怀归乡之意

词场凡马洗之空,学海波中得老龙。尚韵许人赓白雪,正声惟我识黄钟。
素王不作无明主,贱子何之可附庸。乌鹊正兹徒绕树,鹡鸰还更乞相容。

曾　巩(1019—1083)

赠张伯常之郢见过因话荆楚故事仍觊佳什

一见心亲十载前,相望南北久茫然。喜倾白发论文酒,重访清江下濑船。
志大肯同悲抱璞,识高宁许笑求田。已窥品藻传荆楚,更味阳春白雪篇。

送韩玉汝使两浙

使传东驰下九天,此邦曾屈试鸣弦。仁声又向新年入,惠泽犹为故老传。
翠巘烟云生席上,沧溟风雨到樽前。经营智略多余暇,赏燕谁酬白雪篇。

和邵资政

拂衣久欲求三径,窃食聊须把一麾。世路贱贫从所好,老年胸臆固无奇。
樊笼偶得沧洲趣,芜颣难酬白雪辞。督府騞来恩礼厚,每容商也与言诗。

张继先(1092—1127?)

和元规拜违

才到巍峨畔,还登翠碧重。调青赓白雪,琴静抚黄钟。
履践古人道,追游仙者踪。自来多福力,相信各疏慵。
何处不为乐,此心知所从。还如一片月,挂在万年松。

张九成(1092—1159)

庭 下 草

秋风吹碧草,久客情如何。乡关断过雁,青山高嵯峨。
然而梦寐间,往往长经过。梦觉亦我耳,所得初无多。
天地存胸中,要当常拂摩。肯为外物流,为赋白雪歌。

张 侃(1189—?)

田元长和烟字韵诗见寄复用前韵

几年无梦到凌烟,身似春蚕已再眠。寡合荆人和白雪,独醒蜀道上青天。
渔樵好去任争席,富贵倪来羞执鞭。见说高真足官府,不妨长作地行仙。

张 扩(?—?)

次韵朱新仲学士元日会饮馆中同舍家

华堂小集寿佳辰,好雪萦风上舞茵。珠玑相酬元富贵,绮罗不设自清真。
近从朱墨生官府,便觉方壶隔世尘。纵许一斑窥妙句,亦应寡和愧阳春。

张 耒(1054—1114)

感春三首(其二)

默坐不复出,浮云作朝阴。离离檐间花,随雨下故林。
物色一如此,朱颜坐凋侵。自歌阳春曲,吾不待知音。

张 嵲(1096—1148)

心老得法天柱修静能道黄龙会中诸耆旧及他宗派知名士辛酉秋应供兹院刻意行道讫无应者明年夏末一日弃去将适焦山图岩以栖老焉丐余诗以行为作三绝句(其一)

经年于此忍朝饥,又见秋山草木腓。满口阳春无和者,却将锡杖向空飞。

张 祈(?—?)

吏隐堂为郑参议题

平时谷口驰声名,只今朝市心如水。司马政成方外趣,官事莫能相料理。

公堂卜筑在人境,钟阜孱颜是吾里。瑶林琼树风尘外,白雪阳春谈笑里。
花间有酒可逃禅,客至忘吾还隐几。便应诏登金马门,乐此徜徉聊复尔。
君王神圣相伊周,虎豹空山不可留。招我白云二三子,弹冠径出从公游。

张商英(1043—1121)

赠 玉 岩

四围岩谷上通天,岩底幽人抱腹眠。不羡庄鹏抟九万,肯随齐客列三千。
养成白雪高歌调,散尽黄金有简编。野鹿今朝入城市,为余有意下林泉。

张 栻(1133—1180)

次韵周畏知问讯城东梅坞七首(其二)

谁知牛铎黄钟,寡和阳春白雪。如君句法饱参,妙处不关言说。

张舜民(?—?)

诗 一 首

千载浪名金马客,一宵沉醉石城楼。郢人休唱阳春曲,白尽湖南刺史头。

张元干(1091—1161)

游东山二咏次李丞相韵·榴花谷

公如谢傅暂闲身,我亦归来效季真。山屐数陪销暇日,诗篇常许和阳春。
虚怀寄傲三休外,洗眼旁观万态新。谷口榴花解迎客,骑鲸端为谪仙人。

张 镃(1153—?)

敬和东宫早梅二首(其二)

乾坤连夜玉为尘,照映冰容面面新。句妙莫疑难属和,真成白雪对阳春。

自安福过真珠园梅坡

舒忧早逾关,延晤尽名侣。林亭果幽赏,得计良自许。
高鸣迭酬唱,阳春谁激楚。坐移游好园,振策盼芳渚。
曾茅旧剪结,冰艳静谁与。几年杨巨源,句妙听钟敔。
谪仙继前躅,凌厉苍霄举。吾人潘逍遥,清新出机杼。

揆予才独后,乙乙抽茧绪。肆瞻宇宙宏,气类混出处。
盍簪忍轻散,快意樽中醑。相看岂时情,襟期耐寒暑。

次韵曾侍郎

世上曾谁歌白雪,慨叹风人声屡咽。旋虫时叩岂无闻,尽发宫商方应节。
江西源正非旁流,文清诗名不易收。师承吏业特余事,一门玉律夸中州。
了知著脚最高处,不局晚唐脂粉路。涪翁时异屹相望,龙勺彝樽满堂聚。
昔人词赋上三都,未必献纳神皇居。且今司刑掌邦赋,羔羊化行无诈狙。
孤生奚贪刍豢说,一饭踟跌诸想灭。案头何用宝传灯,自有公家论语说。

章　甫(?—?)

清明病中遣酒问讯史授夫

一榻萧然唯坐卧,风雨欺人打窗破。数片飞花何处来,寒食清明病中过。
疏狂闲忆少年时,问柳寻花夜不归。春衣一任酒狼籍,玉山自有人扶持。
日月变迁衰相现,世途迫隘令人倦。耳冷那闻白雪歌,眼寒不识春风面。
怀君著书坐僧房,呼儿与拨浮蛆香。往浇万卷文字肠,莫学病夫多感伤。

赵必瓛(1245—1294)

和同社酒边韵

规规为愚傲为颖,晨华夕丧何足逞。对山悠然此心领,谁歌白雪妙于郢。
题破蜀笺为红杏,昼游苦短烛堪秉。愧我寒螀嘒如哽,堕身千仞求长绠。
移文鸥社盟莫冷,共嚼梅花醉香影。

赵　抃(1008—1084)

和见雪

惊怪穷冬百物繁,落梅狂絮逐风翻。酒无戈甲争酣战,诗似波澜竞讨源。
且卸帆樯限断岸,好开屏嶂画孤村。知音若问阳春曲,待把琴调细细论。

闻杜植移使湖南

去岁南来幸守廛,故人江上喜新眉。十分劝我流霞酒,一曲听公白雪词。
此后拙疏真有赖,而今谈笑杳无涯。惊闻拥节重湖去,凭仗西风寄所思。

寄谢云安知军王端屯田

旧邦逢朐䏰,灵地接岷峨。住岭排烟火,悬岩引薜萝。
雨花疑锦濯,晴水甚蓝授。远地之官去,孤舟走崄拖。
出廛无一事,倾盖首相过。幸不愚烦外,欣承议论多。
春光千骑骏,天色百城和。赏物楼新构,镵文石旋磨。
为时即慷慨,得友盛吟哦。世重黄金诺,人传白雪歌。
投壶倾立马,飞镝屡鸣鼍。局战犀敲玉,杯欢乱酌螺。
坐来风入袂,归去月流波。我愧才疏拙,生微术揣摩。
主容勤劳徕,行色觉蹉跎。匪用诗为好,离怀可奈何。

赵 蕃 (1143—1229)

次韵斯远重别六言四首(其四)

君才绝出辈流,语不惊人不休。莫叹阳春寡和,会逢知我春秋。

张涪州出诗数轴皆纪用兵以来时事有感借其韵

感时赋咏属英游,又向涪江说去秋。兵甲未休须壮士,闾阎乃敢问封侯。
频年青坂陈陶恨,到处阳春白雪留。谁道东归穷彻骨,骊书落落照书舟。

次韵潘端叔送行二首(其一)

君公隐牛侩,文休食马磨。身则困空乏,道为如切磋。
昧者不知此,轻受郑灼唾。违乎欲冥为,况觅阳春和。
余惟素贱贫,学晚仍废惰。念将求岁余,要必取日课。
向来四方游,不办一室坐。已深芜秽遭,更值雪霜挫。
兹行自栖迟,讵得嗟辚轲。固殊南山归,敢曰东山卧。
胡为论知仁,乃复称同过。我无归去辞,君有归来些。

寄周文显二首(其二)

白雪郢中少,青蝇楚国多。知音自古尔,谗口奈渠何。
皎皎宁遭污,冥冥岂畏罗。秋风下庭叶,乃见贯时柯。

呈简寿玉

门外双槐日已高,庭中巨竹与争豪。萧萧共倚青云翰,渺渺仍工白雪操。

欲向潇湘访兰芷,却从吴越看波涛。问君役役胡为尔,我亦叹嗟出入劳。

寄李处州

自入湖南路,驱车得屡停。流传虽有句,次舍或无亭。
崄绝犹云未,艰危不易听。真宜太白醉,未信屈原醒。
我去方蛮府,公归合汉庭。愿言均沛雨,尚想独当霆。
白雪故寡和,黄麻须六经。诏除期不晚,得以慰飘零。

赵 戣(?—?)

阅浯溪集用山谷韵

花间小阁临清溪,绿窗坐阅三吾碑。恍如登高俯绝壑,倚杖松阴挽兔丝。
幽寻胜赏客思奇,一声欸乃谁家儿。浯溪映带湘东西,碧山曾看漫郎栖。
银钩玉箸苔藓古,神剜天画非人为。忆昔储皇披舆图,白衣山人称帝师。
汾营老将智勇俱,阴霾四塞天戈挥。至今老石励庸懦,野水亦解扶颠危。
后来吊古者为谁,涪翁清响车攻诗。当时寡和孤白雪,我故欲尾春风辞。
恨不插羽西南飞,山前更著小艇随。夜阑忽梦访遗址,月色惨淡猿声悲。

郑伯玉(?—?)

远 亭

亭势孤高映小池,盘盘一道出林霏。平诛岩腹草茅尽,直望海门烟火微。
树石满前供胜赏,溪山无处隐清晖。宣城丽句人争诵,珍重阳春和者稀。

仲 并(?—?)

次韵答友人四首(其三)

晚矣吾身未乞闲,如公尺一合征还。高标迥立风尘表,秀句喧传宇宙间。
谁和阳春仍白雪,我知流水与高山。归欤已熟他时路,直北龙溪一二湾。

送高提干暂过行在

老兼贫病怯离群,细雨邮亭晓送君。俗韵有谁歌白雪,高标真合致青云。
官居尽日勤篇翰,相业平时饱见闻。早晚薰风生茂苑,肯来樽酒细论文。

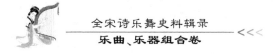

周端臣(？—？)

次韵勿斋蜡梅

不与南枝斗粉光,品题应合让苏黄。融成蜂蜡千葩秀,散作龙涎几阵香。
立悟瞿昙真面目,坐忘姑射旧梳妆。好风吹堕檀心句,白雪空惊寡和章。

周紫芝(1082—？)

次韵沈彦述官舍书事二绝(其二)

晚得休文一解颜,识君曾是画图间。阳春白雪何由和,句有雌霓诵亦难。

次韵季常叠前作见寄

人生富贵如五侯,禄丰位大功不酬。朱轮华屋令人羞,一蓑不如归饭牛。
自驾款段马少游,胜骤玉腕尚书驺。少年蹭蹬在丘壑,晚岁风雨悲梧楸。
江边短艇苦唤我,此心勇往谁能留。幽期正怨齿发误,事定不须龟策筹。
言虽太漫君莫笑,与语俗人真暗投。香粳炊熟碧鲈美,横江已办秋风钩。
胸中它日几云梦,四海不劳围寸眸。肯听儿女昵昵语,秋虫悲笑徒啾啁。
阳春白雪一落耳,竹枝凄怨惭蛮讴。

次韵季共再赋

寒深方闭门,雪重忽满屋。谁能起僵卧,赖此阳春曲。
曲高虽和寡,喜甚得所欲。心知夜光珠,大胜暖花玉。
歌君窈窕词,侑我荔枝绿。颇疑蜗牛庐,忽作驼裘襖。
穷儿偶作富,贫固不待逐。我老况才尽,文字羞二陆。
上水船苦迟,脱手弹惊速。寒如猬张毛,痴类乌栖木。
儿时弄笔手,老欲袖间缩。打窗听悉窣,坐睡便清熟。
瞑想西湖雪,已没孤山麓。那知公是时,洗钵饭僧粥。
灞桥风雪驴,并酌不相属。政如冠上貂,难使狗尾续。
病骨尚畏寒,少待吹巘竹。春山走倭迟,呼客慰穷独。
新游亦不恶,旧观疑可复。欢知当有余,饮岂叹不足。
述作付陶谢,囊囊归自束。相从笑痴儿,日暮方生局。

次韵舒天用元夕观灯喜甚成诗二首(其二)

乐事悠悠不系情,生涯狗苟复蝇营。嫌渠灯烛红纱乱,为我歌词白雪清。
岂料脱身归故国,可怜行乐记王城。开元盛事元如许,何日中原不用兵。

郊祀前二日雪

㠟竹吹新阳,端门飞晚雪。忆随侍祠官,走贺屦齿折。
帘垂白玉楼,风度苍龙室。斋殿宿皇舆,修廊向鸣玦。
寒风吹忽散,万象森可阅。星言催凤驾,天仗含璧月。
圣心有忧诚,天意有施设。谁为白雪歌,入奏黄金阙。

客舍有井极深而寒今岁大暑日汲以供盥濯喜甚赋此

重廊阴阴与天隔,下有井泉余百尺。乍垂修绠已复寒,深注花瓷不胜白。
山城夏旱百井竭,盥濯从谁问涓滴。暮年来此看老黡,日倚银床卷深碧。
炎官火伞空自张,玉川清风已生腋。翰林醉熟呼不醒,宫中谁赋花娉婷。
中人传诏玉起立,井花吹面诗还成。诗成白雪真同调,咫尺回姿妃子笑。
此郎自是醉谪仙,肯作官家诗待诏。北窗老子贪昼眠,蓬头突鬓良可怜。
但将饱睡答长健,安得新诗追昔年。我生无誉亦无毁,老去功名薄如纸。
日向山堂洗睡容,空费君家一壶水。

时宰相生日乐府三首(其一)

帝居七星中紫宸,黄金掣锁天开门。中人传诏不动尘,御府拜赐天炉芬。
郁金苏合百和匀,双虬镂合盘雕纹。云锦织帕劳天孙,金猊貔拥春空云。
流霞一酌千日醺,寿公遐龄天语温。朱弦白雪声调新,洞庭之乐人皆闻。
官家异礼尊帝臣,八师七友无此勋。圣贤一出五百岁,开辟以来能几人。
东方曼倩何足数,三食仙桃识王母。何当移植上林中,岁岁年年见花吐。
溪上人家自一川,武陵邂逅非神仙。但令父老不识战,人间何处无桃源。
自从罢武得生活,垂髫小女皆能言。肯为八方开寿域,庙堂政要公调元。

送乔郢州

使君双旆拥朱轓,竹马先迎近郭春。且听郢人歌白雪,莫因骚客念东门。
新诗为我应须寄,往事知谁与细论。唤取莫愁烟艇子,有时来伴石头樽。

87

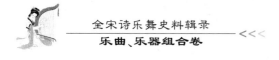

朱长文（1039—1098）

次韵司封使君立春纪事

碧瓦犹藏腊雪寒，东杓初向斗旁观。雪垂华旦天京远，雉舞条风野老欢。
官柳嫩黄迎皂盖，园蔬新绿委金盘。诗才例作姑苏守，一曲阳春喜岁端。

次韵徐中散丙寅二月见访之什

数年解绂隐林扉，乘兴频来访习池。老似乐天兼少病，官如叔夜又能诗。
身闲幸与耆英接，学浅虚蒙国士知。白雪佳章难复继，策驽追骥自嫌疲。

朱　松（1097—1143）

吴　江　曲

吴江女儿白如玉，花底纱窗傍溪渌。玉箫春暖贴朱唇，故作阳春断肠曲。
扁舟掠水去如飞，不见嫣然一笑时。回首江城只孤塔，向来一念复因谁。

朱　熹（1130—1200）

伏蒙制置阁学侍郎示及致政少傅相公送行长句并得窃窥酬和佳篇伏读之余不胜慰幸谨次高韵少见愚悃以饯车尘伏惟采瞩（其一）

公子威名动海滨，四年相与愧情亲。忽闻黄钺分全蜀，更祝彤庭列九宾。
执手便惊成契阔，赠言还喜和阳春。政成但祝归来早，别恨无端莫重陈。

春雪用韩昌黎韵同彭应之作

　　既有阳春曲，那无白雪谣。连天飞不断，著地暖还销。
　　未掩高人户，难齐衲子腰。稍开银世界，渐长玉枝条。
　　兴尽愁烟艇，行迷认野桥。酒肠浑欲冻，吟笔为谁摇。
　　残腊成三白，余寒又一朝。香随梅蕊落，轻伴柳花飘。
　　神女羞捐佩，鲛人敢献绡。东皇应好事，避舍亦相饶。

奉陪机仲宗正景仁太史期会武夷而文叔茂实二友适自昭武来集相与泛舟九曲周览岩壑之胜而还机仲景仁唱酬迭作谓仆亦不可以无言也衰病懒废那复有此勉出数语以塞嘉贶不足为外人道也

此山名自西京传,丹台紫府天中天。似闻云鹤时降集,应笑磨蚁空回旋。
我来适此秋景晏,青枫叶赤摇寒烟。九还七返不易得,千岩万壑渠能专。
同游幸有二三子,天畀此段非徒然。梁郎季子山泽臞,傅伯爰盎瀛洲仙。
相逢相得要强附,却恨马腹劳长鞭。黄华未和白雪句,画舸且共清泠川。
回船罢酒三太息,百岁谁复来通泉。盈虚有数岂终极,为君出此穷愁篇。

邹　浩(1060—1111)

送监作院潘供备(其二)

飘飘雅致孰如君,旋辟西轩置酒樽。振木岂惟闻白雪,断缨仍许醉黄昏。
长亭风顺已言别,小圃春回空自繁。惆怅潜斋不知处,何年携手却重论。

祖无择(1010—1085)

歌者李苏苏

歌妙累累若贯珠,历城惟只数苏苏。何当更唱阳春曲,为尔今宵倒玉壶。

吏隐宜春郡诗十首(其六)

吏隐宜春郡,同僚得俊髦。纯音等疏越,余刃剧豪曹。
器识青云远,歌词白雪高。遂令迁客意,不复赋离骚。

寄题汉州西湖兼简知郡马屯田

房相留遗爱,清风湖水长。人思浴池凤,谁识济川航。
白雪徽音远,洪钧道化光。还闻继高躅,新有召公棠。

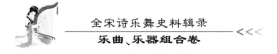

郢 歌

蔡 沈(1167—1230)

古意二首(其一)

古人不可见,末习徒纷然。精微固难知,论议胡尔偏。
郢曲听者谁,巴唱和乃千。世道既若兹,淳风何当还。
矫矫且自强,天运终来旋。

蔡 戡(1141—?)

再 和 前 韵

郢客清歌若贯珠,回风妙舞巧难图。漫空片片匀如蔚,投隙纷纷密似糊。
溪月一钩窥玉镜,江梅千树插冰壶。何人乞我仙家帽,共傲禅床与药炉。

曹 辅(?—?)

和邓慎思未试即事杂书(其二)

邓子诗成癖,苦吟秋夜长。江山得奇秀,风月借清凉。
郢曲高难和,骚人兴未忘。从君乞余教,换骨有仙方。

陈鉴之(?—?)

会稽秋日观山

荒塍间流水,蠹叶风飕飗。前山与幽人,亭亭共清秋。
远近日明晦,隐见云去留。木末一叟归,犬鸣茅舍幽。
忆昔典午东,剑佩森名流。胜地慰远怀,兹焉久绸缪。
渔矶与樵径,今有斯人不。池石老苔发,空余螺蚌游。
世有古今异,郢歌聊自酬。醉眼时摩挲,此山即前修。

陈晋锡(?—?)

和潘良贵三江亭

神襟百虑不容侵,胜概乘闲偶访寻。跌坐岂无观水术,临流应有济川心。
敛将蓬岛溶溶气,散作阳春字字金。郢曲调高人寡和,微生何敢缀雄吟。

陈　襄(1017—1080)

依韵和解空长老雪颂

片片分明是六花,迷人只见乱如麻。穷阎处士愁穿屦,明眼高僧笑点茶。
十二玉楼开阆苑,三千银界遍河沙。解空老子能提唱,郢曲幽兰未足夸。

陈　渊(?—1145)

晓登严陵钓台和安止所留诗

溪山有底好,适契贫士欲。敢论生不侯,但喜梦非仆。
千秋钓台水,不濯市朝足。而我独何人,得寓尘埃目。
携筇纵朝步,初日穿林麓。西风扶两腋,一举千里鹄。
东窥夫差国,繁华混真俗。浊流驾颓波,一往不可复。
之子居其间,嗜古追前躅。为寄无弦琴,一和郢中曲。

陈元晋(1186—?)

和蔡铁窗韵

铁窗诗价远,应是到鸡林。修月有妙手,伴云无出心。
调高追郢曲,意古和虞琴。触境勿多语,希声是大音。

陈　造(1133—1203)

次韵王知军雪

雪神濡物不遗时,嗣岁悬知羡帝祺。沙界积苏烦阿母,天仙剪水倩风姨。
郢城曲好无前调,梁苑宾来有后期。未办壶天陪一笑,夜深空敛索诗眉。

次韵郭教授雪二首(其二)

诗力骎骎雅颂同,人言平处逼熙丰。清篇自昔传平水,妙曲何人和郢中。
颇怪鲸牙须手揽,悬知鼠技笑吾穷。衰慵合袖推敲手,且可旁观斫鼻工。

程　俱(1078—1144)

泛舟鉴湖同赵来叔子泰赵叔问联句

春风卷三江,雨雹暗秦望。今晨风日佳,远目聊一放。
人情暂愉悦,天宇亦清旷。逝将一叶舟,远破万里浪。
澄波拨寒醅,叠巘展新障。飘摇过余芳,容与瞩孤漾。

停云冒山巅,新绿浮天上。　枯杨吐轻黄,倚岸抹晴涨。
远水没轻鸥,羁禽变圆吭。　鉴湖清可啜,蕺菜柔堪饷。
时当祓禊友,路指兰亭向。　岂无谪仙杯,聊举剡溪榜。
吟笺洒余研,茶灶发新炀。　徜徉写幽忧,萧爽绝纤块。
年华自繁秾,世故足凄怆。　吊古意虽遐,感时心自亮。
雄涛折东南,旧牒分霸王。　梅梁寄遗灵,禹迹疑可访。
星分九土毛,带挽百川泽。　胼胝识神奸,玉帛来崛强。
规模至今存,形势亦云壮。　胆尝信焦思,金范徒审象。
当年浣纱人,绛缕起穷巷。　姑胥失层台,榛棘绕青嶂。
彼姝者谁子,婉娈固难忘。　抚事即元龟,终古可惩创。
永怀文靖公,造厦得良匠。　平生沧海志,顾岂矜岫幌。
笑谈遣诸儿,百万皆胆丧。　晚节终自完,流言一何妄。
安知彼天游,中有无尽藏。　触目发长谣,怀人独惆怅。
入木想八分,登山知几两。　风流四明客,投老志蓬阆。
玄熊殊梦间,鸲鹆比狂尚。　殷勤览陈迹,忼慷有余怏。
云雷正经纶,兵甲相磨荡。　虎貔驱七萃,鹅鹳张两广。
帅维丞相度,饷倚晋公滉。　足食伫流钱,宣恩同挟纩。
顾惭已么麽,安处官冗长。　短拙竟何裨,恩私诚谬降。
犹能乐闲适,深恐遭谴让。　故应方虎间,不乏廉蔺将。
秘计走阅氏,奇功收跳荡。　无烦秦庭哭,坐使楚军张。
何当濯龙津,归拥云台仗。　官仪见炎灵,王气盖芒砀。
专车戮防风,掩骼收鲁项。　禄山终自焚,仆固胡能谤。
雍容两宫还,娱乐天下养。　弁会肃凫越,花深度鸡唱。
马牛纵山林,弓矢戢櫜鞬。　钱镈待丰盈,壶箪更劳迓。
周室已再安,汉业欣重创。　返予绵上耕,酌我兵厨酿。
昂昂妙高叟,辞藻舍人样。　方为东山起,朝论深倚仗。
金昆固神秀,独立起辈行。　深严职右府,折中归至当。
伊予最畸孤,艰厄随所傍。　几惊虎尾履,分委鱼腹葬。
偶然还一处,已幸神所相。　矧复陪清游,快饮吸长江。
深惭抗尘容,岂敢窥雅量。　文衡久已持,宗盟从此亢。
驽骥正腾骧,驽驺徒颔颃。　雄笔扫千军,荣光高万丈。

清朝尊陛廉,群枉窒户向。伟节素推高,嘉言行更谠。
定应谢逋客,终冀宽俗状。常贫固吾道,共约税归鞅。
中兴百六掾,麟趾岂神况。便便饱经史,婉画正所仰。
勤劬照藜青,豪俊嗤帐绛。如何艰危中,肮脏容跌宕。
轩裳欲吹齑,文字堪覆酱。数奇岂无双,妄发坐少恙。
逍遥漆园庄,澹泊竹林向。重来缚尘缨,夜鹤空蕙帐。
会蒙子云嘲,未免王戎诮。翻思京国游,几作榆枋抢。
无聊每过君,摅豁资直谅。朝野时欢娱,金石日击撞。
月迁惟佞幸,朝奏坐诬谤。寝薪积忧思,把酒亦怆恨。
斯须失和平,占候奏天棓。狂澜翻四溟,覆篑安得抗。
颠冥今几年,失喜问无恙。岂期愕鲸波,复此言轻飏。
谈追正始音,句属郢中唱。融金无留矿,探珠惊老蚌。
更须月团团,迨此春盎盎。还携玉色醪,共理黄篾舫。
清文韵韶濩,雅好罗觚瓿。振衣蹑崇山,一濯惠风畅。

丁　谓(966—1037)

句(其六)

楚子梦云铃阁密,郢人歌雪射堂开。

范成大(1126—1193)

严子文以春雪数作用为瑞不宜多为韵赋诗见寄次韵

同云痴不扫,梅柳春到迟。笙歌暖寒会,当任主人为。
围尺庸何伤,袤丈乃非瑞。郢中姑度曲,山左已驱疠。
世无辟寒香,谁能不龟手。邻舍索米归,衾裯无恙不。
贫人寒切骨,无地兼无锥。安知双彩胜,但写入春宜。
贩夫博口食,奈此不售何。无术慰啼号,汝今一身多。

范仲淹(989—1052)

青　郊①

青郊鸣锦雉,绿水漾金鳞。愿得郢中客,共歌台上春。

---

① 释智愚《颂古一百首(其六八)》内容与此诗大致相同,仅个别字词有异,不再重复收录。

次韵和刘夔判官对雪

蕺蕺楼台外,新辉溢四遐。云中凋玉叶,星际落榆花。
岳色参差露,松声仿佛加。风流裁赋苑,清苦读书家。
霜女惭轻格,蟾娥让素华。孤鸿迷鸟道,万马忆龙沙。
净拂王恭氅,香滋陆羽茶。载歌劳郢谢,一奏待锺牙。
几处和梅赏,何人为鬓嗟。含毫看不足,诗社好生涯。

方　回(1227—1307)

九月八日宾旸携酒西斋晚登秀亭次前韵(其一)

深钳笑口似难开,顿喜诗仙载酒来。此道孰为今老笔,吾庐适有古荒台。
焉知晚节逢陈厄,忽听高歌类郢哀。倚石自怜吟不就,频将拄杖划莓苔。

方　岳(1199—1262)

效　演　雅

山溪斗折更蛇行,逗密穿幽见物情。蜜为无花粮道绝,蚁知有雨阵图成。
饮风吸露蝉尸解,耸壑凌霄鹤骨轻。鹓鸰能为祖仁舞,狎鸥欲与海翁盟。
未忘王谢寻常燕,不肯郦生吾友莺。鹭以先后争食邑,鹊占南北启门闳。
春池泼泼鱼当乳,霜渚暗暗雁不鸣。啄木画符工出蠹,提壶沽酒为催耕。
蚌何知识三缄口,蟹坐风骚五鼎烹。巴䎦画眉翻律吕,仪秦反舌定纵横。
鹅噷晋帖得奇字,鸡唤祖鞭非恶声。饱卧夕阳牛反嚼,误投千叶鹿虚惊。
一枝栖息鹪鹩足,三窟经营狡兔坯。蝌蚪草泥文字古,蜗涎苏壁篆书精。
首昂蚖蚺贪宁死,臂奋螳螂祸自婴。山麃见人头卓朔,野鸱得鼠腹彭亨。
雉倾族类甘为翳,鸭解人言略自名。羊狠滥称髯主簿,蟫肥荐食楮先生。
色虽甚美猿深逝,骨不须多狗必争。蛙为公乎缘底怒,鸠宁拙耳了无营。
劳形大块皆同梦,蝶化庄周月正明。

傅　察(1090—1126)

雪九首(其六)

忽惊陋巷间,踏作琼瑶迹。坐闻郢中歌,妙句压元白。

韩　琦（1008—1075）

辛亥七夕末伏

二七今同末伏辰,初秋时候暑微熏。星桥旧说通灵匹,剑肉何人遗细君。
莹席冰寒心共爽,噪风蝉急耳欣闻。郢中新曲高难和,唯付珠喉任遏云。

冬至前一日雪

地下阳将复,人间气已和。群阴明数极,六出见花多。
贺称新年曲,欢侔故郢歌。同云留纪吉,柔荔借萌科。
起认灰飞管,堆凝素出波。朝盈振鹭集,隙隘白驹过。
树密轻黏萼,天圆细撼罗。洁非容物污,碎不在风搓。
农亩经年瑞,诗家万古魔。平明开庆会,绿蚁荐红螺。

次韵酬滑州梅龙图惠诗

自昔能诗者,如公敏思稀。清风当世耸,大雅一时归。
京辅方期治,天颜此暂违。召棠随有爱,庖刃不劳挥。
吟笔闲邀战,邻邦动怯围。疲神支败北,对景失芳菲。
无物酬明月,何心炫昼衣。惊弦常跕跕,突阵正骓骓。
溪柳柔金幄,园花烂锦帏。嬉游成乐国,佳气俯端闱。
郢曲高难和,荆栖近莫依。流年伤阻阔,好梦接容辉。
不信降旗竖,犹胜走檄威。可惭貂莫续,安敌虎而飞。
窘蹙图更郡,奔逃始见机。吾乡虽甚美,无计恋柴扉。

雪十十韵

天宇昏凝幕,星潢冻漏津。报丰推上瑞,散利浃无垠。
皓彩生和烛,深仁出化钧。乘时驱疠气,几日困疲民。
满慰三农望,潜基万国春。道山谁辨玉,佛界普成银。
缓舞疑翻佩,徐来类积薪。盘高擎露蕊,隙细入驹尘。
易掩妖颜嫣,难藏厚地珍。坠轻时断续,势猛忽纷纶。
肯使瑕瑜见,惟思沃瘠均。歌妍皆似郢,璧碎不因秦。
韧冷侵驯鹿,符光逼琢麟。充盈是溪壑,挺特有松筠。

近岭梅先发,濑江练更匀。楼台竞环丽,蟾兔起精神。
病骨惊心怯,书帷忆旧亲。风流资醉目,豪放任诗人。
陈阁方多暇,睢园喜命宾。宜城须大引,佳味过吴醇。

韩 维(1017—1098)

和胡公谨游李寺丞北园

春郊不数到,俯仰恨流景。李侯有嘉招,滞念兹一骋。
名园带乔树,亭榭散清影。解我尘中衣,觞行日舒永。
花团锦缬明,竹竦摇碧静。从容方罕间,万事不关省。
善谑宁类鄙,高歌或如郢。行遵水曲幽,望出林梢迥。
兴来非外奖,理惬有真领。薄莫联归鞍,清风吹不醒。

贺 铸(1052—1125)

答杜仲观登丛台见寄

高风荡河汉,白露被寒菊。下有络纬虫,凄酸生意促。
华年不相待,去我何流速。老步失腾骧,短辕甘局蹙。
伊人濮阳秀,方厌折腰辱。仕道塞榛芜,低徊避蚖蝮。
邯郸古都会,陈迹武灵筑。兴发即登临,西南几穷目。
新诗琢瑶琰,叠寄两三幅。一听郢中歌,阳春回草木。
行将及瓜代,暂喜摆羁束。鞭马径相过,连朝奉游瞩。
只鸡与斗黍,礼意未为足。何以遇高阳,多营瓮头醁。

洪 炎(1067?—1133)

秋日登万岁寺平远台次糜韵

山川信美自愁多,岭海穷途可若何。倦客难寻越绝记,畸人但唱郢中歌。
天香不入伊蒲塞,佛水犹开优钵罗。还是浮云韬白日,凤凰台上一经过。

胡 宿(995—1067)

和承旨给事寄酬南京致政杜相公

贤相辞荣鬓未斑,济川舟楫一朝闲。苍生犹望安车起,使者空持拱璧还。
郢曲传来都辇下,萧规留在庙堂间。壮猷全德知难尚,后世高名重太山。

黄　裳（1043—1129）

偕王道观雪中联句（其一七）

应迷天上鹤，犹压地中雷。商色皎且盛，郢歌清更哀。
檐澌悬剑戟，庭块列朸魁。对老凌华发，迎春濯旧埃。

姜　夔（1155？—1208）

以长歌意无极好为老夫听为韵奉别沔鄂亲友（其二）

佳人鲁山下，日弄清汉波。促弦调宝瑟，哀思感人多。
咬哇秦缶击，冷落郢客歌。知音良不易，如此粲者何。

孔平仲（1044—1102）

和萧十六人名（其六）

为文爱子都无滞，疾读数张堪醒睡。唱高郢曲词调古，锐比干将才力至。
主张衡鉴付谁人，奈何并不蒙收视。吾王尊儒跨古始，有宋登科连海澨。
况君当时苗裔远，鄝侯喜且兴门地。少年自许升青云，衰谢安知未成事。
栖栖孔孟尝如此，吾曹节操无颠坠。愿言雅度尚自宽，时来济物当如志。

咏　高

先以下为基，终当保不危。泰山雄地镇，北斗正天维。
敏手夸能赋，忠言愿听卑。百常登观阙，九仞揭旌旗。
木有迁莺集，墉惟射隼宜。举家何氏隐，双下李愔搥。
大比杨雄好，长同巽卦为。巍然望尧帝，卓尔仰宣尼。
羊肆犹陈义，皇坟或媲词。变更惊岸谷，丰稔阅京坻。
醉枕日三丈，词场桂一枝。金城横绝险，龙马出权奇。
已著名僧传，仍先国手棋。张弓聊抑尔，封岱更增之。
郢曲故难和，牙琴谁复知。梗楠凌远壑，鸿鹄漾晴曦。
汉祖兴邦日，商宗享国时。设科求德劭，巡狩问年耆。
容驷开门户，摩霄展羽仪。形容上麟阁，勋阀照鳌碑。
密勿云台议，揄扬崧岳诗。岩岩具瞻峻，那复叹隆墀。

孔武仲(1041—1097)

次韵李至之席上作

岁月翩翩插羽过,十年依旧叹蹉跎。雁回燕塞乡书少,雪满梁园雅集多。
取乐醉乡聊邂逅,争新谈薮任纷罗。殷勤尚托抠衣旧,遥许巴吟续郢歌。

答元珍见赠

汴柳毵毵绿蔽河,春城旅舍数相过。一闻高论烦襟豁,更捧新诗雅贶多。
清鉴欲回荆玉价,芜音难断郢人歌。儒林志业期千古,旧事惭君话决科。

李弥逊(1089—1153)

次韵陆虞仲学士涂中咏雪(其二)

岁行去似客程兼,诗债新随雪阵添。唱绝郢人夸洁白,舞低赵女斗轻纤。
寒威莹骨胜三沐,爽气薰心解六黏。险语赓酬难自勉,旋干吟笔尽更签。

李曾伯(1198—1268)

和刘疏轩雪堂韵

因君郢调问前踪,贤者斯能乐雪宫。四海香名寰宇外,百年公论党碑中。
癯然鹤骨存生气,寂甚鸾胶续古风。留得墨池芳润在,草玄犹可忆扬雄。

李正民(1073—1151)

再次春雪韵(其二)

万壑铺平练,千岩锁翠微。车能翻缟带,尘不化缁衣。
撼树桄榔满,张图蛱蝶飞。敲门传诗卷,此曲郢中稀。

次韵同院晚春(其一)

病思愁肠叵奈何,新诗无复苦磋磨。欣闻郢客阳春曲,罢唱吴侬小海歌。
幽径雨余芳草绿,小园风静落花多。融樽正好酬佳景,休叹朋簪不我过。

李之仪(1048—1127)

次韵晁尧民黄鲁直苏子瞻同赋半粲字韵十往返而不倦者

耿耿万里心,振衣常夜半。明星当户高,仰首每自叹。

是身固虚空,殆将等闲玩。永怀一寸光,有之讵能散。
南山富蕨薇,采采宁待伴。不愧郢中曲,谁报青玉案。
千载北窗风,郑声何可乱。子职若崎岖,垢指宁与盥。
我惭老更拙,欲和知良难。但能袭余尘,未易窥重关。
路年与君俱,才此意少宽。奈何舍我去,鸿鹄随骞抟。
岑楼起肤寸,万仞始一拳。知君未易量,愿君更加餐。
亲发日益白,何以为亲欢。以义不以时,吾君正求贤。
只欠明光宫,峨峨望君冠。

廖　刚(1071—1143)

和周材雪诗

腊雪缘何喜,春工属此兴。宿苗沾润足,鳖气涤除仍。
乱舞随空远,轻黏彻体凝。漫天纷糁玉,极目皎铺缯。
带雨声初急,抟风势转增。危檐飘邃幕,疏屋洒寒灯。
瑟缩鸦栖怯,跳梁犬力胜。须臾平坎窞,顷刻没畦塍。
梅李看山木,琼瑶数塔层。寝眠宁有道,赋咏愧非能。
郭履愁离席,孙窗但枕肱。冻从金井水,清挹玉壶冰。
银阙何劳问,云台取次登。渔蓑真好画,柳絮足多称。
栗冽惊残岁,凄其忆旧明。戴君聊欲访,郢唱忽难应。
绮席交银烛,清河映玉绳。诗成凌鲍谢,酒饮竭淄渑。
天朗醒孤鹤,风高激怒鹏。齐宫初入梦,晓鼓数声鼟。

再　和

闻说长安少,祈求废寝兴。精禋俄感格,飘舞遽萦仍。
剪水瑶花怯,摇风柳絮凝。共忻田有麦,谁念客无缯。
洒迥春恩阔,侵窗晓色增。路漫三径草,光掩九华灯。
栖鸟浑无托,渔舠渐弗胜。冈峦徒见陇,阡陌不留塍。
庭玉堆盈尺,台云叠几层。困衰那有意,饱武亦何能。
斗帐愁孤碗,围炉忆并肱。携瓶闲煮茗,坎地学藏冰。
周雅何妨咏,燕山讵可登。齐宫当日景,谢句异时称。

抱膝愁无侣,传笺喜得朋。郢歌元独妙,楚曲更相应。
跛足惭追骥,凡材强就绳。汗颜从夺锦,痛饮欲临渑。
喻问悬荀鹤,虞弦动沈鹏。故应聊遣兴,布鼓岂鼟鼟。

廖行之(1137—1189)

和前韵(其一)

有赋为招隐,无文可送穷。郢歌应寡和,齐瑟自难工。
好在南山雾,高眠北牖风。此心奚所得,要与古人同。

林　逋(968—1028)

监郡太博惠酒及诗

尘事久谢绝,园庐方晏阴。铿然郢中唱,伸玩清人心。
况复对樽酒,百虑安能侵。何以比交情,松桂寒萧森。

林景熙(1242—1310)

述怀次柴主簿

独闭柴门木石亲,诗筒剥啄不妨频。青灯风雨多离梦,白发江湖少故人。
谩读楚骚招太乙,谁听郢曲和阳春。书香剑气俱寥落,虚老乾坤父母身。

林希逸(1193—1271)

溪居古榕甚佳未尝有所赋得柞山诗卷借奇字韵戏成一首

古树婆娑谁手种,有藤缠络似髦垂。但看窗草求溪意,自觉庭楸欠愈诗。
才拙岂能酬郢曲,心降但合靡齐旗。吟渠却羡公家柞,短韵长篇句句奇。

刘　攽(1023—1089)

次韵和裴库部喜雪歌

四时平分气升降,当冬宜藏反宜畅。玄冥羸屝失其职,骤弛威权避威仰。
由来万事可尽料,一夕同云迷下上。始疑群灵久猜阻,勿尔觉悟欢相访。
周宣商汤号明主,圭璧垂尽虚卣鬯。岂如圣神备参两,精意潜发天垂贶。
朔风萧条严莫犯,四野皓白光弥望。乾施无方意必均,阴杀夸多力尤壮。
松篁得意忍枯槁,鹰隼乘时戾宽旷。层楼眺远复褰帘,密室就暖仍施幛。

舞投墙隙到中堂,响拂纸疏喧北向。 樵林无声自斤斧,野渡争趋急船舫。
富觞屡举极欢呼,贫屦践行报嘲让。 谁令小邑尽华屋,不觉南山失青嶂。
月临静夜绝氛埃,涛起风江采荡漾。 豫期晴和当劝耕,径入园林稍挟杖。
宿醒未解鸡三号,照梁辉焕晨光亮。 裴侯清通思豪绝,郢曲不比巴人唱。
老均茵凭游益欢,闲借杯酒神俱王。 明年三农饱牟麦,病民自可逃无状。

刘 敞(1019—1068)

雪后登观风楼

雪带郊原阔,城横碧玉齐。夕阳寒似落,远树望如迷。
旅雁情更急,栖鸟饥乱啼。强歌非郢客,竟日恋危梯。

寄 张 献 臣

缔交从若水,百里绝相过。平日相离索,期年见揣摩。
从容席上客,清绝郢中歌。拟属阳春和,伊予独在薖。

得和书自越入京时寓商丘

遥想行舟处,春江花正繁。殊方更回首,不语独销魂。
寡和愁郢客,雅游思兔园。吾能事应聘,见尔大梁门。

次韵得午日酒

午日风光复晏阴,轩昂未许岁华侵。楚魂招后宜皆醉,春酝来时且献斟。
高枕洞庭看鸟度,卷帘衡岳听猿吟。郢中寡和由来事,应喜新诗有嗣音。

答子温雪中见寄

劲风萧飒结冲波,飞雪奔腾万里过。亦未妨人洛阳卧,还闻有客郢中歌。
壮心可念哀鸿远,正色遥怜翠竹多。会卜丰年慰羁旅,敢辞荒径重张罗。

社 后 雪

故阴不自敛,飞霰一何骄。强妒春阳盛,那妨玉琯调。
滔天初极望,见睍已全消。讵损朱华丽,只添绿野饶。
泥涂穷道路,绨绤乱貔貂。遂恐天时错,仍虞岁事枵。
浮云犹苦结,燕贺乍惊飘。但使风从律,无嫌物反祆。
初过元日社,又放紫宸朝。乘兴从君饮,孤音续郢谣。

刘克庄(1187—1269)

跋方寔孙长短句

金针玉指巧安排,直把天孙锦剪裁。樊素口中都道得,春莺啭处细听来。
欲歌郢客声难和,才误周郎首已回。可惜禁中无应制,等闲老却谪仙才。

刘　跂(1053—?)

寄尹迁介叔(其九)

歌词郢中来,未数白与贺。一斑昧全虎,端似隙中过。
可怜光万丈,不救妻子饿。平生严郑公,皂隶有余货。

刘　挚(1030—1097)

闻东园诸学生雪饮寄之

大雪填虚翻海波,袁安门户可张罗。寒惊春絮因风早,病觉空花向眼多。
梁苑喜开陈桂酒,郢人谁已唱兰歌。少年抚景应须醉,莫学衰翁著睡魔。

送柳判官引对次邹主簿韵

斯文复古魏郊东,落落名孙祖气同。待诏方探采兰舍,最书催见受釐宫。
十年樽酒瞻燕碣,几日歌吟笑郢中。天下求才君必用,莫悲长剑匣秋风。

楼　钥(1137—1213)

戏和淳诗卷(其三)

澄江如练净,新月似镰磨。老柳飘轻絮,良苗飐细波。
歌声追古郢,诗价怯新罗。到处还成醉,芳醪旨且多。

陆　游(1125—1210)

梦宴客大楼上命笔作诗既觉续成之

表里江山亦乐哉,华缨满座敌邹枚。歌从郢客楼中听,猎向樊姬墓上回。
梅蕊香清篸宝髻,熊蹯味美按新醅。眼边历历兴亡事,欲赋章华恐过哀。

吕　陶（1028—1104）

和　对　雪

严冬飞朔雪，此景望中嘉。云暗垂天幕，江平压浪花。
翅寒低独雁，枝重折丛葭。冷甲穹边戍，凝烟野叟家。
聚来风有助，消去日难遮。炉暖频烘兽，杯浓不饮蜒。
谢吟殊可爱，郢唱又何加。好尽登临兴，搜题彻四遐。

和孔毅甫州名五首（其一）

毅甫生江南，蕴有洙泗质。雄文极古今，通鉴尽疏密。
瀛山绣衣使，高步尚淹屈。河水润畎亩，随珠照圭荜。
仁风信乐易，治体本诚一。昌时政多暇，丰岁民甚佚。
抚琴得遗音，开卷终旧帙。天和内自保，万事皆外物。
我生本蒿莱，岂合顾簪绂。南迁至此处，惠养殊不失。
伤心屈原椊，掩耳湘灵瑟。罪大敢放怀，恩深已沦骨。
幸常从公游，谈笑度永日。我吟续郢唱，缄封弥战栗。

毛　滂（1060—?）

对雪作诗未竟曹使君寄声招饮因成篇以寄

东风欲辞闾阖殿，未向百花枝上见。先拂瑶台玉蕊丛，联翩时落玲珑片。
水晶宫中清晓寒，蝴蝶窥帘轻暝旋。素光冷逼翠云裘，玄冰暗结青光研。
诗成玉屑带冰书，兴随月绕清溪遍。兔园老笔生阳春，墨葩不待微和扇。
明朝当见郢中吟，雕樽快覆鹅黄面。

梅尧臣（1002—1060）

次韵任屯田感子飞内翰旧诗

二十四年君日哦，翰林风韵郢中歌。岁华荏苒都如昨，世事升沈亦苦多。
燕国骏蹄犹待乐，荆山美宝已逢和。剩求海内多何用，烂醉人间理莫过。
历览昔贤皆泯泯，寻思鲁叟自波波。我今不敢希高躅，蹇步年来任跌跎。

次韵和酬杨乐道待制咏雪

梁苑孝王迹，灞陵游客心。牧羊来海上，泛棹向山阴。

兴赏曾何浅,羁栖亦以深。穆歌犹在竹,郢曲自传琴。
旗冻沾天仗,枪寒拂羽林。且为丰岁庆,休作苦寒吟。
掩帙都忘虑,焚香静拥衾。晴明一登阁,暮色遍高岑。

欧阳修(1007—1072)

贺九龙庙祈雪有应

真宰调神化,幽灵应不言。朝云九渊暗,暮霰六花繁。
朔吹萦归斾,宾裾载后轩。睢园有客赋,郢曲几人翻。
槐座方虚位,锋车伫改辕。愿移盈尺瑞,为雨遍群元。

强　至(1022—1076)

次韵知郡郎中应期喜雪

公将民欲达天心,瑞雪如期白昼阴。皓色恍疑霄宇接,浓寒都为岁华深。
辞妍席右人雄赡,兴尽溪边客访寻。铃阁唱高宜和寡,不才刚缀郢中吟。

施晋卿(?—?)

梅林分韵赋诗得下字

郊原宿雨余,雪重云垂野。春信初动摇,欲往岂无驾。
使君早著鞭,问路逢耕者。深寻烟雨村,共作诗酒社。
庭荒六老树,气象自俨雅。一笑呼酒来,大盆注老瓦。
最后看枯株,何意当大厦。夭矫待风云,有年天宝假。
须知羹鼎调,嘉宝系用舍。我欲寿使君,樽罍更倾泻。
明朝得楚骚,健甚无屈贾。君今有锡环,诏落九天下。
蜀江雪浪来,棹趁船人把。留滞以诸生,斯文要陶冶。
惟应郢中歌,倡绝和自寡。更闻督熊儿,夜赋烛余灺。
它年看无双,声誉出江夏。却笑昌黎公,阿买字能写。

史弥宁(?—?)

和潘帐干二首(其二)

铁研磨穿志未伸,也叨朝迹也临民。九关犹记钧天梦,一舸重寻湘水春。
自笑装怀多侄偬,从知满腹欠精神。调高郢曲终难和,羞杀歈歌笁后尘。

释重显(980—1052)

答天童新和尚

中峰深且寒,歆接海边岛。松凋不死枝,花坼未萌草。
飞瀑吼蛟宫,幽径分鸟道。伊余空寂徒,浮光寄枯槁。
冥游天地间,谁兮可寻讨。孤立云霞外,谁兮可长保。
兹来仁者来,还称太白老。荷策扣岩扃,重席展怀抱。
示我商颂清,休夸郢歌好。报投惭抒辞,难以论嘉藻。

释印肃(1115—1169)

金刚随机无尽颂·法界通化分第十九(其六)

田歌答郢歌,露柱中心和。田郢本自无,露柱是什么。

司马光(1019—1086)

和昌言官舍十题·兰

贤者非无心,园夫自临课。蓺植日繁滋,芬芳时入座。
青葱春茹擢,皎洁秋英堕。正苦郢中人,逸唱高难和。

和李八丈小雪同会有怀邻几

天禄淹回德齿尊,暂留汾曲两朱辖。闲轩坐啸正飞雪,同舍倦游来及门。
空叹高歌如郢客,愧无佳赋似文园。坐中犹欠邻几在,深负棋枰与酒樽。

答师道对雪见寄

阴风一夕惊,晓雪满都城。气覆千家白,光连万象清。
恋空飞不下,弄态舞相萦。历乱看无定,飘飘转未成。
缀垣时缺剥,压竹乍欹倾。细隙过无滞,寒窗拂有声。
园林匀结练,观阁巧雕琼。草木情先喜,乾坤意亦荣。
营魂顿疏健,病目暂虚明。郢曲高谁和,羞将叩缶并。

宋　祁(998—1061)

同年王圣源南都讲授

刻意悲秋发未华,诸曹频费杜陵嗟。歌缘郢客高难和,璧是秦人误指瑕。

105

绿底恩书褒振滞,乌衣群从庆还家。离宫万户经庠盛,却对诸生坐绛纱。

和梅侍读给事秋雪

朔气迎秋晏,因成糅雪飘。园宾惊早赋,郢曲爱新调。
杂霰鸣寒箨,纷花混晚苕。光含阙边凤,温借省中貂。
缟顷才供望,盐波已屡销。今年属清思,旻宇其寥寥。

宋　庠(996—1066)

酬王拱辰侍郎归阙见赠

俊誉由来服搢绅,更烦余略霁边尘。威留玉帐时无战,班入金华地最亲。
昔看草辞知大笔,今荣除馆识嘉宾。一章求旧人知否,偷俗都融郢曲春。

谢齐屯田见惠诗什

东家华衮屡垂褒,倾耳幽兰郢唱高。雪苑曳裾惭赋客,春塘飞笔见诗豪。
千金秦市文终贵,九奏钧天梦自劳。他日海槎如犯斗,愿将孤迹托星曹。

汉上春雪

繁雾乘阴结,寒英匝宇飘。风催洛妃舞,春伴郢人谣。
逗浦添珠媚,萦丛掩柳娇。楼空先月白,野阔助天遥。
稍傍鱼冰合,还依雉陇销。一樽无与晤,幽思满兰苕。

苏　轼(1037—1101)

次韵刘贡父李公择见寄二首(其一)

白发相望两故人,眼看时事几番新。曲无和者应思郢,论少卑之且借秦。
岁恶诗人无好语,夜长鳏守向谁亲。少思多睡无如我,鼻息雷鸣撼四邻。

苏　颂(1020—1101)

丘林诸君以春雪三绝见寄走赋长句奉酬

彼美春工用意多,剪裁琼蕊缀庭柯。妍辞重识梁园赋,寡和还推郢国歌。
莫叹余花皆惨悴,共看修柏自婆娑。尊前谩爱风光好,不见山阴泛棹过。

刁景纯学士寄示嘉篇述前后过颍游览之乐不鄙虚陋曲蒙推奖感叹不足辄用本韵通成五十仰答来贶

昔岁寓文馆，雅志慕藩屏。尝闻近畿州，胜绝惟南颍。
十年走京华，官局苦闲冷。欲求一麾去，数奏囊章请。
适会择兹守，乘时窃侥幸。君相宠儒林，念久贷愆眚。
旋蒙左符赐，上戴天恩并。扁舟促行役，洪渠逐奔猛。
飘然离尘嚣，有若出机阱。从容光景多，历览江山迥。
去都时值秋，到官月逢病。此邦信名区，民愿俗无警。
昔守皆巨公，今犹蒙镇靖。非才偶承乏，继治实多幸。
前贤有规模，遇事见要领。因此颇闲暇，得以探物景。
溪湖绕郡郭，台榭跨冈岭。春媚花百名，秋香荷十顷。
野色连莽苍，水容迷渌净。虹驾迤路长，鹢泛源流永。
幽寻穷胜处，登陟疲足胫。适意自留连，对人成诧逞。
是时汴流阻，北客多过境。景纯罢山阴，前旆亦南骋。
予逢丈人行，再拜肃襟衿。君待同舍生，抗礼均侪等。
公斋荐具薄，主席奉陪鼎。馈以清淮鱼，报我龙山茗。
西园复追从，继日承音謦。胸怀坦而夷，不事畦与町。
杯盘命镌简，丝竹烦正订。横管教吹羌，新声赏歌郢。
善谑剧笑谐，尽欢忘醉醒。自兹别经秋，多故值忧梗。
七月会同轨，远臣伤吊影。交旧少经涂，酒希但虚皿。
兀然坐空阁，何异蛙在井。故人勤眷盼，尺书询动静。
新诗三百言，斫句露锋颖。念旧起悲伤，曾游皆记省。
眷予忝畴曩，被爱逾踵顶。感慨知己心，中藏聊自儆。
景纯书阁老，二纪酬申丙。当年文雅誉，久合登西省。
心贪为郡乐，旌旄屡操秉。徊翔成淹留，前辈今谁并。
复闻乞淮藩，早已饰归艇。南河如可棹，北渡时引颈。
溪亭待清扫，宾具重消整。还当挥前尘，晤语慰悬耿。

孙　因（？—？）

越问·良牧

自大驾之西幸兮，府遂为于近藩。赐行殿为府治兮，暨泽牧之惟艰。

张毗陵首当是选兮,实股肱之旧弼。仍土阶之素规兮,因旧宇以为安。
朱忠靖继剖符兮,屹具瞻于岩石。赵忠简亦相望兮,凛清风而独寒。
忠定王之来镇兮,当乾道之四祀。捐帑以置义租兮,辟宫而祠先贤。
谅棠阴之蔽芾兮,思召伯其如愬。宜大封于是邦兮,良天道之好还。
后五十余年兮,谁俪美以增饰。维我新安公兮,骛逸驾而独攀。
剖滞讼如澌流兮,召雨旸如应响。使百城俱按堵兮,令沧海无惊澜。
立吏胆于秋霜兮,洽民气于春泽。出干将于宝匣兮,照沉灉于铜盘。
圜扉鞠为茂草兮,麦岐蔿其连秀。令修户庭之内兮,民乐湖山之闲。
既修政而人悦兮,文书省于幕府。新百废以具兴兮,耸轮奂之伟观。
八邑不知有役兮,一道不知有费。若天造而神设兮,岂民力之或烦。
化榛莽为宏丽兮,敞隘敝为爽垲。革蠹挠而雄叠兮,易朽腐而垩丹。
兹栋隆之规模兮,特于此乎小试。非成毁之相仍兮,数循环而无端。
镇越峁乎中踞兮,修廊翼其旁拱。何独敛夫散气兮,所以重夫中权。
巨扁揭乎云霄兮,钧笔粲乎星斗。山灵为之呵护兮,珍光赫而属天。
前方台之月华兮,后蓬莱之云气。左燕春之凝香兮,右清白之寒泉。
绕层城以拂云兮,开屏障于四面。卧林影于云壑兮,栖山光乎二轩。
吸平湖于酒杯兮,浮翠峰于茗碗。送归鸿于天外兮,数飞鸥于海门。
动秋声之搣搣兮,泊晴岚之蔼蔼。钱崦嵫之夕照兮,宾旸谷之朝暾。
上越王之危台兮,诵唐人之杰句。鹡鸰飞而地迥兮,晴烟渺而天宽。
飞盖游乎清夜兮,幂轻烟之素练。棹歌发乎中沚兮,浴明月于金盆。
丽谯涌乎青冥兮,角声起而寥亮。佳山蔚其照眼兮,洗万里之阴霾。
新堤平而拟掌兮,沸行歌以载路。漕渠浚而举重兮,鼓千艘而骈阗。
雄威扁营叠创兮,雷欢声于貔虎。泮宫修贡闱辟兮,遂飞跃于鱼鸢。
台府焕而一新兮,岩壑为之改观。他人视之拱手兮,公谈笑而不难。
既游刃之有余兮,复善刀而藏用。寂然若无所营兮,湛中襟而靖渊。
炷炉香而读易兮,悟至理于泰否。托寄轩之柱刻兮,等蘧庐于乾坤。
上方蕆事明庭兮,将入扈于豹尾。如旄倪之借留兮,纷截镫以攀辕。
繁郢曲之寡和兮,信箫规之难继。民愿公无遽归兮,帝谓吾今召还。
虽卿月之暂驻兮,幸临照夫越土。恐使星之迁次兮,迫太阶之魁躔。

推治越之道治天下兮,固我公之余事。
然越人爱公如慈父母兮,愿托歌而永传。
客乃敛衽肃容兮,屏气弗敢复言。孙子于是浓墨大字兮,终夫越问之篇。

唐　庚(1071—1121)

寄郭虞卿

读书老益苦,潇洒比元澹。直行不由径,慎独肯欺暗。
如何已鸿冥,犹复见蜉撼。寡和郢中曲,忍辱渔阳掺。
斗筲彼常态,义命吾何憾。屈伸固有时,佳境当徐啖。

王　珪(1019—1085)

依韵和永叔戏书

良辰并与赏心难,偶对清樽且共欢。梦忆江湖无奈远,吟牵月露不胜寒。
曲逢郢雪须歌尽,漏绕宫花几听残。朝锁楼台空怅望,欲将春恨托飞翰。

送公辟给事自州致政归吴中①

青琐仙人解玉符,秋风一夜满江湖。曾歌郢水非凡曲,未扫旄头负壮图。
终日望君天欲尽,平生知我世应无。扁舟定约元宫保,潇洒莲泾二大夫。

王十朋(1112—1171)

畎亩十首(其二)

古道日云邈,古意谁复知。阳春漠无和,流水空含悲。
郢曲变新调,郑声入朱丝。喟然三叹余,默与羲皇期。

王庭珪(1080—1172)

再次前韵二首(其二)

天公剪水落空虚,似借东风暖力驱。未用春禽催脱裤,宁闻沽酒劝提壶。
歌楼人唱郢中曲,野寺烟生香积厨。何必万钱方办酒,一杯随分岂难图。

---

① 郑獬《送公辟给事自青州致政归吴中》内容与此诗相同,不再重复收录。

雪中访胡次鱼因览新诗次其韵

天涯流落与谁同,雅什重闻正始风。文阵向来无敌手,诗坛今孰敢论功。
郢中遗唱人难和,冀北成群马遂空。接屋同邻江上寺,过从犹幸不匆匆。

王　洋(1089—1154)

乙酉闰八月二十一日出南城游岘山壁间读东坡诗感而有作

水晶宫名凡几区,此州绝景天下无。寒溪十里出明镜,峭壁千仞涵清虚。
平生邱壑胸次间,长情自恨无时闲。干戈逐我出乡曲,散浪却不拘尘寰。
往时足健轻追逐,吴会山川看未足。行来恰值积雨余,万叠峰峦发新绿。
溪山长好人长闲,不信此州翻地轴。流落须论塞上翁,高唱惭无郢中曲。
千年陵谷多迁变,高名长在唯称贤。岘山上下碑在否,见说父老犹潸然。
襄阳但记羊叔子,雪上风流亦如此。壁间谁记万瓦诗,叹息前贤泪如洗。

王　奕(？—？)

次韵上雪楼程侍御

当年雪片大如席,独立楼头有此翁。集霰已知漫大地,行窗转觉舞回风。
洛阳公子衾谁共,姑射仙人梦不同。且倚玉栏看世界,郢歌一曲月明中。

韦　骧(1033—1105)

又和倒韵

匪疵真有德,值物不偏恩。细或穿幽隙,悠然被广原。
皑皑均旦暮,浩浩壹乾坤。凛冽添寒气,苍茫返混元。
鹄鸥潜失影,狐貉暗忘魂。竹重风旌袅,池凝晓鉴昏。
飞毫玉兔脱,蟠径素龙蜿。陵弱侵庭柳,埋青抑砌萱。
屑琼谁措手,炼粉若为盆。当迥墙头积,回飘瓦口喷。
群飞停啅噪,万丑掩瘢痕。穷巷情方惮,豪堂势自温。
萧条孤驿路,冷落古祠阍。乱辙分明印,双鸥仿佛蹲。
何时飘絮定,著处白云屯。酒榼倾浮蚁,吟笺染戏鸳。
妙才窥赋象,佳兴袭游园。冰鉴清相照,瑶枝俯可扪。
剡舟那遽载,郢唱且重翻。咳唾深怜武,栖迟酷爱袁。

韩诗高孰抗,谢赋久仍存。肃肃东方骑,优优北海樽。
危楼登郡堞,远目瞰江村。摘藻逾梁苑,申严过棘门。
雄辞端獬豸,险句崒昆仑。缀韵金声协,挥毫墨电奔。
丰年见先兆,沴气已横吞。氛霭销中夜,球琳冒短垣。
清光交素魄,余润浃枯根。嘉瑞由嘉政,舆歌莫厌繁。

文彦博(1006—1097)

幽　兰

燕姞梦魂唯是见,谢家庭户本来多。好将绿叶亲芳穗,莫把清芬借败荷。
避世已为骚客佩,绕梁还入郢人歌。虽然九畹能香国,不奈三秋鹈鴂何。

致政中散荀龙连惠三篇俯光衰老辄亦依韵和呈再鼓赢师其气已竭止希一览而弃之可也

郢楼高唱丽阳春,重叠三章妙入神。席上纵欢殊不倦,樽前道旧转相亲。
故交共是休闲客,令子今为辅弼人。河内仙居颇优逸,风流雅尚有谁伦。

吴　芾(1104—1183)

和杨元明雪中见赠

为别多年不记旬,雪中闻到喜难陈。尚稽良会心如渴,频展新诗手欲皲。
和寡莫追歌郢客,兴来还愧泛溪人。要须早了官中事,趁取元宵作好春。

和刘判官喜雪

滥把州麾奉北堂,自惭政术非龚黄。年丰物阜天所赐,容我养拙山水乡。
今朝瑞气俄融结,散作飞花应时节。万家疫疠一扫除,尽道年时无此雪。
幕中佳士欣得公,笔端能与造化通。乃知冰柱有家法,寡和未饶歌郢中。
一望琼瑶迷四境,我复白头临绝顶。要须相与作春温,共向尊前捋醁酊。

吴　潜(1195—1262)

再和赵知录韵三首(其一)

妖蜃吹城匝海涛,也疑瀛岛产琨瑶。老滕解把真成妄,郢曲如今始再调。

项安世(1129—1208)

四雪诗用前韵寓四字(其一)

皓景连辛甲,寒歌遍仄平。会同符盛治,假合类浮生。
境变西山色,诗翻郢曲新。且随车角住,休趁马蹄行。

次韵和谢江陵杨县丞投赠四首(其四)

买臣五十贵何疑,衣锦怀章亦未迟。苕雪有情依辇毂,簪缨无数足亲知。
只消笑向长安得,何用歌穿郢市为。江汉沮漳吾老矣,药囊如柿气如丝。

谢　翱(1249—1295)

九日前子善来会山中

朝寻寒露枝,莫摘不盈把。风吹西南云,幽情谁与写。
有客来缙州,遗我古盏斝。中有鸳鸯文,色如铜雀瓦。
浮以郁金蘂,苍藓藉其下。此物宁足感,聊用助歌者。
但怀郢曲悲,岂计所知寡。

徐　积(1028—1103)

和吕秘校(其一)

董子书帏正寂寥,阮君何事顾吾曹。两篇有若双琼赠,八句多于一字褒。
莫恨潘安头早白,须知郢客调弥高。鸾凰岂是尘埃物,待看青云振羽毛。

许安世(1041—1084)

和蓬莱阁赏雪赋诗

南国收藏晚,黔天凛烈兴。日行黄道市,神御坎宫乘。
元化初施种,穷阴乍丧朋。气随钧外转,云自泽中腾。
集霰纷余凛,号风助峻棱。紫霄零杂佩,玄野碎增冰。
缟色坳宎遍,寒光上下凝。候严知节应,空旷觉神澄。
透隙还同舞,因方不待绳。雁飞朝愈急,鸡误夕相应。
吟絮飘吴苑,裡茅秀楚塍。阶庭迷鹤鸳,林麓蔽薪蒸。
瑶水三千里,昆仑九万层。槛前窥化国,波际失西陵。

舟兴怀安道,鲈思鄙季鹰。胜游方罕值,高会喜相仍。
涨海雄藩屏,东侯实股肱。蕊珠辞密侍,阿阁贲华称。
将幕开樽俎,宾筵集俊能。醴杯亲劝酢,龙坂尽陪登。
郢唱人谁继,皋谟世共矜。击辕知乱雅,附骥偶同蝇。
绾席尘空满,婴衣体讵胜。仰瞻云汉丽,嘉惠岂虚膺。

许及之(1141—1209)

再次韵呈徐漕

留台心与天等慈,违春觅雪回象滋。计台心与留台似,贺版趣遣琼瑰辞。
白战场前受降北,笔补造化戈却日。郢中之曲信寡和,鼓宫宫动能者职。
我欲十驾期相从,今见老子其犹龙。径须乞公玉蕊佩,去上绝顶瑶台宫。
下视尘寰一何有,天地交光落吾酒。酌公云梦公莫辞,能费公吟几叉手。

薛季宣(1134—1173)

雪

太素欲还淳,熙然万物春。封条花烂漫,飞絮柳纷缤。
玉殿神光发,金楼火色新。檐高天汉接,地远蜀江濒。
西塞云填谷,南湖浪拍溃。吠庞欣掉尾,饥鸟困依人。
蹑屐踪存齿,翻车亚到轮。窗开罗岫失,槛倚凿池堙。
炉炭情偏惬,冰壶意亦亲。郢歌休待和,大化席纷纷。

杨　杰(?—?)

和穆父待制蓬莱观雪

戊辰岁历长,两春一逢腊。上瑞兆丰年,同云弥六合。
初如天马来,奔入银河蹋。梁苑客后至,郢楼曲难答。
锦绣方还里,樽罍喜开阁。光照孙康书,寒恤袁安榻。
但爱川陆平,不问瑶珉杂。扁舟欲泛剡,凛气若浮溻。
龙图屡烹试,凤脑顿爽飒。明月交清辉,绛笼不燃蜡。

杨　亿(974—1020?)

灯夕寄献内翰虢略公

琼楼十二玉梯斜,乾鹊南飞转斗车。有客郢中歌白雪,几人天上醉流霞。
金吾缇骑章台陌,素女繁弦太帝家。秦痔未痊齐阁掩,梦回宫树已啼鸦。

史馆盛学士以诗相贺因而答之

前年出守缙云城,曾枉骊歌慰远行。今日代言青锁闼,又披郢唱见深情。
侧聆九奏都忘味,连得双金自满籯。红药阶前试吟嚼,胸中鄙吝一时平。

姚　勉(1216—1262)

次友人王半山韵

  诗家王半山,妙语占清绝。曲高和斯寡,郢曲愧春雪。
  句中寓深意,端为我辈设。以规不以颂,如玉得磋切。
  予生战场屋,一胜久未决。勇余尚欲贾,磨砚欲穿铁。
  第惭不善斫,颜汗指亦血。乞灵济楚师,此敌傥可灭。
  如君洗尘累,盆盎易甄别。鹰扬会有日,奋翅脱笼绁。

易袚妻(?—?)

对　雪①

纷纷瑞雪压山河,特出新奇和郢歌。乐道幽人方闭户,高歌渔父正披蓑。
自嗟老景光阴速,谁使佳时感怆多。更念鳏居憔悴客,映书无寐奈愁何。

员兴宗(?—1170)

李太白古风高奇或曰能促为竹枝歌体何如戏促李歌为数章(其三)

郢客遗音飞上天,谁歌此曲谁为传。但闻色声纷唱和,使我默叹心凄然。

袁说友(1140—1204)

和南伯山行韵二首(其二)

千峰踏尽又层坡,冠染征尘不暇峨。佳处赏心惟酒尔,愁时引睡奈诗何。

---

① 朱淑真《对雪一律》内容与此诗相同,不再重复收录。

憩亭尚远日先暮,脚力已穷山更多。白发对山聊自醉,如公自富郢中歌。

曾由基(？—？)

题潘庭坚乐府后奉简陈金书

性灵底物堪陶冶,郢曲弥高和弥寡。锦囊勿使六丁偷,会有昌黎赏东野。

张 扩(？—？)

次韵赵悦中防御喜雪

天南霜力微,不洗瘴地暖。穷冬雪一尺,坐受坑谷满。
梦闻淅沥声,惊起欲窥管。敢倚狐貉温,但愁衣带缓。
王孙雪争妍,耿耿抱丹款。闭门不知寒,高卧腹自坦。
纸窗飞花集,乱扑书檠短。不忧诗作魔,政借酒为伴。
忽枉郢人曲,悬知和者罕。犹余雪清甘,味胜茶七碗。

张舜民(？—？)

和赵大监雪

腊雪称为瑞,初春又不同。月藏灯市底,云泛彩山中。
洒面犹堪数,连宵势莫穷。催花萦小槛,引絮舞低空。
三径从谁扫,千门倏自通。缡襹消酒力,料峭却东风。
阔瓮平戎幕,孤撑访戴篷。岂期麟趾客,并舍虎门东。
郢国歌难和,梁园赋易工。何人知帝力,鼓腹颂清衷。

赵 鼎(1085—1147)

次韵富季申雪中即事时闻北敌起兵京师戒严二首(其一)

东风花万点,落我酒杯间。欲和郢中曲,先颓坐上山。
威棱徒料峭,生意自斓斑。谁是淮西将,提兵夜斩关。

赵鼎臣(？—？)

次韵何德之喜雪

北风半夜轩昂变,倒泻天河飞似霰。初惊弱质柔于冰,稍意澄江净如练。
心知消息到杯盘,坐觉精神生笔砚。晓来竹下失青莎,鹄立细长三四片。

似欺赵子躯六尺,欲恼何郎书万卷。诗泉要子涌三峡,酒路许吾通一线。
可怜顷刻纵如花,不奈消流终怯晛。经尝凛冽合增嫌,爱惜为余犹眷恋。
画莎江上真已奇,歌曲郢中殊不倦。自惭追琢费巧心,欲为不托嗟无面。

均文屡约相过近得书辄迁延偶读予梅花诗次韵以趣北辕之约

江南仲御才英发,身佩琼琚冠宝月。骅骝未肯就缰衔,乍踏天街频啮鞚。
忽然醉里谪三湘,顿觉新诗愈超绝。人疑夫子不堪忧,豪气壮心当少折。
不知世故转磨砻,凛凛太阿初不缺。归逢北客笑无言,但道湖南苦秋热。
许来过我已三书,欲对清樽话离别。可怜杨叶漫飞烟,坐叹榴花空点血。
平生一诺季将军,邂逅相逢应有说。颇闻列屋尽蛾眉,自教绕梁歌郢雪。
君能辍暇暂来无,莫待新声都按彻。

赵 蕃(1143—1229)

寄曾使君昭

溪山杖策过山林,万竹千梅可慰心。已悟濠鱼真得计,未嫌郢曲谢知音。
飞腾要路终无那,咫尺春风且细寻。诗自空青受山谷,到公探讨益精深。

周紫芝(1082—?)

刘德秀县丞凡五和前篇仆亦五次其韵(其二)

楚泽是鱼稻,不论斗与斤。老守睡足处,饱饫闻余薰。
时歌郢人曲,细和湘累文。天风一披拂,花砌飞缤纷。
乐此尽日静,颇无终岁勤。刘侯过我数,坐久衣成纹。
时惊燕梁句,有似春空云。千年论往事,一炷同清芬。
有客乃如此,我意岂不欣。人生如草木,鼻味殊荤荤。
海天得彼趣,妙香吾所闻。庶希清净化,上答明圣恩。
从今世外乐,可比洪崖氲。

次韵沈给事对雪长句二首(其二)

翠失千峰与万峦,烂银宫阙纵奇观。楼空翠湿衣裘重,诗就风生齿颊寒。
聊与江山分绝致,浪陪樽俎问更端。莫嗔郢曲无人和,七子风流负建安。

祖无择(1010—1085)

和阎运使以诗见奖吏隐宜春郡诗

狂吟何足话风骚,和寡甘降郢唱高。敢望与言同子夏,竟推多可似出涛。
九成岂后虞韶美,一字终虚鲁史褒。自笑潢污不盈尺,犹将学海去滔滔。

下 里 巴 人

陈 造(1133—1203)

再次陆子高韵奉寄

孰能下书帷,潜心如仲舒。没没视息间,饱食仍怀居。
纷华或交战,进修顾赵趄。屹立视侪辈,未脱同队鱼。
欲耕我无由,生计付束书。推卷了无得,每嗟吾负渠。
日月驹隙过,抚事犹姑徐。衰晚时用少,幸直女骂予。
拙怜官路涩,贫觉交情疏。沈沈王侯宅,进步终踟蹰。
所悲名不称,暇计家无储。一官劣自庇,晋如复摧如。
犁头足膏泽,良田本榛墟。洪钟忍不扣,妙意谁为纾。
纤缺间众美,狐裘羔为裾。而我空无有,一馈九叹余。
眼中今士龙,才业世舍诸。椽笔将精骑,诗来真捣虚。
陈前眩锦绣,论报乏瑶琚。应以巴人歌,局蹐疑见袪。
逝将卖书去,近君营田间。更仆怀韦编,课儿肩竹舆。
有志竟未酬,南睇几欷歔。爱我宁恶石,非子而谁与。
江山怅路长,冰雪迫岁除。临风歌归去,平日赋遂初。
块处念离索,文会思乐胥。寄语识自警,仆夫行膏车。

戴表元(1244—1310)

范文正公黄素小楷昌黎伯夷颂盖宋皇祐三年十一月在青社所书以遗京西转运使苏公舜元者也后二百四十年大兴李侯戡得此本于燕及南来守吴乃文正公乡里即访公子孙以畀之范氏喜而索诗为赠

有耳不听下里巴人,有手不写剧秦美新。
天生灵物寄我体,可惜秽弃同埃尘。清风百世希文老,一字流传今是宝。
谁知堂堂伯夷颂,曾借春晖发枯槁。韩子也复英雄姿,冰寒斗峻余文辞。
吹嘘自起北海隐,脍炙聊慰西山饥。天荒地老精灵在,处处江湖红散彩。
青离孔氏忽自归,今遇龚侯如有待。世情爱古兼爱奇,书奴满眼非吾师。
请君焚香盥手拜此帖,归洗人间儿女痴。

范成大(1126—1193)

古风二首上汤丞相(其一)

抱瑟游孔门,岂识宫与商。古曲一再行,乃杂巴人倡。
知音顾之笑,解弦为更张。归来掩关卧,冰炭交愁肠。
平生桑濮手,未省歌虞唐。明发理朱丝,复登君子堂。
遗音入三叹,山高水汤汤。

方　岳(1199—1262)

次韵刘簿寄示

尘世崎岖天一握,俗子追奔蜗两角。先生宴坐心平夷,矮屋打头甘寂寞。
手提老笔挟霜气,合上蓬山直延阁。高人乃亦主簿耳,往往胸中自丘壑。
银钩宝唾俱入妙,令我见之生踊跃。日酣昨暮春睡浓,柳外叩门谁剥啄。
一书自直十从事,况有骊珠光错落。风檐急转百回读,花草愁深颜色薄。
放余许出半头地,未敢以信而以怍。譬如驽骀受刷饰,金环压辔青丝络。
猗那清庙吁已远,下里巴词可无作。候虫鸣秋鸟鸣春,美恶则殊俱自乐。
焚香危坐试品藻,颇亦敢言余论确。公诗虽淡朱弦清,我诗虽雅黄钟浊。

廖行之(1137—1189)

和张王臣郊游韵三首(其三)

秀句清圆掩百家,锦心幽思定餐霞。风骚谁敢窥严律,诵数惟应满洛叉。
已有文名肩杜曲,却怜羁旅赋彭衙。自嗟下里陪高唱,羞说花时鼓子花。

刘　宰(1166—1239)

送友人归茅山

峨峨三茅峰,秀出云雨上。疑有避世士,卜筑便幽旷。
菊英当朝餐,兰佩拂千障。我行未之见,徘徊几惆怅。
子居山之西,昔闻今见之。厌和下里曲,浩歌商山芝。
山林久寂寥,迟子相发挥。间关整车轴,万里端自兹。
特苗天所扤,念此令人悲。毋为舍灵龟,旁观时朵颐。

陆文圭(1250—1334)

和刘濬见贽韵

踽踽凉凉莫我知,读书渐懒任嘲师。荷锄亦欲耕绵上,把钓因思入汉陂。
姑让著鞭先士稚,何须举扇障元规。巴人白雪难同调,今古应无两子期。

梅尧臣(1002—1060)

送张子野屯田知渝州

旧居苕溪上,久客咸阳东。归来得虎符,驰马向巴中。
歌将听巴人,舞欲教渝童。况尝善秦声,乐彼渝人风。
忠州白使君,竹枝辞颇工。行当继其美,贡葛勿匆匆。

宋　祁(998—1061)

望仙亭置酒看雪

雪压春期蔽曙空,凭高把酒思无穷。光侵病鬓都成白,寒著酡颜久未红。
淮浒乱迷珠罅月,柳园狂误絮时风。使君醉笔惭妍唱,半落巴人下里中。

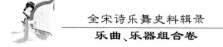

宋 无(1260—?)

答马怀秀兄弟见访

移家连晚岁,屏迹值春寒。旧业遗松径,幽栖远杏坛。
数椽容膝易,五斗折腰难。有客来排闷,无人为整冠。
讽诗称鲍照,卧雪念袁安。下里余谁和,高山尔自弹。
迎门屐齿折,扶病带围宽。乍喜交时彦,相寻到冷官。
邻惊都骑盛,仆出草堂看。光价连城璧,风流艺苑兰。
老嗟倾盖晚,贫觉布衣单。午灶添茶具,烟蓑罢钓竿。
传呼闻杜曲,荣耀满江干。文雅多欹艳,殷勤少接欢。
长鲸钩上掣,巨阙匣中蟠。笔力千钧弩,襟怀百丈澜。
籍通金马选,诏待紫泥干。乐毅曾强赵,夷吾遂霸桓。
贵应联万石,功定服三韩。留取刊彝鼎,勋名未汝阑。

宋 庠(996—1066)

次韵和张丞相摄南郊喜王畿大稔

上衮躬祠节,鸣驺出禁城。傅霖前洒润,尧壤遍深耕。
野色华兼实,欢谣断复赓。民依大钧播,政绝佗心萌。
秋敛蠲徭版,乡酺伫醉罃。露黄开径菊,霜紫落园荆。
蹲芋连区熟,饴荼蔽隰荣。日围衔汉苑,天极抱秦京。
圣旦千龄会,时功万宝成。福禧前席问,元首载歌明。
亮采神龟合,摛文瑞鹊惊。徒惭下里曲,仰颂泰阶平。

醉　　枕

楚辞虚美独醒贤,左手香螯伴醉眠。国器载归壶似腹,江萍兴罢幕为天。
雪楼珠丽巴人曲,芝馆尘生洛浦田。昼枕蝶魂方适兴,莫教猜意傍鸱弦。

立春前二日嘉雪应祈呈昭文相公

皇心精祷动昭回,嘉雪乘时弭岁灾。先作飞霙随腊舞,便含膏泽趁春来。
天渊百顷移星汉,禁籞千枝傲岭梅。一曲巴人虽下里,愿持欢意助康哉。

孙应时(1154—1206)

客　　思

竟作西江去,其如客思何。无情秋色老,不尽楚山多。
且赋南蛮句,休怀下里歌。平生一柱观,明日得经过。

王　洋(1089—1154)

厚载王君求仆赋寄闲斋诗又欲仆作晚实此君二诗皆未果惠然枉佳篇甚厚非老钝所及聊次韵奉酬

布鼓何堪付阿香,平生痴绝亦长康。曲成下里安知宋,疏就中郎不姓常。
未许芳馨依杜若,摇窥光怪识干将。秋风一水空相望,留滞何时贡玉堂。

以校正字学还方智善作诗赠之

惟古于文藏妙理,自然之音见微旨。唇舌齿喉母生子,清浊重轻毛发比。
古者八岁方毁齿,小学师承方肄此。时及春秋循一轨,台舆亦知窥阃阈。
齐人谋莒本秘诡,登楼密语不敢指。两唇含合不哆侈,见者能知岂徒尔。
后人学疏忽源委,傅会流俗兼下里。庚辰吴入记前史,郢永遂令齐亥豕。
少知长老习步跬,红绿谁能辨朱紫。纵有是师无是士,闻者一笑或掩耳。
我年六十老书几,仿佛声形多取似。目前趋过或但已,翻覆讨论徒累累。
方侯大梁旧冠履,结发儒衣长槐市。发愤编摩贪寸晷,索摘真能穷骨髓。
持以告人遭诋毁,方侯持心直如矢。尊吾所闻宁转徙,若不我从知已矣。
我留龟溪同梵庋,膻荥偶幸亲兰芷。时论古意自鞭棰,不觉此心思奋起。
乃知古学惟审是,晚乃纷纭听华绮。考永声律究终始,纵不有疑心固喜。
要好谁云不传纸,革误锄疑云糠粃。
欲障东流归海水,识路直须行不已,靖节琴中有宫徵。

徐　瑞(1255—1325)

仲退示芳洲闲居律诗三首并示和章次韵寄芳洲一笑并简仲退(其二)

老子文章兴尚狂,看花可复梦名场。谁怜用意平生苦,欲俟知音来世长。
郢俗但能听下里,骚人更待赋高唐。年来颇欲焚吾砚,蓑笠田间百念忘。

许及之(1141—1209)

次韵周畏知用南轩闻说城东梅十里句为韵六言七首(其七)

行歌已闻落梅,寡和犹传下里。好步故难卒行,迅雷那及掩耳。

立春前一日喜雪

司寒颛帝职云虔,肯许勾神挠雪权。双胜迎春犹卜夜,六花殿腊已书年。
太阳更不亏元日,圣德由来格上天。惭愧小臣无补报,巴歌敢共郢争妍。

薛季宣(1134—1173)

十四日从诸同官登西山郊坛冈次孟监务韵(其二)

菩萨岩泉湛佛乘,澄泓无复现天灯。强歌下里酬春雪,便好为文吊剡藤。

痁疾中元式示诗走笔次韵

鄙人病在床,政苦风寒侵。之子步池上,攀条哦柳阴。
掷我珠玉辞,疟鬼毛发森。豁尔脱沈疴,翛然洗烦襟。
何当漾轻舠,相与从茂林。清兴谅不浅,此情殊未禁。
强歌下里曲,赓和白雪音。请问觉轩诗,何如梁父吟。

张　泊(934—997)

暮春月内署书阁前海棠花盛开率尔七言八韵寄长卿谏议

去岁海棠花发日,曾将诗句咏芳妍。今来花发春依旧,君已雄飞玉案前。
骤隔清尘枢要地,独攀红蕊艳阳天。疏枝高映银台月,嫩叶低含绮阁烟。
花落花开怀胜赏,春来春去感流年。清辞早缀巴人唱,妙翰犹缄蜀国笺。
共仰壮图方赫耳,自嗟衰鬓转皤然。因凭莺蝶传消息,莫望蓬莱有病仙。

周文璞(？—？)

送　蜀　客

都市今重到,文园更倦游。依依返穷峡,得得上归舟。
往事深能忆,沈疴久合瘳。行经古祠庙,应酹旧山丘。
梁甫遗馨在,降笺杀气浮。白衣犹肯出,黄里不包羞。
一听巴人曲,多贻汉玺忧。花蒙尘漠漠,苑抱水悠悠。

蠢尔狂童辈,俱为灭族囚。坤维元自正,栈阁未应修。
管乐谁能并,卿云亦可俦。时哉著梼杌,聊以畔牢愁。
碑矶重开险,销沉万垒秋。堂留石室画,歌尚竹枝讴。
寒蛰催逋客,啼鹃识故侯。屈沱尝角黍,岷岭看牵牛。
从此多谈宴,逢谁共劝酬。近前持砚削,成列抱箜篌。
近岁安枢相,宣威在益州。君归如访谒,朝论必咨诹。
列圣方垂统,群公亦好修。焚烧已郧坞,诛殛到谨兜。
虎豹参差束,魑魅次第投。衣冠通海峤,干羽格蛮陬。
江寇何劳服,淮田亦粗收。旌旆仍使传,炮烙任兜鍪。
玄象摧天狗,昌陵控玉虬。嗟嗟几上肉,断断帾中筹。
贡锦资藩辅,缄辞告帝谋。声名与勋烈,应逐汉江流。

周紫芝(1082—?)

次韵季共月夜见怀竹坡用子绍韵(其八)

君房言语举世无,射策未许蒙帝都。巴人下里不足数,云韶九奏方纯如。

高 山 流 水

白玉蟾(1194—?)

琴 歌

月华飞下海棠枝,楼头春风鼓角悲。玉杯吸干漏声转,金剑舞罢花影移。
蕊珠仙子笑移烛,唤起苍潭老龙哭。一片高山流水心,三奏霓裳羽衣曲。
初如古涧寒泉鸣,转入哀猿凄切声。吟猱撚抹无尽意,似语如愁不可听。
神霄宫中归未得,天上此夕知何夕。琼楼冷落琪花空,更作胡笳十八拍。
君琴妙甚素所悭,知我知音为我弹。瑶簪琅佩不易得,渺渺清飙吹广寒。
人间如梦只如此,三万六千一弹指。蓬莱清浅欲桑田,君亦辍琴我隐几。
为君歌此几操琴,琴不在曲而在心。半罍如苦万绿缕,一笑不博千黄金。
我琴无徽亦无轸,瓠巴之外余可哂。指下方尔春露晞,弦中陡觉和风紧。
琴意高远而飘飘,一奏令人万虑消。凄凉孤月照梧桐,断续夜雨鸣芭蕉。

我琴是谓造化柄,时乎一弹混沌听。见君曾是蕊珠人,欲君琴与造化并。
昔在神霄莫见君,蕊珠殿上如曾闻。天上人间已如隔,极目霭霭春空云。

曹　勋(1098—1174)

和王倅见惠十篇(其二)

有琴写流水,无言道情素。水寒江海深,川阔牛羊暮。
倒指三十年,犹记潮阳路。

晁补之(1053—1110)

李成季得阊子常古琴作

昔人流水高山手,此意宁从弦上有。阊侯卷舌卧闾里,意向是中留不朽。
似闻绿绮置床头,暑雨东城无麦秋。赵传和氏斋五日,吴得湛卢当两州。
李侯得意夸题柱,成诗欲使邀诸路。自有桓山石室弹,深屋时闻茧抽绪。
无琴尚可何独弦,要识精微非度数。人生有累无非失,我欲心灰木为质。
懒从徽的自凝尘,老向诗书逾爱日。自言结习久难除,犹理断编寻止息。
焦城卜筑近连轸,归约阊侯亦萧瑟。旧闻君祖课木奴,试买瑕丘百株栗。

陈　东(1086—1127)

次韵邵予可弹琴二首(其二)

漫说朱弦大古清,政无蒙瞽在周庭。高山流水本无事,安用区区里耳听。

陈　著(1214—1297)

次韵弟苣客怀

竹洲西畔绿杨阴,一别春光直到今。老境不生贫富梦,浮云应识去来心。
神明官府颂声满,风月弟兄诗味深。归办山中□红饭,古来流水一张琴。

戴　昺(?—?)

侍屏翁游屏山分得水字

携琴入空山,修竹翠相倚。一曲千古心,泠泠寄流水。
拂云卧白石,冥搜契玄理。有时采薪人,歌声隔林起。

邓　肃(1091—1132)

和谢吏部铁字韵三十四首·纪德十一首(其五)

四海纷纷筝笛耳,谁识子期志流水。韵高调古自难酬,得意政须副墨子。
我公声价第一人,积薪居上笑不嗔。但将佳句妙今古,逝变雕虫返太真。
孟轲尝续吾道绝,功与神禹论工拙。先生今复回狂澜,岂减旌阳柱铸铁。

董　杞(?—?)

用洪宪韵自述

壮志摩云一剑闲,欲屠石堡斩楼兰。功名努力车登坂,岁月惊心水下滩。
小小茆茨渔子舍,星星鬓发腐儒冠。高山流水无穷思,整顿瑶琴试一弹。

范仲淹(989—1052)

和韩布殿丞三首·琴酒

弦上万古意,樽中千日醇。清心向流水,醉貌发阳春。

冯　山(?—1094)

和刘明复再游剑州东园二首(其一)

孤城寥落万山围,惟有东溪景最奇。拥传使华寻旧赏,满园春色待多时。
援琴故故弹流水,隐几萧萧听竹枝。摆脱风光情不尽,停车门外欲行迟。

葛绍体(?—?)

韩氏与闲即事

堂深暑不到,闲意一炉香。棋斗过河急,琴弹流水长。
古瓶疏牖下,怪石小池旁。忠献画图在,英声不可忘。

顾　逢(?—?)

寄碧澜赵右之

交游岁月深,彼此各知音。佳句不离口,可人长在心。
多愁悲白玉,一笑弃黄金。流水高山乐,床头自有琴。

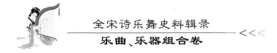

琴 书 斋

不道郯侯家,有人如伯牙。七弦真得趣,万卷足生涯。
石鼎时添火,铜瓶日换花。高山流水罢,笔下走龙蛇。

顾　文(？—？)

三 江 亭

词源倒峡势奔侵,绠短那容汲万寻。望属沧浪惊鹤唳,志存流水识琴心。
挥毫句句囊盛锦,拜赐人人袖有金。不日都俞在庙庙,更听虎啸应龙吟。

郭祥正(1035—1113)

留题西林寺揽秀亭

行瞻香炉峰,未出二林口。一区广地如席平,谁作新亭名揽秀。
秀色可揽结,正对香炉峰。李白爱之忍去,便欲此地巢云松。
寂寥往事三百载,涧泉谷草依旧扬清风。泉可掬,草可撷,清风洒面如冰雪。
闲来携手四五人,倒尽金壶颊不热。寸心何独忘宠荣,形骸遗尽神超越。
寄语世上士,劝君早归来。霹雳轰车胆欲落,忠愤虽死何为哉。
此时竟不悟,此心徒自知。岚光向晚紫翠滴,杜鹃更在深林啼。
试拂横琴奏流水,指下忽作商声悲。悲来乎,可奈何,推琴罢酒为君歌。

郭　印(？—？)

陪程元诏文彧李久善游汉州天宁元诏有诗见遗次韵答之

四海岂无兄弟亲,气合行须同父母。相逢坐语忽移时,不觉朝餐辄过午。
品评人物妙雌黄,议论邦家入觐缕。危言蘸舌久自吞,幽愤填膺欣欲吐。
字字珠玑落齿牙,篇篇锦绣裁胸腑。已惊大敌森戈矛,端笑羸师卧旗鼓。
怜君风韵过诸王,顾我才情非小杜。何当再访南归僧,不耻更问西来祖。
欲登塔级挽晴云,更试茶瓯泼新乳。平生识面有千百,屈指论心无四五。
偶然流水遇知音,为抱焦桐弄宫羽。

何梦桂(1229—？)

闻 琴 一 首

自呼浊酒赋江蓠,一曲朱绳万感随。沙漠美人青冢恨,关河壮士北邙噫。

无人流水音谁赏,老我雍门听转悲。夜半月明天籁寂,飞乌犹自绕南枝。

和抱瓮冯提学二首(其一)

吁嗟世事落黄间,倦矣人间行路难。流水已随锺子老,仙舟徒羡李膺观。
从来豪杰为时出,到底功名耐久看。大厦将成要梁栋,雪深方见玉龙寒。

洪 刍(？—？)

次李元亮韵

邂逅何曾十日饮,乖离细数七年迟。鄘侯庙下相逢处,扬子桥头握别时。
犹喜夫君诵新作,自怜衰病岂能诗。平生流水高山意,绿绮朱弦付子期。

洪咨夔(1176—1236)

程广文季允得崔西清荐诗来用韵

古人轻国重一士,士皆大吕黄钟器。道于天运主消长,身为民生管荣悴。
五羊老仙用心古,清不受尘如止水。一肩直欲荷斯文,两眼从前识英伟。
欢然得士如得金,甚矣爱贤犹爱己。高山流水甫点头,急电惊雷即烧尾。
天南天西各一握,未见名流早倾意。声光蔚起摩日月,气类相求如鉴燧。
春风娅姹吹笔端,毛嫱西施无粉腻。咄哉婢子磨青铜,双颊晒红欠才思。
珊瑚琢钩珠结网,锦署玉堂相望咫。乐莫乐乎遇合新,忧莫忧乎镠鐇始。
崔群美庄居第一,推毂好言良有味。拄撑大厦必众木,扶植太平须善类。
君不见黄河以北函关东,无数赤子号悲风。

胡 寅(1098—1156)

示能仁长老祖秀

此世未可出,太虚无古今。一尘绝点染,万象罗萧森。
白云从何来,舒卷亦无心。流风散远影,花雨释重阴。
俄然际碧海,倏尔归遥岑。方来讵可执,已去谁能寻。
何人知此意,鱼鸟徒高深。道人乃如许,洒落湘之南。
冥鸿岂避弋,倦鹤亦投林。昔年淮泗间,清誉喧佩簪。
石塔缝无际,盐官鼓无音。衡山亦何有,神廪供爨鬵。
十年一纸衲,彩线穿金针。上方万壑外,微笑开我襟。

幽怀久自契,俗虑何由侵。攀萝共明月,流水写瑶琴。

和黄执礼六首(其六)

文才久合步蟾宫,未肯争抟九万风。剩欲论诗宗典乐,故应怜我隶司空。高山宛在绿琴里,白发从多清镜中。要识起予真赏意,圣门千古望龟蒙。

黄　庚(？—？)

听　琴

一曲猗兰按玉徽,高山流水少人知。纷纷耳听非心听,安得人间有子期。

黄庭坚(1045—1105)

次韵刘景文登邺王台见思五首(其三)

系匏两相忆,极目十余城。积潦干斗极,山河皆夜明。
白璧按剑起,朱弦流水声。乖逢四时尔,木石了无情。

觉　性(？—？)

题汪水云诗卷

细读燕云吟,静听流水琴。
神游八极高而深,龙溪玉山犹谷响,燕歌吴咏轰雷音。
人中龙,天外鹤。挟泰山,擘华岳。
醉吟不管天地窄,尧桀谁能分善恶。
云阁麟台一笑间,招得赤松归碧落。

李处权(？—1155)

次韵叔羽听琴诗

峄桐斫孙枝,所取非老大。比其爨之焦,孰谓邕也过。
拂拭见太古,断腹宛蛇卧。持来长安市,万口莫能破。
爱公胸次广,云梦吞几个。夜堂发孤弹,风月清入座。
高山不易赏,白雪久无和。且乐舜弦薰,毋事楚臣些。

李　光(1078—1159)

予与天台才上座相别逾二十年惠然抱琴见访老懒日困朱墨度不能款戏赠小诗

　　当时指法杳难寻,二十年来枉用心。
　　却抱孤桐林下去,青山流水自知音。

李曾伯(1198—1268)

送李琴士据梧(其一)

　　流水高山尔调,冷灰槁木吾心。不必神交蒙叟,柴桑老子知音。

李昭玘(？—1126)

吊刘孝嗣

富贵从来一羽轻,胸中万卷复何营。囊钱尽处布衾短,谤焰息时坟草生。
一日得行须有命,百年不死是高名。瑶琴挂壁凝尘满,无复当年流水声。

李廌(1059—1109)

鸣琴泉

　　昔闻流水操,想见流水音。况复山泉声,声自如鸣琴。
　　可笑山中人,强作碧沼深。暗流不复鸣,遗声杳莫寻。
　　近闻石钟山,苏辨正古今。郦元与李渤,地下当嗫嚅。
　　惜乎不闻此,使我徒登临。道人笑谓余,胡不求琴心。
　　何劳弦上声,况此非徽金。

刘黻(1217—1276)

追和渊明贫士诗七首(其三)

　　高山与流水,妙趣归之琴。吾愧学未成,匪叹无知音。
　　但向胸中会,毋劳指下寻。种菊或可茹,得酒聊复斟。
　　穷达非所期,动静一以钦。发为琴之声,邈矣天地心。

刘学箕(？—？)

石假山

潭溪散人方是闲,真山不爱爱假山。呼童积叠石磊魂,远近便拥峰与峦。

晴岚滴翠明窗前,清影挂壁方池边。色侵书帙日华薄,丘壑坐上生云烟。
云烟收霁苔藓绿,山石傍头更栽竹。三竿两竿韵不俗,摇荡清风凉意足。
方是闲人当此时,以假像真人谓奇。或来静对酌美酒,或来宴坐哦新诗。
吟诗搜索萦心脾,酒醉落魄精神痴。吟诗饮酒且不可,况复局上争枯棋。
不如对山抚鸣琴,琴心三叠舞胎禽。高山流水存至音,古趣澹泊悦我心。
老泉三峰烂木材,百年沉埋安在哉。东坡仇池九华石,只有佳篇传入集。
此山亦犹今视昔,与我同生亦同没。

刘 挚(1030—1097)

次韵辂氏东亭书事四首(其一)

寄隐无怀土,为文倦解嘲。地闲从草遍,门静绝人敲。
螳伏寻蝉捕,莺斜趁蝶捎。楚冠谁问事,越鸟自知巢。
樽酒欣常满,邻书得借钞。援琴意流水,弹剑恨空庖。
兰径深添菊,蔬畦净拔茅。殷勤谢老圃,善恶不相淆。

送蔡景繁赴淮南运使

新堤洛水东风峭,下入长淮春浩渺。淮南使者蓬莱仙,叠鼓鸣铙画船晓。
旦时契阔慕声名,晚岁绸缪亲纻缟。磨铅并直登瀛州,对案同厅佐京兆。
青蒿长松惭异质,流水高山喜同调。虽当倥偬喧嚣中,不废樽罍与吟啸。
岁月扑面来纷纷,冠盖送客声扰扰。北园去岁赋红梅,南浦今春歌碧草。
黄金龙节使光华,白面书生才缥缈。世高台阁与省府,偏历从容誉清劭。
投虚余刃无足为,澄清百城付谈笑。时行有命又有义,所遇何多亦何少。
未应刻意怀轩裳,知有高情在鱼鸟。黄鹄千岁凌长风,奈此沙边老鸧鸹。
朝廷羽仪重人物,行闻追锋赐严召。玉音寄我其无忘,时有归鸿下云表。

楼 钥(1137—1213)

次韵十诗(其四)

幸堪击壤乐清时,衰病情怀百不宜。只好灌畦陪汉叟,更欣学圃慕樊迟。
逢人草草须倾酒,得韵匆匆且和诗。琴意高低尤自适,高山流水久心知。

卢方春(？—？)

寄赵东阁

栈阁传铃夜已深,下方方沸管弦音。霜飞初气侵清坐,月耿斜晖促苦吟。
蓍草只知浮世事,灯花难说隐人心。依然流水高山意,我欲从之学鼓琴。

吕本中(1084—1145)

听　琴

君不见龙门之下百尺桐,漂霰飞雪愁寒空。
何年班尔落君手,小窗伴坐歌南风。恍然如著山岩里,不知身在尘埃中。
初闻平野飞鸿鹄,欻听金盘起珠玉。绕坛古树郁嵯峨,六月吹霜作寒绿。
折杨黄华不须道,别鹤离鸾尚堪续。
君不见开元天子醉西都,音声十院留欢娱。
当时临轩奏此曲,径须解秽烦花奴。乃知恬淡世莫识,无弦之趣何时无。
归家愁厌筝笛耳,此声一听还已矣。会须流水访锺期,试向炉中觅焦尾。

欧阳澈(1097—1127)

游岐原有感

秋光淡薄磨青铜,舞风霜叶鱼腮红。鸡窗岑寂兴不浅,结客撘筇扣梵宫。
联翩步蹑孤烟际,陇上凄凉一笛风。穿云裂石声满谷,惊飞雁阵横晴空。
高僧拥衲卧云久,诸方勘破心玲珑。我来夯户据禅榻,堂堂标格对总公。
旋烹冰液破我闷,浇肠七碗追卢仝。水沈烟断香透顶,津津喜气生眉峰。
傅岩真隐已先去,谁与壮浪吟争雄。朱弦纵事奏流水,俚耳知音亦罕逢。
不禁风物撩诗眼,强作险语惭非工。安得汤休占此景,碧云之句当奇锋。
会沽村酒行莲社,忘归一任夕阳春。

欧阳修(1007—1072)

奉答原甫见过宠示之作

不作流水声,行将二十年。吾生少贱足忧患,忆昔有罪初南迁。

131

飞帆洞庭入白浪,堕泪三峡听流泉。　援琴写得入此曲,聊以自慰穷山间。
中间永阳亦如此,醉卧幽谷听潺湲。　自从还朝恋荣禄,不觉鬓发俱凋残。
耳衰听重手渐颤,自惜指法将谁传。　偶欣日色曝书画,试拂尘埃张断弦。
娇儿痴女绕翁膝,争欲强翁聊一弹。　紫微阁老适我过,爱我指下声泠然。
戏君此是伯牙曲,自古常叹知音难。　君虽不能琴,能得琴意斯为贤。
自非乐道甘寂寞,谁肯顾我相留连。　兴阑束带索马去,却锁尘匣包青毡。

石公弼(？—？)

题樗轩线泉及闻琴

竹引高山一线泉,细如丝发亦涓涓。莫嫌此去沧溟远,流水更听琴上弦。

史　浩(1106—1194)

听　阮

水晶宫殿黄金阙,玉斧修成大圆月。　漆光照胆毛发寒,依约峰峦见林樾。
谁人于此安四弦,流水高山寄清越。　初如孤鹤唳蓝田,渐若群鸾舞丹穴。
疏疏夜雨滴秋阶,忽然雪竹空岩折。　世间万态不可穷,弦中有口俱能说。
锦瑟华年过眼休,枯桐已为伯牙绝。　是间真意亘千古,千古仲容名不灭。
人生俯仰天地内,瞬息百年同一阅。　请君姑置是非事,来凭云窗听高洁。

释宝昙(1129—1197)

弹　琴

一鼓薰风至自南,再行新月堕瑶簪。高山流水人犹在,笛弄梅花莫再三。

释居简(1164—1246)

偈颂一百三十三首(其一一六)

三界无法,何处求心。何处有法,何处无心。白云为盖,流水作琴。
谁是知音,一曲两曲无人会,惭愧惭愧。
父母所生口,终不向你道,雨过夜塘秋水深。

送任大卿出知汉州

就列行初志,专城亦此心。玉蟾卿月满,金雁景星临。

知旧玄裳鹤,从游绿绮琴。歌风琴在御,梦草鹤同吟。
梁甫谁同调,高山自赏音。往来三硖险,森布万灵钦。
信是娄师德,惭非释道林。华风一披拂,小草竟萧森。
不赋空怀土,无枝勇惜阴。房湖开绿幕,只树砌黄金。
驷马虽难驻,双旌倘可寻。逍遥堂旧话,领话望公深。

释普宁(?—1276)

偈颂四十一首(其八)

没弦琴,指趣深。尖新曲调,须遇知音。
高山流水无穷意,落落断崖千万寻。

释绍昙(?—1297)

偈颂一百一十七首(其二八)

没弦琴,有遗音。调高流水,声振缁林。
碧眼黄头争品弄,无端花擘祖师心。
瑞岩素非妙手,效颦弹一曲看。
叮当叮当,绝听子期迷节奏,和云高挂古松阴。

释元肇(1189—?)

琴 川 图

胜处著幽亭,烟林四望平。高山千古意,流水七弦情。
偃室犹堪仰,虞风旧有名。丹青难下手,松竹自传声。

释子淳(?—1119)

颂古一〇一首(其七五)

虚堂寂寂夜深寒,携得瑶琴月下弹。不是知音徒侧耳,悲风流水岂相干。

司马光(1019—1086)

故相国颍公挽歌辞三首(其三)

沧波与邓林,鱼鸟久飞沉。一旦成陈迹,何人识寸心。
高山亡景行,流水失知音。泪尽离东阁,归来破故琴。

宋 祁(998—1061)

读退之集

素瑟朱家古韵长,有谁流水辨汤汤。东家学嗜蒲菹味,蹙頞三年试敢尝。

苏 轼(1037—1101)

和参寥见寄

黄楼南畔马台东,云月娟娟正点空。欲共幽人洗笔砚,要传流水入丝桐。
且随侍者寻西谷,莫学山僧老祝融。待我西湖借君去,一杯汤饼泼油葱。

孙 觌(1081—1169)

荆溪道中四言送僧

老蚕上薄,倦鸟投林。牛闲人卧,荞麦交阴。
孤舟纵横,绿涨一寻。好风徐来,清和满襟。
举杯属影,伴我孤斟。老矣钟仪,尚操楚音。
高山流水,寓此琴心。上人问我,何念之深。

唐 庚(1071—1121)

古风赠谢与权行三首(其二)

我有无弦琴,无弦亦无徽。忘言乃能解,得意心自知。
山高流水深,尚笑钟子期。为君奏此曲,改调作别离。

王九龄(?—?)

听 鼓 琴

至音不传徒按谱,不传之妙心自许。手挥五弦目飞鸿,千载流风如接武。
鹑衣百结甘蓝缕,鬓雪浸浸用心苦。我知若人之用心,指下堪为儿女语。
神怡志定一齐鼓,和气冲融塞天宇。忽然作意变轩昂,亦不哀吟动凄楚。
醉翁已作黄鹤举,君独何为在尘土。琅然清圆请更弹,使我三叹首屡俯。
人生识意天所予,性情之适适其所。高山流水有知音,莫道吾人不如古。

王　迈(1184—1248)

黄君任景伊西上

杞梓非凡材,骐骢非凡马。朴樕不入公输门,赏骏岂无伯乐者。
龙泉真宝剑,焦尾亦名琴。张华有眼识紫气,子期解听流水音。
凡物时为之否泰,横宝在道众所爱。十年读书得一友,送之西征吾意快。
梅花馨,雪花明,仙霞直上逼云津。别君不作儿女语,万卷诗书早致身。
柳绵飞,榆荚舞,软红尘中花如雨。逢君一笑上青楼,破费黄金买金缕。
那时君已在瀛洲,而我正为京华游。便教后举入黄甲,早是输君此一筹。

王　洋(1089—1154)

和周仲嘉再示三篇(其二)

花有芳丛竹有林,春来各竞趁光阴。妍媸等是目前事,冷淡方知异日心。
十二里山长隔面,一帆风地每传吟。高山流水人知否,绿绮窗间自晓琴。

王　质(1135—1189)

栗里华阳窝辞·琴

写意兮凭声,寄无所兮夫何能陶我心。酤我醑我兮勿充,岂其余兮于琴。
山空兮声出,溪空兮声澈。迟有弦兮何时,溪山兮为我流水而白雪。
虎溪石兮溅溅,灵山树兮栾栾。柏下之人已往兮,清吹毋为之轻弹。

卫宗武(？—1289)

秋　山

秋山抱奇姿,不肯事妩媚。犹夫尘外士,飘然有仙气。
霜风肃宇宙,林壤去菑翳。皮毛剥落尽,玉骨乃挺异。
独存岁寒枝,虬髯倚天翠。我来一事无,兀兀惟坐对。
挟策咏圣涯,援琴奏流水。方寸如太虚,物类无点缀。
但欠渊明菊,得酒莫与醉。赖有坡仙竹,无肉可忘味。
老怀借陶写,俗好非所嗜。平生爱山癖,每见如久契。
勿云丘垤如,泰华所眇视。吾心与境融,小大无异致。

行行陟其巅,天地特一指。忽动九辨悲,清愁飞海外。

文天祥(1236—1283)

用萧敬夫韵

庭院芭蕉碎绿阴,高山一曲寄瑶琴。西风游子万山影,明月故乡千里心。
江上断鸿随我老,天涯芳草为谁深。雪中若作梅花梦,约莫孤山人姓林。

文　同(1018—1079)

邛州东园晚兴

公休时得岸轻纱,门外谁知吏隐家。斗鸭整群翻荇叶,乳乌无数堕松花。
携琴秀野弹流水,设席芳洲咏落霞。向晚双亲共诸子,相将来此乐无涯。

吴龙翰(1233—1293)

散　　发

玲珑窗户午晴时,散发林间自一奇。鸟睡香奁花影动,蝉吟凉境柳阴移。
高山流水琴三弄,明月清风酒一卮。要是闭门防俗客,莫令眼前败吾诗。

县尹先伯祖家观遗书

嗟哉吾伯祖,文响玉珊珊。高折蟾宫桂,卑栖花县官。
琴声流水尽,书卷白云寒。尚想伊吾夜,高楼几倚阑。

辛弃疾(1140—1207)

和赵国兴知录赠琴

赵君胸中何瑰奇,白日照耀珊瑚枝。新诗哦成七字句,孤桐赠我千金资。
人间皓齿蛾眉斧,筝笛纷纷君未许。自言工作古离骚,十指黄钟挟大吕。
芙蓉清江薜荔塘,灵均一去乘鸾凰。君试一弹来故乡,荷衣蕙带芳椒堂。
往时嵇阮二三子,能以遗音还正始。谁令窈窕从户窥,曾闻长卿心好之。
低头儿女调音节,此器岂因渠辈设。劝君往和薰风弦,明光佩玉声璆然。
此时高山与流水,应有锺期知妙旨。
只今欲解无弦嘲,听取长松万壑风萧骚。

薛　抗(？—？)
县圃十绝和朱待制(其一〇)
援琴鼓流水,弦绝无知音。为语逐臭夫,兰芷生深林。

阳　枋(1187—1267)
咏　丝　桐
地阔天宽人一般,琴心会得语言难。高山流水知音少,月白风清时自弹。

杨公远(1227—？)
闷书(其一)
转眼才余五日春,东奔西走废光阴。一泓砚里谋生意,几句诗中写客心。
贯斗冲牛雷焕剑,高山流水伯牙琴。莫将未遇添惆怅,自有名公为赏音。

杨　亿(974—1020？)
送僧之大名府谒长城侍郎
东吴旧寺寄岩隈,驻锡神州久未回。琴曲谁知流水意,诗篇自占碧云才。
庐峰已结白莲社,邺下暂寻铜雀台。仙殿主人偏好事,春风铃阁且徘徊。

姚　勉(1216—1262)
听　筝
春檐雪干初日长,帘花深压梅影香。美人帐中午睡起,钗横鬓弹慵添妆。
文窗窈窕鲛绡绿,卧按古筝横漆玉。微揎翠袖露春葱,学弄梁州初遍曲。
拂弦轻擪三两声,问渠学曲成未成。已成未成君莫问,听取軮轧伊嘤鸣。
七弦一似焦琴样,立雁参差相下上。左按天孙织锦丝,右斡仙人飞海杖。
轻拨浅擪声短长,疾徐洪纤抑复扬。瓶笙吐韵出蚓窍,云车碾响升羊肠。
双龙晓日吟秋水,孤鸾春风悲镜里。清猿嗷嘹万松间,雏莺惺惺百花底。
平生有耳喜此听,手不能作心自醒。除却高山与流水,琵琶箜篌俱径庭。
楼中弄玉吹箫侣,同学丹山凤凰语。凤凰凤凰来不来,萧史行云在何许。

姚孝锡(1097—1179)

东轩琴示儿子沂

古人无复见,但有东轩琴。一鼓高山操,因窥古人心。
正声久沈埋,俚耳喧哇淫。正可自怡悦,不须求赏音。

易士达(?—?)

琴

花间横膝兴何深,流水高山几古今。一自杏坛声响绝,不知谁解继遗音。

于 石(1247—?)

偶 成

长剑不入英雄手,劲气摩空拂牛斗。埋光铲采今几年,匣中忽作蛟龙吼。
古琴不入时人耳,断弦挂壁尘埃久。桐尾半作爨下焦,高山流水今安有。
自笑长不满七尺,役役徒为牛马走。学剑学琴两无用,肯以穷困移所守。
孔颜非厄,盗跖非寿。西子非妍,无盐非丑。
一时荣辱闲过眼,千古是非空挂口。何如长歌归去来,万事无心一杯酒。

袁 默(?—?)

石 女 冢

君不见湘江不流湘水清,悲风愁雨能无情。
灵妃宝瑟声未绝,九疑云锁苍梧深。
又不见霸陵路入新丰道,顾念邯郸意凄恼。
夫人鼓瑟君为歌,北山为椁吾将老。
古来死者不胜计,历历道旁犹可记。
人言梁女好鼓瑟,琴心未许人知意。
高山流水声已虚,想像当时足幽思。
九原可作谁与归,秋风萧萧草凄凄,邱墟之下多狐狸。

曾　丰(1142—?)

载　欣

伯牙家有焦尾琴,朱弦长挂窗壁阴。出大都邑初何心,直为锺期旧知音。
玉轸调罢不自禁,声谐匏土革木金。试弹一曲万籁喑,动荡南风鼓精禝。
长养余恩到鱼禽,齐娥赵女秋夜砧。怨入离鸾别鹤声,转调忽落思归吟。
元亮归欤故丘林,粉黛候门玉差参。卓氏心挑泪空淫,铁脚岂受魔女侵。
抚玩无弦喜不任,羲皇遗意弦外寻。阿舒阿宣立森森,大孙倚膝小捉衿。
上百千寿酒再斟,烂醉欲眠不脱簪。大槐宫里无升沉,醒浮烟浦登云岑。
高山流水吊古今,墨子从今突长黔。

张九成(1092—1159)

拟古(其九)

　　山色翠捼蓝,杯中酒如玉。饮酒弹瑶琴,漫奏流水曲。
　　音微澹无味,弦缓轸不促。不须苦求知,古人有遗躅。
　　推琴一长啸,清风振吾屋。

喜　晴

　　今晨日色佳,一洗数夕阴。开门玩秋色,爱此佳山林。
　　人事端可绝,俗虑莫相侵。绿绮奏流水,门外无知音。

张嵩老(?—?)

题汪水云诗卷

君不见伯牙流水心,不是子期谁知音。
又不见颖师浮云操,不是昌黎谁品藻。
伯牙千古颖无人,此心此操谁重陈。折扬黄华笑哑哑,寥寥太古风无淳。
钱唐君别二十载,江南江北情如海。吴霜半染鬓边丝,朗吟浩荡殊未艾。
十年尊酒又逢君,行歌流水弦浮云。在自大古,雅澹飘逸思不群。
能言名山大川壮丽可怪处,收拾胸中为一部。
归来历历写瑶琴,一种风气传千古。
又言黄河泰华六合之内不胜游,何如九州之内更九州。

抱琴飘飘风万里,曾是天涯海角头。
当时此琴落落天西北,土音往往几人还解得。
怊怅悲愤恩怨昵昵多少情,尽寄胡笳十八拍。
会心又见锺子期,识操又遇韩昌黎。
眼高已觉空四海,此水此云不在他人知。

章　甫(?—?)

用前韵赠高持一

全身当作冥飞鸿,无心要似云行空。逢人未用青白眼,与世不妨牛马风。
暇日出门聊散步,雪晴爱此山无数。骨寒那得使鬼钱,肠枯漫索惊人句。
迩来笔研欲生埃,旧雨来人今不来。百岁光阴能几许,一春怀抱未曾开。
古人元不贵多技,大道由来常简易。随呵之义复何忧,知我者希方足贵。
华阳道士亦能诗,不觉餐霞坐忍饥。高山流水琴三弄,明月清风酒一卮。
相思不见频搔首,几欲招呼无斗酒。从今与子遂忘年,有怀欲语子来前。

赵　抃(1008—1084)

和范御史十一月三日见月

有客冬还吴,孤舟暮停颍。山收乱云彩,天放新蟾影。
呼童挂帘起,对此清夜景。横琴弄流水,醉耳谁其醒。

月夜听僧化宜弹琴

蜀国有良工,孙枝斫古桐。逢师写流水,为我益清风。
淡恐时心厌,幽蕲世耳聪。坐来明月满,无语讼庭空。

赵崇森(?—?)

琴

群胥推案去,一客抱琴来。唤起高山趣,驱除俗吏埃。
耳根从此净,指法看君开。剩欲传佳操,仙舟且莫回。

赵　期(1066—1137)

自述(其二)

高山流水兴无穷,杖策携琴踏软红。莫怨子期呼不起,请君一曲奏南风。

真德秀(1178—1235)

赠邵邦杰

五寸管能摹造化,七弦琴解写人心。平生不作麒麟梦,且听高山流水音。

郑思肖(1241—1318)

锺子期听琴图

一契高山流水心,形神空静两忘情。自非父母所生耳,听见伯牙声外声。

周紫芝(1082—?)

读蔡中郎传

人生无先知,颇欲邀后福。自言苟依违,安得有颠覆。
伯喈英伟资,高义甚敦笃。不为左回天,辄作流水曲。
立朝有公言,谁能保家族。朝奏皂囊封,暮就洛阳狱。
晚节不自守,一跌变前躅。起依千里草,九徙如转轴。
卓死固已久,安得复嚬蹙。琴中知杀气,此理反未烛。
陋哉王司徒,避谤私欲戮。公忠信安在,志操等流俗。
何能起颓纲,此辈真碌碌。

朱淑真(?—?)

春 昼 偶 成

默默深闺掩昼关,简编盈案小窗寒。却嗟流水琴中意,难向人前取次弹。

邹 浩(1060—1111)

次韵罗正之提刑见寄

天边故人赠明月,恍惚如临沧海阔。几年麈尾阻清谈,一日中肠宽百结。
锺君骨朽谁能琴,流水高山犹到今。平生宫徵愧伯牙,邂逅夫子还知心。
相期端欲追前古,诸事斯言逃责数。青云穷达岂须论,廊庙由来齐子午。

怀黄光晖

远托同门寄好音,夫君不改岁寒心。因思明月共千里,亦似家书抵万金。
美玉会开和氏璞,高山犹秘伯牙琴。真人训诰知无爽,快我它时朋盍簪。

亡友皇甫民望挽词(其二)

超然遗象数,非古亦非今。过我每终日,惟君同此心。
绝编犹可续,折角竟难寻。已矣无由作,高山空自琴。

广 陵 散

白玉蟾(1194—?)

妾 薄 命

长天云茫茫,流水去不返。寂寥不可呼,死者日已远。
旧事常在心,思之辄泪眼。修昼劳怅想,寒夜百展转。
梦里时相逢,醒后细思忖。门前青衿子,相顾吾安忍。
罗衣叠空箱,久矣废檀板。月明燕子楼,风清荷花馆。
置之勿复道,此念增缱绻。自怜妾薄命,鸳衾为谁暖。
冉冉冥中魂,尚或暗相管。邻家琴声悲,精爽竟难挽。
琴调何凄凉,闻是广陵散。

晁冲之(1073—1126)

和新乡二十一弟华严水亭五首(其五)①

荷盖点溪三数叶,藤稍绕树几千层。投闲更与高人约,重抱琴来听广陵。

韩 淲(1159—1224)

黄帐干琴一张云澄心堂旧物也因以次韵(其二)

当年五柳先生手,白日无弦抚此琴。中散飞鸿有天眼,广陵一曲亦何心。

何梦桂(1229—?)

赠冯樵隐琴棋

纹楸漫灭爨桐焦,赢得无何醉浊醪。别墅功随淮上水,广陵人化里中蒿。
知音那似无弦好,当局何如不著高。寻取旧樵归隐处,坐看尘世戏儿曹。

---

① 晁说之《和新乡二十一弟华严水亭二首(其二)》内容与此诗相同,不再重复收录。

李　廌(1059—1109)

琴　台

广陵散成不忍传,渊明援琴葛为弦。乃知此乐潜圣贤,直与天地通其玄。
我兄能琴人所先,我非知音知自然。或闻一曲山月前,轻扬如坐春水船。
逆随河源上青天,口胶不语生醴泉。鼓舞和气如陶埏,至乐默默坐忘年。

林希逸(1193—1271)

勇士赴敌场

士有非常勇,堂堂赴敌场。听琴何比象,属意在轩昂。
触手声何怒,推床兴欲狂。广陵无散卒,易水有刚肠。
剑客休夸诧,桐君为发扬。闻弦心有感,解使懦夫强。

刘　黻(1217—1276)

太玉洞听琴

无弦不成声,有弦多失真。真声在何所,和陶方寸春。
文操惜已远,孔坛嗟复陈。所以桑濮响,郑卫波嬴秦。
讵知幽谷间,乃闻太古淳。游鱼出春水,鸣鹤横霜晨。
休羡广陵秘,是雅皆怡神。

楼　钥(1137—1213)

风　琴

渊明有琴本无弦,白傅偏喜听人弹。不如空中风度曲,随风往来声断续。
非宫非商从君听,不中律吕无亏成。大如角韵来孤城,细似蚓窍苍蝇声。
华亭夜鹤圆吭清,颤动长引寒蝉鸣。或疑凤味叫霄汉,又恐仙佩云中行。
使其似曲无别调,安得自在声泠泠。蛙喧尚谓胜鼓吹,牛鸣犹以黄钟称。
丝不如竹亦漫语,赖此七窍俱珑玲。幽人院静新凉生,八风不问来纵横。
短簟六尺午睡足,仿佛神来传广陵。

谢文思许尚之石函广陵散谱

叔夜千载人,生也当晋魏。君卑臣浸强,骎骎司马氏。

幽愤无所泄,舒写向桐梓。慢商与宫同,惨痛声足备。
规橅既弘阔,音节分巨细。拨剌洎全扶,他曲安有是。
昌黎赠颖师,必为此曲制。昵昵变轩昂,悲壮见英气。
形容泛丝声,云絮无根蒂。孤凤出喧啾,或失千丈势。
谓此琵琶诗,欧苏俱过矣。余生无他好,嗜此如嗜芰。
清弹五十年,良夜或无寐。向时几似之,激烈至流涕。
素考韩皋言,神授托奇诡。别姊取韩相,多用聂政事。
近读清真序,始知石函秘。贤哉许阿讷,自言家有此。
文君昔宝藏,人亡琴亦废。荷君重然诺,写谱远相寄。
按拍三十六,大同小有异。此即名止息,八拍信为赘。
君远未能来,我老从此逝。何当为君弹,更穷不尽意。

陆　游(1125—1210)

九月一日夜读诗稿有感走笔作歌

我昔学诗未有得,残余未免从人乞。力屡气馁心自知,妄取虚名有惭色。
四十从戎驻南郑,酣宴军中夜连日。打球筑场一千步,阅马列厩三万匹。
华灯纵博声满楼,宝钗艳舞光照席。琵琶弦急冰雹乱,羯鼓手匀风雨疾。
诗家三昧忽见前,屈贾在眼元历历。天机云锦用在我,剪裁妙处非刀尺。
世间才杰固不乏,秋毫未合天地隔。放翁老死何足论,广陵散绝还堪惜。

梅尧臣(1002—1060)

杂言送当世待制知杨州

广陵老人争持壶酒,朝言送少年使君,暮言迎少年太守。
少年俱是玉墀人,文章快利生铜吼。莫作芜城赋,事往复何有。
莫听嵇康琴,商声岂堪久。今当太平非不偶,星宿煌煌罗北斗。
杨州古富变荒凉,万俗一心依父母。地包淮海江湖宽,货走荆吴楚越厚。
开酿刲羊愿遇宾,天下泛泛不轻口。

鸣　琴

虽传古人声,不识古人意。古人今已远,悲哉广陵思。

读黄莘秘校卷

嵇康昔弹广陵散,商声高与宫声缓。托名山鬼未传人,古桐纫丝丝不断。
一闻僵卧窃其音,世间虽得能亦罕。贤明以之知盛衰,愚昧以之为妄诞。
顷年过我在芜城,忽听长拍去欲懒。凤皇养雏飞未高,鸡鹜成群翅终短。
龙章秀骨苦轻时,继作五弦须款款。

释德洪(1071—1128)

赠阁资钦

名都大藩地,英俊蔚如林。乌靴青衫中,时见阁资钦。
风度若英特,杳然自清深。借无轩冕意,功名亦相寻。
合是廊庙具,下僚那敢沉。邮亭款夜语,霜清特携衾。
篝灯伴清对,商略杂古今。譬如武库开,错粲森球琳。
诗工出奇丽,写物意在琴。绝如欧阳公,但欠雪满簪。
句法本严甚,颇遭韩柳侵。愿为匿盆麝,耻作跃炉金。
世无子期耳,广陵谁赏音。何当学梅福,九江归云岑。

释居简(1164—1246)

寄潼川东路李漕使

乡来江西游,见以盱水阴。博约剑津掾,亦复聆正音。
转眼贴天高,再见无路寻。把茅丹丘城,谢家兰玉森。
君家龙首兄,绛帐开沈沈。有时过萧寺,借榻清风林。
笑我泉石痼,示以膏肓针。欲弹广陵散,惜无中散琴。
欲上南阳疏,不如梁甫吟。琴以歌南风,吟以道古今。
一鸣才邕邕,忍见凤鸟喑。朣朣垂景星,坤维长照临。

缘识(其五八)

妙手弹琴无向束,知之修炼五音足。先辨浮沈有指归,弦头制度相催促。
右手抑扬禁淫邪,左手徘徊堪瞻瞩。法于天,象于地,伏羲所造与心契。
先明理世见其真,六律含徽声嘹唳。从兹化被先贤慕,激浊扬清消喜怒。
太素仁风去住间,元和之气皆遍布。飞凤在天不可测,大小龙吟不费力。

响应听时有自然,举措安详能雅饰。南风思政民俗化,顺从平等无高下。
淳朴相传今复兴,逍遥道德后宗亚。指要直掌须反善,拊安排齐似剪取。
声来往,玄更玄,振兼文武情展转。古与今来千万弄,几人通达能妙用。
广陵散好足仙踪,胡笳十八堪郑重。堪郑重,何清切,依凭伎俩能拨剌。
轻挑重打善间钩,连蠲抢下轻微抹。伯牙弹时如何美,汪汪洋洋似流水。
类例研究得刚柔,坏陵秋思无比拟。叙志神和慢调辴,修身治性藏幽隐。
苍龙鹤舞白雉飞,防奢止欲皆相准。

释惟一(1202—1281)

雪峰真觉祖师赞

弄出鳖鼻蛇,弹起广陵曲。
清韵难可掩,毒气不可触。
瞻之不足听不足,千古万古福城福。

汪元量(1241—1317)

湖州歌九十八首(其三七)

宫人清夜按瑶琴,不识明妃出塞心。十八拍中无限恨,转弦又奏广陵音。

王　洋(1089—1154)

陈长卿以诗见别依韵

朱弦之琴三人叹,此曲宜传广陵散。要知太上乃忘情,山上婴儿是雷电。
情钟我辈才力中,路傍野草年年丰。原头火烧去不尽,天外春意来无穷。
西方真人言可恃,爱断有情如爱子。暮年收足欲依僧,一钵一瓶聊止止。
西台仙客传风流,细说闲情宽我愁。此身已分松窗下,衲被无人自搵头。

卫宗武(?—1289)

挽林梅癯

晚擢亚科跻宪掾,拟航选海竟无缘。苦吟方与甫俱瘦,疏影俄随逋已仙。
谷水吟编多手泽,广陵琴趣得心传。年几八秩身何憾,老友凋零重怆然。

夏天民(？—？)

题汪水云诗卷

仰峰昨夜三尺雪,梅花吟老坐如橛。道人啄扉来掺别,茗碗冰胶不堪啜。
袖中枝桐半皴裂,为予载拊舒郁结。谁裁古调多曲折,拍拍胡笳中音节。
燕山孤累心石铁,神物护持笔生舌。杜陵老翁代佛说,长歌自击唾壶缺。
万古剑铓倒流血,毛发森森照关月。
於乎嵇康东市计仍拙,广陵一散何尝绝。

许月卿(1216—1285)

六月雨十一首(其一一)

今岁无时不御寇,每年此际去防秋。琴散广陵今叔夜,笛声出室古刘畴。
启沃欣承霖雨楫,流离安乐雁鸿洲。我自清时幸民着,茅柴薄晚妇能篘。

姚　勉(1216—1262)

先贤八咏·嵇康抚琴

先生人中豪,志不肯司马。一曲广陵散,绝世不可写。

赵　炅(939—997)

缘识(其二八)

阮咸初立意,偷得姮娥月。三柱应琴徽,五音更互发。
堪听诸调弄,勾镰无休歇。闲暇优游子,顺风吟案揭。
时闻宣九奏,凤翅手轮抹。引思何奇妙,广陵散白雪。
稀中逢绝艺,解弹能指拨。放纵知狂逸,四弦凭审察。
慢来长不断,急则声相轧。春莺虽好语,难将比并说。

周文璞(？—？)

古 琴 歌

山人袖携古琴来,形模拙丑腹破穿。上两金字亦残漫,自云得自十年前。
十年前宿野店间,野店岑寂无炊烟。只将百钱乞翁媪,回买湿薪煨涧泉。
老翁持出一木段,刀痕凿痕斧痕满。秀才望见三叹羡,学琴以后何曾见。
此是成都雷氏为,揩摩雷字分明现。持归修治调曲成,曲成他人不肯闻。

初弹羑里可释憾,再鼓广陵如雪冤。将归古操次第传,龙入我舟何可怜。

欧 阳 琴 歌

呜呼个是文忠琴,呜呼此琴今尚存。堂中图书散失尽,留得七弦传子孙。
六言自书书在腹,古锦梅花留不得。嗣孙贤者能忍贫,不向豪家博珠玉。
初鼓如撼昭陵松,巩原流水青溶溶。三宗龙衮在帝左,曾把钧天赐与公。
再鼓似播清颍水,只将漱流肯洗耳。曾苏两生招不来,自写新声付儿子。
尧囚山,舜放野,自兹以下不平苦。与君所得妇女谤,此日一洗清万古。
小儒昔诵五季传,颇讶春秋体微变。今来再听七弦琴,南薰遗制喜复见。
浮云流尽白日逃,何用广陵与离骚。谱成只度欧家曲,秋声赋共庐山高。

白 云 曲

韩 淲(1159—1224)

初五日孔野云同酌楼下取琴作白云曲因和周倅所赠韵

野云弹白云,声寄徽外微。胎仙舞三叠,生飞上华池。
徽弄瞬息间,是岂筝阮资。孤桐本贞高,缓节调勿催。
天心古乐见,画出弥明师。志士不可听,俗士不可窥。
落佩倒冠者,因之得希夷。灵仙福地南,春风百草齐。

刘 敞(1019—1068)

答刘同年寄青䥽术煎松汤并诗

自无金骨凌风相,心愧仙翁度世方。
一听山中白云曲,已如挥手谢华阳。

梅尧臣(1002—1060)

游 水 帘 岩

春山时独往,榛莽旋芟剧。飞泉蔽幽岩,杳蔼疏朝旭。
光垂白龙髯,鸣漱寒潭玉。半壁生昼寒,阴草润秋绿。
穿藤出溪口,流沫萦山足。莫遣吏人来,方歌白云曲。

欧阳修(1007—1072)

书怀感事寄梅圣俞

相别始一岁,幽忧有百端。乃知一世中,少乐多悲患。
每忆少年日,未知人事艰。颠狂无所阂,落魄去羁牵。
三月入洛阳,春深花未残。龙门翠郁郁,伊水清潺潺。
逢君伊水畔,一见已开颜。不暇谒大尹,相携步香山。
自兹惬所适,便若投山猿。幕府足文士,相公方好贤。
希深好风骨,迥出风尘间。师鲁心磊落,高谈羲与轩。
子渐口若讷,诵书坐千言。彦国善饮酒,百盏颜未丹。
几道事闲远,风流如谢安。子聪作参军,常跨破虎鞯。
子野乃秃翁,戏弄时脱冠。次公才旷奇,王霸驰笔端。
圣俞善吟哦,共嘲为阆仙。惟予号达老,醉必如张颠。
洛阳古郡邑,万户美风烟。荒凉见宫阙,表里壮河山。
相将日无事,上马若鸿翩。出门尽垂柳,信步即名园。
嫩箨筠粉暗,渌池萍锦翻。残花落酒面,飞絮拂归鞍。
寻尽水与竹,忽去嵩峰巅。青苍缘万仞,杳蔼望三川。
花草窥涧窦,崎岖寻石泉。君吟倚树立,我醉欹云眠。
子聪疑日近,谓若手可攀。共题三醉石,留在八仙坛。
水云心已倦,归坐正杯盘。飞琼始十八,妖妙犹双环。
寒篁暖凤嘴,银甲调雁弦。自制白云曲,始送黄金船。
珠帘卷明月,夜气如春烟。灯花弄粉色,酒红生脸莲。
东堂榴花好,点缀裙腰鲜。插花云髻上,展簟绿阴前。
乐事不可极,酣歌变为叹。诏书走东下,丞相忽南迁。
送之伊水头,相顾泪潸潸。腊月相公去,君随赴春官。
送君白马寺,独入东上门。故府谁同在,新年独未还。
当时作此语,闻者已依然。

释惟一(1202—1281)

颂古三十六首(其一四)

白云鼓起没弦琴,一曲冬来意甚深。清韵至今犹未泯,江南江北少知音。

王禹偁(954—1001)

拍 板 谣

麻姑亲采扶桑木,镂脆排焦其数六。双成捧立王母前,曾按瑶池白云曲。
几时流落来人间,梨园部中齐管弦。管弦才动我能应,知音审乐功何全。
吴宫女儿手如笋,执向玳筵为乐准。数声慢,仙人屐齿下云栈。
老狐腊月渡黄河,缓步轻轻踏冰片。数声急,空江鼋打渔翁笠。
鲛人泣对水精盘,满把珠玑连泻入。划然一声送曲彻,由基射透七重札。
金罍冷落阒无闻,陇头冻把泉声绝。律吕与我数自齐,丝竹望我为宗师。
总驱节奏在术内,歌舞之人无我欺。所以唐相牛僧孺,为文命之为乐句。

缠 头 曲

黄庭坚(1045—1105)

戏答公益春思二首(其二)

昔人有真意,政在无美恶。微言见端绪,垂手延后觉。
大声久辍响,谁继夫子铎。长笑二南间,斯道公不薄。
性怀如佩环,诗笔若陨雹。前篇戏调公,深井下短索。
子云最清净,亦动解嘲作。光尘贵和同,玉石尚磊落。
众人开眼眠,公独寤此乐。昔在西宫游,初非朝夕约。
邂逅二三子,蛾眉能劝客。坐嫌席间疏,酒恨盏底窄。
骊驹我先返,看朱已成碧。况闻公等醉,歌舞恣所索。
舞余必缠头,歌罢皆举白。清狂稍稍出,应节自不错。
譬如观俳优,谁能不一噱。何为苦解纷,乃似自立敌。
人生忽远行,车马无归迹。黄粱一炊顷,梦尽百年历。
弃置勿重陈,虚心待三益。

汪元量(1241—1317)

潼 州 府

潼江待我洗吟眸,如此江山是胜游。红袖斗歌才拍手,绿鬟对舞尽缠头。
筝筑急撚风生座,鼙鼓连挝月上楼。一夜不眠鸡戒晓,又骑铺马过绵州。

赵汝鐩(1172—1246)

缠 头 曲

阿蛮妙舞翠袖长,臂鞲珠络带宝装。春风按试清元殿,粉白黛绿立两傍。
三郎老手打羯鼓,太真纤指弹龙香。筝筑野狐拍怀智,觱篥龟年笛宁王。
中有八姨坐绮席,淡扫蛾眉压宫妆。醉看阿蛮小垂手,飞燕轻盈惊鸿翔。
八姨指挥三郎听,颁赉岂惜倾箧箱。缠头一局三百万,莫遣傍人笑大唐。
尾声方断地衣卷,忽闻鼙鼓喧渔阳。播迁才出望贤路,玉食未进日卓午。
粝饭胡饼能几许,不饱皇孙及妃主。阿蛮知是何处去,但见猪龙胡旋舞。

清 商 曲

蔡 肇(?—1119)

敬用无咎学士年兄长韵上呈子方太仆

两河郡县沦西方,西人思汉今未忘。果园芜没白草芳,旐裘戏马谁家郎。
车箱峡口涧谷长,旐头倒挂回穹苍。王师西出讨猾狂,六花簇垒来堂堂。
前锋锐头臂两枪,伏奸谨索收生羌。天声隐辚摇姑臧,奇兵缭背断馈粮。
决河有声如坏冈,城头击钟声殷床。万甲几欲漂无旁,虽有伉健谁腾骧。
一夫不敢陵彼隍,马首欲东促归装。缄胸有策须眉扬,归来恍恍若有亡。
仇劳累日何由偿,战鞍挂屋寻书囊。目随飞鸿思帝乡,彭城老将官横行。
幕中市骏收骍骊,射堂两部奏清商。应弦破镝如蜂房,谈笑斥土羁名王。
画图遣奏朝明光,诏书留典真乘黄。锦鞯玉勒春风香,平池老柳高云凉。
神骏在目豪吟觞,跨下蹀躞惊凫翔。皇居九衢天中央,我时项背聊相望。
西城九月天陨霜,夜谈关塞评文章。微言窃比惠与庄,和诗脱笔觉我忙。
祝君韬养寿且祥,功名有来成堵墙。勿忧寒暑败肉浆,韔弓箙矢用则张。

梅尧臣(1002—1060)

寄题知仪州太保蒲中书斋

中条插远近,黄河泻直斜。蒲坂之城在其涯,渠渠碧瓦十万家。
官商工农共扰扰,侯独理斋窗照纱。侯方守边听胡笳,满屋蓄书凡几车。
他年不按清商乐,亦莫学种东陵瓜。老系战马向庭下,厨架整娅齐签牙。
朝闻鸣鸡夕闻鸦,眼昏秋匣生铜花。儿孙诵习且盈耳,客来休论常山蛇。

饶　节(1065—1129)

　　士大夫湛于不义虽穷极富贵君子过之弗顾而况女子失身于委巷容笑之贱亦岂能自拔哉吾友人赋叹息行有谓而作诸人既属和仆亦拟古乐府为辞伤之于其末开之以正是亦诗人之志也

叹息复叹息,丹砂为土玉为石。谁家女儿妙无敌,日日当窗泪沾舄。
问之何思复何忆,深颦欲语语不得。回身抱琴不回面,清商自写昭君怨。
朔风萧萧霜月悬,万里胡沙鸣一雁。此声此意太分明,犹恐君侯未会情。
从头却欲为君说,恐君断肠君勿听。黄鹤一去已千里,雉子高飞亦能几。
人生长短要自裁,嗟尔此身今已矣,刺刺促促徒为尔。

王　洋(1089—1154)

和周仲嘉再示三篇(其一)

旧日衣冠说武林,风流曾不减山阴。百年人物千山秀,万里功名天下心。
族姓人人夸盛事,溪山处处称高吟。后生欲听清商曲,莫学无弦只抚琴。

严　羽(1192?—1245?)

送吴会卿再往淮南

故人身披紫绮裘,腰佩宝玦骑胡骝。英风侠气横四海,辞我远向淮南游。
淮南桂树应犹在,八公举手遥相待。明月高悬五两头,随君千里过淮流。
十年鞍马边城道,又向边城见春草。春草萋萋路入秦,长安北望空愁人。
荆楚奇材多剑客,感慨相逢思报国。男儿事业早致身,青鬓须防雪霜迫。
我向人间久拂衣,白云相伴掩岩扉。调琴鼓罢清商曲,愁见孤鸿天际飞。

俞德邻(1232—1293)

秋夜杂兴三首(其二)

凉风起秋夜,露冷梧叶飞。棘林照熠耀,促织无停机。
窗前有孤鹍,鸣啸声諈諈。援琴鼓清商,哀怨凝金徽。
伯牙久不作,至音知者稀。徒令世俗耳,增此儿女悲。
弃置复弃置,明月斜侵帷。

张 耒(1054—1114)

送梅子明通判余杭

东南山水窟,钱塘吴越都。吾人神仙后,厌直承明庐。
一舸去莫挽,落帆风月湖。蹁跹青衿子,能诵先生书。
借问太守谁,子云蜀名儒。家有王阳金,清商奏箫竽。
相逢不妨饮,坐啸治有余。遥知子还日,未厌浙江鱼。

周麟之(1118—1164)

和陈大监

君不见汉业已定犹勒兵,白登坐困师无名。
席门先生计无误,黠房不得窥平城。论功自合班人杰,盖世拔山威尽折。
漫夸勋业是韩彭,我出六奇秦项灭。后来汉道如衰周,德尊一代陈太丘。
二方相继厉名节,不顾羔雁真善谋。雪霜贸贸年芳改,凛凛松筠见风采。
豺狼当路狐狸号,独有孤鸿横四海。至今逸韵传清商,云和之瑟弦高张。
耳孙磊落天下士,大才有出皆其长。胸中万卷饶丘壑,鲜取遗音叩寂寞。
一朝解组又弹冠,出处无心付天乐。我辈等是风月人,昔也同闬今为邻。
不妨对语味如蜡,扰扰万事从横陈。

芝 田 曲

艾性夫(？—？)

题素庵壁间六首(其四)

松影乱书檐,鸟声隔山屋。有客抱琴来,为弹芝田曲。

梁 甫 吟

曹 冠(?—?)

涵碧亭(其三)

杖藜乘兴纵幽寻,野寺松篁蔼翠阴。流水潺湲如有恨,白云舒卷本无心。
龙钟谁识天津叟,高卧曾为梁甫吟。静奏瑶琴聊自适,只应风月是知音。

晁说之(1059—1129)

初至郦州感事

罪斥云一纪,常亦守官箴。置身江海畔,放言麋鹿岑。
大吏不呵谴,小吏自堪任。虾菜日异馔,著书敌南金。
岂无二三子,善叩响不沈。更逢四高士,语妙何愔愔。
俯揽尘土影,仰撼冰玉心。苦辛虽在昔,蔺获实于今。
归榜不忍速,故庐尚可寻。金闺朝镠辖,荃壁梦萧森。
领阔贻尔消,新贵使我喑。饥寒一丈室,奔走九秋砧。
长坂马难健,败絮虱易侵。池西别故旧,税驾雕山阴。
白翟无曩迹,赫连有脱镡。幸哉廊庙术,勇不夸纵擒。
誓表前日来,父子恩更深。战士老腐粟,癯儒适襦襟。
羊肥卧沙种,酒美西凉斟。农武自先烈,五律勤窥临。
礼乐被远俗,三叹斥哇淫。勉旃不再辱,聊尔容华簪。
敛迹有余愧,难闻弦诵音。尚喜屋山阿,双泉如鸣琴。
远明桑苎翁,品茶疑未谌。洞中有仙者,得度人骎骎。
长生非敢望,却粒实所钦。肠空不贮愁,虑绝发奇矜。
何劳东皋计,即日返幽林。难忘平昔兴,一为梁甫吟。

孔武仲(1041—1097)

县斋偶书

误恩为邑楚江浔,黾勉初疑力不任。吏事妄窥如管豹,归心难过是笼禽。
低回未遂箕山志,慷慨犹希梁甫吟。案牍扫空庭院静,只将趺坐当鸣琴。

李 纲(1083—1140)

弋 阳 道 中

南去北来皆岁暮,流年苒苒过光阴。江南须信风烟好,浙右方虞寇盗深。
云外山深横笔格,月中滩响叠琴心。卧龙三顾今寥落,抱膝空为梁甫吟。

李 彭(？—？)

奉赠归宗才首座

　　五着匡山屐,三息紫霄阴。龚闻耶舍塔,势吞天姥岑。
　　俯窥雕鹗背,上聆钟梵音。未航萧梁苇,峻风先少林。
　　灵骨化大璐,巨名偕南金。松门欲牵叶,苦雨每见临。
　　才公三衢秀,古貌又古心。老胡即渠是,宴坐藏幽深。
　　何用登紫霄,自足披烦襟。我过避秦客,茗碗来相寻。
　　真成虎溪笑,稍宽梁甫吟。衲子叹雌伏,道师非陆沉。
　　世多石窟病,须下鼓山针。

吕南公(1047—1086)

和酬李宣德二首(其一)

销闲堂上日何思,或弄鸣琴或赋诗。声正只传心静处,篇成不待烛残时。
隆中有客吟梁甫,洛下无人说克儿。此日余音到逋客,定如医药蓄青芝。

彭汝砺(1042—1095)

山　林

鹤瘦松枯不自禁,穷愁千万欲相侵。山林谁识谢公意,风月独高梁甫吟。
行视水痕嗟未息,静看云影爱无心。懒随尘土趋时态,欲就丝桐丐古音。

苏 辙(1039—1112)

次韵子瞻题张公诗卷后

　　世俗甘枉尺,所愿求直寻。不知一律讹,大乐无完音。
　　见利心自摇,虑害安得深。至人不妄言,淡如朱丝琴。
　　悲伤感旧俗,不类骚人淫。又非避世翁,闵嘿遽阳暗。

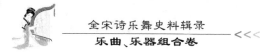

嘹嘹晨鸡鸣,岂问晴与阴。世人积寸木,坐使高楼岑。
晚岁卧草庐,谁听梁甫吟。它年楚倚相,倪能记愔愔。

王之望(？—1170)

再　和

年将六秩诸衰具,漏尽钟鸣行不住。一身许国铢两轻,万里携家斗升赴。
五羊大夫习劳苦,三鳣先生嗟晚暮。分为一世数奇人,踏遍九州多半路。
早岁尝为梁甫吟,中途已失邯郸步。穷通有命常自乐,幽显无惭方不惧。
每读商书戒十愆,不忧汉法干三互。奔走频惊使节光,叨逾敢叹儒冠误。
车下夺牛任客疑,水中见蟹从人怒。怨恩肯效儿女语,正直犹希鬼神护。
平生事业在方册,将老精神弊泉布。九重德意日边远,十万师徒关外聚。
不令圣泽皆下沾,宁免吾皇尚西顾。上为朝廷广霖雨,下令郡邑清蒙雾。
乘轺无术漫观风,分陕维贤倚行露。青天云雾昔曾披,绿水芙蓉今密附。
郊坰小队连后乘,燕寝清香同妙炷。鸟雀难偕鸿鹄飞,驽骀暂逐骅骝骛。
自怜落落王平子,遇此汪汪黄叔度。但忧温诏趣公归,荫宇不容孤迹寓。

许景衡(1072—1128)

和时可醇酎二首(其一)

圣贤须千钟,我岂个中人。焦枯展余沥,好我已十分。
元戎镇河朔,怜此贱与贫。不羡彼瀛州,已有玉膏醇。
小槽滴真珠,沾饷无疏亲。但有坐上客,谁问甑中尘。
岂学梁父吟,何时见阳春。

叶　适(1150—1223)

梁　父　吟

依大麓之遗址兮,储后土之神灵。乐天地之休嘉兮,皇涓洁而荐诚。
集后土之雍容兮,刺百圣之礼文。却大辂而御蒲秸兮,惟俭德之是崇。
端一心而燔燎兮,卜仁义乎永年。刻玉检而请命兮,何事秘而弗传。
嘉梁父之草木兮,被赫然之宠荣。咨梁父之遗老,悲忽不睹乎穆清。
维千乘万骑之杂沓媕婉兮,犹彷徨其行声。夫天运之适合兮,虽圣其犹莫知。

彼河之洋洋兮,虽美而不济。泰山之椒既风雨又艰险兮,乃登封以类告。
岂其不可一兮,伊所遇之独异也。虽伊周之辅世兮,曾何足以自喜。
喟余生之孔棘兮,邈不及夫七十二君。日月幽而不明兮,遭玄夜之方长。
竞铁钺而日弊兮,逐亡鹿而裂其脾肩。汉氏之为的兮,而不遗其余民。
余既朴陋而不能谋兮,又怯奭而畏兵。揩珽珸于盗贼兮,何不朽之可几。
曾死亡之几何兮,苟乱世以自免。幸此土之平乐兮,依镇南之不远。
余耕兮隆中,地沃衍兮宜秬种。相原隰而下上兮,町厥壤之百亩。
彼二代之民乐兮,岂不爱其皆有此。偷予腹之独饱兮,视岁行其在酉。
天既溉之以雨露兮,余又滋之以浍畎。禾穰穰而同颖兮,或一稃而二米。
霜露下此秸总兮,余与牧之竖梸之。雀鼠败其秉穗兮,余与邻之父刈之。
贡龠合于许下兮,尚玉食之万一。俾君父之启魏兮,相祀事而勿失。
昔文王之盛德兮,奔走商之暴虐。蔑君臣而自恣兮,吾何用乎此粟。
黻冕兮茅蒲,衮衣兮被襟。余力耕而胼胝兮,藉丰草而一息。
扣犉角而长歌兮,声中云门之律。历山已芜兮,鸟下啄其凫茈。
有莘之臣日以远兮,野老锄其故泥。计其食此兮,月不能一钟。
耻一夫之释耒兮,故为无所用于耕。嗟圣贤之心兮,余或识甚微隐。
余诚遗望不可逮兮,复嗣岁之将兴。

赵善括(？—？)

和邦承所赠中隐古风

少年麋鹿姿,待价非结绿。 东湖嗜红芰,西山茹黄独。
虽无负郭田,仅有环堵屋。 稍知亲简编,岂意分符竹。
不作梁甫吟,徒歌采薇曲。 轩冕本无心,泉石慕幽蹴。
疏才偶计偕,微名玷宦牍。 扰客书掣肘,蹈险车脱轴。
为米一折腰,献玉三刖足。 人情冰复炭,世路岸为谷。
奔走三十年,尘埃几千斛。 归访旧园林,要识真面目。
敝庐他人居,故友半鬼录。 诛茅倾客囊,千日笑神速。
堂成屡留醉,夜阑更秉烛。 冬霜孤松秀,春霖万花霂。
薰风自生凉,秋云不待族。 鱼鸟乐欣欣,柴荆纷榖榖。

曳杖时往还,拊缶谁拘束。敲门闻剥啄,开缄佩谦牧。
初读少陵诗,再对渊明菊。试听句掷金,坐想人如玉。
搜肠嗣高吟,深愧窘边幅。

破 阵 乐

范成大(1126—1193)

闻威州诸羌退听边事已宁少城筹边楼阑槛修葺亦毕工作诗寄权制帅高子长

筹边楼上美髯翁,赤白囊飞笑语中。勃律天西元采玉,蓬婆雪外昨分弓。
踏筵舞罢平阑月,横槊诗成满袖风。诸校各能歌破阵,何须琴里听平戎。

刘克庄(1187—1269)

宋侯和灯夕诗再用韵二首(其二)

近传桂管置行营,想见临淮号令明。书载舞干文德远,曲名破阵武功成。
小儿队整遗风在,大将坛荒旧址平。未得军前实消息,强歌安得有欢声。

谢 翱(1249—1295)

宋骑吹曲·遣将曲第三(其二)

神风流霆驱偃草,天兵夜下西南道。虎贲长戟来凤州,归峡衔枚疾如扫。
庙谟万里谂诸将,山川曲折图形状。天同鬼授契若符,坐减罙恩房供帐。
归来论功授节镇,铙鼓殿前歌破阵。

笛曲三弄/梅花曲

白玉蟾(1194—?)

秋 思

苍崖高处云蒙蒙,云气深中有碧鸿。万里青霄飞径度,依然又掠西风去。
此时桂花开未开,故人不来鸿雁来。一瞬四方无觅处,不堪回首潇湘路。
我方拄颊吟夕烟,徘徊欲赋空茫然。故人有酒坐秋夕,似我两地遐相忆。

一写此诗聊问秋,江枫岸柳替人愁。纵然对面亦如梦,幽情付在玉三弄。
玉笛凄凉远不闻,不念山中有白云。

曹彦约(1157—1229)

见 梅 有 感

莫把夭妍等重轻,赋成千韵况难名。看来好处非因色,敢向春前似有情。
奈老不成三弄笛,济时还拟一杯羹。清标实用何人可,只合差肩宋广平。

陈　杰(?—?)

吴真州屡交诗而不及见告去送别

论心曾未面,惜别重相于。此复失交臂,何当逢下车。
倚风三弄笛,搔首十年书。吟卷歌壶暇,春江足鲤鱼。

陈　亮(1143—1194)

咏梅(其四)

疏枝横玉瘦,小萼点珠光。一朵忽先发,百花皆后香。
欲传春信息,不怕雪埋藏。玉笛休三弄,东君政主张。

陈　造(1133—1203)

张丞见和次韵答之(其三)

我本山林人,娱老有日用。时须禽一戏,暇乃笛三弄。
言偿作县责,顾敢宝所重。催科未妨拙,防速牙角讼。

再次韵二首(其一)

饱食频频只鷽斯,可堪迅景隙驹驰。不逢犹是桐为弩,当价胡宁菌作芝。
天籁寂时三弄笛,楚山穷处四愁诗。将坛可复宜衰病,此柄须君为主持。

次韵章茂深安抚见寄

引领数仞墙,坐历几秋仲。西风度凝香,稍羞文字供。
使君今退之,一晌士轻重。硕德金玉文,天畀为吾宋。
鄙夫老世纷,万事曲肱梦。向来窃膏馥,编缀饱吟讽。
此诗含古意,群骚之橘颂。理窟有余地,犹许一醉共。

名卿璧一双,豪士笛三弄。侍公眼生缬,聊目归鸿送。

题张仲思孝友堂

笔端吐阳春,胸次著云梦。袖中匠石斤,规矩随意中。
君侯道艺乐,不许俗子共。深堂埃壒外,平日文字供。
默对八窗静,不但十年种。妙语落人间,一一万金重。
平反与进修,并作旨甘奉。只今衣五彩,颇亦笛三弄。
何人侍板舆,觞豆燕群从。鸰原春事繁,雁影天宇空。
傍睨枭雉呼,或作邹鲁哄。纷纷手翻覆,纳纳腹空洞。
汲直合居中,器博滞近用。初计拔薤来,竟息憩棠讼。
翛然拥书坐,竹风助吟讽。更听雏凤鸣,未妨蜇鸿送。
今皇志复古,俗有后宾贡。斯文属耆儒,夏屋况巨栋。
江汉继崧高,谁当第嘉诵。县知尹吉甫,缩手辟张仲。

戴复古(1167—?)

壬寅除夜

今夕知何夕,满堂灯烛光。杜陵分岁了,贾岛祭诗忙。
横笛梅花老,传杯柏叶香。明朝贺元日,政恐雨相妨。

丁 谓(966—1037)

笛

衡阳裁翠篠,梦泽剪霜柯。妙制非丘仲,知音赏列和。
赋因怀旧得,曲为写情多。三弄青溪侧,风流奈尔何。

董嗣杲(?—?)

江上晚眺(其一)

江北西风高,江南新酒熟。长笛吹梅花,月色满营屋。

范成大(1126—1193)

六月十五日夜泛西湖风月温丽

暮舣金龟潭,追随今夕凉。波纹挟月影,摇荡舞船窗。

夜久四山高,松桂黯以苍。长烟界岩腹,浮空余剑铓。
棹夫三弄笛,跳鱼翻素光。我亦醉梦惊,解缨濯沧浪。
多情芙蕖风,袅袅吹鬓霜。会心有奇赏,天涯此何方。
清润不立尘,空明满生香。过清难久留,俛俯堕渺茫。

方一夔(？—？)

杂兴四首(其二)

江上千峰缺复遮,疏林点点噪归鸦。短篷细网船回浦,快马青衫客到家。
酒味春风生竹叶,笛愁寒月老梅花。丈夫处世便疏豁,莫买虚名斗角蜗。

郭祥正(1035—1113)

感怀赠鄂守李公择

君颜削寒冰,君心抱坚玉。自甘正谏黜,不受公议辱。
请言会面初,遭艰守穷屋。屋临修水阳,蓬门入深竹。
伯季止三人,群书聚头读。野夫学孟郊,苦吟中夜哭。
公达学伊尹,经济饱胸腹。君乃学扬雄,草玄明倚伏。
遂兼孔氏易,极变悟神速。亭亭出林材,濯春千丈绿。
我愿从之游,旦暮同饮馔。忠规日有益,文彩观郁郁。
不肖俄遭逸,逃形入空谷。诸君释服起,为贫苟微禄。
君来宣城幕,众谓得杜牧。我适游昭亭,林中骑白鹿。
时趋资深堂,遇君亦休沐。饮酣河汉低,谈高鬼神肃。
出处二三年,于焉失羁束。一别几何时,离群念幽独。
野夫今郎官,佐郡驰朱毂。公达遽不幸,高名收鬼录。
君昔居谏省,上方容启沃。忽分江夏符,善教苏弊俗。
众饥发仓赈,卖丁与金赎。载歌奇章公,间运始来复。
顾我最飘零,尘网自投足。遐趋僻小郡,势若羝羊触。
道出贤侯藩,菁莪闻乐育。况当黄鹤楼,晴江春扑扑。
美人卷红绡,笛奏梅花曲。龙行水底吟,云在山头宿。
酩酊安敢辞,念此龄运促。君名方显显,我困已碌碌。
一为涸辙鱼,一作秋空鹄。愁来如江河,篑障不可筑。

聊书感怀篇,泪下遂盈掬。

韩淲(1159—1224)

寄文叔合肥令

桓伊三弄笛,犹足战淝水。谈笑麾秦兵,所向皆披靡。
追击至青冈,坚亦中流矢。不经事少年,其壮乃如是。
宜乎谢东山,喜甚折屐齿。只今所城邑,历代几迁徙。
君怀霸王略,宰邑当念此。南北虽坚明,风尘未遽起。
士岂无奇气,叱咤有摩垒。一从辛巳年,海陵扰北鄙。
因循再结好,宁不有所俟。又三十八载,恐渐忘昔耻。
吁嗟靖康变,北客思故里。君今临淮垣,访古欲何似。
长啸朔风寒,晋人亦人耳。

韩维(1017—1098)

水　　阁①

约略横云岛,栏干瞰玉渊。雨汀翘睡鹭,风树咽嘶蝉。
绿发莓苔地,红衣菡萏天。夜深三弄笛,月在钓鱼船。

洪咨夔(1176—1236)

伏中宿富乐山赏泉

唤舡绝芙蓉,夹道森古柏。碧天倚熏笼,烈日发芎泽。
清凉奏水观,热恼脱火宅。石虬漱潺湲,银竹堕格磔。
林密天早昏,岩拥地少窄。坐久万想定,虚浸一夜白。
萤行露炯炯,蛩语风策策。胡床笛三弄,所欠可人客。

胡寅(1098—1156)

周尉不来用单令韵见寄和之

秾李太秾华,夭桃苦夭丽。不如姑射子,仙质淡难际。

---

① 胡宿《水馆》内容与此诗大致相同,仅个别字词有异,不再重复收录。

破寒传芳信,春意岂迢递。亭亭映碧霄,茨屋安得蔽。
一壶扫花阴,聊散客愁滞。千珠联万玉,襞积谁所砌。
飞英时落杯,草木吾臭味。颇嫌三弄笛,声杂郑和卫。
二公何惠然,怅望周郎至。哦诗要何似,孤绝表一世。
风吹佳句来,端可使人继。

赋向宣卿有裕堂堂在伊山桓伊旧隐也

仕进行所志,退居适吾情。本无颠瞑患,那有得失惊。
想彼贪者狼,跋疐不少宁。又哀触藩羝,两角挂紫荆。
君子但居易,肯与世辙争。彼以戚戚终,我以坦坦生。
斯堂谁所筑,向公勇且英。百炼见刚质,千寻抵孤清。
艺兰畹畹滋,栽竹个个成。无复笛三弄,只闻弦诵声。
客来引壶觞,客去山峥嵘。咄哉狙诈儿,夸眩机巧呈。
揶揄复揶揄,镜空难遁形。天命有通塞,况公负时名。
唐济嗣先业,选抡待扬庭。一朝看游刃,光芒发新硎。
十步即千里,紫气无留行。青蝇失榛棘,周道如砥平。

胡仲弓(?—?)

落　　梅

谢娥三弄笛,错恨五更风。树老余香少,花残瘦影空。
深堆和靖墓,浅点寿阳宫。结果重来此,方知造化工。

黄　裳(1043—1129)

和人闻角(其一)

胡笳羌笛此声同,一曲梅花万感浓。吹转满城蝴蝶梦,利名心动五更钟。

黄庭坚(1045—1105)

和曹子方杂言

正月尾,垂云如覆盂,雁作斜行书。三十六陂浸烟水,想对西江彭蠡湖。
人言春色浓如酒,不见插秧吴女手。冷卿小坞颇藏春,张侯官居柳对门。
当风横笛留三弄,烧烛围棋覆九军。尽是向来行乐事,每见琵琶忆朝云。

只今不举蛾眉酒,红牙捍拨网蛛尘。曹侯束书丞太仆,试说相马犹可人。
照夜白,真乘黄。万马同秣随低昂,一矢射落皂雕双。
张侯犹思在戎行,横山虎北开汉疆。冷卿智多发苍浪,牛刀发硎思一邦。
政成十缀舞红妆,两侯不如曹子方。朵颐论诗猬毛张,龟藏六用中有光。
何时端能俱过我,扫除北寺读书堂。菊苗煮饼深注汤,更碾盘龙不入香。

从王都尉觅千叶梅云已落尽戏作嘲吹笛侍儿

若为可耐昭华得,脱帽看发已微霜。催尽落梅春已半,更吹三弄乞风光。

李　纲(1083—1140)

去岁道巴陵登岳阳楼以望洞庭真天下之壮观也因诵孟浩然气蒸云梦泽波撼岳阳城之句追古今绝唱用以为韵赋诗十篇(其四)

此身堕江湖,恍若在清梦。梦中亦何为,思古亦长恸。
心驰关塞远,目与飞鸿送。贾客不知愁,凄然笛三弄。

李　刘(？—？)

闻　　笛

何处桓伊酒力雄,分明嚼徵更含宫。倚楼三弄西风急,不觉梅花大半空。

李　彭(？—？)

正月二十六日寇顺之饮仆以醽渌酒径醉闻横笛音李仲先顺之有苍头能作龙吟三弄偶不果戏成此诗

髯奴不及缘坡竹,柱车守间各有局。苟不上券吾不欲,僮约卒音几恸哭。
劣于郄公常奴尔,性不茹荤少陵喜。吐茵西曹第忍之,封侯骨相多小史。
苍头乃复在琳房,柯亭横吹节饱霜。炊饭作糜缘底事,心写泉声风韵长。
寇谦酌我次翁狂,如鱼听曲首低昂。恨不临风作三弄,不减当时桓野王。

李啸轩(？—？)

梅(其一)

笛谱从来有落梅,梅花那怕笛声哀。几回笛里看花处,曲自凄凉花自开。

李 远(?—?)

仆久客钱塘有吹笛月下者同旅闻之凄然皆有归思属令赋之

柯亭之椽不复得,蕲州黄竹今尚存。苍崖翠壁产修干,千顷萧索烟云昏。
羌人眼力发天巧,长笛裁成凤膺饱。老龙余响出空星,欲喷炎天作秋晓。
西湖夜寂凉风生,山头一钩新月明。商声凄悲羽声壮,行子忽忽难为情。
时无绿珠清音激皓齿,野王临风三弄亦已矣。
唯有愁端无古今,举刀不断东流水。深闺兰灯照空床,笛声不如离恨长。
曲终人散一惆怅,回首江山非故乡。万事浮云过寥廓,且醉杯中琥珀薄。
君不见玉管横吹黄鹤楼,江城五月梅花落。

连文凤(1240—?)

绿 珠

忍将死别季伦家,百丈楼前日色斜。一片香魂随笛散,却疑吹落玉梅花。

林 槩(?—?)

越中五咏·西村

绿郊凝望久徘徊,落日川原映古台。江上晚风三弄笛,陇头春信一枝梅。
东西陌外烟光度,紫翠峰前霁色开。不是罗敷莫回首,城南五马使君来。

刘辰翁(1232—1297)

秋景·夕阳如有意

又自欲昏黄,高高上夕阳。殷勤如有意,迟暮起相望。
牛背笛三弄,桑榆锦一张。向人添晼晚,容我更疏狂。
过雨天如改,穿花日尚长。鲁阳三舍远,人世未须忙。

刘吉甫(?—?)

闻 笛

戍鼓停挝月五更,呜呜巧作断肠声。江南自是春来早,吹到梅花梦也清。

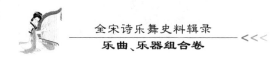

刘克庄(1187—1269)

梅 花

木落山空独占春,十分清瘦转精神。雪疏雪密花添伴,溪浅溪深树写真。
三弄笛声风过耳,一枝筇影月随身。吟罢欲断相逢处,恐是孤山隐逸人。

刘 跂(1053—?)

西溪次韵九首(其九)

柯亭三弄笛,憀栗易悲风。妙曲来天上,飞花落酒中。
翠屏虚在望,玉镜迥当空。摹写何人解,王维老画工。

刘一止(1080—1161)

寄题叶叔明盛囿熙春堂四首且为他日往游之约(其四)

吹花嚼蕊桥边路,衣袖常沾草木馨。更听绿珠三弄笛,为君一洗海风腥。

陆 游(1125—1210)

幽 居 春 夜

暮景催人雪鬓双,十年始复反吾邦。云逢佳月每避舍,酒压闲愁如受降。
三弄笛声初到枕,一枝梅影正横窗。要知清梦游何许,不钓桐江即锦江。

蒲寿宬(?—?)

夜 闻 邻 笛

幽梦初回漏未央,起闻邻笛倍凄凉。不知何处石崖裂,忽送一声江水长。
短棹清风怀赤壁,断垣斜月隐山阳。犹疑吹到梅花落,不见梅花空搅肠。

邵 棠(?—?)

闻 笛

蓑笠相从老故丘,断桥流水护深幽。竹箫吹落黄昏月,诗与梅花一例愁。

释广闻(1189—1263)

雪 牧

整顿蓑衣御苦寒,自家水牸自家看。白漫漫处无香草,笛弄梅花过别山。

释文珦(1210—?)

羌 笛

美竹生穷崖,西人剪为笛。制度诚简易,不假金玉饰。
五音既繁会,八音亦交出。凤鸣何雍雍,龙吟尤历历。
贪者听之廉,愁者听之怿。悍者听之和,劳者听之佚。
遗调感人多,今人孰能识。空复想桓伊,三弄楚天碧。

释行海(1224—?)

雨 后

雨过山林近暮钟,片怀寂寂对孤松。夜深笛怨梅花落,月照人间睡正浓。

释智圆(976—1022)

江 上 闻 笛

夜久闻横笛,寥寥景更赊。天容垂极岸,月色冷平沙。
静引乡心远,闲惊旅鬓华。哀音殊未已,何处落梅花。

舒 亶(1041—1103)

和石尉早梅二首(其二)

依然想见故山傍,半倚垣阴半向阳。短笛楼头三弄夜,前村雪里一枝香。
可能明月来同色,不待东风已自芳。幸免杜郎伤岁暮,莫辞吟对钓渔乡。

宋 祁(998—1061)

高亭驻眺招宫苑张端臣

蜀天向腊寒未极,倚槛绵睇亭皋分。一萍团红江上日,数盖淡白楼头云。
杯中竹叶与谁举,笛里梅花那忍闻。愿君柱步数相荮,他时离绪徒纷纷。

谭用之(?—?)

江 上 闻 笛

谁为梅花怨未平,一声高唤百龙惊。风当阊阖庭初静,月在姑苏秋正明。
曲尽绿杨涵野渡,管吹青玉动江城。临流不欲殷勤听,芳草王孙旧有情。

王庭珪(1080—1172)

次韵高秀才

腊尽梅花落不停,笛声孤起不堪听。且留溪影弄清浅,更看残英动晓星。

王　炎(1138—1218)

和何元清韵九绝(其八)

一洗平生筝笛耳,极知绿绮有遗音。君臣庆会休三弄,泉石膏肓不可针。

王　铚(？—？)

山中梅花盛开戏作

化工难回天地春,下遣第一天仙人。前驱飞雪助幽绝,千里隔尽埃与尘。
何心百卉擅独秀,寒入万物无精神。绰约肌肤莹香玉,借与东皇立花国。
开破天地发生心,引出世间凡草木。品流不数广寒宫,为嫌月姊长孀独。
波上轻云掌上身,有来比肩皆尘俗。须知尤物到绝言,从昔华词吟不足。
溪回路转一枝斜,可惜天寒倚修竹。穷途游子岁华晚,肠断夜投山馆宿。
古今幽怨不尽情,更入凄凉笛中曲。荒山偶赋梅花诗,伫立花前香在衣。
伤心不忍别红紫,付与晓风零乱飞。

王　镃(？—？)

冬 暮 客 中

典尽寒衣未得归,客囊惟有带来诗。夜深月照回家梦,怕杀梅花笛又吹。

文彦博(1006—1097)

秋 夜 闻 笛

秋宵万籁沉,羌笛似龙吟。向秀忽思旧,马融方好音。
细声寒入牖,残韵半和砧。莫奏梅花曲,旅人情更深。

吴　芾(1104—1183)

垂 虹 闻 笛

三十年前此凭栏,醉听渔笛暮江寒。重来虽复闻三弄,老去终无旧日欢。

杨万里(1127—1206)

和陆务观见贺归馆之韵

君诗如精金,入手知价重。铸作鼎及鬲,所向一一中。
我如驽并骥,夷涂不应共。难追紫蛇电,徒挚青丝鞚。
折胶偶投漆,异榻岂同梦。不知清庙茅,可望明堂栋。
平生怜坡老,高眼薄萧统。渠若有猗那,心肯师晋宋。
破琴聊再行,新笛正三弄。因君发狂言,湖山春已动。

杨 亿(974—1020?)

冬夕与诸公宴集贤梅学士西斋分得今夕何夕探得云字

今夕知何夕,良交会以文。烛花寒旋落,漏滴远稀闻。
酒面轻浮蚁,歌喉细遏云。明河光未没,候管气初分。
玉笛梅花怨,金炉蕙草焚。唯愁曙光发,搔首叹离群。

钱大夫赴并州

太原西北劲兵处,地直云中控定襄。六月出师平獯狁,九天选将下文昌。
车鱼辟士应难得,诗礼临戎亦未妨。缓急羽书须自草,平安烽火镇相望。
柳营禀畏将军令,毳幕怀来塞下羌。清啸肯饶刘越石,长缨终系左贤王。
关山万里边尘静,亭馆三冬朔雪狂。笛怨梅花新度曲,樽倾竹叶浅飞觞。
御寒应觉重裘暖,料敌悬忧两鬓苍。只待今年破虏后,征归论道坐岩廊。

游少游(?—?)

田 南 寺

我本无心似白云,应缘未见宰官身。何时铁笛千山首,吹起梅花一点春。

曾 丰(1142—?)

宿南海神祠东廊候月烹茶次闻雷

祠宇眈眈海岸头,况逢冷夜更清秋。风前尘外笛三弄,饭后月中茶一瓯。
借我孤舟随水住,乘时一棹与天浮。旧谈八月流槎事,岂料予来傍女牛。

张玉娘(1250—1276)

闻　笛

小楼吹夜笛声飞,暗度梅花入翠帏。曲罢梦回肠欲断,起看秋月色凝衣。

咏竹·雪

冻雪霏霏堕九皋,竹枝垂地翠旋销。玉龙战退飞鳞甲,青凤翻成白羽毛。岁晚余寒知劲节,梦回佳兴讶清标。隔云谁弄柯亭笛,落尽梅花风韵高。

真山民(?—?)

三　山　旅　夜

　　独坐本无况,凄凉更旅中。槛低檐碍月,窗破纸吟风。
　　邻馆笛三弄,谯楼鼓二通。半觞聊自适,新荔擘轻红。

周文璞(?—?)

桓野王画像

胡床三弄清溪笛,叹息欹歔太极筝。惆怅斯人风味减,江花江草不胜情。

朱南杰(?—?)

过　长　河　堰

帆指长河风力微,渔舟个个有鱼归。一声水际笛三弄,几处梅边竹四围。桑伐远扬蚕事熟,花消浓艳柳绵飞。西湖只在钱塘外,又见孤山梅子肥。

朱　松(1097—1143)

书钊家园壁(其一)

梅花梦向笛中残,子著深枝一一酸。肠断来迟双燕子,暗香消歇粉泥干。

朱　熹(1130—1200)

元范尊兄示及十梅诗风格清新意寄深远吟玩累日欲和不能昨夕自白鹿玉涧归偶得数语·寒梅

　　白玉堂前树,风清月影残。无情三弄笛,遥夜不胜寒。

胡笳十八拍/胡笳曲

曹　勋(1098—1174)

胡笳曲二首(其一)

江南春草绿,江北未开花。佳人在何处,迁谪寄长沙。

胡笳曲二首(其二)

汉使通沙漠,胡人过渭桥。春风吹客恨,千里去迢迢。

葛天民(？—？)

竺涧梅

龙脊桥边鹤膝幽,一枝斜亚水横流。自从识破胡笳曲,吹彻黄昏不解愁。

李　纲(1083—1140)

胡笳十八拍·第一拍

四海十年不解兵,朝降夕叛幽蓟城。杀气南行动天轴,犬戎也复临咸京。
铁马长鸣不知数,虏骑凭陵杂风雨。自是君王未备知,一生长恨奈何许。

胡笳十八拍·第二拍

黑云压城城欲摧,赤日照耀从西来。虏箭如沙射金甲,甲光向日金鳞开。
昏昏闾阖闭氛祲,六龙寒急光徘徊。黄昏胡骑尘满城,百年兴废吁可哀。

胡笳十八拍·第三拍

千乘万骑出咸阳,百官跣足随天王。翠华摇摇行复止,黄尘暗天道路长。
金盘玉箸无消息,色难腥腐餐风香。晚将末契托年少,遂令再往之计堕渺茫。

胡笳十八拍·第四拍

筋䈥精坚胡马骄,猛蛟突兽纷腾逃。春寒野阴风景暮,尘埃不见咸阳桥。
中原格斗且未归,陇山萧瑟秋云高。安得壮士兮守四方,一豁明主正郁陶。

胡笳十八拍·第五拍

汉家离宫三十六,缓歌慢舞凝丝竹。铁骑突出刀枪鸣,惊破霓裳羽衣曲。
明眸皓齿今何在,细柳青蒲为谁绿。桃花依旧笑春风,风动落花红蔌蔌。

胡笳十八拍·第六拍

忆昔霓旌下南苑,攀条弄芳畏晼晚。只今飘泊干戈际,寒尽春生洛阳殿。
梨园弟子散如烟,白马将军若雷电。城上春云覆苑墙,回首何时复来见。

胡笳十八拍·第七拍

星宫之君醉琼浆,矫如群帝骖龙翔。龙池十日飞霹雳,齐言此夕乐未央。
玄圃沧州莽空阔,羽人稀少不在傍。深山穷谷不可处,托身白云归故乡。

胡笳十八拍·第八拍

黄尘散漫风萧索,杀气森森到幽朔。五十年间似反掌,瑶池侍臣已冥寞。
千崖无人万壑静,旌旗无光日色薄。万事反覆何所无,注目寒江倚山阁。

胡笳十八拍·第九拍

五陵佳气无时无,龙种自与常人殊。一去紫台连朔漠,骨肉满眼身羁孤。
金鞭断折九马死,邂逅岂即非良图。人间俯仰成今古,岂忆当殿群臣趋。

胡笳十八拍·第十拍

人生失意无南北,去住彼此无消息。黄蒿古城云不开,时复看云泪横臆。
猛将腰间大羽箭,一箭正坠双飞翮。汝休枉杀南飞鸿,道路只今多拥隔。

胡笳十八拍·第十一拍

天子不在咸阳宫,翠华拂天来向东。江间波浪兼天涌,中有云气随飞龙。
干戈兵革斗未止,无复射蛟江水中。江边老人错料事,时危惨澹来悲风。

胡笳十八拍·第十二拍

渔阳突骑猎青丘,天马跋足随牦牛。幕前生致九青兕,苦寒赠我青羔裘。
万里飞蓬映天过,岁云暮矣增离忧。如今正南看北斗,长安不见使人愁。

胡笳十八拍·第十三拍

圣朝尚飞战斗尘,椎鼓鸣钟天下闻。岸上荒村尽豺虎,衣冠南渡多崩奔。
何时铸戟作农器,欲倾东海洗乾坤。干戈未定失壮士,旧事无人可共论。

胡笳十八拍·第十四拍

大麦干枯小麦黄,问谁腰镰胡与羌。汉家战士三十万,此岂有意仍腾骧。
安得突骑只五千,长驱东胡胡走藏。近静潼关扫蝼蚁,为留猛士守未央。

胡笳十八拍·第十五拍

我生之后汉祀衰,经济实借英雄姿。遥拱北辰缠寇盗,杳杳南国多旌旗。
伤心不忍问耆旧,垂老恶闻战鼓悲。中夜起坐万感集,谁家捣练风凄凄。

胡笳十八拍·第十六拍

雨声飕飕催早寒,岁暮穷阴耿未已。燕山雪花大如席,寒刮肌肤北风利。
群胡归来血洗箭,阵前部曲终日死。漫漫胡天叫不闻,日夜更望官军至。

胡笳十八拍·第十七拍

时危始识不世材,成王功大心转小。豺狼塞路人断绝,一门骨肉散百草。
江头宫殿锁千门,不知明月为谁好。
何时眼前突兀见此屋,鸡鸣问寝龙楼晓。

胡笳十八拍·第十八拍

风尘顷洞昏王室,咫尺波涛永相失。漂然时危一老翁,洒血江汉长衰疾。
笳一会兮琴一拍,青山落日江湖白。身欲奋飞病在床,此心炯炯君应识。

释法泰(?—?)

颂古四十四首(其三四)

白纸三张通信去,展开千里却同风。阳春转入胡笳曲,不是风吹别调中。

释慧性(1162—1237)

偈颂一百零一首(其一五)

秋风清,秋月白。雁过长空,蝉噪庭柏。
踢出铁昆仑,大机要顿发。好肉剜疮,觑著即瞎。
隔山人唱太平歌,元是胡笳十八拍。

释慧远(1103—1176)

颂古四十五首(其一四)

短帽轻衫宫样窄,舞遍胡笳十八拍。曲罢酒阑犹未归,归来月色和云白。

释　珩(？—？)

颂古三十一首(其九)

前得得,后不得,一贯谁知两五百。
雨桧萧萧,风松瑟瑟。隔山人听鹧鸪词,错认胡笳十八拍。

释文珦(1210—？)

边　思

少年为远戍,两鬓已鬖鬖。百战功谁赏,空闺信不来。
乡关成梦境,边月是愁媒。听彻胡笳曲,寒声转更哀。

释行海(1224—？)

送　春　谣

今日莺莺燕燕愁,春风忽白少年头。拍残十八胡笳拍,数片娇红逐水流。

释宗杲(1089—1163)

偈颂一百六十首(其一一八)

或是或非人不识,逆行顺行天莫测。隔山人唱鹧鸪词,错认胡笳十八拍。

王安石(1021—1086)

胡笳十八拍十八首(其一)

中郎有女能传业,颜色如花命如叶。命如叶薄将奈何,一生抱恨常咨嗟。
良人持戟明光里,所慕灵妃媲箫史。空房寂寞施穗帷,弃我不待白头时。

胡笳十八拍十八首(其二)

天不仁兮降乱离,嗟余去此其从谁。自胡之反持干戈,翠蕤云旃相荡摩。
流星白羽腰间插,叠鼓遥翻瀚海波。一门骨肉散百草,安得无泪如黄河。

胡笳十八拍十八首(其三)

身执略兮入西关,关山阻修兮行路难。水头宿兮草头坐,在野只教心胆破。
更鞴雕鞍教走马,玉骨瘦来无一把。几回抛鞚抱鞍桥,往往惊堕马蹄下。

胡笳十八拍十八首(其四)

汉家公主出和亲,御厨络绎送八珍。明妃初嫁与胡时,一生衣服尽随身。眼长看地不称意,同是天涯沦落人。我今一食日还并,短衣数挽不掩胫。乃知贫贱别更苦,安得康强保天性。

胡笳十八拍十八首(其五)

十三学得琵琶成,并幕重重卷画屏。一见郎来双眼明,劝我酤酒花前倾。齐言此夕乐未央,岂知此声能断肠。如今正南看北斗,言语传情不如手。低眉信手续续弹,弹看飞鸿劝胡酒。

胡笳十八拍十八首(其六)

青天漫漫覆长路,一纸短书无寄处。月下长吟久不归,当时还见雁南飞。弯弓射飞无远近,青冢路边南雁尽。两处音尘从此绝,唯向东西望明月。

胡笳十八拍十八首(其七)

明明汉月空相识,道路只今多拥隔。去住彼此无消息,时独看云泪横臆。豺狼喜怒难姑息,自倚红颜能骑射。千言万语无人会,漫倚文章真末策。

胡笳十八拍十八首(其八)

死生难有却回身,不忍重看旧写真。暮去朝来颜色改,四时天气总愁人。东风漫漫吹桃李,尽日独行春色里。自经丧乱少睡眠,莺飞燕语长悄然。

胡笳十八拍十八首(其九)

柳絮已将春去远,攀条弄芳畏晼晚。忧患众兮欢乐鲜,一去可怜终不返。日夕思归不得归,山川满目泪沾衣。罩圭苑里西风起,叹息人间万事非。

胡笳十八拍十八首(其一〇)

寒声一夜传刁斗,云雪埋山苍兕吼。诗成吟咏转凄凉,不如独坐空搔首。漫漫胡天叫不闻,胡人高鼻动成群。寒尽春生洛阳殿,回首何时复来见。

胡笳十八拍十八首(其一一)

晚来幽独恐伤神,唯见沙蓬水柳春。破除万事无过酒,房酒千杯不醉人。含情欲说更无语,一生长恨奈何许。饥对酪肉兮不能餐,强来前帐临歌舞。

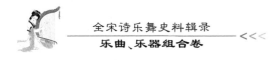

胡笳十八拍十八首(其一二)

归来展转到五更,起看北斗天未明。秦人筑城备胡处,扰扰唯有牛羊声。
万里飞蓬映天过,风吹汉地衣裳破。欲往城南望城北,三步回头五步坐。

胡笳十八拍十八首(其一三)

自断此生休问天,生得胡儿拟弃捐。一始扶床一初坐,抱携抚视皆可怜。
宁知远使问名姓,引袖拭泪悲且庆。悲莫悲于生别离,悲在君家留二儿。

胡笳十八拍十八首(其一四)

鞠之育之不羞耻,恩情亦各言其子。天寒日暮山谷里,肠断非关陇头水。
儿呼母兮啼失声,依然离别难为情。
洒血仰头兮诉苍苍,知我如此兮不如无生。

胡笳十八拍十八首(其一五)

当时悔来归又恨,洛阳宫殿焚烧尽。纷纷黎庶逐黄巾,心折此时无一寸。
恸哭秋原何处村,千家今有百家存。争持酒食来相馈,旧事无人可共论。

胡笳十八拍十八首(其一六)

此身饮罢无归处,心怀百忧复千虑。天翻地覆谁得知,魏公垂泪嫁文姬。
天涯憔悴身,托命于新人。念我出腹子,使我叹恨劳精神。
新人新人听我语,我所思兮在何所。
母子分离兮意难任,死生不相知兮何处寻。

胡笳十八拍十八首(其一七)

燕山雪花大如席,与儿洗面作光泽。恍然天地半夜白,闺中只是空相忆。
点注桃花舒小红,与儿洗面作华容。欲问平安无使来,桃花依旧笑春风。

胡笳十八拍十八首(其一八)

春风似旧花仍笑,人生岂得长年少。我与儿兮各一方,憔悴看成两鬓霜。
如今岂无骙骙与骅骝,安得送我置汝傍。
胡尘暗天道路长,遂令再往之计堕眇芒。
胡笳本出自胡中,此曲哀怨何时终。笳一会兮琴一拍,此心炯炯君应识。

文天祥(1236—1283)

胡笳曲·一拍
风尘颒洞昏王室,天地惨惨无颜色。而今西北自反胡,西望千山万山赤。
叹息人间万事非,被驱不异犬与鸡。不知明月为谁好,来岁如今归未归。

胡笳曲·二拍
独立缥缈之飞楼,高视乾坤又何愁。江风萧萧云拂地,笛声愤怒哀中流。
邻鸡野哭如昨日,昨日晚晴今日黑。苍皇已就长途往,欲往城南忘南北。

胡笳曲·三拍
三年奔走空皮骨,三年笛里关山月。中天月色好谁看,豺狼塞路人烟绝。
寒刮肌肤北风利,牛马毛零缩如猬。塞上风云接地阴,咫尺但愁雷雨至。

胡笳曲·四拍
黄河北岸海西军,翻身向天仰射云。胡马长鸣不知数,衣冠南渡多崩奔。
山木惨惨天欲雨,前有毒蛇后猛虎。欲问长安无使来,终日戚戚忍羁旅。

胡笳曲·五拍
北庭数有关中使,飘飘远自流沙至。胡人高鼻动成群,仍唱胡歌饮都市。
中原无书归不得,道路只今多拥隔。身欲奋飞病在床,时独看云泪沾臆。

胡笳曲·六拍
胡人归来血洗箭,白马将军若雷电。蛮夷杂种错相干,洛阳宫殿烧焚尽。
干戈兵革斗未已,魑魅魍魉徒为尔。恸哭秋原何处村,千村万落生荆杞。

胡笳曲·七拍
忆昔十五心尚孩,莫怪频频劝酒杯。孤城此日肠堪断,如何不饮令人哀。
一去紫台连朔漠,月出云通雪山白。九度附书归洛阳,故国三年一消息。

胡笳曲·八拍
只今年才十六七,风尘荏苒音书绝。胡骑长驱五六年,弊裘何啻连百结。
愁对寒云雪满山,愁看冀北是长安。此身未知归定处,漂泊西南天地间。

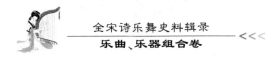

胡笳曲·九拍

午夜漏声催晓箭，寒尽春生洛阳殿。汉主山河锦绣中，可惜春光不相见。
自胡之反持干戈，一生抱恨空咨嗟。我已无家寻弟妹，此身那得更无家。
南极一星朝北斗，每依南斗望京华。

胡笳曲·十拍

今年腊月冻全消，天涯涕泪一身遥。诸将亦自军中至，行人弓箭各在腰。
白马嚼啮黄金勒，三尺角弓两斛力。胡雁翅湿高飞难，一箭正坠双飞翼。

胡笳曲·十一拍

冬至阳生春又来，口虽吟咏心中哀。长笛谁能乱愁思，呼儿且覆掌中杯。
云白山青万余里，壁立石城横塞起。元戎小队出郊垌，天寒日暮山谷里。

胡笳曲·十二拍

洛阳一别四千里，边庭流血成海水。自经丧乱少睡眠，手脚冻皴皮肉死。
反镳衡门守环堵，稚子无忧走风雨。此时与子空归来，喜得与子长夜语。

胡笳曲·十三拍

大儿九龄色清彻，骅骝作驹已汗血。小儿五岁气食牛，冰壶玉衡悬清秋。
罢琴惆怅月照席，人生有情泪沾臆。离别不堪无限意，更为后会知何地。
酒肉如山又一时，只今未醉已先悲。

胡笳曲·十四拍

北归秦川多鼓鼙，禾生陇亩无东西。三步回头五步坐，谁家捣练风凄凄。
已近苦寒月，惨惨中肠悲。自恐二男儿，不得相追随。
去留俱失意，徘徊感生离。十年蹴踘将雏远，目极伤神谁为携。
此别还须各努力，无使霜露沾人衣。

胡笳曲·十五拍

寒雨飒飒枯树湿，坐卧只多少行立。青春欲暮急还乡，非关使者征求急。
欲别上马身无力，去住彼此无消息。关塞萧条行路难，行路难行涩如棘。
男儿性命绝可怜，十日不一见颜色。

胡笳曲·十六拍
乃知贫贱别更苦,况我飘转无定所。心怀百忧复千虑,世人那得知其故。
娇儿不离膝,哀哉两决绝。也复可怜人,里巷尽呜咽。
断肠分手各风烟,中间消息两茫然。自断此生休问天,看射猛虎终残年。

胡笳曲·十七拍
江头宫殿锁千门,千家今有百家存。面妆首饰杂啼痕,教我叹恨伤精魂。
自有两儿郎,忽在天一方。胡尘暗天道路长,安得送我置汝傍。

胡笳曲·十八拍
事殊兴极忧思集,足茧荒山转愁疾。汉家山东二百州,青是烽烟白人骨。
入门依旧四壁空,一斛旧水藏蛟龙。年过半百不称意,此曲哀怨何时终。

严日益(？—？)

题汪水云诗卷
紫皇宫殿红云低,春归天上日欲西。瑶池催花挝羯鼓,姚魏天香分雨露。
沉香亭北雉尾高,诗成先夺云锦袍。纵横奏赋三千字,文采风流多意气。
佩声杨柳凤池头,丝纶五色烂不收。巨鳌跳波海门黑,毡雪风砂堕阴域。
翠华鞭弯凌紫烟,天寒月照青冢边。黄金不啼玉不泣,桑岭流沙马飞急。
孤臣泪结冰棱棱,两宫祝发传佛灯。梵尊说法天龙拜,四大山河金色界。
风飘仙乐去不回,香围粉阵成飞埃。南冠楚囚血化碧,恨入胡笳十八拍。
穹庐帐暖融冷光,犹随供奉联鹓行。子房忽伴赤松去,华表千年令威语。
商郊周甸禾黍悲,宫袍卸却披霞衣。青藜老仙选诗哭,仿佛东都梦华录。
吴霜压损长眉青,胸蟠耿耿何时平。读书万卷贫难救,天若知情天亦瘦。
云翻雨覆争奈何,荣枯得失哀恨多。相逢莫说梦中梦,琴寄南音时一弄。
世间未必无子期,至音元不求人知。泠然七十二峰下,轩辕鼎边退三舍。
流水行云万里心,故家乔木春阴阴。

曾季貍(？—？)

秦　女　行
妾家家世居淮海,郎罢声名传海内。自从贬死古藤州,门户凋零三十载。

可怜生长深闺里,耳濡目染知文字。亦尝强学谢娘诗,未敢女子称博士。
年长以来逢世乱,黄头鲜卑来入汉。妾身亦复堕兵间,往事不堪回首看。
飘然一身逐胡儿,被驱不异犬与鸡。奔驰万里向沙漠,天长地久无还期。
北风萧萧易水寒,雪花席地经燕山。千杯虏酒安能醉,一曲琵琶不忍弹。
吞声饮恨从谁诉,偶然信口题诗句。眼前有路可还乡,马上无人容我去。
诗成吟罢只茫然,岂意汉地能流传。当时情绪亦可想,至今闻者犹悲酸。
忆昔中郎有女子,亦陷虏中垂一纪。暮年不料逢阿瞒,厚币赎之归故里。
惜哉此女不得如,终竟老死留穹庐。空余诗话传凄恻,不减胡笳十八拍。

朱　翌(1097—1167)

闻邻舟琵琶

樯乌逐风不停飞,尾燕掠水东复西。蛮弦金拨窃私语,行客转头声更悲。
扰扰云吹宝鬟绿,新妆半隐朱帘曲。无限柔情指下生,谁道弹丝不如竹。
谷儿指法来帝城,曹供奉传新曲名。香山居士家有此,何况更闻江上声。
路转溪回双橹咽,弹尽胡笳十八拍。山头日落暮潮平,一带荷花自秋色。

竹　枝　歌

艾性夫(？—？)

别离词(其二)

渡江桃叶郎莫歌,巴西竹枝愁更多。黄尘百丈水花黑,把酒劝郎无渡河。

曹　勋(1098—1174)

曾端伯自承移帅川口有怀风旨无便附信忽领教喜成小诗附便奉呈三首(其一)

好在曾夫子,宁知晤语期。倚毗离楚日,鼓吹入夔时。
赤甲薰风近,黄堂淑景迟。相望邈坤轴,空咏竹枝词。

晁公遡(1116—？)

谢张待制赴饮

我如沐猴冠,强佩刺史章。倪令入朝班,惊倒鹭鹭行。

安敢延贵人,置酒登此堂。知公盖超然,轩冕等秕糠。
但逢臭味同,握手出肺肠。肯为宣明面,贫贱乃遽忘。
远从三峡来,欲访五亩桑。闻昨去郡时,送者倾城隍。
皆言民疾苦,公见必惨伤。奏疏每建白,细书亲贴黄。
岂容廊庙具,而久滞一方。使民济大川,行矣为舟航。
杖屦可少留,吉日辰甚良。歌公竹枝词,举我柏叶觞。
勿辞饮之釂,不发宽饶狂。酿以老翁泉,中有班马香。

晁说之(1059—1129)

赵德麟书来言黄九闻移命后径游峨嵋慨然有作

蹇产久无赖,相羊忽有期。野马脱羁日,逐客赐环时。
乡国眼中见,申肘犹云迟。夫子独不尔,西复到峨嵋。
初非身世谋,无泪竹枝辞。岂是轩冕人,要路莫相疑。
归来旧台阁,风霜尝路岐。曰予有末契,斯焉定何之。
兴怀白象土,复自话别离。万行端难渝,短轴赏新诗。

陈　恭(?—?)

次 韵 答 友

竹枝歌忆楚江天,曾向浔阳久泊船。君过石钟寻旧韵,我知炉顶起新烟。
故人寥落今谁在,好梦迢遥亦偶然。秋以为期犹未至,冷鸿疏草暮云边。

陈　似(?—?)

龙　脊

峡水渊流测益深,砥平鳌脊介江心。簿书丛里逢休假,云水光中欣访寻。
拂石四题鸡子卜,舣舟三听竹枝音。时和挝鼓同民乐,快喜春阳逐众阴。

崔与之(1158—1239)

送夔门丁帅赴召(其二)

议论方前席,功名早上坡。去帆瓜蔓水,遗爱竹枝歌。
同志晨星少,孤愁暮雨多。倚风穷望眼,碧色渺平莎。

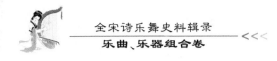

戴表元(1244—1310)

赵寿父游杭

东浙饥难住,西湖远不多。好辞松叶面,来听竹枝歌。
水屋花千绕,岩林锦一窠。秋深道途好,老子亦婆娑。

邓谏从(?—?)

题巫山瞻华亭

峻嶒玉削三千丈,翠泼岚光冷相向。风含太古云气长,变化溟蒙纷万象。
阴晴一日具四时,天籁壑深虚自响。神山娟妙擢群参,锦绣铺张献奇状。
蟠根积铁汇百川,龙矫蛟翻饶跌宕。势连三楚此开国,故垒荒宫带溪瀼。
楼台井邑老风烟,环佩清闻驻仙仗。竹林风味便读易,久与江山为辈行。
鸣弦余暇豁心眼,戏著飞阑云雨上。爽明自可达壅蔽,野获又何劳草创。
政和民气长似春,景迥心平过于掌。征鸿明灭志何杳,黄鹄追随意尤放。
当年李杜经行处,太史银钩刻青嶂。宝刀珠瑟出耕垦,曲水纤腰迷草莽。
牢盆古隶杂秦篆,飞动间摹永平样。珊瑚交柯炯不蚀,仿佛将军勋业壮。
英雄繁盛随流水,时有竹枝赓牧唱。孔泉文物起骚经,国色明妃守孤尚。
我家峨眉紫翠间,为爱奇峰甘蒟酱。秋风野水忆丝莼,击汰夷犹理烟榜。

范成大(1126—1193)

夔州竹枝歌九首(其一)

五月五日岚气开,南门竞船争看来。云安酒浓曲米贱,家家扶得醉人回。

夔州竹枝歌九首(其二)

赤甲白盐碧丛丛,半山人家草木风。榴花满山红似火,荔子天凉未肯红。

夔州竹枝歌九首(其三)

新城果园连瀼西,枇杷压枝杏子肥。半青半黄朝出卖,日午买盐沽酒归。

夔州竹枝歌九首(其四)

夔妇趁墟城里来,十十五五市南街。行人莫笑女粗丑,儿郎自与买银钗。

夔州竹枝歌九首（其五）
白头老媪簪红花，黑头女娘三髻丫。背上儿眠上山去，采桑已闲当采茶。

夔州竹枝歌九首（其六）
百衲畲山青间红，粟茎成穗豆成丛。东屯平田粳米软，不到贫人饭甑中。

夔州竹枝歌九首（其七）
白帝庙前无旧城，荒山野草古今情。只余峡口一堆石，恰似人心未肯平。

夔州竹枝歌九首（其八）
滟滪如襆瞿唐深，鱼复阵图江水心。大昌盐船出巫峡，十日溯流无信音。

夔州竹枝歌九首（其九）
当筵女儿歌竹枝，一声三叠客忘归。万里桥边有船到，绣罗衣服生光辉。

夔门即事
峡行风物不堪论，袢暑骄阳杂瘴氛。人入恭南多附赘，山从夔子尽侵云。
竹枝旧曲元无调，曲米新筁但有闻。试觅清泠一杯水，筒泉须自卧龙分。

瞿唐行
川灵知我归有程，一夜涨痕千丈生。中流击楫汹作气，夹岸篷旗呀失声。
不知滟滪在船底，但觉瞿唐如镜平。凿峡疏川狼石破，号山索饮飞泉惊。
白盐赤甲转头失，黑石黄嵌拚命轻。草齐增肥无泊处，竹枝凝咽空余情。
人间险路此奇绝，客里惊心吾饱更。剑阁翻成蜀道易，请歌范子瞿唐行。

归州竹枝歌二首（其一）
东邻男儿得湘累，西舍女儿生汉妃。城郭如村莫相笑，人家伐阅似渠稀。

归州竹枝歌二首（其二）
东岸艦船抛石门，西山炊烟连白云。竹篱茅舍作晚市，青盖黄旗称使君。

范仲淹（989—1052）

书酒家壁
当垆一曲竹枝歌，肠断江南奈尔何。游子未归春又老，夜来风雨落花多。

方　回(1227—1307)

送常德教赵君

岳阳州城危楼前,无地但有水与天。一点之青惟君山,四顾汹涌心茫然。
吾尝北风吹湖船,飞过洞庭一日间。高桅一昂摩日边,及其一低如沉渊。
灶不可炊薪不燃,跃出釜水如盆翻。神惊魄褫乾坤颠,江豚出没蛟鼍掀。
小儿号啼大人眠,猫呕狗吐流腥涎。饥僵渴仆三不餐,自晓至昏缩若拳。
始从武口入武川,然后相贺性命完。龙阳县西百丈牵,古鼎大镇控群蛮。
丹砂水银充市廛,千机织锦绿红鲜。北上江陵通襄樊,南接长沙衡岳连。
陶渊明记桃花源,访寻遗迹扬吾鞭。长松巨柏万且千,近人不畏猿猱悬。
琴床药炉溅瀑泉,白发道士如神仙。尺许大字铁屈盘,吾诗颇奇留刊镌。
此事一往四十年,至今夜犹梦湘沅。隆准云孙腹便便,昔者金门班鹭鹓。
胡为近亦寒无毡,屑往芹宫专冷官。略有廪粟有俸钱,饭虽不足聊粥饘。
风雅之后闻屈原,千古哀怨离骚传。惟楚有材实多贤,幸为人师何憾旃。
坎流叵测行止难,或逆而溯顺而沿。可不随机信天缘,竹枝歌声宫商宣。
木奴洲畔饶风烟,三年当有诗千篇。

方一夔(?—?)

田家四事·种

我生古扬州,田下异粱雍。山田种荒菜,水田种浮葑。
地力肥瘦兼,农器有无共。及时撒新谷,抟黍递幽哢。
生意日夜长,移秧趁芒种。未嫌豚酒祝,自乐鸡黍供。
落日竹枝歌,犹是豳原颂。

毌丘恪(?—?)

次袁说友巫山十二峰二十五韵

缣素巧貌溪山姿,宝藏肯笑虎头痴。何人夜半肱箧去,信为羽化无疑迟。
魏明不惜万夫力,凿山累土夸神奇。景阳突起芳林苑,谷城文石光参差。
叶公好龙广射虎,大方安能不笑之。至人于物特寓目,远象过眼心弗随。
我公看山正如此,肯趁儿童脚力疲。胸中五岳镇地轴,眼底三辰昭旂旗。

擢由汉庭宠分钺,来抚蜀土初寨帷。巫山一览窥妙处,写入长歌赓竹枝。
坐令十二峰增重,已觉气压嵩华低。太室少室敢辈行,小孤大孤何儿嬉。
岱宗日观峻徒尔,昆仑天柱高安为。出云作雨均有是,泥金镂玉彼一时。
所谓造化一尤物,不在九华真在兹。中山前言恐遂废,公之妙论已四驰。
半语犹存大公正,蟠胸经济看设施。要令利济均四海,无间山崖与水湄。
只今苍生方属望,休戚在公颦伸眉。愿公更为天下重,所养自养观诸颐。
量陂谁复能澄挠,德表居然无磷缁。岩石巍巍具瞻在,孰不叹仰声噫嘻。
又何必东望瀛,南望嶷,北有天后之峻岭,西有云表之峨嵋。
与公高名并不朽,配以今日巫山诗。

韩　淲(1159—1224)

去年间在北高峰下邂逅示我竹枝歌
方家谷里刘家寺,书记忽云宁少耘。吴人莫唱楚人曲,肠断竹枝谁忍闻。

昌甫寄所和朴翁诗因亦次韵
长日怀贤只坐驰,炎凉谁与世推移。贫生梦枕槐柯蚁,笑杀仙巢莲叶龟。
萧瑟两峰吟和处,辛勤千里寄来时。风流是我身名事,付与刘郎歌竹枝。

韩元吉(1118—?)

季元衡寄示三池戏藁
文彩风流冠一时,三池聊作凤凰池。新诗到处传桐叶,丽唱他年满竹枝。
归梦故应怀古括,清谈还喜对峨眉。玉堂待草山东诏,解缆春江莫放迟。

贺　铸(1052—1125)

变竹枝词九首(其一)
莫把雕檀楫,江清如可涉。但闻歌竹枝,不见迎桃叶。

变竹枝词九首(其二)
隔岸东西州,清川拍岸流。但闻竹枝曲,不见青翰舟。

变竹枝词九首(其三)
露湿云罗碧,月澄江练白。但闻竹枝歌,不见骑鲸客。

变竹枝词九首(其四)
北渚芙蓉开,褰裳拟属媒。但闻竹枝曲,不见莫愁来。

变竹枝词九首(其五)
西戍长回首,高城当夏口。但闻竹枝歌,不见行吟叟。

变竹枝词九首(其六)
南浦下鱼筒,孤篷信晚风。但闻竹枝曲,不见沧浪翁。

变竹枝词九首(其七)
胜概今犹昨,层楼栖燕雀。但闻歌竹枝,不见乘黄鹤。

变竹枝词九首(其八)
危构压江东,江山形胜雄。但闻竹枝曲,不见胡床公。

变竹枝词九首(其九)
蒹葭被洲渚,凫鹥方容与。但闻歌竹枝,不见题鹦鹉。

洪咨夔(1176—1236)

次及甫入峡杂咏·至喜亭
巴峡头边第一州,竹枝歌里水东流。盖亭老柳今如此,六一先生几系舟。

王火井见过先以诗寄用韵(其二)
故人寒踏龙门路,来听深山唱竹枝。半世向人长落落,几回于我独奇奇。淡交似水有余味,薄俗如云无定姿。一点青灯俱白发,相看不语只心知。

用韵答子有
旧雨来人眼底稀,春风独许共襟期。斜川追古年年早,曲水从今事事奇。烂熳和诗齐少长,淋漓被酒略崇卑。惊回蜀道芳时梦,花亚银钗舞竹枝。

胡　寅(1098—1156)

冬至前半月赴季父梅花之集与韩蒲向宪唐干诸人唱和十首(其九)
的皪凝情开自迟,风亭微馥许君知。直须藉草倾松叶,绝胜登楼唱竹枝。韩寿香囊难取似,何郎粉面且随宜。岂知万颗垂黄实,擢秀前村夜雪时。

留别王元治师中谭纯益三首(其三)

欲步夷途盍近思,行寻捷径却成迟。大弨不必穿杨叶,古乐何曾唱竹枝。
须信孔门无用赋,也知高叟漫为诗。功名易立书难读,努力当乘少壮时。

胡仲弓(?—?)

竹　　阁

万竿丛里立嶒峨,叶叶清风受用多。见说香山老居士,夜深犹唱竹枝歌。

黄庭坚(1045—1105)

次韵王稚川客舍二首(其二)

身如病鹤翅翎短,心似乱丝头绪多。此曲朱门歌不得,湖南湖北竹枝歌。

考试局与孙元忠博士竹间对窗夜闻元忠诵书声调悲壮戏作竹枝歌三章和之(其一)

南窗读书声吾伊,北窗见月歌竹枝。我家白发问乌鹊,他家红妆占蛛丝。

考试局与孙元忠博士竹间对窗夜闻元忠诵书声调悲壮戏作竹枝歌三章和之(其二)

屋山啼乌儿当归,玉钗冒蛛郎马嘶。去时灯火正月半,阶前雪消萱草齐。

考试局与孙元忠博士竹间对窗夜闻元忠诵书声调悲壮戏作竹枝歌三章和之(其三)

勃姑夫妇喜相唤,街头雪泥即渐干。已放游丝高百尺,不应桃李尚春寒。

题大云仓达观台二首(其一)

戴郎台上镜面平,达人大观因我名。何时燕爵贺新屋,唤取竹枝歌月明。

竹枝词二首(其一)

三峡猿声泪欲流,夔州竹枝解人愁。渠侬自有回天力,不学垂杨绕指柔。

竹枝词二首(其二)

塞上柳枝且莫歌,夔州竹枝奈愁何。虚心相待莫相误,岁寒望君一来过。

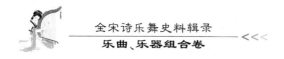

送曹黔南口号

摩围山色醉今朝,试问归程指斗杓。荔子阴成棠棣爱,竹枝歌是去思谣。
阳关一曲悲红袖,巫峡千波怨画桡。归去天心承雨露,双鱼来报旧宾僚。

梦李白诵竹枝词三叠(其一)

一声望帝花片飞,万里明妃雪打围。马上胡儿那解听,琵琶应道不如归。

梦李白诵竹枝词三叠(其二)

竹竿坡面蛇倒退,摩围山腰胡孙愁。杜鹃无血可续泪,何日金鸡赦九州。

梦李白诵竹枝词三叠(其三)

命轻人鲊瓮头船,日瘦鬼门关外天。北人堕泪南人笑,青壁无梯闻杜鹃。

蒋　旦(?—?)

柘川渔火

桃浪流香春雨余,渔灯深夜出溪湄。半篷明灭风生处,数点微茫月上时。
影落沙汀鸥梦断,光摇芦苇雁栖迟。明朝解缆沧浪外,濯足船头唱竹枝。

李　洪(1129—1183)

和林尚善读子云传梦得诗韵(其二)

君子惟宜以懿文,后生轻进附金人。竹枝空有蛮歌怨,争似当年略转钧。

李　彭(?—?)

戏刻真牧堂竹间

风微雨细花梢动,日落钟鸣雀语多。未有池塘春草句,戏成户外竹枝歌。

李　石(1108—1181)

峡　中

峡水方中驻,归舟溯蜀门。竹枝声处处,梅蕊雪村村。
来去山峦笑,啼号地主恩。幸然穷性命,不必赋招魂。

李思衍(？—1290)

见维扬崔左丞

十里珠帘一半垂,扬州风物最宜诗。平山倚槛欧阳子,明月吹箫杜牧之。
吟笔新添梅鼎手,歌楼争觅竹枝词。濡毫愿逐奚奴后,描尽春风芍药枝。

李之仪(1048—1127)

惠崇扇面小景二绝(其一)

耳冷无人唱竹枝,归心惟有梦魂知。杨花扑地烟波阔,犹记征帆欲卸时。

李 廌(1059—1109)

同德麟仲宝过谢公定酌酒赏菊以悲哉秋之为气萧瑟八字探韵各赋二诗仍复相次八韵某分得哉萧二字(其一)

楚女唱桃叶,楚巫歌竹枝。壮士抚长铗,语阑亦兴悲。
君看拱把松,中有千岁姿。薜华不及夕,柯叶漫成篱。

刘 过(1154—1206)

呈 胡 季 解

老病颠狂药不医,粗豪骂坐欲何为。前生纵使希真是,已死尚存忠简知。
颠倒六经鹦鸲舞,澜翻一曲竹枝词。虽然结袜王生僭,人以此贤张释之。

刘克庄(1187—1269)

题赵西里诗卷二首(其二)

不向莺边系宝鞍,海门东畔把鱼竿。无蒲萄酒博太守,有竹枝歌传小蛮。
到处名山留屐齿,看来元气在毫端。绣娃辛苦描新样,肯信春风放牡丹。

刘仪凤(1110—1176)

自归州陆行至夔州(其二)

旷野无人宿,危亭犯雨过。岭云堆贝颡,刹海现兜罗。
酒触秋怀壮,天留暮色多。不胜行役苦,裁入竹枝歌。

卢 襄(?—?)

登摘星岭

自知牛斗耳,不奈晚猿何。客鬓愁中老,秋山别后多。
扁舟桃叶渡,夜雨竹枝歌。赖有皋卢碗,时堪战睡魔。

陆 游(1125—1210)

雨中游东坡

木莲花下竹枝歌,欢意无多感慨多。更恐他年有遗恨,晓来冲雨上东坡。

湖村月夕四首(其一)

客路风尘化素衣,闲愁冉冉鬓成丝。平生不负月明处,神女庙前闻竹枝。

杨庭秀寄南海集二首(其二)

飞卿数阕峤南曲,不许刘郎夸竹枝。四百年来无复继,如今始有此翁诗。

三峡歌九首(其八)

万州溪西花柳多,四邻相应竹枝歌。问君今夕不痛饮,奈此满川明月何。

杂题六首(其五)

年华偃蹇留不住,鬓雪纵横耘更多。乐天不生梦得死,恨无人续竹枝歌。

次韵李季章参政哭其夫人七首(其五)

悬蒿一去杳难知,数纸遗书手自披。切勿轻为归蜀梦,竹枝忍复听吾伊。

新春感事八首终篇因以自解(其四)

忆到夔门正月初,竹枝歌舞拥肩舆。当时光景应如昨,绿鬓治中八十余。

思夔州二首(其一)

老来百念尽消磨,无奈云安入梦何。壮忆公孙剑器舞,愁思宾客竹枝歌。

送查元章赴夔漕

柳色西门路,看公上马时。亦知非久别,不奈自成悲。
白发刘宾客,青衫杜拾遗。分留端有待,剩赋竹枝词。

高斋小饮戏作

梅花又发鬼门关,坐觉春风万里宽。荔子阴中时纵酒,竹枝声里强追欢。
丁年汉使殊方老,子夜吴歌昨梦残。白帝夜郎俱不恶,两公补处得凭栏。

杂感六首(其四)

上峡闻竹枝,入秦闻乌乌。奏曲未及终,涕泪凄已濡。
还山风月夕,菱唱起镜湖。虽无远游感,白首亦穷途。

石帆夏日二首(其二)

短棹飘然信所之,茶园渔市到无时。风从蘋末萧萧起,月过花阴故故迟。
莼菜煮羹吴旧俗,竹枝度曲楚遗辞。颇闻项里杨梅熟,邻曲相招莫后期。

偶忆万州戏作短歌

峡中天下最穷处,万州萧条谁肯顾。去年正月偶过之,曾为巴人三日住。
南浦寻梅雪满舟,西山载酒云生屦。至今梦听竹枝声,灯火纷纷驿前路。
残春犹客蜀江边,陈迹回思一怆然。渐老定知欢渐少,明年还复忆今年。

十月九日与客饮忽记去年此时自锦屏归山南道中小猎今又将去此矣

去年纵猎韩坛侧,玉鞭自探南山雪。今年痛饮蜀江边,金杯却吸峨嵋月。
竹枝歌舞新教成,凄怨传得三巴声。城头筑观出云雨,峨嵋正与阑干平。
酒酣诗就掷杯去,醉蹋玻璃江上路。悬知幽涧断桥边,已有梅花开半树。

睡起遣怀

百事不能能荷锄,不锄菜畦锄芋区。身存那用十年相,陂圩且为凶岁储。
百事不学学作诗,不作白纻作竹枝。黄陵庙前风浪恶,青衣渡口行人悲。
老病闭门常愦愦,芋不复锄诗亦废。客来剥啄唤不譍,一味人间占闲退。
今朝一日三倒床,叹息春昼如年长。摩挲困睫喜汤熟,小瓶自拆山茶香。

将离江陵

暮暮过渡头,旦旦走堤上。舟人与关吏,见熟识颜状。
痴顽久不去,常恐遭诮让。昨日倒樯竿,今日联百丈。

买薪备雨雪,储米满瓶盎。明当遂去此,障袂先侧望。
即今孟冬月,波涛幸非壮。潦收出奇石,雾卷见叠嶂。
地崄多崎岖,峡束少平旷。从来乐山水,临老愈跌宕。
皇天怜其狂,择地令自放。山花白似雪,江水绿于酿。
竹枝本楚些,妙句寄凄怆。何当出清诗,千古续遗唱。

读王摩诘诗爱其散发晚未簪道书行尚把之句因用为韵赋古风十首亦皆物外事也(其三)

我爱古竹枝,每歌必三反。孤舟上荆巫,天末未觉远。
最奇扇子峡,恨不遂高遁。荆棘蜀故宫,烟水楚废苑。
至今清夜梦,百丈困牵挽。人生如寄尔,勿叹流年晚。

马之纯(1144—?)

祀马将军竹枝辞(其一)

草头无数入松山,一遇将军都败还。试问当初战何所,将军岩下水犹殷。

祀马将军竹枝辞(其二)

白羽青丝手自持,双鞬锦领步兵随。几番欲到伊吾北,笑杀曹儿行路迷。

祀马将军竹枝辞(其三)

曹州孽火遍烧天,不见兵车只汉川。若得将军把关要,鸦军不用过山前。

祀马将军竹枝辞(其四)

麦陇桑畴溪路斜,溪南溪北自千家。当年战守知谁力,好把寒泉荐菊花。

祀马将军竹枝辞(其五)

桑麻影里千余户,弦管声中百许年。但见年华今日好,也须回首看岩前。

祀马将军竹枝辞(其六)

松山父老至今思,尝问将军归不归。岩头草木成戈戟,雨后溪声听鼓鼙。

祀马将军竹枝辞(其七)

倒指于今四百年,竹间祠宇尚依然。藤萝挂木长如箭,苔藓侵阶碧似钱。

祀马将军竹枝辞(其八)

几年精爽尚依依,水旱只须来祷祠。劝汝乡人宜善事,祀时同唱竹枝辞。

梅尧臣(1002—1060)

送临江胥令

初从桃源还,却向竟陵去。今作中州官,山水不曾饫。
且当传竹枝,莫学乘篮舆。云木杜鹃时,千岩响行处。

王龙图知江陵

捧诏出荆州,天心寄远忧。行车践残雪,寒色犯轻裘。
祖馽山川阔,歌骊道路愁。吏迎多越乘,兵卫粲吴钩。
地与蛮溪接,江通汉水流。风宜橘林赋,俗尚竹枝讴。
樽俎思畴日,烟云感旧游。终当劳侍从,宁久渚宫留。

依韵和禁烟近事之什

狂风暴雨已频过,近水棠梨著未多。窈窕踏歌相把袂,轻浮赌胜各飞堶。
闲牵白日游丝扬,细蓦黄金舞带拖。小苑芳菲花斗蕊,华堂嘲哳燕争窠。
西州骏马头如剥,南国佳人颈似瑳。结客追随倾画榼,分朋游乐藉青莎。
秋千竞打遗钿翠,芍药将开翦缬罗。我病乞求新火炙,无心更听竹枝歌。

冉居常(?—?)

上元竹枝歌和曾大卿(其二)

学箫学鼓少年群,准拟春来奉使君。自向雕笼作行队,安排好曲写殷勤。

饶　节(1065—1129)

答惇上人七首(其四)

少矜平子四愁诗,晚学赵州十二时。千里故人不解事,书来犹寄竹枝辞。

沈继祖(?—?)

次瞿塘寄呈杨帅

转柁边楼隔夕阳,竹枝歌断送飞航。敢同计事追韩信,每辱扬鞭问葛强。
雁影入江三峡冷,猿音呼月五更长。功名岁晚貂裘弊,归鬓应怜已点霜。

释居简(1164—1246)

送忠州悟上人归乡

半人所在也经过,簸土扬尘出网罗。巫峡苍苍烟雨里,竹枝不唱旧时歌。

李夔州挽章(其二)

俭素律豪奢,攻浮复填华。竹枝谣五裤,棠影懋三巴。
硖雨催吟翰,江春酿醉霞。不知舒啸地,谁此岸乌纱。

竹　　里

一亩摇湘绿,漪漪与静宜。避人酬橘隐,延月赋襟期。
鹤至自华表,客来歌竹枝。谢家兰玉富,不似锦绷儿。

释绍昙(?—1297)

偈颂一百零四首(其九四)

共住不知名,千圣亦不识,无端平地生荆棘。
兄呼弟应,与世同波,笑独醒人死汨罗。
恁么也好,不恁么也好。手拍阑干唱竹枝,哩哩啰,天涯望远无人到。

释行海(1224—?)

无　　题

听罢杨花听竹枝,上楼偏是下楼迟。片云岁晚饭何处,江水东流无尽时。

释蕴常(?—?)

知止亭晚望寄清大师

柳绕平湖绿映堤,栏干人静夕阳迟。归鸦欲尽千林暝,白鸟飞来一段奇。
短发缘愁分壮志,断云含雨入新诗。不堪更作怀人恨,歌罢竹枝成别离。

释智愚(1185—1269)

颂古一百首(其七六)

隔水何人歌竹枝,动人情思极幽微。夜深转入单于调,月朗风高听者稀。

乐 曲

释遵式(964—1032)

五峰合涧诗·稽留峰

武林神仙宅,代有隐者游。谷静云性闲,源长水涵幽。
吾居余十年,自足忘百忧。岂嚼不死草,凤陪无生俦。
道惭情未损,身与世为仇。安得会昔人,竹枝歌中秋。

司马光(1019—1086)

送张寺丞知富顺监

汉家五尺道,置吏抚南夷。欲使文翁教,兼令孟获知。
盘羞蒟酱实,歌杂竹枝辞。取酒须勤醉,乡关不可思。

宋　无(1260—?)

送毋丘秀才自黔中归益川

黔南万里地,剑外去宁亲。蜀魄花成血,山魈树隐身。
竹枝歌峡夜,椰子醉蛮春。归访王孙宅,弹琴有故人。

苏　轼(1037—1101)

存目(其二五)

诗题:竹枝词　首句:自过鬼门关外天。

白　帝　庙

朔风催入峡,惨惨去何之。共指苍山路,来朝白帝祠。
荒城秋草满,古树野藤垂。浩荡荆江远,凄凉蜀客悲。
迟回问风俗,涕泗悯兴衰。故国依然在,遗民岂复知。
一方称警跸,万乘拥旌旗。远略初吞汉,雄心岂在夔。
崎岖来野庙,闵默愧常时。破甑蒸山麦,长歌唱竹枝。
荆邯真壮士,吴柱本经师。失计虽无及,图王固已奇。
犹余帝王号,皎皎在门楣。

竹　枝　歌

苍梧山高湘水深,中原北望度千岑。帝子南游飘不返,惟有苍苍枫桂林。

195

枫叶萧萧桂叶碧,万里远来超莫及。乘龙上天去无踪,草木无情空寄泣。
水滨击鼓何喧阗,相将扣水求屈原。屈原已死今千载,满船哀唱似当年。
海滨长鲸径千尺,食人为粮安可入。招君不归海水深,海鱼岂解哀忠直。
吁嗟忠直死无人,可怜怀王西入秦。秦关已闭无归日,章华不复见车轮。
君王去时箫鼓咽,父老送君车轴折。千里逃归迷故乡,南公哀痛弹长铗。
三户亡秦信不虚,一朝兵起尽欢呼。当时项羽年最少,提剑本是耕田夫。
横行天下竟何事,弃马乌江马垂涕。项王已死无故人,首入汉庭身委地。
富贵荣华岂足多,至今惟有冢嵯峨。故国凄凉人事改,楚乡千古为悲歌。

苏　辙(1039—1112)

竹　枝　歌

舟行千里不至楚,忽闻竹枝皆楚语。楚言啁哳安可分,江中明月多风露。
扁舟日落驻平沙,茅屋竹篱三四家。连春并汲各无语,齐唱竹枝如有嗟。
可怜楚人足悲诉,岁乐年丰尔何苦。钓鱼长江江水深,耕田种麦畏狼虎。
俚人风俗非中原,处子不嫁如等闲。双鬟垂顶发已白,负水采薪长苦艰。
上山采薪多荆棘,负水入溪波浪黑。天寒斫木手如龟,水重还家足无力。
山深瘴暖霜露干,夜长无衣犹苦寒。平生有似麋与鹿,一旦白发已百年。
江上乘舟何处客,列肆喧哗占平碛。远来忽去不记州,罢市归船不相识。
去家千里未能归,忽听长歌皆惨凄。空船独宿无与语,月满长江归路迷。
路迷乡思渺何极,长怨歌声苦凄急。不知歌者乐与悲,远客乍闻皆掩泣。

孙　升(1038—1099)

句(其六)

睡须山鸟唤,酒听竹枝斟。

孙　嵩(1238—1292)

画　猿

客子平生三峡游,青猿树树悬高秋。归来落笔成天趣,中传蜀月巴云意。
如何猿叫驿边时,只欠行人唱竹枝。

竹枝歌（其一）
滟滪滩头君莫行,瞿塘峡里不论程。龙吟小雨蜀天黑,等有明朝春水生。

竹枝歌（其二）
行尽三巴三曲头,一滩自有一生愁。明朝已过巴陵岸,更宿江陵渔笛洲。

竹枝歌（其三）
云外猩猩何处声,终朝出没只深菁。前有悬崖菁几里,行人到此古今情。

竹枝歌（其四）
汹浪砰雷蛇饮溪,阴崖天暗虎丘泥。万里中原那有此,怜君更过鬼门西。

竹枝歌（其五）
峡路阴阴无四时,寒云鸟道挂天危。荒亭败驿此何处,望帝江山号子规。

竹枝歌（其六）
巴子城荒非昔人,公孙何处问遗民。千年惟有武侯碛,留与踏歌行早春。

竹枝歌（其七）
汉世明妃犹有村,荒祠歌舞与招魂。胡琴好入巴渝曲,万里还乡酾酒樽。

竹枝歌（其八）
黄牛庙前鸦鹳栖,黄魔宫外枭鹏啼。估客酹神巫妪醉,青林日转风凄凄。

竹枝歌（其九）
峡山削出青嵯峨,峡水匀成绿不波。顿平山林未能得,奈此猿声朝夕何。

孙应时（1154—1206）

送刘苏州诚之帅夔门（其二）
了了八阵碛,巍巍三峡堂。竹枝歌感慨,曲米醉淋浪。
今古英雄思,风流翰墨场。公行秋水落,稳稳上瞿唐。

唐 庚（1071—1121）

赠泸倅丘明善二首（其二）
可曾为客到江阳,塞上萧条断旅肠。歌动竹枝终日楚,笛吹梅弄数声羌。
仰天太息偷衔愤,被发惊呼不为狂。校尉自能青白眼,肯教牛尾一般黄。

书郑抚干诗卷后

本合金闺去,翻来玉垒游。边尘凝不动,诗债索相酬。
自得清新庾,非关锻炼周。云台家体格,文馆祖风流。
冀北虽蒙顾,辽东只自羞。好传江上女,歌向竹枝秋。

汪元量(1241—1317)

竹枝歌(其一)

快风吹我入三巴,桂棹兰桡倚暮花。一道月明天似水,湘灵鼓瑟下长沙。

竹枝歌(其二)

贾谊祠前酹酒尊,汨罗江上吊骚魂。耒阳更有一抔土,行路人传是假坟。

竹枝歌(其三)

黄陵庙前枫叶丹,黄陵渡头烟水寒。美人万里不相见,月子弯弯只自看。

竹枝歌(其四)

柘枝舞罢竹枝歌,风烛须臾奈尔何。马玉池中鸿雁密,定王台上骆驼多。

竹枝歌(其五)

落木萧萧风怒号,平沙漠漠雁腥臊。湘江秋水澄如练,山鬼嚣时山月高。

竹枝歌(其六)

湘江日落乱帆飞,不向东归便北归。杨柳渡头村店里,青裙女子卖乌桕。

竹枝歌(其七)

湘南湘北蕙花开,树头树底猿乱哀。云巢九疑虞帝庙,雨昏三峡楚王台。

竹枝歌(其八)

白头渔父白头妻,网得鱼多夜不归。生怕渡官搜著税,巴东转柂向巴西。

竹枝歌(其九)

弄玉吹箫过洞庭,烟波渺渺接巴陵。朗吟仙子来何处,飞上君山玩月明。

竹枝歌(其一〇)

天上人间一梦过,春来秋去奈愁何。铜仙有泪如铅水,不似湘妃竹上多。

王 迈(1184—1248)

再和陈起予二首(其二)

一诵君诗一点头,华摘春艳气凌秋。耳边厌听两蛙部,眼底新夸五凤楼。花信风残生酒兴,竹枝歌罢动闺愁。兰亭已近浮觞节,先把归期话置邮。

王十朋(1112—1171)

读喻叔奇送行六诗

鄱阳同事九十日,尊酒相呼恨不多。送别六诗诗似杜,绝胜刘子竹枝歌。

次韵王景文赠行四绝(其二)

天涯行客正悲秋,况向鹓孙愁处愁。歌听竹枝刘刺史,诗怀庆朔范饶州。

五月四日与同僚南楼观竞渡因成小诗四首明日同行可元章登楼又成五首(其六)

舟人鼓枻呼何在,声似湘沅江上声。更听刘郎竹枝曲,不论南北总伤情。

呈 同 官

樽前记得少陵诗,好向江头尽醉归。此日风光真可惜,古来乐事巧相违。细看八阵图犹在,欲问三分迹已非。惟有年年古夔国,竹枝声里日晖晖。

送元章改漕成都

取友四十载,普天半交游。蒹葭群玉间,莫盛登瀛洲。
元章真国士,未见心已投。雅抱畎亩志,共怀天下忧。
馆阁育人材,孰云专校雠。慷慨论世事,不见范尹欧。
疆场况如许,宁不忧宗周。精忠屹肝胆,苦语惊冕旒。
君去最勇决,我行尚迟留。初别拟十载,相逢忽三秋。
龙飞起元老,江淮握貔貅。礼罗得奇才,戎幕资良筹。
人事苦好违,壮怀莫能酬。去持夔州节,遥泛瞿唐舟。
我亦来自鄱,兹行岂人谋。八阵观壮图,三峡窥倒流。
访君义胜堂,顾我制胜楼。如马谒白帝,卧龙寻武侯。
江亭览月色,园花赏春柔。果分余味甘,兰赠深林幽。

诗篇浩卷轴,墨妙辉山丘。气薄文艳杜,词卑竹枝刘。
吏事容拙疏,交情荷绸缪。纶言下北阙,绣衣使西州。
流钱岂君事,易地曾何优。胡不班玉笋,入告嘉谋猷。
巴子国最贫,疮痍民未瘳。君去谁抚摩,欲借嗟无由。
我已上祠章,归欤老田畴。迟君还日边,寄书到东瓯。

王　庠(1071—?)

庠拜手顿首启伏蒙学士九丈再赐诗章庠僭率继和尚觊采览

鸣凤览德来纪年,要知圣泽如流泉。霜钟堂前饱竹实,道人娱凤抚舜弦。
敲门剥啄谁传命,淡云磨丹开天镜。明朝相约送涪翁,夜静林深绕清磬。
涪翁万里离鬼门,竹枝莫恼白使君。欲试刚肠置冰炭,抱琴远别冲行云。
邂逅东坡应话旧,但说海山千万秀。道庠问讯今何如,自笑侬还空鹤瘦。
我不愧天欺日月,何须更扣杯珓说。玉局洞天云绕椽,渔竿远信烦公传。

王　炎(1138—1218)

秀叔和章自言及再娶之事用元韵戏答之

寤寐闲思畴昔事,来往于怀日凡几。伯鸾不可无孟光,岂为青眉并玉齿。
阿咸今与我不同,蛮蛮得草鱼得水。流苏帐暖双杯行,春近梅妆香更清。
试唱刘郎竹枝曲,道是无晴还有晴。长夜老夫方独坐,手把楞伽对灯火。

王　洋(1089—1154)

次曾竑父韵二首(其一)

白玉堂中昼漏迟,小姑新学竹枝词。中郎笔力高千丈,不称诗情不作诗。

王　周(?—?)

再经秭归(其二)

秭归城邑昔曾过,旧识无人奈老何。独有凄清难改处,月明闻唱竹枝歌。

和程刑部三首·清涟阁

照影翻窗绮,层纹滉额波。丝青迷岸柳,茸绿蘸汀莎。
片雪翘饥鹭,孤香卷嫩荷。凭栏堪入画,时听竹枝歌。

文天祥(1236—1283)

山中(其一)

烟云开窈缈,荆棘剪离披。蜡屐上下齿,竹枝长短词。
半山江色透,独树午阴迟。世上儿孙老,有人犹看棋。

项安世(1129—1208)

荆江渔父竹枝词九首和夔帅□侍郎韵为荆帅范侍郎寿(其一)
第一歌头缓缓催,且看渔父寿图来。天明转向牙旗外,六千里地绣屏开。

荆江渔父竹枝词九首和夔帅□侍郎韵为荆帅范侍郎寿(其二)
二歌渔父寿杯宽,荆江亭下到临安。更将海水都斟却,浅得蓬莱始好看。

荆江渔父竹枝词九首和夔帅□侍郎韵为荆帅范侍郎寿(其三)
三曲渔人献寿茶,新翻衢样织茶花。白雨纷纷下江海,翠浪滚滚开龙蛇。

荆江渔父竹枝词九首和夔帅□侍郎韵为荆帅范侍郎寿(其四)
四曲渔人寿烛明,明在水云连处生。倚天若木朝朝艳,照海金波夜夜清。

荆江渔父竹枝词九首和夔帅□侍郎韵为荆帅范侍郎寿(其五)
五曲渔村寿乐多,随大随小声和和。蜻蜓蛱蝶浅深舞,燕子莺儿长短歌。

荆江渔父竹枝词九首和夔帅□侍郎韵为荆帅范侍郎寿(其六)
六歌渔父寿诗声,一声声带竹枝情。大枝千岁不改色,小枝孙子满林生。

荆江渔父竹枝词九首和夔帅□侍郎韵为荆帅范侍郎寿(其七)
七歌渔父寿香堆,花雾深深拨不开。水边借得春风送,荷花吹上戟门来。

荆江渔父竹枝词九首和夔帅□侍郎韵为荆帅范侍郎寿(其八)
八歌渔父意难忘,愿见寿域通八荒。只开云梦一稊米,何似浑仑开太仓。

荆江渔父竹枝词九首和夔帅□侍郎韵为荆帅范侍郎寿(其九)
九歌渔父好思量,愿得寿星朝帝乡。寿十二庙寸关尺,演亿万年元部章。

次韵江陵张抚干送行二首(其一)

戍瓜违首夏,行李傍中秋。此意元衰懒,吾生足滞留。
竹枝看峡舞,月子听吴讴。官况能多少,栖栖一世愁。

次韵答刘正将

落魄刘郎住藕池,湖南湖北竹枝词。风流故有诸孙句,绝妙都如幼妇碑。
玉斗歌成微醉后,银河曲就浅寒时。文章自倚兼余体,不分人来只看诗。

竹 枝 歌

山女带山花,狂夫未著家。蛮歌君莫笑,曾入汉琵琶。

谢伯初(?—?)

寄欧阳永叔谪夷陵

江流无险似瞿塘,满峡猿声断旅肠。万里可堪入谪宦,经年应合鬓成霜。
长官衫色江波绿,学士文华蜀锦张。异域化为儒雅俗,远民争识校雠郎。
才如梦得多为累,情似安仁久悼亡。下国难留金马客,新诗传与竹枝娘。
典辞悬待修青史,谏草当来集皂囊。莫谓明时暂迁谪,便将缨足濯沧浪。

谢 薖(1074—1116)

次韵季智伯寄茶报酒三解(其三)

君如张籍学古淡,丽处往往凌阴何。长句短章时寄我,为君翻入竹枝歌。

徐 照(?—1211)

题侯侣之九歌图

君家九歌图,元是龙眠画。冰毫动天机,意与象俱化。
坡仙以一马,千金莫酬价。昏眼喜忽明,老绢尘欲亚。
窈窣有灵鬼,天马夹龙驾。鳞幢借金节,隐隐出虚罅。
籨驾迎飞响,陈具咸所祃。湘天水波立,绿红渺高下。
漠漠楚客魂,万古入悲话。颓檐饥禽啄,长陀瘦鲛跨。
八篇竹枝词,命君共吟些。愁声还入市,乞酒从嘲骂。

许及之(1141—1209)

次韵广文锁试出院寄似

校文花事过,无句到苍苔。芍药翻新砌,酴醾浸古罍。
竹枝歌唤起,春草梦惊回。亦许山中老,相容和羯来。

严　羽(1192?—1245?)

楚江晚思

旅思遥遥倦向南,谁家烟火起晴岚。孤城归鸟连寒角,极浦斜阳带远帆。
枫叶自能悲楚客,竹枝何用怨江潭。今朝欲写风波恨,千里书成手自缄。

阎伯敏(?—?)

十二峰·净坛

山头枝枝竹扫坛,舟子竹枝歌上滩。炷香上庙掷杯珓,但乞如愿舟平安。

阳　枋(1187—1267)

赴大宁司理势俞帅(其一)

见说三关息虎貔,风高白帝卷旌旗。擎天砥柱瞿唐险,保蜀规模阵石奇。
誓出祁山禽仲达,肯屯汉口学姜维。枕戈心事闻鸡起,未必闲眠听竹枝。

和夔州李约斋灯宵

蚕丛今岁看灯宵,可人只有峡中州。白帝纶巾隐敌国,胜势蜀尾连吴头。
竹枝歌舞喧城市,春声泛鸥腊浮蚁。府主山村耕稼心,挈客衔杯聊尔尔。
咿哑蛮唱杂鼞冬,老者前导幼者从。不贪嬉惰乐游冶,只记时序还桑农。
村村蓑笠儿童队,桑上鸡声花底吠。春归野烧雪初融,日上高峰寒早退。
生意著人人莫知,但见绿草生清凄。雪戍坐敛荆江北,月华静照峨眉西。
此意洪蒙不可道,张皇恐被春风恼。酒浇象濒石无言,春不生荣冬不槁。
穿花燕曲弄繁弦,来寻故垒画堂前。呢喃似与游人语,今宵行乐宁徒然。
得贤千里只须一,大公方寸无他术。厚地不填无底谷,万流岂涨沧溟溢。
我谈此语费形容,有似樵声个个同。野蚕作茧自缠缚,拈弄轻丝大巧中。
君不见邻女效颦人爱少,万目睽睽分丑好。

杨　济(?—?)

云安龙脊滩

洞庭老龙时出没,万斛舟航皆辟易。此龙脊背已铁石,肯逐时好作人日。
我呼邦人来踏碛,恍然如见河图出。大巫鸡卜占云吉,小巫竹枝歌转激。
飘石扬沙障江色,尘埃何处不相袭。摩挲石刻聊偃息,恐有老人来横笛。

杨万里(1127—1206)

峡山寺竹枝词五首(其一)
峡里撑船更不行,棹郎相语改行程。却从西岸抛东岸,依旧船头不可撑。

峡山寺竹枝词五首(其二)
一水双崖千万萦,有天无地只心惊。无人打杀杜鹃子,雨外飞来头上声。

峡山寺竹枝词五首(其三)
龟鱼到此总回头,不但龟鱼蟹亦愁。底事诗人轻老命,犯滩冲石去韶州。

峡山寺竹枝词五首(其四)
一滩过了一滩奔,一石横来一石蹲。若怨古来天设险,峡山不到也由君。

峡山寺竹枝词五首(其五)
天齐浪自说浯溪,峡与天齐真个齐。未必峡山高尔许,看来只恐是天低。

过白沙竹枝歌六首(其一)
穹崖绝嶂入云天,乌鹊才飞半壁间。远渚长汀草如积,牛羊须上最高山。

过白沙竹枝歌六首(其二)
田亩浑无寸尺强,真成水国更山乡。夹江黄去堤堤粟,一望青来谷谷桑。

过白沙竹枝歌六首(其三)
绝怜山崦两三家,不种香粳只种麻。耕遍沿堤锄遍岭,都来能得几生涯。

过白沙竹枝歌六首(其四)
东沿西溯浙江津,去去来来暮复晨。上岸牵樯推稚子,隔船招手认乡人。

过白沙竹枝歌六首(其五)
昨日下滩风打头,羡他上水似轻鸥。朝来上水帆都卸,真个轻鸥也自愁。

过白沙竹枝歌六首(其六)
绝壁临江千尺余,上头一径过肩舆。舟人仰看胆俱破,为问行人知得无。

姚 宽(1105—1162)

江南新体(其一)

悠悠复悠悠,日夜潇湘流。潇湘春草生,行人向南愁。
缓歌竹枝娘,窈窕蘋花洲。

叶绍翁(？—？)

送冯济川归蜀

勇唤东吴万里船,皂囊来奏九重天。一官岂为苏洵冗,诸老宁容贾谊先。
满载月归应有命,便耕云去岂无田。竹枝歌罢篷窗掩,到此相思倍黯然。

喻汝砺(？—1143)

八 阵 图

鱼复江边春事起,万点红旗扬清泚。主人元是刘梦得,载酒娱宾水光里。
酒阑放脚步涉碛,细石作行相靡迤。卧龙起佐赤龙子,天地风云入鞭箠。
蛇盘虎翼飞鸟翔,四正四奇公所垒。当时二十四万师,开门阖门随臂指。
几回吓杀生仲达,往往宵遁常骑豕。海中仙人丈二履,相与往来迁玉趾。
笑云此公大肚皮,龙拏虎掷堆胸胃。江头风波几劘荡,断岸奔峰俱披靡。
阳侯鏖战三峡怒,只此细石吹不起。晋大司马宣武公,常山之蛇中首尾。
幕中矻矻何物客,未有一客能解此。千年独有老奇癫,见之敛袂三叹喟。
颇知此法自玄女,细与诸公剖根柢。
君不见风后英谋尽奇诡,毚定蚩尤等蜉蚁。
汉大将军亲阅试,四夷闻风皆褫气。马隆三千相角掎,西羌茸茸落牙嘴。
而公于此出新意,盖世功名无第二。不知何处著双手,建立乃与天地比。
河图洛书亦如此,堂堂孔明今未死。我门生人如死人,老了不作一件事。
却被猕猴坐御床,孰视天王出居氾。
既不能跖穿膝暴秦王庭,放声七日哭不已。
又不能断脰决腹死社稷,满地淋漓流脑髓。
羡它安晋温太真,壮它霸越会稽蠡。八年嫪恋饱妻子,洒涕东风肉生髀。
斑斑犹在杲卿发,离离未落张巡齿。爱惜微躯欲安用,有臣如此难准拟。

虽然爱国心尚在,左角右角颇谙委。二广二矩及二甄,春秋所书晋所纪。
况乃东厢与洞当,复有青龙洎旬始。淫淫陈法有如许,智者舍是愚者蔽。
此图昔人之刍狗,参以古法行以已。偏为前距狄笑之,制胜于兹亮其岂。
尔朱十万破百万,第顾方略何如耳。嗟我去国岁月老,渺渺赤心驰玉扆。
可怜阿伍财女子,而我未刷邦家耻。属者买舟泸川县,扣船欲泛吴江水。
赤甲山前春雪深,白帝城下扁舟舣。胡为于此久留滞,细雨打篷愁不睡。
剽闻逆雏犯淮泗,陛下自将诛陈豨。六师如龙贼如鼠,杀回屋瓦皆虀坠。
距黍直射六百步,房尸蔽江一千里。哀哉猕猴太痴绝,垂死尚持虞帝匕。
那知光武定中兴,要把中原通爬洗。
君不见陛下神武如太宗,万全制陈将平戎。
倚闻献馘平江宫,坐使四海开春容。六骓还自江之东,光复旧京如转蓬。
蜀花千枝万枝红,辄莫取次随东风。奇癫眼脑醉冬烘,东向舞蹈寿乃翁。
醉醒聊作竹枝曲,乞与欸乃歌巴童。

张　侃(1189—?)

书事(其二)

今年气候迟,五月寒尚在。花柳已稀疏,轩窗颇潇洒。
提携一书箧,转盼十五载。自拂蛛蝥去,文字生光彩。
名起致人嫌,俗冗令我浼。袖手细旁观,小大立可待。
樵夫唱竹枝,渔人歌欸乃。清适付傥来,浪语免后悔。
吾家儒代耕,官卑谨勤愆。入夜倾碧香,聊用浇磊块。

赵　文(1239—1315)

题郭索集

钩辀格磔李群玉,嵬眼澒耳樊宗师。人生歌哭贵适意,闲倚秋江听竹枝。

竹枝词(其一)

终日望君君不来,为谁犹住郁孤台。幸自一年无梦到,谁教昨日又书回。

竹枝词(其二)

江南女儿善踏歌,桑落酒熟黄金波。洗壶日日望君至,君不来兮可奈何。

郑清之(1176—1251)

江汉亭百韵

山川自高深,开辟由邃古。长江泻岷峨,横亘截区宇。
东流为沔津,疏凿仗神禹。襟带成奥区,都会称鄂渚。
环城得修冈,雄胜著台府。上有江汉亭,凭高欲骞举。
云谯护左方,南楼以为辅。飞甍立嶕峣,才去天尺五。
星辰近梯级,岚霏日吞吐。横陈极苍茫,万象互昂俯。
晴光敞双明,景物恣枚数。炊烟接空翠,下列十万户。
榱栋出棱角,阛阓分脉缕。川涂竞走集,水陆跨重阻。
东南引湖湘,西北控淮楚。舟车所交属,人物森萃聚。
歌谣杂谐合,来往纷伛偻。溟蒙尘蔽空,挥霍汗成雨。
游盖惊云飘,联辔识骖舞。驱驰溢阡陌,时节相媚妩。
裾袖翳朝日,光曜烛绡组。憧憧蚁迁穴,纭纭茧抽绪。
亭亭肆遐睎,一一可细睹。至如城中边,万灶宅貔虎。
春秋谨教阅,什什而伍伍。红旆罗旌幢,中军立旗鼓。
冰霜贯戈甲,雷霆震弓弩。后先严车徒,坐作中规矩。
被庐犹晋蒐,少长悉有序。礼成既饮至,络绎还所部。
俯瞰了不遗,清流数鲂鲋。乃若天空澄,江色入环堵。
云水渺相接,斜阳落晴坞。千艘卧平沙,片帆归远浦。
微茫泛一叶,咿轧响双橹。报译认樯乌,航琛知海贾。
微阴转层峦,轻烟生宿莽。栖乌绝重澜,归鸿集寒屿。
夜深渔火明,孤洲记鹦鹉。晴阴与朝暮,景色若夸诩。
方春及韶淑,莺燕争鸣乳。桃李出新妆,周张环绣黼。
修眉横柳堤,遗钿错花圃。孟夏薰风来,草木自蓄舞。
翠幄帷清阴,密叶覆幽墅。入林梯空旻,影团修月斧。
露掌逼高寒,金波沃肝腑。隆冬雪纷飞,琼楼耀江浒。
万花著林端,晃不分细巨。兹维四时媚,代谢听寒暑。
荣枯虽异撰,去来莫追拒。彼动此静观,群鱼沸鼎釜。

纷纶各状态,天械发机杼。或如怀袖物,俯拾恣所取。
或如海陆珍,搜罗寄庭庑。或如观大驾,旄头先卤簿。
或如亲校猎,玉虬挖翠羽。或富若武库,宝物穷积贮。
或丽若上林,鸟兽罗禁籞。或纡若绮縠,或列若簨虡。
或背若相违,或进若相与。或翁若兴云,或林若率旅。
或惊若脱兔,或拱若礼鼠。或若鸡出埘,或若马奔圉。
或变若龙蛇,或怪若猰貐。或奋焉若仇,或比焉若侣。
或矫若怒嗔,或偃若戏侮。或剩若赢余,或匮若贫窭。
或聚散翕忽,或纵横旁午。或禽声咿嚘,高下参律吕。
或人语叫噪,历落写筐筥。或以琴置膝,丝音宜搏拊。
或时棋满枰,石韵杂玶璃。或欹枕高眠,胡蝶梦栩栩。
或相对啜茶,舌本跃清语。或暇日观书,肠腹自撑拄。
或乘兴飞觞,醉后忘尔汝。或即境挥毫,图画入缣楮。
造物无尽藏,傥来亦何忤。俯仰已陈迹,恍惚失处所。
达观萃兹亭,宇宙一秬黍。斯亭名者谁,儒林得鼻祖。
昔贤维南轩,心学绍东鲁。眷焉西南游,芳洲撷蘅茝。
遗墨尚淋浪,隶刻照亭柱。迩来三十年,轩楹渐颓窳。
堂堂魏国孙,玉节莅兹土。英声凛荆扬,盛事踵遐武。
曾侯庐陵秀,一笑不龃龉。风月喜平分,江山借宗主。
兴仆追前修,遗迹浐搜补。飞翬抗雄梁,石花呈古础。
荒榛得奇观,幽思发新杼。公余多胜概,往往压诸庾。
赓酬驾元白,光焰陵李杜。领客共落成,而我亦同俎。
半生嗟镂冰,一字不堪煮。乐事纪末颠,鸿笔愧燕许。
吾伊补书债,欸乃效渔父。傥继竹枝词,编入武昌谱。

郑 獬(1022—1072)

江行五绝(其三)

清明村落自相过,小妇簪花分外多。更待山头明月上,相招去踏竹枝歌。

208

周 弼(1194—?)

石　塘

水陆尽经过,地暄晴更和。鸟声临水近,人影向桥多。
细雪倾残橘,轻冰脆立荷。少为盐米计,听彻竹枝歌。

建宁浦城李频行祠

建安梨岳老梨木,刻作唐朝建州牧。香炉忽动吹寒灰,浦城环翠阴风来。
岭头顽石尽能走,涧下奔泉皆倒回。猿猱啼兮鬼啸野,六玄虬兮四骊马。
想须吟绕碧草亭,举手高翻白云写。峰为文通名梦笔,杨公书堂曾散帙。
丽月鲜霞付与谁,烟墅有人还筑室。田父何所祈,赠尔青豨黑桑椹。
里儒何所求,赠尔黄粮布囊枕。万岁兮千秋,既往兮复留。
抽兰心,拆椒口。簸南箕,挹北斗。不假竹枝歌,何须折杨柳。
只用秦原妙绝词,传入神弦荐春酒。

周行己(1067—1125)

竹枝歌上姚毅夫(其一)

秋月亭亭扬明辉,浮云一点天上飞,欻忽回阴雨四垂。
人生万事亦尔为,今不行乐待何时。

竹枝歌上姚毅夫(其二)

翠幕留夜灯烛光,主人欢娱客满堂,龙船盛酒蠡作觞。
秦吹齐歌舞燕倡,夜如何其夜未央。

竹枝歌上姚毅夫(其三)

佳人玉颜冰雪肌,宝髻绣裳光葳蕤,齐声缓歌杨柳枝。
歌罢障面私自悲,坐客满堂泪沾衣。

竹枝歌上姚毅夫(其四)

酒当毒药色当斤,人生行乐如浮云,一杯更尽客已醺。
美人不用歌文君,客有相如心不春。

竹枝歌上姚毅夫(其五)

壶倾烛烬乐事衰,堂上歌声有余哀,主人谢客客已归。

风荡重阴月还辉,皎皎千里光无亏。

周紫芝(1082—?)

奉答相之再示两诗(其一)

白发刘郎在,无心唱竹枝。倦游闲未得,见事老尤迟。
与世知何用,求田便可为。元龙人物胜,况有建安诗。

次韵黄叔鱼见寄

江边熟睡不闻鸡,高卧何功尚拥麾。千里西风饱鱼蟹,十年惊魄梦旌旗。
名惭公瑾终焉用,人似黄香更好诗。欲作报章无妙语,楚歌唯有竹枝词。

阳 关 曲

杜 纯(1032—1095)

送中济侍郎帅庆得乘字

羌马轶河西,诏下绝贡聘。自是封疆臣,都俞命弥敬。
莫如小司徒,钦哉往临庆。貔貅十万人,大半爵公乘。
恩将怀其心,威足系其颈。牧无南向尘,指挥罔不定。
边氓歌夜耕,更续公刘政。今日燕西园,愧接儒林盛。
阳关断谁肠,笑把金钟听。家世本诗书,无劳霍去病。

葛起耕(?—?)

泪

谁奏琵琶妒客欢,啼珠泣玉使心酸。感时多向英雄洒,怨别还从粉黛弹。
每听巴猿愁滴袂,莫烧汉蜡恐堆盘。阳关一曲君休唱,唱罢人间行路难。

刘辰翁(1232—1297)

寄别孙潜斋

尝笑唐衢生,一恸可以死,焉能流涕被面日日别知己。
又尝笑朝鲜无泪可沾巾,悲歌两语为我异妇人。
平生钟情重离别,一听阳关肠一绝。

铜驼陌上会逢君,谁料相忘如永诀。忆昔携手青青春,水边一笑禊吏尘。
醉能狂歌醒能赋,满座惟有孙尧文。酒阑歌断如转烛,寒食累累新鬼哭。
丞相书桐异乌巢,曾园仙市芳郊绿。海棠三径无根株,败瓦颓垣亦已锄。
旧游多感有至此,独为吾党怀区区。我欲与君重一到,化为长瓶酹荒草。
早知世事去如风,只合黄公垆下倒。当时一醉锸埋我,不见兴亡应更好。
且复止此休云云,我有陈子高能文。令其读罢日就君,就君归日诵所闻。
吾贫吾老不足念,君须君发何年变。幼安九十愁更愁,空羡一生长乐传。
呜呼斯人斯世不相见,绿树莺啼泪如霰。

楼　钥(1137—1213)

题汪季路太傅所藏龙眠阳关图(其一)

离觞别泪为君倾,行李匆匆欲问程。不用阳关寻旧曲,图中端有断肠声。

陆　游(1125—1210)

戍兵有新婚之明日遂行者予闻而悲之为作绝句二首(其二)

夜静孤村闻笛声,溪头月落欲三更。不须吹彻阳关曲,中有征人万里情。

释居简(1164—1246)

乌檠角行

村村花柳春菲菲,乌檠桌声动清昼迟。梅花喧喧不成弄,黄钟大吕相因依。
川平野阔牛背稳,水坳山曲人烟稀。一声一声断复续,十十五五喧牧儿。
四郊唤得堕农起,不作阳关肠断声。
凄其道傍驻马远,游子往往不减阳关悲。
此声岂解令人悲,朝燕暮越远别离。亦复岂能使人喜,蒉桴土鼓相酬嘻。
於戏此乐吾独知,尚记天台委羽破雨开林扉。
自鞭觳觫耒耦沮溺,白水没膝同扶犁。是非利害不到耳,终日听此呜呜吹。
风淳调古相浃洽,不与市道趋浇漓。朅来脚踏软红陌,不闻此曲闻此诗。
借翁语险久不和,迩来作者如埙篪。埙篪虽美与时背,岂若乌檠方适时。

释斯植（？—？）

与赵五话别

送君无计路漫漫，玉笛声悲远戍间。自是行人多有恨，离情吹不到阳关。

释行海（1224—？）

有　怀

燕无消息雁都回，三叠阳关笛更哀。可惜梅花逢夜雨，一场春怨满苍苔。

苏　颂（1020—1101）

和题李公麟阳关图二首（其一）

渭城凄咽不堪听，曾送征人万里行。今日玉关长不闭，谁将旧曲变新声。

孙　觌（1081—1169）

嘉会饮饯爱姬大恸而别

小窗危坐若为情，曳杖穿云取次行。萧寺试来携手处，阳关已作断肠声。
歌呼本自追曹相，恸哭那知见贾生。坐上谁人最愁绝，江州司马泪纵横。

文彦博（1006—1097）

咏　筝

别院秋仍静，高堂夜更闲。繁丝移宝柱，数曲奏阳关。
好荐琼筵上，长亲黼座间。野王虽后出，无复谢东山。

熊　瑞（？—？）

西湖歌饯杨泽之回杭

搴余畴昔睹古杭，繁华不减开元唐。画船日日湖山堂，珠翠围绕沸笙簧。
西湖西子斗艳妆，香车宝马桥绿杨。少年游冶荡春光，醉眠罗绮百花芳。
当时湖上有平章，胡不早为计包桑。一朝鼙鼓动渔阳，席卷羽衣与霓裳。
后来枉费古锦囊，感怀金铜增悲伤。嗟尔何知涕泪滂，身不由己心难忘。
画阑桂树寂无香，土花惨淡月荒凉。绵绵此恨天何长，道逢老翁重彷徨。
慎勿开口谈兴亡，潮生潮落钱塘江，且唱阳关举一觞。

曾　协(1119—1173)

周知和李粹伯一再和钵字韵诗益工勉继元韵

道人钟情独此花,封植绝类富贵家。毋令攀折强封蜡,精神顿减非生物。
五陵少年那得知,气使造化须新诗。春工未遍裁云叶,但赋贡金品皆绝。
公家甥舅如玉山,清夜秉烛愁花眠。一朝奉节公驰去,又叠阳关断肠句。
谁专此花蒋径人,公自无愧面觐君。来诗声调转清越,谬对霜钟扣铜钵。

郑思肖(1241—1318)

送人之行在

歌断阳关奏暮筇,东风吹客向京华。三更舟度淞江月,一路春连上苑花。
地逼星辰黄道近,山环宫殿紫云斜。兹游归计须宜早,莫遣相思梦绕家。

周必大(1126—1204)

送光禄寺丞李德远得请奉祠

君家临川我庐陵,两郡相望宜相亲。长安城中初结绶,石灰桥畔还卜邻。
扣门问道日不足,篝灯照夜论心曲。寸莛那许撞洪钟,跛鳖逝将随骥骤。
闻君上书苦求归,君今岂是当归时。满朝留君君不顾,我虽叹息何能为。
莫攀杨柳涛江岸,莫唱阳关动凄断。行行但祝加餐饭,潮落风生牢系缆。

明　妃　曲

白玉蟾(1194—?)

明　妃　曲

行行莫敢悲,一死复千怨。脱身歌舞中,姊妳不足恋。
蛮帐紫茸毡,虽卑固不贱。昔在后宫时,几见君王面。
君王有凤偶,不数芹边燕。傥曾赐御览,岂为画所幻。
粉黛相嵌巘,亦惧人毚变。但念辞乡国,远适堪慨叹。
此时汉无策,聊塞呼韩愿。非无霍嫖姚,两国虑涂炭。
欲宽公卿忧,只影非所羡。敬将金缯行,不觉泪珠溅。

请行安得辞,心心存汉殿。所怜毛延寿,既杀不可谏。
马蹄蹴胡尘,晓月光灿灿。凄怆成琵琶,千古庶自见。
他时冢草青,汉使或一奠。

戴表元(1244—1310)

行妇怨次李编校韵

赤城岩邑今穷边,路傍死者相枕眠。惟余妇女收不杀,马上娉婷多少年。
蓬头垢面谁氏子,放声独哭哀闻天。传闻门阀甚辉赫,谁家避匿山南巅。
苍黄失身遭恶辱,鸟畜羊縻驱入燕。平居邻墙不识面,岂料万里从征鞭。
酸风吹蒿白日短,天地阔远谁当怜。
君不见居延塞下明妃曲,惆怅令人三过读。
又不见蔡琰十八胡笳词,惭貌千年有余戮。
偷生何必妇人身,男儿无成同碌碌。

方一夔(?—?)

明 妃 曲

明妃去时载橐驼,金环珠络红锦靴。燕支山北万蹄马,半夜剑槊锵横磨。
老胡须鼻极殊状,黄羊乳酪毡裘帐。此生赋分逐飞走,一回坐起一惆怅。
当初自恃颜如花,不嫁比邻来天家。掖庭咫尺隔万里,十年不复逢宫车。
画工不信能相误,一朝流落天涯去。汉使年年去复来,长安不见低烟雾。
寒沙击面雁飞秋,手抱琵琶泪暗流。上弦冷冷写妾苦,下弦切切写汉羞。
妾身生死何须道,汉人嫁我结和好。曲终谁是知音人,断魂去作坟头草。

李 纲(1083—1140)

明 妃 曲

昭君自恃颜如花,肯赂画史丹青加。十年望幸不得见,一日远嫁来天涯。
辞宫脉脉洒红泪,出塞漠漠惊黄沙。宁辞玉质配夷虏,但恨拙谋羞汉家。
穹庐腥膻厌酥酪,曲调幽怨传琵琶。汉宫美女不知数,骨委黄土纷如麻。
当时失意虽可恨,犹得千古诗人夸。

李曾伯(1198—1268)

和疏轩琵琶亭韵

高亭俯瞰蓼蘋洲,人老香山月自秋。过耳好音堪一笑,伤心往事只轻沤。
休嗟塞上明妃调,且送江头过客舟。壮士肯为儿女泪,柔肠一任恼苏州。

梅尧臣(1002—1060)

和介甫明妃曲

明妃命薄汉计拙,凭仗丹青死误人。一别汉宫空掩泪,便随胡马向胡尘。
马上山川难记忆,明明夜月如相识。月下琵琶旋制声,手弹心苦谁知得。
辞家只欲奉君王,岂意蛾眉入虎狼。男儿返覆尚不保,女子轻微何可望。
青冢犹存塞路远,长安不见旧陵荒。

欧阳修(1007—1072)

明妃曲和王介甫作

胡人以鞍马为家,射猎为俗。泉甘草美无常处,鸟惊兽骇争驰逐。
谁将汉女嫁胡儿,风沙无情貌如玉。身行不遇中国人,马上自作思归曲。
推手为琵却手琶,胡人共听亦咨嗟。玉颜流落死天涯,琵琶却传来汉家。
汉宫争按新声谱,遗恨已深声更苦。纤纤女手生洞房,学得琵琶不下堂。
不识黄云出塞路,岂知此声能断肠。

孙　嵩(1238—1292)

明　妃　引

明妃如花颜,高出汉宫右。可怜君王目,但寄丹青手。
寂寂保孤妍,悠悠成伪丑。坐此嫁穹庐,流落无时回。
无时回,琵琶未阕边笳催。哀弦流入千家谱,明妃只作阏支舞。
年年犹借南来风,吹得青青一抔土。
君不见汉家嫁得几娉婷,不闻一一琵琶声。
祸起当年娄敬谬,后人独恨毛延寿。

唐　庚(1071—1121)

明　妃　曲

生男慎勿多才,长沙伴湘累。生女慎勿太美,阴山嫁胡儿。
长沙虽归如不归,阴山亦复归无期。绛灌通侯延寿死,琵琶休怨汉天子。

王安石(1021—1086)

明妃曲二首(其一)

明妃初出汉宫时,泪湿春风鬓脚垂。低徊顾影无颜色,尚得君王不自持。
归来却怪丹青手,入眼平生几曾有。意态由来画不成,当时枉杀毛延寿。
一去心知更不归,可怜着尽汉宫衣。寄声欲问塞南事,只有年年鸿雁飞。
家人万里传消息,好在毡城莫相忆。
君不见咫尺长门闭阿娇,人生失意无南北。

明妃曲二首(其二)

明妃初嫁与胡儿,毡车百两皆胡姬。含情欲说独无处,传与琵琶心自知。
黄金捍拨春风手,弹看飞鸿劝胡酒。汉宫侍女暗垂泪,沙上行人却回首。
汉恩自浅胡自深,人生乐在相知心。可怜青冢已芜没,尚有哀弦留至今。

王　阮(？—1208)

明妃曲一首

胡尘漠漠风卷沙,明妃马上弹琵琶。琵琶一曲思归谱,明妃泪尽胡儿舞。
胡儿不道思归苦,更问汉宫余几许。古来和戎人似铁,汉家和戎人似雪。
午窗一抹春山横,万里关河不须设。燕支帐寒秋复春,翠被不禁愁杀人。
人生不可无黄金,无黄金兮死沉沦。明妃也莫怨青冢,死有佳名生有用。
君不见秦楼当日卷衣女,一一空随宿草腐。

王　炎(1138—1218)

明　妃　曲

掖庭国色世所稀,不意君王初未知。欲行未行始惊愕,画史乃以妍为媸。
约言已定不可悔,毡车万里随单于。天生胡汉族类异,古无汉女为胡姬。

高皇兵败白登下,归遗帝子称阏氏。欲平两国恃一女,乌乎此计何其疏。
至今和亲踵故事,延寿欺君何罪为。此生失意甘远去,此心恋旧终怀归。
胡天惨淡气候别,风沙四面吹穹庐。琵琶曲尽望汉月,塞雁年年南向飞。

王　洋(1089—1154)

明 妃 曲

汉宫沈沈凝紫烟,妾身一入知几年。楼高秋月照清夜,亭暖春花熏醉眠。
忆初送我辞亲戚,便拟光华列旌戟。君门安得似人间,咫尺千山万山隔。
花月朝朝空暮暮,长恋朱颜不如故。内家车子散金钱,安得此身沾雨露。
忽闻花宫选罗绮,单于来朝汉天子。但言妾欲嫁单于,万一君王赏桃李。
大明宫内宴呼韩,出水芙蓉鉴里看。徘徊顾影花颜靓,绰约丰容广殿寒。
当日君王喜且惊,欲留失信去关情。若教不杀毛延寿,方信蛾眉画不成。
茫茫汉塞连沙漠,柳色阳关断肠处。故乡阡陌想依然,马上琵琶向谁语。
命薄身存有重轻,天山从此静埃尘。山西健将如君否,此日安危托妇人。
人生景物疾如驰,翻覆由来万事非。莫笑巫山女粗丑,朝寻楚宫暮柴扉。
男儿莫厌款段马,女儿莫羡金缕衣。
君不见巫山歌舞赛神罢,野老至今怀秭归。

武　衍(?—?)

明妃曲(其一)

中国无人虏肆轻,六宫挥泪别倾城。当时谁议诛延寿,益重君王好色名。

明妃曲(其二)

马上风沙乱鬓蝉,膻乡同地不同天。琵琶何用弹深怨,出降乌孙更可怜。

邢居实(1068—1087)

明 妃 引

汉宫有女颜如玉,浅画蛾眉远山绿。披香殿里夜吹笙,未央宫中朝理曲。
绛纱蒙笼双蜡烛,箫鼓声传春漏促。玉辇三更别院归,夜深月照黄金屋。
莓苔满院无行迹,总为君王未相识。上天仙人骨法别,人间画工画不得。
嫣然一笑金舆侧,玉貌三千敛颜色。罗帏绣户掩风香,一朝远嫁单于国。

金凤罗衣为谁缕,长袖弓弯不堪舞。一别昭阳旧院花,泪洒胭脂作红雨。
回头不见云间阙,黄河半渡新冰滑。马蹄已踏辽碣尘,天边尚挂长门月。
黄沙不似长安道,薄暮微云映衰草。羌人马上鸣胡笳,绿发朱颜为君老。
西风萧萧郅水寒,啼痕不断几阑干。年年看尽南飞雁,一去天涯竟不还。
少年将军健如虎,日夕撞钟捶大鼓。宝刀生涩旌旗卷,汉宫嫁尽婵娟女。
寂寞边城日将暮,三尺角弓调白羽。安得猛士霍嫖姚,缚取呼韩作编户。

徐得之(？—？)

明 妃 曲

妾生岂愿为胡妇,失信宁当累明主。已伤画史忍欺君,莫使君王更欺虏。
琵琶却解将心语,一曲才终恨何数。朦胧胡雾染宫花,泪眼横波时自雨。
专房莫倚黄金赂,多少专房弃如土。宁从别去得深嚬,一步思君一回头。
胡山不隔思归路,只把琵琶写辛苦。
君不见有言不食古高辛,生女无嫌嫁盘瓠。

薛季宣(1134—1173)

明 妃 曲

阙下乌云暗黑旗,未央高会送将归。天子传觞从官劝,单于今正天骄儿。
上林关锁多芳菲,王嫱困睡花葳蕤。中人惊起道宣唤,和戎却自拚蛾眉。
徘徊顾景伤春啼,秀色误身生不知。工师万死未足谢,丹青始信君难欺。
冤莫冤兮长别离,盟莫渝兮徒自疑。毡车未免下宫殿,记得当年初入时。
眉山淡扫双螺垂,拟高门户生光辉。姑姊提携父母送,不教含涕登丹墀。
赭黄有泪濡龙衣,此身虽是触事非。胡沙万里少花木,胡中争看真阏氏。
言语不通心尽悲,琵琶琢就弹哀思。君门万里不易到,檀槽拨断商弦丝。
穷寒绝塞人踪稀,时有天边霜雁飞。凭谁说与汉卿相,西施莫忘真元龟。

于 石(1247—？)

读明妃引

周求莘女终亡纣,越献西施竟灭吴。马上琵琶徒自恨,不思强汉弱匈奴。

曾　巩(1019—1083)

明妃曲二首(其一)

明妃未出汉宫时,秀色倾人人不知。何况一身辞汉地,驱令万里嫁胡儿。
喧喧杂遝方满眼,皎皎丹心欲语谁。延寿尔能私好恶,令人不自保妍媸。
丹青有迹尚如此,何况无形论是非。穷通岂不各有命,南北由来非尔为。
黄云塞路乡国远,鸿雁在天音信稀。度成新曲无人听,弹向东风空泪垂。
若道人情无感慨,何故卫女苦思归。

明妃曲二首(其二)

蛾眉绝世不可寻,能使花羞在上林。自信无由污白玉,向人不肯用黄金。
一辞椒屋风尘远,去托毡庐沙碛深。汉姬尚自有妒色,胡女岂能无忌心。
直欲论情通汉地,独能将恨寄胡琴。但取当时能托意,不论何代有知音。
长安美人夸富贵,未央宫殿竞光阴。岂知泯泯沈烟雾,独有明妃传至今。

薤　　露

葛胜仲(1072—1144)

挽致政奉议鲁公歌词

翛然丈室老维摩,不愧家声旧曲阿。事阅七朝推寿俊,庆钟六子半文科。
白莲入社尘缘息,朱绂通闺圣渥多。空唱已闻生净域,可须薤露起悲歌。

胡　寅(1098—1156)

　　古今豪逸自放之士鲜不嗜酒以其类也虽以此致失者不少
而清坐不饮醒眼看醉人亦未必尽得盖可考矣予好饮而尝患不
给二顷种秫之念往来于怀世网婴之未有其会因作五言酒诗一
百韵以寄吾意虽寄古人陈迹并及酒德之大概以为开辟醉乡之
羽檄参差反复不能论次也同年兄唐仲章闻而悦之因录以寄庶
几兹乡他日不乏宝邻尔

　　美禄无过酒,星泉奠两仪。端由皆作圣,意趣少人知。

肇命惟元祀，迎春祝寿祺。功深资药石，力厚起疲赢。
若羡千钟美，休嫌九酝迟。忘情惟大禹，无量乃宣尼。
抔饮觞初滥，留连祸始基。先王防以礼，后世利其资。
默识人情异，参稽俗习移。放怀无事矣，问口纵言之。
惑溺终长夜，奢残竟作池。包茅齐服楚，奏鼓胤征羲。
大泽斩蛇后，当炉折券时。彭城正高会，睢水已填尸。
谪去忧占鹏，归来喜受禧。瓶盆感田父，铺餟念湘累。
壑谷中宵问，糟丘一篑亏。怒排樊哙盾，吐卧允之颐。
击帻笼钱凤，争权杀魏其。脱靴惭力士，飞燕忤杨妃。
司隶要殊切，虞人猎已驰。魏文敦信义，王猛用钤锤。
有客言虽吃，何人字识奇。裸身荒已甚，涤器事还卑。
软饱深形颂，醒狂屈受讥。虽将齐物我，亦合悼功缌。
渭水歌初阕，高阳伴蚕稀。湖船回太白，水殿燕西施。
薤露停杯唱，鲸鱼入海骑。缅怀七子会，怅望八仙期。
潇洒斜川影，风流曲水湄。日斜休百拜，曡耻便三辞。
头上巾频漉，腰间锸自随。谅难操北斗，且复坐东篱。
西海桃垂实，南山豆落其。无违商士诰，宜葺杜康祠。
李脱朱温阱，刘为石勒縻。死生当有在，王伯岂由斯。
五斗醒方解，三人影对嬉。高谈倾坐听，痛饮亦吾师。
责味曾围鲁，提筒更忆郫。安能洗晏粉，聊复涨黄陂。
章子以孝显，鄫舒因俊危。夫妻不成属，父母或贻罹。
讵比华茵污，宁虞窟室隳。壁悬疑角影，车载号鸱夷。
口不挂臧否，醨犹和薄醨。立苗讽锄恶，种秫待充饥。
雨落香檀注，春融绿髓脂。云轻浮蚁子，金嫩写鹅儿。
滴滴葡萄颗，涵涵鹦鹉卮。胸吞九云梦，笔走万蛟螭。
风月江山好，宾朋笑语宜。绣帘初静卷，银烛已高垂。
俨雅神仙坐，纷罗水陆奇。色深迷琥珀，光溢艳琉璃。
绿笛翻罗袖，红潮上玉肌。献酬俱缱绻，沾洽尽融怡。
不问檐花落，惟愁画角吹。初筵何抑抑，屡舞忽傞傞。

寒食梨花发,重阳菊蕊披。龙山犹可想,洛浦尚能追。
月满倚琼树,雨余攀柳枝。高飞鸿鹄远,左手蟹螯持。
贤圣分清浊,青齐辨等衰。市沽难共食,家酿恐成私。
算爵商壶矢,忘杯泥夹棋。资深酬道韵,端的露天倪。
翠竹沉云色,酴醾浸玉蕤。过咽输浩渺,赴吻重涟漪。
卷尽青荷叶,颠飘白接篱。野畦供鼓吹,幽鸟奏埙箎。
但看朱成碧,那知玉作瓷。长瓶卧荒草,山郭飐青旗。
目井欣投辖,窥门怅絷骊。提壶留客住,杜宇劝人归。
碧嶂下红日,飞霜点黑髭。邴原良自苦,毕卓未为痴。
处士林泉适,骚人景物悲。放臣离国恨,迁客去乡思。
须借杯中物,聊舒镜里眉。暂时浇磊磈,到处吐虹霓。
但戒零霜露,无劳洒涕洟。从教禁网密,莫遣醉乡迷。
为沃尘生肺,应防水克脾。破除闲病恼,断送老头皮。
埋玉空烦酹,挥金莫计赀。三行何法制,五齐孰官司。
喜怒或交作,阴阳因并毗。达人眇天地,曲士谨毫厘。
夜汲文园井,朝餐大谷梨。渴心便渌醑,大户怕甘醨。
滋味将何比,经纶倘在兹。一尊常准拟,三顷要耘治。
吾道久榛莽,世途多虎貔。黄封忆内酝,绨绣念宗彝。
傅说膺新命,曹参守旧规。群生思覆护,寰海厌浇漓。
倘负膏肓疾,须凭国手医。欲传方法者,把盏咏吾诗。

黄　榦(1152—1221)

挽潘孺人(其二)

红云照水春将暮,皓月盈盈院落深。正是佳人行乐地,翻令公子独伤心。
床头琴瑟空长在,眼底音容无处寻。寒食纸钱飞满野,一声薤露涕沾襟。

楼　钥(1137—1213)

宁海刘君挽词

不识紫芝眉,空传有道碑。义方真可法,暗室肯容欺。
未觉山川改,深明昼夜知。薤歌惭不称,冢子素能诗。

徐鹿卿(1189—1251)

挽陈太庾(其二)

一病成疏隔,琴堂入见时。形癯已非昔,客至尚谈诗。
手墨松烟湿,声歌薤露悲。春风谁管领,梅月重相思。

郑　樵(1104—1162)

挽通判黄子方

歌成薤露悲,秋草正离离。昔异修文事,今同鬼伯司。
盾衰双日落,夷惠两风遗。衰俗吾无恨,亲曾识紫芝。

蒿　　里

陈　棣(?—?)

挽张世英母夫人

异乡萍梗寄生涯,朝露俄惊叹落花。蒿里歌传风正惨,萱堂香冷月空斜。
魂归故国三千里,地卜高原一万家。明日送车应击毂,不堪阁泪听边笳。

洪　朋(?—?)

挽潘端州

岭南底处是端州,使君苦向个中游。黄茅千里烟岚晚,皂盖三年鬓发秋。
欻见崩松万壑底,遂闻埋玉九原头。不能执引远郊去,薤露蒿里令人愁。

黄　裳(1043—1129)

安康郡夫人挽辞(其三)

堂堂归处魏公家,才饰笄珈日未斜。蒿里数声留不得,丰安松下早闻鸦。

黄　榦(1152—1221)

代良夫人二首(其二)

闻道夫人遣子时,丁宁捧檄是归期。青衫到手非难事,白发惊心只自悲。
长翣忍听蒿里句,短檠休唱蓼莪诗。九原精爽应长在,列戟松楸莫恨迟。

林光朝(1114—1178)

哭伯兄鹊山处士蒿里曲(其三)

桐棺三寸更何疑,却取江枫短作碑。惟有一般蒿里曲,长箫欲断更教吹。

林亦之(1136—1185)

章徽之妻卢氏挽词

蒿里歌,蒿里曲。长箫悲奈何,短草叹不足。
少年款款嫁夫婿,今夜屋檐何处宿。蒿里歌,蒿里曲。

梅尧臣(1002—1060)

程文简公挽词三首(其三)

阙塞秋云冷,伊川苦雾阴。薤歌金铎碎,蒿里石宫深。
燃漆为长夜,栽松作茂林。空留旧冠剑,家庙四时心。

释文珦(1210—?)

重阜崔嵬行

重阜何崔嵬,遥瞻北邙路。旷野无人居,高低尽丘墓。
不知古与新,落落似棋布。下有荒草丛,上有白杨树。
树顶啸鸱鸢,草根穴狐兔。嗟哉昔为人,妻子相爱慕。
岂知易殂落,到此长别处。天地虽好生,安能暂留驻。
夜台杳冥冥,千载竟不曙。托身同草木,坐受蝼蚁蠹。
衣冠变成尘,精灵自相语。亲戚不重过,他人岂能顾。
听我蒿里歌,年命如朝露。

王安石(1021—1086)

车载板二首(其一)

荒哉我中园,珍果所不产。朝暮惟有鸟,自呼车载板。
楚人闻此声,莫有笑而莞。而我更歌呼,与之相往返。
视遇若抟黍,好音而睍睆。壤壤生死梦,久知无可拣。
物弊则归土,吾归其不晚。归欤汝随我,可相蒿里挽。

王十朋(1112—1171)

万府君挽词(其三)

屈指吾乡党,如公今几何。门犹毕万大,男类陆终多。
壮志埋蒿里,幽光发薤歌。河梁嗟未就,遗恨满沧波。

杨 时(1053—1135)

席太君挽辞二首(其一)

贤配无前古,传家有子贤。四灵来荐瑞,一鹗已摩天。
蒿里迷长夜,悲笳惨暮烟。萧萧原上路,犹想驾云軿。

周紫芝(1082—?)

长 短 歌

砻石磨砖作新垒,角楼亭亭四边起。谁家一曲长短歌,长安贵人葬蒿里。
东方作矣事若何,口珠腰带黄金多。墓门重闭子孙泣,树上纸钱空满柯。
君不见胡骑南来相州路,仓皇尚觅韩王墓。
解鞍下马拜墓前,更遣羌兵作调护。凭谁试问尔何为,定恐当年识吾父。

渔 歌

艾性夫(?—?)

番 城 晚 眺

独眺秋愈远,孤城日渐曛。地平浮楚泽,天阔见吴云。
风静渔歌合,波摇雁影分。未应陵谷变,不得问番君。

蔡 齐(988—1039)

小孤山(其一)

大孤之石衡且修,青青长在湖之头。小孤之石锐以高,削立江崖当洪涛。
滔滔逝水东流去,两石崔嵬屹天柱。蜀巴之源浩汜汜,壮哉此诚江海门。
鸿厖稍见士宇广,疏凿方知夏禹勤。名山大川神所主,过者震惊谁敢侮。

云何作庙向荒壖,抟土娉婷像龙女。篙师贾客尔何知,坎坎伐鼓持豚蹄。
倚篷清坐渔歌起,日暮但见崖鹰飞。

曹 勋(1098—1174)

杂诗二十七首(其一九)

柳浪收晴水拍天,湖边宫殿影相连。悠扬笛韵惟愁彻,欸乃渔歌何处船。

南园夜宿有怀

老病杜门久,佳时谁与过。亲朋怀我少,风月向人多。
梅景横清夜,江声动白波。不如潮早晚,墙外听渔歌。

柴随亨(1220—1277)

越镇山楼

百尺阑干最上头,杯中旗影动奎娄。海通蛮岛三千国,山镇东南数百州。
草木更含天子气,衣冠不洗晋人羞。旧来越战吴争事,一曲渔歌起暮鸥。

柴 望(1212—1280)

钱 唐

不记钱王建国年,尚遗强弩射潮痕。地回王气归吴分,山挟潮声出海门。
南渡几年犹昨日,西湖疏影自黄昏。客来独凭栏干处,时听渔歌过远村。

陈必复(?—?)

赋参政叔祖水亭

一段渔歌起夕阳,溪山佳处欠平章。受风杨柳丝丝弱,临水轩窗面面凉。
约客有时同把酒,横琴无事自烧香。沙头鸥鸟忘机久,却被官船去较忙。

陈 宓(1171—1230)

次安溪赵簿云津阁韵(其二)

兼旬积雨截晴虹,洗出溪山罨画中。别浦渔歌来暝色,长桥人语半秋空。
吏闲剩得三更月,民阜多逢五日风。作计追陪今恐后,杯盘随意底须丰。

陈 普（1244—1315）

代寿德兴尹

尧蓂五叶开元正,尧云五色辉紫清。渔歌樵唱乐宽政,今日公堂弥觥觥。
江南春稚寒犹峭,东风先绿银峰草。银峰百草皆何私,邀得东风来独早。
宽厚不复父母心,父母万寿儿愿深。老稚尽作斑衣舞,来听春风堂上琴。
黄金台上凝虚伫,碧云为卷琴声去。要令四海皆阳春,不但银峰沐膏雨。
区区祝公在此诗,寸草莫报春阳辉。秉钧暂借牛刀手,八荒开寿如尧时。

陈 深（1260—1344）

送释存游苕川兼怀子昂学士

吴兴山水邦,杳蔼云气萃。冈峦抱紫回,溪流泻清驶。
逍遥烟中客,缥渺云际寺。振锡赴幽寻,揽袂接遘契。
是时秋正中,旷朗天宇霁。明月射神珠,光彩难自闷。
渔歌和遗音,茶经诧幽事。欲从烟屐游,苦为尘鞅系。
缅怀金坡英,归来云壑媚。采采白蘋花,因风为遥寄。

陈宋辅（？—？）

罗隐题诗石

诗名鼎鼎号三罗,藜杖经从石上过。铁画银钩难辨认,雨霖日炙莫镌磨。
幽泉添砚潺湲响,明月生波感慨多。小立西风吹鬓发,碧罗深处听渔歌。

陈 著（1214—1297）

次韵东平赵孟益游北山寺

潇洒一僧关,钱家古墓山。云多迷早晚,溪阔限忙闲。
斋鼓青龙麓,渔歌白鹭湾。欲吟吟不尽,岩溜自潺潺。

似戴时芳

丰山在屋前,后坐龙溪龙。中有人中龙,固穷气自丰。
溪山千万状,朝夕与从容。浮尘任开阖,本色无淡浓。
我本深村夫,见此更热中。目睹鹤归云,耳接渔歌风。
徘徊不忍去,乐哉此迎逢。何当中年留,回顾无宿春。

谌 祜（1213—1298）

句（其三七）

一帆秋水渔歌远，半塔斜阳雁影高。

戴 栩（？—？）

饯曹西士宰南康

君名华省里，庐岳未应过。寿日人兼饯，凉风湖际多。
茶醒怜鹤睡，琴寂听渔歌。候骑新来说，先声众已和。

董嗣杲（？—？）

春游（其二）

登城最凄黯，绝㵆脂粉醉。万里烟尘蒙，掩此战争地。
江风荡渔歌，便觉春光异。嗟我道不行，颇动乘桴志。

玉 壶 园

莫问南漪与玉壶，杜鹃还更试花无。坡仙一顾吟空老，地主频更景不殊。
船出断桥春潋远，钟传萧寺晚楼孤。山明水秀轩扉敞，落日渔歌过里湖。

范仲淹（989—1052）

赴桐庐郡淮上遇风三首（其一）

圣宋非强楚，清淮异汨罗。平生仗忠信，尽室任风波。
舟楫颠危甚，蛟鼋出没多。斜阳幸无事，沽酒听渔歌。

方 回（1227—1307）

过秀州城东

海邑疏囚昔此过，鸣榔未了又渔歌。重来野色秋如许，似觉人家旧更多。
晴日茅檐横晒布，水田竹架倒扦禾。吴侬苟且度饥岁，焉得官廉吏不苛。

方 岳（1199—1262）

又和晦翁棹歌（其三）

家在清溪第几峰，谁搴薜荔采芙蓉。渔歌未断忽归去，翠壁一重云一重。

秋 江 引

水天一色磨古铜,落日欲没芦花风。双飞野鸭忽惊起,渔歌渐远秋江空。
烟波渺渺无终极,中有江南未归客。短篷夜泊洲渚寒,孤雁横江声正急。

傅 宏(？—？)

和 张 祜 韵

　　远望阳城湖,八九云梦吞。白云宿殿罅,青藓埋松根。
　　樵唱林间路,渔歌寺外村。避喧嗜飞阁,未若叩禅门。

傅梦得(？—？)

江 湖 伟 观

倚遍阑干指顾间,吟身恨不早生翰。几多风月闲中占,一望江湖眼界宽。
胥浪掀天秋际阔,逋梅得月夜深寒。有时听得渔歌晚,惊起沙鸥雪一团。

高似孙(1158—1231)

九怀·东山

砥苍崖兮燕危磐,枕渊洞兮夏留寒。谷怀烟兮川引雾,出渔乡兮入樵路。
屋如悬兮石将危,荡兰舟兮扬桂旗。江有薋兮溪有荪,沙一抹兮云垂垂。
耒宜雨兮帆宜风,香在垆兮各为功。村醪熟兮春无度,水羞香兮雪登俎。
晴阴节兮花乱飞,老渔歌兮野巫舞。灵埃乐兮憺忘归,人无忘兮雨而雨。
维余舟兮款神关,石齾齾兮萝漫漫。帷之寨兮风毳急,石可憩兮苔痕斑。
潭中人兮夜渔急,神鱼舞兮阴妃泣,报灵君兮千罟集。
水如练兮月冥冥,若月弦兮作湘声。舟欲去兮且复留,耿不寐兮空隐忧。

葛绍体(？—？)

道 傍 酒 家

　　门当海峤开,篱脚破新苔。梅影落寒井,渔歌近酒杯。
　　客帆云外过,沙鸟雨中回。多少风烟趣,从今入梦来。

耿 镃(?—?)

用功成韵赋外舅短项翁

君不见王绩非狂生,笔墨扫尽惟酒经。又不见志和非漫尉,江湖醉咏渔歌耳。
文章得失两梦事,一醉从渠俱不理。人间自有行秘书,此翁聊为山泽儒。
平生斟酌自饱满,宁复有欠宁有余。可怜蹒跚挽不前,属车岂识从甘泉。
不矜万卷腹空洞,渴梦只恐东溟干。莫疑此翁拘器穷,此翁有用非哑钟。
浊醨作贤清作圣,翁不异味同其空。我方畏缩立下风,伸颈一笑短项逢。
脱冠与翁共醉倒,从人笑此两秃翁。

顾 禧(?—?)

苎村烟雨

湖南几曲石桥底,细雨蒙蒙暗碧溪。欸乃渔歌声不断,参差桑树望中迷。
花田香散泥初湿,柳圃烟深莺乱啼。此地千年多买犊,耕男谁复怨征鼙。

郭祥正(1035—1113)

和杨公济钱塘西湖百题·白公竹阁

竹阁公所爱,延僧酌夜茶。渔歌天外起,何似听琵琶。

渔 舟 歌

四山飒沓江水流,两岸西风芦荻秋。渔歌杳杳隔港浦,烟波冥冥来孤舟。
渔人举网得赤鲤,鱼尾筵筵相顾喜。撑船就岸维树旁,夕阳篷底炊烟起。
白鹭洲边随意浴,孤云岩际无心逐。月明烟岸撇波去,格磔一声山水绿。

江 上 游

我乘逸兴浮扁舟,杨花渡江飞满头。河豚初熟鲥鱼烂,借问春光须少留。
人间乍听黄金鸟,物外谁怜白雪鸥。但愿沧波化为酒,青山两岸皆糟丘。
人生快意天地小,登览何必须瀛洲。渔歌声断自起舞,酩酊更看江月流。

金 山 行

金山杳在沧溟中,雪崖冰柱浮仙宫。乾坤扶持自今古,日月仿佛蹓西东。
我泛灵槎出尘世,搜索异境窥神功。一朝登临重叹息,四时想像何其雄。

卷帘夜阁挂北斗,大鲸驾浪吹长空。舟摧岸断岂足数,往往霹雳摇蛟龙。
寒蟾八月荡瑶海,秋光上下磨青铜。鸟飞不尽暮天碧,渔歌忽断芦花风。
蓬莱久闻未成往,壮观绝致遥应同。潮生潮落夜还晓,物与数会谁能穷。
百年形影浪自苦,便欲此地安微躬。白云南来入我望,又起归兴随征鸿。

姑熟堂歌赠朱太守

姑熟太守真贤豪,洗涤弊垢明官曹。民闲吏竦郡无事,华堂新构临江皋。
朱檐斜飞傍星汉,碧瓦不动蟠鲸鳌。酿成玉液宴宾从,手提大笔降风骚。
四时景物换耳目,万古治乱评秋毫。嗟予末坐重感激,胸中茅塞时耘耨。
山鸡卑栖竟可取,岂合鸾凤返翔翱。紫莼茸蕨味正美,鲜鲙玉缕鸣霜刀。
为公一饮直醉倒,坐看万室皆陶陶。谁云江南地偏小,姑熟之堂天下少。
丹湖千里浸城东,蒲苇藏烟春渺渺。牛渚对峙凌歊台,长江倒挂天门开。
风吹玉乌亿万匹,汉兵卷甲沙场回。有时浪止皓月满,琉璃宇宙无纤埃。
帆樯隐隐鸟飞没,渔歌细下天边来。谢元晖,李太白,一生好作江南客。
至今遗恨人不知,孤云尚锁青山宅。请公沥酒一吊之,听我长吟壮灵魄。
人世百年能几何,高会难逢离别多。一朝公去调鼎鼐,斯堂永作甘棠歌。

寄题洪州潘延之家园清逸楼

南昌城中潘令宅,清逸楼高二千赤。斜飞四角河汉躔,密排万瓦鸳鸯碧。
楼中至乐无人知,扫尽寰区别名迹。霜华吹月雁横空,湖水浸天秋一色。
橹声断,渔歌起,西山却在芦花里。行客纷纷嗟白头,缨尘不解沧浪洗。
爱君年少先拂衣,古人归去无今时。
上有明明垂衣之尧舜,下有错落戴主之皋夔。
湟中不用一箫取,缭绕驿道通犍为。更看牧马天山草,澡心雪耻幽燕儿。
朝廷大业昔未有,志士独往吾何讥。陶彭泽,阮步兵,回首晋道方飘零。
丝桐欲弹悲思盈,岂如潘令逢升平。
倚栏一醉弦索鸣,红绡燃蜜烂华星,玉人舞彻东方明。

何承裕(？—？)

寄宣义英公

书札精奇已换鹅,仍闻依旧卧烟萝。诗成万首犹嫌少,酒饮千钟不怕多。

乡寺夜开云梦月,石房寒锁洞庭波。知师收拾南归去,为忆渔人唱楚歌。

贺　铸(1052—1125)

载病东归山阴酬别京都交旧

我家湖水接山溪,载病东归路不迷。城郭依然辽海鹤,鹓鸿邈矣会稽鸡。
可须印绶怀中出,幸有珠玑袖里携。行赋渔歌寄亲串,春风吹渡浙江西。

黄　楼　歌

君不见熙宁丁巳秋,灵平未塞河横流。澶漫势欲浮东州,斯人坐有为鱼忧。
当时贤守维苏侯,厌术不取三犀牛。
跨城岧嶤起黄楼,五行相推土胜水,鼍作鼋惊走鞭棰。
三丈浑流变清泚,南来船车鹬衔尾。使君登览兴如何,舞剑吟笺宾从多。
水平照影见雁下,山空答响闻渔歌。楼下汀洲长芳草,一麋南出彭门道。
昨日春游咏白蘋,后夜秋风悲鹏鸟。黄冈汝海心悠哉,青衫白发多尘埃。
采菱伎女今何在,骑竹儿童望不来。望不来,碧云明月长裴徊。

胡仲弓(?—?)

溪亭夜集走笔

倚柱看潮生,渔歌静中发。吟罢寂无声,江风对山月。

舟　中　即　事

携家驱宦牒,短棹泛桃源。人语联篷屋,渔歌隔水村。
云归千嶂合,雨过一江浑。为爱招提近,缆船杨柳根。

华　岳(?—1221)

矮斋杂咏·水禽

一曲渔歌古渡头,几多鸥鹭起汀洲。西风吹散瑶池雪,点破长天万里秋。

黄　溍(?—?)

诗　一　首

半浓半淡四山景,快雨快晴三月雷。桥影不随流水去,渔歌偏带夕阳来。

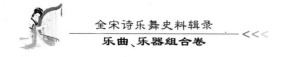

金君卿(1020—?)

夜泊竹筱港寄鄱阳朱安石

江阴沧溿云四垂,风蘋雨杜饶秋悲。孤樯转汀落处晚,渔歌傲笑鸥群疑。
肥鱼新酒且可挹,万绪一破忘者谁。惊波到枕不成梦,鸿声半夜东南飞。

同陈郎中游南塘

水光烟色满南塘,十里横连古战堭。千顷芋畦楸罫局,万章云木羽林枪。
渔歌闹处菱花紫,田妇归时秫穗黄。贤守公余行乐去,许陪旌骑问耕桑。

孔平仲(1044—1102)

清　　夜

夜久景逾清,行吟到小亭。梨花带明月,银汉淡疏星。
渡水渔歌远,巡山鬼火青。此时尘虑息,豁若醉初醒。

孔武仲(1041—1097)

题介之小阁

画帘初卷碧山低,面面青蓝翠拂衣。秋水暮天长一色,渚鸥沙雁或双飞。
烟霞逗眼光相乱,松竹敲风韵更微。却笑屈原憔悴甚,渔歌何苦泪交挥。

黎廷瑞(1250—1308)

新　　亭

不复新亭泪,其如感慨何。北风吹草木,西照满山河。
王谢闻孙少,萧陈短梦多。庭芳摇落尽,江上有渔歌。

李　觏(1009—1059)

书楼夏晚

地僻无他管,楼危有剩凉。远流通越派,残日共秦光。
鸟道顽云黑,人家病叶黄。高情梦箕颍,闲景画潇湘。
山药香多桂,渔歌浊少商。太平知可喜,何者是簪裳。

李 洪(1129—1183)

垂 虹 亭

十年沧海惯骑鲸,秋入垂虹豁眼明。云气蓬莱底难到,洞天林屋没多程。
渔歌三唱客愁破,雁字一行秋影横。他日若能追鲁望,钓车鱼具送余生。

李 彭(?—?)

度章水道中戏用城字韵呈驹甫师川

楚波不动晚山青,顾兔西来照我行。野鸟钩辀如有意,渔歌欸乃亦多情。
湖边倒载思山简,机上回纹念始平。欲觅澄江如练句,乞灵须向谢宣城。

李 石(1108—1181)

颂古塔祖胜二首(其一)

芦花岸下蓼滩头,上得钩时便上钩。一曲渔歌川棹拨,五湖烟水月轮秋。

林光朝(1114—1178)

城山国清塘

烛龙醉倒不开眼,遮空万里云张伞。小舟塘外日溶溶,渔歌忽断荷花风。
倚岩僧舍扃深户,我来跋涉拳肩股。喘停更促短筇上,怪石周遭卧万鼓。
况是秋风到此山,惟有孤鸿时往还。劳劳百年共缠缚,不似青山长自闲。
古人古人嗟已远,长歌商颂归来晚。

林景熙(1242—1310)

溪 亭

清秋有余思,日暮尚溪亭。高树月初白,微风酒半醒。
独行穿落叶,闲坐数流萤。何处渔歌起,孤灯隔远汀。

林希逸(1193—1271)

游孤青作

野水茫茫去,渔歌远远听。醉酣觞大白,乘兴棹孤青。
明月长如此,浮云不暂停。拜经遗趾在,谁与拾残萤。

刘辰翁(1232—1297)

春景·孤舟乱春华(其四)

有客孤舟里,风平日又嘉。未须怜岁晚,从此乱春华。
自扣舷三版,相将水一涯。前村随柳色,昨夜宿桃花。
鸥浴波翻锦,渔歌影入霞。江头稠杏暗,子美四娘家。

刘 黻(1217—1276)

和朱运筦郊行

扁舟随处泊,山影动清波。柳惜春风老,花嗔宿雨多。
野棋惊鹤梦,僧磬答渔歌。灵运经行地,今年几度过。

刘 过(1154—1206)

渔 翁

短篷三尺寄烟波,短褐休休岁月过。江海不知戎马事,酒酣搔首唱渔歌。

刘克庄(1187—1269)

和叶尚书解印二首(其一)①

郡人不识疾呼声,甘雨和风遍一城。岁久偏多遗爱事,天高未察借留情。
舟行精舍渔歌晚,家近华亭鹤唳清。莫比归云并倦翼,先生此念素来轻。

刘 跂(1053—?)

与李深梁山泊分韵得轻风生浪迟五首(其三)

为问风多逆,舟行太缓生。渔歌不用调,水宿莫论程。
饱有雕胡饭,香无锦带羹。相看乏酒饮,愁剧似渊明。

刘 宰(1166—1239)

戏呈南池同游诸兄

方池带南郭,胜践及西风。多稼天连碧,芳莲水映红。
渔歌来席上,鸟影度屏中。想见垂杨里,诗成又暮钟。

---

① 彭耜《知州(其四)》仅存的前六句内容与此诗相同,不再重复收录。

丁亥冬感怀寄赵章泉三首（其二）

报国知无术，书空竟若何。淮山云惨淡，钟阜石嵯峨。
高孝遗规在，梁陈往鉴多。瘨忧徒尔耳，远浦听渔歌。

刘子澄（？—？）

过 洞 庭

波神有兆报平安，半日重湖度不难。只艇溯洄风浪息，单包就谪水云宽。
晓烟不隔渔歌过，秋月还同画轴看。摆脱尘缘天借便，嶷云深处养神丹。

刘子翚（1101—1147）

清 江 行

渔翁一棹老清波，稚子学语能渔歌。日暮沙头寒蓺竹，雨余船角乱堆蓑。
鬵残小鲜仍自鲙，湖海茫茫醉乡内。夜阑酒渴漱寒流，月照芦花上蓬背。

陆蒙老（？—？）

赴官晋陵别端禅师①

枕上浮生过半百，短发毵毵霜样白。西溪溪上旧家山，岁岁故乡归似客。
船头渐近古松门，云是吴均读书宅。烟云半岭见层楼，峥嵘鳌顶蓬宫窄。
有人挂衲归盘陀，棱棱瘦骨真维摩。几年面壁舌不动，忽然拍手演渔歌。
秋来满船载明月，直钩不钓闲鼋鼍。一雨笠，一烟蓑，五湖深处任风波。
黄梅渡口水流急，救护心谁如老婆。

陆文圭（1250—1334）

己卯题吴江长桥二首

瓜步投鞭湿马尾，吴江犹是衣带水。阳侯不敢驾风涛，神剑自断长虹死。
木罂夜半飞渡军，缚筏驱丁命如蚁。波心两龙忽跳出，一声金鼓波神泣。
兴废相望五六载，斜阳独倚栏干立。酒酹波神叫不应，剑铓冷浸秋蒲碧。
江头朱栏四千尺，一望初疑几十里。左约江流右截湖，桥东出日桥西雨。

---

① 释净端《答陆蒙老韵》内容与此诗大致相同，仅个别字词有异，不再重复收录。

渔歌答响远相失,群雁旅泊迷葭苇。荒村独木横野渡,深厉才能湿衣履。
乘舆足受两三人,犹当杠梁涉溱洧。书生眼力小如瓮,一皋巨丽心惊喜。
吁嗟人力不可到,毋乃神功役山鬼。忆昔燕兵下江浙,马逸风鬃卷滩尾。
长驱水陆一时进,钱塘破竹从风靡。川流衰竭王气尽,成败反复固其理。
汴师平南将彬美,南人死恨樊若水。采石浮桥一夕成,晓出降幡人姓李。

陆 游(1125—1210)

渔 歌

斜阳收尽暮烟青,袅袅渔歌起远汀。商略野人何所恨,数声哀绝不堪听。

村 酒

乱山落日渔歌长,平畴远风粳稻香。酒旗摇摇截官道,归家未迟君试尝。

独 立

  独立柴荆外,颓然一秃翁。乱山吞落日,野水倒寒空。
  忧患工催老,飘零敢讳穷。渔歌亦何恨,凄断满西风。

新霁城南舟中夜兴

身是江湖不系船,雨余随处一翛然。浮云尽敛出青嶂,孤月徐升行碧天。
收网渔歌移别浦,隔城塔影落前川。明朝闲就平洲饮,巾履追凉又一年。

夜泛蜻蜓浦

  四顾水无际,三更月未生。偶成摇橹去,不减御风行。
  烟浦渔歌断,芦洲鬼火明。还家人已睡,小立叩柴荆。

题斋壁四首(其三)

舴艋为家一老翁,阳狂羞与俗人同。梦回菱曲渔歌里,身寄蘋洲蓼浦中。
断简尘埃存治道,高丘草棘闭英雄。旗亭村酒何劳醉,聊豁平生芥蒂胸。

夜 意

孤梦初回夜气清,世尘扫尽觉心平。月沉洲渚渔歌远,人语比邻绩火明。
独汲寒泉鸣细绠,静听漏鼓下高城。悠然坐待东方白,却看轩窗淡日生。

少 微 山

  平生一舴艋,几到少微山。杰观扫无迹,高人呼不还。

崖崩危欲压,磴断滑难攀。日暮增幽兴,渔歌㳽苍间。

秋社二首(其二)

浦溆渔歌远,茆茨绩火明。新凉迎病起,乐事及秋成。

社肉分初至,官壶买旋倾。残年得家食,何以报时清。

初冬扫东山之麓置数石于乔松巨竹间以眺西山甚自适也

护霜天气半晴阴,小岭苍寒藓径深。翠霭欲成孤凤舞,青松先作老龙吟。

渔歌浦口生高兴,骑吹边头负壮心。儿报东村早梅发,杖藜与汝共幽寻。

夏日晚兴

高挂虚窗对绿池,鸟啼声歇柳阴移。含风珍簟闲眠处,叠雪轻衫新浴时。

泉冷甘瓜开碧玉,手香素藕冒长丝。夕阳四面渔歌起,又赴邻翁把钓期。

夜坐闻湖中渔歌

少年嗜书竭目力,老去观书涩如棘。短檠油尽固自佳,坐守一窗如漆黑。

渔歌袅袅起三更,哀而不怨非凡声。明星已高声未已,疑是湖中隐君子。

新　篱

新篱三面北通门,藤架阴中细路分。天宇淡青成卵色,水波微皱作靴纹。

参差村舍穿林出,缥缈渔歌隔浦闻。忽觉楚乡来眼底,欲题幽句吊湘君。

小　集

乌桕遮山路,红蓼满野塘。病苏身渐健,秋近夜微凉。

杯酌随宜具,渔歌尽意长。儿曹娱老子,团坐说丰穰。

郭　西

鹊下川原黑,船行浦溆空。桥灯摇水影,楼角散天风。

野眺飞埃外,渔歌冷翠中。不须嘲病翼,要是脱樊笼。

出游五首(其五)

禹穴胥涛中路分,画桡冲破一川云。柯桥僧阁凌空起,梅市渔歌带月闻。

蟹束寒蒲大盈尺,鲈穿细柳重兼斤。酒家报我新醅熟,且拨闲愁寄一欣。

出游四首(其一)

九日阴霾一日晴,此行处处是丹青。断云零落江郊路,寿木轮囷古驿亭。

馌妇微行望耕垄,渔歌相和起烟汀。拔山意气今何在,犹有遗祠可乞灵。

南门晚眺

奚奴前负一胡床,门巷楸梧已渐黄。不历尘埃三伏热,孰知风露九秋凉。
萧萧浦溆渔歌晚,漠漠陂塘稻穗香。勿恨行云吞素月,梦回正爱雨淋浪。

秋怀十首(其二)

村晚归牛下,林昏宿鸟喧。微升天际月,半掩水边门。
衣杵悲边信,渔歌断客魂。老人交旧尽,此意与谁论。

新秋往来湖山间四首(其四)

健席高檐梅市路,朱桥绿树兰亭步。儿时钓游略可记,不料耄年犹此处。
渔歌相和苇间起,菱船远入烟中去。世间万事等浮云,耐久谁如两芒屦。

生涯四首(其一)

生涯数畦菜,心事一溪云。樵担斜阳下,渔歌静夜闻。
门无俗驾到,厨有远泉分。但了曲蘖事,功名乌足云。

农家六首(其二)

盗息无排甲,兵消不取丁。频过斗鸡舍,闲学相牛经。
江浦渔歌远,人家绩火青。遨游无定处,随意宿丘亭。

湖上夜赋二首(其一)

冉冉秋将至,沉沉夜向晨。河随天渐转,露洗月如新。
瘦竹过眉杖,轻纱折角巾。渔歌四面起,烟水浩无津。

病减

病减停汤熨,身衰赖按摩。书亏平日课,睡比故年多。
龟卜占休泰,医方校阙讹。有时还一笑,隔浦起渔歌。

夜出偏门还三山

月行南斗边,人归西郊路。水风吹葛衣,草露湿芒屦。
渔歌起远汀,鬼火出破墓。凄清醒醉魂,荒怪入诗句。
到家夜已半,伫立叩蓬户。稚子犹读书,一笑慰迟莫。

记　梦

梦泛扁舟禹庙前,中流拂面风泠然。楼台缥缈知几叠,云物点缀多余妍。
莲房芡觜采无主,渔歌菱唱声满川。梦中了了知是梦,却恐燕语来惊眠。
弄楫顾谓共载客,乖离不记经几年。即今相逢两幻质,转盼变灭如飞烟。
斯言未竟客大笑,人生寓世岂独坚。元章嘉叟君所见,一别丹旐俱翩翩。
君知梦觉本无异,勿为画饼流馋涎。我惭俯首梦亦断,尚觉细浪鸣船舷。

夜闻湖中渔歌

梦回一灯翳复明,卧闻湖上渔歌声。呜呜乍低忽更起,袅袅欲断还微萦。
初随缺月堕烟浦,已和残角吹江城。悲伤似击渐离筑,忠愤如抚桓伊筝。
放臣万里忧国泪,戍客白首怀乡情。峡猿失侣方独宿,沙雁垂翅犹遐征。
巴巫竹枝短亭晚,潇湘欸乃孤舟横。世间此恨故相似,使我百感何由平。

排　闷

造物冥冥中,与我无一面。不知获罪由,动辄被诃谴。
又若哀其愚,救以药瞑眩。我亦揣此心,安受不敢怨。
中间戍蜀汉,十载困邮传。骑墱蒙陇干,阵云暗秦甸。
赍粮杂沙坋,掬水以三咽。传烽东骆谷,倏忽若流电。
归吴获小休,余喘仅一线。意言在故乡,终胜客异县。
夫何命大谬,魔事每交战。友仇同一波,平地肆蹈践。
么然性命微,日畏谗口煽。旧书不暇视,鼠迹上几砚。
负疴不即死,遂作诸老殿。却观所更历,殆是金百炼。
人谁不爱身,悔作青紫愿。短筇入空翠,小艇破江练。
渔歌隔浦闻,绩火傍林见。苦贫虽至骨,未肯受客唁。
君看投林猿,终异巢幕燕。有山皆可耕,焉往失贫贱。

罗　弢(?—?)

快　阁

一阁巍巍映此心,水余叠叠翠峰横。凭栏四顾无纤翳,只有渔歌向晚声。

梅　询(964—1041)

濠州四望亭闲眺

南北舟行互掷梭,长淮混混接天河。石梁景绝虹垂渚,桐柏春深雪作波。
四望空明无俗翳,数声欸乃有渔歌。谁言此地殊幽僻,自我今来风味多。

梅尧臣(1002—1060)

金陵与张十二传师赏心亭饮

但嗟识君迟,不恨春风恶。风恶舟未前,置酒共谈谑。
渔歌还浦头,斜日下洲角。明朝渡江去,相望便成昨。

长芦江口

风驾晚潮急,浪头相趁过。水归瓜步小,船下秣陵多。
鸥舞不停翅,燕飞轻帖波。今来学楚客,薄暮爱渔歌。

余姚陈寺丞

试邑来勾越,风烟复上游。江潮自迎客,山月亦随舟。
海货通闽市,渔歌入县楼。弦琴无外事,坐见浦帆收。

宣州杂诗二十首(其六)

信谗多见逐,伐国岂无仁。屈子行江畔,昭王问水滨。
包茅曾责贡,香草自持纫。莽苍山川在,渔歌属野人。

孟　贯(?—?)

春江送人

春江多去情,相去枕长汀。数雁别溢浦,片帆离洞庭。
雨余沙草绿,云散岸峰青。谁共观明月,渔歌夜好听。

米　芾(1051—1107)

绍圣二年八月十八日观潮于浙江亭书

怒势豪声迸海门,州人传是子胥魂。天排云阵千雷震,地卷银山万马奔。
高与月轮参朔望,信如壶漏报朝昏。吴争越战成何事,一曲渔歌过远村。

将之莒溪戏作呈诸友(其五)

旅食缘交住,浮家为兴来。句留荆水话,襟抱下峰开。
过剡如寻戴,游梁定赋枚。渔歌堪画处,又有鲁公陪。

妙普庵主(1071—1142)

偈三首(其二)

坐脱立亡,不若水葬。一省柴烧,二省开圹。
撒手便行,不妨快畅。谁是知音,船子和尚。
高风难继百千年,一曲渔歌少人唱。

欧阳光祖(？—？)

和朱元晦九曲棹歌(其一)

听取渔歌说武夷,武夷九曲水涟漪。放舟理棹从头去,三十六峰天下奇。

钱仲鼎(？—？)

水 村 歌

舟摇摇兮,风裹裹兮。波鳞鳞兮,鸥翩翩兮。扣舷渔歌兮,孰知其他兮。

史 浩(1106—1194)

因见父老云东湖九百九十顷七十二溪故有是作

东湖九百九十顷,七十二溪攒翠波。乞我扁舟任飘泊,却敲明月叫渔歌。

东 湖 游 山

四明山水天下异,东湖景物尤佳致。古来奇处芜没多,极目空余老苍翠。
最称险奥唯福泉,崒硉万仞摩青天。屹起精蓝名寿圣,松风飒飒泉涓涓。
一径崎岖通下水,风物人情更淳美。两椽茅屋何萧然,是即吾庐靠山起。
吾尝终日倚阑干,眼界峨峨碧玉攒。有时出户一乘兴,枯笻蜡屐随清湍。
攀萝直上上水去,烟霞迤逦僧家路。龙藏虎蛰天地宽,陟岵岌嶫空堕泪。
次经象坎白云庵,阴崖断谷常青岚。中有村墟号韩岭,渔歌樵斧声相参。
陶公霞屿峥嵘出,秀杰绵延数非一。鳌山孤立水中央,规圆不赖人镌刻。
地雄山壮泉源豪,七十二溪俱怒涛。截山突屼起六堰,百尺花蹊金石牢。

鸣根掷钓渔艇短,数百成群来往款。绿蓑青笠苦忘归,细雨斜风浑不管。
栖真兰若唯南隅,闻是徐王旧隐居。莲塘十里香风阔,凫鹭鹣鹅时沉沏。
一帆迅抵青山寺,丈室云堂高飏厕。森森松菊蔽村祠,细读刜碑知故事。
云是皇朝李使君,浚浊澄清利后人。迄今旱岁赖实利,血食往往长秋春。
破雾穿云梯磴滑,石胁山腰遍金刹。濯足清流舒啸长,筼筜十亩清风戛。
紫衣道士氏曰朱,高论山前结草庐。客至石坛无俗物,横琴数曲酒一壶。
对岸二灵只一苇,依约谁家葬龙耳。夜深疏雨洗遥空,一朵浓云罩山觜。
金襕禅老今大颠,坏衲蒲团日坐禅。我行不问西来意,消息还将方寸传。
乌石山头滕奥口,泓澄万丈辉星斗。过客谁知此地灵,只闻静夜生龙吼。
鉴湖芜没多田畴,临平车马尤喧啾。
纷纷未识兹万顷,神仙窟宅合在东南北西陬。
周游几千里,此兴犹未已。归来摸写笔不停,大匠从其诮狂斐。

释重显(980—1052)

往复无间(其一一)

半夜子,樵唱渔歌声未已。雨花徒说问空生,高枕千门睡方美。

释崇岳(1132—1202)

颂古二十五首(其一九)

云开空自阔,叶落即归根。回首烟波里,渔歌过远村。

释道宁(1053—1113)

偈六十九首(其一二)

荡荡无迁曲,明明透古今。问无别语,答岂异音。
一人张帆,一人把柁。铁笛横吹,渔歌唱和。
啐啄同时,知音几个。顺水逆流归去来,到岸方谙不怎么。
不怎么,为君宣,甜如砂蜜,苦似黄连。若不同床卧,焉知被底穿。

释法全(1114—1169)

颂古十九首(其一〇)

相逢把手上高峰,四顾寥寥天宇空。一曲渔歌人不会,芦花飞起渡头风。

释法顺(1076—1139)

偈五首(其二)

我手何似佛手,天上南星北斗。我脚何似驴脚,往事都来忘却。
人人尽有生缘,个个足方顶圆。大愚滩头立处,孤月影射深湾。
会不得,见还难,一曲渔歌过远滩。

释怀深(1077—1132)

和尧峰泉老·清辉轩

湛湛平湖浸月明,渔歌声断晓风清。坏衣蒙顶跏趺坐,不称诗情称道情。

释净端(1032—1103)

睡　起

石枕藤床一榻低,觉来还自日沈西。白云堆里翻身转,一曲渔歌在碧溪。

山居(其三)

耳聋不听楼头鼓,眼暗难看夜半灯。一曲渔歌声尽后,归云天外自腾腾。

释居简(1164—1246)

偈颂一百三十三首(其九七)

八表归仁,一人有庆。樵唱渔歌,拍拍是令。

释普度(1199—1280)

偈颂一百二十三首(其六九)

短棹轻帆,风恬浪静。溢目湖光镜样平,渔歌未起同谁听。
万壑千岩,高低普应。狼藉断霞残照中,船头拨转都收尽。
么𠽤提国,亲行此令。

释尚能(?—?)

京口僧院

渺漠人烟外,禅居静趣多。山遥天接树,江阔日生波。
鸣橹时邻响,征车旧绝过。清风数声磬,应不入渔歌。

释师范(1177—1249)

偈颂一百四十一首(其六八)

王道平平,其寿绵绵。渔歌樵唱,共乐尧年。
无为焉,无私焉,乾坤一统旧山川。

释斯植(？—？)

偶　　成

渔歌听尽欲狂吟,一径人家柳影深。天意似嫌花信早,东风吹雨又成阴。

过　　越

渺渺天涯路,扁舟去不穷。水花随岸尽,山影落江空。
往事千年梦,渔歌一夜风。诗成唯有月,清致与谁同。

释文礼(1167—1250)

颂古五十三首(其二五)

散席迢迢到海涯,点头桡下丧全机。父南子北今何在,月冷渔歌落钓矶。

释文珦(1210—？)

湖亭别友

与君俱是客,重别意如何。斜日孤帆去,寒江风浪多。
远怀随雁影,新咏杂渔歌。知此遨游地,何时复共过。

越中三江斗门

斗门何代设,千古截寒潮。水庙依枫树,湖田足莳苗。
众山临海尽,丛港达城遥。落日渔歌里,西风动沕寥。

释文兆(？—？)

吊屈原呈王内翰

抱清谁可群,委质在湘渍。今日不同楚,无人更似君。
沧波沈夜魄,古庙聚寒云。吊罢踟蹰处,渔歌忍独闻。

释子淳(?—1119)

颂古一〇一首(其五〇)

寒月依依上远峰,平湖万顷练光封。渔歌惊起沙洲鹭,飞入芦花不见踪。

释祖钦(1216—1287)

允宽上人

　　初无允诺,宽著程限。一似跳黄河,尽力要合眼。
　　跳过跳不过,直要横担板。南北天高云淡淡,渔歌秋色晚。

苏　泂(1170—?)

晚步湖桥

吴侬生长镜湖边,湖晚登桥意欲仙。初见苍山下红日,忽看白月上青烟。
收藏画本归吟笔,应答渔歌送客船。回首更阑人去后,玉虹横浸冷金眠。

汤仲友(?—?)

枫　　桥

　　出城才七里,地僻罕曾过。孤塔临官路,三门背运河。
　　钟鸣惊宿鸟,墙矮入渔歌。醉里看题壁,如今张继多。

唐　介(1010—1069)

谪官渡淮舟中遇风欲覆舟而作

　　圣宋非狂楚,清淮异汨罗。平生仗忠信,今日任风波。
　　舟楫颠危甚,鼋鼍出没多。斜阳幸无事,沽酒听渔歌。

唐天麟(1227—?)

烟　雨　楼

百尺楼高足赏心,我来犹记旧登临。四时天色有晴雨,一片湖光无古今。
远塔连云知寺隐,小舟穿柳觉村深。凭阑多少斜阳景,分付渔歌替晚吟。

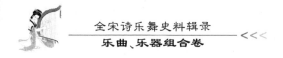

陶梦桂(1180—1253)

次韵良佐歇心歌三首(其三)

鸟窠看了看蜂窠,才上坡来又下坡。松竹径中逢野老,芰荷香里唱渔歌。
归来不见香风改,老去何愁明月多。况有句文供布施,僧来也唤作檀那。

汪元量(1241—1317)

画 溪 酒 边

夜来饮酒醉如何,酒醒方知事转多。赵国未衰廉蔺在,齐城将下郦韩过。
鹊飞月树无依所,龙入风江漫作波。忽有好诗来眼底,画溪榔板唱渔歌。

王　令(1032—1059)

晚　泊

月形如张弓,下影射秋水。寒江风静时,逮目失洲沚。
渔歌去时唱,归和欢未已。岂无人间乐,自快适为喜。
客子有倦怀,归心动秋苇。更假沧浪清,聊用洗尘耳。

王　随(973—1039)

句(其二)

桑斧刊春色,渔歌唱夕阳。

王庭珪(1080—1172)

和郑元清同游殷仲堪读书台二首(其一)

晋国衣冠扫地空,渔歌长在水云中。倚栏欲问兴亡事,木末琉璃坠晓风。

王　周(?—?)

过 武 宁 县

行过武宁县,初晴物景和。岸回惊水急,山浅见天多。
细草浓蓝泼,轻烟匹练拖。晚来何处宿,一笛起渔歌。

韦 骧（1033—1105）

南 湖 晚 霁

雨脚随云断,湖光带日还。微虹初照水,余雾尚怀山。
理网渔歌喜,支篷孤棹闲。萧然安舣泊,尽室画图间。

魏 野（960—1020）

送王国博赴江南提刑（其一）

江南按察去如何,诏敕虽然密赐多。不断仙舟来往处,狎鸥载鹤听渔歌。

寄淮南制置使薛户部

西自荆巫彻海涯,南从吴越接京华。半天下管权何重,两地间游路不赊。
山泽利均资我国,江湖境尽属君家。帝心已简身宁愧,使额虽雄性不奢。
数道转输归检察,满朝才子动吟夸。搜寻奸诈穷毫发,举荐廉能在齿牙。
彩旆双飘为从物,画船一簇是行衙。已闻村落添农器,渐见汀洲减钓车。
不使菰蒲侵黍稷,将令橘柚变桑麻。台州顶自寻仙药,建水湄亲采御茶。
器量宽如波浩渺,风谣多似橹呕鸦。闲寻僧话穿云叶,静听渔歌隔浪花。
野客唱酬容散拙,郡侯迎送厌喧哗。携筇未遂攀陪去,溪士时时动叹嗟。

吴龙翰（1233—1293）

冯永之号冰壶工水墨丹青

半生江海冰壶翁,担风荷雨七尺筇。烂嚼扶叶紫金椹,玉楼光彻十二重。
饱吃孤山白玉花,一凿九窍开玲珑。能钘明月铸双眼,故能搜索异景窥神功。
能穿星斗挂胸次,故能神游八极之鸿蒙。手撼烟云出砚石,酒酣奋笔驱雷风。
回山转海有力量,顷刻鹅溪幻出白练之寒江,碧玉之奇峰。
潇湘洞庭忽在眼,冷落烟竹苍梧空。碧天万里渺无际,但见隐隐归飞鸿。
江门过雨凉如许,木落潇潇秋满浦。月明何处起渔歌,小艇人归急摇橹。
鸥沙漠漠洲渚昏,无数寒鸦栖古渡。景物变态虽无穷,笔端有口一一吐。
研丹吮粉尤精奇,直与王爵争毫厘。宁肯没骨媚时好,逸气往往追徐熙。
一点春风几花卉,化工权柄君所私。献之牸牛韩干马,滕王蛱蝶僧繇鱼。
下笔众妙各俱足,开卷错落中珠玑。顾家层楼连天起,俗士那敢窥藩篱。

呕心抽思何自苦,乃使肌骨化作枯松枝。
君不见梅边有狂客,风饕雪虐宁忍饥。
吟躯未老貌先老,不觉两鬓纷如丝。

吴 潜(1195—1262)

吴波亭二首(其二)

云收烟敛远山明,时有渔歌度晚晴。绿叶青枝生意思,白鸥苍鸟野心情。

吴 栻(?—?)

和周焘合江亭(其二)

闻公载酒合江亭,要使邦人识使星。宿雨乍晴聊信马,晓风初熟更扬舲。
赋成不是缘鹦鹉,诗就当和为脊令。只欠湘灵来鼓瑟,渔歌声断数峰青。

徐 钧(?—?)

张 志 和

细雨斜风一钓丝,绿蓑青笠镇相随。朝廷休觅渔歌看,万顷千波总是诗。

徐 瑞(1255—1325)

溪 上 晚 眺

望逐飞云去,天低落景黄。江湖流不尽,宇宙事何长。
帆影行空阔,渔歌出莽苍。沙平秋草远,鸥鹭未相忘。

徐似道(1144—1212)

北 闸 停 舟

昔人筑斯防旱涝,龙钟常相天地造。舟航群泊沙外汀,酒旗斜插江亭小。
岁岁常丰民自怡,几家灯火儿诵诗。何处渔歌芦中起,欸乃一声山月低。

徐 铉(917—992)

常州驿中喜雨

飒飒旱天雨,凉风一夕回。远寻南亩去,细入驿亭来。
蓑唱牛初牧,渔歌棹正开。盈庭顿无事,归思酌金罍。

许及之(1141—1209)

和人惠白莲花

碧莲花发梦湾矶,鹤骨难教厚禄肥。夜月擎来双掌露,晓风拂动六铢衣。
渔歌过后香犹湿,鹭影移时雪欲霏。风月既为专一壑,茅茨何自有光辉。

新　晴

连旬困梅霖,接夏潦乘潦。泄云涣新霁,游兴难管束。
出关便航湖,停篙葑蒲绿。渔歌入浦淑,沙禽乱惊浴。
昏霏送霞落,依稀辨林谷。初更电辉摇,轻雷忽相续。
蛙声杂猛雨,波翻碎鸣玉。何能足清睡,快举卮酒沃。
明朝看晨光,未必非所欲。

薛季宣(1134—1173)

芦　花

秋风摘索铺寒雪,败叶枯条互明灭。淡荡闲塘摇夕阳,横斜断岸凌高节。
无言呬呬日书空,执礼拳拳意绵蕝。望极甂瓾铺纠结,渔歌何处声凄切。

薛师石(1178—1228)

题南塘薛圃

门对南塘水乱流,竹根橘柢自成洲。中间老子隐名姓,只听渔歌今白头。

薛嵎(1212—?)

春晴泛湖

平湖新涨绿,沙觜净涵波。芳草思无际,春风情最多。
移舟动山影,止乐听渔歌。得意唯鸿鹄,高飞避网罗。

忆汪氏山亭旧游并简

因山为址屋无多,中有幽人衣薜萝。自撷溪毛充野腹,频敲牛角和渔歌。
舟车相过情难数,姓字长留石可磨。遥想对床风雨际,一灯终夜照吟哦。

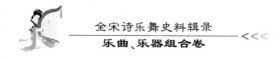

杨万里(1127—1206)

端午独酌

招得榴花共一觞,艾人笑杀老夫狂。子兰赤口襄何益,正则红船看不妨。
团粽明朝便无味,菖蒲今日么生香。一生幸免春端帖,可遣渔歌谱大章。

姚所韶(?—?)

渔 歌

自得元无趣,悠然与世忘。一声来欸乃,孤棹在沧浪。
云断暮空碧,江清秋思长。欲将湘笛和,无调入宫商。

叶 茵(1199?—?)

参选有感

元是江湖萧散客,谁将幽梦落南柯。十年不调幸然好,一著才差悟处多。
肯使北山驰鹤信,且随西舍唱渔歌。野人自喜无弹缴,却恐金章羡绿蓑。

于 石(1247—?)

晚 眺

渔歌樵语隔溪村,沙上牛归小径分。烟树参差片帆落,半川斜日九峰云。

俞德邻(1232—1293)

次郭元德二首(其二)

昔贤多不偶,今我欲如何。浮世欢娱少,衰年感慨多。
吾伊翻蠹简,欸乃听渔歌。自笑平生志,低回竟不磨。

俞 桂(?—?)

垂 虹

松江一景是虹桥,欲约骚人钓巨鳌。吴越封疆知几梦,古今人物壮三高。
雪天斫鲙莎烟冷,秋月渔歌剑气豪。收拾琉璃千万顷,尽为醽醁汲波涛。

袁说友(1140—1204)

舟遇逆风有叶舟坐二小儿以一竿挂二笠代帆而来

小艇浮孤苇,垂髫识二童。巧将双箬笠,快夺一帆风。
去去渔歌里,翩翩麦浪中。吴儿惯浮浪,早已逐飘蓬。

曾　协(1119—1173)

湖　山　堂

自从幽处得官居,不向良工觅画图。青绕帘帷山极望,冷侵庭户水平铺。
渔歌历历来天外,帆影飞飞入坐隅。俸粟有余公事少,卧听风雨落江湖。

曾跃鳞(？—？)

闻西浦渔歌作

西浦鸣榔下钓矶,歌声欸乃送斜晖。扣舷互答惊鸥梦,拍手欢呼看鹭飞。
山接素琴仙子过,洲连青草使君归。海天空阔家长在,一任芦花雪点衣。

张　侃(1189—？)

新　河

侵晨发金台,停午泊新河。风定雨新霁,一段平青罗。
远烟搴新景,宿鹭行细莎。临流洗尘心,此地今几过。
官事记蒲鞭,少驻听渔歌。大哉浚汲功,万古保不磨。

张舜民(？—？)

句(其六)

渔歌回寒浦,樵歌入暝烟。

张孝祥(1132—1170)

三塔寺阻雨(其二)

倦客三杯酒,高僧一味茶。凉风撼杨柳,晴日丽荷花。
铎语时鸣塔,渔歌晚钓槎。停舻快清憩,步稳衬明霞。

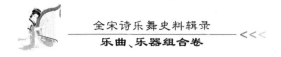

张尧同(?—?)

嘉禾百咏·秀水

好景明于昼,长浮五色波。一竿吾欲钓,来此听渔歌。

赵 抃(1008—1084)

渔父五首(其五)

轻波拍岸琉璃碧,落日衔山玳瑁红。一曲渔歌人不会,芦花飞起渡头空。

赵善傅(?—?)

喜闲(其一)

林泉违约久,归此有余欢。引水来新沼,钩帘见好山。
渔歌能破寂,鸥侣可陪闲。荣辱曾何绊,怡然见考槃。

赵师秀(1170—1219)

送蒋节推赴岳阳

君山那可上,四面是层波。此地风烟古,前人赋咏多。
征帆冲雁字,官舍近渔歌。况尔修真者,回仙必见过。

赵 文(1239—1315)

次韵郭梅边汤孤松见寄

杜门却扫冯敬通,何人载酒暖此翁。昼长书罢啼鸟寂,山水似我清而穷。
山僧携来两诗卷,笔势迅疾如追锋。渔歌风断郭功父,碧云暮合汤休公。
寒梅自照太古雪,孤松压倒妖春红。一时见此光怪物,丈室忽换化人宫。
近者重游宝林寺,山行小辟炎毒攻。唱酬坐觉山鬼泣,谈笑不知酒海空。
当时分韵十五客,冠童亦有童非童。惜哉梅松不在眼,自与修竹为吾宗。
传闻净觉更殊胜,极欲往求三日聋。补天久已付昨梦,面壁更欲收奇功。
百年金碧亦尘土,须有好语留山中。山中道人许我否,饱饭摩腹听松风。

真山民(?—?)

溪　行

春暖溪西路,行吟又几回。水清明白鹭,花落失青苔。

云过日吞吐,树摇风往来。渔歌听未了,欲去又徘徊。

隐　怀

样不趋时合便休,都将往事付东流。眼看浮世自今古,迹与孤云同去留。
泉石定非骑马路,功名不上钓鱼舟。有时但得句无问,只与渔歌互唱酬。

郑得彝(？—？)

龙游八景·双港明月

沄沄逝水夹沧洲,金耀浮光碎碧流。夜半渔歌声再起,一天明月两溪秋。

郑　起(1199—1262)

洞庭君山辞

山为君兮水为臣,水为臣兮象为兵。
君有定位兮兵无定形,知山知水兮知君臣之性情。
不知师不知比兮又奚知用兵之精。
余经山之外兮睹山水之杳冥,佳气葱郁兮或天香而龙腥。
烟云变化兮或狗狀而人形,风涛汹涌兮或崖立而天平。
或夕阳兮渔歌,或晓霜兮钟声。或雪下兮雁叫,或夜半兮鼍鸣。
或仙人张乐兮霞佩之鞞鞞,或神丁从驾兮车骑之辚辚。
冬寒春暖兮湖草几番之青青,今来古往兮人物几代之废兴。
嗟余行役兮顾鬓影之星星,无由登山临水兮与鸥鹭盟。
北风吹袂兮又将之荆,徘徊不忍去兮聊以歌而行。

周　密(1232—1298)

潇湘八景·平沙落雁

沙阁冻痕吹折苇,淡日黄云照滩水。风翻斜阵下沧茫,一笛渔歌又惊起。
翩翩弄影声号寒,帛书万里来长安。稻粱多处有矰弋,何如烟月江湖宽。

周　郔(？—？)

丁酉经由三高亭再和

吴江未到意先倾,杳杳渔歌醉里听。霜晚人家千橘熟,秋晴江上数峰青。
鱼缘香饵吞残钓,鹤趁归帆下远汀。大舸何时眼中见,乘槎拟欲问台星。

周紫芝(1082—?)

晓发吴江晚上姑苏台

挂帆早拍云涛堆,落帆暮上姑苏台。天沉海峤鸟飞去,雨入太湖云不来。
西施白苎岂复唱,吴王故苑俱成灰。谁能与子论许事,倚栏共听渔歌回。

朱庆朝(1191—1262)

应试渡江

旭日澄江新气齐,登舟直上武林西。桂花香发正秋月,隔岸渔歌相唤啼。

朱 熹(1130—1200)

芹溪九曲诗(其二)

二曲溪边万木林,水环竹石四时清。渔歌棹入斜阳里,隔岸时闻一两声。

邹登龙(?—?)

滕阁怀古

凭高独展眺,风叶乱鸣秋。銮舞自空阁,渔歌尚晚舟。
卷帘山历历,倚槛水悠悠。月出江城暮,凄凉万古愁。

菱　　歌

曹　勋(1098—1174)

题迎晖堂

爽垲幽居抵万金,东西领略水云深。江山入坐清无暑,文史销闲静有琴。
何处菱歌烟艇雨,最宜秋月海潮音。主人占得林泉乐,本有江湖一片心。

陆　游(1125—1210)

遣兴二首(其一)①

绿发凋零白发多,山林未死且婆娑。无端忤俗坐狂耳,甚欲读书如懒何。
雨过乱蓑堆野艇,月明长笛和菱歌。此中得意君须领,莫爱车前印几窠。

---

① 第三联又见于苏庠《句(其一三)》,不再重复收录。

薛季宣(1134—1173)

雨后忆龙翔寺

好溪东赴海门秋,中有禅居涌碧流。潮信往来双别屿,世缘生灭几浮沤。
菱歌面面来渔鼓,灯火层层到客舟。何事瓜期外留滞,短窗斜雨不堪愁。

严　羽(1192?—1245?)

怀南昌旧游

昨在南昌府,清游不可穷。杯行江色里,棹进月明中。
楼笛吹晴雪,菱歌漾晚风。坐来怀旧迹,万里一飘蓬。

张伯玉(?—?)

蓬莱阁闲望写怀

越绝开华国,姚虞启后昆。昔闻句允霸,今作帝王藩。
地得东南重,山侔岳渎尊。平湖来万壑,翠袖列千门。
市井鱼盐合,居人组绣繁。牙旗开物表,州宅倚云根。
六郡趋麟节,三峰出雉垣。秦游前事废,禹画旧书存。
雁鹜来还去,鲸波吐复吞。菱歌秋潊远,江信暮潮浑。
石古寒松偃,楼危昼霭昏。冷光浓可截,秀色净无痕。
露袅还堤柳,风飞列寺幡。深林藏杞梓,芳径杂兰荪。
巧笑花争艳,嬉游玉斗温。画船雕鹢迅,绛袖绮霞翻。
有意皆行乐,无忧可苛萲。乡惟知俎豆,土亦贲丘樊。
巨舶联艘至,交衢百货蕃。敲冰呈巧手,织素竞交鸳。
丽圃红柑亚,通畦紫芋蹲。茶先春入焙,笋带雪黏盆。
异萼随时圻,清香触处喷。吴趋惭种蠡,楚些陋湘沅。
往事图难尽,前修孰可援。风流王与谢,唱和白兼元。
顾我栖儒窦,胡为属使鞬。迂疏非吏法,蹇浅是辞源。
谬览先生策,谁调伯氏埙。翦裁迷幅尺,追琢昧玙璠。
学术何曾取,名场辄屡奔。技甘同鼯鼠,化敢望溟鲲。
将幕闲留滞,乌台误选抡。埋轮惭避俗,折槛畏当轩。

255

坎壈人奚顾,羁孤舌但扪。爱书疑有癖,怕事欲无言。
薪米支离叟,蹄盂炙毂髡。一为华省吏,三驾使君轓。
蹭蹬慵成性,龙钟病愈惛。因怀邸中绂,来访道山园。
税鞅红尘外,班条碧海垠。披襟澄沆瀣,缓带涤潺湲。
乐岁欢康洽,高簧礼让敦。南宫罗俊彦,东箭蔼瑶琨。
退食求凋弊,吹毛析滞冤。庖刀怯余刃,櫑剑喜平反。
重禄容虚受,期民肯惮烦。问贤思水蓫,教俗养鸡豚。
穮蓘西成稻,逍遥北海樽。吏符多鹤立,僚友尽鸿骞。
讵听棠阴颂,聊祛鼫讼喧。行歌齐系壤,坐啸比啼猿。
洞邃宜招隐,时清耻叫阍。啜嚅挥醉笔,伛偻曝晴暾。
蹑险赘长屐,寻幽叱短辕。穷通方自适,语默且休论。
厌把诗筒发,欣逢酒帘掀。桔槔肥果茹,竹马戏儿孙。
以此为官业,何由报主恩。冰霜徒励操,渊谷可惊魂。
蕙帐羞通客,庭貆鄙素餐。行当解簪绂,归老白云村。

踏　　歌

刘有庆(？—？)

效 长 吉 体

穷庐夜雪没驼脊,黄沙号风冰结石。燕姬二八髻垂漆,柔荑斜抱箜篌立。
老羌踏歌歌敕勒,黄金流星酒杯窄。红氍毹暖春云湿。
缕金团衣猩血滴,玉钗醉滑苤弦急。角声满空霜裂骨,十万狞君掩襟泣。

任希夷(1156—？)

题蓝道人画梅诗轴(其一)

湖海知君岁月多,欲寻笙鹤问烟萝。相逢一笑江南陌,听彻丝桐听踏歌。

释元肇(1189—？)

和白玉蟾韵

蓬莱仙客兴无酬,汗漫来游海上州。明月满山歌踏踏,红尘入市笑休休。

钓竿不用空遮日,诗句时能一掉头。醉后抱琴归去也,人间知是几春秋。

唐　庚(1071—1121)

戊子大水二首(其一)

踏歌喧喧杂铙鼓,潭边呼龙令作雨。龙嗔挥水十大余,千村万落几为鱼。
寄谢龙神且安处,熟睡深潭不惊汝。

薛季宣(1134—1173)

杨　白　华

杨白华,柳眼自生息。风传华落大江东,绾球团絮无多力。
柳眼落落不可见,淡荡游丝空万亿。由来宫树未成阴,踏歌惊断喧筘篌。

张良臣(？—？)

西 湖 晚 归

帖帖平湖印晚天,踏歌游女锦相牵。凤城半掩人争路,犹有胡琴落后船。

周紫芝(1082—？)

寒 食 曲

三月江南好春色,买酒家家作寒食。男呼女唤俱出游,扶路醉归欢乐极。
街头尽日无人行,多在山村少在城。踏歌赛愿一时了,上冢归来闻笑声。
岂料如今一百五,画轵满城椎战鼓。子孙半作泉下人,薄酒不浇山上土。
死者已往生者存,随分欢娱各儿女。烹鱼裹菜当盘飧,花作红妆鸟歌舞。
君不见江南江北多战场,去年白骨无人藏。

西湖春事五首(其四)

寒食人家画鼓挝,踏歌声里月生华。无人来祭皇妃墓,空唱吴王陌上花。

浩　歌

白玉蟾(1194—？)

题清胜轩壁

奇花两朵香一炉,片心无事便清虚。壁头有琴床有剑,浩歌梵曲声虚徐。

物外志趣本不俗,山轩清胜万事足。自劝之酒三两杯,无争之棋三两局。

程安仁(?—?)

同章少连游西湖作浩歌行

湖漘枕带三百寺,二时钟鼓惊鱼龙。只应天下有此景,人间虽有难与同。

戴表元(1244—1310)

自居剡源少遇乐岁辛巳之秋山田可拟上熟吾贫庶几得少安乎乃和渊明贫士七首与邻人歌而乐之(其三)

松风四山来,清宵响瑶琴。听之不能寐,中有怨叹音。
旦起绕其树,魄砢不计寻。清音可敷席,有酒谁与斟。
由来大度士,不受流俗侵。浩歌相倡答,慰此雪霜心。

邓　肃(1091—1132)

贺梁溪李先生除右府

虏兵震地喧鼙鼓,黑帜插城遍楼橹。蔽空戈甲来如云,群盗相随剧豺虎。
胡尘漠漠四壁昏,诸将变名窜军伍。十万兵噪龙德宫,上皇避狄几无所。
嗣君匹马诣行营,朕躬有罪非君父。奸臣草表遽书降,身率百官先拜舞。
那知冯道冷笑渠,立晋犹存中国主。翠华竟作沙漠行,望云顿有关河阻。
九天宫殿郁岧峣,目断离离变禾黍。生灵日夕望中兴,犹幸君王自神武。
相公特起为苍生,下视萧曹无足数。词议云涌纷盈庭,群策但以二三取。
老谋大节数子并,行见犁庭灭金虏。立马常依仗下鸣,日咏杜鹃怀杜甫。
飞鸟犹尊古帝魂,激烈浩歌来义旅。规模共佐李西平,庙貌不移旧钟虡。

董嗣杲(?—?)

雨泊蕲州岸下

连日雨滞留,孤舟坐寂历。自量迂亦甚,托人寻竹笛。
展转耗音绝,失笑何陷溺。无计遣羁怀,倾壶倒余沥。
小醉自不恶,篷窗未收滴。天阴鹤忽鸣,何时离赤壁。
狂疑明月出,移舟出芦荻。浩歌苏仙吟,破此夜寥闃。

渔 郎

儒者困章句,负抱希圣贤。披缁谈虚空,要悟西方禅。
仙人说金丹,飞步学长年。三者亦何心,不过寿所传。
争如打鱼人,心契太古前。万事绝无想,生计归小船。
晴逐白鸥去,夜傍黄芦眠。青莎纫短衣,备在风雨先。
得鱼不上岸,博酒不博钱。相牵醉妻儿,短笛吹空烟。
桃源共楚泽,枉为时所怜。行路苦信脚,负载多赪肩。
夕阳下西山,水云渺无边。我欲从之游,浩歌乐其天。

杜 范(1182—1245)

七 夕 歌

象纬昭垂各度躔,牛女之说从何年。博物有志张茂先,客槎亲见织与牵。
坐令千载习缪传,遂将浊欲秽清玄。诗史实录百世贤,亦以俚语形歌篇。
君不见昭阳夜静玉栏边,谁知渔阳万骑横戈铤。
何如凤箫缥缈猴山巅,举手辞世乘云軿。
我欲浩歌痛饮秋风前,仰视星斗奕奕纷罗骈。
安得壮士横笛一声吹上彻九天。

范仲淹(989—1052)

赠 张 先 生

应是少微星,又云严君平。浩歌七十余,未尝识戈兵。
康宁福已大,清静道自生。邈与神仙期,不犯宠辱惊。
读易梦周公,大得天地情。养志学浮丘,久炼日月精。
寿存金石性,啸作鸾凤声。阴德不形言,一一在幽明。
何当换金骨,五云朝玉京。有客淳且狂,少小爱功名。
非谓钟鼎重,非谓箪瓢轻。素闻前哲道,欲向圣朝行。
风尘三十六,未作万人英。乃闻头角者,五神长战争。
祸福有倚伏,富贵多亏盈。金门不乏隽,白云宜退耕。
人间有嵩华,栖之比蓬瀛。芝田春蔼蔼,玉涧昼铮铮。

峰峦多秀色,杉桂一何清。月壑认瑶池,花岩列锦城。
朱弦冉冉奏,金醴迟迟倾。相劝绮季徒,颓玉信纵横。
此乐不寻常,何苦事浮荣。愿师先觉者,远远濯吾缨。

送河东提刑张太博

忆守姑苏日,见君已惊人。翩翩幕中画,落落席上珍。
强记及敏力,一一精如神。洎余领西帅,密与羌夏邻。
君来贰边郡,表里还相亲。有如得四支,周旋卫其身。
予始按万渠,兵行百物陈。而君主其事,进退皆有伦。
羌酋八九百,醉歌喜龂龂。传告以号令,再拜罔不驯。
作城大顺川,扼胡来路津。汉军始屯集,虏骑俄纷纶。
诸将稍畏怯,偶语辞艰辛。君跃匹马去,入险将死滨。
持挝画祸福,虎校靡不遵。呼兵就畚锸,悦使咸忻忻。
昼夜战且役,城成未逾旬。虏乃急攻我,万众生烟尘。
苍惶被矢石,遁走无逡巡。君驰奏阙下,感慨动中宸。
是秋怀敏败,虏势侵泾原。天地正愁惨,关辅将迸奔。
腹心苟不守,皮肤安得存。予召蕃汉兵,趋邠当北门。
诸将切切议,谓宜守塞垣。惟君力赞我,咸镐为本根。
全师遂鼓进,连城息惊喧。果释天子忧,奖诏垂明恩。
予贰机衡重,君掌食货繁。岂敢懈夙夜,未尝摅笑言。
今叨领南阳,会君乘使轩。携手百花洲,无时不开樽。
语论极今古,情契及子孙。气同若兰芝,声应如簴埙。
浩歌忘物我,剧饮无凉暄。自问平生心,此乐曾几番。
一旦改使节,匆匆指并汾。惜别固不忍,赠行当有云。
从来宿兵地,北与胡汉分。长河出紫塞,太行入青云。
天然作雄屏,览者怀忠勋。行府在平阳,山川秀氤氲。
尧民击壤歌,千古犹得闻。君有经济心,润以金石文。
揽辔问风俗,坐堂精典坟。此道日益大,行行思致君。

方　回(1227—1307)

正月十九日四更起读朱文公年谱至天大明赋十二首(其一)

夜寐若无三斗酒,夙兴不待五更钟。浩歌闲把铁如意,□慕先生忆卧龙。

晚登会真道堂望庐山大江作

春风燠江城,楼台眩桃李。高堂一临眺,傍观谓予喜。
予心实不然,俯视悯群蚁。通衢哄尘埃,委巷困泥滓。
膏火煎熬间,樊墙限茅苇。涸处杂酸呻,清思何由起。
别有天地宝,注此两眸子。北拱五老峰,西倾九派水。
冥冥淡烟外,炯炯残雪里。元气所融结,万古奠南纪。
中有不死人,神游常在此。安得月明夜,啸风控赤鲤。
导迎呵江神,殿护叱山鬼。修静无谈玄,慧远勿析理。
亦不用湘灵,瑶瑟鼓葱指。稽首青莲仙,大雅叩吟髓。
前陶后苏黄,相与奏宫徵。灵文九霄秘,玄关一时启。
恍兮发浩歌,洞见开辟始。回谢人间世,日夜虱生虮。
腥腻缠臭帤,闻此秽或洗。黄冠似予知,具茗亦粲尔。
归卧不成眠,汲井漱寒齿。

葛胜仲(1072—1144)

次韵良器真意亭探韵

我爱陶渊明,脱颖深天机。丛菊绕荒径,五柳摇幽扉。
生逢卯金兴,典午势已非。著书但甲子,岁晚频歔欷。
仕宦聊复尔,樽酒真焉依。南亩犹种秋,西山同采薇。
浩歌归去来,熹微恨晨晖。迷途往莫谏,今是庶可几。
蓄琴但取意,不施弦与徽。观其四八目,贤哲在所希。
出处固有意,夫岂轻行违。谁云惮束带,辞荣俄拂衣。
念彼同产人,抚视因遗归。平生共志趣,但有一翟妃。
少陵罪责子,颇谓达道非。右丞鄜乞食,更以人我讥。
乃知第一流,尚此知音稀。妙诗发天奥,流转同衡玑。

自谓处人境,喧无车马骅。心与尘事远,地偏堪遁肥。
东篱秋色晚,悠然望翠微。真意不可辨,佳气随鸟飞。
诗辞向千载,凛凛犹光辉。我生但睎骥,望之有等威。
行怀斜川游,坐想栗里矶。九原不可作,筑亭傍崔嵬。
独取诗句名,檐宇殊飞翚。岩谷有杳霭,花卉无纷菲。
修篁寒逼人,坐如霜雪飞。诸公赏清致,野服驰鞯鞿。
经丘复寻壑,不惮历嵚崎。壶觞更命醻,藻翰各一挥。
高谈破滞论,妙处端解围。食冷或屡暖,哦诗宁忍饥。
褒假猥见及,责善非所祈。愿以靖节语,佩之如弦韦。

郭祥正(1035—1113)

治平三年秋七月当涂郭功父招无为杨次公会于环峰时五云叟陈德孚以诗寄吾二人因联句酬之①

空山坐寥落,匹马邀俊哲。入门肆高谈,清风扫烦热。
忆昔治平年,姑熟溪上别。岁时激箭急,倏忽三十月。
读书非少锐,欲论先卷舌。归田殊未成,累累逐羁绁。
孰谓赵魏老,不能佐滕薛。由来岁大寒,松柏见孤节。
朋心久愈至,忠规补残缺。儿童喜父执,饤饾成罗列。
壶有玉泉酒,庖有冰浓鳖。野芡剖珠玑,秋瓜咀霜雪。
新粳刈且春,香炊软三淅。放匕聊醉饱,百忧旋磨灭。
升平击尧壤,险怪探禹穴。吐气直虹霓,落笔淬金铁。
词源河汉翻,俯视堤防决。文章贵天成,追琢讥窜窃。
抵掌万古事,高下争蚁垤。挹酌华阳水,荡涤尘土咽。
吾心了何染,本理忘巧拙。圣贤久不作,情伪愈分别。
竹阴卧片石,浩歌声欲阕。山童俟及门,喜音屈高洁。
传闻脱世累,天境妙搜抉。疏帘卷危阁,九峰青嵽嵲。

---

① 此诗为郭祥正、杨杰联句诗。第一到第四句为郭祥正所作,第五到第八句为杨杰所作,以此类推。

吟余琴一弄,铿然响环玦。老鹤不敢鸣,十里飞云绝。
次公君素交,嗟予尚契阔。畴能枉篮舆,相期出寥泬。

清江台致酒赠范希远龙图

行手出烟雾,致酒清江台。水浅横沙露,林疏远山来。
白鸟一双落,青猿三叫哀。谁展摩诘图,而把渊明杯。
妙娥始七岁,弹筝殷晴雷。或如鸾凤吟,唤得阳春回。
主人亚父孙,卓荦王佐才。高谈使我听,明珠欲倾怀。
爽魄超太虚,月窟无飞埃。一饮不知醉,浩歌忘草莱。
迟明系双棹,回首安在哉。尺水公自养,以待天门开。

醉　石

裂嶂飞寒涧,绝壁散明珠。盘石偃中坞,修林阴翳敷。
世道纷莫救,逸人此提壶。一酌寄乾坤,回首忘车书。
山花谩相笑,山鸟徒相呼。更逢山月来,夜响真笙竽。
粹灵淘耳目,幽独宁贤愚。留踪千载间,游子空踟蹰。
清风起木末,余凉生坐隅。浩歌歌去来,逸韵凌遥虚。

韩　维(1017—1098)

和　王　都　尉

乘槎天上客,脱帽酒中仙。谈笑非俗韵,欢欣忘我年。
浩歌轻白雪,密意得青莲。诗就西楼月,留为好事传。

贺　铸(1052—1125)

广四愁寄李谌

夜如何其夜未央,斗星灿兮河苍凉。微月入牖窥曲房,候虫刺促鸣我床。
离忧欻来煎人肠,夜如何其夜何长。绿琴在荐兮,拟楚奏之沈湘。
朱弦湿露兮,声戛指而不扬。屏琴浩歌兮,屑涕泗之浪浪。
我有所思兮,在河之阳。偄而不见兮,衷难弭忘。
骁骥腾跃兮,鸿鹄翱翔。明珰玉案兮,尔不我将。
缄诚结惠兮,久莫汝偿。永如牛女兮,南北相望。

昔燕处兮,灵芸之堂。纫兰为佩兮,集芰为裳。
西风凄紧兮,凌百草以殒黄。兰萎芰裂兮,恐被服之不芳。
念汝玉立兮,贱组绣之文章。玄节日厉兮,奈惨栗之冰霜。
胡不乘白云兮,归来乎帝乡。尚何所傒兮,毕永岁而彷徉。

孔平仲(1044—1102)

正月七夜饮节之廨舍

草草杯盘具,喧喧笑语亲。浩歌回白雪,醉眼失青春。
梨栗无遗颗,肴馔屡乞邻。颓然极乐际,心迹两俱泯。

孔武仲(1041—1097)

介之会徐氏家饮薄暮不归为诗招之

金鞍骏马照朱门,乐会高张晋楚军。狂客浩歌翻白雪,艳姬醉舞转红裙。
花光灼烁筵前锦,酒韵氤氲盏上云。争似竹窗风月夜,青灯残茗细论文。

李　彭(?—?)

游 真 风 观

缘云得支径,遂造幽人居。夕风冒梁栋,苍苔上庭除。
仙崖衣襞积,玉磬韵虚徐。回首尘外躅,浩歌将焉如。

刘　敞(1019—1068)

樱桃花开留徐二饮

晨晖照屋清露晞,樱桃花房开欲齐。繁花先得造物巧,不与众卉争高低。
参差萼萼相照耀,恍惚满眼令人迷。鸟惊风过若无意,云起雪飞空满蹊。
仰攀浓香俯玩影,应接不暇昏鸦栖。流光易失动壮士,斗酒相劳和天倪。
浩歌直欲并日夜,醉耳不能分鼓鼙。人间出处未尝定,暂虽会合终当暌。
子今跃马至万里,脱略尘土排云霓。豫知明年花复发,怅望君子无由携。
少年且作后日意,更使封植惊淮西。

刘季孙(1033—1092)

赠贾收处士十韵

君家雪溪上,日食雪溪鱼。无钱买钓艇,貌古常有余。
遇人喜谈笑,贳酒日不虚。浩歌出尘表,白鸟来徐徐。
清风入窗牖,散乱床头书。有琴坏徽轸,渊明意何如。
我欲脱尘网,筑室邻君居。有地植松竹,有水种芙蕖。
作诗赋生理,起居当和予。相顾可忘老,醉饱遗君诸。

刘子翚(1101—1147)

江山突星石士特欲易为独醒有诗因次其韵

群石翠参错,兹峰峙云林。突星名固夸,流传经古今。
幽姿俨向背,异态生晴阴。怒若抽翠笋,端如立瑶簪。
不有融结奇,宁知化工深。翁郎丘壑人,篮舆越秋岑。
崎岖丧乱间,逢幽亦登临。把酒视云汉,浩歌散愁襟。
著鞭虽后余,归踪略相寻。独醒订讹谬,怀人识君心。
政恐五字诗,光芒射奎参。玩味不可忘,写之朱丝琴。

陆 游(1125—1210)

寄仗锡平老借用其听琴诗韵

放翁久矣无此客,阖户儿童皆动色。寒泉不食人喝死,素绠银瓶我心恻。
千金易得一士难,晚途淹泊眼愈寒。岂知一旦乃见子,杰语豪笔无僧酸。
门前清溪天作底,细细风吹縠纹起。倚栏一笑谁得知,爱子数诗如此水。
江湖安得常相从,浩歌相踏卧短篷。功名渠自有人了,留我镜中双颊红。

吕本中(1084—1145)

宿石头多宝寺

四山环其外,一峰屹当中。支径转屈曲,云峰踏飞鸿。
僧居架苍崖,高下潜相通。昏钟罢香火,余音袅寒空。
梅开何处花,吹香到帘栊。回望云山城,木杪残阳红。
愁心易生感,满耳唯松风。对酒成浩歌,漂零见涂穷。

毛 滂(1060—?)

出都寄二苏

近年好语开蹙额,廊庙主人还稷契。诸公汇进民所怀,左必提之右乃挈。
善随类举皆可观,野无遗贤静岩穴。石梁有客少读书,神接前人望风烈。
志与时违可奈何,居贱好高谋已拙。此身悠悠日江海,吊影行吟事酸噎。
揣摩胸臆作西游,不成兴起惭豪杰。贾生恸哭初亦疑,十年自觉流清血。
三书不用即山林,将前复却何从决。无因名姓累吴公,咫尺天光阻罗列。
志士惜日诚可怜,每恨平津当老节。子云年少行所为,今出秦关独疲苶。
郭门啮臂良感人,仲卿蓄缩翻伤别。叩关自鬻虽矜张,扫门愿见犹摧折。
炙手门前车马多,排肩屡进不得彻。近来索米却求田,结绶弹冠非所觖。
更令胸臆从谁开,一刺怀归定漫灭。槛虎饥馋尾漫摇,水尽海鲸当蚁垤。
谁能忍耻寄我颜,妻笑嫂欺安用舌。北山记忆破腊来,远水扁舟两愁绝。
云重山寒暝不开,孤帆夜落严陵雪。雷山老桐冻弦断,不作南风相暖热。
一剑星昏共形影,每恐龙寒呵古铁。孟尝无炭暖置身,杜虽有指不得结。
可怜危肩耸及耳,浩歌能复弥清冽。吴山忽见梅花谢,天助阳春生笔下。
近檐呵欠面发红,故絮卖钱不须借。卖钱买船更欲西,墙头立燕留新泥。
新开湖南接淮水,楚山翠入天低迷。细风平日两媚好,嫩黄梢转隋杨堤。
河名已清色未改,减尽狂湍浊犹在。东风正和水面穠,恃赖夷犹百无殆。
郁郁葱葱见帝台,祥烟瑞雾真佳哉。元都道士种桃手,露浥风吹今总开。
山翠柔红亦得色,斗妍意不相低徊。游蜂上下逐蝴蝶,蜜脾未饱争喧豗。
幽谷黄鹂出晴昊,乔木几迁枝叶老。避寒何处过雪霜,依旧飞来语音好。
少年走马红尘道,绣勒锦缘金络脑。窈窕花随宝碗飞,暝旋风吹玉山倒。
可怜穷巷无芳菲,良辰不得开怀抱。闭门曝背借余暄,犹得爬搔驱虱蚤。
逡巡迷目风沙颠,已报新花去如扫。乘离执衡又一时,万物从新炎帝造。
柳线渐长成畏日,苦菜秀时蚯蚓出。烟绡雾縠自直钱,故葛绽联遮肘膝。
凌人颁冰下霄汉,谁信朱门自无汗。蔗浆酪粉玛瑙盘,牙床角簟光凌乱。
石梁孤客赁屋居,坐恐炊中忽糜烂。蚊虻嘬肤俯听尔,何苦群鸣恣喧玩。
生嫌蒿艾昏泪眦,宁强捆搭酸吟腕。墙阴壁隙又出蝎,潜致小毒犹锥钻。

巫师祝痛已复遭,术非驱除真亦漫。
进不知名仍退却,既来亦好归不恶。
淡月孤烟侵晓昏,小雨凄风动冥寞。
钟鼓声沉北斗高,白日渐远倾葵藿。
须臾崩车天上行,长幡乱舞喧檐铎。
开帆插橹六鳌惊,男儿信命方自若。
鸟倦知还羽翩垂,修竹茂林欣有托。
蕨薇虽老芋栗甜,拾穗行歌亦云乐。
士通五经取青紫,请谢夏侯乌有此。
潼关坐息感二鸟,耿耿此心聊复尔。
拟希锯利效细黠,天与钝顽难力砥。
曩闻下惠恬小官,颇怪少游甘掾史。
古人去就良不同,刚成亦足称男子。
丰山蒲牢铿有声,霜气感发非击捶。
宋之善鸣挺有公,愿助下风唇口哆。
大厦未完公勿忘,可惜空山终朽死。
烛光有余真可待,无损公明公勿爱。

听鸡起坐难饱眠,庶宽烦促须清旦。
羲和鞭御向西行,出门感此梧桐落。
且欣编简堪卷舒,那知羞涩忧垂橐。
楚歌忽断隔黄芦,已见金山高磊落。
苍穹白浪两低昂,黑蛟黄虬森喷薄。
吴音嘲哳来船近,共怜远客逃沟壑。
故山茅屋良幽深,清泉冽冽石凿凿。
买竿钓鱼谁更哀,贳酒涤器人应谑。
捷径须知自有涂,枉诵陈编腐牙齿。
敢嗟与兄共槽枥,但苦酸醎异便美。
五斗充饥未有时,却藏手板投耒耔。
曼倩俄惊备大臣,李渤谏官呼不起。
呜呼乘时正厄穷,怅望临食空投匕。
昌黎诱励方循循,广文薰炙皆名士。
当时一到匠石前,至今人或疑杞梓。
烧桐愿献太古音,处囊请试从今始。

彭汝砺(1042—1095)

月夜示子文

喜见明月到池东,我时独与孤转同。山光水色饮不尽,更烦佳木来清风。
浩歌一声志万里,飞飞欲到蟾蜍宫。君家玉琴试借我,为君写尽丝弦中。

钱亿年(1100—1184)

和唐子固见寄初冬晚步韵

凄风满寒谷,广陌照落日。繁霜排岸草,尪瘵怯寒栗。
块坐阅残编,十日九不出。时为孤愤吟,嗟嗟类蟋蟀。
歧路多阻艰,烟霞成痼疾。保是千金躯,他慕无终毕。
远览尘垢外,无得初无失。溺志胶扰间,跧跽信匪一。
阮生亦有言,何异裈中虱。呼童洗破觥,一醉真可必。

耳热即呜呜,鄙野谁诃诘。浩歌莫予知,奚用聆清瑟。

强 至(1022—1076)

王广渊郎中挽诗

暮归紫陌尚鸣珂,夜哭逡巡接浩歌。渐老为郎逾蕴藉,平生从仕亦蹉跎。
笙沉缑岭空乘鹤,书绝山阴欲换鹅。日落九原车马散,悲风更向白杨多。

邵 雍(1011—1077)

浩歌吟(其一)

忧愁与喜欢,相去一毫间。治乱不同体,山川无两般。
笛声方远听,草色正遥看。何处危楼上,斜阳人凭栏。

释永颐(?—?)

伯弜出示新题乐府四十章雄深雅健有长吉之风喜而有咏

伟哉吴人周伯弜,国风雅颂今再昌。钧天洞庭不敢张,楚芈暗泣嗟穷湘。
庆祚三百多祯祥,呜呼四十乐府章。春宵蕲烛飞兰香,浩歌激烈声洋洋。
贞魂义血流精光,奸鬼妒魄诛幽荒。土木闪怪踏雪僵,茫茫万窍塞鼓簧。
再洗律吕调宫商,金玉振耀齐铿锵。一清一浊均阴阳,风霆变化始有常。
咏歌唐虞及商汤,蒙瞽献纳皆赞襄。煌煌天子朝明堂,永被金石无哀伤。

苏 轼(1037—1101)

上 元 夜

前年侍玉辇,端门万枝灯。璧月挂罘罳,珠星缀觚棱。
去年中山府,老病亦宵兴。牙旗穿夜市,铁马响春冰。
今年江海上,云房寄山僧。亦复举膏火,松间见层层。
散策桄榔林,林疏月鬅鬙。使君置酒罢,箫鼓转松陵。
狂生来索酒,一举辄数升。浩歌出门去,我亦归營腾。

王 铚(?—?)

除 夕

一岁尽今夕,既往那可追。疏梅吐幽艳,轻冰释寒澌。

新陈自相代,长作万古悲。亦复强取醉,椒盘杂儿嬉。
天回万象春,除尽群阴卑。地除众枯槁,从今作华滋。
一除不可复,绿发成鬓丝。此是有尽处,那知无尽时。
凡所未除者,所愿皆除之。晚景安分守,幻身绝思维。
生死我所明,圣贤吾所师。优游观物变,翼戢仍鲜差。
山岳惟尘尔,寸心不可移。浩歌自达晓,自信何用疑。
楼头画角声,已逐东风吹。

魏　野(960—1020)

夏夜与臧奎陈越会宿河亭联句三十韵

雨破畏日沉,月出酷暑歇。衙中河亭上,静与山不别。
良朋俱远来,文会一何悦。箕踞巾舄闲,玩好琴樽列。
繁礼厌拘挛,陈言誓摆脱。挥尘影参差,饭果香馥烈。
酒令时解严,谈锋久不缺。乐天无荒淫,饱德异饕餮。
高谈闻谑浪,正义排诡谲。抗俗绝依违,评文无觝诘。
舆论鄙诪张,奴学贱剽窃。征引角竞出,联唱更相发。
较善合权衡,驰义同轨辙。万物情难逃,千古疑皆决。
圣道约扶持,淫辞谋剿刖。风鉴定妍媸,天机藏巧拙。
是物有废兴,唯道无本末。义路自坦夷,世途终兀臬。
烈士死光辉,常徒生汨没。逸气小风云,直笔轻斧钺。
孟轲心不动,陶潜腰耻折。疲倦仆屡更,辉映烛频跋。
浩歌不成调,狂舞宁赴节。气候随斗占,分野为星别。
蛩韵时断续,渔灯乍明灭。河声疑地震,电影若天裂。
飘风夺轻纨,零露透疏葛。酒海倾屡空,诗源浩不竭。
咸平己亥岁,二年时六月。此会是何人,其名野奎越。

文彦博(1006—1097)

早夏言怀

碧槛初荣槿,芳园已莠蒌。翠岑应解鹿,高树欲鸣蜩。
霞绮笼飞观,云峰映琐寮。霜纨徒比月,仙驭好凌飙。

寒水沉朱李,新吟寄绿蕉。药房清气爽,荃壁冷香消。
玉沼贺荷嫩,兰襁乳燕娇。薄帷安画石,幽径采神苗。
每欲求飞雪,常思造结瑶。浩歌频倚瑟,长袖几炊雕。
静对黄梅雨,闲吹紫玉箫。砌榴红烂熳,窗岫碧岩峣。
袁趾疏还往,颜居正寂寥。且倾光禄酒,莫发采菱谣。

杨万里(1127—1206)

寄题赵漕秘阁东山堂

阿旦东山著乾坤,十雨世界三登村。阿安东山著一身,白云保社明月邻。
此山只合馆此客,千载阿谁敢争席。赵侯玉立隆准孙,洗空凡马追古人。
千山万水略行遍,一锥卓住东洋岸。东洋山麓东复东,筑堂折简招两公。
倒提北斗酌银汉,灵山作樽江作钟。浩歌小袖经纶手,笑与两公举天酒。
东山今属赵家庄,敬请两公迁别乡。

姚 勉(1216—1262)

题河沙寺西崖

河沙古寺临江干,山如蜿蜒翠龙蟠。入门双石踞虎豹,排云万竹森琅玕。
山中有景开屏面,路入西崖羊角转。一湖横陈白于银,一溪西来净如练。
僧言此处好结亭,孔方绝交呼不应。竹阴深中即亭子,风月为户云为棂。
寄资录事今岂少,不日诛茅坐林杪。饭余曳杖一登临,看尽青天没飞鸟。
晚天落日浮湖光,渔舟相连鸿雁行。浩歌横笛互相答,底处更欲求潇湘。
荷山对面不盈咫,门前吾家锦江水。何时亭子高崔嵬,年年钓矶为此来。

岳 珂(1183—?)

浩 歌 行

浩然一气古到今,古人无愧惟此心。青天为幕地为席,醉里聊作乌乌吟。
君不见人生所重独名谥,一代简书耀青史。
当时命名偶然耳,跖圣丘愚果谁是。
又不见人生所愿在贵豪,汾阳钟鼎颜箪瓢。
只今等是一堆土,宁识生前时所遭。或言惟势可凌物,旦作参军暮苍鹘。

富方炼炭贫牛衣,上下升沈总飘忽。又言有才堪动人,文章不过纸上尘。
卿云复生鲍谢作,我亦不识知谁真。书函阁开古所患,万札千缄漫堆案。
当年京洛驿走尘,未见远官救刘晏。人情炎凉今所同,鞠腾却彗寿乃公。
小儿坐睡触屏风,亦复诒语无所容。回思一拙胜百巧,囊粟侏儒先亦饱。
才从扫轨学敞门,边上锄犁不相保。又思三窟寄一身,东来入浙南入闽。
已惭下车冯妇笑,又恐顾影痴儿嗔。一壶一锸醒复醉,便作刘伶藉糟计。
易园蓊蔚棠湖清,席上老兵未渠异。一花一柳春复秋,更效凝式东西游。
池荷渐衰枣红近,恤纬那免孤嫠忧。
噫嚱人生万事大似茧抽缕,百绪千端无物不如许。
归欤一曲浩浩歌,尧舜揖逊汤武兴干戈。
从来剑佩常相磨,天地万物如予何。
渊明嗜酒称第一,不知寄傲义熙除酒更何术。
雍端但爱栗与梨,借使无此未应对酒成白痴。
乐天仅识庐山奇,肯信琴书泉石不堪引妻儿。
青山独往苦不早,自是金谷白首同归有何好。
浩歌对山开酒樽,看到月堕黄金盆。往来正尔劳季布,贤佞岂必关王尊。
胸中浩浩顾所存,贯珠击节何足论。
我不能苦身刻骨为名抵死求媚妩,又不能南柯北牖指梦所历为喜怒。
权势文章共生死,谀书呓语相推许。为身择地已为累,随戏逢场亦何补。
凛然浩气天地间,眇视万古同人寰。沧溟易狭杯芥宽,北斗柄烂银河干。
浩歌正尔吐天籁,风月笙竽均一噫。来者浩浩不可期,指此无愧惟心知。
青山白云随所之,浩歌更赋归来兮。

张九成(1092—1159)

杨干致仕

黄钟毁弃鸣瓦釜,古来才智贱如土。杨公浩歌声可怜,巢居知风穴知雨。
怜君面色莹有光,未似相君便饮乳。胡为决去不少留,别意殷勤辞更苦。
丁宁戒我宜退藏,静中得路何须语。酒酣意气尚尔豪,拔剑高歌为予舞。
君今去矣且加饭,我亦从兹不出户。莫嗟糟糠食牢策,终胜绣衣登鼎俎。

赵潜夫(？—1227)

题弦风亭

怪他蟹舍蚝房地,不是吟情住亦难。数尺短墙围昼寂,半钩疏箔障春寒。
水生草满蛙鸣合,日薄花阴鹤梦安。底处青衫病司马,浩歌东望取琴弹。

周紫芝(1082—？)

八月三日早起

金枢坏残月,旸谷宾朝曦。九日浴沧海,一日腾上枝。
上枝邈何许,但隐山半规。须臾挂铜钲,飞上天一涯。
光景被草木,晔晔含幽姿。微瞰入圆吭,飞鸣各嘤咿。
物意自欣悦,人情伤岁时。卷我东窗帘,群山抹修眉。
炙背翻故书,搜肠出新诗。俟河几时清,种豆落为萁。
人生行乐耳,富贵终何为。丈夫风云会,事业肩皋夔。
时哉不我与,浩歌君勿疑。纫兰可为佩,制荷可为衣。
驾以白玉虬,骖以苍精螭。翩翩八荒外,渺渺天风吹。
世俗付一笑,造化真小儿。

棹　歌

蒋　堂(980—1054)

棹　歌

湖之水兮碧泱泱,环越境兮润吴疆。
蒲蠃所萃兮雁鹜群翔,朝有行舻兮暮有归艎。
茭牧狎至兮渔采相望,溉我田畴兮生我稻粱。
我岁穰熟兮我炼乐康,马侯之功兮其谁敢忘。
芚丝紫兮箭笋黄,取其洁兮荐侯堂。盏斝具兮箫鼓张,日晻晻兮山苍苍。
侯之来兮云飞扬,隔微波兮潜幽光。
念山可为席兮湖不可荒,惟侯之灵一贫如洗与流比长。
万斯年兮福吾乡,乐吾生兮徜徉。

刘 敞（1019—1068）

欲于旧州石桥作偶浯台以备游览先为五言

河决巨野溢，此时吾山平。百川会两泽，千里围孤城。
桑野就芜漫，石桥尚峥嵘。往往有白鹤，飞来群悲鸣。
我欲览风土，因之省民耕。谁能同我乐，谁肯从我行。
楚人哀江南，倚沼而畦瀛。临高诵斯语，正复伤人情。
当筑十丈台，偶浯为之名。上可容宴豆，下堪列旆旌。
棹歌出中流，箫鼓会前楹。浮云来东山，落日隐北溟。
此乐或难忘，请公为我评。

释行海（1224—?）

元 日

北山猿鹤久为邻，闲里生涯梦里人。旅思经时偏感旧，物华今日又从新。
棹歌堤上水烟晚，笛奏江南梅柳春。五道寂寥先辈尽，自惭无补面生尘。

宋伯仁（1199—?）

累字戏作解愁吟简旧同寮

愁。
知不。
空白头。
心事惊秋。
归兴满沧洲。
貂蝉虽出兜鍪。
功名有愧黑貂裘。
夷齐与盗跖总荒丘。
无非蘧蘧栩栩梦庄周。
空教笑倒江上烟雨汀鸥。
一琴一剑一童一鹤一茶瓯。
自不须苦苦高卧元龙百尺楼。

著眼看翻云覆雨处豪杰总成羞。

牙旗金甲蹇驴破帽穷通一任前修。

五湖千万顷明月则尽可棹歌横钓舟。

吴　芾(1104—1183)

夜来同诸公泛舟湖中乐甚因更潭名作北湖乃作拙句呈诸友亲聊以纪一时之胜云

北山万仞罗翠屏,下有湖水镜面平。山影静倒千丈碧,波光冷浸一天星。
自有此湖知几岁,居人日日常经行。但知湖水鸭头绿,谁人向此含幽情。
我来正值秋容媚,野旷天空风物清。烟横木末斜阳晚,云散溪头明月升。
放舟直入波深处,水鸟窥人元不惊。天晴水暖鱼亦乐,时见泼剌波间鸣。
持竿举网忽有得,满座欢呼山岳倾。水面黄花更堪爱,盈盈伫立如娉婷。
栗玉簪头红一点,随风翠带还相萦。兴来不觉千钟尽,众宾皆醉无一醒。
渔榔敲罢棹歌起,十里犹闻笑语声。谪仙死后无此乐,我今此乐真难并。
人生适意未易得,此湖从此宜知名。要配北山长不朽,酹酒更告山之灵。
我欲结茅湖上住,尽使湖光入户庭。枕流漱石过一世,不妨清处时濯缨。
更酿此湖作春酒,招我四海良友朋。夜夜扁舟同载月,樽前吹笛到天明。

吴　亿(？—？)

游莺脰湖

树色烟光两岸分,棹歌声里散鸥群。船浮春水天疑近,人对春风酒易醺。
翠袖不须花下舞,洞箫还待月中闻。仙游钓客今何在,湖上年年自白云。

辛弃疾(1140—1207)

游武夷作棹歌呈晦翁十首(其四)

见说仙人此避秦,爱随流水一溪云。花开花落无寻处,仿佛吹箫月夜闻。

徐　积(1028—1103)

大河上天章公顾子敦

万物皆有性,顺其性为大。顺之则无变,反之则有害。

乐曲

禹之治河也，浚川而掘地。水行乎地中，其性安而遂。
因地为之防，犹恐不足制。故附之山足，使循山而行。
山不可必得，或原阜丘陵。水行乎两间，既固而既宁。
及将近下流，山远而地平。渠裂为二道，河分为九形。
虽暴不得怒，虽盛不得盈。所以顺而制，归之于沧溟。
后代蒙其业，历世六七十。凡千有余年，而无所决溢。
国君与世主，岂皆尽有德。盖鲧河未徙，一皆循禹迹。
河道既一徙，下涉乎战国。水行平地上，乃堤防堙塞。
其时两堤间，实容五十里。水既有游息，堤无所啮毁。
后世迫而坏，河役始烦促。伐尽魏国薪，下尽淇园竹。
群官皆负薪，天子自临督。其牲用白马，其璧用白玉。
歌辞剧辛酸，姑不至号哭。瓠子口虽塞，宣房宫虽筑。
其后复北决，分为屯氏河。遂不复堤塞，塞亦无如何。
两河既分流，害少而利多。久之屯氏绝，遂独任一渠。
凡再决再塞，用延世之徒。有天时人事，可图不可图。
有幸与不幸，数说不可诬。其后复大决，大坏其田庐。
灌三十一县，言事者纷如。将欲塞之耶，凡役百万夫。
费累百巨万，亦未知何如。如此是重困，是重民叹吁。
言事者不已，亦不复塞诸。李寻解光辈，其言不至迂。
遂任水所之，渠道自割除。当时募水工，无一人应书。
学虽有专攻，术亦有穷欤。诸所说河者，桓谭实主之。
但聚而为书，实无以处之。班孟坚作志，亦无所出取。
事有甚难者，虽知无所补。今之为河堤，与汉无甚殊。
远者无数里，近无百步余。两堤束其势，如缚吞舟鱼。
适足激其怒，使之逃囚拘。又水性隐伏，有容而必居。
浸淫而灌注，日往而月徂。埽材有腐败，土壤有浮虚。
水进而不止，正如人病躯。病已在骨髓，医方治皮肤。
下不漏足胫，上突为背疽。或水如雷声，或埽如人喘。
或决如山倾，或去如席卷。如蛟龙引阵，如虎豹逃圈。

如地户开辟，如谁何生变。如神物主之，不可得而辨。
嗟乎有如此，堤防岂能禁。盖缘平地上，失水之本性。
而又无二渠，分九河所任。以九合为一，所以如此甚。
今之为邑居，多在古堤内。以诸埽准之，高于屋数倍。
以水面准之，亦高数尺外。诸埽正如城，而土有轻脆。
民正如鱼鳖，处破湟畎浍。被溺者常事，不溺者幸大。
又河水重浊，淀淤日以积。又夏秋霖雨，诸水凑以入。
故有必决势，不决者盖鲜。或决彼决此，或决近决远。
或决不可塞，或塞而复决。或决于旦暮，或决于岁月。
或新埽苟完，或旧埽溃裂。譬如千万钧，用一绳持挈。
必有时而败，必有处而绝。而自决大吴，凡害几郡县。
河既北浸边，诸塘皆受患。亡胡与逸马，熟为之隔限。
今虽甚盛时，亦防不虞变。所以议论者，复故道为便。
故道虽已高，可复亦可为。但恐既复后，其变不可知。
我兵学虽陋，公兵学虽奇。我说兵之难，公亦莫我违。
河事异于兵，其难堪嘘欷。智有不可及，力有不可施。
汲黯非不伟，所塞辄复隳。王遵无奈何，誓死而执圭。
若与唐衢说，号哭垂涕洟。未说穿故道，未说治故堤。
且说塞河口，所费不可推。诸所调发者，委积与山齐。
卷埽者如云，进埽者如飞。下埽名入川，其势忧流移。
上埽名争高，少动即势危。万人梯急赴，两大鼓急椎。
作号声号令，用转光指麾。其救护危急，争须臾毫厘。
又闻被灾郡，数路方荐饥。官私无畜聚，民力俱困疲。
朝廷谋已劳，两宫食不怡。生民仰首望，使者忘寝饥。
为之奈何乎，勿计速与迟。事虽有坚定，议论在所持。
如一身数疾，必以先后医。假如移所费，用以业贫民。
偿其所亡失，救其所苦辛。或贷其田租，或享其终身。
独孤有常饩，使同室相亲。露尸与暴骸，收敛归诸坟。
精选强明吏，处之使平均。乡官与胥徒，欺者以重论。

如此庶几乎,可无愁怨人。下酬更生望,上慰再造仁。
然而论议者,至今犹纷纷。或复其故道,或因其自然。
公如决于一,勿使众议牵。在己者有义,在命者以天。
而况行职分,而况本诚忱。圣朝无不察,知子之赤心。
嗟余何为者,草莽且贱微。与公本无素,一见即弗遗。
以伯兄处我,以古人相期。小设犹致说,大事宁无辞。
年且六十一,未作沟中尸。常恐公礼义,如投诸污泥。
岂欲为迂阔,不得已为诗。沥吾之肝胆,但恐同儿嬉。
又恐误公事,公千万慎思。如将从近功,即深图便宜。
如必谋久利,唯古人是希。是询而是度,是访而是咨。
或博物君子,或宿儒老师。或滨河野叟,或市井年耆。
或愚直夫妇,所言无蔽欺。或老胥退兵,耳闻而目窥。
或世为水学,可与讲是非。或博募水工,按地形高卑。
从便道穿渠,稍引河势披。海既为大壑,汴既分一支。
如关窍疏通,脏腑病可治。此说如何哉,但恐出于狂。
如何完障塞,如何复诸塘。观变而待时,亦恐谋不臧。
为复有说者,且须严边防。如魏尚守边,见称于冯唐。
如祭彤久任,使匈奴伏藏。以车制冲突,如卫青武刚。
多置强弩手,如李广大黄。选募如马隆,练卒如高王。
如汉置奔命,使我军势张。短兵斫马胫,冲车乱其行。
赏不以首级,所以严部分。大陷刀如墙,可以坚吾阵。
羊叔子以德,郭子仪以信。光弼战河阳,挥旗令直进。
其时诸军势,如决水千仞。杨素不用车,可汗下马拜。
仅以其身免,号哭而大败。将帅在方略,胜却百万兵。
安边在良将,胜却筑长城。愿子治水功,有以酬明时。
便领铁林兵,尽衣犀牛皮。连营环绣帽,大纛随牙旗。
分金赐勇敢,藏书付偏裨。先声义信远,下令霜风驰。
出塞有丰草,近关无马蹄。穹庐大漠外,别部黑山西。
伐谋为上策,何用长缨羁。本朝正明盛,以德服外夷。

使来不受献,南越回山梯。西闭玉门关,东却高句丽。
四夷无一事,各安巢穴栖。名将更无功,优诏勒鼎彝。
师旋作鼓吹,军容除虎貔。银珰致郊劳,翰林严镳扉。
除书纸用麻,省吏身著绯。公方有所念,山足江之湄。
无心入黄阁,有表辞赤墀。乞得老来身,浩歌还会稽。
白云与绿波,无所不可之。春风桃花坞,秋色黄菊篱。
茶籝与酒榼,壶矢兼琴棋。烹鸡炊黍饭,可倩庞公妻。
岂无会稽老,雪夜同泛溪。亦有二三子,棹歌相追随。
散尽囊中金,留得身上衣。有宅是官借,无田可扶犁。
闲吟题寺观,长啸入云霓。公得我诗后,一梦须先归。

赵汝淳(?—?)

寿放翁(其二)

此老胸中几岁寒,天教长伴白云闲。有时自弄玉如意,无事更添金博山。
越女棹歌清浅处,巴童吹笛翠微间。何须重问神仙府,鸾鹤随风自往还。

朱 熹(1130—1200)

次韵寄题芙蕖馆三首(其三)

不须艇子棹歌来,且看芙蓉面面开。卷里有诗都锦绣,席间无地可尘埃。
风清月白琴三弄,绿暗红深酒一杯。明日仲宣楼上去,越吟应是首频回。

啸 歌

韩 淲(1159—1224)

二十九日

中秋过了重阳近,不是骚人爱楚词。钟鼎山林元自若,精神心术复谁知。
长江湛湛吹枫叶,三径皇皇把菊枝。宋玉谩悲陶令醉,我何杯酒啸歌时。

韩元吉(1118—?)

七夕与孟婿约汤朝美率徐行中游鹤山

城市竞时节,幽寻固难同。旧闻鹤山奇,欲往岁屡穷。
兹辰尚残暑,凤驾乘西风。楚俗候飞鹊,阶庭闹儿童。

谁能事针缕，觅巧瓜果中。起携东床友，况得下榻翁。
青蒲有杰客，放怀适相从。一招云中仙，共呼潭底龙。
翠壁耸嶙崒，龟鱼澹游空。泉源几万斛，石窦藏丰隆。
久知神物交，解致零雨蒙。我田甚无多，例思年谷丰。
公才正类此，时至会有庸。竹间小招提，闃静无鼓钟。
枕石漱甘井，荔丹启筠笼。若据两石羊，摩挲古狄铜。
高谈剧霏屑，壮气吹长虹。可无樽酒绿，遂使老颊红。
醉语或不省，啸歌亦春容。归欤兴难尽，月明照风松。

孔平仲(1044—1102)

次韵和常父(其一)

卧龙当日醉吟身，冷落天涯一旅人。早夕思亲增怅望，啸歌怀古更愁辛。
角吹海上千山月，草入江南万里春。欲去尚留心未决，梦魂长在越溪滨。

陆　游(1125—1210)

忆　昔

忆昔绍兴中，束带陪众彦。沐浴雨露私，草木尽葱蒨。
一朝穷达异，相遇忘庆唁。远官楚蜀间，寂寞返乡县。
于时同舍郎，贵者至鼎铉。数奇益自屏，短褐失贫贱。
俯仰五十载，未愧金百炼。忍饥菰芦间，生理仅如线。
穷交谁耐久，晨暮一破砚。啸歌枫林下，万事付露电。
惟有孤舟兴，所至多胜践。衡茅无定止，何处非邮传。
炊烟起沙际，跳鱼裂波面。呕哑纬车鸣，隐翳渔火见。
箫鼓乐水神，钟梵闹竹院。我诗虽日衰，得句尚悲健。
巍巍阙里门，未尝弃狂狷。放浪终余年，造物不汝谴。

自　诘

修行力量浅，触事常寡惊。端居本无事，奈此百忧攻。
今晨默自诘，世岂不汝容。漱濯临清流，啸歌荫长松。
缓步有夷途，远眺多奇峰。野叟时相寻，村酒亦自醲。
于道忽少进，一扫芥蒂胸。辘釜本常情，宁说饭后钟。

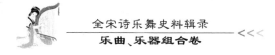

潘从大(？—？)

疏斋用前韵记响山之游依韵奉答

空山在昔森万松，两贤曾此登虬龙。流风余韵无时终，我来寒栖鬓成翁。
人生出处何心同，梦破邯郸几富贵。战退蛮触相长雄，静定要与山争功。
绣衣光华照岩壑，豁然纳我云梦胸。群峰飞翠匏樽中，仙源还有渔舟通。
须臾烟霏散空蒙，楼观隐约孤城东。感慨千古思无穷，啸歌抵掌生英风。
黄金易求此乐少，野人何计箪瓢空。

钱 选(？—？)

题浮玉山居图

瞻彼南山岑，白云何翩翩。下有幽栖人，啸歌乐徂年。
丛石映清泚，嘉木澹芳妍。日月无终极，陵谷从变迁。
神襟轶寥廓，兴寄挥五弦。尘影一以绝，招隐奚足言。

秦 观(1049—1100)

泊吴兴西观音院

金刹负城闉，阒然美栖止。卞山直穹窿，苕水相依倚。
霜桧郁冥冥，海棕鲜蘼蘼。广除庇夏阴，飞栋明朝曙。
溪光凫鹥边，天色菰蒲里。绪风传昼焚，璧月窥夜礼。
泄云彗层空，规荷鉴幽沚。艅艎烟际下，钟磬林端起。
謷牙戏清深，钦崟扑空紫。所遇信悠然，此生如寄耳。
志士耻沟渎，征夫念桑梓。揽衣轩楹间，啸歌何穷已。

宋 庠(996—1066)

谷城主簿王崇者少得养生禅寂之道中年弃官入汉阴武当之间邈与世绝又有吴人山者自远携母与王同隐时余方贫病慨然慕之因为诗代书以寄二子且托王寻耕钓之地相与迩者并以叙怀云

余本丘壑人，失计蹈尘网。轩冕忽缠锁，风波若流荡。

高羽颠宏罗,奔骖偾归鞅。众伪缘境滋,千忧共身长。
进乏汗马劳,居畏濡鹈赏。力命频邅迍,幽忧思独往。
闻君集汉阴,遁世久忘象。因溜为鸣琴,凭岩作烟幌。
复有延陵季,亦善南趋养。筑宇近亲仁,耕田或歌壤。
且言挂瓢处,一径扪萝上。杳若御风游,萧萧骨毛爽。
芝术纷异苗,麇鼯结幽响。老木森千寻,丹藤垂百丈。
洞谷答啸歌,云霞代邻党。咨予倦游者,缅邈期真赏。
之子幸我怜,试烦蕆幽莽。傥获蜗牛居,即谢海禽飨。
时从渔父鱼,聊植仙人杖。渐脱区中缘,永托无生奖。

张　埴(?—?)

题锺氏深秀楼

空同之顶穹云生,吹著宝石最上层。俨骖太白跨坤立,雄雄空半危青撑。
高人飞楼浮缥纱,满眼清寒生窈窕。苍烟白鸟出没间,几荟芙蓉秋汉晓。
黄尘如雾交四陲,乃独脱此一揽奇。天风午夜啸歌歇,教人暗取寒筝吹。
一吹吹作终南皴,濯濯春阳染曾透。再吹吹作琅邪图,郁郁林壑描新就。
何当祇著大口吞,清晨燕以先生盘。次第高春出海门,坐我茅屋东偏看。

郑清之(1176—1251)

再和戏黄玉泉

黄公辞酒垆,经笥捧便腹。读书饥鸢声,了了崇文目。
陂澄万顷波,巢寄一枝木。戏题百姓眼,自笑孤馆独。
辙涸聊相濡,神液未容漉。啸歌匪弹剑,悁隘殊蹙足。
文织牺尊黄,句弦绮琴绿。不见蟹杯持,徒费尔雅读。
坐对罂卧墙,空有叶映竹。枯肠但茶搜,燥吻迟膏沃。
主人如马瘦,酒使欠猩仆。思折酤媪券,欲访义浆玉。
喁兹鲸吸量,眇矣龙骧斛。灵根日灌溉,诗课自程督。
试当阅医经,薄酿借神曲。共醉灵均丝,未问长房菊。
饮兴非有期,衣晒宁免俗。杯勺虽不胜,呕泄听随属。

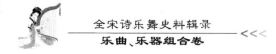

懒叠阳关三,肯竞枭博六。不饮但麦豆,颇胜刘文叔。
醉骑黄犊孙,归玩墨君族。子为评酒名,拟号安晚醁。

樵　　歌

蔡　襄(1012—1067)

诗　一　首

万叠青山拔空起,一道长江清澈底。隔岸苍茫不见人,人家多在晴云里。
匡庐五老蓬莱山,沧洲白鹭烟波间。随风客棹任来去,落日樵歌自往还。
绝涧孤亭倚烟树,仿佛天台石桥路。欲访群仙跨鹤游,宁乘五马专城去。
雨过棠阴满路蹊,春深草色连庭砌。穷檐蔀屋有茕独,待尔重临慰客饥。

曹　训(？—？)

震　山　岩

岩静尘埃了不侵,公闲出郭喜登临。云山兀兀自朝暮,江水茫茫无古今。
鸥鹭翩翩明远目,渔樵歌唱动归心。绿杨红杏春风里,谁与幽人共赏音。

陈　普(1244—1315)

野步(其六)

红叶林风飒飒,苍苔径雨斑斑。人迹石边流水,樵歌鸟外青山。

凭阑(其二)

高豁乾坤眼,山晴绿雨收。夕阳流水绕,荒草白云浮。
柳荫小溪侧,樵歌古渡头。凭虚发清啸,安得仲宣楼。

陈　著(1214—1297)

晴郊意行到梅山示弟菑

安排聚首易参差,信意行来始是奇。山色堪餐饶有菊,樵歌相应自成诗。
危时杯酌旱云雨,老境襟期春水漪。醉里更无门外话,一声寒雁弟兄知。

梅山弟来同饮醉书本堂

谁将糟粕视诗书,兄弟何妨做拙儒。流水青山同醉处,清风明月几归途。
樵歌相与为吟友,草市谁教见瑞夫。宇宙如今惟有酒,太和楼下渺烟芜。

程 颐(1033—1107)

陆浑乐游①

东郊渐微绿,驱马欣独往。舟萦野渡时,水乐春山响。
身闲爱物外,趣逸谐心赏。归路逐樵歌,落日寒山上。

邓忠臣(？—？)

和蔡肇慎思说家山之胜用其语得诗

野桥随岸架,茅屋依林修。木落吟霜狖,云晴舞雪鸥。
山屏当户列,瀑布入溪流。只合樵歌唱,何因得蔡讴。

董嗣杲(？—？)

漫兴二首(其二)

浮名浮利有传讹,薏苡囊疑马伏波。镜里鬓毛谙世故,笔头诗句答樵歌。
风穿树秃寒林浅,月展江空夜浪多。脱病欲归归便得,花家鱼港自烟蓑。

方 回(1227—1307)

饮兴道观有感五首(其三)

戍垒儿郎意气雄,群腰刀斧薄榛丛。寻真亭仆长松少,礼斗坛荒苦竹空。
菜色可怜穷道士,樵歌不见旧邻翁。存亡得丧知何极,天地悠悠感慨中。

别秀亭五首(其四)

市人指点应怪讶,拄杖倚空何所为。戍角征鼙曾汹汹,樵歌牧笛尚熙熙。
风流剩有登临兴,摇落宁无代谢悲。□□翁诗吾解赋,升平不似放翁时。

---

① 欧阳修《伊川独游》内容与此诗大致相同,仅个别字词有异,不再重复收录。

方　岳（1199—1262）

西　崦

西崦东冈取次行，倚松小立又诗成。山风溪月宝无价，牧笛樵歌画有声。
半顷莱田供伏腊，一间茅屋老升平。未知沮溺今何似，却怕诸生问姓名。

高　镕（？—？）

春日田园杂兴

已学渊明早赋归，东风吹醒梦中非。莺声睍睆来谈旧，牛背安闲胜策肥。
时听樵歌时牧笛，间披道氅间农衣。篇诗那可形容尽，何似忘言对夕晖。

葛天民（？—？）

收白區豆因得二首（其二）

　　　古香无伴侣，一榻共云分。涧水塘头过，樵歌枕上闻。
　　　余生聊自适，此意与谁论。落叶如相委，时敲月下门。

郭祥正（1035—1113）

和杨公济钱塘西湖百题·樵歌岭

　　　岭下听樵歌，歌声云外过。尽穷斤斧力，不道得樵多。

登清音亭二首（其一）

　　　已别城楼景，还登树杪亭。地高邻北斗，山远接南溟。
　　　蟾影依云断，樵歌隔浦听。客愁安用遣，此处可忘形。

韩　淲（1159—1224）

闻少卫有行役（其二）

官梅何似野梅好，一任有诗能细论。牧笛樵歌茶灶外，几多北海只空樽。

夏　雨

　　　已忻五月凉，连得六月雨。泉石养芝术，圳浍长禾黍。
　　　病虽未能饮，起亦尚可句。凌晨百鸟啼，静夜百虫语。
　　　寺外钟磬音，樵歌自来去。

次韵斯远并柬成季（其二）

午夜露气冷，明月忽已低。推窗此何时，蛩螀互悲凄。
乃知南籥山，更有南籥溪。樵歌起老叟，牧笛吹童儿。
百年漫戚欣，千载劳是非。口心忽相语，不闲尚奚为。
磊磊千枝松，洋洋万顷陂。偃蹇衡茅下，匪惧寒与饥。

何梦桂（1229—?）

题 桥 亭

翠巘千重水一湾，小桥数板屋三间。此中竟日无车马，时听樵歌落半山。

黄汝嘉（?—?）

登骑石山（其一）

江城楼阁辟嵯峨，如此随风燕雀何。古木望中松柏少，好花开处杏桃多。
徐殷旧宅僧为主，褚氏闲亭鹤占坡。花落花开今古事，青山无语野樵歌。

柯 举（?—?）

游 华 严 寺

旧游曾记此山川，万事回头一梦然。蚤岁不知人易老，晚年方信世无禅。
樵歌牧唱千村暮，莺语花香二月天。人境了然描不就，山僧对我更谈玄。

孔平仲（1044—1102）

谈道亭睡觉而成

松竹昼阴环，清风枕席间。梦随啼鸟散，心伴白云闲。
渔艇归前浦，樵歌下远山。徘徊明月夜，高兴向忘还。

李处权（?—1155）

游 石 桥

御风缥缈云霞衣，骖龙翳凤相追随。三秀为粮桂为醴，玉笛送酒双童吹。
樵歌已换人间世，未了岩前一局棋。桃源归路罔尺迷，醉眼疑在扶桑西。
仙人授我长生诀，俄而梦觉鸣天鸡。

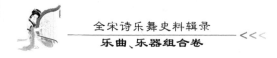

李 纲(1083—1140)

剑浦道中二首(其一)

宿雾霏霏隐翠岚,傍溪幽石自巉岩。樵歌递响来危径,渔网连舟集小潭。
野渡无人闲寂寂,林花著雨落毿毿。谁知逐客凄凉意,岁宴南迁剑浦南。

李 龏(1194—?)

与箬溪焕上人夜坐

菱棘柿叶满秋池,仿佛樵歌在翠微。隔寺晚钟声欲断,蒲葵树底一僧归。

刘 敞(1019—1068)

王屯田归望山别墅

岱阴宿雨霁,汶北秋风过。独往予所慕,躬耕人谓何。
林间鸡黍具,日慕渔樵歌。却望青山郭,应知惆怅多。

刘 黻(1217—1276)

呈径畈徐左司

五载相违一日过,巷无车迹有樵歌。因嗟世上深危证,合住山中养太和。
蔓草不知春事去,梅花曾识岁寒多。予今问道三千里,白发双亲可奈何。

刘克庄(1187—1269)

秋旱继以大风即事十首(其六)

抱瓮区区溉旱苗,忍饥终胜似操瓢。饮尧井水耕尧野,偶作樵歌亦誉尧。

太守林太博赠瑞香花(其六)

拙笔芜辞字半斜,情知见笑大方家。放教吉甫独哦句,除却微之谁别花。
勾引亲朋需果核,堤防风日损根芽。玉津应制须公等,林下樵歌敢自夸。

和季弟韵二十首(其四)

即今巾镜叹苍茫,但觉书痴胜酒狂。已怕词头趋坡老,更禁帖子累秦郎。
鲁生竞起为绵蕝,邺俗谁能不采唐。自唱樵歌余季和,免教人谤到君房。

陈亨叔司理见遗长笺小诗还赘

贫近山家作此行,潘舆来只费三程。责儿反鲊嫌疑谨,使妇供鲑奉养清。
吾不入城避瓜李,子因谋野过柴荆。紫薇老病君房去,自课樵歌代远情。

送方漳浦

颇闻送者诗盈轴,我有樵歌子试听。岩邑虽然人所畏,畲民均是物之灵。
二升饭了官中事,一字廉真座右铭。见说守侯如召杜,断无走吏至公庭。

竹溪直院盛称起予草堂诗之善暇日览之多有可恨者因效颦作十首亦前人广骚反骚之意内二十九首用旧题惟岁寒知松柏被褐怀珠玉三首效山谷余十八首别命题或追录少作并存于卷以训童蒙之意·太平无象二首(其一)

试听舆人诵,如何是太平。有生遂其性,无象得而名。
刁斗三边静,锄耰万里耕。毋庸奏奎聚,不必诵河清。
尧岂容知识,文非以色声。樵歌殊质俚,未足赞休明。

楼　璹(1090—1162)

耕图二十一首·秒

脱绔下田中,盎浆著塍尾。巡行遍畦畛,扶秒均泥滓。
迟迟春日斜,稍稍樵歌起。薄暮佩牛归,共浴前溪水。

陆文圭(1250—1334)

题立斋不碍云山亭

英英山中云,苍苍云外山。云山偃蹇若高士,不傍贵人门户间。
藕堂老人家四壁,诗句曾参浣花客。一亭半落平畴外,拾尽乾坤眼犹窄。
樵歌断处起寒青,鸟影明边际空碧。玉鸾不入巫阳梦,满榻凝尘室生白。
昨宵础润卜雨来,岸巾栏角小徘徊。忽然一片黑模糊,失却万丈青崔嵬。
有风飒然起林薄,如觉天日徐徐开。推窗看山色如故,断云飘零不知处。

陆　游(1125—1210)

野　　寺

闲行入野寺,僧饭鼓其镗。惨惨风劈面,晖晖日满廊。
去来元自在,宾主两相忘。却下山坡路,樵歌出陇长。

即事六首(其五)

井税无余负,川原已饱犁。樵歌归市步,帆影过河堤。
野实丹兼漆,村醪蜜与齑。虽云有丰约,不废醉如泥。

即事四首(其一)

身向人间阅事多,杜门聊得养天和。盛衰莫问萧京兆,壮老空悲马伏波。
日暮城楼传戍角,风生岭路下樵歌。君知此段神通否,竖拂能降百万魔。

舟过会稽山下因系舟游近村迨暮乃归

六十齿发衰,岁月如逝波。秦王酒瓮边,知复几经过。
欣然舍画桡,屐步扪青萝。一径入幽谷,四面闻樵歌。
白云忽破碎,翠木相荡摩。潋潋春塘满,柳阴戏双鹅。
浮生百忧中,此乐顾岂多。日暮吾其归,已恐烂斧柯。

吕南公(1047—1086)

将归南城留别高赋亭二首(其一)

一上高亭一惨然,飘流无状见风烟。林泉本是侬家分,衣食刚为此世牵。
流水岭云能自得,樵歌谷响远相连。来时只恐禽鱼笑,掩敛南华第一篇。

壬戌岁归治西村居奉答次道见寄长句

肃肃白虎殿,潭潭承明庐。人皆通籍游,我独老饭蔬。
譬彼兽啖土,岂其恶甘腴。道穷吾何之,只得归荷锄。
盛夏督耘耔,先春理陂渠。低徊居未宁,倏忽岁又除。
但怯簿有债,谁羞门少车。载歌裹饭辞,谒酒聊自娱。
念子早奋拔,声华系名驹。谁云破青衫,罪谤更勃如。
朝野固异分,知安尽夷途。牛衣与樵歌,各是对妻孥。

乐曲

欧阳修（1007—1072）

游龙门分题十五首·上山

蹑屐上高山,探险慕幽赏。初惊涧芳早,忽望岩扉敞。
林穷路已迷,但逐樵歌响。

游龙门分题十五首·宿广化寺

横槎渡深涧,披露采香薇。樵歌杂梵响,共向松林归。
日落寒山惨,浮云随客衣。

彭汝砺（1042—1095）

试诸葛生笔因书所怀寄诸弟（其一九）

吾忆东林北,庭前巧作山。乍晴风苒苒,久雨藓班班。
渔钓沧洲静,樵歌白日闲。蓬瀛仙世界,容易落人间。

丘 葵（1244—1333）

和张原斋见寄

昔磨铁砚已成空,今掉孤舟作钓翁。百丈依依牵夜月,一丝袅袅弄秋风。
梦回牧笛樵歌里,身寄鸥沙犊草中。独把新诗轻万户,故人相问有张公。

裘万顷（？—1219）

绝 句

数声牧笛日将晚,一曲樵歌山更幽。解带盘桓小溪上,坐看红叶泛清流。

石 介（1005—1045）

赴任嘉州嘉陵江泛舟（其一）

中心横大江,两面叠青嶂。江山相夹间,何人事吟放。
半镌岸帻坐,永日开舲望。孤棹已夷犹,数峰更清尚。
危影倒波底,凝岚浮水上。鸣鹭答猿啼,樵歌应渔唱。
并生泉石心,堪愧庸俗状。

释慧晖(1097—1183)

偈颂四十一首(其一)

山上栏外,水下槛前。夜兔光雪,昼乌辉火。
黄头出妙,净名入玄。胡僧印心,卢公传衣。
张三野曲,李四樵歌。船动碧波,海浸孤天。

释慧空(1096—1158)

二 祖 真 赞

缺齿老胡不敢说,一夜谩天三尺雪。神光初只立齐腰,大地到今寒彻骨。
寒彻骨,金刚扶起泥人佛。樵歌渔唱乐升平,灵芝瑞草年年出。

释了惠(1198—1262)

送奎上人往中川

湫间云冷不成眠,听得樵歌一曲全。切莫喧传江上路,此声不入钓鱼船。

释绍昙(?—1297)

颂古五十五首(其八)

拂苔高卧白云根,梦绕春风锦绣园。蓦听采樵歌一曲,醒来月挂客愁村。

划 柴

纷纷枝叶乱如麻,不惜从头与一划。惊起铁蛇忙窜草,樵歌声彻老卢家。

释惟一(1202—1281)

偈颂一百三十六首(其一七)

秋风卷地,秋水连天。千山影瘦,万木萧然。
渔笛数声江上月,樵歌一曲岭头烟。

释文珦(1210—?)

闲 居 遣 兴

无情日月互相磨,万古悠悠一逝波。六十四年成事少,八千余卷费功多。
山林有志知难变,毁誉无根听自讹。近问野人安稳法,教予只学采樵歌。

释正觉(1091—1157)

偈颂二百零五首(其一五六)

来问此经低声,大千卷自尘中出,三世佛从口里生。
天得一以清,地得一以宁,空无依兮谷不盈。
摩诃般若波罗密,落日渔樵歌太平。

释子淳(?—1119)

山居五首(其三)

家近乱山根,日高懒启门。樵歌云外唱,胡曲句前论。
路僻无人到,庭荒有藓痕。萧萧岩石畔,只么老烟村。

舒　亶(1041—1103)

和马粹老四明杂诗聊纪里俗耳十首(其九)

佛磬云中寺,樵歌郭里湖。城居荫杨柳,野宽息蓷蒲。
巫语传杯珓,渔蓑入画图。幽香满花谷,不趁雪霜枯。

司马光(1019—1086)

和张文裕初寒十首(其六)

何处初寒好,初寒喷玉泉。折冰流谷口,飞溜落云边。
雀噪聚林杪,樵歌下石巅。寻幽不思返,坐啸夕阳偏。

宋　祁(998—1061)

望仙亭书所见(其二)

南国冬无雪,居然气候迷。柔蔬傲霜甲,幽鸟逆春啼。
神鼓声无歇,樵歌韵不齐。举头看白日,还过太山西。

孙　觌(1081—1169)

龟潭二首(其一)

绕舍莳兰荪,褰帘对竹君。移床栖樾荫,脱屦护苔纹。
钓影垂潭月,樵歌出岭云。殷勤一瓢水,侑此井中芹。

孙应时（1154—1206）

四明山记游八十韵

平生抱遐尚，抚剑远行游。迹谢声利牵，心与岩壑谋。
东征泛沧海，南骛逾丹丘。西登岷峨啸，北望关陇愁。
匡庐挽归辔，巫峡纤行舟。剑阁最险壮，龙门更奇幽。
历览虽未饱，胜概略以收。尔来卧烛湖，清梦长夷犹。
家山维四明，名字横九州。出门宛在眼，欲往辄不酬。
人事真好乖，山灵岂吾仇。忽近益可笑，投老空自尤。
兹辰正芳春，会心得良俦。赢粮幸易足，决策遂所求。
中宵雨声断，逗晓霁色浮。天容极莹净，风气正和柔。
瘦筇挟篮舆，野服兼轻裘。遥遥指林麓，欣欣听溪流。
试屐请贤岭，弭盖白水湫。飞湍响淙潺，怪松韵萧飕。
艰然小羊额，喘若料虎头。甓石访岁期，负樵歌道周。
百折快一眺，千里森双眸。峰峦何绵联，脉络相缠缪。
化钧妙融结，神工巧雕镂。长风动溟渤，洪涛簸瀛洲。
巨鳌出赑屃，游龙绕蚴蟉。鲸鹏恣摩荡，虫鱼纷叠稠。
万怪各起伏，千帆递行留。或坦若几席，或峨若冠旒。
或排若剑戟，或刿若戈矛。或舞若鸾凤，或骤若骅骝。
或若戏狻猊，或若斗貔貅。俨然开明堂，玉帛朝诸侯。
赫然会岐阳，长围方大蒐。鏖战临长平，坚壁持鸿沟。
广野列车骑，中军严旆斿。开辟洪茫茫，变化久悠悠。
愕眙不得语，形容那可侔。仙树四十围，蟠根几千秋。
老干枯不死，新荣翠相樛。飙驭定来止，桑田行验不。
遗迹信所闻，轻举当何由。东南径崇冈，左右罗平畴。
人家散鸡犬，村坞来羊牛。官征毕薪炭，春事动粗稷。
土腻少沙石，气寒无麦麰。荒蹊夹桃李，密荫间梧楸。
是中可避世，何劳更乘桴。骈岩下苍峭，别岫争崒嶍。
熟知二刹胜，遽肯中道休。杖锡既巉绝，雪窦仍阻修。

停云朝漠漠,刚风昼飗飗。盘磴度方桥,广宇连飞楼。
珠玑错藻绣,金碧照雕髹。撞钟食千指,鸣板灯百篝。
真成天上居,不涉人间忧。周遭富佳致,徜徉得穷搜。
妙峰远色凑,锦镜波光浏。两溪来活活,千丈落潚潚。
深瀑摽随皃,空潭隐灵虬。倒窥凛欲眩,俯掬清敢漱。
涧草高下积,岩花零乱抽。挂壁见猱捷,食芩闻鹿呦。
日长转睍睆,雾暗啼钩辀。修竹奏琴瑟,细溜锵琳璆。
占晴喜哢鹊,畏雨愁呼鸠。何妨共斋钵,且复荐茶瓯。
老僧颇好事,幅画肯见投。随意宿山房,无眠听更筹。
念昔身万里,及此天一陬。登临世界阔,俯仰岁月遒。
荣辱两蜗角,聚散一海沤。尘鞅自束缚,名场相敌仇。
不念猿鹤怨,坐令泉石羞。心期晚乃惬,俗驾我尚优。
胜具学支许,奇踪非阮刘。时哉山梁雉,乐矣濠上鲦。
聊追兴公赋,不叹柳子囚。招招知音子,为我商声讴。

汪元量(1241—1317)

虎　　丘

维舟与客访兴亡,寺有残僧说故王。宝物已销龙虎气,奎章犹射斗牛光。
为妖真女花藏墓,说法生公月满堂。邂逅一樽归路远,樵歌牧笛送斜阳。

王安石(1021—1086)

重游草堂(其三)

野寺真兰若,山僧老病多。疏钟挟谷响,悲梵入樵歌。
水映茅篁竹,云埋茑女萝。拂尘书所见,因得拟阴何。

王　涤(？—？)

怀潮士吴子野

旅惊牢落怆离群,叠翠楼前日渐曛。金饼光芒升海月,玉龙鳞甲护霜云。
星星淡火随堤见,历历樵歌隔水闻。马足车音在何处,嶂南歧路锁烟氛。

王　炎(1138—1218)

喜晴行呈陈宰

秋尽黄云涨南亩,修我囷仓筑场圃。不堪雨脚如悬麻,坐见禾头欲生耳。
令君意与神明通,炉熏未断来天风。吹开六出花数点,转盼杲杲扶桑红。
日下鸟乌声亦乐,村北村南争刈获。白酒香浮老瓦盆,樵歌缓扣乌犍角。
有客携家来受廛,丰登未见如今年。老农扶杖笑相语,只恐双凫朝日边。

平江道中

笋舆踏瘦石,挥汗日亭午。山断忽眼明,人家住溪浒。
解衣近绿阴,隔枝鸟相语。好风送凉来,坐久失畏暑。
潭潭一水绿,可以浣尘土。樵歌响空谷,渔艇散前浦。
丘壑太寂寥,从俗只自苦。征夫问前途,欲往空顾仁。

韦　骧(1033—1105)

和江亭春半

亭压长江气象雄,清明时节夕阳中。天边远嶂横深翠,花外余霞没乱红。
鸥鹭飞鸣得闲趣,渔樵歌唱有淳风。谁能共向春光醉,穷达多忘学塞翁。

文彦博(1006—1097)

熙宁癸丑季冬十有三日某被旨谢雪于济祠已事与秘书监光禄卿直史馆太常少卿屯田郎中秘书丞同游枋口泛舟沁水至岘石而登岸历观岩谷间前贤之题名翌日游化成寺以车渡沁回入盘谷穷览山水之嘉处由燕川而归·过燕川渡

早过燕川渡,千峰插太虚。云开微见日,水浅不渐车。
风急樵歌响,霜严木叶疏。缘溪东北去,岩腹有精庐。

吴　沆(1116—1172)

句(其一八)

樵歌催日晚,村乐见年丰。……雁阵横冲雾,酒军酣战风。

吴锡畴（1215—1276）

山居寂寥与世如隔是非不到荣辱两忘因忆秋崖工部尝教以我爱山居好十诗追次其韵聊写穷山之趣（其一〇）

我爱山居好，田园在力耘。樵歌风外断，猿啸月中闻。
舴艋夜招鹤，辘轳晓汲云。久惭呼处士，未必应星文。

徐　积（1028—1103）

和　汤　令

所幸生平世，甘于贫与疴。被誉嗤杜簿，挟勇耻荆轲。
已恨逢君晚，无辞教我多。野芹容一献，更索采樵歌。

送　秦　漕

昭昭所性详而辨，坦坦其行乐且恬。公义已令淮部肃，清风更入朔方严。
行无瑕颣孤标耸，养有根源数器兼。犹使樵夫来教我，樵歌为述古人谦。

徐经孙（1192—1273）

题伴云樵唱

佛法生憎绮语，道人安用樵歌。有时言外悟意，不觉山中烂柯。

许及之（1141—1209）

再和二首（其一）

晴日烘船屋，薰风傍笔床。未穿三益径，已想百花庄。
野火明僧寺，樵歌度客航。山头明月上，酒兴故难忘。

许月卿（1216—1285）

赠墨士程云翁

满地干戈正扰攘，君家犹自捣龙香。轻清披就烟云质，坚劲磨来金玉相。
倚马喜资挥露布，飞鸾端借发天章。山屋莫道浑无用，留写樵歌入锦囊。

薛师石(1178—1228)

瓜庐至日即事

西山起还伏,插入万丈潭。渔叟操桂棹,樵歌过草庵。
年荒酒味薄,天旱井泉甘。不愿丘园贲,惟将易自参。

杨万里(1127—1206)

归路过南溪桥二首(其一)

霜风一动岭云开,云外樵歌暮更哀。童子隔溪呼伴侣,并驱水牯过溪来。

叶　适(1150—1223)

薛子舒墓

悒悒西门路,樵歌占晚云。磷迷王弼宅,蒿长孟郊坟。
少病怜医错,题书与父分。又言重把笔,兼欲使余闻。

叶　茵(1199?—?)

潇湘八景图·山市晴岚

岩麓新霁浮紫烟,几家鸡犬喧一鄽。憧憧人得蝇头利,不了青帝酤酒钱。
松阴散乱日易暝,风光渐入牛羊径。赪肩赤脚分途归,野唱樵歌动幽听。

岳　珂(1183—?)

山中书怀

我昨浮平湖,时适逢中秋。十年鸥鹭盟,万丈蛟龙湫。
微风自远至,皓月当上头。朋游凡三人,一举累百瓯。
清光洞虚明,醉舞相劝酬。枕籍起更酌,微茫寄安流。
长空隐绳低,中夕发棹讴。未开晨曦轮,已系横堤舟。
驾言舍维楫,登途肃衾裯。凄凄感霜露,郁郁瞻松楸。
恻怆动五情,顾省经几丘。僾然俙如在,惕若疑可求。
暌离才经岁,蓊蒨惊且稠。每欲栖猿肩,于焉筑菟裘。
经营眺高冈,夷坦开平畴。左抚芙蓉屏,右瞰鸿雁洲。
风雷凄五更,云月澄双眸。氾兰滋畹茂,丛桂连山幽。

惊鸢下跕跕,候虫鸣啾啾。振策后无继,蝎屦杳莫周。
谁接西山袂,且为东皋留。一憩动逾月,四顾无与俦。
栖禽竞晨噪,落霞观夕收。樵歌路崎岖,渔笛声咿嚘。
筑鸣环山泉,钟度远寺楼。烟暝白昼合,晴岚翠光浮。
爂藩走鹿豕,下括寻羊牛。虽云适野性,颇复怀牢愁。
天命乐自然,吾生感行休。主上顷见知,诏书传置邮。
不忘盖帷弃,几比岩穴搜。沈沈开仙祠,奕奕垂灵斿。
笋班北阙近,槐影西清樛。圣恩比天隆,臣报如羽輶。
当年四十奏,日彻十二旒。言言剸上听,历历思前筹。
是知度如渊,井语不忍仇。感叹涕泪零,栖迟岁年遒。
纵兴裹革念,已抱刖足羞。庄舄越客吟,宗元楚山囚。
更惭德难称,敢谓命不犹。尔来阵云黑,已觉杀气擎。
连兵又多垒,乏馈仍上游。如我高卧闲,自比他人优。
岂不思敌忾,一为殄国仇。远慨筋骨衰,何以从戈矛。
又怜壮心老,无复陈谋猷。居然去妇情,徒作嫠纬忧。
五斗折腰人,百炼绕指柔。苦心自悇悇,古道方悠悠。
华山正绝陉,郑赋犹待鲦。指点隔江烽,烧烛看吴钩。

赵善潓(1145—1223)

游西山(其二)

古庙嵯峨占地灵,四山环抱耸螺青。松坛鹤去云无伴,石洞龙归雨亦腥。
弛担樵歌屯别径,倚蓬渔笛起前汀。个中真觉凝眸豁,一点心无俗虑萦。

真山民(?—?)

冬 雪

雪冻飞禽少,林深落叶多。寒塘倒山影,空谷答樵歌。
不有梅花在,其如诗思何。霜风吹落帽,应叹鬓丝皤。

朱继芳(?—?)

和颜长官百咏·负薪(其四)

破帽笼头发半华,樵歌一曲胜长嗟。鸡鸣裹饭登高去,日暮天寒未到家。

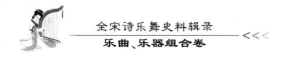

邹　浩(1060—1111)

马上(其三)

孤冢如山官路傍,老农指似是前王。可怜烜赫当年计,牧笛樵歌付夕阳。

中秋日泛湖杂诗(其七)

胡床兀兀坐忘情,似向曹溪见老能。若处樵歌好消息,妙高峰上许人登。

牛角歌(甯戚歌)

陈　辅(?—?)

牛　角　歌

牛角歌,牛角歌,日暮寒云满碧陂。骑牛下山归曲阿,湖烟湿我裳。
牛角歌,牛角歌,浩浩者水鱼弗过。夷吾向说不我和,呜呼夷吾奈若何。

悲　昔　游

昔吟梁父思泰山,又歌牛角悲其寒。鲍徐英魄今何在,岭云关月何漫漫。
少强眼为伤时切,老大昏花心易急。石岩题墨几秋风,人世功名杳无迹。
君不见汉千秋,唐马周,玄谈徒步皆公侯。
贾生竟止梁王傅,三世郎官虚白头。风云自古虽伤偶,用舍何尝系能否。
但知信足任平生,计度不如多饮酒。愿将梁父吟,变作杜宇之声音。
愿将牛角歌,转调紫芝弦玉琴。五陵石马散黎轴,惟有箕山青到今。

陈　渊(?—1145)

次韵杨丈夜寒直舍(其二)

銮辂盐车等是劳,便逢良乐肯鸣号。只应末路歌牛角,不及寒窗秃兔毫。
世事分明如昨梦,人情端的胜春醪。终当短艇从公去,俯仰江湖戏怒涛。

陈　著(1214—1297)

和单君范古意六首·牧

一笛横秋风,渺渺心话长。勿效汉卜式,得即不为亨。

当如老甯戚,饭歌不为狂。骅骝正骄腾,万里水草场。
谁知北海上,啮雪对天狼。

方　岳(1199—1262)

次韵十二神体(其二)

鼠穴不能容篓数,牛角自歌深夜雨。虎头肉食飞者谁,兔窟跌居狡何补。
龙籍亦保终当还,蛇杯生疑空自苦。马曹误我盍归田,羊羹祸人宁学圃。
猴拳蕨嫩鲜可烹,鸡毛菜香醉言舞。狗尾时时遣续貂,豕白献惭吾不取。

枕　石

短箠相携入薜萝,且容眠石略婆娑。未曾八月暑如此,何处中秋天最多。
一壑风烟贫受用,百年时序老消磨。夕阳篱落谁横笛,似识山樵扣角歌。

韩　淲(1159—1224)

雨乍霁散步村野山谷间

　　幽居喜乍晴,闲步转山麓。塘坳过两家,山嘴见一屋。
　　坡陀上平岗,窈窕入深谷。时时看采桑,往往值播谷。
　　鸡飞田妇呼,牛走牧儿逐。路平豁呈露,地僻杳藏伏。
　　风物晚春时,但见青草木。无为扣角歌,但赋采薇曲。

华　岳(?—1221)

记　梦

　　夜漏彻三更,梦牛入我屋。有角断而悬,有足折而缩。
　　惊觉细思量,谶有何祸福。兆者事之先,形者心之属。
　　事既兆于心,梦乃形于腹。入屋牛有盖,为牢事刑狱。
　　吾今尚缧囚,其应已桎梏。体具牢方具,无足牢不足。
　　不足意无他,示予可脱辐。去盖只论牛,其义尤可录。
　　牛足不下垂,得一生可续。牛角不上横,得某去何速。
　　一旦忤君心,吾罪当何赎。生去气横秋,风马不相逐。
　　下裂舆地图,上应周天宿。峥嵘挽万钧,其始播百谷。
　　身虽在笼槛,志不经沟渎。甯戚不吾歌,丙吉当吾哭。

安得如齐王,过堂怜觳觫。

姜特立(1125—1203)

冬夜不寐

宵柝迢迢警睡魔,静思甘分老林坡。忍胞只有嵇康懒,扣角曾无甯戚歌。
不起妄心思世事,只将闲意养天和。时人休说长生术,学著长生事转多。

林景熙(1242—1310)

次曹近山见寄

扣角歌残夜正长,懒将龟策卜行藏。风烟万里别离梦,草木一溪文字香。
仙泣铜盘辞渭水,鹤归华表认辽阳。愁来偶上西楼立,耿耿寒奎色照霜。

刘　过(1154—1206)

村　　墅

俗子有钱村亦乐,秋田米熟歌牛角。三家村墅无官方,夜半呼卢笑声谑。
寻思我辈不如君,平生读书徒苦辛。遭时丧乱未得志,长策短藁无由伸。
不如卖剑买牛去,也学此翁村里住。只愁夜半月明时,得意无人和诗句。

陆　游(1125—1210)

蓬　　门

莫笑蓬门雀可罗,老农正要养天和。穿林袅袅孙登啸,叩角呜呜甯戚歌。
睡美到明三展转,饭甘捧腹一摩挲。床头更听糟床注,造物私吾亦已多。

与青城道人饮酒作

君不见太傅晚岁具海舟,归欲极意东山游。
翰林偶脱夜郎谪,大醉赋诗黄鹤楼。
两公穷达何足道,同是逸气横清秋。
我无一事行万里,青山白云聊散愁。
有酒不换西凉州,无酒不典鹔鹴裘。
不作王猛傲睨坐扪虱,不作甯戚悲歌起饭牛。
五云覆鼎金丹熟,笙鹤飘然戏十洲。

书室明暖终日婆娑其间倦则扶杖至小园戏作长句二首（其二）

美睡宜人胜按摩，江南十月气犹和。重帘不卷留香久，古砚微凹聚墨多。
月上忽看梅影出，风高时送雁声过。一杯太淡君休笑，牛背吾方扣角歌。

苏　过（1072—1123）

次韵曲水泛舟四首（其四）

性不事轩冕，敢从公卿游。田歌扣牛角，谁意乐府求。
公有三岛客，凛然气横秋。赋诗两未厌，卒岁当优悠。
越吟何太早，言寻丘壑幽。但恐元龙笑，汲汲谋田畴。
寄语玉涧友，达人遗乘流。拄笏看西山，不妨兹唱酬。

苏　轼（1037—1101）

乔太博见和复次韵答之

百年三万日，老病常居半。其间互忧乐，歌笑杂悲叹。
颠倒不自知，直为神所玩。须臾便堪笑，万事风雨散。
自从识此理，久谢少年伴。逝将游无何，岂暇读城旦。
非才更多病，二事可并案。愧烦贤使者，弭节整纷乱。
乔侯瑚琏质，清庙尝荐盥。奋髯百吏走，坐变齐俗缓。
未遭甘鹢退，并进耻鱼贯。每闻议论余，凛凛激贪懦。
莫邪当自跃，岂复烦炉炭。便庆朝秩越，未暮刷燕馆。
胡为守故丘，眷恋桑榆暖。为君叩牛角，一咏南山粲。

苏　辙（1039—1112）

次韵吴厚秀才见赠三首（其三）

一卷新诗锦一端，掉头吟讽识芳酸。哀歌永夜悲牛角，朗咏扁舟笑杏坛。
间发笙簧犹可拟，弃捐斤斧定知难。继君高韵君应笑，咀嚼归途久据鞍。

谭用之（？—？）

幽居寄李秘书

几年帝里阻烟波，敢向明时叩角歌。看尽好花春卧稳，醉残红日夜吟多。
印开夕照垂杨柳，画破寒潭老芰荷。昨夜前溪有龙斗，石桥风雨少人过。

王 炎(1138—1218)

答韩毅伯五首(其四)

老松寒不凋,古井风无波。斯人阅千古,所得亦已多。
句法余事尔,高处凌阴何。宁为拥膝吟,无作扣角歌。

用前韵答黄一翁二首(其一)

缊袍敌狐裘,晚饭可当肉。讳穷竟未免,岂不爱储蓄。
嗜利颣有泚,恐愧王承福。财固祸之媒,越乡忌怀玉。
君看座右器,已满即倾覆。圣贤用功处,清心而寡欲。
于世淡无求,乃能实其腹。谁令入青衫,失策混流俗。
黄子振鹭姿,笔力扛百斛。笑人龟手药,欲售先聚族。
知予颇清苦,应物未圆熟。游宦不能巧,俯首立矮屋。
锻炼知精金,祁寒见松竹。自立不坚定,庸行徒圣读。
谁谓漆园高,俯首欲丐粟。穷作扣角歌,老厌淄川牧。
古道浸斩丧,时人方逐逐。有田南山南,可办一盂粥。
请赓归去来,世路早收足。

王 奕(?—?)

和叠山到山阳郡学四诗(其四)

一代英雄不数人,百年聚散重伤神。歌阑牛角天还晓,铎振鳣堂道又春。
泗水尼山圣贤地,江云楚月去来宾。淮安荡荡朝天路,附骥新吟莫厌频。

王 灼(?—?)

题政黄牛出山图(其二)

桥边路欲迷,林外山犹见。长歌扣牛角,不读项羽传。

韦 骧(1033—1105)

陶掾书斋小饮

学非焉用赘多多,养浩当须继孟轲。把酒相欢外纷扰,吟诗大句破妖魔。
坐中谁作向隅泣,天下今无扣角歌。圭绂巍巍君勿羡,安知此乐不如他。

暑雨言怀和潘倅十八韵

暑雨应时至,年来民气和。池塘假滟滪,畎亩小潭沱。
跧缩栖梁燕,淋浪贴水荷。一番新涤垢,何处不盈科。
旦市犹无迹,寒门愈可罗。庭柯均见濯,檐溜独成波。
猎子愁收弋,田翁喜荷蓑。蜂衙忘刻候,蛙吹恣吟哦。
箧恨书生蠹,场忧麦化蛾。凉风飒以度,清兴迥然多。
公退书帷寂,诗余道服拖。虽非倖击玉,仅可比鸣鼍。
屡促低弦轸,频倾浊酒蠡。自存惟浩气,兼养类菁莪。
衣葛疏仍补,羹藜淡不蹉。百瓮舒足力,六字习心呵。
未有焚鱼兴,宁为扣角歌。兹辰拜高咏,适足慰蹉跎。

许 棐(?—?)

题 野 处

数亩家园枕碧波,树桑疏处补花窠。檐低不碍儒冠入,桥矮才通钓艇过。
云笛旋裁门外竹,雨衣新织槛前莎。有时牛背看书罢,一曲春风甯戚歌。

游 开(?—?)

和 刘 叔 通

昨夜刘郎叩角歌,朔云寒雪满山阿。文章无用乃如此,富贵不来争奈何。
邴郑向尝依北海,晁张今复事东坡。吹嘘合有飞腾便,未用溪头买钓蓑。

俞德邻(1232—1293)

送程道大归新安兼简宪使卢处道学士四首(其四)

戈戈束帛贲丘阿,有几英雄入网罗。少室山人征不起,贞元朝士已无多。
声光赫奕埋轮使,音调凄清扣角歌。倾盖相欢应恨晚,乔松千尺有丝萝。

张方平(1007—1091)

胡生画牛歌

有儒落落何为者,策驴晓到吾门下。风标高古气深淳,询之乃是陶唐民。
并汾形胜太行麓,西距潼关大河曲。春秋战国汉晋史,所书义勇雄侠士。

多出三晋与秦燕,古云气俗禀之然。我颇儒冠腰博带,躯干不如脑腑大。
曾游两河望王屋,不到并州心不足。喜君历历说其乡,引我心飞过太行。
因爱其乡爱其人,已重其人重其文。文比玉溪既高爽,诗比玉川仍清新。
胡君不但歌诗好,又工画笔名精妙。画牛百年鼻不干,浙东独有戴巡官。
胡君不肯居戴后,自署名为画牛叟。忽摧两幅教余看,回首故园心恋恋。
我家一廛寄淮汭,往曾亲把枯犁尾。月下歌商叩牛角,雨里寻春坐牛背。
长来提剑事羁游,虚名役我荒西畴。见君画得牛如活,却忆烟蓑淮汭秋。
胡君胡君君贤者,画得信奇宜少画。勿令画价闻于人,掩君诗价兼文价。

张　纲(1083—1166)

次 韵 虞 章

轨道无停辙,枫林难尽柯。人生百年间,疾若下走坡。
何为行役苦,况乃忧患多。渊明颇解事,舍浊扬清波。
九原骨已朽,万古名不磨。念我独窘束,处世随唯阿。
尘埃眼中满,岁月马上过。不作鸡肋弃,尚扣牛角歌。
正赖良友朋,诗句陶天和。涓涓吐微溜,浩浩供洪河。
三篇怯大手,未陈先倒戈。借问菊坡游,颇亦狂醉么。
独不饮公荣,冷面看红酡。欲赋无好语,书怀愧阴何。

张　耒(1054—1114)

试院即事呈诸公

天街落日走鸣珂,咫尺衡门不许过。催去据鞍犹鹤望,争观夹道已云罗。
奏篇定有凌云赋,招隐今无扣角歌。最苦清秋孤美睡,通宵三问夜如何。

读戚公恕进卷

世方尚纤柔,子独不可揉。人皆喜呶呶,子语不出口。
巍然即之高,俗子竞嘲诟。我尝要之难,快使暴其有。
乃知谤之非,更觉所得厚。由来难小知,此固可大受。
读书常辛勤,世务饱经构。琅琅满编文,一一可推究。
俗儒昧事实,文字工彩绣。可观不可用,章甫冠土偶。

子能独不然,浑朴谢雕镂。宁为目前玩,功见施设后。
知心古所难,形兀实难售。嗟君听者寡,风雨但孤雏。
又思理难常,功业亦邂逅。岂令匠石斤,常缩袖间手。
无为扣角歌,且进满尊酎。但非遽可令,有所待而偶。
干将伏黄土,气乃在牛斗。顾君久自安,蔽抑宁复又。

张孝祥(1132—1170)

和王景文(其二)

斯文到之子,砥柱阅颓波。致主规模别,伤时疾疢多。
大臣谗贾谊,逆旅欠常何。无路排阊阖,聊当扣角歌。

张　镃(1153—?)

杂兴(其三)

细读南山扣角歌,机锋投处几曾多。道人不踏门前路,敝帚其如自爱何。

赵必瑑(1245—1294)

和尹权宰见访韵

牛下高眠扣角歌,翣金裾翠重相过。江湖十载知心少,风雨一庭愁思多。
君向青云腾骥足,我甘白发老渔蓑。茅檐剪烛更酌酒,人世欢娱能几何。

郑思肖(1241—1318)

甯戚饭牛图

斯人岂是饭牛者,浩叹空怀扣角悲。说到漫漫长夜处,南山白石也攒眉。

紫　芝　歌

晁说之(1059—1129)

记　梦

山上多曲木,涧底有劲草。乃知穷达性,多随势所到。
此语自梦中,景物殊浩浩。颇逢平生人,叹息老非少。

独不偶贵胜,昔见非吾好。语类紫芝歌,敢不勉蹈道。
孰能憔悴予,著之视同袍。

程 珌(1164—1242)

寿皇子(其三)

皇穹发灵,炎图中兴。南吕调仪,运叶千龄。
金相玉质,虎步龙行。亲师问道,日进月新。
以是事亲,忠孝一忱。以是格天,昭彻一心。
人之忠佞,事之几萌。至则能断,举无遁情。
夫是以清明在躬,志气如神。绵绵若存,为天地根。
非道之外,他有长生。又况秋饮沆瀣,宵见南极。
风云叶和,海邦宁谧。枫宸椒禁,两宫怡愉。
忠厚所根,仁浃阁闾。愿寿多男,洋洋康衢。
天赐玉卮,人歌紫芝。磐石萝图,维熊梦奇。
孔蔓且硕,时万时亿。

太上虚皇黄庭经句法十篇寿赵帅(其六)

明年天使九街驰,御茗名薰宣玉词,更敕仪鸾饷寿卮。
我有新曲名紫芝,会当献之凤凰池。

范仲淹(989—1052)

送徐登山人

重君爱诗书,孜孜不知老。白发末理生,惟谈圣人道。
爱君妙山水,所得是神气。尺素写林峦,邈有千里意。
今日江南行,孤云无系程。直指九华峰,去扫先君茔。
却来华阳川,与我溪上盟。行歌紫芝秀,坐啸清风生。
炼真变金骨,飘飘朝玉京。结成物外游,忘此天下情。

方 回(1227—1307)

唐阁门挽诗三首(其一)

除布何飘骤,偾亡足败伤。宁歌紫芝曲,自老白云乡。

兵息潢池弄,书全屋壁藏。铭碑端不愧,今代蔡中郎。

七十翁五言十首(其五)

七堠长亭路,前程已不多。最欺吾老者,绝奈后生何。
去晚陶弘景,迷凶马伏波。幸逢黄菌耦,且赋紫芝歌。

赠相士李山屋

四十五万坑长平,五十六万败彭城。头小而锐重瞳子,可谓善战能用兵。
杀人何得惨如此,不知天亦还杀尔。世间产一虎头相,几阵生灵为渠死。
韩擒彭醢不足悲,无辜性命供娱嬉。汉家宗社计未定,商山老人歌紫芝。
相人相穷不相达,天道好生不好杀。岂无袖手闲书生,一著满盘死棋活。

方一夔(?—?)

感兴二十七首(其二四)

吾闻羲轩时,真淳初未散。人人悟此理,不用一言赞。
漂流三季后,前圣多忧患。木铎方大鸣,音响惜中断。
百家自其后,非是纷相难。父子起争端,恨死呻吟缓。
秦人规我隙,行素俱灰炭。读律不读书,条贯毛发乱。
嗟彼商颜人,坐不学城旦。一曲紫芝歌,应有三人叹。

韩 淲(1159—1224)

八月二十五日过南龛(其一)

凉雨忽不止,秋阴无奈何。山根泻新涨,小立玩流波。
会逢其适尔,紫芝有奇歌。惜此未深密,时见人游过。

晓　起

烟云未收天未明,眼头依依带疏星。行人道路贪起程,戍楼冬冬杀五更。
青山渐出一溪绿,溪面横舟山有屋。红光扶日升旸谷,且听吾歌紫芝曲。

贺 铸(1052—1125)

送章邦杰移家余杭包家山

九江贤令尹,千载两相望。昔也陶彭泽,今之章瑞昌。

拂衣置五斗,高兴挹羲皇。避俗陶无悔,达生吾与章。
渊明三径荒松菊,我携一瓢寓僧屋。渊明乞食踵人门,我卖神丸办蔬粥。
渊明为酒接休元,我每移书谢州牧。渊明纸笔课儿曹,我子长歌紫芝曲。
萧闲门户十三年,尚畏尘缘生处熟。行将卜隐包家山,誓与苍生炼大还。
愿君门外诛榛菅,来者勿拒容跻攀。镜湖遗老老且孱,犹堪护鼎诃神奸。
功成拔宅自仙去,唯余井臼留人间。

胡　宿(995—1067)

送致政吴宾客

挂冕高辞九列荣,年如园绮尚康宁。水苍乍解趋朝佩,云母初闲隔署屏。
商岭紫芝歌几曲,武夷毛竹梦频惊。门前已见施行马,更待沙堤接鲤庭。

寄题斋馆

东南有仙人,玉案经近侍。为爱飞来峰,翻然下平地。
白云相与栖,绛雪居尝饵。日作冷泉游,时寻径山醉。
径山有五峰,参差标紫翠。西山玉芝岩,缥缈多云气。
岩间名胜僧,除馆待公至。施树得梗楠,开轩对松桂。
啼鸟傍檐楹,鸣泉落阶砌。藓径阔三条,篮舆时一诣。
汲井试茶腴,援琴和松吹。荣启老来歌,华胥午间睡。
追随支许游,啸咏羲皇治。武林贤主人,官仪斗枢贵。
同是老成人,俱怀方外志。流水与断塪,神交复心契。
数幅伾山图,三伏挂厅事。长谣紫芝曲,远寄青霞意。
他年跫赤霄,定把浮丘袂。

胡志道(?—?)

练玉轩

晓诵黄庭经,暮歌紫芝曲。若欲童子颜,轩中勤练玉。
羽衣络霞青,云鬓颓鬓绿。功用信如许,庶可追妙躅。

黄大受(？—？)

读四皓传

白云茫茫歌紫芝,人间无路瞻龙眉。太子介使招忽往,高祖问省心先知。
翁身商山名八极,此时不出汉事危。敢惜双足惜汉鼎,非私刘氏私黔黎。
欠呵千年橘中棋,华阴堕驴者为谁。

黄庭坚(1045—1105)

禅　颂

自古多如此,君今独奈何。可来白云里,教汝紫芝歌。

姜特立(1125—1203)

子陵濑

不为故人出,出则将如何。交道古难终,岂唯畏虞罗。
萧何丰沛旧,未免投金科。先生诚高哉,无愧紫芝歌。

孔平仲(1044—1102)

寄孙元忠(其二○)

摇落深知宋玉悲,东流之外西日微。寒衣处处催刀尺,谁家捣练风凄凄。
篱边老却陶潜菊,前飞秃鹜后鸿鹄。安得送我置汝旁,怅望聊歌紫芝曲。

李　复(1052—?)

杂诗(其一)

猗兰生幽林,秀叶凝绿滋。含芬静不发,默与清风期。
美人闲婉娈,遗世从云螭。袖中双珠明,照人冰玉姿。
群动溺忧患,闷光无同嘻。寂寥岁将晚,独往歌紫芝。

李　纲(1083—1140)

读四家诗选四首·太白

谪仙乃天人,薄游人间世。词章号俊逸,迈往有英气。
明皇重其名,召见如绮季。万乘尚僚友,公卿何介蒂。

脱靴使将军,故自非因醉。乞身归旧隐,来去同一戏。
沈吟紫芝歌,缅邈青霞志。笑著宫锦袍,江山聊傲睨。
肯从永王璘,此事不须洗。垂天赋大鹏,端为真隐子。
神游八极表,捉月初不死。

李流谦(1123—1176)

得小麂因戏作

倾江酿斗秫,未啻俗之醨。向来故疏慵,重此百忧罹。
杜门不复出,出亦将从谁。山氓过予言,刈樵得雏麂。
适我薮泽念,亟买不论资。断乳无几日,疏毳未傅皮。
槛牢异林壑,恐作南冠累。解缚非予靳,弱质叵自持。
罦罗竹节稠,失脚悔可追。泠泠溪流甘,蔚蔚庭草肥。
人生一饱耳,八荒吾庭帏。我自不乱群,尔能忘土思。
驯狎不违性,长大傥有期。充庖断勿忧,巾车薄劳之。
南山与北涧,伴我歌紫芝。张陈慨中画,管鲍谬已知。
新交不更添,岁寒端自兹。

李 彭(?—?)

登耶舍塔

五峰罗列斗南垂,百代堂堂歌紫芝。一老去为西伯用,四翁应笑北山移。

赋张邈所画山水图

异时颇爱宋元君,踏门画史如云屯。舐笔和墨太早计,解衣槃薄全天真。
梦泽张侯饱闲暇,直疑胸中有成画。酒酣耳热呼不醒,澹墨淋漓疾挥洒。
谁为右辖赋招魂,远过酸寒郑广文。怪底高堂见丘壑,欲攀松萝寻石门。
咫尺终南与王屋,翩翩不下如黄鹄。水南水北索价高,放浪犹歌紫芝曲。
张侯爱画入骨髓,脑脂遮眼良有以。笔端刻意写遗民,要似留侯赤松子。
如闻可汲用王明,会须添作贡公喜。

刘　敞(1019—1068)

送洛南周寺丞

不知商洛道,空慕紫芝歌。从事老将至,送君情独多。
双凫尚方去,驷马故乡过。想见挥弦乐,春风初扇和。

罗与之(?—?)

下第西归(其一)

抛却银袍制芰荷,春风一曲紫芝歌。古来至宝多横道,何事荆山泣下和。

米　芾(1051—1107)

题马远作四皓弈棋图横卷

落落四皓翁,山林养其静。羞为汉家臣,若辟秦苛政。
商颜高峨峨,坐待天下定。欸起佐储皇,上前启名姓。
堪怜羽翼成,难将口舌争。无语及扶苏,空歌紫芝咏。

潘兴嗣(1021—?)

过　濂　溪

鳞鳞负郭田,渐次郊原口。其中得清旷,贵结林泉友。
一溪东南来,潋滟翠波走。清响动灵粹,寒光生户牖。
峨峨双剑峰,隐隐插牛斗。疏云互明晦,岚翠相妍丑。
恍疑座中客,即是关中叟。为歌紫芝曲,更击秦人缶。
窅然忘得丧,形骸与天偶。君怀康济术,休光动林薮。
得非仁知乐,夙分已天有。捉鼻固未免,安能混真守。
日暮车马徒,桥横莫回首。

裘万顷(?—1219)

安乐窝示元德弟二首(其二)

清泉出石窦,白云卧山窝。淋淫乍开霁,原野欢声多。
吾庐近西峰,其下林婆娑。解衣坐磐石,持竿钓清波。
主人忘机心,鸥鸟亦无他。东鲁与南郭,泰山等峨峨。

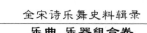

　　周子何人哉,自许不啬过。一朝离草堂,山英遂横戈。
　　折辕不得还,如此俗驾何。仰视前修翁,铅刀比太阿。
　　予弟山林人,心平气自和。欢然乐箪瓢,笑彼荤膻罗。
　　好书不厌观,佳句时一哦。烦赓紫芝曲,为我醉时歌。

释宝昙(1129—1197)

紫 芝 图

坐诵行歌忆紫芝,江南有愧断肠词。后于王母三千岁,始见商山十二枝。
日上宝光应倒射,柱间甘露足华滋。吾乡岁晚滩声小,忠孝波澜断在斯。

释德洪(1071—1128)

次韵君武中秋月下

秋光一半去无迹,万里阴晴占此夕。书生醉语哦月诗,想见看朱眩成碧。
白公初携佳句归,便觉草露寒沾衣。夜晴兰室亦怀古,领略太白怀玄晖。
千字一挥才瞬息,流珠走盘纷的皪。故应奇韵自天成,此诗如女有正色。
风鉴从来别俗氛,吐词句句含烟云。坐令一日传万口,不减长吉题高轩。
君家客皆天下士,放意高谈饮文字。江左风流扫地空,今日追游可无愧。
嗟予秃鬓欲逃名,竭来百虑霜雪凝。世间垢习揩磨尽,但余猿鹤哀吟声。
刘生餐痂亦何美,玄德结朓应有旨。平生清境吾所嗜,正如翔鸾饮须醴。
君看清河夜升镜,微云灭尽如磨莹。定当先生度青冥,思冷魂澄亦幽兴。
笑中笔阵横词锋,照人秀色烟茸茸。调高未数紫芝曲,酒味且卧黄金钟。
人生一笑如电掣,岂特山舟藏岁月。自惭陋句类无盐,敢并高人天下白。

释怀深(1077—1132)

拟寒山寺(其八六)

　　人身苟无业,生死何足疑。生也不须恋,死亦不须悲。
　　一身真逆旅,万事皆儿嬉。请来绿岩畔,与君歌紫芝。

释居简(1164—1246)

次韵宣州使君陈中书见寄

听紫芝歌问绮园,橘中果有几何天。试原雪夜玉堂梦,更了江春符竹缘。

新涨溢池荷叶小,暖风掠面柳花鲜。大邦屏翰风骚地,应有诗人受一廛。

如 隐

堂堂伟冠衣,琅琅歌紫芝。洗空绮纨习,政恐富贵逼。
富贵安在哉,一笑付倘来。不来亦不觅,不直水一杯。
小圃时时开,不待春登台。俗驾驱尘埃,合为山灵回。
隐非盛世事,说与隐君子。未尽碧山鱼,此隐诚何如。

释文珦(1210—?)

山中秋日怀友

庭树凉飙入,西山爽气多。独行清涧曲,闲咏紫芝歌。
野馔甘黄独,山衣足薜萝。幽人同此好,何事不相过。

赠 同 志

我本无生侪,涉有乖素愿。百年直寄耳,倏忽如过电。
犹记学语时,老色遽满面。富贵非所希,吾道在贫贱。
往事绝寻思,残生喜强健。忘机有白鸥,消日赖黄卷。
今辰扶杖出,穷探不知倦。与子偶相逢,抵掌说嘉遁。
同歌紫芝曲,共饱青精饭。世人不相知,心通亦何闷。

释元肇(1189—?)

高鼓院桃村

举头见青山,高与天齐平。俯首鉴灵泉,派分天池清。
是中十亩园,烂若红霞蒸。夫差昔不国,舞榭歌台倾。
风惊柳腰折,雨集蛙部鸣。霭霭墟里烟,纷纷鸡犬声。
寂寥千载后,公来畅幽情。手种桃千株,草架屋数楹。
厥壤宜芬芳,昭俭易落成。子孙相追随,日夕生遐征。
公今云台仙,轻强垂百龄。支筇歌紫芝,倚松诵黄庭。
绿阴长蟠实,白莲闯池生。客从何方来,略不通姓名。
自云多昔人,食之能飞升。更老上所尊,只恐蒲轮征。
公乎笑而已,客言曾不听。归来向人说,洞口云纵横。

宋庠(996—1066)

寄题职方周员外庐山笑台

周郎有旧隐,远在南山陲。一笑偶为乐,九层遂成基。
旁连醉令石,却眺社僧碑。地远云物秀,岩深松桂滋。
当时骛高兴,益友相攀追。乐圣自鼓腹,谈经亦轩眉。
风猿助清啸,谷鸟参朋嬉。忽引朝闱籍,久乖林下期。
头白二千石,高盖复来思。活活弄新溜,苍苍援故枝。
虽云未投绂,良足纾烦疲。余怀本丘壑,世路方縈羁。
愿言独往客,缅邈心空驰。税驾或未晚,从君歌紫芝。

苏过(1072—1123)

次韵孙海见赠(其一)

碌碌抱关好,孰为贤与愚。休歌紫芝曲,且和南郭竽。
达人齐万物,轩冕等块苏。

苏轼(1037—1101)

和陶归园田居六首(其五)

坐倚朱藤杖,行歌紫芝曲。不逢商山翁,见此野老足。
愿同荔支社,长作鸡黍局。教我同光尘,月固不胜烛。
霜飙散氛祲,廓然似朝旭。

苏辙(1039—1112)

次韵孔平仲著作见寄四首(其二)

共居天地间,大类一间屋。推排出高下,何异车转毂。
死生本昼夜,祸福固倚伏。谁令尘垢昏,浪与纷华逐。
譬如薪中火,外照不自烛。感君探至道,劝我减粱肉。
虚心有遗味,实腹不须粟。芬敷谢桃杏,清劲比松竹。
息微知气定,睡少验神足。胡为嗜一饱,坐使百神哭。
要知丹砂异,不受腥腐触。可怜山林姿,自缚斗升禄。

君看出世士,肯屑世间福。宁从市井游,与众同碌碌。
不愿束冠裳,腰金佩鸣玉。斯人今何在,未易识凡目。
恐在庐山中,飞翔逐黄鹄。试用物色寻,应歌紫芝曲。

王安石(1021—1086)

赠上元宰梁之仪承议

白下有贤宰,能歌如紫芝。民欺自不忍,县治本无为。
风月谁同赏,江山我亦思。粉墙侵醉墨,怊怅绿苔滋。

王 阮(？—1208)

和陶诗六首·和归田园

皇天亦爱我,生我匡庐山。勉承父母志,功名期少年。
既无取日手,远去穷虞渊。又无谋生才,广有负郭田。
富贵两不谐,胡为乎世间。眷言敷原居,宛在瀑布前。
野旷易得月,谷虚常带烟。行歌紫芝曲,醉上香炉巅。
念此百年身,有此足以闲。若乃不决去,使彼山凄然。

王禹偁(954—1001)

贺柴舍人新入西掖

早折蟾宫第一枝,纶闱恩命苦何迟。久为俗吏殊无味,合掌王言亦有时。
好继忠州文最盛,应嫌长庆格犹卑。他年莫忘中吴宰,六里山前歌紫芝。

谢 翱(1249—1295)

四 皓

冷却秦灰鬓已翁,紫芝歌罢落花风。若教一出无遗恨,莫入留侯准拟中。

谢 薖(1074—1116)

寄题朱氏小隐园

吾闻滑稽儿,避世向金马。刘草吉云乡,探凤芳城野。
斯人玩世耳,岂必蒿庐下。墙东本佫牛,君平盖卜者。
朝市亦堪隐,山林实潇洒。君居占深源,境物粲可写。

老桧上干云,孙桐已拱把。雨窗修竹响,风磴寒泉泻。
此翁少年日,射巧如注瓦。百金装宝刀,千金买流赭。
晚歌紫芝曲,情性妙陶冶。蒲履谷皮巾,何取绶若若。
嗟予亦旷荡,与世自矗苴。方期访桃源,更欲结莲社。

章　甫(?—?)

卜　宅

卜宅定何好,庐山泉石奇。夜梦五老人,问我归何时。
山中有蕨薇,可以疗子饥。束书早归来,长歌歌紫芝。

赵友直(?—?)

秋夜宿瑞象寺写怀

秋高天宇肃,草际霜华冷。明月流清光,徘徊薜萝影。
予抱千古怀,其将为谁骋。兴衰感人事,代谢悲流景。
长歌紫芝篇,醉卧赤松径。斯亦聊且娱,荣华非所竞。

真山民(?—?)

客中临归仍送游教谕

建括相望天一涯,快哉此地话襟期。芹边春暖几杯酒,门外月高千首诗。
去去先生此休矣,栖栖游子暮何之。送行折了邮亭柳,归卧白云歌紫芝。

邹　浩(1060—1111)

送郑祭酒得宫观还乡

闽中男子多儒衣,龙骧虎视惟四夔。门前蓬藿老风雨,籍籍声名天下驰。
尔来半作古人去,亦或霜鬓甘伏雌。独随日月上星斗,即今先生侍丹墀。
先生胸次真武库,无所不有世莫窥。早年剖符勤抚字,晚年赐环妙论思。
朝廷远览得治本,务先长育英豪姿。凌云大厦岂一木,要在巨细皆其宜。
先生彬彬揭模楷,仰膺帝可端为师。鸾飞凤举遍台阁,辟雍祭酒终不移。
下帷庄坐对沉燎,诸生自耻专浮词。斯文与天共澄霁,肃驾圣域无多岐。
他时合抱挽梁栋,论功较德谁高卑。先生胡不长风宪,豺狼在念略狐狸。

坐令饮恨深发喜,簪缨无复藏奸欺。先生胡不同翰墨,形容尧仁晓天涯。
鲁官典诰从此复,大哉王言非寄私。先生胡不秉枢极,以道揆事如蓍龟。
河防民役有定论,简拔贤俊去嫌疑。吏员一一底乃绩,二房拜手受指扠。
东西南北几万里,匹夫匹妇违寒饥。人言太平亦无象,但见父老同儿嬉。
胡为五湖入清梦,忽焉幽兴落武夷。千钧一发谁挽得,径约赤松歌紫芝。
长安车马竞回首,颇似巨源辞位时。通德高门想如昨,溪风旦暮犹有期。
冷然杖屦远俗物,此心惟许江鸥知。巍巍北辰拱天子,还淳直欲跻皇羲。
人才未登常侧席,鹤书每每空山茨。金瓯况复旧名氏,只恐先生难自怡。

汾 阴 曲

李　新(1062—?)

汾　阴　曲

吾爱西河段干木,凛然节概凌孤竹。遗风扫地青冢存,汾水千年为谁渌。
水边剑佩锵寒玉,熊车来作江阳牧。忠梗峨峨一面霜,想像古人今在目。
我叹今人似古人,丝桐为播汾阴曲。

法　曲

高似孙(1158—1231)

巾　山　雪

携诗来做台州雪,台州雪好无人说。一峰玉削昆仑柱,一天冰夹蓬莱阙。
大江不动网罟冻,众壑皆声松竹折。村无人行太清净,树无鸟栖俱峭绝。
丹天仙君谒帝回,赤脚泠泠踏寒月。不管飞残水帝魂,从头尽笑春风拙。
绿华之女素霓衣,从以广寒太阴妃。法曲导引青鸾飞,仙人仙人胡不归。

黄庭坚(1045—1105)

次韵宋懋宗三月十四日到西池都人盛观翰林公出邀

金狨系马晓莺边,不比春江上水船。人语车声喧法曲,花光楼影倒晴天。
人间化鹤三千岁,海上看羊十九年。还作邀头惊俗眼,风流文物属苏仙。

李昭玘（？—1126）

迎　　驾

端门万骑锦衣红,迤逦鸣稍下半空。天极奥居黄道北,瑶池归仗五云中。
金舆影度长廊日,法曲声回广殿风。泗水昔年曾梦到,拜恩何幸接鹓鸿。

沈　遘（1028—1067）

使还雄州曹使君夜会戏赠三首（其二）

法曲新声出禁坊,边城一听醉千觞。明朝便是南归客,已觉身飞日月傍。

宋　祁（998—1061）

奉和御制后苑赏花诗

诏跸回清籞,宸旒驻紫烟。乔云霏汉幄,法曲度文弦。
猎翠雄风度,凝香甲帐寨。仙葩浮羽葆,藻卫缛芝廛。
式宴千钟酒,迷魂七日天。宸章纡宝思,休咏掩楼船。

宋　庠（996—1066）

正月四日侍宴紫宸殿契丹使预会

黼座披天幄,朝簪集玉除。人来重塞表,年是上皇初。
万岫移神岛,千门敞徼庐。春云低借幕,瑶斗近临车。
露渥仙杯溢,风和法曲徐。剑丸争献巧,橦索竞凌虚。
老柘优词丽,交竿舞态舒。盘丰行炙数,冠重赐花余。
瑞境仪韶凤,欢心在镐鱼。太平同乐意,应有史臣书。

陶梦桂（1180—1253）

次韵良佐歇心歌三首（其二）

随意栽培花几窠,梅坡安稳即銮坡。土尊岂胜茅柴酒,法曲何如欸乃歌。
着意事无虚事有,快行时少坐时多。闲身散诞休惊去,尘世光阴等刹那。

王　珪（1019—1085）

依韵和梅圣俞从登东楼三首（其三）

云日晖晖下碧山,谁从沧海宴初还。香车辘辘红尘里,紫阙岧峣瑞气间。

午夜笙歌移法曲,满城桃李斗朱颜。金吾不禁天街鼓,独有文闱已上关。

夏　竦(985—1051)

奉和御制朝元殿朝谢玉皇大帝

三清右序储繁祉,万乘钦明答上穹。圣化诞敷书轨混,仙游昭假地天通。
灵辉熠煜充丹禁,瑞雾霏微翳碧空。积累有开鸿绪远,顾怀无际庆基隆。
精心展彩威颜肃,法曲迎真睿藻融。象舞在庭功复异,宝符先道古难同。
奉朝嘉服祇群后,赞帝鸿仪俨上公。神爵乍临香馥郁,矞云低映树青葱。
洁粢禋荐升严陛,苍璧高蟠照晓风。宣室受釐均大赉,洋洋春泽浃区中。

曾　巩(1019—1083)

和史馆相公上元观灯

九衢仙仗豫游归,宝烛星繁换夕晖。传箭未斜清禁月,散花还拂侍臣衣。
天香暗度金虬暖,宫扇双开彩凤飞。法曲世人听未足,却迎朱辇下端闱。

周必大(1126—1204)

立春帖子·太上皇后阁(其一)

化国春偏好,慈闱日自长。仙韶喧法曲,齐劝万年觞。

恭和御制幸秘书省诗二首(其一)

群玉西昆富典章,二星东壁粲辉光。秋花迎杖千丛丽,法曲传觞九奏长。
虎将纵观修旧事,豸冠陪侍仰明王。政修即是攘夷策,猃狁残袄岂足囊。

荔　枝　歌

蔡　襄(1012—1067)

梨园小部

倾宫晨起传轻妆,山殿生风夏日长。小部新声落天上,无人知是荔枝香。

陈　襄(1017—1080)

荔　枝　歌

番禺地僻岚烟锁,万树累累产嘉果。汉宫坠落金茎露,秦城散起骊山火。

炎炎六月朱明天,映日仙枝红欲燃。自古清芬不能遏,留得嘉名为椹仙。
上皇西去杨妃死,蛮海迢迢千万里。华清宫阙阒无人,南来不见红尘起。
至今荣植遍闽州,离离朱实繁星稠。一日为君空变色,千里凭谁速置邮。
可怜锦幄神仙侣,为饮凝浆涤烦暑。绮筵不惜十千钱,酩酊秦楼桂花醑。
秦楼女子绣罗裳,凤箫鸣咽流宫商。醉歌一曲荔枝香,席上少年皆断肠。

周紫芝(1082—?)

季共见和前诗次韵为谢(其一)

当日梨园寿太真,荔枝香曲赐名新。麻姑萼绿双回袖,舞彻遥知不动尘。

荔 枝 香

千秋节当八月五,御楼卷帘看马舞。黄衫玉带分两行,绣衣宫人击雷鼓。
梨园法曲凄且清,相传犹是隋家声。宜春北院蛾眉小,初按新声未有名。
侍女焚香跪瑶席,更看真妃作生日。恰值南方驿使来,旋采风枝露犹湿。
当时盛事人争传,荔枝香曲是新翻。宫中行乐事亦秘,此曲不许人间闻。
马嵬梦断香尘息,满山荔子无人摘。却归西内冷如冰,一听遗音泪空滴。

大 风 歌

曹 勋(1098—1174)

大 驾 亲 征

骄房败盟至,饮马淮之沱。烟尘犯江汉,腥膻连岷峨。
王师因雷动,虎臣亦星罗。灵旗荡丑类,铁马驰雕戈。
三军指故国,巨舰凌沧波。一戎遂大定,上天佑无颇。
整刷旧俗苦,扫除夷法苛。奸谋尚济诡,既战犹连和。
复图称职尔,眇哉浯溪磨。已悉将相力,敢献大风歌。

程 俱(1078—1144)

和田龙图升之登秋宴口号(其一)

赭黄高拱玉霄间,金殿祥□九色斑。湛露恩浓开镐宴,大风歌奏仰龙颜。
自惊垂老抛农亩,浪逐群仙款帝关。银瓮白环方纪瑞,汗青修竹尽南山。

李　光（1078—1159）

次韵奉酬当时参议见赠游钟山五诗（其五）

塞北烟尘息，江南胜气多。君王总戎旅，来继大风歌。

刘　攽（1023—1089）

王四十监鸿庆宫

沛邑祠原庙，明年启寿宫。真游追柱史，吏隐即冥鸿。
苑路连修竹，儿歌习大风。海凫随步武，笙鹤下虚空。
司马官园令，千秋擢寝中。书成大人赋，梦识白头翁。
北阙縻徐乐，丹砂愧葛洪。帝乡那可问，相望五云东。

王　质（1135—1189）

舟中作二首（其二）

昨夜一叶落，秋风江汉波。晶晶红日淡，惨惨素烟多。
世事今如此，吾曹可若何。凄凉聊系棹，一和大风歌。

郑　獬（1022—1072）

春日陪杨江宁宴感古作

昔闻颜光禄，攀龙宴京湖。楼船入天镜，帐殿开云衢。
君王歌大风，如乐丰沛都。延年献嘉作，邀与诗人俱。
我来不及此，独立钟山孤。杨宰穆清飙，芳声腾海隅。
英寮满四座，粲若琼林敷。鹢首弄倒景，蛾眉掇明珠。
新弦采梨园，古舞娇吴歈。曲度绕云汉，听者皆欢娱。
鸡栖何嘈嘈，沿月沸笙竽。古之帝宫苑，今乃人樵苏。
感此劝一觞，愿君覆瓢壶。荣盛当作乐，无令后贤呼。

沧 浪 歌

晁补之(1053—1110)

寄怀寿光主簿四叔父

我初就学首未冠,叔父不以童儿看。我今生年二十一,叔父晚作东州官。
侧身西望不得见,泪下两脸何汍澜。
青春白日不照贫士屋,使我四壁长年寒。
六年两岁从进士,晚学扬雄识难字。贷钱乞米出都门,鼓腹吹篪入吴市。
读书击剑老死终,何为古来慷慨无人知。
上有九重之青天,下有百尺之黄泥。收声藏热等雷火,白杨蔓草秋风悲。
生亦不可料,死亦不可量。荆山长号刖两足,何如船尾歌沧浪。
我不能钩章抉句攀俊造,又不能赤鸡白狗追年少。
矫首翻肠无一言,归去吴松学渔钓。主簿卑官何所施,秋来两鬓应生丝。
阿宜已冠无成事,犹忆它年冬至诗。

范仲淹(989—1052)

鄱阳酬泉州曹使君见寄

吾生岂不幸,所禀多刚肠。身甘一枝巢,心苦千仞翔。
志意苟天命,富贵非我望。立谭万乘前,肝竭喉无浆。
意君成大舜,千古闻膻香。寸怀如春风,思与天下芳。
片玉弃且在,双足何辞伤。王章死于汉,韩愈逐诸唐。
狱中与岭外,妻子不得将。义士抚卷起,眦血一沾裳。
胡弗学揭厉,胡弗随低昂。干时宴安人,灭然已不扬。
匹夫虎敢斗,女子熊能当。况彼二长者,乌肯巧如簧。
我爱古人节,皎皎明如霜。今日贬江徼,多惭韩与王。
罪大祸不称,所损伤纤茫。尽室来官下,君恩大难忘。
酒圣无隐量,诗豪有余章。秋来魏公亭,金菊何煌煌。
登高发秘思,聊以摅吾狂。卓有梅圣俞,作邑郡之旁。

矫首赋灵乌,拟彼歌沧浪。因成答客戏,移以赠名郎。
泉南曹使君,诗源万里长。复我百余言,疑登孔子堂。
闻之金石音,绳绳自宫商。念此孤鸣鹤,声应来远方。
相期养心气,弥天浩无疆。铺之被万物,照之谐三光。
此道果迂阔,陶陶吾醉乡。

方 岳(1199—1262)

胡道士山房听琴

石亭老入维摩室,三尺流泉长挂壁。云寒夜半山鬼号,十年两耳秋萧瑟。
村溪水落寻山房,颜如渥丹鬓未霜。麻姑大鹏不胜载,挽住且与歌沧浪。
菊近重阳破青蕊,犹带潘郎旧风雨。弹冠政自不须弹,我欲挂冠神武去。

南窗偶书(其二)

西风忽凄厉,皎月流素光。客从何方来,兰佩芙蓉裳。
挥琴发哀弹,夜寂山苍苍。可人者曲生,挽我无何乡。
醉中眇万物,拄颊歌沧浪。

郭祥正(1035—1113)

送李察推

去年遇君陵阳峰,杜鹃声乱桃花红。佳人玉指接玉板,劝我一醉三百钟。
醉来骑鲸赴瑶阙,不记当时与君别。溪上扁舟破雪归,楼前芳草还春发。
白头太守重相过,开樽大笑呼琼娥。向来十客七已去,唯与杜九闻清歌。
歌声绕梁离思苦,听不得终泪如雨。回首茫茫天地中,聚散百年能几许。
今朝此地重相逢,秋汉无情江月空。把酒与君须醉倒,已知后会皆衰翁。
陵阳乐事那复得,官贱食贫身愈迫。击剑高吟非故乡,何时共作沧浪客。

贺 铸(1052—1125)

答王拙见寄

好在金陵王隐君,尺书忽与我相闻。莼鲈久负秋风约,猿鹤终寻旧日群。
横笛卧吹南浦月,杖藜笑度北山云。六朝陈迹何须问,一曲沧浪酒十分。

除 夜 叹

壮发忽种种,华年今复穷。客怀少安适,况乃京尘中。
病肺厌斟酌,疲筋谢过从。闲坊税老屋,车马无来踪。
日俸才百钱,盐齑犹不供。夜榻覆龙具,晨炊熏马通。
出门欲贷乞,羞汗难为容。安得一扁舟,浮家乘兴东。
江山此深隐,终老为田翁。春秧二顷苗,秋获期百钟。
稚子课樵汲,壮妻兼织舂。行歌沧浪清,卧快柴桑风。
神明养内观,忧患无旁攻。有客闻此言,诮余何不衷。
兹行果勇决,谁揽冥冥鸿。安知禄籍间,去就如樊笼。
微尚良自信,所悲君不同。

刘 攽(1023—1089)

和杨十七伤苏子美

苏君在朝素机警,气排青云力扛鼎。鹓鸿遇风鄙巢栖,骐骥得涂嗤坎井。
千金置酒宴长夜,锦绣照烂丝篁静。明珠盈车谤随起,白巾还家酒未醒。
翟公署门宾客改,魏牟去阙江湖永。濯缨渔父唱沧浪,结庐陶令依人境。
时浮扁舟就什一,出从数骑非造请。穷途诗语尤慨慷,暮年笔法加豪逞。
霜凋兰蕙不待老,一世欢悲竟俄顷。遗书犹缺茂陵求,卜宅乍许要离并。
生平相望不相接,凛凛气概吾能省。川流既逝安可回,骏骨虽买何由骋。
知君金石尝定交,末路人琴俱不幸。大招无复修门期,怀旧邈与山阳等。

刘 挚(1030—1097)

荆门军惠泉呈李使君舜卿

苍山抱西城,蒙泉发山麓。一泓养虚净,大石坼岩澳。
源脉溙溙来,星珠沸相续。何人潴方池,不使声瀑瀑。
四围叠琳琅,百丈荫云木。波底金莲花,万叶绿绮缛。
畏清无鱼虾,因亦远鸥鹜。俯视洞五脏,安敢濯两足。
循池隅西南,渐见泄泉漘。怒声始可听,势如脱桎梏。
涎沫卷飞练,潨鸣射碎玉。曲折溪路长,幽响远连属。

安得朱丝弦，为写沧浪曲。派泽山下田，岁常稔莽谷。
憧憧负瓶盎，清入郡人腹。惠名由此欤，图牒曾不录。
崔碣镵文章，无数不暇读。亦欲有佳句，恐为惠泉辱。
使君心自清，馆宫泉上宿。一勺蜕尘轩，岂比樽酒渌。
磅礴壮士气，常为山水伏。天下几林泉，无金买卜筑。
空兹嚼屠门，野人真碌碌。

饶　鲁（？—？）

远浦棹歌

片帆雨霁飞烟江，渔翁停棹歌沧浪。一声欸乃山水绿，浪中惊起双鸳鸯。
双鸳鸯情一何美，同宿同飞在秋水。不似人生苦别离，女嫁征夫男战死。
五湖烟景方纷争，闻歌顿欲思升平。邻舟短笛应风响，落日淡淡波冥冥。
美人春词夸艳丽，皓齿朱唇楚腰细。江楼富贵今如何，不似沧浪真趣味。

释义青（1032—1083）

第七十四黄连声前颂

空劫前时旷路闲，声前无句信入难。
欲穷沧浪白云曲，且看石人露半颜。

汪　藻（1079—1154）

横山堂二首（其二）

分明圆峤与方壶，万壑千岩入坐隅。临赋竞传今日句，卧游安用昔人图。
丹青霜叶秋明灭，水墨烟林暮有无。记取沧浪渔笛曲，他年要捋使君须。

王十朋（1112—1171）

自鄂渚至夔府途中记所见一百十韵

流火郡离饶，悠悠驿路迢。黄华舟解鄂，渺渺大江遥。
肩弛鄱人檐，身随楚客桡。东瓯乡梦远，南浦别魂销。
不过汉阳垒，犹劳郡守邵。远山看八字，古国避三苗。
别水由通济，羁帆渡沈漻。方随鸥浩荡，俄值雨飘飖。

夹岸华疑雪，春天浪似潮。枝栖并乌鹊，苕宿伴鶺鸰。
旅思凭诗遣，愁肠赖酒浇。无鱼不弹铗，忘味若闻韶。
孺子沧浪曲，渔人欸乃谣。逃虚音可喜，得隽语同嚣。
秋老江经夏，湖平境过宵。夜鸣疑有虎，昏吠喜闻獢。
遗俗怀吴主，荒祠类楚昭。巨鳞烹缩项，白粲籴长腰。
茅舍橘初熟，江村枫未凋。柳枝犹楚楚，竹泪尚思姚。
雨后禾收晚，霜前麦见荞。风清玉沙界，月吐紫微霄。
一瓣香闻佛，千龄寿祝尧。沱潜终共道，江汉讫同朝。
渡口听鸡唱，洲边记鹭翘。地名思故里，诗句忆同僚。
塔子瞻山色，天门认斗杓。航便河广苇，风顺若邪樵。
石首欣相问，刘郎似见招。双帆方快意，五两忽狂飙。
谁弄黄昏笛，如闻赤壁箫。孤烟为藕市，一叶是渔舠。
江水澄泥煮，芦薪带湿烧。梦回惊枕撼，晓起觉风调。
蔬撷才盈握，鱼膴莫计艘。横波沉密网，巨浪脱高跳。
红想乡醪滑，黄看野菊娇。左公城穴兔，油口树喑蜩。
水是蛟龙地，桑余羽葆条。竹由忠愍插，木自洞庭漂。
大士精蓝壮，将军画像骁。江空无战舰，水落有乘橇。
促织虫知备，淘河鸟受徭。风高鸣过雁，天阔戾飞雕。
云梦封疆远，荆衡气象辽。建都曾王楚，为郡自平萧。
息壤那容盗，章台可戒骄。韩诗夸府大，汉史志民僄。
燕集堂开杞，笙歌乐舞道。楼登一日暇，赋就百忧消。
落帽观成阻，游山兴谩飘。书随鳞出峡，诗附翼还鄡。
离岸忽鸣橹，满艘仍竖镖。栖窗回蜥蜴，扑面集蠛蠓。
沙市人家远，方城草色葽。食梨苏肺渴，啜茗愈头痟。
覆屋曾非瓦，名村浪有窑。枝江县罗国，凫舄扬王乔。
百里环洲渚，千家在苇苕。津卿谁复御，松邑已非侨。
汉景余清爽，临江尚庙祧。转滩惊见石，挽缚眩飞艿。
澎湃声如击，玲珑状似雕。松楸悲相冢，香火静僧寮。
转盼宜都过，横云楚塞峣。虎牙端欲噬，铜柱为谁标。

月向夷陵看,杯思太白邀。　文忠遗劲节,精采凛生绡。
岩白形如鹢,鱼黄状类篊。　邦人祀神禹,郭璞当皋陶。
舟退风飞鹬,生浮旅泛藻。　鲤溪穿荦确,牛峡隔岧峣。
孝起姜村感,音传进足趨。　山家收芋栗,土物贡姜椒。
涧水何曾歇,桃花未肯夭。　覆盆鸣鹿友,绝壁聚狐妖。
野媪头缠白,行人背负镣。　回看一州峡,下视众山么。
障日峰衔豆,钻天石碍轿。　道逢怀刺祢,卧听诵书晁。
被冷公孙布,裘寒季子貂。　犹堪耐冰雪,未暇忆炎歊。
倦上九盘岭,重观三峡桥。　好峰名佛顶,欲画少僧繇。
照黑纷持火,愁荒猛击刀。　流虹瞻魏阙,瑞白庆清朝。
国寿绵箕翼,皇图奕诵钊。　欢声形戴白,环视舞垂髫。
避涉忧如马,观形怯类猫。　眼经巫峡险,心过秭归焦。
熊绎山城古,灵均庙貌憔。　离情随梗断,乡思为梅撩。
境始临夔府,魂频梦象箭。　轻生甘叱驭,爱物戒扬镳。
帅阃分诚滥,州麾把更侥。　拜恩罗吏卒,列炬散鸢鸮。
野渡水清浅,孤舟人寂寥。　影防沙有蜮,音骇昼闻枭。
圣洞云深锁,天池浪不摇。　林梢鸣烈烈,峰顶洒潇潇。
快睹天披雾,愁听夜滴蕉。　阳台开爱日,阴气廓玄枵。
六六盘初过,三三界已超。　生朝念弧失,旅食分箪瓢。
遐想赋风玉,敬瞻行雨瑶。　过关宁有鬼,及郭免逢魈。
访古寻诗史,观风入郡谯。　路难端可畏,形役尚奚劳。
行也知谁使,官乎我亦聊。　欲赓刘与杜,辞鄙甚笤茏。

吴　璋(?—?)

环溪夜坐

江天闲晚已斜阳,静掩柴门对草堂。叶落转枝翻鹊影,星飞横水带萤光。
微风得隽驱残暑,新月出音生嫩凉。坐觉秋容转清爽,一声渔笛在沧浪。

薛季宣(1134—1173)

谷 里 章

上有青山,下有沧洲。步有回波,面有红流。
吞吐风云,呼吸觜昂。审能处之可销忧,退谷中人带答筶。
山中缭绕茅舍旁,寒泉之流激琅琅。
双石西峰我在东,无情钩加此漫郎,性情荒浪气志刚。
东邻之人挥钩车,胎鳔孤鳞浪屋加。钩纶相投不遑舍,聱齾会慨归吾家。
我蓑我笠聊自娱,没溺愧彼邻舍渔。沙门招提宅谷西,金仙宫殿云汉齐。
撞钟击磬礼耶毗,子欲诣之持清斋。个中有人坐无为,饥餐困眠气答酡。
抚掌哈然笑呵呵,吾昏将奈此子何。漫歌八曲音清泠,风高水寒三叹声。
勿哦大洞修黄庭,谷中之乐实难名。
长江北来,樊水流东,樊山水曲大回中。
鯈鯈之鱼泳油洋,钩舟渔人鼓鸣榔。浩歌一阕清沧浪,终焉无求漫相忘。
大江之东丛石起,谽谺聚石江鸣水。小回中间浪不恶,钓台嵯峨瞰城郭。
去来客船是中泊,漫成二阕回中曲。豪人仲谋当汉衰,建安之际鼎祚移。
江淮万里吴帝之,冕旒十二龙卷垂。辂车华盖日月旗,荒墟之中不可求。
宫室故处春草青,长刀大剑可治生。我先田老相次耕,大夫劝相歌三成。
江北洲,西阳国,芜城桑柘弥阡陌。妇可力蚕身力穑,四歌不用愁衣食。
一元大武牵何之,良田附郭吴东陲,牧童田父麻单衣。
叔闲修治木驶骎,从吾真者真吾儿。西阳罢田饱饭嘻,五歌六歌神自怡。
李甥叔静荡两桨,弱翁将船欲安往。大回小回闲钓鱼,送客便拟酣醺如。
酒徒之诮谓浪名,世俗交加漫不听。行无恶客相逢迎,醉歌七终将八成。
杯樽杯湖上杯亭,浪翁杯饮醉少醒。
嬉然自打舴艋行,菰蒲芰荷出青萍,仰天大笑风泠泠。
杯湖西南为退谷,寿藤累累萦寿木。湞泉奔注汇樊曲,醉耳玎玱乱鸣玉。
城中友生缟铜墨,身备四殊攸好德。洼樽日醉主与客,挟以石门天地窄。
杯湖退谷人好游,可厌之类乃所羞。忽焉草木成高丘,此游此泛生幽忧。
渊明之风继者谁,士源孟子接武来。严霜皓雪春风熙,倒置日月寒温移。

来游者子充良知,子能得之可勿疑。此道不迂不回遹,子能识之可游佚。
勉强行之今是古,谷中之人君踵武。狂生作此谷里章,意追浪叟俱商羊。
松风飕飗兰草香,与君寿考终不忘。

于　石（1247—?）

浪　　吟

十载驱驰翰墨场,翩翩霞佩高颔颅。赋窥贾马搜班扬,诗崇晋汉卑齐梁。
斯文未丧道未亡,欲寻坠绪何茫茫。萧骚袒褐凄风霜,匣中蛟龙吼干将。
男儿有志行四方,安用把笔工文章。掀髯长啸俯大荒,残烟落日尘沙黄。
纷纷蚁穴争侯王,邯郸一梦炊黄粱。断鹤续凫谁短长,世间万事俱亡羊。
何如长歌归故乡,古松流水绕石床。浊酒一壶琴一张,卧听孺子歌沧浪。

真山民（?—?）

光霁阁晚望

　　一阁纳万象,危阑俯渺茫。白沙难认月,黄叶易为霜。
　　宿鸟投烟屿,归樵趁野航。孤吟谁是伴,渔笛起沧浪。

周　密（1232—1298）

梦　　仙

有美人兮山之阳,步秋翠兮搴孤芳。姿绰约兮莹冰霜,佩珊珊兮摇明珰。
婉相顾兮袂载扬,闻语笑兮春风香。口授余兮长生方,将俾尔兮寿而康。
黄鹄舞兮白云翔,殷空半兮鸣琳琅。隔一水兮遥相望,欲往从之兮无津梁。
天风吹发兮毛骨凉,万籁发兮响笙簧。恍身世兮俱相忘,惊梦幻兮意自伤。
觉山川兮阻且长,感游子兮思故乡。白露滴兮月在床,五湖秋晚兮木叶黄。
兰可佩兮荷可裳,仰天一笑兮歌沧浪。

周紫芝（1082—?）

次韵庭藻再赋天申节锡燕书事

蓬莱殿角薰风凉,法宫无事垂衣裳。人间乐奏万斯曲,枝上日转咸池桑。
天皇初开紫府燕,御前催赐黄金觞。谁乘风云依日月,臣有力牧君轩黄。

望云仰见天不远,簪花莫厌鬓如霜。五风十雨自中国,语从重译传名王。
年年五月熟荔子,又见北使朝连昌。圣君当宁占宝历,太史执笔书殊祥。
云间双阙日五色,下被四表同尧光。风姿矫矫华省郎,珩璜结佩鸣水苍。
但将两耳听韶濩,付与孺子歌沧浪。传杯遥想水殿冷,画鼓咽咽清昼长。

击　　壤

曹　勋(1098—1174)

山居杂诗九十首(其八四)

　　山色侵衣冷,异气作心赏。岭月闻凤笙,松风吹鹤氅。
　　碧池绉澄绿,群山发清响。以此助萧闲,欣然同击壤。

柴元彪(？—？)

击　壤　歌

击壤歌,击壤歌,仰观俯察如吾何。西海摩月镜,东海弄日珠。
一声长啸天地老,请君听我歌何如。君不见丹溪牧羊儿,服苓餐松入金华。
又不见武陵捕鱼者,舣舟绿岸访桃花。高人一去世运倾,或者附势类饥鹰。
况是东方天未白,非鸡之鸣苍蝇声。朝集金张暮许史,蠛蠓镜里寄死生。
犀渠象弧谐时好,干将镆铘埋丰城。失固不足悲,得亦不足惊。
秋花落后春花发,世间何物无枯荣。十年漂泊到如今,一穷殆尽猿投林。
平生舒卷云无心,仪舌纵存甘喑喑。
噫吁嘻！豪猪靴,青兕裘,一谈笑顷即封侯。
后鱼才得泣前鱼,予之非恩夺非仇。眼前富贵须年少,吾将老矣行且休。
休休休,俯视八尺躯,沧海渺一粟。忆昔垂九龄,牵衣觅李栗。
回头华发何萧萧,百年光阴如转烛。
乃歌曰:不编茅兮住白云,不脱蓑兮卧黄犊。
仰天拊缶兮呼乌乌,手持鸱夷兮荐醹醁。
乃赓载歌曰:招夷齐兮采薇,拉园绮兮茹芝。
折简子陵兮羊裘披,移文灵均兮佩琼枝。

敢问诸君若处庙廊时,食前方丈、侍妾数百得志为之而弗为。

晁公遡(1116—?)

次刘机将仕韵

承平玉烛四时和,处处惟闻击壤歌。富国不须搜粟尉,劝民当应力田科。
使君身似社栎老,故里贤如乔木多。今日九原诚可作,吾谁归者有东坡。

赵主簿护贡篚至吴下有诗见示用诗为谢

轴舻千里薄枞阳,未数当年汉省方。勿为催归啼望帝,且看奉引驾乘黄。
四边每报风尘静,万国同瞻日月光。我愿与民歌击壤,求田当卖橐中装。

晁迥(951—1034)

属疾

精鸷成勤瘁,颐贞俟有瘳。吟生南越思,慈结北堂忧。
粲枕甘为蝶,丰厨厌炙牛。玄元知寡欲,平子尚多愁。
夕鸟侵阶啄,宵萤入树流。玉书能静览,柱史倦闲投。
忽赋行云什,堪听击壤讴。期君整朝佩,仙置在瀛洲。

晁说之(1059—1129)

夏祭日感事

盛典千年出宝图,佩环方泽影紫纡。中天月护黄琮色,出海云腾赤帝符。
已惯龟鼍呈上瑞,不惊风雨解前驱。侍臣自有扬雄赋,击壤何妨此鄙夫。

次韵邵子文书梦

先生有道无寸田,长歌击壤醉伊川。今式玄冢高嵩峦,嗣子诗礼老益端。
少从父友学其难,一书百读口角涎。父友寸步简策边,声名九州四海宽。
时有狂澜汇怒湍,百媸安肯一着妍。独乐园中往复还,蝴蝶沼上青草烟。
书成砚穴气桓桓,苍生属望十九年。圣时未肯误儒冠,倏见佩玉朝珊珊。
汴洛迎送路接连,急急政如渴赴泉。跛者释杖瘠肥膻,兵偃不用卢重环。
货利去若风中幡,抉蕴一发天下言。白发旧德殿中间,经行求士趋传餐。
先生之子难郁盘,绿衣春色行度关。群贤并进让后先,山摧栋折何茫然。

人间此梦白日前,况乃枕簟夜稳眠。仙山尘绝远嚻煎,云楼烟阁白鹤闲。
若嚬若笑玉女颜,我欲并之无因缘。傍意若谓堪悯怜,是间有汝世之贤。
此公不死神常全,王侨偓佺不及肩。汝曹蚁辈徒攻坚,欲子见之骇众仙。
子色不平羞青山,我为子往问彼天。谁敢少弄天公权,蘧蘧梦断目鰥鰥。
但觉毛骨轻且便,赋诗不怕众险艰。

陈　宓(1171—1230)

送李倅

太末先生道德尊,竭来闽底佐雄藩。两年不作如弦急,千里真成挟纩温。
南亩但闻农击壤,列城那得吏敲门。胸中久蕴经纶业,盍上星辰侍紫垣。

陈　起(?—?)

寿大丞相安晚先生

嵯峨补陀山,下视海水流。风波定以梢,稳稳济川舟。
皇穹祐炎祚,黍稌庆有秋。繄谁致此祥,上相今伊周。
赫赫命世贤,师道辅前旒。暨汤同格天,康济仰庙谋。
向来三边尘,化作和气游。横戈枕月戍,击壤歌西畴。
小春明日是,泰阶射斗牛。见说老人星,交曜光九州。
宣劝下紫宸,雕盘罗珍羞。北禁诏墨香,昌炽颂鲁侯。
鲰生戴厚恩,一诗何能酬。拟办八千首,从今岁岁投。

陈天瑞(?—?)

大暑松下卧起二首(其一)

迅翻趋炎歊,高标闷幽雅。隐士何所营,茇之清荫下。
故居禾黍生,骈幪若大厦。熟卧南风边,飞梦游虞夏。
五弦天上鸣,击壤歌满野。起来记遗音,析薪有樵者。

陈　渊(?—1145)

萧山雪中寄季修

南雪一尺余,兹事岂常有。直恐春气融,不忍加以帚。

我友隔十里,无人共觞酒。披衣坐短蓬,吟苦千呵手。
疾风穿帘幕,阴雾低窗牖。思君欲乘兴,奈此衣见肘。
吾生为已疏,未即学耕耦。要令天下肥,自以一身后。
三登今告祥,此意亦云偶。端能歌丰年,击壤和田叟。

陈 造(1133—1203)

次韵余司理路监岳

入山日正烈,出山云忽浓。身疑润空青,旋觉霏雨蒙。
归来坐良夜,淙泻如崩空。县知焦卷地,转眼青芃芃。
似闻移晚秧,竭蹶不暇慵。人计故新年,已判一倍丰。
此惠究所自,无乃西山龙。泽物龙能之,叱使则天公。
我行与雨会,仅杀颜发红。地上蝼蚁臣,渠敢贪天功。
两公壮藻思,表表千夫雄。新诗猥见予,拜赐岂所蒙。
得意笔生春,状物斤成风。生世有如愿,兼得宁易逢。
此诗自宫商,为君弦枯桐。准拟鸡酒社,往和击壤翁。

程公许(1182—?)

工侍国史奉御香祷雪上竺前一夕雪瑞已应道间志喜成诗以示敬借韵同赋

庚子岁维夏,亢阳一何骄。侵寻徂暑迫,恻怛圣虑焦。
祈祷喧三农,雩祀奔百僚。商飙忽以厉,老魃意愈嚣。
万井沸汤釜,四野炟赤熛。俄闻罪己诏,还下中兴朝。
宝香款太一,嘉荐羞庙祧。移跸给孤园,熏心梵音潮。
芝盖屏不御,鸾扇亦罢摇。还宫惨玉色,转烛翻天瓢。
小臣忝侍祠,囊封叩层霄。帝念亦劳止,暵灾殊未消。
良月始沾洽,封畿转萧条。白瑞弥渴望,亘阴那易料。
测景展绣纹,飞霜困青要。麦芒郁不吐,蔬甲半已凋。
足蹶丛祠趋,洁蠲沉水烧。忱念交胀蛰,同云散琼瑶。
夜窗讶明皎,晓槛俄纷飘。天意竟作悭,瞬息倏已消。
冬瘟幸稍压,蝗蛰故自饶。东皇趣命驾,北斗将旋杓。

更须絮乱拨,间作珠碎跳。倪幸尺许积,庶几食可邀。
民脉余几何,邦储况复枵。但知骨髓沥,遑恤膏火焦。
老我杂班缀,素丝飒飘萧。强令典纶綍,拙不工琢雕。
炯兹方寸丹,敢以后福徼。世味本枯淡,瘿思剧蒸敲。
洒血书绿章,飞神觑清飚。玉食自不甘,黄竹宁复谣。
扶持倚梁栋,谘询及刍荛。正途会四辟,贤旌欲旁招。
上帝如悔祸,盗贼非难枭。敛尽战锋惨,重使农亩劭。
玉烛调气机,黼扆宽旰宵。量才愧拥肿,赋分甘渔樵。
经纶有管乐,议论付董晁。故山归去来,岁晚乐逍遥。
曝背茅檐日,击壤歌帝尧。

程　祁(？—？)

再宿禅房院五首(其四)

策策日干禾,萧萧风晚木。秋容全未老,岁事十分熟。
寺古断行迹,林幽聊税足。遥闻击壤响,知是先年曲。

崔敦礼(？—1181)

次韵孙抚干二首(其二)

绕几黄云爇水沉,得诗闲读契余心。文章叔夜广陵散,句法武侯梁甫吟。
且喜空囊收赵璧,不惭击壤混唐音。请君便入鸥鸣社,饭颗相从始自今。

戴复古(1167—？)

喜梅雨既晴

屋角鸣禽弄好音,楼头夏木绿阴阴。镊空白发愁根在,熟尽黄梅雨意深。
苔榻有泥妨客坐,稻田足水慰农心。老夫已作丰年想,鼓腹思为击壤吟。

邓　肃(1091—1132)

与郭舜钦朝请

成均冷坐穷吞纸,额叩龙墀滨九死。背负琴书偶生还,赖有春风满故里。
故里渺居天一隅,因仍蔓草不堪除。多谢先生肯游刃,号令雷霆一扫驱。

旧弊忽消新庆长,老稚相携纷击壤。坐使牛蹄一泓中,九万共抟羊角上。
只恐朝廷急英雄,割鸡不用烦屠龙。政须太山来压卵,金阙唤回小令公。
陋巷嗟余空四壁,饿死平生无柱尺。知音今有昌黎公,玉川得卧三竿日。

杜　范(1182—1245)

方山有求转语之作并用韵二章(其二)

四时冬复春,造化一机会。朔风空草木,余枿犹病醉。
梅花于其间,居殿复居最。三春在何许,不在粉须外。
我尝玩兹理,若决江河沛。冰壑卧寒松,雪岭立老桧。
见命谓受独,落落一二辈。有此不改节,不与世同嗜。
抱贞开化元,此花而已矣。整刷此精神,寸草亦生气。
嗟嗟迷复者,胶辀随寤寐。萌蘖寻斧斤,岂知七日至。
击壤咏天根,巧历不能计。持以印梅花,无语独叹喟。

叔虎辱与予游最久其所为诗文仅窥一二未获挚珠璧之椟而纵观也行李来京都携方崖类藁携续集示予暇日隐几读之斫巧抽新绚彩烂烂为之洞心豁目不知君家所藏其富若是辄成古风以自诧奇观因以为谢

昔君游我里,诸老皆竞爽。今逾三十年,百事一非往。
君今来京都,相对各槁项。清灯话畴昔,未语意先惘。
橐中剩缃帙,挈来耀书槩。枸虞列群编,金石振逸响。
又如春水阔,穀澜敷浩瀁。绣鞶饫耳闻,锦囊惬心赏。
今夕亦何夕,尘塞为披敞。吾衰亦久矣,欲勉不可强。
尚记诸老言,种收同卤莽。顾我困朝饥,羡君富秋穰。
何日遂赋归,相从问陇畎。滞穗傥可拾,我亦歌击壤。

杜　衍(978—1057)

林下书怀

从政区区到白头,一生宁肯顾恩仇。双凫乘雁常深愧,野马黄牛亦过忧。
岂是林泉堪佚老,只缘蒲柳不禁秋。始终幸会承平日,乐圣唯能击壤讴。

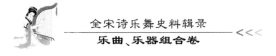

范成大(1126—1193)

插 秧

种密移疏绿毯平,行间清浅縠纹生。谁知细细青青草,中有丰年击壤声。

次韵袁起岩喜雨

使君精祷动仙灵,月御俄从毕嘴经。昨夜云头随皂盖,今朝雨脚挂青冥。
池光拍岸浮州宅,湖面粘天涨洞庭。剩采吴歈歌岁事,传归击壤调中听。

范 镇(1008—1089)

和君实喜雨三首(其三)

　　一春忧旱燹,田里欲蹉跎。正合为霖望,翻成击壤歌。
　　风缘帘隙至,云压舍檐过。大尹今朝喜,应同野老多。

方 回(1227—1307)

次韵许瑞石送邵容斋见寄

款段余生谢伏波,咏归心事竟云何。藕花又趁榴花发,诗债仍兼酒债多。
击壤先生黄色论,卖薪老子翠微歌。吾侪胸次元相似,谁道金章胜钓蓑。

改白云庵疏语为李道大

　　昔有隐君子,中年洛阳居。击壤歌太平,洛人为结庐。
　　名曰安乐窝,花间行小车。昔有贤宰相,退休寓洛都。
　　心乎爱此老,卜邻同里闾。买园广其宅,至今传画图。
　　贤宰富彦国,隐君邵尧夫。走也非隐君,贤宰今不无。
　　草草白云庵,隙地日自锄。欲筑三两亭,冠盖延朋徒。
　　劝君可绿蚁,揣己无青蚨。解剑肯指廪,芳名宜大书。

方一夔(？—？)

田家(其一)

近来不复应差科,生计无成奈老何。漆种十年虽恨晚,牛生百犊未嫌多。
春耕着我扶犁手,社饮还渠击壤歌。闻道溪头新长水,偷闲试着旧渔蓑。

方 岳(1199—1262)

时 事

闲身久矣属烟波,时事谁传到钓蓑。无一可忻真老矣,有三太息奈渠何。
君为尧舜宁非幸,人在羲皇不啻过。击壤共歌年谷熟,此生帝力已居多。

冯时行(?—1163)

恭州杨倅生日

凤龙虎豹无凡文,墨池太玄之裔孙。至宝不琢粹璞具,犹有太古羲易淳。
渝州别驾未足论,啸歌已是腾清芬。一钱不输县官手,饱食长歌耕垄云。
生朝佳气氤氲集,欢声一境听洋溢。愿从黄童至白首,年年击壤歌君寿。

和杨拱辰见惠

所操或异趣,并席宁相亲。臭味傥不殊,千里情犹伸。
古今邪正间,何啻万微尘。平生阅世眼,服膺无几人。
济济数君子,庞然气深淳。南郭服仁义,辙迹世所循。
杨侯墨池孙,清厉凌苍旻。公干抱奇蕴,謦咳皆瑰珍。
造物岂私我,惠我为德邻。贱子婴祸罗,蹭蹬巴江垠。
弃逐类秦客,憔悴如楚臣。九死不能悔,百炼未失真。
敢希鸣玉侣,庶混击壤民。饮水蠲烦燥,薰香忏贪嗔。
竭来古安汉,息黥幸依仁。至道迷所适,避风时问津。
昨者枉车盖,正值霜雪辰。厨空无盛馔,坐冷乏软茵。
墙头丐邻翁,滫核粗且陈。公言我未暇,语竟即踆踆。
挽袂不可止,满坐颜色犟。公方迟腾踏,我已甘隐沦。
我归楚之夔,公家蜀之岷。感此会合难,时来笑脱巾。
酒户较深阔,句法窥清新。纵游当秉烛,正恐别鼻辛。
公能勉此乐,我及留中春。

傅 察(1090—1126)

天宁节后筵口号

流虹启圣际千年,湛露洪恩下九天。腾踏欢声来击壤,氤氲瑞色散非烟。

已赓圣代中和颂,更草前贤封禅篇。四海岂知蒙帝力,春台此日倍熙然。

富　弼(1004—1083)

弼观罢走笔书后卷

黎民于变是尧时,便字尧夫德可知。更览新诗名击壤,生生全道略无遗。

台上再成乱道走书呈尧夫

密雪终宵下,晨登百尺端。瑞光翻怯日,和气不成寒。
天末无织翳,云头未少干。四郊闻击壤,农望已多欢。

葛立方(?—1164)

九效·自修

岁曶曶其欲颓兮,久栖身于幽厌。虑修名之不立兮,聊广遂于前画。
搴玉英以自修兮,结荣茞以佩之。服芰制而荷衣兮,又饰之以江蓠。
望阆风之板桐兮,弱水弥以见隔。造旬始而觐清都兮,求仙梯而未得。
沐咸池兮,晞发阳阿。凿井耕田兮,姑击壤以歌。

葛胜仲(1072—1144)

次韵李子京宋城道中诗三首(其二)

通涂了无畏,清世足章程。击壤民风乐,持衡国势平。
米盐丰道路,桴鼓静寰瀛。佳气葱葱近,心随过鸟轻。

送宁守罢任赴阙四首(其二)

老人聚扶杖,儿啼使君前。习知使君清,一觞代一钱。
六城十万户,焉依刺史天。刑清艾作铧,俗朴蒲为鞭。
赭衣入佗郡,关户得晏眠。州乡大作社,击壤歌康年。
左幡忽照路,更借知无缘。愿公治者广,此惠周幅员。

郭祥正(1035—1113)

次韵安止春词十首(其一〇)

花开游女斗明妆,马上谁怜白首郎。社叟从今歌击壤,诗人不用叹繁霜。

自释二首(其二)

遭时如尧舜,击壤欢且歌。归田尚叨禄,天宠固已多。
敢复邀长年,寓景随流波。有酒即觞酌,风日眷清和。
俯悲秦晋士,含饥避干戈。

将归三首(其一)

春田岂不美,春园亦可佳。田水流决决,园禽语喈喈。
荷笠复携锄,动作颇自谐。邻叟三五辈,击壤欢无涯。
禄仕四十年,志运良已乖。许国既无补,陷阱几沈埋。
皇恩湛昭洗,印绶蒙优差。内循齿发衰,愧彼英俊偕。
休焉保其终,飞章乞残骸。将归乐复乐,清风扫孤怀。

将归三首(其三)

垂老度庾岭,西江守端州。逾年忝禄食,归思忽惊秋。
结庐丹湖边,种术果屡收。挂冠已不早,玄花随两眸。
休休保残龄,击壤歌皇猷。有儿集吏选,余事复何求。
回首天地恩,瞑目终难酬。

蒲涧奉呈蒋帅待制

菖蒲涧底生九节,流水遂作菖蒲香。安期服之已仙去,漫脱双舄留秦皇。
秦皇杀伐自无度,年龄社稷何由长。蓬莱毕竟不可见,十祠千载聊相望。
散发追之又无迹,后来诡谲传崔郎。至今正月二十五,城北夹道珠帘张。
元戎要宾锤大鼓,老蛮献馔烧肥羊。倾城尽作蒲涧饮,美俗眷恋神仙乡。
穿云丝竹度别浦,绕山金翠明残阳。我乘款段到已晚,越台仅得参壶觞。
公携大句使我读,冰澌戛齿清琅琅。张侯继作亦精敏,兰茝相倚传芬芳。
却寻陈事考僭迹,死佗称帝铼称王。基山控海恃远崄,大明一出旋消亡。
岂如戴主效臣节,白骨虽朽忠名彰。只今神孙太母圣,天下击壤歌时康。
佳期不邀墓中鬼,乐民之乐真循良。勒词苍崖告万古,蒲涧之会无淫荒。

郭　印(？—？)

和许守丰年行

园林摇落露寒梢,秋成穰穰弥四郊。千里播种无不毛,妻儿温饱忘啼号。
余粒施及禽与猱,有田宁复弃而逃。太守牧民如牧马,宣化承流王泽下。
欲希禹稷事躬稼,垦亩劝耕谩隙罅。召杜龚黄乃其亚,黄云泱漭覆原野。
乐尔丰年醉琼罢,古邛旧敝人人说。久困征诛心已折,析家荡产纷更迭。
身罹罪罟无从雪,漫道当时富盐铁。汉志食货忍重阅,嗟我妇子难全活。
今年谁料胜常年,入绢得盐偿本钱。里绝追呼俗自便,闭门稚耋得安眠。
十日一风五日雨,邻村稽首羡兹土。白头半刺才窊苦,赖此贤侯百废举。
空庭吏散鸟驯除,谣闻击壤同康衢。侯于公卿地有余,利泽行推遍海隅。
呜呼利泽行推遍海隅,坐使斯民愁叹为嬉娱。

韩　淲(1159—1224)

乙上人来过

恰自山岩转,又逢瓶锡过。风轩洒飞雨,云壑漾回波。
且吃庐山饭,休论击壤歌。尘劳空怎么,禅悦竟如何。

十　六　日

雪飞三日暗烟雾,雪住三日埋冰霜。尽道春来须解冻,不疑腊尽未回阳。
楼台瞩望犹如积,城市驱驰殆欲僵。辛苦农家应击壤,遗蝗入地麦青长。

韩　驹(1080—1135)

上太师公相生辰诗十首(其四)

交欢邻国独推诚,不顾流言断必行。直欲生灵跻寿域,聊将干舞解平城。
坐扶国祚齐箕翼,立挽天河洗甲兵。和议一成夷夏福,苍生击壤咏升平。

韩　琦(1008—1075)

喜雨应祷

运月愆阳作旱灾,龙坛申祷洁三垓。至诚始惧卑高隔,嘉应俄如影响来。
喜阔农心归击壤,润深人意不惊雷。大钧广播知难报,埏埴何尝望一杯。

韩　维(1017—1098)

和微之尧夫作会

燕豆何频设,归鞍夜屡阑。敢言挥麈倦,惟怯醻觞难。
就暖歌筵密,凭高绘境宽。未甘闲处卧,犹学少时欢。
浮蚁凌山玉,飞花掩袖纨。幸同诸老醉,击壤颂安安。

何梦桂(1229—?)

得雨行

万井泉枯民徙市,谁碾火轮烧海底。蛇醫堕瓮鞭弗灵,丰隆困卧屏翳死。
天驱鬼格啄黔氓,神龙蓄雨不敢行。万树翠干禾赤熛,田田兆坼龟纵横。
卜侯闵雨无处祷,下问三老及五更。为言乌龙有圣水,绝顶一泓如鉴平。
寻常澍雨多芳沼,颇怪年来云气少。有时掣电现光怪,或见盘空形攫矫。
猩鼯藜藿人不经,侯往愿乞水一瓶。得水入城甫三日,一夕载雨来江亭。
生来不识此山状,见说人行蹑云上。殷雷下界婴儿声,培塿千峰那可望。
山高地迥生神灵,莫嫌潴水才盆盎。鬃头一滴落人间,平地鲸鲵生巨浪。
世事春花与秋叶,野马红尘云起灭。龙山万古龙常存,年年幻变生鳞鬣。
敛藏神用潜幽宫,畜眼草草那识龙。贤侯异政今鲁恭,此心直与神龙通。
吁嗟疲民隔天日,那值岁祲十六七。麦烂蚕死谷复饥,沟壑委填忧旦夕。
及今雨足稻粱红,预期一饱吹豳风。龙不有功归我公,公不复有归太空。
谁解作颂美形容,发微抉眇声金舂。老我击壤歌山中,瓣香敬为曾南丰。

贺　铸(1052—1125)

田园乐

昔我未去国,幽栖淇上村。分辞侠少事,喜与农老言。
农老孰追从,四邻皆世婚。机中工织妇,籍上成丁孙。
青驹自走磨,黄犬长候门。昨日春火开,逍遥望高原。
西照牛羊下,东风花草繁。今朝夏鸡鸣,麦熟田头喧。
归来息树荫,课汲灌中园。秋赛方及辰,酿秫烹膏豚。
丛祠响腰鼓,免杖奉神樽。冬雪断门巷,蚕庐清且温。

地藉熊豹席，炉明荆枥根。起居就安适，非复系晨昏。
不识百里面，不知千骑尊。供输先众期，于我何威恩。
太上复淳古，坐超羲与轩。敢忘天地施，击壤声如塤。
毕此百岁愿，泰然长夜魂。避秦谁氏子，客死武陵源。

洪　适（1117—1184）

独步惠泉用石刻中韵

拂崖看古字，倚策仰前英。雕章细细读，清思源源生。
文传岘山石，句敌溇陂行。一字或华衮，五言有长城。
林蝉众作噪，下里羞混并。坐令蕞尔国，宇内浑知名。
兹泉发地脉，有玉潜山庭。神龙职何护，老蚌呈煌荧。
楚人力水耨，倚沼仍畦瀛。鬐沸昼复夜，输出无穷声。
演迤清汉接，旋折数日程。膏润亘原陌，谷价年年平。
非才忝敷惠，下考乃为荣。疲民未击壤，循吏难联横。
独行把清泚，谁与论丹诚。销忧赖季雅，遣兴烦客卿。
信美非吾土，千古仲宣情。

华　镇（1051—?）

和都城春雪

六花飞压九街尘，应讶人间未觉春。天上楼台银作屋，云中车辂玉为轮。
三秋狼戾盈仓兆，万国欢呼击壤辰。寂寞袁门烟火冷，未知谁是扣关人。

姜特立（1125—1203）

暑　　退

归卧林间十二春，心安日日是良辰。家居佛界清凉国，人住仙宫自在身。
无事入山寻阮客，有时击壤助尧民。虽无高行追先隐，毕究田园乐亦真。

喜雨寄曾少卿

畎亩欲龟坼，好雨忽滂沱。豪民不蓄谷，一旱将如何。
早晚炊香粳，呼奴蒸瓠壶。为我讴一曲，便是击壤歌。
皆由使君恩，盛德致时和。岂有六七月，溪流扬素波。

342

尔民亦何知,饱食输王租。诵我喜雨诗,百世永不磨。

孔平仲(1044—1102)

宽恤民力

天地清明日,君臣际会秋。雷霆大号遍,雨雪湛恩流。
士卒休群戍,耕桑劝九州。中邦节赐予,下吏省诛求。
物继由庚咏,民喧击壤讴。泰宁堪坐致,宽恤此良谋。
户晓为今失,官询校古羞。愚言惟圣择,神断戒优游。

孔武仲(1041—1097)

喜 雨

暑伏忽已尽,金风稍自秋。骄阳仍不戢,岁计实可忧。
昊天虽甚高,聪聪彻九州。闻其憔悴声,知此黎民愁。
白日收赫赫,惨云布油油。昨朝雨意足,来自匡山头。
稍添郭南坡,次及城西畴。入夜又滂沛,四境略已周。
平明出东郭,翠亩连山丘。爽气吹客襟,余声壮溪流。
自此饱香粳,可以继麦麰。聊为拊髀歌,以代击壤讴。

李 纲(1083—1140)

是日闻报御笔许牵复有感

闻有佳音自日边,羁臣感极却凄然。矜愚本自加三宥,作赋休云谪九年。
戏膝但能纡彩服,侍香那复望青毡。恩隆天地当何报,击壤为甿老一廛。

次韵王尧明喜雨古风

神化茫茫端莫测,不雨逾时忽盈尺。谁云幽默志难通,一念周圆诚已格。
井枯河竭欲飞尘,麦秀渐渐实半䅺。翠虬潜伏杳无处,遗蝗出地方鳞鳞。
观音妙智悲慈主,为洒杨枝作甘雨。应怜祷禬罄勤渠,致遣神人梦中语。
雨旸之数虽有时,迟速亦可精神移。世间万法尽心造,报若影响宁难期。
不知今夕复何夕,千里风云来阵墨。驱雷掣电雨建瓴,似赴前期初不忒。
威神自在谁复如,噀酒投颁术已疏。有秋颇足慰民望,可喜更须烦史书。
衣冠北渡连墙堵,旅食经时念终窭。已欣霖雨起蟠龙,更庆天兵擒猛虎。

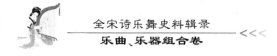

迩来世事不挂心,惟有忧国思犹深。安得年丰群盗息,归助击壤尧民音。

李流谦(1123—1176)

寄送梁子辅赴召

山岳自高百谷下,向来无物使之者。骅骝合奉鸾和车,岂与黔蹄同一驾。
英奇绝代难小了,泥滓投之辄悲咤。一朝拔去不可扼,震地风雷怯凌跨。
泮宫先生自超特,鼎甲声称低董贾。眼明奎画照琬琰,万喙夸呼海倾泻。
胡为不即天上去,识者怪吁狂者骂。或传凤篆来日边,流水为车龙即马。
只应故是霄汉人,腐鼠未足鹓雏吓。九江水暖桃花肥,风色不惊神所借。
只今岷峨抗湖海,贯玉编珠炯相射。台家议和不议战,太平有象须藻藉。
小却犹当白玉堂,纵步黄扉方食蔗。嗟予肮脏每自哂,蚤年漫想牛心炙。
一官漫浪不可说,可能更索山人价。五年投闲食不饱,揽镜颠毛辄生怕。
道涂众鬼同揶揄,口不能酬面空赭。人生升沉亦何恨,但喜龙虎新变化。
异时击壤为幸民,一犁亦愿从耕稼。金华夫子吾胜友,接武风云共闲暇。
未应厚禄绝来书,寄声纸尾烦多谢。

李昴英(1201—1257)

送梁伯隆归丹谷旧隐

昔人入山访隐君,每恨见山不见人。子持画图走踆踆,人虽可即山非真。
自言谷中万修筠,泉鸣琼琤石嶙峋。谁甘混迹麋鹿群,雅意远游阔见闻。
飞筇遂过南海濒,翻海一洗征衣尘。东望绝域天无垠,药洲风月蒲涧云。
间出奇语颇自珍,奚囊十袭而三熏。槿花猩血荔锦纹,何如故圃桃李春。
江湖社友杯十分,何如族聚情话亲。行路之难多酸辛,还家火急埋车轮。
拂拭矶苔开径榛,畹兰篱菊庭古椿。赠篇满箧不疗贫,几人炼药能轻身。
本分荷锄驱犊西畴耘,武夷山下击壤为尧民。

李弥逊(1089—1153)

次韵连江陈丞闵雨

春雨两甲子,夏雨知复多。莠麦已受弊,波及秋与禾。
禾秋尚有望,霖霪人告瘥。云师挟风伯,斥去烦执诃。

后土不得干,浸欲乖时和。山翁食病粟,一饱宁忧佗。
军储涸邻国,奈此黔赤何。谁为四达聪,黜陟分两科。
陈谟坐皋夔,御侮用牧颇。上当天公心,立致击壤歌。

李 彭(?—?)

寄张圣源

豪气向来回万牛,笔端衮衮楚江流。拾遗已见传三赋,平子不应吟四愁。
柱后许时淹阔步,石渠看即副旁求。老夫病著苍崖底,细和尧民击壤讴。

李商叟(?—?)

寿时相(其二)

农家鼓舞总安田,亿兆欣逢大有年。道路渔樵争击壤,江乡薪米不论钱。
含淳咏德声盈耳,易俗移风事格天。守郡深渐无报称,但陪民社感陶甄。

李 石(1108—1181)

扇子诗(其一)

无适无莫羲皇人,不忧不惧击壤民。只有太平容易事,更于何处费精神。

李正民(1073—1151)

次韵邢丞立春

一望东郊草色匀,暄然和气物皆春。发生青陆权舆始,恢复皇州送喜频。
胜镂金花人渐老,盘堆生菜味尤新。赓歌共睹中兴日,击壤难酬尧舜仁。

李之仪(1048—1127)

甘露堂歌

炎天燏燏如涌汤,使君置酒甘露堂。无风但觉冷彻骨,坐来仿佛飞青霜。
使君顾客指新榜,天假此应来辉光。八十里叟感盛事,献颂请名相激昂。
我非取专已上报,尧仁舜智方当阳。迩来瑞应发处处,中台第一彤云章。
吾邦虽僻亦影响,明德所祐真无疆。已而转盼欲受简,惭非叟比畴能当。
辄因胜遇强黾勉,庶几击壤同揄扬。吾君之泽不可象,使君之惠何可忘。
才高名重偶暂屈,遗爱他日逾甘棠。嗟予落莫徒自感,乍鸣乍已如寒螀。

安时逐境姑委化,随缘致力聊为乡。时逢载酒问难字,未拟持棰操群羊。
但知今日不易得,纵不能饮须空觞。

和人感怀

高山在平地,高山地焉知。明珠出深渊,明珠渊岂期。
高明属在人,惟要须其时。物理固如此,了不差毫厘。
身世端自窘,岁月相奔驰。所以得黾勉,吾人惟能诗。
我非知诗者,平昔窃好之。每出每可愧,未易皆埙篪。
而君不我鄙,论极牙解颐。六年如一日,不取笑则疑。
彼乌足为计,有类宁同嗤。一朝召命至,闾里增光辉。
不曰人可贤,但从外物移。我贤君亦贤,谁能穷是非。
我欲挽君留,留君竟何为。聊作感慨别,肯效儿女悲。
陈人不自信,流品须维持。谁谓廊庙姿,如我品乃宜。
江充与丙吉,厚薄惟异施。其后七叶貂,阴功终表仪。
是等代不乏,浪尔分骅骝。时哉君何失,仪凤方临池。
为我寄声谢,击壤正自嬉。勉旃夔龙事,赓载冀勿隳。
立贤本无方,莫为陈言欺。

林希逸(1193—1271)

代怀安王林丞上杨安抚十诗(其六)

听得溪边击壤声,年来官府是升平。吏呼不到韩卢卧,整理犁锄待雨耕。

刘 攽(1023—1089)

次韵和黄朝议(其二)

已作华颠老,欣闻紫诏新。经纶兼事事,哀痛及人人。
愿辍须臾死,求观富寿民。短歌随击壤,感动不无神。

八月十五日秋分是日又社

秋分当月半,望魄复宵中。难得良辰并,仍将吉戊同。
高楼连卜夜,浊酒任治聋。注想乘槎客,何如击壤翁。

次韵和张屯田新年六十九

春风数尽九,节物都非旧。幕府省文书,阶除减奔走。
慵怜啼鸟唤,老借高花诱。前林通杖屦,小榭勤箕帚。
喜逢张公子,七十健少有。解吟长韵诗,不避盈樽酒。
困仓年谷实,邻里均石斗。樊圃畦陇成,余力到花柳。
长为子孙主,击壤欢百口。

喜雨和任判官奉呈太守

愆阳历冬序,入春日光赤。原野为之焦,无复青青麦。
明廷恤农功,诏旨怀愍恻。谁能共此忧,惟良二千石。
祷祠遍群望,百神潜率职。迅雷出深渊,密云会将夕。
应龙不无神,女鲜罪所极。滂沲浃宇宙,变化才瞬息。
矧兹颙穹意,岂独垂沛泽。尝听君平言,以兹消薄蚀。
周宣成阳事,往往在简籍。不闻二美具,介福逾万亿。
三农未耜出,自此丰黍稷。使君凭熊轩,劝耕驻阡陌。
上客歌吉祥,清文缀环璧。我岂击壤翁,不能知帝力。
斐然遂成章,聊用同悦怿。

刘才邵(1086—1157)

春日郊居四首(其二)

残花啼晓露,落絮泊池荷。带蕊蜂须重,窥帘燕语多。
桑肥蚕趁暖,雨饱麦连坡。帝力知难报,闲听击壤歌。

刘　敞(1019—1068)

送李监丞致仕还乡

耄期吏隐倦,归去上恩荣。国子瞻师保,乡人庆父兄。
挥金慰游旧,击壤傲升平。远笑吴门叟,何为变姓名。

劝耕亭晚望田家作

田庐非一处,微径自相通。日下耕钓息,林边言笑同。
此虽人间俗,独有方外风。吾亦毕婚嫁,还从击壤翁。

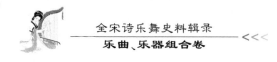

刘 黻(1217—1276)

田 家 吟

旧谷未没新谷登,家家击壤含欢声。惭愧今年雨水足,只鸡斗酒相逢迎。
豪家征敛纵狞隶,单巾大帕如蛮兵。索钱沽酒不满欲,大者罗织小者惊。
谷有扬簸实亦簸,巨斛凸概谋其赢。讵思一粒复一粒,尽是农人汗血成。

刘克庄(1187—1269)

秋旱继以大风即事十首(其一)

虽作尧时击壤民,田家忧乐尚关身。抱珠难起龙公睡,走石谁撩飓母嗔。

诸家牡丹已谢小圃忽开两朵皆大如斗戏题二绝(其二)

踏青人被色香迷,击壤翁看蓓蕾知。漏籍谱中无可恨,花开殿后未为迟。

次漕庚两使者绝句韵六首(其一)

廉使端如秤样平,行台非以刻为明。未论汉吏摇山力,且听尧民击壤声。

次王玠投赠韵三首(其二)

在野宜赓击壤歌,隐忧不禁庙忠何。殷生宰相安知否,逸少群贤感慨多。
老觉鬓丝难掩覆,穷惟心铁未消磨。早知掷却毛锥子,有警犹为国荷戈。

次韵三首(其三)

拂拂东风欲辨晨,新晴和气满郊闉。未妨吹雅存幽俗,何必沉巫怖邺民。
田父扶携问鸡卜,村姑呼唤祭蚕神。柴门不识征租吏,便是尧时击壤人。

天基节口占二首(其一)

报道东方欲辨晨,强扶衰惫起冠绅。差贤眇者与跛者,窃比封人祝圣人。
野老岂知蒙帝力,农夫稍有告余春。不须景慕斜川叟,且作田间击壤民。

七十四吟十首(其六)

翠华未可议时巡,自古安危系重臣。闻说紫岩亲督战,孰云赤壁后无人。
诸公尽作钻天令,老子重为击壤民。万里阴霾冰雹合,一通露布挽回春。

348

三和(其一)

野色湖光淡复浓,阿香神爻巧相逢。金篦莫辨烟中树,蜡屐难登海上峰。
帝眷驿驰丹诏问,客归亭有白云封。边无牧马村无犬,击壤何妨作老农。

次韵庾使左史中书行部二首(其一)

朝回暖律变严冬,应念闽风与蜀同。丛棘冤皆为洗雪,发棠惠遍及饥穷。
冰寒吏胆照天烛,泉涌诗肠饮涧虹。帝遣二星临七聚,不妨击壤和元丰。

和乡守赵计院灯夕韵

厨传终年省钱迎,万金难买上元晴。首吹豳俗祈年雅,遥和尧民击壤声。
庭少鲑筒知讼息,边无刁斗喜时平。雌堂清苦倡优拙,姑扇仁风慰物情。

击 壤 图

昔闻华胥与净土,道释寓言非目睹。此图物色皆华人,太平气象在里许。
竞披野服装束俭,旋泻薄醪盆盎古。小姑丘嫂丑骇人,襁儿于背行伛偻。
峄桐泗磬未尝试,手持黄桴叩土鼓。当时四里安耕凿,百姓焉知有官府。
帝心犹不奈丛脞,欲以黄屋让支父。乌乎放勋去已远,朝野多事民愁苦。
腐儒未暇论秦汉,齐榷鱼盐鲁税亩。舟鲛衡麓设讥禁,□若海神愁摘煮。
计臣各操享上说,祸先及农次商贾。南邻责米借斗斛,西舍诛帛空机杼。
又闻更盼平□□,□□□官庾。何况防秋羽檄急,□□□选材武。
下乡卒毒惨于蛇,坐衙官恶猛如虎。十家九亡村落静,存者鬼质身纚缕。
有时适野挑荠食,亦或逢场戴花舞。披图茅屋晴窗下,偶然释耒一摩拊。
老农未知陶唐世,过予瞪视口谵语。暮年憔悴欲移乡,借问此是何处所。

刘炜叔(?—?)

上 陈 招 使

天戈一指迅雷轰,涌雪公应记洗兵。伊洛风烟想如旧,江淮草木转知名。
争先识面今裴度,孰与论心昔孔明。文水万家惟击壤,得无军饷尽归耕。

刘 宰(1166—1239)

赛龙谣寄陈倅校书兼呈黄堂

重光协洽之岁夏四月,朱方不雨川源竭。

田家汲井灌新秧,绠短瓶羸汗流血。太守忧民一念深,欲决银河起伏阴。
弥月驱驰遍群祀,云卷碧霄呈象纬。闻说南洲有蛰龙,百年水旱资神功。
民言直彻九天上,丝纶屡下恩光重。来往瞻言三百里,别乘亲行古无此。
洁蠲牢醴荐芬馨,愿借英灵一瓢水。瓢水英灵亦何在,精诚自与神明会。
炎官吒驭正当空,丰隆已驾随飞盖。归轩暮扣古城闉,霈泽朝均千里外。
秧田得雨变青青,麦田流水迷沟塍。击壤欢呼纷老稚,惭愧今年又丰岁。
典衣沽酒赛神龙,一饱权舆神所赐。神龙胁蠁意已传,似言此赐非予专。
一瓢汲水能回天,多谢紫府瀛洲仙。瀛洲仙人笑挥手,龙不言功我何有。
只今千骑拥朱轮,即是商家大旱作霖人。

刘　挚(1030—1097)

秋日即事

湘城风物向秋新,兴入羹莼与鲙鳞。叶舞霁红枫映寺,蓓含霜紫菊迎人。
瞻望河汉乘槎客,歌咏仓箱击壤民。欲放幽怀到沧海,徘徊黄鹄更伤神。

县北马上

　　五月暑雨过,缓辔来城阴。朝晖粲林莽,凉风弄衣襟。
　　敢辞鞭策劳,邂逅得幽寻。斯人勤岁事,乐此膏泽深。
　　芃芃黍稷垄,蔼蔼桑柘林。田翁可指食,蚕妇期织纴。
　　稇储与衣褐,卒岁无崎嵚。陶民帝有力,养物天之心。
　　忘言乐其乐,此意良自谌。纾为马上句,比和击壤吟。

陆　游(1125—1210)

示　儿　子

父子扶携返故乡,欣然击壤咏陶唐。墓前自誓宁非隘,泽畔行吟未免狂。
雨润北窗看洗竹,霜清南陌课剡桑。秋毫何者非君赐,回首修门敢遽忘。

七月十日到故山削瓜瀹茗翛然自适

镜湖清绝胜吴松,家占湖山第一峰。瓜冷霜刀开碧玉,茶香铜碾破苍龙。
壮心自笑老犹在,狂态极知人不容。击壤穷阎歌帝力,未妨尧舜亦亲逢。

晚步门外书触目

数椽茆屋镜湖旁,乔木苍烟一径长。酒贱过门多醉叟,天寒栖亩有余粮。
歌呼草市知人乐,箫鼓丛祠喜岁穰。只道老来诗思尽,未妨击壤颂时康。

农　　舍

农舍虽云苦,君恩讵可忘。茧稠初满簇,麦熟已登场。
渺渺开村路,登登筑野塘。但须时雨足,击壤咏时康。

三月十一日郊行

到处人家可乞浆,槐阴巷陌午风凉。水陂漫漫新秧绿,山垄离离大麦黄。
父子力耕春渐老,妇姑共绩夜犹长。尧民击壤虽难继,芹美怀君未敢忘。

致仕后述怀六首(其四)

昔自台郎斥,频年困负薪。四叨优老禄,十送故乡春。
衰瘵宁知活,萧条敢厌贫。惟思逢乐岁,击壤学尧民。

病中杂咏十首(其四)

击壤林间送此生,欣欣东作到西成。泥深宿麦苗初长,叶落柔桑眼已生。
枹鼓无声盗衰息,文书简出吏清平。西游携得蹲鸱种,且共山家玉糁羹。

天申节致语口号三首(其三)

嘉会千龄岂易逢,佩声俱集未央宫。九重凤阙曈昽日,百尺龙旗掩苒风。
奇瑞屡书图牒上,太平长在咏歌中。区区击壤虽无取,意与生民既醉同。

入　　梅

今年入梅日,云脚垂到地。芬香小麦秒,展转北窗睡。
甲夜闻雨声,起拜造物赐。三登于此卜,一饱可坐致。
语儿高尔囷,戒妇丰尔馈。击壤歌太平,门无督租吏。

十一月十一日夜闻雨声

入冬殊未寒,尘土冒原野。沟溪但枯萍,不闻清湍泻。
今夕复何夕,急雨鸣屋瓦。岂惟宿麦长,分喜到菜把。
明朝开衡门,想见泥溅踝。丰年傥可期,击壤歌幽雅。

访 野 人

我行城西南,适兹素秋时。风露虽已高,草木郁未衰。
敲门寻野人,一笑万事非。拂榻意何勤,酒酽雁鹜肥。
新凉天所赐,尽醉不足辞。击壤歌尧年,瞑目以为期。

时 雨

时雨及芒种,四野皆插秧。家家麦饭美,处处菱歌长。
老我成惰农,永日付竹床。衰发短不栉,爱此一雨凉。
庭木集奇声,架藤发幽香。莺衣湿不去,劝我持一觞。
即今幸无事,际海皆农桑。野老固不穷,击壤歌虞唐。

屡雪二麦可望喜而作歌

苦寒勿怨天雨雪,雪来遗我明年麦。三月翠浪舞东风,四月黄云暗南陌。
坐看比屋腾欢声,已觉有司宽吏责。腰镰丁壮倾闾里,拾穗儿童动千百。
玉尘出礳飞屋梁,银丝入釜须宽汤。寒醅发剂炊饼裂,新麻压油寒具香。
大妇下机废晨织,小姑佐庖忘晚妆。老翁饱食笑扪腹,林下击壤歌时康。

夜 闻 蟋 蟀

布谷布谷解劝耕,蟋蟀蟋蟀能促织。州符县帖无已时,劝耕促织知何益。
安得生世当成周,一家百亩长无愁。绿桑郁郁暗微径,黄犊吒吒行平畴。
荆扉绩火明煜煜,黍垄饷饭香浮浮。耕亦不须劝,织亦不须促。
机上有余布,盎中有余粟。老翁白首如小儿,鼓腹击壤相从嬉。

月 夜 作

江风吹微云,长空散鱼鳞。秋露洗明月,青山涌冰轮。
我病适良已,欣然岸纶巾。索酒恼诸儿,哦诗惊四邻。
颇觉胸次空,未叹白发新。庭菊卧残枝,奇香犹绝尘。
园梅虽未花,瘦影已可人。方池湛瀹沦,丑石立嶙峋。
幸无千金费,亦足终吾身。乐哉何所恨,击壤从尧民。

吕本中(1084—1145)

次潘节夫韵

昔年绕舍培楸梧,霜风初劲叶未枯。鸡肥兔贱年谷熟,草服黄冠真野夫。
时时步屦遇邻叟,共醉不复烦追呼。杯中满泛注白玉,林边阿堵无青凫。
击壤歌缶有余乐,岂羡骐骥驰大衢。眼瞠看朱或成碧,心懵读马还作乌。
富如安昌徒自苦,上贾必欲求膏腴。声名向晚更寂寞,何似杨雄宅一区。
美官好爵乃上苴,人生要在修廉隅。

吕南公(1047—1086)

夜听车舍哀歌有感而作(其二)

甘雨不肯降,吾车几时休。温风忽喷然,调苦声更愁。
仰视河汉转,天星愈繁稠。寄言击壤人,与尔非同流。

马廷鸾(1222—1289)

甲子初冬宿直玉堂凄风小雨次日即承先帝晏驾之变距今二十年矣大忌前一日孤臣独眠山庵景象正似当年挑灯危坐闻田家鼓笛之声凄其有感二首(其二)

云黯天低结暝阴,孤灯对影夜沉沉。可怜一曲村田乐,犹是尧民击壤音。

梅尧臣(1002—1060)

袷享观礼二十韵

卜惟阳月吉,孝享礼方修。斋幄严宫殿,群臣奉冕旒。
北风先集霰,夜雪竞侵帱。羽仗天街立,龙箛象魏流。
翌朝升宝辂,夹道列华辀。琳宇躬将款,珠尘密未收。
撞钟钧奏合,奠玉日光浮。捧册叨于左,观仪得以周。
帝来清庙下,月欲大刀头。既祼还初次,更衣戴远游。
黄麾转槐路,朱辇驾云虬。武士罗金甲,中人著锦裯。
千官入称庆,万国与同休。却出紫宸阁,俄登宣德楼。
鸡星传畀令,鹤驭作天邮。肆赦通皇泽,深仁被九州。

巍巍百世业,坦坦四夷柔。惠及高年叟,恩差五等侯。
力田仍给复,有道俾旁求。何以歌尧美,兹同击壤讴。

欧阳澈(1097—1127)

喜雨八绝寄显道作(其一)

阴雨萧萧夜接晨,如云禾稼一番新。康衢击壤歌声沸,乐岁应无甑里尘。

欧阳修(1007—1072)

应制赏花钓鱼

绛阙晨霞照雾开,轻尘不动翠华来。鱼游碧沼涵灵德,花馥清香荐寿杯。
梦听钧天声杳默,日长化国景徘徊。自惭击壤音多野,帝所赓歌亦许陪。

留守相公祷雨九龙祠应时获澍呈府中同寮

古木郁沉沉,祠亭相衮临。雷驱山外响,云结日边阴。
霢霂来初合,依微势稍深。土膏潜动脉,野气欲成霖。
陇上连云色,田间击壤音。明光应奏瑞,黄屋正焦心。
帝邑三川美,离宫万瓦森。废沟鸣故苑,红花发青林。
南亩犹须劝,余春尚可寻。应容后车客,时作洛生吟。

彭汝砺(1042—1095)

寄周朝议至乐堂(其二)

世味中人醉不醒,公归正似解人酲。归云意思闲方见,瘦鹤精神老更清。
但与尧民时击壤,何须秦女会吹笙。渊明已有归来赋,沮溺应容作耦耕。

晨起祠先农道中

更阑烛花低,呼童起视夜。问夜如何其,露落月未谢。
皇帝共神明,朝燕或为罢。多仪礼有敬,少息刑无赦。
今兹先农飨,上意在耕稼。驾言投明起,不敢私安暇。
马蹄踏冰雪,雾露湿鞍马。寒林月中影,十里开图画。
灯火望坛场,冠裳出次舍。锵洋响金石,馨香纷彝斚。
百年礼乐中,万事无杂霸。昏冥久尘土,今日闻韶夏。

心知至诚通,自可膏泽下。清风吹菽麦,绿阴密桑柘。
人家实仓廪,得以时婚嫁。四夷共安富,兵偃祭类祃。
山川百神宁,天子乐无假。敢后秋冬报,还见击鼓御。
顾予真缺然,何以补漏罅。尚堪逐农樵,击壤歌圣化。

蒲寿宬(？—？)

山 中 井

乾元肇初气,坤母乃六之。谁明爻象意,凿出混沌奇。
所以击壤民,饮水源不知。空山有古甃,夜气方归时。
明月照我牖,独起携军持。一瓢饮沉潈,凉意生肝脾。
下以浇丹田,上以滋华池。潇然脱尘土,举身入希夷。
神人授我诀,欲以疗我饥。归来煮白石,精馔琼为糜。

仇 远(1247—？)

初冬郊行(其二)

懒向南园拜石兄,肯寻村叟傍溪行。黄云覆亩金穰熟,白露横江红叶明。
彭泽归来辞内景,康衢击壤曲中声。一丁不识多牛者,应笑书田事笔耕。

雪 晴

腊尾春头半月期,寒欺人日雪销迟。才升晴旭扶桑树,便拂东风细柳枝。
和气满城真可掬,丰年击壤已先知。侏儒温饱皇天赐,行续中和乐职诗。

邵 雍(1011—1077)

无客回天意(其二)

恶死而好生,古今之常情。人心可生事,天下自无兵。
草木尚咸若,山川岂不宁。胡为无击壤,饮酒乐升平。

和相国元老

崇台未经庆,瑞雪下云端。虽地尽成白,而天不甚寒。
有年丰可待,盈尺润难干。畎亩无忘处,追踪击壤欢。

击 壤 吟

击壤三千首,行窝二十家。乐天为事业,养志是生涯。
出入将如意,过从用小车。人能知此乐,何必待纷华。

击 壤 吟

人言别有洞中仙,洞里神仙恐妄传。若俟灵丹须九转,必求朱顶更千年。
长年国里花千树,安乐窝中乐满悬。有乐有花仍有酒,却疑身是洞中仙。

沈 括(1031—1095)

图 画 歌

画中最妙言山水,摩诘峰峦两画起。李成笔夺造化功,荆浩开图论千里。
范宽石澜烟树深,枯木关全极难比。江南董源僧巨然,淡墨轻岚为一体。
宋迪长于远与乎,王端善作寒江行。克明已往道宁逝,郭熙遂得新来名。
花竹翎花不同等,独出徐熙入神境。赵昌设色古无如,王友刘常亦堪并。
黄筌居寀及谭宏,鸥鹭春葩蜀中景。艾宣孔雀世绝伦,羊仲甫鸡皆妙品。
惟有长沙易元吉,岂止獐鹿人不及。雕鹰飞动羡张泾,番马胡瑰屹然立。
濠梁崔白及崔悫,群虎屏风供御幄。海州徐易鱼水科,鳞鬣如生颇难学。
金陵佛像王齐翰,顾德谦名皆雅玩。老曹菩萨各精神,道士李刘俱伟观。
星辰独尚孙知微,卢氏楞伽亦为伴。勾龙爽笔势飘飘,锦里三人共辉焕。
西川女子分十眉,宫妆撚縸周昉肥。尧民击壤鼓腹笑,滕王蛱蝶相交飞。
居宁草虫名浙右,孤松韦偃称世希。韩干能为大宛马,包鼎虎有惊人威。
将军曹霸善图写,五花聪马今传之。驭人相扶似偶语,老杜咏入丹青持。
少保薛稷偏工鹤,杂品皆奇惟石恪。戴嵩韩滉能画牛,小景惠崇烟漠漠。
唐僧传古精画龙,毫端想与精神通。拿珠奋身奔海窟,鬣如飞火腾虚空。
忠恕楼台真有功,山须突出华清宫。用及象坤能画鬼,角嘴铁面头蓬松。
侯翼曾为五侯图,海山聚出风云乌。尔朱先生著儒服,吕翁碧眼长髭须。
恺之维摩失旧啧,但见累世令人模。探微真迹存一本,甘露板壁狻猊枯。
操蛇恶鬼衔火兽,鉴名道子传姓吴。僧繇殿龙点双目,即时便有雷霆驱。
仙翁葛老渡溪岭,潇洒数幅名移居。辋川弄水并捕鱼,长汀乱苇寒疏疏。
予家所有将盈车,高下百品难俱书。相传好古雅君子,睹诗观画言无虚。

释大观(？—？)

偈颂五十一首(其七)

不动本位,瑞应人间。冠群灵而首出,摄大千于毫端。
万汇熙熙兮春台之乐,万邦纳纳兮磐石之安。
从教戴天履地,击壤鼓腹兮不知天地之宽。

释道潜(1044—？)

次韵何子温龙图见赠

春破邗沟古驿旁,挥毫邂逅沈东阳。自惭击壤无高韵,但愧投珠有异光。
旷达未应输靖节,风流可复羡知章。我非照镜迷头客,一接清欢亦似狂。

释绍昙(？—1297)

老　农

畲田击壤乐年丰,不与儿曹戏剧同。问著羲皇已前事,镢头倒把舞春风。

舒　亶(1041—1103)

和马粹老四明杂诗聊纪里俗耳十首(其五)

巷陌随桥曲,闾阎占水穷。郡楼孤岭对,市港两潮通。
春暖鸡鸣岙,秋寒鸭信风。家家人富足,击壤与吾同。

舒岳祥(1219—1298)

山　行

今日新晴好,东风散麦须。山泉中琴瑟,岩鸟合笙竽。
总是太平曲,何劳击壤图。谁知花溅泪,杜老独嗟吁。

司马光(1019—1086)

春贴子词·皇帝阁六首(其三)

盛德方迎木,柔风渐布和。省耕将效驾,击壤已闻歌。

宋 祁(998—1061)

属邑告稔寄转运劝农二使台

稼云弥望默纡余,雨遍公私告稔初。田父此时歌击壤,牧人他夜梦为鱼。
劝符数下收遗穟,漕谷相衔饷剩储。莫谓衰翁止蒙福,有年须待史官书。

提刑劝农使者还嘉州

　　案部聊北征,肃舲复东下。江溜潒泱泱,樯乌纷雅雅。
　　离醑不余杯,征棹亟沿洄。远岫随时见,幽花无候开。
　　清氛霁平陆,林芳信重复。崷路缭山颜,駹田穮岩腹。
　　属此屡丰期,仍当省敛时。击壤系途乐,余粮寻亩栖。
　　嘉阳信嘉处,时与赏心遇。霁树抱空轮,寒涛下翔鹭。
　　还辕眷仲秋,秋序日方遒。归诺果无负,迟子临江楼。

宋 庠(996—1066)

次韵和运使王密学见贻之作

天畿巡部听车音,更值秋空卷夕霖。击壤但闻尧俗乐,宽条方识汉恩深。
酾渠引漕民兼富,飞檄宣风令莫侵。余藻相存知厚意,孤松凌雪鹤鸣阴。

岁晏思归五首(其二)

　　碌碌真邀宠,容容谢致君。短凫生愧胫,狂鹿老思群。
　　急节惊流水,浮名伴薄云。归欤堪击壤,况复值唐勋。

苏 轼(1037—1101)

密州宋国博以诗见纪在郡杂咏次韵答之

　　吾观二宋文,字字照缣素。渊源皆有考,奇险或难句。
　　后来邈无继,嗣子其殆庶。胡为尚流落,用舍真有数。
　　当时苟悦可,慎勿笑杕杜。斲窗谁赴救,袖手良优裕。
　　山城辱吾继,缺短烦遮护。昔年谬陈诗,无人聊瓦注。
　　于今赓绝唱,外重中已惧。何当附家集,击壤追咸濩。

乐 曲

孙 觌（1081—1169）

次韵蒋次庄二首（其二）

政拙心劳愧此身,一麾便合挂朝绅。青山有意迎仙客,白日相逢是故人。
见说卑宫恢禹迹,时来击壤颂尧仁。玉川寸铁真无用,地上空愁虮虱臣。

王安石（1021—1086）

歌元丰五首（其三）

放歌扶杖出前林,遥和丰年击壤音。曾侍土阶知帝力,曲中时有誉尧心。

次韵酬宋玘六首（其五）

无能私愿只求田,时物安能学计然。凿井未成歌击壤,射熊犹得梦钧天。
遥思故国归来日,留滞新恩已去年。携手与君游最乐,春风波上水溅溅。

要望之过我庐

念子且行矣,要子过我庐。汲我山下泉,煮我园中蔬。
知子有仁心,不忍钩我鱼。我池在人境,不与钩獭居。
亦复无虫蛆,出没争腐余。食罢往游观,鲅鲅藻与蒲。
清波映白日,摆尾扬其须。岂鱼有此乐,而我与子无。
击壤谣圣时,自得以为娱。

元丰行示德逢

四山翛翛映赤日,田背坼如龟兆出。湖阴先生坐草室,看踏沟车望秋实。
雷蟠电掣云滔滔,夜半载雨输亭皋。旱禾秀发埋牛尻,豆死更苏肥荚毛。
倒持龙骨挂屋敖,买酒浇客追前劳。三年五谷贱如水,今见西成复如此。
元丰圣人与天通,千秋万岁与此同。先生在野故不穷,击壤至老歌元丰。

游土山示蔡天启秘校

定林瞰土山,近乃在眉睫。谁谓秦淮广,正可藏一艓。
朝予欲独往,扶舁强登涉。蔡侯闻之喜,喜色见两颊。
呼鞍追我马,亦以两黥挟。敛书付衣囊,裹饭随药笈。
翛翛阿兰若,土木老山胁。鼓钟卧空旷,簨虡雕捷业。

359

升堂廊无主,考击谁敢辄。坡陀谢公冢,藏椁久穿劫。
百金买酒地,野老今行馌。缅怀起东山,胜践比稠叠。
于时国累卵,楚夏血常喋。外实备艰梗,中仍费调燮。
公能觉如梦,自喻一蝴蝶。桓温适自毙,苻坚方天厌。
且可缓九锡,宁当快一捷。彼哉斗筲人,得丧易矜怯。
妄言展齿折,吾欲刊史牒。伤心新城埭,归意终难惬。
漂摇五城舟,尚想浮河楫。千秋陇东月,长照西州堞。
岂无华屋处,亦捉蒲葵箑。碎金谅可惜,零落随秋叶。
好事所传玩,空残法书帖。清谈眇不嗣,陈迹恍如接。
东阳故侯孙,少小同鼓箧。一官初岭海,仰视飞鸢跕。
穷归放款段,高卧停远蹀。牵襟肘即见,著帽耳才擪。
数椽危败屋,为我炊陈浥。虽无膏污鼎,尚有羹濡箸。
纵言及平生,相视开笑靥。或昏眠委翳,或妄走超蹑。
邯郸枕上事,且饮且田猎。或叫号而寤,或哭泣而魇。
幸哉同圣时,田里老安帖。易牛以宝剑,击壤胜弹铗。
追怜衰晋末,此土方岌业。强偷须臾乐,抚事终愁慑。
予虽天戮民,有械无接折。翁今贫而静,内热非复叶。
予衰极今岁,傥与鸡梦协。委蜕亦何恨,吾儿已长鬣。
翁虽齿长我,未见白可镊。祝翁尚难老,生理归善摄。
久留畏年少,讥我两呫嗫。束火扶路还,宵明狐兔慴。
蔡侯雄俊士,心憭形亦谍。异时能飞鞚,快若五陵侠。
胡为阡陌间,跛足仅相蹑。谅欲交謦语,呿予不能嗋。

王　柏(1197—1274)

畴依(其二)

巍乎大哉,尧之为君。其仁如天,其知如神。
凿井耕田,出作入息。击壤而歌,不知帝力。

夜观野舟浩歌有感

康衢久寂寞,击壤音微茫。南风启箫韶,拜手赓明良。

周衰二雅废,凤兮歌楚狂。楚狂已再变,三闾竟哀伤。
俯仰千载后,嗟嗟情性荒。梁选尚远思,渊明粹而庄。
开元生李杜,我宋推苏黄。宗派亦沦坠,纷纷师晚唐。
吟骨不淳古,记魄不自强。雕镂心肺苦,何曾征宫商。
濂翁著和澹,感兴开紫阳。紫阳尚六义,六义兴已亡。
郑卫日盈耳,冰炭搅我肠。章贡有奇士,野舟刊名章。
古城夜酌句,正义尤洋洋。游谈到巍荡,百世流遗芳。

王 迈(1184—1248)

送郑邛叔珪之博罗尉四首(其四)

是邑经兵火,今才补少痕。要教民击壤,毋遣吏椎门。
文惠残碑在,坡仙醉墨存。公余勤物色,幽兴入琴樽。

王 阮(?—1208)

代胡仓进圣德惠民诗一首

平楚皆膏壤,成汤忽旱年。人知圣虑切,恩遣使臣宣。
乙卯饥荒后,长沙富庶全。纪年四十载,斗米二三钱。
县县人烟密,村村景物妍。朱蹄骄柳陌,金镫丽花钿。
习此民成懒,加之吏不虔。力耕终苟且,劝课或迁延。
绿野田多旷,潢池恶未悛。曷尝修稼政,但见饰宾筵。
丰稔时难保,盈虚理有还。自应成赤地,安得咎苍天。
义廪真良法,皇家以备先。积仓何止万,存数仅余千。
滥以疏庸迹,来司敛散权。一身初抵此,四顾但茫然。
奏发常平弊,财蒙内帑捐。敢云呈敏手,幸免奋空拳。
蔑问秦输闭,专稽稷懋迁。陆修流马运,水作泛舟连。
凡属灾伤事,深将利害研。兼并勤告谕,商旅渐喧阗。
市直虽翔踊,官收却痛镯。北来因鼎粟,南至出渠船。
稍稍收成廪,纷纷出著鞭。起于衡岳趾,环厥洞庭舷。
湖北疆参错,江西境接联。里虽千万远,身亦再三遄。
必务经行遍,深防赈给偏。规模颁郡吏,出纳谨乡贤。

全宋诗乐舞史料辑录
乐曲、乐器组合卷

敢避风兼雨,周爰陌与阡。有时沉水底,镇日上山巅。
不复通舟楫,宁容坐马鞯。屐多穿石仄,裳惯湿河堧。
江步时时到,村虚日日穿。救头方甚急,援手讵辞胼。
畴昔虽多病,驰驱却自痊。已成迷晓夜,不复惮山川。
松径行时盖,杨花坐处毡。光华虽备使,萧散类登仙。
林密花频剪,途穷木可缘。石欹行恐压,溪涨涉疑漩。
昔出正初吉,今经六下弦。奔忙驰似箭,来往转如圜。
王事歌苞杞,归心却杜鹃。力虽疲险阻,志务报陶甄。
忆昨初行日,萧然亦可怜。饿羸皆偃仆,疾疫更牵缠。
讵止家徒壁,多遗屋数椽。葛根殚旧食,竹米继新饘。
略救朝昏急,终非肺腑便。声音中改变,形质外赢孱。
气荟胸排骨,神昏眼露圈。步欹身欲仆,头褪发俱卷。
妇馁心成疾,儿啼口坠涎。乱花生目睫,炎火亢喉咽。
袅袅浑无力,昏昏只欲眠。尽挛持耒手,顿削负薪肩。
状貌已成鬼,号呼几乱蝉。兽穷思旷野,鱼困想清泉。
山僻无人到,帷惊有使寒。初闻争欲走,稍定使来前。
尔俗饥虽困,吾君施体乾。知民方疾苦,遣吏抚迍邅。
置院收鳏寡,分场赈市廛。贷粮招复业,散种使耕田。
寒给衾裯暖,春颁药剂煎。凡今严吏责,皆是恤民编。
稍见儿童集,徐看父子牵。共争扶杖听,咸乐置邮传。
茶献迎门礼,香浮夹道烟。耳闻身鼓舞,心切涕潺湲。
坐定徐言此,从来未见焉。一时愆润泽,万里奏艰鲜。
灌溉非无桔,精虔亦有恮。畬干终损粟,池涸竟枯莲。
诗骇周宣魃,经书鲁国蝝。坐令民皞皞,翻作泣涟涟。
平日安丰稔,今朝乍疾颠。老羸如病马,壮健若飞鸢。
忽见皇恩沐,亲驰使命专。听言初挟纩,拜赐悉鸣弦。
新岁天心格,经时雨势绵。东皋耕泽泽,南亩溜溅溅。
坎豆皆勤作,根涯悉勉旃。水耕荣畦畦,陆种茂芊芊。
件件丝盈轴,方方麦荐筵。指知食欲动,目望酒先挏。

舍北行歌畅,村南伐鼓渊。鱼占何必梦,斗覆已明躔。
甲子晴尤好,嘉平雪记填。自今知岁岁,王道永平平。
抚己叨逢主,占星幸备员。耳亲闻击壤,手敢废题笺。
农事修其职,邦基赖以坚。但令仓廪实,何患犬羊膻。
商克周饥止,邢存卫雨愆。定知丰稼穑,端在讲戈铤。
足食繁兵法,行粮咏雅篇。愿陈王朴论,一稔遂平边。

王 昷(?—?)

句(其六)

多惭亦偶休明代,击壤空随野老群。

王 炎(1138—1218)

郊祀庆成诗

燕翼传丕绪,龙飞袭庆基。万年新景命,三岁始亲祠。
修己崇仁俭,承颜洽孝慈。和平调玉烛,静谧偃锋旗。
九庙歆禋享,三宫集寿祺。馨香端可荐,降鉴本无私。
宝律迎长至,觚坛葳上仪。贡金来牧伯,执玉列丞疑。
裸鬯清宫后,燔萧太室时。青城收宿霭,黄道焕晴曦。
六骥銮舆稳,千牛彩仗移。声文搜旧典,誓戒儆前期。
陟配尊皇祖,灵承合大示。陶匏浮泛齐,茧栗用骍牺。
敫绎圜钟奏,忱恂祝册辞。夜分风籁静,天近斗杓垂。
圣意弥寅畏,臣心尽肃祗。钦柴灵下堕,拜昨福来绥。
乐与民同庆,宁颛已受禧。荣光浮翠辇,欢抃拥彤墀。
日骑屯方罢,云韶乐共随。一声传入跸,万目望华芝。
丹凤端门耸,金鸡涣号施。庞恩沾动植,协气畅华夷。
星拱班徐退,天容喜可知。乾符宜永握,瑞牒遂停披。
嵩岳声洋溢,钩钤色陆离。永承长乐养,恭奉未央卮。
锡羡均家国,储祥衍本支。函生蒙帝力,击壤共春熙。

王禹偁(954—1001)

对雪感怀呈翟使君冯中允同年

岁暮山城雪,民和岁有秋。深闻五裤咏,聊减贰车愁。
凌乱藏溪寺,霏微洒郡楼。冻宜粘酒旆,香好试茶瓯。
逐吹殊无定,连宵势未休。仙娥低粉面,熊耳压峰头。
树老花重发,川长缟不收。平沉采芝洞,深锁避贤邮。
麋鹿全迷径,鹰鹯不下鞲。夜村埋古屋,丹水咽寒流。
上洛城中客,梁园日下州。前年直纶阁,腊月奉宸游。
六出寒光乱,重瞳喜气浮。催班临秘殿,称贺拱凝旒。
漠漠笼天仗,轻轻落御沟。瑶池同皎洁,珠箔助飕飗。
民有丰年望,君无旰食忧。佩垂延喜玉,服曜吉光裘。
鸡树令开宴,鸳行许命俦。千钟方滟滟,三爵未油油。
举白朱颜凝,飞文彩笔抽。传宣须尽醉,御札遣冥搜。
晚出苍龙阙,骄驰紫燕骝。自惭生草泽,人指在蓬丘。
薄命诚非据,清途不久留。左迁来僻郡,对景忆瀛洲。
谪宦谁还往,贫家自献酬。敢言无俸禄,且喜润田畴。
凤阁名虽黜,貂冠命亦优。山中甘散秩,膝下奉晨羞。
默默惟思过,陶陶亦自由。摇头咏诗什,合眼入衾裯。
只恨方于枘,何尝曲似钩。讵能悲鹏鸟,早合畏牺牛。
玉冷期三熟,兰香任一莸。梦中非蛱蝶,世上本蜉蝣。
祸福如亡马,机关喻狎鸥。甘贫慕原宪,齐物学庄周。
尚赖迁莺侣,旁依建隼侯。愿随商洛叟,击壤颂皇猷。

王 质(1135—1189)

又 次 韵

眼前事事皆可书,秋叶满江烟满湖。霜风细织红锦幄,露菊洗出黄金肤。
山南山北蹑飞径,步步藤梢牵客裾。寒裳飞下蒹葭浦,纷纷鸥鸟来相娱。
渔火深明隔桥浦,炊烟出没临溪庐。溪山洗断鸳鸯梦,犀筼不忆钱塘苏。
百年日月走双毂,万古兴亡同一吁。角鹰肯恋绣鞲稳,野马不受金羁拘。

功名贵富两安用,乌有先生并子虚。不图操笔赋清庙,但思击壤赓康衢。
何时再踏故山麓,芭蕉长大桤栽粗。夜畴娟娟湿翻露,春林聒聒听提壶。
鱼肥不用去熊掌,酒浊正是胜醍醐。一区春雨熟瓜芋,半溪秋水繁蔹蒲。
侯门亦复怜稚子,下状不敢劳长须。吾生一饱足已矣,岂复过意求膏腴。

卫宗武(?—1289)

立秋喜雨

炎炎老火烧太空,熏灼万类势欲镕。高田幅裂稼已腐,低壤釜沸禾生虫。
金蛇飞走天鼓震,须臾散灭茫无踪。火轮烈烈扬炽焰,夜镜炯炯摩青铜。
老夫望岁甚田叟,恨无神术驱群龙。平明披衣视云气,雾霭四合何冥蒙。
沾濡俄顷遂滂沛,奔腾浩瀚犹崩洪。雨珠雨玉何足贵,雨菽雨粟亦有穷。
涓流膏润入秉穗,穰穰九谷苞其中。良畴何啻万万顷,一稔囷梱过崇墉。
溢为欢声沸比屋,洗空愁叹苏三农。亦知诚感斯响答,古佛之一真圆通。
嗟吾年来生计荡,殆若枯叶随飘风。瓯窭污邪不应祷,冻饿真与穷民同。
继今甘霪愿时有,鼓腹击壤歌年丰。

和催雪

我欲问天天穹窿,岁卜其有于岁终。胡然玄律欲遁尽,燠乎一岁融而冲。
冻肤未起玉楼粟,寒力尚怯珠槽红。腊前三见瑞盈尺,九土斯农之望同。
冱寒虽以云布濩,合影尚欠霄通胧。梁园徒聚为赋客,灞桥更误能诗翁。
倩谁剪下银潢水,六花人代天施工。不必作威借风伯,不必布势劳丰隆。
预占多稼满周亩,首验小麦连崆峒。尝闻玉妃从者万,要看羽卫来仙宫。
未多刘子比西阆,抑陋卫人歌北风。撑肠吐出冰雪句,清辉交映弥寒空。
列岑银铸增突兀,千林楮刻森玲珑。瑶芝一望千万顷,不辨田上田中中。
忆昔腊霙点予须,至今皓首如飞蓬。自怜老朽难用世,只堪把耒勤农功。
行天须见度有马,入地庶使潜无螽。年丰常愿颂秋报,岂止击壤歌三农。

魏　野(960—1020)

谢刘小谏寄惠双鹤

令威兄弟涉烟波,谏署人教到薜萝。毛比君情犹恐少,格如我性不争多。
相呼似说冲霄意,对舞初闻击壤歌。仙术无能骑谢去,青云未免阻闲过。

吴 芾（1104—1183）

和林大任劝耕

壮哉溢目还盈耳，千骑出城歌吹起。野人一睹快争先，奔走欢呼几折趾。
往年戎马偶出郊，田间弥望皆荒茅。使君笃意劝农课，尽使惰游如所教。
麦欲连云桑蔽野，此心犹恐孤民社。要将治绩迈龚黄，不但文辞超贾马。
编民击壤自欣欢，尽道年来百虑宽。承流宣化得贤帅，湛恩沾溉何漫漫。
不愧剖符仍受玉，善政已为千里福。年丰谷贱复何忧，向也穷民今亦足。
固知博施非屯膏，况能好善如干旄。宾僚倘有公辅器，宁辞解赠腰间刀。
有客有客歌贤业，词烂春葩光炜烨。一时酬唱已清新，四坐朋从更和叶。
酒酣谐笑应云云，元白李杜疑前身。想当挥毫落纸时，笔端往往俱有神。
我来触绪未暇给，首睹明珠千百粒。豁然两眼顿增明，更觉慢心无自入。
已幸从今日往还，况复赋诗宾客间。只恐使君丹诏下，擢归青琐点朝班。

吴 潜（1195—1262）

再用喜雨韵三首（其三）

雨脚如奔冒远岑，须臾六合变层阴。坐回物物昭苏意，想见村村喜笑音。
翁诧稻粱营米栈，妇思裘褐拂衣砧。定知一熟酬诸愿，击壤歌中此感深。

喜雨和赵右司

车水耕田正闵农，夜来好雨一犁通。相近可是须群望，陟降元来即上穹。
击壤何曾知帝力，观风谁与达天聪。见他东作思南墅，愁杀江南桑苎翁。

吴 璃（？—？）

春日田园杂兴

野水浑边戏乳鹅，疏篱缺处晒耕蓑。草青随意牛羊卧，门静无人燕雀多。
夫倦倚犁需妇馌，翁欢击壤和孙歌。新来别有营生计，又喜巡檐住蜜窠。

武 衍（？—？）

边烽既息稿事告登歌以五十六字用和击壤

见说边头事已宁，捷书复得寿春城。从来方面多豪杰，均与朝廷系重轻。
枣实虽红休北顾，稻花垂白近西成。民无饥色添欢色，气象方才似太平。

乐 曲

夏　竦(985—1051)

奉和御制五岳观告成

岳镇明神屡降康,圣心尊奉礼文扬。徽名祇荐昭殊典,秘宇钦崇报美祥。
曲沼甘泉秋湛湛,浮荣嘉气晓苍苍。金釭衔壁流繁影,云雀踶甍耀采章。
祇被王灵涓吉日,密奢文杏架修梁。都人雾集鸿仪盛,帝御天临洁志彰。
宸唱茂宣昭峻极,春祺纷委显蕃昌。升平更属西成日,击壤欢谣遍井疆。

熊　禾(1247—1312)

七夕遇雨访石堂先生(其二)

冀亳与岐山,一际五百年。洙泗岂无集,未遇时运偏。
世降道愈悠,击壤呼尧天。

徐似道(1144—1212)

硐岭樵歌

黄山东南数十里,芙蓉削翠连云起。萧萧褐褐三五群,生薪半肩歌不止。
石径迢迢云外行,烟雾满地穿林坰。圣世不须紫芝曲,息担击壤歌太平。

徐　铉(917—992)

又赋早春书事

苑里芳华早,皇家胜事多。弓声达春气,弈思养天和。
暖酒红炉火,浮舟绿水波。雪晴农事起,击壤听赓歌。

许及之(1141—1209)

次韵常之秋日郊居十首(其二)

田里逢年岁,江山净物华。栖粮供野雀,输赋答官蛙。
觳觫眠穰圃,龙钟卧酒家。不须听击壤,平世此何加。

许景衡(1072—1128)

次韵王功达见寄

乌府参风宪,鲰生负德音。投闲虽白首,体国尚丹心。
天上浮云散,江边秋色深。第知歌击壤,宁复赋愁霖。

许应龙(1169—1249)

皇帝阁春帖子(其五)

三白从来兆岁丰,几看瑞雪舞回风。苍龙挂阙农祥正,击壤行歌我稼同。

许月卿(1216—1285)

献　岁

献岁欢声沸,清晨寒气侵。四时春是首,三日雨为霖。
绿展垂杨眼,青呈芳草心。日晴仍夜雨,击壤费讴吟。

天　道

天道尊高父道同,地亲如母祀先农。社翁不肯饮残水,野老犹能存古风。
箫鼓村田聊击壤,鸡豚社酒好治聋。满庭芳曲还堪唱,一笑东坡鬓已翁。

薛　嵎(1212—?)

新年换桃符

桃符频换句难新,休对春风诉旧贫。近日儿童谈道学,几时征诏及闲人。
山田收薄官输在,树雪吹残曙色真。慨昔巢由老岩穴,终身击壤作尧民。

杨　亿(974—1020?)

分得朝野多欢娱

皋壤惊秋气,仓箱有岁储。梁园从臣颂,谢墅富人车。
休沐新颁诏,珍符不绝书。天心游蠛蠓,民乐在华胥。
击壤欢谣洽,凝脂密网除。行将封岱岳,持橐奉金舆。

奉和御制南郊七言六韵诗

洁斋恭已奉苍旻,报本圜坛备物陈。酒缩楚茅三献毕,灰飞嶰管一阳新。
高空瑞气长随辇,永夕清霜暗湿巾。泰畤迎年严汉祀,六宗祈福盛虞禋。
鸿恩涣汗沾穷发,睿藻昭回动紫宸。庶汇熙熙蒙帝力,徒知击壤效尧民。

虞　俦(?—?)

姜邦杰以四绝见寄因和之(其二)

州县丰登公事少,凝香燕寝只吟哦。乐天长短三千首,争似斯民击壤歌。

五月四日过西山道院田间记老农语

偶从野叟问耕桑,说到春来日日忙。老尽吾蚕桑自绿,化残胡蝶麦犹黄。
迎梅已过三旬雨,秧稻初齐五月凉。天上何人调玉烛,但知击壤乐时康。

宇文虚中(1079—1145)

灯碑五首(其五)

枹鼓无声讼狱空,欢谣击壤万家同。时人共解班春意,兵寝刑清第一功。

岳　珂(1183—?)

己亥十二月十七日堂帖被召感恩二首(其二)

归来三径脱尘鞿,两拜除书下玉墀。圣泽云天何以报,臣心铁石未全衰。
马蹄已负驱车愿,鸿羽难胜渐陆仪。愿把一犁祝膏泽,康衢击壤乐清时。

张　侃(1189—?)

多　稼　亭

前年毗陵登多稼,万顷黄云在亭下。断碑依壁毫发微,击壤老人歌圣化。
今年负丞到会稽,州园瓦影碧参差。中有一亭容数客,郁郁两字标璇题。
吾闻国以民为本,民向东郊事耕垦。与民同乐识见高,秋成沽酒来游遨。

张　栻(1133—1180)

次韵赵漕(其二)

雨声历历来庭户,喜色津津到泽虞。击壤径思同野老,名亭讵敢学坡苏。

张　埴(?—?)

食　新

此腹有天幸,已及新谷升。青瑶出爨玉,几席生光明。
执匕不求饱,人起鸡未鸣。六月不再雨,不禆去年耕。
可爱善卷山,木影如水清。老人好击壤,老矣击不成。

张　镃(1153—?)

戏效乐天体

去日不可再,来日焉可虚。直待百事足,漫把四大拘。
黄河几曾清,白发莫旋乌。全福贵安然,真乐难强图。
朴直自许我,才能不如渠。已盟方寸心,免苦六尺躯。
登台值明时,击壤容匹夫。轻车历野寺,小船泛晴湖。
金鲫池内观,白猿洞前呼。孤山未学林,长堤且怀苏。
珍实不满器,醇醪只携壶。更带两耳铛,旋煮四腮鱼。
意均饱暖适,迹或升沉殊。达人旷大观,万象归一途。
丹鼎鸡变化,佛性狗有无。快答此话头,拟议计即疏。

章　甫(?—?)

曾仲恭侍郎惠酒以偶有名酒无夕不饮为韵谢之(其七)

逢人说项斯,此道今则不。使君如古人,荐善惟恐后。
愿君登廊庙,搜罗到岩薮。使我击壤歌,投老安陇亩。

赵　鼎(1085—1147)

上恭祀圜丘天宇晴霁既庆成数日乃得小雪御制喜雪诗示群臣代人次韵拟和

都人夹道袂成阴,护驾争看万羽林。放仗端门归内早,飞花梁苑慰民深。
雨旸时若皆天意,夙夜惟寅本帝心。赤子但闻歌击壤,未知何以报君临。

赵　炅(939—997)

缘识(其一九)

京都繁盛谁比矣,十二楼台重重起。九衢车骑日喧喧,广陌欢呼歌帝里。
我今御宇临天下,物泰熙熙忻朝野。村夫击壤荷丰年,侯门朱紫皆风雅。
无为一坦已成功,关防绝虑闲战马。唯愿君臣千万世,六合同心归华夏。

赵汝鐩(1172—1246)

送洁斋仓使袁都官归班

六辔按部朝出关,邮铃插羽夜趣还。诏字天飞紫泥湿,一点郎星归拱北。
乡来翻动大壑鱼,致君尧舜真须臾。金瓯未启请麾去,旋颁汉节登范车。
先生有道出洙泗,派分象山接洛水。振铎重席阐圣传,此心之外无二理。
先生有才辈伊周,胸襟百万森戈矛。新亭肯作楚囚泣,誓楫一念清神州。
此行岂但兰再握,讲帷欠公熙帝学。火城照空沙堤新,堂印押班运筹幄。
洁斋墙仞世龙门,瓣香夙昔钻仰心,邑债一了即归耕。
但当拭目天上新经纶,日与渔樵击壤歌太平。

仲　并(?—?)

代人上师垣生辰三首(其一)

玉带金鱼衮绣光,维垣一旦侍君王。垂绅庙堂调玉烛,能使天公时雨旸。
畴昔干戈岁屡歉,于今万室盈仓箱。天心人意若相语,问公何以回穹苍。
天恶人心二三德,公惟一德妙赞襄。夜半熟视璇霄象,紫微列宿相荧煌。
甘露醴泉不足瑞,但欲岁岁占农祥。物阜人嬉了无事,斯民击壤君垂裳。
时时公亦憩杰阁,万物欣欣春昼长。当时尹躬似今日,但欠昭回云汉章。

周必大(1126—1204)

立春帖子·太上皇帝阁(其三)

　　俗阜登台乐,农祥击壤谣。何人知帝力,尔极听垂髫。

周　锷(1057—1131)

西湖三首(其二)

使君修禊与民游,十里笙歌水面浮。动地雄风云外起,截天雌霓雨中收。
登台已有难并乐,击壤宁无寡和忧。却忆内家新赐火,海棠无数出墙头。

朱长文（1039—1098）

雪夕林亭小酌因成拙诗四十韵以贻坐客昔欧阳公与人咏雪先戒勿用梨梅练絮白舞鹅鹤等字今篇中辄守此戒但愧不工伏惟采览

极望铺千顷，平观彻九霄。纵横随物象，合散委天飙。
洒竹声微动，妆松势不摇。庭空飞鸟影，窗失远山椒。
钓罢盈孤屿，行稀覆小桥。争先笼碧瓦，骋巧缀柔条。
片片谁裁制，团团似琢雕。丘陵平坎险，草木起枯焦。
皎洁那容染，轻清只自飘。掬来便幼稚，披去羡渔樵。
篷冷孤舟泊，蹄轻逸骥骄。危楼明皓皓，虚室静萧萧。
余霰霏残夜，层冰结霁朝。界疑华藏见，境入洞天遥。
向晦终难掩，居高却晚销。润滋甘井脉，寒减暮江潮。
思妇啼红袖，征夫拥皂貂。履穿愁践足，心悟任齐腰。
就映犹开卷，频餐愈病疴。袁公当强起，谢女尚能谣。
旋取茶铛泛，多收药匕调。任令埋蜡屐，直欲鼓兰桡。
扫处迷三径，吟余冻一瓢。因思良友至，急奔牧童邀。
池馆增潇洒，杯盘奈寂寥。壶中闻笑语，物外睹风标。
真乐非弦管，奇辞脱篆雕。红尘荡涤尽，宿酒等闲消。
烛映凝膏浅，香清切柏烧。谈围终易解，诗将可称骁。
闻道群贤集，方从五马招。黄堂催盛宴，缇幕会英僚。
海气连平野，岩光满丽谯。缤纷沾寿斝，炫晃照华镳。
刘白才名重，枚邹笔力超。裤襦歌美政，牟麦庆新苗。
畎亩深盈尺，风云会再宵。贺声周四境，瑞奏达中朝。
郡国仁风远，乾坤协气饶。年年书大有，击壤望唐尧。

朱淑真（？—？）

冬日杂咏

爱日温温正涤场，老农击壤庆时康。水催春韵捣残雨，风急枥声带夕阳。
霜瓦晓寒欺酒力，月栏夜冷动诗肠。厌厌对景无情绪，谩把梅花取次妆。

邹　浩(1060—1111)

诗送晦叔先生(其三)

疾卧几为万鬼邻,金丹一粒遇高真。此身从此无他事,长作升平击壤人。

简俞子恭

东郭名园步可过,病余犹以路为多。何当略彴通新径,日日从君击壤歌。

新　　曲

蔡　襄(1012—1067)

崇德夜泊寄福建提刑章屯田思钱塘春月并游

凤昔神都别,于今浙水遭。故情弥切到,佳月事追遨。
太守才贤重,清明土俗豪。犀珠来戍削,征鼓去啾嘈。
湖树涵天阔,船旗冒日高。醉中春渺渺,愁外夕陶陶。
新曲寻声倚,名花逐种褒。吟亭披越岫,梦枕觉胥涛。
论议刀矛快,心怀铁石牢。淹留趋海角,分散念霜毛。
鲈鲙红随箸,泷波渌满篙。试思南北路,灯暗雨萧骚。

晁冲之(1073—1126)

送王敦素①

龙蟠山色引衡庐,霜落江清影碧虚。鼓枻厌骑沙苑马,行厨欲食武昌鱼。
缓歌玉树翻新曲,趣入金銮续旧书。官达故人稀会面,君来相见肯如初。

戴表元(1244—1310)

送陈养晦谒阆风舒先生四首(其四)

无诗莫入阆风里,到却阆风那有诗。拾取松风作新曲,归来时向梦中吹。

---

① 邓深《送王敦素》内容与此诗相同,不再重复收录。

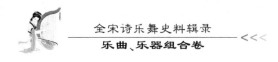

范成大(1126—1193)

二月三日登楼有怀金陵宣城诸友

百尺西楼十二栏,日迟花影对人闲。春风已入片时梦,寒食从今数日间。
折柳故情多望断,落梅新曲与愁关。诗成欲访江南便,千里烟波万叠山。

次韵袁起岩送示郡沼双莲图

珠渊玉水折方员,涌出双莲照酒边。压倒小湖三级草,增光后沼两重莲。
苕华名字元相群,桃叶根株本自连。好把吴歈翻楚些,杨荷新曲胜当年。

郭祥正(1035—1113)

洛中王秀才谈刘伯寿动静慕其潇洒作诗识之

客来说刘翁,嵩山跨黄犊。青衣二双鬟,颜色若明玉。
手携绿牙笛,随轩奏新曲。倒倾酒樏松下饮,旋开毡帐云中宿。
少年富贵老安闲,自道此生无不足。令人慕高标,神魄顿萧爽。
何当插两翼,乘风一飞往。永结斯人交,逍遥恣真赏。
长哦紫霞篇,洞户琼瑶响。胡为恋青衫,壮节空肮脏。
尘埃一哄城郭卑,波澜万顷沧溟广。明朝未作嵩少游,且向江南结鱼网。

韩　琦(1008—1075)

七　夕

星潢今夕度仙辀,人世争为乞巧楼。万室瞻迎皆欲得,一生孤拙未尝求。
缑山月白遗新曲,汉殿窗明识旧偷。若道营桥真浪说,如何飞鹊尽髡头。

洪　适(1117—1184)

清　音　亭

久坐俯潺湲,流清诗思悭。跳珠鸣薜石,淙玉下松关。
此日耳尘静,几人心地闲。抽琴作新曲,归去要怡颜。

刘　攽(1023—1089)

杨寺丞书画

杨侯古书数十轴,草隶缺残犹可读。古书流传动千岁,书可仿摹古容伪。

爱君苦心能辨之,等捐千金不为费。世尝售名不售真,物可见形难见神。
重令志士一惆怅,念有遗宝随埃尘。东墙西墙画满屋,瑟琶小儿理新曲。
鄙夫长安交游少,骑马能来与君熟。
万事好恶我自知,不作浮沈为人更耳目。

刘 弇(1048—1102)

仪真吕明父席中观新曲

有客扬楚舲,归欤汨吾事。波神悭东涨,吞遏限修螮。
转头凋岁阴,蓬行变匏系。一逢金銮人,穆我若清吹。
挽置十尺床,渊襟扫苛细。壶封拆初黄,露液攒沸蚁。
老实侑胶紫,枯螯嚼霜渍。坐有豪爽宾,哗哗睨云骥。
屯云刮痴白,有如拥天彗。疏桭炯萧森,北固决遥眦。
半酣大轴出,鲸窟咀甘饴。当中倾玄圃,琚瑀纷百缀。
物愁殚眇情,神炉夺孤闶。快魂疏泠泠,大叱回熟寐。
况复仪真曲,不减铜堤思。凄清激吴音,皓齿曾未愧。
辛咸皆可口,卷舌得真意。初如严冬逼,肃物有余惴。
末似阳春回,恍入众骨醉。将坛凛先登,乐府仍一洗。
吕侯斯人望,胸中吊古气。二十佩青纶,三十清间侍。
高缠见腾踏,茂渥擅褒贲。顷来笑画脂,无补当身寄。
卜筑傲园绮,秋蜩一官蜕。大笔横利槊,兴来即摩垒。
非如骚些徒,冗语酿愁悱。珍重白玉船,虹吞楚狂子。

陆文圭(1250—1334)

史药房寿与东坡同日

日月同生岂偶然,声名不减雪堂仙。岷峨西去八千里,苏史相望二百年。
赤壁旧矶如昨否,李生新曲至今传。祝公寿比南飞鹤,共结梅花岁岁缘。

强 至(1022—1076)

依韵奉和司徒侍中壬子九日

虚堂飞阁席频移,肯对茱萸忆赐枝。诗集元精尤唱绝,歌翻新曲更相宜。

登临晚日曾谁怨,醉倒秋风不自知。一种孤根输老菊,明年犹得傍东篱。

释普宁(？—1276)

偈颂四十一首(其八)

没弦琴,指趣深。尖新曲调,须遇知音。高山流水无穷意,落落断崖千万寻。

释文珦(1210—？)

蓬　户

蓬户何须启,年来已绝交。色空原自了,玄白任渠嘲。

琴谱添新曲,书囊屏旧抄。抟风九万里,安隐愧枝巢。

宋　祁(998—1061)

和晏尚书咏芙蓉金菊

千叠绡红抱蕊干,一番金雨映趺攒。比来醉笔赓新曲,简上飞霜不拟寒。

送睦州柳从事

唱第千人俊,从军十部贤。鸡翘迂赐绶,鹢首赴归船。

别思瑶华岸,怀乡玉脍天。不妨宾弁侧,新曲遍鹍弦。

苏　轼(1037—1101)

生日王郎以诗见庆次其韵并寄茶二十一片

折杨新曲万人趋,独和先生于芴于。但信椟藏终自售,岂知碗脱本无橅。

朅从冰叟来游宦,肯伴臞仙亦号儒。棠棣并为天下士,芙蓉曾到海边郛。

不嫌雾谷霾松柏,终恐虹梁荷栋桴。高论无穷如锯屑,小诗有味似连珠。

感君生日遥称寿,祝我余年老不枯。未办报君青玉案,建溪新饼截云腴。

苏　辙(1039—1112)

次韵汪琛监簿见赠

连宵暑雨气如秋,过客不来谁与游。赖有澹台肯相顾,坐令彭泽未能休。

琴疏不办弹新曲,学废谁令致束脩。惭愧邑人怜病懒,共成清净劝迟留。

王安石(1021—1086)

次韵王禹玉平戎庆捷①

熙河形势压西陲,不觉连营列汉旗。天子坐筹星两两,将军归佩印累累。
称觞别殿传新曲,衔璧名王按旧仪。江汉一篇犹未美,周宣方事伐淮夷。

蒙 亭

隐者委所逢,在物无不足。山林与城市,语道归一縠。
诗人论巨细,此指尚局束。颇知区区者,自屏忍所欲。
孰识古之人,超然遗耳目。岂于喧与静,趣舍有偏独。
命亭今何为,似乃畏惊俗。至意不标揭,小名聊自属。
夏风檐楹寒,冬雪窗户燠。春樊乱梅柳,秋径深松菊。
壶觞日笑傲,裙屐相追逐。此乐已难言,持琴作新曲。

王 珪(1019—1085)

依韵和王宣徽冬燕

丞相华堂燕翚飞,君恩自与众心期。鲁台况值书云后,汉殿仍经喜雪时。
便有东风来翠幕,别翻新曲度瑶池。可伤衰病无才思,欲续高吟愧色丝。

王 洋(1089—1154)

闻秀实归自临安有新作戏以小诗寄之四首(其一)

永丰西角绿丝垂,尽日无人可得知。闻道梨园采新曲,长安十样画宫眉。

王义山(1214—1287)

蚤起斋檐独坐

轻寒测测雨冥冥,不觉闲中春一庭。老竹似欺窗草绿,落梅微间翠苔青。
俟听莺语调新曲,默看蛛丝网碎屏。物意人情两相得,莫容尘俗挠中扃。

---

① 王珪《依韵和蔡枢密岷洮恢复部落迎降》内容与此诗大致相同,不再重复收录。

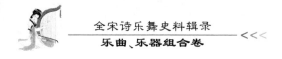

韦 骧(1033—1105)

和潘通甫寄孙太守

五马传呼尽避骢,二车行县海堧东。歌声被管腾新曲,酒盏垂莲学倒蓬。回驭望仙双斾晚,戒程余庆一帆风。拘挛不得陪供帐,只许区区鄙句通。

昨日以事不得陪赴和甫学士之召

藩侯遣事风霆疾,御史高谈宇宙宽。千里几年成远别,一樽相对尽清欢。知无红袖翻新曲,想有雕弓敌暮寒。尘迹钩牵违燕集,坐追佳兴入毫端。

文彦博(1006—1097)

留守相公宠赐雅章召赴东楼真率之会次韵和呈

朱楼华阁府园东,蜗陋仍依美庇中。俭幕深严依绿水,楚台高迥快雄风。四弦清切呈新曲,双袖蹁跹试小童。况是元规兴不浅,归轩争敢便匆匆。

无名氏(?—?)

回文(其二)

红手素丝千字锦,故人新曲九回肠。风吹絮雪愁萦骨,泪洒缣书恨见郎。

夏 竦(985—1051)

奉和御制幸金明池

朱辂乘时兮出晓烟,飞梁承幸兮斗城边。
幔省荫堤兮杨叶暗,星旆藻岸兮物华妍。
珠网金铺兮豫章馆,风樯桂楫兮木兰船。
象潢仪汉兮澄波远,激水寻橦兮妙戏全。
仵帝晖兮凝制跸,人焕衍兮欢心逸。
嘉流景兮延迩臣,乐清明兮丽新曲。

谢希孟(?—?)

樱 桃

谷雨樱桃落,薰风柳带斜。舜弦新曲在,休唱后庭花。

徐似道(1144—1212)

扈陼牧笛

蒙蒙香雾湿未干,烟光匝地春风寒。牧童三五唤归切,鞭牛为马蓑为鞍。
一声芦管振林木,口畔呜呜相戏逐。梅花乱落自潇洒,绝胜豪门调新曲。

徐　铉(917—992)

奉和宫傅相公怀旧见寄四十韵

谢傅功成德望全,鸾台初下正萧然。抟风乍息三千里,感旧重怀四十年。
西掖新官同贾马,南朝兴运似开天。文辞职业分工拙,流辈班资让后先。
每愧陋容劳刻画,长惭顽石费雕镌。晨趋纶掖吟春永,夕会精庐待月圆。
立马有时同草诏,联镳几处共成篇。闲歌柳叶翻新曲,醉咏桃花促绮筵。
少壮况逢时世好,经过宁虑岁华迁。云龙得路须腾跃,社栎非材合弃捐。
再谒湘江犹是幸,两还宣室竟何缘。已知瑕玷劳磨莹,又得官司重接连。
听漏分宵趋建礼,从游同召赴甘泉。云开阊阖分台殿,风过华林度管弦。
行止不离宫仗影,衣裾尝惹御炉烟。师资稷契论中礼,依止山公典小铨。
多谢天波垂赤管,敢教晨景过华砖。翩飞附骥方经远,巨楫垂风遂济川。
玉烛调时钧轴正,台阶平处德星悬。岩廊礼绝威容肃,布素情深友好偏。
长拟营巢安大厦,忽经操钺领中权。吴门日丽龙衔节,京口沙晴鹢画船。
盖代名高方赫赫,恋恩心切更乾乾。袁安辞气忠仍恳,吴汉精诚直且专。
却许丘明师纪传,更容疏广奉周旋。朱门自得施行马,厚禄何妨食万钱。
密疏尚应劳献替,清谈唯见论空玄。东山妓乐供闲步,北牖风凉足晏眠。
玄武湖边林隐见,五城桥下棹洄沿。曾移苑树开红药,新凿家池种白莲。
不遣前驺妨野逸,别寻逋客互招延。棋枰寂静陈虚阁,诗笔沉吟劈彩笺。
往事偶来春梦里,闲愁因动落花前。青云旧侣嗟谁在,白首亲情倍见怜。
尽日凝思殊怅望,一章追叙信精研。韶颜莫与年争竞,世虑须凭道节宣。
幸喜书生为将相,定由阴德致神仙。羊公剩有登临兴,尚子都无嫁娶牵。
退象天山镇浮竞,起为霖雨润原田。从容自保君臣契,何必扁舟始是贤。

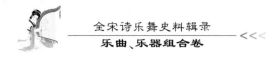

杨皇后(1162—1233)

宫词(其一九)

银烛瑶觥竞上元,□□午月正当轩。棚头忽唤歌新曲,宛转余音出紫垣。

杨 绘(1027—1088)

游 春

倾城追逐艳阳天,上巳清明节序连。桃李光阴足骀荡,湖山风月更鲜妍。谷中答响飘新曲,波底妆光扬彩船。迟日未西人已醉,绿杨柔弱舞秋千。

岳 珂(1183—?)

宫词一百首(其七〇)

乐府仙韶奏九成,披香别殿瑞烟凝。紫云不待传新曲,春在瑶台第一层。

张 扩(?—?)

次 韵 春 雪

春雪欺人转更豪,力如强弩射吴潮。郢人有恨翻新曲,蜀客无襦忆旧谣。户外莫夸盈尺好,沙头已作浅痕消。诗成忍冻话年少,愁杀衰翁不自聊。

张 耒(1054—1114)

送杜君章守齐州

平生杜公贤弟兄,北州人物家法称。儿童服膺今见面,温润圭璧清霜冰。胸中诗书不见试,鬓发欲白论邦刑。用违所长众不可,公犹谈笑气甚平。人才之难万冀一,一士其重九鼎轻。典签不废吟拥鼻,所叹虚席何人登。临蕃千骑亦不恶,聊以余力苏疲氓。霜清水落鱼泼刺,万瓮沸响新醪倾。东秦山河太守贵,长安歌舞新曲成。正须昼夜快作乐,舍人促公归治行。

张舜民(?—?)

桃李花(其二)

花如桃李人如玉,终日看花看不足。万年枝上啭春风,七丝弦上调新曲。宝马嘶风车击毂,东市斗鸡西市鞠。但得长留脸上红,莫辞贵买尊中醁。

赵希樗(?—?)

湖中曲

长眉柳叶交青条,玉花娇面垂云鬟。湖波蓝色春寥寥,大堤新曲干银霄。
翠丝络马金袅腰,香风随步烟飞飘。芳亭深杳传金貂,一笑嫣然轻百绡。
欢娱未了日暮短,城鼓咿咿续复断。鸣鞭夜月入鸡关,碧山皎皎水潺潺。

郑刚中(1088—1154)

再用青字韵

黄旗分破柳梢青,旗尾穿林鸟不惊。感极老人翻欲泣,赦余污吏始偷生。
帐闲缥缈传新曲,酒贱蹒跚醉老兵。与子相从亦云乐,袖鞭吟看远山明。

郑獬(1022—1072)

江梅

杭州别乘有余才,戏作佳篇寄我来。已教吴娘学新曲,凤山亭下赏江梅。

再和

使君携酒送余春,缥缈高怀倚白云。新曲旋教花下按,好题只就席间分。
阮公醉帽玉山倒,谢女舞衣沈水薰。自笑尘埃满朱绂,良辰乐事两输君。

周紫芝(1082—?)

时宰生日诗六首(其四)

凤管吹新阳,凤驾款寒谷。銮车次原庙,阴云立纷覆。
皇天倏开霁,羲驭亦返轴。明庭朝百灵,云韶奏新曲。
天神下璇穹,精意俨森肃。霜华洁雕俎,夜寂响鸣玉。
燎烟升紫坛,龙旂护黄屋。齐明坐宣室,肸蠁来万福。
大沛均四方,穆穆熙庶俗。熟知廊庙功,一德天所烛。

朱彦(?—?)

麻姑山

羽驾龙车旧宅,金炉玉简幽宫。双练亭前秋水,七星杉下春风。

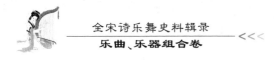

莲沼何年变白,桃源几度翻红。明月清阴轩上,星冠羽褐髯翁。
一弄瑶池新曲,夜寒风入霜松。

旧　　曲

白玉蟾(1194—?)

初至梧州

夜半江风吹竹屋,起挑寒灯怜影独。荒鸡乱啼思转多,黠鼠啸跃眠不熟。
旧曲情声觉悲凉,故园心眼时断续。何当牵犬臂苍鹰,锦帽貂裘呼蹴鞠。

陈　造(1133—1203)

再　次　韵

传闻使者心,急士几忍渴。广文马已秣,势似不宜遏。
长翁仕穷山,离索几苟活。借君忘幽独,长恐有力夺。
劝其少徐之,无谓险肤瓞。吾侪冷如冰,虽坐慵造谒。
渠依夏畦讥,火驰自生孽。山城灯火夜,而况已再阅。
佳人参辟辰,俗子眼中屑。一笑待休沐,官事罢剸割。
期丧近丝竹,忧患偷愉说。古人惜中年,吾请用此说。
为君枝病躯,偕我酬令节。捐金装玉梅,舣楫命桃叶。
旧曲迄未试,把杯看翻雪。

范成大(1126—1193)

重九独坐玉麟堂

江上西风动所思,又将清赏负东篱。年年客路黄花酒,日日乡心白雁诗。
笼月秦淮无旧曲,驰烟钟阜有新移。人生笑口真稀阔,况值官忙闵雨时。

郭祥正(1035—1113)

玩　鞭　亭

平芜春静水弥天,甚压危城驾广椽。骏马岂能追晚日,将军莫悔玩遗鞭。
高才共倚新亭赋,逸翰重寻旧曲镌。千古英雄只如此,黄花修竹付幽禅。

寄题鄂州李屯田家园仁安亭

头陀楼阁坐青烟,画屏正落南檐前。主人隐几写风物,幅巾莹爽南昌仙。
仙翁读书五千卷,道与世背多聱聋。安之不扰静以养,逸我寿老全于天。
帘栊疏疏白光透,栏槛寂寂花阴圆。黄鹂弄巧子趁母,白酒酿熟金为船。
渊明醉矣客可去,细藤织榻闲歆眠。
君不见黄鹤楼,鹦鹉洲,碧云欲合天自晚,芳草无情春亦愁。
祢衡白骨瘗何处,曹王旧曲无人收。沈吟往事变华发,不饮何以销吾忧。
销忧乎,君且饮,醉来天地真衾枕。

胡　寅(1098—1156)

寄题吴郁养素轩

到处风尘染素衣,蜉蝣掘阅尚何知。似闻扫雪开三径,可但移梅探一枝。
分我高山弹旧曲,乞君明月斫新诗。几时把酒临窗槛,借问如何涅不缁。

胡仲弓(?—?)

回文体二首(其一)

红花濯锦织前山,日暖啼莺春昼闲。空院古廊风寂寂,僻居幽谷水潺潺。
宫移旧曲新翻谱,酒晕浓愁浅带颜。同调赋诗吟思苦,匆匆急递走囊怪。

姜特立(1125—1203)

方叔每岁一相访送行

耐久交情岁月深,今朝何事返家林。北鸿西燕一年别,流水高山千古心。
何日从公歌旧曲,无人伴我赋清吟。若为云气从东野,应绕刘岩紫翠岑。

刘岩居士再和去年中秋见贻次韵

苍茫云海渺无津,玉户初圆绝点尘。万里共欣云叶净,一年争看桂华新。
狂吟定约六七友,低唱可无三两人。今日公来赓旧曲,梅山惊动主林神。

李洪(1129—1183)

尚善再用韵访梅

不惮诗催白发生,年年梅绽酷留情。寒枝幻出横斜影,旧曲犹堪一再行。

越峤云霾春最早,西湖烟水梦尤清。他年相望千山阻,公在銮坡我退耕。

刘克庄(1187—1269)

杂咏一百首·房老

残香犹在笥,旧曲尚书裙。不及新歌舞,樽前奉主君。

陆文圭(1250—1334)

挽孙石山二首(其一)

今年星度岁为龙,掩袂竟嗟吾道穷。正始遗音从此绝,贞元旧曲为谁工。
饰棺不待百年尽,隐几元知万事空。里有水心铭笔古,宜书潜德贲幽宫。

马廷鸾(1222—1289)

病中修实录

明圣当阳四十春,十年供奉感孤臣。云龙幄幕天容迩,河汉篇章帝墨新。
正始遗音危绝缕,贞元旧曲恸沾巾。焚膏痛记乌号旦,目断稽山欲叫旻。

梅尧臣(1002—1060)

感 李 花

重门虽镶春风入,先坼桃花后李花。赤白斗妍思旧曲,旧声传在五王家。
五王不见留华萼,华萼坏来碑缺落。当时李白欲骑鲸,醉向江南曾不错。

释居简(1164—1246)

谢周和州叔子

阴阴浓绿成新幄,荼蘼试妆催芍药。缓辔青丝果下骝,时与华风相领略。
风乎不违主人意,吹开宿酲换新醉。玉山自起不须扶,隐若长城一万里。
和州归来贾如玉,高著十连酬不足。倚阑目送断鸿飞,闲按新声翻旧曲。
畴曩方岩丈人厚,话到君侯布衣旧。不知灞上故将军,何如细柳真将军。

苏辙(1039—1112)

次韵顿起考试徐沂举人见寄二首(其二)

老年从事忝南京,海内交游尚记名。怯见广场心力破,厌看细字眼花生。
新科未暇通三尺,旧曲惟知有六茎。空忆倚楼秋雨霁,与君看遍洛阳城。

许及之(1141—1209)

后 庭 花

叶如花傍砌,往事逐浮华。旧曲惟传恨,人间复见花。

许彦国(？—？)

虞美人草行①

鸿门玉斗纷如雪,十万降兵夜流血。咸阳宫殿三月红,霸业已随烟烬灭。
刚强必死仁义王,阴陵失道非天亡。英雄本学万人敌,何须屑屑悲红妆。
三军败尽旌旗倒,玉帐佳人坐中老。香魂夜逐剑光飞,清血化为原上草。
芳心寂寞寄寒枝,旧曲闻来似敛眉。哀怨徘徊愁不语,恰如初听楚歌时。
滔滔逝水流今古,楚汉兴亡两丘土。当年遗事总成空,慷慨尊前为谁舞。

张 耒(1054—1114)

寿 阳 歌

寿阳楼前淮水碧,寿阳美女如脂白。李郎青鬓照青衫,曾在花前作狂客。
伯劳睡重花枝晚,时许蜻蜓一偷眼。欢娱虽少恨已多,纤手红笺挥翠管。
淮阳归来春已暮,夜夜梦魂淮上去。欲歌旧曲只添愁,画得双蛾不能语。
有客南来从寿春,众人笑问动精神。自从柳别章台后,攀折风光知几人。
已伴春衫辞侧帽,不怕娇啼随意笑。嗟君耿耿独相思,须信多情是年少。

周紫芝(1082—？)

次韵王参猷用前韵见寄

文字何当仆命骚,余年虽在鬓全凋。元无旧曲能三叹,为借新章作九韶。
千里奉祠犹去国,一官何地可同僚。吹嘘直上青天去,谁挽斯人入圣朝。

---

① 曾巩有《虞美人草》,仅存此诗首句,不再重复收录。

乐器组合

钟　鼓

敖陶孙（1154—1227）

送别史友六首（其四）

烟霏巧湿行李，钟鼓初分去舟。
中有锦衣尚䌷，旁看泥轼垂油。

蔡蒙吉（1245—1276）

阴　那　山

宫阙空悬胜绝奇，天然泉石画中窥。五峰指月攒寒玉，二水流云漾碧漪。
鱼鸟身如游极乐，猿猴心似发菩提。沈沈钟鼓僧闲寂，客亦忘言自得之。

蔡　襄（1012—1067）

句（其二）

园林穷胜事，钟鼓乐清时。

蔡　肇（？—1119）

游浮玉三首（其三）

曾访山中支遁林，厌闻钟鼓日钦钦。百川赴海通三岛，万籁逢秋共一音。
折戟战痕谁共吊，浮杯足迹杳难寻。鱼峰梵呗随曹植，试听云闲鸾凤吟。

烟江叠嶂图

瓜州东望西津山,山平水阔生寒烟。海门日出江雾破,沿江山色寒苍然。
五州京岘穹隆隐辚尚不见,况乃鹿跑马迹点滴之微泉。
中泠之南古浮玉,钟鼓下震蛟龙川。楼台明灭彩翠合,海市仙山当目前。
兴来赤脚踏鳌背,挥弄白日摩青天。原松芊芊雪欲尽,野气郁郁春逾妍。
三更潮生月西落,寒金万斛流琼田。江山佳处心自省,画图忽见犹当年。
有如远作美人别,耿耿独记长眉娟。双瓶买鱼晚渡立,孤篷听雨春滩眠。
翰林东坡知此乐,至今舟上渔子谈苏仙。
玉堂橡蜡照清夜,苇间幽梦来延缘。
山川信羡归未得,送行看尽且作公子思归篇。

曹　勋(1098—1174)

政府生日四首(其三)

巨德元功凤应韶,屏风隔坐翊昌朝。星辰循轨三阶正,钟鼓重新一气调。
活国工夫归断断,炼形真一已飘飘。芒鞋门下尘埃客,拔宅惟看上紫霄。

和同官问耳疾六首(其二)

钟鼓嗟无与,衰残亦任时。岁华髭鬓上,心事水云知。
尚若泠然善,何能养就儿。数篇存雅道,三复愧新诗。

晁补之(1053—1110)

次韵留守王公喜春

午窗炉火不应残,春许花期特地宽。塞雁初惊池藻暖,谷莺犹怯井梧寒。
未须园里幽寻去,且更楼前远望看。四牡行春定何日,亦闻钟鼓满城欢。

晁冲之(1073—1126)

和颜伯武丈山寺

松门石磴隐山家,钟鼓萧然一院花。
斋罢老僧来施食,阶前驯雀趁饥鸦。

晁公遡(1116—?)

龙 爪 滩

龙爪滩前江水平,蟆颐山下春草生。白石既出细可数,杂花初开远更明。
日落尽见楼阁影,天晴易闻钟鼓声。至今回思三峡路,蛇退猿愁心甚惊。

晁说之(1059—1129)

喜雨一首呈司录诸公及诸先辈

二年七日古人叹,一雨三时此际心。辛苦禜宗诛大厉,欢欣毕宿散群阴。
无烦钟鼓禽鱼乐,便觉来牟波浪深。敢恨泥功山下路,且增秀色遍遥岑。

说之方忧韩公表大夫疾遽致仕乃蒙传视送陈州王枢密诗十首意典辞丽忻喜辄次韵和呈以公若登台辅临危莫爱身为韵(其五)

衮冕有人妖,钟鼓成国蠹。可怜凌霜干,不作济川具。
三易朝吾车,六诗暮吾辅。岂亦不自娱,菊径而兰亩。

试迈侄所寄冷金笺

不烦钟鼓强吹箫,自有诗书共郁陶。暖玉何年来比德,冷金即日得抽毫。

圆机宠以长句贺祷雪龙池辄次韵述谢

神州钟鼓浃年丰,灯焰红绵照景龙。况有玉楚荣广内,不劳金甲老边封。
同云出洞如人意,孤宦临岐敛病容。何事儒先诗思苦,欲抛万卷作三农。

陈必复(?—?)

席上和林端隐韵

云压檐花重,溪禽湿不飞。烟林生暝色,雨砌上苔衣。
暮鼓深村急,疏钟远寺微。吟窗得新句,写向锦囊归。

陈鉴之(?—?)

京口甘露寺登眺

吹帽海风鸦背起,冯夷知我酒微醺。楼台气压金焦浪,钟鼓声飞淮浙云。

戈甲虎争余块石,榛芜貙啸几斜曛。山僧不管兴亡事,清坐闲披贝叶文。

陈 宓(1171—1230)

山　寺

疏林漏晓日,修竹起寒风。钟鼓催朝暮,千年如此同。

东湖四咏(其四)

西山老禅叟,依厂安数椽。趺坐看东海,沧溟几桑田。
前此复谁居,今逾三百年。钟鼓如一日,从教岁徂迁。
人生苦浮脆,乃过金石坚。彼人尚能尔,况是古圣贤。
石床对石室,静坐思悠然。相期在晚暮,用以补我愆。

陈 襄(1017—1080)

祈　雨

庆历甲申岁,旱极忧民田。农夫不得耕,相顾愁凶年。
帝心恐民忧,诏遣祈山川。郡国举祀典,斋戒陈豆笾。
望祭复雩龙,祷之必精虔。经旬杳无报,旱气增于前。
菑田扬飞尘,井谷无寸泉。炎炎天地中,草木皆欲燃。
俗云有鳗鱼,灵异古所传。太守顺民心,命驾而迎焉。
乐以钟鼓音,薰以沈檀烟。倏惊西郊寒,霭霭离山巅。
急雨下滂沱,迅雷亦填填。须臾畎亩盈,一境皆欣然。
始为穴中鱼,窃弄阴阳权。山川岂无神,不能通于天。
蛟龙岂无灵,不能兴于渊。有若赏罚柄,反使奸臣专。

古　城

芦苇萧疏天气清,水含山色照重城。绿芜何处管弦地,碧落旧时钟鼓声。
三峡桥边秋雨过,六鳌宫里夜潮生。萧郎秦女无归约,十二瑶台空月明。

陈 晔(？—？)

我爱淳安好(其七)

我爱淳安好,先庚矢伏房。春秋武常阅,钟鼓今惟详。
在在空三穴,家家保万箱。欢呼遍田里,既醉乐时康。

陈与义（1090—1138）

除 夜

畴昔追欢事，如今病不能。等闲生白发，耐久是青灯。
海内春还满，江南砚不冰。题诗饯残岁，钟鼓报晨兴。

陈 渊（？—1145）

萧山觉苑寺雪后杜门

雪融檐溜如秋霖，古寺掩关无足音。诗书废放道眼净，钟鼓杳隔禅房深。
老僧劝坐煤以火，茶鼎静听苍蝇吟。胸中激梗造澄澈，一念不作千忧沉。
浮生半日未易得，邂逅胜境聊安心。明日孤帆落何许，岁晚浊醪谁共斟。

陈允平（？—？）

宿大慈山悟真观①

终南道士学弹琴，门外松萝锁翠阴。濒海八龙朝出洞，隔山群鹿夜归林。
琪花过雨金风澹，玉树笼烟璧月沉。三十六坛钟鼓寂，云璈声接步虚音。

陈 造（1133—1203）

送云岩老住天宁寺

道人兀坐云岩山，云岩之云是知己。风嘘岫吸漫不知，道人之心亦如此。
从地涌出焕金碧，信手拈来自奇伟。门施铁限十五年，一旦刺头闹篮里。
天宁古刹中阛阓，学子游人万其趾。世将喧静计今昔，不信道人心似水。
方圆随器我何与，乘流即行坎当止。十字街头钟鼓鸣，八千偈成一弹指。
今秋客公我得闲，井甘不竭囊无底。清谭要洗三载尘，肯学玉川劳送米。

陈知柔（？—1184）

题 石 桥

巨石横空岂偶然，万雷奔蛰有飞泉。好山雄压三千界，幽处常栖五百仙。
云际楼台深夜见，雨中钟鼓隔溪传。我来不作声闻想，聊试茶瓯一味禅。

---

① 刘学箕《宿大慈山悟真观》内容与此诗大致相同，仅个别字词有异，不再重复收录。

陈 著（1214—1297）

游鹿顶山

兹庵擅佳境，一到愿方偿。钟鼓江湖笠，琴棋水竹房。
相逢多故旧，小憩得清凉。自笑因缘浅，又催行路忙。

为龄叟作

多年坐镇翠微西，钟鼓声中好品题。见大不嫌山寺小，立高应笑世人低。
扫莓苔地皆新筑，倚竹梅云是退栖。最与老天相狎处，无边风月省提携。

送丹山主者周东隐

飞来峰头飞铁锡，一坐八载丹霞岑。山林成阴饕眼浅，议论近古咻机深。
白云泊对不留迹，明月行空是归心。可无坡翁挽戒老，试听重新钟鼓音。

代吴景年次韵净慈寺主僧顿上人二首（其一）

乌驱兔迫一衰翁，始信浮生总是空。拈掇琴书终日事，依栖梅竹百年丛。
无官不用忧三黜，安分何劳送五穷。咫尺上方钟鼓地，从师学佛便须躬。

次韵石秀叔慈云逃席自解

山林幸自绝尘氛，旧事谁嗟散幅裙。方外老交心似水，坐中高论气腾云。
杯盘引兴真相率，钟鼓催晨醉不闻。但愿长留风月主，从今径造免移文。

次韵前人贵籴

麦甑凄凉稻尚青，粒珠乘急价掀腾。市平本易无千斛，仓籴良艰且五升。
长是信天还自活，未能送鬼任多憎。回头钟鼓群峰寺，饱饭高眠独有僧。

龄叟得稼山好语因赞之

高怀不是爱山行，钟鼓楼高有宿盟。今夜老禅联榻卧，定应说到有西成。

次韵如岳醵饮西峰寺分韵成诗十四首见寄（其四）

天街追逐边尘乱，更点听残钟鼓院。归舟便觉昔年非，高枕已忘前日倦。

兄弟醵饮访雪航次弟观韵二首（其二）

梦断天边飞佩霞，短筇松路趁溪斜。归鸦山外烟如画，过雁云闲雪欲花。
跌岩琴书谁我辈，承平钟鼓自僧家。从今载酒须同醉，兄已头童弟发华。

戴时芳时可学子吴叔度文可载酒西坑劳苦

惊魂何事到西坑,岂是三生愿莫偿。两寺鼓钟醒客梦,一村草木助吟香。
人情物变多时样,水色山光自古妆。我本无何乡里住,仰天俯地两茫茫。

避难雪窦之西坑游西麓庵

山间筑屋古西坡,小小规模净似磨。两壁鼓钟来雪窦,四围松竹护云窝。
轩窗有趣高僧远,门户无遮俗客多。我寄前林时一到,未知风月意云何。

陈宗远(?—?)

寺　深

寺深幽寂寂,四月似秋天。夜久听山雨,晚来添石泉。
断岩风啸木,疏竹鸟栖烟。钟鼓林梢动,空堂已罢禅。

程师孟(1009—1086)

秦少游题郡中蓬莱阁次其韵

半天钟鼓宴峥嵘,早晚阴晴景旋生。湖暖水香春载酒,月寒云白夜闻笙。
金鳌破海头争出,玉鹭排烟阵自横。我是蓬莱东道主,倚栏长占日初明。

程元凤(1200—1269)

淳祐己酉岁谒祖梁将军忠壮公庙

有美英姿七尺长,桓桓威武孰能当。保州萧史来依德,拒逆侯生竟败亡。
爵受重安持督节,谥书忠壮配高皇。堂堂庙宇黄牢下,暮鼓晨钟不暂忘。

崔敦礼(?—1181)

太白招魂

予为谪仙兮,薄游人间。傲岸不谐兮,世路艰难。
折芳洲之瑶华兮,采琼蕊入乎昆山。愁长安之不见兮,坐拂剑而长叹。
魂一去而欲断兮,与春风而飘扬。飘扬其竟何托兮,造化为之悲伤。
于是帝命巫阳,若有一人。神气黯然,精魂飞散。
迟尔归旋,乃下招曰,魂兮归徕,无东无西,无南无北些。
碧海之东,长鲸渍涌,不可以涉些。扬波喷云,蔽天鬐鬣些。

齿若雪山,挂骨于其间些。
归徕,去无还些。魂兮无南,南山白额穷奇豧貐些,牙若剑错鬣如丛竿些。
口吞戈铤,目极枪橹些。
归徕,饲豺虎些。魂兮无西,西当太白,横绝峨嵋些。
地崩山摧,天梯钩连些。峥嵘崔嵬,朝虎夕蛇些。磨牙吮血,杀人如麻些。
归徕,行路难些。魂兮无北,北缘太行,嶝道峻盘些。
马足蹶侧,车轮摧冈些,气毒剑戟,严风裂裳些。
归徕,北上苦些。魂兮归来,君无上天些。
天鼓硡訇,雷震帝旁些。投壶玉女,笑开电光些。
风雨之起,倏烁晦冥些。犬吠九关,杀人以愤其精魂些。
归徕,天路何因些。魂兮归徕,君无下此幽都些。
闭影潜魂,遗迹九泉些。剑轮汤镬,猛火炽然些。疑山炎昆,苦海滔天些。
归徕,保吾生些。魂兮归徕,还故乡些。
高楼甲第,连青山些。飞楹磊砢,栱蠹缘些。
云楣横绮,楯攒栾些。皓壁昼朗,朱薨鲜些。
金窗绣户,朱箔悬些。魂兮归徕,列珍羞些。
月光素盘,饭雕胡些。鲁酒琥珀,紫锦鱼些。
白酒新熟,黄鸡肥些。山盘秋蔬,荐霜梨些。
吴盐如花,皎白雪些。玉盘杨梅,为君设些。
魂兮归徕,恣欢谑些。南国美人,芙蓉灼灼些。
洛浦宓妃,飘飘飞雪些。长干吴儿,艳星月些。
西施东邻,秀蛾眉些。一笑双璧,歌千金些。
琅玕绮食,鸳鸯衾些。博山炉中,香火沉些。
魂兮归徕,醉壶觞些。青娥对烛,俨成行些。
玉童两两,吹紫笙些。佳人当窗,弹鸣筝些。
玉壶美酒,清若空些。看朱成碧,颜始红些。
连呼五白,行六博些。赤鸡白狗,赌梨栗些。
半酣呼鹰,挥鸣鞴些。金鞍龙马,花雪毛些。
霜剑切玉,明珠袍些。魂兮归徕,入长安些。

清都玉树,瑶台春些。万姓聚舞,歌太平些。
伐鼓樋钟,启重城些。日照万户,簪裾明些。
骑吹飒沓,引公卿些。白日紫晖,运权衡些。
倒海凌山,索月采苏些。文质炳焕,罗星旻些。
魂兮归徕,乐不可言些。
乱曰:长相思兮在长安,络纬秋啼兮金井栏。
望夫君兮安极,我沉吟兮叹息。怀洞庭兮悲潇湘,把瑶草兮思何堪。
念佳期兮莫展,每为恨兮不浅。荷花落兮江色秋,秋风袅袅夜悠悠。
魂兮归徕,谢远游。

邓 肃(1091—1132)

遣 兴

醉中飞梦到神清,夜半高楼借水明。下瞰寒溪凝水晶,孺子相呼同濯缨。
楼上天人百宝璎,瑞色天香充栋楹。步云一曲语春莺,千山洗空烟雾横。
酒醒帘外竹阴行,夜风更为芭蕉生。愁肠起向谪仙呈,梦境凭君指顾成。
一开后堂花柳盈,香肌可万六出霙。佩玉步莲不自轻,寒眼那能更指令。
春葱斜捧玉壶倾,真珠红滴浓无声。一醉花间岂易营,归来十日寸心萦。
兰亭家风类帝京,为余亦复出花城。柳腰随风万里征,安焉不复数归程。
坐令铁心宋广平,夜揩醉眼赏梅英。歌燕舞赵艺更精,遏云回雪未可评。
人间不复数娥嬴,神仙游戏肉眼惊。我生不顾万钟荣,对花有酒即蓬瀛。
高会何须四者并,赤脚亦能写高情。最恨苏公世公卿,家声往往九夷倾。
风流阵中却寝兵,酒瓯但借邻姬擎。何日高堂钟鼓鸣,如我心醉如春醒。

丁 可(?—?)

题寒岩寺

大块中间一窍开,佛龛僧榻遍岩隈。群峰争泛玄云出,绝磴只容幽鸟来。
蝠穴巧藏人世界,鳌山惊现蜃楼台。重来又与山僧别,钟鼓无情鹤自哀。

董嗣杲(?—?)

厉屏山祠

漪岚堂北县楼东,香火新标旧令功。此地岂知钟鼓乐,月明如水藕池空。

冷翠谷看瀑二首(其二)

清啸谷音答,闲眠松荫便。山林微暑退,钟鼓远风传。
足茧忧赢仆,身轻羡散仙。乍喧思午盥,喜际石根泉。

出 西 城

舟车江郭隘,钟鼓梵祠遥。古驲停羁客,深林出晚樵。
鹰呼风立至,鸦窜雪垂飘。市价招商急,残冬未寂寥。

长 桥

南港虚明架石梁,寺楼钟鼓几斜阳。相传亭跨危基壮,谁见桥横古道长。
澄水闸荒沙草碧,清波门近市尘黄。凤凰山在阑干外,玉抹烟屏鹭一行。

天 池 寺

吴说天池两字真,梵坊突兀鼓钟声。圣灯逐夜朝文阁,雷火何年损相轮。
足下有云如隔世,眼前无地可容尘。追严不枉祠忠定,招得吟僧作主人。

题江州天庆观

隘寺鼓钟透,殊庭瑞庆垂。上清唐塑像,正一汉遗师。
经箓青城派,楼台紫极基。尧天跻寿域,羽佩有威仪。

杜 范(1182—1245)

灵 峰

造物幻奇杰,立石环坚城。拔地数千尺,变见百怪形。
两夫屹当关,左右排戈兵。崛起万古雄,护此钟鼓声。
我来自尘寰,一见心目惊。把酒对此奇,坐使世念轻。
明朝下山去,此石留吾膺。

范仲淹(989—1052)

岁寒堂三题·岁寒堂

我先本唐相,奕世天衢行。子孙四方志,有家在江城。
双松俨可爱,高堂因以名。雅知堂上居,宛得山中情。
目有千年色,耳有千年声。六月无炎光,长如玉壶清。

于以聚诗书,教子修诚明。于以列钟鼓,邀宾乐升平。
绿烟亦何知,终日在檐楹。太阳无偏照,自然虚白生。
不向摇落地,何忧岁峥嵘。勖哉肯构人,处之千万荣。

方　回(1227—1307)

晓　　思

霜天钟鼓趣晨兴,老我无毡脚似冰。千骑马尘跑玉勒,一枝梅影伴香灯。
年当致仕元无位,心亦怀归苦未能。政用括囊保衰暮,可劳妒妇愤填膺。

五月十四日梅雨始通走笔二十韵

迩日岂无雨,东有西或无。有亦仅鸣瓦,不肯鸣庭除。
檐声尚难滴,况望浮沟渠。滂沱縻后继,霹雳空先驱。
山田半未莳,莳早青苗枯。切虑旱势迫,莫办暑气苏。
去岁当此际,浙乡渺为湖。穷冬六十日,所至雪塞途。
无乃天力竭,有如酒家垆。瓮盎凤倾倒,遂绝来者沽。
或谓帝有赫,岂忍氓毕屠。久蓄必大泄,勿遽宜少须。
邻寺钟鼓晦,顿与常时殊。果即骤倾注,屋漏衣巾濡。
平明视荒园,破鞋涉泥途。讵惜葵卉仆,但喜豆叶腴。
西溪报桥断,渡舫若小纡。遥想农出野,蓑笠争奔趋。
吾虽乏良畴,窭饥意已纾。天下免沟瘠,敢叹瓶无储。

三月十一日问政山次刘元辉韵

禊节去未远,是日天更朗。微寒护余芳,春野绿渺莽。
爰从峻岭登,岂殊茂林赏。支策拄云汉,举袖拂星象。
遐瞩两眸豁,徐步一足往。年迈忽臻兹,时平犹忆曩。
誉竹谈亹亹,吊松色怏怏。青空鹳鹤唳,碧甃蜗牛上。
龛金窥扁颜,簪玉观塑像。孰谓幽谷僻,有此殊庭敞。
豪饮杯杯满,清吟字字响。佳儿奉亲老,高第事师长。
考击谢钟鼓,倾写竭瓮盎。自可作画图,未易绝梦想。
吾家酴醾花,高架政堪仰。能来一中之,勿待南飙爽。

放 夜

深夜楼前笑语哗,禁街钟鼓暂停挝。冶游谑浪非吾事,富足欢娱有几家。
春酒可能融鬓雪,书灯独自照梅花。黄柑犹见升平物,四十年前客永嘉。

东 山 庙

灵迹从来擅胜游,兹山亦复甲吾州。杉腰一殿悬金屋,云脚千家耸画楼。
钟鼓邻僧新院宇,桑麻平世旧田畴。乾坤大数谁能问,生者聊存死即休。

次韵张文焕慵庵万山堂即事二首(其二)

新晴钟鼓暮楼台,人与清空两不埃。日已顿无宣子畏,云应全为退之开。
夜凉河汉牛初渡,秋爽关山雁欲来。好向丰年作张主,未须松鼎煮丹胎。

次韵受益喜晴二首(其二)

高楼晓气清,钟鼓报新晴。乍睹阳乌色,频闻喜鹊声。
纵难期上熟,差足慰深耕。忍见民穷极,唯宜岁事成。

每旦闻钟鼓诸声

鸟雀次第起,鼓钟更迭鸣。只应迫人老,岂是报天明。
隘巷喧丧事,遥风过市声。有为无不尽,何苦更刀兵。

冯 山(?—1094)

和蒲安行诚之秘丞游乌奴寺

共随春色探幽奇,春到山中未几时。啸傲烟霞凌绝顶,毫芒人物乱交迤。
已登高阁临清旷,更羡轻舟泛渺弥。落笔停杯遂陈迹,莫辞钟鼓下山迟。

葛绍体(?—?)

总题(其一)

车马不来山意朴,市廛都远土风淳。又无僧寺闲钟鼓,流水声中自有春。

江心长句

问津城西市,呼渡江南岸。棹稳当潮生,帆轻趁风便。
龙翔古招提,鸟革今轮奂。回合列翠屏,周遭铺素练。
邀行嫩筼筜,劝坐老木干。沿壁览新题,吹尘认旧篆。

一隅看不足,两塔穷未见。阳光烁岗顶,飙阵掠波面。
郛郭聚拱伏,烟云散呈献。俯拜肃御邸,仰瞻粲宸翰。
皇帝南巡意,生灵北望眼。书千古清辉,为万世伟观。
楼台明月宴,钟鼓朝暮饭。徒见一时近,孰念百年远。
江涛常摏撞,帝泽共流转。游子感诗歌,居人思日勉。

顾　逢(？—？)

秋晚与许端甫山行

山行多妙处,妙在倚筇中。到此兴难尽,吟成诗不同。
松涛鸣绝壑,叶雨下晴空。钟鼓云边寺,应知有路通。

郭祥正(1035—1113)

再用前韵寄省上人

四壁萧然我亦空,更无归梦到江东。楼台不碍尘尘现,钟鼓相闻法法通。
玉麈挥谈真契合,莲华分座夙缘同。回头重浊堪怜悯,妙性如何自瞽聋。

深　　夜

四天垂翠碧,一水湛星辰。寂寞殊方夜,漂流片叶身。
帝乡劳梦想,客路只风尘。钟鼓还催晓,深惭钓渭滨。

后云居行寄和禅师

我所思兮,欧山之巅。
白石苍木蔽窥而隔世兮,路通乎兜率之天。
层楼复阁,触峙绚烂。往即造兮,云渤兴而澶漫。
徙倚恍惚,若夺吾魄兮,聊枕睫以盘桓。
徐风生而雾散,卷绡縠于林端。
泊天清而日上兮,瀑峻飞而潺湲。畜而为潭,泄而为涧。
运之以车兮,盈乎大田。然复度石桥,登重门。
睹篆玉之榜,谒金仙之尊。徒众五百,庞眉皓首。
形仪静而不杂兮,语言要而不烦。
齐兴止以钟鼓兮,善后先而靡难。

举正眼而谛瞬兮,了无一法之可观。
寂兮乐兮,妙复妙兮,其惟真如之禅。
我请弃冠释带以投依兮,师则指乎未契之缘。
于是曳屣却步,循磴道而复返兮,岁眇眇而屡残。
触网罗以系累兮,方伤羽而戢翰。
怅昨游而欲再兮,庶已创而复完。
乱曰:畴将归兮,卧龙之室。依人道师,成佛而出。

魏　王　台

金城东,百尺高台临远空。长江浩荡剑门险,欲平吴蜀难为功。
谁倾黄金建佛庙,击鼓撞钟夜还晓。香厨供办老僧闲,玉栏花谢游人少。
我来独立想英雄,战舰连云气概中。犹有斯台存旧址,可怜铜雀起悲风。

韩　淲(1159—1224)

乙上人郡请住鹅湖不往

为人不为人,众圣已推出。稻麻竹苇蔗,处处祗教律。
伟哉棒喝边,密中之秘密。拈花既成果,如云而见日。
鹅湖大义禅,法身尚岩室。唤回钟鼓醒,都在一椰栗。
我今非劝请,亦岂弄吟笔。稽首大德尊,身口意无逸。

崇福庵(其一)

一会灵山本宛然,因师又见别逢禅。
吾庵钟鼓原无恙,共看炉前一炷烟。

十月十六日同器远晚步童游桥(其二)

濯锦江头小佛庐,二三良友亦同居。僧敲暮鼓朝钟处,舒卷一编贤圣书。

韩　琦(1008—1075)

寒　食　开　园

名园民喜及时开,聊慰群心共一杯。美酒众忘深巷陌,好花生值恶风埃。
游人尽陟春台去,尺雨宜苏旱岁来。病守当筵谁会得,不听钟鼓只听雷。

次韵和机宜强至都官喜雪

繁云凝结远成堆,雪意应随雅客来。满地妆梅知腊近,一天风絮误春回。
玳欹宾席豪诗笔,珠沃歌喉滑醉杯。病叟有心萌酒战,明轰钟鼓不衔枚。

韩　维(1017—1098)

和子华兄宴王道损公宇

济济高燕会,众宾且喜乐。方冬气常温,是日寒始若。
愁云际平林,垂见雪花落。四座喜相顾,有引必虚爵。
中堂岂非佳,东圃罗帘幄。当亭列射格,抗的明灼灼。
雕弓既出帐,劲矢各在握。主人揖让兴,客以次序作。
目惝彩树移,心倾钟鼓数。笑言何谑失,仪节亦称娖。
酒酣事颇变,极口纵谈谑。失令固有罚,出语辄见酌。
平生爱疏放,论议鄙龊龊。欢来一狂散,岂顾醒后怍。
诗人亦有言,善戏不为虐。所赖众君子,阔达见表襮。
还家遂酩酊,岂复记鸣柝。

和永叔小饮怀同州江十学士

翰林文章伯,好古名一世。家无金璧储,所宝书与器。
北堂冬日明,有朋联骑至。新樽布几案,二鼎屹先置。
大鼎葛所铭,小鼎泽而粹。坐恐至神物,光怪发非次。
群贤刻金石,墨本来四裔。纷穰罢卷轴,指擿辨分隶。
其中石赞藏,家法非一二。精庄与飘逸,两自有余意。
兴来辄长歌,欢至遂沉醉。颜饥足箪瓢,韩饮尚文字。
乃知内可乐,不必钟鼓贵。温温江冯翊,兹理久所诣。
赋诗多雅言,嗜酒见淳气。岁晏不在席,使我长叹喟。

奉寄汝守仲仪舅

尝提十万师,为国扦羌寇。严兵坐大府,诸将无与右。
旌纛俨成列,钟鼓振前后。曰赏固自我,有诛孰敢救。
胜势前已决,威声日西走。功名未及建,得此山城守。

捧诏顾东路,怡然引车就。穷秋过旧许,整驾一来觐。
高谈不知疲,辄用火继昼。卒无愠黜端,少以颜色漏。
乃知君子心,得丧不自囿。悔非自取之,于道有不受。
徒然颂德美,洪量讵窥究。孤城俯清汝,山势远相斗。
公庭日无事,燕坐阴华构。林寒山雪飞,地静玉泉漱。
于兹乐天理,足使道牙茂。时寄新诗章,穷间慰衰疚。

讲武池和师厚

沧池拟溟渤,莽漾豁厚地。曰吾神祖为,气象固宜尔。
六合昔未一,教战出精锐。至尊降黄屋,惨淡乘金气。
凌波飞百艘,撇烈若鹘翅。扬旌万旅噪,伐鼓九渊沸。
其行速天旋,其止甚阴闭。信乎王者师,足以服瞆异。
尔来承平久,地与兵革废。秋风长蒲苇,烂漫失洲沚。
惟见金明上,结构销绣绮。春游驻天跸,万国奉燕喜。
铿鍧鼓钟响,杂逻羽旄美。岂惟与民乐,施及鱼鸟细。
宏哉艰难业,愉怿逮万世。

何梦桂(1229—?)

赠徐教谕爱兰

朝采水中芹,莫采水中茆。采采不盈掬,意不在寸草。
顾瞻尔子衿,忧思郁中抱。濯江暴秋阳,岂不日杲杲。
杲杲虽丽天,寒荄易枯槁。君来升文堂,钟鼓试击考。
轰霆起群蛰,沈淖赖雪澡。以中养不中,宽慈以为宝。
惟皇均降衷,三代此直道。迪教敦民彝,端拜谢师造。

贺　铸(1052—1125)

留别道士许自然

东晋高贤许远游,裔孙今不坠风流。还有临川王太傅,每思与语即登楼。
浮名何啻如云薄,钟鼓爱居非所乐。漱石枕流知善谑,友月朋风差不恶。
吾亦尘闲无所求,终期探药栖罗浮。异日归来辽海鹤,不见人民见城郭。

洪 适(1117—1184)

豹岩之北修竹数亩中有丛冢数十百处皆绍兴末年所寄予得此地先定规抚某处起亭榭某处植花木七八年间成畦径矣所寄之椁愿移者从之不强也作噩之春有姓淡人来启菆卜日携锸掘土数尺败棺俱在朽骨为土所蚀颇亦不具皆包裹而去后数日忽诉于县于州于外台追问证治逾月始定今不复塞其故穴欲使孙曾知之故作此诗

未央长乐宫,中有樗里墓。沈沈天子居,咫尺穴狐兔。
乃知古圣人,如天覆下土。虽祖裼裸裎,四目曾不顾。
贤哉季武子,杜殡迫西庑。堂皇步武接,松楸暗钟鼓。
桃茢不屏除,乌灵许来祔。忌讳后愈多,今人不如古。
曹瞒好发丘,凶德比夷房。掩骼埋其胔,人当事斯语。
我老得归田,买山因学圃。郁郁琅玕林,丛冢不知数。
岂忍去枯骨,为我展杖屦。恣其笋侵疆,不使种瓜瓠。
花木列四旁,亭榭亦回护。数年畦径成,或徙或如故。
尚有犷悍人,珥笔巧诬诉。无言事自明,有物众所睹。
旧圹今弗堙,朽木且支柱。尚恐妄男子,轻传市中虎。
书事示孙曾,无心觅佳句。

胡仲弓(?—?)

废 寺

钟鼓萧条久,谁从此地来。僧房无户牖,佛面有尘埃。
碑断眠荒草,廊空长绿苔。鸺鹠并蝙蝠,时或此徘徊。

华 镇(1051—?)

赠温幕张子常有诗见怀用韵因成五篇(其三)

一来海角舣扁舟,两见天南大火流。钟鼓不闻昏自晓,柴荆常闭冷还幽。

神功盛德诗(其一〇)

朱干雕戈,包以虎皮。脱剑解胄,敦说书诗。
钟鼓喤喤,俎豆仪仪。相我斯成,以永丕基。

黄　裳(1043—1129)

长乐闲赋(其一)

行尽溪山到海边,合沙门外见平田。潭潭清世元侯宅,杳杳真人小洞天。
万户管弦春卖酒,三山钟鼓晓参禅。旌旆才上南台路,方记诗篇落在先。

黄庭坚(1045—1105)

再次韵兼简履中南玉三首(其一)

李侯诗律严且清,诸生赓载笔纵横。句中稍觉道战胜,胸次不使俗尘生。
山绕楼台钟鼓晚,江触石矶硈杵鸣。锁江主人能致酒,愿渠久住莫终更。

又和二首(其二)

外物攻伐人,钟鼓作声气。待渠弓箭尽,我自味无味。
宴安衽席间,蛟鳄垂涎地。君子履微霜,即知坚冰至。

咏清水岩呈郭明叔

尝闻清水岩,空洞极明好。虎狼迁部曲,钟鼓天击考。
云生卧龙石,水入炼丹灶。有意携管弦,山祇应洒扫。

题神移仁寿塔

十二观音无正面,谁令塔户向东开。定知四梵神通力,曾借六丁风雨推。
蝇说冰霜如梦寐,鹦闻钟鼓亦惊猜。从今不信维摩诘,断取三千世界来。

春　思

花柳事权舆,东风刚作恶。启明动钟鼓,睡著初不觉。
简书催秼马,行路如徇铎。看云野思乱,遇雨春衫薄。
今日非昨日,过眼若飞雹。光阴行晼晚,吾事益落莫。
闲寻西城道,倚杖俯墟落。村翁逢寒食,士女飞彩索。
平生感节物,始悟身是客。搔首念江南,挐船趁鸂鶒。

夷犹挥钓车,清波举霜鲫。黄尘化人衣,此计诚已错。
百年政如此,岂更待经历。

惠　哲(1117—1172)

题天柱山鸿都观

钟鼓千年后,耕桑万岭巅。松杉森老气,桃李弄余妍。
烟暝东西坞,泉分上下田。直疑秦避世,自古一山川。

姜　夔(1155？—1208)

丁巳七月望湖上书事

白天碎碎如析绵,黑天昧昧如陈玄。白黑破处青天出,海月飞来光尚湿。
是夜太史奏月蚀,三家各自矜算术。或云七分或食既,或云食昼不在夕。
上令御史登吴山,下视海门监月出。年来历失无人修,三家之说谁为优。
乍如破镜光炯炯,渐若小儿初食饼。时方下令严禁铜,破镜何为来海东。
天边有饼不可食,闻说饥民满淮北。是镜是饼且勿论,须臾还我黄金盆。
金盆当空四山静,平波倒浸云天影。下连八表共此光,上接银河通一冷。
御史归家太史眠,人间不闻钟鼓传。白石道人呼钓船,一瓢欲酌湖中天。
荷叶摆头君睡去,西风急送敲窗句。

李　复(1052—?)

襄州大悲像

宝伽如来出海山,隐身自画如来像。三日开门孤鹤飞,满壁晬容现殊相。
一首千臂眼在手,一一手执各异状。日月山岳星宿明,钟鼓磬铎琴筑响。
矛戟戈剑利兵锋,瓶钵螺巾宝锡杖。左右上下满大千,应机妙用不可量。
金光宛转遍沙界,亿万人天尽回向。昔闻如来发洪誓,慧目无边破诸妄。
我今祝愿果初心,销灭含生多劫障。

李　纲(1083—1140)

晏　起

清明已过初短宵,春气困人如浊醪。院深人静不知晓,虚堂一枕方陶陶。

觉来红日高三丈,竹影扶疏风叶响。披衣散发久逍遥,仿佛枕痕犹颊上。
却思昔簉鹓鹭班,每听朝鸡长惨颜。戴星侵月未为苦,冲风冒雨长艰难。
何如谪堕溪山里,钟鼓不闻春睡美。先生梦觉本来齐,更与睡乡重作纪。

雪霁

梦残钟鼓报新晴,虚幌遥看晓日升。云外崔嵬犹负雪,石间清浅欲销冰。
春归花草蜂寻侣,巢寄檐楹燕语朋。貂敝不禁寒料峭,客愁惟借酒凭陵。

善权即事十首(其八)

山空鸟雀傍檐楹,景邃惟闻钟鼓声。懒瓒但知煨紫芋,少陵何处劚黄精。
江南寇盗休无赖,塞北烟尘迄未平。太息浮生端值此,不如无念契无生。

江月五首(其五)

五更山吐月,禅室正清幽。星河光破碎,钟鼓起高楼。
展转不成梦,冷落还悲秋。五咏继苏子,谁为商声讴。

李 龏(1194—?)

赋江西隆上人瘦岩

巉巉一穴嵌空石,不是人间饭颗山。钟鼓声中有吟者,独甘于此寄清孱。

李流谦(1123—1176)

袁季海别驾以所藏灵璧石诗轴见示为此篇

诸天享备福,宫殿常随之。骄王擅雄富,钟鼓具不移。
巨细无实相,一种生幻师。君家数尺峰,在处供娱嬉。
衡嵩接几闼,岷峨入提携。只作如是解,天地皆目鎣。
君言勿作剧,丐我琼琚词。援毫不能奇,永愧崭绝姿。
烹茶炷炉薰,崷崒缭轻丝。如云出涧壑,顷暂万国滋。
请以小喻大,人才亦如斯。我无适俗韵,梦想怀崟嶔。
借渠琳琅响,和我兰荃诗。明朝谢冠服,云根有茅茨。

李弥逊(1089—1153)

独宿昭亭山寺

山寒六月飞霜雪,楼殿夜深钟鼓歇。琅玕无风万籁闲,屋角明河挂天阙。

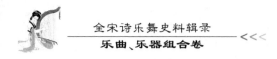

龙牙七尺玉壶冰,炯炯神清梦不成。可怜幽绝无人共,卧看云头壁月生。

次韵曾德明司理留题西山兼简苏宰(其一)

层轩无碍石,支径曲穿林。竹密催山暮,松摇乱客吟。
琴书虚室冷,钟鼓净坊深。谁谓溪坡远,能来社与岑。

采蘋亭分韵得花字

楼头钟鼓晓催衙,吏散庭空日已斜。烽火望中常作客,簿书丛里偶成家。
阴阴密叶榴垂实,剪剪新荷藕结花。小立方塘一杯酒,又传归恨到天涯。

晚投大云峰(其二)

高树风生晚径秋,平沙无日下凫鸥。野航邀月渡溪北,古寺僧归钟鼓楼。

次韵瑀老窗间

晴窗汲水养菖蒲,谁识前身是佛图。竟日不知园外事,耳明钟鼓唤斋盂。

次韵叔孝郎中送游黄山见一老之作(其二)

路断人稀山正深,隔林钟鼓报新音。已穷渡水沿崖力,更尽眠云坐石心。

李　彭(? —?)

春夜奉怀苏仲豫次陈无己韵赠仲豫

云外头陀是去年,已看汀草涨晴川。梦中未觉关河远,枕底忽闻钟鼓传。
但可马曹聊挂颊,看渠凤阁竞加鞭。蓬窗想得司春瓮,一夜糟床酒注泉。

李　新(1062—?)

送　远　曲

紫骝萧萧车辘辘,为君掩泪歌别曲。城头月堕钟鼓残,安得轮方马无足。
离灯荧荧向人冷,便是归来照孤影。与君从此永相望,星在青天泉在井。

李曾伯(1198—1268)

益昌官舍简晌仲

不管天涯与海濒,万红千紫一番新。楼头钟鼓三更雨,墙外莺花二月春。
风软雁奴归羽急,日迟鸠妇唤声频。青门载酒浑闲事,愁杀英雄老塞尘。

登定王台(其二)

羽旄钟鼓旧曾游,沟叶宫花迹尚留。耆老遗开秦雍土,登临伟观楚湘州。
月明故国存千祀,木落空山又一秋。极目长天诗不尽,西风吹雁使人愁。

李昭玘(?—1126)

病中闻雨

官居寥落禁门东,秋满长安一夜风。老病不眠成展转,五更钟鼓雨声中。

李　至(947—1001)

　　至性迂僻学术空虚幸逢好古之君获在藏书之府惟无功而禄重招髦彦之讥而多病所萦实喜优闲之任居常事简得以狂吟因成恶诗十章以蓬阁多余暇冠其篇而为之目亦乐天何处难忘酒之类也尘黩英鉴幸赐一览下情不任兢灼之至(其一〇)

蓬阁多余暇,时游近郭园。畦蔬新雨嫩,野菊未霜繁。
牛放残阳草,人耕断烧原。暮归城阙远,钟鼓已喧喧。

李　廌(1059—1109)

邃经堂

男子宜读书,读书须五车。纸腐唇自裂,岂为剉心鱼。
吾子少年时,青云得意初。英华发清端,赋笔凌相如。
自试文石陛,仁召承明庐。孝隐二十年,复与志利疏。
轩裳不挂眼,钟鼓悦爱居。归来邃经堂,志惟与道俱。
架上数万卷,偃仰时卷舒。使彼夙昔人,微言幸发摅。
春洲生兰苕,寒溪脱红蕖。逍遥适所愿,未可咏归欤。
上方宵旰暇,夜殿诵子虚。

林光朝(1114—1178)

东宫生日六首·丙申

正气来嵩岱,祥光集斗牛。青葱开玉宇,仿佛见铜楼。
盘错归三辅,沉潜在九畴。有光文字馆,仍系帝王州。

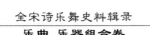

钟鼓于胥乐,笙鸾独上浮。清台天似水,甲观月如钩。
屡拜椒花夕,长逢桂叶秋。孝思维继舜,家法要从周。
赋为游麟作,官因洗马留。愿同眉寿祝,使者敢停辀。

林景熙(1242—1310)

游九锁山·大涤洞天

九锁绝人寰,一嶂耸天柱。自从开辟来,著此洞天古。
奇石千万姿,元不费神斧。帝敕守六丁,山夔孰敢侮。
白昼中冥冥,游者必持炬。或绚若霞敷,或蹙若波诡。
或竖若旌幢,或悬若钟鼓。或虎而爪踞,或凤而翅舞。
异状纷献酬,清音起击拊。不知金堂仙,恍惚在何许。
褰衣下侧径,层岚结琼乳。径极罅转深,幽潭蓄风雨。
劣容童竖入,恐触蛟龙怒。凛乎不可留,长啸出岩户。

凌 嵒(?—?)

干 山

八峰葱蒨石林幽,给事题诗记胜游。昨夜僧归钟鼓静,一声鹤唳海天秋。

刘 攽(1023—1089)

雨

繁阴昼漠漠,日雨暝纷纷。斗蚁仍移市,乖龙亦过云。
泥涂休不出,钟鼓遣相闻。愿得辞昏垫,长风破宿氛。

水阁雨中

雨濯苔衣水镜明,风摇荷扇露珠倾。空堂送暑萧萧意,高树吟秋恻恻声。
笑以稻粱邀鹤舞,莫将钟鼓使鱼惊。烟云岑寂埃尘绝,颇爱孤舟尽日横。

卜居书怀

漆雕未能信,阳甫免归居。理以逍遥得,材由濩落疏。
狭才轻势利,小隐幸林庐。藿食由来事,茅茨不愿余。
南檐容曝日,侧径喜携锄。筋力吾如此,功名世有诸。

忆初干万乘,徒步谒公车。投射东堂策,归来北阙书。
先鸣烦指日,弱羽愧吹嘘。云雨非人力,泥涂亦诏除。
江湖轻乘雁,钟鼓陋鹪鹩。有道翻羞卷,迷津幸遂初。
幽栖谢车马,至乐狎樵渔。述作称狂简,谁能问起予。

刘　敞(1019—1068)

雨晴率张生及诸弟到建福僧居

沈阴天气昏,忽霁景物好。墙阴且残雪,池岸已芳草。
愁怀无端涯,强出慰枯槁。白日当青天,所至豁如埽。
山僧一饭毕,钟鼓不复考。庭宇若无人,窗轩照丹藻。
徒行不知远,适兴愜所祷。如觉逍遥游,颇堪谢烦恼。
诸子吾宗秀,张生一经老。相顾能不言,欢然屡绝倒。

吴　宫

吴儿歈,郑女舞,彩衣姣服垂楚楚。姑苏台高春日迟,急节新声闹钟鼓。
美人欢醉捧瑶爵,君王万寿长如许。吴宫四面尽山川,越兵那得到城下。

闵雨诗(其六)

退而斋心,渊默以居。钟鼓不设,宴游不娱。左右肃然,壹怀瞿瞿。

答景彝对月

正惜蟾蜍沈夕霭,忽传钟鼓送秋晴。浮云四卷无余迹,斜汉西流亦自明。
危槛钩帘吟独久,薄帷高枕梦逾清。幽兰佳菊泞新露,的历珠华满翠茎。

刘辰翁(1232—1297)

春景·城春草木深

春又不知暮,城荒独至今。楼台花下远,草木雨中深。
寒食无烟绿,颓垣有月侵。荒苔随意古,落子又成阴。
邻笛残兵泪,胡琴故国心。废兴天不语,钟鼓遍园林。

刘子翚(1101—1147)

吴公路作功德院记成同居安入山书丹

净坊疏宠自吾君,盍有丰碑载策勋。方见隳崖砮翠琰,忽惊落笔散彤云。

言言未索西山气，噩噩新摘左氏文。从此拱辰非厚夜，月明钟鼓九霄闻。

楼　钥(1137—1213)

寄题台州倅厅云壑

顷年登临赤城里，江绕城中万家市。治中寄我云壑图，快读新诗眼如洗。
回思岁月如星流，念念飞空寻旧游。披图哦诗想幽致，直欲携筇上山头。
闻有於菟在岑蔚，晚径寒鸦敢翔集。几年榛棘蔽貙貜，一朝绝境从中出。
细路虽非五达康，萦回自觉阻且长。万壑风烟开绝顶，一丘曲折于中藏。
老砂射日银星炯，梅峡含风襟袖冷。千岩高下各异状，如障如锋亦如领。
天景须凭意匠营，山不在高仙则名。规抚已定力未暇，他时会有滕王亭。
风浪隔阔天垂幕，安得叩门亲剥啄。诗成梦到故山川，睡美不知钟鼓传。

陆文圭(1250—1334)

至元重光单阏之岁春正月陇西郡太夫人介寿八十子侍郎帅其昆弟子侄内外姻族寮友宾客奉觞上寿如仪州人士相与嘉叹争为歌诗咏其事而绣使紫山胡公为之序云

断机碎锦缬，短髻剪青丝。殷勤谢师友，老妇得佳儿。
长宦客四方，鹤发在高堂。安得凌风翼，高飞至母傍。
春晖不可报，萱草日日长。今夕知何夕，门有车马迹。
堂下罗钟鼓，堂上合宾客。春风吹绿酒，起舞儿献寿。
客问年几何，旧岁七十九。此去三千年，蟠桃始开花。
花开又结实，瑶池度岁华。客起再拜言，遗核幸分甘。
小人亦有母，八十又加三。核中有琼浆，饮之胜啜菽。
怀归满袖香，仙霞烛幽谷。

陆　游(1125—1210)

行过西山至柳姑庙晚归

倚杖西山麓，褰衣古庙堧。断云依钓浦，细雨压炊烟。
废学惭诗退，安贫觉气全。霜天日易晚，钟鼓隔城传。

舍北行饭

蔓络疏篱草满塘,饱嬉聊复步斜阳。一霜骤变千林色,两犊新犁百亩荒。
野寺僧残尚钟鼓,官堤舟过见帆樯。归来笑补空囊课,寒日谁知亦自长。

假山拟宛陵先生体

叠石作小山,埋瓮成小潭。旁为负薪径,中开钓鱼庵。
谷声应钟鼓,波影倒松楠。借问此何许,恐是庐山南。

访僧支提寺

高名每惯习凿齿,巨眼忽逢支道林。共夜不知红烛短,对床空叹白云深。
满前钟鼓何曾忍,匝地毫光不用寻。欲识天冠真面目,鸟啼猿啸总知音。

度浮桥至南台

客中多病废登临,闻说南台试一寻。九轨徐行怒涛上,千艘横系大江心。
寺楼钟鼓催昏晓,墟落云烟自古今。白发未除豪气在,醉吹横笛坐榕阴。

出游四首(其二)

近过父老远寻僧,病起经行力渐增。织室踏机鸣轧轧,稻陂潴水筑登登。
浅深村落时分径,高下川原自作层。薄暮到家还熟睡,隔林钟鼓报晨兴。

晨起偶题

城远不闻长短更,上方钟鼓自分明。幽居不负秋来睡,末路偏谙世上情。
大事岂堪重破坏,穷人难与共功名。风炉歙钵生涯在,且试新寒芋糁羹。

不 睡

城远不闻钟鼓传,孤村风雨夜骚然。但悲绿酒欺多病,敢恨青灯笑不眠。
水冷砚蟾初薄冻,火残香鸭尚微烟。虚窗忽报东方白,且复翻经绣佛前。

禹 寺

禹寺荒残钟鼓在,我来又见物华新。绍兴年上曾题壁,观者多疑是古人。

山园草木四绝句·紫薇

钟鼓楼前宫样花,谁令流落到天涯。少年妄想今除尽,但爱清樽浸晚霞。

雨 中 作

础润云生五月中,山城细雨晚空蒙。读书虽恨此身老,把酒尚思吾辈同。
积润画图昏素壁,渍香衣帻覆熏笼。新晴不用占钟鼓,卧听林梢淅淅风。

吕南公(1047—1086)

胜 因 院

庄严起何代,幽佚惟天与。有众倚耕桑,无人叹寒暑。
岚氛蠹金碧,谷响酬钟鼓。白昼方丈西,犹眠听经虎。

偶游仙都道先以长句见寄依韵奉答

吹灯染小帖,借马忓厮人。岂其事朝参,强欲观云泉。
盥栉具袍带,超遥石桥间。同征二十蹄,驽骏乱后先。
朝曦邃突兀,送我溢背温。乐郊民何知,桃李自满园。
逶迤松下路,不践已八年。道翁喜吾来,煮茗巨石根。
导我复勉我,攀跻绕巇岏。依依梦中游,忽得惊觉魂。
一听钟鼓响,载惭尘土昏。顾兹清泚流,照洗憔悴颜。
瞳瞳金碧光,嘈嘈杉桧喧。楼台有新增,碑版多旧观。
啸客遍厢闼,周爱讯黄冠。白头师灵仙,不免归丘坟。
太息五浊士,凭痴待飞翻。譬持数寸胶,拟救九曲浑。
往者不肯说,来乎付谁怨。唯当悟至真,可入了世论。
崔嵬黄守庵,本是刘伶裈。忆我初借卧,嗒焉过西曛。
踏黑叩归户,仓忙遭骂言。宁知复来时,邂逅乃见尊。
中从鲍兄至,三岁四五番。题诗不知我,命酌戒醒还。
丹霞所未识,西望久目存。畏雨我独止,于今负长叹。
鲍去死令长,无人辨龙蚖。我穷羞白襕,引分逃山樊。
俯仰十五载,恍如毕晨餐。方为此日游,忽计后戚欢。
何以遣孤愤,随鞍有残樽。焚鱼濯瓷瓯,浩荡临前轩。
适举共悄嘿,屡舷渐纷纭。步兵俄鼎来,四座惊欲奔。
授我大纸卷,捧承疑未安。披张纵眼力,审是陈侯篇。
上序天质坏,借余尽情文。下伤素交稀,庆快未契敦。

忧我困跋履,且令慎盘飧。平生惯众憎,读罢肠轮困。
引笔欲作报,停杯类含酸。人间有义好,蕲向异辙辕。
权势之所在,万夫呈肺肝。风云苟不至,亲戚争弃捐。
此谬匪朝夕,期谁反狂澜。余龄既蹉跎,乃得逸驾攀。
感概舍酒去,冲烟下耕村。黎明候铃斋,再拜以谢闻。

寄李居士

三月山城叹旅穷,冷看豪士振浇风。送花盘上春情重,卖酒垆前醉魄雄。
钟鼓聒眠崇佛庙,绮罗争路拜神宫。此怀若向林泉说,又落仙翁大笑中。

吕　陶(1028—1104)

伏日池上二首(其一)

尘氛不到此池亭,庚伏长来驻旆旌。波荡画船冲岸急,露明翠盖遇风倾。
一先有得棋频胜,众乐无嫌酒屡行。红日渐低钟鼓近,路人歌笑望专城。

罗　弢(?—?)

蟠　龙　山

蟠龙山名何所因,为言山作蟠龙形。欲寻地志质诸古,适遇野老传于今。
伟哉造化巧经始,斫以斧凿初无痕。四傍坦夷渺原隰,一径窈窕森松筠。
回旋屈曲隐头角,蓊郁葱翠含精神。若蹲若踞玩清隐,不起不蛰司芳辰。
遥空水面素澄澈,紫若珠颗尤鲜明。政当颔下不易夺,况复鳞逆谁敢撄。
我疑此龙蟠亦久,一日得志当求伸。轰雷掣电掀碧汉,骧首曳尾凌青云。
会从古穴起灵霓,用作霖雨苏苍生。岂惟厚泽沛寰宇,兼有余润清边尘。
乃知神物终变化,肯容玩肆甘沉沦。嗟予避寇偶居此,坐见牙璋争起兵。
张皇旗帜亘长道,考击钟鼓辞严城。共期元恶心胆破,不待迎敌神魂惊。
何知鼠辈怙同恶,相与蚕食徒经旬。倾囊竭箧极侈欲,戢戈橐矢寻归程。
遂令强贼愈猖獗,绝流肆毒屈生灵。未闻改辙事更举,但得饮气潜悲辛。
龙乎龙乎速奔逸,吾将与尔俱飞腾。直上天池最幽处,嘘风吸浪陪鹍鹏。

毛 滂(1060—?)

昨夜陪诸公饮今尚委顿未能起坐闻孙守出送陈祠部供帐溪上见招不果往戏作小诗寄之

孙公金作骨,何独无燥湿。雄姿逼龙虎,风雨坐巢岌。
黄堂烂绣筵,春瓮融玉汁。银台三见跋,醉眼梦欲入。
公张两瞳电,照我毛发立。平明郭西门,钟鼓仍盛集。
我方拥黄绸,势作蚯蚓蛰。乃知千里姿,追趁何翅十。
春溪葡萄碧,饮渴谁当吸。愿君苦留客,堕翠应可拾。
未用奏伊凉,舞红催玉粒。

桐君山邑人呼为小金山桐君所庐也

塔庙新严迹半空,山前山后但孙桐。楼台影压浮天浪,钟鼓声随过岸风。
定有龙宫在深碧,初疑海市变青红。众医不识人间病,遗箓谁知药石功。

梅尧臣(1002—1060)

吴冲卿鼓契

暮契出,朝契归,出入未尝逢日晖。雄雌曾不离钟室,百年刓弊知者稀。
时移世异不改易,俗眼厌旧君前非。君王万年千年寿,独怜古器与众违。
昨日霜华厚如雪,百官冻靴朝紫微。吴王偷就温漏火,始一识之增叹唏。
不知逢逢六街鼓,自此发号通帝闱。人间钟鼓有多少,多少乱鸣谁肯讥。

送代州钱防御

堂堂雁门行,赫赫符节分。紫塞千里障,红旗十万军。
世家王爵贵,祖庙将臣勋。钟鼓陈牛酒,衣裘论典坟。
呼鹰下青汉,牧马出黄云。窦宪何为者,燕然解勒文。

次韵景彝祀高禖书事

闻说郊禖喜气翔,曾由乙卯命封商。今朝钟鼓登歌祀,何日熊罴作梦祥。
扫雪野庐风凛凛,升坛公衮佩锵锵。君门赐胙予何有,不似矜夸凤沼傍。

欧阳修(1007—1072)

和梅龙图公仪谢鹇

有诗鹤勿喜,无诗鹇勿悲。人禽固异性,所趣各有宜。
朝戏青竹林,暮栖高树枝。呦呦山鹿鸣,格磔野鸟啼。
声音不相通,各以类自随。使鹤居笼中,垂头以听诗。
鸐鶌享钟鼓,鱼鸟见西施。鹇鹤不宜争,所争良可知。
蚍蜉与蚁子,为物固已微。当彼两交斗,勇如闻鼓鼙。
有心皆好胜,未免争是非。于我一何薄,于彼一何私。
栏槛啄花卉,叫号惊睡儿。跳踉两脚长,落泊双翅垂。
何足充玩好,于何定妍媸。鹇口不能言,夜梦以告之。
主人起谢鹇,从我今几时。僮奴谨守护,出入烦提携。
逍遥遂栖息,饮啄安雄雌。花底弄日影,风前理毛衣。
岂非主人恩,报效尔宜思。主人今白发,把酒无翠眉。
养鹤鹇又妒,我言堪解颐。

雨中独酌二首(其二)

幽居草木深,蒙笼蔽窗户。鸟语知天阴,蛙鸣识天雨。
亦复命樽酒,欣兹却烦暑。人情贵自适,独乐非钟鼓。
出门何所之,闭门谁我顾。

初晴独游东山寺五言六韵

日暖东山去,松门数里斜。山林隐者趣,钟鼓梵王家。
地僻迟春节,风晴变物华。云光渐容与,鸟哢已交加。
冰下泉初动,烟中茗未芽。自怜多病客,来探欲开花。

彭汝砺(1042—1095)

和马太守五首·澄心亭

逸老初开池上亭,使君钟鼓乐新成。宝林自有湖山助,定水何曾风浪生。
雨过淡云迷岛屿,日长幽鸟下檐楹。扁舟远泛沧浪碧,可避时人笑独清。

观　画

少时驰驱走四方,马足遍踏无边疆。北逾崦嵫薄扶桑,远陟羊肠上太行。
历参涉昴扪亢房,荡舟溟渤浮河潢。五湖彭蠡窥沅湘,蛟龙出没鳞鬣苍。
大浪震叠钟鼓撞,怒虿结构珠瑶光。游鱼鲦鳋鳣鲔魴,鹥鹅沉浮旅鳬鸧。
大鹏一飞凌鹔鹴,中林荃蕙杂兰菖。妖红曼绿艳靓妆,回溪曲覆秀篔筜。
老松怪柏号风霜,桂丹枫赤橘柚黄。阆风仙人醉琼浆,前斾虹霓骑凤皇。
云台曲壁络奇璜,缥缈天乐非宫商。我欲从之匪暇遑,昨朝图画纷开张。
睥睨旧游心惚慌,南岭赤日西玄霜。愁云不开雨雪雰,变化倏忽无经常。
隆楼杰阁郁相望,远峰截嶭插雕梁。商人骑马儿牧羊,牛车鱼艇浮纤芒。
苍鹅无声浴沧浪,熟视却顾疑腾骧。骅骝奚为弃路傍,骨骼虽老终轩昂。
重阳篱菊开煌煌,怪见桃杏争芬芳。梅花一枝忽自折,半篱仿佛闻幽香。
文陛网户绿绮窗,中有美人岂媖媓。流珠挟蝶金鸳鸯,一盼少年犹断肠。
蓬莱宫中日月长,世界凡阅几炎凉。悠悠彼乐未遽央,棋局未知谁子强。
庞眉老僧坐道场,手捉拂子据绳床。似达至理言虑亡,惟我知彼真荒唐。
乃知画工匪其良,倒置高下玩阴阳。鬼神丑怪不能藏,咫尺千里无准量。
屈折海岱留缣缃,物象涕泣愁斧戕。贵家欲得心奔忙,背锦轴玉红绦囊。
君亦爱之未能忘,苟不溺心奚所妨。我今与公陟高冈,坐视四海超八荒。
图史罗列耀文章,前有唐虞上羲皇。左右孔孟从庄扬,朝莫见之心肃庄。
议论兴废评否臧,卑陋不肯数汉唐。广莫之野无何乡,我与子乐奚其将。

钱端礼(1109—1177)

留题授上人曲肱斋

架屋巾山最上头,曲肱打睡百无忧。云容献状留残雨,海月横陈有去舟。
闲里琴书缘好客,向来钟鼓不惊鸥。会将一滴曹溪水,洗尽胸中万斛愁。

钱　易(968—1026)

温　泉　诗

悲哉天宝时,帝耄政不修。宠幸尊妇人,阴极阳已柔。
外戚盛本枝,栉比封列侯。丞相大将军,备位甚悠悠。

天下安既久,积渐力不周。车服金玉焕,黎庶饥寒愁。
骊山温泉宫,昼幸与夜游。一游百司备,万费一日休。
虽能心自快,化作神稷忧。国忠恣吞噬,林甫怀奸偷。
胡雏据太原,钟鼓无计收。黄尘满长安,惨黩九庙羞。
唐天未使绝,返正知疾瘳。自兹游赏地,荆棘生荒秋。
旧物悉已废,蜘蛛挂重楼。览者咸寒心,一过三回头。
因知帝王业,坚固宣鸿猷。岂可信嗜欲,侮弄生疮疣。
雕墙峻宇诫,简牍况有由。翻思黍离章,续之应可仇。

强 至(1022—1076)

送陈郎中泗州得替

历选临淮守,多闻政术偏。若柔非似水,即是急如弦。
下吏或弄法,属僚时窃权。邀权沸钟鼓,市誉饰庖笾。
此弊岁月久,何人才业全。我公来作郡,众口悉称贤。
宽猛履中道,勤劳经比年。宪章难尔枉,纲纪自吾专。
间喜文字饮,懒开歌舞筵。迎宾常倒屣,酌水每留钱。
无愧古循吏,岂同今备员。频升功状最,宜待宠章甄。
上意深嘉乃,高怀邈撒然。琳宫愿监董,铃阁厌拘牵。
帝惜惟良去,公逾所请坚。俄闻拜俞诏,得往阅陈编。
未可谋真隐,行当被峻迁。散材蒙剪拂,殊遇绝贪缘。
有立期他日,无望报二天。聊将感知泪,洒送北归船。

秦 观(1049—1100)

石 鱼

佛宫琢琳琅,悬鱼警群聪。缓扣集方袍,急拊趋百工。
虽无笋虚器,自协徵与宫。犁然当人心,邈有炎氏风。
山泉自疏数,佩玉相玲珑。朝昏间钟鼓,清响传无穷。
惟有宝陀山,于音获圆通。一闻如得解,石巩亦投弓。

仇 远(1247—?)

陪戴祖禹泛湖分韵得天字

冉冉夕阳红隔雨,悠悠野水碧连天。山分秋色归红叶,风约蘋香入钓船。钟鼓园林已如此,衣冠文物故依然。当歌对酒肠堪断,倒著乌巾且醉眠。

和蒋全愚韵

金坛有耆英,学博声名早。搜奇薄庄骚,稽古极羲昊。
君甚似乐天,税冕居履道。息游鸒骆马,尚友敬胡杲。
我生六十年,独欠识此老。来游溧阳学,文物委秋草。
黄沙眯人目,忽见石皓皓。君坛高难陟,我垒虚易捣。
新诗十八韵,韵韵俱压倒。交情托以宣,一字一大好。
自惭沟中断,未足被华藻。但令小儿辈,藏弄以为宝。
相望衣带水,波弱限蓬岛。玉石资荡磨,钟鼓宜击考。
何由即会面,疑义共探讨。岂无问字酒,可以濡吻燥。
昔为坚多节,今为科上槁。穷达等醉醒,何庸宽怀抱。

饶 节(1065—1129)

上竺知客肇师示苏仲豫参寥唱和韫秀堂二绝句求和因追次其韵二首(其二)

休话纷纷故恼渠,似持钟鼓乐爰居。西来未欲深藏迹,人境聊须暂结庐。

邵 雍(1011—1077)

演绎吟(其三)

何者谓知音,知音只在心。肝脾无效验,钟鼓漫搜寻。
既若能开物,何须更鼓琴。来仪非为凤,只是感人深。

沈 辽(1032—1085)

诒隐者二首(其一)

汝勿轻王侯,王侯非汝曹。地势有轻重,太山与鸿毛。
鼓腹一欢笑,不知钟鼓豪。我乐彼不预,山林且陶陶。

石　介（1005—1045）

虾　蟆

夏雨下数尺，流水满池泓。虾蟆为得时，昼夜鸣不停。
几日饱欲死，腹圆如罂瓶。巨吻自开阖，短项或缩盈。
时于土坎间，突出两眼睛。是何痴形骸，能吐恶音声。
嗟哉尔肉膻，不中为牺牲。嗟哉尔声粗，不中和人情。
殊不自量力，更欲睥睨横海之鳣鲸。自谓天地间，独驰善鸣名。
万物聒皆聱，不知钟鼓钦钦，雷霆阗阗。
应龙戢脑入海底，凤凰举翼摩青冥。
此时各默默，以避虾蟆鸣。何时雨歇水泽涸，青臭泥中露丑形。
失水无能为，两脚不解行。干渴以至死，尽把枯壳填土坑。

史　浩（1106—1194）

燕新第乡人致语口号

鄮山鄞水百祥开，壮士昂头谢草莱。戛玉锵金俱杰出，纡青拖紫正朋来。
未饶卫国多君子，何独山东有相材。富贵功名随步武，清时钟鼓且衔杯。

还乡后十月作（其三）

钟鼓园林无尽乐，交游息绝到春闲。予今方寸无偏系，似处陶裴季孟间。

释宝昙（1129—1197）

题磐庵作玻璃窗（其一）

杜陵亦有天尺五，云母不似玻璃深。西家钟鼓谩劳汝，我自书卷中晴阴。

病寓灵芝寺夜闻讲律有作

钟鼓考击殷夜床，我方咽药不下吭。苦思一语缓吾缚，重遭缚急如缚羊。
平生两眼大如镜，白首读律无精光。商君入秦祸始大，文武之道几灭亡。
文人废经宁废律，何者百谷无稻粱。春风二月锦官寺，梦绕十年新学场。
莲房密室仅千讲，传疏狼籍酬朱黄。如恒山蛇救首尾，弗学饥鼠吟空墙。
我生不愿文字习，亦不愿学屠龙方。半窗睡美君勿聒，自有云月供平章。

释大观（？—？）

寿平章秋壑师相

稽首毗卢法身主，三身一体圆满觉。曼殊室利大智海，普贤清净行愿门。
大慈悲父观世音，信住行向地等妙。五十三位善知识，权实拥护天龙神。
慈威加被俨在上，鉴兹赞祝日行空。癸酉仲秋之八日，定光金地产异人。
自威音前秉正因，向灵山上受记莂。优钵孕奇时一现，昴宿腾精瑞两间。
千灵嘉会当其时，君臣道合若符节。升平规模愈持重，呼吸变故常镇浮。
身徇国难入重险，手扶日毂升中天。远夷缩缩惮威略，生民熙熙安衽席。
嗣皇矜式尊为师，万汇仰戴恃为命。佛法流行明盛世，持世护法端有凭。
二千年后视今日，二千年前等无异。如来慧命期永续，众生正信当不断。
整顿乾坤大力量，安乐黎庶大福德。我此伽蓝鄮岭东，释尊舍利所镇临。
即兹吉祥殊胜地，衮绣光仪立寿祠。穰穰缁侣方俨集，钟鼓梵呗何所祝。
万象舌头悉称寿，宝塔显为舒瑞光。昔阿育王造佛塔，其数满八万四千。
一塔该八万四千，八万四千同一塔。八万四千妙吉祥，八万四千妙殊胜。
愿均吉祥与殊胜，散作寿域无边春。

释道川（？—？）

参 玄 歌

一尺水，一丈波，妙高峰顶笑呵呵。七步周行浑属我，不妨闲唱太平歌。
灵利汉，不消多，法门广大遍周沙。若能当处分明了，只在如今一刹那。
莫求真，休觅假，真假中间都放下。晃晃威光烁太虚，不知谁是知音者。
赞不欣，徒说谤，三际无心俱扫荡。正体堂堂一物无，是佛是魔俱一棒。
小根闻说暗攒眉，绳上生蛇又更疑。拨转面前关棙子，只许当人独自知。
阿呵呵，在圆觉，流出菩提遍寥廓。鬼面神头几百般，无瑕镜里皆消却。
君不见觌面相逢机掣电，直饶天眼不能观，点著不来真死汉。
劝君参，参彻灵明自己禅。善财不用南方去，黑白分明在目前。
劝君信，信心战退魔军阵。此是华严最上乘，森罗万象皆相应。
劝君修，六门通达任优游。寒山拾得才相见，指点丰干哂未休。
火风催，四山逼，那时要见君端的。有个真空解脱门，千眼大悲何处觅。

有时放,有时收,唯有知音暗点头。杏华村里如相见,跳出沩山水牯牛。
有时喜,有时嗔,无位真人进面门。殷勤为说西来意,暮楼钟鼓月黄昏。
有时唱,有时歌,颠言倒语不奈何。声声尽出娘生口,不属宫商一任他。
有时默,不时笑,懵懂铁锤无孔窍。轻轻触著便无明,只这无明元是道。
有时行,有时坐,露影藏身成两个。不独张现会打油,细观李四能推磨。
无缝塔,见无因,巍巍本自隐深云。国师样子应难造,不觉锋棱露一层。
无底钵,手中擎,百千沙界里头盛。大庾岭头提不起,都缘著力太多生。
没底船,不曾漏,千重雪浪皆能透。只凭一个把梢人,谁管狂风连地吼。
无鑐镴,孰安排,镴断重关绝往来。巨灵抬手空劳力,唯有无心便得开。
无毫拂,是何物,击碎狐疑山鬼屈。一喝唯言三日聋,谁怜大辩翻成讷。
无孔笛,最难吹,角徵宫商和不齐。有时品起无生曲,截断行云不敢飞。
无根树,直侵云,枝条郁密盖乾坤。劫火洞然烧不得,利刀斩处亦无痕。
无面目,担板汉,玩水游山无侣伴。迦叶门前倒刹竿,文殊剑上全身现。
日面佛,干屎橛,八两半斤谁辨别。七斤衫子恰相当,镇州休更秤萝卜。
野鸭飞,鸾对舞,三个孩儿抱华鼓。赵老曾看半藏经,灵云一见桃华悟。
真实语,报君知,不用思量不用疑。春来决定千华秀,冬尽长天片雪飞。
头头漏泄真消息,那个休心辨端的。眼横鼻直一般般,不离当处休寻觅。
古佛言,祖师说,千圣路头同一舌。他日人天匝地来,那时方表而今决。

释道潜(1044—?)

西湖雪霁寄彦瞻

西湖漫天三日雪,上下一色迷空虚。曾峦沓嶂杳难辨,仿佛楼观疑有无。
饥雏乳兽失所食,飞走阡陌空号呼。中园却羡啄木鸟,利觜自解谋朝晡。
晓来钟鼓报新霁,天半稍稍分浮图。试凭高楼肆远目,千里颠倒罗琼琚。
逡巡夜月出海角,光彩猛射来城隅。方壶圆峤只在眼,绰约恍晤神仙居。
咄哉浩景似欺压,谓我不足为传模。风流江左杜从事,气格豪赡凌相如。
安得飘飘跨鸾鹄,手持栗尾来为书。

程公辟给事罢会稽道过钱塘因以诗见赠(其一)

尝闻钟鼓过蓬莱,席上无非八斗才。刻烛挥毫公屡胜,投壶饮釂客先颓。

老元格调真难继,短李风流不易陪。鉴水稽山行乐处,后车长是载邹枚。

释道枢(？—1176)

颂古三十九首(其一二)

钟鼓声声已唤斋,堂前作舞老公家。
虽然一钵充饥困,不觉牙生满口沙。

释德洪(1071—1128)

谢大沩空印禅师惠茶

钟鼓五千指,翔空楼殿开。不知大沩水,何尔小南台。
让子鉏斧信,闲禅春露杯。故应念岑寂,先寄出山来。

泗州院旃檀白衣观音赞

我闻菩萨昔因地,所供养佛名观音。从闻思修入悟心,心精遗闻而得道。
见闻觉知不可易,譬如西北与东南。而此乃曰闻可遗,令人罔然堕疑网。
龙本无耳闻以神,蛇亦无耳闻以眼。牛无耳故闻以鼻,蝼蚁无耳闻以身。
六根互用乃如此,闻不可遗岂理哉。彼于异类昧劣中,而亦精妙不间断。
况我自在慈忍力,无畏解脱独不然。钟鼓俱击声不同,知其不同是生灭。
而二种声不相参,即是同时寂灭法。稽首净智功德聚,广大庄严悲愿海。
悯我心明力不逮,时时种子发现行。如人因酒而发狂,戒饮辄复逢佳酝。
愿灭颠倒痴暗障,愿获辩才智慧藏。游戏十方微尘刹,亦施无畏利众生。
凡曰有心能闻者,同入圆通三昧海。

次韵云居诠上人有感

招谤坐多谈,近稍遵寡语。仰嗟浊恶世,友道终愧古。
君独淡无营,诵经如谷布。见人作白眼,此意吾亦与。
十年云水间,所至每同处。旧游虽陈迹,历历尚可数。
更期秋风高,结伴湘山去。我生无寸长,百事仍莽卤。
不知独何修,得与君辈伍。无乃造物者,不杀念痴鲁。
云居无所为,粥饭听钟鼓。不材获饱暖,此德荷佛祖。
诗成自夸笑,闻者亦惊顾。已决寡语堤,事过乃知误。

毕卓卧瓮边,谢琨挑邻女。见之独傲然,真情人不怒。
君能识此意,吾语亦可恕。

释鼎需(1092—1153)

偈二十首(其八)

在凡全凡,在圣全圣。各各据本位,通达事理竟。
譬如钟中无鼓响,鼓中无钟声。钟鼓不相参,句句无前后。
若能于此彻根源,一任金毛唤作狗。忙忙途路未归人,切忌面南看北斗。

释慧空(1096—1158)

雪堂仍旧老师和予送可师新字韵见招复作五首寄之兼呈无证(其三)

干戈平定日,湖海倦游身。况得君为社,招呼我辈人。
初无家似燕,宜有喜如春。悬想西山下,雨余钟鼓新。

送 化 士

洞山身如椰子大,不畜粒米与茎菜。无人烟处门打开,接待方来也奇怪。
吉山从作山中主,只用十方菩萨子。二时钟鼓不曾亏,是汝持来还供汝。
两翁同中具生杀,明眼高流试提拨。可中见得无少差,是谓能持吉山钵。

过疏山化士求谒

南来雨宿仍风餐,蛮溪鬼洞三年还。丛林龙象老衲死,处处钟鼓空云山。
独闻疏山有尊宿,不减当年矮师叔。欲求法雨洗蛮烟,正恐斋厨窘炊玉。
道人忽从山中来,要乞上方香饭回。我方痴坐视屋壁,毛孔要须香七日。

释居简(1164—1246)

持钵(其二)

乐岁持盂尚许艰,有求那解破人悭。立残穰草堆头日,撑尽苹芜断处湾。
钟鼓敢嫌贫指众,斗筲庸恤老腰顽。归舟只载华亭月,不作华亭误夹山。

释可勋(？—？)

句

天晓不干钟鼓事,月明岂为夜行人。

释了一(1092—1155)

颂古二十首(其一四)

钟鼓未鸣先托钵,雪峰平地成饶舌。当时一径入僧堂,且看岩头有何说。

释南越(？—？)

石 佛 寺

松竹行才尽,香城绝世尘。倚岩开半殿,凿石见全身。
钟鼓中天晓,烟花上界春。出门重稽首,愿值下生辰。

释普济(1179—1253)

偈颂六十五首(其四九)

钟鼓声喧暄,鸟雀闹中庭。圆通门不钥,眉毛落又生。

释清远(1067—1120)

送禅人入京

千人丛与万人丛,无喜无嗔耳目通。要识太原孚上座,六街钟鼓闹冬冬。

木 鱼

无端击此沟中断,钟鼓相参无杂乱。能闻所闻非二缘,以此及此通回换。
凡夫何故作追攀,达士若为成智观。可怜流入萨婆若,醉眠尚尔排鱼贯。

释如珙(1222—1289)

颂古四十五首(其二六)

托钵回身去,钟鼓未鸣时。不会末后句,只有蓺心知。

释善珍(1194—1277)

寿曾大监

公家中朝第一人,一门兄弟皆朱轮。公材吏能固无敌,笔端亦自回千钧。

我生不识平津阁,晚识老监犹绝伦。长松阅世傲云壑,万牛回首山嶙峋。
清都梦断薄冠冕,三生仿佛贺季真。岿然灵光独殿鲁,闲似商皓深避秦。
园林阴成钟鼓乐,风波不骇鸥鹭驯。千卷赐书善和宅,万金买石平泉春。
古来此事总输公,六环金带何足珍。封胡岁岁捧寿樽,蟠桃积核齐昆仑。

释惟一(1202—1281)

偈颂一百三十六首(其九五)

九月授衣,无衣可受。衲僧门下,别有要妙。
新糊纸被烘来暖,一觉和衣到五更。闻得上方钟鼓动,又添一日在浮生。

释印肃(1115—1169)

颂十玄谈(其二)

祖祖,如钟鼓,未击有意周天普。虚幻形声本自无,如如不动亘今古。

十二时歌(其一)

平旦寅,鸡鸣犬吠足圆音。只这圆音无二听,何劳妄想别求真。
击钟鼓,了无声,了本无声真好听。声韬无体门前客,体合声空个里人。

释元肇(1189—?)

和杨节使登径山

阊阖门西湖水临,深深院落见春心。梨花风弄影来去,燕子日长谈古今。
起早每缘朝玉阙,归迟多是宴琼林。肯将吹竹弹丝耳,来听重云钟鼓音。

释 圆(?—?)

偈

新缝纸被烘来暖,一觉安眠到五更。闻得上方钟鼓动,又添一日在浮生。

释智月(?—?)

偈

祝圣绍,续祖灯,只如祖灯作么生。
续不见古者道,六街钟鼓响冬冬,即处铺金世界中。
池长芰荷庭长柏,更将何法演真宗。

舒岳祥(1219—1298)

游潘墺魏都冶墓庵

弄日微阴驾笋舆,柴桑五子共携扶。云门钟鼓先朝赐,丞相门庭近日殊。
绿树两行溪贯串,青峦百折路萦纡。惟余守冢鹰窠在,采捕令严无牧刍。

司马光(1019—1086)

谢胡文学惠水牛图二卷

牛生天地间,益物用最大。其功配坤元,象爻参众卦。
血毛类上帝,胈蠁景福介。宗庙及宾客,百礼无不在。
引耒刺中田,粒食烝民赖。服箱走四方,竭力任重载。
昔闻戴叟笔,图写穷纤芥。胡君继其妙,差肩立异代。
公卿仰名声,一观不可丐。如何散贱者,遽有双图赍。
所嗟性颛愚,雅不晓佳画。有如歌九韶,钟鼓乐聋聩。
得之乃虚器,无异居大蔡。神物恐化去,立召风雨怪。
双图虽卷还,重贶敢不拜。

和景仁缑氏别后见寄求决乐议虽用其韵而不依次盖以景仁才力高逸步骤绝群非驽拙所能追故也

至乐存要眇,失易求之难。昔从周道衰,畴人旷其官。
声律久无师,文字多缺漫。仁皇闵崩坏,广庭集危冠。
纷纭斗笔舌,异论谁能殚。或欲徇陈迹,窈厚潜锼剜。
或欲立私意,妄取旧史刊。古今互龃龉,大抵皆欺谩。
景仁信其说,墨守不可干。贱子欲面从,谁与换胆肝。
必求此议决,深谷为崇峦。何如两置之,试就中和看。
天地育万物,生成适暄寒。圣人保四海,皇极致阜安。
乐理亦如此,炳焕犹朱丹。啴缓与噍杀,折衷遗两端。
兹道苟不由,芒刃难婴髋。鲁乐最为备,雍彻施三桓。
齐韶犹肄习,太公避陈完。唐民听伴侣,不复含悲酸。
乃知乐有源,钟鼓皆波澜。昨者清明初,榆火始改钻。

景仁从许来,倾都咸聚观。诸公竞邀迓,非独惜春残。
议乐不复对,昼夕且穷欢。来时桃李秾,去日芍药阑。
三旬只须臾,驶若阪上丸。辚辚逢雨别,惆怅归骑单。
东西步步远,回首祝加餐。仍冀勉中和,心广体自胖。

馆宿遇雨怀诸同舍

佳雨濯烦暑,翛然生晓凉。森沈殿瓦碧,霡历井苔苍。
院静杉篁秀,人闲钟鼓长。凭谁同把酒,清兴宵相望。

朝鸡赠王乐道

小鸡距短双翅垂,广场勇斗无所施。清晓长鸣独先众,朝者恃此能知时。
星河满天月光白,东望扶桑悄无色。一声高举耳目醒,四远群阴俱辟易。
陋巷人疏烟火稀,永夜沈沈钟鼓微。闻之徐起就盥栉,颠倒不复忧裳衣。
君家迥居北城曲,阿阁嶕峣日鸣玉。萧萧风雨得司晨,不使无功啄君粟。

宋　祁(998—1061)

进幸南园观刈宿麦诗

农扈方迎夏,宫田首告秋。嘉生拥瑶县,蕃穗遍天畴。
肃雨津茎浃,薰风猎颖浮。登成告田畯,省敛徯王游。
紫宙凝神暇,丹书访道休。天行九五健,岁取十千求。
洪洞开金狄,连蜷按玉虬。尘清属车豹,枪密羽林骝。
芝覆依丹旭,旌门倚绿畴。先驱护绵野,后骑隘长楸。
涤圃初开地,腰镰竞劝收。田趋农帝耒,塍错夏王沟。
褰栗攒周甸,茨梁属舜眸。篝长包圈虎,箱重载星牛。
九扈开灵囿,三辰驻彩斿。劳农差有赐,置酒酌言酬。
鸣爵知年稔,为鱼告梦优。云雷一日泽,钟鼓万人讴。
帝醉钧天阕,仙归紫气留。明馨资寝庙,足食焕缇油。

寒食野外书所见

一雨初回逗晚凉,近郊连帟俨相望。乞浆易醉墙间客,就养初闲灶下郎。
暖吹未休缘迥野,低烟不散为垂杨。家家钟鼓争行乐,肯信龙蛇是怨章。

顺 祀 诗

孰顺其祀,明明天子。天子谦让,诏群臣其议。
惟章献、章懿,遂祔先帝。宜索而典,而古而今。
顺考攸宜,慰我孝心。群臣稽首,不远厥成。
伊先猷是程,伊大孝是经。匪祥符孰从,则莫我京。
三代庙寝,止一帝后。汉制已迁,儒臣罔究。
礼缺不称,因朴趋陋。亲靡祔尊,神挈斯祐。
帝曰俞哉,予奉二慈。匪曰无典,实成训是依。
促灼尔龟,爰藐尔仪。琢金追玉,昭款信辞。
不敢先后,惟以顺跻。孟冬十月,大飨其时。
朕不惮勤,于庭遣之。吉日辛酉,帝自文德。
至于大庆,奉宝授册。永怀劬劳,孝贯天极。
虞宾在位,百官承式。显显太岁,惟册宝是将。
和鸾有容,龙旗孔扬。既至于庙,是承是告。
奉迁后主,合侑文考。有主则止,有匹得行。
遂旅豆笾,以及芼牲。明水太羹,有觱有澄。
鼓钟钦钦,鼓瑟鼓琴。考悦妣安,蠲我德音。
德音惟何,帝受纯嘏。不专斯飨,用赦天下。
开释罪辜,赐逮九军。一人作孝,庶邦蒙仁。
礼非天作,托始于圣。圣克正始,万世攸定。
作述交善,神人胥庆。天谓皇帝,既付所覆。
帝克孝治,奉亲以侑。其收丕祺,蕃衍后昆。
万有亿年,继继存存。

苏　轼(1037—1101)

赠清凉寺和长老

代北初辞没马尘,江南来见卧云人。问禅不契前三语,施佛空留丈六身。
老去山林徒梦想,雨余钟鼓更清新。会须一洗黄茅瘴,未用深藏白氎巾。

望海楼晚景五绝(其三)

青山断处塔层层,隔岸人家唤欲应。江上秋风晚来急,为传钟鼓到西兴。

是日宿水陆寺寄北山清顺僧二首(其二)

长嫌钟鼓聒湖山,此境萧条却自然。乞食绕村真为饱,无言对客本非禅。
披榛觅路冲泥入,洗足关门听雨眠。遥想后身穷贾岛,夜寒应耸作诗肩。

上巳日与二三子携酒出游随所见辄作数句明日集之为诗故辞无伦次

薄云霏霏不成雨,杖藜晓入千花坞。　柯丘海棠吾有诗,独笑深林谁敢侮。
三杯卯酒人径醉,一枕春眠日亭午。　竹间老人不读书,留我闭门谁教汝。
出檐蘖枳十围大,写真素壁千蛟舞。　东坡作塘今几尺,携酒一劳农工苦。
却寻流水出东门,坏垣古堑花无主。　卧开桃李为谁妍,对立鸂鶒相媚妩。
开樽藉草劝行路,不惜春衫污泥土。　褰裳共过春草亭,扣门却入韩家圃。
辘轳绳断井深碧,秋千挂索人何所。　映帘空复小桃枝,乞浆不见应门女。
南上古台临断岸,雪阵翻空迷仰俯。　故人馈我玉叶羹,水冷烟消谁为煮。
崎岖束缊下荒径,娅姹隔花闻好语。　更随落景尽余樽,却傍孤城得僧宇。
主人劝我洗足眠,倒床不必闻钟鼓。　明朝门外泥一尺,始悟三更雨如许。
平生所向无一遂,兹游何事天不阻。　固知我友不终穷,岂弟君子神所予。

入　　馆

黄省文书分道山,静传钟鼓建章闲。天边玉树西风起,知有新秋到世间。

寒食与器之游南塔寺寂照堂

城南钟鼓斗清新,端为投荒洗瘴尘。总是镜空堂上客,谁为寂照境中人。
红英扫地风惊晓,绿叶成阴雨洗春。记取明年作寒食,杏花曾与此翁邻。

凤翔八观·东湖

吾家蜀江上,江水清如蓝。尔来走尘土,意思殊不堪。
况当岐山下,风物尤可惭。有山秃如赭,有水浊如泔。
不谓郡城东,数步见湖潭。入门便清奥,恍如梦西南。
泉源从高来,随波走涵涵。东去触重阜,尽为湖所贪。

但见苍石螭,开口吐清甘。借汝腹中过,胡为目眈眈。
新荷弄晚凉,轻棹极幽探。飘飘忘远近,偃息遗佩篸。
深有龟与鱼,浅有螺与蚶。曝晴复戏雨,戢戢多于蚕。
浮沉无停饵,倏忽遽满篮。丝缗虽强致,琐细安足戡。
闻昔周道兴,翠凤栖孤岚。飞鸣饮此水,照影弄氉氉。
至今多梧桐,合抱如彭聃。彩羽无复见,上有鹯搏鹌。
嗟予生虽晚,好古意所妉。图书已漫漶,犹复访侨郲。
卷阿诗可继,此意久已含。扶风古三辅,政事岂汝谙。
聊为湖上饮,一纵醉后谈。门前远行客,劫劫无留骖。
问胡不回首,毋乃趁朝参。予今正疏懒,官长幸见函。
不辞日游再,行恐岁满三。暮归还倒载,钟鼓已馣馣。

次韵穆父尚书侍祠郊丘瞻望天光退而相庆引满醉吟

千章杞梓荫云天,樗散谁收老郑虔。喜气到君浮白里,丰年及我挂冠前。
令严钟鼓三更月,野宿貔貅万灶烟。太息何人知帝力,归来金帛看赪肩。

次韵江晦叔二首(其二)

钟鼓江南岸,归来梦自惊。浮云时事改,孤月此心明。
雨已倾盆落,诗仍翻水成。二江争送客,木杪看桥横。

自金山放船至焦山

金山楼观何耽耽,撞钟击鼓闻淮南。焦山何有有修竹,采薪汲水僧两三。
云霾浪打人迹绝,时有沙户祈春蚕。我来金山更留宿,而此不到心怀惭。
同游兴尽决独往,赋命穷薄轻江潭。清晨无风浪自涌,中流歌啸倚半酣。
老僧下山惊客至,迎笑喜作巴人谈。自言久客忘乡井,只有弥勒为同龛。
困眠得就纸帐暖,饱食未厌山蔬甘。山林饥饿古亦有,无田不退宁非贪。
展禽虽未三见黜,叔夜自知七不堪。行当投劾谢簪组,为我佳处留茅庵。

苏舜钦(1008—1049)

升阳殿故址

昔在开元中,此名升阳殿。西通大明宫,夹道直如箭。

至尊黄金舆,乘春日幸宴。翠嫔戛钟鼓,欢呼奏新遍。
巧舞风燕翻,妖歌露莺啭。酒光射锦幄,上下花会炫。
雕盘堆繁英,艳粉弱自战。天欢日无穷,臣谏莫敢献。
乐极哀继之,在理亦可见。胡来塞宫阙,腥膻污香荐。
纵火寝庙平,挥戈君臣进。庸嗣忽前丑,泚巢更祸乱。
冉冉竟覆亡,返为耕牧便。瓦砾虽费犁,土壤颇肥衍。
盖由杀人多,膏血浸渍远。髑髅今成堆,皆昔燕赵面。
每因锄耨时,数得宝玉片。今秋雨泽多,谷穗密如辫。
农惟喜丰稔,吾独闵迁变。不有失德君,焉为穑夫佃。
大国尚如此,小人易流转。道德可久长,作诗将自劝。

苏　颂(1020—1101)

与蒙城知县陈著作同赋吐绶鸟

羽毛之美其类众,雉曰吐绶世尤重。灵姿异禀来何方,有客携持自咸雍。
朱笼驯习绣墩调,珍贵不与常禽共。庭前爱玩不能已,欲买未有千金俸。
一座嘉宾共诧夸,留连为倒春醁瓮。送将题目与诗人,要待清才如屈宋。
斑斑赤质斗花纹,珠珠明珠络衣缝。暖风晴日正闲暇,绮翼丹趺时鬊松。
垂胡两组锦舒张,约发双笄玉浮动。倏忽披开叠胜文,蒙茸乱绾青丝综。
初疑瑞草衔鹘啄,又讶牦缨影马鞚。行縢赤芾交胫足,羽服袿衣曳霓𧛛。
汉官绶芾何须染,郑公书带徒劳种。引颈才盈尺寸间,镂彩盘绦无缺空。
未容俯近复卷收,顷刻无由发清哢。向人顾盼虽无言,奋臆犹如将告控。
有生之乐贵得所,所乐山林殊市哄。斥鷃飞翔本蓬蒿,鹪鹩社稷存梁栋。
不慕爱居享钟鼓,要逐凫鹭唼菰茸。临流照影刷羽翰,朝飞求偶随群从。
十步一啄百步饮,乌用樊中久羁挎。主人提挈诚厚恩,岂若郊原使闲纵。
我闻章服以旌礼,物有等威须折衷。鞶囊厉带最光华,宠锡或招三褫讼。
惟兹异类亦何知,被服文章安所用。得非造化育群伦,美恶短长皆适中。
凡物有用固为灾,矫性伤生尤可痛。介特一死古士挚,得时三嗅子路共。
晋室文裘或遭焚,羽山夏翟先修贡。解颜亦取如皋获,离罥已入王诗讽。
旌旐甚盛见楚人,乐缀有数闻众仲。嗟嗟才用既若斯,窜伏何由脱罗总。

今虽窘束苦笼槛，犹胜烹烰充调供。
方今太平物遂性，异兽奇禽罢供奉。
西雍既已翔振鹭，阿阁终当集灵凤。
惟尔文华固异常，效祥荐祉宜飞矼。

徘徊且逐稻粱肥，莫厌庭除资好弄。
庶民咸乐萃灵台，上苑虚开发云梦。
伫见觚棱神爵栖，重歌蜀使碧鸡颂。
近郊薮牧好游遨，应须一借扶摇送。

陈和叔内翰得庄生观鱼图于濠梁出以相示且邀作诗以纪其事

公堂四合临中衢，翰林壁挂观鱼图。
先生昔仕楚园吏，傲世不蕲卿大夫。
清波出游正容与，潭底传沫煦以濡。
惠施好辩发闳论，谓彼固异若与吾。
禀生大块厥类众，合则一理散万殊。
鸢飞戾天兽易薮，螣蛇游雾龟曳涂。
蜄笼信美害爱马，钟鼓虽乐愁鹓鶵。
方游溟海大空外，坎井讵能谈尾闾。
人生均是受形气，好恶欢养同一区。
方当在梦则栩栩，及其既觉还蘧蘧。
不求刻意不徇利，孰是隐几孰据梧。
一从郢匠丧其质，狂言空见传于书。
先当朝士题咏处，不见綦履空遗墟。
古今变态尽仿佛，旦暮烟云随卷舒。
泛观既已忘物我，企想岂直思玄虚。
自怜衰老喜求旧，况荷明照均友于。
欣然共乐濠上趣，相忘正在于江湖。

传之近自濠梁客，云是蒙邑先生居。
逍遥淮上任造适，高岸偶见群鲦鱼。
悠然饵纶不可及，谁知此乐真天娱。
至人冥观尽物理，岂以形质论精粗。
渊潜陆走各自适，天机内发宁拘拘。
味色谁能辨带鹿，足颈乌用嗟玆凫。
青宁久竹代生变，蟊虫风化相鸣呼。
若知飞息分皆足，图南未必胜抢榆。
死生寿夭亦大矣，自本而视奚有无。
入荣轩冕不累性，独往丘壑非为愚。
惟能应变不囿物，天籁自与人心俱。
当时陈迹复何在，客有过者犹踟蹰。
画工智巧良可尚，景物纵异能传模。
遂令都邑繁会地，坐见淮山千里余。
惟公雅尚每耽玩，持示同好良勤劬。
朝陪玉堂暂晤语，暮入荜门还宴如。

孙　觌(1081—1169)

长乐寺二首（其一）

层梯倚天碧，细路连草莽。萧萧苍松门，税此林下鞅。
轮囷老树姿，偃寒怪石状。中有莲花台，迥出诸天上。
空堂卧钟鼓，古佛暗龙象。飞泉漱石除，夜半发清响。
云低雪浮浮，柳动春盎盎。超摇万里眼，更欲铲叠嶂。

桂林山水奇丽妙绝天下柳子厚记訾家洲亭粗见其略余以六月六日度桂林岭欲更仆诣象属暑甚遂少留日从诸公于岩穴之下穹林巨壑近接阛阓之中远不过城闉之趾居高望远夸雄斗丽殆不可状择其尤者以十诗记之名之曰桂林十咏·七星岩

十载污修门，簪橐侍帝垣。五云深莫窥，众星拱以繁。
一坐牍背书，身落海上村。山川发余想，钟鼓眩昔闻。
星图焕斗极，两两错地文。今日复何日，乘槎造天阍。
日月起可挟，参井立能扪。谁当揭其柄，为我酌瀛尊。

孙　永（1020—1087）

泛汝联句①

平居厌城郭，具舟泛清汝。蓝光一水远，铁色两崖古。
日华动中流，沙纹乱前渚。湍鸣达公桥，草绿襄王墓。
园英拥流沫，风叶堕残雨。停桡弄山泉，扶杖过花坞。
澄潭数乱石，断石横巅树。泳波鱼鬣舒，闯穴蛙首怒。
冲云一雁远，喙荇群鸥聚。村间桑柘春，川阔牛羊暮。
回头绿树失，卷幔青峰露。寻幽恣盘桓，泊浅屡回互。
灵草不知名，珍禽啼在处。夕阳散鸣鸠，荒阡拱游兔。
挽缆谣歌童，簪花立田妇。高歌客自如，归涉人相负。
青蒲戢戢生，紫燕翩翩度。云烟波底明，井邑林外睹。
欣逢闾里旧，愧乏鸡黍具。缁水荐渊鳞，掘石羞山茹。
绕塘梅实绿，冒桂禽壳素。我巾聊一颓，石榼烦屡注。
朱樱出芳林，紫笋侑雕俎。高篇烂珠璧，至乐谢钟鼓。
嗟予性本隘，于世事皆鲁。便欲弃簪裳，归去事田圃。
肆意山水乐，脱身尘埃苦。此适诚足尚，斯言未宜遽。
圣神拱岩庙，贤俊毕珪组。如君之所怀，于时当有补。
高文赞皇猷，大论宁国步。无为五斗卑，遂屈万里举。

---

① 此诗为孙永、韩维、辛虩三人共作，相联成篇。

明心在知己,汗颜愧虚誉。时方索大鼎,胡为炫康瓠。
富贵固众欲,非望久自阻。圣贤有遗言,戮力期共赴。
尝闻曰中庸,曾不滞出处。进当泽生民,退则守环堵。
所求义与比,要在身不污。愿无废吾言,于道其可庶。

滕 岑(1137—1224)

鼓腹无所思朝起暮归眠渊明诗也以诗定韵为十诗(其一)

郊墟远人烟,栖迹在衡宇。年龄迫衰谢,渐觉有病苦。
眼如隔罗縠,耳仅闻钟鼓。手中一枝筇,藉以扶伛偻。

王安石(1021—1086)

寓言九首(其七)

钟鼓非乐本,本末犹相因。仁声入人深,孟子言之醇。
如何贞观君,从古同隋陈。风俗不粹美,惜哉世无臣。

估 玉

潼关西山古蓝田,有气郁郁高拄天。雄虹雌霓相结缠,昼夜不散非云烟。
秦人挟斤上其巅,视气所出深镵镌。得物盈尺方且坚,以斤试叩声泠然。
持归市上求百钱,人皆疑嗟莫爱怜。大梁老估闻不眠,操金喜取走蹁跹。
深藏牢包三十年,光怪邻里惊相传,欲献天子无由缘。
朝廷昨日钟鼓县,呼工琢圭置神筵。玉材细琐不中权,贾孙抱物诏使前。
红罗复叠帕紫毡,发视绀碧光属联。诏问与价当几千,众工让口无敢先。
嗟我岂识真与全。

王 柏(1197—1274)

题时遁泽画卷十首(其九)

精蓝夹江干,钟鼓时相应。两山遮不断,楼阁若争胜。

王庭珪(1080—1172)

和端礼惜花苦风雨之句

花逢暮境已侵寻,庭值狂风不可禁。已卷残红随日脚,更吹嫩柳到眉心。

明朝藉地犹堪醉,小雨笼晴未作阴。骑马访君春好在,不劳钟鼓报新音。

王庭秀(？—1136)

五 峰 寺

度崦得幽胜,遵溪步横斜。哀湍泻曲折,虬枝老蟠拏。
危然五峰高,突兀凌晨霞。若有神物护,遗此瞿昙家。
何年老苾蒭,巾钵寄枯槎。乳麈馈朝供,野禽或衔花。
尔来三百年,拓址夷嶜岈。缔架俯层巘,栋宇日就奢。
古殿仪像设,栖云拥栏牙。董修奉檀施,钟鼓惊糜鹿。
中有无尽灯,赓续岁逾赊。大千破幽暗,照了无等差。
逢禅颇修洁,悃愊初无华。十年坐空谷,日月绝纤瑕。
运水及搬柴,为罪作生涯。前山逢老妇,试问赵家茶。

王 奕(？—？)

登秦邮文游亭天壁亭长歌

湖天澹澹湖水碧,湖风冉冉湖云收。湖白几顷菰米地,湖汊几折芦花洲。
几千万劫走尽夜,三十六镜磨春秋。江南狂客归自鲁,骑驴载酒游文游。
文游已落钟鼓界,斯文丧矣游人羞。蚌胎明月吸莘老,鸦背落日悲少游。
东坡双井化异物,神光奕奕穿斗牛。文章不逐岁月老,精爽常与天地流。
赏心倘得际美景,薄才自许追前修。安得老米鸡距笔,生绡百匹横戈矛。
守台旧卒年九十,颐隐于脐肩过头。六十年前边鄙事,且言且泣气咽喉。
甚言秦欲帝万世,据此要地置急邮。海田陵谷无定在,如今非项亦非刘。
王生感慨重抵掌,惊起一片湖中鸥。鸥飞没入翠烟里,乾坤纳纳归双眸。
何当飞出天壁外,春风吹散眉峰愁。

孔庙既拜之后又不远三百里过泰山过汶河壮哉斯游上日观作宾日歌少发葵恋之私

日月东行天左旋,丸中久矣知乾圜。稔闻泰山有日观,窃疑板墨多夸传。
甚言抱鸡候其上,鸡鸣海水如炊煎。火轮磨荡上复下,崖撞石裂声填填。
天门钟鼓报清晓,尘世正尔沉元元。几回掩卷信且惑,安得臂羽如飞仙。

谁知白发际同轨，得来邹鲁拜圣贤。竟游曲阜至岱岳，扪参历井登其巅。
濯足就宿会真殿，如乘析木栖微垣。是时八月二十夜，明月正值奎娄躔。
窗明斗落惧失晓，一宵十起无宁眠。偕行诸子大鼾睡，笑我历辘狂且颠。
深衣端坐愈不寐，湔肠涤胃玉女泉。少需道人谓予曰，若欲观日今当前。
忙迷扶策抉草莽，翩跹挢夺诸公前。诸公拍手笑于后，被公吞了丹砂元。
蹋跹一气涉观顶，隐隐红罅开东边。玄云茌苒幻紫色，金楼宝阙蒸琼田。
秋深露重湿我趾，扶桑望决眼欲穿。须臾眉黛抹天杪，脱然宝镜开微奁。
上上下下复上下，千辛万苦方团圆。小臣不敢瞠目视，九拜塌额肝胆悬。
起来恍惚抱影泣，昔何容易沉虞渊。羲和湎淫失宾饯，掩覆白日为元天。
蚊躯螳臂负不起，忍渴未死甘氓廛。狭号螭泣虎豹舞，单衣尚绹得瓦全。
梦醒忽尔登泰岱，稽首再拜清光还。愿保初阳守黄道，重离赫赫行纯乾。
泣余收泪盼下界，西北迤逶生霞烟。山如鳞甲水如带，八荒草木皆新鲜。
回视秦碑与汉篆，神光灿烂生蛟涎。古今圣贤几登此，乍睹莫不心虔虔。
归来玩愒复弄影，入夷出晋谁与怜。苍梧不返放勋死，倾恋惟有葵心坚。
分阴寸晷正可惜，人间儿女醺鸡然。登封观日世不少，作如是观能几焉。
作歌历历纪其实，后来请验予长篇。

王之道（1093—1169）

用东坡三峡桥韵赠源上人

解衣振林霏，欹枕听檐溜。饥肠欲雷鸣，病耳忽牛斗。
自嗟兵火余，十载困淮右。崎岖穷水石，邂逅遍岩窦。
山游杂麋鹿，野处狎猿狖。那知膏粱肥，但觉蔬笋瘦。
宝林吾北邻，晨夕钟鼓奏。疏篁玉森列，椟木弓半彀。
来为圣人祝，歌呗发清昼。归余雨脚稀，溪流静如漱。

王　质（1135—1189）

和沈述之与俞舜俞题墨梅

玉京群帝周大罗，芙蓉倒影旌旗多。明视仍孙窃姮娥，双成飞琼相和歌。
飞琼授以无声诗，下走人间驶莫追。梅花狂扫不自持，但见浮动横斜他不知。
中书君贵列钟鼓，唤下真真命歌舞。真真呼上复呼下，上屏不言下屏语。

空郊莽苍江渺茫,中书头锐身瘦长。玄泓濡首醉淋浪,首所触者皆生香。
柳山俞生气象别,不惟手洁更身洁。中书相与有良缘,共看霜天羌管裂。
十指五指握妙华,不在山颠即水涯。老杨死守梅花树,攀枝弄叶犹咨嗟。
眼光落此亦前定,过去垣外触参井。俞生今世伴梅花,若伴他花应不肯。

王仲敏(？—？)

题虎丘次蒲章二公韵(其一)

松阴岚影翠回环,尽在墙垣缭绕间。舟楫更无通别浦,烟霞曾不接他山。
诗亡石在云徒恨,剑去池荒水自闲。偷得公余来一饷,遥城钟鼓出催还。

卫宗武(？—1289)

宣妙寺偶成

孤寺萧然寄碧岑,尘无半点到僧门。风传钟鼓万家县,山绕犁锄十里村。
一榻高眠慨今夕,八窗洞达纳乾坤。此行梅月孤良觌,雨打寒林晚复昏。

魏　野(960—1020)

和并州刘密学见寄

还如裴度镇河东,百万军民畏爱中。钟鼓久喧刁斗静,旌幢一指雁门空。
潇湘故友参时务,燕赵佳人接土风。密地再归知不出,莫将竹马约童蒙。

文天祥(1236—1283)

借朱约山韵就贺挂冠

身健尚堪松下饭,眼明正好橘中棋。青山有约当朱户,白首何心上彩闱。
栗里田园供雅兴,午桥钟鼓赏清时。晚来倦客秋江上,坐看半天黄鹄飞。

文　同(1018—1079)

宿隆平精舍

万木罗青盖,双峰敞翠屏。风埃愁客路,钟鼓喜禅扃。
下马穿蒙密,随僧入杳冥。俗襟如见濯,试为泻铜瓶。

吴 锜(?—?)

游永福方广岩

曾访神仙岩洞来,人言伟观似天台。藤萝足下猿猱啸,钟鼓声边日月开。
灯续佛光凝紫翠,云将蜃气作楼台。最怜贯石神龙尾,犹带天东雨露回。

吴 潜(1195—1262)

宿 省

襆被趋省宿,披襟对晚凉。古心知老树,生意见新篁。
钟鼓鸣将合,蜩蝉咽更长。静中观物化,谁与共平章。

吴 泳(?—?)

祁山歌上制帅闻敌退清水县作

祁山之西当太白,战士弯弓抱明月。散烧烟火夜宿兵,遥见狼头一星灭。
明朝探骑前来报,为言敌死秦川道。牌使前呼大队回,鹅车炮坐埋青草。
黄河口,清水头,水声呜咽河不流。军中遗言更惨酷,灵夏名王亦屠戮。
中间被掠边丁苦,牧放牛羊食禾黍。牛羊得食人转饥,日想南朝拜降去。
朝廷有道督府雄,三关之险风不通。健儿长枪及马腹,壮士劲弩当心胸。
帐犀前把石门隘,遥望红旗围尽解。舆师等第喝银帛,三将同时赐金带。
凯还吹落桃花风,捷书屡奏甘泉宫。纶巾萧然羽扇净,一字不说平夷功。
离鸿迤逦集中泽,鸦噪山田忙种麦。七方新堡高插云,腐鼠何能更相吓。
书生每夕翻青史,争战场中看千古。狸亡虎灭自有期,天道何尝厌中土。
夹城云赤戈剑明,通衢夜白钟鼓清,更待公归戮力就太平。

吴则礼(?—1121)

余自离荆渚遍身生疮了无佳思至金陵舍舟登陆之朱方道游钟山

三年窜逐去荆州,岂料重为此寺游。钟鼓山林浑好在,独惊老子雪蒙头。

寄甘露传祖宣老二首(其一)

千秋北固旧知名,想见禅房掩昼扃。坐上休论失匕箸,定中那复骇雷霆。
图书遮榻青灯暗,钟鼓喧江白浪腥。天外楼台近浮玉,与谁飞锡过南灉。

呈余清老

俯仰塞境断,追随春事幽。碧山朝曳屐,白浪晚维舟。
钟鼓鸣江渚,烟云暗郡楼。下帘煮新茗,聊为道人留。

向敏中(949—1020)

呈知郧州何士宗

勋将钟鼓堪铭镂,业为皇王致太平。貔虎有威开玉帐,犬戎无战卧金钲。

谢谔(1121—1194)

读书台

莓苔点点路层层,此地分明胜概增。天上楼台山上寺,云边钟鼓月边僧。
青松鹤梦生秋吹,宝塔星华见夜灯。消尽尘襟三万斛,石床闲倚古萝藤。

辛弃疾(1140—1207)

郡斋怀隐庵(其二)

空山钟鼓梵王家,小立西风数过鸦。秋色无多谁占断,长廊西畔佛桑花。

徐公裕(?—?)

建炎丞相成国吕忠穆公退老堂(其一)

注意惟闻简帝心,聊成退老寓登临。放怀绿野岩瞻重,寄傲平泉国念深。
海阔水云和岛屿,时清钟鼓乐园林。谢公岂久东山趣,天下苍生傒作霖。

徐瑞(1255—1325)

九月廿一自虎林回同程晓崖游梅岩

弛担息虚馆,释屩解行缠。一笑得妙士,挥我谓我僝。
相携履巉岩,共访梅花仙。石门欻谺豁,空洞别一天。
徐行呼二竖,秉炬道其前。沿崖异草垂,绕径秋香妍。
行行渐深入,响答殊清圆。下有苔磴峙,上有孔穴穿。
深处窅如阱,旷处平如田。或如人坐立,或如兽蹲跧。
古石列怪状,时闻滴幽泉。向来开天牖,坐看日月旋。

儿童撞嵌岩,如钟鼓咽咽。领览不能尽,荒幻难言宣。
我从虎林来,足茧归心悬。举瓢挹危露,尘肺聊用湔。
清寒不可留,欲去还延缘。赋诗纪兹游,绝笔凭谁镌。

薛季宣(1134—1173)

祈晴车中望安乐宫故址

罢休祈雨又祈晴,天道难知德好生。钟鼓铿锵西佛寺,草茅荒秽古王城。
温舆即就凉舆便,阴气潜消煖气盈。栖凤未堪云尚密,可人日脚尚微明。

晨赴寒溪寺乾龙节道场所

晓入招提旋即还,去何忙遽到非闲。寒溪日出射烟雾,退谷路荒埋草菅。
林尽远峰晴历历,丛深流水暗潺潺。归途钟鼓依稀似,将谓禅居别有山。

薛师石(1178—1228)

纪 梦 曲

夜梦佳人姱且长,星冠霞帔云衣裳。双眉浅淡画春色,两耳炫耀垂珠珰。
细步逡巡倏相近,世道人情不敢问。敛容正笑发一言,不识巫山云雨恨。
自从十五学仙经,今年二十身骨清。天上有籍升其名,长声短声歌紫琼。
紫琼之章词宛转,永与人间风调远。余声未竟钟鼓鸣,雾散烟收人不见。

薛 嵎(1212—?)

松风隆首座住云际禅院

山门开望海,钟鼓动鱼龙。人具慈悲相,秋生寂寞容。
随身唯一钵,留偈别双松。后夜桥西月,支筇失所从。

杨 亿(974—1020?)

大名温尚书之任

窣云楼堞古铜台,幕府池塘菡萏开。毕万山河千里迥,亚夫钟鼓九天来。
属櫜前队射雕手,载笔初筵倚马才。命将文昌非细事,星光昨夜动昭回。

易士达(?—?)

育 王 塔

谁向鄞江立法门,育王钟鼓振朝昏。阎浮八万四千塔,应合相推此塔尊。

于 石(1247—?)

潇 江 亭

背依古塔面层峰,曲曲阑干峻倚空。万屋参差江色外,片帆出没树阴中。
五更钟鼓半山月,两岸渔樵一笛风。极目子陵台下路,滔滔惟有水流东。

西 湖

西湖胜概甲东南,满眼繁华今几年。钟鼓相闻南北寺,笙歌不断往来船。
山围花柳春风地,水浸楼台夜月天。士女只知游赏乐,谁能轸念及三边。

余 爽(?—?)

石桥(其一)

云藏钟鼓雾埋林,龙护山花雀散金。知道有人桥外住,青崖遮断不教寻。

俞桂英(?—?)

句(其三)

白云一树鹤孤宿,明月满楼钟鼓声。

俞汝尚(?—?)

过淮阴侯庙

当时谋战不谋安,将众多多是祸端。万垒在前攻掠易,四方无事保全难。
晓堂钟鼓修淮祀,古壁旌旗拥汉官。天下息肩兵革定,一瞻祀宇一长欢。

虞 俦(?—?)

连日雨遂阻到草堂用前韵寄意

草堂松竹著寒轻,晚岁相看益友生。今雨不来增怅望,却烦钟鼓报晴声。

立秋四十日矣天气甚凉南坡杖屦之兴犹懒何也不应今年欢意顿减如此因以诗挑之

灏气南坡日夕清,杖藜缘底邈无情。读书乃尔妨行乐,觅句从来怪瘦生。
况有鸡豚燕同社,政须钟鼓报新晴。似闻岩桂花开遍,早晚携壶一就倾。

喻良能(1120—?)

天申节明庆寺启建

两鬓萧萧华发生,欲寻江上白鸥盟。
皇恩却许陪鹓鹭,重听景阳钟鼓声。

四月二十九日坐直庐读山谷效东坡作薄薄酒二章慨然有感追赋一首

薄薄酒,胜独醒。丑丑妇,胜鳏茕。笙歌鼎沸不须羡,松风满耳自足听。
前遮后拥未必乐,邀月对影堪娱情。晚食有味可当肉,衡宇无灾胜列屋。
鲁东门外听钟鼓,齐宣堂下状觳觫。何如巢林一枝,饮河满腹。
水碓多至三十具,胡椒满贮八百斛。何如浊酒一杯,弹琴一曲。
子平为富不如贫,子方称贱能骄人。高明之家鬼可瞰,网射纳税官不嗔。
中山醇醪醉千日,文君远山致消渴。
不如茆柴百钱可一斗,荆钗白头长相守。

袁说友(1140—1204)

巫山十二峰二十五韵

巫山磊块山林姿,一邱一壑贪成痴。寸峰拳石瞥眼过,张皇攫觅惟忧迟。
东南佳山多秀丽,就中所欠雄与奇。饱闻巫山冠巴峡,奇峰十二相参差。
昔年图画常一见,欲见此山无路之。扁舟西溯上三峡,千岩万壑争追随。
终朝应接已不暇,心目洞骇俱忘疲。蓦然钟鼓高唐上,峰峦二六排旌旗。
一峰霞彩迥在望,一峰展翠开屏帷。无心出岫云吐色,偃盖平峦松并枝。
仙踪鹤驾羽衣近,坛石瑶台闾阖低。白云一起凤皇下,清泉四合蛟龙嬉。
群峰角立变态异,一一大巧乾坤为。外堪击拊试声律,中含造化分四时。
天下名山亦多矣,未有列岫奇如兹。九华一景固天巧,惜与江流相背驰。

南北两峰喧众口,妆抹却恨同西施。何如此峰无限好,行行列列临江湄。
烟云漠漠出寸碧,风雨时时横黛眉。舟人渔子漫回首,骚士墨客劳支颐。
我来穿水入天去,貂裘章甫生尘缁。昂头见此大奇特,跻攀不上空嗟嘻。
吾将欲访三岛登九嶷,上蓬莱道山之壁,绝泰华终南之岷。
飞凫去鸟啸沧海,却来巫峡温前诗。

云盘山人(?—?)

晚宿灵岩

风雨旛檀阁,烟霞钟鼓声。定僧今不作,空谷尚传灯。

曾　丰(1142—?)

送孙莘老移知南京

稚年曾未睹风标,瀚海初闻拔俊髦。国子先生曾并席,蓬莱学士看挥毫。
量涵万顷沧溟阔,气吐千寻太华高。述性妙思穷孔孟,指南余藻屈雄褒。
谈经落落鉴遒铎,飞步仙仙踏海鳌。忠力敢前轻履尾,刚肠一决快吹毛。
归来有意成陶赋,谪去无言吊楚骚。志不下人宁碌碌,时非知我但嚣嚣。
吴江春水寻幽寺,越岭秋风听怒涛。宣室鬼神灵语断,长安钟鼓梦思劳。
广陵南隔迷桑梓,泗水东来照节旄。威憺四隅消警吠,惠流比屋乐耕缲。
真仙应祝通时泽,朽骨平冤息夜号。潇洒幅巾忘梦觉,清凉丈室笑熏膏。
淮阳大节孤尤峻,吏部雄材晚更豪。滥使执经称弟子,虚烦解榻下功曹。
曾迷马祖山前鹿,顿悟华亭水底篙。细札忽闻更屏翰,高牙俄见列弓刀。
照回天子今方晤,怒拂龙颜昔未遭。屈指陪京非久驻,太平功业待伊皋。

游乌石寺

缥缈崖悬屋,峥嵘栔亘天。我疑家玉帝,谁道宅金仙。
钟鼓风雷上,星辰灯火前。眼高胸次大,沙界眇三千。

曾　协(1119—1173)

题大儿新安官舍三乐斋

吾先圣人徒,游夏同渊源。孝友与忠信,入道先本根。
下视晋楚富,商歌满乾坤。一唯了万事,伋轲继师尊。

至今百世后，家法要不烦。近数高曾来，洁身等玙璠。
当时天下士，白首称曾门。世掇太常第，自致冕与轩。
养禄到北堂，孝哉无间言。犹悲鲤庭空，遗恨终自吞。
至我壮无成，浪使岁月奔。文科始不嗣，愧此朱两辕。
赖汝念祖烈，先登倡诸孙。寂寥四十载，重拜雨露恩。
吾年独天假，将雏见飞翻。靦颜幸一洗，积德惭九原。
三年作尉归，横经处侯藩。孤城山水稠，草木霜不蕃。
官闲身无事，旧书可重翻。故职在六经，绪业勤讨论。
避堂舍翁媪，齿在发未髡。不忧俸酸寒，罗列奉晨飧。
公黉沸弦诵，私室合籭坢。气完万物轻，始验中所存。
结屋将乐此，不换钟鼓喧。爱汝此乐地，老苍离童昏。
朱金了无慕，况乃纨绮繁。真趣出自然，盎盎如春温。
名斋怜汝志，可使薄俗敦。此乐吾家无，诗之劝仍昆。

张 佖(?—?)

题华严寺木塔

六街晴色动秋光，雨霁凭高只易伤。一曲晚烟浮渭水，半桥斜日照咸阳。
休将世路悲尘事，莫指云山认故乡。回首汉宫楼阁暮，数声钟鼓自微茫。

张 澂(?—1143)

仰 山

萧寺藏幽谷，溪流燕尾分。松萝诸洞合，钟鼓上方闻。
宝塔开晴日，空潭隔暮云。跻攀穷胜境，猿鹤自为群。

张方平(1007—1091)

都官叶郎中归三衢

宗邸横经授小侯，迹同半隐久沈浮。却寻故国溪山路，多谢朝堂钟鼓楼。
冉冉年华年老态，纷纷时事作闲愁。一丘一壑平生志，况有门人伴钓游。

张 扩(?—?)

周秀实监丞闻嘉禾兵乱请急归唁其亲朋还朝有作因次其韵

羽书剧纷纶,将士愧庸懦。谁扶中兴举,康济须十乱。
周郎人中杰,表表苍柏干。向来围城厄,梦想音信断。
瞻敬会有时,神明怳还观。他年铨衡手,抗论清月旦。
勿为俗人言,钟鼓惊斥鷃。

过龙井辩才退居

南山北山天接连,西湖环山水涵天。佛宫鳞鳞割人境,胜日杖履相周旋。
久闻龙井未得到,神龙卧靳俗语喧。脱身干戈偶不死,步屧十里沙石坚。
眼明见此屋突兀,修廊广殿钟鼓传。笋芽供羹坐取饱,茶乳沃舌听谈禅。
塔中老人呼不起,至今墙壁尚炽然。诸孙其谁嗣衣钵,但见持律俱精专。
吾身误落世缨网,白发未解忧患缠。问龙乞地一席许,作庵共结香火缘。

张 耒(1054—1114)

题史院直舍鱼鹭屏

钟鼓声稀下直迟,秋晖初转万年枝。寒厅尽日谁相对,惭愧屏风两鹭鸶。

秋日有作寓直散骑舍

黄省文书分道山,静传钟鼓建章闲。天边玉树西风起,知有清秋到世间。

张 嵲(1096—1148)

题营山法幢院

天晴白云高,乔木荫初暑。久客倦红尘,爱此崖寺古。
时危僧饭少,日晏无钟鼓。下马憩幽轩,光风转林莽。
新竹雨来香,余花夏方吐。避地适三巴,精蓝暂延伫。
回忆鹿门游,淫淫涕如雨。

张孝祥(1132—1170)

次韵(其二)

饥肠得酒作雷鸣,痛饮狂歌不自程。坐上波澜生健笔,归来钟鼓动严城。

不应此地淹鸿业,盍与吾君致太平。伏枥壮心犹未已,须君为我请长缨。

张元干(1091—1161)

赋漳南李几仲安斋诗

羔豚蒸乳活脔牛,口腹造业夸炰羞。傥知晚食足当肉,一饱何苦多营求。
先生睡美黑甜处,那闻钟鼓朝鸣楼。布衾竹枕自稳暖,此念灰冷百不忧。
世间寝食乃日用,众生扰扰如虮虱。昔年我亦走南北,往反万里无停辀。
胸中不作异乡县,有似坐阅十数州。云山浑如旧过眼,岁月不觉春已秋。
宿君斋屋亦偶尔,更仆笑语久未休。夜阑各困且打睡,明日饥饱临时谋。

张 蕴(?—?)

钱 氏 东 皋

百年钟鼓园林在,人物萧疏更海乡。藤络湖嵌山解长,花移邺本土犹香。
棋声靓昼松阴淡,扇影闲秋水气长。莫道官忙行乐少,也分物色到奚囊。

赵 鼎(1085—1147)

泊盈川步头舟中酌酒五首(其二)

空笼影照琉璃滑,鸿洞声传钟鼓长。便买扁舟作家宅,风流千载谢三郎。

还城次必强韵

　　俗驾不可留,归途无乃邅。未饱爱山心,复踏还城路。
　　今彼城中人,朝暮催钟鼓。

赵 蕃(1143—1229)

呈衡州使君先生二首(其二)

常州何乃又衡州,或谓兹行乃胜游。钟鼓相闻寻岳寺,芷兰无数踏湘流。
是中夫岂先生乐,此段聊供幽子求。岳麓相望唯石鼓,要令吾辈务藏修。

赵公豫(1135—1212)

金 山

　　波涛流不息,山势独纵横。高阁空中现,浮图雨外晴。
　　帆樯归客稳,钟鼓卧龙惊。是处开生面,风云别有情。

赵　佶（1082—1135）

宫词（其七二）

乐章重制协升平，德冠宫闱万古名。嫔御尽能歌此曲，竞随钟鼓度新声。

赵汝譡（？—1223）

囊山寺

松门包土囊，石径驻尘鞅。征途悄愁辛，意豁金利爽。
鼓钟殷林际，堂殿攀磴上。有亭依后冈，极眺一何朗。
海光混苍碧，云思浮渺漭。良久空雨霁，风泉谷交响。
岩龛寄禅迹，古佛瞻刻像。更欲步层巅，荒烟晚迷罔。

赵汝鐩（1172—1246）

丰城道中

雨后泥深马费鞭，看来遵陆岂如船。人行滩过无多水，雁带云飞不尽天。
束担侵晨离故县，算程明日至临川。长安钟鼓何时听，东望犹争路一千。

仰山行

平生几两谢公屐，爱山爱水真成癖。集云峰在指顾间，年来抗尘乃绝迹。
西风从臾作意登，佛境未入心境清。九秋颢气接岚气，五里松声答泉声。
招提金碧压深窈，钟鼓四时递昏晓。梵音独许山鸟听，禅梦不惊胡蝶绕。
土腴露饱蔬笋鲜，一粥一饭天上僧。伊蒲供罢日卓午，浮空半是烹茶烟。
四藤欲知阁中味，万字欲参堂上意。请将此事且姑置，坐看山雨濯晚翠。

赵汝腾（？—1261）

癸丑仲秋建安郡学丁奠退而作颂并勉同志之士颂曰

建水怀襄，孔殿岿然。文未坠地，道昭于天。
轮奂鼎新，丁奠揭虔。肃肃冠佩，粲粲豆笾。
惟圣立范，载籍具传。浑浑噩噩，书教百篇。
危微精一，纲领所先。诗六义教，风雅颂全。
曰思无邪，蔽以一言。易教精微，四德首元。

演六十四,母坤父乾。春秋事教,惟义与权。
行夏之时,独许颜渊。乐教导和,钟鼓管弦。
雷出地豫,乐之大原。礼教导中,三百三千。
其端辞逊,如始达泉。垂兹六教,何千万年。
眷惟此邦,儒哲比肩。厥有考亭,是绍涧瀍。
发挥六学,有功圣贤。守吏初献,与士周旋。
祀毕作颂,同志勉旃。

赵善括(?—?)

题马氏避暑宫开福寺莲湖

金仙楼观郁嵯峨,昔日曾容万绮罗。不见园林蒙锦绣,空教钟鼓唤笙歌。
印花宝瞀封苍藓,倚槛晴山拥翠螺。凉夜尚疑旌盖在,三千宫女袜凌波。

赵　诚(?—?)

游云门寺

竟夕雨声寒,黎明日气暄。峰峦添积润,溪涧涨新痕。
钟鼓连三寺,杉松共一村。不须游赏遍,丽句满清轩。

赵　湘(959—993)

圣号雅二篇(其七)

皇宅斯道,汗汗浩浩。贤俊芇芇,钟鼓考考。
爰煦尔赤,爰妥其老。乐只万国,宁德攸宝。

郑刚中(1088—1154)

无寐(其一)

瓦裂慨平生,无眠枕半横。逐臣常内讼,谪梦自多惊。
投晓星河澹,近山钟鼓清。晨炊知米贱,犹恐费经营。

和方景南乍晴

阑暑知秋近,淮渍气已清。风雷惊夜雨,钟鼓报新晴。
雾散槐庭晓,云开魏阙明。马行朝路稳,人喜积阴倾。
初鸟方争出,残蝉莫乱鸣。小窗偏得睡,更待晚凉生。

郑 会(？—？)

天庆观寻裘司直碑

长廊钟鼓静无哗,白发高人自煮茶。可惜断碑无觅处,石坛微雨落松花。

郑若冲(？—？)

纪 梦

包括乾坤一环堵,拍手千门辉藻黼。
忆昔卧病岁壬午,梦行涧石憩衡宇。
吉符应已分行藏,二纪唐捐惜无补。
只影危踪巢在幕,孽子孤臣气如缕。
六张五角具孤虚,万死一生逃险阻。
菲末莳根有荆棘,鼠牙雀舌皆强御。
先时败事后失机,啈喉触讳默招侮。
一本难令亲者亲,四海何由兄弟普。
人生美恶半乘除,我常一味无甘苦。
结庐兹境了前缘,端居漫作溪山主。
一室凝尘号全拙,茶铛酒壶编简聚。
地饶松竹秀而腴,林生兰蕙香频吐。
采药寻梅度岭去,空翠霏烟迎步武。
人家灯火照篱落,山头月色窥松户。
意安不厌饭藜蔬,睡美那能候钟鼓。
长因横逆反忠仁,讵向艰深探城府。
玉堂茅舍一蘧庐,鹦起鹏抟各飞举。
兴废纷纷汗马牛,贤愚泯泯埋尘土。
要知岁晏日斜时,此心只与虚空侣。
力命悠悠讵足论,漫述平生记轩庑。
编茅何事傍云根,川观岩居天固予。
常充达庵表其门,大楷金书爱仰睹。
我生六年哀怙恃,三殇相继泣同乳。
千金不忍坐垂堂,十稔讵能酬鞠抚。
矛头淅米剑头炊,耕常得晴刈常雨。
意行足下起关山,夕计朝谋成龃龉。
贫来富往见交情,行信言忠贻罪罟。
数奇尝愧李将军,五穷未嗟韩吏部。
五十知非计已迟,见机而作今犹愈。
列壑攒峰无耸峭,叠颖飞柯不瞋怒。
草亭临流倚梦溪,观罢鱼游呼鹤舞。
泉清洗耳何妨枕,晴轩炙背还堪俯。
乘坚策肥彼何人,藜杖枝筇自撑拄。
随云归逐度溪风,自喜此身轻一羽。
少壮颜从镜里非,利名心向尊前腐。
事变起灭真浮沤,身世行藏俱逆旅。
蛮触战争两蜗角,鸡虫得失了无补。
长啸勿碍天地郛,游思还从竹素圃。
一觞一咏姑自娱,断不伤今更思古。

郑獬(1022—1072)

上 朝

秋风御路冠盖满,晓月画楼钟鼓迟。

卧听传呼丞相入,可怜正是上朝时。

钟 仙(?—?)

龙南玉石岩

万石结丛林,萦回鸟道深。山高云漠漠,洞古绿阴阴。
壁拥虬龙篆,崖悬钟鼓音。不须愁日暮,胜景且追寻。

仲 并(?—?)

代人上师垣生辰三首(其二)

天寒岁律令峥嵘,御街钟鼓天初明。近臣日报君颜喜,问寝慈宁圣主情。
万年泄泄融融乐,此事无与凡公卿。父老问某何臻此,天子用孝公用诚。
向来瞻云一万里,雁书不到江南城。初决和戎盖公策,来归驷驭人欢迎。
九重日奉天下养,禁苑蟠桃春自生。当时若用他人说,至今未见风尘清。
前代功臣岂不有,未有仿佛公勋名。封人考叔陋筹策,区区但舍君之羹。

周必大(1126—1204)

夜直怀永和兄弟

玉堂清冷夜初长,风雨萧萧忆对床。徼道传呼钟鼓密,梦魂那得到君傍。

同前(其二)

忆昨登中寿,梅鱼蠹庆九重。回春方昼永,月掩邃云浓。
钟鼓沈长乐,蚕桑罢濯龙。宣仁遗懿在,定谥独追踪。

庆东宫生辰

圣祖基长发,皇家庆远覃。金轮常御极,银榜凤占男。
萯节辰迟五,蓂阶荚度三。英姿同父祖,秀气集舆堪。
仁孝由天纵,温文亦性涵。两宫今并事,三善此谁惭。
玉佩班昕肃,牙签道日谈。俭宁从节苦,正每斥言甘。
甲观兰开殿,南阳菊映潭。名参周发诵,寿百古彭聃。
政省叨峨弁,宫僚阻盍簪。宾筵应秩秩,钟鼓梦韽韽。

周　才(1239—1295)

游虞山顶维摩院

西风近重阳,青女作奇酿。高人事幽讨,木落秋可望。
山溪步屈曲,策以九节杖。林空眼界宽,云深开法藏。
欢迎杂钟鼓,舞跃骇龙象。载酒得良友,灵山拉寻访。
同来八九辈,俱能尚疏旷。具馔击红鲜,折花泛新酿。
修竹当翠袖,泉声代清唱。徘徊欲尽欢,更上层巅上。
要知本色人,方具六通相。

周　密(1232—1298)

游灵岩馆娃宫

春风吴苑梦凄凉,柳色如云惹恨长。鸟喙只堪同患难,蛾眉何事管兴亡。
乌鸢自乐空山静,麋鹿来游野草长。一片古愁无写处,满城钟鼓送斜阳。

周　南(1159—1213)

夏日游太湖(其一)

荒莽残唐寺,前通霸越江。荛芦私井税,钟鼓助春撞。
大壑容渔户,残碑寄石幢。好山三四十,浮入两僧窗。

朱　熹(1130—1200)

题梵天方丈壁

输尽王租生理微,野僧行乞暮还归。山空日落无钟鼓,只有虚堂蝙蝠飞。

邹　浩(1060—1111)

与叶适正资长老同宿觉华山安福寺

觉华山下古禅宫,鼎足蒲团午夜同。但有鸡声替钟鼓,更无僧影到帘栊。
真情迥出忘情外,多语都归妙语中。转首是谁南与北,庭前桧柏亦生风。

靖节堂分题得重字

儒衣隘绵区,冰炭非一种。邂逅心事同,清标揖孤耸。

驾言仁义涂,相与戒前从。廓廓膺肺间,何由纳天宠。
春风入高堂,文字竞拳勇。妙句窥杜陵,微语倾叔重。
翘然真四夔,吾道有扶拥。遂令斥鹦姿,端为钟鼓悚。
从今日喧妍,胜处宜接踵。独恨韩城君,伶俜泣新垄。

钟 磬

艾性夫(？—？)

洞泉观杨梅屋寮

孤屿如螺出水心,松苍竹翠结寒阴。不因钟磬穿云响,谁信神仙入洞深。
早日羽衣人尽老,春风摇草路重寻。径须著我梅边屋,听讲南华弄玉琴。

毕仲游(1047—1121)

夜宿崇因寺述怀奉呈诸公

月老庭除白,火明山顶高。酒容无俗客,诗兴任吾曹。
促席暂欢谑,思家还郁陶。坐闻钟磬响,那免话离骚。

蔡　襄(1012—1067)

嵩 阳 道 中

千里动秋意,萦回上古原。山樵斫晚日,野火著寒云。
钟磬出邻寺,牛羊下过村。振衣归去好,尘事莫知闻。

曹仙家(？—？)

题 梅 坛

汉代梅君此炼丹,古坛翠驳藓花斑。目穷鸟道青天远,榻转松阴白日闲。
烟隔楼台分象外,风吹钟磬落人间。不知乘诏冲升后,几度飞鸾到旧山。

曹　勋(1098—1174)

送人游福唐

萝月溪云各未阑,它时薪水肯相安。家依梵刹钟磬静,路近台山松桂寒。

横槊胜流公远诣,观澜逸兴我难看。归时一棹宜须早,趁取薰风荔子丹。

山居杂诗九十首(其四〇)

偶读禅门礼,老赜存清规。鱼鼓钟磬间,细行兼威仪。
能居三板头,可当一住持。破衲受用薄,后来有不知。

晁说之(1059—1129)

淮　南　王

淮南王,解烧金,胡为黄叶落故林。神仙鼎气覆千里,草木姿媚钟磬音。
夸诞之语恐难信,俛然安得我登临。即今巨盗处处起,天子不贪淮南地。

陈舜俞(?—1075)

栖　贤　寺

辟蛇行者应开寺,拭眼高僧尚有坟。龙带雨归三峡水,鸟衔花出五峰云。
楼台屹屹天宫近,钟磬疏疏俗界闻。游客不嫌车骑远,岩扃无计长苔纹。

陈文蔚(1154—1247)

庐山杂咏·天池

朝登天池峰,暮酌天池水。一枕僧榻清,钟磬半空里。
平生此名山,籍籍满吾耳。乘兴作远游,杖策自不已。
行行到绝顶,尘世知隔几。云烟出其下,渺视犹万里。
山川与人物,往往尽蒙被。始疑翻雪涛,混同一彭蠡。
顷刻开一罅,初见山迤逦。仿佛人世界,未可详目指。
山中为予言,此地去天咫。风雨晦冥候,与世殊不似。
霖潦方下作,山头旋磨蚁。云深此埋屋,山下乃不尔。
历验予所言,其言亦非诡。未必隔仙凡,高深实殊轨。
初夜现佛灯,数星林末起。如萤复如炬,或明亦或止。
昔闻颇甚怪,今见乃如此。寄语登山人,仍须细穷理。

陈知柔(?—1184)

天 台 游 山

烟萝穿几重,柴车倦驱驾。忽寻钟磬音,山腰得僧舍。

主僧闻我来,曳杖出相迓。揖我坐虚阁,登临欠台榭。
老屋数椽余,风物自闲暇。古木出云杪,遥岑来竹罅。
下临一泓水,涵光冷相射。但能了此生,未遽惭大厦。
我本山中人,偶失学圃稼。为米聊复留,两同僧过夏。
得舟家可浮,遇竹宅便借。是处皆南山,何必东篱下。
悠悠去忘归,宁畏长官骂。松月苦留客,徘徊度清夜。
明朝过桃溪,溪女莫相诧。

程 迥(?—?)

尤 美 轩

儒贤不自居,远慕六一翁。洞岩天下奇,超出滁山峰。
郁积秀和气,钟我盖世公。冰玉相辉映,盛事古无同。
公今忽乘箕,而我来自东。列炬照幽远,扪萝扣玲珑。
阳崖能夺景,阴岫自藏风。巉绝异状至,淙激洑流通。
须臾钟磬发,乃得梵王宫。亭制亦云旧,远目增凭空。
禅老霜颠毛,历历记前踪。名儒天一涯,怅仰无欢惊。
诸友命之赋,万象骄莫从。异时怜湛辈,名托岘山崇。

程 俱(1078—1144)

豁 然 阁

云霞堕西山,飞帆拂天镜。谁开一窗明,纳此千顷静。
寒蝉发澹白,一雨破孤迥。时邀竹林交,或尽剡溪兴。
扁舟还北城,隐隐闻钟磬。

戴表元(1244—1310)

朱使君家诸郎将别十一韵

东南典藩材,朱户贤第一。天生好儿郎,玉笋森六七。
俱能弄文翰,那教逾户室。伯也秀英英,珊瑚映初日。
翁仲最似古,鼎鬵熊彪质。叔季相和鸣,笙入钟磬出。
人言有阴德,我爱少权术。公退亦见容,老衰时自失。

官期忽在眼,别语常促膝。江湖芥舟小,岁月翎箭疾。
善保清明心,临岐莫轻怃。

戴复古(1167—?)

题邵武熙春台呈王子文使君

步到风烟上上头,恍如造物与同游。千山表里重围过,一水中间自在流。
近郭楼台隔云见,邻峰钟磬出林幽。风流太守诗无敌,有暇登临共唱酬。

刘兴伯黄希宋苏希亮慧力寺避暑

何处避炎热,相期过宝坊。万松深处坐,六月午时凉。
钟磬出深屋,江山界短墙。醉来归兴懒,留宿赞公房。

邓 林(?—?)

游 北 高 峰

扪萝百折上嶙峋,世界仙凡到此分。小朵岳莲来异域,孤撑天拄入层云。
江湖待看杯中泻,钟磬回从地底闻。借问须弥在何处,老僧留客且论文。

邓犀如(?—?)

槐林院二首(其二)

竹树参差合,川原远近分。幡幡晴后见,钟磬夜中闻。
野碓闲春水,春桥冷度云。庭空游客散,鸣鸟自呼群。

范致君(?—?)

竹 林 寺

竹林深处有招提,静掩禅关过客稀。薝卜花开春欲暮,泠泠钟磬白云低。

冯时行(?—1163)

游宝莲寺分韵得尘字①

路出青山近,招提更可人。清心钟磬响,远迹簿书尘。

---

① 郭印《中秋日与诸公同游宝莲院分韵得尘字》内容与此诗大致相同,仅个别字词有异,不再重复收录。

晚日池边迥，秋风杖履亲。频来一樽酒，不畏老僧嗔。

题泸南石硊滩

云间依约起楼台，江上遥观眼豁开。初谓僧房有钟磬，那知人户半蒿莱。
一生梦幻本如此，过眼浮云安在哉。独倚斜阳吊今古，乱鸦飞处一舟回。

高　翥（1170—1241）

宿囊山寺

小泊囊山古化城，山林端足擅高名。楼台影外秋风老，钟磬声中夜气清。
客子情怀宜淡薄，主人言语亦分明。只应海月堂前境，从此江湖有梦成。

葛绍体（？—？）

题天庆观

淡云疏雨嫩凉天，老柏梢头挂瘦猿。仙殿崔嵬钟磬响，纸钱灰起祭中元。

郭祥正（1035—1113）

月下怀广胜华师

下方遥忆上方僧，素月青林隔几层。钟磬声沉香篆熄，只应诗思冷如冰。

宿归宗寺

旷怀王逸少，宅地如翔鸾。池水至今黑，云是墨未干。
施作金仙宫，楼殿排羽翰。银榜留飞乌，玉蜃吐惊湍。
耶舍宝塔近，笔插青云端。贝叶五千书，两藏龙鳞蟠。
钟磬递虚籁，松杉扶岁寒。护持不变灭，炉烟昼漫漫。
暂游寄僧榻，翛然心界宽。愧无惊绝草，付与苍崖刊。

开元禅寺

三寺参差见刹竿，开元形胜据龙蟠。楼台影落青霄险，钟磬声传碧涧寒。
物物有缘香供盛，尘尘无碍法筵宽。欲随大士披华藏，北斗容身不亦难。

郭　印（？—？）

游杨村仁王院二十韵

山行不作懒，杖策穷幽邃。崎岖十里余，乃得桃源地。

竹树翕以鲜,峰峦秀而媚。娇云弄奇姿,啼鸟含幽意。
周遭帷幄中,一带江流驶。始知造物悭,异境亦所秘。
行行松门深,钟磬出萧寺。残僧五六辈,相顾各猜异。
须臾问讯通,颜色颇夷粹。高堂清风多,起我无穷思。
提携更小庵,清绝非人世。自怜学宦游,十载沉卑位。
功名与丘壑,两计皆未遂。时变搅中肠,忧端丛千猬。
岂如山间僧,了无秋毫累。一榻寄岩阿,烟霞为活计。
脱身名利尘,洗耳市朝事。兹游成邂逅,颇与宿心契。
晚日下层巅,踌躇聊自慰。重来定何时,往往先梦寐。

眉州太守刘公忽于池中获东坡所作远景楼碑乡人费洪雅有诗美之因率同赋次其韵

东坡沦没文委地,艺圃书林荒不治。遗编禁锢学无师,木不从绳金失砺。
高楼远景尚崔嵬,妙琢雄词非凯觊。几年困厄在污池,照夜寒光空水底。
有如钟磬传不朽,壁间字字摇科斗。雷霆破蛰里耳惊,龙蜥蟠泥神物守。
丰城剑气异青黄,一遇雷公难秘藏。僵碑植立岂偶尔,文章政事两荧煌。
旧俗千年蒙教化,濯以江汉暴秋阳。

韩 淲(1159—1224)

有怀尹贤良玉山旧居

方斋元在玉山深,六月都无暑气侵。一县闲人都不见,四方贤者始来寻。
烟岚处处多真意,钟磬时时起梵音。既出城南过朝露,云仍留得是书琴。

雪 观 晚 步

山梅占残雪,晚色转幽径。尘销水石润,所至集虚听。
僧窗话未圆,茗碗味初定。澹泊岁寒心,浮空殷钟磬。

读东溪可正平诗

冰霜落涧岁云暮,寂寂远岫松风回。村深古寺作钟磬,车马路断樵者来。
参差一抹起宿雁,清浅数枝横小梅。日昃翠寒云屋迥,竹炉煨火尽余杯。

韩　维(1017—1098)

游龙门诗十二首·宝应寺

林峦若无路,钟磬时出谷。凿石排僧龛,研金画佛屋。
日没上方夕,明灯满云木。

之灵岩三首(其三)

山高景逾变,所览今非昨。云覆嵩顶寒,河倾滩面□。
□中塔庙涌,日暮钟磬作。延首望洛城,气象□□□。

韩元吉(1118—?)

昙花亭供茶戏作二首(其二)

一声钟磬有无中,楼阁山林本自空。不向云端呈伎俩,犹来盏里现神通。

陆务观寄著色山水屏

我居面山俯潺湲,凭轩卧牖皆见山。山光水影入怀袖,秀色爽气非人寰。
故人怜我新结屋,犹恐看山未能足。丹青写作何许图,不碍闭门聊纵目。
千峰缭绕生白云,小舟荡漾横江滨。楼台高下出兰若,杳渺似有钟磬闻。
坐惊岩壑环四壁,寥落高秋变春色。方壶瀛洲远不隔,武陵桃花定谁识。
君不见韦侯绝笔画古松,黑雨白日摧虬龙。
杜陵老翁三叹息,况有山木洪涛风。
又不见玉堂真仙草诏罢,静爱春山郭熙画。
文章信美身不闲,青嶂白波眼中借。我今乘间身未衰,杖藜独步哦新诗。
出门见山入见画,佳兴自喜来无时。卧龙山腰镜湖尾,知有高斋照清沚。
功名逼子未得休,归坐玉堂应记此。

何　群(?—?)

降　真　岩

凤顶孤峰耸绝奇,仙家云驭久栖迟。飞胜岷岭元和日,留记山岩景祐时。
水透山阿朝北坎,山开井势拱南离。他年殿阁鸣钟磬,广运重开帝载熙。

洪　朋(？—？)

奉陪方从教泛东湖

可人一宇宙,十顷降魔镜。彼美撰清明,令我赏兹胜。
荷芰相因依,投壶入鱼艇。龙蛇上峥嵘,两浒静相映。
木末隐兰若,风中度钟磬。夏虫语交加,此中有真静。
对此亦何言,妙处心已领。聊复归去来,日入西峰暝。

洪　适(1117—1184)

禅　林　寺

振策快秋晴,伽蓝倚翠屏。看云不留瞬,对竹已忘形。
银地声千载,虹桥拱百灵。至今钟磬响,如讲净名经。

洪咨夔(1176—1236)

阮亨甫寿乐堂澹庵各一首·澹庵

江西老澹庵,高节湛秋水。君庵亦澹名,闻其风兴起。
一径窈柏竹,八窗秀荃芷。意行袭幽芳,燕坐鉴碧泚。
铜炉古钟磬,瓦研素屏几。玄根息芸芸,泰宇安止止。
大羹及玄酒,不入世人齿。床头周易在,更与参妙理。

胡　珵(？—？)

题定山梵放轩

道人避世氛,山腰著祇园。千夫劚青冥,豁达窗户骞。
鬼神间施设,俨护龙象筵。法鼓空中鸣,龙卧层崖巅。
幽灵骇今昔,异事樵夫传。眷兹水云侣,精赏托妙缘。
努力办已事,追驾佛祖肩。凭高发钟磬,梵音落诸天。
况时解禅缚,迢遥倚层轩。放意万物外,目送孤鸿翩。

胡仲弓(？—？)

清　吟　寺

高僧曾住此,长对佛炉吟。萧寺有兴废,清名无古今。

禅心秋水莹,灯影石坛深。不见鬼神泣,空闻钟磬音。

华　镇(1051—?)

舟中望金山寺

小山苍翠出江流,山上精庐望外幽。午影楼台连北固,夜声钟磬到扬州。
客帆飞过朱栏角,沙鸟归栖碧瓦沟。南去北来长扰扰,画桡何日暂迟留。

黄　登(?—?)

万　峰　庵

上到山巅晓色分,眼看残月待朝昕。望迷四顾浑如海,立欲移时只是云。
隐隐楼台平地见,行行钟磬半天闻。举头顿觉青霄近,我欲乘风谒帝君。

黄非熊(?—?)

钟　磬　石

一双钟磬本天成,垂在云中左右屏。平地望来分大小,上方敲处震雷霆。
名从得后声还异,景欲彰时物自灵。几度夜深催月落,满林妖怪立泉扃。

黄庭坚(1045—1105)

万州下岩二首(其一)

空岩静发钟磬响,古木倒挂藤萝昏。莫道苍崖锁灵骨,时应持钵到诸村。

晚泊长沙示秦处度范元实用寄明略和父韵五首(其五)

少游五十策,其言明且清。笔墨深关键,开阖见日星。
陈友评斯文,如钟磬鼓笙。谁能续凤鸣,洗耳听两甥。

南山罗汉赞十六首(其一五)

万山相倚碧巑岏,灵鹫一峰圣贤宅。如来往昔经行处,林泉鸟兽皆逆向。
清净眷属千五百,无日不闻钟磬音。阎浮提中大福田,莲花会上菩提记。

丁巳宿宝石寺

钟磬秋山静,炉香沉水寒。晴风荡蒙雨,云物尚盘桓。
瀹茗赤铜碗,笕泉苍烟竿。红榴皽玉房,幺橘委金丸。

枕簟已思燠，饭羹可加餐。观己自得力，谈玄舌本干。
理窟乃块然，世故浪万端。牛刀经肯綮，古人贵守官。
摩挲发硎手，考此一丘樊。

次韵周法曹游青原山寺

市声故在耳，一原谢尘埃。乳窦响钟磬，翠峰丽昭回。
俯看行磨蚁，车马度城隈。水犹曹溪味，山自思公开。
浮图涌金碧，广厦构坏材。蝉蜕三百年，至今猿鸟哀。
祖印平如水，有句非险崖。心花照十方，初不落梯阶。
我行暝托宿，夜雨滴华榱。残僧四五辈，法筵叹尘埋。
石头麟一角，道价直九垓。庐陵米贵贱，传与后人猜。
晓跻上方上，秋塍乱萁荄。寒藤上老木，龙蛇委筋骸。
鲁公大字石，笔势欲崩摧。德人曩来游，颇有嘉客陪。
忆当拥旌旗，千骑相排阫。且复歌舞随，丝竹写烦哇。
事如飞鸿去，名与南斗偕。松竹吟高丘，何时更能来。
回首翠微合，于役王事催。猿鹤一日雅，重来尚徘徊。

次韵伯氏长芦寺下

风从落帆休，天与大江平。僧坊昼亦静，钟磬寒逾清。
淹留属暇日，植杖数连甍。颇与幽子逢，煮茗当酒倾。
携手霜木末，朱栏见潮生。樯移永正县，鸟度建康城。
薪者得树鸡，羹盂味南烹。香粳炊白玉，饱饭愧闲行。
丛祠思归乐，吟弄夕阳明。思归诚独乐，薇蕨渐春荣。

寇　准(962—1023)

春 郊 闲 望

风骚高处谢知音，公退何妨纵野吟。弱柳不能牵别恨，片云应念识闲心。
沙平古岸春潮急，门掩残阳暮草深。凝望江皋动幽兴，数声钟磬出西林。

李处励(？—？)

题 萃 清 阁

南柯一梦还，不待黄粱熟。脱身解印绶，矫迹回林麓。

珂声绕危磴,旆影照飞瀑。殷殷倚岩峰,艳艳穿篱菊。
佛宫古藏胜,释子出迎肃。轩盈架碧崖,钟磬响虚谷。
好鸟献晴语,幽兰吐寒馥。少焉耻奔竞,老矣厌羁束。
游宦非养高,勇归乃知足。啸里藏至音,琴中隐真曲。
注目久无言,呼童取醽醁。

李 纲(1083—1140)

九月八日渡淮

长淮渺渺烟苍苍,扁舟初脱隋渠黄。平生见此为开眼,况复乞身还故乡。
嗟余涉世诚已拙,径步不虞机阱设。空余方寸炳如丹,北望此时心欲折。
楚天清晓作轻寒,黄芦着霜声正干。川回金碧隐窣堵,风远钟磬闻龟山。
橹声呕轧归何处,笑指江皋寻旧路。松菊荒芜欲自锄,盗贼颠翻非所惧。
蟹螯菊蕊风味遒,且须为尽黄金舟。世间种种如梦电,此物能消万古愁。

余幼尝一到庐山再游已三十年矣感怀二首(其二)

香炉峰顶紫烟凝,三峡桥边雪浪惊。不为迁疏成远谪,岂能萧散个中行。
云霞映带松萝色,殿阁深严钟磬声。回首世缘真梦幻,故应长此寄浮生。

游 栖 云 寺

清晓戒徒御,出郊为胜游。霜林半摇落,肃穆天地秋。
散策陟峻岭,凭高瞰清流。禅居得兰若,迥觉林泉优。
露草凄更碧,风松郁相缪。山空钟磬响,地胜池台幽。
竹色森不改,桂香泱漭浮。经行岂莲社,景物如虎丘。
流水人寂寂,归云晚悠悠。惜哉光景促,妙赏难淹留。
却步出山径,犹回恋山眸。登临兴未尽,更理溪中舟。

晚出南康游庐山

舍舟星子渚,遂作庐山游。空蒙杳霭间,十里松桂秋。
草木吐香润,泉石交横流。乃知山中物,一一皆其尤。
岚逼空翠湿,峰高紫烟浮。心闲云出岭,眼净龙还湫。
月壑夜窈窕,风林晚飕飗。稍闻钟磬声,迥觉梵宇幽。

平昔念清赏,孰云今乃酬。似非人间境,须向物外求。
顾揖虽不暇,吟哦浩难收。聊将诗纪行,一洗他年愁。

三月二十五日邀吴民瞻郑梦锡李似之陈巽达周元仲游贤沙凤池二首·贤沙

招提环拥碧崔嵬,携客登临始此回。寺比道林多掩抱,峰如灵隐解飞来。
烟霞深处钟磬响,杉桂香中殿阁开。莫道钓鱼人已寂,至今说法尚如雷。

灵 隐 宫

我昔曾游飞来峰,白猿昼挂峰上松。晔然灵光如彩虹,钟磬自响金仙宫。
宦游漂泊西复东,虽欲再到无由从。帝居钧天陋瀛蓬,螭坳载笔侍重瞳。
逆鳞聊试摩神龙,谪堕剑浦山重重。征鞍来此寻旧踪,恍如梦落烟霞中。
朱楼宝殿飞玲珑,寒泉幽石欣相逢。门前池馆虚含风,一洗尘虑清心胸。
明朝南去随征鸿,惆怅胜游回首空。

觉 度 寺

夕发富春渚,朝次桐君庐。桐君采药地,今作僧家居。
石磴上窈窕,林莽下扶疏。山根二江合,清波见游鱼。
霜晴响钟磬,日落归樵渔。客从何方来,弭棹聊踟蹰。
清景难久驻,怅然还问途。

还自鼓山过鳝溪游大乘榴花洞瞻礼文殊圣像漫成三首(其二)

乞得明时多病身,归来林下养天真。芒鞋竹杖未全老,药灶酒壶随分春。
山寺递传钟磬晚,田家收拾稻粱新。试穷溪上榴花洞,恐有桃源避世人。

冬日来观鼓山新阁偶成古风三十韵

寻盟访鼓山,风物宛如昨。山中有开士,弹指成杰阁。
应真飞锡来,一一得所托。翚飞骞栋甍,绚烂丽丹雘。
峨峨大顶峰,孤影入檐角。乃知象教力,建立必卓荦。
却为灵源游,云木互参错。岩深松桂香,石古苔藓剥。
冬温日清美,景短气萧索。天然资野逸,安用遮翠幕。
快哉缅登临,及此小摇落。乘高望瀛海,南极露垠塄。

蓬壶在跬步,谁谓仙山邈。苍茫杳霭中,万象恣磅礴。
回头睇中原,郡国半沙漠。犬羊污宫殿,蛇豕穴城郭。
畴能挽天河,一洗氛祲恶。我生多艰虞,久矣衰病作。
君恩听言归,养拙侣猿鹤。忽忽岁遒尽,平子殊不乐。
幸同二三子,杖履遍丘壑。跻攀力尚强,谈笑心无怍。
野鹿饱丰甘,冥鸿在寥廓。翻思轩冕间,何异遭束缚。
斯游信清绝,妙赏寄寂寞。晚来凄以风,远色秀增岳。
泠泠钟磬声,随月度林薄。怒焉感时心,未免如陨箨。
倘能驾云螭,岂复忧世瘼。会当期若士,相与踞龟壳。

李　觏(1009—1059)

千福寺昧轩

何人指蒙昧,题作此轩名。天理自昼夜,道心无晦明。
用当群物化,舍去一毛轻。磊磊山前寺,时闻钟磬声。

寄题钱塘毛氏西湖园

昔年曾泛西湖流,君今更住西湖头。人生多是未得往,地上有天何处求。
朱楼照影钟磬晓,画船落手芙蓉秋。鲤鱼赤鳞应不少,待与水仙相伴游。

李　堪(965—?)

乌目山五题·净居院

入门松桂深,清气生人心。霞影迷窗绮,花光照地金。
微风起层阁,初月升高林。终夜魂自健,满堂钟磬音。

李流谦(1123—1176)

献万佛图为张雅州寿

博大真人哉,妙谛形而上。林林总雏婴,万生同负襁。
赴者不可数,百川纳溟涨。随取即随给,孰识无尽藏。
胜报如所证,岂特妙好相。龙天至幽严,窥觊辄稽颡。
开图万名字,只作一佛想。风影可捕耶,变现自惝恍。
俯应区中缘,兹愿固深广。君看朱两轓,非真亦非妄。

化身元宰官,台符更两两。秘言出宝笈,其品名寿量。
一丝起炉薰,洗耳钟磬响。撂笏为公读,万劫一俯仰。

李弥逊(1089—1153)

和尚书兄留题兴福

殿阁群峰合,山根一水长。檐楹接云树,钟磬杂风篁。
客枕愁花雨,斋鱼搅梦梁。篮舆隔溪路,目断佛龛香。

李 彭(?—?)

自武宁舍舟度岭投宿南山寺

水落晚滩涩,云生寒岭昏。舍舟步崎峰,郁萝陟松门。
孤烟望墟落,浮林自一源。野彴方屡渡,槿篱时扣阍。
弄孙何许翁,夷面复鸟言。问津了不解,路穷斜谷分。
暝投古兰若,钟磬清尘根。犹疑武陵客,误宿桃花村。

游 昭 德 观

晓随归雁影联翩,来访仇池小有天。万籁虚徐杂钟磬,一源淳朴异山川。
云霾大壑真游远,风扫石楠佳句传。司命峰前徐孺子,几时风雪对床眠。

用韦苏州神静师院韵寄微公

云卧衣裳冷,岩幽钟磬微。秋虫留雾牖,夕鸟下烟扉。
无人瀹茗碗,坐我语斜晖。分携复经岁,长嗟志愿违。

宿西林寺有先特进及先学士诗

渡江送行人,我行亦清兴。草木春路赊,斜斜复整整。
独造此宝坊,深稳庭宇静。复阁衬烟霞,疏林泄钟磬。
残僧涩对人,短童工汲井。杖屦若能神,迥知兹游胜。
楹间盘硬语,怪底光炯炯。追还曾高风,熟复发深省。
来归十阳秋,足不践斯境。猿鹤情未忘,拾松来煮茗。

送果上人坐兜率夏

落絮霏霏搅客心,鸣鸠历历唤春阴。未于莲社添宗炳,已向兰亭减道林。
远峤烟横钟磬晚,禅天目断薜萝深。诗缘酒废苦无思,为子送将聊一吟。

赋米芾所画金山图

忆昔扁舟帆正落,杨子江头风浪恶。江心楼台浑欲沈,不独能高瓦棺阁。
晚山接天波面平,白鸥去边钟磬鸣。云昏上头不可到,往来余怀今未宁。
楚狂澹墨扫绢素,澄神卧游知处所。欲披雾牖寻野僧,反向烟汀辨江树。
新诗葱蒨工于画,川岑想像高堂挂。骅骝绝尘走千里,何劳远处幽并夜。
渐到浔阳不复前,安得仙山来眼边。断非毗耶掌中取,直疑壶公谪处天。
新诗妙画真有益,张衡南都能毕力。不如此诗气嶙崒,却使丹青句中识。

李虚己(?—?)

寄化城寺

化城金地出人群,瀑布峰前一径分。宝塔香灯诸洞见,石楼钟磬半天闻。
子明丹灶封秋藓,李白书堂镵暮云。欲去未能还结念,展图时诵北山文。

李正民(1073—1151)

寄和叔

踪迹飘然寄海隅,往来宁复论亲疏。风烟冷落渔樵市,钟磬萧条释梵居。
卜筑拟为常侍赋,干时休奉子公书。泰亨乃见能连茹,剥极安知不得舆。
蹭蹬且同栖枥马,唵喁真类失波鱼。男儿所患无能尔,穷达终应有命与。
战伐干戈诛猰貐,急难兄弟困雍渠。敢忘越石思枭虏,终学陶潜自荷锄。
婢膝奴颜焉敢比,蜡言柅貌亦羞予。嵇康岂肯为尸祝,杨意何能荐子虚。
流落丹心徒许国,衰迟华发渐盈梳。勿惊岁晚多怀感,处顺安排乐有余。

李廌(1059—1109)

范蜀公挽诗(其七)

关雎久盈耳,魏阙亦游心。不废江湖乐,亲调钟磬音。
九重初击拊,千代正哇淫。器在人亡矣,哀哉泪满襟。

廖　刚(1071—1143)

次韵和吴济仲见赠长篇

我有茆庐傍林麓,负溪映光千顷绿。灵峰钟磬敞金莲,绝涧松篁泻寒玉。

萦回窈窕廓以容，正可标名取盘谷。肥鱼香稻不须致，苦恨风悲无静木。
霜蒲易折柳经秋，萧飒鬓毛睒两目。闲云不雨空出岫，谩说幽兰自芬馥。
低回还笑杜陵老，尧舜君民厚风俗。青萍飞跃凤鸣翔，要待乾旋坤转轴。
只今舆马非我事，拄杖芒鞋巾一幅。时时照弄摩尼珠，金色祥云满天竺。
年龄亦复惊晼晚，不暇栽松惟种菊。清泠池上景物新，幸得君诗三反读。
向来已分得奇祸，岂料更容侥静福。天光下济诏语温，未遣安丰惭考叔。
市朝宗古恶风波，公棹惟怜初不欲。经营蛙角吓腐鼠，往往竟同蛾赴烛。
须知幻境本来空，况乃隙驹光景促。逍遥物外复何疑，苟简场中无自足。
昨宵星月蘸虚碧，行散绕堤方恨独。曷来共语君勿迟，想见风尘厌追逐。

林　逋(968—1028)

山　谷　寺

才入禅林便懒还，众峰深壑共屏颜。楼台冷簇云萝外，钟磬晴敲水石间。
茶版手擎童子净，锡枝肩倚老僧闲。独孤房相碑文在，几认题名拂藓斑。

林景熙(1242—1310)

石　门　洞

临溪双石如层城，中有洞天门不扃。杖藜穿莎入微径，古藤络树春冥冥。
渴猿引子下饮涧，山瓢我亦分清泠。一重一掩翳复朗，朱门金榜开殊庭。
众峰环拱受约束，何年神造驱五丁。缥缈楼台钟磬寂，薜荔纷披窗户青。
黄冠羽服者谁子，琼台坐阅南华经。客来揖坐松下石，呼茶味瀹枸杞灵。
笑遣青衣导予步，峰回路转银河倾。初看绝壁走云雾，倏听万窾驱风霆。
不知何代擘青峡，明珠万斛皆龙腥。欲唤琴高借仙鲤，蒙蒙山雨吹孤亭。

刘　攽(1023—1089)

晚　归　望　月

落日隐城头，深林已微暝。
相携步明月，诘曲穿缭径。
稍稍归鸟栖，四风乱钟磬。

泛舟西湖(其二)

懒意适自强,旧游疑触新。如从剡溪客,忽晤武陵人。
钟磬高低寺,渔樵来去津。凉风水云合,天半是鱼鳞。

承天寺翠景亭(其一)

一山篁竹间松杉,伏虎犹存居士庵。钟磬有时闻绝壁,渔樵将晚会平潭。
薄云未解成春雨,返照偏能破夕岚。我所思人桂林外,凭高惆怅赠双南。

刘厚南(?—?)

梅庄春间

最喜逍遥泉石间,幽居四面绕青山。苔迷荒径人稀到,花压重门昼自关。
古刹风传钟磬远,平畴雨过桔槔闲。荷锄手摘园中笋,配酒三杯壮客颜。

刘 庠(?—?)

碧 沼 寺

万叠群山里,招提独屹然。远依花岭构,高与上方连。
钟磬云霄外,檐楹杳霭边。佛宫皆古像,诗版尽唐贤。
乘兴公余日,间来首夏天。池清初过雨,沼碧乍生莲。
薜荔垂青幄,芭蕉展翠笺。溪声寒漱玉,岚气冷堆烟。
信步宜松径,烹茶喜石泉。虚堂不知暑,净境合通仙。
自得幽栖趣,翻嗟俗事牵。红尘懒回首,落日尚迁延。

刘 挚(1030—1097)

自衡岳至福严寺二首(其二)

俯仰岩溪万仞临,恨输飞鸟极高深。青云平地人难到,流水残花路可寻。
稍觉衣裾侵小雨,渐闻钟磬下遥岑。丈人不厌频来往,欲作香山得二林。

陆 游(1125—1210)

玉笈斋书事二首(其二)

雪霁茆堂钟磬清,晨斋枸杞一杯羹。隐书不厌千回读,大药何时九转成。
孤坐月魂寒彻骨,安眠龟息浩无声。剩分松屑为山信,明日青城有使行。

468

吕本中(1084—1145)

早至天宁寺即赵州受业院也

残月晓未落,疏星点寒林。严车城南路,先闻钟磬音。
道人迎我入,共步重廊深。瀹盏施净供,冰味杂海沈。
蒲团近宿火,不受尘埃侵。欲求半日息,簿领勤相寻。
东堂老禅师,枯木尚龙吟。一转庭前柏,诸方疑至今。
我生晚闻道,所向足崎嵚。谬传无字印,尝恐力不任。
淮海罢行役,吾人多滞淫。于焉一枕梦,可见平生心。

静 轩

纷纷逐人行,扰扰与事竞。不知一世间,能得几人静。
公今默无语,种种以静胜。人来漫相接,事至聊复应。
开轩道院旁,足以补我病。日高公事散,转与静相称。
千载师盖公,此理久已证。炉烟袅晴窗,松声韵钟磬。
簿书勿勤来,公方在禅定。

毛 滂(1060—?)

赠禧上人

此寺昔荒寒,蠹黑相撑支。世尊窘风雨,钟磬出茅茨。
吾祖过而慨,开橐为营之。一旦黄金宫,突兀清江湄。
其徒则以安,其道犹远而。吾游童且白,仅乃见此禧。
譬如蒿艾中,蔚然得江蓠。昂藏老鹤骨,劲瘦寒松枝。
宴坐了无营,孤香对逶迤。海涛走窗槛,江云翔屋楣。
全收眼界胜,阒与人境辞。吾方迫远游,未可分清怡。

梅尧臣(1002—1060)

题嘉兴永乐院檇李亭

土化吴王甲,骨朽越王兵。五月菖蒲草,千年檇李城。
蒲根蛙怒嚖,城中乌夜鸣。吴越灭已久,客心空屏营。
落日孤亭间,悠悠钟磬声。

强　至（1022—1076）

携印谒新守宿至德上方翌日马上追书十四韵

携符拜州守，半舍度微径。有僧谒道傍，云我迓邑令。
因徐指丛林，佛宇颇严净。愿驱大夫马，一宿憩征镫。
我生嗜烟萝，闻此惬幽兴。乃留验僧言，金碧果晖映。
舍策游上方，尘襟觉疏莹。山气乱朝暮，谷响答钟磬。
清风中宵来，云敛月垂镜。微吟不知旦，坐席若初定。
遂行登修涂，回首谢岩磴。咨予秉微尚，碌碌奚足竞。
一月两移府，未暇救民病。徒为章服累，折腰损真性。

仇　远（1247—？）

四月十六夜月蚀

盛服拜清夜，中庭朝太阴。凡来仰天者，俱有爱君心。
目断山河影，耳闻钟磬音。还光俄顷易，涕泗漫沾襟。

裘万顷（？—1219）

乙亥六月乡民祈雨寿春祠下嘉澍既降槁苗尽兴万口一辞颂神之德予喜聊成俚语以书祠壁

忧时曾上天庭疏，悯物今为旱岁霖。一夕风霆百川水，四郊香火万民心。
山巅定有烟霞宅，夜半常闻钟磬音。倪许尘踪拜仙驭，愿营茅屋老云岑。

兀坐有感

意行曾到楚江皋，占得双泉第一寮。窗户邃深钟磬远，客尘都向静中消。

上元忆大梵明灯二首（其二）

突兀招提枕古城，夜深钟磬寂无声。坐驰灯火笙歌地，知有何人一点明。

次伯仁善利阁

看经堂中钟磬鸣，看经堂外水云清。山连远渚鸟飞急，风入轻帆舟去平。
烟树不妨留夕照，尘缨正欲濯寒泓。凭谁为我问造物，乞与少陵常眼明。

饶 节(1065—1129)

次韵吕由义见赠之什兼简若谷居仁

行年本数奇,阅世复痴绝。巉然寒饿表,但未朋友缺。
晚得二三子,楚楚著行列。家学有师法,保身尽明哲。
堂皇建钟磬,户牖照玉雪。白皙采兰手,未负如意铁。
由来石中璞,不在苦分别。当时偶一见,顿使我心悦。
道丧古人远,君子或降节。狐裘傥羔袖,岂待跂与桀。
若人苟相久,可以辅衰拙。欢喜奏微吟,聊嗣登歌阕。

阮 阅(？—？)

郴江百咏·东山寺

竹外长桥过水西,林中钟磬旧禅扉。筇迎残月僧包去,帆背斜阳客艇归。

沈 晦(1084—1149)

留题紫岩寺(其一)

松岭枫冈势接连,梵宫危傍紫岩前。夜深钟磬敲清月,日暮楼台锁淡烟。
大抵登临须有分,不因迁谪到无缘。一程已见佳山水,何惮东川路五千。

沈 辽(1032—1085)

太 平 上 方

山上白云淡无情,不如山前利与名。水西落日何时尽,二十一万钟磬鸣。

史弥宁(？—？)

僧　窗

朝市跂跂走利名,道人许样不关情。西窗梦破梅花晓,敲月数声钟磬清。

史 蕴(？—？)

国 清 寺

十里松关路,门开对洞天。山神曾献地,海众此安禅。
钟磬开岩谷,楼台跨石泉。高峰智者塔,长与赤城连。

释绍嵩（？—？）

有　　怀

月淡犹明树，岩幽钟磬微。露滋三径草，寒入五更衣。
栖托情何限，峥嵘岁且归。漱流今已矣，无限故山薇。

释斯植（？—？）

夏 夕 雨 中

满林钟磬夜偏长，古鼎闲焚柏子香。石榻未成芳草梦，西风吹雨过池塘。

释文珦（1210—？）

岞　崿　山

岞崿多奇观，人疑是假山。松亭藏雾黑，苔壁上云斑。
栈阁凌空险，岩栖履石艰。鹤眠庭树稳，僮汲井泉悭。
钟磬青冥上，香灯杳霭间。志图曾旧览，题咏未经删。
叠嶂森南面，双溪转北湾。飞桥拦水断，古邑带烟闲。
猿啸穿林远，樵声过岭峦。客寻清梵至，僧背夕阳还。
我亦频来此，柴门不要关。

释元肇（1189—？）

赠画僧之金陵

澹薄轻云横素秋，缓行篱落菊香浮。我今已是沟中断，君去还同水上鸥。
钟磬僧敲烟际寺，管弦人在夕阳楼。一江风月浑依旧，六代英雄画得不。

释云岫（1242—1324）

寄虚室和尚

共住西山一片云，朝昏钟磬亦相闻。天台南岳当时事，彼彼情怀未得论。

舒　亶（1041—1103）

游翠岩六首（其三）

聊谢都城游，来赴道人请。冥怀麋鹿群，回首冠盖境。

潏泻泉石声,萧森松桧影。风帽何妨颓,藜径敢辞永。
还闻钟磬音,为我下云顶。

宋 祁(998—1061)

秋日与天章侍讲王原叔曾明仲正言余安道三学士集普光院

长廊尽北到禅扃,宴坐林间共褫缨。秋气只知双鹤唳,尘喧已去一牛鸣。
晨钟暮磬无时歇,翠竹黄花相间明。妙墨仙郎题爵里,他年为寄此中行。

宋 庠(996—1066)

正月望夜闻影灯之盛斋中孤坐因写所怀

汉家太一昏祠日,宝炬神灯遍京室。仁寿先从殿里开,纤阿正傍楼前出。
传闻陌上乐康年,宝骑如龙人若仙。骖驔始见斗城曲,烂熳还逢星汉边。
妍歌巧笑竞赓续,万状晶荧夺人目。洛桥罗袜自生尘,楚国香缨不藏烛。
五侯四姓共豪华,况乃经过赵李家。迷路非关武陵水,添妆只为寿阳花。
九门启钥光如昼,若个游人不回首。春宵病客独无惊,挟册焚香坐虚牖。
坐久更阑可奈何,著书自古穷愁多。钟磬笙竽尽邻里,谁能载酒来相过。

苏 过(1072—1123)

不 睡

四邻悄悄鼾殷床,惟有客梦不得长。柴门独掩灯有晕,攲枕未熟背已芒。
四更山月来洞房,炯炯孤影射屋梁。茅檐窸窣鼠自啮,烟树苍莽枭为祥。
海风萧萧振槁叶,溪声苾苾决废塘。二三黄冠真可怜,空祠夜祷寒欲僵。
步虚声断翠微远,钟磬时款幽人堂。山城寂寞消残漏,鼓角凄悲吟晓霜。
悬知此时我独觉,胡为百想悬肺肠。鸡鸣世务纷如织,曷此顷刻聊坐忘。

苏 轼(1037—1101)

游灵隐高峰塔

言游高峰塔,蓐食治野装。火云秋未衰,及此初旦凉。
雾霏岩谷暗,日出草木香。嘉我同来人,久便云水乡。
相劝小举足,前路高且长。古松攀龙蛇,怪石坐牛羊。

渐闻钟磬音,飞鸟皆下翔。入门空有无,云海浩茫茫。
惟见聋道人,老病时绝粮。问年笑不答,但指穴藜床。
心知不复来,欲归更仿徨。赠别留匹布,今岁天早霜。

和田国博喜雪

畴昔月如昼,晚来云暗天。玉花飞半夜,翠浪舞明年。
螟螣无遗种,流亡稍占田。岁丰君不乐,钟磬几时编。

苏　颂(1020—1101)

和林乔年学士

高阁清寒夜未暝,独持铅笔校中经。灯残短檠人初静,月上虚廊户不扃。
倚盖星河檐际直,玉晨钟磬枕边听。归来欲记通宵景,恍若曾游上帝庭。

苏　辙(1039—1112)

次韵子瞻减降诸县囚徒事毕登览

山川足清旷,阛阓巧拘囚。安得孅阿御,同为穆满游。
遥知因涣汗,远出散幽忧。原隰繁分绣,村墟尽小侯。
春深秦树绿,野阔渭河流。四顾神萧瑟,前探意涨浮。
胜观殊未已,往足讵能收。下坂如浮舸,登崖剧上楼。
强行腰伛偻,困坐气嘘咻。鸟语林峦静,花明涧谷幽。
濯溪惊野老,伐路骇他州。中散探深去,文渊到处留。
听琴峰下寺,弄石水中洲。溪冷泉冰脚,山高雾绕头。
石潭清照骨,瀑水溅成钩。仙庙鸣钟磬,神官秉钺刘。
养生闻帝女,服气绝彭雠。故宅犹传尹,先师不喜丘。
居人那识道,过客谩停驺。岩谷诚深绝,神仙信有不。
云居无几杖,霞佩弃镂锼。豹隐连山雾,龙潜百尺湫。
门开谁与叩,桃熟浪传偷。绀发清无比,方瞳凛不侔。
会须林下见,乞取寿年修。拔去和鸡犬,相随若旆旒。
乘风遗骥袠,长啸贱笙篌。从骑衣皆羽,前驱鬣尽虬。
安能牵两足,暂得快双眸。自昔辞乡树,南行上楚舟。

万江穷地脉，三峡束天沟。云暗酆都晚，波吹木枥秋。
　　寻溪缘窈窕，入洞听飕飕。空寺收黄栗，荒祠画伏彪。
　　登临虽永日，行迈肯停辀。蓄缩今何事，攀跻昔已悠。
　　魏京饶士女，春服聚蜉蝣。雷动车争陌，花摇树系秋。
　　游人纷荡漾，野鸟自嘤呦。平日曾经洛，闲居愿卜緱。
　　空言真比梦，久渴渐成愁。早退尝相约，辞嚣痛自搂。
　　爱山心劫劫，从宦兴油油。海宇都无碍，山林尽可投。
　　愿为云上鹄，莫作盎中鲦。适性行随足，谋生富给喉。
　　今游虽不与，后会岂无由。昼出同穿履，宵眠共覆裘。
　　弟兄真欲尔，朋好定谁俦。试写长篇调，何人肯见酬。

孙雄飞（？—？）

上 天 竺

　　行穷湖上径，迤逦到林峦。地瘦马蹄涩，水清山骨寒。
　　楼台栖树杪，钟磬闹云端。自笑利名役，未能来挂冠。

田　锡（940—1004）

题 天 竺 寺

三月杨花扑马飞，联镳来款白云扉。湖边钟磬含清籁，树杪楼台霭翠微。
野景留人狂欲住，春光啼鸟劝思归。萋萋芳草重回首，十里松门照落晖。

圣 节 有 怀

南山晴霭御炉烟，回望长安白日边。率众谢恩呼万岁，思归侍宴已三年。
翠微钟磬行香寺，红叶楼台祝寿筵。吟想皇州晚来景，云间宫阙夕阳天。

汪应辰（1118—1176）

怀 玉 山

莲宫高耸月峰坳，自与红尘绝世交。万顷田畴天外种，数声钟磬日边敲。
地寒春尽花方绽，寺僻僧闲疏不抄。禅月满堂诗句在，恨无砖玉可相抛。

汪　藻（1079—1154）

宿上方院

问津渔子浦，休驾法王城。一雨夜来过，数峰烟际明。
藤萝月不到，钟磬寒愈清。信美欲归去，村鹃如放声。

宿焦山方丈

明发理烟艇，欢言济遥岑。盘涡沸风雨，稍辨钟磬音。
行行并疏柳，迎客多幽禽。扶舆上莘确，始见江湖深。
台殿明海色，嵌空忆龙吟。修廊延客步，妙香慰人心。
遐眺未云极，千岩忽秋阴。孤月欲生岭，诸天悉浮金。
兹游倍奇绝，况接支道林。夜语不知旦，虚窗对横参。
人间惊毫末，物外雄窥临。稽首悟真理，微生安所任。
苍崖有奇字，霜干约重寻。

王安中（1076—1134）

长句送以道既辱和答而夏传圣诗亦用此韵以道复和一篇篇末颇及少逸与不肖因再赋此传圣姻家书问必数或可达以道

癯儒缓趋走，不堪备游徼。古心乏妩媚，亦莫齿优笑。
十年营负郭，毕愿了租调。诗书祝儿辈，风味久必肖。
文穷觅退之，钱癖减和峤。此计堕渺茫，浪出岂炫燿。
官供取无耻，几不类椎剽。退食独委蛇，顾欲辈周召。
谁论玄尚白，端觉壮非少。缅怀千载人，有道混屠钓。
风云随阔步，功业付长啸。事成有辞爵，缘断或遗照。
飞潜无必同，出处信俱妙。肯以牛衣泣，求因狗监召。
竟知貂尾短，何益鸢肩峭。士初如大刀，天高看拔鞘。
提携龙雀环，胆破勒与曜。断蛟剚犀兕，左右随所诏。
用舍要有时，遽欲帝阍叫。沾襟岂终悔，失马勿前吊。
龟宁行曳泥，牺怯牵荐庙。但逃明火灼，讵厌短笒噍。
固穷而山立，吾侪当勉劭。无祸福莫长，安用绿章醮。

我今百念灰,内热息心烧。来亲晁氏贤,不住头忽掉。
淋淫雨十日,坐恐行囊漂。新篇寄邺城,钟磬逼耳窍。
春撞到彭夏,余子敢轻谯。是公天机深,世故成错料。
良医百遇毒,彼已病俱疗。渊明寓托远,捉扇赞荷䔕。
吾将急捕逐,八表写长眺。迟暮傥同归,升斗何足要。

王　纲(？—？)

诗赠富乐山海公长老

心地如今不动尘,大千境界百年身。掩关明月上峰顶,满座清风生玉津。
雪岭松筠为节操,石楼钟磬度昏晨。已同七老图岩壁,便是龙华会里人。

王　令(1032—1059)

金　山　寺

万顷清江浸碧山,乾坤都向此中宽。楼台影落鱼龙骇,钟磬声来水石寒。
日暮海门飞白鸟,潮回瓜步见黄滩。当时户外风波恶,只得高僧静处看。

王十朋(1112—1171)

同行可元章报恩寺行香登佛牙楼望胜己山

篮舆拂晓出东关,钟磬声闻杳霭间。心欲报恩频入院,人逢胜己更观山。
竹香细细禅房静,江水浑浑野渡闲。欲问渔人国兴废,黄鹂隔叶语绵蛮。

浴　佛　无　雨

俗言浴佛天必雨,今年浴佛天愈晴。招提钟磬集梵侣,世尊尘埃思一清。
纷然膜拜口诵偈,举头看天红日明。或云天意与佛拗,不放雨师龙伯行。
天虽不雨佛亦浴,误此亿万苍生情。庙堂何人职调燮,劝天与佛无使争。
沛然一雨四方足,亿万苍生俱沐浴。

和喻叔奇游天衣四十韵

稽山高入云,鉴湖阔浮空。禹秦有余迹,晋宋多钜公。
我来岁及周,梦寐怀清风。兹欣天气佳,扶桑欲瞳昽。
驾言天衣游,盍簪尽鸳鸿。经夕戒行李,如期集仙宫。

联骑出城南,行行指秦峰。千岩竞吐秀,眼界清无穷。
招提在何许,十里松阴浓。林端忽钟磬,与客为先容。
群簪拥花界,双佩鸣寒空。试将比天台,大略如思丰。
首读邑浩碑,妙理开昏蒙。细观元白诗,丘壑罗胸中。
萧壁尚堪面,梁薪几经烘。兹宫现有相,禅客谈无同。
朝阳最崭绝,白云抹其胸。杜鹃天下无,至今映山红。
鸡僧始开山,道业闻清衷。思举照不起,高价倾江东。
袈裟缕黄金,宫女自针工。昭明亲抱送,礼意何太恭。
白马忽渡江,台城丧英雄。国破遗衣在,丹青落尘容。
我辈皆书生,意气飘如虹。蜡屐共寻幽,宁求香火功。
载酒怀贺老,招隐思戴颙。赋诗效吹台,一饭敢不忠。
况我贤使君,德宇尤疏通。楚醴饷百槛,白衣走山中。
嗟余何为者,天资愧倥侗。谬与酒中仙,偶同蕺山松。
同年妙词章,况有山水供。古诗如古琴,山高水溶溶。
背囊小奚奴,捧砚长须僮。胜游与佳作,二美今具逢。
品题遍群英,波澜及孤踪。掬水弄华句,比拟何凡庸。
兹会如兰亭,同行类荀龙。盛事在诗史,奚用呼画工。

王庭珪(1080—1172)

陪周秀实通判游欧阳炳文园晚过隆庆寺契真亭

别驾前驱朱两轮,后车蓝缕载穷宾。开门叵复见此客,看竹何须问主人。
坐久风云欲回薄,雨余钟磬忽清新。隔墙便是城西寺,应有高僧住契真。

王　洧(?—?)

郁罗箫台

洞霄尽有游人到,罕有冲寒冒雪来。清晓步虚钟磬响,玉山扶出郁罗台。

王正功(1133—1203)

嘉泰二年岁在壬戌正月八日携家还里幕中诸友远来饯别同游乳洞遂为终日之款因成古风一章

乳穴佳名久欣慕,兹游直与心期副。今朝萧散七枝筇,衰迟未觉跻攀苦。
湘南悬想碧云横,桂岭遥瞻烟霭暮。招提钟磬出幽深,村疃牛羊自来去。
忽闻流水响潺潺,渐睹岩扃隔烟雾。山蹊蹀躞乱崎嵚,翠壁题名杂新故。
乍暌朱墨略官箴,稍觉追随剧幽趣。绝知官里少夷途,始信闲中无窒步。
人生如此信可乐,谁向康庄塞归路。共醉生前有限杯,浇我胸中今与古。
早知富贵如浮云,三叹归田不能赋。

王之道(1093—1169)

和天宁因上人韵送僧用懿住桐城金绳山

老松如蛟龙,秋来露鳞甲。雷霆昨夜雨,奋迅以时发。
道人粲可流,出世雨相法。至今狮子吼,狐兔尚惊怛。
金绳小金山,突兀一峰拔。桐城旧知音,相招遗书札。
世情强轻重,祖道无广狭。天宁有佳句,钟磬斗铿戛。
嗟予丘壑姿,晚岁麋鹿狎。属和良不工,前诗万钧压。

王宗道(?—?)

春　　闲

最喜逍遥泉石间,幽居四面绕青山。草迷荒径人稀到,花压重门昼自关。
古刹风传钟磬远,平畴雨过桔槔闲。荷锄手剧园中笋,佐酒三杯壮客颜。

魏　野(960—1020)

题高都监新亭

高氏创高亭,亭因地得名。半空云咫尺,百里镜分明。
襟带山围陕,咽喉地接京。昼闲多待士,时静少论兵。
钟磬闻莲舍,枪旗见柳营。吾庐正相望,不似在重城。

题 石 桥

六月岩崖似九秋,兴公辞赋好淹留。杉松迤逦连华顶,钟磬依稀近沃洲。
枕水古碑卿相撰,拂云新刹帝王修。高僧尽解飞金锡,谁是当年白道猷。

文彦博(1006—1097)

游 岳 寺

寺占嵩颜景最多,奇峰列刹共巍峨。依岩宝砌砻清础,出谷飞泉逗素波。
下瞰长川穷渺邈,傍观列岫极陂陁。缁林法乐堪随喜,钟磬声清呗梵和。

翁 卷(?—?)

太平山读书奉寄城间诸友

寥寥钟磬音,永日在空林。多见僧家事,深便静者心。
虚亭云片泊,侧径石根侵。此去城间远,君应懒出寻。

翁蒙之(1123—1174)

华胜寺题壁

高阁登临佛国春,逍遥聊复话前因。老来白业渐欲近,兴到青山相与新。
扰扰簿书抛旧梦,迢迢钟磬著闲身。笑他车马临官道,不及朝耕暮读人。

吴 芾(1104—1183)

游金山二首(其二)

欲向南昌去,先为北固行。泛舟游寺古,倚槛看江清。
久作市朝客,喜闻钟磬声。登临曾未竟,已足快平生。

吴 与(?—?)

南 楼 寺

灵鹫飞来处,南楼敞梵宫。僧归明月下,人在白云中。
洗钵泉源近,传灯宝积通。坐依龙象晚,钟磬满松风。

夏 竦(985—1051)

金 陵

虎踞龙盘委薜萝,台城春雨长寒莎。梁家不觉市朝改,萧寺只闻钟磬多。
云树暮堤攒剑戟,风篁虚谷转笙歌。须知王气随明主,不据金陵又若何。

项安世(1129—1208)

赋运使张大监道州石山以张诗平地风澜险于水此心铁石听之天为韵

枚回洲边春水生,日光照縠波文平。绣衣使者何世上,彩舟唤客论交情。
平生择交不择利,俗子纷纷卧之地。少年所识惟石君,晚岁相从不相弃。
一官到处西复东,悲欢得失无不同。谁云我州大如斗,中有千岩万壑含松风。
迩来所得尤艰难,人力不到天为剜。幽寻五岭犯炎雾,裹送万里穿狂澜。
十夫舁前一夫洗,落尽煨尘见云巘。回首笑向道州守,此解未如人世险。
头颅已过羊肠车,不用更通丞相书。老来得此万事足,摩挲苍璧相倚于。
玉帘崭崭何齿齿,质坚德重不可徙。要镌珊口方玉池,更酌西岭玻璃水。
小却盛之数亩园,日夕与之同卧起。客来莫怪我自怜,老子心情正如此。
大山嵯峨势千寻,小山左右罗瑶簪。坡陀峭立各有态,面目虽异同肝心。
叩之其声清以越,如磬之石钟之铁。怕令去作清庙器,潜向江头□□□。
江头之月今几年,惯见东西南北客。凛然相对各无惭,惟此主人伴此石。
主人说法石解应,夜深哦诗使之听。垠崖划断声雷硍,有语盘空如此硬。
与人说石仍说诗,世间此乐谁得之。故人往往解此意,赠以飞瀑和天池。
三君相视俱悠然,主人之乐无穷年。只愁清庙要钟磬,早晚捉去调钧天。

谢 谔(1121—1194)

清 常 寺

佛庐尘不到,客枕梦频惊。浙浙山风响,纤纤隙月明。
烟云春渐暖,钟磬晓逾清。踪迹奔驰里,飘浮愧此生。

辛好礼(？—？)

笔 架 山

清秋山水无不宜,笔架之峰天下奇。高蟠斗极鸟先却,幽测珠光龙未知。
天清钟磬度霄转,月黑星河当户垂。却念浮丘应识我,满空风雨遴新诗。

许广渊(？—？)

净 名 院

杖锡穷危顶,茅庵构白云。轩窗半峰出,钟磬别山闻。
海月晓同色,炉烟昼杂薰。莫教深静处,思虑落尘氛。

杨 备(？—？)

岩因崇报禅寺

一炷香销百和焚,有时钟磬梵天闻。上方结草如高枕,不独栖霞可卧云。

杨 蟠(？—？)

甘 露 寺

沧江万里对朱栏,白鸟群飞去复还。云捧楼台出天上,风飘钟磬落人间。
银河倒泻分双月,锦水西来转几山。今古冥冥谁借问,且持玉爵破愁颜。

叶 棣(？—？)

飞 来 山

乱山深处款禅扃,十里松阴步障行。翠竹黄花几开发,南星北斗自高明。
楼台日转天边影,钟磬风回地底声。为问闽江船钓客,谢家谁更未知名。

叶 茵(1199？—？)

洗 妆 池

离宫脂粉尚秋香,人去僧来岁月长。钟磬咒成功德水,根尘洗尽水清凉。

余 弼(？—？)

题慧悟禅师上方

孤峰牢落几何年,台殿于今插半天。已是精蓝夸绝徼,更将宝塔在危巅。
烟霞色任阴晴变,钟磬声随上下传。珍重老僧无别境,一生幽趣只山川。

袁　默(？—？)

君　山

君不闻吹箫得仙双帝子,宅门敕牌金书字。
又不闻马家堂宇色未昏,宅门题作奉诚园。
古来将相多高第,今不为园即为寺。吾观黄歇相楚时,岂意异时真似此。
晚周诸国势相倾,齐赵信陵争下士。何术能令楚复强,三千宾客多珠履。
一旦不谋毋望人,身亡家破神朱英。嗟乎养士漫如许,得失何异一老兵。
吴墟索莫故城在,庭殿但闻钟磬声。猿哀鹤怨松风里,遗恨江流终未平。

曾　丰(1142—？)

游三乳洞

海上有三山,岭南有三洞。洞中天下奇,少有相伯仲。
探原冥莫涯,窥底窈无缝。流泉沉潏融,滴乳氤氲冻。
谲姿互形容,驳理交错综。推原开辟初,造化穷妙用。
琼田鬼为耕,芝草天为种。初为仙界包,后与妙门共。
我生嗜娱嬉,兹赏乘倥偬。幽迹重穷探,古碑难疾诵。
玩心犹未厌,行色已先动。山容笑相留,水声泣相送。
后土不爱珍,入眼亦云众。形模怪莫名,留作诸天供。
琤然钟磬声,独与雅意中。重价酬良工,采归以自奉。
列箱妻儿争,堆案宾客弄。那知含韶音,未与登禹贡。
清庙千载勋,钧天一场梦。何如卧岩间,天性得自纵。
物情我平章,我事谁折衷。物我两忘怀,宴坐听禽哢。

曾　巩(1019—1083)

灵岩寺兼简重元长老二刘居士

法定禅房临峭谷,辟支灵塔冠层峦。轩窗势耸云林合,钟磬声高鸟道盘。
白鹤已飞泉自涌,青龙无迹洞常寒。更闻雷远相从乐,世道嚣尘岂可干。

大　乘　寺

行春门外是东山,篮舆宁辞数往还。溪上鹿随人去远,洞中花照水长闲。

楼台势出尘埃外,钟磬声来缥缈间。自笑粗官偷暇日,暂携妻子一开颜。

曾几(1085—1166)

陆务观读道书名其斋曰玉笈

自生民以来,未有夫子盛。六经更百代,略不睹疵病。
瞿聃书角立,亦各谈性命。空门甚宏放,果报骇观听。
是以虽至愚,读者无不敬。周时柱下史,设教本清静。
至今五千言,谈若鼓钟磬。虽为二郗谄,只作二何佞。
遂令黄冠徒,冷落度晨暝。贤哉机云孙,道眼极超胜。
杀青贝多叶,收贮腹中竟。慨然发琅函,窗白棐几净。
三家一以贯,不事颊舌竞。吾皇汉孝文,恭已民自定。
愿君益沈涵,持以奉仁圣。远师曹相国,下视刘子政。

张九成(1092—1159)

竹

帘外谁家竹,凉风日日生。凌霜惊节老,带月出云明。
色映樽罍绿,声传钟磬清。葛陂看变化,甘雨满寰瀛。

鲁直上东坡古风坡和之因次其韵(其二)

浮筠云海上,时作钟磬声。政似月中桂,不比首阳苓。
蓬莱日月长,顷刻已千龄。群仙集其下,谈笑得长生。
回首看尘世,秋瓜易落蒂。青鸾何时来,欲作飞升计。
众真问平安,此诗烦送似。

张耒(1054—1114)

寄答参寥五首(其三)

秦子我所爱,词若秋风清。萧萧吹毛发,肃肃爽我情。
精工造奥妙,宝铁镂瑶琼。我虽见之晚,披豁尽平生。
又闻与苏公,复与子同行。更酬而迭唱,钟磬日撞鸣。
东吴富山水,草木余春荣。悲予独契阔,不得陪酬赓。

张良臣(?—?)

晓　　行

千山万山星斗落,一声两声钟磬清。路入小桥和梦过,豆花深处草虫鸣。

张　嵲(1096—1148)

游　灵　岩　寺

吴王避暑地,西施采香路。陵谷偶未移,山川尚如故。
遗宫俱泯灭,轮奂乃僧户。梵放想遗转,考槩疑簨虡。
繁华随化迁,欻若高鸟度。忧勤及豫怠,兴隆与倾仆。
何异貉一丘,同归易晞露。平湖际远海,环山莽回互。
涧草足芳菲,山泉多沮洳。昔人经行处,赏会今已屡。
来者复为谁,将亦遵往步。新故更递代,一往复何故。
日暮钟磬闲,聊将淡吾虑。

五月二十四日宿永睦将口香积院僧轩东望甚远满山皆松桧声三首(其一)

远投僧舍青烟畔,夹路松音钟磬幽。试倚危轩望乡邑,三巴日暮远峰稠。

张　祁(?—?)

西　　岩

似有楼台处,微闻钟磬声。溪横前路绝,人在别峰行。
天远水云淡,春深花柳明。如果解尘鞅,亲和法王城。

张　栻(1133—1180)

由西岭行后洞山路

西岭更西路,云岚最窈深。水流千涧底,树合四时阴。
幽绝无僧住,闲来有客吟。山行三十里,钟磬忽传音。

张孝祥(1132—1170)

龟龄携具同景卢嘉叟饯别于荐福即席再用韵赋四客诗

使君领客访金仙,小队旌旗锦一川。我欲采芝非辟世,公当立极要擎天。

485

诗声政尔容传稿,僧律何尝禁割鲜。一笑番阳逢岁熟,问公钟磬几时编。

张　镃(1153—?)

再游(其一)

晓日晴岗路未分,昔年钟磬隔林闻。龙归古洞千岩雨,人卧空山半榻云。
异草灵苗交晚翠,野兰芳芷杂秋芬。何时得似山中鹤,脱却鸡群友鹿群。

与诸弟游天竺

出门残月带晨鸦,飞盖相从纵五花。风绰败芦依岸老,水分洲渚抱山斜。
囊鞭未遂书生志,钟磬聊寻衲子家。何物最能舒望眼,晓云吹霁不成霞。

赵　蕃(1143—1229)

送陈监岳参告宜春

不见存斋老,风流尚竹林。一官香火吏,五字短长吟。
快阁鸥鹭渚,仰山钟磬音。何当同蜡屐,不用动离襟。

寄赠曾裘父兼呈严黎二师

忆昔初南渡,吾家住信州。枢庭尝牧守,词掖旧淹留。
生世夫何晚,斯人不易求。风流付篇翰,零落卧山邱。
尚友当论世,如公实并游。近功称共学,为伪说横流。
白首无愆素,清名所得优。百年安瓮牖,万里罢浮游。
太守尊徐孺,乡人慕少游。成蹊自桃李,有臭别薰莸。
久矣闻风义,因兹速置邮。碧云增怅望,石鼎怕冥搜。
王谢池台古,严黎钟磬幽。林园小摇落,岩壑细雕镂。
岂曰忘征逐,怀哉困阻修。駏蛩终有合,针石讵难收。

初夏山居有怀长沙从游四首(其四)

想见湘西路,扶疏夏木长。佛龛钟磬寂,书屋简编香。
破雾穿晨屦,冲风唤晚航。向居嫌是客,今梦却同乡。

赵公豫(1135—1212)

望　庐　山

庐山何峻极,一望尽苍清。不辨松杉色,谁闻钟磬声。

飞崖悬瀑布,幽谷语春莺。堪羡岩栖士,空余人世情。

岑 山

山踞浙流顶,波声耸独尊。帆樯移野浦,钟磬出烟村。
修竹凉风咽,巨鱼暑气吞。层巅一矫首,海面见云根。

赵　戣(？—？)

北窗伊吾(其五)

伊吾维吾,何以为娱。爰心其声,钟磬笙竽。

真山民(？—？)

晓 行 山 间

出门谁是伴,只约瘦藤行。一二里山径,两三声晓莺。
乱峰相出没,初日乍阴晴。僧舍在何许,隔林钟磬清。

郑安恭(1099—1171)

探梅过西湖

郊坰一到眼偏明,古寺寂无钟磬声。共上篮舆寻胜事,独先冠盖愧双旌。
探梅载酒成幽趣,纵步登山喜晚晴。自顾邈头最衰老,不才何幸守边城。

郑昌龄(？—？)

题 说 法 台

四十高峰绕法台,峰峰嶙峋玉莲开。岚光拥翠猿啼遍,松盖移阴鹤唳回。
贝叶乍翻钟磬暝,金沙犹伏地炉灰。天冠隐处多奇绝,时见弥空花雨来。

周　弼(1194—？)

金 坛 观

金坛深僻观,钟磬少人闻。山果猿偷堕,庭莎鹿卧分。
木高犹带雪,石冷不生云。正爇黄连炷,相从拜老君。

周紫芝(1082—?)

舟过道场山下将往游舟师告以雪涂不可行而止

风蒲饱朝航,霁色急新涨。云山绕平湖,水墨澹屏障。
夷犹柂初回,突兀山入望。何妨倾寸眸,便足了千嶂。
想像钟磬音,隐约霄汉上。我欲一往游,遐瞻兹可畅。
暮雪犹在涂,遗事不得访。人生蜡屐缘,一世能几两。
登山追胜游,脚力须少壮。重来定何时,吾策今可杖。
老愿复尔违,抚事一惆怅。

祖无择(1010—1085)

慈严院

恩德传名久,慈严赐号新。楼台□半□,风水忆长春。
客有披襟者,时无洗耳人。清音发钟磬,翠色混松筠。
住合登仙籍,来宜出俗尘。经年嗟倥偬,半日喜逡巡。
席上诗情逸,樽中酒味醇。匆匆又归去,自愧使君身。

铙　　鼓

毕仲连(?—?)

送程给事知越州(其二)

铙鼓喧喧逐迅流,旆旌明灭拥行舟。三吴作镇侯藩重,一道提兵帝泽优。
锦里江山归兴逸,鉴湖风月到时秋。只应图任须元老,促召犹能驻虎丘。

蔡　襄(1012—1067)

送胡武平出守吴兴

东南有佳士,文高志清苦。翩然请郡章,入居使君府。
雪水生春澜,莹净沙可数。霁日明旌旗,长风送铙鼓。
烟帆十丈船,湖山一抔土。橘嫩宴亭秋,茶香斋阁午。
神欢所适宜,动默造幽睹。应念怀铅人,垂头证鱼鲁。

陈师道(1053—1102)

送建州郑户部

清江画舸照新晴,铙鼓喧喧聒市鸣。昔日布衣今着绣,他年鹤化只空城。
还朝不待三年最,得郡何妨万里行。岁禄二千亲八十,世间谁有此时荣。

陈之方(?—1085)

祠南海神

汤汤南溟,百川所潴。有赫其灵,有严其居。
神宅于幽,诚格者应。其应维何,皇帝仁圣。
幢旌鼓铙,畴往祇祠。揭揭程公,神之听之。
祀事之既,神明欢喜。飙驰龙翔,一息万里。
衍涸濡焦,既盈既优。庙社亿年,血食均休。

邓 深(?—?)

次正臣韵

黄牛偶际半槽水,忻然解缆离江涘。旧闻峡山最多奇,非涉风波难说似。
千金莫买丹青临,今日真行图画里。魂惊险怪千万状,眼洗清奇数千里。
戏石鹿儿玩铙鼓,缘木王孙卖弓矢。鹭鸶久立应有待,鸬鹚深没殊无底。
大漅瀑溃续续生,怒涛惊浪层层起。好风转舻捷有神,长年掠柂翻堪倚。
渔人生长谩不知,叶舟来去纷可喜。惟愁三峡总黄浊,安得一瓢独清泚。
甘泉剩贮虾蟆碚,时瀹玉尘香漱齿。

范成大(1126—1193)

峡州至喜亭

断崖卧水口,连冈抱城楼。下有吴蜀客,樯竿立沧洲。
雨后涨江急,黄浊如潮沟。时见山峡船,铙鼓噪中流。
适从稠滩来,白狗连黄牛。涡濆大如屋,九死争船头。
人鲊尚脱兔,虎牙不须忧。

方　岳(1199—1262)

读白诗效其体(其三)

左耳听比邻,哀哀哭其夫。家破肉未寒,欲与死者俱。
右耳听嫠妇,呱呱哀其雏。夫亡仅一女,不自禁毒痡。
揽衣夜向晨,铙鼓何喧呼。谁何过丧车,送骨荒山隅。
中年自多感,人世何所娱。闻见又如此,坐叹岁月徂。
明朝计安出,痛饮真良图。

高似孙(1158—1231)

九怀·浙水府

君之来兮鞭潮,令冰夷兮毋骄。抚余车兮安驱,海难填兮魂销。
龙翼輈兮既东,旌翠昏兮生埃。蛟抗刃兮波赤,咽雾光兮蓬莱。
乐莫乐兮佳游,哀莫哀兮忘归。箫钟兮铙鼓,吴歌兮楚舞。
鱼飞兮雁奔,君之乐兮俣俣。憩跸兮嵯峨,陈席兮楚楚。
撰德兮苍崖,秦夸声兮豪诩。骑杂遝兮銮玲珑,穷禹迹兮窥践宫。
民如蟹兮谁能聪,海水作兮号鱼龙。欢未殚兮乐未终,金母号兮汉旌红。

韩　驹(1080—1135)

二十九日戎服按军城外向仪曹亦至戏赠一首

旌旗杂沓铙鼓鸣,使君小队来郊坰。旧时视草判花手,今学操剑驱民丁。
逆胡未灭壮士耻,子虽年少有典型。短衣匹马肯从我,与子北涉单于庭。

韩　琦(1008—1075)

舟中再赋一阕

画艋双双掠水飞,一天云重锁春晖。遨头不与追铙鼓,无限游人寂寞归。

洪咨夔(1176—1236)

用王司理韵送别(其二)

芦花秋搣搣,征思斾悠悠。歌吹莫愁国,鼓铙熊绎州。
胸奇空盾鼻,胆隽落旄头。傥有西风雁,频书老故侯。

姜特立(1125—1203)

重午和巩教授韵

屈子沈渊日,年年旧俗忙。佳人夸彩缕,稚子竞新裳。
铙鼓喧渔步,杯盘列象床。山翁独无事,燕坐只焚香。

李　纲(1083—1140)

入江西境先寄诸季二首(其二)

征途诘屈避兵戈,叹息劳生可若何。却把蓬庐作安宅,每闻铙鼓辄悲歌。
候门稚子鹤立久,浮海先生霜鬓多。可惜光阴四寒暑,只于来往与销磨。

奉赠宣抚孟参政二首(其一)

赤子潢池学弄兵,柄臣仗节到闽城。布宣威德雷霆奋,慰抚烝黎雨泽倾。
鏖战指踪烦妙略,凯旋铙鼓震欢声。灵旗径向江湖去,早定艰难底太平。

五月六日率师离长乐乘舟如水口二首(其二)

画舸连樯泛碧波,潇湘去路饱经过。山川焕发旌旃色,将士欢娱铙鼓歌。
旧学但曾闻俎豆,暮年何意总干戈。据鞍马援平生志,岂在骊驹白玉珂。

刘　敞(1019—1068)

曹秀之待制罢福建还朝刘君玉待制自长沙移邓俱会郡下作七言叙别

华阁昭回云汉间,侍臣高选奉清闲。曹刘共许同时贵,楚粤初看报政还。
邂逅相逢惊远别,从君一笑发愁颜。莫教铙鼓催行色,更益春风雨鬓斑。

寄　佑　之

长安风尘地,见子若旧交。意气何激昂,骨干真蒲梢。
戎胡扰边封,杀气连二崤。丈人国长城,多垒忧四郊。
劲兵向海西,千里沸鼓铙。共传校尉印,勇略如虎虓。
功业系感激,念当覆妖巢。秋风日夜清,敌人知折胶。
努力张国家,寄声慰衡茅。

刘　挚(1030—1097)

送衡州王仲和郎中代还

铙鼓催船下洞庭,几滩冰涩滞双旌。峥嵘霰雪暮寒重,早晚潇湘春水生。
君意喜先湖雁去,我怀方共夜乌惊。明年奏课趋云陛,拜罢当如汉仲卿。

陆　游(1125—1210)

初夏十首(其八)

隋家古寺郡西南,寺废残僧只二三。藜藿满庭尘暗佛,时闻铙鼓赛春蚕。

吕南公(1047—1086)

日　日

日日听铙鼓,坊衢送死频。岂能悲此事,争愿作归人。
邑屋儿孙众,山坟草树新。去来应迭代,渠独泪沾巾。

过巫师步

还过巫师步,伫立想平昔。不见旧门闾,苍苍但榛棘。
当时修竹圃,十里认浓碧。佳树郁珑璁,高能百余尺。
连甍覆多瓦,厚堑叠坚甓。生计具安恬,邻人总欢适。
非无四时乐,乃预五等籍。不知九载间,铲灭自谁力。
或尤近川水,川水岂其慝。堤岸尽民庐,何斯最崩析。
有疑沿鬼道,浮诞致淫慝。僻术固欺人,穷袄盖伤德。
不然当合会,大数名终极。幽玄竟难量,理意浪参测。
忆初羁角岁,文字未深识。此地事遨嬉,随群惯经历。
波澜浇暑汗,略彴骋霜屐。逗晓集围鱼,连宵按传觋。
走听铙鼓动,就视符箓敕。座轧歌神儿,盘分受鳖食。
中家馈牲果,豪屋送金帛。弟子争聚藏,巫师坐欣怿。
顾余方眇弱,比众似岐嶷。抚省更呼留,殷勤赐遮扼。
持杯劝醇酒,引堮指香腊。牵袖索吟哦,嗟天赏英特。
其将雪侵鬓,见庆云路翼。童稚喜矜称,徘徊重低嘿。
岂图专辚轲,所望壹差忒。荏苒至巾冠,奔驰为甀石。

光阴与愁度,肝胆遭事役。文藻漫雄浑,途程转迤塞。
蒻翎看远举,蹀足羡横击。何以副乡评,徒能冠经席。
虚声渐凌厉,谤口遂压积。辞山寄他州,封纸问故国。
惊心存没异,刺耳荣谢亟。偶尔跨归鞍,萧然又行客。
凄凉到今日,憔悴对遗迹。磵影冷茫茫,塍泥新拍拍。
春风吹骀荡,夜月照岑寂。曾是祸福场,翻为马牛陌。
谁能逃死丧,乃独久酸恻。无处沥余觞,空思咏渐麦。
人间屡兴废,世路真阻厄。惬快一难逢,睽违千易得。
布衣甘我老,耕耒非上逼。饱煖即逍遥,功名可抛掷。
虽惭巫师语,且免荷筱责。自作好诗书,宁须位侯伯。

梅尧臣(1002—1060)

送渭州刘太保

月黑见旄头,芒角渐西向。八月边草黄,胡人马初壮。
无奈我兵雄,方为汉偏将。尝闻登坛人,亦未免得丧。
得为凯歌还,铙鼓喧亭障。千蹄使椎牛,百瓮令设醑。
丧乃军之羞,节制由处上。进退从其呼,何能求必当。
二事非己专,愿思古挟纩。

钱惟演(962—1034)

句(其七)

戈矛巡雾夕,铙鼓宴萧晨。

强　至(1022—1076)

依韵和达守徐郎中见寄

铙鼓鸣船送出都,中间不奉一行书。荷公恩礼无时薄,接物襟怀似旧虚。
久别近参元帅幕,相逢屡枉使君车。诗筒自附西来驿,那要烟波双鲤鱼。

送京西运使周度支

公持使台柄,行矣过乡关。自昔捐缛处,于今拥节还。
素推仁义本,将底输赋闲。惠足跻民富,威先变吏顽。

高谈能佐治，大笔出诛奸。所禀具纯德，未尝柔正颜。
最为时论重，自结主知难。忠节久方见，诏音行复颁。
匪朝登相阁，均福浸人寰。列郡方驰恋，征舻已莫攀。
风霜十月始，铙鼓一川间。骤夺孤生庇，瞻言感涕潸。

苏 轼（1037—1101）

和沈立之留别二首（其二）

卧闻铙鼓送归舻，梦里匆匆共一觞。试问别来愁几许，春江万斛若为量。

次韵述古过周长官夜饮

二更铙鼓动诸邻，百首新诗间八珍。已遣乱蛙成两部，更邀明月作三人。
云烟湖寺家家境，灯火沙河夜夜春。曷不劝公勤秉烛，老来光景似奔轮。

次韵刘景文路分上元

华灯闹艰岁，冷月挂空府。三吴重时节，九陌自歌舞。
云从月几望，遂至一百五。嘉辰可屈指，乐事相继武。
今宵扫云阵，极目净天宇。嬉游各忘归，阗咽顷未睹。
飞球互明灭，激水相吞吐。老去反儿童，归来尚铙鼓。
新年消暗雪，旧岁添丝缕。何时九江城，相对两渔父。

再 用 前 韵

乐天双鬓如霜菅，始知谢遣素与蛮。我兄绿发蔚如故，已了梦幻齐人间。
蛾眉劝酒聊尔耳，处仲太忍茂弘孱。三杯径醉便归卧，海上知复几往还。
连娟六幺趁蹋踘，杳眇三叠紫阳关。酒醒梦断何所有，落花流水空青山。
忽惊铙鼓发半夜，明月不许幽人攀。赠行无物惟一语，莫遣瘴雾侵云鬟。
罗浮道人一倾盖，欲系白日留君颜。应知我是香案吏，他年许缀蓬莱班。

径山道中次韵答周长官兼赠苏寺丞

年来战纷华，渐觉夫子胜。欲求五亩宅，洒扫乐清净。
学道恨日浅，问禅惭听莹。聊为山水行，遂此麋鹿性。
独游吾未果，觅伴谁复听。吾宗古遗直，穷达付前定。
舖糟醉方熟，洒面呼不醒。奈何效燕蝠，屡欲争晨暝。

494

不如从我游,高论发犀柄。溪南渡横木,山寺称小径。
幽寻自兹始,归路微月映。南望功臣山,云外盘飞磴。
三更渡锦水,再宿留石镜。缅怀周与李,能作洛生咏。
明朝三子至,诗律严号令。篮舆置纸笔,得句轻千乘。
玲珑苦奇秀,名实巧相称。九仙更幽绝,笑语千山应。
空岩侧破瓮,飞溜洒浮磬。山前见虎迹,候吏铙鼓竞。
我生本艰奇,尘土满釜甑。山禽与野兽,知我久蹭蹬。
笑谓候吏还,遇虎我有命。径山虽云远,行李稍可并。
颇讶王子猷,忽起山阴兴。但报菊花开,吾当理归榜。

田　况(1005—1063)

成都遨乐诗二十一首·二日出城

初岁二之日,言出东城闉。缇骑陇重郛,淤车垄行尘。
原野信滋腴,景物争光新。青畴隐遥坝,弱柳垂芳津。
逻卒具威械,祭墦列重茵。俗尚各有时,孝思情则均。
归途喧鼓铙,聚观无富贫。坤隅地力狭,百业常苦辛。
设微行乐事,何由裕斯民。守侯其勉旃,亦足彰吾仁。

杨冠卿(1138—?)

齐安(其二)

只轮不返笑曹瞒,赤壁空临江水寒。想得周郎铙鼓竞,小乔相与对春山。

元　绛(1009—1084)

送程给事知越州

四十年来出处同,交情偏见岁寒中。相先各上青云路,斗在俱为白发翁。
万里厌劳方稍稍,一麾乘兴又忽忽。清风冠剑辞仙殿,流水旌旗下越宫。
山半楼台迎日动,帐前铙鼓入秋雄。因君更忆蓬莱雪,不觉吟魂过剡东。

张　嵲(1096—1148)

劝　农

奉诏励农耦,建旟行近郊。流云生薄阴,远色澹平皋。

溪口逾散涣，山远始岩峣。柔荑展翠茵，穿石架长桥。
暂休佳士庐，竹树干云霄。步障疑围饰，杂花竞娴妖。
妆面羞短垣，儿童惊鼓铙。皇恩信广大，祇事因游邀。
竞识使君车，夫妇杂颠毛。竟夕不知回，偃月生林梢。
已举候亭火，犹滞川上桡。抚己愧民氓，归思戒屯膏。

张　栻（1133—1180）

题城南书院三十四咏（其一三）

铙鼓喧阗十里城，人情正喜上元晴。瘦筇独立湖边路，却有白鸥同眼明。

张舜民（？—？）

池州弄水亭

清溪望处思悠悠，不独今人古亦愁。借尔碧波明似镜，照予白发莹如鸥。
江山自美骚人宅，铙鼓常催过客舟。惟有角声吹不断，斜阳横起九峰楼。

张炎民（？—？）

送程给事知越州

威名尝使虏人惊，杖节还朝欲请缨。三绝文章留丽正，一麾江海去承明。
夕闱入对虚青琐，昼锦行归耀绛旌。秋雨鲈莼厨膳美，晓风铙鼓使船轻。
鉴湖云水关心久，蓬阁烟峦照眼清。西省自应论出守，未容全慰吏民情。

赵　抃（1008—1084）

送程给事过越不及口占以寄

立马江头一黯销，晓光浮动十分潮。西陵送目仙舟去，铙鼓旌麾迤逦遥。

郑　獬（1022—1072）

还汪正夫山阳小集

汪子文章何伟奇，如观天子乘舆仪。怛然暴见殊惊疑，舌挂上腭两目痴。
定神屏气试引窥，渐识羽卫行相随。金吾欻飞开中逵，横刀执矟铁马驰。
画旃赤白盘龙螭，大角一百二十支。铙鼓嘲轰杂横吹，绣幡绛幢何纷披。
罕毕铍戟开黄麾，属车辚辚霹雳移。侍郎御史冠峨危，圆扇孔雀双翅垂。

辟邪白泽飞麟麒,金辂赤马火鬣鬐。飘飘凤盖翳华芝,水光铁甲羽林儿。
二十四仗驱熊貔,长殳阔剑梢魍魎。团花绛袖武士衣,大小不同虽异宜。
要之尽是圣贤为,奇服怪玩一不施。斥之所以尊皇威,汪子之文正类斯。
一十五轴纷葳蕤,烂光直欲纸上飞。长篇短篇倾珠玑,题说论序及赋诗。
篇虽不同皆有归,要之孔子韩退之。留读旬日不知疲,大渴适得甘露饴。
我欲诵记留肝脾,惟我老钝无记持。又无小吏操笔挥,或可写留慰朝饥。
二者不遂其赉咨,今复夺去心黣黣。室中斗觉无光辉,灵宝不可留涔池。
风雨送还沧海湄,嗟我居陈逾岁时。两耳无闻如塞泥,遂恐聋瞆不可医。
子来乃得时攻治,拟金伐石鸣鼓鼙。气豪却似相凌欺,因子文章张我师。
使我发此狂简辞。

朱 翌(1097—1167)

竞渡示周宰

英英屈大夫,遗骨沦湘湄。楚人念何深,叫空冤水妃。
虽无些词招,顾有铙鼓悲。忆昨上巳日,纵观金明池。
突殿隐负鳌,长桥低卧蜺。诸公贵人来,珠幢绀幰随。
两军各气焰,万楫生光辉。龟鱼戢影避,虎龙挟翼飞。
想当大军后,益觉游子稀。况我中兴君,高拱绝宴嬉。
羁人老淮楚,古寺临长溪。节物亦撩人,风俗自随时。
往来两舴艋,规模具体微。邑人乐丰年,聚观眼不移。
捐金赏先至,顿足助绝驰。在昔攻战具,今但娱群儿。
因而语兵法,可以威四夷。八宝水中央,大海压左圻。
其中椎剽奸,连舰扬鼓旗。先事能预防,在易则见几。
作诗示周郎,赤壁有成师。

邹 浩(1060—1111)

送裴仲孺摄汝阴尉

我读醉翁思颍诗,恨不六翮西南飞。颍宫竭来滨颍水,颍水虽同非颍尾。
羡君匹马秋风前,吏隐去作南昌仙。霜威凛凛肃普天,环湖潇洒皆当年。
时丰铙鼓如寒蝉,想见丝缗上钓船。太白还光醉翁死,邻家仍无隐君子。

山高水深谁与知,只恐未乐君先悲。
朱方豪士森戈矛,青云蹭蹬犹督邮,不如黄鸡白酒相与醉即休。

柷　敔

方　回(1227—1307)

次韵邓善之论诗

未极皮毛落,端难颊舌传。夔音谐柷敔,岐脉按钩弦。
举目常如见,关心或不眠。江湖无正色,龋齿亦嫣然。

郊庙朝会歌辞

崇恩太后升祔十四首·迎神兴安四章(其二)

〔大吕角二奏〕　羽旌风翔,翠蕤飘举。俨其音徽,登兹位处。
　　　　　　　　笙镛始奏,合止柷敔。是享是宜,永求伊祜。

宁宗朝享三十五首·文舞退武舞进正安

明庭承神,鼗磬柷敔。玉梢饰歌,佾缀维旅。
既肖厥文,复象乃武。祖德宗功,惟帝时举。

王同祖(?—?)

明堂观礼杂咏十三首·观景灵宫恭谢(其一)

圣皇宗祀怀多福,恭谢回来看带花。柷敔笙镛齐合奏,举头更见日光华。

吴则礼(?—1121)

田不伐玉磬歌

田侯玉磬何瑰奇,吴子见之俄朵颐。宣王石鼓气忽丧,摩挲篆刻还嗟咨。
作止休论惟柷敔,曾窥两阶舞干羽。常临罍洗荐清庙,获迩天球亲簋簠。
缅怀夐击良匪遥,少师汝曹疑可招。老儒讵复知肉味,惝恍便欲闻箫韶。
正声初淫器益讹,九州渐渐婴兵戈。鬼神愤惋莫得秘,直恐世上遭诋诃。
田侯悯我形影孤,明眼常云绝代无。是事宁殊衲衣底,启齿须逢袒臂胡。
即今陛下圣且仁,律吕从来恶夺伦。克谐八音有夔在,独惊尧颡如高辛。

人间讵睹荆山璞,碱砆难言合雕琢。凭君持入古银台,似说太常修雅乐。

薛季宣(1134—1173)

九奋·记梦

解荃维兮放兰舸,塞南越兮洞庭波。喷浪花兮飞白雪,身何居兮入明月。
聊凝神兮隐处,梦龙宫兮波之下。珍珠庭兮紫贝阙,璆琳宫兮犀甲户。
朝龙君兮殿堂,芰荷巾兮蘋藻裳。圭琉璃兮荇带,佩美玉兮琅珰。
龙君游兮何之,水晶宫兮丹水湄。骖苍虬兮飞廉御,丰隆车兮为后属。
碜磾驱驼其左右兮使风伯为清路,都离宫兮忘反。
命群臣兮燕衎,菹蘩蕰兮形盐。列鲸胎兮鼋卵,张钧天兮广漠野。
鼓蛇虆兮雷鼍鼓,铿浮磬兮口龙钟。歌湘灵兮奇相,舞三行兮清酤。
戛止兮柷敔,观其臣之就位兮厥令尹曰瞋。
鲐总群虾而将之兮,胄乃元惟鲍鱼。缘蛙声之聒聒兮,位高于五谏。
鳝鱼大而无庸兮,处之冗散。郁郁余心之愔默兮,周章而寒产。
欲赒词而梦觉兮,嗟言之而已晚。匆匆余见斯情物兮,徒临流而惋叹。

俞德邻(1232—1293)

京口遣怀呈张彦明刘伯宣郎中并诸友一百韵

坏云覆紫微,疾风卷黄屋。生灵半涂炭,社稷竟倾覆。
借问谁厉阶,往事具可复。穆陵握乾符,丁揆覆鼎𫗧。
北兵渡浒黄,沔鄂盛喧豗。涟海荡为墟,交广骇斡腹。
兀然天柱摇,凛甚国脉蹙。明诏起臣潜,扶颠秉钧轴。
将帅一奋呼,江汉奏清肃。维时望公间,高誉拟方叔。
遄归持相印,景定实初卜。百寮逆近郊,至尊略边幅。
策勋告庙庭,陈乐备敔柷。煌煌福华编,传者笔为秃。
焉知事夸毗,欲掩天下目。得政曾几何,故老尽斥逐。
哀哀杞天崩,度皇继历服。定策比周召,卜世过郏鄏。
万微委岩廊,十年卧林麓。金屋贮娉婷,羽觞醉醽醁。
伍符日空虚,鄜邬富储蓄。纷纷轻薄徒,睒睗希自鬻。
荃蕙化为茅,龟玉毁于椟。怡然谈笑间,祸机已潜伏。

延洪幼冲人，天步采踏跋。一朝襄樊破，杀气薄川谷。
折冲亦何为，筹边置机速。拊御既失宜，奔溃更相属。
含垢护逆俦，况望诛马谡。沙武倏飞渡，长江俨平陆。
连樯万艨艟，悠悠自回舳。老夏亦遁逃，竟学龟藏六。
败证剧膏肓，搏手但颦蹙。仓黄出视师，氛埃眯前矗。
总统付虎臣，窃倚晋郤縠。丁洲帅前锋，未战兵已衄。
溃卒争倒戈，降将群袒肉。单骑窜维扬，走险甚奔鹿。
触热赴清漳，就死何觳觫。寋予客朱方，沈忧发曲局。
欢传用宜中，厦仆支一木。奈何张苏刘，猜忌不相睦。
所过皆夺攘，兹事岂颇牧。借箸资腐庸，授钺逮斯仆。
焦门集战舰，乾坤一掷足。水陆迷畏途，师丧国逾辱。
区区拒毗陵，曾不事版筑。驱民入罟擭，骈首遭屠戮。
至今用钺地，天阴闻鬼哭。苏秀暨湖杭，死生犹转烛。
行成漫旁午，公等真碌碌。独松守张濡，儿戏斗蛮触。
信使诡成禽，贾祸几覆族。三宫泣草莱，万姓呼旁曲。
疑丞诣高亭，献玺愿臣属。黼扆释冕旒，羽卫撤弓韣。
广益呕南奔，穷荒寻帝倏。茕然太母身，垂老歌黄鹄。
彼哉宁馨儿，乘罅叨爵禄。屈膝同所归，伊谁念王蠋。
江湖数十郡，李赵差可录。元恶迷是似，万世有余恶。
庭芝困广陵，储亡二年粟。力战尚可支，而乃事蜗缩。
乙亥仲夏交，北向发一镞。死伤近七千，从此辍推毂。
浮海未及桴，委身饲蛇蝮。姜才就菹醢，淮城危破竹。
故国莽丘墟，彼黍何碱碱。翠华渺焉之，扶桑睇日浴。
魂断曲江春，新蒲为谁绿。骑鲸事已非，葬鱼势转促。
南纪迄朱崖，一战绝遗躅。旋闻俘文相，系颈絷燕狱。
又闻陆元枢，抗节死弥笃。二公风尘中，耿介受命独。
板荡见忠臣，百身竟难赎。恭惟五季间，永昌应符箓。
一举平泽潞，最后收庸蜀。文子继文孙，三才归位育。
中更靖康祸，流血洒川渎。光尧躬再造，艰苦芜蒌粥。

淳熙受内禅,德盛仁亦熟。宁理度丕承,膏泽多渗漉。
内无褒妲患,外绝安史黠。戚畹及阉寺,屏气但蜷局。
向非彼权臣,玉食擅威福。如何磐石固,转移仅一蹴。
凄凉数载间,王侯乏半菽。九庙翳蒿藜,五陵游豕鷇。
向来阛阓地,雨露滋苜蓿。老我亦何为,穷途困羁束。
愁伤觉衰曳,垢腻忘頮沐。蛰迹笑桓鲵,窃食愧饥鹜。
安得董狐辈,直笔濡简牍。诛奸录忠荩,上与麟经续。
海宇今一家,贡赋均四隩。化日满穷阎,淳风变颓俗。
余生幸未化,刀剑易牛犊。聊种邵平瓜,且植渊明菊。

邹 浩(1060—1111)

简 德 符

清标藐冰壶,一见涤袢暑。况乃北窗风,穷辰荐佳语。
郑声正喧天,忽此闻柷敔。坐令偕生疾,不得砭石去。
我愚虽绝人,志气肯为鼠。如何城下盟,欣然为君举。
请看时雨来,润泽先柱础。岂无力使然,默感自难阻。
高堂久悬榻,宝剑已心许。昨宵共灯光,今作参商处。
秋意入梧桐,滴沥斗东序。连墙莫至前,念君初逆旅。
蛇影勿狐疑,当思㗖虀杵。桑蓬元四方,事业在伊吕。
匪石讵可转,纷纷任儿女。但愿早晴明,交臂无龃龉。
更约靖节君,相与富毫楮。朝昏经史间,端知植禾黍。
他年羊子妻,焉能断机杼。君席果不分,我知逃尔汝。

笙 箫

白玉蟾(1194—?)

瑶台散天花词(其三)

翠幢绛节忽纷纷,空里笙箫节奏闻。碧玉宫中花似雪,蕊珠殿下鹤如云。

大霄观风竿轩

萧萧从何来,撼我青琅玕。笙箫动天籁,雨露生秋寒。
铁笛不用吹,瑶琴不用弹。听此夜不寐,山月落邯郸。

行春辞(其四)

借彼笙箫鼓笛中,诗人随分得春风。提壶处处差监酒,布谷朝朝讲劝农。

上元玩灯(其二)

上界天官此按行,五云深处有箫笙。一轮宝月明如昼,万斛金莲开满城。

白　鹤　观

琅庭珍馆一何清,四壁如银窗更明。雨余草色欺苔色,风送松声杂涧声。
芍药花开今四月,杜鹃啼恨到三更。我来暂息白鹤观,忆著故人刘混成。
松殿空遗金凤舞,芝田不见铁牛耕。云迷古洞虎狼吼,烟锁平林鸟雀惊。
日暮山屏增紫翠,晓来天籁自箫笙。杖头挑月过山北,要趁如今几日晴。

蔡　肇(？—1119)

登 多 景 楼

卧病江边一钓舟,江光晚色净淹留。山蟠京岘城随仄,水合中泠海共浮。
席有笙箫吹井陌,斋余钟梵到林邱。道人说合龙天出,未暇燃犀照九幽。

曹　勋(1098—1174)

楚宫词三首(其二)

坐待鸡鸣报早朝,那知别殿困笙箫。妾身恨不为鹦鹉,犹恃君王顾盼骄。

长吟续短吟

桐花叶密春风老,长门路暗迷芳草。萤烛流辉露湿光,蟾蜍景落莎鸡晓。
金乌出谷上蟠桃,别院笙箫歌未了。九华烟满醉杨妃,樊姬静听鸡声悄。
旧人直莫妒新人,别有蛾眉更妍巧。

迷楼歌二首(其一)

项升出南国,技巧多淫思。草图献天子,赏激嘉宏规。
瑰材蔽江海,斤斧成风雷。千人扶一栋,万栋高巍巍。

飞鸿历层檐,云雨生阶墀。五彩间金玉,百和杂涂泥。
仙葩粲楯桄,七宝装云楣。一房百家产,万户罗东西。
龙绡开宝幄,帘幕垂珠玑。光景艳流日,楼阁低天维。
笙箫动虚籁,弦管明歌姬。撞钟击鼓恣行乐,牙樯锦缆环江堤。
天长地久有时尽,君王此乐无时衰。讵知变故起仓卒,不悟人迷楼不迷。

晁说之(1059—1129)

山城闻笙箫思□□灵芝宫事作

笙箫婉娈落人间,目极灵芝宫不还。犹喜遗音吾独识,且教明月住空山。

夜　　雨

夜雨岂不好,欠竹与芭蕉。可想春意足,不闻声萧萧。
清梦江之南,云霓正逍遥。旧游二三子,为我吹笙箫。
觉来耳余清,明日是何朝。

陈　棣(?—?)

沈德和使君生辰四首(其四)

化工有至仁,嘘为三月春。宁知清淑气,回薄在兹辰。
兹辰亦何有,璇霄见老人。黄堂沸笙箫,宴席方横陈。
宝觞酌流霞,艳歌飞梁尘。未尝王母桃,敢荐蒙庄椿。
贱子今何幸,明时识凤麟。马曹宁寄傲,鼠技屡迷津。
尚容东郭吹,敢效西子颦。誓将顽钝质,埏埴烦陶钧。

陈孟阳(?—?)

答清江钱大尹问阁皂山中景

形如阁皂对清江,吴汉神仙古道场。玉像灵多民受赐,天书岁久墨犹香。
绛霞密锁灵仙馆,碧雾轻笼正一堂。苍藓斓斑双鲤石,寒泉澄湛九龙塘。
著衣台上三冬暖,鸣水亭前六月凉。捣药鸟声喧夜榻,升天马迹印西冈。
葛憩源深生异草,凌云峰峻染瑶光。丹井虽存人杳漠,松巢空见鹤飞翔。
屏妆水墨夸陶弼,门断尘埃忆孟昌。风来松桧笙箫地,春入园林锦绣乡。
个中自少红尘到,闲里惟知白昼长。景物敢吟成实录,愿凭贤宰一称扬。

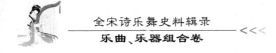

陈 韡(1180—1261)

游武夷作(其一)

阆风元不隔扃扉,桑柘松筠匝匝围。溪贯一原藏曲折,山罗万象欲腾飞。仙坛起雾成丹灶,玉女披霞作彩衣。寂寂幔亭天籁息,笙箫疑向夜深归。

陈与义(1090—1138)

奇父先至湘阴书来戒由禄唐路而仆以它故由南阳路来夹道皆松如行青罗步障中先寄奇父

云接湘阴百里松,肃肃穆穆湖南风。随时忧乐非人世,迎我笙箫起道中。竹舆两面天明灭,秋令不到林西东。未必禄唐能办此,题诗著画寄兴公。

寄题赵景温筠居轩

相逢汉江边,盗起方如云。当时苍黄意,亦可无此君。
俗士固鲜欢,王孙终逸群。清秋不可负,牖壁看修筠。
碧干立疏雨,丛梢冒斜曛。引君著胜地,世事从纷纷。
何时微月夕,胡床与予分。高吟呼天风,夜半笙箫闻。

种　　竹

种竹不必高,摇绿当我楹。向来三家墅,无此笙箫声。
皇天有老眼,为闷十日晴。护我萧萧碧,伟事邻翁惊。
同林偶落此,相向意甚平。何须俟迷日,可笑世俗情。
明年万夭矫,穿地听雷鸣。但恨种竹人,南山合归耕。
佗时梦中路,留眼记所更。苍云屯十里,不见陈留城。

陈 造(1133—1203)

都 下 春 日

烟林红翠已班班,雨后春工不暇悭。付与笙箫三万指,平分彩舫聒湖山。

陈 埴(?—?)

南 雁 山

千峰历罢寄山窗,酒力诗狂总未降。月白洞门花落尽,天空华表鹤飞双。崖边瀑雪寒侵梦,涧底笙箫冷韵腔。且喜懒残煨芋熟,不妨久话共秋缸。

程公许(1182—?)

清明日郡圃游观者如织余以赵园之约至夕乃还若水赋诗后四日偶因小疾谒告清坐始得奉答

老怯尊前倒玉山,清晨有约夕曛还。似知是日笙箫沸,趁赏群芳绮缬班。
细阅余妍能几许,喜因小疾得端闲。持觞不醑春应笑,若欠题诗亦厚颜。

程元岳(1218—1268)

云　　岩

直上云严绝顶峰,始知尘世有仙踪。悬崖藓润经年雨,满地花飘昨夜风。
日月往来苍翠杪,烟霞舒卷画图中。琼台礼罢笙箫歇,万壑松声自羽宫。

邓　深(?—?)

七 夕 竞 渡

水马相先急画桡,朱楼红粉宴笙箫。月中谁念穿彩线,江上齐看夺锦标。
冷眼诸人旁贾勇,争头一鼓喜成谣。凭谁试展乘槎手,直入银湾看鹊桥。

范成大(1126—1193)

次韵太守出郊

晓装缇骑踏芳辰,江为安澜露浥尘。棨戟前驱留住月,笙箫后备带行春。
鱼龙水面金杯满,鸾鹤山头彩笔新。闻道将军宽礼数,不辞酩酊吐车茵。

玉华楼夜醮

丈人峰前山四周,中有五城十二楼。玉华仙宫居上头,紫云顶洞千柱浮。
刚风八面寒飕飕,灵君宴坐三千秋。跷符飞行戏元洲,下睨浊世悲蜉蝣。
桂旗偃蹇淡少休,知我万里遥相投。暗蜩奏乐锵鸣球,浮黎空歌清夜逾。
参旗如虹欸下流,化为神灯烛岩幽。火铃洞赤凌空游,谁钦蔽亏黯然收。
祷之复然为我留,半生缚尘鹰在韝。岂有骨相肩浮丘。
山英发光洗羁愁,行迷未远夫何尤。笙箫上云神欲游,揖我从之骖素虬。

范 镗(?—?)

书碧落洞

君不见英江碧落之洞之奇异,览遍堪舆无一二。
乱石丛中孕粹精,万里荒崖启灵秘。飞来峰喜石玲珑,后人雕琢徂真风。
通天岩穴亦幽敞,有山无水非吾从。锦石半空杳元径,泉石犹怜未相应。
星岩山泽本自佳,却被渔人苦深病。何如此洞妙神工,架空绝壑如长虹。
一水中流抱青碧,群峰掩映迷仙迹。巨灵擘开神禹凿,怪石崆峒罽寥廓。
云华缥缈闻箫笙,宝室光腾下鸾鹤。初疑河汉通天阊,欲泛星槎一问津。
又如误入桃源浒,□□恐有先秦民。我生僻性耽奇特,每遇胜游兴增逸。
□来得此慰初心,积虑沈疴恍如失。吴罗二子亦豪英,溪头饮我双玉瓶。
醉来睎发云霜外,一笑林壑生秋声。洞天福地遍天下,蓬岛三山终幻化。
会当八极恣神游,小作行窝驻吾驾。

方 回(1227—1307)

题唐人按乐图

鼓笛笙箫哄舞茵,伶官和尚杂宫人。黄番绰共唐三藏,仿佛相传未必真。

冯熙载(?—?)

宣和七年十二月二十一日就睿谟殿张灯预赏元宵曲燕应制

化工欲放阳春到,先教玄冥戮衰草。层冰封地万木僵,谁向雪中探天巧。
璇玑星回斗指寅,群芳未知时已春。人心荡漾趁佳节,灯夕独冠年华新。
升平万里同文轨,井邑相连通四裔。兰膏竞吐夜烘春,和叔回车避义辔。
巍巍九禁倚天开,温风更觉先春来。试灯不用雨花落,迎阳为却寒崔嵬。
宣和初载元冬尾,瑞白才消尘不起。穆清光赏属钦邻,锦绣云龙颁宴喜。
初闻传诏开睿谟,步障几里承金铺。调音度曲三千女,正似广乐陈清都。
遏云妙唱韩娥侣,回雪飞花称独步。千春蟠木效地英,献寿当筵岂金母。
上林晚色烟霭轻,景龙游人欢笑声。霞裾月佩拥仙仗,翠凤挟辇趋平成。
铜华金掌散晶彩,翠碧重重簇珠琲。先从前殿望修廊,日出绮霞红茜海。
神光通透云母屏,骊龙出舞波涛惊。煌煌黼座承天命,座下错落如明星。

榻前玉案真核旅，兽炭银炉夜初鼓。
前楹火柱回万牛，兰卿璧碎色光浮。
点点金钱尽衔璧，豹髓腾辉粲银砾。
须臾随跸登会宁，如骖鸾鹤游紫清。
四壁垂帘围暖玉，银钉吐艳相连属。
万光闪烁争吐吞，烛龙衔耀辉四昆。
端信奇工通造化，岂比优人能幻假。
此时帝御钧天台，紫垣两两明三台。
帝傍侍女云华品，玉立仙标及时韵。
龙瓶泻酒如流泉，御厨络绎纷珍鲜。
厌厌夜饮方欢洽，玉漏频催鼓三叠。
微臣去岁陪清班，恶诗误辱重瞳观。
宪天重屋讶云屯，崇道箫台疑蜃吐。
周围照耀眼界彻，冰壶漾月生珠流。
丝篁人籁有机缄，缴绎清音传屋壁。
彩蟾倒影上浮空，纤云不点惟光明。
棼楣横带碧玻璃，一朵翠云承日毂。
又如电母神鞭驰，金蛇著壁不可扪。
丹青漫数顾虎头，盘礴解衣催客写。
尚方饮器万金宝，古玉未足夸云雷。
四音促柱泛笙箫，应有翔鸾落千仞。
榻边争欲供天笑，快倒颇类鲸吸川。
金门初下醉归时，正见冰轮上城堞。
小才易穷真鼠技，再赋愈觉相如悭。

傅　察（1090—1126）

夜登清微亭云阴掩翳东北有雨少顷月出皎然复次前韵

融融暑未阑，悄悄夜方午。命驾聊叩门，寻幽得兹土。
俯瞩但苍茫，前瞻何卤莽。万籁正虚无，群生各安堵。
蝉啸作笙箫，蛙鸣当钟鼓。凫鸟正参差，诙谐惧狎侮。
岂惟冠盖倾，已觉肝胆吐。坐久隐奔雷，天边垂密雨。
疏木列宾朋，众峰自臣主。萤火落明星，炉烟袅青缕。
那能胜酒杯，所欣瞻德宇。高歌屡激昂，失喜或俯偻。
萧飒濯尘襟，清虚湛灵府。快如仙爪爬，洒若头风愈。
须臾出金盘，照曜开玉户。映浪杂琼瑰，穿帘间璧组。
斯游岂前谋，后会难逆数。欢余岸纶巾，语约挥松麈。
可能伴鸡栖，亦复随蝶栩。广寒会可升，试为刷翎羽。

郭祥正（1035—1113）

和杨公济钱塘西湖百题·修竹轩

不作笙箫用，开花待凤凰。阴阴一轩里，谁识阮生狂。

庭　竹

眷此庭中竹,罗生横十寻。疏疏挺高节,密密敷清阴。
好风每相过,流尘讵能侵。其下无蔓草,其傍远修林。
结根自得所,非高亦非深。谁复采笙箫,玉宇思和音。

灵　芝　宫

灵芝宫,乃在沧海之上,白云之中。楼阁缥缈金间碧,玉花露湿香随风。
寒光长莹别有月,笙箫间作春冲融。来时不记梦中路,觉后唯闻长乐钟。
神仙谁云与世隔,暂游复返精诚通。倏然物化岂真往,举杯仿佛声传空。
蓬莱异馆信非妄,罗池庙食今犹丰。仕途机阱可畏,天地虽广身不容。
低催至死寄僧榻,旷达一念超樊笼。挥毫不似人间世,想见光焰如长虹。

朝汉台寄呈蒋帅待制

鹿入望夷秦欲灭,真剑先流白蛇血。尉佗椎髻尔何为,漫占海隅蛟蜃穴。
祝融之符天下归,岂假陆生三寸舌。千金装橐未为多,更上高台拜尧阙。
至今人说朝汉台,不知此地藏蒿莱。使君好事一登赏,譬若古镜初磨开。
香炉烟生石门晓,三山翠拥浮丘来。风松自作笙箫响,暮霞却卷旌旗回。
长空无碍鸟无迹,人事宁须问今昔。琼浆且泛琉璃船,满眼夕阳留不得。
登台何似登金门,烂吐文章侍君侧。愿公归作老姚崇,莫学江东穷李白。

听惠守钱承议谈罗浮山因以赠之

久忆观沧海,喜君语罗浮。浮从会稽来,与罗相献酬。
谁欲通两山,铁桥跨山头。笙箫响瑶台,佛仙栖石楼。
灵光烛商舶,七星被林幽。飞泉难悉名,异草香气柔。
危峰聚白鹿,深坞眠青牛。葛洪安期生,遗踪尚绸缪。
攀巅瞰海水,湛碧才一瓯。不见波涛翻,飓风驾龙虬。
又云朱明天,飘然落遐陬。方广吞五岳,盘纡临十洲。
不得预封禅,自起烟云羞。此理固莫测,胜境输君游。
君语洗我耳,我诗莹君眸。罗浮杳何许,为我商声讴。

韩　滮(1159—1224)

跨　鹤　台

台占溪南最上峰,政成民乐得从容。彼时高李情如许,此地苏丁事偶逢。
可是吾身羡轻举,肯令人眼涸尘踪。昂昂紫府飞来处,一片笙箫酒满钟。

韩元吉(1118—?)

蓬　瀛　台

雨余天宇澹澄瀛,及此秋郊一日晴。轩盖翩翩度林影,笙箫隐隐杂溪声。
风随广席歌呼转,云满高台步武生。记取今年作重九,丹崖绝壑是神清。

秋雨新霁过赵慎中留饮

门外黄尘有底忙,主人高卧兴何长。春风竹树箫笙转,雨足轩窗笑语凉。
耳热漫思官里事,眼明犹识醉时妆。紫云莫厌频来客,未抵当年御史狂。

洪咨夔(1176—1236)

中春望后一日登玲珑

出郭暄欲暑,涉林清自秋。步随目力高,身与山气浮。
飞来辛夷花,拾得莲叶舟。一声提壶卢,四顾丛薄幽。
诘屈九曲屏,突兀十二楼。泉流涧级峻,云起峰阴稠。
左摩紫髯虬,右拂苍鳞虬。牵衣憩更好,拥策登三休。
上呼笙箫侣,下瞰锦绣州。豁落不平事,消融无涯忧。
太极浩初判,此山郁相缪。几人记曾来,老苔蚀雕镂。
玲珑听我歌,歌彻玲珑愁。有酒且湑我,羲娥雪人头。

胡　升(?—?)

仙　都　山

鼎湖不可见,巍然但孤峰。特立亘万古,气压诸山雄。
黄帝久得仙,游行跨飞龙。至今世俗传,尚指辇路通。
颇如升天桧,追求白鹿踪。常言贵荒唐,厌见真儿童。
顾惟此山奇,实宜仙所宫。水声来冷风,和以万本松。

客枕久未稳,笙箫满虚空。颇疑九成音,不在二典中。
但恐蚩尤旗,晔晔舒长虹。虽能独不死,忍视斯民穷。
君看涿鹿战,万古蒙其功。鼎湖何足道,帝德弥苍穹。

胡 宿(995—1067)

后苑观双竹

瑞植昭天产,祥枝感帝临。均承元化力,同抱岁寒心。
异禀笙箫质,全包律吕音。孤根皆出地,劲节约成林。
蒙润非烟近,含滋御水深。风前交吐籁,月底互翻阴。
秋实思威凤,春条宿绮禽。留观停翠葆,托赏集华簪。
苍震犹乘卦,商岩近作霖。天支从此茂,长覆玉山岑。

胡 寅(1098—1156)

和信仲酴醾

化工收余春,不令寂寞回。殷勤三月尽,更放名花开。
灿然白雪姿,乱洒青云堆。奇香满深院,冷艳绝浮埃。
弟昆林下兰,执友岭上梅。何年蕊珠殿,移根画堂栽。
邂逅得佳客,开窗设尊罍。檀心半未展,更著红烛催。
惜无倾城髻,斜插一枝来。赏心不可奈,折取浸瑶醅。
可怜清夜阑,叠鼓如轻雷。笙箫发梦想,云雨下阳台。
樱厨未羞涩,高会意重陪。花魂入诗韵,属和愧非才。

胡仲参(？—？)

和伯氏包山观桃花韵

因访桃花到岭根,御林春色此平分。千株未数栽唐观,一幅犹堪画晋源。
仙在云间无处觅,人行风外有香闻。笙箫隐隐宫城隔,立尽黄昏更断魂。

华 镇(1051—？)

闻 韶 亭

重华祠宇下,危构压山椒。壁石因天设,茨茆得旧条。
云山排笋虡,风竹度笙箫。想见来仪羽,飞飞下沴寥。

黄公度(1109—1156)

题 凉 峰

倚杖清秋远,弹琴白昼长。笙箫离馆废,云木晚风凉。
往事空流水,岿心满夕阳。相逢惜分手,珍重故人觞。

家铉翁(1213—?)

赠谈故人高鹏举

东邻歌呼闹如市,西邻笙箫正鼎沸。高生择术颇可人,夜阑挑灯说书史。
说出忠臣烈士报国心,四座闻者为堕泪。
闻君年少曾读书,壮大无成乃与优伶俱。
左手执籥右秉翟,念到简兮应嗟吁。
他年了却官中呼,仍作书生挟册归里闾。

姜夔(1155?—1208)

雪中六解(其六)

沉香火里笙箫合,煖玉鞍边雉兔空。办得煎茶有骄色,先生只合作诗穷。

姜特立(1125—1203)

乙卯元宵多雨(其一)

腊前雨势已翻盆,腊后淋漓到上元。灯火不张蟾彩暗,笙箫有禁溜声喧。
麦田闻道水盈尺,里巷想应泥没门。闷坐孤吟无好况,三杯冷落对黄昏。

金履祥(1232—1303)

唐丈命玉涧僧画金华三洞为图障寿母玉涧有诗约和其韵

金华高哉几千丈,翠壁重峦不可上。上下飞潜灵液通,朝暮烟云姿万状。
我闻元女蟠金鼎,至今遗粒犹可饷。又闻仙姑驾银鹿,至今瑶田印层嶂。
金华本是东南奇,未数剑门天下壮。有时笙箫响青云,犹疑幢节迎仙仗。
自古长生端有术,飘飘群仙尚无恙。只今洞天双龙飞,何处华表声清嘹。
谁将此山真面目,尽收奇伟归图障。居然冈阜北堂前,未须屐履勤敖放。

李处权(?—1155)

简 辨 老

松杉高下韵笙箫,谷口钟声梵海潮。秋气作阴连蟋蟀,夜寒随雨上芭蕉。
身危甚幸依贤庇,吏隐何须觅句招。直待它年见凫舄,始传仙叶有王乔。

江上望灵石

似闻环佩杂箫笙,鼎立争雄凛太清。不与古今争变化,可能舒惨属阴晴。
花开玉井难求种,月下瑶台但有名。我亦生来未尝屈,敢持方寸并峥嵘。

李 纲(1083—1140)

武 夷 山

百里云山碧玉林,雕镂融结见天心。幔亭会散笙箫远,天柱风高烟雾深。
画鹤独留青嶂表,林花常发紫岩阴。梦魂清切先曾到,故使飘零特特临。

次韵志宏见示寒翠亭之作

虚亭枕山麓,万籁如笙箫。佳哉松竹林,飒然风露秋。
我题亭上名,过客为少留。所嗟结构小,未称山光浮。
缅怀琅琊亭,醉翁昔曾游。今我聊复尔,一洗胸中愁。
数子真好事,佳句相与搜。会当同胜会,及此月如钩。

题栖真馆三十六韵

武夷古洞天,奇峰三十六。一溪贯群山,清浅萦九曲。
溪边列岩岫,倒影浸寒绿。翩如鸾凤翔,矫若虬龙蹙。
楼观耸岩巇,屏帏互重复。蜕仙骨遗金,游女肌削玉。
鸡栖层岩巅,船插断崖腹。学馆存几案,仙机余杼轴。
蓝光莹澄潭,虹影挂飞瀑。翠竹荫天池,苍苔封石屋。
绘禽顶长丹,遗迹指如掬。峨峨天柱峰,幔亭连翠麓。
传闻武夷君,尝此会仙俗。飞桥几千丈,绝顶亘山足。
障以翠云屏,借以紫霞褥。瑶樽倾沉湑,玉豆脯麟鹿。
仙妃奏宾云,金鼓间丝竹。酒酣歌夕晖,叹息光景促。
曾孙谁复在,往事空遗躅。至今风月夜,笙箫响虚谷。

地灵饶泉石，山润秀草木。坐使七闽人，荫此仙灵福。
嗟予真散材，性爱山水酷。仙经与地志，名字久已熟。
薄宦方区区，仙赏宜碌碌。神游先梦寐，幽觌寄图录。
宁知因谪宦，乃得厌所欲。沿溯穷幽深，应接劳耳目。
开襟豁怀抱，壮观慰幽独。却邀白云归，伴此岩下宿。
夜寒梦魂清，晓发轻装速。仙游须再来，何当谢羁束。

李　光(1078—1159)

次韵徐念道琼台涧酌亭两绝(其一)

笙箫杳渺鹤徘徊，嬴女时应下玉台。莫问三山在何许，更寻方丈与蓬莱。

感松(其三)

每忆西湖九里松，眼明忽见紫髯翁。隐居庭院多栽种，为爱笙箫递晚风。

吏　隐　堂

海邦地僻少迎将，心逸身闲白昼长。剩欲哦诗追沈谢，不求名迹拟龚黄。
旋移松石成云壑，时引笙箫入醉乡。吏散帘垂公事毕，清风一榻傲羲皇。

李流谦(1123—1176)

次韵宋德器春晚即事五首(其五)

柳老阴阴密，榴繁灼灼明。持杯了醒醉，拊槛置枯荣。
谷旷箫笙杂，江空镜像呈。澄心著老眼，物物见真情。

送樊漕移帅泸南

金龙直岁当玄冥，忆公剖竹江阳城。碧鸡坊中驻千骑，裁诗饯送双旌行。
逢人到处说项斯，岂贱子故唯先盟。一官泮水谢推挽，挟策仍许从诸生。
只词华衮岂易得，再以荐墨光姓名。一朝去我生怊怅，呱呱欲作啼雏婴。
向来宦海四十年，白首一节无斜倾。只今耆旧直可数，曷不往矣司机衡。
诏书连年到西蜀，归田奏上群儿惊。西南夷蜑惟稽颡，男耕女织鼓不鸣。
庙堂彻桑戒无事，正以卧护烦老成。犬羊腥膻亦人耳，悦安恶扰皆其情。
不须谈兵但饮酒，帅非尔帅乃父兄。秋光如水浸行色，牙纛猎猎风有声。
毡褐迎道沸群獠，弓刀绕帐森千兵。丈夫未遂调燮事，华皓得此亦足荣。

观公畜德有余地,如海既酌随复盈。晚福衮衮盖未艾,善颂何以歌箫笙。
更须书考二十四,永与松鹤同坚清。

李 廌(1059—1109)

天封观将军柏

卫懿恃昌富,乘轩鹤有禄。贵鹤贱用民,身残国颠覆。
楚子惜名马,终焉葬人腹。爵封东山松,侯比渭川竹。
时轻官秩紊,辟妄作威福。无益害有益,褒赏逮禽畜。
所美非美然,恩泽及草木。或讥将军柏,无乃狙此俗。
曷膺千钟养,曷被三品服。不为朝廷力,窃号委空谷。
余知将军心,非悦世人目。千年抱贞操,劲节无屈曲。
不为岁寒凋,守此万仞绿。天武累此名,冥不知宠辱。
虽不助柏敬,岂意慕轸毂。吾侪之小人,悟主惟欲速。
盗功仍苟容,岂耻无道谷。潭潭居紫府,沉沉据华屋。
贪恩谋子孙,占俸及僮仆。膏肓病天下,天下思食肉。
朝为四辅重,莫作三危逐。笙箫金谷宴,翠柳北邙哭。
尚方属镂赐,朝服东市戮。君看古功臣,牖下死为祝。
将军如有心,应哭世愈蹙。拔萃真不群,虚名岂其欲。
胡不观其旁,满山皆朴樕。

廖 刚(1071—1143)

次韵李全甫惠荼蘼五首(其三)

寂寞王孙游骑歇,香风何许追嘉节。故应金谷拥笙箫,独倚玲珑架头雪。

和魏奉议九日夜饮县楼

年登千室富桑麻,谁似弦歌度岁华。紫府剩延天上客,黄金同醉月中花。
龙山胜集成追感,巴岭新篇许拜嘉。倚徙更怜灯火市,笙箫无数酒旗斜。

抚州试院次韵王元衷上元作

帘垂永日小亭幽,时节惊人特地愁。万井笙箫怀帝阙,一檐风雨寄他州。
青藜定遣相辉映,绿蚁何妨共拍浮。不料篷窗今夜月,一时分付与高楼。

514

廖 融(?—?)

梦仙谣

琪木扶疏系辟邪,麻姑夜宴紫皇家。银河旌节摇波影,珠阁笙箫吸月华。
翠凤引游三岛路,赤龙齐别五云车。星稀犹倚虹桥立,拟就张骞搭汉槎。

刘季孙(1033—1092)

西湖泛舟呈东坡

西湖春意胜当年,公领笙箫泛画船。锦绣一林生水面,衣冠万堵立山前。
仁恩在物禽鱼遂,喜气随人草木妍。半醉插花风调别,写真须是李龙眠。

刘 豫(1073—1143)

登苏门山百泉

太行雄伟赤霄逼,枝分苏门为肘腋。孕奇产秀气蟠郁,涌作琉璃千顷碧。
初疑骊龙蛰山趾,仰喷明珠飞的皪。忽如湘灵理新妆,大鉴开匣午磨拭。
峰峦倒影浸云烟,蘋藻照沙改颜色。相辉一段佳风月,余泽几州及动植。
昔闻隐沦有仙人,高标清与溪山敌。悠悠往事散浮云,啸有遗屋行有迹。
我居东秦济水南,无限泉池日亲炙。一行作吏别经年,情思尘埃何处涤。
云祠因祷来凭栏,顿爽骨毛快胸臆。飘飘兰舟七八客,尊俎笙箫随分入。
胜概纷并接不暇,恨乏鲁戈延晷刻。归来簿领厌沉迷,春睡每着蝶梦适。
心约他时杖履游,醉漱溪流枕溪石。

刘子翚(1101—1147)

游武夷山

回薄湍流漾翠岑,夷犹一舸纵幽寻。幔亭落日笙箫远,毛竹连云洞府深。
似有碧鸡翔木杪,谁将丹鹤写岩阴。神仙可学非身外,多少游人浪苦心。

陆 游(1125—1210)

宴西楼

西楼遗迹尚豪雄,锦绣笙箫在半空。万里因循成久客,一年容易又秋风。
烛光低映珠帘丽,酒晕徐添玉颊红。归路迎凉更堪爱,摩诃池上月方中。

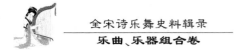

迟 暮

迟暮固多感,况此岁峥嵘。霜霰忽已集,夜闻络纬鸣。
青灯不解语,依依有余情。铜瓶煮寒泉,中作笙箫声。
沈忧能伤人,一夕白发生。蓬莱渺云海,金丹几时成。

吕　辨(?—?)

句

仰看宫殿浮天半,想见笙箫在月中。

马廷鸾(1222—1289)

次韵周公谨见寄(其二)

空山学仙子,满耳笙箫听。谁知九天上,云扉本不扃。
度世同御风,蓬蓬随飘零。又如芬陀花,出火而青青。

马之纯(1144—?)

古 芳 林 苑

昔日曾为府署来,谁人都把插桃栽。不闻华屋笙箫响,但见芳林锦绣堆。
几度刘郎来观里,半年阮客住天台。如今此地知何在,桑柘成阴拨不开。

梅尧臣(1002—1060)

同江邻几龚辅之陈和叔登吹台有感

在昔梁惠王,筑台聚歌吹。笙箫无复闻,黄土化珠翠。
当时秦兵强,今亦归厚地。我与诸贤良,举酒莫言醉。
曾谁问孟轲,空自有仁义。

送孙学士知太平州

慈姥山上瘦龙孙,堪为笙箫奉玉樽。使君来教后堂乐,江云江月能迎门。
门外青山谢家宅,当时池馆无复存。乃知取欢须及早,富贵只是乘华轩。
我逾五十作委吏,尘土汩汩嗟驰奔。有吹亦如卖饧者,安得凤凰下昆仑。
君今虽不苦称意,尚驱文弩影朱幡。严助昔除二千石,久劳侍从诚为烦。

米 芾(1051—1107)

送大夫孙公镇东阳

照地干旄十丈长,大皇孙子守东阳。吴涛卷海银为幔,鄞雪飞英锦作章。
无事笙箫开客馆,有情山水聚衙床。楼中恶语须磨铲,尽把新题换沈郎。

秦 观(1049—1100)

蓬 莱 阁

雄檐杰槛跨峥嵘,席上风云指顾生。千里胜形归俎豆,七州和气入箫笙。
人游晚岸朱楼远,鸟度晴空碧嶂横。今夜请看东越分,藩星应带少微明。

上官辰(?—?)

游 大 涤 山

山蟠鳌足云千丈,溪折羊肠路九回。神石肯穿秦斧凿,古坛曾见汉楼台。
秋山风雨银河下,月夜笙箫玉佩来。山自青青泉自洁,百年踪迹几苍苔。

沈 遘(1028—1067)

次韵和李审言上元寄王岩夫

此都豪丽岁仍丰,此夕都人凯乐中。车马笙箫千里至,楼台灯火九衢通。
香舆轧轧凌风驶,粉袂翩翩照地红。病守行春真莫强,更堪攀倚少年丛。

沈 括(1031—1095)

浩 燕 堂

西堂昔时冷萧条,使君名高堂为高。流虹碎□勤镂雕,粉黛翛倏随挥毫。
太守浩燕觞九牢,门前过客罗百艘。檐榆晔晔烂亭皋,切云危冠控豪曹。
秋鹤霜毛飞锦袍,六鹊曳地横金腰。轻罗韬烟媚中宵,缓歌阁舞紫云髾。
赵人手提千牛刀,目视大犌如鸿毛。太守巨笔驱波涛,指画风云惨动摇。
佩牛带犊如销膏,区区古人无是超。吴粳如脂敢百筲,连车折轴弃道交。
釜区争先走名豪,旋鲈掣酒飞千觞。杜伯称觥醺酸醪,翳翳禾黍藏笙箫。
太守浩燕乐岁饶,岂徒割烹盈大庖。

沈与求（1086—1137）

再用子虚韵和呈骏发次颜（其二）

十里笙箫沸市楼,已占风物两优游。人从月窟开青嶂,灯挟星河映碧流。曲席深杯成径醉,长廊古寺溢清愁。暗中我亦知公在,强对兰膏为举眸。

释居简（1164—1246）

干元宵灯

门前来往沸笙箫,门里何曾厌寂寥。我欲烧灯看佛面,莫将风雨罢元宵。

送诜老归千顷山

老诜爱山不知了,何事冲寒下巍峭。归装只有一囊诗,冏冏陆离还自照。自言峰顶摩九霄,五月六月雪不消。松风萧萧吹沈寥,千岩万壑酬笙箫。前山后山畲可烧,黄精杂错黄独苗。饭家田米可卒岁,亦有旨蓄延渔樵。人间自有杨州鹤,诜也云胡甘寂寞。笑云乐去悲相随,吾非恶此而逃之。

释月磵（1231—?）

湖东庙化元宵

楼台鬲岸沸笙箫,万斛金莲撒碧霄。湖水东边杨柳树,也开青眼看元宵。

舒　亶（1041—1103）

和西湖即席二首（其二）

十洲风籁韵笙箫,疑有仙人燕碧桃。影逼银河星半堕,气吞月窟兔争豪。九秋波浪沙鸥狎,万古声名钓艇高。却恨何须明似镜,空令志士泣霜毛。

宋　无（1260—?）

唐宫词补遗（其三）

昭阳仙仗五云中,遥听笙箫起碧空。夜半月明人望幸,君王自在广寒宫。

苏　泂（1170—?）

次韵九兄秋吟五首（其一）

不于乌鹊桥边见,定向笙箫鹤上逢。淅淅萧萧到荷叶,今年秋不属梧桐。

苏　轼(1037—1101)

鹿　鸣　宴

连骑匆匆画鼓喧,喜君新夺锦标还。金罍浮菊催开宴,红蕊将春待入关。
他日曾陪探禹穴,白头重见赋南山。何时共乐升平事,风月笙箫坐夜闲。

次韵蒋颖叔二首·扈从景灵宫

道人幽梦晓初还,已觉笙箫下月坛。风伯前驱清宿雾,祝融骖乘破朝寒。
英姿连璧从多士,妙句锵金和八銮。已向词臣得颇牧,路人莫作老儒看。

次韵黄鲁直见赠古风二首(其二)

空山学仙子,妄意笙箫声。千金得奇药,开视皆稊苓。
不知市人中,自有安期生。今君已度世,坐阅霜中蒂。
摩挲古铜人,岁月不可计。阆风安在哉,要君相指似。

杜沂游武昌以酴醾花菩萨泉见饷二首(其一)

酴醾不争春,寂寞开最晚。青蛟走玉骨,羽盖蒙珠幰。
不妆艳已绝,无风香自远。凄凉吴宫阙,红粉埋故苑。
至今微月夜,笙箫来翠巘。余妍入此花,千载尚清婉。
怪君呼不归,定为花所挽。昨宵雷雨恶,花尽君应返。

芙　蓉　城

芙蓉城中花冥冥,谁其主者石与丁。珠帘玉案翡翠屏,霞舒云卷千娉婷。
中有一人长眉青,炯如微云淡疏星。往来三世空炼形,竟坐误读黄庭经。
天门夜开飞爽灵,无复白日乘云輧。俗缘千劫磨不尽,翠被冷落凄余馨。
因过缑山朝帝廷,夜闻笙箫弭节听。飘然而来谁使令,皎如明月入窗棂。
忽然而去不可执,寒衾虚幌风泠泠。仙宫洞房本不扃,梦中同蹋凤凰翎。
径度万里如奔霆,玉楼浮空耸亭亭。天书云篆谁所铭,绕楼飞步高竛竮。
仙风锵然韵流铃,蓬蓬形开如酒醒。芳卿寄谢空丁宁,一朝覆水不返瓶。
罗巾别泪空荧荧,春风花开秋叶零。世间罗绮纷膻腥,此身流浪随沧溟。
偶然相值两浮萍,愿君收视观三庭。勿与嘉谷生蝗螟,从渠一念三千龄。
下作人间尹与邢。

519

苏　辙(1039—1112)

春　　尽

春风过尽百花空,燕坐笙箫起灭中。树影连天开翠幕,鸟声入耳当歌童。
楞严十卷几回读,法酒三升是客同。试问邻僧行乞在,何人闲暇似衰翁。

汪　莘(1155—1212)

赠祁门不老山高法师

鳌山万仞峙璇霄,上有高真道寂寥。拔足壮能轩物表,洗心清不浑尘嚣。
洞天别有风光异,人世那知宇宙遥。云覆醮坛闲悄悄,烟凝仙室静萧萧。
步虚韵稳听晨礼,环佩声迟识晚朝。饭啖青精颜色好,词歌白鹤利名消。
囊空阿堵缘辞宠,匣蓄干将为斩妖。折角巾多裁氎布,隐居衣尽屏鲛绡。
神游汗漫趋蓬岛,禹步回旋指斗杓。九转丹砂盈日月,三千功行继松乔。
密渠细石通泉窦,斜插疏篱护药苗。瓮里香醪斟琥珀,壁间修扇阁芭蕉。
蟠桃欲熟人争窃,野菜初生手自挑。花卉得时舒锦绣,瓶汤娱客奏笙箫。
长松夭矫龙千尺,嫩竹琳琅玉万条。凤翅乱峰森洞口,羊肠微径绕山腰。
床眠瘿木肱常曲,兀坐文藤足屡翘。衮衮骞河倾俊辩,温温和璞琢孤标。
我惭未跃三春浪,君去行看八月潮。好把阴功拯存没,西归宜早买吴舠。

王安国(1028—1074)

纪　　梦

万顷波涛木叶飞,笙箫宫殿号灵芝。挥毫不似人间世,长乐钟声梦觉时。

王安石(1021—1086)

杭州呈胜之

游观须知此地佳,纷纷人物敌京华。林峦腊雪千家水,城郭春风二月花。
彩舫笙箫吹落日,画楼灯烛映残霞。如君援笔宜摹写,寄与尘埃北客夸。

送子思兄参惠州军

沄沄曲江水,天借九秋色。楼台飞半空,秀气盘韶石。
载酒填里闾,吹花换朝夕。笙箫震河汉,锦绣烂冠帻。

地灵瘴疠绝,人物倾南极。先朝有名臣,卧理讼随息。
稍稍延诸生,谈笑与宾客。子来适妙年,谒入交履舄。
寂寥九龄后,此独望一国。虞翻礼丁览,韩愈俟赵德。
孤岸镇颓波,俗流未易识。我方文葆中,旋逐旌旗迹。
去思今岂忘,耳目熟遗迹。吏含殷勤言,俯仰问乖隔。
当时府中儿,侵寻鬓边白。下帷虽著书,不救寒饥迫。
谓宜门阑士,宦路久烜赫。奈何犹差池,更捧丞掾檄。
骥摧千里蹄,鹏堕九霄翻。人生无巧愚,天运有通塞。
试观驰骋人,意气宇宙窄。荣华去路尘,谤辱与山积。
优游禄仕间,较计谁失得。送君强成歌,陟岵翻感激。

王 古(?—?)

妙 峰 寺

修径转岩阿,危亭临木杪。清明江练直,紫翠山屏绕。
林峦献奇秀,图画极天巧。松杉韵轻风,笙箫奏云表。
心知游鱼乐,目送飞鸿杳。浮生黄粱梦,幻事何时了。
惟应观胜妙,坐可清纷扰。岂须登泰山,闲看诸峰小。

王汉之(1054—1123)

刘阮洞(其二)

二女春游阆苑花,醉邀刘阮饭胡麻。仙衣忽逐笙箫去,空倚山头恨落霞。

王十朋(1112—1171)

遇雨两宿县驿

绝巘笙箫断,邻州鼓角闻。江淮两岸雨,吴楚一天云。
有驿聊堪憩,无尊亦自欣。西山逢老宿,往事说三分。

王庭珪(1080—1172)

长沙试殿闻傅彦济永州考试还先寄此诗

归马锵然响辔环,道傍春色正斓斑。吟登回雁峰头月,览遍清湘雨后山。
剩有虹霓蟠笔下,喜闻蝴蝶入帘间。花时独锁深深院,卧听笙箫梦里还。

王之道(1093—1169)

次韵毕少董游西湖

西湖春晚未全热,湖上山光互明灭。往来冠盖竞骈阗,断续笙箫共伊咽。
我怜湖山山见怜,波间涌出佳人钿。太真一去不复返,圆荷万点胭脂钱。
船头美盻珠的皪,不必洞房深处觅。忽然相值更相呼,嫩蓝衫子山争碧。
肠断骚人一轴诗,细看烟柳想腰肢。明年我亦西湖去,迟日光风二月时。

王铚(?—?)

无 题

三月柳花飞,东风绣香国。桂影弄春光,飞琼怅分缺。
云舆返积霄,翠浪翻天末。阆苑桃李花,莫使芳香歇。
缅怀霞中人,芙蕖艳秋色。烟鸾吟碧空,行云不停刻。
何事寄红埃,悲声调绿发。神观洞太虚,紫清注金格。
玉宸丹凤检,词章焕琼笈。埶执招真旗,笙箫下空阙。
灵光湛法身,生死本无别。妙合造化机,阴阳时出没。
欲识天中真,寒江浸明月。

寄题真州戽岫寺

一峰秀色何高寒,更以木杪横飞栏。荆吴形胜妙天下,闲锁云锦光斓斑。
山从千古混沌始,江自万里岷峨还。江山无际真赏远,人境未如心境宽。
乃知万象自变灭,我与天地俱清闲。时来登览健意气,兴落烟霭空蒙间。
宛如列岫在戽镯,何待谢守窗中看。仙壶日月悟世换,蚁穴富贵羁梦残。
易中求象山有天,须弥纳芥曾何难。乾坤橐籥一气内,钜细两不离区寰。
径呼飞仙来取醉,笙箫仿佛锵佩环。已鞭鸾凤到三境,何待虎豹号九关。
只今朱甍半落日,谁系画舸临苍湾。何当脱身戎马际,共契妙旨相追攀。
怀哉欲往波浪阔,回首江南江北山。

王中立(?—?)

杂诗四首(其三)

云叶粼粼皴碧空,笙箫递响入天风。忽惊风浪耳边急,不觉形神来世中。

韦 骧(1033—1105)

和山行回坐临清桥啜茶
云軿回处引笙箫,疑向春宵度鹊桥。桥上茗杯烹白雪,枯肠搜遍俗缘消。

和孙叔康九日三首(其二)
使斾登高拂晓来,贤宾道旧喜追陪。东篱黄菊因时盛,北海清樽趁节开。
帘幕云收见洲渚,笙箫风引下楼台。新诗侑酒穷佳兴,不惜当筵耻执罍。

和山城灯夜
山城灯夕兴厌厌,俗乐年丰令节参。竿首挂星还拱北,云中回雁倦图南。
笙箫度曲喧芳席,彩翠交光结秀岩。邦伯欲归人恋恋,帐兵休报鼓声三。

陪秋叔游幽谷即席赋一川花
城南幽谷去非赊,踏石穿云境趣佳。门下车鱼情浃洽,道旁旌旆影鬖鬖。
笙箫宛转随风远,台榭参差对日斜。白玉为船载琼醑,未容轻负一川花。

即 事
舞蝶双飞穿宿露,鸣禽相唤弄朝暾。涧盘石径长蛇转,山入秋空翠凤骞。
枫叶园林看自好,菊花时节兴难论。高怀不为尘劳减,安用笙箫簇酒樽。

近元夕怀景纯少卿
忆逐双旌下暮城,岁华垂尽魄哉生。瞬眸已见元宵月,归步犹淹累日程。
远想笙箫同众乐,坐怜刀笔久相婴。驰情只有清辉共,更走诗筒代寄声。

游武夷山二首(其一)
一溪秋水碧溶溶,逆掉扁舟溯晚风。卧看峰峦耸奇势,心疑造化炫殊功。
宾云曲断笙箫远,机石苔荒组织空。仙理冥冥难究诘,抽簪归隐羡刘公。

和宇文伯修侍郎会中和堂二首(其二)
华构峥嵘倚碧霄,开筵潇洒聚英僚。衣沾翠霭天收雨,目送银山海上潮。
半日清欢浃觞咏,几番凉吹韵笙箫。醺酣老客依缾庇,归隐而今岂俟招。

文　同(1018—1079)

送 范 尧 夫

遝遝走闾巷,都人起中宵。相拥候府门,惟恐失此朝。
尽言来送公,车马城北桥。桥边脂辖亭,大尹此相邀。
歌管盛宴集,簪裾合群僚。四座酒既行,相顾魂已销。
亭前有杨柳,秋风减长条。折以持赠公,莫厌霜叶凋。
节物虽谓晚,比春情更饶。递起劝公饮,双呼金翠翘。
岂徒要公醉,恐公遽乘轺。借问何尔为,重公若琼瑶。
美质未省变,与人存久要。既莫不可留,征衫遂飘飘。
鸣驺过升迁,群氓闹如蜩。感公来二年,免我于无聊。
今公舍我去,何由借诸朝。愿君富且贵,寿命等松乔。
直似先令公,巍巍佐唐尧。涕泪逐公行,不惮公更遥。
公诚上下通,和如奏笙箫。所以得如此,人情不相辽。
嗟同缪与公,一时赴弓招。于今二十年,不见有所超。
前日荷君相,与印垂之腰。使归守山郡,藏伏甘寂寥。
闻公将治行,乃心日夜摇。恨不能送公,俯首类酸痟。
徒为送公诗,有如草虫噭。强勉写之去,忧来立危谯。

谢　翱(1249—1295)

飞来双白鹤

飞来缥缈立在门,嚼衔竹花臆欲言。雄雌来去眼如雾,客已仿佛知其人。
笙箫忽远不知处,知在云窗与绿户。

莲 叶 舟

湿云冉冉依芳芷,楚女神弦迎帝子。天人种莲露染根,一片碧花秋堕水。
笙箫闻声影如梦,浮花漠漠船来重。神蛟蜕肠江水湄,化为五色光陆离。
中有玉人跨蛟舞,藕根断丝胃人衣。碧瞳秋发眠清夜,按肌不粟清露下。

熊 瑞(?—?)

再和元夕

落梅香影放华灯,快我来寻采若盟。花醉羽觞金谷酒,莲开蜡炬锦官城。
家家珠翠成群戏,处处笙箫簇队行。惟有天津桥上月,无人能复记新声。

徐 玑(1162—1214)

水仙花篇

成阵风作车,宓妃波为茵。良夕忽会遇,明月寒铺银。
环佩凌秋空,笙箫亦具陈。何以慰寥廓,乐此相知新。
采珠拾翠羽,言笑生华春。赠以金琅玕,捧以白玉人。
酌醴动芳气,妙与兰茝纫。欢娱有聚散,美宝无贱珍。
至今寒花种,清彻莹心神。霜皑众枿藁,孤媚良舒伸。
杜鹃望帝魂,啼血何嚚嚚。妃子眠海棠,荒湎焉足邻。
姮女手栽桂,光彩相依因。故知蓬瀛姿,不染纤点尘。

许志仁(?—?)

东 门 行

东门杨柳暗藏鸦,东门行客欲离家。树头春风草头露,鸦自不飞人自去。
妾家南浦桂为堂,房栊珉玉帘夜光。炉烟多,绮罗重,水槛风入笙箫凉。
欢娱未毕车轮远,方寸秋丝纷百茧。愿郎功业落人间,长使春闺女无怨。

薛 嵎(1212—?)

越僧一书记索赋二绝·松风阁

何处笙箫起半空,满山斜日动蛟龙。老僧无语凭栏久,过尽白云千万重。

严 羽(1192?—1245?)

钱塘潮歌送吴子才赴礼部

海潮之来自古昔,天下诡观称钱塘。东南王气实在此,势与造化为低昂。
观其映日始一线,何处群鹭纷然翔。渐闻鼓声震原野,疑是三军嚣阵行。
银城天际忽过眼,卷蹴厚地何仓皇。余波已去洒月窟,怒气犹自吹扶桑。

百川倒流号呼汹,天吴河伯神皆竦。海上长人出水惊,巨鳌辟易三山动。
广陵之涛安可比,吴客雄夸徒为尔。请君看此凭江楼,载酒无劳棹小舟。
湖上百花春荡目,笙箫聒我非清游。洪涛万里壮可吞,笔底飒飒洪涛奔。
愿持忠愤诉明主,一第于君何足论。钱塘日边云气多,君之行兮莫蹉跎。
教人临期奈别何,赠君钱塘海潮歌。

杨　蟠(?—?)

朝　宗　门

百尺楼高四望中,云深一雁度长空。人间砧杵催寒事,郭外箫笙逐土风。
天带江山元自好,地流河汉忽相通。丹心直北看飞雪,往往随花入帝宫。

杨万里(1127—1206)

送周元吉显谟左司将漕湖北三首(其二)

又见周郎携小乔,武昌赤壁醉娇饶。蜀江雪水来三峡,吴苑风烟访六朝。
秋月春花出肝肺,新词丽曲入笙箫。归来却侍金銮殿,好看霜毛映珥貂。

寄谢蜀帅袁起岩尚书阁学寄赠药物二首(其一)

卧雪先生冰雪胸,小迂星履领元戎。草堂衣钵风骚将,花屋笙箫造化工。
杜宇催归波正绿,海棠不睡烛斜红。遨头未了词头下,四世重新六五公。

檃括东坡瓶笙诗序

饯饮东坡月三更,中觞忽闻笙箫声。杳杳若在云霄间,抑扬往返中八音。
徐而察之出双瓶,水火相得自啸吟。食顷乃已不可寻,坐客惊叹得未曾。
八月四七岁庚辰。

尤　袤(1127—1194)

台州郡斋杂咏十二首·参云亭

昔贤已跨鹤,故迹余参云。旧德慨云远,干霄气仍存。
青山宿雾卷,乔木苍烟昏。尚想来游处,笙箫中夜闻。

张　公　洞

吾闻荆溪南,有地仙所宅。十年劳梦想,今日著脚历。

扁舟下湖汊,水涨没砂碛。结缆小桥傍,杖藜从所适。
平冈面坡陁,叠嶂堆襞积。行行三两里,夹道乔木植。
其末几合抱,其高乃千尺。风生万壑响,日照四山赤。
时摇树林抄,忽见屋宇脊。宫门何峥嵘,南路颇修直。
长廊景曈曈,崩殿人寂寂。寥落昔贤题,摩挲壁间墨。
扪萝上层岭,俯瞰得深窟。危梯交枝撑,鸟道穿诘屈。
投身乍宽纵,局步仍逼窄。攀援愁颠跻,傲睨惊险僻。
悬崖朵頯颔,乱石拱剑戟。白云何时横,乳溢或自滴。
中空正颎洞,了不见天隙。冥行迷近远,伛偻犹摘填。
巉岩岂人工,隐轸入地脉。穷幽或篝火,俯跪仅容席。
仙坛尚故处,丹灶俨遗迹。山虫鸣呷嚘,野鼠声喷唶。
传闻老父语,以往深莫测。中有白玉堂,横绝巨石塞。
傍连洞庭野,欲去不可极。潜窥目先旋,纵走膝无力。
遭回步西径,突兀出峭壁。枞风高枝樛,藤蔓青阴幂。
芳草何芊绵,丹花亦狼籍。踌躇古亭上,俯仰幽涧碧。
丁当下流水,磊硊欲落石。虽云培塿高,气与嵩华敌。
其南有空穴,澹瀄殷幽黑。阴风互吞吐,冷气森喷逼。
蛟龙久伏藏,金玉闷简册。灵踪信茫昧,幻怪纷惨戚。
将无神物守,欲与世壤隔。平生丘壑念,蚤岁泉石癖。
岂不思三山,所恨无六翮。乐哉兹辰游,逸兴潜有激。
仙翁在何许,绿发尚如昔。仿佛笙箫声,徘徊鸾鹤翼。
俗缘磨不尽,梦境坐形役。何阶筑衡茅,幽讨穷日夕。
风云西北起,天地忽改色。仓皇促归旆,造物岂戏剧。
良游易乖悟,真赏难再得。寄语山中人,重来傥相识。

余　爽(?—?)

福圣观(其三)

子晋鸾飞侍帝班,吹台今在碧云闲。高秋白月霜风夜,时有笙箫赴洛还。

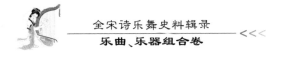

喻良能(1120—?)

莆阳道中

闽粤溪山处处经,长松夹道奏箫笙。只应行客忘劳役,千里清阴管送迎。

喻汝砺(?—1143)

草堂诗(其四)

远屿曲洲纵复横,沙边繁鸟弄箫笙。一轩檐冷松阴合,十里林香药草生。路转断楂逢石坐,风移深竹见僧行。晚来冲抱更清旷,时有幽人带月耕。

张 鲂(?—?)

次韵和于巽祗谒真祠

仙翁旧隐寄岩扃,千里蒙休合荐诚。菽粟有余民暇逸,雨旸无爽气和平。箫笙缓缓陈觞豆,耆艾纷纷逐旆旌。灵迹欲知垂不朽,使君妙制刻初成。

张九成(1092—1159)

山 蝉

浴罢风来玉宇凉,山蝉吟咏送斜阳。长缳独茧来还去,九折升车短更长。窈眇笙箫云汉冷,凄清风露月华香。看君定是神仙侣,且择高枝深处藏。

张 侃(1189—?)

朱陈嫁娶图

生男愿封侯,嫁女在比邻。此是古人言,最知天理真。
世远人亦伪,嫁娶来城闉。岁序罕聚首,浩渺不计春。
当其出门时,错落车百轮。笙箫填孔道,珠翠委泥尘。
堂开牡丹屏,盘横水精鳞。徒取眼前富,未问身后贫。
女娇鲜礼法,薄夫贻所亲。民家女及嫁,择对走畯畯。
一旦有其家,昕昏如主宾。谁图朱陈村,宜为尧舜民。

张 耒(1054—1114)

夏日杂兴四首(其一)

隔墙泉下是东溪,细溜涓涓入我池。一部笙箫寒竹响,百年风雨古槐姿。

果悬幽槛朱初熟,蔓度空墙翠欲垂。野趣转深身愈老,故应寂寞畏人知。

次颍川

许昌古名都,气象良未替。客子远道来,尘埃满襟袂。
黄昏造孤驿,买饭啗枯薤。庭宽蟾蜍高,霜气彻寒被。
赖携朱提杯,可具一饭费。无人劝我酌,孤独伴客醉。
笙箫谁家楼,语笑月中市。何人不行乐,而我独涕泪。
夜长更漏稀,风急鼓鼙驶。天明卷席去,行止随所值。

张　镃(1153—?)

简虞子建

虞君借屋王城里,闭门端从穷经史。游谒俱非射利徒,名公往往为知己。
年来清贫渐到骨,造命由天常自委。属客虽悭北海樽,出街尚矜东郭履。
我交英彦固不少,易足如君诚鲜矣。连朝雪片大似掌,平地未尺俄复止。
今晨旸光炙瓦垄,旋滴虚檐声不已。竹间鸟雀快飞鸣,庭下儿童争跳喜。
叩关过我未及款,首问雪诗曾有几。自云危楼开破牖,尽见山屏群玉倚。
远从台馆听笙箫,更煮鲑鱼倾浊醴。呼儿诵我湖上句,聊当清歌摇醉耳。
初闻不觉忽自哂,过奖翻令增愧耻。屡称非伪弗许辩,更爱无心真绝比。
纷纷驰谷跨深坑,苟禄贪荣颡流泚。辛勤纵得席暂暖,争坐成群又催起。
岂若高蹈身不与,裹布羹蔬借温美。乘闲书纸本非诗,切勿多传召嗤鄙。

赵　鼎(1085—1147)

蒲中杂咏·竹轩

笙箫声断一杯残,翠袖云鬟共倚栏。要借余阴清晚醉,酸寒莫作子猷看。

赵　构(1107—1187)

诗四首(其四)

种竹不必高,摇绿当我楹。向来三家墅,无此笙箫声。
皇天有老眼,为闷十月晴。护我萧萧碧,伟事邻翁惊。
同林偶落此,相向意甚平。何须俟迷日,可笑世俗情。
明年万夭矫,穿地听雷鸣。但恨种竹人,南山合归耕。

他时梦中路,留眼记所更。苍云屯十里,不见陈留城。

赵师秀(1170—1219)

陈待制湖楼

何处飞来缥缈中,人间惟有画图同。两层帘幕垂无地,一片笙箫起半空。
岩竹倒添秋水碧,渚莲平接夕阳红。游人未达蒙庄旨,虚倚栏干面面风。

郑思肖(1241—1318)

醉乡十二首(其一二)

穷冬骄寒冻地裂,北望朔方常下雪。五台积古雪不消,鸟兽毛毷结冻血。
江南昔有酒如渑,蔗浆麟脯相凭陵。朝廷有道四海清,既醉凫鹭歌太平。
九土夜市彻天明,楼红陌紫喧箫笙。豪气一饮一千钟,唤得国里春风生。
千金少年百花眼,左右捧拥上天行。战鼓声多瓦欲飞,从此百姓无宁时。
龙遭鳝舞鼠变虎,恣意反覆弄风雨。如今寂寞不救饱,髑髅眼睛生秋草。
空欲拍弄百斛船,莫羡酿来曝背眠。何如我入壶中游,喝云开破天外天。
翠锦帏幕车渠土,八面雪白净无烟。水王双阙琼膏填,使得五行颠倒颠。
坎离媾春中央宫,俯现摩醯王王仙。手执乾坤万化柄,斟酌混沌壳中髓。
咽得半掬碧色云,凤根无明百杂碎。万绿俱空恬无为,四股馥郁红玻璃。
自然氤氲太和身,融融泄泄先天春。形化为气轻于雾,飞御慈盼福下土。
金相朵朵鲜绿云,花氅彩衢跨空住。八十一天开玉殿,天天互透长生路。
憨涌醴泉雨甘露,孕牛产麟鳏蛟舞。九苞凤凰对舞鸣,钧天清戛云璈音。
敕取龙猛大士药,尽点大地变黄金。嫦娥搦弄团圆雪,抛向下界悬作月。
银光倒泼白泠明,笑吻霏雾飘香冰。戏掷火丸煎海干,珊瑚万树红斑斑。
抱出懒雨活龙帝,拔髯痒鼻激喷嚏。鼻气环空挂白虹,垂脚东贯大荒东。
八八翠衫蓬莱儿,舞撒宝花双透迤。千丈白眉老神翁,前导万从开天倪。
径出盘古顶外行,劫风浩浩空掀轰。呵暖为春吸为冬,浊世甲子刹那中。
数数老松化石了,镂铿小厮半刻天。我之大醉八万四千岁,小醉三千六百日。
世上几回汉与唐,苦于争战悲獝狁。万国黔首行饭囊,鬼貌蓝色心茫荒。
狭步蹩躠膻埃里,蜉蝣拜天祈寿长。气浊謦欬不清响,啾唧碎声群争攘。
生来不识快活国,纷华外胜夺心王。昼夜火烧菩提树,背井索水吃且僵。

哨地荒年苦命活,篷篠戚施疮痍伤。贫者逼迫富者狂,一洼血气六贼戕。
眼望天上金银落,垒琼架屋铁筑墙。莫知仁义为何物,冷笑诗书今不香。
沉酗私欲反为醒,嫌说青山白云人。群昏鼾齁摇不觉,强语以道必生嗔。
忽笑大笑休休休,回视若辈愁如仇。挥手长揖永相谢,千劫万劫逍遥游。

周　密(1232—1298)

花朝溪上有感昔游(其二)

画舫笙箫张水嬉,小红娇翠斗新眉。多情赖有河桥柳,犹认当年杜牧之。

挽韩子爽户曹二首(其一)

朋辈凋疏重可伤,不堪歌哭献文堂。宝灯卜夜笙箫暖,芳槛移春锦绣香。
乐事可怜蕉梦短,哀辞忽引薤歌长。忍看玉树埋黄壤,泪湿东风酒一觞。

周彦质(？—？)

宫词(其六一)

珠帘十二卷金钩,万里无云桂魄浮。嘈杂笙箫半天响,瑶津亭上赏中秋。

周紫芝(1082—？)

次韵仲平十七夜太社行礼月色如昼(其一)

从来方社要斋明,玉豆精华酒洁清。风里笙箫云外至,耳边环佩月中鸣。

雨后过琴高岩

夜雨喧旅枕,晓径深春泥。奔流自山来,转眼忽渺弥。
微生抱羁蹇,老病凌欹危。青山岌当前,客意恍若遗。
空崖倚天立,怪石从云垂。云间笙箫声,隐约天风吹。
斯人已仙去,孤踪邈何之。钓石屹中流,谁来把纶丝。
一水绕山麓,浅碧涵涟漪。长年抗尘容,照水羞华髭。
羡门不可遇,惜哉吾已衰。人生不学仙,万冢空累累。
于今岂未可,抚事聊歔欷。

绍兴丙寅岁当郊祀积雨弥月已而大雪前事之夕雪霁月出越翌日天宇开霁日色晏温天子乃躬祀于郊丘赋诗二十韵

宝历三千岁，龙飞二十春。胡弓不窥月，塞马自无尘。
礼乐湮沦久，君臣制作新。诚心躬庙飨，大祀肃郊禋。
密雪埋群巘，凝阴翳上旻。九枝腾晓日，万骑出严宸。
辇路晴沙软，宫城宿雾匀。崇坛方肇造，苍璧遂前陈。
秀色霜明俎，华滋露湿裀。馨香登秬黍，茧栗荐黄犉。
月引笙箫度，风传赞祝频。依稀望璇极，仿佛降天神。
皎皎星垂象，沉沉夜向晨。一人宣玉册，百执奉朝绅。
欲识苍穹意，当知肸蠁臻。历年绵圣祚，敷锡惠斯民。
回驾苍龙阙，旋军羽卫屯。拜恩元老重，沛泽万方均。
盛世无遗典，中华有圣人。书生亦何幸，奔走缀祠臣。

时宰相生日乐府三首（其二）

甘泉羽书久不至，六乐初成礼初备。万两黄金铸景钟，八级层坛筑圆陛。
侍臣晓入明光宫，彤庭暖日升瞳昽。弦匏鼎俎耀前列，大圣制作垂无穷。
太常为斾玉为辂，路稳沙平试天步。日边风雨晓前收，夜半笙箫月中度。
君臣有道道格天，五星同色三台圆。千官拜舞皇舆旋，青城路远闻鸣鞭。
黄麾羽葆识全仗，绣衣雷鼓鸣钧天。羽林骑士如流水，未央宫阙明山川。
千门万户不知数，尽卷帘幕瞻龙颜。道傍父老百岁许，醉倚春风自相语。
昔年旧事一日新，廊庙功成不因武。群生欲报知何缘，再拜愿寿公千年。

梦礼僧伽大士

我观诸佛子，皆以妄自冥。不知有无想，一切俱是妄。
认有以为实，夫岂识无有。如人具诸欲，耳目与鼻舌。
百体俱动作，动作皆有相。耳欲以听声，有耳言可闻。
弦匏与笙箫，皆具诸宫羽。虽然始一奏，有耳悉皆闻。
众生于是时，知声不知耳。众音始一阕，寂静无有声。
倾耳而听之，无一可闻者。众生于是时，知耳不知声。
至于目视色，亦复如耳根。知色为有形，乃以色为有。

宁知本无色，何况于目睫。乃至鼻闻臭，口舌所啖食。
百体诸毛发，意有所为者。行步与坐卧，喘息及呼吸。
方其有为时，无一不为有。诸为悉皆空，了无有一存。
心惟昨所为，恍惚如梦事。我昔礼菩萨，是为真见者。
譬如闻众声，认声为有响。比其不及礼，菩萨那得见。
譬如众声灭，初不闻余音。始缘以妄情，乃复有见否。
亦如今所梦，见否理不殊。大士笑不言，吾亦无所说。
有如舍利佛，默默对天女。稽首作偈言，犹以言为痛。
云何两无言，而入不二门。我与诸佛子，究竟得成道。

壬午秋日观桥刈获五首（其五）

祠宫昔所筑，古屋栖真灵。谁知员峤徙，亦叹曲池平。
我即废址北，结茅寄幽情。高秋肃万籁，仿佛闻箫笙。
夜梦着琼冠，结佩朝玉京。谈笑悟至理，俯仰了八纮。
安能事香火，餐霞学长生。明朝日复出，抱耒还躬耕。

朱　翌（1097—1167）

峤南元夕时桃李尽花今岁游人甚盛示王守

太平文物自多奇，刺史风流照海涯。五福神游先乐国，百灯王现应明时。
笙箫合处春回煖，桃李阴中月落迟。醉倒花前天厚我，何须更间紫姑为。

笙　竽

白玉蟾（1194—？）

张子衍为至德知观鄢冲真求诗

一簇楼台水上居，琅风韵竹动笙竽。鱼龙飞舞半帆雨，鸥鹭眠呼两岸芦。
雪覆高低春玉树，月明表里夜冰壶。渔郎倚櫂桃花落，认得扶桑宫殿无。

寒碧

清秋访林馆，寒碧凝瑶风。冷入琅玕聚，凉生琛玉丛。
枝枝撑明月，叶叶起清风。朝云挂余翠，夕照摇残红。

断鸦噪方宿,鸣凤栖复冲。扶疏玉梵府,析薪水晶宫。
露花滴翡翠,烟絮缠蛟龙。万竿响笙竽,一林撼丝桐。
饮罢身欲蜕,联镳翔太空。

秋园夕眺

木犀倜傥散麸金,松举笙竽竹奏琴。临水芙蓉自儿女,镜边刺绣晚沉吟。

董双成旧隐(其二)

月恋梅窗呈水墨,风依竹槛奏笙竽。金幡玉胜无从见,尚想云间唱步虚。

曹　勋(1098—1174)

三妇艳歌(其一)

大妇双绮襦,中妇红罗裾。小妇服翡翠,理曲调笙竽。
良人幸安坐,美酒倾玉壶。

山居杂诗九十首(其一一)

松色荫人居,松力治人病。丹砂含其滋,复可延性命。
幽居绕苍髯,不畏夏日盛。风来听笙竽,便有华胥兴。

长夜吟(其一)

舜枯槁,尧瘠癯,益稷播艺躬耕锄,神禹勤瘁劳体肤。
子孙放废等庸奴,一身辛苦逾匹夫。
孔子称大圣,颜子称大儒。寝席不暇暖,箪瓢困穷庐。
盗跖饱人肉,列鼎吹笙竽。庄蹻肆淫虐,玉食驱华车。
人生贵得意,孰识贤与愚。白日沉西山,烟蔼低平芜。
悲风搅原隰,劲气摧高梧。歌钟满前庭,宾客罗簪裾。
侍女艳流景,芳泽扬通衢。珍肴如丘山,美酒如江湖。
贤圣苟如此,不醉将何如。

陈师道(1053—1102)

咸平读书堂

昔人三百篇,善世已有余。后生守章句,不足供嗫嚅。

一登吏部选，笔砚随扫除。闭阁画眉妩，隔屋闻歌呼。
奉公用汉律，宁复要诗书。俯首出跨下，枉此七尺躯。
今代陶朱公，不作大梁屠。计然特未用，意得轻全吴。
为邦得畿县，政密自计疏。宁书下下考，不奉急急符。
用意簿领外，筑室课典谟。平生五千卷，还舍不问涂。
近事更汉唐，稍以诗自娱。复作无事饮，醉卧拥青奴。
桃李春事繁，轩窗昼景舒。鸣屋鸠渴雨，窥帘燕哺雏。
休吏散篇帙，风篁献笙竽。听然一启齿，斯民免为鱼。

陈与义（1090—1138）

次韵张矩臣迪功见示建除体

建德我故国，归哉遄我驱。除道得欢伯，荆棘无复余。
满怀秋月色，未觉饥肠虚。平林过西风，为我起笙竽。
定知张公子，能共寂寞娱。执此以赠君，意重貂襜褕。
破帽与青鞋，耐久心亦舒。危处要进步，安处勿停车。
成亏在道德，不在功利区。收视以为期，问君此何如。
开尊且复饮，辞费道已迂。闭口味更长，香断窗棂疏。

寄题康平老眄柯亭

高怀志丘壑，既足不愿余。惜哉三径荒，滞彼天一隅。
小筑聊自适，空园辟榛芜。清影吊高槐，气与西山俱。
何以开子颜，庭柯作森疏。月露洗尘翳，天风吹笙竽。
方其寓目时，万象供啸呼。终然成坐忘，天地犹空虚。
券外果何有，浮云只须臾。乃知钟鼎丰，未胜山林癯。
渊明死千年，日月走名誉。不肯见督邮，归来守旧庐。
可怜骨已朽，后有谁继渠。愿子副名实，此事吾欲书。

程　迥（？—？）

自题眄怡斋（其二）

六月松风万籁寒，笙竽频到枕屏间。夜深梦绕匡庐阜，瀑布溅珠过药阑。

范　浚(1102—1150)

咏　东　山

烟嶂巍巍列翠屏,松山高下郁葱菁。风生万壑笙竽触,拟向林间筑小亭。

方　回(1227—1307)

忆我二首各三十韵(其一)

忆我幼时事,南归自番禺。三边已顽洞,内郡犹无虞。
故居山城间,四面阛阓区。东西万货集,朝暮百贾趋。
诸父领宾客,衣冠一何都。觞豆日谈笑,往往皆文儒。
比屋有高楼,其上娉婷姝。侠少喜酒贱,歌呼间笙竽。
无何郁攸作,一夕化为墟。朝廷易楮币,百姓骈叹吁。
物价渐踊贵,饥剽多流俘。我家众长上,生近乾淳初。
曰此风俗降,岁岁有不如。老者迁化去,少者分驰驱。
生理益艰窘,口腹各自图。书囊裹笔砚,扁舟落江湖。
苟且禄仕齿,荏苒岁月徂。乍得返乡里,惊怛心若刳。
前辈尽黄壤,小儿皆白须。屡火不一火,坊巷非旧闾。
上冢享亭仆,访寺诗壁污。向之红粉面,蚁穴髑髅枯。
乃知宇宙内,万有皆空虚。我生逼六十,偶幸全头颅。
身阅大兵革,一思一欷歔。怀旧梦恍惚,吊往肠郁纡。
六十年间事,历历尚可模。我所见之人,百万泉下俱。
神仙谓不死,终久归于无。寄语肉食子,无以智消愚。

葛绍体(?—?)

雪中月波即事

天地黯淡疑古初,远近依约垂冰壶。楼阁突兀撑蘧庐,林阜参差自萦纡。
极目似接沧溟虚,流水迤逦随城隅。客舟飘飘帆影孤,紫幕半罩推蓬图。
须臾四面云糢糊,舞风片片细和粗。带雨点点密更疏,阵复一阵低匀铺。
梅腮破红笑卷舒,柳眼含赤窥荣枯。水鸭飞去投平芜,野雁鸣来落寒芦。
巷妪追逐携双姝,巧花入时压鬓梳。艳歌逸响吹笙竽,酒酣意气高阳徒。

莼盘快斫松江鲈,茶鼎渐融女墙酥。驾言旋返日已晡,马骄不羡灞桥驴。
人言雪瑞庆农夫,况此连雪祥可符,黄土耕桑拱行都。

郭祥正(1035—1113)

寄题湖州东林沈氏东老庵

东林沈郎真隐居,山环水绕开方壶。何年濯足脱尘网,坐卧七言哦蕊珠。
有时隐几佚吾老,万事不到灵台虚。瓮间绿蚁春欲活,仙翁夜降青云车。
自称山人号回客,为君猛饮留斯须。蚊蝇驱尽烛还灭,清风扫地银蟾铺。
梨花蕉叶钟与鼎,倒卷锦浪吞鲸鱼。双瞳湛湛翦秋碧,三山不动乔松孤。
欻然踊起拂素壁,笔洒二韵铿琼琚。西邻已富忧不足,东老虽贫乐有余。
白酒酿来缘好客,黄金散尽为收书。瓮干吟罢尚携手,寥寥天籁鸣笙竽。
渡桥掺袂忽无迹,东方渐白飞群乌。世人寻仙不可得,仙人寓世情何如。
桃源归路杳难问,落花流水空踟蹰。后来福祸固已验,生死往复犹坦途。
圜庵不坏子传业,玉琴遗韵寒泉俱。以回易吕未必,回生回生是亦刘方徒。

郭　印(?—?)

宿古峰驿诗四首(其四)

夜半飞来海上峰,笙竽万籁奏天风。素娥相望如招手,欲驾神车上月宫。

韩　松(?—?)

崇寿院霜钟双阁

吾闻海上多云气,万状千形各殊异。人间亦有亦等奇,二钟之山盖其类。
高崖凌空上摩云,下有岩隙颇幽邃。料应自古水泷濯,弹空蜂房悬师鼻。
玲珑断续瘦入骨,奇怪嶙峋复苍翠。身如抵掌在灵谷,又若謦咳发深邃。
笙竽金石不一音,风浪翻腾随所寄。我来天晴江面平,遂得优游访天秘。
低昂壏坎或欹侧,藤蔓盘旋青覆被。遥知蓬莱隔沧海,毛羽不航人莫至。
归来困卧小蓬窗,梦想高天三十二。

韩元吉(1118—?)

李编修器之惠诗卷

尘埃仆仆日走趋,胸中倒悬一字无。迫人簿领推不去,眼明忽见千骊珠。

矍然惊呼此诗欤,如醒乍解病获苏。归来明灯喜无寐,手不忍释自卷舒。
语新格健意有余,风骨峭硬中含腴。猛如横阵舞刀槊,清若雅宴调笙竽。
我穷已极君益迂,学此似费千金屠。前有太白后长吉,君家诗名宜复初。
明明天子开石渠,叹我短后追长裾。时平合第从臣颂,请君早上承明庐。

贺　铸(1052—1125)

九日雨中作

九夏赤旱百井枯,三秋积雨釜生鱼。凌高径醉不易图,问底黄叶今有无。
愿致皎白来庭除,昏瞳烂卷勤卷舒。管中一班聊自娱,未羡北里鸣笙竽。
少日用壮胆力粗,六鳌可取负而趋。谁谓衰迟百病余,雀鼠入屋不受驱。
长铗长铗归来乎,泥深没胫行无车。咄嗟蜡屐非双凫,安得翩然过故都。

洪　适(1117—1184)

石　桥

悬磴跨幽崖,奔流漱深壑。宛然卧苍龙,天巧谢镌凿。
万木森前山,笙竽真籁作。长啸斥猩猱,来巢怖乌鹊。
莓苔助危梁,下瞰心胆落。横前限翠屏,峭壁旁如削。
于此判尘凡,只尺遂绵邈。飞锡蹑空虚,楼台变林薄。
宝辉觌华灯,金翰过神雀。二年佐铜虎,渠能解羁络。
来烹紫云腴,寒瓯散葩萼。奇事订前闻,诗成识层阁。

胡　宏(1105—1161)

观建安七子诗

作文发妙理,经国厉远图。游目建安中,才子足欢娱。
王刘与应阮,精神可交输。西南落汉日,扬益奋两隅。
山河裂地轴,星象分天衢。八师遇有姚,万世垂楷模。
一元均大化,五服拥皇都。悠悠彼七子,流光失其孚。
飞觞宴婉娈,鼓瑟吹笙竽。主人敬爱客,徒尔相扬揄。
魏祚竟不长,诒谋止斯须。逡巡数十年,刘石横八区。
所以汉高帝,慢骂轻文儒。

胡 宿(995—1067)

山 居①

松韵笙竽径,云容水墨天。人行春色里,莺语落花边。
修竹三间屋,清泉二顷田。了无官府事,鸡犬莫登仙。

孔平仲(1044—1102)

梦锡杨节之孙昌龄见过小饮

梦锡更时事,恢然君子儒。节之琼树枝,秀气发扶疏。
昌龄出相家,谦谨乃绳枢。三人于交游,得一固有余。
日暮俱访我,止驾共踌躇。四天忽阴沉,风声若江湖。
寒色尚可畏,促膝同附炉。高密酒虽贵,为君开一壶。
拳栗自东越,殷榴从上都。羹烹历山蕈,脍斫注沟鱼。
鲜蛤实海错,肥羊非市屠。后食淮南莼,此皆北所无。
主人不敢爱,且以为宾娱。梦锡饮中豪,节之亦其徒。
昌龄稍奸黠,我劝势颇粗。左手扼其肩,右手进觥盂。
勉强为我尽,淋漓满衣裾。醉坐各忘去,蓬烛已见跗。
幽谈入鬼怪,巧谑相揶揄。勿言轻此乐,此乐胜笙竽。
明朝酒醒后,相对礼如初。

李 纲(1083—1140)

幔 亭 峰

燕罢虹桥绝世氛,曾孙谁见武夷君。更无裀幕空中举,时有笙竽静处闻。
猿鸟夜啼千嶂月,松篁寒锁一溪云。洞天杳杳知何处,翠石苍崖日欲曛。

畴老修撰所藏华岳衡岳图·衡岳

五岳分奠如循环,作镇南服惟衡山。炎方荒绝亘沧海,天付雄柄司神奸。
祝融腾掷倚霄汉,群峰逦迤犹堂坛。赞襄一气泄云雨,蟠据千里来荆蛮。
屹然天地物最巨,造化凝结良艰难。恭闻兹岳魏夫人,羽驾白日游山樊。

---

① 张孝祥《山居》内容与此诗大致相同,仅个别字词有异,不再重复收录。

翛翛云气变异色,笙竽声杂环佩珊。 神仙恍惚未易测,落花流水空潺潺。
退之倔强古亦少,故取窜谪窥孱颜。 精神默祷若有应,驱扫氛翳开烟鬟。
乃知正直神所与,露奇呈巧初不悭。 嗟予平生好山水,欲以两足穷跻攀。
恨兹羁束未能往,幽觌眇然图画间。 何当身逐雁同到,已觉心与云俱闲。
轩辕弥明傥未死,相与游戏超尘寰。

李 彭(?—?)

游 简 寂 观

仲夏暑方壮,游子巾柴车。 崖断眇空旷,遂造群仙居。
阔步烟霭外,追凉晚风余。 泉声远逾响,猿挂时相呼。
仙人翔寥廓,曾不念故庐。 苍珉礼斗处,往往闻笙竽。
我复恣云卧,悠然隘寰区。 妄念鼓不作,长啸聊虚徐。

寄云居微首座

天星粲以繁,斗杓横复直。 其谁移人间,罗列遍阡陌。
绮纨沸笙竽,觞酌事几席。 遥怜山阿人,听钟夜寥阒。
孤峰最高寒,阴崖四时雪。 许分一派风,濯我朱夏热。
江皋春事归,峰头犹凛冽。 报子以回飙,草木亦欣悦。

李 新(1062—?)

某夏夜酣寝飘然身若凌云其觉也作梦游仙以原其所自与状其所以归献于杨德翁其辞云

飘飘夜半身凌云,梦与群仙游玉京。 龙虎腾骧争引导,侍童罗络甘逢迎。
绛幡羽扇前驱列,宝盖华旗助旌节。 钧天九奏毕笙竽,飙驭数行响环玦。
初朝太一何所为,次历紫微心自知。 青虬吐烟满琼殿,白鹤起舞临丹墀。
更过十洲寻旧友,旋返瑶池燕王母。 文章已作人间游,功业却从天上走。
朝霞乍吸心耳清,沉潴忽餐肌骨莹。 九门不掩阊阖静,玉女下诏驰名姓。
始惊造作玉楼记,白马诗囊空委地。 又疑本是谪仙人,锦绶纱巾初涴尘。
凤箫一声轻哽咽,雾卷云收天水彻。 葛洪伯乔两无知,送下九霄不言别。
时人学仙不得仙,未能白日升青天。 无心却向梦中见,千万人中何处传。

李之仪(1048—1127)

撚须寄傅子渊

一日几回撚白须,我本于世非葭莩。奈何寸沫长自濡,起倒不供须人扶。
眼前扰扰嘈笙竽,况于得失随有无。鼠壤狼籍多弃余,史云空悲釜生鱼。
抓搔世垢清肌肤,愈下愈拙真挈壶。爱极并爱屋上乌,古诗有之今辄如。
不愿百尺腾龟趺,不愿去为在泾凫。只愿卒岁眼长淤,百无所见常踟蹰。
出门擿埴寻君居,万里付于千里驹。

刘 攽(1023—1089)

高 楼

青楼高高危九衢,朱栏画栱相倾扶。佳人当轩玉不如,红帘翠幕深沉居。
危弦促柱鸣笙竽,哀音感耳心意舒。浮云不行飞鸟徐,游人驻车马踟蹰。
嘉肴桂酒白玉壶,浩唱烂醉何所居。乐极哀多盈必虚,世故万变谁能图。
飞鸢堕鼠残诸虞,里间豪杰何时无。茂陵老儒空叹息,曲突徙薪才赐帛。

刘才邵(1086—1157)

游天竺灵隐寺诗

清晨出城西,车马纷飒沓。行行岩壑深,漠漠雾雨杂。
云阴忽披豁,海色共萧飒。幽寻浩莫穷,空响时相答。
地籁笙竽真,材缋丹青合。潦收猿涧净,寺绕鹫峰匝。
檐牙向空啄,殿脚依山插。空翠扑轩窗,乳洞敞闺阁。
泄云无定姿,欹石半相磕。珠灯吐光焰,香龙振鳞甲。
啼烟禽念佛,掇蕊蜂供蜡。丹井涨灵泉,岩松披艾衲。
萝径劳跻攀,风扉自开阖。龙天想奔凑,飞走亦驯狎。
同游今渊云,驰声久鞚鞳。逸骥谁能追,流风不受闸。
家山富岷峨,水驿经夔峡。不应得未曾,犹若济所乏。
欲去还停驺,就石屡移榻。共笑香积供,未脱腐儒粝。
重来当一洗,寻盟忽忘歃。

陆 游(1125—1210)

谒汉昭烈惠陵及诸葛公祠宇

雨止风益豪,雪作云不动。凄凉汉陵庙,衰草卧翁仲。
画妓空笙竽,土马阙羁鞚。壤沃黄犊耕,柏密幽鸟哢。
尚想忠武公,身任社稷重。整整渭上营,气已无岐雍。
少须天意定,破贼宁患众。兴亡信有数,星陨事可痛。
陵边四五家,茆竹居接栋。手皴纸上箔,醅熟酒鸣瓮。
虽嗟生理微,亦足逭饥冻。刘葛固雄杰,阅世均一梦。
论高常近迂,才大本难用。九原不可作,再拜临风恸。

吕本中(1084—1145)

送晁季一罢官西归

少年阅人若邮传,汉廷公卿日千变。故人一蹩便青云,咫尺相逢不相见。
丈夫须髯但如戟,黄尘没马渠未识。晁侯文采老不闻,两耳壁塞目为昏。
三年刺促簿书里,更觉和气生春温。谁能种兰生九畹,从公不辞堕车蹇。
冰霜入眼蚊蚋去,桃李成蹊草茅远。胸中沧海无水旱,眼底浮云看舒卷。
顷来江上几送迎,聚蚊成雷公不惊。笙竽沸地不知晓,公但寒窗延短檠。
乃知风雨昼窈冥,我亦不废晨鸡鸣。箕山之下颍水边,脱冠便归须壮年。
诸公先寻买山钱,我亦从今当着鞭。

正月十五日试院中烹茶因阅溪碑

小炉方鼎蛙蚓鸣,那知帘外东风惊。乱云初破盘凤影,缺月半堕春江明。
已驱簿领出门去,更洗肝肺令愁醒。大碑古字久寂寞,高堂素壁空峥嵘。
坐看光焰扫尘土,便觉冰霰临窗屏。文章断绝生气在,妙句直欲无兰亭。
峄山野火烧欲尽,瘗鹤半在江中陵。不知此书更奇古,反覆餍饫无讥评。
山精地神肯爱护,至今欧虞来乞灵。要令石鼓举吉日,不必细字临黄庭。
生平访古少如意,对此自足忘经营。世间儿女争媚好,纸上姓名谁重轻。
迩来半月得坚坐,一室当行千里程。南楼灯火漫明灭,北里笙竽频送迎。
儒生事业了不恶,故人浮沈吾懒听。更阑更自取书读,唤起奴仆寻短檠。

毛 滂(1060—?)

仆性懒慢喜睡而吏事亦早休因得遂其欲琳老数语仆曰当屈伸步趋以散郁滞乃以诗送白术或云饵术能长生绝谷致神仙苟未至尚能耐寒暑其骨健轻难老傥然则仆异时芒屦布裘步寻此老于径山之上尔

先生晓开城旦书,坐与老农相嗫嚅。
胸中百纸无处使,静看穷达如呼卢。
去年凿池筑潜玉,清夜明月挂碧芦。
径山老人笑疏懒,云当运动如户枢。
紫房雁觜擢烟缕,细根蚯蚓蟠苔肤。
先生领意手自植,衣袂馥馥侵蘼芜。
何时一饱斁凤凰,缑山月夜听笙竽。
坐看白驹变古今,浮沤流电皆须臾。
不须仙人九节杖,他年要与猱争途。
槐阴翠圆吏已散,归来下帘手撚须。
身闲睡饱亦不恶,何用一跃惊骀驽。
先生独吟亦径醉,谁见露鹤寒相呼。
朝来此老意不已,溪寺破雨遗天苏。
茯苓虽老避芳液,团参已贵惭云珠。
从今抱瓮十日往,欲将后健酬前劬。
长吟往觅五色麟,翩然那复烦双凫。
此语险怪傥未然,引年聊与昌阳俱。
凌霄峰头觅此老,登山过水安用扶。

梅尧臣(1002—1060)

去年宋中道自洺州以书令魏殊来谒予魏遂托主第后辞归予因中道之兄次道有孔雀赋以送魏生

置从南海桄榔林,笼入西州鹦鹉地。耸冠禽翼修尾张,鳞鳞团花金缕翠。
一身粲烂文章多,引声笙竽奈远何。五侯池馆不可恋,桂树深枝自有窠。
凤皇楼头饶燕雀,入屋穿帘非尔乐。非尔乐,去何之,北方佳人或歌骂。

潘良贵(1094—1150)

郑亨仲作亭西山颜曰可友以书求诗为赋一首

君不见子猷嗜好与俗殊,种竹不可一日无。
又不见太白清狂世绝伦,举杯邀月独相亲。
风流二子去已远,尘埃那复闻高人。郑侯未遇身更闲,躬耕自乐岩谷间。
开亭容膝日寄傲,坐对嶕峣崒律之西山。
西山苍翠如堆玉,松奏笙竽云作屋。澄鲜爽气日夕佳,不学时情易翻覆。

543

田文唾面噴小儿,翟公署门良可嗤。悠悠权利悲一时,乐哉此友谁能知。
郑侯与我论心久,年少相从今白首。对山勿著绝交书,要须著我成三友。

任希夷(1156—?)

聚景园宴集

晚排阊阖披云雾,身蹑仙修游禁宇。始知天上自清凉,不信人间有炎暑。
庭前青松笙竽声,望处红蕖锦绣云。月卿领客意缱绻,冰盘照坐光缤纷。
薰堂尽却蒲葵扇,瑶阶细展桃枝簟。加笾新采波上菱,如珠更剥盘中芡。
老罢惭无翰墨功,臭味喜入芝兰丛。二妙不偕阿凤至,四老但许商山同。
明当入直须随仗,夕阳未下催归桨。重城街鼓已冬冬,举头桂魄层霄上。

邵　雍(1011—1077)

天 津 水 声

洛水近吾庐,潺湲到枕虚。湍惊九秋后,波急五更初。
细为轻风背,豪因骤雨余。幽人有兹乐,何必待笙竽。

史　浩(1106—1194)

宴奉使杨御药致语口号

神圣相承乐太平,尊贤贵老有真情。煌煌凤翮飞丹检,赫赫辂车下紫清。
笾豆交酬当美景,笙竽合乐起新声。客星今喜使星聚,乾象森罗彻晓明。

史尧弼(1119—?)

白 云 阁

阁虚云出没,云阁两无心。旌旆千山立,笙竽万籁深。
相君聊暇日,篮舆得幽寻。徙倚天东北,狼烟犹尔侵。

释善珍(1194—1277)

次徐监簿韵贺吴侍郎新第落成(其二)

词源本本自欧苏,胸次湖江跨楚吴。纵未押班坐鸥阁,亦须开府佩麟符。
拂衣太华今无放,卜筑中条昔有图。久矣笙竽喧众耳,新声待奏凤将雏。

舒邦佐（1137—1214）

以昌黎验长常携尺为韵赋笋五首（其三）

行矣脱锦绷，笙竽奏凤篁。岁晚尤可敬，霜雪不改常。

舒岳祥（1219—1298）

山甫画松

山甫作古松，意造无定本。枝枝藏太阴，笔笔涵混沌。
气吞千尺崖，犹作飞瀑滚。肺肝生洞壑，槎丫出隐嶙。
奋臂盘礴余，墨渍笔不吮。若人盖天机，岂为寻丈窘。
胸中有磔砢，欲出不可忍。恐是城南树，写形难自隐。
呜呼夹山自有真松图，朝夕左右陈座隅。
伐薪架屋听笙竽，好翁之计诚非疏。

苏 过（1072—1123）

仆以事至洛言还过龙门少留一宿自药寮度广化潜溪入宝应翼日过水东谒白傅祠游皇龛看经两寺登八节尤爱之复至奉先作此诗以示同行僧超晖

峥嵘两山门，共挹一水秀。滩声千鼓鼙，石壁万龛宝。
何人植翠柏，幽径出尘囿。金银佛寺古，夜籁笙竽奏。
僧稀梵呗少，石险松竹瘦。惟当效乐天，早晚弃冠绶。

苏 轼（1037—1101）

寄刘孝叔

君王有意诛骄虏，椎破铜山铸铜虎。联翩三十七将军，走马西来各开府。
南山伐木作车轴，东海取鼍漫战鼓。汗流奔走谁敢后，恐乏军兴污资斧。
保甲连村团未遍，方田讼牒纷如雨。尔来手实降新书，抉剔根株穷脉缕。
诏书恻怛信深厚，吏能浅薄空劳苦。平生学问只流俗，众里笙竽谁比数。
忽令独奏凤将雏，仓卒欲吹那得谱。况复连年苦饥馑，剥啮草木啖泥土。
今年雨雪颇应时，又报蝗虫生翅股。忧来洗盏欲强醉，寂寞虚斋卧空瓿。

公厨十日不生烟,更望红裙踏筵舞。故人屡寄山中信,只有当归无别语。
方将雀鼠偷太仓,未肯衣冠挂神武。吴兴丈人真得道,平日立朝非小补。
自从四方冠盖闹,归作二浙湖山主。高踪已自杂渔钓,大隐何曾弃簪组。
去年相从殊未足,问道已许谈其粗。逝将弃官往卒业,俗缘未尽那得睹。
公家只在雪溪上,上有白云如白羽。应怜进退苦皇皇,更把安心教初祖。

苏　辙(1039—1112)

熙宁壬子八月于洛阳妙觉寺考试举人及还道出嵩少之间至许昌共得大小诗二十六首·将出洛城过广爱寺见三学演师引观杨惠之塑宝山朱瑶画文殊普贤为赋三首(其三)

壁毁丹青在,移来殿庑深。赋形惊变态,观佛觉无心。
旌旆翻空色,笙竽含妙音。风流出吴样,遗法到如今。

和子瞻东阳水乐亭歌

君不见武安前堂立曲旃,官高利厚多忧患。
又不见夏侯好妓贫无力,帘箔为衣人莫识。
两人操行虽不同,辛苦经营实如一。
不如君家激水石中流,听之有声百无忧。
笙竽窈眇度溪谷,琴筑凄咽穿林丘。
高人处世心淡泊,众声过耳皆为乐。
退食委蛇石上眠,幽音断续床前作。
正如古人乐易多欢娱,积土为鼓块为桴。
但能复作太古意,君家水乐真有余。

苏　籀(1091—?)

题张公文潜诗卷一首

群才奔正始,辩论轶髯卿。诸老力推毂,斯文有定评。
龙旗叔孙氏,金笔左丘明。杕杜尝嗤点,椒兰足陷倾。
穷途乖党侣,陋屋挂冠缨。彰炳流千载,嗟咨莫两楹。
桑枌堕兵火,简札落寰瀛。态度云霞蔚,瑰奇珠玉生。

渊停真可挹,川驶不留行。机杼班扬旧,笙竽陶谢并。
风骚齐穆若,郊岛圬低平。百末芳蜂采,千歧理刃迎。
斧斤皆阁束,凿枘自天成。大论尤宏博,短章工冽清。
精微演孔佛,刚毅奖周京。粝食何曾餍,高标不朽名。
斐然愚小子,钦咏有余声。

孙钦臣(?—?)

罗浮即景

巨鳌掀钓去,何代泛蓬瀛。百里风光积,崇朝香气横。
盘根争笋拔,峻岭共峥嵘。伞盖千重出,笙竽万籁声。
望高南镇越,势远北归滇。涧险难穷路,花多不记名。
寒流飞白练,怪石叠苍琼。雨向山腰下,云从洞口生。
乔松随岁古,异卉逐时荣。近逼天风冷,遥瞻海日明。
淡烟轻纠素,修蔓密垂缨。泉涌知无尽,崖危讶欲倾。
深沈宜造化,顷刻变阴晴。游客逢岩住,归僧带月行。
更寻应有分,再到已忘情。但恐看难遍,须知画不成。
惜哉居绝域,不得视公卿。

王士元(?—?)

龙子祠农人享神

晋州之西,山曰霍姑,有泉源源流不潴。疏为八道沟与渠,坐令瘠土成膏腴。
多黍多稌多麻蔬,汜汜万亩棋局如。田家终岁惟勤劬,虽有干旱无忧虞。
割牲酾酒父老趋,坎坎击鼓吹笙竽。报答龙神醉饱余,宛若泽国江乡居。
晋州之东民岂迂,耕种自亦为农夫。年年汲井井欲枯,赤日炙背田不濡。
父子筋力疲辘轳,肩颊汗浃良区区。老我见此空嗟吁。
谁把劳逸分两途,凶年且为宽赋租。

王 炎(1138—1218)

壬子春罗端长赠别

忆昔始相识,公归自中都。时方擢上第,绿发青衫纡。

论交兄弟间,意气和笙竽。瑰文得要揽,快语相为娱。
一别间何阔,流年走旸乌。高情自浩浩,风骨乃仙癯。
顾我蒲柳姿,雪霜凝鬓须。回思鸿雁行,泪落衣袖濡。
相逢慰栖迟,此道评精粗。稔闻充素蕴,诸老推通儒。
又知治剧县,民瘼删繁须。清才为世用,洗目亨天衢。
监州尚小试,称屈非超逾。叩门喜重来,新诗遗明珠。
倾倒念有陈,草具陪觞壶。自愧学不讲,议论无根株。
殷勤谢雅贶,披索中肠枯。壮志已怆恨,俗情厌崎岖。
正须心所欣,日与镌迁愚。奈何复作远,揽袂还踌躇。
公犹寄异邦,同是江南区。但虑怀与安,久客非良图。
终当念坟墓,速归三径芜。昨言亦云然,岁寒勿盟渝。

王 洋(1089—1154)

寄廉宣仲

绕淮邑屋绵千区,画檐绮栋吹笙竽。冶金合范结枢纽,冰销水释无须臾。
盗前乞死火中走,几人脱迹逃江湖。静思朋旧若满目,不取神祸遭囚俘。
其间善类岂不有,安得变化归同符。平生宣子富心事,先奉白发携童孥。
吴山越山好处所,饭炊香稻歌吴歈。我家盗焚先子业,每仗余德宽天诛。
悲伤扶病别邻里,崎岖仅得来东吴。稻粱在世竟何物,与子各隔天一隅。
近闻诗章不减旧,昔日健笔争华敷。鹓鸾羽翼困州县,况事糟酒分锱铢。
隔江摇想思会合,安得两脚生双凫。溪边樵风趁短棹,杖头明月兼酒壶。
十浆馈我五浆少,万事一醉真良图。

王禹偁(954—1001)

五 老 峰

矗矗拂星榆,峥嵘与众殊。精灵奔昴宿,神异载河图。
捧日光先及,参天礼不趣。绿萝供组绶,清籁献笙竽。
泄雨遥沾华,堆岚下照蒲。僧窗分未足,郡阁占应俱。
漠漠云交袂,霏霏雪映须。巨灵羞用壮,玉女愿为奴。
磊落工难画,参差德不孤。儿孙溪石小,几杖涧松枯。

洞鄙三茅隐，山嫌四皓逋。分形皆自立，倒影要谁扶。
将数惭同汉，臣名合赞虞。嵩峰真树党，天柱太无徒。
安得随人意，移将近帝都。吾君南面处，万岁一齐呼。

王之道（1093—1169）

西　灵　鹫

我闻西灵鹫，幽奇冠龙舒。山神知我来，夜雨自涤除。
篮舁犯霏微，敢惮石径纡。清风偃林柯，征衣尽沾濡。
樵人向我言，君行欲何如。松杉已在望，尚有七里余。
崎岖雨过水，蹑云上天衢。飞楼及涌殿，峥嵘映浮屠。
幽鸟若相喜，好音弄笙竽。为言一宿觉，何妨更踟蹰。

送神童胡元弼元英从其父胡庭俊归秋浦

西湖清丽春雨余，子今欲去其焉如。九华插天远在望，三月不见愁容舒。
二儿奔逸汗血驹，辈视长离与鹓雏。去年冒雪来其俱，一鸣上国惊群儒。
书不负人人负书，公卿岂应终犁锄。惠然过我骑甚都，萧萧晚吹飘襟裾。
借问能留旬月无，吾亦理棹其归夫。为言与君不同涂，蔼峰松竹鸣笙竽。
奇童小友良不诬，异哉老蚌生双珠。君之是行亦荣欤，三胡盛事喧州闾。

王　质（1135—1189）

送施丙卿

嗣宗仲容天下无，施家更与阮家殊。舍人骑星上天衢，令君抱云守仙都。
氐房奎壁牛女虚，岂肯使人清晖孤。舍人桃李将吹嘘，青青白白并朱朱。
子昔绿水敷红蕖，速谢香火归诸胥。元丰欧阳元祐苏，黄晁张秦皆其徒。
子所标准前规摹，策勋岂不真良图。甘王楼下百日余，展尽胸襟渺江湖。
今年大燎然洪炉，独此冰玉涵秋菰。玉山玉水清而腴，山南山北多仙庐。
居仁宝玦敲珊瑚，吉甫金碗倾醍醐。山东文豪尹大夫，银河赤岸通方壶。
三山仙伯飘飘俱，端明殿老争抟扶。子乃奔轶攀其须，明月在天不可呼。
掇拾堕黑云模糊，三台北斗韩尚书。芙蓉旌旗驻飞车，低挽凤凰追鲸鱼。
高搴麒麟起玉除，定不遗子鲛人珠。宜春宣曲骖皇舆，尚书许我能起予。

飞黄一向抛蟾蜍,不识尊意今何如。四十有六垂桑榆,西湖寒雪参清娱。
飞琼砑磕波文粗,卓玉棱嶒山骨癯。尚书尚书切勿疏,我久寂历西山隅。
尚书击鼓群龙趋,我岂不解吹笙竽。
青枫红叶秋风初,风声猎猎摇江蒲,矫首河汉且长吁。

文 同(1018—1079)

一字至十字成章二首·咏竹

竹,竹。

森寒,洁绿。

湘江滨,渭水曲。

帷幔翠锦,戈矛苍玉。

心虚异众草,节劲逾凡木。

化龙杖入仙陂,呼凤律鸣神谷。

月娥巾帔静苒苒,风神笙竽清簌簌。

林间饮酒碎影摇樽,石上围棋轻阴覆局。

屈大夫逐去徒悦椒兰,陶先生归来但寻松菊。

若论檀栾之操无敌于君,欲图潇洒之姿莫贤于仆。

文彦博(1006—1097)

次韵留守相公同游龙门

凿开青嶂启天门,直泻伊流泄汝坟。八节惊涛鼍振鼓,千花宝塔雁翔云。
岩隈雨过飞泉涨,谷口风回堕叶纷。龛穴隆穹三像列,楼台华焕两崖分。
方陪茜旆来寻胜,不就蒲飧趁茹荤。北里笙竽皆拥从,东山罗绮半酣醺。
升堂共睹幡仙貌,策杖同寻古士坟。喜脱貂冠亲野老,幸随态轼附邦君。
林峦岑寂真堪赏,市井喧哗渐厌闻。人度长川犹隐映,香销古殿尚氤氲。
周生归后兰重佩,荀令行时蕙更薰。晓露未晞珠滴泪,秋花争发锦挑文。
群娃散步尘生袜,小舫争登水溅裙。钓叟傍观皆叹羡,禅师迎谒尽欢欣。
既无冗局羁闲迹,忍促回轩背夕曛。得向石头溪上饮,从今遂不畏移文。

乐器组合

徐　照（？—1211）

黄　公　济

石色丹砂文，林木翠相合。灵源一派长，近与银汉接。
老眼挂千仞，吟步绕百匝。云遮忽有无，路坳见重叠。
风响闻笙竽，龙灵化蛙蛤。再掬清泠波，一洗□滞匣。
但愿高高流，勿以众流杂。

薛绍彭（？—？）

左绵山中多青松风俗贱之止供樵爨之用郡斋僧刹不见一本余过而太息辄讽通守晋伯移植佳处使人知为可贵东川距绵百里余入境遂不复有晋伯因以为惠沿流而来至此皆活作诗述谢并代简师道史君

越王楼下种成行，濯濯分来一苇杭。偃盖可须千岁干，封条已傲九秋霜。
含风便有笙竽韵，带雨偏垂玉露光。免作爨烟茅屋底，华轩自在拂云长。

杨冠卿（1138—？）

仙　游

迢迢秋夜长，娟娟霜月明。隐几观万变，俯仰周八纮。
人间厌谪堕，翳凤骑长鲸。寥天排云征，高步抚流星。
群仙罗道周，有若相逢迎。旌羽绚虹霓，环佩锵葱珩。
问我来何迟，携手上玉京。陛级扣灵琐，班联簉紫庭。
绿章奏封事，清问殊哀矜。饮之以云腴，锡之以琼英。
下拜亟登受，倏然云雾兴。杳不知其所，变化无留形。
俄顷双青鸾，衔笺报归程。望舒肃前驱，徒御了不惊。
归时夜未央，仰视河汉横。天风西南来，隐隐笙竽声。
钧天认帝所，昨梦怆难成。

杨学李（？—？）

西郊晚步

江城五月风雨余，岭南地僻少驰驱。政余长日无与俱，寻幽步屧城西隅。

地平山远迷绿芜,垂阳深处闻鹧鸪。紫纤小径迓浮图,松风夹道如笙竽。
清池冷浸秋水菰,如有露气侵庭梧。桃笙院静横竹奴,栩栩清梦游冰壶。
觉来残照不可呼,更待好月同归涂。

尤 袤(1127—1194)

庚子岁除前一日游茅山

犯寒出行遇,值此岁云除。刚风驾飙轮,送我游清都。
华阳第八天,仙圣之所居。洞门劣容人,中宽如室庐。
横前大溪水,于焉限尘区。其右万石林,错落空翠图。
茅庵著深秀,细路缘崎岖。幽泉见客喜,颇亦类逃虚。
山深日易曛,捷径趋元符。琳宫照金碧,天籁鸣笙竽。
侧睨白云峰,前瞻赤沙湖。金坛耸百丈,阴洞通七途。
俯视人间世,扰扰真虫蛆。畚以凡陋质,忝分赤城符。
岂悟夙昔缘,复造神灵墟。平生梦寐处,恍若登华胥。
归来拜绿章,足力尚有余。珍馆十六所,安能遍遨娱。
穷探恨不尽,大息仍踟蹰。

喻良能(1120—?)

永祐陵(其二)

森然一径趋高爽,郁葱佳气遥相望。松声万壑奏笙竽,山形千叠开屏障。

曾 巩(1019—1083)

庭桧呈蒋颖叔

桧枝高下秀森森,曾寄名卿异俗心。草舍一时成往事,松身千尺见新阴。
声清不受笙竽杂,气劲能遗霰雪侵。汉节从来纵真赏,谢庭兰玉载芳音。

曾由基(?—?)

游宜春北岩

宦躯真沐漆,放怀北岩去。行行如麓境,渐入幽绝处。
湿翠欲沾衣,晴云乱生屦。滩声时抑扬,岚气互吞吐。

松寒韵笙竽,碣石状钟虡。朱实嫋碧藤,白羽明翠坞。
提壶忌人醒,市醑邀我沽。野果枝头寻,水乐空中度。
饮少辄颓玉,山灵劳拱护。起来一凭栏,件件是佳句。
此景几百年,却待予全付。吟成石点头,喜极石应语。
何处一鸣鹤,而作赏音和。仰峰人所仰,隔江不受呼。
正如山中人,九诏不一顾。传闻唐卫公,挟册曾此寓。
皋夔读何书,瑰誉响千古。一生拗介甫,政坐读书误。
公乎倪可作,同草遂初赋。

詹 本(?—?)

春日携客游武夷

山脚健枝梧,百里插苍峭。粼粼石可把,曙色坐远钓。
风水真笙竽,历落太古调。衣冠带莽苍,山鬼惊二妙。
云月正忘年,花鸟更索笑。回船翠凌乱,吾道付长啸。

张舜民(?—?)

东武二首(其二)

景公登牛山,俯阚临邑区。耕耘被广野,轩冕充修衢。
斗鸡走狗马,击筑吹笙竽。鱼盐来海岱,桑柘入青徐。
饶乐曾无敌,弃背复何如。公乃叹而泣,顾谓诸大夫。
安得千万年,长有此国都。大夫助公泣,献寿犹欷歔。
晏子敛袂笑,笑此君臣愚。世事如轮环,曾不借须臾。
前此十数公,今已成丘墟。胡不长守此,乃与子孙居。
始知富贵者,喜受庸人谀。岂独当时笑,后世亦揶揄。

张 镃(1153—?)

酬曾无逸架阁见寄

贪闲常怕拆人书,今日开缄病已无。数纸云情动金石,一篇天籁集笙竽。
心交物类相感志,愿在衣冠盛事图。稍稍斯文振吾党,快来青鬒蹑华途。

章 杰(?—?)

防 风 庙

弭楫山水县,驱马东南隅。候当溽暑至,乘凉出郊墟。
晓月醒魂梦,轻飔动襟裾。气爽体自轻,纵意驰坦途。
俄然远嚣尘,平野釂青渠。突兀见广殿,解鞍试入趋。
厥祝唯防风,庙貌侔王居。桨杆残椒糈,惆怅走鼪鼯。
像设匪丰硕,胡能骨专车。媲以二小君,宥坐五丈夫。
壮者黝而武,少者美且都。所被皆甲胄,所执皆矛殳。
列侍立众鬼,昂头竞睢盱。我欲诹本因,遗民孰与呼。
袚服立庑下,亟询乃淫巫。指数为我陈,其辞诞以迂。
吾闻夏后氏,经启良勤劬。泽水戕大患,巡狩遍中区。
稽山考制度,轨物示宏图。冕弁拱黼座,玉帛罗庭除。
群臣并奔奏,臣职当罄输。如波朝沧溟,混混川流俱。
于时独此侯,后至行趑趄。天王赫震怒,萧斧命显诛。
其后越千祀,吴越相吞屠。山堕出巨骨,睹视咸惊呼。
使韶聘上国,彻俎咨真儒。先圣与辩说,门人著于书。
愚生邈三季,复历千载余。管窥偶致疑,鄙抱思略摅。
王制重述职,期会诚难逾。川途或淹阻,驰骤有疾徐。
推诚不逆诈,大度宜纳洿。尉佗怠朝贡,汉庭方剖符。
刘濞称内病,几杖赐勾吴。矧在先王时,宪令期简孚。
贬爵与削地,轻重分差殊。迨至三不朝,六师始诛锄。
薄乎后期罪,何至绝头颅。文命敷四海,祗德垂典谟。
班师远格苗,下车亲泣罪。奚独汪芒氏,遽忍加金铁。
吾观此邑壤,如环尽崎岖。左方小类玦,众流复萦纡。
意彼漆姓君,继世居封禺。负固资险阻,勇悍由魁梧。
虎视远京邑,狼贪生觊觎。清跸来海峤,神兵卫龙舆。
势穷力已屈,席藁往自拘。士师有常刑,明罚讵可逋。
异哉雄伟姿,恃以丧厥躯。羿奡不得死,斯人殆其徒。

犀角裹象万,终然被醯醢。长狄正俗类,伯也为侨如。
春喉逢富父,埋首当子驹。诸国近剿灭,郧瞒无遗孥。
斯事足可证,斯理谅非虚。夫子作春秋,近详远则疏。
隐威事已略,麂兹姓氏初。繁简据旧史,疑信戒厚诬。
或讥陷刑戮,尸祝真诡谀。答云无轻议,在礼存楷模。
黄能遭殛死,祀典其舍诸。侯虽犯天宪,私惠曾沾濡。
束手赴棘水,靡烦动戈戳。一国实被赐,重恩谁敢孤。
春秋荐蘋藻,抱送嘈笙竽。血食庇此方,永世终无渝。

赵鼎臣(?—?)

犹子奕来乞酒戏以诗饷之

滏阳从事如瓠壶,虽如瓠壶中不粗。十围腰腹八尺躯,出行不敢用肩舆。
马壮如牛形虎如,载之喘汗蹶不趋。倒床甘寝鼻辄呼,隐如雷霆惊里闾。
觉来长啸忽轩渠,口吻咳唾出明珠。诋嘲风月戏鸟鱼,捃摭草木穷根须。
大声铿锵金石俱,小声要眇韵笙竽。泠泠清风濯暑余,玉壶之冰列坐隅。
夷甫卫玠谈玄虚,蒙庄执策算有无。乃知公孙不硕肤,炯如列仙形甚臞。
瑶泉之酒出中厨,时节贡献帝所须,颇亦沾丐及吾徒。
知汝燥吻思江湖,作书亟遣长须奴。焦山未沃东海枯,笑我一勺安可濡。

赵 蕃(1143—1229)

自安仁至豫章途中杂兴十九首(其一三)

参天落落复青青,风过笙竽得细听。睡思莫将茶料理,只须卧此片时醒。

贵溪隔岸有二岩仆旧游也闻子畅受秋租于彼以诗寄之

黄岩崭绝人人居,徐岩蟠郁处士庐。扁舟半载泊南岸,折梅看雪频携壶。
黄岩夹道松百株,风来迎送齐笙竽。坛崩殿古黄冠癯,悬岩石刻墨可模。
徐岩触目多荒芜,啼啸往往纷鼪鼯。废基断砌或有无,名字不复知谁渠。
闻君奉檄方受租,播糠眯目莫与娱。作诗为君道何如,寻幽速遣从骑驱。
赋成孰寄当念吾,不用寒温枉素书。

郑康佐(?—?)

夜 乐 池

清籁起虚壑,笙竽惊夜眠。音调自谐畅,恍如奏钧天。
真仙聚临赏,鸾鹤舞蹁跹。凌晨日杲杲,濯缨弄潺湲。

郑 獬(1022—1072)

春日陪杨江宁宴感古作

昔闻颜光禄,攀龙宴京湖。楼船入天镜,帐殿开云衢。
君王歌大风,如乐丰沛都。延年献嘉作,邈与诗人俱。
我来不及此,独立钟山孤。杨宰穆清飙,芳声腾海隅。
英寮满四座,粲若琼林敷。鸐首弄倒景,蛾眉掇明珠。
新弦采梨园,古舞娇吴歈。曲度绕云汉,听者皆欢娱。
鸡栖何嘈嘈,沿月沸笙竽。古之帝宫苑,今乃人樵苏。
感此劝一觞,愿君覆瓢壶。荣盛当作乐,无令后贤吁。

仲 并(?—?)

舟过仁王寺因口占一首

平野绿远近,晴山翠纵横。西风今日凉,天意济此行。
居士十日病,快意身已轻。逢寺聊少憩,山僧苦相迎。
岂为余事来,泉石钟吾情。风生本何意,松篁得之清。
向来城市口,无此笙竽声。坐久百念歇,一雨秋意生。
所恨二三子,无怀可同倾。少日戒客气,四十犹未平。
一事一错误,百年几折肱。不如谢公等,穷山掩柴扃。

周 密(1232—1298)

记 梦

刚风吹翠冰,倒景浮玄枢。萧台万八千,上有真仙居。
冰绡纲清气,宝笈夒琼书。至人青瑶冠,风动云霞裾。
顾我一笑粲,勺以青琳腴。泠泠彻昆仑,肝鬲生明珠。

玉童发清谣,引鹤开金铺。授我碧露笺,字字如琼琚。
跽受九拜起,云气随卷舒。灵文眩五色,奥语探皇初。
青高不可极,玄晤常集虚。玉苗日茂茂,珠蕊春如如。
天妙不费言,悟解超仙衢。飞楼入紫翠,笑语多天姝。
驯龙耕玉田,小凤扶金车。香满十二帘,春动红流苏。
修栏瞰云雨,黄道通清都。忆昔游五城,十载才须臾。
正坐一念差,不觉秋尘汙。华池涤凡髓,重佩三元符。
凛凛不可留,欲去还踟蹰。仰天发长啸,万窍皆笙竽。
约我更百年,来此骑鲸鱼。

朱　熹(1130—1200)

题吴公济风泉亭

涧谷居永久,高情未云酬。兹焉发天秘,始造寒岩幽。
上有茂树阴,下有清泉流。结亭倚苍峭,凿磴穷嵌丘。
翠壁自屏立,青藓亦环周。羯来憩永夏,凛若临清秋。
仰空韵笙竽,俯槛锵琳璆。幽听一以会,悠然与神谋。
遐哉超世心,暇日聊娱忧。笑问车马客,谁能淹此留。

邹　浩(1060—1111)

滩声(其一)

长滩斗折转城隅,激浪飞声昼夜俱。猛讶龙骧带雷雨,缓疑仙会集笙竽。
吟风古木那能和,弄影幽禽只自娱。我已无心到天籁,凭栏聊为一踟蹰。

笙　簧

曹　勋(1098—1174)

汉宫词三首(其二)

鹈鹕楼高百尺墙,墙高元不碍笙簧。君王对面如天远,可笑梅娘不自量。

美女篇

芙蓉开绿水,青松映海棠。新晴沐膏雨,艳色明朝阳。

绰约彼姝子,转盼流辉光。被服妖且妍,细浥蔷薇香。
下有合欢带,绣作双鸳鸯。上有双同心,结作明月珰。
珠环垂两耳,翠凤翘钗梁。琼钩约双袖,提笼学采桑。
采桑城南隅,五马停路傍。调笑不一顾,但见桑条长。
归来候蚕眠,静坐调笙簧。结发事夫婿,谁羡东家王。

陈　普(1244—1315)

咏史·刘琨(其一)

竹林遗类入荆杨,贾郭余尘在晋阳。听得平阳消息否,忍听徐润调笙簧。

陈　岩(?—1299)

西　洪　岭

众壑中分岭势回,数家茅店傍山开。长风吹入松梢去,一片笙簧动地来。

陈与义(1090—1138)

蒙知府宠示秋日郡圃佳制遂侍杖屦逍遥林水间辄次韵四篇上渎台览(其三)

竹际笙簧起,回听众籁微。时陪物外赏,肯念日斜归。
草色违秋意,池光净客衣。吟公清绝句,政尔不能肥。

陈　著(1214—1297)

代天府曾安抚鹿鸣宴诗

笙簧声合陇春风,春在江梅第一丛。月旦姓名光上国,日边步武便南宫。
看花自是长安客,对客当如横浦翁。杯酒殷勤相属处,峥嵘头角已争雄。

程元凤(1200—1269)

游清泉寺

为爱山房峭绝,十年两借禅床。松声夜半清枕,洗尽世间笙簧。

同山窗游黄山

解鞍小憩索胡床,五载重来两鬓霜。庭下幽花迷蛱蝶,屋头乔木弄笙簧。
棣华喜遂团栾乐,柳絮从教上下狂。明月浮丘访仙伯,径迷芳草马蹄香。

范成大(1126—1193)

陆务观云春初多雨近方晴碧鸡坊海棠全未及去年(其二)

报事碧鸡坊里来,今年花少似前回。笙簧冷落遨头病,不著梁州打不开。

元夕大风雨二绝(其二)

河倾海立夜翻盆,不独妨灯更损春。冻涩笙簧犹可耐,滴皱梅颊势须嗔。

冯　山(?—1094)

和子骏郎中登高

曾对炎蒸忆静便,偶逢佳节思超然。相将绝顶孤高处,剩看清秋几许天。
虽欠笙簧留席上,犹胜风雨傍篱边。好看菊蕊殷勤别,旦暮除书落枕前。

郭　印(?—?)

春日云溪即事二首(其一)

乞得筋骸伴老农,一丘春兴有谁同。禽声路入笙簧里,花色人行锦绣中。
薙草养兰修故事,凿渠引水著新功。羲和叱驭应难挽,愁见颠狂柳絮风。

韩　琦(1008—1075)

春阴席上

腊寒初破作春阴,渐涩铜乌远漏沉。气折笙簧声易软,润匀梅柳色潜深。
已催豪侠将狂兴,更恼衰残欲病心。任展轻绡谁画得,雾昏楼阁半遥林。

华　镇(1051—?)

用韵谢越帅程给事

大屏元侯重荐论,自惭謇浅匪多闻。已当壮齿逢清世,敢向南山恋白云。
宴以笙簧终永日,宠将珠玉焕新文。愿凭陶铸冲天去,黄阁门前拜使君。

黄　裳(1043—1129)

桐庐县仙人洞十题·碧鸡

翠碧笙簧羽与声,有时离合不留情。清多本是仙家物,长向秋风独自鸣。

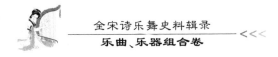

黄公度(1109—1156)

题翠峰寺西轩

寂寂春葩映短墙,半山松竹奏笙簧。无情幽鸟背人去,不惯村童笑客狂。

贾宗谅(?—?)

长安上元

雍国唯今夜,通衢嘉致新。朱楼万家月,芳树一城春。

远近笙簧韵,往来车马尘。星移天欲晓,犹有未归人。

姜特立(1125—1203)

一年佳节惟立春元夕并在一日亦盛事也灯火笙簧处处有之斗城且尔况京都乎追想旧游成一诗聊摅郁郁(其一)

揭地东风作晓晴,峭寒别是一般清。五更彩燕归铃阁,一夜金莲撒斗城。
岁稔歌谣欣越俗,酒阑魂梦绕神京。几多携手天街月,行听帘帏笑语声。

一年佳节惟立春元夕并在一日亦盛事也灯火笙簧处处有之斗城且尔况京都乎追想旧游成一诗聊摅郁郁(其二)

公堂宴处万灯明,灶鼓冬冬脆管清。莫厌青裙分作队,那无艳粉笑倾城。
甘心挝鼓投荒裔,敢望传柑近上京。咫尺宾朋若胡越,语音嘈杂隐雷声。

一年佳节惟立春元夕并在一日亦盛事也灯火笙簧处处有之斗城且尔况京都乎追想旧游成一诗聊摅郁郁(其三)

试听楼头报几更,暗尘渐歇夜方清。但知贪赏千家月,不问滞留三里城。
延得簪缨还洞府,移将星斗下瑶京。道心与俗元无碍,感耳何嫌下俚声。

蒋堂(980—1054)

和梅挚北池十咏(其八)

池上有时宴,笙簧沸欲凝。欢多漏移刻,坐久月和灯。

席客咏持蟹,女倡歌采菱。醉来忘万事,风静水波澄。

孔平仲(1044—1102)

再作药名诗一篇呈器之

肥羊作膗香出厨,膏粱姜桂品味俱。凤开东阁戒诸客,千金腾踊沽酒壶。
飞觥倒杓约不退,一卷百盏皆无余。不须呼卢会六博,笙簧琴筑非真乐。
萧郎独以酒娱宾,怜子心勤憎子虐。眼前覆花不容起,面赤复令须满酌。
更深闪闪灯焰消,照天烛黄蜡洒膏。欲逃人觉安敢去,饮水只欲吞波涛。
青烟郁郁金鸭细,花上红酥合香蒂。四垂银箔不知寒,却劝金罂子同醉。
久不见子眼空青,见子宛然犹旧情。败船如筵寄江水,天阴夜半防风起。
告归急走城西角,如粉霜花衣上落。屡蒙大幅扫长篇,才薄何由继高作。

孔武仲(1041—1097)

阁下观竹笋图

我家庐山下,绿竹常阴阴。春雷迸狂箨,万点群玉簪。
别来经岁时,肌肉尘土侵。欻见此图面,醒然豁烦襟。
方幅藏万里,环以青山岑。旁飞清泠泉,下有潇洒林。
恍惚如梦到,杖筇听幽禽。欲投环堵室,浩渺忽难寻。
人生谅自苦,一官泳蹄涔。摇尾争光华,岂知沧海深。
虞卿炫白璧,季子夸黄金。贪得以忘我,俱非贤达心。
何如返乡国,坡坞穷差参。茅檐当天风,时听笙簧音。

李 纲(1083—1140)

五哀诗·汉处士祢衡

祢生抱逸韵,乃是古之狂。负才颇傲物,齿少气方刚。
怀刺游许下,漫灭竟摧藏。肯从屠沽儿,借面与吊丧。
伟哉孔文举,国宝借路傍。上书荐一鹗,欲使观翱翔。
振翼云汉间,永垂虹霓光。飞兔与腰袅,灭没不可望。
观其慰辞荐,器识岂易量。平生轻魏祖,纵口成否臧。
召令为鼓吏,阅试当改装。踥蹀初散步,掺挝作渔阳。
声节既悲壮,容态随低昂。岑牟与单绞,裸袒易故裳。

却来坐军门,画地声琅琅。曹瞒黠如鬼,嗜杀犹虎狼。
缩手不敢动,送与刘及黄。娱宾赋鹦鹉,节奏陵笙簧。
援笔不加点,粲然已成章。高才竟为累,兰麝空余香。
至今鹦鹉洲,葭苇秋苍苍。丑哉杀士名,千古不可忘。

李 光(1078—1159)

和胡德晖松轩诗

炎天群木无葱苍,朝曦夕照绕屋梁。一榻南窗复东厢,老松效技扶披猖。
微风飕飗弄笙簧,坐变热恼为清凉。簿书相仍愁肺肠,细声入梦我岂遑。
但觉风日明晴窗,皎如夜月和秋霜。樛枝鳞皴龙鬣走,翠叶郁律鸾凤翔。
燧明徒夸能照夜,坐想烟雾风中香。
何如轩成独赋云锦章,从兹遂爱夏日长,会看鞶 㦸仍霄昂。

李弥逊(1089—1153)

会饮得助亭分韵得千字

长松下荫八尺椽,四壁不碍万里天。水边笙簧成两部,月里山河收大千。
山中宰相尘中仙,杯如流星酒如泉。饥蝉暝鸟莫浪语,净扫绿苔共醉眠。

李 彭(?—?)

次韵东坡五更山吐月(其四)

四更山吐月,月是故园明。三峡笙簧起,紫霄星斗横。
林猿霜后啸,山鬼夜深行。托宿耆阇寺,真游王舍城。

李叔与(?—?)

乌衣园(其一)

绿阴庭院夏初长,梅子新肥杏子黄。枝上莫弹秦吉了,游人借此当笙簧。

李思衍(?—1290)

妙 高 台

危亭新构客持觞,雨挹阑干面面凉。烟外好山供水墨,风前老树奏笙簧。
接天净绿秋江白,著地彤云晚稻黄。骔袅丝鞭归兴逸,水晶宫殿桂花香。

李　质(?—?)

艮岳百咏·松谷

云藏烟锁昼苍苍,得地何须作栋梁。闻道九龙扶辇过,一山风又作笙簧。

梁　竑(?—?)

题陆贾大夫庙

刘郎辛苦逐秦鹿,尚欲长鞭及马腹。蛮夷大长梦不惊,海边椎髻乘黄屋。
江淮貔貅始闲暇,忍使驱令渡篁竹。陆生手持尺二组,唤起老子同分肉。
诗书尚晓骂儒翁,岂忧桀骜难拘束。筑坛再拜受王印,雄辩泠泠听不足。
当时未有北人辅,留寓年深染污俗。乍闻高论耳目清,如掩笙簧奏冰玉。
境中胜处应更履,更溯余皇到山麓。大夫何独粤人重,汉廷公卿俱悚服。
陈平奇计须深念,张子全身甘辟谷。此外候王希识字,带砺功存半诛戮。
惟君坐使将相欢,燕喜优游刘氏福。年少终军学高步,空有英称命难续。
乃知智者应世间,妙似庖丁奏刀熟。往事浮云变灭尽,越水悠悠浸山绿。
荒祠寂寞傍僧居,日暮饥鸦噪乔木。我来三叹重迟留,为酌寒泉荐秋菊。

林用中(?—?)

泉　声

穿云络日苦悲吟,涧底潺潺觅好音。弦管笙簧寒碎玉,源头深处细追寻。

刘学箕(?—?)

九月十八日夜梦赏春某氏园池赋春词二首题柱(其一)

芍药花开日渐长,小窗闲理旧笙簧。凭谁为唤诗宗匠,共赋留云借月章。

刘一止(1080—1161)

借居鸬鹚山中一首呈方允迪道踪昆仲

长松舞高寒,落涧泻清泚。笙簧响天上,金石鸣地底。
云容何润泽,下有隐君子。乐此山水音,清若变流徵。
怪我从何来,尘土两目眯。寇戎在江浒,荐食心未已。
赤囊走边报,朝暮异忧喜。安知隐人乐,胜绝有如此。

古来成败事,不入山中耳。愿言晚相收,置我岩壑里。
酌泉得醒心,茹术可不死。况有载酒人,半道同栗里。

刘子翚(1101—1147)

汴京纪事二十首(其一四)

桥上游人度镜光,五花殿里奏笙簧。日曛未放龙舟泊,中使传宣趣郓王。

吕南公(1047—1086)

招豫亭饮

爱酒不日醉,多为病相妨。饥虚或伤脾,饮过亦腐肠。
略困尚举白,既颓方卧床。沈迷剧淹旬,得疾岂可禳。
呕泄憎膳食,乖慵岂冠裳。愁醒甫旦朝,衰苶还慨慷。
已复念倾倒,咨呼问瓶缸。妻儿恶吾贫,诫我以死亡。
载读伯伦传,懦衷更强梁。与其忧百年,孰若夭醉乡。
家酿苦屡竭,市沽乏钱囊。进歌五柳陶,聊美天禄扬。
幸近豫亭叟,其人固同方。有田百顷肥,秌稌岁益仓。
怜我数寂寞,招邀共深觞。醒往酩酊归,不悟日月长。
有或致酬酢,肴蔬杂矜张。叟来坐酣酣,肯问味恶良。
我蹇嗜坟史,叟豪乐笙簧。相殊不相关,对酌即两忘。
如此粗适矣,谁犹辨低昂。宁须卖菜佣,岂俟白面郎。
今日又得酒,忍为独沽尝。泔鱼取芳鲜,煮狗到烂香。
及我未病困,斟斝足相当。亟来勿踟蹰,午影上北廊。

吕希纯(?—?)

千峰榭

古郡千山里,高台六月凉。开轩背城市,伏槛即林塘。
白佛当平远,乌龙插昊苍。水风生枕簟,岚翠扑衣裳。
欲雨高峰暗,新晴瀑布长。稻塍分锦绣,松岭奏笙簧。
自昔多贤守,于今载雅章。承流叨继踵,主诺粗提纲。
夙乐阿兰若,端居最上方。南津有禅侣,默坐正相望。

564

彭汝砺（1042—1095）

宿 邓 桥

一舍山头路，数家溪上村。泥涂淹白昼，风月宿黄昏。
松径笙簧杂，蛙池鼓吹喧。寂寥无酒兴，迢递有归魂。

綦崇礼（1083—1142）

再 次 前 韵

笙簧乐富贵，等是老墙阴。汲汲不知止，悠悠何处寻。
所嗟天赋薄，未报国恩深。一梦游帝阙，九年辞禁林。
官廪尚可饱，村醪时自斟。不嫌泥土足，懒拂尘埃簪。
穷巷春雪霁，寒檐朝日侵。意行何所适，还欲访同襟。

饶师道（?—?）

游 麻 姑 山

拂晓旌幢远访真，洞中和气一番新。争迎谢守同游客，尽是方平旧会人。
山峭亭台多占月，地灵风物只知春。清欢何必笙簧助，自有红泉碧涧邻。

任希夷（1156—?）

上寿大宴二首（其二）

霜晴宝殿转春风，瀲滟金卮酒色浓。百戏丛中呈雾豹，万花深处仰云龙。
笙簧对御呈三弄，鼓吹成行叠几重。衰落谬令陪翰苑，小臣何以寓形容。

邵 雍（1011—1077）

欢 笑

划平荆棘盖楼台，楼上笙簧鼎沸开。欢笑未绝兵火起，从前荆棘却生来。

史 浩（1106—1194）

姊加封太宜人庆会致语口号

邓山鄞水百祥开，一轴丝纶天上来。应为教忠登仕籍，遂膺锡类到兰陔。
笙簧丛里歌新阕，锦绣光中荐宝杯。从此芝封须叠至，长教寿母宴春台。

释德洪(1071—1128)

次韵邵陵道中书怀

邵陵山水丽风光,游遍归来夜话长。秋翠等闲开雉堞,惊湍哀怨韵笙簧。
随鞍此景凭诗写,他日尘纷一笑忘。上阁与谁同小立,坠金挂笏说三湘。

释绍昙(?—1297)

六言山居(其七)

香雾晓垂帘幕,幽禽春弄笙簧。谁料贫无一物,迩来富敌君王。

偈颂一百零四首(其三三)

春山青,春水绿,鸟弄笙簧,梅飘香玉。
具足清白梵行之相,声色纯真岂容攒簇。
听不足,观不足,一会灵山俨未分,断弦须是鸾胶续。

偈颂一百一十七首(其一四)

苦涩菖蒲茶,胶粘青蒻粽。嗅著鼻头辛,咬得牙关肿。
佛病祖病蠲除,妖星怪星惊悚。善才采药,扬在壁根。
天师书符,抗藏衣笼。和盘掇出宴佳宾,山鸟山花欣然。
锦绣铺陈,笙簧品弄。啰啰招,啰啰送,莫怪空疏,伏惟珍重。

苏　轼(1037—1101)

和文与可洋川园池三十首·披锦亭①

烟红露绿晓风香,燕舞莺啼春日长。谁道使君贫且老,绣屏锦帐咽笙簧。

和鲜于子骏郓州新堂月夜二首(其二)

明月入华池,反照池上堂。堂中隐几人,心与水月凉。
风萤已无迹,露草时有光。起观河汉流,步屧响长廊。
名都信繁会,千指调笙簧。先生病不饮,童子为烧香。
独作五字诗,清卓如韦郎。诗成月渐侧,皎皎两相望。

---

① 无名氏《山丹花二首(其一)》内容与此诗相同,不再重复收录。

苏　辙(1039—1112)

王诜都尉宝绘堂词

侯家玉食绣罗裳,弹丝吹竹喧洞房。哀歌妙舞奉清觞,白日一醉万事忘。
百年将种存慨慷,西取庸蜀践戎羌。战袍赐锦盘雕章,宝刀玉玦余风霜。
天孙渡河夜未央,功臣子孙白且长。朱门甲第临康庄,生长介胄羞膏粱。
四方宾客坐华堂,何用为乐非笙簧。锦囊犀轴堆象床,竿叉连幅翻云光。
手披横素风飞扬,长林巨石插雕梁。清江白浪吹粉墙,异花没骨朝露香。
挚禽猛兽舌腭张,腾踏骁袅联骐骦。喷振风雨驰平冈,前数顾陆后吴王。
老成虽丧存典常,坐客不识视茫洋。骐骦飞烟郁芬芳,卷舒终日未用忙。
游意淡泊心清凉,属目俊丽神激昂。
君不见伯孙孟孙俱猖狂,干时与事神弗臧。

次韵刘泾见寄

天之苍苍亦何有,亦有云汉为之章。人生混沌一气耳,嘿嘿何用知肺肠。
孔公孟子巧言语,剖瓢插竹吹笙簧。含宫吐角千万变,坐令隐伏皆形相。
我生禀赋本微薄,氤氲方寸不自藏。譬如兰根在黄土,春风驱迫生繁香。
口占手写岂得已,此亦未免物所将。方将寂寞自收敛,不受世俗斗尺量。
既知仍作未能止,纷纭竟亦类彼庄。煎烹心脾擢胃肾,自令鬓发惊秋霜。
嗟子独未知此病,从横自恃觜爪刚。少年一见非俗物,铿然修竹鸣孤凰。
近来直欲扛九鼎,令我畏见笔力强。提携童子从冠者,揣摩五帝论三皇。
诗书近日贵新说,扫除旧学漫无光。窃攘瞿昙剽李耳,牵挽性命推阴阳。
狂流滚滚去不返,长夜漫漫未遽央。词锋俊发鲁连子,惭愧田巴称老苍。
是非得失子自了,一醉早醒余所望。

苏　籀(1091—?)

事毕汤巩方三君再用前韵复酬一首

妙啜龙团嵞少分,宝薰婆律靳多闻。泥封誊识遵程度,棘刺围藩按惠文。
采菊骚人宁避雨,登楼朝彦气摩云。兰堂锦瑟笙簧闹,嬉笑啁讴共惜醺。

釂饮一首

珠零醇碧郁春槽,矫首梅林釂自陶。横槊未应随李广,团词亦足拟王褒。
俯从觞咏山阴禊,遥说笙簧锦里遨。取次难论御戎策,岂知蛙黾鳣鲭臊。

唐仲友(1136—1188)

辛丑正月上休日谒灵康庙拜滕公祠

苍山余雪在云端,五两摇风减晓寒。谷应笙簧成两部,日涵烟水上三竿。
相逢戏事留仙传,如在英魂激壮肝。分职幽明均报国,愿神终赐免空官。

陶应霱(？—？)

古诗二首(其一)

晨选期门士,大猎南山阳。白日照旌旗,咫尺临清光。
之子才且武,结发在戎行。控夸拉黑虎,余勇殊未央。
回车宴五柞,举烽令行觞。禾黍被中野,松柏生高冈。
借问何所思,所思在冀方。彼美冀方士,安得同翱翔。
峨峨切云冠,奕奕夫容剑。扬扬徒旅繁,济济驾紫燕。
行行向双阙,去上未央殿。君明臣亦良,四海皆清晏。
斋房多灵芝,郊薮凤凰见。群臣亦何为,称功劝封禅。
中夜整冠带,览彼明月光。屏营不能寐,忧心独怦怦。
危坐待月发,牵牛直南荣。盈庭树兰蕙,芬香日凋零。
客行随所适,感物怀故乡。朝发雁门道,夕入兰台宫。
佳宾会若云,列鼎吹笙簧。终岁极燕乐,保己有余庆。

汪元量(1241—1317)

余将南归燕赵诸公子携妓把酒饯别醉中作把酒听歌行(其一)

君把酒,听我歌。君不见陌上桑,鹑奔奔兮鹊疆疆。
高堂今夕灯烛光,燕姝赵女吹笙簧。
君把酒,听我歌。美人美人美如此,倾城倾国良有以。
周惑褒姒烽火起,纣惑妲己贤人死。
君把酒,听我歌。汉家之乱吕太后,唐家之乱武则天。

魏公铜台化焦土,隋炀月殿成飞烟。
君把酒,听我歌。美人美人色可食,美人美人笑可爱。
美人命薄争奈何,美人色衰相弃背。
美人一笑难再得,美人绝色今何在。
君不见马嵬坡下杨太真,天生尤物不足珍。
那及唐虞九妇人,千古万古名不湮。

王安石(1021—1086)

至开元僧舍上方次韵舍弟二月一日之作

溪谷溅溅嫩水通,野田高下绿蒙茸。和风满树笙簧杂,霁雪兼山粉黛重。
万里有家归尚隔,一廛无地去何从。伤春故欲西南望,回首荒城已暮钟。

有　　感

忆昔与胡子,戏娱西城幽。放斥仆与马,独身步田畴。
牛竖歌我旁,听之为久留。一接田父语,叹之胜王侯。
追逐恨不恣,暮归辄怀愁。顾常轻千乘,只愿足一丘。
子时怪我少,好此寂寞游。笙簧不入耳,又不甘醪羞。
那知抱孤伤,罢顿不能遒。世味已鲜少,但余野心稠。
乖离今十年,斑发满我头。昔兴亦略尽,食眠常百忧。
每逢佳山水,欲往辄复休。方壮遂如此,况乃高春秋。

送程公辟守洪州

画船插帜摇秋光,鸣铙传鼓水洋洋。豫章太守吴郡郎,行指斗牛先过乡。
乡人出郭航酒浆,鸟鳖鲶鱼炊稻粱。茭头肥大菱腰长,醖酬喧呼坐满床。
怪君三年寓瞿塘,又驱传马登太行。缨緌脱尽归大梁,翻然出走天南疆。
九江左投贡与章,扬澜吹漂浩无旁。老蛟戏水风助狂,盘涡忽坼千丈强。
君闻此语悲慨慷,迎吏乃前持一觞。鄱州历选多俊良,镇抚时有诸侯王。
拂天高阁朱鸟翔,西山蟠绕鳞鬣苍。下视城堑真金汤,雄楼杰屋郁相望。
中户尚有千金藏,漂田种粳出穰穰。沉檀珠犀杂万商,大舟如山起牙樯。
输泻交广流荆扬,轻裾利屣列名倡。春风蹋谣能断肠,平湖湾坞烟渺茫。
树石珍怪花草香,幽处往往闻笙簧。地灵人秀古所藏,胜兵可使酒可尝。

十州将吏随低昂,谈笑指麾回雨旸。非君才高力方刚,岂得跨有此一方。
无为听客欲沾裳,使君谢吏趣治装。我行乐矣未渠央。

王　迈(1184—1248)

和赵簿题席麻林居士小隐四韵(其四)

笙簧岂不韵,雅景受风松。纨绮可为裳,灵均采芙蓉。
古来旷达士,世腻亦太慵。可望不可挹,人如云外峰。

王禹偁(954—1001)

竹　䶄

商岭多修篁,苍翠连山谷。有鼠生其中,荐食无厌足。
春笋啮生犀,秋筠折寒玉。饫饱致肥腯,优游恣蕃育。
林密鸢不攫,穴深犬难逐。凤凰饿欲死,彼实无一掬。
唯此竹间䶄,琅玕长满腹。暖戏绿丛阴,举头傲鸿鹄。
不知商山民,爱尔身上肉。有锸利其锋,有锥铦于镞。
开穴窘如囚,洞胸声似哭。膏血尚淋漓,携来入市鬻。
竹也比贤良,鼠分类盲俗。所食既非宜,所祸诚知速。
吁嗟狡小人,乘时窃君禄。贵依社树神,俸盗太仓粟。
笙簧佞舌鸣,药石嘉言伏。朝见秉大权,夕闻罹显戮。
李斯具五刑,赵高夷三族。信有司杀者,在暗明于烛。
彼狡勿害贤,彼鼠无食竹。

投柴殿院

南面修文德,东吴纳土疆。苍生思抚育,丹诏择循良。
乌府官新转,龙头桂旧香。渡江骢马瘦,垂地绣衣长。
纶阁材知屈,苏台俗必康。恩流一车雨,威凛柏台霜。
休假寻山寺,行春泊野塘。白公是前政,鲁望有维桑。
求瘼心虽切,颐神道岂妨。煎茶虎丘井,捣药木兰堂。
笋蕨供家馔,园林著道装。击筝教鹤舞,收橘待僧尝。
迎使朝衣稳,娱宾绮席张。犬声销巷陌,莺舌动笙簧。

冷句题秋叶,孤琴贮夜囊。歌楼寒月白,饮舫晚波凉。
官业除苛法,家风袭雅章。豸冠危肃物,象简醉横床。
熊轼淹宁久,鳌头誉转芳。南园休命侣,北阙即征黄。
清贵容谁见,遭逢合自强。字人叨属邑,畏德每循墙。
名品知悬隔,孤危俟荐扬。折腰休太息,青眼异寻常。
岱岳容拳石,沧溟纳滥觞。扶摇如借便,羽翼必高翔。
从事员多阙,徒劳迹可伤。金台虽载筑,珠履未成行。
始隗前言在,依刘后进光。免教青史上,徒美一燕王。

文　同(1018—1079)

亭 前 高 柏

石田硗硗地力燥,谁种双柏已高大。长材夭矫堪巨栋,老顶紫纡若层盖。
雪下孔翠寒不起,风中笙簧清可爱。菟丝幸好求女萝,莫倚纤柔欲无赖。

吴龙翰(1233—1293)

灵金山观金灯

嵯峨灵金山,峭壁偕天长。巑岏万苍翠,无复敢颉颃。
登临劳远目,久羁尘俗缰。天风送筇屐,此愿今一偿。
所喜侍老亲,赑屃升崇冈。琪树蔼柔丝,瑶草超群芳。
松声入幽怀,妙乐非笙簧。好鸟相劝酬,醉我林中觞。
我吟游仙诗,客和招隐章。起舞沸欢笑,人影乱夕阳。
何妨阿堵女,山北敞虚堂。石池冽甘泉,瓦炉腾妙香。
昔言山有灵,金灯夜呈祥。信哉华严经,佛眉施白光。
澄公有妙力,一笑通禅房。讵知山石间,而有金光藏。
崦嵫下朱景,山气相激扬。若以色见佛,於法参与商。
我生事迂阔,咄咄颠复狂。读书猎千古,浩气凌八荒。
乃欲落须发,掬水曹溪傍。吹以无孔笛,倒骑牛一场。
手击混沌开,有此硬脊梁。指点生死根,棒喝行诸方。

吴　璃（？—？）

游　庐　山

通都无羊肠，庐中有羊肠。都人有羊肠，庐人无羊肠。
发原马之肝，委蛇豕之背。曲曲达蓝桥，意与仙灵会。
静夜非笙簧，依微送天籁。

项安世（1129—1208）

代人得若字

尚想东屯诗，十九落岩壑。雨夜闻笙簧，春风化兰若。

徐　玑（1162—1214）

松　风　楼　篇

松声欲动风声催，细非笙簧大非雷。松间便使无风起，亦有爽气如风来。
傍松作楼古为务，小著轩楹省斤锯。楼低要与绿阴平，勿令高过松梢去。

薛季宣（1134—1173）

诚　台　春　色

凤阙西冈，郎亭东乳。惟竹猗猗，诚台有楚。
苔痕春绿，玉李晚风。屏山坐对，青葱数峰。
颓墙色弄，文杏新红。争鲜竞秀，芳随意远。
各称时宜，自成深浅。妙意谁传，叵形罨画。
羲皇晚生，先天后卦。江湖涨绿，旋拍沧洲。
晴岚翠滴，烟瘴悠悠。篁鞭破藓，柳带萦愁。
亦有江梅，花残未落。弄音好鸟，笙簧度曲。
堆如瓦鼓，幽独是称。兀坐颓然，邑荒无政。
新阳多感，雷鼓轰天。清淮咫尺，狼烽夕烟。
暮四朝三，谁为第一。不知其它，且以永日。

宇文虚中(1079—1145)

从 人 借 琴

峄阳惯听凤雏鸣,泻出泠然万籁声。已厌笙簧非雅曲,幸从炊爨脱余生。
昭文不鼓缘何意,靖节无弦且寄情。乞与南冠囚絷客,为君一奏变春荣。

袁　甫(？—？)

辛亥寒食清明之交杜陵先生暂归省谒与诸生食罢游后园独坐萧然戏作长句示诸儿

春风吹花次第芳,桃红李白蔷薇黄。榆钱柳絮飞欲狂,酴醾引蔓草木香。
老人燕坐窥虞唐,目览千载游八荒。群儿奔趋如群羊,走过东阡复西厢。
归来汗喘无可将,何如明窗治墨庄。读诵经史声琅琅,音节闲美非笙簧。
有如农夫勤理秧,秋来乃有千斯仓。先生既至心不忙,背念衮衮倾三湘。
一语蹇吃涕泗滂,老大空腹徒悲伤。圣明天子坐未央,收拾俊杰罗文章。
褒然举首充贤良,仲舒轼辙俱轩昂。吾家有子雏凤凰,声价一日驰帝乡。
随群逐队恣颉颃,终抱粪壤如蜣螂。

曾由基(？—？)

元夕同友街游

月韵梅梢漏未央,缓寻梦境小相羊。万家灯火天无夜,十里绮罗风自香。
胜友何如罗粉黛,清谈端可厌笙簧。吴侬休作筑城舞,胡越年来共一疆。

张九成(1092—1159)

题竹轩(其一)

老僧真好事,种竹绕禅房。月出窗扉静,风来巾屦凉。
清香泛兰芷,幽韵咽笙簧。何日林间去,归欤兴未忘。

题竹轩(其三)

平生酷爱竹,日日到斋房。高节霜松老,清阴璧月凉。
朝来宿烟雨,夜半奏笙簧。隐几如有得,尘凡一笑忘。

张　炜(1094—?)

杂　　诗

笙簧世所贵,正调多溺沉。有人怀古心,临风理瑶琴。
一弹秋月高,忽觉开尘襟。或疑涧泉声,忽作鸾凤吟。
得意自怡悦,子期难再寻。铜壶一枝梅,尽可为知音。

张　镃(1153—?)

秦　女　行

妾家秦关中,白玉为重堂。堂前翠帘钩,一一金鸳鸯。
暖艳照绮席,新声按笙簧。妾小不解事,戏剧珠楼旁。
蜂蕊撷秋杏,莺枝荫垂杨。阿母喜秀慧,擘丝教缝裳。
年齿渐长成,自制红襦长。弄杼织繁锦,错综飞凤凰。
体柔生玉腻,国色凝天香。不假粉黛妍,差作时世妆。
悦己求得逢,晨夕劳衷肠。苟合必易散,良贾宜深藏。

赵淦夫(?—?)

元　　日

凤历首春王,三元启运昌。衣冠充闾里,云物动笙簧。
共舞椒花醉,真成机械忙。人生当此日,何必古羲皇。

赵公豫(1135—1212)

江 行 漫 兴

江南二月好风光,杏蕊桃花间绿杨。是处芳堤嘶牧马,谁家红粉盼孤航。
永嘉时过人皆尽,建业潮来波自扬。物理静观多变幻,长歌差胜奏笙簧。

赵希逢(?—?)

和　百　舌

四序循环机不息,百花独梅先占得。纷纷红紫未动头,飞蝶游蜂圣得识。
数声啼破枝头春,来从何处绿杨阴。黄鹂钳口燕无语,是甚娇声敢啭禽。
梨花院落如飞雪,百样间关调巧舌。工兼众语媚韶华,一部笙簧长按节。

574

东君拂袖赏音稀,寂寞无言蒿下飞。一春滕口说底事,徒尔贻笑诸羽衣。
人生可以直则直,万言万当岂如默。三年不鸣忽一鸣,惊动东西与南北。

郑刚中(1088—1154)

闺门诗三首(其二)

无心事铅黛,采采菊金黄。徘徊欲寄远,云梦连潇湘。
岂不怀君子,念念不敢忘。西邻击神鼓,东邻闹笙簧。
三嗅篱边英,泪落秋风香。

周彦质(?—?)

宫词(其三一)

神都三月盛风光,修禊宫中乐事长。银字笙簧随步辇,相将曲水侍流觞。

箫 笳

曹 勋(1098—1174)

梦中作四首(其四)

八景云舆驾六龙,东方常御太和风。箫笳冉冉升黄道,冠剑重重拜木公。

升 天 行

上智保冲淡,练气固形质。精神藏杳冥,独照出寂默。
三气俱混同,求死不复得。其次崇真功,立言与立德。
轩后御飞龙,旌幢焕晴碧。杨许奉丹书,凌空佐天职。
董奉乘云舆,秦女跨文翼。茅山与荆山,遗踪宛如昔。
旌阳与刘安,鸡犬翔真域。清虚王陵孙,巍巍膺九锡。
云表鸣箫笳,仗卫严霄极。即事非荒唐,粲然若白黑。
挥手谢时人,缑山有仙迹。

陈舜俞(?—1075)

中秋玩月宴友

秋风清且劲,夜月澄无哗。月当澄清间,百倍常光华。

金盘挂溳潆,水鉴磨痕瑕。未离碧海久,渐到黄道斜。
嫦娥琼肌滑,羞死吴宫娃。蟾蜍银窟寒,不穴死水蟆。
依稀闻兔捣,仿像见桂花。岂止数千里,已照万人家。
都人尤侈盛,时节惜芳佳。楼台延皓魄,帘幕去周遮。
交错宴子女,嘈杂鸣箫笳。清影落酒盏,爽气侵巾纱。
常明复置烛,掷果如散沙。而我旅其间,甚贫亦可嗟。
遂召朋友云,可饮文字耶。客来俄满堂,风棱森镆铘。
主人出对客,衰病植蒹葭。所共天上景,能如富者奢。
污樽荐醅蚁,獠羞错鱼虾。释焉帽与带,果止柰与瓜。
高言抗峥嵘,冲灵坦凹窊。情亲弗委曲,论极成纷拏。
寒棱入吟骨,欢意自天涯。不因斗柄转,岂信漏刻赊。
无端鸡三号,渐引鼓五挝。良会诚惜已,同心又何加。
残辉促坐席,晓意生微霞。明发作此诗,遗我异时夸。

陈　造(1133—1203)

次韵袁宪阅兵许浦

皇泽泉及濒,戎索均帝阙。边屯笳箫地,弯弓睨胡月。
万旅皆金缯,不待持阅阅。于时江流渐,极目云阁雪。
嬉嬉忘其寒,恩宠自稠叠。使星照海徼,天意不虚设。
劳勤需摩拊,勇怯要旌别。除器有良楛,扣阁许陈列。
古来分君忧,下敢谢薄劣。叱驭陵九折,摧锋取三捷。
况公经世才,翻浪海鲸掣。夷吾吾目中,江左伫茂烈。
汾阳唐柱石,守器未应缺。衔命兹小试,鼓勇士眦裂。
指挥用诸将,他日须此杰。圣君中兴主,诏语一见决。
治具有罅漏,讵容惜扪舌。兆联贵先识,沉默真小节。
鄙夫百僚底,欲隐尚不屑。几登王公门,面丑辞易竭。
向公又一鸣,当复笑燕说。

散解庙行

巨灵挥斧山为拆,谽谺飞出寒溪碧。南酉北柅皆户家,种秧插稻供衣食。

此水不枯岁不饥,此溪不涸龙是司。森木古屋龙所宅,人家望岁如取携。
箹箫呜呜坎坎鼓,秋报春祈从父祖。鸡豚肥腯社酒香,擎跪曲拳谁敢侮。
年时雩祷嗟徒勤,适龙睡熟唤不闻。溪心蒿艾化埃壒,可怪嘉谷遭惔焚。
千沟万浍分飞瀑,面露摇风际天绿。怀宝睡足龙亦惊,雁门之踦此焉复。
安得溪水长滂浪,龙不忸怩民乐康。向来野草填饥肠,怨气括作颐下囊。

送龙辞三章(其一)

沈燎兮桂醑,箹箫呜呜兮逢逢其鼓。缓吴歈兮跄越舞,送龙兮归处。
龙之归兮悦娭,翻倒霄霏兮胶轇雾雨。历馆娃兮不留,过胥口兮小顾。
水天模糊兮迷仰俯,仙真迎兮排空。蛟鼍骈罗兮而在下,祥飙肃兮绿舆。
非烟幂兮紫府,翘依望兮何所。目屯云兮南骛,心靡迤兮延伫。

韩　琦(1008—1075)

太尉侍中宋公挽辞三首(其三)

注想尊元老,云亡叹哲人。恤章隆上衮,哀挽出中宸。
史入经纶迹,文藏造化神。箹箫阳翟路,行者亦沾巾。

韩　维(1017—1098)

太傅李康靖公挽歌三首(其二)

知止冠早挂,娱闲金屡挥。绪言犹在听,英魄遽何归。
去国箫箹远,迎风旌旐飞。邦人慰怀慕,余庆在缁衣。

宋元献公挽辞三首(其二)

俭是终身事,书无释手时。掬膺谁戒妾,易箦自呼儿。
冠剑平生象,箫箹一品仪。邦人知所法,宸篆表忠规。

胡　宿(995—1067)

挽仁宗皇帝词(其二)

帝者因山葬,天王下度悲。寿原三圣接,神驾万灵驰。
怨入箹箫曲,威陈剑舄仪。空留人马迹,不复到瑶池。

李 纲(1083—1140)

还自鼓山过鳝溪游大乘榴花洞瞻礼文殊圣像漫成三首(其一)

一派寒流作小溪,松篁深处有丛祠。千年鳝骨专车在,百丈灵湫瀑布垂。粳稻丰穰欣岁乐,筇箫清咽报神私。更将小雨为滂润,正是农夫播麦时。

李 常(1027—1090)

解雨送神曲(其三)

肃旂旆兮先驱,咽箫筇兮拥归舆。椒醑甘兮牲币洁,如肸蠁兮为之踌躅。瞻前山兮嵯峨,指去路兮萦纡。神德大兮报无以称,徒感涕兮长吁。

李之仪(1048—1127)

送冯子庄赴秦州将官述其督诗之语以广篇首

我诗易得君休叹,君节难攀我自知。问会但嗟归有日,奏功方看独先时。箫筇部曲催骄马,绵绣山川入彩旗。莫讶黄金偏满手,平生□□是男儿。

林希逸(1193—1271)

乐轩先师挽歌词(其一)

十年灯火若为情,一日箫筇有底声。惆怅门前旧时路,白头扶杖夜深行。

戴主簿挽诗(其一)

榕楼饮日君豪甚,岂料凄凉雪满头。横槊几回宾上国,栖鸾一老殡南州。拜经传业源流在,作赋摩空取次休。诗卷旧人无十九,箫筇何去暮云愁。

林亦之(1136—1185)

宜人姚氏挽词

别驾归来日,连年哭九原。白头如此母,丹旐只诸孙。灯火槟榔市,箫筇梅子村。比邻恼鹅鸭,还阻吊幽魂。

刘 攽(1023—1089)

庆寿挽诗二首(其二)

卤簿严仙仗,筇箫去披门。昼闲长乐卫,春寂灞陵园。壹德诒谋地,群生顾复恩。神游余仿像,日入际昆仑。

刘　敞（1019—1068）

晏公挽词三首（其三）

衮钺三司旧，筇箫一品荣。独伤去国意，仍以抚封行。
落日白驹影，空林黄鸟声。公归那不复，凄怆国人情。

刘克庄（1187—1269）

真州北山

忆昔胡儿入控弦，官军迎战北山边。筇箫有主安新葬，蓑笠无人垦废田。
兵散荒营吹戍笛，僧从败屋起茶烟。遥怜钟阜诸峰好，闲锁行宫九十年。

刘　挚（1030—1097）

哀鲁国宣靖曾公三首（其三）

不愁天何理，云亡国所嗟。还应骑列宿，但说去流沙。
清庙陪烝享，鸿枢见世家。悲风溱洧路，哀咽满箫筇。

挽秦国夫人三首（其二）

赗襚来中禁，箫筇去国门。素冠空列鼎，白发但歌盆。
彤管音徽盛，甘泉像貌尊。所传天下劝，岂独慰儿孙。

欧阳修（1007—1072）

大行皇帝灵驾以引挽歌辞（其二）

文景孜孜俭与恭，慨然思就太平功。兴隆学校皇家盛，放斥嫔嫱永巷空。
威慑黠羌方问罪，凡成仙鼎忽遗弓。霜清日薄箫筇咽，万国悲号惨澹中。

沈　遘（1028—1067）

陈府君挽歌辞

吴会多长者，斯人昔所钦。高材谁复见，令闻独留今。
松柏开原势，箫筇送水阴。安知此吉卜，有子服朝簪。

沈　辽（1032—1085）

和张宝臣即元韵

始余倦游念还家，一身泛然寄天涯。头上白发日益加，朱颜不驻炉中砂。
飘飘逸气凌紫霞，犹著黄绶趋泥沙。烈日漫凭乌帽遮，穷巷归来夕烟斜。
闭门正欲谢喧哗，何惮屋室多庳窊。杨柳欲落鸣饥鸦，八月秋风想乘槎。
市中有金谁攫拿，自欲归耕老菑畬。嗜好已背梨与楂，那复开口增詷詉。
眼昏白昼生黑花，老悲独向儿女夸。枯辙不能活鳏鲋，骐骥垂耳伏盐车。
一官欣得饱鱼虾，顿首致谢辞当衙。愚拙不遇何复嗟，川陆旧游殊不遐。
才渡扬子已闻蛙，吴女蓬鬘多髻鬌。西湖信美谢若耶，松竹夹道繁根芽。
势利屈曲如盘蜗，卫青变化乃龙蛇。深闺召客舞双髽，抚手相劝竞呀呀。
西崦老师自煮茶，太守陈乐奏渝巴。湖水洗面去尘痂，故山白浪留文沙。
田里小儿放猪猳，为乐往往鸣箫笳。亦有狐兔堪施罝，令人指手徒为挪。
贱职驰使告及瓜，聿来甬东绝纷华。钳口不复露颊牙，联曹相系琼与葭。
上官庇覆不汝瑕，优游重见林中苴。四时风露换物华，新诗迭致思无邪。
吾子俊拔诚可嘉，岂独鄙言数矜夸。高吟大字耀纸麻，时虽未亨道不污。
屡出珠玉能愧奢，麻姑手爪幸见爬。长篇垂况理不差，正如矛戟相鏖叉。

释道潜（1044—?）

俞公达待制挽辞（其一）

金铎哀传静列营，将星飞坠汉蕃惊。森森气与秦山在，奄奄魂随陇水倾。
塞路箫笳悲部曲，海天风雨湿铭旌。堪嗟未勒燕然石，遽失连云万里城。

司马光（1019—1086）

故翰林彭学士挽歌（其三）

　　祖奠垂将撤，笳箫俨欲行。野寒嘶故马，树转出新旌。
　　泉路幽无底，鱼灯暧不明。如何赍美志，郁郁向佳城。

宋　祁（998—1061）

送梅学密赴并州

连天橐笔侍天台，始见东方画隼开。路避晚风嵛外转，人瞻冬日绛中来。

笳箫后队联幽侠,璧马中军聘楚材。自昔河东股肱地,不应归节叹淹徊。

苏　颂(1020—1101)

司空平章军国事赠太师开国正献吕公挽辞五首(其四)

汉代明经相,唐朝镇俗贤。时方尊长孺,天遽夺公权。
衮冕颂新隧,笳箫入故阡。文成内外服,二美冠周篇。

尚书左丞赠开府仪同三司邓公挽辞三首(其二)

未正阶槐位,先登省辖崇。帝方咨傅野,天遽夺杨公。
黻冕恩褒德,箫笳礼送终。淮滨故人在,一恸向西风。

尚书祠部郎中大理少卿邹公挽辞二首(其二)

赍志龄虽趣,传家德已流。里门开驷马,子舍直鳌头。
不见车茵贵,频加绂冕优。箫笳归葬处,声断汉江秋。

汪元量(1241—1317)

登蓟门用家则堂韵

蓟门高处小凝眸,雨后林峦翠欲流。车笠自来还自去,笳箫如怨复如愁。
珍珠络臂夸燕舞,纱帽蒙头笑楚囚。忽忆旧家行乐地,春风花柳十三楼。

王　珪(1019—1085)

赠太尉郑文肃公挽词二首(其二)

星坠将军府,边山万木腓。谁言夜舟固,那复玉关归。
旌旆低寒色,箫笳惨夕霏。所嗟恩馆泪,不到九泉挥。

王　迈(1184—1248)

挽宁宗皇帝章六首(其二)

帝业亲耆定,皇图日靖嘉。忧民比仁祖,在位迈重华。
谟烈诒千载,车书混一家。最悲行跸地,哀些咽箫笳。

王禹偁(954—1001)

太师中书令魏国公册赠尚书令追封真定王赵挽歌(其九)

忍听咚咚窆鼓声,筘箫呜咽暮云凝。勋劳自合同萧相,谥法还须比魏徵。
晓月暗垂丹旐露,夜风轻触縗帷灯。三川父老知何限,尽逐灵輀泪满膺。

韦 骧(1033—1105)

和太守临清阁一首

朱阁新前构,峥嵘枕水端。地饶千顷秀,天付四时寒。
波蹙龙鳞活,山斜凤翼攒。晴光照毛发,翠霭夺华丹。
贺老空游鉴,严公浪记滩。轩窗通浩荡,榱桷变雕残。
静极尘机丧,清多饵钓难。来当思洁白,意不在游盘。
气爽如开凌,堤环若刘兰。绘工忧措手,诗将勇濡翰。
远目穷层汉,澄心俯曲栏。鸢鱼皆自得,宇宙始知宽。
神物亨中发,贤侯与众欢。政声喧盛美,隅泣解辛酸。
登览临春昼,雍容兀醉冠。千龄幸臣宋,五袴正歌潘。
环佩锵芳席,旌麾揭画竿。筘箫音嘈嘈,貔虎势桓桓。
俗乐芹争采,宾归铗不弹。落成今日事,遗爱永江干。

文 同(1018—1079)

仁宗皇帝挽诗十首(其九)

幡翣离三殿,箫筘接两都。尧殂如考妣,禹葬省人徒。
岂并游韶石,应同去鼎湖。愁闻下竹使,海外走哀符。

徐 铉(917—992)

文献太子挽歌辞五首(其四)

甲观光阴促,园陵天地长。箫筘咽无韵,宾御哭相将。
盛烈传彝鼎,遗文被乐章。君臣知己分,零泪乱无行。

张方平(1007—1091)

温成皇后挽辞二首(其二)

美化成麟趾,勤心念兔罝。禠衣荐翬翟,灵仗咽箫笳。
香海归华藏,晴霄散彩霞。春风青琐闭,侍女泣宫花。

赵 脊(1127—1194)

高宗皇帝挽词(其五)

梦断尧千岁,神游汉五陵。洛京元在望,禹穴且相仍。
仗卫凄烟合,笳箫冻雨凝。漫磨千丈石,未是颂中兴。

周 密(1232—1298)

挽李太监二首(其二)

抠衣犹欠日熙堂,仅拜仪刑振鹭行。洛社旧人无狄监,贞元朝士失刘郎。
新丘已隔三秋月,老圃空惊一夜霜。肠断素车三百两,箫笳不数汉南阳。

周文璞(?—?)

挽正字南仲四首(其三)

珠璧方辉耀,菁华未寂寥。极知身作祟,何用食为妖。
牺象收儒庙,箫笳咽市桥。伤心纱帽冷,三径雨潇潇。

箫　笛

盖 谅(?—?)

次郑大资竞渡诗韵

昔年冶游浚都城,溶溶春水涨金明。龙舟鳞次鼓兰桨,胜日讲武风波平。
沸地笑歌混箫笛,轰天金鼓惊鹭鹕。当年冠盖尽英游,飞鞚联翩迅翔翼。
只今潜盘向荒陂,畴曩伟观那再期。熙熙王化及远近,春来胜事还相随。
十百分朋同川济,咸欲得隽无异意。屈原死向千载余,今不敬吊翻成戏。
敬吊赋就独贾生,可见君子异小人。公诗贾赋独追伤,忍以为戏向芳春。
企听赐环在朝暮,衮绣遄归庙堂去。故先灌我尘土心,琅琅哦公七字句。

韩　维（1017—1098）

答曼叔见谢颍桥相过之什

颍川今古贤豪多，后生继者为谁何。吾交曼叔少挺出，力自树立非由它。
潜心直欲到圣处，论议不避况与轲。读书下笔知所趣，崇树兰茝遗蒿莪。
轩昂头角事高大，肯与世俗同其波。一从得官坐山县，有如鸷鸟著网罗。
朝符暮檄困奔走，尚畏官长来诛诃。时时矫首尘埃下，窥睹风月偷吟哦。
我怜轶才就羁绊，岁一往视无蹉跎。扁舟远放汝水岸，浊酒暮醉高阳阿。
前时捧牒来颍上，谨视敛衽讥奸讹。官曹寂寞古寺冷，况复朔雪飞傞傞。
驰书里中二三友，固要以义当予过。星言整驾夕已至，霜桥晚渡冰峨峨。
燃薪暖我频饮我，斟酌脯酱调盐醝。倾壶举觞纷左右，客饱而笑君颜酡。
危然正论中法义，豆笾罗列陈象牺。嘲俳乘醉忽以发，驶如凿水放九河。
哀弦孤引四坐寂，继以箫笛相谐和。先生久与人迹绝，心如止水形枯柯。
忽警此乐非外奖，不觉抚手促而歌。归衔络马屡见夺，欲去未忍还婆娑。
空堂想见别后意，一灯夜守陈编哦。兴来落纸成大句，势欲李杜相凌摩。
缄题见寄邀以和，大江汹涌难为沱。短篇涩讷非所报，为我挥笔芟烦苛。

林光朝（1114—1178）

吴容州仲一挽词

竹屋绳桥自有村，牛山箫笛不堪闻。碑前更问何年月，为借容州旧使君。

箫　筝

贾宗谅（?—?）

除夜阳口舟中

一年节律今还尽，犹向天涯寄客舟。巫舍箫筝喧竹坞，渔家灯火傍沙洲。
殷勤共敬新桃醁，弃废堪嗟旧历头。守岁通宵欲无寐，煎茶几啜渌瓷瓯。

埙 篪

白玉蟾(1194—?)

和主簿家兄赠别韵

接耳交肩话绮疏,扶摇九万此南图。对床风雨人皆有,协韵埙篪我独无。
偶尔诗家鸿雁行,为今酒岛鹡鸰徒。情知一舸鸥夷去,临欲出门灯影孤。

孤鸿曲

秋阴薄薄天风凄,黄落满空孤鸿飞。志在江湖叫何悲,桂枝初花来几时。
得非往者失埙篪,云情月思哀独归。
青霄高处更危机,胡不少栖欲何之,霜翎雨翅不自持。
非无稻粱与菰黍,食不下咽情永辞。江头吊影鸣愈凄,嘹唳之声矧可思。

丹丘同王茶干李县尉高会

佳友品字坐,寒宵未渠央。竹亭天籁动,梅坞月华香。
酒与我为春,我瘦如松苍。遇酒辄一莞,梅竹侍我旁。
以诗互埙篪,笑语逐飞觞。酒行三四周,五官舞明堂。
王郎信矣伟,心胸浩琳琅。咳唾亦珠玉,气习无膏粱。
顷来赤城天,谒我九华房。期俱控绿烟,汗漫游帝乡。
李郎自可喜,契阔俄四霜。少日珠庭丰,今愈奕有光。
手仗六尺藜,叩我青锦囊。不思蓬莱路,往昔同商羊。
年时鼓高志,海上弄干将。笑抚苍崔嵬,眇视碧浩茫。
一别何沉绵,再见欲飞扬。胡不贾酒勇,相与形骸忘。
烛花已三炧,醉墨方琳琅。此乐良难常,人生易夕阳。

晁冲之(1073—1126)

和十二兄五首(其二)

伯也今代豪,嗜诗如嗜酒。赋多转遒劲,语老愈深厚。
尘言删不存,妙句元自有。白华忽补亡,关雎不为首。
埙篪起兄弟,珠玉到朋友。吟咏九日菊,沉酗八月酎。

搜剔发清新,联翩杂奇丑。详味吁谟章,用意过杨柳。
但使身愈穷,未信名可朽。不知造物意,令作清庙不。

晁说之(1059—1129)

夜 大 风

夜半江头清客耳,仿佛钟声风雨里。雨收风冷独严威,鼍号龙战江声徙。
政是夫差破吴时,鼙鼓百万当者靡。白头嵩客奈此何,他年惯听山之阿。
惟彼天地之中央,岫埛篦谷宁厌多。吾土信美小人哉,何不处处作好怀。

陈 普(1244—1315)

程朱之学(其二)

化工溥万物,不过亦不遗。何以能不劳,一理以贯之。
寂然莫可迹,桴至鼓必随。一朝十二牛,芒刃不少隳。
制度自恰好,形样咸无疑。夭桃且灼灼,篆竹各猗猗。
有鳞尽渊跃,无翼不天飞。人心正尔妙,动静悉如斯。
枢纽在方寸,运化斯为基。眼前日万变,尧舜一无为。
此理无上下,大小随所知。因物为顺应,欢然鸣埙篪。
何故天下人,利器不自持。妄端忽一起,纷溃终难支。
天开真儒出,幽探万化机。苍苍群生类,何事涂径迷。

云 庄 劝 学

百川皆望东,三才同面离。半圭崇幼德,六矢志男儿。
孟子道非高,周公言非欺。要须辨方位,乃识穷陬维。
自从学校废,俗敝柏梁诗。英才陆沈尽,卓荦非无资。
下车众皆悦,苟且遂成痴。混沌声一概,沈痼星千期。
天生紫阳子,缨冠而救之。万类始根理,六经初有师。
立心辨邪正,成德在勤嬉。曾参作门户,夫子为根涯。
有位民物康,在家兄弟宜。敬义贯心筥,德业畅根枝。
行远必自迩,登高必自卑。不从洒扫起,何以为类推。
群居不及义,游宴日相追。失学莫此甚,一成而百隳。

时文筑衰末,不直埋马帷。六经不勤读,学荒身亦危。
二刘与三蔡,相膊如埙篪。师门赖有嗣,流泽今未衰。
子孙欲不坠,祖训勤奉持。不失伯牙心,不患无子期。

陈 深(1260—1344)

慰陆子顺丧偶

岁晏登禹陵,山水清游纵。回舻舣西湖,埙篪谐伯仲。
旅窗灯焰青,炊臼感幽梦。绝弦闻遗声,据藜发哀恸。
重怜游子情,惧乏尊章奉。凄风动虚幌,斜月照飞栋。
芳胶解钿朵,流尘昏翠凤。荀香怅未歇,潘诗应屡讽。
孤兽骇哀鸣,离禽感幽哢。蒙庄亦何人,傲倪自惊众。
遗情信良难,至理堪折衷。

陈 造(1133—1203)

题 雍 和 堂

元功播万有,洪纤各秀颖。一或疵疠之,槁干例榛梗。
是身储至和,举世乏妙领。粹然太丘裔,父子皆秀整。
学自付衣钵,刃不留綮肯。文字长少苏,智趣大小耿。
翛然诗礼庭,翩度脊令影。穆穆埙篪春,矫矫尘务屏。
会看蝉嫣去,滋味调九鼎。彼哉夸毗子,肝胆作蛙黾。
斯焉世宗师,胡不日三请。

陈 著(1214—1297)

次韵长儿生日示诸弟

吾爱吾儿责望儿,终身实处看平时。夫妻琴瑟方为顺,伯仲埙篪便是诗。
要向鲁邹中进步,先从曾闵上求知。酒边见汝倾心句,不觉摇头笑脱颐。

次韵弟茝怀归

同声相应甚埙篪,雨夜联床只有诗。断港漫生归棹兴,流年空感浴兰时。
良思难与世情说,衰病聊将僧定移。须信滞流皆有命,不然安用老天为。

程公许(1182—?)

拟九颂(其四)

水平湖兮溶溶,雁鸣秋兮雍雍。气相求兮声相应,渺万里兮葭苊丛。
晴云淡兮天宇清,行不乱兮字纵横。伊美人兮心和平,韵埙篪兮锦绣文。
湖光澹兮酒温卮,鉴湖影兮烛须眉。纵百坡兮何聚散,如此水兮涅不缁。
彼弋人兮奚慕,何南北兮定处。裊裊兮秋风,潇潇兮夜雨。
飞鸣兮向阳,何心兮稻粱。望层空兮接羽,友鸿鹄兮高翔。

程 俱(1078—1144)

晁无斁将之录示近诗有和其兄以道说之诗次韵以致区区兼简以道(其一)

往登妙高台,千嶂如聚墨。煌煌化人宫,屹立断鳌足。
题舆亦不恶,啸咏此浮玉。秕糠空在前,不谓公肯辱。
竟乖南州望,聊作信都福。吹竽定谁真,抱璞安忍哭。
高情御外物,不计处与出。端如屋间籥,障以千步筑。
我穷居城南,瓮牖藩援秃。华裾每来过,暖语加帛粟。
洋洋埙篪音,珍重同结绿。吟毫久不濡,辱赠不敢独。
所惭春蚕股,持抗不周触。

戴复古(1167—?)

别章泉定庵二老人

腊里春风转,埙篪一气和。劝翁新岁酒,唱我老人歌。
一世声名重,四方书问多。章泉一泓水,思与海同波。

丁 谓(966—1037)

雁

避缴非无意,随阳自有期。飞霜联伯仲,叫月应埙篪。
小雅宣王什,登歌武帝辞。青冥时矫翼,燕雀尔焉知。

588

杜 范(1182—1245)

是夜闻十六兄雪中有作次韵

晚山栖半白,晚岫勒斜红。草草三杯里,悠悠一笑中。
喜君才磊魄,顾我意蒙茸。伯仲埙篪处,空嗟不与同。

范纯仁(1027—1101)

送司马伯康君实归夏县

金昆玉季老相亲,孝弟传家四海闻。白首还乡疑广受,清朝得志异机云。
埙篪迭奏声相应,鸿雁连飞翼不分。一夜西风响黄叶,萧骚助我叹离群。

蜀郡范公景仁挽词三首(其二)

伊洛相逢日,忠贤盛集时。游从敦气义,唱和若埙篪。
汉嗣资商老,尧章忆后夔。云亡时共惜,不独故人悲。

范仲淹(989—1052)

鹤 联 句①

上霄降灵气,钟此千年禽。幽闲靖节性,孤高伯夷心。
颉颃紫霄垠,飘飘沧浪浔。岳湛有仙姿,钧韶无俗音。
毛滋月华淡,顶粹霞光深。目流泉客泪,翅垂羽人襟。
腾汉雪千丈,点溪霜半寻。纤喙砺青铁,修胫雕碧琳。
岩栖干溪树,泽饮卑蹄涔。鸾皇自埙篪,燕雀徒商参。
独翘耸琼枝,群舞倾瑶林。病余霞云假,梦回松吹吟。
静嫌鹦鹉言,高笑鸳鸯淫。金精冷澄澈,玉格寒萧森。
洁白不我恃,腥膻非所任。稻粱不得已,蚍虮胡为侵。
天池忆鹏游,云罗伤凤沈。风流超缟素,雅淡绝规箴。
相亲长道情,偶见销烦襟。西汉惜冯唐,华皓欲投簪。
南朝仰卫玠,清赢疑不禁。端如方直臣,处群良足钦。
介如廉退士,惊秋犹在阴。几消鹰隼鸷,羁鞲俄见临。

---

① 此诗为范仲淹、欧阳修、滕宗谅三人共作,相联成篇。

还嗤凫鹥贪,弋缴终就擒。乘轩乃一芥,空笼仍万金。
片云伴遥影,冥冥越烟岑。长飙送逸响,亭亭出霜砧。
蓬瀛忽往来,桑田成古今。愿下八佾庭,鼓舞薰风琴。

得李四宗易书

秋风海上忆神交,江外书来慰寂寥。松柏旧心当化石,埙篪新韵似闻韶。
须期管鲍垂千古,不学张陈负一朝。三复荆州无限意,王孙芳草路遥遥。

郭祥正(1035—1113)

蒋公桧呈淮南运使金部此桧系鲁侍郎漕淮日手植

淮南庭中有苍桧,仰视团团翠为盖。直干每容鸾凤栖,盘根深压鲸鳌背。
北风夜作兵阵声,恐取蛟龙斩天外。呼童出屋为我窥,摩飐清阴月光碎。
问谁植之前蒋公,得地倏经三十载。不同种杏上青天,正似甘棠有遗爱。
使华今复见公孙,太平事业钟一门。祖庙冠盖渐尘土,却嗟此桧春长存。
孤高岂忘栽培力,秀发兼承造化恩。已看枝叶饱霜露,终作栋柱扶乾坤。
新诗编联尽珠玉,光大先烈听篪埙。更忆丹青妙画手,进入明堂逢至尊。

韩　绛(1012—1088)

教授秘书见示学馆唱酬诗稿辄书累句以谢

兑悦无如会友朋,况多吟咏思飞腾。埙篪雅正无它间,孔翠光华不自胜。
好事僮儿歌已远,争传笺纸价还增。群居岂弟吾儒行,邹鲁风流喜重兴。

洪　皓(1088—1155)

次彦深韵

德星堂上排家宴,埙篪合奏延群彦。彦清好士虚左迎,遂拉友朋来会面。
新礼将行要讨论,旧章欲举须淹练。乃公功业世无有,剑履应须尊上殿。
蒙嗣风流迈阿戎,眸子烂如岩下电。纱笼名姓鬼护持,阁画形容人健羡。
先几顷献万言书,壮岁曾看百将传。济世雄图任屈伸,穷途绨句殊精炼。
彦亨俊逸簉鲍昭,辞藻摘华如会弁。升平方议戢干戈,粉泽岂宜焚笔砚。
大虑终蒙王凤招,奇谋靡仗无知荐。子适挥毫八体具,怒猊渴骥获再眄。
但当宝惜比兰亭,未可捐去同秋扇。彦隆能挽两石弓,丁字不识橐鞬便。

冲冠摇忆蔺相如,衣绣莫夸江次倩。彦深和粹贵公子,醍醐味美夸珍馔。
一善拳拳早服膺,射策君门尝决战。起家正可二千石,筮仕宁希百六掾。
坐中我是江南客,万里寻盟负恩眷。下齐弗免田横烹,奔楚漫劳吴子谙。
借酒破愁兹不胜,凭诗遣兴何曾倦。匠巧旁观只汗颜,椟藏待贾宁沽衒。
可堪僵仆雪填门,无奈裂肤风劲箭。范叔绨袍也自寒,须贾故人空恋恋。

洪　迈(1123—1202)

戏答胡汝能

　　吾生苦中狭,与世枘凿乖。平生素心人,耿耿不满怀。
　　汝能伯始后,游世如婴孩。相逢握手语,便作埙篪谐。
　　时时笑谓我,如子患未涯。执古以规今,求合诚难哉。
　　涉世幸未远,子车尚可回。我介足怨忌,君通绝嫌猜。
　　不见山巨源,雍容居鼎台。不见嵇中散,绝交自可哀。
　　贤愚心自了,短韵共一咍。

洪　适(1117—1184)

盘洲杂韵上·水仙

　　龙宫陈酒器,金盏白银台。欲结埙篪伴,无逾绿萼梅。

华　镇(1051—?)

渐　　堂

君家仲季乐天长,书史优游共一堂。雁序此时详进止,鸰原异日竞轩昂。
阶前兰菊幽香远,座上埙篪逸韵长。肃穆清风在华榜,可令进躁坐销亡。

次韵刘三秀才瑞香二首(其一)

南枝碎玉飘溟蒙,春光次第海天东。紫囊夜发香中瑞,芳蹊不用夭桃红。
开谢忍从风日下,形容聊寄笺毫中。珠玉交辉色璀璨,埙篪迭奏声和同。
园林光价远莫拟,造化机权疑未公。会须折向玉峰去,追随鸣佩摇天风。

黄　榦(1152—1221)

双　髻　峰

万山环立两山起,伯仲埙篪风味多。轩冕直能惊俗子,采薇千古不消磨。

黄　履（？—1101）

正仲移漕二浙用李白留别王嵩韵以送之

二疏辞汉廷，故里挥黄金。谢公扶晋业，不改东山心。
余亦何为者，时动庄舄吟。七闽三径荒，白发西汜侵。
徒欣倦飞翼，获荫游凤林。方同埙篪吹，又远金玉音。
日月正光华，海岳增高深。昼锦虽适愿，霖雨斯层岑。
送公悲且欢，聊拂绿绮琴。

黄　庶（1019—1058）

庭树联句枝字为韵①

婆娑庭中树，老大千年枝。百弓蔽赫日，四座生凉飔。
影怪疑龙蛇，声和认埙篪。未被斧斤赏，敢辞尘埃欺。
轮囷壮士叹，冷淡童子嗤。盘根得地固，挺材本天资。
枌榆谩百尺，杞柳徒一围。节坚费刻画，莫讶绳墨迟。
枝狂跃蛟虬，瘿怪蹲熊罴。有时相摩击，往往霹雳飞。
筛月碎玉散，障日翠幄垂。腹空懒龙卧，实少饥禽悲。
败叶童仆憎，清阴儿女嬉。堂萱小人态，阶药老婢姿。
春禽似竽笙，夏蜩若羹糜。提孩不出户，知时如耆龟。
得成孤高状，敢忘毫末时。身遭藤萝蔽，心与松柏期。
晨烟拂杪起，落日侵梢齐。老蠹病其中，啄木为良医。
公输不在世，志士空嗟咨。止知梗楠高，苦厌樗栎卑。
大屋必欲构，老匠宁终遗。栋梁如采收，散材安足知。

黄庭坚（1045—1105）

戏简朱公武刘邦直田子平五首（其四）

朱家埙篪好兄弟，陋巷六经葵苋秋。我卜荆州三亩宅，读田家书从之游。

---

① 此诗为黄庶、王甫二人共作，相联成篇。

以同心之言其臭如兰为韵寄李子先（其四）

摧藏褫冠冕,寂寞归丘园。一瓢俱好学,伯仲吹篪埙。
正以此易彼,高车择朱门。得失固有在,难为欲人言。

送伯氏入都

贫贱难安处,别离更增悲。经营动北征,慈母待春衣。
短棰驱瘦马,青草牧中嘶。送行不知远,可忍独归时。
太华物华春,街柳啭黄鹂。九衢生紫烟,到家使人迷。
知音者谁子,倦客无光辉。王侯不可谒,秣马兴言归。
岂无他人游,不如我埙篪。陈书北窗下,此自有余师。

宿黄州观音院钟楼上

钟鸣山川晓,露下星斗湿。老夫梳白头,潘何埙篪集。

金君卿（1020—?）

文相生日

圣贤不世出,会合未可知。朝廷余百年,天将右重熙。
经纶须得人,公为生斯时。维时秋九月,爽气横海涯。
三叶凋阶蓂,嘉梦符熊罴。岂特钟岳灵,囊括昴与箕。
夹山州之望,馨竭敢自私。复疑于其来,释老亲抱持。
道貌莹褓褵,公相乃余姿。胜衣惜寸阴,问学俱忘疲。
过目已解悟,知妙初无师。峨冠践场屋,发策趋丹墀。
儒馆聊税息,伟望临华夷。知公离能尽,荆公每嗟咨。
谓与公所学,展矣无可疑。所忧异世习,老不见设施。
勃兴得神考,丞弼须皋夔。公始在劝讲,朝夕输论思。
君臣由一德,协合逾埙篪。法度日新美,小不遗毫厘。
衔恤俄去位,虚伫同调饥。追归不阅岁,再迁居近司。
荆公镇江左,成绩忧废隳。润色固赖何,可但如曹随。
一朝困谗言,补外垂士期。眷倚晚益厚,爱立兹可期。
先帝遗神游,登用多非宜。恭默久不言,狙诈事谩欺。

经始稽典坟,利泽覃四维。反指为虚政,屏弃无孑遗。
勋旧比共欢,东南困流离。高怀信安恬,国尔关盛衰。
所增在式廓,上帝初耆之。年来辟四门,比德皆纷披。
群才得汇征,灵光动晨曦。而公屈方面,疑叹均一辞。
肇此始生日,川至来繁禧。矧上思肯构,绳墨繄谁尸。
典策备广庭,三节方星驰。归与庙堂上,百辟劳瞻仪。
步趋谢几杖,康宁见期颐。阜俗犹褆身,温饱兼荁蔆。
陶冶既礼乐,于变无浇漓。英声播金石,是皆出人为。
公媿自黥劓,了不见成亏。庄周肆诋訾,所以尊孔尼。
发挥自公手,千载无沉迷。邦人申寿祝,稚艾肩相随。
具幸公少留,此语真愚痴。

孔平仲(1044—1102)

送朱君贶德安宰罢任还

浔阳五邑谁善政,历陵令尹朱为姓。孜孜常以民存心,四境安娱吏无横。
吾爱其人颇真率,笑语诙谐喜讥评。山有猛虎藜藿长,人得朋友衣冠正。
当时文学推第一,阔步青云乃蹊径。大贤百里固非地,赤子三年且无病。
如君才智可自达,今归朝廷惟所应。君臣昔以譬埙篪,吉甫文武陛下圣。
当陈半策绾万金,翩翩六翮凌风劲。江边钟官老铸钱,坐髀已消穷且暝。
倘君富贵不通书,当验行藏素非佞。

孔武仲(1041—1097)

赠 子 通

金石论交古所希,朱颜相结少年时。自嗟龌龊逢人少,尤喜轩昂出众奇。
文字往来谐律吕,笑谈错杂和埙篪。近闻俗语多讹语,愿子高歌锦与箕。

寄题丁子厚二亭·睦亭

抚族无如睦,开亭意可知。庭阶尽兰玉,兄弟即埙篪。
食有分甘乐,歌谐伐木诗。欢心已如此,风景况相宜。

儿 归 行

儿归儿不归,朝为子母欢。暮为禽鸟飞,故居不得返。
深林安可依,此身寂寞已如此。我母在家应忆子,子今岂不思其亲。
空有旧心无旧身,儿归儿不归。春已暮,朝多风,夕多雨。
山虽有泉陇有黍,儿寒有谁诉,儿饥与谁语。
万物卵翼皆相随,儿今不得儿子母。儿归儿不归,年年三月种麻时。
此声烦且悲,闻昔一母生两儿。于已所生独爱之,麻生指作还家期。
惟憎者来爱者去,物理反覆不可知。天公岂欲故如此,善恶报敏如埙篪。
至今哀怨留空山,长为鉴戒子母间。岂独行客愁心颜,儿归摧痛伤心肝。

李处权(?—1155)

题周氏棣华堂

管蔡既失道,周公遂相残。召公乃赋诗,棠棣良可观。
圣贤尚如此,末世讵得安。斗粟与尺布,至今兴永叹。
汝南贤伯仲,乡评蔼芝兰。冰清而玉洁,友于甚相欢。
鸿雁识先后,鹡鸰知急难。同衣且共爨,怡怡生理宽。
埙篪翕和乐,学海窥波澜。好爵岂终靳,未用咏考槃。
他年表门闾,紫荆出檐端。

李 纲(1083—1140)

梁溪八咏·棣华堂

兄弟埙篪人所推,棣华堂里远相思。艰难世路风霜急,正是鹡鸰原上时。

李 洪(1129—1183)

腊 雪

寂寞江村客,弥漫大雪天。愁云纷密霫,虚籁极饕颠。
坐听天窗落,时将书幌褰。胎禽羞洁白,闲客失明鲜。
势急鹅毛堕,寒欺雁翅翩。鼠形方诮璞,蜡貌遽摧鞭。
鲛室绡盈轴,阳公玉种田。蝶衣匀腻粉,蚕茧剥吴绵。

近柳横飞絮,穿榆并坠钱。后庭迷玉树,清禁覆花砖。
帝子剪湘水,铜仙泣泪铅。银床漫辱井,粉水媚房川。
繁丽真难比,萦盈似乞怜。玉京楼十二,金界地三千。
秦国占乌白,辽东献豕豜。尺围飘洛浦,席大记幽燕。
忆昨逢残腊,呈祥庆有年。冷侵东郭履,寒逼广文毡。
喜极埙篪和,吟余盐絮联。长城归大阮,巨轴属群贤。
思跨蓝关马,将乘剡曲船。恨拘崇让里,思逸灞桥边。
斟酒觥慵举,烹茶鼎旋煎。寻盟淡生活,冻笔尚如椽。

李弥逊(1089—1153)

丞相张公筑室湘江之上若欲远人间事尽心于山水之乐以奉寿母而末章以忠孝诏诸来者寓意深矣索诗寄之(其二)

庭前兰玉走斑衣,堂上埙篪乐寿卮。永昼牙签纷简帙,深庭豹尾卧旌旗。
笑谈自有江山助,勋业从来草木知。许国尚余忠鲠在,此心还与岁寒期。

李　新(1062—?)

送元景参辟廱

老年鹤瘠玉苍苍,送汝难收泪两行。短褐尚存慈母线,义居初割紫蜂房。
埙篪元自音声协,鸿雁而今羽翼长。别业未尝收菽粟,一家温饱待文章。

李正民(1073—1151)

次韵叶舍人(其二)

艰难险阻寄余生,重奏埙篪耳屡倾。静对竹阴谈近事,频看山色验初晴。
老来渐觉忧婚嫁,禄厚宁无耻圣明。稍喜幽燕通使者,叔孙当使郢投兵。

李之仪(1048—1127)

寄赵仰之

倾盖逢君亦偶然,埙篪今日似当年。仙风宛是金华旧,诗句分明沥水传。
故国江山聊徙倚,深灯歌笑屡迁延。相思果许重相见,豫约严装报此缘。

廖行之(1137—1189)

为老人寿苏盐

司寇家声远,开元相业尊。亚燕推手笔,刺暴赋簧埙。
无逸隋图在,居延汉节存。二天公覆盖,六印气雄浑。
美玉蓝田裔,洪河积石源。人材钟盛世,侯伯萃高门。
龙集天津尾,杓携井络坤。策加三卦候,冀改四朝昏。
兆梦熊罴喜,仪庭鹓鹭骞。崧高真气宇,佛祖是心原。
标准仪中外,才猷剸剧烦。枢庭陪国论,江介辅侯藩。
忠力宣僚寀,勋庸简帝阍。皇华分使节,风采动辀轩。
煮摘三湘富,澄清九郡恩。融融流叶气,蔼蔼载谣言。
望洽青毡旧,荣须锡马蕃。金瓯披姓字,芝诏下天垣。
卿月当联棣,王庭合篁鹓。蓬壶开寿域,斗柄挹芳樽。
蟠实来仙木,松膏出老根。祝公千岁寿,带砺见调元。

林景熙(1242—1310)

双桧堂为鲁圣可行可赋

鱼头公子冰雪姿,根柢忠信华文辞。乃翁手植岂无意,贞固已作层霄期。
气含芝术体松柏,容成山下神仙宅。清阴冉冉生庭除,绿雾纤纤护琴册。
风檐对语如索诗,君家伯仲谐埙篪。养成材器丰且硕,蓄洩云雨蟠蛟螭。
黄州谪臣坐诗累,杳杳蛰龙空九地。苍根留取千载芳,何物丑秦盗名字。

送胡汲古归严陵觐亲

胡君白云心,乡梦搅幽夕。挑灯起我言,相对竟恻恻。
问君何时归,心已寄飞翼。我归万山遥,君归一水直。
十年湖海间,耕砚苦不稔。居然保章甫,晨省无愧色。
高堂椿树苍,萱花在堂北。再拜捧寿卮,晴芳满瑶席。
埙篪夜床温,冠盖春巷塞。万古天伦中,真乐非外借。
明朝浙东西,片云渺何极。

林希逸(1193—1271)

赠周医主簿和后村诗

紫橐坝篪派易推,丹炉芽雪妙谁知。方因龙得来何处,棘为鸾栖住几时。
见似臞仙清可掬,胜他流辈俗难医。樗庵有句吾拈出,谒两孤山共和之。

云木相参歌

溪翁结茅傍溪南,近山绕屋青如蓝。天垂四野云到地,千顷万顷罗松杉。
着亭小小寄面势,往来万象窗中含。有时倚杖日未吐,但见云木朝相参。
苍苍古木大百围,白云无心出复归。云无尽藏木不老,云木千载长依依。
我醉呼云云不飞,风和万窍如坝篪。此时此景谁能画,既以名亭聊赋之。

刘 攽(1023—1089)

答张屯田朝退过阁下诸公

紫宸归路接银台,复阁重门相望开。浮俗共讥惟寂寞,高贤独肯少裴回。
照人珠玉惊尘骨,落笔坝篪写逸才。白日自嫌天上乐,不应沧海隔蓬莱。

刘 敞(1019—1068)

送子高知润州

屈指朝廷士,谁能望素风。贤良方正举,父子弟兄同。
鄙谚黄金贵,愚儒白首穷。今看一战霸,信有万夫雄。
官秩南宫峻,天文右掖通。坝篪谐大雅,鸿鹄起层空。
帝予夸乡乐,民怀济物功。吴人真得虎,汉守去凭熊。
山势端临北,江流正直东。遥知子牟意,故在九城中。

蒙某借示新诗不胜叹服辄妄作五言一首以志欣慕

元化陶钧外,中枢斗极边。济时俱陟降,均逸暂蕃宣。
近辅城连十,东方骑累千。亲欢主于适,时论老而传。
养志古何有,承颜能浩然。君羹鼎味在,彩服衮衣联。
德表真希世,天伦略比肩。名今万石最,学肯一经专。
相戒南陔养,赓歌棠树篇。坝篪盛迭奏,金玉烂相鲜。
锡类迂深眷,怀归私自怜。一闻诗礼意,特悟昔人贤。

刘克庄(1187—1269)

怀王制参

因交明允知坡颖,喜少公文更雅醇。方幸儒林得吾子,奈何宰相失斯人。
未挥潞国告廷制,久作河阳入幕宾。自古埙篪宜送奏,开元张垍与张均。

题赚兰亭图

山阴茧纸见者希,辨才传之于永师。行年八十手不释,栖之梁上鬼莫窥。
虬须天子欲得之,威以祸福僧诡辞。智勇至此无所施,相国房公乃设奇。
东台御史奉诏驰,易服变姓谒老缁。止客置醴因联诗,评书订画犹埙篪。
稍稍益狎不见疑,卷而怀之若拾遗。须臾□都得台移,都督传诏来龙墀。
僧绝复苏成白痴,始悟学究即绣衣。文皇如尧房如夔,磊磊落落两曜垂。
谲取一帖安肯为,帖归天上神护持。拓本之价犹不赀,他日昭陵以自随。
温韬掘者果是非,世人空宝定武碑。

刘弇(1048—1102)

伤友人潘镇之失意七十韵

念子多屯蹶,秋闱又背驰。南阳龙卧久,东鲁凤何衰。
刖足冤谁雪,伤弓翅已垂。有文须夺席,无地可容锥。
破落三间屋,荒凉四壁篱。平生萍荡漾,活计叶离披。
磬挂囊多乏,尘生甑少炊。饥寒妻拟弃,憔悴嫂贻嗤。
行古时稀合,身孤世早知。尽应嫌学僻,无不笑书痴。
读已周千卷,攀犹滞一枝。鹓因风紧退,兰为雪深萎。
卜璞羞空献,齐竽叹失吹。未为横荐鹗,又作曳泥龟。
东国频遭黜,西山独忍饥。皇皇行泽畔,寂寂卧漳湄。
应下伤麟泪,还牵感鹏悲。著成孤愤传,吟就八哀诗。
道丧谁开眼,愁来自皱眉。迍邅真命也,险阻屡尝之。
清庙含三叹,明时动五噫。野歌成匪虎,矶钓本非黑。
事故多如此,心休苦怨咨。都缘名是累,须用道为医。
破闷无如酒,消忧莫若棋。勿同杨泣路,休效墨悲丝。

得失皆由分，穷通自有时。海深鲲化早，天远鹤冲迟。
子况多能者，身怀可致资。九河流剧辩，万马走雄辞。
学似钩龙巧，文如吐凤奇。五车书并览，三箧记无余。
解辨鲁鱼惑，能分亥豕疑。博闻探禹穴，多见识曹碑。
行止珪无玷，周流玉不缁。经明人尽仰，才大士争师。
名价关西振，儒风稷下移。生徒居若市，来者被成帷。
天道如将复，人文未丧斯。定伸膏泽志，入侍帝王墀。
豹匪终藏雾，蛟非久在池。青云如借路，蹇步足通逵。
定补千裘腋，宁由五羖皮。冠弹思贡禹，舌在忆张仪。
已往虽非悔，方来尚可追。此生当富贵，未死属男儿。
顾我诚荒斐，蒙君爱保持。杏坛齐出处，槐里久参随。
情荷椒兰契，言蒙药石规。琢磨朝切切，讲诲夜孜孜。
小大钟容叩，高低刃许窥。开谈发吾覆，飞辩解人颐。
较艺思焚砚，交锋拟树旗。奚斯睎考甫，子贡服宣尼。
共有亨途约，俱怀远到期。精诚甚胶漆，酬唱越埙篪。
本谓同游处，何图有别离。身从来岭表，音逐隔天涯。
荏苒年光换，回还气候推。暗惊时倏忽，屡见月盈亏。
故国书迢递，他乡路崄巇。登高魂欲断，眺望力应疲。
侧望魁乡荐，夫何摈有司。临风心恻怛，开榜泪淋漓。
场屋非收子，文闱更荐谁。主盟宁至当，提掖岂无私。
尽指珠多颣，咸疑玉有疵。叩天身患远，叫帝泣嗟卑。
写恨凭精卫，声冤付子规。彼苍不可问，徒积故人思。

楼　钥（1137—1213）

送王仲言添倅海陵（其一）

万卷诗书老雪溪，颓然二子和埙篪。绝怜伯氏久亡矣，犹幸夫君及见之。
来上鹓行人谓晚，往舒骥足自嫌迟。他时还向云门否，布袜青鞋尚可期。

送赵南仲丞溧水
不用匆匆恨别离,版舆春昼彩衣随。往题斯立蓝田壁,更访清真溧上诗。
公事毋庸枨牙角,邻封真是和埙篪。日哦新句频相寄,明月清风慰所思。

陆文圭(1250—1334)

题陆义斋双莲图
红粉香中双并蒂,碧丝藕下暗连株。主人一笑偶然尔,客子竞夸前所无。
堂上埙篪兄友弟,房中琴瑟妇随夫。君家和气浓如酒,此即双莲瑞庆图。

吕　陶(1028—1104)

和礼部孔经甫斋宫三首(其二)
读书到老应成癖,了事他人莫笑痴。敲印旧曹烦夜直,看花新句感春熙。
已闻骐骥腾千里,应许鹪鹩附一枝。荐牍屡交虚席久,埙篪应喜共君吹。

和运判孙圣微游大慈
西州都会坤之维,地产丰羡人熙熙。朝庭念远勤抚养,欲壮心腹强四肢。
精求守臣择使者,故有贤业堪依毗。导宣德泽广流派,讲举政教先本基。
不容蠹弊长芽蘖,直欲赤子皆充肥。泰然一道遂无事,犴狱衰止文符希。
燕闲何以度岁月,凭仗文酒相追随。过从僧舍尽幽邃,阅遍画手多神奇。
因嗟唐人值丧乱,奔走至此常怀归。韬藏绝艺郁不发,壁间一扫穷精微。
试登高阁凝望久,欲将远眼穷天涯。山扃水绕气象好,云晴日暖光阴移。
信哉浮生巨河上,鼎势会以一足支。方今文轨庆混合,帝力何有民何知。
长廊广庑数百载,留得风景资游嬉。清樽岂特具酬献,高论不废评是非。
宦游此会亦难得,投笔一笑毫无疑。又为歌诗载盛事,更唱迭和犹埙篪。
鄙夫幸尔陪雅集,怀抱芬馥兰与芝。天阍九重劳梦想,回首乡国空迟迟。

奉和胡右丞视学所赋
成都学最古,肇自西汉时。寥寥千余载,间有或盛衰。
庆历始下诏,四方如响随。良哉乐安伯,治体由本基。
远模类文翁,故事循鲁僖。课试月为度,讲解日有规。
教育犹父兄,片言不迩遗。学子五百人,弦诵何仪仪。

陶成礼义俗，大变西南维。距此已一世，继者贤其谁。
胡公庙堂老，天子深倚毗。下车急先务，劝学为之师。
时异心则同，两哲吹埙篪。作诗遗诸生，字字皆典彝。
近欲美材成，远使纯风熙。砻石建巨堂，竖柱不复欹。
九经满四壁，高下相支持。首尾传注完，粲然日星垂。
斯经与斯堂，天下难等夷。度地得胜势，西隅敞高扉。
气象自宏显，出门见通逵。嘉木种千本，敷阴接春晖。
人将不剪伐，异日甘棠枝。贱子昔在泮，执经趋绛帷。
尝闻先生训，敢告多士知。读书有本统，宜先穷是非。
微言率简易，众说殊支离。详观圣贤迹，于我犹蓍龟。
不独事辞章，华葩竞葳蕤。岂徒换爵禄，称谓生光辉。
立己如远游，纵横亦多岐。取舍各异辙，义利难两驰。
一足少蹭蹬，终身陷污卑。君子与小人，古今不同归。
勉哉笃志操，行副公所期。

梅尧臣（1002—1060）

送韩仲文知许州

孰不为太守，所荣归故乡。僚官诧旧识，邸吏窥新章。
前去别马上，今仰立道傍。野老拜车尘，里人持壶浆。
至家埙篪美，谒垄云日光。盛事难尽书，且举国门觞。

牟巘（1227—1311）

德清孙氏和乐秀明堂

人生致足乐，莫如令兄弟。绰绰而有裕，其中自春意。
龟溪有二孙，能笃友于义。同居五十载，阖门数百指。
几微无间言，轮囷有和气。粤从鸿雁散，惟恐棠棣废。
欲挽古道回，兹事良非易。亦既成新居，始得遂初志。
和乐揭高扁，秀明屹对峙。怡然两白发，埙篪伯仲氏。
子孙皆雍睦，闾里亦顺悌。复如无事时，难得真可贵。
唐史传孝义，颇记张刘李。迹其屡易世，往往干戈际。

义风不少衰,大书乃无愧。嗟哉广明后,旌命曾弗至。
虽有笃行者,谁为纪姓字。我闻二孙名,不觉为之喜。
两记信实录,联名尽名士。先见众论公,必得一行史。
行看表门闾,乡邦夸盛事。我诗甚鄙拙,愿尔多寿祉。

彭汝砺(1042—1095)

答君时弟(其一)

埙篪与鸿雁,一气更同声。鼓则与桴应,形惟从影行。
无如我宜弟,颇笑尔难兄。洵美歌棠棣,仍须听鹤鸣。

答君时弟(其二)

埙篪无俗韵,鸿雁有秋声。更类偲偲友,非同踽踽行。
爱无逾玉季,名有愧龙兄。莫作升堂赋,相期以道鸣。

仇 远(1247—?)

顷溧水归登官塘汤汉章义门(其一)

五山翔凤集东庐,花竹园池可隐居。奕代文声传学馆,大书义字式门闾。
埙篪雅奏和为贵,樽俎清言乐有余。车笠重逢当一笑,白眉青眼尚如初。

初冬郊行(其一)

喜闻颖弟与坡兄,趁小春晴野外行。独树荒村生处僻,落霞孤鹜去边明。
豳风酒食归田乐,韶部埙篪打稻声。从此广文差饭足,素餐只愧老农耕。

裘万顷(?—1219)

端午上饶道中

一春留滞在京华,午日依前未到家。细葛香罗素无望,黄尘乌帽亦堪嗟。
争舟野渡人如簇,立马邮亭日欲斜。遥想埙篪献亲寿,彩衣罗拜酌流霞。

题伯量春风堂

未登春风堂,尝读春风诗。春风不易得,令人每怀思。
一堂谁独无,所至皆有之。奈何堂中人,此意多背驰。
听雨不对床,煮豆先燃萁。宁赓粟布歌,不肯吹埙篪。

和气自此伤,怨怒无休时。遂令君家堂,独立修江湄。
昔我尝宦游,兄弟轻别离。自从失予季,忧闷鬓成丝。
仲叔幸无他,相从日怡怡。数榻松竹间,颇与我辈宜。
浊醪无独斟,陈编有同披。从今当杜门,共试春风词。
燕谷恐尚寒,暖律冀一吹。君能不靳否,春风元不私。

邵　雍(1011—1077)

又　一　绝

手足恩情重,埙篪欢乐长。要知能忘处,坟草两荒凉。

训世孝弟诗(其六)

子孝亲兮弟敬哥,晨昏定省莫蹉跎。一门孝友真难得,百岁光阴最易过。
和乐且耽宜自翕,彝伦攸叙在谦和。班衣舞罢埙篪奏,子孝亲兮弟敬哥。

观　棋　大　吟

人有精游艺,予尝观弈棋。筭余知造化,著外见几微。
好胜心无已,争先意不低。当人尽宾主,对面如蛮夷。
财利激于衷,喜怒见于颜。生杀在于手,与夺指于颐。
戾不殊冰炭,和不侔埙篪。义不及朋友,情不通夫妻。
珠玉出怀袖,龙蛇走肝脾。金汤起樽俎,剑戟交幨帏。
白昼役鬼神,平地蟠蛟螭。空江响雷雹,陆海诛鲸鲵。
寒暑同舒惨,昏明共蔽亏。山河灿于地,星斗会璇玑。
因睹输赢势,翻惊宠辱蹊。高卑易裁制,返覆难拘羁。
心迹既一判,利害不两提。卷舒当要会,取舍在须斯。
智者伤于诈,信者失于椎。真伪之相杂,名实之都隳。
得者失之本,福为祸之梯。乾坤支作讼,离坎变成睽。
弧矢相凌犯,言辞共诋欺。何尝无胜负,未始绝兴衰。
前日之所是,今日之或非。今日之所强,明日之或羸。
以古观后世,终天露端倪。以今观往昔,何止乎庖牺。
尧舜行揖让,四凶犹趑趄。汤武援干戈,三老诚有讥。
虽皋陶陈谟,而伊周献规。曾未免矣夫,疗骨而伤肌。

604

仁为名所败，义为利所挤。治乱不自己，因革徒从宜。
与贤不与子，贤愚生瑕玼。与子不与贤，子孙生疮痍。
或苗民逆命，或有扈阻威。或羿浞起衅，或管蔡造疑。
或商人征葛，或周人乘黎。或鸣条振旅，或牧野搴旗。
灼见夏台日，曾照升自陑。安知羑里月，不照逾孟师。
厉王奔于彘，幽王死于骊。平王迁于洛，赧王败于伊。
或盟于召陵，或会于黄池。或战于长岸，或弑于乾溪。
或入于鄢郢，或楼于会稽。或屠于大梁，或入于临淄。
五霸共吞噬，七雄相鞭笞。暴秦灭六国，楚汉决雄雌。
天尽于有日，地极于无涯。遐迩都包括，纵横悉指挥。
井田方奕奕，兵甲正累累。易之以阡陌，画之以郊畿。
销之以锋镝，焚之以书诗。罢侯以置守，强干而弱枝。
重兵栖上郡，长城堑边陲。自谓磐石固，万世无已而。
回天于指掌，割地于阶墀。视人若蝼蚁，用财如沙泥。
阿房宫未毕，祖龙车至戏。骊山卒未放，陈涉兵自蕲。
灞上心非浅，鸿门气正滋。咸阳起烟焰，南郑奋熊罴。
人鬼同交错，风云共惨凄。项强刘未胜，得鹿莫知谁。
约法三章在，收兵五国随。庙堂成筹重，帷幄坐筹奇。
广武貔貅怒，鸿沟虎豹饥。荥阳留纪信，垓下别虞姬。
三杰才方展，千年运正熙。山川旧形胜，日月新光辉。
正朔承三统，车书混四维。方隅无割据，穷僻有羁縻。
后族争行日，军分南北司。当时无佐命，何以救颠阤。
百战方全日，长兵震天垂。岂知巫蛊事，祸起刘屈氂。
冢宰司衡日，重明正渺弥。见危能致命，无忝寄孤遗。
剧贼欺孤日，行同狐与狸。宫中凌寡妇，殿上逐婴儿。
龙战知何所，冰坚正在兹。溃堤虽患水，御水敢忘堤。
东汉重晞日，昆阳屋瓦飞。幽忧新室鬼，狼籍渐台尸。
鄗邑追隆准，新安扫赤眉。再逢火德王，复睹汉官仪。
窦邓缘中馈，阎梁挟牝鸡。经何功殆尽，至董业都糜。

河洛少烟火，京都多蒿藜。长天有鸟度，白骨无人悲。
城有隍须复，羊无血可刉。大厦之将颠，非一木可支。
孟德提先手，仲谋借世资。玄德志不遂，竟终于涕洟。
西晋尚清谈，大计悬品题。妇人执国命，骨肉生疕疵。
二主蒙霜露，五胡犯鼎彝。世无管夷吾，令人重歔欷。
广陌羌尘合，中州胡马嘶。龙光射牛斗，日影化虹霓。
辟草来洛汭，垦田趋江湄。二百有四年，方驾而并驰。
东晋分南尾，时或产灵芝。凡经五改命，至陈卒昌隋。
国破西风暮，城荒春草萋。长江空满目，行客浪沾衣。
后魏开北首，孝文几缉绥。河阴旋有变，国分为东西。
尔朱夺高氏，宇文灭北齐。及隋始并陈，四海为藩篱。
泛汴公私匮，征辽士卒疲。有身皆厌苦，无口不嗟咨。
处处称年号，人人思乱离。中原未有主，谁识非鹿麋。
千一难知日，天人相与期。龙腾则云霭，虎步则风凄。
母后专朝日，相仍紊宫闱。可嗟桓彦范，不杀武三思。
绣岭喧歌舞，渔阳动鼓鼙。太平其可傲，徒罪一杨妃。
剑阁离天日，潼关漏虎貔。两京皆覆没，九庙咸倾欹。
乐极则悲至，恩交则害携。事无可奈何，举目谁与比。
自此藩方盛，都无臣子衹。恃功而不朝，讨贼以为词。
各拥部兵盛，谁怜王室卑。邀朝廷姑息，观社稷安危。
攻取非君命，诛求本自肥。乘舆时播越，扈从或参差。
尾大知难运，鞭长岂易麾。长奸忧必至，养虎害终贻。
国步何颠沛，君心空忸怩。时来花烂漫，势去叶离披。
十姓分中夏，五家递通逵。徒明星有烂，但东方未晞。
才返长芦镇，旋驱胡柳陂。绛霄兵自取，玄武火何痴。
中渡降堪罪，栾城死可嗤。太原朝见入，刘子夕闻啼。
事体重重别，人情旋旋移。弃灰犹隐火，朽骨尚称龟。
谲诈多阴中，艰忧常自罹。挠防肤革易，患救腹心迟。
语祸不旋踵，言伤浪噬脐。欲升还陨落，将坠却扶持。

瞑眩人皆恶，康宁世共晞。须能蠲重疾，始可谓良医。
久废田硗确，难行路险巇。不逢真主出，何以见施为。
家国遭迍极，君臣际会稀。上天生假手，我宋遂开基。
睿筹随方设，群豪引领归。迄今百余载，兵革民不知。
成败须归命，兴亡自系时。天机不常设，国手无常施。
往事都陈迹，前书略可依。比观之博弈，不差乎毫厘。
消长天旋运，阴阳道范围。吉凶人变化，动静事枢机。
疾走者先颠，迟茂者后萎。与其交受害，不若两忘之。
求鱼必以筌，获兔必以罦。得之不能忘，羊质而虎皮。
道大闻老子，才难语仲尼。造形能自悟，当局岂忧迷。
黑白焉能浼，死生奚足猗。应机如破的，迎刃不容丝。
勿讶傍人笑，休防冷眼窥。既能通妙用，何必患多岐。
同道道亦得，先天天弗违。穷理以尽性，放言而遣辞。
视外方知简，听余始识希。大羹无以和，玄酒莫能漓。
上兵不可伐，巧历不可推。善言不可道，逸驾不可追。
兄弟专乎爱，父子主于慈。天下亦可授，此著不可私。

史　浩(1106—1194)

待王十六监岳致语口号

东皇旌旆到人寰，漏泄春工露一斑。已向江村访梅萼，却来灯市赏鳌山。
主宾冰玉欢无尽，伯季埙篪兴不悭。欲识鲁公须拜后，微黄一点见眉间。

史弥宁(？—？)

送邬文伯

一世邬文伯，三生钟子期。风流到尊俎，酬倡迭埙篪。
去棹趋兰荻，来鞯趁菊时。南湖清镜里，明日欠君诗。

释居简(1164—1246)

代人与赵仓使

江淮倚襄沔，两纪当分拏。皇天憨一老，一正遗万差。

长城蔽江汉，双骏腾渥洼。英灵萃千载，智勇出一家。
以德不以威，以静不以哗。以信不以欺，以俭不以奢。
跻人上衽席，含哺相呷哑。胡马饮江水，狞飙扫蒹葭。
月明戍楼啸，风急秋城笳。边勋一夔老，史笔五色花。
遗烈在伯仲，奎画崇褒嘉。递迭吹埙篪，嘈杂空淫哇。
玉节飞先声，一道争传夸。单骑造闉闍，三舍日未斜。
野蔌饭山馆，龟手疲马村。霰雪皴衣棱，敢惮千里遐。
双旌与五马，所至弓刀遮。惨舒出顾盼，辉光生齿牙。
笑公后其乐，白日无精华。次边隔江东，氽涌无从赊。
赫炎苗不苏，潋滟圬不芽。紫葵圃不畦，黄粟山不畬。
扶携及褓褓，颠踏如蓬麻。相看尽菜色，槁立疑帝豝。
精明见家法，了事才咄嗟。所急先民天，以次清胡沙。

代宣石桥谢两浙部使者

丙寅端午前三日，南宕西湖酒一卮。趁此昌蒲新酿熟，看君棠棣燕歌迟。
春风玉笋分班处，夜雨金闺对榻时。蛙在秋池分部曲，小须叔季奏埙篪。

次韵林别驾（其一）

官分长贰荣，乐事胜专城。避俗如僧定，寻仙结伴行。
吟疆宽处拓，醉玉醒时倾。拟叶埙篪响，邯郸步不成。

送宽堂赴南外判宗

教欲明南国，无如小召公。埙篪后先奏，鲁卫古今同。
特操银潢远，清班玉笋空。洛阳潮雪外，脚脚是华风。

赵宪使席上

乡来踏雪盱水滨，雪云贴水一样清。老玉堂仙在江上，玉色照耀梅花明。
亦有过庭一双玉，翠鸾矫矫停梧竹。乃翁事业在太史，天遗埙篪响相续。
浙江以西秋雨余，一道十九几为鱼。悬金并日相煦濡，官忧输赋私忧租。
鲜明绣衣霄汉立，终日讲明荒政急。只今人命在盆底，犹解倒悬端不啻。

释妙伦(1201—1261)

偈颂八十五首(其五三)

我有一机,觌面提持。如击金石,如奏埙篪,不是知音谁共知。

宋　庠(996—1066)

和中丞晏尚书和答十二兄夜归遇雪之作

有客天街夜辔还,霰花无数拂雕鞍。路疑西极瑶池近,人似南朝鹤氅寒。
漏鼓传声催暝色,曲车迷辙寄余欢。埙篪雅韵皆多感,偏觉阳春再和难。

陈勤之兄弟同登秀科俱宰江东大邑

上林春色老朱樱,谁见联科纪佛名。睢苑妍辞俱右席,太丘遗业肯惭卿。
离歌坐写埙篪恨,邑政行闻鲁卫声。使橐尽堪传尺素,双函同慰一摇旌。

苏　颂(1020—1101)

次韵王伯益同年留别二首

桂籍昔叨联署等,莲帷今幸接芳尘。埙篪契合均天属,金石交深过古人。
直向岁寒期茂悦,肯同时俗论甘辛。优游且作江南令,惠爱于民此最亲。

苏　辙(1039—1112)

次韵孔武仲学士见赠

羡君耽读书,日夜论今古。虽复在家人,不见释手处。
意求五车尽,未惜双目苦。蓬莱倚霄汉,简册充栋宇。
学成擅囷仓,笔落走风雨。破笼闭野鹤,短草藏文虎。
鬓须忽半白,儿女无复乳。知君不能荐,愧我终何补。
偶来相就谈,日落久未去。归鞍得新诗,佳句烂如组。
古风弃雕琢,遗味比乐府。且复调埙篪,泠然五音举。

次远韵

万里谪南荒,三子从一幼。谬追春秋余,赖尔牛马走。
忧病多所忘,问学非复旧。借书里诸生,疑事谁当叩。
吾儿虽懒教,擢颖既冠后。求友卷中人,玩心竹间岫。

609

时令检遗阙,相对忘昏昼。兄来试讴吟,句法渐翘秀。
暂时鸿雁飞,迭发埙篪奏。更念宛丘子,颀然何时觏。

孙 觌(1081—1169)

张全真大资四老堂

真人东方行,携幼坐小辇。五星聚光炯,八龙卧偃蹇。
张公世忠孝,七叶冠蝉冕。翘翘麟一角,濯濯蕙九畹。
声名大小冯,门巷南北阮。埙篪自鸣和,满耳听睍睆。
春粟悲汉谣,然其笑魏褊。讵闻华亭鹤,空忆上蔡犬。
堂堂鼎轴老,秉道迪天显。宁投千金璧,不践九折坂。
飞飞鸿雁行,恋恋桑榆暖。草木商山村,烟波洞庭晚。
芝老正堪茹,橘熟行可搴。连床话团栾,共此一笑莞。
当年伯仲氏,衫鬓绿婉婉。彩衣戏翁侧,玉立尽瑚琏。
峥嵘六门阙,突兀今在眼。岁月知几何,华皓森雪巘。
扶颠属匠石,起死待和扁。富贵挽不来,挂颊但手板。
谈间锯屑霏,酒伴金荷卷。舞茵翔两鸾,歌板曳犹茧。
冰壶明月吐,琪树清风满。起寻赤松游,仙籍标阆苑。

孙应时(1154—1206)

挽诸葛寿之(其三)

命矣三年病,天乎百岁期。尸饔犹有母,传业更无儿。
便作平生尽,空多国士知。增光在金友,人得记埙篪。

挽莫子晋丈(其二)

少日从诸老,丁年重一乡。埙篪鸣正乐,兰玉秀成行。
坐客多匡鼎,途人说郑庄。哀哀晚何事,衰病讫凄凉。

吴文伯用李允蹈追字韵见赠亦次答之

鸡鸣市声起,冠盖日相追。终然寡同调,千里怀风期。
忆从十年前,识君黄绢词。安知淮海来,得此埙篪吹。
武库森器宝,清庙陈尊彝。持君胸中富,自足夸一时。

况今亨衢开,秣马随所之。功名何足道,谈笑观指麾。
交情无远近,人事有合离。他年一尊酒,长恐劳相思。

汤　悦(？—？)

鼎臣学士侍郎楚金舍人学士以再伤庭梅诗同垂宠和清绝感叹情致俱深因成四十字陈谢

人物同迁谢,重成念旧悲。连华得琼玖,合奏发埙篪。
余桢虽无取,残芳尚获知。问君何所似,珍重杜秋诗。

田　锡(940—1004)

寄宋准学士

鸾舆西幸郊天日,洛水桥南乍识君。投分埙篪无异曲,定交兰菊有余芬。
别来信阻年将尽,望去台高日又曛。堪恨支离何所似,波中萍叶岭头云。

王安中(1076—1134)

闻青守梁元彬移帅定武作诗寄贺诸梁

相门谁数十朱轮,华鄂今看节制分。乡里正思前召父,朝廷难辍大冯君。
风声自是埙篪合,忠力同输手足勤。应有池塘春草梦,夜阑还绕北山云。

王　迈(1184—1248)

寄南剑守陈寺丞宿

复斋出守剑津时,正直清廉真吏师。遗爱昔尝垂竹帛,徽音今又嗣埙篪。
侯能培植甘棠荚,我欲摩挲常蓴碑。千载福公家传好,怀哉蜀士送行诗。

寄浙漕王子文野以思君令人老五字为韵得诗五首(其一)

长沙一倾盖,情好如埙篪。间关十寒暑,何时不相思。
君为睢邸教,再挹冰玉姿。升堂拜寿母,摩顶识馨儿。
敘旧方恋恋,临分转依依。自是成鸿燕,羽翼竟差池。
音问久不接,清宵梦见之。鱼腹得尺素,羊胛经几炊。
陈雷不可作,千载同襟期。

王　遂(?—?)

会徐侍郎蔡提举

初度曾同岁摄提,德虽不竞得年齐。徐卿鸾凤今标准,蔡令埙篪旧品题。
西府十连新眷遇,北园三径共提携。丈夫出处无他愿,但欲长歌归去兮。

王禹偁(954—1001)

南郊大礼诗(其四)

彩城残月带微霜,版奏中严夜未央。三献欲终侵曙色,百神齐下散天香。
珠旒微乱埙篪韵,柴燎轻笼剑佩光。此夕商山对何物,猿啼鸟哭树苍苍。

王之道(1093—1169)

秋日野步和王觉民十六首(其七)

五穷韩愈烦驱逐,一室陈蕃倦扫除。我有埙篪旧诗集,当令阿买为君书。

和许端夫兄弟二首时端夫出守当涂(其一)

灯火当年记马行,一时人物玩垂裳。旧游乱后半芜没,新贵迩来多罪亡。
我有埙篪相应和,君同兰玉竞芬芳。高文已见含元赋,不用研思古战场。

韦　骧(1033—1105)

和孙叔康以诗寄芋

清淳一阕听埙篪,磊落堆盘享芋鸥。拙令此时心饫足,暂忘野外有民饥。

卫　博(?—?)

送长寿黄主簿

黄郎千人英,凛凛霜松姿。邺侯三万卷,载复无遗辞。
十年居太学,辛勤厌朝齑。词场事雄俊,傲睨深丛黑。
再拜天子前,袍笏光陆离。竭来皖水滨,乐哉同襟期。
顾我蓬之心,友娅惭非宜。朝来摆征衫,怅望当分携。
君家闽海陬,去作楚郢归。大哉天宇间,会合固有时。
丈夫志八表,曲士守一涯。锦衣行未暮,鸾桂先高枝。

清润照冰玉,唱和共埙篪。行行得所诣,何必事町畦。
寒江清无波,爱景摇窗扉。衮衮江上山,万象供品题。
还登古石城,往和白雪诗。傥因西飞鸿,寄我长相思。

卫宗武(?—1289)

绝　　交

北山有鸣鹗,不洁而嗤凤。宜下绝交书,埙篪非伯仲。

文　同(1018—1079)

寄　友　人

惟秦抵于蜀,间可历万巇。遥怀向英义,潜想一夕驰。
乏人探道奥,求合常苦奇。见谓可招纳,欲与相埙篪。
夫何屡乖绝,出处各一涯。秋风动孤况,西首劳所思。

文彦博(1006—1097)

故宣徽惠穆吕公挽词(其二)

蚤预朋从谈燕熟,晚陪枢管岁时多。心如金石坚无改,声似埙篪久更和。
丹凤临池犹未浴,白驹逢隙已先过。相门余庆簪缨盛,继述皆同谷与傩。

吴　芾(1104—1183)

寄　鲁　漕

四海耆英世共知,七旬强健似公稀。使星姑暂淹黄发,卿月还须近紫微。
门外埙篪方合奏,庭前兰玉更相辉。人生乐事谁能及,莫惜通宵寿斝飞。

和十五侄见寄

草庐高卧几经春,被褐深藏席上珍。已自闭门甘澹泊,不妨琢句自清新。
我惭老去同流俗,日念归来作野人。此后埙篪酬唱罢,因风见寄莫辞频。

三老图既成久欲作诗未果因次任漕韵

我久欲作三老诗,苦无佳句能解颐。抽轧鄙思成无期,有语欲吐还茹之。
忽得新篇向此诗,恍如春草生谢池。明珠万斛光陆离,璀璨不减珊瑚枝。
压倒元白头欲垂,直与李杜肩相差,使我手把不停披。

忆昨梅花吐琼蕤,枝头爱日仍舒迟。
虽恨捧觞无翠眉,吾人臭味自相宜,花下清欢聊共追。
嗟我老来意气衰,归心已决不复疑。虽来江右把一麾,但知痛饮真吾师。
尊前况逢冰雪姿,岂容不醉负屈卮。二老揽辔方并驰,一气相和如埙篪。
百城感化熏兰芝,不事威怒轰雷椎。后园探春容我随,开怀笑语何熙熙。
丹青写此一段奇,未羡九老洛水湄。何日归去山之崖,时命柴车载鸱夷。
相逢径醉莫问谁,饮尽不妨寻酒旗。

吴 儆(1125—1183)

独 酌

松竹开幽径,蓬蒿闷荆扉。庭前两梧桐,浓绿涵清辉。
南楹开半山,晨夕异烟霏。樽酒自宾主,幽鸟更埙篪。
饮罢两无言,还读渊明诗。

夏 竦(985—1051)

奉和御制看毛诗诗三章二章十二句一章八句(其一)

周道洽平,声动文成。周王弃善,俗移风变。
哀乐异心,治乱殊音。心发言从,影响攸同。
政行音类,埙篪靡异。实教化之所由,故能经乎天而纬乎地。

徐 铉(917—992)

太傅相公以庭梅二篇许舍弟同赋再迁藻思曲有虚称谨依韵奉和庶申感谢

旧眷终无替,流光自足悲。攀条感花萼,和曲许埙篪。
前会成春梦,何人更已知。缘情聊借喻,争敢道言诗。

代书寄谈炼师

朱山松桂翠连云,中有清虚小隐居。密养丹砂存正气,静披琼蕴诵真文。
埙篪金石心常在,圭组烟霞路自分。凭仗乡人传尺素,山前惊起白羊群。

许及之(1141—1209)

亲家张舍人挽词(其二)

忆曾伯仲共论文,迭和埙篪自不群。尚以竹林怜小阮,肯令新妇配参军。
登楼无计追王粲,载酒空烦过子云。幸有诸郎传素业,勉旃犹足振前闻。

王宣甫求崇斋扁榜仍索诗转庵之作先成即次韵为寄

圣门教人亦多术,由也升堂未入室。颜虽在寝犹仰高,火就水流随燥湿。
但见终日不违愚,岂知庶几介如石。陶溪昨以崇名斋,欲予隶古诗记实。
今晨忽见转庵作,名与诗高同起日。崇斋少学用心苦,晚乃一扫科举习。
霜降自然知水落,道损都忘为学益。一从崇卑悟师说,心已沈酣全体易。
书扁外和转庵诗,不待形容有润色。忆昨尊公期类予,似我颛愚有何获。
老惭才衰惟钝迟,感君肯赴同襟期。闭关却埽门植榆,不妨倡和来埙篪。

许月卿(1216—1285)

送碧梧入府

人劝公入相,我劝公早归。今以副枢入,好以元枢回。
易为六经宗,学易贵知时。时止则时行,时义大矣哉。
故尝论今日,两语见称奇。但且为执政,宰相未可为。
若为伴食相,何如酒一杯。曾以语裕翁,裕翁为一咍。
英雄见略同,明公试思之。文正为清献,何曾美鼎梅。
史册香万古,日月名长在。时止时则行,宰相须时来。
时来然后相,当传忠定衣。官职难名节,愿公玉无疵。
壮节题初节,愿公玉无灰。耐久老柱石,身佩国安危。
五福一曰寿,寿国身之枢。请君看老子,寡欲身寿眉。
心清万里明,可杜幸时窥。寡欲善养心,轩鉴照魅魑。
岁晚成二老,种蠹相埙篪。坐令四太平,太宗生光辉。

薛师董(?—?)

秋　　风

秋风有落枝,天籁动埙篪。鼓角山河壮,襟怀岁月迟。

阮生狂一啸，汉武老多悲。虽有秦歌激，终堪理钓丝。

晏　殊(991—1055)

和三兄除夜

星汉回曾宇，埙篪集上都。夜寒凝爆燎，春气入屠苏。
九陌传珂乘，千门促漏壶。此时开棣宴，仍在碧城隅。

杨　亿(974—1020?)

次韵和盛博士寄赠虞部李郎中之什

门墙日以峻，德望暗然彰。弟草西垣诏，身为南省郎。
埙篪欢并奏，龙虎俨成行。宴客牛心炙，朝天鸡舌香。
曲池春涨水，碧瓦晓飞霜。此景知何事，留宾泛羽觞。

咏华林书院

闻说华林院，名将阙里偕。生徒似东鲁，书籍胜西斋。
俎豆儒风盛，埙篪乐韵谐。门闾双桂茂，编秩九流排。
讲学骞纱幕，题诗挂粉牌。苟陈传旧族，游夏结同侪。
红实洲生橘，清阴世种槐。夜蟾穿户牖，晴瀑泻岩崖。
远客来千里，新恩出两阶。横经定何日，凭此寄幽怀。

表弟章廷评得象知邵武军归化县

几年索米住京师，新得东堂桂一枝。宰邑弦歌循吏政，还乡鸡黍故人期。
于公阴德知终大，万石家风喜不衰。毛义动容初捧檄，太邱积德旧刊碑。
甘棠二纪民犹爱，苦蘖三年吏不欺。桑梓经过身昼锦，庭闱扶侍鬓垂丝。
元方惠化传遗铎，令伯欢心献寿卮。邦境中分同鲁卫，政声相应似埙篪。
尝思竹马游从日，又见风鹏奋击时。执手勉君勤素业，归来更直凤凰池。

姚　勉(1216—1262)

寄题陈肩夔兄弟梦草堂

谢池草句本无奇，千古流传五字诗。只是可人醒枕席，许多生意在埙篪。
信渠风雨听眠处，快甚江山得助时。顾我此怀今已矣，羡君兄弟撚吟髭。

岳 珂(1183—?)

吕成公宽平通鉴佚老三帖赞

治粹于隆古,元凯之懿,根于笃诚。世泽未倾,英髦代兴。
非不卓荦,绝乎径庭。而斯道之正,独未有以韦平之家,而继孟荀之鸣者。
岂天心之昌我朝,固得其人而后行耶。
儒服独立,出于簪缨。百圣微言,阐我金籯。
使万世而下,洙泗有所系,伊濂有所承。
正传未坠而迄续,绝学将晦而复明。
所谓派徐历许,沿申溯荣。箕覆基峙,源澄流清。
殆匪一日之积,偶然而生。至于道以身立,忠以死争。
斡泰否之机,开剥复之萌。
其昆弟刚毅之操,家庭讲贯之精,又何其集义之不馁,而为人之难能也。
我读五帖,言言典型。文史潘吴,诗书邵程。
望群贤于忠悫,验本体于宽平。
则虽小而见诸简牍之接物,亦奚以异于埙篪之同声。
暗若前陈,如龟之明。仁远德辏,欲举曷胜。
于戏二难,古谁与京。倡与和与,展也其成。

曾 几(1085—1166)

次忱字韵

公家伯仲世名流,画省归来共乐忧。稍喜对床听夜雨,永怀扇枕作凉秋。
谁言小草能蠲忿,未信闲花可疗愁。惟有埙篪发清吹,渠侬无厌亦无求。

曾 协(1119—1173)

谢翁子亨惠诗

为爱高门足凤麟,恂恂济济燕双亲。和声自得埙篪乐,巧思争裁锦绣新。
句里直须希鲍谢,客来今复见荀陈。要知家法传无尽,更到垂髫总过人。

张　栻(1133—1180)

外弟信臣总干西归驻舟沙岸得半月之款于其行口占道别

外家源流远,文物被诸孙。嗟我数年来,颇识佳弟昆。
酥酪本同味,兰芷非殊根。竞爽有如此,知当大其门。
信也来过我,气貌清而温。方忻驻足地,中有静者存。
皎然明月光,岂复受浊浑。埙篪迭和时,此理试共论。

赵　鼎(1085—1147)

送张才元大临归高阳兼寄杨霍

少年公子麒麟种,使者选之来入贡。文章到处是青钱,谈笑有时飞白凤。
留连太学滞远业,叹息南陵发归梦。黄河一苇浩将往,太行诸山森欲动。
上堂嘉庆拜庭闱,入户埙篪迎伯仲。幕中济济尽应刘,笔下翩翩皆屈宋。
四者能并盖已难,一尊可饮何妨痛。老夫久客兴愈阑,公子远行情所重。
为见应刘借问看,惟有月明千里共。

赵　蕃(1143—1229)

寄送潘文叔恭叔二首(其二)

已道衡州远,而今又广州。埙篪君膝下,风雨我蛮陬。
至矣贫而乐,谁云富可求。斯文失张吕,吾道属朱刘。

送梁和仲兼属寄谢吴丈三首(其二)

学诗将老竟无奇,犹有求交气未移。臭味只知论翰墨,情亲元乃与埙篪。
见来草草都能几,别去悠悠孰慰思。衢信两邦闻击柝,叩门他日得追随。

呈叔骥和叔

吴楚山川隔,埙篪笑语欢。柳迟因积雪,梅悴坐余寒。
痛饮还忧病,离愁孰可宽。故非元与白,压倒又何难。

寄明叔且示逸远

别我已似久,起予当有诗。筠窗坐风雨,儿辈乐埙篪。
归日近休日,春时盛此时。观山仍快阁,太史昔幽期。

欲再过子进昆仲舟人绐以迷路既远不能复也怅然怀之

数亩湖边宅,千篇海内诗。机心谢鸥鸟,乐事付埙篪。
艇子思重过,流行竟莫知。吾侪俱老矣,怅望复来期。

邂逅孙子仪于临安喜而赋诗并怀子进子肃

车尘高没人,欲障无能施。忽逢故人面,如濯清涟漪。
客居纵荒凉,聊复具酒卮。劳苦数语外,论事仍索诗。
长年口欲棘,一笑为解颐。怀哉二难兄,何由会埙篪。

蕃欲为辰阳之行适寺簿先生以使事来武陵既获再侍又蒙俯用近者寄上鄙韵赐之辄复次韵叙别并呈子实百六丈

岁事有丰俭,民情关悴荣。蓄储虽具数,郡邑颇空名。
为国深存虑,劳公作是行。违离频领引,邂逅复心倾。
有志空前躅,无成愧此生。匆匆还进棹,草草仅班荆。
对雨埙篪句,看云手足情。千林唤归去,一雨劝催耕。

有怀子肃读其诗卷因成数语

退之以文鸣,余事尤长诗。名家贾孟流,未必逾于斯。
渊明工五言,亦有归来辞。乃知意到处,百发无一亏。
孙侯绝人才,诗文俱中规。究其所源流,盖匪一日基。
有如审言门,遂至杜拾遗。余波被芝兰,同功有埙篪。
嗟予晚闻道,未易等级推。剧谈每从容,睽若莫可追。
闲窗念从公,两脚如絷维。探囊获新句,亦足慰所思。

辰阳待岳祠之命舟发武陵回寄从游诸公

叔父风流元祐支,清贫远自相国时。旧闻河朔人伟奇,元衡笔力犹可窥。
佳哉伯玉贤埙篪,小阮亦与竹林期。兆民虽云非旧知,知之正自梅花诗。
伯寿憔悴儒冠衣,十年不调长苦饥。经明行修后所归,非吾光远其谁推。
洪文学问方筑基,基成可保无倾欹。嗟我误落东南陲,疏者乃亲亲异宜。
念我流转终年疲,去章已上归俟之。或持酒肴或赠辞,亦或眷眷江之湄。
数面成亲还语离,前日之乐今日悲。秋风飒飒衣披披,山长水远属玉飞。
高城望断日已西,望不可见令人思。

遂初泉

荆溪溪水清无底,下有乱石白齿齿。东坡先生所卜居,想像神游应不死。
后来高躅嗣者谁,东门孙氏贤埙篪。不惟文采风流是,酿酒喜客俱似之。
忆昨为官在吴里,三年征逐一日尔。诗传活法付乃兄,酒有名方属吾弟。
当时酿熟曾入唇,大孙绝叹能逼人。世间名贤久难辨,顾恐石室来乱真。
遂初自是渠家赋,大孙取以名其住。我今以是谂君酒,要使交情不忘故。
嗟予老矣百不如,有竹万个中藏书。愿从吾徒授此术,归去佣田亲种秫。

赵孟坚(1200—?)

题黄岩夏氏晓山亭诗卷

玄晖工画山,最识山之趣。每言笼朝云,乃是奇绝处。
君家结幽亭,两峰正当户。窣堵冠其巅,云中双笔露。
宗老为扁名,得自昌黎句。相当卷书坐,埙篪递吟赋。
是时神宇泰,白云未飞去。滃然截山腰,素练初横布。
须臾朝阳升,景象几更互。盘旋宛游龙,披离擘轻絮。
春溅苒而泮,青烟惟一缕。霏微辨冈峦,历落分岛屿。
露晞如膏沐,苍翠尽还故。松针与篁丛,贯穿珠无数。
应接良不暇,诗料亦既富。只忧红尘生,分我淡思虑。
更须清夜来,四更看月吐。

赵师秀(1170—1219)

徐先辈挽词

岂谓声名早,番成不遇非。赋曾天子见,诗有世人知。
忽种松三尺,终乖桂一枝。幽芳谁与志,御史念埙篪。

仲 并(?—?)

四老堂诗(其二)

便胜从来三戟门,良金如友玉如昆。天边鸿雁空千里,堂上埙篪共一樽。
自昔披榛扶社稷,几人衣锦向邱园。商山曾为留侯起,来作侯家异世孙。

陈行之得之因震泽旧居辟小阁面列洞庭山客有名以尊经者江都仲某为长句以纪之

洞庭之野排千岩,陈子卷帘非爱山。震泽之流清没底,陈子凭栏不观水。
杰阁横空一事无,终年传习唯父书。乃翁平时束五传,绝人伟论惊诸儒。
至宝不受久埋没,近者私记刊吴都。搢绅骈肩快先睹,一言价重百车渠。
正派源流要有自,二难秀发名家驹。少小辛勤门户计,皇天有知子不孤。
于今三十五经立,亹亹雄辩来起予。不但家法传群纪,经学当与心法俱。
溪山相对无浪语,宝此一编时卷舒。自怜早岁已漂泊,乃翁邀我来僧庐。
于今埙篪弦诵地,当时从容谈笑余。契阔死生三十载,萍浮蓬转常崎岖。
子能箕裘万事足,其他得丧争锱铢。凛凛清氛端可想,神游仿佛归来欤。

周必大(1126—1204)

重九次七兄韵

追欢尊有酒,适兴乐无荒。风雨如知节,埙篪共陟冈。
凭高临雁翅,履险失羊肠。醉墨淋漓处,珍材费乐浪。

周　孚(1135—1177)

谢杜丈见过

短章韵埙篪,大篇谐韶濩。诗中晏平仲,执鞭所欣慕。
相望一水远,鲍系未得去。轩车贲穷巷,闾里亦惊误。
向时苏季子,尝有过情誉。轻身先匹夫,岂不以渠故。
茅檐一席地,坐语西日莫。袖中石鼎诗,未出吾已惧。
十年风雅学,狭径多窘步。譬如策驽跛,行此九折路。
书须圯下得,禅有鳌山悟。祈公不惜口,更举末后句。

朱　松(1097—1143)

戏答胡汝能

我生苦中狭,与世枘凿乖。平生素心人,耿耿不满怀。
汝能伯始后,游世如婴孩。相逢握手语,便作埙篪谐。
时时笑谓我,如子患未涯。执古以规今,求合诚难哉。

涉世幸未远，子车尚可回。我介足怨忌，君通绝嫌猜。
不见山巨源，雍容居鼎台。不见嵇中散，绝交自可哀。
贤愚心自了，短韵共一咍。

邹　浩(1060—1111)

与王仲弓分韵得东字

西豪星聚时，有客还頖宫。解骖听挥麈，落落凌霜风。
平子素我厚，缪入题品中。夷甫不复言，目系心已同。
埙篪竞远韵，欣逢吾道东。平生仰高山，鹄立拘樊笼。
谁令燕雀微，一旦追冥鸿。明珠继来投，照夜惊儿童。
从今日虚徐，所冀资磨砻。只恐天池鲲，朝夕抟晴空。

笙　笛

白玉蟾(1194—？)

西湖大醉走笔百韵

乃先天皇君，万有七千祀。迄彼大庭时，封于葛天氏。
邈计几何年，是生余小子。上清太极公，造道穷天髓。
有晋勾漏侯，炼丹极地肺。岂曰其云仍，容或有肖似。
阿亡昔吞月，诞日非指李。少长异强褢，世家得源委。
谁言空桑生，乃嗣白仲理。少傅仕唐朝，香山号居士。
不曾受衣盂，漫自访根柢。长是娱林泉，靡复哄都鄙。
光景长如丝，功名大似米。留情十种仙，托契五穷鬼。
尘埃日以遥，富贵云而已。允矣躬清明，听之自赞毁。
且非笔不锋，自信文甚绮。接踵李杜坛，信威屈贾垒。
既而倦钓鳌，何以更呼蟥。此念轻万钟，所欢在四美。
青帝御山河，东风管红紫。烟寒绿柳颦，日暖黄鹂喜。
当此醉则歌，悠然起而舞。槐阴清昼长，蝉噪新声止。
修竹森群贤，瑞莲立万妓。顿忘蜗蝇心，坐洗笙笛耳。

乐器组合

月色凝冰壶，桂花落金蕊。风松啸长林，霜雁过寒水。
于心豁然凄，有酒多且旨。及无蟋蟀吟，渐至芙蓉死。
腊雪飞鹅毛，江梅吐玉蕊。吟诗三嗅之，对景一莞尔。
亦以寸心坚，于焉百念弛。往时卯角间，纵步禅关里。
香象截河流，冻蝇透窗纸。洞搜到户庭，何异丧考妣。
手接秘魔杈，胸当石㩧矢。最初悟苦空，旋复学久视。
虽殊斫雪功，同一标月指。凿井求丹砂，刷云种枸杞。
矧当偷蟠桃，亦欲追骅骝。神授咽日书，帝锡驱雷玺。
那知天可阶，是盖道在迩。吾生讵已而，君子诚乐只。
回首三十年，如之何也矣。旧尝习骑射，马鞍谩伤髀。
亦尝习剑击，镡锷屡捣齿。筹略成无庸，韬钤谁可比。
东方罢奏书，南郭归隐几。澡虑服参苓，洁身佩兰芷。
然虽羡簪缨，奚若就刀匕。展也趣清虚，终焉知本始。
顷年事四方，重趼窅万里。海岳靡不周，风烟莫能纪。
东游衡庐颠，北逮灞皖趾。南登苍梧脊，西咦青城觜。
云伴金华栖，月依玉笥舣。罗浮山以南，彭蠡水之涘。
横笛岳阳楼，飞舫金山寺。武夷猿相呼，委羽鹤久俟。
禹穴郁滩嶂，秦城就颓靡。桂林岚光娇，瓯越海气诡。
阁皂青崔峨，麻姑翠迤逦。醉寻张陵孙，走遇许逊婢。
澎浪若山高，浯溪与天峙。曾樵雁荡中，亦钓太湖底。
所交皆英豪，初不介彼此。素志骖龙鸾，寒厨赦犬豕。
苦吟思呕心，俗状厌擎跽。徘述煮笋经，笑补遗民史。
风骚追苏黄，寂寞造陶姒。饥寒莫荧惑，炼养有凭恃。
余有黄芽田，旦暮举耒耜。余有白雪蚕，左右置箱篚。
尽使闲姓名，浩然满朝市。方将山水蒙，毋怪天地否。
颜舜足侪晞，广聃敢肩拟。但令心以灰，世事尽糠秕。
造物神与游，天公气可使。伏槽待赏音，焦尾叫知己。
投阁辱太玄，舞雩风一唯。行藏固不同，领略贵有以。
浮海慨槎仙，临风唤月姊。或疑有个廖，岂谓惟薏苡。

若士乘大鵬,蹬音卜嫩嬉。阴阳诿曰深,血脉微可揣。
畔岸诿曰退,舟车容可庀。孤鸦唤晴晖,拱鼠濯清沘。
龟蛇伏剑蟠,鸡犬待鼎舐。不愁松柏凋,只畏桑榆徙。
意马息驱驰,心兵遂消弭。身中玉楼台,赤子处非侈。
身外金埤垸,虎臣治不圮。畴能弗鸿鹄,而又恋枌梓。
未免畏白圭,提身蹈廉耻。非将献黄金,赂天丐福祉。
决之西则西,可以仕则仕。荷锸死便埋,归园生为诔。
怆神眺高遐,怀宝谨操履。我往蓬莱山,世人劳所企。

姜特立(1125—1203)

寄方叔游法轮寺三首(其三)

境静约心兵,无由起妄情。拟将笙笛耳,同听夜泉声。

孔武仲(1041—1097)

高 楼 行

天悠悠,云幂幂,半夜微闻奏笙笛。烂彩鷟飞仙,鹓雏戢其翼。
高楼百寻当大途,东临紫垣望青都。中山黄封倾百壶,五陵豪少来欢娱。
夷门帝家盛游乐,奔走环观溢城郭。如今官吏横索钱,纵饮谁愁家寂寞。

梅尧臣(1002—1060)

答中上人卷

吹笛皆学龙,吹笙皆学凤。又于笙笛间,高下不相中。
得其精者稀,得其粗者众。况于真出音,千岁不复梦。
尔为学笙欤,颇已臻妙弄。

徐俨夫(?—?)

上 郑 丞 相

新乐初滥觞,孰闻正始音。末流遂滔天,尽入侏离衿。
一夔亦足矣,焉用喧秋吟。愿洗笙笛耳,悉意尊球琳。
听者或酣卧,岂识君子心。凤兮复凤兮,来仪当于今。

叶 适(1150—1223)

中塘梅林天下之盛也聊伸鄙述启好游者

幽花表穷腊,病叟行村墟。　所欣一蕊吐,安得百万株。
上下三塘间,萦带十里余。　荒茨各尊贵,野径争扶疏。
愁云忽返斾,急霰仍回车。　苍然岁将晚,陡觉大象舒。
群帝胥命游,众仙俨相趋。　龙鸾变化异,笙笛音制殊。
物有据其会,感召惊堪舆。　妙看撤真境,态色疑虚无。
问谁始种此,岂自开辟初。　至今阙胜赏,浩劫随荣枯。
儿童候黄堕,捧拾纷筐盂。　熏蒸杂烟煤,缚卖倾江湖。
胭脂蘸罗縠,绛艳生裙襦。　和羹事则已,甘老山中腒。
以兹媚妇女,又可为嗟吁。　夜阑烛烬短,月淡意踌蹰。
林逋与何逊,赋咏徒区区。

琴　瑟

敖陶孙(1154—1227)

与太常丞丁晦甫

我昔尝为李公客,坐觉金气肃东南。　钩章棘句护帖妥,独立却视何巉巉。
此公行世有步里,十不五试惊愚凡。　尺书飞出岷峨西,每沐问讯相雕镵。
向来思贤实微尚,梦濯杜老百花潭。　环英玉蕊媚初服,风日清美生妍酣。
直言李公似杜公,前者何愧后何惭。　今来划逢丁太常,目所未接心已甘。
孤标出林唳霜鹘,健论转海驱风帆。　张旃万里足骑壮,富公所说惟饥馋。
国中何自得吾兀,尊足乃为公所贪。　承郎曹司略清贵,龙鸾牺象劳所监。
工歌韶頀未敢请,前有琴瑟纷相参。　据梧枝策了自解,箭锋一语渠谁谙。
世间声利大苇箔,置身各自紫茧蚕。　一闻解缚脱躯命,往往嗒舌徒婀媣。
千人万人声一概,请听野老真常谈。　捐身大是守身橄,阅世当求出世衔。
君今气色日日上,岁晚能同弥勒龛。

白玉蟾(1194—?)

题栖凤亭(其四)

声传琴瑟风生枕,影泻琅玕月满庭。白凤飞来枝外宿,夜深点破一林青。

晁补之(1053—1110)

次韵文潜忆杨翰林元素家淮上夜饮作

老人得坐安若山,畏寒缩颈衣裘间。不如公子拥樽酒,诗材春乱词涛翻。
想见杨家美人出,玉面朱唇映琴瑟。冰船著炬光照淮,雪乱风筵饮方逸。
只今愁坐私自怜,寒书冻砚尘满前。人生何者非昨梦,还如归去散花天。
老人已复形槁木,真幻那知然不然。蚓鸣小鼎藜羹熟,闭眼圆蒲不是禅。

晁公遡(1116—?)

师伯浑用韵复次(其一)

束书归隐不辞遥,庠序懒陪耆老朝。野外卜居无鬼瞰,山中誓墓以神要。
暂来同作荔枝社,安可轻违桂树招。已遣官奴理琴瑟,岂惟百戏但歌樵。

陈 翥(?—?)

西山桐十咏·桐乳

  吾有西山桐,厥实状如乳。含房隐绿叶,致巢来翠羽。
  外滑自为穗,中虚不可数。轻渐曝秋阳,重即濡绵雨。
  霜后威气裂,随风到烟坞。虽非松柏子,受命亦知土。
  谁能好琴瑟,种之向春圃。始知非凡材,诸木岂予伍。

陈 著(1214—1297)

次韵长儿生日示诸弟

吾爱吾儿责望儿,终身实处看平时。夫妻琴瑟方为顺,伯仲埙篪便是诗。
要向鲁邹中进步,先从曾闵上求知。酒边见汝倾心句,不觉摇头笑脱颐。

挽袁镇

  名笔记新茔,何须更乞铭。空山有琴瑟,有子足门庭。
  死异十年远,归同一穴宁。乡人指余庆,书气发林垌。

度 正(?—?)

和黄侍郎韵

君不见君家涪翁居戎州,只为山月来登楼。
又不见君家绣衣老使君,传家文物如卿云。
两仙仙去今百载,云冠霞佩俨如在。数行妙墨留壁间,九顶三峨屹相对。
竹坡先生驻归步,来拜翁祠还少伫。水光山色为改容,收拾奇观入新著。
世间好景苦留人,无奈催归作霖雨。山谷先生心好客,为爱横空雪山白。
殷勤载酒清音亭,一抹云间真绝色。鸿飞天际去冥冥,风入松间听琴瑟。
浮云聚散两茫茫,大川东注何终极。兹游应不减风雩,清和正值春三月。

范仲淹(989—1052)

书海陵滕从事文会堂

东南沧海郡,幕府清风堂。诗书对周孔,琴瑟亲羲黄。
君子不独乐,我朋来远方。言兰一相接,岂特十步香。
德星一相聚,直有千载光。道味清可挹,文思高若翔。
笙磬得同声,精色皆激扬。栽培尽桃李,栖止皆鸾皇。
琢玉作镇圭,铸金为干将。猗哉滕子京,此意久而芳。

商

尝闻商者云,转货赖斯民。远近日中合,有无天下均。
上以利吾国,下以藩吾身。周官有常籍,岂云逐末人。
天意亦何事,狼虎生贪秦。经界变阡陌,吾商苦悲辛。
四民无常籍,茫茫伪与真。游者窃吾利,堕者乱吾伦。
淳源一以荡,颓波浩无津。可堪贵与富,侈态日日新。
万里奉绮罗,九陌资埃尘。穷山无遗宝,竭海无遗珍。
鬼神为之劳,天地为之贫。此弊已千载,千载犹因循。
桑柘不成林,荆棘有余春。吾商则何罪,君子耻为邻。
上有尧舜主,下有周召臣。琴瑟愿更张,使我歌良辰。
何日用此言,皇天岂不仁。

依韵和提刑太博嘉雪

南阳风俗常苦耕,太守忧民敢不诚。今秋与冬数月旱,二麦无望愁编氓。
龙遁云藏不肯起,荒祠巫鼓徒轰轰。昨宵天意骤回复,繁阴一布飘寒英。
裁成片片尽六出,化工造物何其精。散乱狂飞若倚势,徘徊缓舞如含情。
千门竞扫明月色,万木都拆寒梅英。天上风流忽尔在,人间险阻无不平。
因松偶作琴瑟调,过竹徐闻环佩声。江天鸣雁畏相失,龙庭奔马豪如惊。
丞相沙堤初踏练,将军紫髯浑缀璎。岩前饥杀啸风虎,海上冻死吞舟鲸。
我有高楼擘云上,双瞳一开千里明。群阎逐去疫疠远,长逵压下尘埃清。
当知有年可坐致,东皋父老休营营。因招大使赏天瑞,醉把羲黄向上评。
穷通得丧了无事,庄老器宇何难并。君起作歌我作和,天地和气须充盈。
当年此乐不可得,与雪对舞摅平生。共君学取雪好处,平施万物如权衡。

方　回(1227—1307)

送赵无己之临川

古之诸侯公侯伯,今之诸侯二千石。建邦作郡事不同,后车皆当载宾客。
钓鱼吕望朝弃竿,饭牛宁越夜辞轭。云龙风虎机会偶,赫奕功名垂竹帛。
原尝春陵四公子,珠履三千分鼎食。冯讙市义薄聚敛,毛遂歃盟却强敌。
梁王兔园礼词人,相如之赋枚乘七。平津更有翘材馆,大开东阁英彦集。
徒步常何起马周,落河房琯任刘秩。严郑公延杜子美,郭汾阳遇李太白。
朱门若止藏歌舞,无一措大研文墨。不知稼穑友朋阙,傥非痴物亦俗物。
临川太守千骑行,谁董琴瑟护书册。吾子从之大江西,训诱诸郎据师席。
王介甫之学误人国家,陆子静之学杂彼禅佛。
四海公论有如此,读书岂可无拣择。
若夫拟岘台登临而赋诗,不妨寄我清江纸一匹。

方　岳(1199—1262)

次韵萧同年古意(其二)

猗猗者芳兰,翳翳彼幽麓。不烦汉阴人,抱瓮相灌沐。
春风自桃李,急管乱繁曲。纷纷众醉间,美此一醒独。

造化本何心,亦因材以笃。所以古之人,身外无不足。
客有古琴瑟,得之自龙门。于今几何代,庚庚裂奇纹。
携持过齐王,自意当骇观。何如适献笑,弃置笙竽间。
时世我不遭,归其老丘园。钟期今安之,谁与俗士论。

冯 山(？—1094)

小溪尉丘君父母年皆九十康强精明尚能读书挫箴如五六十岁人相继受恩命某固未尝见也亦未尝闻也因作诗遗丘君且以传诸士大夫如果未尝见闻则宜相与乐道其美而形于歌颂云

人间夫妇老难期,九十俱全古亦稀。沧海蟠桃堪结子,碧梧栖凤久忘归。
君恩黄发颁新诰,儿戏青衫著彩衣。一尉三公无此乐,百年琴瑟在庭闱。

葛绍体(？—？)

仲和亲迎慈溪(其一)

灯火宗盟旧日寻,宜家宜室正如今。春风蘋藻慈湖上,琴瑟新调太古音。

郭祥正(1035—1113)

庐陵乐府十首(其三)

与子初执手,效彼瑟与琴。子去既不返,谁复知我心。
宝刀能切玉,愿断金乌足。留住枝上春,花红叶长绿。
懊恼复懊恼,憔悴变妍好。不见庭中兰,埋没随百草。

韩 淲(1159—1224)

参寥泉

湖光佛寺古,山色泉水清。苏仙则已远,名字空含情。
西风动林松,琴瑟有余声。我来挹而酌,一饮百虑轻。
朗吟两石碣,脊记眼为明。当年彼比邱,亦足得此生。

韩 琦(1008—1075)

重九次韵答真定李密学

琴瑟烦更化,椒兰喜望邻。致仪惭蚁酬,申好忝荪亲。
惜此登高节,难偕逐胜宾。遥知潭上酌,多少插花人。

洪　适(1117—1184)

程参政挽诗三首(其二)

圣主更琴瑟,真儒政事参。上阶占两两,东第得潭潭。
忽卧漳滨疾,虚传渑水谈。骅骝好千里,底事学吴蚕。

胡次焱(1229—1306)

媒　问　嫠

媒问嫠,汝何伤。汝为闺秀时,辛苦事蚕桑。
俔瑟顺为正,婉娩礼自将。笥中有练裙,衣上无明珰。
贫女古难嫁,卖犬办资装。中年得夫婿,憧憧拜姑嫜。
肃容采蘋藻,洗手供羹汤。良人正少年,相期家道昌。
良缘天所妒,夫婿奄云亡。自从夫婿亡,十年守空房。
素帷代锦帱,苦席易牙床。孤眠耿夜半,单立黯昏黄。
茕茕影徘徊,鞅鞅情彷徨。皓月照枕衾,暴雨颓垣墙。
独瘖谁呼唤,独语谁交相。如凌空失翼,如涉川无梁。
嫠来吾语汝,琴瑟贵更张。汝箧既单薄,汝门复凄凉。
汝寒何以衣,汝饥何以粮。纺绩终难给,春汲劳欲僵。
死者不复起,生者宜自详。邻有美丈夫,颙颙更昂昂。
牛羊量用谷,金玉堆满堂。画梁青琐闼,珠帘氍毹厢。
雕户金弹丸,宝鞍青丝缰。旌旗明晚霞,剑戟磨秋霜。
奴隶厌绮纨,犬猫弃饻餭。门下粲珠履,庭前沸笙簧。
出则专城居,入则侍明光。一呼千夫诺,一指万夫张。
一笑生羽翼,一怒起锋芒。吾慕昔蹇修,与汝解佩缥。
以此窈窕妇,配彼组绘郎。花树戏蛱蝶,莲浦浴鸳鸯。
无烦赋藕花,且喜华枯杨。何妨鸾舞镜,应彼凤求凰。
人无百岁人,倏忽如风狂。莫将泡影身,徒置冰炭场。
死后留名节,身朽魂茫茫。生前受富贵,志得意洋洋。
人生行乐尔,二者试裁量。蔬食不日给,孰与饫膏粱。
荆钗不自谋,孰与云霞裳。年滔滔不反,貌骎骎已苍。

败棋须换局，作戏且逢场。文君慕相如，恢女唤江郎。
有发可重结，有耳何自戕。试问东夷子，何如声伯娘。
信书不如无，未必有共姜。鬼妻变人妇，毋作老死孀。

胡仲弓（？—？）

咏松（其四）

萧萧琴瑟鸣，洒洒霜露下。愿期素心人，同游明月夜。

黄　榦（1152—1221）

刘正之宜楼四章（其一）

春风满庭除，琴瑟亦静好。瓮中有欢伯，相祝以偕老。

黄庭坚（1045—1105）

息 暑 岩

水墨古画山石屏，雷起龙蛇枯木藤。石囊嵌空自宫室，六月卷簟来曲肱。
松风琴瑟心可写，水寒瓜李嚼明冰。却登夏畦视耘耔，烘颜炙背栖苍蝇。
闻道九衢尘作雾，乌靴席帽如馈蒸。归尝玉粒不敢饱，高车驷马何能乘。

病　懒

病懒不喜出，收身卧书林。纵观百家语，浩渺半古今。
空蒙象外意，高大且闳深。闻有居覆盆，岂能逃照临。
一马统万物，八还见真心。乃知善琴瑟，先欲绝弦寻。

次韵周德夫经行不相见之诗

春风倚樽俎，绿发少年时。酒胆大如斗，当时淮海知。
醉眼概九州，何尝识忧悲。看云飞翰墨，秀句咏蛛丝。
乐如同队鱼，游泳清水湄。波涛倏相失，岁月秩马驰。
客事走京洛，乡贡趋礼闱。艰难思一臂，讲学抱群疑。
邂逅无因得，君居天南陲。谁言井里坐，忽枉故人诗。
清如秋露蝉，高柳噫衰迟。感叹各头白，民生竟自痴。
过门不我见，宁复论前期。杯酒良难必，况望功名垂。

吉守乡丈人，政成犬生耗。绿柳阴铃阁，红莲媚官池。
开轩纳日月，高会无吏讥。琵琶二十四，明妆百骑随。
为公置乐饮，才可慰路岐。矧公妙顾曲，调笑才不羁。
幕中佳少年，多欲从汝嬉。人事喜乖牾，会莫把一卮。
朝云高唐观，客枕劳梦思。主翁悲琴瑟，生憎见蛾眉。
君亦晚坎坷，有句怨弃遗。夜光暗投人，所向蒙诋訾。
相思秋日黄，西岭含半规。老矣失少味，尚能诗酒为。
忽解扁舟下，何年复来兹。寄声缓行李，激箭无由追。

和答莘老见赠

往岁在辛丑，从师海濒州。外家有行役，拜公古邘沟。
儿曹被鉴赏，许以综九流。仍许归息女，采蘋助春秋。
斯文开津梁，盛德见虚舟。离合略十年，每见仰清修。
久次不进迁，天禄勤校雠。文武修衮职，谏垣始登收。
身趋邺公城，逐臣既南浮。娈彼丞中馈，家庭供百羞。
堂堂来问寝，忽为云雾休。遗玩犹在箧，汝水绕坟丘。
南箕与北斗，日月行置邮。相逢辇毂下，存没可言愁。
当年小儿女，生子欲胜裘。瓯越委琴瑟，江湖拱松楸。
持节转七郡，治功无全牛。还朝蒙嗟识，明月岂暗投。
抱被直延阁，疏帘近奎钩。三生石上梦，记是复疑不。
隐几付天籁，阅人如海鸥。襟怀俯万物，颜鬓与百忧。
长歌可当泣，短生等蜉蝣。悲欢令人老，万世略同流。
轩冕来逼身，白蘋晚沧洲。履拂知道肥，净室见天游。
小人乐蛙井，痴甚顾虎头。世缘真嚼蜡，骨相谢封侯。
松根养茯苓，岁晏望华辀。

和刘景文

追随城西园，残暑欲退席。夜凉雨新休，城谯挂苍璧。
佳人携手嬉，调笑忘日夕。刘侯本将家，今为读书客。
诗名二十年，风雅自推激。牛铎调黄钟，薪余合琴瑟。

食无千户封,句有万人敌。颇类邺侯家,连墙架书册。
残编汲县冢,半隶鸿都壁。渠成亦秦利,愿公多购获。
竟须卜比邻,劳苦相饮食。身有小丑女,已自喜翰墨。
要传未见书,遮眼差有益。人生但安乐,券外岂吾力。
分鹿谁觉梦,亡羊路南北。公今百寮底,雪发不胜帻。
爱公欲湔拂,顾我已头白。

姜特立(1125—1203)

右寄此诗后忽得简云儿曹亦寄五言用韵皆同殆一段佳话遂再赋长句

天性固自同,学问亦有源。胡为两章句,韵韵皆蝉联。
有如五音作,琴瑟随宫悬。排比不乱行,又似贯珠然。
窃意予父子,与公有世缘。精神所交感,默契难言诠。
书来亟报我,故事前无传。欲将此段奇,竟入佳话编。
况复惠新句,律吕递相宣。

孔平仲(1044—1102)

郡名诗呈吕元钧五首(其二)

相人观久远,要且视资质。酒酸本多甘,绢败为少密。
公家渭川后,端亮气不屈。播移虽裔土,宁妥如旧荜。
优游归孔圣,坎壈笑赵壹。傥来等荣辱,所遇顺劳佚。
道阁接谈宾,文房散书帙。当其泰定时,海宇更无物。
耳目并已忘,何心蕲冕绂。忽闻韶曲奏,更觉巴音失。
温纯比金玉,清越胜琴瑟。似追少陵步,真得建安骨。
从今益淬厉,及此舒长日。唱酬安敢同,心钦但斋栗。

李伯玉(?—?)

淳祐七年丁未十一月朔蔡久轩自江东提刑归抵家时三馆诸公以风霜随气节河汉下文章分韵赋诗送别得下字

清时屏臣奸,琴瑟大更化。四佞斥昕朝,一札颁丙夜。

明庭集孔鸾，清庙荐琼琈。堂堂西山孙，借借少室价。
给札承明庐，紬书群玉舍。功名渠自来，迫逐不容赦。
君心政事本，治化朝廷下。纪纲始宫闱，国本关宗社。
累章沥忠赤，万口齐脍炙。迩来忠佞杂，异论淆王霸。
昊天且不容，臙仕骈姻娅。回遹何日沮，好官从唾骂。
人方酣势利，君独辩奸诈。同僚俱愧赧，灶婢亦惊讶。
官职一涕唾，名声穷泰华。列之绍符间，允矣陈邹亚。
江东天一方，使者星言驾。我亦滕氓廛，何幸寇君借。
国步正艰危，人心实凭借。良民困盗贼，螟螣损禾稼。
豪姓侵细民，荆榛害桑柘。污官混廉吏，鲍鲊薰兰麝。
少烦六辔濡，行见四辈迓。君诚梁栋材，好与支大厦。

李弥逊（1089—1153）

硕人赵氏挽诗（其二）

命服从夫贵，遗经易子成。蘋蘩无失职，琴瑟自和鸣。
已叹归同穴，犹悲梦两楹。旁观洒清泪，双旐出寒城。

次韵学士兄秋初（其二）

树冷饥蝉犹乱吟，风檐琴瑟露寒侵。妻孥工作无衣态，却恨清砧动好音。

李之仪（1048—1127）

题朱砂汤

忆同德曜涉歊蒸，欲濯汤池竟辍行。憔悴独来琴瑟变，满怀谁识泪纵横。

刘攽（1023—1089）

自舒城南至九井并舒河行水竹甚有佳致马上成五首（其一）

升曦上南山，千峰云碧明。晨风激寒水，琴瑟环佩声。
蚕老桑柘空，麦熟黄鹂鸣。浩然田野兴，遂尔忘都城。

刘敞（1019—1068）

种桐

东园方树盈百株，四桐晚种皆丈余。不缘桃李斗颜色，不为琴瑟养肌肤。

霜秋要成万叶子,他日与致丹山雏。野人此意真不诬,凤鸟不至吾已夫。

移　苇

萧萧江上苇,夏老丛已深。悠悠文王死,常惧牛羊侵。
迁根横污池,慰我江湖心。清风日夕过,白鹭时见临。
疏响拂琴瑟,绿华旷衣襟。处卑节不改,习静情足钦。
炎晖已堪爱,秋景坐可寻。愿及构明堂,甘心辞故林。

庭　楸

中庭长楸百尺余,翠叶暗蔼当四隅。晨霞夕日自相翳,并坐可得千人俱。
忆昔河决巨野溢,定之方中作宫室。当时鲁人始种此,还赋卫风伐琴瑟。
春华亹亹六十年,高干错落摧寒烟。怅望空随众木老,中舍至音无与宣。

雷氏子推迹石鼓为隶古定圣俞作长诗叙之诸公继作予亦继其后

结绳既亡书契出,文字变化尤倏忽。太山七十有二代,遗事昏昏万无一。
岐阳石鼓起晚周,宣王之诗史籀笔。天下金石凡几存,此当为甲彼皆乙。
体势鸟迹杂蝌蚪,词章车攻与吉日。六书既废小雅缺,能使兼存此其实。
韩公昔尝歌感激,若弦周诗播琴瑟。雷生今复隶古定,如破鲁壁传简帙。
道之难行乃若兹,二千年间能事毕。先王亲用必贵本,流俗玩文因丧质。
此虽于今似不急,岂不班班见儒术。藏之天府自其所,大训河图亦何物。
会稽群玉久冥寞,漆简韦编尚仿佛。昔人虽死名不朽,智者能为巧当述。
太学先生事起废,诵此勤勤救埋没。会令永与天壤传,不比酒诰俄然失。

刘克庄(1187—1269)

五言二十韵别方氏长孙女

中年别作恶,大老何以堪。我如安昌侯,爱女甚于男。
念汝明当发,一夕起再三。绝怜汝父贫,练裳与蒿簪。
不量此蓝缕,遣嫁彼槐潭。古云妇难为,采桑自喂蚕。
冰鱼或冬笋,旦旦营旨甘。亦有嗜江水,远汲劳肩担。
今汝一何幸,琴瑟和且湛。虎符舅光宠,象服姑尊严。
亭传盛供帐,吏士罗骈骖。汝但谨内则,毋使妇德惭。

晨昏躬定省,富贵勿豢酬。百行孝为先,彤管垂美谈。
汝当法淑人,倩当肖铁庵。汝翁虽在家,譬如住精蓝。
不下赵州床,常共弥陀龛。愿汝福惠全,早叶维熊占。
它日来归宁,伴我村北南。庞老与灵照,安知非同参。

刘学箕(?—?)

度侄从事行亲迎之礼于傅氏朋旧各赋诗赠别老叔虽凄凉阮巷老大谢家可无数语以饯行色

晓露沁桃脸,东风摇柳丝。小雨敛香尘,山川发华滋。
今晨天气新,满路春融怡。祖饯宾从欢,喧哗车马驰。
问云何为者,吾子有所之。所之道匪遥,求友贵及时。
婚姻古则然,制礼今或亏。琴瑟因好合,蘋蘩尤谨持。
择耦得贤柔,令淑全妇仪。岂但荣己身,实将慰母慈。
冰翁君子儒,材术世吏师。听讼鉴烛物,明不差毫厘。
子既获晤承,朝夕广见知。士生三日别,犹以刮目为。
此行谅经月,归计春仲期。非吴下阿蒙,行可验措施。
心广体自胖,勿溺小智私。门户要人兴,责望夙所蕲。
庙见事唯谨,遄迈毋或迟。语直殆逆耳,愿当深致思。

吕　陶(1028—1104)

送吴龙图归阙

蜀山千寻立,奇势凌穹苍。岷水万里走,怒流吞沧浪。
南连楚越腹,北际秦陇吭。乾坤所造作,险固天下强。
四境高与深,沃野蟠中央。天时少凶旱,地力宜耕桑。
生齿万亿计,赀货丰且穰。运载实内府,重车不停箱。
公廪已腐粟,私家始余粮。恬然礼义俗,杳在无何乡。
王泽或壅闭,土风亦悲凉。所以二僭伪,草木罹凋伤。
继有三盗起,氛埃屡飞扬。耳目殊未远,本末犹可详。
朝廷任连帅,指顾宁一方。圣造尔莫测,恩波但流长。
我公来息蕃,琴瑟更而张。至诚极恺悌,大事费忖量。

澄挠孰清浊，中和匪柔刚。蜀人自荷戴，颂口殊锵洋。
仰公若梁栋，爱公比琳琅。谓宜立大厦，岂特为圭璋。
愿公保遐福，坚厚如陵冈。期公享眉寿，岁月过绮黄。
或吐药石论，百脉除膏肓。或执陶冶柄，四序时雨旸。
歌德动金石，书勋满旂常。舆意信如此，惟公协行藏。
清风耸朝野，阔步由康庄。昔为御史时，率先问豺狼。
及其按河患，巨奸缩锋铓。边兵好掎角，公令无出疆。
狱奏或反汗，公嗟为飞章。斯事最卓荦，辉耀日月旁。
平生宝大节，安肯差毫芒。都俞既会合，事业尤辉光。
盖以大臣道，施之辅虞唐。雅意有余裕，玩占得黄裳。
此语知者重，不惟谈否臧。稽首告天子，高贤民所望。

答 王 仲 高

从政宜师古，为儒贵席珍。承流仰循吏，虑患属孤臣。
休戚同千里，轻肥止一身。虚名称有土，惭色见斯民。
罗网甘投足，波澜耻问津。狂言干重辟，冷笑待悯人。
琴瑟方调节，刍荛愿采询。闭关聊度日，开卷易经春。
地暖畦蔬足，年丰瓮粟陈。惟恃三不愧，通塞任天钧。

满维端(？—？)

桐　　轩

轩外梧桐碧两行，跳空阑槛枕西堂。风条弄日摇窗幌，露叶惊秋坠井床。
静想还思理琴瑟，高吟惟恐引凤凰。谁怜不种朝阳地，但爱清阴作晚凉。

梅尧臣(1002—1060)

书　　窜

皇祐辛卯冬，十月十九日。御史唐子方，危言初造膝。
曰朝有巨奸，臣介所愤嫉。愿条一二事，臣职非妄率。
巨奸丞相博，邪行世莫匹。曩时守成都，委曲媚贵昵。
银珰插左貂，穷腊使驰馹。邦媛将佽夸，中金赍十镒。

为言寄使君，奇纹织纤密。遂倾西蜀巧，日夜急鞭抶。
红经纬金缕，排枓斗八七。比比双莲花，篝灯戴心出。
几日成几端，持行如鬼疾。明年观上元，被服稳贤质。
灿然惊上目，遽尔有薄诘。既闻所从来，佞对似未失。
且云虏至尊，于妾岂能必。遂回天子颜，百事容丐乞。
臣今得粗陈，狡狯彼非一。偷威与卖利，次第推甲乙。
是惟阴狷雄，仁断宜勇黜。必欲致太平，在列无如弼。
弼亦昧平生，况臣不阿屈。臣言天下言，臣身宁自恤。
君傍有侧目，喑哑横诋叱。指言为冈上，废汝还蓬荜。
是时白此心，尚不避斧锧。虽令御魑魅，甘且同饴蜜。
既其弗可惧，复以强辞窒。帝声亦大厉，论奏不及毕。
介也容甚闲，猛士胆为栗。立贬岭外春，速欲为异物。
外内官恂恂，陛下何未悉。即敢救者谁，襄执左史笔。
谓此傥不容，盛美有所怫。平明中执法，怀疏又坚述。
介言或似狂，百岂无一实。恐伤四海和，幸勿苦苍卒。
亟许迁英山，衢路犹嗟咄。翌日宣白麻，称快颇盈溢。
阿附连谏官，去若坏絮虱。其间因获利，窃笑等蚌鹬。
英州五千里，瘦马行馺馺。毒蛇喷晓雾，昼与岚气没。
妻孥不同途，风浪过蛟窟。存亡未可知，雨馆愁伤骨。
饥仆时后先，随猿拾橡栗。越林多蔽天，黄甘杂丹橘。
万室通酿酤，抚远亡禁律。醉去不须钱，醒来弄琴瑟。
山水仍怪奇，已可销忧郁。莫作楚大夫，怀沙自沈汩。
西汉梅子真，去为吴市卒。为卒且不惭，况兹别乘佚。

秦　观(1049—1100)

刘　公　干

邺中多贤豪，公干气飘逸。弱岁颇徊徨，飘零低金室。
君王事邀宴，下马列琴瑟。豪吹挟哀弹，娱欢非一日。
当年侍赓酬，珠玉在挥笔。五字一何工，妙绝冠俦匹。
所得虽经奇，未得偏人失。

史　浩（1106—1194）

叔父知县庆宅并章服致语口号

簪缨济济佩锵锵，竞集华堂献寿觞。朱绂始闻新命诰，青毡俄睹旧门墙。
梁间琴瑟声俱妙，谢砌芝荪气倍香。烂醉莫嫌欢未彻，从今三万六千场。

代弥坚就赵府作会致语口号

潭潭大府坐真王，中有神仙聚画堂。玉润曾闻韵琴瑟，冰清初喜见鸾凰。
扶舆和气笙歌沸，馥郁春风锦绣光。他日诸孙成宅相，领头休羡郭汾阳。

释宝昙（1129—1197）

送楼尚书

九关何为视荒荒，鹓鹭不汝为津梁。刚风一上九万里，我岂无因来帝旁。
君看玉皇香案上，臣有抹月批云章。春秋自与易表里，九师三传俱亡羊。
人言夫子身九尺，我谓椽笔聊相当。斯文岂不妙一世，如御琴瑟思更张。
大夫人今八十六，百拜上赐千秋觞。朱幡皂盖映华发，鼓舞万籁为笙簧。
如闻民病思药石，可忍岁饥无稻粱。行行不待勤报政，会有诏书来未央。

释道潜（1044—?）

思正挈家游张氏园有诗俾余次韵

邦人莫讶气如虹，生长皇家富贵丛。陶写年华樽俎外，吟哦风物笑谈中。
伶伦奏曲千般巧，锦彩缠头一样红。琴瑟献酬还可乐，牵衣儿女复相同。

释居简（1164—1246）

谢宣城朱长官

飞来何处山，秀整连凤池。绝胜一锄地，天地不得私。
瞳瞳斗牛间，明玉生华滋。凛姿岁寒后，萧洒观孙枝。
出宰山水县，小谢城东陲。琴瑟日在御，棰楚不苟施。
春风河阳花，次第芳菲菲。屈指九十日，日日把酒卮。
玉山不须扶，百里皆酣嘻。行扳星辰履，颉颃丛霄苇。
故家厚培壅，衮绣看传衣。

释斯植(？—？)

和子履雍家园诗①

长桥南走群山间，中有雍子之名园。苍云蔽天竹色净，暖香扑地花气繁。
飞泉来从远岭背，林下曲折寒波翻。珍禽不可见毛质，数声清绝如哀弹。
我来据石弄琴瑟，惟恐日暮登归轩。尘纷剥落耳目异，只疑梦入仙家村。
知君襟尚我同好，作诗闳放莫可攀。高篇绝景两不及，久之想像空冥烦。

舒岳祥(1219—1298)

岩 间 宴 坐

蛩泣草根露，鹤鸣松顶风。标格既有异，音韵那能同。
我家水石村，圆月出中峰。樵子时往还，野客多仙踪。
杳杳林表磬，冥冥岩下钟。雾重时作雨，衣翠湿重重。
孔窍明似藕，肌骨通玲珑。岩花时嗅馥，掩冉纷青红。
万叶互戛击，琴瑟间笙镛。我当大闷时，一啸来清风。
凤鸣相应和，龙吟谐律筒。窍竹去其节，清响合商宫。
累黍以为律，旋变为无穷。仙人授刀尺，度数合纤洪。
此诀留岩石，千古苍苔封。

宋　祁(998—1061)

上许州吕相公嗣崧许康诗二首·许康诗(其三)

公视于庭，师兵翼翼，孔武有力。公适于府，陪卿髦士，罔不就绪。
公宴于堂，嘉宾我从。琴瑟鼓钟，或揳或扰。静好铿锵，万舞有容。

苏　洞(1170—？)

送邢刍父赴漕试盖予以牒逊之

长江我之愁，倒岳推不去。琴瑟有凄怨，居室等行路。
十三出从师，三十兹无成。向来为何事，投老悲秋萤。

---

① 欧阳修《和子履游泗上雍家园》、苏舜钦《和子履雍家园》内容与此诗大致相同，仅个别字词有异，不再重复收录。

堂堂文翰场,攘臂君甚武。丈夫贵高谊,我得宁在汝。
达官总遗恨,所乐才妻儿。君堂有夫人,禄养当以时。
吴山青入天,江水流到海。才难叹先圣,战伐偶今代。
四序看迭移,南薰已西风。天命不可为,往哉及其锋。

孙应时(1154—1206)

挽汪克之给事母程夫人

黟水衣冠盛,汪程甲一州。世贤钟上寿,家范袭芳休。
右府尊章重,嫔闱法度修。蘋蘩祗祀事,枌堇媚肴羞。
勤约饶经理,慈祥遍抚柔。齐眉友琴瑟,断织戒箕裘。
郗桂遇辉赫,潘舆饱宦游。金章严侍膝,彩服称邀头。
叠嶂双溪晓,千岩万壑秋。平反间笑语,燕喜溢歌讴。
九秩童颜在,三朝宠渥稠。一毫宁复憾,五福更谁侔。
鸾影合尘鉴,龙藏乐故丘。高门余善庆,衮衮正公侯。

陶弼(1015—1078)

桐

老桐休斫为琴瑟,胡部新翻格调清。试听琵琶采莲曲,一般弦上数般声。

王柏(1197—1274)

冽井(其二)

冽彼井泉,莲华其号。有美一人,于焉是蹈。
琴瑟既合,载言载笑。父母不允,中心悼悼。

书隐和韵谢再答之

我已百念灰,只有敬贤念。事之云乎哉,敢分席半片。
不思笙鹤随,犹望衣钵禅。举杯邀杖履,同问春深浅。
徘徊梅月下,不嗔蘋藻荐。公诗太过情,置我冰而炭。
年来从心游,琴瑟幸非远。一谦生万和,一默屈大辨。
今日知公心,它日识公面。朝夕愿趋隅,稽首侍香案。

和易岩木犀韵

秋光未为老,老桂开墙隈。虽与春风背,依吐心未灰。
香浮玉宇远,体破金粟微。诗翁被花恼,深夜灯重吹。
今朝恰重九,更泻茱萸卮。霜螯未堪把,菊蕊青满畦。
景物自冉冉,气候犹迟迟。对花莫冷淡,行乐姑随时。
清欢既易遇,不饮复何为。兄弟琴瑟合,子侄鸿雁随。
月明人影散,泚笔赓新诗。诗力笶天马,不可衔勒羁。
诗坛峻极谢推毂,莫学檀公三十六。

王献臣(?—?)

泗　州　山

大石小石皆罗列,造化安排非人设。覆者如轩深者洞,方者如屏平者席。
可以安尊罍,可以横琴瑟。天边乌兔眼前飞,海上波澜掌中白。

王　洋(1089—1154)

省题泰帝鼓瑟

雅乐闻琴瑟,相因泰昊前。朱丝疑杂奏,素女减哀弦。
破竹符终合,分鱼目不全。所余裁五五,再续未绵绵。
损益时皆有,亏成理或然。茫茫千古意,汉帝自谁传。

王之望(?—1170)

病后戏赠同官蒋子权

吾衰谬养生,任运常坦坦。每婴相如病,渐作叔夜懒。
昨因触大暑,留热在鬲脘。医师戒饮酒,所嗜不可断。
寒热一朝作,水火互濯燀。地偏无药饵,伏枕但忧惃。
同僚有蒋子,爽俊流辈罕。作诗宗徐庾,巧语如绣纂。
间有少陵风,醇音调玉琯。岂惟诗家秀,从政今可算。
牢盆有出纳,晓夕亲授管。琴瑟费更张,君能时急缓。
公余治方书,今昔多所缵。有来谒疾病,手自施汤散。
买药辍俸钱,为民已恫瘝。我昨病在床,君来问尤欵。

教我煮橘皮,汤热过冰碗。继送桔梗汤,一杯去烦懑。
柴胡作引子,汗出如被趣。所投立有效,病去若水浣。
乃知才艺多,所蓄非寡寡。又闻善骑射,长箭必引满。
设侯六十步,所发无虚鹄。观君精悍姿,此语不其宣。
独于围棋低,尺固有所短。向来屡小胜,喜气辄衎衎。
我欲张以赢,不令见矛齹。侈心益骄汰,出语颇夸诞。
不知小敌坚,一败石破卵。大战决雌雄,迟君落新馆。

魏了翁(1178—1237)

赐冠帔杨氏挽诗(其一)

宾筵莛秩秩,宗室被祁祁。琴瑟鸡鸣御,山河象服宜。
六珈不偕老,两髦誓维仪。一代贤公子,堂堂锁繐帷。

李参政夫人张氏挽诗(其一)

涧溪蘋采采,夙夜被祁祁。琴瑟鸡鸣御,山河象服宜。
西悲零雨日,南望殷雷时。彤管今犹美,归荑不及贻。

鲜于侁(1019—1087)

九诵·周公

噫嗟兮文公,岿然兮秘宇。怅王室兮多难,独勤劳兮左右。
四国流言兮冲人不知,东征问罪兮慆慆不归。
大电以风兮天威震惊,弁启金縢兮衮衣有光。
公之心兮大成文武,公之子兮建侯启土。山川兮附庸,奄皃绎兮龟蒙。
万子孙兮承祀,亿兆人兮仰止。惟天子之叹嗟兮不复见于癏寐。
何莽新之假摄兮文奸言而欺一世,造作诡故而戕刘兮亦呕殄宗而绝嗣。
公之圣而德协天兮何妄人之辄自拟,俾其颠而不终兮天实表公衷而警后。
肃进拜于庙堂兮宜奉时之牲酒。鼓钟兮在宫,琴瑟兮在堂。
神之格兮乐享,民欣欣兮不忘。

项安世(1129—1208)

代作五首(其三)

苍龙元住五云东,此日黄昏却正中。琴瑟铜壶添水箭,翩翩珠户记桑蓬。
上弦月色如银白,南极星光似烛红。岁岁年年尊酒畔,小荷香雾绿槐风。

谢　逸(1068—1112)

夏夜杂兴(其八)

窗前两梧桐,清阴覆东墙。孙枝络珊瑚,圭叶裁琳琅。
良材中琴瑟,幽栖期凤凰。愿先海岱贡,移根栽峄阳。

徐　积(1028—1103)

复　古　颂

其难其难,道亦大艰,或缺或完。战国盗窃,嬴秦暴孽,遗风余烈。
所存几何,枯株之柯,填源之波。汉得天下,方有学者,其徒盖寡。
孝文孝武,稍稍复古。仲舒之伍,巉岩峥嵘。
穷先王经,道乃大明。西汉之风,与三代同,实儒之功。
晋魏寇仇,学者浸浮,不源而流。齐梁之闲,斧斫刀剡,大朴益残。
隋唱唐和,元气尽破,为斯文祸。学者皇皇,赋道大光,六经逃藏。
冶容艳肤,绣衣红襦。众奔群趋,若大有为。
谓之背驰,终身寒饥。物不终盛,皇帝有命,万口齐庆。
复明经科,大张网罗,海隅山阿。麟之奔奔,凤之轩轩,龙之蜿蜿。
会稽之竹,昆仑之玉,牛山之木。逢蒙执射,伯乐进马,造父御驾。
琴瑟既更,韶音游声,复还于今。唐虞之谟,夏商之书,其庶几乎。
天下之赋,摧缩消沮,迷失道路。革万世弊,兴万世利,繄我皇帝。
臣敢不歌,流为大和,百世不磨。

许应龙(1169—1249)

和权郡重九韵

铃斋静暇锁棠阴,幽壑何妨窈窕寻。咳唾珠玑辉众目,铮钛琴瑟乐宾心。
引杯非为黄花醉,设席欣逢皂盖临。来岁荣英赐朝士,看君鲸吸玉壶斟。

俞茂实(?—?)

游 大 涤

未了烟霞痼,来从大涤游。一区藏世界,九锁闷林丘。
寒翠霏霏起,春波慢慢流。人间空岱岳,海上谩瀛洲。
隐迹悲猿鹤,祥光射斗牛。有人相领略,何地不夷犹。
好景行行得,遗踪细细搜。山根云欲瀚,石罅凤仍留。
琴瑟听泉奏,珠玑看瀑流。山灵应有识,鄙句含包羞。
逸兴那能已,奇观谩此酬。会须寻石室,相继筑菟裘。

张方平(1007—1091)

酬欧阳舍人寄题醉翁亭诗

我本高阳徒,野性盖疏拙。岂堪天子傍,命令裁机密。
一麾出承明,猿鸟遂超逸。山州寂无事,气象颇萧瑟。
闲寻琅邪溪,云岚可披拂。中路闻潺湲,幽亭对崷崒。
锵咽触环佩,清泠泛琴瑟。知君多醉此,归鞍屡突兀。
醉中遣形骸,题名亦信笔。遗我溪风清,苍颜坐仿佛。
暝色失松竹,徘徊望寒月。携酒频来游,行待山花发。

张 耒(1054—1114)

次韵子夷兄弟十首(其一)

暑雨众物成,园林粲垂实。官闲縻岁月,裨补百无一。
委身作书蠹,检性就僧律。古味虽未亡,尘埃满琴瑟。

夏日杂感四首(其一)

我前十日至,柳叶不蔽日。我后十日来,芳条如绀室。
枝间有好鸟,鸣和若琴瑟。渠渠哺其雏,啄我园中实。
梢梢笋成竹,濯濯草过尺。心惊岁已半,念此日月疾。
朝来数叶堕,盛夏有衰色。悲哉一阴生,长养从此极。

张　嵲（1096—1148）

绍兴中兴上复古诗

天监我宋，受命以人。咋为乱阶，以启圣人。
皇帝嗣位，其仁如春。万邦欣载，共惟帝臣。
垂衣高拱，惟务俭勤。恤民不怠，懋稼劝分。
卑宫勿饰，服御无文。膳食取具，不羞庶珍。
内官弗备，简御嫱嫔。抑损戚畹，登崇搢绅。
吏除苛绕，狱去放分。刑罚不试，号令不频。
旰食宵衣，导率以身。行之期年，天下归仁。
皇帝躬行，过于尧禹。如天不言，乃帝之所。
内资禀命，外须训抚。不有相贤，孰资察补。
天舍其衷，遗之硕辅。实惟旧臣，乃吾肱股。
昔以梦求，今以德错。皇帝曰咨，惟予与汝。
我唱而和，无或疑阻。如手如臂，如心如膂。
如彼事神，汝为椒糈。如彼琴瑟，相待戛拊。
相臣受命，于帝其训。敢惮夙宵，以图淑问。
衣不及带，冠不暇正。内事抚摩，外修好聘。
忍尤攘纷，徂惟求定。皇帝之孝，克迈帝舜。
相臣佐之，兹惟无竞。上感穹昊，下格殊邻。
以暴为恩，易顽以驯。母后既归，东朝侍御。
天下载欢，若饥得哺。天子躬俭，惟亲是丰。
未明求衣，朝长乐宫。礼备家人，养以天下。
先意承旨，事无违者。天子行孝，天下承风。
胥训胥效，比屋可封。乃建中宫，以母四海。
诗首关雎，易称中馈。天子之尊，亦资内助。
上奉慈颜，下式寰宇。事亲底豫，化民致和。
始于壸阃，邦国是讹。太学肇建，四方是极。
增博士员，导以经术。有来英髦，充牣上京。

三年大比,以考其成。异时之用,维公维卿。
石渠广内,图书之渊。羽陵之蠹,断简之编。
是息是游,英俊在焉。逸群之彦,比迹卿云。
怀材待问,发闻扬芬。驰骋古今,上下典坟。
考正律度,是为景钟。导和殖财,国用以丰。
不窕不槬,咸中典刑。有涣其章,上公是铭。
兹器惟则,允为国经。德爵之亚,莫尚惟齿。
班序颠毛,以为民纪。乡饮既行,郡邑是遵。
洙泗之风,无复斷斷。井田既坏,民困劫假。
乃正经界,以实多寡。赋入既均,贫富不病。
非上恤之,孰拯其命。诞弥之节,式宴示慈。
乐不计费,孰敢节之。皇帝曰咨,费财无艺。
亲降德音,以禁肆侈。天下欢然,称盛德事。
匪帝命之,臣子曷议。著之令甲,付之史官。
永永万年,无或敢干。人事既洽,惟神是事。
于庙于郊,各尽其礼。其郊维何,蒇事圜丘。
帝御六龙,冕十二旒。既新宫架,既备礼服。
有洁其牲,有温其玉。合祛天地,侑以祖考。
乐奏六变,其音肆好。问谁相祀,实维上公。
登降跪起,有肃其容。天地并况,瑞物来下。
天子万年,以有神嘏。其庙维何,可以观德。
德盛不祧,祀事不忒。祖庙既饬,旅楹有闲。
原庙继作,以游衣冠。若节春秋,皇帝庋止。
荐献有容,祖考咸喜。礼成而退,祗奉不渎。
天子万年,永绥遐福。天神贵者,莫尊太一。
置祠为民,其宫有洫。既仿谬忌,道开八通。
皇帝临飨,威神是崇。天人相际,福禄攸同。
国南千亩,是为帝籍。天子肇祀,以祈黍稷。
我黍与与,我稷翼翼。以享以祀,以为民食。

福禄绥之,万世无斁。乃营吉壤,肇建高禖。
何以歆之,帝德不回。瑞乙既至,后率所御。
以弗以祈,有秩斯祜。千亿之祥,兆于帝武。
天锡皇帝,圣钦不迟。事神保民,以莫不祗。
上帝临之,云何以报。维年屡丰,诸福是效。
非维丰之,又布濩之。东西北南,咸锡予之。
稼茂于野,粟积于仓。礼义兴行,民俗以臧。
桴鼓不鸣,狱讼衰息。人有盖藏,道无捐瘠。
和气所蒸,化为瑞物。甘露零庭,近在郊邑。
有木呈祥,合枝共柢。考传验符,远人不贰。
或剖其中,自然成文。太平是告,希代莫闻。
丰年屡应,众瑞应图。皇帝谦恭,不以自居。
图回庶事,益慎厥初。君臣相戒,可否吁俞。
政过三代,言成典谟。历选后辟,前载所无。
在昔中兴,周汉二宣。夏康商宗,汉祖晋元。
咸用干戈,配天祀夏。其臣歌颂,或列于雅。
方之皇帝,爝火太阳。顾无歌诗,垂世用光。
词臣伏罪,无以塞责。谁其诗之,以佐皇德。
下臣张嵲,过不自揆。日官西掖,待罪文字。
敢颂厥美,以赞后功。江汉崧高,不足比隆。

赵 蕃(1143—1229)

题白龙洞三首(其一)

循除初㶁㶁,出谷重潺潺。骤或鸣琴瑟,幽疑杂佩环。
茶经不载陆,瓢饮合居颜。借问龙君事,异辞纷莫删。

赵汝鐩(1172—1246)

响卜辞

三六乘鸾初嫁君,琴瑟朝暮誓不分。酒酣使气浪自许,片舌仪秦弄风云。
东吴西蜀几千里,雁来数年无幅纸。有便我必寄锦笺,岂应皆沉石头水。

酸风一点泪两行,凭栏瞥过双鸳鸯。霜花迫帘冷蜡焰,雨梧傍枕敲银床。
乞灵每日扣巫祝,更向静处听响卜。人言卯夜验不差,又言元宵应尤速。
二说果如神,俱占敢厌频。斋心通我意,侧步潜我身。
或坼翠幌视,或靠绿窗避。两夕行人语,字字还家意。
罗袜走裸奔绣帏,欢喜无地魂天飞。小儿放娇来牵衣,抱我门前接爷归。

寄 远 曲

君马踏边尘,绣帏妾一身。仰天无过雁,俯水无游鳞。
酒难独自酌,蚁樽空浮春。食亦不知味,驼峰徒荐珍。
忆昔送君君已醉,醉言更戍一年事。兜鍪北去几寒暑,两地肝肠摧万里。
别来容貌似旧无,寄去衣裳知到未。折柳丝丝紫塞心,对花片片青春泪。
夜闻琴瑟鼓邻家,人皆齐眉老年华。不忍恨君翻自恨,长吁矫首天之涯。
几度虚传归信息,爱听乾鹊怕听鸦。孤枕有时仿佛梦中见,觉来霜角咽梅花。

诸葛兴(?—?)

会稽颂(其二)

肇三圣兮传一中,建人极兮参洪蒙。元圭锡兮汝绩,昭华归兮汝躬。
大道公兮均嬗继,家天下兮繇姒氏。嵩石兮发祥,讴歌兮与子。
誓甘野兮服叛,养国老兮贵齿。席不重兮味不贰,琴瑟屏兮钟鼓置。
思皇训兮克俭,心敬承兮敢坠。祀四百兮绵景祚,兆大横兮垂异世。
越山兮蜿蜒,镜水兮漪涟。焕祠宫兮屹峙,肃虎祀兮愉然。
端冕兮龙章,执圭兮琳琅。想规重兮矩叠,恍韶奏兮铿锵。

宗 泽(1059—1128)

题赵园(其一)

瑶瑛夹侍梅台,琴瑟自鸣松岛。山中野服相羊,足以亡忧遣老。

邹 浩(1060—1111)

世美寓展江作此简之(其一)

白鹭飞时天宇清,君家琴瑟寄江滨。不愁折柳无多日,且喜荷花有主人。

左知微(？—？)

题北山松轩

堂堂老龙根,挺秀依窗壁。风烟岁月深,滴翠润幽石。
时引琴瑟清,泠然动吟臆。明堂知度材,岂惜破浓碧。

琴　　筑

曹　勋(1098—1174)

山居杂诗九十首(其三四)

流泉堕石壁,清韵传幽林。讵知水石韵,可契琴筑音。
支筇听之久,凉风吹衣襟。更待月下来,同我清夜吟。

陈　造(1133—1203)

王漕小燕玻璃分韵得路字

去年客京华,酷暑不可度。时为冷泉登,税驾脱巾屦。
风外杂佩鸣,松根一窦注。可闻不可挹,已足荡祥暑。
朅来黄埃中,梦绕湖西路。宁知虎头侧,碧溜依绀宇。
琤淙响琴筑,喷嘤起霏雾。余润碧苔滋,照影红葵嫮。
凉气濯毛骨,寒声到樽俎。况陪持斧翁,觞咏浣尘虑。
坐著锦囊生,歌烦桃叶女。向来湖西亭,听泉渠须数。
逼人洒清寒,如翁玉雪句。更唤泉间龙,为霖下山去。

程公许(1182—？)

重阳陪诸乡丈游水乐洞过风篁岭龙井张饮观两苏仙辩才法师像晚憩杨家梅园归路小雨

凛秋天气佳,令节天赐沐。客居意莫展,胜赏诺已宿。
风澹湖不波,雾敛山更簇。画舫厌嚣喧,笋舆恣追逐。
闲寻水乐洞,嵌空韵琴筑。烟云互吞吐,台馆适凉燠。
非无人力胜,亦自天巧足。侧步滑青苔,醉面爽飞瀑。

风篁转幽径,龙井鉴寒玉。默堂定未起,清风谁与续。
四海两仙翁,三生缘契熟。定知明月夜,屐响答空谷。
归路取名园,移尊屡更仆。冻雨不成泥,驺骑未须趣。
峨岷渺何在,万里劳远目。安得天瓢翻,尽把边尘沃。
文昌德宏毅,承旨气肃穆。温雅奉常卿,忠愤胶庠博。
宫讲静有仪,正字竭忠告。而我赘其间,自省羞朴樕。
明堂索桴栋,底用采卷曲。平生邱壑姿,本不耐羁束。
抚事长郁陶,临觞转辇颥。故园俯大江,绕屋艺嘉木。
何以娱岁晚,篱落森杞菊。糇粮幸有储,那不返耕筑。

程 俱(1078—1144)

奉陪知府内翰至卞山有诗五首·庵居

幽亭名思洛,寒潭俯澄虚。回头三百年,胜地成荒墟。
公今草堂址,无乃昔所居。环之碧玉峰,带以清冷渠。
流泉响琴筑,松竹皆箫竽。妙哉无尽藏,一一为我娱。
东冈作兰若,钟梵邻樵渔。亦有桑柘村,旁开蔬果区。
何烦引三径,故自与世疏。主人去霄汉,夜直承明庐。
斯游入清梦,倪寄空中书。

同江彦文纬江仲嘉褒度菱湖岭游三衢诸山道灵真出入岩谷胜绝可骇杂然有卜筑之意然此地寥阒人所不争小隐不难致顾吾曹出处何如耳二公皆修真养气精进不衰予晚闻此道又为忧病顿挫志倦体疲每思益友倪得静舍安余年资二子以待老岂不乐哉作诗叙游且志本末岩谷之胜实自仲嘉发之予尝闻而赋诗所谓武陵迷汉魏妙喜断山川者也

我昔未省事,伥伥如病狂。仰规结绳初,下历汉魏唐。
谓此纸中语,卷舒在行藏。功名戾契取,有志要必偿。
跰足方不暇,何由放洪荒。行年冠而字,世故颇已尝。
试窥竺乾书,出入应帝王。丘轲有妙蕴,合处如宫商。

形骸乃尘沫,笑唾却老方。蹭蹬过二纪,身如浮海航。
风涛浩无际,寄命蛟鼍乡。外为万绪婴,内以百虑戕。
摧颓不一偶,病骨无由强。初心益乖迕,始觉计未良。
拟追赤松游,补我黥劓创。惟时子真子,青衫尉南昌。
亦有虬须翁,种桃撷春芳。不求飞霞佩,肯受紫锦囊。
至言无旁午,照用寂以忘。尔来又十年,前却方彷徨。
何殊一日暴,正坐多歧亡。虬须彼幽人,物化不可量。
子真日千里,似欲穷扶桑。安知阡陌间,共此暇日长。
广文令稚川,腹有云笈章。黄金傥可成,绿发不复苍。
养生百千门,一一登奥堂。相从岩壑间,笑傲无羲皇。
衢山甚奇峭,不数三石梁。嵚崎尽中空,玉室联珠房。
九日濆未落,洪波怒怀襄。洄流荡沙壤,灵景忽以彰。
至今众玉聚,山骨堆琳琅。峨空怒狻踞,出谷惊龙翔。
委蛇青童辙,散乱初平羊。悬崖势欲坠,植笋森分行。
晨光乍映发,紫翠云霞张。攀萝赵公岩,九土何茫茫。
岂无太平酒,浣此膏谷肠。侧身栖真洞,局蹐仍跄跟。
深行得穿窿,陟降殊未央。举头见空圆,歘若来飞光。
翠岩众山底,恍荡疑无旁。故应却尘污,九垒苍屏障。
斯游固足乐,质象不可详。要之大洞中,太山一毫芒。
回鞭灵真路,林碉森相望。穷幽得岩谷,高青对峥嵘。
蛇行九镰中,宛转流泉声。玎琮洿哀淐,力与乱石争。
悬瀑或寻丈,势汹洪河倾。泠泠赴深窦,或如环佩鸣。
或于荟蔚中,琴筑时丁丁。或穿嵌岩下,洄洑潴深清。
或如铁堂硖,绝壁飞猿惊。龙蛇走根干,薜蔓悬珠璎。
或如钴鉧西,竹树春冬荣。低昂牛马饮,偃蹇熊罴登。
或如袁家渴,长阴昼冥冥。草间兰茝香,石上梗楠青。
或如澧谷中,坡陀负崩腾。或如三峡底,仰见匹练明。
联绵道林麓,左右临洮城。行行川谷开,蔼蔼皋原平。
冥搜已复失,巧语未易名。不意天壤间,云关敞金庭。

向来保幽遐,不挂世俗称。轮蹄固无迹,樵牧或未经。
吾属岂神悟,权舆标地英。昏嫁会当毕,衡茅兹可营。
二子早闻道,勤行得贞宁。要收十年功,不止九府卿。
二树结佳实,五胜练飞琼。处静已超静,留形要遗形。
我懒百不堪,寸田方力耕。会从浮丘伯,及此洪崖生。
乘风御倒景,出入抚八纮。下窥冰炭士,扰扰盘中蝇。
三人笑相视,事愿良难并。此志不可负,无为滞尘缨。
清泉闻此言,白石相与盟。作诗纪胜绝,亦用铭吾膺。

葛胜仲(1072—1144)

东 庄 院

此君如佳士,得一不为少。如何弥岗峦,十里青未了。
泉源湛山椒,红亭藏缥缈。奔流泻万丈,穿林下萦绕。
居僧惜泉出,少借作溪沼。冰霜溅沫乱,琴筑仙音杳。
水竹自莫逆,独厌遭客扰。我亦愿结交,禅房寄深窈。
门前石盆潭,奁镜澄不挠。寺后仙人壁,崚嶒插云表。
卜游已经年,此志幸不夭。菟裘在何许,清境吾将老。

贺 铸(1052—1125)

晓度黄叶岭东谷怀寄金陵王居士闲叟

阴谷不寓暑,风松朝露零。乳溪逗绿筱,琴筑声泠泠。
老石渍金碧,窅然沈列星。酌此石上泉,饵彼松下苓。
倏欻振飞步,岂徒制颓龄。何须历五岳,即蹈神人庭。
顾余方有役,俗驾不敢停。寄音采真子,来卜白云扃。

洪 迈(1123—1202)

度 芙 蓉 岭①

幽泉端为谁,放溜杂琴筑。山深春未老,泛泛乱蕊馥。

---

① 朱松《度芙蓉岭》内容与此诗相同,不再重复收录。

娟娟菖蒲花,可玩不可触。灵根盘翠崖,老作蛙蚓蹙。
褰裳踏下流,濯此尘土足。何当饵香节,净洗心眼肉。
余功到方书,万卷不再读。晚岁穷名山,灵苗纵穿劂。

胡　铨(1102—1180)

峡　山

山似牛头峡,水如龙尾湾。半生多罪垢,浣洗尘土颜。
仙人旧闻名,一往何年还。岫幌烟为锁,玉扉谁与关。
忽闻响答谷,恍若猿叫山。我欲纪末契,焉得茅三间。
泉漏听琴筑,风雨闻佩环。木杪青螺髻,得非云雾鬟。

胡仲弓(?—?)

念昔游四首(其一)

昔年游径山,身在九天上。倚栏少徘徊,八极归一望。
秋容澹如洗,景物呈万状。松风奏琴筑,烟屿列屏障。
清远啸枯藤,野鹤唳幽旷。僧僮课梵呗,婉娩如学唱。
解带临西风,洒落无尽藏。缁流亦可人,邀往坐清旷。
盘飧饤黄独,侑之茅柴酿。感师有古意,愧我无酒量。
长啸下山来,一路时胆壮。重作记游篇,付之覆瓿酱。

李　纲(1083—1140)

自晋康顺流六十里有山巉然临江下有岩洞可容千人轩豁平坦景幽邃石罅间滴泉厥味甘冽因目之曰玉乳岩赋诗以纪其事

鼓柁下端溪,停桡登巇辟。呀然岩洞开,俨若栋宇设。
千夫可还挥,放步靡凹凸。玲珑四壁间,一一幢旆列。
谁令胚浑初,凝结有罅缺。当年补天手,不顾山石裂。
镌镵余旧痕,琐碎委环玦。五峰近龙渊,无乃通贝阙。
试求玉函书,何异探禹穴。涓涓乳泉滴,灿灿冰玉洁。
清声落嵌窦,自中琴筑节。尝之味甘芳,涤我肺腑热。

琼浆笑裴航,石髓谢王烈。峤南瘴疠乡,有此云腴冽。
青葱松桂阴,景物助幽绝。岂无会心人,来游共旌别。
题诗制佳名,聊以纪岁月。碧落遥相望,千里未磨灭。

李　光(1078—1159)

昭　真　宫

造物闷灵境,灵山隐仙躅。丹成自飞升,何用驾鸾鹄。
举手金沙岭,片石聊寄足。至今锁烟扉,气象钟清淑。
井池丹药就,千载湛寒绿。我来春雨余,溢水涨幽谷。
琤琤落环佩,细细响琴筑。黄冠六七辈,一一道机熟。
余师本缁流,游走遍四渎。初明大乘禅,锋辨谁敢触。
升堂猛虎跪,诸方狐鼠伏。晚乃思长生,师许隶宝箓。
时登玉虚殿,叨迎御舆服。俯仰能几时,世事有反覆。
萧然坐空岩,复理旧松竹。却谈京洛梦,感慨气填腹。
人生梦幻耳,何必苦拘束。期师谢冠裳,复见真面目。

李　洪(1129—1183)

过 分 水 岭

江南山尽处,开辟如石门。下有琴筑声,哀湍激箭奔。
残雪护峰顶,篁竹如四垣。老翁仅百岁,曝背抱儿孙。
问之不我应,嗒然而忘言。疑尔秦人徒,此类桃花源。
寒日欲西颓,不容驻短辕。驱车下山去,逼耳闻清猿。
回顾但烟霭,路绝无攀援。他年傥再逢,共醉老瓦盆。

李　吕(1122—1198)

游 青 玉 峡

双剑插银潢,飞下作惊瀑。奔流两山间,峡石峙青玉。
大声殷其雷,余响乱琴筑。澄泓神龙居,秽浊不敢触。
派别入危亭,湍激如转毂。亭前石磴斜,快泻皱明縠。
我来濯尘缨,一览骇心目。雾罩香炉峰,龟鹤舞见腹。

山尖应更好,恨不骑黄鹄。老坡五字句,敛衽三敬读。
是翁久已仙,鲲鲸随绝足。犹有出尘语,与世作轨躅。
援笔记姓名,良惭学貂续。

李　彭(？—？)

奉同伯固驹甫师川圣功养直及阿虎寻春因赋问柳寻花到野亭分得野字

曜灵运行春,蘅若被原野。客子具归骖,暄风挽羸马。
属国贤耳孙,当代豪长者。胜游参羊何,重客或屈贾。
木末仲宣楼,华榱大兰若。徐步幽屡寻,销忧日聊假。
手无垂露资,发兴为君写。晚过岱宗吏,寥阔存大雅。
牺樽追三代,琴筑观九夏。粲粲悬牙签,照眼不容舍。
归酌顾建康,我实陪樽下。雄豪先竞病,迟遁濒喑哑。
匪惟称行乐,性灵赖陶冶。他时傥重来,更结离骚社。

李　廌(1059—1109)

霹　雳　琴

老桐初无异,憔悴辈散木。良材固自信,终岁委空谷。
孤根听霜霰,厥命寄樵牧。虽云具宫徵,谁意望琴筑。
天公怜冤愤,霹雳驱怪伏。蛟龙出苍干,电火燃裂腹。
造物一憨吊,为惠在反覆。神驰变废物,瞻赏改旧目。
裂为君子琴,日奏太古曲。因知物兴废,尚尔转祸福。
志士抱孤操,来者恍未卜。壮年昧筹算,奚用定荣辱。

陆　游(1125—1210)

泸州使君岩在城南一里深三丈有泉出其左音中律吕木龙岩相距亦里许黄太史所尝游憩也

云间刁斗过边州,沙际丘亭舣客舟。涨水方忧三峡崄,短筇犹作两岩游。
蛟龙矫矫拏云起,琴筑泠泠绕楹流。未死人生谁料得,会来携客试茶瓯。

晨　　起

清晨推枕起,盥面吾事足。岂无扫洒役,出市待归仆。
小餐亦已省,尚进药盈掬。整衣登北堂,危坐巾一幅。
徐行梧楸阴,爱此雨余绿。幽鸟东山来,锵鸣若琴筑。
静听兴未阑,稚子报饭熟。欣然往从之,宁计食不肉。

寄 十 二 侄

庚寅吾入蜀,西过齐安城。雪堂拜老仙,眉宇寒峥嵘。
微泉尚如昔,激激琴筑声。龙蛇入笔力,断石卧纵横。
戊戌奉诏追,触热万里程。归途抵齐安,岁月浩可惊。
三日乃东下,鼓角遥送迎。安国有老僧,元祐初载生。
蝉联说旧事,耳目犹聪明。徒行就船别,耿耿恻怆情。
岂知二纪后,汝乃为此行。追怀昔游地,未语涕已倾。
念汝虽并塞,残虏方守盟。职虽在警盗,枹鼓寂不鸣。
惟当奉法令,日夜抚孤茕。官卑俸入薄,切勿厌藜羹。
勇如赤壁战,节若江水清。人谁不汝知,况事贤公卿。
三山与七家,相望两柴荆。归来讲学暇,袯襫同春耕。

冬夜听雨戏作二首(其二)

绕檐点滴如琴筑,支枕幽斋听始奇。忆在锦城歌吹海,七年夜雨不曾知。

潘良贵(1094—1150)

新　　梧

残春始抽芽,首夏已敷绿。空枝变繁阴,造物信神速。
童童覆短墙,密密连深竹。扶疏团爽气,秀整厌群木。
鸣琴音下上,和雅奏琴筑。亭年影途清,吾亦爱吾屋。
身闲百忧无,意适万事足。此乐何以酬,床头酒方熟。

释德洪(1071—1128)

次韵通明叟晚春二十七首(其一)

琴筑春流涨浅滩,圆吭幽鸟语林端。纤蒲水荇空凄寂,背立东风整钓竿。

释居简(1164—1246)

啸 云

月下悠然洞杳微,弗谐琴筑与埙篪。不知林谷鹓鸿响,何似南阳抱膝时。

苏 过(1072—1123)

次韵少蕴移竹于贾文元园二首(其一)

猗欤丞相园,中有岁寒根。千夫屹冠剑,坐阅云来孙。
当年拥节旄,雅志在淇园。琅玕映城郭,琴筑鸣潺湲。
春笋半出林,横鞭争触藩。坐陵霜雪气,高压桃李繁。
年来王子猷,来乘刺史轩。请分一亩阴,自访三家村。
赋诗属公考,益遣交情敦。一雨饱生意,莫嫌池水浑。

苏 轼(1037—1101)

立秋日祷雨宿灵隐寺同周徐二令

百重堆案掣身闲,一叶秋声对榻眠。床下雪霜侵户月,枕中琴筑落阶泉。
崎岖世味尝应遍,寂寞山栖老渐便。惟有悯农心尚在,起占云汉更茫然。

和子由记园中草木十一首(其一○)

我归自南山,山翠犹在目。心随白云去,梦绕山之麓。
汝从何方来,笑齿粲如玉。探怀出新诗,秀语夺山绿。
觉来已茫昧,但记说秋菊。有如采樵人,入洞听琴筑。
归来写遗声,犹胜人间曲。

峡 山 寺

天开清远峡,地转凝碧湾。我行无迟速,摄衣步孱颜。
山僧本幽独,乞食况未还。云碓水自舂,松门风为关。
石泉解娱客,琴筑鸣空山。佳人剑翁孙,游戏暂人间。
忽忆啸云侣,赋诗留玉环。林深不可见,雾雨霾髻鬟。

和刘长安题薛周逸老亭周善饮酒未七十而致仕

近闻薛公子,早退惊常流。买园招野鹤,凿井动潜虬。

自言酒中趣,一斗胜凉州。翻然拂衣去,亲爱挽不留。
隐居亦何乐,素志庶可求。所亡嗟无几,所得不啻酬。
青春为君好,白日为君悠。山鸟奏琴筑,野花弄闲幽。
虽辞功与名,其乐实素侯。至今清夜梦,尚惊冠压头。
谁能载美酒,往以大白浮。之子虽不识,因公可与游。

求焦千之惠山泉诗

兹山定空中,乳水满其腹。遇隙则发见,臭味实一族。
浅深各有值,方圆随所蓄。或为云汹涌,或作线断续。
或鸣空洞中,杂佩间琴筑。或流苍石缝,宛转龙鸾蹙。
瓶罂走千里,真伪半相渎。贵人高宴罢,醉眼乱红绿。
赤泥开方印,紫饼截圆玉。倾瓯共叹赏,窃语笑僮仆。
岂如泉上僧,盥洒自挹掬。故人怜我病,蒻笼寄新馥。
欠伸北窗下,昼睡美方熟。精品厌凡泉,愿子致一斛。

苏　辙(1039—1112)

题李公麟山庄图·泠泠谷

层崖落飞泉,微风泛乔木。坐遣谷中人,家家有琴筑。

孙　觌(1081—1169)

滁守平远堂

魏公大雅士,英英峙冰玉。平反廷尉府,共理滁阳牧。
奋髯慑狐鼠,折棰行凫鹜。高眠日照廊,坐啸风生竹。
度堂云雨上,斗柄高插屋。摆落区中缘,超摇尘外躅。
遥苍拥鬟髻,潋碧韵琴筑。虽无花解笑,自有云树宿。
王春亦已班,臣昼可屡卜。举目送归鸿,寄此千里目。

孙应时(1154—1206)

峡中歌

峡中翠壁何峥嵘,排空百雉如层城。重楼复道明丹青,神剜鬼刻斧凿精。
呀然裂入兀不崩,飞流罅出悬珠璎。旌旆夹道缤逢迎,霜锋雪锷立万兵。

奇峰十二剑削成,真赝等好不可评。天柱拔立千仞擎,团团石骨莹玉冰。
傍有岩穴半开扃,飞仙之宅凝神清。虾蟆下饮腹不盈,背负阴壑深窈冥。
金碧满洞层云生,泓泉泠泠琴筑鸣。林端黄牛老不耕,滩回白日随人行。
石马只耳梦偶灵,神祠箫鼓何铿铿。江流万古郁不平,四时雷霆风雹声。
天垂匹练相回萦,日月避隐韬光明,朝云暮雨犬吠晴。
山腹人家真画屏,亦有竹阁连松亭。褰裳可登呼可应,但愁蛮语无由听。
我来溯峡才几程,所见如许心骨惊。阳台滟滪次第经,磨砺笔锋吾敢勍。

王禹偁(954—1001)

送 朱 九 龄

吏隐不求贵,亲老不择禄。之子有俊才,弱冠中正鹄。
弗坠先人业,何惭有道谷。一命佐砀山,枳棘聊容足。
再命宰嘉兴,丝桐几易俗。率身甘菜茹,养母求粱肉。
承颜苟不亏,折腰未为辱。解印无余赀,舟中只琴筑。
十口寄淮泗,一身来辇毂。又说东南行,秋风江水渌。
鄱阳古名郡,赤金流山谷。每岁鼓钱刀,从来设官局。
还得便高堂,无辞縻逸躅。扬帆江湖思,木脱天地肃。
枫叶紫斓煸,蓼花红潥潥。津吏晓来迎,溪僧夜留宿。
至止事方简,优游从所欲。江城丰稻粱,水市多鱼蔌。
三载奉甘饴,百钱饱家族。自有彩衣华,勿叹蓝袍绿。
行年未三十,气壮颜如玉。行义日以闻,焉能长碌碌。
终列侍臣班,耀我同年录。且赋白华诗,唱作离筵曲。

卫宗武(?—1289)

过墓邻僧寺

一见说交情,僧醪为客斟。溪山衔落照,杉竹聚清阴。
日对画图轴,风生琴筑音。意行行不足,逸兴对高吟。

姚 勉(1216—1262)

题腾芳书院

若稽隆古时,教者家有塾。英材归乐得,粹学就私淑。

淳风日云远,美意久不续。朱君魁杰士,卓见拔流俗。
燕山霭椿桂,谢砌峙兰玉。所居必精舍,高继紫阳躅。
褐来十亩地,建此一书屋。前山画屏列,暖翠泼晴麓。
腾芳揭佳扁,意匠雅营筑。依墙御史柏,绕舍君子竹。
雪香冠春葩,月馥播秋肃。回廊启斋扉,云荫纳乔木。
亭桥跨天沼,槛影浸寒绿。中堂富图史,缥帙照签轴。
仰瞻圣贤像,冠履森在目。虚枨设棐几,日静尝好读。
南窗最明快,天籁响琴筑。延师启堂坛,规矩仿白鹿。
义方已家庭,仁意更闾族。朋来秀子弟,户屦辐辏毂。
击撞金石乐,真趣寄沂浴。似闻入腴壤,将使任教育。
如斯迈种德,丰报在名禄。愿言众龙驹,相与策骥服。
体兹腾芳意,誓必播芬馥。濯缨揽荃蕙,结佩撷兰菊。
艺文摘香艳,义理浸酝郁。学苗勉哉植,仁种贵乎熟。
大学先致知,中庸必谨独。胸襟富道德,词藻自充足。
当知宏施设,得自大涵蓄。云龙起蟠泥,雾豹出隐谷。
芳名会轩腾,霖雨天下福。

喻良能(1120—?)

直庐锁宿呈监丞宋丈

轩窗空洞惟修竹,风韵时时自琴筑。学省萧然冷欲冰,两翁相对清如玉。

曾　几(1085—1166)

读吕居仁旧诗有怀其人作诗寄之

学诗如参禅,慎勿参死句。纵横无不可,乃在欢喜处。
又如学仙子,辛苦终不遇。忽然毛骨换,正用口诀故。
居仁说活法,大意欲人悟。常言古作者,一一从此路。
岂惟如是说,实亦造佳处。其圆如金弹,所向若脱兔。
风吹春空云,顷刻多态度。锵然奏琴筑,间以八珍具。
人谁无口耳,宁不起欣慕。一编落吾手,贪读不能去。
尝疑君胸中,食饮但风露。经年阙亲近,方寸满尘雾。

足音何时来,招唤亦云屡。贱子当为君,移家七闽住。

张　嵲(1096—1148)

鸣　筑　亭

埼岸互萦斜,因依爱筼绿。虽疑境过清,未必伤幽独。
偶坐松下石,泉声作琴筑。

六月初八日过龙洞纳凉树阴下酌泉待月而行

绝壁不带土,一目千仞青。何年架危阁,窈窕陵青冥。
仰观众树姿,俯听大壑声。山空响互答,隐辚心所惊。
人生几何时,冒此绝险行。虽获须臾快,未偿百年生。
龙洞视正黑,水为琴筑鸣。层岩积阴厚,六月如寒冰。
泉甘聚壑小,洞深秘神灵。天设境自绝,地近人乃轻。
独坐荫佳桂,峰高日西倾。薄暮来者少,长风始清泠。
赏会匪初望,徘徊但含情。坐见山月上,众景纷纵横。
密林栖鸟定,始复事前征。

张　镃(1153—?)

移石种竹橘

野性乐闲寂,况值秋气清。旋即东墙隈,削苔方甃平。
石立稍退步,薜荔缠珠缨。橘香湖海趣,竹翠山林情。
二物昔所嗜,未暇同经营。环种近百竿,叶叶琴筑声。
对植才两树,颗颗金玉明。交枝与丛稍,拂巾须缓行。
其间两席地,幽致吾主盟。静极坐累刻,焉有世虑萦。
人生会心处,小大景不争。长年兴无涯,风月随阴晴。
抽萌及吐蕊,预喜春林荣。客来开茗炉,礼意固匪轻。
作诗渐忘言,此语亦老成。杜门安蹇拙,何急谋虚名。

赵彦假(?—?)

翠蛟亭和巩栗斋韵

天下名洞天,有山必有水。余杭山水窟,神仙所栖止。

仙人乘云去,玉蛟留潭底。至今雷雨夕,蛟睡时惊起。
爪劈岩石裂,石罅滴乳髓。涓涓泉流出,半垂白凤尾。
风来琴筑响,月照缨络侈。曲折纳深池,彻底清且沘。
筑亭当涧冲,木石相表里。翠壁润含烟,层峰去天咫。
道人幻出奇,指顾犹未已。忽驱蛟走斗,瞬息八百里。
怒气挟奔霆,草木为披靡。儿童惊震掉,面若槁灰死。
达人本大观,谈笑自隐几。须臾群动息,静坐穷物理。
水石本无心,相激一至此。

朱　翌(1097—1167)

湘江亭别程干

十年频望秀而巉,琴筑齐音和阮咸。砚浴珍材躬试墨,画收名笔旋开缄。
长江流自胸襟出,大艑来如首尾衔。分手一言君勿忘,他时容我见千岩。

箫　　鼓

敖陶孙(1154—1227)

送别张长官东归

劝君少留持一觞,三年一日才初长。春风愔愔著桃李,露雨沃沃开麻桑。
道傍箫鼓莫凄咽,使君平生面如铁。裁量渠是台阁具,坐使霜蹄困羁绁。
前生疮痏生潢池,手披腹摩随所医。州家征财使家督,灌输辇送无愆期。
诸郎自是丰年玉,谁能待荒学储谷。虚名作祟谨勿近,介者得嫌同者俗。
臞庵先生室无邻,晚年得君情更亲。常时问政有宽猛,独觉处世无缁磷。
何人幕府容疏懒,忆君高楼衣带缓。朅来问讯池上鱼,一笑相看喜无算。
了知喜极还生愁,独自含情上小舟。府中参佐足追送,坐念长江天际流。
还家且种盐官枣,垂柳当门乐华皓。诏书定起尹翁涂,珍重身名莫草草。

白玉蟾(1194—?)

九曲棹歌(其三)

山下于今几代孙,当时箫鼓寂无闻。丹炉复尔生春草,玉女峰前空白云。

毕仲游(1047—1121)

熙州蒋颖叔侍郎席上

仗钺出金门,投壶开玉帐。高秋沸箫鼓,万叠环青嶂。
白云衬湖底,舟行若天上。绝胜后将军,峡中惟四望。

送范德孺使辽

都门冠盖如云多,马头匼匝金盘陀。平明三节出城去,使华已过桑干河。
桑干地寒毡作屋,冰霜满野飞鸿鹄。道旁箫鼓动地迎,铁面蕃儿皆拭目。
金珠装成宝刀利,银鞍半露貂裘燠。日高宾馆驻前旌,馈客往来随酪粥。
河间未弛新亭障,山后犹存旧风俗。幽燕妇女白如脂,露面来觇汉冠服。
边风吹雪罨毡城,毡城在处为屯营。黄沙行尽到靴淀,新年下马单于庭。
庭中之人识汉事,而公赫赫传家声。君臣把酒重相劝,知有从来忠孝名。
好言天子神圣武,际天接地皆王土。桑麻万里富中原,制作千年还太古。
白日亲观丹凤翔,黄河近报神鱼舞。不须铁甲屯大荒,坐见长城倚天宇。
况君总发怀刚肠,往年司直中书堂。单骑走马绝瀚海,而今复使天一方。
平时出入虽故事,男儿举足安可量。鄙人再拜赠公语,北边射猎云雪冈。
平安烽火三万日,羽林超距闲金汤。年年蕃马输汉地,后车硙磑牵玄黄。
愿持成效献天子,归来跃出尚书郎。归来跃出尚书郎,锵金鸣玉趋明光。

蔡肇(?—1119)

北固山

一径杉松驻晚烟,渐看台影入云间。江拖缟带萦危堞,地注青螺出远山。
当日英雄无复见,此时箫鼓有谁闲。我来应被藤萝笑,尘满衣冠盍厚颜。

曹勋(1098—1174)

阳春歌二首(其二)

汉家离宫三百所,高卷珠帘沸箫鼓。车如流水马如龙,兰麝飘香入烟雨。
通衢夹道起青楼,金马铜驼对公府。五侯同日拜新恩,七贵分封列茅土。
玉窗朱户尽婵娟,丝竹声中喧笑语。玳筵珠翠照樽罍,继烛临芳醉歌舞。
醉歌舞,醉歌舞,天长地久无今古。

远 游 篇

少年重意气,辞家远行游。高谈蔑卿相,峻节凌九秋。
仗剑谒明主,挟策干诸侯。众目宝康瓠,明月难暗投。
骅骝困短步,翻为驽马羞。虚名不足慕,抗迹追浮丘。
至言发深省,遐览隘九州。书功佐天政,美恶无不筹。
麾幢周四表,骑卫罗天駋。箫鼓鸣清歌,解驾沧浪洲。
金石易消朽,生死真蜉蝣。

柴随亨(1220—1277)

忆 昔

忆昔长安都会地,草木晴辉钟王气。襟带江湖气象雄,自是天王兴复际。
春风楼阁五凤城,玉漏声催香雾盈。户外昭容鹤禁开,殿前执政鹓班行。
柳绿桃红湖水曲,尽日欢娱犹不足。画船箫鼓绕云深,彩仗旌旗吹月色。
谁知世道互翻覆,沧海倏变为桑田。胡笳哀怨动朝市,麋鹿来游旧陌阡。
汉宫明妃空艳丽,苑外铜仙亦洒泪。古来社稷有兴亡,岂识于今不平事。
禾黍离离迹可怜,伤心回首古苔边。清明寒食谁家醑,痛哭深山闻杜鹃。

晁补之(1053—1110)

钦圣皇后挽辞二首(其二)

苍黄大策中先定,汹涌奸言外独惊。可但触山忧地坼,只应炼石见天成。
江湖自昔波涛远,日月如今昼夜明。尽作儿啼送文母,不知箫鼓若为声。

悲来行哭石起职方

悲来乎石君,吾何悲夫,斯人婉兮河之津。
庞眉白面照青春,朱绂斯煌映路尘。
翩翩者骥银鞍新,东来奇意安所伸,大野既潴唯赤坟。
谷垂颖,麻敷芬,亡逋来复瓦鳞鳞,高堂击鲜会众宾。
宾起舞,君欣欣,何人未至居客右,西郭之一儒迂且贫。
迂且贫,自隗始,能招剧辛致乐毅,四方游士争来奔。
户内光仪亦可论,大息拖缙绅。中息气氤氲,小息秀眉目,天上青秋云。

朱旗画舸长堤曲,去时箫鼓黄尘覆。无复当年子产归,至今人作婴儿哭。
西郭之一儒,无事门生苔,久雨足不行官街。
常时门前车马客,旧雨自来新不来。
听我陈,张叔卿,孔巢父,皆隐沦,无人汲引长饥辛。
日午不出开衡门,前侯后相安敢论,忧杀口间纵理纹。
长恸吾邦对遗迹,耿耿一心谁我识。徐君已死剑不忘,心已许君那复惜。

晁 迥(951—1034)

静深生四妙辞

　　了知入道门,先从静为祖。静胜则心安,安久虚灵府。
　　虚极发明灵,洞彻无不睹。天然法乐多,岂比闻箫鼓。

晁说之(1059—1129)

杨班湫神恩加广应公以其诰祭之

平生笑杀诅楚文,今朝廊峙祭湫神。嗟尔湫神何为者,上公衮冕皇恩新。
日出辉辉收霰雪,仿佛拜命若可亲。湫神传云是杨班,坟墓突兀自姚秦。
当时功阀今不著,崔萧之史讨无因。将军得名宜勇哉,里俗所颂疑未真。
黄蜂往媒康氏女,亲迎波间不敢嚬。至今七夕后二日,康家送女纷红巾。
神视可已胡不已,清明之德先诸身。湫初来徙雷霆夜,鬼借百车载渊齑。
宜囚厉鬼缚恶虎,螟螣何足烦怒嗔。邦人不困亦不饥,山可夜入耕阳春。
初无粳稻劳灌溉,黄床黑黍易与仁。敢言此水浅于旧,雺沱雨起云轮囷。
千人一日酌不竭,神物所寓谁敢尘。岂但箫鼓十州远,祭秩已入四渎伦。
异时香火故允会,品极势重力益振。位浮于人神所殄,神悉厥职亦愧人。
我劳再拜不私祷,上佐邦国下斯民。敢学韩子炭谷湫,嘲悭悔怪徒竣竣。

陈傅良(1137—1203)

送郡守汪充之移治严陵

挂梁龙骨经时蛰,井井黄云秋已及。十日不雨民未急,使君日膳长蔬涪。
澄空飒飒云雾入,馌妇休眠儿觅笠。村舂化出云子粒,市上明朝升二十。
农家语圃商语贾,恒愿使君无疾苦。自今一饭吾腹果,健看将母从箫鼓。

666

冯翊扶风天尺五,见说严陵在何所。诏书夺去万舌吐,九重欲扣君门阻。
栖鸟护巢驹恋皂,东人自视西人好。那知湛露涔秋草,春意平铺无剩少。
有客解事翻然笑,元祐治平诸故老,身要人扶功未了。
谁知青丝络马横门道,应笑江湖华发早。

陈　赓(1247—1315)

平水神祠歌

黄河如丝导昆仑,万里南下突禹门。支流潜行天地底,派作八道如霆奔。
吾闻川真岳灵有真宰,况乃利泽开洪源。龙神窟宅瞰平野,千古庙貌何雄尊。
深林含蓄雷雨润,冷殿似带波涛痕。我来南州走尘坌,执热未濯忧思烦。
试斟百洌洗肝肺,一勺注腹清且燉。悠然晞风坐东庑,倏见绘画如飞骞。
仙宫华裾乘朱轩,旗纛掩蔼蛟伏辕。雷公电母踏烟雾,天吴海若驱鼍鼋。
何时借取霹雳手,倒挽银汉清乾坤。庙前老翁顾我语,孺子未易排天阍。
何为高论乃如此,一笑春风满面温。是时三月游人繁,男女杂遝箫鼓喧。
骞茭沈玉笑灵贶,割牲酾酒传巫言。巫言恍惚庙扉阖,拜手上马山烟昏。

陈康伯(1097—1165)

送　叶　守

海国民皆兴礼义,潢池盗已息干戈。农桑四境丰年屡,箫鼓千村叶气多。

陈　起(？—？)

同友人泛舟过断桥登寿星江湖伟观归舟听客讴清真词意甚适分得江字奉寄季大著乡执兼呈真静先生

辛亥仲春将徂兮,有客踵门曰风日流丽,邀余共泛西湖之舽。
舣南去而忽西兮,昨之折槛今复饰以成杠。
背苏堤万丝之绿阴兮,望一簇孤山之青幢。
层峰叠嶂巉绝露天巧,珠英琪树发越地之灵,一声何处兮钟撞。
篙师告余曰,此寿星古刹。上有奇观,开宇宙于八窗。
舍舟策杖,步步巍峨,谢屐殊劳双。回廊曲转忽轩豁,檐飞栋复,青绿交辉。
心开目骇,而揖西子之湖,子胥之江。观者杂遝,倏去倏来。

余独凭栏,境与心会,便欲驭风跨蜿虹。
烟云万态,客拟状而运思,羿今老退,且逊锐逢。
庄严世界,合爪赞叹。要使天下名山夸咏者,睹此奇伟而心降。
风寒下山吹欲倒,连呼春酒亟开缸。
箫鼓画船徒自纷耳目,何如美成清绝按新腔。
诗成肯对俗子哦,驰介城南寄老庞。

陈师道(1053—1102)

寿安县君挽词

两大推平日,三从播后声。忧勤登上寿,箫鼓闭佳城。
缌布千人从,松楸十里行。哀荣动邻里,点笔竞诸生。

陈世崇(1245—1309)

元夕八首(其七)

天街箫鼓厌繁华,静访湖山释子家。珍玩图书尤绚眼,选僧堂里万莲华。

陈　襄(1017—1080)

濮妃祔庙挽词二首(其一)

天子徽柔德,神资鞠育仁。来归声子室,去锡大任身。
白日佳城启,黄麾法杖新。行观升祔礼,箫鼓凤台春。

陈　渊(？—1145)

七夕三首(其二)

天上银蟾曲似钩,人间箫鼓万家浮。从来世事俱儿戏,不独秦娥乞巧楼。

陈　藻(1151—1225)

元夕同社众携灯上山谒神祠

城中箫鼓闹鳌山,灯火千村别一般。今夕崔嵬行乐处,向时模仿仰头看。

陈　造(1133—1203)

三月初晚晴寄高缙之三首(其二)

人家绣闱闲,湖上妆面新。湖山箫鼓中,鱼鸟安得驯。

山灵建飞雨,净洗绮罗尘。即今堤边柳,为谁管残春。

再次韵二首(其一)

问舟初立柳汀沙,云日升空渌影斜。诗囊耻随金埒客,蔬肠未厌玉川茶。
青湖波外方游女,翠幄丛间亦晚花。小待春归箫鼓静,还容襆被款禅家。

次韵杨帅留客赏雪二首(其二)

园林花絮忽冥冥,水墨工夫忆李成。琼树挽春争炫昼,玉龙转野寂无声。
绮罗樽俎诸宾醉,箫鼓楼台九陌晴。不比游仙向来梦,真陪仙伯燕曾城。

苦　雨

有足不下楼,有耳只听雨。一日不可耐,忽忽弥旬所。
轩盖断还往,尸居成独语。日色似见慰,云气复如许。
西湖梅柳月,裘马趁箫鼓。细追他日梦,一笑念缚虎。

小饮俯江楼分韵得俯字

流光肯贷人,春事遽如许。眼不到蜚鸿,身每念缚虎。
他日载酒约,坐受阴寒阻。非君韵超俗,畴肯顾羁旅。
今朝莺花前,有兴浩莫御。兹楼可图画,山立瞰江浒。
壮侔彭城苏,气吞浔阳庾。乘凌脱埃壒,盘礴上烟雨。
向来状雄观,尚欠魁杰语。江山君周旋,得句忍不吐。
诗成人未醉,邻鸡唤亭午。新音略韶濩,至乐非箫鼓。
却话庾与苏,今古一仰俯。

记扬州旧事

合宫嚼蕊今柳枝,燕台酷赏骚人诗。国色天香岂凡品,琼枝璧月信好辞。
向来弄影对箫鼓,楚山高深自云雨。若为白昼去临邛,鹦鹉难防漏私语。
翡翠久矣雕笼中,转头缥缈云鸿同。遥知怀璧骇众目,负山虽力难为功。
敢意归来辱收恤,瑾瑜匿瑕山藏疾。客子一诵打鸭章,东君卢胡置严律。
风生翠扇闾阖天,酒边重听想夫怜。楼中之燕当掌托,老子久谢裙裾乐。

呈　赵　帅

雨行本自贪风便,四十里程真劈箭。长年摊钱夸半仙,一炊黍顷风头转。

生世快意多所辱,叶舟瓠壶浪如屋。暗桩触船船版折,船丁吁天船媪哭。
涂穷傥有哀王孙,腰铺人家紧闭门。丁翁禄邀捕鱼者,向我顾肯颜色温。
茅屋新成容寄宿,麻茶初熟仍见分。解衣灭烛睡欲死,乡梦醒时鸡唤晨。
平时晨铺下南浦,定向扬州听更鼓。飞廉生忧吾敢怨,薄命若为防市弩。
今朝河面吹细痕,竹树不声人骏奔。掣铃一笑话畴昔,便有乐事酬佳辰。
镇淮主人开渌樽,蕙兰香前箫鼓喧,一杯为我安惊魂。
胜谈亹亹清耳根,向来忧虞无足言。

陈　著(1214—1297)

代京尹吴山云益雪应贺庙堂二首(其二)

非才承乏尹瑶京,何幸亲逢造化成。凝固地腴丰岁事,均调天气寿民生。
春归休念采薇戍,夜捷已闻垂瓠城。方信太平元有象,九街箫鼓合欢声。

程公许(1182—?)

谒周孝公祠

斩蛟潭近款丛祠,逸少行书小陆碑。穿壤英名长不泯,烝尝故里有余思。
排门箫鼓竞禳赛,挟弹罗纨群笑嬉。煮酒流霞鱼馔玉,荆溪可欠我题诗。

程　俱(1078—1144)

元夕块坐因用叶翰林去年见寄元夕诗韵写怀(其二)

短日良易暗,凝阴有时晴。何人劝之照,烛燎皆争明。
今年春苦寒,寒威剧幽并。连绵积三白,云埋阖庐城。
深泥浃新雨,行路无人声。藜灯不来下,箕卜岂复迎。
朝来日照梁,天气忽已更。稍闻桥市间,箫鼓远近鸣。
吴人尚游乐,急如赴春耕。唯有穷巷士,守穷如守盟。

戴复古(1167—?)

村　景

箫鼓迎神赛社筵,藤枝摇曳打秋千。坐中翁妪鬓如雪,也把山花插满颠。

湘 中
一棹无情度碧湘,行行不脱水云乡。旗亭少饮村醪薄,田舍新炊晚稻香。
箫鼓远来朝岳去,包笼争出趁虚忙。涂人有愧黄居士,十载看经不下堂。

元 宵 雨
穷人不谋欢,元夜如常时。晴雨均寂寞,蚕与一睡期。
朱门爇灯火,歌舞临酒池。酒阑欢不足,九街恣游嬉。
前呵惊市人,箫鼓逐后随。片云头上黑,翻得失意归。

刁 衎(945—1013)

汉 武
高宴柏梁词可仰,横汾箫鼓乐难穷。已教丞相开东阁,犹使将军误北戎。
洒泪甘泉还有恨,祈年仙馆惜成空。谁知辛苦回中道,共尽千龄五柞宫。

董嗣杲(?—?)

丰 乐 楼
莺花箫鼓绮罗丛,人在熙和境界中。海宇三登歌化日,湖山一览醉春风。
水摇层栋青红湿,云锁危梯粉黛空。十里掌平都掩尽,有谁曾纪建楼功。

环 碧 园
绕舍晴波聚钓仙,五龙祠畔柳洲前。清虚不类侯家屋,轮奂曾资母后钱。
三面轩窗秋水观,四时箫鼓夕阳船。揽将山北山南翠,独有黄昏得景全。

清明日晚阴
跧伏性易屈,口强心无主。今日届清明,此身客溢浦。
花草各自芳,谁能问园圃。客怀值佳时,冶游有何睹。
江头风扬花,天际云兴雨。阴沴叹时迁,集条燕羞舞。
世故堕煎熬,乡愁渺终古。柳色西湖堤,初更尚箫鼓。

江 湖 伟 观
倚空窗户不曾扃,两眼风烟障翠屏。西子艳分晴雨倦,伍胥魂激浪涛腥。
鼓箫咽晚难无酒,花柳争春别有亭。恨掩四时歌舞去,古祠寒玉几竿青。

辛酉富池元宵写怀二首(其一)

七年交春七日强,蒙蒙春雨吞江乡。此夕莫知是元夕,地炉埋伏身犹僵。
鼓箫声绝想景物,灯火焰短如寻常。逢辰往往思济胜,此际何异栖幽荒。
推窗且畏江风恶,风柔却忆沙河塘。一竿星点富池庙,随炙随灭无精光。

范成大(1126—1193)

三 湘 怨

牙樯鼍画橹,摇漾三湘浦。佳人翔绿裾,含颦为谁舞。
拳拳新荷叶,愁绝烟水暮。风云忽飘荡,隐约闻箫鼓。

晓 起

黠鼠缘铃索,饥鸦啄井栏。不眠秋漏近,多病晓屏寒。
咄咄渠何怪,休休我自闲。牙门朝日上,箫鼓报平安。

范纯仁(1027—1101)

和阎灏中秋赏月四首(其二)

张筵赏秋月,箫鼓沸公庭。光泛露逾白,轮高天更青。
遮藏三让客,牢落庶民星。节去人随老,杯行我但听。

范仲淹(989—1052)

尧 庙

千古如天日,巍巍与善功。禹终平浍水,舜亦致薰风。
江海生灵外,乾坤揖让中。乡人不知此,箫鼓谢年丰。

览 秀 亭 诗

南阳有绝胜,城下百花洲。谢公创危亭,屹在高城头。
尽览洲中秀,历历销人忧。作诗刻金石,意垂千载休。
我来亭茇坏,何以待英游。试观荆棘繁,欲步瓦砾稠。
嗟嗟命良工,美材肆尔求。曰基复日构,落成会中秋。
开樽揖明月,席上皆应刘。敏速迭唱和,醺酣争献酬。
老子素不浅,预兹年少俦。九日重登临,凉空氛气收。

风来雁声度,云去山色留。西郊有潭菊,满以金船浮。
雅为君子寿,外物真悠悠。过则与春期,春时良更优。
焰焰众卉明,衮衮新泉流。箫鼓动地喧,罗绮倾城游。
五马不行乐,州人为之羞。亭焉讵可废,愿此多贤侯。

范祖禹(1041—1098)

韩献肃公挽词三首(其二)

舜禹勤劳治,皋夔翊赞功。秉钧瞻上宰,宪老佚三公。
寿考登耆耋,哀荣备始终。凄凉颍川路,箫鼓诉南风。

方　凤(1240—1321)

三吴漫游集唐(其二)

愿及行春更一年,中流箫鼓振楼船。不知何处吹芦管,城外风悲欲暮天。

方　回(1227—1307)

庆陆仁重举男四首(其三)

升平重见上元天,箫鼓声中璧月圆。惟有高门更多喜,金盘分送洗儿钱。

记正月二十五日西湖之游十五首(其一四)

六桥箫鼓日喧天,谁料年来渐索然。兴废荣枯都不识,一家活计一渔船。

八月二十日晓起

夜阑不能寐,鸡鸣垂欲三。起步秋月影,寒发何鬖鬖。
斗柄落山北,参旗挂庭南。三五忽四五,蛙蚓众喙缄。
独有络纬声,催织何喃喃。禄仕心已息,愧未任桑蚕。
昨暮缺薪米,质以衾及襜。七年为此郡,忍人所难堪。
焉知窭至此,不给石与甔。独坐老树下,暗撚霜须髯。
墙外行人动,丧事箫鼓酣。生之必有死,如岁代凉炎。
但颇讶薄俗,不复甄廉贪。鄙消采芝馁,歆羡脍肝馋。
想见攫夺子,枊马已就衔。岂识有幽人,茹苦如饴甘。
念虽乏智计,识度终不凡。儿女亦可割,深山建茅庵。

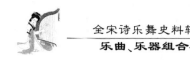

冯 山（？—1094）

和邓内翰游乌奴寺

万险初离峡，三程未到关。相欢才把酒，偷暇更寻山。
古意登临外，人生笑语间。一茶游兴尽，箫鼓欲催还。

甘同叔（？—？）

题昌山圣姥庙

分宜古县环清溪，重冈复岭如奔驰。行逢山断水流处，阅城庙枕山之西。
我来落日在前岭，摩挲一读卢肇碑。嗟唐去今亦已久，尚余文字光陆离。
云昔秦人有天下，鏖战六国愚黔黎。砀山云气望不见，神物乃降江之湄。
雷轰电合助光怪，蜿蜒堕地偕群儿。赤鳣王鲔奉鼎俎，追逐甘旨怜姥慈。
姥先仙去环佩冷，安能蟠蛰从儿嬉。刘累不出浮俗隘，况肯委质嬴与斯。
珠宫贝阙世所希，铜环十二白玉扉。纫兰作佩香披披，招摇手掉芙蓉旗。
哀弹清瑟和宓妃，大川击鼓劳冯夷。巨鱼踊跃鼋鼍随，虾蟹琐细不得追。
庙门开阖风飕飕，千年万载龙居之。野巫侦伺荐酒卮，箫鼓坎坎来宫祠。
五彩不辨魑与螭，聊以幻化惊群迷。嗟我四海久望霓，无复空抱明月辉。
好施膏泽雨六合，岂止但慰袁人思。历阶酌水致此辞，退以遗谊传于诗。
才悭语颣论甚卑，龙兮谨勿相诃讥。

高 钧（？—？）

次韵和于巽袛谒真祠

二公祠事出重城，宜有休祥答至诚。林壑静深经雪后，楼台高下与云平。
丰年箫鼓来仙宅，晴日烟霞上使旌。黎庶欢声自偕乐，但闻高廪颂周成。

葛绍体（？—？）

乐清道中二首（其一）

雅淡风光近上元，迎神箫鼓自年年。客行不趁花灯市，月满寒江水拍天。

葛胜仲（1072—1144）

哀范卿学士弟

万卷胸中学已优,安恬当向古人求。有财谩说驹千里,此路何殊貉一丘。
儒馆芸香今寂寂,亲闱芝检竟悠悠。悬知箫鼓江村路,茂柏深松结暮愁。

顾　逢（?—?）

湖　舟

　　箫鼓别船鸣,吟边酒自倾。远山多少意,幽鸟两三声。
　　风急浪争起,云开雨不成。断桥归已晚,塔杪夕阳明。

顾　禧（?—?）

小　春　词

玉霜斜舞桐枝湿,析木荧荧石鲸泣。芙蓉子夜卸秾妆,药雨纷糅琼饮急。
琼楼玉宇微寒生,氤氲暖气出元英。白鹿观中香粉散,灵女祠前箫鼓鸣。
木奴千树绽浓绿,太济䴔䴖黑鸟浴。真腊灯光射紫薇,汉宫齐唱凤来时。
彩虹不逐天驷流,公子初成狐腋裘。尚衣日日颁红锦,挟纩犹深边士愁。
五凤习习起兰泽,龙篆新盘大府历。黍臡松醪次第陈,野老欣然爱冬日。
暖炉高会乐未央,鸿雁南飞百草黄。东君欲逗春消息,独遣桃花斗橘阳。

郭祥正（1035—1113）

寄资深承事行营二首（其二）

黄梅欲落雨霏霏,想过重冈湿战衣。破贼有期先可喜,裂云箫鼓待君归。

闻陈伯育结彩舟行乐游湖戏寄三首（其一）

湖波渺渺浸残春,东郭开筵迥不群。闻结彩舟撑碧落,更携箫鼓度青春。
自怜玉海终无敌,却忆琼浆竟未分。珠履难陪空怅望,且凭诗句张吾军。

代先书奉迎庐帅元舆待制

倦提椽笔厌承明,帝与兵符帅十城。箫鼓裂云迎五马,山川收雨引双旌。
藏舟浦暖鱼频跃,教弩台空雁不惊。入境观风先可喜,秋田高下熟香粳。

675

游石盆寺呈蒋殿院兼简余光禄

石盆古寺苍崖颠,断碑皴剥无人传。其文仅识隐岩字,御史饱学能推研。
乃是郑董之别号,洛师易节来刺宣。风流直欲继谢守,行春车马时联翩。
红粉行行杏花笑,旌幡烁烁雌霓悬。松声飕飕杂箫鼓,薜围缭绕疑檀烟。
不知身世有轩冕,且将樽酒投林泉。暂时乐事亦难遇,高文大字精磨镌。
可嗟榛棘一藏晦,清风零落三百年。洎逢佳士始珍赏,洗涤尘垢邀神仙。
坐思往迹若梦寐,明河千丈倾辞源。啼鸟至今不避客,上下啾唶两耳边。
山僧构亭又高绝,群峰叶叶如青莲。崔嵬宝塔挂落日,沆砀冰壶撑钓船。
余公胡为未尝到,美景若此宁弃捐。请携吟笔窥造物,更向云中调管弦。

采石峨嵋亭登览赠翰林张唐公

巨舟发长溪,箫鼓奏云汉。史君领宾从,险绝穷壮观。
逶迤转沧洲,稍泊大江岸。前登千丈峰,万里瞰弥漫。
峨嵋耸双碧,斩斩天堑断。谁驱六龙辔,事逐孤烟散。
如闻限南北,谬彼曹公叹。宁知真人兴,遐徼服辉焕。
僭王苟余息,窘束若鼠窜。虹霓渡戈甲,雷雨洗屯难。
石根有遗迹,俯首想神算。承平逾百年,针砭决痈疬。
幸兹国老贤,州事无留断。披榛构危亭,突兀出天半。
乐成须吾曹,啸咏争璀璨。天空纤霭没,川动日华乱。
群鸥或飞舞,缟练遗片段。归舻鲸鬣摆,渔火星点灿。
灵犀安用毁,神理幽可赞。翻思袁谢辈,道贵一以贯。
遇古名空传,逢今岁非晏。我公神采莹,皎皎白玉瓘。
言词珠内掷,肝肾锦绣烂。平生存至诚,许与比象象。
况当仙府间,长谣愈华夬。原原无根涯,天马脱羁绊。
顾予亦何人,勇和不知僆。譬彼禽之雏,敛翼自投弹。
饮阑记名姓,会稽妙挥翰。滑磨青瑶碑,八法素常按。
点画犹生成,霜池聚鸿雁。千载期弗讹,鉴赏永传玩。
盛事难再并,月上归兴遣。

韩 淲(1159—1224)

小饮(其一)

玉梅吹雪乱香云,箫鼓声中万室春。谁信长安有闲地,啸吟风物两三人。

韩 驹(1080—1135)

故正议李公挽词(其一)

内阁论思密,西班步武清。谁无子隆贵,独被主恩荣。
带曳黄金重,鞍飞白玉轻。旧时行乐地,箫鼓入佳城。

韩 维(1017—1098)

夜泊湖上

春风淡无力,池色晚更静。人归箫鼓歇,月出楼观迥。
惊鸥啄浮星,游鲤下明镜。谁当挐画船,彻夕纵孤泳。

和景仁元夕(其一)

月上朱楼角,风摇翠筱层。传声回步辇,满目烂行灯。
箫鼓千门沸,弓刀万马腾。诗翁怀盛事,眉雪惨霜棱。

晏元献公挽辞三首(其二)

先帝文章老,东朝羽翼臣。风流至公尽,哀愤与时均。
箫鼓悲将曙,烟云惨不春。灵辀归旧治,遗爱泣州民。

中书傅钦之侍郎挽词三首(其三)

壮节淹鹏海,高年集凤池。谟猷未及展,箫鼓已成悲。
经摘留天幄,书囊入殿帷。伤心济源道,无复故人期。

和圣俞游梁王吹台有感

高台压万井,四绝埃与氛。上有金仙庐,凌虚结楣梦。
尝闻登其巅,直视太行云。壮观良跂予,凤驾惭后君。
况当朱炎月,烈风来朝曛。泛潋白正醴,飘飘轻练裙。
想像箫鼓处,寥寥如有闻。一写沈郁忧,怀古何足云。

和晏相公西湖

鸣蝉忽以急,夏景晏林塘。不知何山雨,飒然送微凉。
荷芰忽翻倒,四散飘暗香。清渠决决流,碧色浸稻秧。
零落堕林实,琐碎开水芳。公来必乘晚,散步方倘徉。
箫鼓不从后,笔牍常在旁。游鱼自成族,飞鸟不乱行。
周览时景佳,郁穆发新章。何意蓬茅士,传贶谬所当。
时方苦炎曊,汗下挥其滂。三复大雅作,清风肃衣裳。

何　贲(?—?)

和(于巽)祗谒真祠诗

清晨雪霁出东城,躬款灵祠致克诚。百品果蔬供荐献,万人箫鼓贺升平。
晖晖晓日明台殿,猎猎霜风满旆旌。碧瓦修廊尽宏丽,亦从民欲落新成。

何　澹(?—?)

和宋宪乙丑元夕韵

三神山上隔凡尘,箫鼓喧阗午夜声。十里绮罗开翠幕,一天星斗不层城。
也知故国风光丽,尤喜新元谷价平。衰朽尚容陪二妙,不妨敧侧到天明。

何梦桂(1229—?)

和卢可庵悲秋十首(其四)

秋风来木末,忽忽吹晚晴。木落雁南归,呖呖多悲声。
少壮老复至,岁月方遄奔。我欲歌秋风,愁听箫鼓鸣。

贺　铸(1052—1125)

喜　雨

终春久旱曊,涉夏俄潦暑。垢汗浼衣襟,梅津蒸柱础。
黄霾闭赤景,测候错辰午。沙燕逐风鸢,翻飞溯来雨。
纷纷白羽箭,齐发万牛弩。落瓦复鸣阶,浮沤如沸煮。
崇朝已沛浃,枯渴顿清愈。田父喜过从,迎门好相语。
蚕桑薄可具,豚酒与箫鼓。择吉谢丛祠,巫娘罢狂舞。

晨炊饱丁壮,庇笠耕乌卤。少缓麦租期,庶将秋稼补。
输入太仓中,蕃肥任黄鼠。

洪　刍(?—?)

寄赠王允叹

楚俗礼祥古所尤,迎神箫鼓沸香湫。真成娶妇诶河伯,亦有韩生笑沐猴。
毁校可无东里子,斩巫谁是左黄州。讵知恤纬非鳌事,白屋何妨肉食谋。

洪　朋(?—?)

城　　上

杖策城上头,初日破冥晦。颇知春意还,早觉寒事退。
风前识西岑,烟处认东汇。人如旋磨蚁,舟似覆杯芥。
鹳鹤掠水涯,箫鼓杂天籁。便当杭清浅,底事返阛阓。

洪　炎(1067?—1133)

逍　遥　阁

杰阁龙楼依翠微,中秋午夜望清辉。桂枝委地三千尺,柏影垂坛四十围。
箫鼓或疑风雨下,云霞犹想锦帆飞。只今井臼依然在,不见归来丁令威。

黄　裳(1043—1129)

陈朝议挽辞(其一)

箫鼓声中远远归,只因千里有庭闱。彭城君在今休望,黄发樽前看彩衣。

黄　榦(1152—1221)

寄郑维忠叶云叟诸友

村村箫鼓竞龙舟,荑菊岩前倚晚秋。老懒焚香书一卷,淡烟疏竹月侵楼。

黄庭坚(1045—1105)

徐孺子祠堂

乔木幽人三亩宅,生刍一束向谁论。藤萝得意干云日,箫鼓何心进酒樽。
白屋可能无孺子,黄堂不是欠陈蕃。古人冷淡今人笑,湖水年年到旧痕。

李濠州挽词二首(其二)

礼数最优徐孺子,风流不减谢宣城。那知此别成千古,未信斯言隔九京。
落日松楸阴隧道,西风箫鼓送铭旌。善人报施今如此,陇水长寒呜咽声。

黄彦平(？—1046？)

三月十三日步至杏亭

禅房幽讨有谁期,竹径穿花蝶不知。山拥暮寒斜照里,树含芳思欲开时。
和风第放千林喜,胜日闲成一段奇。何必红尘污人后,始从箫鼓看繁枝。

家铉翁(1213—？)

市 桥 月 色

今夜鲸川月色明,卧烟虹影正横陈。市桥得月喧箫鼓,堪羡溪桥觅句人。

姜特立(1125—1203)

平原郡王南园诗二十一首·幽翠

万竿翠竹拥山隅,时有风前一鸟呼。公若来时罢箫鼓,尽收幽意入蓬壶。

寇　准(962—1023)

和御制祀后土

临晋迎清跸,灵坛备克禋。荐诚祠后土,求福为蒸民。
展义王猷远,推恩庆赐均。千官陪汉祀,万国奉虞巡。
仗卫明初日,郊原丽上春。花飞函谷路,柳暗大阳津。
宿麦深藏雉,柔桑远映人。河流回二陕,山势壮三秦。
箫鼓闻睢上,旌旗过渭滨。天声惊远野,兵气慑边邻。
在镐皇欢洽,横汾睿藻新。周南惭滞迹,空想属车尘。

李　壁(1159—1222)

青 神 道 中

沧江掩映桤树林,宝塔嶙峉孤云岑。田家春时相劳苦,结社分朋宴箫鼓。
道边儿女齐唱词,钗梁复挂一钩丝。相携却踏溪桥路,荞麦连云住何处。

真州元夕和韵二首(其一)

璧月舒金波,流光入窗蓬。江水碧杳杳,淮山直丛丛。
牢落亦清甘,繁华儿辈事。一褐拥春寒,倦拨青编睡。
绛纱眩纨绮,箫鼓沸隔船。凫灯独耿耿,静对花双悬。
更深共语笑,为客何时了。纷兮总浊恶,文字有潜照。

李处权(?—1155)

元夕陪张使君燕集

老大于节物,真成风马牛。出山赴嘉招,敝袍厕英游。
箫鼓市井隘,绮罗人物稠。嫦娥亦飞来,余光上帘钩。
使君民父母,谣颂布政优。牙旗错彩绣,康衢看遨头。
夜气烛光满,春寒香雾浮。中兴太平象,郡国皆鲁邹。
丰年入醉乡,颁白卧道周。遥知苍龙阙,宴敞华萼楼。
惟公班马手,斯文擅风流。行归侍严宸,玉堂听更筹。
独怜衰病客,鬓毛蚤惊秋。颓然宾裾后,报德惭应刘。

李 复(1052—?)

和范君武出郊

九月天高客喜晴,篮舆因兴度溪行。身逢乐岁留漳浦,心逐秋风入渭京。
日暖登场多稼熟,桑阴具饷野盘盈。丰年社后多余酒,处处神林箫鼓声。

和朱公掞祷雨五龙庙

太师占岁验律管,气来姑洗声犹短。野人告病三月余,公堂严斋五日满。
相招祷雨陟南山,出城鞭马追飞伞。林鸠怒鸣竞逐妇,穴蚁移居自衔卵。
迎路商羊舞若飞,随车少女风不断。阴升阳交兆已见,神意感通知悯旱。
焚香沥酒洒枯地,草根清流忽盈碗。兹事旧传或未信,诚祷灵答知非诞。
祠亭丰碑高突兀,岁纪神麋魏所纂。道武开国始南征,矫首据鞍思胜筭。
云间仰见黑龙来,翔戏下山五为伴。考卜推为受命符,将拜帝休先沐浣。
前瞻雷电塞空山,筑宫岧峣敢辞懒。鬼神填委焕丹青,草木森严无冗散。
登山层级绕岩峦,趣门一径极平坦。箫鼓于今几百年,旸雨无愆零祭罕。

今朝霡霂千里苏,太守忧民罄诚款。四郊宿麦远青青,土膏脉润天已暖。
明朝牲币躬修报,岂惮陟降步巘巚。鲁无禾麦书春秋,须知民事不可缓。

李　纲(1083—1140)

端康之间地名越城五山秀峙有蜿蜒飞跃之状山有五龙庙当秦时神媪临江五龙从之游没葬山上庙祀至今灵响甚著乡人以风雨候龙之归因作送迎辞五绝句以遗之(其三)

万霰干霆霹雳飞,潜藏神用济烝黎。何须箫鼓祈膏泽,肯为乡人有所私。

田家四首(其四)

谁谓田家苦,田家乐甚真。鸡豚燕同社,箫鼓祭瘟神。
高廪方有岁,西畴行复春。但令租赋足,终老得相亲。

自沙阳乘泛碧斋至洛阳口

罪大昔来谪,恩宽今许归。碧斋还泛泛,翠阁已依依。
箫鼓转山曲,旌旗摇夕晖。余霞方散乱,倦鸟亦归飞。
颇悟邯郸梦,还寻莱子衣。耄倪嗟得去,朋友惜相违。
讵有甘棠爱,徒知蘧玉非。劳生成底事,归老钓鱼矶。

题周孝侯庙

周侯高节冠千古,志气刚明乃如许。剑斩长桥戟尾蛟,刺杀南山雪毛虎。
归来一听闾里言,折节宁辞远游苦。学成名立世共惊,徇国忘身乃其所。
至今血食荆溪滨,庙貌崇深日箫鼓。我来再拜仰遗像,思古伤今怅谁语。
君不见淮阴跨下已亡奇,哙等何羞与为伍。

李　龏(1194—?)

溪滨晚作

渺渺斜阳下翠微,纷纷黄叶遍苔矶。青楼箫鼓西风外,几个霜鸿一字飞。

送人南海钤兵

伏波箫鼓按蛮军,马首红旃燕尾分。海水如今平似掌,楼船夜夜锁闲云。

登苏州齐云楼

故基何处是吴宫,醉上州城值晚风。箫鼓沉沉烟树冷,乱蛙声在落花中。

李 兼(?—?)

田 里

百谷盈成后,三秋假乐时。鸡豚开社瓮,箫鼓赛神祠。
野茹青盈筥,香炊雪满匙。欲知田里趣,细诵老翁诗。

李流谦(1123—1176)

题富池罗汉院

竹深树老小禅关,关对江淮千古山。万舶堆中江上乐,时时箫鼓寺前还。

李弥逊(1089—1153)

和陈颖仲题刘鞠祠

山绕平湖绿四边,两翁遗泽到今传。蘋风引钓鱼随艇,谷雨催耕水拍田。
败壁丹青悲落日,荒庭绅笏想流年。桐乡不废春秋祀,箫鼓鸡豚久更虔。

李 彭(?—?)

元夕高卧

伊昔宅关辅,门间萃冠盖。停杯邀明月,意气殊蔼蔼。
春风堕江城,蒧狁颜鬓改。粪除二亩地,羊裘力薪采。
矫首望舒圆,何由赏心在。烟村杂箫鼓,丛祠响竽籁。
谁能伴儿嬉,颇复偿睡债。初惊金鸣雷,邊作涛捣海。
非关骨相屯,长闲荷真宰。吾生计已决,无劳问蓍蔡。

李若水(1093—1127)

村 家 引

村翁七十倚柴扉,手障夕阳望牧儿。牧儿归来问牛饱,屋东几亩田未犁。
邻老相邀趁秋社,神巫箫鼓欢连夜。明年还似今年熟,更拚醉倒篱根下。

李 淑(1002—1059)

岘 山 诗

岘山如闯襄庐南,钜平跻赏留爱谈。官邪俗沦祭不屋,君来怀古茵凭惭。

孤峰嶔崓汉之曲,云梁月皋万螺薑。轻裘四眺风物佳,宾客文章欢意促。
酒酣慨涕邀灵期,金碑揭然民哭遗。斧薪弗翦召棠树,箫鼓相传栾社祠。
使君籍在华光省,秩废谁新刹章请。篆楹乌采神宴娭,比故镵坚诗播永。
我尝学史称君伐,又感先贤祀无歇。德名信与苍崖俱,旷贵纷纷煨壤灭。

李义山(？—？)

毛　竹

只得流霞送一杯,空中箫鼓当时回。武夷洞里生毛竹,老尽曾孙更不来。

李曾伯(1198—1268)

寿　襄　阃

江南三月春事浓,人间处处熙东风。山阴亭下羽觞举,长安水边箫鼓从。
衣冠酣燕太平久,干戈浸钝铁钺朽。神州风景虽慷慨,已付新亭一杯酒。
皇天佑宋当此时,乃眷畴作邦家基。水晶宫里毓奇瑞,翼日生此神仙姿。
平时功业在学术,治道边防讲明出。遂将姬旦勤劳心,一洗吴人侈奢习。
襄阳自昔天下雄,形势今处常蛇中。彤弓玈矢自临牧,轻裘缓带惟从容。
鸡鸣而起夜无寐,切切安危以身系。四维盘石冈遗虑,千里毫厘尚深计。
一民未饱公足食,一兵尚寒公以衣。苍颜皓鬓已若瘠,黄童白叟人其嬉。
瞻言二十三郡国,根本其蕃赖封植。农知奠枕士超距,岂但边人戒生隙。
几番河檄动汉关,折冲随出精神间。平淮既敌江汉盛,救邢况尽春秋难。
往时国未一兴役,动以千金大农给。自公边用足幕府,不费中朝一毫力。
往时馈饷识调师,粟殍不及耆年支。自公留屯上方略,粒米狼戾如京坻。
规模宏大有如此,古犹其难况今撒。朝廷宿望四海重,中外先生一人耳。
我闻文正腹有百万兵,西贼闻之心胆惊。
胸中武库今十倍,一尘宜弗辕辐侵。忠定昔年镇全益,一信五年方做得。
况今终始一勤字,十年之间未尝息。
噫嘻楚人申讨无日休,越人生聚几岁周。
规摹止俟机会至,社稷固赖封疆谋。史毋比公仅羊杜,雅毋咏公止申甫。
昌唐安得十元吉,平蔡惟须一裴度。黄扉紫闼深帝思,衮衣赤舄行公归。
愿公寿躬寿王国,牛马下走亦作寿域之黔黎。

李正民(1073—1151)

挽刘刑部(其二)

避地辞高密,侨居寓武原。放怀乐棋酒,余力治田园。
方茂三松寿,俄成万日墦。九原箫鼓咽,难驻已招魂。

李之仪(1048—1127)

书于子高宅

儿童鸡犬语声喧,桑柘萦纡绿蔽川。斗觉门庭兰玉盛,更将箫鼓乐丰年。

李 廌(1059—1109)

秋 晓

秋色已飘零,凄凄晓更清。芜城宿残霭,云日递微明。
瓦冷寒霜色,庭空槁叶声。悲欢更盈耳,箫鼓和铙钲。

廖 刚(1071—1143)

丙申春贴子八首(其二)

箫鼓迎春至,烟雾向晓开。棠阴听讼罢,菖叶劝耕来。

林 迪(?—?)

闻伯育承事结彩舟作乐游东湖戏寄四韵

湖波测测浸残春,东郭开筵迥不群。闻结彩舟撑碧落,更携箫鼓度青云。
自怜玉海终无敌,却忆琼浆意未分。珠履难陪空怅望,且凭诗句张吾军。

林景熙(1242—1310)

栝 城

寒芒曾动少微星,一水溶溶叠嶂横。落日渔舟吹远笛,断烟戍屋带荒城。
沙鸥欲近如招隐,关树无多亦厌兵。却忆莺花亭外路,太平箫鼓沸春声。

刘 攽(1023—1089)

酬王定国五首(其四)

江岸青枫连白蘋,片帆如箭射千钧。风烟何处喧嘘市,箫鼓谁家赛水神。
雁鹜陂湖争就暖,杉松庐舍不知贫。滞淫何必多离恨,譬似生为泽国人。

685

赤甲祈雨是日获之

君不见赤甲之渊色如墨,中有神物不可测。
潜虽伏矣心念国,翕忽变化谁能识。
五月亢阳裂金石,妇女悲号望膏泽。
箫鼓甘香乐灵德,须臾晦冥天正黑。
风雷硼轰震穹碧,雾雨霁沱扫炎赫。
生物欣欣动颜色,樵童牧竖亦叹息,千秋万岁无终极。

陪马守蜀山祷雨

丘祷亦以久,斋居先筮从。鸣驺趁残夜,触石会前峰。
箫鼓终椒奠,风霆起蛰龙。化工轻瞬息,幽贶振春容。
洒濯埃尘绝,虚凉灏气逢。小人思学稼,即事喜年丰。

刘才邵(1086—1157)

为李邦臣题丛桂堂

君家外孙吾祖母,生长舅家晓图史。平时教诲子与孙,深念昔人立门户。
因言仙李传芳远,外氏且从中允数。天将善庆萃其门,盛事老人目亲睹。
七宝轮高风露清,丹枝翠叶纷旁午。玉阶迢迢无路通,诗书为作冲天羽。
从子传孙世已稀,兄弟同攀复如许。太守好贤为出迎,冠盖如云沸箫鼓。
名声藉甚里闾传,岂假老人为重举。区区此意岂有他,欲汝读书转勤苦。
汝家先世不乏人,折桂里名因汝祖。一时声价动场屋,相继登科亦四五。
才丰报啬理难晓,在其子孙岂虚语。良农不为旱辍耕,多稼终闻饱仓庾。
亲姻中外贵相辉,莫向明时守环堵。慈颜幽隔三十年,岁月堪惊如骤雨。
追惟义方不敢坠,到今婚友情相与。还喜君家世益昌,芝玉煌煌照庭宇。
月娥剩与长孙枝,不厌频频来折取。

刘　敞(1019—1068)

竞　渡

三闾虽已死,郢人独见思。五月江水深,绕城碧逦迤。
轻舟烂龙鳞,利楫剧鸟飞。箫鼓骇蛟龟,鹰隼乱旌旗。

争先爱中流,观者被水湄。漠漠怀沙魂,一去不可追。
千载万岁后,儿女以为嬉。已矣国无人,终焉莫子知。

刘辰翁(1232—1297)

春景·新年贺太平(其二)

相过贺新元,干戈且息肩。不图垂老日,还见太平年。
灰向昆明尽,春从待漏传。衣冠禾黍地,箫鼓杏花天。
灯市嬉遗老,旗亭卧醉仙。山林闻好语,天下米三钱。

刘大纲(?—?)

碧沼寺(其二)

地僻人稀到,唐贤句尚存。观鱼寻曲沼,吊古入名园。
山翠沾夜袂,苔纹印屐痕。暂陪尊俎乐,箫鼓出丘樊。

刘　过(1154—1206)

建业酒楼落成预点灯

高楼百尺久摧颓,轮奂重新亦壮哉。彻夜笙歌催腊尽,聒天箫鼓挽春回。
都人杂沓挥千镒,我辈登临谩一杯。京国繁华欣再睹,老来醉眼更堪开。

刘克庄(1187—1269)

神君歌十首(其一)

幽明虽异趣,追远岂殊哉。隐隐闻箫鼓,神君尚冢回。

喜雨五首(其一)

箫鼓修雩祭,风雷起古湫。虽无豢龙氏,尚有斩蛟侯。

辛卯满散天基节即事六首(其三)

闻说都人竞出嬉,御街箫鼓倍年时。相公入奏天颜喜,半夜扬州送捷旗。

尧　庙

帝与天同大,天存帝亦存。桑麻通绝徼,箫鼓出深村。
水至孤亭合,山居列岫尊。尚余土阶意,樵牧践篱藩。

寄题邵武死事胡将祠堂

士各全躯命,惟侯视死轻。张巡须尽怒,先轸面如生。
短刃犹枭寇,空骖尚背城。新祠箫鼓盛,人敬比神明。

蒲 涧 寺

齐人陈迹此流传,班史苏诗岂必然。故老皆言家即寺,痴儿误入海求仙。
莫将刘项分羹鼎,来浣巢由洗耳泉。欲采菖蒲无觅处,且随箫鼓乐新年。

又和八首(其七)

不识三君与八关,平生所敬独肱蟠。扶犁甘雨祥风里,占籍廉泉让水间。
聊伴渔翁歌欸乃,且饶犬子赋屠颜。村深隐隐闻箫鼓,知是田家赛社还。

挽 林 夫 人

奉使年三十,声名满四夷。奇哉何物媪,生此丈夫儿。
墓竟同孙窆,家犹有妇持。向来称寿地,忍听鼓箫悲。

刘学箕(？—？)

社日喜晴分韵得前字

夜来急雨淙飞檐,脱惊红日辉潭川。梨花有情朝露重,柳带无力春风颠。
傍帘新燕低拂掠,入槛戏蝶相联翩。今晨天气亦佳尔,一春未见兹晴暄。
绿阴林下笑声好,箫鼓赛社祈丰年。金穰屡丰岂不好,米贱更苦人无钱。
太公九府法已弊,楮币印出私相权。所司转变无善策,低昂用否难流传。
县官那更租税急,白纸不问黄榜蠲。穷民非负实无有,里正罚责殊可怜。
吾侬虽乐此日美,醨白醉倒春风前。却愁烟雨暗春晚,米价顿长民忧煎。

刘 拿(1048—1102)

三用前韵酬达夫(其九)

酒徒博醉貂龟解,社老赛神箫鼓迎。未省拨忙酬燥吻,壁端赢得挂空觥。

莆田杂诗二十首(其一)

清樾陂陀外,春深四五家。丛祠下箫鼓,平楚暗桑麻。
水国潜虬傲,天程去鸟赊。仙山仍在目,潇洒送生涯。

送狄太守清明日燕莆田共乐亭三首（其一）

青幢翠葆抱参差，浮客黄金凿落晖。一日山川如得主，两眸天地不藏机。
华胥有国真稀阔，齐物名篇孰是非。涩道直西暄绛蜡，卷空箫鼓使君归。

秋日仪真即事十首（其二）

野云堕姿浑贴江，过雨冒风闹斜行。秋声夜半洗辽廓，十万屋瓦浮青鸳。
楼头缥缈下箫鼓，罗缯绮襦暗行觞。纷纷伧楚不足数，更甚吴侬来去忙。

刘　挚（1030—1097）

登照碧亭次韵燕若水

记着蓬瀛向此开，清明帘幕望高台。老惭苍鬓亲花萼，病负春风厌酒杯。
青盖绮罗寻径去，画船箫鼓转溪来。不知好事楼前客，便有嘲吟倚马才。

挽资政殿学士吏部尚书曾公二首（其一）

怀诏归来望九霄，伛山才隔渡河桥。履声未彻君王听，车左俄悲道路招。
韦氏诗书传秘阁，石家孝谨冠中朝。灵輀闻说都门过，愁彻西风鼓吹箫。

秋　　收

农家之富秋始见，十色田利皆丰登。担赢车载上场圃，环舍隐积如高陵。
园蔬林果不足数，山雉野兔霜未增。连村箫鼓谢神贶，谷黍换酒无斗升。
田家之乐岂不好，胡为不归邀我朋。榜舟梁泽家汶北，咄哉反此如鞲鹰。

刘子翚（1101—1147）

一　　树

一树梅开早，清香袭客衣。夕阳箫鼓散，半是折残枝。

过　东　阳

小箔鸣机几万家，时清犹想旧繁华。楼台夜映双溪月，箫鼓春迷后坂花。
回首十年真梦寐，停骖四顾但风沙。却过萧寺无人语，独对枯林数暝鸦。

靖康改元四十韵

肉食开边衅，天骄负汉恩。阴谋招叛将，喋血犯中原。
饮马江河竭，鸣笳宇宙喧。氛埃缠帝座，猰貐吠宫垣。

鼓锐梯飞壁,弯强矢及门。黔黎惊瓦解,冠盖尽星奔。
走辙秦城地,浮航楚峡村。画堂空锁钥,乐府散婵媛。
夜诏闻传玺,春王记改元。三辰光尽匿,四海浪横翻。
伏阁惟群彦,兴邦在一言。雉城期必守,虎旅更增屯。
龙困虽忧蚁,牛羸尚覆豚。谋成擒颉利,义可绝乌孙。
坚壁师弥老,穷兵火自燔。钩鱼犹假息,幕燕暂游魂。
悃款情先露,诛锄党实繁。横磨非嗜杀,下策且和番。
割地烦专使,要盟胁至尊。赐弓垂拱殿,留宴玉津园。
回骑桑干北,游军广武原。驱驰无立草,剖斫露空坟。
太子悲秦粟,明妃泣汉轩。敌情终未测,邻好久宜敦。
晋赵封疆远,金汤阻固存。短衣求李广,长啸得刘琨。
御极朝仪盛,胪传诏语温。神霄分别仗,法驾引双辕。
内柳东风软,宫花丽日暄。闾阎多喜气,箫鼓送芳樽。
运契天同力,时危祸有根。覆车宜自戒,曲突更深论。
落拓江南士,飘零塞北藩。蚤尝专翰墨,晚厌属橐鞬。
拔剑思摩垒,怀书拟叩阍。蹉跎谋不遂,感激气潜吞。
野迥寒烽照,楼高暮雨昏。望乡心恍惘,忧国涕潺湲。
庂席勤谘访,垂绅乐引援。鹓鸾方竞集,短翼待腾骞。

楼　钥(1137—1213)

谢少微兄惠牡丹(其三)

箫鼓声中醉九旬,落红万点正愁人。眼明忽见倾城色,更向尊前作好春。

送朱叔止守南剑(其四)

下水上山腰带州,人家无数起危楼。遨头不用喧箫鼓,只把清诗纪胜游。

彭子复临海县斋

乾道癸巳冬,此邦我经行。郁攸气未殄,千家真赤城。
来访临海令,瓦砾纷纵横。翘然三尺高,问是戒石铭。
徘徊重太息,更闻愁叹声。试询来者谁,共言令姓彭。
我时语傍人,此邑其将兴。迨予来赘倅,客馆方暂停。

夜闻箫鼓沸，听事先落成。起望轮奂美，壮观耸连甍。
百堵日以作，斧斤喜丁丁。层楼庋敕书，两庑环中庭。
久乃游其间，宏大使我惊。位置既深稳，斫削仍攻精。
田里不知役，纤粟无输征。安得屋朗朗，突兀有宁馨。
退食不苟处，扁榜皆佳名。中虚物自照，政平由心平。
稚柏已可悦，况有贤弟兄。小亭真吏隐，县拥高山青。
琴堂虽增旧，此意宜细评。智调天下理，夸言笑后生。
大弦可以急，小弦恐弗胜。举意属俄顷，立欲如所营。
手足民无措，吏奸益相乘。不如疏节目，示以信与诚。
施行有次第，幽远无隐情。上下始相应，温和亮以清。
子贱意不传，仅许胜戴星。彭令盖得此，所以千里称。
此非以政学，渊源甚分明。行矣解印去，众心已先倾。
太守荐之朝，一鹗飞青冥。傍无蚍蜉援，日夜思归耕。
我无荐贤柄，直书气填膺。安得采诗官，取以彻明廷。

湖亭观竞渡

涵虚歌舞拥邦君，两两龙舟来往频。闰月风光三月景，二分烟水八分人。
锦标赢得千人笑，画鼓敲残一半春。薄暮游船分散去，尚余箫鼓绕湖滨。

代求子绍上魏邸寿诗

皇家基业天与隆，金枝玉叶槃石宗。我皇圣德摩苍穹，朱邸森列庆所钟。
仲氏吹篪何雍雍，云梦八九罗心胸。群经读遍巾箱中，笔端豪气舒长虹。
殿前玉佩声冬珑，天人眉宇辉宸枫。大名起魏茅士封，黄幡豹尾双镇雄。
宣城名郡烦凭熊，政绩越过黄与龚。楼前叠嶂横云空，佳句不减玄晖工。
贤王易镇甬水东，阳春有脚皆仁风。百蛮面内文轨同，坐清聚蚁驱屯蜂。
碧海万里楼船通，天子神圣非臣功。薰风入弦槐阴浓，新荷泛绿榴花红。
晓来佳气飞青葱，惊诧野老田家翁。箫鼓动地光融融，堂上帝子方雍容。
清旦燕贺簪笏丛，负弩小吏随登龙。由来降灵自神崧，难老何用齐乔松。
年年箕翼寿两宫，捧觞戏彩俱无穷。

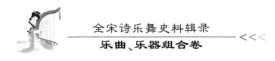

陆文圭（1250—1334）

丁丑元夕

入夜不闻箫鼓声，千门月色为谁明。无端逻骑阶前过，错认戎家枥马鸣。

挽邓友梅

箫鼓何阗阗，西风吊客船。主人辞华屋，辆车落荒阡。
芙蓉一片石，千古怀人贤。唤醒梅花魂，荐之秋菊泉。

挽朱自斋总管

郡绂虽重绾，斋铭只自修。阴功淮海积，遗爱浙江留。
世事桑田水，人生薤露秋。盖棺奚复憾，箫鼓咽原头。

七夕祈雨

彩云朵朵西风散，银汉昭昭北斗倾。车上耕夫愁欲泣，桥边织女笑相迎。
蝗飞近境行将及，龙卧深渊自不惊。病枕怕闻箫鼓闹，谁家乞巧到天明。

陆 游（1125—1210）

重五同尹少稷观江中竞渡

楚人遗俗阅千年，箫鼓喧呼斗画船。风浪如山鲛鳄横，何心此地更争先。

游山西村

莫笑农家腊酒浑，丰年留客足鸡豚。山重水复疑无路，柳暗花明又一村。
箫鼓追随春社近，衣冠简朴古风存。从今若许闲乘月，拄杖无时夜叩门。

雨中泊赵屯有感

归燕羁鸿共断魂，荻花枫叶泊孤村。风吹暗浪重添缆，雨送新寒半掩门。
鱼市人烟横惨淡，龙祠箫鼓闹黄昏。此身且健无余恨，行路虽难莫更论。

社 日

百谷登场酒满卮，神林箫鼓晚清悲。蝉依疏柳长言处，燕委空巢大去时。
幼学已忘那用忌，微聋自乐不须医。伤心故里鸡豚集，父老逢迎正见思。

苦雨二首(其一)

尽道迎梅雨,能无一日晴。窗昏愁细字,檐滴乱疏更。
未怪蛙争席,真忧水冒城。何由收积潦,箫鼓赛西成。

村社祷晴有应

丛祠牲酒走村村,赖是龙归为解纷。爽气收回骑月雨,快风散尽满天云。
数峰缥缈如屏面,一浦涟漪作簟纹。犹胜楚人箫鼓里,九歌哀怨下湘君。

秋夜感遇十首以孤村一犬吠残月几人行为韵(其二)

今日天气佳,驾言适山村。种枳作短篱,叠石成高垣。
牲酒赛秋社,箫鼓迎新婚。所愿在仕者,努力苏元元。

梅市道中二首(其一)

去去浮官浦,悠悠数客樯。蓼花低蘸水,枫树老经霜。
箫鼓迎神闹,锄耰下麦忙。城西小市散,归艇满斜阳。

早春出游二首(其二)

人生何适不艰难,赖是胸中万斛宽。尺宅常朱那待酒,上池频饮自成丹。
楚祠花发呼舟去,禹穴云生倚杖看。更有新春堪喜事,一村箫鼓祭蚕官。

初夏闲居八首(其四)

城上朱旗夏令初,溪头绿水蘸菰蒲。花贪结子无遗萼,燕接飞虫正哺雏。
箫鼓赛蚕人尽醉,陂塘移稻客相呼。长安青盖金羁马,也有农家此乐无。

赛　　神

落日林间箫鼓声,村村倒社祝西成。扶翁儿大两髦髧,溉水渠成千耦耕。
家受一廛修本业,乡推三老主齐盟。日闻淮颍归王化,要使新民识太平。

埭　　北

烟村湖埭北,鱼市庙墺东。急雨时时作,轻舟浦浦通。
薪刍聚津口,箫鼓闹林中。乌桕禁愁得,来朝数叶红。

题 野 人 壁

身如鱼鸟出池笼,常在陂湖草莽中。箫鼓相闻村社密,桑麻无际岁时丰。
市墟买酒何人识,僧阁煎茶欠客同。久欲潇湘寄清啸,它年一棹莫匆匆。

遣怀二首（其一）

山泽荒寒外，门庭寂寞中。厌闻鸠唤雨，常羡鹊知风。
逆境嗟行遍，闲愁幸扫空。今晨有奇事，箫鼓赛年丰。

病中怀故庐

我家山阴道，湖山淡空蒙。小屋如舴艋，出没烟波中。
天寒橘柚黄，霜落穄稌红。祈蚕箫鼓闹，赛雨鸡豚空。
叉鱼有竭作，刈麦无遗功。去年一月留，行役嗟匆匆。
今年归兴动，舣舟待秋风。社饮可欠我，寄书约邻翁。

幽居记今昔事十首以诗书从宿好林园无俗情为韵（其七）

昔戍西陲时，凭高望中原。愿欲乘天风，往吊绮与园。
有志莫能遂，怅望商山魂。遥想山中人，岁时奠芳荪。
夕阳箫鼓散，高柳拥庙门。老来更事多，考古见本根。
乃知当时事，祸福未易言。千载信悠悠，浩叹掩绿尊。

吕南公（1047—1086）

登滕王阁

韦君德政满洪州，去后无人更讲求。帝子骄奢起高阁，到今连岁为增修。
座中箫鼓来无定，槛外帆樯过不休。惆怅幽怀谁与问，水长山远总关愁。

毛 滂（1060—?）

题雷峰塔南山小景

钱塘门外西湖西，万松深处古招提。孤塔昂昂据要会，湖光滟滟明岩扉。
道人安禅日卓午，寺外湖船沸箫鼓。静者习静厌纷喧，游者趋欢穷旦暮。
非喧非寂彼何人，孤山诗朋良独清。世间名利不到耳，长与梅花作主盟。
嗟我于此无一得，曾向峰前留行迹。天涯暮景盍归来，坐对此图三太息。

毛 珝（?—?）

富池庙

船头蜀锦三千尺，倒影长虹浸寒碧。相逢不是紫髯郎，鹦鹉洲边眼生棘。
江头箫鼓杂灵鸦，人道阴兵曾护国。安知楼下雪千堆，不是吞曹气冲激。

梅尧臣（1002—1060）

依韵和乌程李著作四首·雪上二首（其二）

靓妆艳服游川上，箫鼓声中俗自欢。寄语春风休用恶，恐教潭水起波澜。

和寿州宋待制九题·式宴亭

从事谁独贤，而来均宴喜。幽禽杂啸呼，珍木竞丛倚。
兴将物色俱，闲厌箫鼓美。宁同不闻问，讼息时游此。

五日登北山望竞渡

南方传竞渡，多在屈平祠。箫鼓满流水，风烟生画旗。
千桡速飞鸟，两舸刻灵螭。尽日来江畔，谁知轻薄儿。

又平律一首

汉家天下将，庙古像公圭。百战自忘楚，一时空王齐。
乡人奏箫鼓，舟子赛豚鸡。不改寒潮水，朝平暮复低。

送李端明知河中府

才业人终服，聪明帝所闻。来希段干木，去识大冯君。
金络鸣津口，朱旗飑雁群。山河虞旧国，箫鼓汉横汾。
古蝶临秋月，高楼等白云。应同羊叔子，缓带隔嚣氛。

送王龙图源叔之襄阳

忽惊车骑临，乃是荆州长。登堂语出处，陈事犹梦想。
别逾二十年，相遇今始两。爵位异礼数，齿发可下上。
但问我何有，而独不爱曩。敢告守拙愚，此道未尝枉。
行当至岘山，羊公存庙像。箫鼓有时奠，道德其可仰。

留侯庙下作

貌如女子心如铁，五世相韩韩已灭。家童三百不足使，仓海君初去相结。
秦皇东从博浪过，力士袖椎同决烈。晓入沙中风正昏，误击副车搜迹绝。
亡命下邳圯上游，老父堕履意未别。顾谓孺子下取之，心始不平终折节。
舒足既受笑且去，行及里所还可说。可教后当五日来，三返其期付书阅。

他日则为王者师,果辅高皇号奇杰。留国存祠汴水傍,逢逢箫鼓赛肥羊。赤松不见天地长,黄石共葬丘冢荒。

穆　修（979—1032）

和毛秀才江墅幽居好十首（其一）

江墅幽居好,当门看水田。凫鸥闲夕照,粳稻秀原烟。
野展无完齿,山衣有败肩。遥闻双阙下,箫鼓乐丰年。

欧阳修（1007—1072）

永昭陵挽词三首（其二）

干戈不用臻无事,朝野多欢乐有年。便坐看挥飞白笔,侍臣新和柏梁篇。
衣冠忽见藏原庙,箫鼓愁闻向洛川。寂寞秋风群玉殿,还同恍惚梦钧天。

夷陵书事寄谢三舍人

春秋楚国西偏境,陆羽茶经第一州。紫箨青林长蔽日,绿丛红橘最宜秋。
道涂处险人多负,邑屋临江俗善泅。腊市渔盐朝暂合,淫祠箫鼓岁无休。
风鸣烧入空城响,雨恶江崩断岸流。月出行歌闻调笑,花开啼鸟乱钩辀。
黄牛峡口经新岁,白玉京中梦旧游。曾是洛阳花下客,欲夸风物向君羞。

钱　时（1175—1244）

灯夕有感二首（其一）

箫鼓分明搅夜阑,山翁和月倚栏干。儿童争噪梅花烛,不解将花仔细看。

强　至（1022—1076）

喜　晴

雷威无节雨霖频,倍喜晴阳照火旻。野外刍荛寻故道,田间箫鼓赛闲神。
乱苗竖似瘘人起,积霭披如旧屋新。更待高楼今夜月,一樽且乐有涯身。

依韵奉和司徒侍中壬子三月十八日游御河二首（其一）

当时御水始通津,遂作河生记此辰。载籍不闻传故老,盛游相继到今人。
金貂为政居从俗,画鹢连年出慰民。锦绣匝堤箫鼓沸,风光流动一城春。

秦 观(1049—1100)

送孙诚之尉北海

吾乡如覆盂,地据扬楚脊。环以万顷湖,粘天四无壁。
蜿蜒戏神珠,正昼飞霹雳。草木无异姿,灵气殊郁积。
所以生群材,名抱荆山璧。小为百夫防,大为万人敌。
夫子少迈伦,喑呜阻金石。奏赋明光宫,玉座瞻咫尺。
翻身堕云霄,十载迫穷厄。焚舟更一战,得尉沧海北。
五月乘画船,箫鼓事远适。天横齐山青,雨带楚水黑。
勿云晚方仕,四十乃古昔。勿云名位卑,九万自此击。
幽求尉朝邑,鬓发森已白。元振尉通泉,律令非所即。
一朝会风云,顾盻立四极。行矣壮旧图,勉□□□□。

阮之武(?—?)

汉遗爱庙碑

楚续光辉存简策,汉碑突兀锁期思。风云会合当年事,箫鼓喧阗此日祠。
弱嗣负薪廉节著,怪蛇膏剑德名垂。庙封又见标遗爱,子产英灵想已知。

邵 雍(1011—1077)

观三国吟

桓桓鼎峙震雷音,绝唱高踪没处寻。箫鼓一方情未畅,弓刀万里力难任。
论兵狠石宁无意,饮马黄河徒有心。虽曰天时亦人事,谁知虑外失良金。

沈 辽(1032—1085)

箫鼓曲

乐不在欢合,悲不在生离。感此箫鼓曲,已堪华发衰。
月明大堤路,雨暗浙江西。狼籍一杯酒,凄凉千里期。
谁言天涯恨,逸韵起相思。清角竟不返,悒然心不怡。

施　枢(？—？)

夜闻城中箫鼓

箫鼓喧天竞看灯,都民应喜见升平。芳心自不同年少,细嚼梅花坐月明。

释道潜(1044—？)

庐山道中怀子瞻

谷口晴云散晓光,鸟声呼我渡横塘。轻明独爱桃花静,撩乱偏嫌柳絮狂。处处丛祠起箫鼓,家家篱落动耕桑。去年今日东坡路,拄杖相将探海棠。

维扬秋日西郊(其三)

潦水初收古涧清,小桥斜倚数鱼行。神林社日传箫鼓,秋稼如云岁有成。

释文珦(1210—？)

东湖北崦人家

柴门映石楠,茅屋似僧庵。蚕候家人熟,耕时父老谙。
设罥当兔径,添竹护鱼潭。赛雨鸣箫鼓,迎神向水南。

释行海(1224—？)

寄集庆寺瑞上人

西游今已十余年,更涉波涛路半千。燕度玉京逢社雨,雁回金斗没晴烟。一春箫鼓多成市,五色楼台半倚天。我为思君忘不得,踏花须上北门船。

司马光(1019—1086)

奉和经略庞龙图延州南城八咏·禊堂

箫鼓震阳休组练,照芳洲意气坐中。客羞笑山阴游河,上督役怀器之寄。

宋　京(？—？)

资州(其二)

箫鼓旌旗簇锦鞯,路人遥指翠微闲。使君乘兴同民乐,猿鹤无心不碍闲。

宋　祁(998—1061)

江上阻风

百尺危樯倚曙空,古祠箫鼓隔丹枫。谁将一只仙人箭,换作樵溪旦暮风。

宋　庠(996—1066)

流　杯　亭

昔记神皇驻六龙,横波箫鼓沸天中。谁知一代繁华意,吹作菰蒲落日风。

和晏尚书宣德门侍宴观灯

梵楼佛火千轮出,汉畤神光百道来。为报金吾休禁夜,太平箫鼓宴钧台。

祭春偶作呈通判职方

关外春来亦可怜,平明箫鼓浊河边。殿门恩泽催幡胜,不预朝簪整八年。

正月望夜侍宴宣德门呈昭文富丞相

　　帝阙开金狄,仙舆下玉京。建春天上斗,不夜海边城。
　　佛火依山出,星榆夹道明。清尘随汉跸,紫气护轩营。
　　皓月楼前近,鲜风仗里经。烟云供瑞色,箫鼓献欢声。
　　梵宇千花落,祠光众雉惊。宸仪收宝扇,台座冠朝缨。
　　客守宫门燎,鸡传徼署更。皇杯频瞩劝,应为泰阶平。

苏　轼(1037—1101)

黄　牛　庙

江边石壁高无路,上有黄牛不服箱。庙前行客拜且舞,击鼓吹箫屠白羊。
山下耕牛苦硗确,两角磨崖四蹄湿。青刍半束长苦饥,仰看黄牛安可及。

太白词(其四)

　　骑裔裔,车斑斑。鼓箫悲,神欲还。
　　轰振凯,隐林谷。执妖厉,归献馘,千里肃兮。

苏舜钦(1008—1049)

感兴三首(其一)

　　后寝藏衣冠,前庙宅神主。吾闻诸礼经,此制出中古。

秦嬴蚀先法，乃复祭于墓。汉衣以月游，于道盖无取。
宣帝尊祖庙，失制遍九土。孝元酌前文，一旦悉除去。
魏帝乐铜台，遗令置歌舞。昏嗣竟从之，此事狂夫阻。
唐制益纷华，诸陵锁嫔御。旷女日哀吟，于先亦奚补。
吾朝三圣人，乘云不可睹。威灵已霄汉，嗣皇念宗祖。
绘事移天光，刻象肖神武。遍敕旧游地，输材起宫宇。
阶城扣以金，墙壁衣之黼。功既即奉迎，法仗叠箫鼓。
玩好择珍奇，目夺不可数。三京佛老家，已有十数处。
朝家虽奉先，越礼古不许。君不祭臣仆，父不祭支庶。
丹楹岂非孝，圣贬甚萧斧。大礿当以时，寝庙即其所。
惜哉共俭德，乃为侈所蛊。痛乎神圣姿，遂与夷为侣。
苍生何其愚，瞻叹走旁午。贱子私自嗟，伤时泪如雨。

苏　颂（1020 –1101）

中书令程文简挽辞三首（其三）

都门箫鼓动哀音，丹旐西归诏祖临。故府簪裾空堕泪，高原松槚已成阴。
藩朝宣力由忠荩，彝鼎书功映古今。他日甘棠知不剪，五州遗德在人深。

苏　辙（1039—1112）

巫　山　庙

山中庙堂古神女，楚巫婆娑奏歌舞。空山日落悲风吹，举手睢盱道神语。
神仙洁清非世人，瓦盆倾醪荐麋脯。子知神君竟何自，西方真人古王母。
飘然乘风游九州，揭渡西海薄中土。白云为车驾苍虬，骖乘湘君宓妃御。
天孙织绡素非素，衣裳飘飘薄烟雾。泊然冲虚眇无营，朝餐屑玉咽琼乳。
下视人世安可据，超江乘山去无所。巫山之下江流清，偶然爱之不能去。
湍崖激作相喧豗，白花翻翻龙正怒。尧使大禹道九州，石陨山队几折股。
山前恐惧久无措，稽首山下苦求助。丹书玉笈世莫窥，指示文字相尔汝。
擘山泄江幸无苦，庚辰虞余实相禹。功成事定世莫知，空山俄顷千万古。
庙中击鼓吹长箫，采兰为飨蕙为肴。玉缶荐芰香飘萧。
龙勺取酒注白茅，神来享之风飘飘。荒山长江何所有，岂有琼玉荐沉寥。

神君聪明无我责,为我驱兽攘龙蛟。乘船入楚溯巴蜀,溃旋深恶秋水高。
归来无恙无以报,山上麦熟可作醪。神君尊贵岂待我,再拜长跪神所劳。

陶　弼(1015—1078)

句(其三六)

箫鼓不分忧乐事,衣冠难辨吉凶人。

黄　陵　庙

溪上龙蛇屋,萧条帝子祠。竹痕当日泪,山色后人疑。
仙服霞留绮,新装月印眉。楚民亡水旱,箫鼓谢神禧。

汪元量(1241—1317)

湖州歌九十八首(其六六)

长芦转柁是通津,尽是东西南北人。日暮烟花箫鼓闹,红楼烂醉楚州春。

湖州歌九十八首(其六九)

会同馆里紫蒙茸,兰麝飘来阵阵风。箫鼓沸天回雁舞,黄罗帐幔燕三宫。

唐律寄呈父凤山提举(其九)

愁来不可更禁当,望鬼门关断尽肠。无处告诉只欲死,有时颠倒忽成狂。
三湘风雨失舟楫,万里路岐多雪霜。遥忆武林社中友,下湖箫鼓醉红装。

汪　藻(1079—1154)

熊使君垂和漫兴诗次答四首(其一)

凭轩时见白云行,霜入长江万丈清。逐客今年缘底事,村村箫鼓报秋成。

王安国(1028—1074)

句(其一一)

半夜楼台浮海口,万家箫鼓递江风。

送李子仪知明州

儿童剧戏甬东天,小别侵寻二十年。海岸楼台青嶂外,人家箫鼓白鸥边。
哀容愁问州民事,胜概欣逢太守贤。为我剩题潇洒句,遥闻凤诏待诗仙。

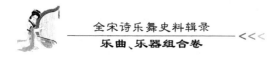

郊　　外
野旷天寒气象嘉,浮云浓淡日初斜。泽中雨涨无鸣鹢,荷下波翻有怒蛙。
箫鼓残声来帝阙,渔樵归径见人家。尘簪羞把黄花插,不耐飞蓬斗鬓华。

王安礼(1034—1095)

赠别君重安抚太尉
箫鼓纷纷倒酒樽,贤侯于此驻高轩。平明受诏辞龙阙,睿圣分忧在雁门。
种落望尘迎汉使,吏民填道看王孙。一瞻车马人皆乐,宁识安边策略存。

送卢大雅赴阙
箫鼓纷纷载酒醪,送行汾水觉秋高。吏民遮道瞻思切,车马还朝气势豪。
圣主询谟忘旰昃,明庭收选尽英髦。看君才业何人似,驾矣趋荣勿告劳。

王安石(1021—1086)

呈柳子玉同年
三年不上邺王台,鸿雁归时又北来。水底旧波吹岁换,柳梢新叶卷春回。
尘沙漠漠凋双鬓,箫鼓匆匆把一杯。劳事欲歌无与和,衰颜思见故人开。

歌元丰五首(其一)
水满陂塘谷满篝,漫移蔬果亦多收。神林处处传箫鼓,共赛元丰第二秋。
露积成山百种收,渔梁亦自富虾鳅。无羊说梦非真事,岂见元丰第二秋。

送福建张比部
画船箫鼓出都时,万里惊鸥去不追。却望尘沙应驻节,会逢山水即吟诗。
长鱼俎上通三印,新茗斋中试一旗。只恐远方难久滞,莫愁风物不相宜。

驾自启圣还内
衣冠原庙汉家仪,羽卫亲来此一时。天子当怀霜露感,都人亦叹鼓箫悲。
纷纷瑞气随云汉,漠漠荣光上日旗。尘土未惊闻阖闭,绿槐空覆影参差。

王　柏(1197—1274)

元夕独坐
颇闻灯火闹荧荧,何似书窗一点青。尚喜今年民意乐,一般箫鼓两般听。

王伯虎（？—？）

送程给事知越州二首（其一）

会稽归去两朱轮，青琐恩辉笑买臣。箫鼓放船才汴岸，壶浆迎马即乡民。
夜撩诗胆邪溪月，昼拨茶浮禹井春。器业伫闻裴自荐，莫将清兴为吴莼。

王　操（？—？）

洛　阳　春

帝里山河景莫裁，就中春色似先来。暖融残雪当时尽，花得东风一夜开。
艳日绮罗香上苑，沸天箫鼓动瑶台。芳心只恐烟花暮，闲立高楼望几回。

王　珪（1019—1085）

赠太子太傅李康靖公挽词二首（其一）

议政西清贵，辞荣北第开。鲁冈天与寿，荀里世多才。
象告中台坼，峰惊半岳摧。秋风嵩少路，箫鼓有余哀。

王　令（1032—1059）

忆润州葛使君

六朝游观委蒿蓬，想像当时事已空。半夜楼台横海日，万家箫鼓过江风。
金山寺近尘埃绝，铁瓮城深气象雄。欲放船随明月去，应留闲暇待诗翁。

王　向（1052—1083）

题紫霄观

薜萝萦拂道巘斜，高入层霄残紫霞。地长杉篁环羽盖，风兼箫鼓落仙家。
危峰自照当岩月，绝壁堪通上汉槎。人世不知真迹好，只寻流水访残花。

王　洋（1089—1154）

苦　寒

平侵炉火易成灰，稳闭斋扉不用开。浩荡晚风随伴起，迟回前雪待朋来。
他无杂念专思酒，纵有交情敢忆梅。静坐不闻箫鼓急，土牛莫是送春回。

王应麟(1223—1296)

吴刺史庙

城西有祠临水浽,翠松列植路如砥。问之耆老此为谁,唐大历中吴刺史。
刺史为民开陂湖,故迹犹传堰九里。年年箫鼓报丰穰,决渠为雨润泽美。
遗爱有桥名怀恩,姓名不载太史氏。昔汉吴公治第一,列传寂寂名无纪。
刺史岂其苗裔欤,明州政亦河南比。堂上大书荆公诗,兰菊春秋百世纪。
地志只称王长官,有功于民盖一揆。吾闻是邦多贤守,裴王碑字颜与李。
惟侯盛德著人心,彼石可焚祠弗圮。广德湖为鸿隙陂,召棠栾社谁敢毁。
粳稌充羡侯之赐,庙食长存如此水。

王之道(1093—1169)

和鲁如晦七夕

乞巧谁家绮席开,夜阑箫鼓趁虚催。启明不为牵牛计,又放朝阳送曙来。

韦骧(1033—1105)

击瓯

箫鼓厌喧阗,瓯声可荐杯。鸣珂秋猎骏,锵佩晓朝回。
挹注虽为助,甄陶别有胚。玉纤敲击锐,惊起玉山颓。

和雪前数刻迎郊赦口占

君恩无远近,千里到山城。人意方均喜,天心为降霙。
旌旗增德色,箫鼓变和声。盛际千年会,谁将史册评。

魏了翁(1178—1237)

翌日约客有和者再用韵四首(其一)

柳梢庭院杏花墙,尚记春风绕画梁。二十四番花信尽,只余箫鼓卖饧香。

文天祥(1236—1283)

七月十三夜用灯牌字韵凑成一诗与诸宾一笑

赤壁当年赋子虚,西风忽复到菰蒲。蟾蜍影里千秋鉴,蟋蟀声中七月图。
诗思飘飘入云汉,歌声隐隐动江湖。万家箫鼓连灯火,见说来年此事无。

文彦博(1006—1097)

题韩晋公村田歌舞图后

治世舒长日,田家事力苏。干戈久不识,箫鼓共为娱。
浊酒行无算,酡颜倒更扶。将求太平象,此是太平图。

致政仲损工部哀词(其二)

金兰取友务端良,仲损于余极久长。蚤岁倾怀论管鲍,晚年修好结潘阳。
人琴忽起芝焚叹,箫鼓俄随薤挽伤。不到寝门亲一恸,临风老泪独浪浪。

吴 冈(？—？)

李忠定公挽诗(其二)

胡骑围城日,诸生伏阙时。公方扶病起,人遂有生期。
日者犹如此,天乎不愸遗。伤心原上路,烟淡鼓箫悲。

夏 倪(？—？)

寿 蒲 宪

君不见相如题桥出蜀都,归来驷马驾赤车。王孙喟叹分金珠,遽喜文君得此夫。
又不见扬雄玄经垂日月,承明昼日见三接。当年戏为赋甘泉,炯炯至今光不灭。
山川炳灵四载英,两君千载悬盛名。后来继者谁其人,蒲公使君早飞声。
先皇侧席搜殊杰,明公凛凛来射策。合沓英词动一时,紫燕飞黄行莫测。
文明天子修前烈,赤舄班输公建节。二年和气满西川,父老欢娱丰两颊。
锦瑟高张箫鼓集,还见公膺诞弥日。玉露金风丽早秋,绿樽翠杓明相射。
有酒如渑肉如陵,再拜寿公千百年。愿公早早树高勋,快插貂蝉据鼎茵。

夏 竦(985—1051)

鉴 湖 晚 望

新霜脱衰叶,寒日下疏篷。岸细低疑尽,波平阔似空。
桥通越溪水,帆带剡川风。何处鸣箫鼓,丛祠杳霭中。

项安世(1129—1208)

顺　风

十叶干蒲万斛船,满江箫鼓看登仙。不牵百丈摇双橹,坐见红旗上碧川。

瑞　庆　节

引罢琳宫祝寿班,团团初日上云间。微风不动靴袍暖,千骑无哗锦绣环。
一色新花迷远近,十分和气满江山。边城尽日闻箫鼓,岂料今朝有此闲。

正月十四夜月色奇甚

去年风雨暗元宵,今岁悬知月色饶。突兀一灯离海峤,苍茫万点赴星桥。
足声殷地仍车马,人语喧天更鼓箫。定是封夷畏娥婺,断无轻吹一丝摇。

萧立之(1203—?)

郴幕得告归桂东

濯枝雨干溪水碧,西南天高月斜白。谁家醉竹生莓墙,一本风烟三十尺。
去时箫鼓红梅灯,青秧白水蝌蚪鸣。梦寻北湖弄素月,一叶醉度琉璃城。
残编断砚烟雨湿,短衣小冠尘土涩。回头不敢望前程,九十九峰如笋立。

徐集孙(?—?)

月　夜　泛　湖

买得扁舟载月明,喜它箫鼓已归城。一襟风露清吟骨,四望湖山见道情。
花港采菱供果饤,蘋洲撷荇荐杯行。此欢不许人多得,破晓西村鸡犬鸣。

徐　瑞(1255—1325)

九月四日偕弟可玉外甥张敏修吾孙栋游西山访古追怀甲戌旧游感叹不已纪事五十韵

秋日清且厉,发兴山西游。步出钱塘门,累累但荒丘。
繁华欻消歇,王气竟谁收。寂寞石函桥,小水清浅流。
秦皇缆船处,螺髻现佛头。虽非凌云像,雄伟亦罕俦。
开示一指禅,观者领悟不。作礼三皈依,将行复绸缪。
浮屠踞山巅,何年因郁攸。返步遵大路,丛薄新篁抽。

前有佛足泉,一窦清浏浏。凄凉鄂王祠,墓道锁松楸。
可怜忠烈魂,寄此土一抔。遗像俨中堂,怒气横双眸。
误国彼何人,寸斩不足酬。迤迡访玉泉,泓澄湛灵湫。
老龙冈神踪,金鳞自夷犹。白诗揭楣间,三叹岁月悠。
荆榛何王府,瓦砾谁家楼。当年歌舞地,今纵羊与牛。
或为少僧庐,或为老圃疁。径趋九里松,吴笔劲且遒。
灵鹫号飞来,荒幻不可掫。直北抵灵隐,殿宇壮岩陬。
高峰堪远眺,欲上畏挽楼。冷泉贮清寒,古木扶盘樛。
瀹茗鬟发妇,呼猿白头嫂。岩洞千佛相,黄金饰雕锼。
古人留姓字,兴怀仰先猷。但恨芳秽杂,残缺难尽收。
面南历三竺,气象恰相侔。山石剧荦确,竹树含清幽。
苍藤蔽白日,略彴临清沟。小憩流觞亭,饮泉雪入喉。
上竺擅翠密,啸壑风飕飕。修然白衣仙,坐阅尘世浮。
寺有野处碑,文章粲炳彪。陆子亦有记,日晚读不周。
匆匆回六桥,胜处难穷搜。三贤堂久芜,湖山迹空留。
玲珑一片石,屹立独忘忧。遥睇孤山云,高致希前修。
忆昔纵游赏,冰盘罗珍羞。画舫载娉婷,箫鼓拥俳优。
回首烟尘飞,四十又四秋。朋侪怆丘首,桑海惊风沤。
山川无古今,抚事增羁愁。买船绝湖归,城市灯火稠。
同行二三子,小酌杂嘲讴。诗成渐挂漏,醉墨如蟠虬。

徐似道(1144—1212)

句(其六)

一带拒霜三十里,又催箫鼓作秋声。

唐史君与正新建浮桥

秋风百柁倚江皋,幻出城南不柱桥。虹影勒回天际水,鹢头惊退海东潮。
白银阙里看车马,赤玉阑边听鼓箫。硎刃有余舟楫在,待随芝检上云霄。

徐元杰(1194?—1245)

湖 上

花开红树乱莺啼,草长平湖白鹭飞。风物晴和人意好,夕阳箫鼓几船归。

许 操(?—?)

福 延 院

一山屈曲如回肘,前有虎眠当水口。阴森万木绿参天,秀色峥嵘欲飞走。
神仙渺邈不可问,箫鼓尚能喧耳否。朝风暮雨无岁年,应是苍苔暗科斗。

许景衡(1072—1128)

献 王 祠

列国提封倚乐亭,九河分处见孤城。池台钓罢人何在,邱垄春来草自生。
遗像丹青皆旧物,斯民箫鼓漫新声。谁能特表平生事,祝史从官得币牲。

送李彦侯宰黄岩(其二)

自笑当初作底官,只应山水得盘桓。江楼风月传觞后,边塞尘沙行路难。
闾里樵渔无失业,岁时箫鼓有余欢。十年父老今何似,为我从头问讯看。

许月卿(1216—1285)

箫 鼓

箫鼓元宵气象豪,拗晴天意亦风骚。怕渠窗外梅花落,永夜吟声不敢高。

许仲蔚(?—?)

广 利 庙

遗靴存故事,碑断不知名。老木合双抱,荒祠间数楹。
编民阴有赐,神像凛于生。箫鼓寒溪上,欢呼贺岁成。

薛季宣(1134—1173)

寒食二首(其一)

异县临寒食,为情觉大难。煮蒿五精气,破散六祠坛。
堕泪纷朝雨,回肠减夜餐。谁家箫鼓咽,欢舞欲蹩躚。

薛 嵎(1212—?)

舟泊曹娥祠下

身没一朝事,孝名垂至今。江空夜涛泣,日落雾天阴。
社祭陈箫鼓,蛮歌进宝琛。予生无愧怍,风浪不惊心。

晏 殊(991—1055)

上巳赐宴琼林与二府诸公游水心憩于西轩(其二)

咽云箫鼓传声沸,临水楼台倒影多。吟绕曲栏无限思,绪风迟日满烟波。

杨 杰(?—?)

凌 歊 台

大明七年暮冬月,宋武南巡立双阙。銮舆先幸凌歊台,云中箫鼓轰春雷。
六龙一去晓无迹,山花野鸟空相忆。翠羽鸣鞭来不来,景陵芳草年年碧。

杨万里(1127—1206)

上巳同沈虞卿尤延之王顺伯林景思游湖上得十绝句呈同社(其九)

今年山路少人来,酒肆萧然绮席埃。政尔坐愁春寂寞,画船箫鼓忽如雷。

六月初四日往云际院田间雨足喜而赋之二首(其二)

去年今日政迎神,祷雨朝朝祷得晴。今岁神祠免煎炒,更饶箫鼓赛秋成。

宿金陵镇栖隐寺望横山

再见横山滴眼新,山曾劝我脱官身。灯笼箫鼓年年社,酒盏莺花处处人。
忽忆诸公牡丹会,转头五柞去年春。野云墟月空荒寺,两袖寒风一帽尘。

观 社

作社朝祠有足观,山农祈福更迎年。忽然箫鼓来何处,走杀儿童最可怜。
虎面豹头时自顾,野讴市舞各争妍。王侯将相饶尊贵,不博渠侬一饷癫。

上元夜里俗粉米为茧丝书吉语置其中以占一岁之福祸谓之茧卜因戏作长句

去年上元客三衢,冲雨看灯强作娱。今年上元家里住,村落无灯惟有雨。
隔溪丛祠稍箫鼓,不知还有游人否。儿女炊玉作茧丝,中藏吉语默有祈。
小儿祝身取官早,小女只求蚕事好。先生平生笑儿痴,逢场亦复作儿嬉。
不愿著脚金华殿,不愿增巢上林苑。只哦少陵七字诗,但得长年饱吃饭。
心知茧卜未必然,醉中得卜喜欲癫。

姚 勉(1216—1262)

同张公望湖上避暑到四圣观招柏堂月潭二道士出饮

清晨有客来,畏暑思避地。凉多独湖上,一棹拍空翠。
长堤舞杨柳,余雨在荷芰。炎蒸俱已失,满抱足清意。
颇思孤山顶,有客具高致。扣门闻琴声,便觉洗尘累。
湖边出问酒,饮兴随所至。池鲜煮珍甘,水果剥香脆。
好风林外来,吹面凉不醉。清谈诣物表,绝不挂世事。
画舫何人斯,箫鼓正喧沸。清游彼应笑,世味吾不嗜。
尚思携枕簟,同叩竹间寺。从今日日来,莫厌惊昼睡。

姚 铉(968—1020)

曹娥庙碑

箫鼓声中浪渺弥,古枫阴砌藓封碑。行人到此自恭肃,不似巫山云雨祠。

叶 适(1150—1223)

寄题运使方公祠堂

投村宿店破鞍鞯,乞盐放酒心拳拳。南荒走遍得痟渴,玉井无藕何由痊。
令子名高压苏武,暂来重觌经行处。追思往事空泫然,榜墨尚新墙壁护。
佛幢五丈留衣冠,大书刻记词辛酸。神来正值荔枝熟,神去还愁桂子寒。
吁嗟岭民未知礼,因君始拜令额泚。从今箫鼓祭春秋,福我如生首长稽。

叶　茵(1199?—?)

元　夕

一簇莲灯亦可观,隔墙箫鼓二更残。平生未识繁华事,旋借宣和国史看。

易士达(?—?)

湖　上

两岸青帘箫鼓多,闲愁到此总消磨。湖光十里平如掌,稳泛轻舟击楫歌。

于　巽(?—?)

参陪使骑衹谒真祠偶成小诗拜呈知府屯田

千骑骖骠出禁城,真祠款谒罄虔诚。袴襦载路歌仁政,箫鼓喧天乐太平。
残雪未消山下路,和风先扬马前旌。为民祈祷多灵应,来岁丰穰定有成。

岳　珂(1183—?)

比闻赵季茂奉板舆行春甚乐予跃然效之是日乃值大风雨昏后倦归则素月流天仍复晴矣自此连日春色尤浓杏已过雨红英满地怅然有作因寄

棠湖有病客,破鼎支药糜。青阳动新晴,兀兀厌坐驰。
静闻箫鼓闹,翠幰行春堤。柔风吹帘旌,杲日浮屏缇。
行厨依竹里,绣幕联江湄。为问来者谁,板舆双侍姬。
光彩照路傍,拍舞襄阳儿。病翁禅定心,久矣沾絮泥。
一念忽随喜,聊复相追随。家人治尊罍,夜漏觇晨晞。
拥被起跃然,不知筋力痿。破晓始三弄,冲寒才一卮。
爝如满天星,湛湛开青池。晨光透户牖,纤尘寂不吹。
倏焉云头催,随以雨脚垂。汀苹振淅沥,岸柳惊纷披。
度塘如度桥,跬步窘且危。往谒乘驿使,席间如鼓鼙。
主宾无软语,僮仆侵寒肌。一坐礼敬疏,四顾面色黧。
亟就儿女曹,疾驾掀重帷。拥炉共炙手,悔游仍攒眉。
须臾呼酒炙,稍觉春融怡。棠湖暂纡望,苜盘充疗饥。
一杯复两杯,肤粟欣平治。先登浔阳楼,次读琵琶诗。

来往信底忙，吟哦聊自欺。江柁昼摇兀，市声晚哑咿。
估客维岸傍，樵径行歌归。宿霭了未收，溟蒙沾人衣。
落莫兴易阑，扶舆力将疲。却从名园游，款户访故知。
蔬甲拆青嫩，池光摇碧漪。桑颠宿鸡鸣，柳畔新莺啼。
主人相顾笑，谓此亦足栖。曾留长者辙，更著名人题。
庐山三万峰，一碧天与齐。千古真面目，庶几今见之。
遂开成趣轩，夕宴陈尊彝。庖鲭诧雕俎，幻火后眩奇。
沙苑出细肋，好音来赫蹄。纸尾有醉字，恍如写乌丝。
意者天机全，落笔惊倾欹。长鳄白浪卷，踞蛤青云期。
佳客不我从，逸兴何所为。整鞅固已屡，鸣漏将何其。
九衢月似霜，乌鹊仍绕枝。风干路犹湿，云淡星不移。
已成归兮赋，更作怅然疑。诘朝益明媚，一瞬变四时。
天机岂易测，我惑宁不滋。尝闻士之遭，皋夔异周伊。
如何不后先，翻覆成呼唏。昨何为而寒，今何为而熙。
中间出一夕，乃尔变惨凄。吾昨解印绶，一舸来自西。
天道皆自然，肯以阴晴窥。况此瞬息观，讵可分两岐。
为言独醒者，今昔无町畦。从今好天色，更请还一鸥。
东寻五云谷，西渡三峡溪。杏开董奉坛，桃映庞俗祠。
景物看吐吞，冷暖随呵扢。以此青田酿，酌之沧海蠡。
蓝舆乘两肩，倒载白接䍦。真意浃三益，和气重四支。
持之药吾疾，正可扶衰羸。明窗睡久酣，旧业荒于嬉。
正当出呓语，走笔萦虹霓。追书浃旬事，幸免然豆萁。

予癸巳在京口因郡中元夕张灯偶阅国史靖康丙午正月十五日辛巳祐陵南巡驻跸是郡二月二十三日己未始还京师凡居郡三十有八兹闻箫鼓感旧兴叹不胜潸然因涉笔以记大略而僧有冲希者乃携以示正伦彼谓予讽己遂架大怨迄兴妄狱圣明察知其冤予复将指前漫尽白因悼正伦之殁闵其左计亮其初心附昔所作诗于后

驾轺老子久婆娑，坐听笙歌拥绮罗。十里西凉忆如意，百年南国比流梭。
吞声有恨哀蒲柳，纪节无人废蓼莪。寂寞丹心耿梅月，挑灯频问夜如何。

曾 巩(1019—1083)

英宗皇帝挽词二首(其一)

已应南阳气,犹迟代邸来。范镕归独化,纲理付群材。
禹会方无外,虞巡遂不回。空惊柏城仗,箫鼓送余哀。

之南丰道上寄介甫

应速冒烦暑,驱驰山水间。泥泉沃渴肺,沙风吹汗颜。
疲骖喘沫白,殆仆负肩殷。仰嗟旱云高,俯爱芳陂潺。
空邮降尘榻,净馆排霞关。城隍壮形势,冈谷来回环。
红芰姹相照,翠树郁可攀。野苗杂青黄,雨露施尚悭。
巫觋谒群望,箫鼓鸣空山。忧农非吾职,望岁窃所叹。
憩当午日烈,行瞻月初弯。星斗弄光彩,罗络灶火斑。
跋履虽云倦,桑梓得暂还。林僧授馆舍,田客攀鞍镮。
吾心本皎皎,彼诟徒嘈嘈。方投定鉴照,即使征马班。
相期木兰楫,荡漾穷川湾。

曾 几(1085—1166)

苦 雨

尽道迎梅雨,能无一日晴。窗昏愁细字,檐暗乱疏更。
未怪蛙争席,真忧水冒城。何由收积潦,箫鼓赛西成。

曾 协(1119—1173)

老农十首(其五)

田畴总是十分苗,处处逢人意气骄。不问神祠赛箫鼓,君臣有道四时调。

寒食雨霁

乱云将雨趁狂风,扫溉氛埃瞬息中。指点山川开净绿,按行花草失欹红。
槐榆改火年年事,箫鼓迎神处处同。自是平生观物化,不因春去始知空。

曾　肇(1047—1107)

南丰军山庙碑

土膏起兮,泉流驶兮。牧徂于田,偕妇子兮。
既耕且艺,耘且耔兮。一岁之功,在勤始兮。
野无蟊螣,塘有水兮。非神之力,其谁使兮。
我苞盈兮,我实成兮。挥镰铚铚,风雨声兮。
囷仓露积,如坻京兮。遗秉滞穗,富鳏茕兮。
饮食劝酬,销忿争兮。傥非神助,岁莫登兮。
我有室家,神所祐兮。我有旄倪,神所寿兮。
神之惠我,维其旧兮。上之报神,亦云厚兮。
酾酒刑牲,殽杯丰兮。吹箫考鼓,声逢逢兮。
我民荐献,无终穷兮。千秋万岁,保斯宫兮。

张　扩(?—?)

次韵莫养正县丞独游钱塘南北山

老丞挂笏中了了,坐阅云阴变昏晓。何为两脚苦未停,意在高山知者少。
昨日春从湖上归,颇觉沙鸥已驯扰。游人但迟箫鼓来,滓秽清虚亦何好。
君今独行真得计,自有青螺如髻绕。归来古锦开诗葩,笔下纵横发天巧。
邀头旧属罗浮伯,半夜春风鸣骉䮻。至今湖山索价高,妙语须君时一扫。
虽然愿君且努力,挂冠归休未宜早。要当千户享封殖,岂但全家荷温饱。
此时还乡头未白,万钱买山慰潦倒。摩挲拄杖不相忘,更伴重峦细穷讨。

张　耒(1054—1114)

感春三首(其三)

梅梢柳眼弄春娇,云暖南山腊雪消。近郭樵渔成野市,远村箫鼓隔溪桥。

钦慈皇后挽词二首(其一)

畴昔熙宁盛,远同麟趾时。内敦勤俭德,阴辅太平基。
余烈光彤史,追荣备母仪。遗民怀永裕,箫鼓不胜悲。

和李令放税

晚田既废麦初耕,冠盖侵星独出城。但见饥寒号岁晚,不闻箫鼓赛秋成。
仓无农父千斯庆,税比周人什一轻。抚字从来须守令,莫辜圣世念疲氓。

登城隍庙

灵祠孤绝压城头,下瞰清濠一曲流。尽日风埃昏几席,有时箫鼓祭春秋。
西瞻太昊祠千树,北望封君土一丘。旅客登临一长望,春心容易起骚愁。

腊日四首(其三)

日暖村村路,人家迭送迎。婚姻须岁暮,酒醴幸年登。
箫鼓儿童集,衣裳妇女矜。敢辞鸡黍费,农事及春兴。

谒敬亭祠

古庙依山麓,开门石磴深。疏林归鸣鸟,野殿宿寒阴。
落日鱼盐市,丰年箫鼓音。我来无所祷,壁宇叹尘侵。

登双溪阁

清溪浮天光,北骛而西折。群山合沓来,断作青玉玦。
中围万家邑,箫鼓乐芳节。仲春卉木丽,红绿晚明灭。
重楼压城角,高眺俯木末。川云断还续,谷鸟鸣复歇。
兴阑未能返,留酌待芳月。

张 栻(1133—1180)

八月既望要详刑护漕游水东早饭碧虚遍观栖霞程曾龙隐诸岩晚酌松关放舟过水月洞月色佳甚逼夜分乃归赋此纪游

漓江即湘江,戢戢清见石。其东列群峰,秋色碧复碧。
日出雾露收,草径上逼侧。凭栏揩望眼,已足慰畴昔。
更窥岩穴胜,创见为惊咋。如何数里间,奇观相接迹。
宽同厦屋深,划若巨灵擘。日月递光景,风云变朝夕。
石桥几年成,乳窦时一滴。神龙旧隐处,仰视多辟易。
蜕迹凛犹存,隐隐印霜脊。下有澄湫深,余波漱苍壁。
往者已仙去,来者此其宅。薄晚扣松关,风过声索索。

聊麾车骑退,容我且散策。却望訾家洲,轻舫度前碛。
回首烟树林,已复挂蟾魄。宇旷净余滓,群物被光泽。
何所寄遐思,空岩皎虚白。清辉可一规,水色相激射。
天边与川上,亭亭如合璧。居然广寒游,不用假六翮。
班坐依微澜,晤赏共佳客。因之想千载,讵有今古隔。
箫鼓归夜阑,观者粲城陌。往往罗杯盘,班班见殽核。
谅因年岁丰,人意少舒适。视尔意少舒,于予亦忻怿。

张舜民(?—?)

送郑平叔司勋之陕二首(其二)

憧憧大道两京来,千骑东方最上才。岂有甘棠存故国,空余河水绕行台。
松筠寂寂征君宅,箫鼓匆匆过客杯。九陌风尘归未得,不知青眼为谁开。

张孝祥(1132—1170)

与同僚十五人谢晴东明得渊字

灵光便满恒沙界,大士重来七十年。秋入郊原成乐岁,风随箫鼓散香烟。
定知蛮獠安三窟,更遣蛟龙闷九渊。太守忧民但逃责,所忻毕至有群贤。

张尧干(?—?)

次唐彦猷顾亭林韵①

兰若王家像,相望博陆居。衣冠尘易暗,箫鼓祭全疏。
草色侵花径,潮声过夕墟。遗风犹可想,吊古一觞余。

张镃(1153—?)

园中雪夜二首(其一)

箫鼓喧阗乐夜堂,宝灯初试杂花光。欲知富贵天然处,尽把园林脑子装。

---

① 张元干《次韵唐彦猷所题顾野王祠与霍子孟庙对》内容与此诗大致相同,仅个别字词有异,不再重复收录。

章 甫(？—？)

白 露 行

今岁淮南雨仍缺,官府祈求已逾月。城中又复闭南门,移市向北人纷纷。
州前结坛聚巫觋,头冠神衣竞跳掷。缚草为龙置坛侧,童子绕坛呼蜥蜴。
箫鼓迎神来不来,旱风终日吹黄埃。宁知白露只数日,稻苗焦枯恐不及。

春日呈韩丈

阳乌阴兔争驰骋,人世光阴刹那顷。玉盘生菜乱青丝,三岁公家吃春饼。
前年班春池阳城,民物熙熙箫鼓声。去年转粟巡边徼,圣朝初下和戎诏。
只今塞下不传烽,野梅官柳竞春风。相从且作无事饮,莫辞节物来匆匆。
明年上国春应早,棠棣阴中诗更好。诗成但遣阿买书,邮筒寄我江南道。

章 谊(1078—1138)

绍兴府寒食湖山游人

江南春色胜常年,蚕妇耕夫笑语妍。日永湖山纵游屐,夜深箫鼓更划船。
羁人半作吴侬语,骚客休吟楚些篇。服叛招携有长算,会移丰乐到齐燕。

赵鼎臣(？—？)

河 间 令 尹

东家载豆如山岳,西舍割禾无处著。父老欢呼南陌头,打鼓吹箫相燕乐。
今年不复似常年,斛米都无百十钱。新来长官政及我,夜无吠犬人得眠。
公家力役会不免,常苦里胥相扰乱。里胥不出今几时,我自输官不须叹。
秋风袅袅乐无涯,枣有实兮菊有花。闻道长官作生日,相呼父老来排衙。
排衙奉上一杯酒,再拜长官千万寿。三年替去不须臾,聊与斯民为父母。

赵 佶(1082—1135)

宫词(其七三)

化成金碧拱雕楹,四序开筵率有程。安福殿阶连绣帘,内人常按鼓箫声。

赵汝谠(？—1223)

和叶水心马塍歌

昔年家住长安里,春风尽日香尘起。纷纷车马过绮陌,买花人多少人识。
王侯第宅连苑墙,粲若琼蕊敷丹房。花窠近取马塍本,曲栏高槛深迷藏。
主欢对客小举袖,击鼓吹箫满前后。真珠一斛聘国姝,琥珀千杯酌天酒。
几年农器不铸兵,雨耕云获歌且行。种花土腴无水旱,园税十倍田租平。
挐音来近菰蒲住,演漾回溪通柱渚。霜晴沙浅橘林明,日暮水浑鱼网聚。
东门故侯应自许,灞陵醉尉宁须怒。何当学稼随老农,荷锄驱犊田中去。

赵汝鐩(1172—1246)

秋日同王显父赵子野何庄叟泛湖赵紫芝继至分韵得秋字

  雨余湖更爽,载酒共清游。天净倒涵水,峰高争献秋。
  风烟入吟笔,箫鼓自邻舟。堤上诗人过,相邀便肯留。

续蒲涧行

戊戌正月二十五,摇䑽东风蒲涧去。年年今日是时节,飞盖倾城车塞路。
野亭山馆坐不遍,幕天席地千百处。开壶设榠纷酒炙,擘蟹锥蚝间酝脯。
笑言相续乐甚真,礼文不侈意则古。我亦随众穷胜览,先访安期登梵宇。
入春少雨多是晴,穿岩寒溜仅一缕。白云千级逼象纬,沧海万里渺烟雾。
倚栏方快心目远,牛羊下山林壑暮。小儿队队逐归驺,拍手呼舞趁箫鼓。
游人到晚欢未厌,徘徊不忍收樽俎。行穿梅岭还江西,首为南州诧风土。

赵善括(？—?)

清明后一日泛湖游园联句①

  清明过一日,甲子喜新霁。理棹泛平湖,吹风扫微瞖。
  巧剪翠縠纹,忽展画屏势。千里入寸眸,万物犹一瞥。
  寄傲天地阔,放意江山丽。指点村市井,荡漾渔家计。
  小泊杨柳堤,徐行兰蕙砌。满月射堵墙,乘风弹云髻。

---

① 此诗为赵善括与他人共作,相联成篇。

彩舟箫鼓喧,花亭翠红蔽。石龙漱寒玉,竹凤摇清䉛。
闹花如有言,闲草远无际。梅豆点微酸,樱珠缀纤脆。
荇带牵风长,鸥雪点波细。怪山叠青峦,仙岩排绿桂。
亲友宴樽俎,泉石爽襟袂。曲径浓香浮,深院幽人憩。
日暖蜂蝶喧,沙软鸳鸯俪。春秀犹未晚,欢游端可继。
归舠溯洄泝,嘉圃芘林翳。景胜诗愈豪,酒阑情未替。
解帆仵别墅,寻芳适佳第。画楼月初挂,朱栏春可系。
烧烛照红妆,堕簪空绿鬓。笑歌诚有余,金貂尚能贳。
醉墨写欹斜,锦囊收短制。

郑刚中(1088—1154)

送陈季常判院

去年奉使天西角,遇事才疏多自觉。不应尚或人改观,增重端因君在幕。
君才如刃新发硎,到手万牛髋髀落。岂能随我困边徼,定自抟风上寥廓。
峡束秋江风浪清,美君出峡舟楫轻。去年联马听箫鼓,今也恨不同此行。
古人持兵喻桨水,顾我何者能独擎。幸留药石苦资助,勿谓相舍真忘情。

游 西 山

我来西江边,兀坐阅寒暑。水外有嘉处,欲往兴辄阻。
昨朝主人闲,联辔临洲渚。开船入江云,绝渡不须橹。
杖策径登岸,骑从单可数。松杉生好风,导我绿阴舞。
迎门野僧疏,对佛香炉古。峻上百级栈,竹屋乱撑拄。
旁道得小径,窈窕通深坞。石藓布青钱,岩泉迸飞乳。
幽兰隐高人,孤芳秀寒女。树静忽啼猿,林密疑藏虎。
春半果如秋,空翠元无雨。苍崖隔桃花,不可至其所。
但听叶间禽,似与秦人语。不会武陵溪,端的在何许。
徘徊耸心骨,感叹就尊俎。曲蘖驱我醉,岂复更尔汝。
一笑谐真欢,万事落尘土。谓已脱囚拘,夭矫升洞府。
顾兹欢与适,天暂慰孤旅。此身当有累,未是得轻举。
骊驹已载歌,兰棹倚前浦。中流望林泉,隔岸闻箫鼓。

上马向柴肩,山际玉钩吐。

纪 关 陇

十载三光分,号令南北阻。四达礼义乡,限碍成蛮楚。
帝王岂无真,社稷固有主。欃枪不待射,避路过河浒。
职方阅舆图,十已归四五。穷民病巨疮,延颈待摩拊。
子翼上所亲,暂辍自应许。诏书下云天,所至若甘雨。
车前拜且迎,稽首立如堵。无家不壶浆,有市皆肴脯。
叶底窥乌鹊,墙头出儿女。其中老人者,横涕自相语。
脱命向鬼手,魂魄挂网罟。岂料须臾身,复此见官府。
愿上万万年,左右常伊吕。护持三纲全,保我左田亩。
予前拜老人,愧谢难缕缕。涂炭置赤子,不痛非父母。
如问尝胆心,念念惟率土。惊风吹昏沙,北望曾后汝。
成功当问天,字养难用武。今兹结新欢,不试师一旅。
开笼出飞鸟,汝亦良得所。予独顾秦关,异世目可睹。
郊原掌心平,犹是周膴膴。冈峦抱河洛,四面踞龙虎。
惟时盖世英,制驭立区宇。不应移造化,私用贮狐鼠。
见还虽必然,永保更精处。销兵闻造兵,欲取必知与。
吏良民自安,德盛岂招侮。道义尊本朝,好约信强虏。
整顿天地间,事事皆就绪。吾民百忧足,可使再辛苦。
冠巾作人家,耕锄饱禾黍。会须太清尘,一扫净千古。
兹行岂不勤,道里以万数。见公自清凉,萧然失祥暑。
日随下幕吏,一马行似舞。月明见旌旗,梦寐闻箫鼓。
枣火饼肥炊,浆酸粟饶煮。遍览江山胜,肠腹浩撑拄。
不见少增重,政自太无补。

周必大(1126—1204)

韩子温尚书以长句送江梅次韵

忆昔归田友麋鹿,雪里寻梅踏瑶玉。巡檐屡作杜陵笑,穷路几为步兵哭。
忽逢绿衣鬟如云,歌舞醉人睡昏昏。觉来但有风相袭,梦断初无香返魂。

岂知重见长安雪,喜极丰年箫鼓咽。更读裴公东阁诗,仍分处士西湖月。
皎如玉树临我傍,幸同待漏靴满霜。但愿和羹继先业,不辞草制搜枯肠。

周　焘(？—？)

题罗汉院小阁

匹马招提晚憩鞍,前村箫鼓饯余寒。谁知小阁栏干曲,却得梅花正面看。

周　炎(？—？)

黄陵题咏(其一)

卧随流水下烟汀,暂泊扁舟谒庙灵。古屋凄凉庭不扫,断碑漫灭户空扃。
林藏宿鸟春声好,潭跃金鳞夜气腥。箫鼓送神人去后,满江莎草自青青。

周紫芝(1082—？)

太一宫成奏告礼毕秦枢密有诗示秘阁次韵一首三绝(其一)

圣主均休锡庶民,亲祠遥望属车尘。云旗欲下精诚格,绛阙初成制作新。
肃肃衣冠严祀事,雍雍箫鼓降明神。椒浆一酹能多少,散作人间万国春。

朱南杰(？—？)

晓发嘉兴府

　　晓发嘉兴府,人家门未开。闸关船侧过,水涨堰平推。
　　浓绿暗官柳,肥红绽野梅。城中箫鼓发,知是使君回。

朱　熹(1130—1200)

山馆诸兄共赋骤雨鹭鸶二绝(其一)

平畴焦渴不堪论,箫鼓悲秋彻帝阍。霹雳一声云自墨,山前山后雨翻盆。

次知郡章丈游山之韵

前峰鸾鹤去无踪,邂逅荒寻得故宫。但觉风烟随意好,便惊尘土转头空。
提壶命驾幽期远,授简哦诗妙处同。安得西山一丸药,共随箫鼓向云中。

朱 翌(1097—1167)

宣 城 书 怀

高爽清凉郡,登临佳丽都。上连三蜀重,旁挟两淮趋。
天分光牛斗,溪行走舳舻。新林天际浦,青草柳边湖。
丁令鹤归晚,琴高鲤疾驱。高城布渠答,近市表浮屠。
龙具深耕雨,牛车富入租。钟鱼广教饭,箫鼓敬亭巫。
祷请俱先诣,斋修必尽愚。虔恭问杯珓,畴昔梦捊掊。
桃李万家邑,鱼盐百贾区。棋争三品胜,钱为七郎输。
湖上同皇甫,楼中记独孤。五云裘可作,天马锦应无。
射的穿云白,莲房照水乌。山精今及采,鹰爪得同拘。
右史隶题榜,太和存漏壶。劗牙虞吏像,衣褐卯神图。
蝎走收宵螫,蜂欢保穴雏。泉甘黄檗旧,茶隽白云腴。
幽寂谷留马,凌歊舟若凫。山登天柱石,沙暖句溪蒲。
洞启三天秘,滩愁六刺迂。轻烟藏石女,微雨浴花姑。
半夜笛声起,临轩桂影敷。谢公亭别范,孔子井犹洙。
舟起鹭前导,桥横龙未雾。子安飞远近,杜宇诉朝晡。
示爽归田约,怀冰洒篆娱。白公谢霞绮,荀媪进雕胡。
神王能旁达,心闲免外虞。白龟飞入楚,赤马棹通吴。
孤枕喧鼯鼠,南亭听蟋蛄。贡先红毯贵,俗尚褐袍粗。
蝉蜕裴丞相,聪明陆大夫。刘诗送挂杖,班传出葫芦。
露柱从师指,金杯受赐殊。汉书国史法,心要藏经郛。
鲋活有奇术,归还真梦驱。苦心思懿老,一钵走元孚。
潜隐大中主,躬行外域膜。储神天北极,系念水西隅。
内屏如来地,当阳造化炉。千年犹可想,一绝定非诹。
昔在中书省,亲闻大禹谟。土阶临黼座,文石上丝绚。
红绕当阶药,阴留一院梧。不才持史笔,有愧但书厨。
卜筑随鲲徙,囚山与鹏俱。忘怀从北院,归命只南庐。
作赋先招隐,移文卒谢逋。晚归真发覆,岂意辱嘘枯。

黄屋南巡岳,侯圭毕会涂。时持莘野鼎,来采会稽菰。
圣主新更化,羁臣首辨诬。书修天禄阁,游并道山儒。
汩没颜容改,因循岁月徂。此生甘泛梗,余论许分符。
节近书云日,轮驱画鹿朱。川华冰片合,山曲卧屏纡。
入腊占三白,登堂展七扶。人家多露积,村鼓不鸣枹。
身奉三年最,魂收一纪逾。可无人叹息,粗免鬼揶揄。
夜引星朝斗,晨瞻日出嵎。两旗叹潦倒,五马忘崎岖。
严濑犹如睦,昆山恐是苏。深怜百口逐,只办四方糊。
旋磨鱼千里,弥缝金十奴。何如今守馥,犹愧旧官呼。
笏有看山拄,歌无击缶鸣。江山真肺腑,鱼鸟自葭莩。
正赖管城子,能招墨客徒。李梅诗格律,斑竹政规模。
事省囚宽系,年丰酒易沽。近分天驷监,遣牧决波騟。
苗狝申军法,蕃宣奉帝俞。校旗推妙手,喈镞视张弧。
杼轧丝双茧,篁包米一桴。遇风专戒火,听雨甚忧圩。
酒盏经旬把,歌茵特地铺。赐金夸魏绛,顾曲少周瑜。
硕果园林密,春山雨露濡。木瓜红镂体,银杏绿匀肤。
栗发风前罅,柑垂霜后株。蚁侵梨酿蜜,盘走芡圆珠。
野藂多将藿,春盘细剪荾。谁同九日菊,难得一枝萸。
水阅寻鱼鹭,沙连合阵鸤。爱闲多闭阁,因事或操觚。
敏捷惭铜钵,工夫体辘轳。僧谈曾接会,老境合师瞿。
窗月重重镜,松风一一竽。饫餐佳境蔗,旋鲙早秋鲈。
本是烟霞痼,何疑山泽癯。计难出柏马,收必在桑榆。
旧事论新事,今吾非故吾。意中不足致,身外复何须。
朝市安能隐,田园久已芜。斯言诚有味,端不减醍醐。

邹 浩(1060—1111)

次韵和端夫喜望之祈雪有应

诚意通群祀,朝来忽已飘。六花纷汗漫,千里入均调。
赵璧光凌日,隋珠暗掷宵。老农愁自判,稚子喜来娇。

化育知难诘,形容岂易描。白盐聊比拟,黄竹谩讴谣。
谈柄迷修麈,朝衣夺素貂。丰穰归嗣岁,收拾谢枯樵。
浅露先生履,深齐惠可腰。思添韦应物,狂助盖宽饶。
民食逃艰粒,宸心定解焦。楼高天构玉,池迥地疏瑶。
爽韵陪松桧,严声陋鼓箫。亡羊空道路,失鹤但云霄。
抚运年将往,侵人鬓欲凋。题舆真健笔,险句压寒绡。
重愧非名士,兹焉缀下寮。主宾参沔渡,杖履集山椒。
故事梁园在,风流楚国遥。琼瑰争报复,宇宙一漂摇。
莫讶春来晚,春来待此消。

祖无择(1010—1085)

书高辛氏庙

平昔叙星辰,元功祀事分。因人列官纪,行道亚皇坟。
高躅追颛顼,徽声压放勋。淳风今不竞,帝典世无闻。
陵古森乔木,祠新际远氛。樵苏当季运,血食属明君。
旧壤资麻荫,遗黎荐苾芬。春秋奏箫鼓,疑是六英文。

箫 铙

司马光(1019—1086)

魏忠献公挽歌辞三首(其三)

恻怛动旒冕,鸿胪葬老臣。箫铙震浍口,绋翣莅漳滨。
久大英名在,哀荣异礼陈。丰碑纪遗烈,长泣邺城人。

周 弼(1194—?)

天 津 桥[①]

袅袅朱栏倚细波,绿云相对闷嵯峨。中天车驾曾擒虏,何日楼船定入河。
霁柳午阴随岸远,露桃春色过墙多。黄旗适应东南运,已办箫铙几曲歌。

---

① 李龏《倚栏》内容与此诗大致相同,仅个别字词有异,不再重复收录。

笙 镛

冰 壶(?—?)

寿右丞相(其一)

东方正气毓元身,凤禀春阳泽物心。应昴鄮侯依汉日,骑箕傅说作商霖。
地隆鼎铉关三极,风动笙镛叶八音。稽首君亲同介寿,郧山鄞水等高深。

蔡 戡(1141—?)

家父约端约饭端约以疾辞乃作古风并送腊梅数枝因次前韵

诗仙逸气舒长虹,一洗万古凡马空。五车蠹字勤且攻,不肯区区辨鱼虫。
雪中鹤氅如王恭,谁能低唱深帘栊。年来何事怯霜风,闭门索句鸣笙镛。
新诗为我开愁容,退避岂敢争词锋。君不可屈真卧龙,小窗独坐时一中。
故折金蓓赠我翁,绝胜桃杏漫山红。君诗当得碧纱笼,此花宜侑琉璃钟。
走笔寄谢仍匆匆,昏暮叩户惊邻东。

晁公遡(1116—?)

宇文叔介逆妇归过通义为置酒远景楼饯之

夜雨洗绿野,平池磨青铜。共登百尺楼,遂享万里风。
远自木末来,大音中笙镛。盛夏安得此,正是飞廉慵。
为我解炎蒸,举觞谢天公。君行亦快哉,轻舟疾归鸿。
闺中当更喜,新凉入房栊。可赓白头吟,写之以丝桐。

凝 香 堂

讼庭鞠茂草,圄扉生网虫。政成胡不乐,酒肴可从容。
人云倡优拙,公在宴寝中。翰墨以自娱,落纸惊游龙。
壁间三大字,笔画元自工。焚香日清坐,未觉尘事蒙。
窗虚度清光,帘疏卷秋风。隐几众山碧,题诗秋叶红。
修篁发清籁,为公奏笙镛。坐客怃然笑,此兴谁能同。
但闻太守乐,焉知清静功。

晁说之（1059—1129）

庚子冬至祭鼎阁差充太祝致斋于内西廊待漏院以近法物库有火禁甚严不胜昼夜寒苦辄成长言

至日为客昔人叹，况乃客次在斋宫。斋宫所寓有火禁，冰食霜寝多凄风。
丰屋高悬日不到，未信一阳生是中。尝闻鼎以大祭祀，未闻祭鼎陈笙镛。
兹焉祭鼎戒群吏，古也拜灶劳皇躬。森森鼎阁祚厥西，蠢蠢明堂配自东。
天子万岁调元象，岁岁年年为祝工。

陈傅良（1137—1203）

送同年林多益丞宁海

同里衣冠近阔疏，同年齿发多衰变。美人宜在玉笋班，隐吏亦随花雨县。
有杭一苇逢迎可，每食双鱼甘旨便。顾瞻周道竟何如，善为身谋吾岂愿。
清庙笙镛济济陈，碧梧鸾鹄深深见。由来盛事岁月晚，谁到修途肝胆健。
杨花吹水酒摇波，一请加餐再无倦。

程公许（1182—?）

蕊 珠 歌

五云郁勃天九重，俯视人境尘蒙蒙。元和迁校品秩穹，以帝命镇北坎宫。
玄袍金铠丁甲从，洞阴战胜魔绝踪。际江之涯钟氏童，宿运冥契晞玄风。
蹠屧千里心忡忡，懽恍忽与师匠逢。桑梓归偈敢不共，精庐筑就铃冈东。
州西一舍狮子峰，烟霞万壑锁郁葱。势与紫霄争长雄，楼观营筑拟翠蓬。
真游下驻鸣笙镛，可无法言牗群蒙。帝何言哉层穹窿，溟涬未辨奚所宗。
五文开明日曈昽，三洞流出金口中。瑶函锦囊密缄封，飙轮八面轰霅靐。
骏奔百灵翔六龙，一念与诵万过同。登揖金母朝木公，六天狩戾数有终。
申命校录帝所恫，保制劫运禳灾凶。剪㦁鬼怪囚北酆，边垂罢战年屡丰。
妖氛退扫正道隆，臣许职牧羞妄庸。愿见皇图还时雍，蕊珠七言歌春容。
为师劝相鸠僝工，咄嗟千桷凌碧空。开度益广积累功，丹台列名仙籍通。
伐石著词传无穷，长与此山同峻崇。

过房公湖临发广文载酒登南楼听隐士陈希逸弹琴读雁湖先生诗及悦斋先生赋

湖荡匝城府，堤柳一径通。森戟昼漏永，阒如墟野中。
掣铃三日留，郁郁殊寡惊。登埤展遐眺，荡我磊魂胸。
沟畦磨衲丽，烟芜图采工。广文一尊酒，邂逅清赏同。
慨昔石林老，小驻双旌红。燕坐凫鹥退，行散龟鹤从。
得句陵子美，高世犹房公。想此据胡床，长啸延清风。
想此蹑珠履，和月吸酒钟。想此援采毫，醉题揖遥峰。
想此披绮裘，凭高目征鸿。逸驾渺难追，风光为谁容。
空余翰墨香，披拂葭苇丛。翠琰子由赋，正声响笙镛。
千年古徐州，绮疏贯晴虹。过眼不再读，恨我性识蒙。
乔木噪晚鸦，低回马首东。绿绮有余韵，因之讯仙翁。

崔敦诗（1139—1182）

皇帝上太上皇帝寿乐曲·皇帝上太上皇寿酒用福安之曲

笙镛皦绎，簨虡腾骧。奉觞介寿，龙衮黼裳。
盛仪克举，至德用章。刑于四海，化洽风扬。

韩　琦（1008—1075）

次韵答张宗益工部

昔忝临漳守，娱心自退公。闲愁放天上，真境得壶中。
燕处虽云适，规模惜未丰。恢园隳旧堞，困宇出新工。
材品珍方用，花名异始充。泉分洹水堰，梁下邺城宫。
今始推良牧，褒辞借病翁。笙镛谐庙瑟，珠玉满邮筒。
讵敢矜前政，徒知偃下风。北堂留衣锦，西巘峻维嵩。
休逸檐梢月，荣归浪衬虹。班条多暇日，清赏此何穷。

何　恭（？—？）

呈　东　坡

昔日欧阳心独苦，搜罗天下文中虎。未逢贾马嗟谁有，昆体文章正旁午。

一得眉山老翁语，始悚平生好奇古。
眉山跨马挟双龙，迤逦斜敧剑阁东。
仁庙当朝起数公，四时闾阎来清风。
是时庆历垂嘉祐，东省西垣半耆旧。
公时脱颖眉山后，歆向机云同一奏。
玉人发马下天阶，华盖星边捧诏来。
金吾侍侧天颜低，上列四辅前三台。
西京应制十八九，晁董衮然为举首。
观公举劝新人手，玉壶破碎珠囊剖。
天公一见列诗曹，指挥姮娥供兔毫。
郢客掷笔不敢操，楚人往往收离骚。
东风颠入五湖里，万籁声声酷龙耳。
南登灞岸将何以，直节壮怀聊自倚。
官家内相能几人，几人到此陪经纶。
日曝花砖暖绣茵，镶金佩玉何申申。
龙楼漏箭铜壶挹，隐约六街驵唱入。
锦笺琼管尚书给，九韶忽然如俯拾。
我宋修文偃武初，词林翰苑森扶疏。
草昧功名向武夫，讨论润色姑徐徐。
中间作者相踵武，请试从头为君语。
倾金注瓦横樽俎，大笑哄堂任豪举。
六一超然又不同，陈言万纸一洗空。
龙骧凤举扶桑中，五采射日吞长虹。
木铎可怜声独悄，一振铿然须大老。
马迁班固工品藻，出处行藏何太少。
信知风采古为多，尧舜文章焕若何。
夷夔礼乐俄森罗，黼黻郊庙金盘陀。
君哉领首一俞尔，执简抽毫无及矣。
从头制作轩辕始，海兽山禽咸献美。

骞腾鸾凤螭虬侣，锦绣肾肠终日吐。
一息万里先群雄，是日鲁酒归醇酭。
眉山秉笔摩苍穹，稽首献议何雍容。
一代伟人争入彀，大开黄阁咸虚受。
建安数子空鸣胠，集贤学士皆笼袖。
天子延英不浪开，为公此日深徘徊。
相与畴咨将相材，飘然八骏先龙媒。
此辈昂藏希世有，刘蕡又作蛟龙吼。
许国诚心仍贯斗，识者谈之不容口。
公歌数阕风刁刁，若耶溪上皆停桡。
李杜藩墙不甚牢，李白脱却锦绣袍。
河伯江妃愁欲死，只恐公来搜见底。
养得身长数千里，天地一夜风雷起。
天语叮咛下降频，金莲烛畔窥龙鳞。
姮娥唤作真麒麟，焉知韩李非前身。
传宣使者翻然集，月题控马天门立。
宸恩四海周流及，武帝王封乃平揖。
窦仪陶穀端何如，峨冠曳履承明庐。
剪夷五代尊图书，墨客稍稍跻天衢。
真宗皇帝亲神宇，杨亿风流玉堂处。
逡巡百尺江南楮，密扫煤烟骤如雨。
晋宋齐梁不待攻，两汉直抵元和中。
满堂玉磬谐金钟，纷然和者如笙镛。
伊说数公无处讨，萧曹丙魏规模小。
升沉将相王侯了，经天纬地凭谁好。
东作西成南已讹，真人更集满东坡。
羽毛率舞呈天和，高阳才子前赓歌。
周公整顿乾坤已，开阖明堂复如此。
衮冕分明圭玉侈，六代光华蔼天子。

日月星辰缋九天，虫鱼草木绩山川。
离离黍稷春风前，东周一去追无缘。
巍哉孔子尊如帝，矫矫孟轲天莫制。
扬雄力寡知无奈，天禄校雠真末计。
熙宁天子悯斯文，展转搜扬到海垠。
咀嚼六经如八珍，补葺东鲁锄西秦。
顷从孟子驱杨墨，他日淫词又榛棘。
金陵为此深求直，二十年来人稍识。
古人效学丰文斯，堂陛之间意已移。
不然制作知无时，反鲁诗书一贯之。
蝌蚪六书藏屋壁，岂比锺王论笔迹。
倘从对偶音声觅，洙泗文章少平仄。
熙宁论撰亦何惭，况把先儒众说参。
或者嚣然痛欲歼，安得诸儒口遂钳。
翻思偃蹇熙宁末，苦信古书由世拙。
仿佛五经无二说，堂堂万里星中月。
边韶性懒读书顽，病甚相如下笔悭。
沂水春来粗解颜，浴沂童子弥春湾。
可怜道德共耕猎，何苦侯门俟弹铗。
饮中数子刘伶侠，江外主人张翰摄。
群圣文章想亦然，百家妙理何周旋。
帝德王功只仅传，庙堂急管催繁弦。
斯文其丧今何在，邹鲁逸然安可再。
江海悠悠百川逝，回首相望几千载。
丞相王公举趾尊，委蛇二老西来宾。
天子资之又日新，八风自转成天钧。
丰镐荒凉天空碧，中庸一路几充塞。
求之左右逢其极，内圣外王真准的。
彝何虎蜼尊何牺，云何簠簋加灵龟。
明明古训识者谁，百家效语如婴儿。
会通意象如作易，不假语言含妙德。
解到雕虫童子识，斯人稍得扬雄力。
举世传经作指南，辟雍泮水堆牙签。
圣主贤王实询金，公当一语令师严。
金陵户外履成列，称衡一刺终漫灭。
欲论西汉谁优劣，忽若吟蝉风胭咽。
敢望言如雾豹斑，担簦负笈徒间关。
先哲如龙尚许攀，鼓琴从之岂浪闲。
不挟而来聊自惬，栩然梦尔为蝴蝶。
短船下水轻仍捷，落帆解舵吴山胁。

黄　庚(?—?)

侍　郎　亭

东邻花圃栽双松，一朝煨烬枝叶空。
此木受命本千载，扶持若有神始终。
百年培植饱雨露，虬枝风撼鸣笙镛。
不知天地有黄落，玄冥失柄春无功。
昂藏自是廊庙具，夭矫亦有山林风。
诸孙奉酒立松下，森森头角皆虬龙。
侍郎庭前有双松，至今古色摩苍穹。
天留真质表文献，柯叶蕃茂根本丰。
掀髯相视雪䯻䯻，拥盖对立云童童。
云孙峨冠立亭下，典刑如侍乾淳翁。
棱棱铁面不可犯，麾去秦爵如飞蓬。

黄仲元(1231—1312)

张天师正殿

至人学道师赤松,神姿逸气心芙蓉。手五明扇腰雌雄,凭空架铁超鸿蒙。
玉距痕深雕镂工,巨迹千古镇蜍峰。狂飓怒涛镔鱼龙,夜醒月凉水笙镛。
骑吏无鞍鸾鹤从,朝侍玉堂朵云红。天乐隐隐声彻空,俗耳可闻不可逢。
渺视齐州等蠛蠓,沧海有时扬尘风。独此琼馆留人封,神仙之说非梦梦。
士民尸祝社稷同,椒醑鞠䠒瓜枣供。余非紫阳山人翁,若为诗之铭新宫。

京镗(1138—1200)

留金馆作

鼎湖龙驭去无踪,三遣行人意则同。凶礼强更为吉礼,夷风终未变华风。
设令耳与笙镛末,只愿身糜鼎镬中。已办淹留期得请,不辞筑馆汴江东。

李觏(1009—1059)

乾元节群臣祝寿小人无位以诗继之

帝命当敷佑,民生有厥初。千秋唐节日,万国禹朝车。
韶美笙镛外,需亨饮食余。神仙似姑射,梦想即华胥。
嘉会诚难得,愚忠敢自疏。古人谁最寿,无逸在周书。

林景熙(1242—1310)

赋双松堂呈薛监簿

宿觉山中有双松,一朝劫烬鳞鬣空。端明堂前有双松,至今古色摩苍穹。
此物受命本千岁,扶持若有神始终。天留贞质表文献,厖言幻学宁女容。
昔贤种松如种德,柯叶余事根本丰。百年封植雨露饱,厥声大肆鸣笙镛。
掀髯相视雪贸贸,拥盖对立云童童。不知天地有黄落,玄冥失柄春无功。
闻孙峨冠立松下,典刑如侍乾淳翁。昂藏见谓廊庙具,夭矫亦有山林风。
棱棱铁面不可犯,麾去秦爵如飞蓬。彩衣奉酒列清影,森森头角皆虬龙。

林希逸(1193—1271)

至日再和磨字韵一首

长边久息追风骑,散地闲披钓月蓑。锁谏忠劳多叔达,铜光谐谑绝新磨。
笙镛尚阕须终岁,珪币将陈待始和。老太平时逢此日,负暄檐下看云过。

刘克庄(1187—1269)

题方友民诗卷

删定实惟曾大父,文忠况是老先生。力行所学斯无愧,偶发于诗亦有声。
合止笙镛成雅奏,抉挑草木示微情。嗟予公事君归兴,不得相从细讲明。

陆 游(1125—1210)

赣士曾兴宗字光祖以其居赟䇲谷图来求诗

高人心虚万物宗,家世常以仕易农。买山本爱坡上竹,手种已偃岩前松。
瀑泉三伏凛冰雪,谷声十里酬笙镛。了知自是一丘壑,不与金精为附庸。

白干铺别傅用之主簿

我行忽百里,送客亦已空。傅子独眷眷,旦暮随此翁。
谢之不肯去,瘦马冲北风。泥溅及马臆,霜飞逼裘茸。
茅店得小语,慨然念年凶。不作儿女悲,道义相磨砻。
我归亦何为,鱼鸟愁池笼。君乃台阁人,鸾凤仪笙镛。
若耶绕青山,天禄摩苍穹。此别各努力,出处何必同。

冬夜读书甚乐偶作短歌

衰病作书祟,常恨无新功。兔瓯供茗粥,睡思一洗空。
郊居近城闉,漏鼓传冬冬。缃帙开烂漫,牙签纷叠重。
朱黄参笔墨,照映灯花红。鲁壁汲冢秘,天遣慰困穷。
衮衣窥藻火,宗庙听笙镛。端居得至乐,生世岂不逢。
藜羹冷未啜,短褐忘严冬。拜手谢造物,不须黑头公。

吕本中(1084—1145)

闲居(其六)

秋原尽好放游筇,何事山斋任懒慵。屋漏有痕留作字,梧桐带雨听笙镛。

谢任伯夫人挽诗

幽兰在深山,无人终自芳。岂伊桃李颜,取媚少年肠。
高氏有潜德,奕世被辉光。自其父祖来,低首不肯昂。
夫人生既贤,岂止秀闺房。出身事夫子,和鸣更锵锵。
笙镛列两序,圭币罗中堂。云何去日远,遂弃凌风翔。
伋也奉慈训,将见久必昌。瞻彼汝南路,松柏泣新霜。
凄然马鬣封,千岁终不亡。

欧阳修(1007—1072)

人日聚星堂燕集探韵得丰字

污池以其下,众流之所钟。尺水无长澜,蛟龙岂其容。
顾予诚鄙薄,群俊枉高踪。得一不为少,虽多肯辞丰。
譬如登圆坛,罗列璧与琮。又若飨钧天,左右间笙镛。
文章烂照耀,应和相撞舂。而予处其间,眩晃不知从。
退之亦尝云,青蒿倚长松。新阳发群枯,生意渐丰茸。
暮雪浩方积,醲醅寒更浓。毋言轻此乐,此乐难屡逢。

强 至(1022—1076)

送知府吴龙图①

国初以来治蜀者,处置尽自乖崖公。当时奏使便宜敕,不与天下州府同。
行之已及八十载,奸宄销伏谁之功。因循至此渐抗敝,有未晓者时相攻。
鞭笞小罪亦检察,不许略出常科中。下民知之颇不惧,州县往往藏群凶。
侧身敛足未动者,实以累朝恩泽隆。公之初来蜀人喜,慈爱久著民情通。
众心欢然耻犯法,救药浮薄归醇酞。尽将约束付僚吏,兴起学校还文翁。

---

① 文同《送知府吴龙图》内容与此诗大致相同,仅个别字词有异,不再重复收录。

二年美化极沾洽,远近循服如偃风。上将归公问谁代,当使间作如笙镛。
遂求元老得青社,其人廊庙之宗工。往年镇抚有异绩,大斾再来遣于东。
公今与之合符去,到必奉诏参夔龙。大资旧德固无虑,剖判自出其心胸。
所忧厥后嗣之者,忠定良法还如空。养顽活狡作渊薮,不免剪殄烦兴戎。
蒙之愤懑久填臆,言贱不得通九重。颂公上殿起居罢,第一用此闻宸聪。

石　介(1005—1045)

庆历圣德颂

于维庆历,三年三月。皇帝龙兴,徐出闱闼。
晨坐太极,昼开间阖。躬揽英贤,手锄奸枿。
大声汹汹,震摇六合。如乾之动,如雷之发。
昆虫蹢躅,妖怪藏灭。同明道初,天地嘉吉。
初闻皇帝,戚然言曰。予父予祖,付予大业。
予恐失坠,实赖辅弼。汝得象殊,重慎徽密。
君相予久,予嘉君伐。君仍相予,笙镛斯协。
昌朝儒者,学问该洽。与予论政,傅以经术。
汝贰二相,庶绩咸秩。惟汝仲淹,汝诚予察。
太后乘势,汤沸火热。汝时小臣,危言崒崒。
为予司谏,正予门阐。为予京兆,垦予谗说。
贼叛于夏,为予式遏。六月酷日,大冬积雪。
汝暑汝寒,同于士卒。予闻辛酸,汝不告乏。
予晚得弼,予心弼悦。弼每见予,无有私谒。
以道辅予,弼言深切。予不尧舜,弼自答罚。
谏官一年,奏疏满箧。侍从周岁,忠力尽竭。
契丹亡义,梼杌饕餮。敢侮大国,其辞慢悖。
弼将予命,不畏不慑。卒复旧好,民得食褐。
沙碛万里,死生一节。视弼之肤,霜剥风裂。
观弼之心,炼金锻铁。宠名大官,以酬劳渴。
弼辞不受,其志莫夺。惟仲淹弼,一夔一契。

天实赉予,予其敢忽。并来弼予,民无瘥札。
曰衍汝来,汝予黄发。事予二纪,毛秃齿豁。
心如一兮,率履弗越。遂长枢府,兵政毋蹶。
予早识琦,琦有奇骨。其器魁櫑,岂视启楔。
其人浑朴,不施剞劂。可属大事,敦厚如勃。
琦汝副衍,知人予哲。惟修惟靖,立朝巚巚。
言论磥砢,忠诚特达。禄微身贱,其志不怯。
尝诋大臣,亟遭贬黜。万里归来,刚气不折。
屡进直言,以补予阙。素相之后,含忠履洁。
昔为御史,几叩予榻。至今谏疏,在予箱匣。
襄虽小臣,名闻予彻。亦尝献言,箴予之失。
刚守粹悫,与修俦匹。并为谏官,正色在列。
予过汝言,无钳汝舌。皇帝明圣,忠邪辨别。
举擢俊良,扫除妖魃。众贤之进,如茅斯拔。
大奸之去,如距斯脱。上倚辅弼,司予调燮。
下赖谏诤,维予纪法。左右正人,无有邪孽。
予望太平,日不逾浃。皇帝嗣位,二十二年。
神武不杀,其默如渊。圣人不测,其动如天。
赏罚在予,不失其权。恭己南面,退奸进贤。
知贤不易,非明不得。去邪惟难,惟断乃克。
明则不贰,断则不惑。既明且断,惟皇之德。
群下踧踖,重足屏息。交相告语,曰惟正直。
毋作侧僻,皇帝汝殛。诸侯危栗,坠玉失舄。
交相告语,皇帝神明。四时朝觐,谨修臣职。
四夷走马,坠镫遗策。交相告语,皇帝神武。
解兵修贡,永为属国。皇帝一举,群臣慹焉。
诸侯畏焉,四夷服焉。臣愿陛下,寿万千年。

释居简(1164—1246)

孤山彭高士借榻

万籁笙镛一枕秋,幌云垂地月痕收。偶然做得还乡梦,梦见鸿蒙与道游。

元宵晴呈仓使曹秘丞

元正霁雪卷阴机,做得晴如此夕稀。金菡新红连夜发,玉轮初夜碾云飞。漏随冰泮生和畅,海涌山来抃峭巍。莫把笙镛驻麾节,禁林树树响催归。

孙 觌(1081—1169)

感春四首(其一)

槿篱茆屋两三家,急雨捎溪燕子斜。万壑笙镛号地籁,一天缯絮堕杨花。风尘颎洞身先老,樽酒欢呼气尚华。虎穴参差半朝市,无嫌卑湿赋长沙。

余南迁次临川奏庐陵道属闻盗掠高安新淦之间少留仙游山道祠是时庭下木犀花盛开漫山皆大松一峰苍然终日游憩其下各赋诗一篇(其一)

檐牙啄林杪,华殿浮青红。天风吹沉寥,万籁酣笙镛。
木犀已着花,濯濯秋雨中。颓姿出素面,一洗丹粉空。
幽香袭巾袂,冷艳栖房栊。追此芳岁残,一笑谁当供。
群仙立通明,矫矫骖鸾龙。相随归阆苑,遗恨寄西风。

桂林山水奇丽妙绝天下柳子厚记訾家洲亭粗见其略余以六月六日度桂林岭欲更仆诣象属暑甚遂少留日从诸公于岩穴之下穹林巨壑近接阛阓之中远不过城闉之趾居高望远夸雄斗丽殆不可状择其尤者以十诗记之名之曰桂林十咏·来风亭风洞在七星岩之下曾公岩之右大暑时有风出穴中泠然如冰雪被体不可久留旧有亭摧坏始撤而新之赵漕少隐置酒落其成名曰来风云

万树张大伞,千嶂卧独龙。彤云竟天起,火坠九日红。
投老落蛮峤,暍死愁吴侬。风流贵公子,一笑林下逢。
苍崖折天罅,中有万里风。习习驾两腋,飘飘落琼宫。
草木啸竽籁,涧谷酣笙镛。披我快哉襟,谁能辨雌雄。

游钟石寺问名寺之因缘老僧指门旁石如覆钟状赋诗一首邀何袭明登仕同赋

月斧琢朣胧,团栾覆石钟。连络青云根,点注碧藓封。
补天记女娲,移山诧愚公。当年偶遗漏,堕此草莽中。
奇礓久沦蛰,化出金仙宫。老僧惯见之,笑视瓦砾同。
砺角戏乌犍,迸火敲青童。摩挲问亡恙,千岁今一逢。
堂堂张茂先,扣以蜀井桐。噌吰振林莽,叱吸万窍风。
颒洞众壑满,吼彻九地通。狂奔窜幽魅,惊怒拔老龙。
丰山霜露零,彭蠡波浪春。一鸣固有待,寸筳那得攻。
水曹笔五色,东序罗笙镛。辟易四坐倾,蹴蹋万马空。
伟兹抱奇音,伴我窥灵踪。赋诗乃不如,露草号秋虫。

王俊乂(？—？)

圆坛午龛行事

平日郊邱事口谈,今朝相祀列星参。大裘衮冕升南陛,小次龙床近午龛。
韦杜去天真尺五,嵩神祀圣似呼三。清都佩玉人归后,尚听笙镛万谷酣。

王奕(？—？)

祖庭观丁歌

吾祖河汾文中氏,受恩未报夫子灵。末孙愿言无忝尔,幸际天地还清宁。
奔波水陆数千里,袖香今得拜祖庭。天欲使观周礼在,时哉巧值开上丁。
北方学者曹博士,新膺上命来交承。圣门不敢负所学,事事必欲行六经。
尔时己丑八月朔,大中门辟天微明。左开毓粹右观德,灯球灿烂交流星。
奎文阁下爇柴燎,柏林鸠鹊争飞鸣。金丝堂前班引出,笙镛隐隐金石声。
三氏诸孙列左右,皎洁宿鹭排圆汀。各崇尊长例就位,深衣征及江南生。
礼官三请诣磬所,朱扉呀唎开中扃。太常金乐交佾奏,秩秩笾豆环簪缨。
首从先圣告祝后,邹兖次第彝樽倾。却诣齐国父母庙,泗沂分配随重轻。
五贤推尊孔道者,俎豆亦得陈其诚。春秋天下祀文庙,太常四丁惟鲁行。
青衿白发老学校,观丁未有如斯荣。俨然清都听雅乐,耳目变换心神惊。

南门礼毕饮福胙,公堂交错飞兕觥。饮余独立杏坛下,予怀缥缈欣慨并。
恭惟素王师万世,道如日月行天晴。几年读易坐瓮牖,景仰阙里真蓬瀛。
谁令溟渤化清浅,温凉亲得瞻仪形。吁嗟麟踣凤不至,青霄栩栩飞梁楹。
想当削迹伐木日,诸仕委曲随人情。不知无可无不可,与时潜跃无将迎。
君臣大义要不废,岂应弦辙俱纷更。匡围宋害走列国,哀诔汉祠垂千龄。
谁云木坏文浸丧,墓林楷理犹纵横。文谟武烈悉斯烬,春秋无复陈尝蒸。
皇王帝伯禅林休,尼山泗水常朝廷。孔林黄屋已八至,功与泰山争峥嵘。
惜哉祥符天子幸,生晚不得随公卿。封疆万里撤私町,冠佩此夕仰大成。
八表云昏尘眯目,仲孙宣子视独瞠。观周反鲁学益进,蒙与瞍语闻惊霆。
两生此日既见圣,中道未有倾盖程。箪瓢道不在房杜,深惭礼乐孤汾亭。
归与玉斗授论语,愿与诸子歌菁菁。庶乎可以报冈极,蠢生未必终顽冥。
斐然成歌记祀事,刊作学者座右铭。

吴则礼(?—1121)

送曾公善赴定武

关河落落孤鸿飞,燕然山南霜草齐。边笳戍角自悲壮,千里不闻边马嘶。
刁斗夜急虎帐静,皎皎陇月临牙旗。辕门柳色压麾幕,铁甲十万真熊罴。
少年公子身许国,请佐帷幄辞龙墀。屯云渐对白玉斝,密雪欲犯黄金羁。
晚风萧萧近易水,想见怀古当倾曦。连城笙镛断羽檄,往往横槊多新诗。
双轮稍蹉隔前坂,转盼各在天一涯。吴钩锦带岂足赠,寄声但有长相思。

鲁侯以上巳日宴高阳偶成长句

罗帏绣箔凌苍穹,扬飞白雪初蒙蒙。云收海面吐朝日,渐射碧瓦光曈昽。
聊停隼旗驻双节,琥珀潋滟黄金钟。雏莺乳燕弄清昼,幽香薄暮飘残红。
游丝芳草入望眼,天低旅雁鸣嗈嗈。溪深涨渌浮画栋,雨余山色虚无中。
修眉翠袖倚长笛,五马矫首嘶春风。轻烟漠漠暝兰楫,鸥鸟静不惊笙镛。
玉堂念昔掌帝制,文彩讵狃独如醉翁。夜听宫漏对莲烛,突兀万卷蟠心胸。
雄辞妙语委椽笔,波涛汹汹来何穷。法严义古跨两汉,磊落未许盘诰工。
晚握铜鱼坐虎帐,锦衣铁骑悬刀弓。熊罴俯仰随杖屦,棘门霸上真儿童。
葛巾羽扇姑自适,指麾俎豆威羌戎。饮酣隐几骋谈辩,逸气凛凛侔铦锋。

毡裘辫发岂足数,终使万物归埏镕。塞垣佳景寄新咏,璀璨千丈垂晴虹。
章江倦客谩叹息,转徙八极犹孤蓬。登临暂喜脱人境,安得健翮超寒空。

夏　竦(985—1051)

奉祀礼毕还京

先天密命启祯期,侯日灵文降紫闱。恭馆靖冥尊妙化,帝居斋祓拥纯禧。
勒鸿昭姓增梁甫,报本祈年款魏雎。真御下临彰日监,嘉生诞降示天随。
丕承宝绪增寅畏,惠迪灵猷务肃祗。国阳郊报尊天位,钦奉后祇将合祭。
仁里爱瞻严父祠,徐銮式徇黎萌意。攸司经始兮载严,象物应斯兮绍至。
荧煌先道兮珍符,焕衍参涂兮藻卫。真场合奏兮笙镛,灵阯钦柴兮圭币。
三气晬容兮仰觌,八景飞舆兮降格。青祺简简兮渊冲,瑞命禳禳兮山积。
合饮谯城洽睿慈,仁风溥畅宣和怿。制畿睢水焕先谟,惠露汪洋敷润泽。
纳贾陈诗兮总旧章,念功继绝兮昭明德。
近甸回衡景念新,太宫归格物华春。太和充郁层霄外,协气周流率土滨。
穆穆天章腾圣域,巍巍道荫庇生民。
体元化,叙彝伦,顺则兮穹旻。观秘奥,守精真,谨度兮声身。
四貉兮来同,千龄兮应会。甘实兮积中,英蕤兮发外。
皇哉曼寿保丕基,青简遐昭帝者仪。道冠周诗心翼翼,功逾夏载日孜孜。

徐　瑞(1255—1325)

次景文听松风韵

万壑苍烟深闭阁,此客入山童放鹤。天球琬琰一代珍,合止笙镛九成乐。
胸怀正自小沧溟,风骨端宜置岩壑。三年乌帽垫京尘,至今梦里喧车铎。
渴来醉卧白云根,饱听松风中夜作。空中起用一何奇,声外生闻本无著。
闲情空自贞白痴,雅罚何妨半山谑。知君此兴复不浅,安得松间相倚薄。
君山吟啸早归来,蛟鳄纵横风水恶。

曾　协(1119—1173)

送赵有翼监丞造朝供职

君侯昂然百夫雄,近之和气如春风。扬眉高论多折衷,众人敛衽称名通。

发为诗章灿璧琮,气豪笔健敏且工。口占欲使十手供,春云容与朝霞烘。
肯如空阶号秋虫,槁项岩穴甘老穷。是将织文神衮龙,润色造化分天功。
奏之清庙流笙镛,宜使正笏趋槐枫。发舒平生学古胸,时吐奇论惊群公。
久矣高门映衰宗,金兰投分自诸翁。我尝联曹愧凡庸,竭蹶道上昔所同。
朔雪扑面花蒙茸,六龙先路如云从。重来苕溪奉从容,好若胶漆始且终。
先后唱和如歌钟,君还清班朝九重。我将毂下居治中,他时涉笔朱墨丛。
已见矫翼凌长空,一笑道旧双颊红。

张　耒(1054—1114)

瓦器易石鼓文歌

周纲既季宣王作,提剑挥呵天地廓。朝来吉日差我马,夜视云汉忧民瘼。
桓桓方召执弓钺,蔼蔼申韩赐圭爵。北驱猃狁走豺狼,南伐淮夷斩鲸鳄。
明堂车马走争先,清庙笙镛尸载乐。岐阳大猎纪功伐,石鼓岩岩万夫凿。
千年兵火变朝市,后世纸笔传冥漠。迹荒事远贵者寡,叹惜风霜日摧剥。
君诚嗜古更过我,易以瓦器尤奇卓。满盘苍玉列我前,制古形奇异雕琢。
羲黄已亡巧伪起,采椽土木消纯朴。何为获此上古器,经历万古遭搜掠。
寥寥墨翟骨已朽,尚有遗风传隐约。又疑晏子矫齐俗,陶土抟泥从俭薄。
或云古者宗庙器,斥弃金玉先诚确。是时此物参鼎俎,蒉桴土鼓诚为乐。
呜呼二物信奇绝,赖有吾徒与提握。不然乌瓦与荒碑,坐见尘埃就零落。

东海有大松土人相传三代时物其状伟异诗不能尽因读徐仲车五花柳枝之作作此诗以激之

诗翁爱花复爱柳,长歌高吟半酣酒。自言二物天下奇,爱之不厌形于诗。
嗟予所爱翁未见,我昔东游穷海甸。波涛四绝大岛中,上有太古不死之长松。
千人袢延坐其下,仰见翠叶迷苍穹。巨鳌竭力负不起,鹏栖仅借卑枝容。
人言海若此其圉,鳞甲百万屯蛟龙。又云海怪久不死,守护山麓蟠其躬。
天空海阔风力壮,敲戛簸荡声无穷。轩辕张乐奏未已,笋虡百万喧笙镛。
鬼神不欲人屡见,护以万叠青山峰。爱之未免困寂寞,坐见雨露沾蒿蓬。
东皋吟翁天下才,海岳秀气天所钟。岂惟文章继骚雅,胸中术业窥夔龙。
如何坎轲滞茅屋,失所因与兹松同。诗翁勿爱花与柳,软弱但解争纤秾。

春英零落化为土,夏叶狼藉工巢虫。娇儿姹妇最入眼,丈夫所志当英雄。何当与君涉海去,结茅松下甘长终。

张孝祥(1132—1170)

上 封 寺

七月十五夜,我在祝融峰。与世隔几尘,上天通九重。
手取白玉盘,纳之朱陵宫。群山罗豆登,万籁酬笙镛。
尽酌五湖水,劝我酒一钟。为君赋长言,写向西北风。

郑刚中(1088—1154)

谭胜仲卿有册宝礼成新句用韵和呈

宝函重锁环金密,册棂双盘带锦斜。长乐春风迎母后,未央和气集皇家。
帘垂禁卫收黄伞,礼毕天仙下玉华。班退笙镛犹在耳,五弦歌舜未须夸。

周紫芝(1082—?)

恭进郊祀庆成诗五首(其四)

圣主翔龙日,重熙飨帝时。笙镛陈备乐,茧栗荐纯牺。
奠彻初燔燎,神归欲受厘。礼成人共庆,廊庙有宗师。

笙 鼓

汪元量(1241—1317)

绵 州

绵州八月秋气深,芙蓉溪上花阴阴。
使君唤船复载酒,书生快意仍长吟。
击鼓吹笙欢客饮,脱巾露发看日沈。
归来不知其所往,但见月高松树林。

王同祖(?—?)

湖上(其一)

长安三月又三日,绣縠狭鞍富贵家。笙鼓喧天兰棹稳,卖花声里夕阳斜。

笙　磬

曹仙家（？—？）

赠邹葆光道士

罗浮道士真仙子，跃出樊笼求不死。
叱咤雷霆发指端，馘邪役鬼篆飞丹。
琴心和雅胎仙舞，屏绝淫哇追太古。
真居僻在海南边，溪上帘栊洞里天。
金丝岛露紫河车，青霓跨岭铁桥斜。
我昔闺中方幼稚，当年曾览罗浮记。
如今亲见罗浮人，疑是朱明降上真。
松姿鹤步何萧散，风调飘飘惊俗眼。
富有溪山宁愿利，贵怀道义不干名。
上床布被日高眠，不为公来不能起。
白云偶向帝乡过，去住无踪安可期。
相逢邂逅即开颜，礼乐何曾为吾设。
相近未必常往还，相遥未必长离别。
冰壶皎洁水鉴清，洞然表里无尘滓。
朝吞露气松窗暖，夜礼星辰玉简寒。
幽韵萧深海岛风，余音缭绕江天雨。
灵凤九苞飞槛外，珍禽五色舞花前。
罗浮自古神仙宅，万里来寻况是家。
形质虽拘一室间，精魂已出千山外。
剑气袖携三尺水，霞浆杖挂一壶春。
吾师出处任高情，止则止兮行则行。
我今寄迹都城里，门外喧喧那入耳。
问公去速来何迟，得接高谈几许时。
我亦韶华断羁绁，何异飘蓬与翻叶。
志同笙磬合宫商，道乖肝胆成胡越。
翩然孤鹤又南征，寄语石楼好风月。

晁补之（1053—1110）

次韵和赵令金防御春日感怀

春塍雪消龟兆坼，冻柳冰蒲俱好色。
结交从古天地间，百年谁见一人闲。
况我崎岖二三子，圣恩释累从瓯蛮。
王孙物外有高兴，数携王赵两红颜。
灰余方烈灶下响，雾廓初见岩中斑。
赓酬不减笙磬答，秀发更为烟霞新。
得意鲈鱼故未餍，多情桃叶应相逐。
走马城东眼乍惊，可怜前日非今日。
王城尘土化衣裾，五鼓驱车休夜阑。
雄豪久铄酒量窄，觍儒新长诗辞悭。
上书自去千牛卫，挂席欲过三神山。
醉吟谁共可怜春，江南太守旧诗人。
万卷藏书韦杜曲，忆子陈诗一言足。
努力闲平盛世名，归及春风双鬓绿。

陈傅良（1137—1203）

送子婿林申甫还侍

锵锵笙磬阼阶东,穆穆黄流玉瓒中。近在门阑无此称,老来襟抱更谁同。
幽燕遗恨须收第,孔孟微言要忍穷。精舍一区泉石好,何时相就看冥鸿。

挽张春卿尚书（其一）

怀抱今遗直,身名古象贤。路车陈左塾,笙磬在东悬。
再世星辰上,三年雨露边。崎岖空老去,有识共潸然。

戴枑（?—?）

上丞相寿（其八）

手引群工上帝庭,常须吉士认仪型。一般笙磬方同曲,千古蒿兰各异馨。
泰道正应分内外,前贤错是说调停。愿歌周雅卷阿什,鸣凤喈喈梧叶青。

范祖禹（1041—1098）

游李少师园十题·和张二十五游白龙溪甘水谷郊居杂咏七首（其五）

石径人行少,山云袖拂看。水流情共远,天阔望随宽。
笙磬珍禽响,龙蛇怪蔓盘。洛川回首处,烟霭暮漫漫。

和子瞻尚书仪曹北轩种栝

苏公沧洲趣,日夕怀山阴。公堂植珍木,寄梦天姥岑。
亭亭碧玉干,气象俯乔林。雷霆已难拔,霜雪何敢侵。
苍皮卷鳞甲,细叶抽锋针。稍出珊瑚枝,中含笙磬音。
鸾凤待栖息,讵肯容凡禽。西风荡积雨,畏日方流金。
潭潭宗伯府,窈窕岩谷深。北窗卧羲皇,笑语合朋簪。
苍生望安石,出处本无心。万象入毫端,四溟纳胸襟。
文房俎豆列,武库矛戟森。甘棠爱召伯,勿使蝼蚁寻。
世俗多贵远,岂知古犹今。他年老东山,应记梁父吟。

韩　维（1017—1098）

喜吴冲卿重过许昌

前君广文直,共宿官舍冷。携觞慰羁旅,鸣弦破愁静。
竹阴月娟娟,楼角星炳炳。是时冬夕长,谐笑得驰骋。
尔来还故栖,乐事成引领。君方志远击,我固分幽屏。
趋舍既云异,会合安可幸。不谓旬浃间,所得亦以并。
清笑烦滞阕,高谈谬疑正。琅琅别后篇,铿若御笙磬。
索居久其职,此适固为横。一感朋盍难,举酒良自庆。

黄庭坚（1045—1105）

游　愚　溪

意行到愚溪,竹舆鸣担肩。冉溪昔居人,埋没不知年。
偶托文字工,遂以愚溪传。柳侯不可见,古木荫溅溅。
罗氏家潇东,潇西读书园。笋茁不避道,檀栾摇春烟。
下入朝阳岩,次山有铭镌。藓石破篆文,不辨瞿李袁。
嵌窦响笙磬,洞中出寒泉。同游三五客,拂石弄潺湲。
俄顷生白云,似欲驾我仙。吾将从此逝,挽牵遂回船。

寄怀赵正夫奉议

春皇抚宇宙,仁气被园林。草木怀元宠,松柏抱常心。
揽观万物表,有觉咏时禽。一劝君沽酒,一起予投簪。
小人畏罪罟,澡雪奉官箴。鸡鸣风雨晦,鹤鸣涧谷阴。
维此方寸宝,日月所照临。泽蒲渐绿弱,山桃破红深。
永怀寂寞人,黄卷事幽寻。虚窗驰野马,宴坐醉古今。
鸳鸯求好匹,笙磬和同音。何时闻笑语,清夜对横琴。

林季仲（1090—？）

陪馆中诸人游天竺分得香字

不到八年久,重来双鬓苍。珠玑溅寒溜,笙磬咽风篁。
啼鸟千林晚,飞花一路香。吾宗故庐在,立马傍残阳。

刘才邵(1086—1157)

题竞秀亭

远水恨微茫,近山露岩壑。是中有佳处,远近理自各。
危亭枕江干,江外群峰泊。森然青玉圭,穿空势如削。
沙湍与松籁,逼耳笙磬作。勿言山宜远,近亦殊不恶。
云烟半有无,月雾带清薄。凝岚与空翠,不受晓雨濯。
是时崖窾藏,秀气森盘礴。方知寸碧岑,信美恐难博。
主人喜宾至,宴豆日参错。况有贤弟兄,超然解禅缚。
挂笏望西山,心境两脱略。想当觞咏时,险语恣嘲谑。
何当游其间,时听穿林雹。

秦　观(1049—1100)

次韵邢敦夫秋怀十首(其一〇)

邢侯秋卧疴,挥毫见深衷。赓者二三子,翕然笙磬同。
不为儿女姿,颇形四方风。属有山水念,因之丝与桐。

释文珦(1210—?)

洞　霄　宫

山势透迤九锁分,洞天终自异人群。君王在昔曾游幸,故老犹今述见闻。
瀑溅鹤衣明似雪,气蒸龙穴暗成云。梦回仿佛鸣笙磬,定有游仙拜老君。

苏　轼(1037—1101)

范景仁和赐酒烛诗复次韵谢之

笙磬分均上下堂,游鱼舞兽自奔忙。朱弦初识孤桐韵,玉琯犹闻秬黍香。
万事今方咨伯始,一斑我亦愧真长。此生会见三雍就,无复寥寥叹未央。

王禹偁(954—1001)

笙磬同音诗

鼓簧名本异,拊石意何同。吹击虽殊致,声音忽暗通。
谁将嶰谷韵,潜合泗滨风。莫问补天主,休寻入海工。
凤鸣应不辨,兽舞自难穷。古乐何人会,须知政在中。

王 铚(?—?)

寄东山觉老

红妆碧嶂旧登临,来演真常契佛心。漫道山林无独往,那知笙磬有同音。
堂前明月四时好,山外白云千古深。此别松门无复见,渔樵为伴老相侵。

叶 适(1150—1223)

送徐洞清秀才入道

方老昔为儒,仁义自愁煎。决策从道士,摆落科场缘。
神仙事茫昧,良得日高眠。徐生嗣其风,永谢负郭田。
白襕已回施,黄氅犹索钱。书籍弃尘案,笙磬来钧天。
看镜胡独难,超俗谅非少。异花改林秀,孤翮移汉矫。
月华满庭芜,阒沉霜宇峭。亲交生离绝,空叹真游杳。

赵鼎臣(?—?)

既和时敏止茶诗矣而允迪所饷犹未及请再次韵求之

钩绳异曲直,凿枘殊圆方。蛤死不脱壳,锥颖要出囊。
凤蛇互矜怜,蚌鹬相探尝。纷然天壤间,巨细靡不藏。
孰能使之齐,贤哉我未皇。付之将毋同,蛮貊犹故乡。
方生天马驹,头作千里昂。平生刚褊心,立朝慕周昌。
置之岯山下,所用乃针芒。苦憎茶扰人,能妨春梦长。
季也谓不然,辨理殊坚强。我欲两可之,笙磬同一堂。
楚人固失矣,齐论亦岂当。请归亡是翁,文字搜枯肠。

赵 佶(1082—1135)

宫词(其八〇)

雅乐方兴大晟谐,均调律吕贯三才。广庭度曲笙镛间,羽翮翱翔赴节来。

管　磬

崔敦诗(1139—1182)

皇帝上太上皇帝寿乐曲·上寿用崇安之曲

　　凝旒肃穆,鸣佩春容。有酒伊醑,管磬其从。
　　典礼绚缛,威仪恪共。颂尧之寿,与天比隆。

寇　准(962—1023)

御制庆先后升祔礼成七言六韵奉和

天锡灵符兴宝祚,泽流绵宇福含生。蒸蒸至孝咸归厚,翼翼精衷尚执盈。
顺考汉仪彰道广,钦崇周典阐文明。豆笾合飨丰盛备,管磬同和雅奏成。
爱景融辉昭善应,非烟绚采协殊祯。尊升茂典光惇史,稽古鸿猷振帝纮。

吕　陶(1028—1104)

题友人西行杂诗

一官一集古称贤,未似西征五十篇。雅颂纯音流管磬,风骚余味到林泉。
光生晓岫刊岷石,价踊春溪费锦笺。愧幸师门旧林教,得为家宝子孙传。

吕天策(?—?)

咏洗心堂得鸟鸣山更幽(其二)

　　惮暑废百嗜,飘然念遐征。顾欲控溟渤,与世渝烦蒸。
　　并舍松桂合,翠光浮栋楹。时时厉清响,管磬琵琶筝。
　　敷床荫其下,薪竹莹寒冰。自足当两部,妙处讵难名。
　　候汤瀹葵月,欲赴松风鸣。诗成定清切,已作寒蜩声。

杨　杰(?—?)

和钱越州穆赠惠州弟

燕集蓬山雨过凉,湖光何独负知章。万家桃李春风国,两郡旌旄昼锦乡。
和乐岂烦鸣管磬,醺酣非止为杯觞。遥应大庾岭头去,南北枝间梅子黄。

钲 鼓

白玉蟾(1194—?)

端午述怀

方瀛山上风飕飕,五月六月常如秋。
夜半蟾蜍落丹井,琪林深锁寒叶暝。
三树两树啼断猿,树冷栖禽夜不眠。
钟声隔断华胥路,不知蝴蝶蜚何处。
晓雨初霁梅子肥,龙孙脱箨新燕飞。
忆著往年五月四,葛巾羽扇鸾溪市。
纸钱飞起屈原祠,行人往来如蚁移。
庭前绿艾制绿虎,细切菖蒲斟绿醑。
今年寂寞坐空山,山雨山风生晓寒。
安得两腋生飞翰,与君飞上泬寥间,免使在世赋辛酸。
松花落地鹤飞去,万顷白云空翠浮。
满天白露点苍苔,蛙市一散万籁静。
数点飞萤恋沙径,山腰石润悲寒泉。
摩挲两眼折纸衾,人道今辰正端午。
山居萧然无一物,摘荠捣麦充晨炊。
龙艘破浪桨万枝,钲鼓聒天旗掣水。
桐花入鬟彩系臂,家家御疫折桃枝。
羹鹅鲙鲤办华筵,冷浸水团包角黍。
默庵令我休噫气,作诗略述山居意。

蔡 襄(1012—1067)

寒食西湖

山前雨气晓才收,水际风光翠欲流。尽日旌旗停曲岸,满潭钲鼓竞飞舟。
浮来烟岛疑相就,引去山禽好自由。归骑不令歌吹歇,万枝灯烛度花楼。

亲祀南郊诗

天畀元统,赤运开祉。圣祖神宗,海域平砥。
思皇真考,岳封汾祀。饵系戎胡,包束戈矢。
丕显灵德,光被万里。民寿而康,恩及萧苇。
恭惟皇帝,继文之始。兢兢日慎,夙夜勤只。
哀怜困穷,有如在己。惟刑是恤,弗颣怒喜。
躬服俭约,黜弃浮侈。罔有逸欲,日惟三纪。
大中则经,兴亡则史。阴阳时序,日纬躔轨。
乐律本原,礼法根柢。兵韬术数,万微精旨。

该通变贯,咸烛厥理。岁舍壬午,盗发南鄙。
帝曰汝青,治辨行李。毋大诛割,定患则已。
猎猎灵旗,启道径指。凶渠踣仆,俘徒授耳。
岭服既平,勋赏周被。封殁录孥,门户晔昈。
粤兹明年,农家丰美。廪庾积腐,庾漕储峙。
帝咨相臣,匪台德尔。穹昊眷赉,祖考佑俾。
何施不报,将祀郊畤。号令四下,若建瓴水。
荒服述职,奔走输委。仲冬丙寅,斋寝以俟。
先时霾晦,飙籁号起。真意益庄,降鉴伊迩。
夜漏适中,星露云靡。大辂既驭,清阳出晷。
休光无垠,令容有伟。爰翊殊庭,奠享仙机。
高灵委蛇,元气旭卉。阴施自远,大功续似。
拥格纯禧,益厚丕址。入宿庙下,月魄初胐。
龙章采藻,瓒爵擎跪。拜于祢宫,慈颜仅咫。
至诚馨香,甘荐涤瀡。哀念劬劳,譬瞻岵屺。
濯泪沾珪,将遂复止。京都之南,崇丘迤逦。
飞螭蹙尘,法乘徐柅。地环帟幄,霄揭隅雉。
警角飘萧,觳骑连累。言降言陟,实惟告已。
烛错宵明,坛圪空紫。交佩陆离,庶旄飒纚。
乐变神格,列周甲癸。三后咸在,上苍临视。
皇皇富媪,从执笾篚。七精闪忽,五镇瑰玮。
星官下翔,涛祇腾跱。等级卑高,食饮嘘哆。
欣歆告言,奏福来厎。更御步辇,夹途军垒。
钲鼓惊轰,跳呼牛鬼。异域穷陬,黄发稚齿。
动荡成波,欢喧成市。端闱停午,玉色尚痕。
赦泽春行,幽加蛰蚁。废滞振拔,垢瑕刷洗。
宽贷赋取,削减逋诡。皇帝慈孝,下民胥拟。
皇帝恩仁,四国倾倚。皇帝曰咨,群公卿士。
舜隆联夔,商圮朋豓。孰忠予是,孰谖予匪。

入官多门,孰予窒弭。蓄兵过制,孰予究揣。
百姓窭穷,其患孰弛。外夷狃骄,其强孰棰。
驱人以法,曾莫如耻。化民成俗,曾莫如礼。
百官敕业,相予表里。登任俊良,划斥奸宄。
天锡帝年,万有亿秭。天锡圣嗣,诜诜众子。
乾刚不息,章明度揆。无疆惟民,惟帝其侍。
臣襄咏歌,直道是履。

曹彦约(1157—1229)

祷雨阳山(其一)

暮投兀兀净为坊,早踏崎岖翠作冈。露气失凉风带暑,岚阴欺晓日韬光。
不忧时事禽空语,可怪凶年草更芳。欲问行人祈祷意,日来钲鼓渐凄凉。

雨后早行

鼓钲攒点担先行,未报平安睡已惊。灯火避明天弄晓,乌乌无乐雨悭晴。
唤来野渡水新涨,饱得晨炊烟自横。驿使岭头无一信,笋舆呷轧强贪程。

陈　普(1244—1315)

咏史·祭遵(其一)

东山纪律久无闻,钲鼓才鸣玉匣尘。牧野再逢诸葛亮,两阶重见祭将军。

陈　造(1133—1203)

采石渡

大江碍崇山,突起作湍悍。采石天下险,揭厉谁敢玩。
戈楼泊千艘,锋旗丽天汉。昨忆辛巳秋,胡马蜂蚁乱。
敢触貔虎怒,旋作狐鼠窜。繄此折其角,群孽终内叛。
孤亭试一登,明眼得奇观。回首吾叶舟,已复舣沙岸。
我犀不敢然,幽察神所惮。欻听钲鼓哄,戎事阅鹅鹳。
折冲须武备,保治赖强干。鄙夫华封祝,泚笔亦其漫。

陈 著(1214—1297)

春晚课摘茶

玉川子后是吾生,自课园中拾晚荣。搀雨金芒排世好,饱春香瓣见天成。
不烦钲鼓腾山噉,剩有旗枪战酒兵。凤舞赐团今绝想,只凭苦硬养幽清。

次弟观与龄叟诗韵

雪窦飞来一片云,寺门兴起总由身。钟鱼饭众有今日,钲鼓粥神多信人。
两阁眼空风黑夜,四山手植雨清春。我今亦是陶潜辈,三笑图中就写真。

邓 肃(1091—1132)

避贼引

羽檄星驰暴客起,西望烽烟无百里。夜半惊呼得渔舠,老稚相携三百指。
蠖屈蛇盘破蓬底,忽欲骞身风刮耳。沙汀舣岸少依刘,万斛愁情空一洗。
回思当年侍玉皇,禁垣夜直宫漏长。驱驰谁谓遽如许,客枕不安云水乡。
前日蹇驴冲火烈,今此扁舟压残雪。隆暑祁寒欲少休,钲鼓迫人如地裂。
草庐安得无卧龙,奉天政赖陆宣公。凭谁急呼人杰起,使我叩角歌尧风。

靖康迎驾行

女真作意厌人肝,挥鞭直视无长安。南渡黄河如履地,东有太行不能山。
帝城周遭八十里,二十万兵气裂眦。旌旗城上乱云烟,腰间宝剑凝秋水。
雪花一日故蒙蒙,皂帜登城吹黑风。我师举头不敢视,脱兔放豚一扫空。
夜起火光迷凤阙,钲鼓砰轰地欲裂。斯民嗷嗷将焉之,相顾无言惟泣血。
仆射何公叩龙墀,围闭相臣臣噬脐。奇兵化作乞和使,誓捐一死生群黎。
游谈似雾胡帅怒,九鼎如山疑弗顾。郊南期税上皇舆,截破黄流径归去。
陛下仁孝有虞均,忍令胡骑耸吾亲。不龟太史自鞭马,一出唤回社稷春。
虏人慕得犹贪利,千乘载金未满意。钗钿那为六宫留,大索民居几卷地。
六龙再为苍生出,身磨虎牙恬不恤。重城突兀万胡奴,杳隔銮舆今十日。
南门赤子日骈阗,争掬香膏自顶然。忿气为云泪为雨,漫漫白昼无青天。
太王事狄空金帛,坐使卜年逾八百。天听端在民心耳,苍苍谁云九万隔。
会看春风拥赭黄,万民歌呼喜欲狂。天宇无尘瞻北极,旄头落地化顽石。

葛胜仲(1072—1144)

刁马河上书事呈提举张圣用

稻人掌稼存周书,荡以沟洫蓄以潴。为田一夫顾尚尔,有大于此其亡诸。
所以当时多善岁,黍稌高下无莱污。史公引漳变舄卤,郑国注洛通庡淤。
寂寞井地已不复,二子兴利犹居居。常平新书出圣考,岁积羡入为留储。
毫厘不以给公上,补助力役宽农夫。意谓舍此欲富国,不几缘木求渊鱼。
猗欤吾皇始即阼,骏惠成宪追前摹。民田利病特经意,诏俾海县交修予。
吾言舆议满青甒,论及刁马尤勤渠。一劳暂费不足惮,要使长利相乘除。
水衡衔命出护役,使节适野同伴图。劝勤警惰诏赏罚,尺一径下随都俞。
择材分干自不乏,犹如采芭从菑畲。麃麃畚插事疏凿,坎坎钲鼓催勤劬。
伍符尺籍用兵法,保受团结从州闾。施功堑中每绝蚓,得肉道上时衔乌。
河流广深事股引,清波涨绿涵灵胥。劝农使者旧京兆,眉妩曾画闺房姝。
鲁邦都尉古循吏,谋视韩许直庸奴。经营土功费心画,埤益王事成仙臞。
清明不归对花柳,独冒埃壒驰轺车。香名巍巍镂翠琰,绩用蔼蔼飞皇都。
横流不复灌旁郡,万室按堵安田庐。陪京沃壤袤千里,旱干水溢从今无。
谁言酾渠百世利,政在起役三旬余。荒功经始自勿亟,烦尔讫事歌骊驹。
役夫云翔指千万,北返曹濮南青徐。愿修厉禁比川泽,张官督察称衡虞。

巩 丰(1148—1217)

晓起甘蔗洲

晓起东风恶,晴岚忽变昏。船随山共走,雾与水相吞。
钲鼓遥知寨,桑麻略辨村。雨来无准则,容易湿柴门。

华 镇(1051—?)

宿道林寺诗

钲鼓远轰填,旌旗近凌乱。兰棹截波舣,肩舆傍山转。
白羽映尘举,乌纱倚风岸。揆才非阿都,托乘陪中散。
暝投萧寺迥,路入修林蒨。清谈曾未既,长夜已逾半。
周旋仰陂量,眲睨惭沟断。欲倚青云披,轻歌白石烂。

高风生夜壑，长松响幽涧。秉烛访陈迹，辞墨叠壮观。
缨蕤虽未濯，心目欣已浣。文奇楚招些，迹异元郎漫。
初惊冰玉违，已见珠玑璨。临池名草圣，天台得才冠。
兼资古所稀，荐遇世尤愿。琳琅鼓余韵，蛟虬走芳翰。
诣绝雅无伦，神变敏如幻。规为到古始，气概起消懦。
须知赵璧贵，祇借秦人玩。吟想情有余，言终屡增叹。

李流谦(1123—1176)

失　　题

学者一大事，最重出与处。用行舍之藏，孔颜独相许。
参赐地位高，窥牖不得睹。而况未见圣，一曲株守兔。
入林恐不密，狙者或拒户。如蜗护一壳，槁死竟何补。
营营夸妣子，意常在腐鼠。钟鸣尚迟回，颠沛惭末路。
细评谁失得，未易较吴楚。圣贤具成体，以道为钲鼓。
适时不俟驾，枉已一揖去。而我本来心，湛如太空故。
先生平生学，此理超圣处。浮沉四十年，夷险随其遇。
初无周南恨，内乐侈圭组。名高天不掩，舜聪彻幽阻。
门前裹轮车，急急戒徒御。企首洙泗上，进退绰有裕。
富贵调儿童，嗔喜狙赋芧。此同伐国问，何乃至君子。
愿出有用学，不朽在斯举。

送仲明赴举

进退士所重，视天为鼓钲。采薇北山曲，濯足南涧滨。
高风岂不伟，奈何万苍黔。道可济天下，不必丘园尊。
先生一世士，抱宝三家村。蚤日湖海兴，搅须见霜根。
我尝叹洄洑，再拜愿有言。钓鱼须远去，沮洳无鲸鲲。
北风折群木，严驾夙在门。万里著掌间，一舸气已吞。
岷峨赖君重，努力答山灵。造物饱阅骏，眼未见此人。
小却犹玉堂，尚堪托斯文。贱子惜此别，赠送惭空樽。
唯有清夜梦，相逐东南奔。

廖行之(1137—1189)

立春二首(其一)

晓雪才过天气清,喧阗钲鼓喜迎春。世间多少虚名事,彩仗驱牛又一新。

刘克庄(1187—1269)

又即事四首(其二)

鹢飞安敢并鸾骖,去矣休休顾渭南。稍喜园官来送菜,不愁御史出携柑。
铜山贼有钱神援,玉版禅须铁汉参。闻道五原钲鼓急,崆峒山叟昼眠酣。

彭汝砺(1042—1095)

长 芦 阻 风

纵目江南路,系船淮上村。长芦云作阵,高柳石为根。
浪逐江风急,潮连海水浑。雪霜千骑散,钲鼓万兵屯。
蒲藻鱼游处,泥沙鸟篆痕。参差邻画舫,咫尺想空门。
贝叶有秘语,韦编无近言。漫瞻双去翼,空饰两朱幡。
好在弥天释,何如炙輠髡。浊清罗酒斝,南北看风幡。
敬信无非事,精微讵可论。孤忠天未弃,尚合辱垂恩。

史 浩(1106—1194)

饯冯圆中郎中守邛州

岷峨秀多士,照乘辉连城。夫君挺奇瑞,梯栈来神京。
殿前策三道,光焰摩九精。甲科雄鹭序,四海驰文名。
一朝坐璧水,缓辔登蓬瀛。二年作铨总,谈笑流品清。
陛对本故事,中间俄一鸣。黼座固色喜,无乃群邪惊。
堂堂颇牧论,万古追家声。胡为忽掉头,解组寻归程。
帝曰邛笮民,抚字宜烦卿。汝其下膏泽,癃瘵均丰盈。
上方宝环赐,迟汝襦袴氓。承平二千石,倚任谁云轻。
况复近乡井,正昼锦方荣。过家仍上冢,钲鼓喧双旌。
男儿贵行志,岂俟腰金横。风云傥际会,衮绣居槐庭。
别酒置客邸,伊嗟未忍倾。所嗟君子外,何独伤离情。

释德洪(1071—1128)

代人上李龙图并廉使致语十首(其五)

细柳成阴花满径,晚来钲鼓导朱轮。河东鸳鹭三英杰,天上麒麟两俊人。
闲里笑谈清似玉,杯中贤圣韵如春。引弓一箭惊穿札,堵立欢声快吏民。

释文珦(1210—?)

昨日出城南行

昨日出城南,战阵如云屯。兵刃欲相接,杀气方腾掀。
黄尘塞天地,日月为之昏。壮士仗忠义,不忘丧其元。
奋然为前驱,誓报明主恩。卒伍皆贾勇,翕合无异言。
唯欲纾祸难,岂辞属橐鞬。元戎既启行,旌旆交缤翻。
谓当奏凯还,受爵效屏藩。众寡力不侔,傍复乏外援。
战久俄败衄,靡闻钲鼓喧。军中纪律严,致死无敢奔。
全师同陷没,千万无一存。肢体膏草莽,血流成川源。
国虽加恤典,莫能返其魂。白骨蔽四野,鬼哭多烦冤。
怀哉唐虞君,大德罔亏骞。垂衣成至治,万国皆晏然。
齐威虽霸主,亦赖仲父贤。九合不以兵,仲尼所称传。
兵乃不祥器,圣贤尝戒旃。人苟服其仁,斯亦何用焉。

司马光(1019—1086)

孙器之奉使淮浙至江为书见寄以诗谢之(其二)

晓棹旌旗迥,暮河钲鼓喧。商船极目避,汉使一何尊。

送张学士两浙提点刑狱

朝家重典刑,书府借时英。钲鼓喧江下,云山拂眼清。
秋风鲈鲙美,书日锦衣荣。勿似朱翁子,空令守邸惊。

送次道知太平州

狼汤春流满,芜湖候吏迎。旌旆晓日丽,钲鼓野风清。
暂喜红尘远,休嗟素发生。专城方四十,自古以为荣。

将军行

赤光满面唇激朱,虬须虎颡三十余。腰垂金印结紫绶,诸将不敢过庭除。
羽林精卒二十万,注听钲鼓观麾旌。肥牛百头酒万石,烂漫一日供欢娱。
自言不喜读兵法,智略何必求孙吴。
贺兰山前烽火满,谁令小虏骄慢延须臾。

送史馆唐祠部江南西路转运使

豪杰争唐鹿,江南号富强。明时虽混一,余俗尚凋伤。
税版诛求急,词曹牒诉忙。皇心愍颓弊,使节付才良。
贫吏先投绂,奸民尽越乡。闾阎无插笔,田亩有栖粮。
汉阁归期阔,隋河去驿长。风高片帆疾,钲鼓入秋光。

王　迈(1184—1248)

亲旧问盗作诗四十韵以答之亦可备野史之录

我来自京师,己丑之十月。道之建剑间,行行遇兵卒。
问之何为行,对言声哽咽。初只因临汀,盐商时出没。
县官事张皇,星夜闻帅钺。帅出乃捕兵,此曹辄猖獗。
加之江西寇,恃崄护巢穴。向来误杀降,贻祸今尤烈。
合党肆纷披,交锋争桀黠。聚落四百村,室庐遭毁爇。
转徙临昭阳,孤城危一发。帅方实归装,视此苦不切。
惟漕暨庾台,协心图扑灭。移文责十连,义激词语辣。
就檄刘权军,专城植铩戟。又有一老尉,贾勇抗鸥鹬。
赖此所居民,犹苟旦暮活。我闻此卒言,忧愤中肠热。
及归抵吾庐,保伍亦团结。或恐汀邵寇,余烬尚分裂。
或疑鼠狗徒,乘间敢窃发。吾乡号乐国,目不见寸铁。
一闻钲鼓声,缩头畏如鳖。新岁或讹言,城居竟搬挈。
丁男肩欲頳,稚女足不袜。相顾莫为谋,去守将安决。
汝知海盗谁,吾能为汝说。年来民贼多,田里困根括。
单丁火亦追,逃户租尽刷。猛虎政太苛,攘鸡手已滑。
剥床忍及肤,椎肌惨见血。吏肥富薰天,民贫怨刻骨。

及此皆幸灾，狷险何眈眈。古来盗贼兴，官吏去饕餮。
大者籍其家，小亦置重罚。人心知是非，端可以理折。
民贼尽芟夷，虽赏之不窃。

王　炎（1138—1218）

秋旱得雨

下田出龟兆，高田半黄埃。禾穗槁欲死，益以蟊贼灾。
钲鼓竞祷祈，民病神所哀。划空走笑电，隐地鸣怒雷。
云将为前驱，颇送甘雨来。老稚喜欲狂，稍觉生意回。
鸡豚赛秋社，屈指笁新醅。米价免翔贵，我亦怀抱开。
凉声绕松梢，披襟可徘徊。执热汗如雨，得此亦快哉。
短歌当氓谣，因以侑一杯。

魏了翁（1178—1237）

八月七日被命上会稽沿途所历拙于省记为韵语以记之舟中马上随得随书不复叙次（其二）

紫帏青伞杂旗旌，乌帽银挝从鼓钲。导哄略如州别驾，无人知是汉庭卿。

吴　芾（1104—1183）

早行五首（其五）

我无政术强为官，所至将迎每厚颜。何事深村赤脚妇，亦闻钲鼓出篱间。

吴　渊（1190—1257）

九　日

百年王事谩劳形，客里逢时迹类萍。无酒可添元亮兴，任人浪笑阮宣醒。
荆湖城壁连钲鼓，河朔黎元陷虏庭。久拥旌旄愧无补，敢将衰朽叹飘零。

项安世（1129—1208）

送妻兄任以道赴房州竹山尉四首（其四）

凄凉怕折腰，彼盖村夫子。谁能九层台，不用累土起。
旌旗野色中，钲鼓霜风里。古来丈夫事，勿叹百僚底。

过阳罗洑

阳罗洑外黄陂路,滠口湖边孝感河。钲鼓已通南草市,腥膻欲浣大江波。
家家户外无惊犬,日日辕门有凯歌。端藉圣朝威德厚,亦烦诸将战功多。

许景衡(1072—1128)

访 唐 尉

郭外青山带势斜,松篁深处子真家。年来钲鼓浑无事,卧看残阳映落霞。

还自南邑潮过不及渡因宿江上书所见

漫刺辞主人,迟迟驾短辕。郭外人烟晚,鸡犬自啾喧。
客事足俯仰,世涂多险艰。行役亦云劳,未抵浪拘缠。
潮汐真无情,敛去如绝弦。解衣试槃磚,旅雁方联翩。
天末线缕动,钲鼓俄阗阗。稍看黄金盘,吞吐洪涛间。
欻然洲渚失,浩荡连云天。平生喜江海,岂但眼界宽。
飘流二十载,龌龊百忧煎。今夕复何夕,玉壶俯人寰。
造物虽汝厄,宁不略汝怜。清风一帆去,鼓柂余高眠。
佳处良在兹,畴昔劳永叹。

薛季宣(1134—1173)

外舅孙帅挽诗

行谊推前辈,綮公学大成。博通行秘府,威德殷长城。
笔力千均重,词源三峡倾。怀珠飙跃浪,杖策稳登瀛。
奇节为绳直,危言袭凤鸣。弦歌风四甸,领袖服诸生。
任付即山铸,章分煮海程。钱流邦货重,利半国租赢。
政抑豪民折,人知公道行。绣衣休直指,彤矢赐专征。
剑戟森营垒,边陲卧鼓钲。正辞平楚狱,折简罢蛮兵。
治水防云固,为鱼患不萌。蕴含荆玉润,廉与蜀江清。
流马追前躅,轻裘拥后旌。鸾声仍哕哕,蝇矢自营营。
毋谓镠金铄,其如衡石平。功名书册在,冠冕掷瓢轻。
棠棣辉方骅,琼瑰梦忽惊。人间傅说谢,天上岁星明。

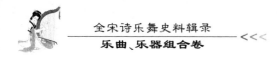

有美称遗爱，无穷企令声。泪碑兼陌祭，西蜀又南荆。

虞俦（？—？）

赴吴兴初入境

诏书催发太频频，千骑东来喜望尘。不为寻芳宁较晚，固应入境便颁春。
风和渐觉旌旗转，野旷遥闻钲鼓新。千里嗷嗷方待哺，自惭何以慰斯民。

袁说友（1140—1204）

顺风至采石

快哉真得楚王风，钲鼓喧江四面雄。但欲帆樯催上水，敢辞井路傍西戎。
江空岁晚飞烟外，人静霜明过浪中。少泊山腰羌笛断，一樽那肯为诗穷。

渡嘉陵江宿什邡驿

山程十日不见江，前日初逢黎渡水。牵车又到渠江畔，漾漾翻波意尤美。
今朝嘉陵江水宽，危峰大石更巉屼。棹儿艇子呼晚渡，亦刜钲鼓推标竿。
渡头枫绿蔷薇密，我宿山南雍城侧。细思青史什邡侯，君恩何似嗟来食。

过渠江渡

棹歌江峡三月程，颇厌风涛困征橹。驱车山路两旬浃，又觉崎岖萃劳苦。
甘溪岭下冉村路，一道渠江拆山坞。风平雨细无皱面，浥浥寒漪清客暑。
渡船也学钲鼓声，催上篮舆傍江浒。夷犹短楫瞥眼过，却怀江程久如许。
山踪水迹本游戏，南北东西惯安处。兹行两脚不遗力，千里环山几艰阻。
一江森森横目前，如渴得泉旱得雨。流波闻向合州去，却入恭江汇西溇。
便欲挟浪扁舟西，褰裳回首忻从之。君恩如天未酬一，一念惓惓系孤迹。

过新滩百里小驻峡州城

明朝上巴江，日日峡中行。天险三峡路，峡险滩头程。
就中十二滩，新滩尤可惊。父老记往时，此地江流平。
一朝陵谷变，崩裂山峥嵘。大崖江里卧，小石江心横。
作此一大滩，水石相吞并。涛雷殷昼夜，浪雪鸣轩轰。
空山十里遥，已接千鼓声。末流到山尾，犹作汹涌鸣。
朝家忧病涉，遣使劳经营。辇石竟无谋，舟至不敢征。

东来西上者,因有盘滩名。我来滩水傍,滚沸如煎烹。
众畏岂不畏,稚鬐栖檐楹。遐观一舟来,掀浪嘈鼓钲。
群夫山下蚁,百丈风中筝。冲涛已怭滟,转柁犹欹倾。
戛戛到龙门,艰苦如颉羹。须臾近平峡,便觉天地清。
携孥稳乘舟,相庆如更生。蜀道登天难,于此论始明。
况我衰病余,怀此忧惧情。国恩念未报,一叶身为轻。
小臣抱孤忠,思有称使令。举酒望星河,作诗聊自评。

岳　珂(1183—?)

宵　征

炬火一川明,前驱听鼓钲。指途期县驿,问道趣王程。
不为柏人怯,聊寻葵戍盟。征夫免泥淖,何忍喜天晴。

曾　巩(1019—1083)

代书寄赵宏

忆承昨岁致书召,遂入江城同一笑。赢奴小马君所借,出犯朝寒鞅频掉。
从来万事固已拙,况乃病敦颜不少。去随众后已自枉,更苦世情非可料。
一心耿耿浪诚直,百口幡幡竞诃诮。独君踊跃于我顾,譬于真玉火空烧。
别来未几岁云换,杨柳得春还窈窕。东溪最好水已渌,桃李万株红白照。
当时病卧不能出,日倚东风想同调。逡巡红白委地休,新叶可书阴可钓。
君持使传入南师,忽领貔貅过蓬藋。僧堂取酒就君饮,不觉乘欢盏频釂。
屋西明月过帘白,帘角有时飞熠耀。明闻钲鼓催军发,共上高楼看旗旐。
日高行忽又别君,从此闭门谁可啸。秋风已尽始得书,喜听车轮返穷徼。
身欲追随病未能,目断珊瑚遮海峤。是时肺气壮更恶,日以沉冥忧不疗。
岂其艰苦天所悯,晚节幸值巫彭妙。放心已保性命在,握手犹惊骨骸峭。
今年霜霰虽未重,室冷尚无薪可燎。一亩酸寒岂易言,局促不殊鱼在罩。
劳君书札数问讯,深愧薄材无象肖。君心卓荦众未识,安得辨口闻廊庙。

张方平（1007—1091）

幽 蓟 行

昔者帝尧光宅本都冀，幽朔乃为寰内地。
舜肇十有二州此其一，禹服周藩有年祀。
崆峒之英其人武，气含阴杀乐钲鼓。秦汉发吏守边亭，世与其民捍中土。
召伯功勤黑社传，昭王意气金台古。我兴北望涕交颐，念汝幽蓟之奇士兮。
今为勋华光耀照四海，忍遂反袒偷生为。
吾民孰不愿左袒，汝其共取燕支归。

张 耒（1054—1114）

寒 鸦 词

寒鸦来时九月天，黄梁萧萧人刈田。啼声清哀晚纷泊，迭和群音和且乐。
朋飞聚噪动百千，颈腹如霜双翅玄。风高日落田中至，部队崩腾钲鼓沸。
高林古道榆柳郊，落叶晴霜荆棘地。志士朝闻感岁华，田家候尔知寒事。
垄头雪消牛挽犁，荡漾春风吹尔归。投寒避暖竟何事，长伴燕鸿南北飞。
我滞穷城未知返，为尔年年悲岁晚。扁舟东下会有期，明年见尔长淮岸。

张 縯（？—1207）

奉陪安抚大卿登八阵台览观忠武侯诸葛公遗像偶成长句

白帝城西鱼腹浦，十月江平见津浒。当年累石纷成行，此地卧龙经讲武。
辕门外建严中权，列阵相承存后伍。何人蛇势识常山，未数鱼丽矜郑拒。
悬知精神贯金石，尚想号令严钲鼓。老兵料敌应疑生，川后澄波其敢侮。
向令赤伏有遗符，下睨皇州直指取。云何遗迹司神明，独靳丰功被寰宇。
高城置酒供临眺，往事兴怀增叹抚。巍然王佐三代前，信矣名言照千古。

赵 蕃（1143—1229）

简子崧时丞建德

石田渡口钲鼓鸣，忆同居民送君行。至今是邦数廉吏，君与韦陆俱其名。
别来忆君已腾趠，故人无复思渔钓。岂知更作畿县丞，未免流俗轻嘲傲。

如君为学未易论,渊源固自知所尊。使其策足上台省,愊人吉士当以分。
韬藏自是玉之美,奈何有道贫贱耻。汉宣且识东海萧,吾君聪明岂不尔。
愿君强饭力自持,九十半百古语之。扁舟仅可顷刻住,便风催人当语离。

赵 佶(1082—1135)

宫词(其三八)

齐警开场设鼓钲,雷霆凛凛奏严声。通宵环卫无哗语,惟听鸡人巧唱更。

赵万年(1169—?)

腊月初三日虏人攻城以强弩射退获捷

四围钲鼓震天鸣,虏骑平明尽逼城。万弩应弦因退走,却疑城上有神兵。

朱 熹(1130—1200)

再 用 前 韵

久阴冬竟暖,欲霁气先清。田舍占烟火,军家候鼓钲。
风霜千里肃,天地一朝晴。明日知何日,阳春又发生。

锣 鼓

陈 造(1133—1203)

谢朱宰借船①

书生禄邀空自怜,三年官满囊无钱。身如绊骥心千里,安得一舸西风前。
令君磊落济川手,留滞亦怜穷独叟。大舟百尺影白虹,借我搬家我何有。
函牛之鼎著鸡肋,涓滴渠须瓠五石。劣留两席置图书,辇石囊沙压摇兀。
典衣买酒饷三老,槌鼓鸣锣人看好。相过重读借船帖,我自卢胡君绝倒。

释梵琮(?—?)

偈颂九十三首(其一五)

打鼓槌锣竞上竿,几人平地足心酸。七峰有个安身法,袖手无言冷处看。

---

① 杨炎正《谢朱宰借船》内容与此诗大致相同,仅个别字词有异,不再重复收录。

看即易,上即难。搭索上横身,刹竿上斗走。
蓦忽转身,打个筋斗。佛祖当场,各出标手。
微笑因拈华,一时成漏逗。洞山麻三斤,云门乾屎橛。
德山入门棒,临济入门喝,阳焰何曾止得渴。
衲僧别有条章,今日对众分雪。珠称夜光,剑号巨阙。

鼓　　板

范成大(1126—1193)

虎丘六绝句·方丈南窗

鼓板钟鱼彻晓喧,谁云方外事萧然。窗间日暮寒烟重,未到斋时我正眠。

李　纲(1083—1140)

又次韵中秋长句

凉风吹空明月高,清光万里见秋毫。银云栉栉方解驳,河汉掩映如波涛。
须臾扫尽无多子,天影悠悠碧于水。冰轮正午久停鞭,群动寂然声不起。
谛观此月真跳丸,山河倒影犹蛇蟠。桂华耿耿已澄洁,秋气凛凛增清寒。
前年望月都城汴,只恐中霄风雨变。一杯相属有情亲,侧耳歌楼闻鼓板。
今年望月沙阳山,照我心如铁石坚。美人千里共明月,遥想闺中只独看。
空庭步月更幽好,白露泙泙湿烟草。开编况对古圣贤,发愤忘忧不知老。
男儿本自甘贱贫,富贵名传能几人。题诗对月到日出,锦囊何似庞眉客。

笳　　鼓

曹　勋(1098—1174)

方诸曲二首(其二)

迢迢方诸宫,玉阙排霄起。扶桑高扶疏,森耸数千里。
碧椹杂青葱,蟠桃映瑶水。离离间朱实,凤鸟护丹蕊。
灵风洒兰林,空歌洞霄紫。青童会群真,趣节召扬许。

安妃从元君,鸾旗翳沧渚。翩翩八景舆,鸣珂下容与。
拊手扬玉音,妙响翔天宇。真气凄金石,聆之廓丹府。
灵波濯曜罗,朝元道箛鼓。

和程进道见贻

秋声起木杪,便觉密叶稀。风至草木劲,水阔鸿雁知。
壮怀感摇落,叹息囊中锥。功名未卓立,此心常坐驰。
君家朱桥侧,细俯秋水迟。气近龙凤阙,喧无箛鼓悲。
萧斋琴书静,不知花影移。棣华好伯仲,腾起风云时。
心亲诗礼学,日与富贵期。不忘黄尘苦,乃眷寒士饥。
此理诚愫抱,岂复持诡随。已献仲舒策,孰谓李广奇。
文中有至乐,妙处含天机。一官勿言困,且喜愿不违。
我诚老宾客,合爪喜见之。关西相有在,行矣当无疑。

晁补之(1053—1110)

复用前韵并答鲁直明略且道见招不能往

铜斗承糟醉张口,口和渔阳拍铜斗。去年抛却青竹竿,女婆婵媛呼我还。
我初不解世中语,淡面那久王侯间。未须头出千人上,要有廖君黄子赏。
竹林清风前日生,豫章冥冥云拥城。二人不来草木长,带铗陆离谁与荣。
步行夺马从此起,谈笑封侯谁氏子。平生不识箛鼓悲,虚读君诗舍然喜。
君不见大贤远抱与俗难,何须酒盘柔指鸣哀弹。
二人高韵已寥廓,黄鹄之飞那得攀。绳桥可度见可喜,家贫马骨高三山。

晁公遡(1116—?)

寄泸南子止兄

二年立王朝,忽然厌承明。受诏予印绶,复作江阳行。
地当周五侯,秩视汉九卿。边清尘不扬,主圣时自平。
上堂簪履集,出门箛鼓鸣。想亦多宴乐,鼓瑟兼吹笙。
吏民更相戒,岂敢烦敲榜。田间黄发叟,闻此叹且惊。
触眼未尝见,不毛今亦耕。

陈 宓(1171—1230)

挽傅仲斐生母李氏(其二)

已登椿柏七旬算,终锡花钗九树妆。懿行在人今已矣,西风笳鼓助凄凉。

挽 外 舅

孝友生来闾里推,外家双阙孰知师。历官惠爱今龚遂,律己廉隅古伯夷。
四郡声称如昨日,十年闲退未衰时。老成德望嗟难继,笳鼓原头泪满颐。

陈师道(1053—1102)

和 元 夜

笳鼓喧灯市,车舆避火城。彭黄争地胜,汴泗迫人清。
梅柳春犹浅,关山月自明。赋诗随落笔,端复可怜生。

陈 襄(1017—1080)

慈圣光献太皇后挽词二首(其二)

庆寿蟠桃晓雾昏,忽闻笳鼓咽都门。宫闱有范遗文母,社稷无忧付圣孙。
四海心丧同祖妣,一封手诏易陵园。君王孝感凌穹昊,未尽东朝欲报恩。

陈 著(1214—1297)

嵊县劝农途中示同寮二首(其二)

老农欢笑声,三十里春程。笳鼓断还续,杯盘坐又行。
谁云偿县债,正好看民情。归去不妨晚,出山溪月明。

闻西兵复至又为逃隐计二首(其一)

千村奔走浪尘沙,又报西兵沸鼓笳。厄会有谁知死所,危途无处问生涯。
孤镫闭户一山雨,远梦当书三处家。最怕入深饥莫忍,难逢流水出胡麻。

季秋入城郡人迎鲍王有感

满城呵道涨黄尘,仪卫森严亚玉宸。幕帝游魂勋阀旧,鼓笳杀气谱家新。
西风儿戏知何世,末俗民心只有神。兀坐僧窗增感慨,梁公已矣更谁人。

谌 祜(1213—1298)

句(其四一)
城上乌乌知息战,陈前笳鼓缓归装。将军斗大黄金印,犹待先登缚鬼章。

句(其一一五)
笳鼓宫商塞外归,似此殊勋古难匹。后来渭上朝正月,尚忆祁连冢中骨。

程公许(1182—?)

寿制使董侍郎
秋云阴阴压边城,秋风飒飒飞边尘。淮堧夕烽连岘首,往来羽檄无时停。
那知筹边楼上一长啸,环六十郡皆阳春。
老翁哺儿夸说尹,连年我仓歌既盈。皇明如在殿西角,恩许借留为福星。
六弧标庆当揆度,载途鼎沸歌谣声。请公细酌成都酒,拄笏看度西山云。
只将祭酒瞠目意,坐镇坤轴如砥平。
可怜儿辈见坎井,孰知我公身远万里心朝廷。
天生人物关运数,岂为尔较山重轻。浙江时巡今四叶,上流地险如建瓴。
强敌逆天天久厌,力困尚逞牙距狞。胆折栈云不敢向,介胄酣眠宵彻明。
雅知折冲妙方略,胸中历历不啻风雪身经行。
我闻四海如一体,手足虽异脉络元相亲。
痒疴何适不关我,仁者顷刻安得宁。吾皇盛德尧舜主,包瑕匿垢韬厥灵。
一朝震怒诏薄伐,天戈所指壶浆迎。西南倚公九鼎重,草木亦自知威名。
宝书斑斓真学士,阵图指授诸将军。频来宠光对赫奕,富有学问规经纶。
蜀才自昔比齐鲁,公既崇学扬其文。更须度外广物色,声病未可拘豪英。
蜀民生理日艰急,公既减贱矜其贫。张弓何时可复弛,一分可宽宽一分。
蜀边储峙仅虚籍,公既檄吏探其困。馈粮千里忧不继,渭上可无人杂耕。
蜀兵十万今有几,公既选练搜其精。将骄易置端在我,尾大安得平如衡。
公心浑如古井水,泛泛外物何关情。公才信是涧壑松,大厦安乐扶其倾。
勿谓蜀汉弹丸土,邓侯用之开西京。间关武侯亦良苦,千古大分垂丹青。
愿公为国一引手,饥食渴饮心经营。从前规模会展拓,盖世事业看峥嵘。

旆旌扬风出子午,箛鼓动地超三秦。
毋使郑侯武侯得专美,蜀山岂无齐天之石可磨亦可铭。
少徐带砺河山盟,命圭相印酬元勋,胙土奕叶疏恩荣。
却归麻坛之山命仙侣,脯麟酌醴一曲歌长生。

储福观谒唐玉真公主祠

华萼楼前花冥冥,三郎雅知睦天伦。脂田恩厚脱屣轻,独将泡影观此身。
碧瑶六六秀蜀岷,朝来郁勃连夕曛,石坛虚呵存谷神。
箛鼓惊散羯鼓春,兄来问信杳莫闻。瑶池宴酣归未醒,千岩万壑空烟云。
一念之差隔几尘,蓬莱谁信有太真。平生我亦厌俗氛,秘篆曾受金阙君。
玄机傥有三生因,不妨牧羊学初平。

程 俱(1078—1144)

龙图阁待制知亳州事傅公挽词四首(其四)

曳杖空成叹,骑箕去莫追。桑阴曾未改,棠荚有余悲。
箛鼓千山路,龟螭万古碑。登门惭薏陋,何以报深知。

范纯仁(1027—1101)

九日游西山开化归会柳溪示程宪

登高观稼适同时,宾从喧阗逐隼旗。殿阁崔巍初日照,林峦萧索晓风吹。
山空箛鼓穿云响,径险车徒出谷迟。坐阻车公归兴速,却寻黄菊醉西池。

神宗皇帝挽诗四首(其四)

祖祭连驰道,宸仪出殡宫。旌幡萦晓露,箛鼓咽悲风。
雨泣千官送,云奔万国同。丹心随笼水,先到裕陵东。

富相公挽词五首(其一)

河岳神灵降,唐虞景运开。致君优圣域,跻俗在春台。
天上台星坼,人间梁木摧。霜风咽箛鼓,断续送余哀。

安州张大卿挽词三首(其三)

寒风咽箛鼓,晓月带旌幡。触目伤陈迹,书绅记绪言。
应山藏石椁,梦泽对松门。逝水何由止,清名后世存。

司马温公挽词三首(其三)

两宫思旧德,异礼贲忠魂。翠辇亲临后,蝉冠锡命尊。
霜风咽笳鼓,寒日惨旌幡。不独知心客,徘徊哭寝门。

范祖禹(1041—1098)

司马温公挽词五首(其四)

尽瘁忧民瘦,孤忠简圣心。忘身甘首疾,报国竞分阴。
天夺杨公速,人思召伯深。秋风咽笳鼓,行路泣成霖。

方　回(1227—1307)

和陶渊明饮酒二十首(其七)

九日戏马台,二谢词翰英。良辰各有句,得无差过情。
元嘉事其子,不救巢卵倾。渊明东篱下,焉识笳鼓鸣。
兀坐把寒菊,竟亦了一生。

顾　禧(？—？)

宿徐稚山斋中

已将夙昔志,抵掌为君陈。笳鼓悲吴地,须眉忆汉臣。
梅花凭夜发,柳色司年新。此夕关河客,应输夜卧人。

韩　淲(1159—1224)

送辛帅三山

暂著鵕行却建牙,此身何地不为家。闽山又作年时梦,吴会分明眼底花。
舒卷壮怀公自笑,往来行李士争夸。棠阴应有邦人望,笳鼓西风拥帅华。

韩　琦(1008—1075)

腊日出猎二首(其一)

笳鼓拥貔狨,韩陵山下头。人心忘岱岳,鹰眼快离娄。
兔逸兹穷虏,孤豻即贵酋。乡民谁会我,衣锦乐敖游。

壬子三月十八日游御河二首(其一)

寒食初过始及旬,魏都偏重此佳辰。倾城尽作河生日,匝岸皆如蜡祭人。
几舰神仙疑骇俗,一川箫鼓任同民。东皇似助熙台乐,并与千门万户春。

次韵和留守宋适推官游宴御河二首(其一)

箫鼓齐喧泛御津,何妨同欲乐兹辰。中三节物初过五,八十春光未破旬。
红旆厌风收电脚,绿波伤棹散鱼鳞。欲知治世升平象,请看熙熙两岸民。

仁宗皇帝挽辞三首(其三)

圣治方无事,仙游邈不还。心休黄屋外,乡还白云间。
箫鼓凄寒月,旌旗卷暮关。孤臣期得殉,黄鸟愿重删。

韩　维(1017—1098)

中书令程文简公挽辞二首(其一)

谋猷国称老,政事吏为师。始卒君臣分,哀荣将相仪。
行人看箫鼓,旧部泣旌旗。千载伊嵩路,萧萧陇树悲。

韩元吉(1118—?)

刘子渊监庙年八十六耳目聪明能饮酒举大白喜赋诗比过之因示长句次其韵

才疏政拙愧能名,黄发犹欣见老成。林壤固知聊自乐,门闾要是已堪旌。
持杯潋滟千眉耸,落笔纵横四坐惊。箫鼓过君应一笑,平田两部足蛙声。

何扬祖(?—?)

题畚岩

石室何时霹雳开,曾听绣斧凯歌回。谁知二百余年后,复有旌旗箫鼓来。

胡　榘(?—?)

濠梁凯歌

春残天气何佳哉,捷书夜自濠梁来。将军生擒伪驸马,虏兵十万冰山摧。
何物轻狷挑胡羯,万里烟尘暗边徼。边臣玩寇不却攘,三月淮堧惊蹀血。

庙谟密遣山东兵,李将军者推忠精。铁枪匹马首破阵,喑呜叱咤风云生。
摧杀群妖天与力,虏丑成擒不容逸。失声走透虏鼓抛,犹截腾骧三百匹。
防围健使催赐金,曹家庄畔杀胡林。游魂欲反定悬胆,将军岂知关塞深。
君不见往日蕲王邀兀术,围合狐跳追不得。
夫人明日拜函封,乞罪将军纵狂逸。岂知李侯心胆粗,捕缚猘子才须臾。
金牛走敌猛将有,沔州斩贼儒生无。宗社威灵人制胜,养锐图全无轻进。
会须入汴缚鄷王,箫鼓归来取金印。

胡　铨(1102—1180)

家　训

悲哉为儒者,力学不知疲。观书眼欲暗,秉笔手生胝。
无衣儿号寒,绝粮妻啼饥。文思苦冥搜,形容长枯羸。
俯仰多迍邅,屡受胯下欺。十举方一第,双鬓已如丝。
丈夫老且病,焉用富贵为。可怜少壮日,适在贫贱时。
沉沉朱门宅,中有乳臭儿。状貌如妇人,光莹膏粱肌。
襁褓袭世爵,门承勋戚资。前庭列髯仆,出入相追随。
千金办月廪,万钱供赏支。后堂拥姝姬,早夜同笑嬉。
错落开珠翠,艳辉沃膏脂。妆饰及鹰犬,绘彩至蔷薇。
青春付杯酒,白日消枰棋。守俸还酒债,堆金选娥眉。
朝从博徒饮,暮赴娼楼期。逢人说门阀,乐性惟珍奇。
弦歌恣娱燕,缯绮饰容仪。田园日朘削,户门日倾欹。
声色游戏外,无余亦无知。帝王是何物,孔孟果为谁。
咄哉骄矜子,于世奚所裨。不思厥祖父,亦曾寒士悲。
辛苦擢官仕,锱铢积家基。期汝长富贵,岂意遽相衰。
儒生反坚耐,贵游多流离。兴亡等一瞬,焉须嗟而悲。
吾宗二百年,相承惟礼诗。吾早仕天京,声闻已四驰。
枢庭皂囊封,琅玕肝胆披。但知尊天王,焉能臣戎夷。
新州席未煖,珠崖早穷羁。辄作贾生哭,漫兴梁士噫。
仗节拟苏武,赓骚师楚累。龙飞睹大人,忽诏衡阳移。

帝曰尔胡铨,无事久栖迟。生还天所相,直谅时所推。
　　更当勉初志,用为朕倚毗。一月便十迁,取官如摘髭。
　　记言立螭坳,讲幄坐龙帷。草麻赐莲炬,陟爵衔金卮。
　　巡边辄开府,御笔亲标旗。精兵三十万,指顾劳呵麾。
　　闻名已宵遁,奏功靖方陲。归来笳鼓竞,虎拜登龙墀。
　　诏加端明职,赐第江之湄。自喜可佚老,主上复勤思。
　　专礼逮白屋,悲非吾之宜。四子还上殿,拥笏腰带垂。
　　父子拜前后,兄弟融愉怡。诚由积善致,玉音重奖咨。
　　资殿尊职隆,授官非由私。吾位等公相,吾年将期颐。
　　立身忠孝门,传家清白规。但愿后世贤,努力勤撑持。
　　把盏吸明月,披襟招凉飔。醉墨虽欹斜,是为子孙贻。

黄彦平(?—1046?)

清　　明

去国炭廖悲往事,还乡笳鼓愧前修。十年过计千章木,一寸离心万斛愁。

黄　元(?—?)

知吴公仲庶游海云寺

海云春赏冠西州,醉帽花枝半压头。笳鼓不徒同俗乐,篇章还许缀诗流。
只应胜事多前日,长恐无人继后游。台鼎行闻虚席召,此欢须少为民留。

姜　夔(1155?—1208)

和转庵丹桂韵

　　野人复何知,自谓山泽好。来裨奉常议,识笳鼓羽葆。
　　谁怜老垂垂,却入闹浩浩。营巢犹是寓,学圃何不早。
　　淮桂手所植,汉瓮躬自抱。花开不忍出,花落不忍扫。
　　佳客夜深来,清尊月中倒。一禅两居士,更约践幽讨。

姜特立(1125—1203)

歌　丰　年

　　稔岁非常岁,时时雾雨并。陂塘留夜月,涧谷泻秋声。

卧夹惊宵冷,披纱怯晓清。水泉俱自足,阡陌更无争。
荷锸疏余浸,腰镰候小晴。秾材寒眼富,酒兴老涎生。
便觉糟床注,还欣庾粟盈。新君钟瑞庆,旧俗迓升平。
赛社鸡豚具,迎神笳鼓鸣。支离徒受粟,一饱愧斯氓。

李　錞(?—?)

元　夕

银花火树已春容,贝阙珠宫十二重。席有嘉宾樽有酒,车如流水马如龙。
旌旗影暖烘宵烛,笳鼓声喧侵晓钟。行乐岂关吾辈事,梦回推枕起犹慵。

李弥逊(1089—1153)

池亭待月(其一)

轻雷不成雨,风砌旋揩床。山乱云行曲,楼高月路长。
柴门非故国,戎马尚他乡。笳鼓悲清暝,关河思不忘。

送舟过南山用琴韵(其二)

雪涛一苇意雄夸,惯与滩头雁聚沙。年后腊前梅唤客,山南水北竹为家。
蓬蒿影里开三径,笳鼓声中听两衙。去住了无忻厌赏,暮年心迹晚林鸦。

次韵叶观文再赋游灵源桃花二洞之作(其一)

双旌耀林丘,小队喧笳鼓。鞭鸾相招携,拂石共容与。
爱山晋羊祜,好士汉何武。胸中补天石,笔下修月斧。
追游愧后乘,遇景诧先睹。扪参或三叹,探穴聊一俯。
会意时目成,忘言但心许。徐行讵敢留,有语不得吐。
真游未易再,外物何足数。酒尽倘可继,君歌为君舞。

李曾伯(1198—1268)

衡阳道间(其三)

风著征袭怯晚寒,一番春事在征鞍。羑听后骑鸣笳鼓,赢得儿童夹道看。

凯还又宴王宣使乐语口号

八年一柱屹长城,此老胸中百万兵。有造于西棠播颂,穷荒之北草知名。
喧天笳鼓归时乐,揭日旂常旷世荣。且为平山应少驻,莫辞酩酊尽欢情。

从制垣观阅和韵

春风小试被庐蒗,抵掌功名一战收。万里关河走狐兔,五更笳鼓肃貔貅。
星驰列骑看腾跃,云合嘉宾乐献酬。机会不来人易老,故都惆怅麦油油。

林景熙(1242—1310)

新 丰 道 中

长飙卷炎埃,澄空出秋素。迢迢铁瓮城,回首隔苍雾。
酒帘扬荒市,笳鼓发深戍。倚篷问舟人,云是新丰路。
篱落鸡欲栖,野水牛半渡。不见抱琴人,斜阳在高树。

林宋伟(?—?)

题忠毅姚公庙(其三)

岁岁蒸尝九月期,西风笳鼓万人悲。山边走马神旗闪,父老齐呼太尉来。

林亦之(1136—1185)

松林林岩叟挽词

谁学陶朱去,梅花古戍旁。平生疏几杖,哀曲损肝肠。
稚子青衿隽,东床绿袖长。四更笳鼓动,月白水茫茫。

刘 攽(1023—1089)

韩康公挽词三首(其三)

乘舆锡临吊,朝士盛班辞。笳鼓千人仗,辒辌数仞旗。
坏梁萧画在,藏壑说舟移。无复龙渊剑,空传禹甸诗。

送原甫帅永兴

读书当为王者师,论兵要作万人将。古来志士希两遂,白首儒生彼无望。
骐骥一出凡马空,豫章蟠根岁逾壮。金华事业烂然新,徂西谋谟谁与让。
旌旗蔽日红半天,笳鼓隘涂车万两。中军令出听无哗,秦山渭水皆东向。
荒夷憺威霜雪明,属城阳和春日亮。赵张成事不足论,方虎遗诗犹可尚。

龙文金铉待调饪,铉枢斡中付群当。西人欢歌公肯留,公车双鹿画辐上。

和原甫郓州乐郊诗

人事有背向,胜游不长绝。闻公乐郊行,慷慨矜岁月。
东山翠屏秀,卢水寒玉直。尚有昔来人,借问宁异昔。
菱蕖乱幽芳,梧竹凝茂阴。始知秋意高,诋厌徂岁深。
因宜付乐妨,大巧当不为。岛鱼皆自欢,贤者能勿违。
华堂庇深沉,皋壤极虚旷。清池湛明辉,寒郊无近响。
公来会旌旆,公晏盛箫鼓。鲁酒若醴醑,齐讴艳巴楚。
采芹自胥乐,食葚怀好音。因成池上篇,为想思归吟。

刘克庄(1187—1269)

挽颜尚书二首(其二)

昔有颜光禄,依稀即此翁。祖传孙愈盛,官与姓皆忠。
遗训言犹在,楞伽读未终。遥知空巷送,箫鼓咽城东。

刘一止(1080—1161)

元日得雪三日立春

斗柄御山晓直寅,夜闻箫鼓又迎春。尚欣穷腊酬三白,更荐嘉蔬继五辛。
鸠杖多情扶我老,琪花有意为谁新。甲兵不用银河洗,始觉今年一笑真。

次韵九日四首(其三)

蒲团趺坐冷知秋,箫鼓声传出郡楼。阅世梦中知是梦,说禅头上更安头。
邦君化得俱吟咏,居士年应赋莫休。只恐官梅能动兴,从梁江草唤人愁。

陆文圭(1250—1334)

蔡梅边挽诗二首(其一)

樽酒吟梅忆旧游,忍听箫鼓咽原头。曾庐柏下三年墓,退卧花间百尺楼。
淮海壮心空落落,山林晚兴寄悠悠。寒窗寂寞留孤月,劝孝坊前客泪流。

陆　游(1125—1210)

独酌有怀南郑

忆从嶓冢涉南沮,笳鼓声酣醉胆粗。投笔书生古来有,从军乐事世间无。
秋风逐虎花叱拨,夜雪射熊金仆姑。白首功名元未晚,笑人四十叹头颅。

壬戌正月十四日

老子居然健,上元如许晴。湖平波不起,天阔月徐行。
散发渔舟稳,临风野笛清。安能拥笳鼓,万里将幽并。

梅尧臣(1002—1060)

送湖州太守章伯镇

一夜北山云,吹作南湖雨。南湖迎使君,荷声竞笳鼓。
频年吴境旱,吴侬相聚语。今日见贤侯,鱼虾亦跳舞。

司徒陈公挽词二首(其二)

公在中书日,朝廷百事崇。王官多不喜,天子以为忠。
富贵人间少,恩荣殁更隆。若非笳鼓咽,寂寞奈秋风。

自　　和

忽思湖上趣,水阔似南州。地接过从易,人闲取次留。
絮轻递吹卷,蒲嫩匝堤幽。落果知禽入,行莎觉履柔。
莲为游女曲,藤系野人舟。晚笋长过筱,春秧绿满畴。
赏心曾卜昼,望岫最宜秋。款款穿丛蝶,涓涓败堰流。
风埃无入座,笳鼓或惊鸥。下客林泉性,时能梦寐游。

牟　巘(1227—1311)

四安道中所见(其一九)

姑溪小队带薰风,笳鼓欢迎鹤发翁。三十九年成一梦,几多陈迹泪痕中。

聂守真(？—？)

题汪水云诗卷(其三)

一曲丝桐奏未休,萧萧筘鼓禁宫秋。湖山有意风云变,江水无情日夜流。供奉自歌南渡曲,拾遗能赋北征愁。仙人一去无消息,沧海桑田空白头。

欧阳修(1007—1072)

和人三桥(其一)

筘鼓下层台,旌旗转和屿。桥响驾归轩,溪明望行炬。

宋宣献公挽词三首(其三)

结发逢明主,驰声著两朝。奠楹先有梦,升屋岂能招。
赠服三公衮,兼荣七叶貂。春风筘鼓咽,松柏助萧萧。

钱惟演(962—1034)

怀 旧 居

武夷仙坛接里闾,琴堂水阁半凌虚。竹林旧享铜盘食,门巷今容驷马车。楚国大言登宋玉,汉家答诏用相如。未知筘鼓归何日,空锁鳣庭春草疏。

强 至(1022—1076)

送程公辟郎中知洪州二首(其二)

君王从此不南忧,善付名郎第一州。筘鼓出严千骑从,旌麾坐制九诸侯。城巅观阁屏间见,江底乾坤镜里浮。门下贤豪常满榻,却应仲举减风流。

上知府张少卿

邦君今刺史,光禄古名卿。况是三台后,仍兼二事荣。
才猷希世出,议论一时倾。文焰长千丈,诗锋锐五兵。
量形沧海狭,气与素秋横。官路紫朱竞,公心绂冕轻。
金华推美郡,铜虎慊专城。半岁开尊府,休风变细氓。
堂阴空昼讼,桑野劝春耕。每布诏条暇,间携宾从行。
江山寻胜地,筘鼓拥游旌。好景樽前挹,新篇席次成。
双溪兹壮观,八咏昔虚声。治状称尤异,宸衷眷直清。

势应非久次,代岂俟终更。卓马朝将近,元龟德素明。
丰功增阀阅,旧物取钧衡。属吏谁堪恤,孤踪此最平。
下科逾十稔,薄况甚三生。尚壮羞干没,虽驽愿使令。
斯辰如贲饰,吾道定蒙亨。辄取盐车吭,聊逢伯乐鸣。

秦　观(1049—1100)

乐昌公主

金陵往昔帝王州,乐昌主第最风流。一朝隋兵到江上,共抱凄凄去国愁。
越公万骑鸣箛鼓,剑拥玉人天上去。空携破镜望红尘,千古江枫笼辇路。

沈　遘(1028—1067)

吴正肃公挽歌辞三首(其三)

箛鼓周南地,公尝此保厘。都人怀旧德,行路起新悲。
昔我祈难老,今天莫慭遗。呼嗟如可赎,犹愿百身为。

石　介(1005—1045)

送范曙赴天雄李太尉辟命(其二)

伯乐之厩无驽骀,豫章之林多瑰材。相君新坐碧油幢,之子直上黄金台。
秋风萧萧动箛鼓,落叶摋摋鸣樽罍。将军手持十万骑,阵前号令如疾雷。
从事借筹为决胜,运于掌上何恢恢。蠢兹元昊命蝼蚁,西师堂堂难当哉。
况我贤相贤从事,北门无忧宜大开。

释居简(1164—1246)

送谭浚明归江西

恨无玉楮三千幅,尽使春风归约束。乐饥功谢明月珰,休景息惭芰荷屋。
朋来皎皎歌白驹,不歌长铗弹无鱼。批风切月瘦弗腴,枕头一束知何书。
欲把列城凭轼下,余子纷纷谩凌跨。归来袖手如病瘖,舌在何曾问人借。
占灯夜喜傍短檠,剧谭不知山月倾。元戎后乘沸箛鼓,之子但默黄钟声。
平地邛郲九折坂,十年已恨相逢晚。四座悲歌漏正迟,一龛风雨花频剪。
镜里功名一横槊,百鹜啾啾空一鹗。双玉未倾罍未耻,自倒玉山还自起。

宋 祁(998—1061)

送澶渊李太傅

左契铜鱼照绶囊,上头车骑冠东方。三交荐技中军戏,一割牛心右客尝。
烽静塞垣宵磷灭,桥横河曲暮虹长。归来竞病喧筘鼓,不畏休文赋韵强。

送张元安肃知军

星闱几罢日薰衣,万里题封换使麾。都外鸥夷催饯酒,塞南杨柳望春旗。
中军尺檄间飞羽,前队鸣笳列素支。竞病不须贪赋韵,路人筘鼓记归时。

寄泾北都运待制施正臣

我作东南守,君为河朔行。旌旆向江步,筘鼓入边声。
共结光华遇,难禁离索情。惟应指羊酪,未肯下莼羹。

苏 泂(1170—?)

金陵杂兴二百首(其一三七)

曲曲清溪有几湾,酒船筘鼓去仍还。闲情自合频来此,只在州衙咫尺间。

除夕呈主人

使节梅花外,椒盘泪眼边。山川非故国,筘鼓咽新年。
机事鸥偏觉,家书雁不传。细笺今夕恨,万一主人怜。

苏 轼(1037—1101)

西山戏题武昌王居士

江干高居坚关扃,犍耕躬稼角挂经。篙竿系舸菰茭隔,笳鼓过军鸡狗惊。
解襟顾影各箕踞,击剑赓歌几举觥。荆笋供脍愧搅聒,干锅更戛甘瓜羹。

苏舜钦(1008—1049)

送李冀州诗

冠盖倾动车马稠,都门晓送李冀州。冀州绿发三十一,趣趣千骑居上头。
眼如坚冰觑河月,气劲健鹘横清秋。不为膏粱所汩没,直与忠义相沈浮。
干戈未定民力屈,此行正解天子忧。男儿胜衣志四海,实耻坐得万户侯。

旆旌明灭朔野阔,箫鼓凄断边风愁。孤云南飞莫回首,下有慈亲双泪眸。
自古忠孝不两立,功名及时乃可收。众人刮目看能事,著鞭无为儒生羞。

郡侯访予于沧浪亭因而高会翌日以一章谢之

荒亭俗少游,迁客心自爱。绕亭植梧竹,私心亦有待。
昨朝十骑来,趁趋拥林外。水禽骇箫鼓,野老瞻车盖。
公余喜静境,宾至因高会。跂石已行厨,临流聊褫带。
优游鄙情通,放旷未礼杀。酒醇引易醺,肉美举必嘬。
千跀恣食鸡,二螯时把蟹。开颜闲善谑,倾耳得嘉话。
暮夜欢未厌,裴回意将再。跂已见懵腾,跨鞍极倒载。
明日尚狂酲,嘉贶不遑拜。

苏　辙(1039—1112)

次子瞻夜字韵作中秋对月二篇一以赠王郎二以寄子瞻(其二)

十年秋月照相思,相从只有彭门夜。露侵箫鼓思城阙,寒迫鱼龙舞潭下。
厌厌夜饮欢自足,落落襟怀向人泻。秋深河来巨野溢,水干楼起滕王亚。
北海孔公虽好客,河内寇尹那得借。是非朝野忽纷纭,得丧芳菲一开谢。
明月多情还入门,流水何知空绕舍。晨餐江市富鳣鲂,夜宿山村足梨蔗。
坐隅鹏鸟不须问,墙外蝮蛇犹足怕。娄公见唾行自干,冯老尚多谁定骂。

孙　锐(1199—1277)

耀武亭别周申团练

湖光一片绮筵开,老矣将军去复来。漫说风尘轻似叶,岂教箫鼓动如雷。
悲歌气喷三河少,武略功高八阵才。平望塞亭曾耀武,汉家空数单于台。

汪元量(1241—1317)

杭州杂诗和林石田(其一七)

如此只如此,无聊酒一樽。江山犹昨日,箫鼓又新元。
黑潦迷行路,黄埃入禁门。皋亭山顶上,百万汉军屯。

王安礼(1034—1095)

王夫人挽词二首(其一)

仙去还缑岭,丧行指洛川。松楸闲故垄,箫鼓咽新阡。
制诏隆名定,铭诗具美传。王宫尽恩旧,雨泣望云輧。

王安石(1021—1086)

发 馆 陶

促辔数残更,似闻鸡一鸣。春风马上梦,沙路月中行。
箫鼓远多思,衣裘寒始轻。稍知田父稳,灯火闭柴荆。

王 柏(1197—1274)

马华父母叶氏挽词(其一)

苕溪猩鬼兮呼啸幽篁,绣衣一出兮血膏斧锽。
箫鼓归来兮拜舞北堂,潢池夷靖兮母训是将。
慈颜开喜兮家国之祥,薰风自南兮草木正长。
胡不百年兮俾寿而康,庭萱夜殒兮衾玉昼藏。
使者菲屦兮桐杖皇皇,一道生灵兮悲如我伤。

王志道(?—?)

和高簿送梅(其六)

花底莓苔蒲树丫,翠翘玉珥碧襦纱。靓妆雅器鸣琴友,不向朱门听鼓箫。

韦 骧(1033—1105)

归 兴

船头破浪疾如云,船上篙工勇力分。行色纵无箫鼓竞,归心急在旨甘勤。
远山偶向斜阳见,幽雁偏从半夜闻。安得巨觥为大饮,乱浇乡思作醺醺。

董公肃都官被命倅南海以当分符之寄南归道中贶书因以诗为寄一首

病中邂逅饮寒冰,未及公书慰鄙情。脂辖近离双凤阙,拜恩新倅五羊城。
旌旗晓过山川秀,箫鼓春归里落荣。诗社荒凉怀旧将,不知何日可寻盟。

送章郎中赴阙(其一)

□□□□治已成,还台荣望本峥嵘。朝廷不许淹贤□,□□□□借守情。
晓日旌旗动行色,春风笳鼓作边声。□□□阙城西道,只恐朱轓欲迅征。

文天祥(1236—1283)

召张世杰第十七

诏发西山将,熊虎亘阡陌。笳鼓凝皇情,佳气向金阙。

吴　奎(1011—1068)

泛五云溪游照湖归

樵风漾归舟,飘然一叶轻。曲岸忽超逸,远山回抱明。
幽禽淡容与,荷芰相低倾。野田足收获,村叟时逢迎。
欢言无物役,得我游览情。日脚暮云起,湖面蓼烟生。
秋光湛空碧,仿佛见重城。候吏津亭外,稍闻笳鼓声。

项安世(1129—1208)

再次韵谢潘都干

壮士从军不废诗,何妨笳鼓间箫篪。秋城夜观无公事,月胁天心有咏思。
岁稔公私方暇乐,时平福履正来绥。金陵风月三千首,共看君侯羽扇麾。

萧立之(1203—?)

送实堂吴帅归天台二首(其一)

归鞯忽报出山城,笳鼓旌旗送若迎。满担图书仍语录,全家风雨又山程。
行须有用藏非损,来本无心去亦轻。家里湖山元不恶,知公久矣忆莼羹。

解　程(?—?)

送钤辖馆使王公

武帐推恩诏十行,雍容鸣玉觐清光。四年爱日民谣浃,五月炎风驿路长。
剑阁烟云迷去斾,柳营笳鼓惨离觞。浣花纸贵传新集,留待诗名继许昌。

邢　凯(？—？)

辛卯上提刑平寇歌

陈公筹策今子房,衣绣持斧征南方。亲督貔狓效深入,悉孛狗鼠无留藏。
二帅宣威既电击,群校贾勇争奋扬。束身来降三百寨,所余一二犹陆梁。
平固恃险连百丈,僭拟官号熊与张。一朝骈首俱就缚,是谓擒贼先擒王。
捷书夜至连清昼,不闻传箭赤白囊。骎骎良民皆安堵,憧憧道路多行商。
妖氛顿扫卖刀剑,祥风初扇催耕桑。绍定四年调玉烛,薰蒸六合为金穰。
第功行封先指授,凌青溯紫将翱翔。元戎煌煌赐紫轴,裨将一一露龙光。
振旅归来神螺冈,笳鼓竞飞声洋洋。橐弓载戢绿沈枪,旄头星灭汉道昌。
雅宜饮至满浮觞,细柳烟笼春昼长。

姚　勉(1216—1262)

观　风　马

檐间铁马何威狞,霜刀雪剑争鲜明。秋风一吹阵脚动,跳梁春击声钦铮。
何时真提十万兵,金戈铁甲相磨鸣。缚俘斩馘墟龙庭,归来马后笳鼓声。

于定国(？—？)

阅武喜晴和厉寺正韵

元戎笳鼓闹新晴,风柳丝丝万马鸣。尺籍伍符亲点检,牙旗甲马喜晶明。
潢池刀剑虽安帖,紫塞烟尘欠扫清。闻道玉皇新有诏,禁中虚席待谈兵。

员兴宗(？—1170)

歌　两　淮

君不见北风吹淮风浪黑,铁马千群凝一色。
当时庙论孰经济,将相无言潜动魄。或云南纪当何忧,今代诸葛身姓刘。
陛下唤取守淮甸,彼有胜算逾干矛。登时诏语从天坠,氾为先锋锜制置。
并遣健士付阿权,等是两淮兵马地。岂期将溃兵川流,翻手忽忽无十州。
前时冠剑错准拟,此事吐口贻人羞。幸哉天祸不终极,至尊避殿忧思集。
枢臣督战侍臣谋,上则倚公参赞职。征鞍此日去皇皇,所过骑士多羸伤。

全宋诗乐舞史料辑录
乐曲、乐器组合卷

不见何人出声鼓意气,但见十十五五坐路傍。
公趋下马询众语,众共来前致辞苦。平时节使驱为奴,逐逐无聊战无主。
而今侧身堕两失,官骑已亡难再得。诚令军政日月悬,我有微躯人不惜。
公闻瑟缩涕潸然,汝曹寄命真可怜。朝今清明万乘圣,权已殪死家南迁。
若等是行能奋死,朝建勋名暮朱紫。官今付我诰如山,节使察使皆在此。
军家闻此逐蹄轮,喜气酣酣如遇春。当时战死身昧昧,今日分付当其人。
兵官来见同听命,适有时张王戴盛。分麾列伍摆布毕,仿佛平戎万全阵。
斯须望敌来何多,千里断岸皆遮逻。天低野旷笳鼓咽,众寡不敌将奈何。
是时仲冬日建丑,群雄争先莫肯后。濯缨刑马震天地,焰焰兵威古无有。
旋见飞台天样齐,黄盖团团傍赤旗。指挥渡河在顷刻,我默战义人安知。
公呼时俊腾口说,汝每四方闻胆决。只今战态作儿女,便恐汝名从此歇。
长啸激俊挥戈回,万斧并下声如雷。十舟先粉百舟败,连艟接舰成飞埃。
嗟敌初来何草草,一夕崩摧如电扫。命逾破竹青离离,血溃江流红杲杲。
明朝北阵更奔波,坐料强敌成蹉跎。堤防更借盛新力,为我往护杨林河。
运去一朝同覆水,敌再渡江终送死。射人射将数不彻,何况更问舟中指。
移时巘天送哭喧,弃舟而遁舟自焚。公命火攻列火伞,船焦楫烂无逃门。
敌愁惊心疑鹤唳,十步回头九堕泪。又疑官军尾其众,清野数州无食地。
众残北顾心悠悠,金亮更欲抵死留。放言京口少备者,曷若举兵由润州。
大将显忠来是日,执杖升阶光照席。公先劳苦甚生平,遂借百舟如过鹬。
迤逦仲冬日十二,旅食无烟寝无寐。公来督府见相公,便及瓜洲防拓事。
督视推公胆有余,此事岂忍他人徂。昨来兵试威万万,别遣诸将无乃迂。
公仍禀命侵星过,或传铁骑金山破。淮西万姓舍惟烟,淮东居民泪潜堕。
公摆吴艟异水嬉,势压海浸倾天维。一见使敌无可奈,再见使敌心骨悲。
敌亡傲兀犹不悟,尚呼达官招万户。岁云暮矣无北归,我所思兮决南渡。
达官再拜乞徐徐,波浪驾天千丈余。比前采石三倍恶,主其急我吾其鱼。
金亮尚嫉忠言丑,快剑垂垂拟其首。只今速渡汝得活,不尔爱身身在否。
万户相顾归相言,慓悍难容血面论。北人项领不易保,如此郎主何足存。
此夜疏星江泪湿,敌将一一弯弓入。御寨三重侍卫郎,对面公然如不识。
帐中方孽花不如,帐外忽飞金仆姑。投哀赊死身困苦,软语不类平时粗。

骨肉披离头万里,魂飞却作他乡鬼。杀气漫天烟草迷,不归州绝风尘起。
君不见昔日秦魏之兵扼上流,阿坚阿瞒皆老谋。
淝水血腥赤壁溃,两豪一蹶泯默至死休。
况我中都往颎促,千古丧师无此酷。沉冤万众衔已久,合沓天心宜下烛。
三十年飞战马尘,支吾多用豪杰人。但传凶势时未减,不见度外加经纶。
须信更生无尽福,高价属公勋誉逐。不费两淮千斛水,一洗万古乾坤辱。
近来分陕从天阙,悬解西民愁百结。三军鼎鼎礼意浓,七兵堂堂恩数绝。
行并咸秦脉络通,更遣诸将图山东。为君再赋洗兵马,下客敢继唐诗翁。

袁 瑨(? —?)

卜 居

宦海茫茫阔,幽栖洵远图。折腰原为米,搔首却思鲈。
笳鼓深秋动,田园旧梦无。干戈方满地,吾辈尚穷途。

岳 珂(1183—?)

饯高紫微视师黄冈

秋风九月边尘高,千艘夜下宫锦袍。文章不特动蛮貊,要识金版开六韬。
孙曹已矣等陈迹,唤起坡仙同赤壁。喧阗笳鼓动地归,重把功名光采石。

以螃蟹寄高紫微践约侑以雪醅时犹在黄冈

前朝无蟹惟有诗,亦复无酒供一瓻。今朝有蟹仍有酒,极目征帆更搔首。
古来乐事夸持螯,赤琼酿髓玄玉膏。菊花吹英好时节,况是九日将登高。
旌旗半江笳鼓发,不作诗人淡生活。待君净洗沙漠尘,归趁看灯更奇绝。

张德兴(? —1277)

朝天宫成纪怀

崒律千寻玉垒开,龙盘虎踞拥金台。云中双阙天颜近,塞山孤臣铁骑回。
砂壁朝疑烽火动,松风夜杂鼓笳哀。愿将只手扶红日,扫尽狼烟御辇回。

张方平(1007—1091)

英宗皇帝挽辞五首(其四)

遗奠宣哀册,严行按字图。桥山仙去远,渭水月游初。

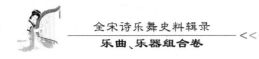

俭制遵遗训，方中列旧书。龙辒三十里，箫鼓节声徐。

章　岷（？—？）

钓　台

乘兴访遗基，扁舟宿烟渚。水净写天形，山空答人语。
风篁自成韵，霜叶纷如雨。寒亭暮响清，饥猿夜啼苦。
疑将洞府接，似与人寰阻。不羡重城中，喧喧听箫鼓。

赵　抃（1008—1084）

次韵何若谷都官灯夕

千门灯烛事遨游，车马通宵不暂休。幸免烟氛遮皓月，任随箫鼓杂鸣驺。
金壶漏下丁丁永，玉斝霞生滟滟流。帝泽远临人鼓腹，赣川宜有太平讴。

将还三衢呈温守石郎中

寻山初为子来迎，乘兴随潮入郡城。心赏皆如逸老愿，礼隆仍尽主翁情。
彩舟箫鼓双双闹，金地楼台处处明。风物虽嘉难久恋，安车朝夕且西行。

赵　恒（968—1022）

游裴公亭（其二）

溶溶春水碧生池，上相临观许从随。万姓歌呼喜游豫，几人出处佩安危。
雨余空谷云归早，风满长林鸟下迟。箫鼓明当催晓发，柳烟花露湿旌旗。

赵　佶（1082—1135）

泰陵挽词（其二）

姑射仙期早，华胥梦已陈。朝廷系圣母，基业付冲人。
日转铜壶影，天移玉座春。九门箫鼓发，悲动属车尘。

赵　企（？—1118）

题显孝南山寺

背日西来眼界明，隔溪遥见梵王城。旌旗夹道蔽山影，箫鼓入林闻谷声。
青鸟向人疑有意，白云迎客不无情。夕阳临水共归去，明日纷纷尘事生。

赵汝鐩(1172—1246)

上 马 曲

精神如熊气如虹,梦寐思勒燕然功。龙泉宝鞘横三尺,犀甲茸绦擐两重。
鸣镝飞空挟霜远,认旗贴身飐日红。玉辔绣鞯鞲骢马,眼有紫焰炯双瞳。
誓缚单于献天子,离觞不挥儿女泪。箛鼓动地归来时,金印斗大肘后系。
君不见燕颔虎颈班超侯万里,又不见风声鹤唳谢玄破肥水。

周麟之(1118—1164)

破虏凯歌二十四首(其二一)

胜负端从曲直分,我军屡捷气凌云。坐听箛鼓传新曲,不怕蕃家铁塔军。

周文璞(?—?)

尧章金铜佛塔歌

白石招我入书斋,使我速礼金涂塔。
我疑此塔非世有,白石云是钱王禁中物。
上作如来舍身相,饥鹰饿虎纷相向。拈起灵山受记时,龙天帝释应惆怅。
形模远自流沙至,铸出今回更精致。钱王纳土归京师,流落多在西湖寺。
钱王本是英雄人,白莲花现国主身。
蛇乡虎落狗脚朕,何如红袍玉带称功臣。
天封坼开即退听,两浙不闻箛鼓竞。归来佛子作护持,太师尚父尚书令。
一枚传到白石生,生今但有能诗声。
同袍秦外铦师兄,哦诗礼塔作佛事,同吃地炉山芋羹。
何曾薰陆绮床供,但见相轮铜绿明。哦诗礼塔犹未毕,芦叶低飞山雨湿。

周紫芝(1082—?)

寒食杂兴三首(其一)

寒食只数日,天气殊未佳。轻云澹微茫,细雨吹横斜。
青春似无情,不到愁人家。霁色忽浩荡,平原绣芳华。
走马恶少年,挟矢射戟牙。白羽叫饿鸱,举网连五豝。

会当斩长鲸,封侯鸣鼓笳。时危何不有,寒士空泥沙。
凛凛羞侠气,悠悠但咨嗟。

邹　浩(1060—1111)

送陈志仁赴河州司理

佳人宰木悬秋月,稚子霏霏洒清血。枯风冷雨暗长天,借使端居亦心折。
问君凤驾今何之,万里关河西复西。西州平昔但闻语,不意黄尘随绿衣。
将军雅歌飞玉觞,健儿如鼠马如羊。桁杨生耳卧庭庑,日冀宾僚来睃良。
雪霜肃杀百草死,孤峰袅袅砂碛光。城头笳鼓咽初晓,梦破衾裯皆异乡。
情钟矧复是君辈,只应矛稍攒中肠。只应矛稍攒中肠,当思大人在高堂。

板　　笛

释崇岳(1132—1202)

偈颂一百二十三首(其七六)

一人打毡拍板,一人吹无孔笛。梵音清雅,令人乐闻。
且道是什么曲调,洞庭山脚太湖心。

释法薰(1171—1245)

拈古十四首(其八)

毡拍板,无孔笛。狭路相逢,五音六律。流落丛林知几年,至今谁敢通消息。

释慧远(1103—1176)

偈颂一百零二首(其三〇)

十月今朝又初一,丛林正值开炉日。打斋卖饭也寻常,残杯冷炙谁能吃。
天无门,地无壁。葫芦棚上种冬瓜,两手扶犁水过膝。
跳金圈,吞栗棘,毡拍板对无孔笛。屈屈,独脚山魈解双踢。
去年冬里无炭烧,今年定是无火炙。饥时饥到眼睛黄,穷时穷至赤骨力。

释明辩(1085—1157)

颂古三十二首(其九)

当堂古路白云漫,碧眼黄头尚未谙。无孔笛儿毡拍板,轻轻吹破御街寒。

释智愚(1185—1269)

韩愈见大颠图赞

毡拍板,无孔笛。省要乞一言,虚空轰霹雳。
临机不解,转身又却。随他声色非声色,洞庭湖外千峰碧。

鼓　　笛

陈　藻(1151—1225)

卢北山元夕

社屋相忘鼓笛鸣,空村步月兴堪乘。何须更要鳌山立,野烧天边胜看灯。

一古一律贺懒翁宏仲七十(其二)

当年嗷卧丈人家,鼓笛村村改岁华。选肉必多储胃肾,忌鲜缘不啖鱼虾。
闺房德义谈虽切,事业身穷报自赊。肺疾晚侵谁是主,看君七十更寒些。

陈　著(1214—1297)

龄叟醉我以鼓笛之筵八句见意

楼阁倚晴天,知心得老禅。风光百年事,民命数家烟。
镫火犹嬉鼓,山林有醉筵。残生聊尔耳,休话到兵前。

元夕应人求题酒肆镫

镫花三五夜,鼓笛十分春。欲见太平事,谁非沈醉人。

乙酉正月二十日游慈云三首(其一)

数曲清溪山抱回,青山高处醉筵开。忽然鼓笛太平调,便是洞庭闻乐来。

夜饮慈云诸公索诗因成长篇

世艳明灭萤尾光,客气腾跃烟中香。烟消萤死竟何有,要知人事亦何常。

今夕何夕山中集,六客相对通肺肠。樽中不问酒圣贤,得醉即是无何乡。
耳边鼓笛有自好,忽散而去何吾妨。吾辈本非淫湎流,聊以寄意齐兴亡。
老禅知我酷信我,谓此非痴亦非狂。呼童展纸快磨墨,听我趁笔穷夜长。
莙然一笑如梦觉,清风明月自有大文章。

戴表元(1244—1310)

林村寒食

出门杨柳碧依依,木笔花开客未归。市远无饧供熟食,村深有纻试生衣。
寒沙犬逐游鞍吠,落日鸦衔祭肉飞。闻说旧时春赛罢,家家鼓笛醉成围。

董嗣杲(？—？)

江州寒食

殊乡寒食亦风柔,桃李春香掩燕楼。周子墓头谁拜扫,岳家园里自嬉游。
云连阃节旌旗暗,水泛商船鼓笛浮。江国日长饶客思,不知何事阻归谋。

范成大(1126—1193)

湘江洲尾快风挂帆

船头雪浪吼奔雷,十丈高帆满意开。我自只凭忠信力,风应不为世情来。
儿童屡惜峰峦过,将士犹教鼓笛催。明日祝融天柱去,更烦先卷乱云堆。

次韵许季韶通判水乡席上

青山绿浦竹间明,仿佛苕溪好处行。解愠风来如故旧,催诗雨作要将迎。
休兵幕府乌鸢乐,熟稻边城鼓笛声。摹写个中须彩笔,句成仍挟水云清。

忆 昔

铅刀曾齿莫邪铦,游倦归欤雪满髯。柳带受风元不结,荷盘承露竟无黏。
逢场鼓笛如灰冷,送老虀盐似蜜甜。留得本来真面目,行藏何假问龟占。

方 回(1227—1307)

戊子元日丹阳道中二首(其二)

轧轧篊舆猎晓霜,孤征无复共椒觞。浮生物物身为累,垂老年年节是常。
稍听村田喧鼓笛,遥怜儿女欠衣裳。於潜西上王干路,苦忆茅柴白酒香。

黄庭坚（1045—1105）

以香烛团茶琉璃献花碗供布袋和尚颂（其二）

弥勒真弥勒，分身千百亿。若问下生时，不打这鼓笛。

答雍熙光老颂

独弄参军无鼓笛，右军池里泛渔舟。岂知剑外雍熙老，收得黄巢折剑头。

云居祐禅师烧香颂

一身入定千身出，云居不打这鼓笛。虎驮太华入高丽，波斯鼻孔撑白日。

李　纲（1083—1140）

罗修撰宠示龙兴老碑刻

龙兴道与右文亲，眼照沙阳肯许人。师唱宗风非鼓笛，公谈实相托冠巾。已曾见了何须再，特地拈来却未真。公案分明在碑刻，不烦师子更频呻。

东坡谪英州以书语所善衲子曰戒和尚又疏脱矣读之有感

东坡夙世乃戒老，次律前身为永师。一念参差成此错，百忧钟萃使知非。我生已约渡南海，今日岂知还北归。从今莫打这鼓笛，必竟是事终由谁。

李流谦（1123—1176）

赋寿康海棠

何许园林春最酽，海棠万万千千点。不应惟是锦织成，正恐更将猩血染。未开半豆已欲滴，烂吐一庭尤潋滟。窥月洗雨俱可玩，抹雾横烟猝难掩。梓泽步障烘晓霞，温泉粉玉临秋鉴。相逢但欲酣且歌，目送谁言美而艳。桃花何处容面皮，欲笑春风无乃僭。光翻牖户翠堆幄，浓逼须眉缬生脸。裹头朝出常苦晚，烧烛夜看终未厌。见不数数梦来往，百斛可倾心独欠。老来世味薄如纸，斩断情根须一敛。随身鼓笛本游戏，过目埃氛亦俄暂。明朝风雨未可期，委地泥沙混真滥。凭君但向雪落时，个里直须勤点检。

林希逸（1193—1271）

己巳元宵雨

里社由来庆上元，常年鼓笛遍诸村。缁黄香供人人冗，红白灯竿处处喧。

789

积雨连朝寒可畏,祈天一念礼犹存。夜来见说柴炉少,清磬行时半闭门。

陆　游(1125—1210)

重九会饮万景楼

粲粲黄花手自持,登高聊答此佳时。纤云不作看山祟,斗酒聊宽去国思。
落日楼台频徙倚,西风鼓笛倍凄悲。彭城戏马平生意,强为巴歌一解颐。

春夏之交风日清美欣然有赋三首(其一)

日铸珍芽开小缶,银波煮酒湛华觞。槐阴渐长帘栊暗,梅子初尝齿颊香。
户户祈蚕喧鼓笛,村村乘雨筑陂塘。年光何预衰翁事,伴蝶随莺也解狂。

武　　林

皇舆久驻武林宫,汴雒当时未易同。广陌有风尘不起,长河无冻水常通。
楼台飞舞祥烟外,鼓笛喧呼明月中。六十年间几来往,都人谁解记衰翁。

上章纳禄恩畀外祠遂以五月初东归五首(其二)

黄纸淋漓字似鸦,即今真个是还家。园庐渐近湖山好,邻曲来迎鼓笛哗。
筤实傍篱收豆荚,盘蔬临水采芹芽。皇家养老非忘汝,不必青门学种瓜。

舟行钱清柯桥之间

逾年梦想会稽城,喜挂高帆浩荡行。未见东西双白塔,先经南北两钱清。
儿童鼓笛迎归舰,父老壶觞叙别情。想到吾庐犹未夜,竹间正看夕阳明。

春欲尽天气始佳作诗自娱

浮云飞尽见青天,拄杖闲拈瘦倚肩。渐喜绿秧分穮稏,又看画柱坼秋千。
鸡豚杂遝祈蚕社,鼓笛喧哗竞渡船。惟有此翁无一事,闭门赢得日高眠。

秋雨排闷十韵[①]

今夏久无雨,从秋却少晴。空蒙迷远望,萧瑟送寒声。
衣润香偏著,书蒸蠹欲生。坏檐闻瓦堕,涨水见堤平。
沟溢池鱼出,天低塞雁征。萤飞明暗庑,蛙闹杂疏更。

---

① 曾几《秋雨排闷十韵》内容与此诗相同,不再重复收录。

药醵时须焙,舟闲任自横。未忧荒楚菊,直恐败吴粳。
夜永灯相守,愁深酒细倾。浮云会消散,鼓笛赛西成。

短 歌 行

富贵得意如登天,自计一跌理不全。昼食忘味夜费眠,渠过一日如一年。
春蚕得衣耕得食,农功初成各休息。卖酒垆边纷鼓笛,我过一年如一日。
二者求兼势安可,与我周旋宁作我。春城桃李岂不妍,雪涧未妨松磊砢。
人生祸福难遽论,庙牺乌得为孤豚。
君不见猎徒父子牵黄犬,岁岁秋风下蔡门。

甲寅元日予七十矣酒间作短歌示子

我昔自蜀归,百年已过半。观棋未终局,回视斧柯烂。
饱知山林乐,富贵何足换。退休失健决,正坐暗且懦。
齿发日衰残,岁月难把玩。萧朱尚或隙,籍湜固宜畔。
出门无一欣,抚事有三叹。新年遂七十,推敬愧里闬。
眷眷惜兹夕,凛凛畏明旦。豁然忽大笑,愁若春冰泮。
穷达真两忘,生死付一贯。清尊既潋滟,硕果亦璀璨。
拥门纷鼓笛,上寿列童冠。老翁亦忘疲,起舞影零乱。
不独夸痴顽,自足洗患难。投床判宿醒,美睡到日旰。

马廷鸾(1222—1289)

甲子初冬宿直玉堂凄风小雨次日即承先帝晏驾之变距今二十年矣大忌前一日孤臣独眠山庵景象正似当年挑灯危坐闻田家鼓笛之声凄其有感二首(其一)

无限都人哭鼎龙,年多泽久似仁宗。愁来一样黄昏雨,天上人间自不同。

毛 珝(？—？)

吴门田家十咏(其七)

村村鼓笛乐秋成,露未凝霜水未冰。无赖酒家偏罔利,隔年早挂上元灯。

梅尧臣(1002—1060)

平山堂杂言

芜城之北大明寺,辟堂高爽趣广而意厖。
欧阳公经始曰平山,山之迤逦苍翠隔大江。
天清日明了了见峰岭,已胜谢朓龊龊远视于一窗。
亦笑炀帝造楼摘星放萤火,锦帆落樯旗建杠。
我今乃来偶同二三友,得句欲霜钟撞。
却思公之文字世莫双,举酒一使长咽慢肌高揭鼓笛腔,万古有作心胸降。

饶　节(1065—1129)

闰老求席因以戏之

百丈曾于堂上卷,赵州只向日中铺。赠师七尺高低具,尚打当年鼓笛无。

释怀深(1077—1132)

偈一百二十首(其三九)

十一月二十,唤做大冬日。张三贺郑婆,李四拜王七。
早辰到夜①,费尽平生力。唯有衲僧家,不打者鼓笛。
铁额昆仑儿,通身黑如漆。

释慧空(1096—1158)

送莫内翰五首(其一)

惊世文章梦里花,出尘悟解眼中沙。怪来不打这鼓笛,亲见江西老作家。

释文珦(1210—?)

野　祠

翁媪已相催,喧喧鼓笛来。荒祠三面水,老树一身苔。
休咎冯巫语,凶丰信珓杯。神前酾酒罢,风散纸钱灰。

---

① 此句疑缺。

野 兴

野人乘野兴,短策胜华轩。缓步有幽趣,长歌非俗言。
烟霞仙佛境,鼓笛鬼神村。遁世今成乐,浮华岂足论。

江上人家

江人遂生理,社瓮足新醅。家有儿童乐,门无官吏来。
潮生渔市合,风便客帆开。水庙迎神罢,喧喧鼓笛回。

农 父

农家逢乐岁,欢笑自村村。舞麦黄铺野,桑麻绿映门。
簋梁收鳤鲤,圈栅足鸡豚。古庙高枫下,迎神鼓笛喧。

释智愚(1185—1269)

村 乐 图

一年田地熟,赋外乐天真。便不打鼓笛,也是太平人。

苏 轼(1037—1101)

次韵子由送家退翁知怀安军

吾州同年友,粲若琴上星。当时功名意,岂止拾紫青。
事既与愿违,天或不假龄。今如图中鹤,俯仰在一庭。
退翁守清约,霜菊有余馨。鼓笛方入破,朱弦微莫听。
西南正春旱,废沼黏枯萍。翩然一麾去,想见灵雨零。
我无谪仙句,待诏沉香亭。空骑内厩马,天仗随云軿。
竟无丝毫补,眷焉谁汝令。永愧旧山叟,凭君寄丁宁。

苏 辙(1039—1112)

试院唱酬十一首·次前韵三首(其三)

浊醪能使客忘家,屈指归期已有涯。鱼化昨宵惊细雨,鹿鸣他日饮寒花。
已谙江上肴蔬薄,莫笑衙前鼓笛哗。太守况兼乡曲旧,会须投辖止行车。

记岁首乡俗寄子瞻二首·蚕市

枯桑舒牙叶渐青,新蚕可浴日晴明。前年器用随手败,今冬衣着及春营。

倾囷计口卖余粟,买箔还家待种生。不惟箱筐供妇女,亦有锄镈资男耕。
空巷无人斗容冶,六亲相见争邀迎。酒肴劝属坊市满,鼓笛繁乱倡优狞。
蚕丛在时已如此,古人虽没谁敢更。异方不见古风俗,但向陌上闻吹笙。

王禹偁(954—1001)

畲田词(其五)

畲田鼓笛乐熙熙,空有歌声未有词。从此商於为故事,满山皆唱舍人诗。

和杨遂贺雨

我罢内庭职,出临永阳民。永阳民虽庶,未免多饥贫。
富之既无术,龊龊为谨身。可堪今夏旱,如燎复如焚。
厥田本涂泥,坐见生埃氛。稚老无所诉,嗷嗷望穿旻。
食禄忧人忧,蚤夜眉不伸。促决狱中囚,遍祷境内神。
楚辞有山鬼,庙貌罗水滨。胡法有浮图,寺宇连城闉。
斋庄命寮寀,供给抽俸缗。鼓笛迎湫水,香花照金轮。
诚知非典故,且慰旱熯人。偶与天雨会,霡霂四郊匀。
插秧复修堰,野叟何欣欣。可办官赋调,亦免农艰辛。
燮调赖时相,感应由圣君。于吾复何有,敢望歌颂云。
清流杨水部,德与我为邻。仇香官位屈,何逊诗格新。
见投贺雨篇,言自人口闻。夫君盖私我,过实岂相亲。
为霖非我事,职业唯词臣。若有民谣起,当歌帝泽春。
庶使采诗官,入奏助南薰。

王 质(1135—1189)

送郑德初归吴中

相识虽非昔,相知不似今。岁寒三益友,金断两同心。
半子来归叶,孤儿维事任。此间拈鼓笛,那更有凡音。

吴 潜(1195—1262)

小至三诗呈景回制干并简同官(其三)

劝君莫望楚云飞,一片云飞两泪垂。去岁尚传鸿雁信,今年空念鹡鸰诗。

大刀折处心尤苦,半臂添来体更羸。鼓笛谩将厅事聒,谁知里面有人悲。

杨万里(1127—1206)

阊门外登溪船五首(其四)

选甚天时晴未晴,舟行终是胜山行。篷忪雨点斜偏好,枕惯波声梦不惊。
幸自车徒小休息,又闻鼓笛闹将迎。偶然回首来时路,一夜霜毛一倍生。

员兴宗(?—1170)

贺　雨

岁若大旱作霖雨,祷而雨兮旱不苦。诚之一字与天参,往古圣贤珍此语。
岁星在蜀二十年,触处丰登多黍稌。世不少惜蹂践之,枉使宝稼弃如土。
况复纵恣相凭凌,气焰熏天遽如许。三纲五常沦且斁,以故伤和逢瘅怒。
旱魃为灾炽祥暑,扑鹿阳乌乘九数。火云釜甑蒸肉山,不奈炎官云我所。
公方忧民心愈愈,扫除热瘴还清楚。却忆曾侍玉帝旁,授以金科行按部。
办狱更过颜鲁公,一路传呼御史雨。不闻匹妇且衔冤,西蜀向安谁敢侮。
和以致祥应止止,喜见太平旧官府。肃时若是号休征,甘泽沾需来以叙。
石燕漫飞商羊舞,穴处那能问狐鼠。巫觋罢散鼓笛闲,龙德欲归江海去。
为言西成祀田祖,饱食不骄民乐聚。昔何戚嗟今怡悦,力回造化公为主。
濯濯厥灵玉不焚,伊格皇天归宰辅。焰焰无若雨反风,爕理阴阳且封鲁。
御灾捍患世亦希,可但明时继前古。愿言霖雨思贤佐,镌入坚珉作诗谱。

乐　史(930—1007)

咏华林书院

能为孝义复为文,惟有君家事渐新。旌表已迎金殿敕,子孙常宴杏园春。
亲情广阔追随大,鼓笛喧胜嫁娶频。更置书堂书万卷,不辞延待四方人。

张公庠(?—?)

宫词(其二四)

再坐千官花满头,御香烟上紫云楼。万人同向青霄望,鼓笛声中度彩球。

张商英(1043—1121)

竞　渡

龙舟鼓笛和吴歌,采索缠筒吊汨罗。文腿千人齐举棹,岂知湖海有风波。

赵　文(1239—1315)

听请道人念佛

平生不喜佛,喜听念佛声。大都止六字,三诵有余音。
唱偈类哀切,和声等低平。蝉联未肯已,绵弱殆不胜。
馁息仅相属,柔吭时一鸣。听兹颓阘韵,生我寂灭情。
坐令喧竞中,便欲无所争。乃知象教意,妙觉在声闻。
俗人不解此,梵教杂歌行。敲铿鼓笛奏,真与郑卫并。
能令妇女悦,未必佛者听。

周　弼(1194—?)

冬　赛　行

大巫舞袍奉酒尊,小巫湔裙进盘匜。野风吹树龙马归,瓦炉柏根香满地。
白衣老须撚向前,叉手大胆不敢言。去年田家五分熟,更饶三分百事足。
大茧千棚丝满橐,栗犊两握角出肉。土台浇酒再拜辞,纸钱灰扑绕木枝。
神语顺从杯教吉,鼓笛蘷蘷打三日。

鼓　角

艾可翁(?—?)

兵火后野望(其二)

江村兵火后,月色似长淮。鼓角连秋思,风尘带客怀。
诸公朝漠北,一老哭天涯。犹幸舂陵夜,葱葱气尚佳。

白玉蟾(1194—?)

题　南　海　祠

何处人间得五羊,海城鼓角咽昏黄。无心燕子观秦越,有口檐铃说汉唐。

九十日秋多雨水,一千年史几兴亡。圣朝昌盛鲸波息,万国迎琛舶卸樯。

蔡 戡(1141—?)

岁暮有感

久困京尘厌剧烦,一麾江海养衰残。簿书丛里身空老,鼓角声中岁又阑。
赢得星星双鬓白,空余耿耿寸心丹。自怜憔悴今如许,盍向明时早挂冠。

蔡 襄(1012—1067)

仁宗皇帝挽词七首(其二)

向近千秋节,何言七月期。遗恩群玉宴,往事荷宫祠。
仙路云龙会,秋风鼓角悲。万人瞻彩仗,犹认吉行时。

曹 勋(1098—1174)

次韵程机宜感怀(其二)

十年戈甲际,四海烟尘中。惨惨鼓角晚,萋萋禾黍风。

次韵呈南嘉

塞北初辞虏,泉南滥总戎。请缨怀壮节,横槊愧家风。
草木年华晚,关河鼓角雄。何当一笑粲,要赋马群空。

淮上幕府

上将宣威重,长淮朔吹来。兵戎已超距,鼓角有余哀。
日薄云多暝,天寒火易灰。诗成且排闷,兴在倒金罍。

黄湾书事时虏人犯淮

海边鼓角动星辰,我复驱贫近海滨。强对溪山方袖手,不堪梅柳已惊春。
新元北客愁边泪,故国西郊日暮尘。谁与高寒伴幽独,雪声清梦入霜筠。

曹彦约(1157—1229)

晚登县陴

楼橹宽闲事力劳,新来人物旧蓬蒿。占留古意梅根老,压断寒声槠木高。
地迥山川含鼓角,夜明星斗助弓刀。当时爱得莲无恙,一段清流绕屋敖。

晁补之(1053—1110)

次韵无极以道寄金山寺佛鉴五绝(其五)

鼓角声中特地传,只今鼻孔已撩天。不应常作裴休诺,掩口何妨也默然。

晁公遡(1116—?)

送王和甄窦公瑞归鱼洞

壁挂凝尘榻,苔生啸月楼。喜闻佳客至,能为故人留。
雨积山川暝,风传鼓角秋。沙边晚相别,留眼送归舟。

陈傅良(1137—1203)

和萧俊仲司法咏谯楼新军额韵

海滨驱马过湘滨,喜及今春忆旧春。公燕有时令市酤,村舂不继待炊新。
严城鼓角留三字,当代衣冠第一人。看取吾民籹此去,万家鸡犬永无尘。

陈鉴之(?—?)

暮登蓬莱阁

危栏散湮郁,已暮亦登临。鼓角孤城月,山川万古心。
鹳栖松雾重,鸥卧渚烟深。客子终何托,婆娑且醉吟。

陈 烈(?—?)

题福唐津亭

溪山龙虎蟠,溪水鼓角喧。中宵乡梦破,六月夜衾寒。
风雨生残树,蛟螭喜怒澜。殷勤祝舟子,移棹过前滩。

陈师道(1053—1102)

送秦觏二首(其一)

士有从师乐,诸儿却未知。欲行天下独,信有俗间疑。
秋入川原秀,风连鼓角悲。目前狁犬类,未必慰亲思。

谌 祐(1213—1298)

句(其三八)

邑自乱来新鼓角,屋从兵后尚蓬蒿。

程公许(1182—?)

侍饮宝子山游忠武侯祠

一郡最高处,元戎领客游。云根栖万井,城角带双流。
日薄楼台暝,风悲鼓角秋。卧龙千古恨,烟霭隔神州。

送别制置董侍郎东归

荷囊晓趁紫宸朝,玉立堂堂侍冕旒。帝为蚕丛精择帅,诏颁虎节往分忧。
旌幢云合三千乘,锦绣春浓六十州。仪凤雅应为国瑞,烹鲜何忍与民仇。
阳和嘘暖松州雪,膏泽长随锦水流。酒贱途歌喧夜市,牺肥社鼓响春畴。
教条宽简难轻犯,鉴戒高明不暗投。建学文翁先美俗,雄边德裕有良筹。
若为殿角频忧顾,何恨天涯久逗遛。几度玺书颁北阙,四时朱履簇西楼。
神全削乎无机露,德厚如山镇俗浮。边骑谁令轻犯塞,羽书忽讶急飞邮。
犳牙往度重关险,建瓴那容一刻留。明月三更悲鼓角,晴烟万灶宿貔貅。
乘墉妄意窥吾境,奠枕何由奈敌仇。忠孝全军齐缟素,嫖姚列校奋戈矛。
金牌不与全腰膂,铁胄安能芘髑髅。战胜游魂惊铤鹿,凯旋享士趣椎牛。
三秦席卷非难事,偏将星奔怅寡谋。坐屈戎昭亲跋履,申严师律戢奸偷。
人知福德如中令,谁省恩威似武侯。过眼七年劳节制,焦心九陛渴才猷。
赐环笑拆封泥诏,叠鼓催装下峡舟。织锦何伤谗口捷,憩棠翻作去思愁。
雅怀纳纳湖千顷,外物区区海一沤。书怪无心疑咄咄,委怀何事不悠悠。
纷纭归梦寻猿鹤,浩荡诗盟狎鹭鸥。世事未知何日定,才难莫若旧人求。
病深根本宜加护,脉在参苓或未瘳。德望定须歌赤舄,姓名伫见启金瓯。
寒余政自瞿山泽,漫仕都缘迫釜区。彩棒乏材供击断,镂冰无技苦雕锼。
岂期吏责宽三尺,误辱儒宗放一头。袖有神鞭驱款段,意令蹇步逐骅骝。
生遭名德为知己,誓企清尘力好修。桂楫稳飞三峡浪,蒲帆归赴五湖秋。
百年几见轻成别,万斛清愁黯莫收。倚俟泰阶明紫极,未愁弱水限瀛洲。

槐庭何日堤沙筑,玉食须渠鼎铉调。议有异同宜审择,人无近远要旁搜。
非才忍负知音遇,引臂追随万里游。

崔与之(1158—1239)

哭赵清之(其一)

天南□□□重临,遗爱犹存蔽□阴。鼓角三城新令肃,袴襦万井旧恩深。
养民但积和平福,莅事常持敬简心。远业设施殊未老,巨川东逝日西沉。

邓　深(?—?)

秋大阅呈月湖先生

将兵还似将风骚,军帐从容自不劳。鼓角悲风肃人马,旌旗蔽日闪弓刀。
折冲正自烦樽俎,急檄宁闻借羽毛。洗眼临淮新号令,凭谁挑战醉挥毫。

董嗣杲(?—?)

舟泊蕲城下

秋芜埋戍雨,暮荻卷壕风。御侮弓刀利,扬威鼓角雄。
云连淮树暗,月透汉营空。掠柂资遐眺,兴衰自古同。

董　颖(?—?)

贺曾修撰帅江陵(其三)

大府山河壮,严城鼓角雄。先声消鼠辈,善颂到牛童。
八境风烟上,千篇咳唾中。鳌头聊尔耳,归觐大明宫。

贺曾修撰帅江陵(其四)

化蜀归来欲醉吟,君王又起福淮民。旌旗光动迟迟日,鼓角声传益益春。
风采十州安抚使,典刑四海老成人。屯田小试营平策,夙晚论思从紫辰。

杜　纮(1037—1098)

送程给事知越州

大旆高牙不为荣,锦衣过乡无可喜。长安久客厌尘土,得见青山与流水。
高帆大楫驾吴艖,直指东南不留止。昔人莼鲈有高兴,乍到江国真快耳。

蓬莱危阁切苍霞,湖面百顷秋光里。野凫江鸥点白烟,红蕖蓼花照清泚。
星辰影动落檐前,鼓角声雄来地底。越国强大今尚富,海陆百货填井里。
我公才高出人头,人所为难公则易。暂辞青琐拥朱辔,饱得闲暇穷胜地。
高情洒落白云中,日从宾筵二三子。薄余曾得侍公颜,喜见仙骨清照几。
稽山千古钟秀气,四明五云有幽致。朝浥沉瀣食仓精,暮袭鸿蒙餐气蕊。
可以养公之长生,可以辅公之高思。富贵傥来可奈何,经济未施聊自寄。
相如岁晚更倦游,客路崎岖劳马棰。粗官无补官家事,冗食徒索太仓米。
五湖七泽不得到,惆怅浮生轻自弃。得公旌旗先入吴,愿从此去为公吏。

樊　预(？—？)

句

三声鼓角云中见,一簇楼台海上高。

范成大(1126—1193)

峰门岭遇雨泊梁山

穷乡谁与话悲酸,驻马看云强自宽。酒力无端妨宿病,诗情不浅任尘官。
虎狼地僻炊烟晚,风雨天低夏木寒。行尽峰门千万丈,梁山鼓角报平安。

方　回(1227—1307)

十六日大雪

长至前逾一月晴,忽然细细雨无声。中宵变作今□□,□得楼头鼓角清。

九月初五日

暮雨萧萧鼓角风,草枯木落雁横空。每逢九日不胜感,垂近七旬无奈穷。
螃蟹今年犹未有,茅柴我辈亦堪中。篱边瘦菊青如粟,已胜芙蓉万朵红。

方　岳(1199—1262)

呈知郡汪少卿

集英赐对已专城,竟拂炉烟上翠瀛。跸静共传新太守,砚寒仍是旧书生。
诗如霜月五更晓,人与梅花一样清。昨夜紫阳山雪外,漏传鼓角亦分明。

耿 镃(?—?)

西　楼

西楼一曲旧笙歌,千古当楼面翠峨。花发花残香径雨,月生月落洞庭波。
地雄鼓角秋声壮,天迥阑干夕照多。四百年来逢妙手,要看风物似元和。

郭祥正(1035—1113)

次韵元舆临汀书事三首(其二)

碧瓦参差几万间,重楼复阁更回环。城池影浸水边水,鼓角声传山外山。
凿落斗倾元弛禁,秋千争蹴未容闲。史君得意同民乐,日拥笙歌倒醉颜。

南雄除夜读老杜集至岁云暮矣多北风之句感时抚事命题为篇

岁云暮矣多北风,怒嗥万里吹惊鸿。只今我亦在行旅,陟彼庾岭临苍穹。
霜寒不复瘴雾黑,酒贱颇得樽罍红。鼓角看看变新律,烛泪璀璀随残冬。
一阶寄禄百无补,白发又送年华终。鬼章虽获万国贺,防边未可旌旗空。
中原将帅谁第一,愿如卫霍皆成功。庙堂赫赫用耆旧,熟讲仁义安羌戎。
我甘海隅食蚌蛤,饱视两邑调租庸。
呜呼不独夔子之国杜陵翁,牙齿半落左耳聋。

追和李白秋浦歌十七首(其一七)

秋浦一何好,名因太白闻。溪山围市井,鼓角下烟云。

韩　淲(1159—1224)

送仲至长乐帅幕

文笔擅名第,当置台馆中。不合大雅尚,天怒令诗穷。
昔年弄水亭,一见知不同。继而灵山阳,示我所作工。
岂期江海上,浩然复相从。小篇清且丽,大篇疏而通。
尚友梅都官,不但杨陆翁。和平事淡泊,志意惊盲聋。
时时写几句,岂只凡马空。又喜富收拾,锦绣纷青红。
决定得名世,挽回正始风。岑岑闽岭山,连帅鼓角雄。
幕府少为贫,因与了事功。地暖罕霜雪,榕阴荔枝丛。

不妨资食啖,闲游佛老宫。万一遇真隐,识赏无匆匆。

韩　铎(?—?)

送程给事知越州

青琐身荣故国遥,除书催下紫宸朝。金銮旧学辞仙殿,玉帐新兵拥使桡。
阁上云山围画壁,军中鼓角战江潮。珠玑满箧群贤什,瓦砾谁收亦谩飘。

韩元吉(1118—?)

秋日杂咏六首(其六)

绝壁跨城楼,连天海气浮。长空去鸟尽,落日断云留。
鼓角深秋壮,山河薄暮愁。劳生知底所,倚杖寄沧洲。

何　琬(?—?)

送程给事知越州

贺老溪山久寂寥,辍从青琐去班条。楼台爽气来蓬岛,鼓角新声压海潮。
千里劝耕趋垄亩,五云吟句落渔樵。鉴湖想望隋河上,满眼清风逐画桡。

洪咨夔(1176—1236)

答赠刘交代(其一)

危栈摩千仞,牢关护一窝。山巅闲地少,溪面白云多。
昼永琴书乐,年丰鼓角和。官清谁得似,只欠客经过。

胡　宿(995—1067)

送李留后赴天平

留印高提驾伏熊,郓城襟要此临戎。四封土俗弦歌盛,九叠霜天鼓角雄。
风月静归谈笑内,山川遥入抚绥中。居多暇日溪堂胜,不废投壶与钓筒。

送周屯田倅南徐

浙河分镇压东西,铁瓮由来重会稽。地势顿惊江海近,天文全觉斗牛低。
鸣秋鼓角翻朱鹭,映日楼台拂彩霓。绿发名郎才韵秀,政成看奉紫芝泥。

黄庭坚(1045—1105)

题李十八知常轩

身心如一是知常,事不惊人味久长。盖世功名棋一局,藏山文字纸千张。
无心海燕窥金屋,有意江鸥傍草堂。惊破南柯少时梦,新晴鼓角报斜阳。

延寿寺僧小轩极萧洒予为名曰林乐取庄生所谓林乐而无形者并为赋诗

积雨灵香润,晚风红药翻。盥手散经帙,烹茶洗睡昏。
野僧甚淳古,养拙贲邱园。风怀交四境,蓬藋底百橼。
山林皋壤欤,可为知音言。而我与人乐,因之名此轩。
孟夏妪万物,正昼晦郊原。隔墙见牛羊,定知春笋繁。
俄顷倒干戈,水攻仰翻盆。地中鸣鼓角,百万薄悬门。
部曲伏床下,少定未寒暄。疾雷将雨电,破柱取蛟蚖。
我初未知尔,宴坐漱灵根。谅知岑寂地,竟可安元元。

孔平仲(1044—1102)

送登州太守出城马上作

匆匆送客出城闉,霜意方高日渐醺。青嶂倚空先有雪,黄沙匝地半和云。
旌旗明灭随车远,鼓角悲凉隔水闻。正是无憀一回首,两行白马映红裙。

李　复(1052—?)

赠张万户征闽凯还

瘴雨蛮烟远蔽空,只将谈笑荡群凶。旌旗夜卷妖星殒,鼓角秋高杀气雄。
已喜张良还灞上,更须龚遂守闽中。凯歌声动天颜喜,金虎三珠拟报功。

李　纲(1083—1140)

宿信州景德寺禅月堂

野寺虚堂倚翠微,云山极目望中疑。溪寒连舰栏干直,日暮高楼鼓角悲。
倒景星河光破碎,乱萤灯火影参差。贯休仿佛英灵在,应笑登临强赋诗。

去岁道巴陵登岳阳楼以望洞庭真天下之壮观也因诵孟浩然气蒸云梦泽波撼岳阳城之句追古今绝唱用以为韵赋诗十篇（其一〇）

江湖秋日暮，远客若为情。宿舸沙边缆，征鸿云外声。
星河摇倒景，鼓角起江城。去国同王粲，登临百感生。

次雷州

华夷图上看雷州，万里孤城据海陬。萍迹飘流遽如许，骚辞拟赋畔牢愁。
沧溟浩荡烟云晓，鼓角凄悲风露秋。莫笑炎荒地遐僻，万安更在海南头。

江行即事八首（其六）

合踏青山转碧川，雨余风月更婵娟。光铓影渡星河碎，片段气蒸云物鲜。
心系鸰原千里外，梦回鼓角五更前。翠华杳杳今何处，怅望东吴空惘然。

五月六日率师离长乐乘舟如水口二首（其一）

力疾驱驰为主恩，敢辞炎暑道途勤。五更鼓角催行色，百里旌旗拂晓云。
闽粤乍开新幕府，灞陵初起旧将军。江山满目难留恋，试拥雕戈静楚氛。

道临川按阅兵将钱巽叔侍郎赋诗次其韵三首（其一）

平生多难岂能贤，恩许犹持阃外权。貔虎幸蒙分壮士，桑榆愧已迫衰年。
枕前鼓角元戎报，帐下更筹契箭传。多少豪英志恢复，问谁先著祖生鞭。

次韵士特见怀古风

遭遇登黄阁，平生志寝丘。燋头无寸效，失脚落遐陬。
一去苍龙阙，三惊白露秋。贾生时欲恸，平子不胜愁。
鄂渚何曾到，兰江未许留。孤城逾地角，绝岛在鳌头。
父子同双影，笙瓢付一舟。飘零已知幸，奇绝敢言游。
望断归来鹤，情孚不下鸥。波涛从汹涌，鼓角助清幽。
忽奉日边令，容还峤北州。天恩方肉骨，厉鬼漫持矛。
力拯中兴业，深防不戴仇。当车虽怒臂，见险莫扶辀。
往事追何及，来功勉或收。舍垣宜葺补，风雨正飕飗。
离索何其久，吟哦谁与酬。管宁终著帽，王粲且登楼。

805

阻绝江南信，淹留海上洲。归心良耿耿，去路尚悠悠。
见说鲸奔网，仍传盗聚螽。不知供羽卫，今有几貔貅。
瓯越亦远矣，江淮已定不。视天真懵懵，知命罢休休。
水有朝东性，蝥非恤纬忧。吾徒强餐饭，肉食自深谋。

南渡次琼管江山风物与海北不殊民居皆在槟榔木间黎人出市交易蛮衣椎髻语音兜离不可晓也因询万安相去犹五百里僻陋尤甚黄茅中草屋二百余家资生之具一切无有道由生黎峒山往往剽劫行者必自文昌县泛海得便风三日可达艰难至此不胜慨然赋诗二首纪土风志怀抱也（其一）

巨舶浮于海，长飙送短蓬。夜潮和月白，晓日跳波红。
云影摇修浪，澜光接远空。喜过三河流，愁远冠头峰。
雷化迷天际，琼儋入望中。地遥横一线，山露点群鸿。
偶脱鲸鲵患，尤欣气俗同。川原惊老眼，稚耋看衰翁。
蛮市虾鱼合，宾居栋宇雄。人烟未寥落，竹树自葱茏。
碧暗槟榔叶，香移薄荷丛。金花翔孔翠，彩幕问黎童。
南极冬犹暖，中原信不通。管宁虽迹远，阮籍已途穷。
濒洞沧波里，苍茫返照东。客愁浑不寝，鼓角五更风。

李　光（1078—1159）

秋日杂咏十首（其九）

天南谁把尺书传，老眼经秋自不眠。鼓角声回窗未掩，可堪残月到床前。

秋 夜 有 怀

金炉未冷旋添香，风静云开月到廊。何处独吹西塞曲，无人同醉北窗凉。
鳞鸿路隔书难寄，鼓角声迟夜渐长。明日欲寻真率约，浊醪时许过邻墙。

李流谦（1123—1176）

书事（其四）

塞色旌旗薄，边声鼓角喧。三军正悲愤，中国固雄尊。
障戍争襟险，朝廷护本根。古来挟策者，谈笑整乾坤。

李 石(1108—1181)

扇子诗(其二)

月树吾人倾盖,风蝉老子闻韶。唤起江湖春梦,几番鼓角秋潮。

扇子诗(其七五)

芙蓉香泛白蘋洲,杨柳吹花玉雪浮。且喜两边无一事,五更鼓角月当楼。

武 侯 祠

风弄波涛鼓角喧,蜀江犹有阵图存。纶巾羽扇人何在,眼看群儿戏棘门。

李 新(1062—?)

龙游寺南屏轩和宋宏父韵

平日江干过,南屏首重回。不妨图里见,曾是梦中来。
近市楼台逼,高城鼓角催。老年知涉世,临事却衔枚。

普州铁山福济庙祀神曲·迎神

夜郎北兮云苍苍,辛夷落兮木叶黄。兵伙路兮凯歌阕,渡泸归兮马汗血。
宅灵安所兮岭之西,鼓角殷地兮乌夜啼。
倏而来兮鼓舞迎将,苾芬兰羞兮冷冷桂浆。
罗拜兮堂皇,神之乐兮未央。

李曾伯(1198—1268)

离永州宿愚溪十里村

冷落愚溪十里村,暂容车骑憩柴门。松荒顿忆陶潜隐,梅落难招宋玉魂。
累日有风春自暖,今宵无月夜难昏。勿令鼓角鸣行帐,田舍将疑有戍屯。

林景熙(1242—1310)

元 日 即 事

宿雾沈城海日迟,十年冉冉镜中丝。江湖旧梦衣冠在,天地春风鼓角知。
杜曲桑麻归已晚,尚平婚嫁毕何时。野人问我行藏事,自向庭前采柏枝。

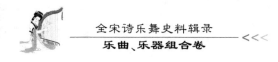

刘 攽(1023—1089)

晚 归

古木号蝉鸦乱栖,凉风稍稍袭人衣。高楼鼓角悲秋意,小市渔樵竞夕晖。
虽有簿书容暇豫,强从宾旅复来归。闭门跃马俱人事,吾道何能问是非。

刘 敞(1019—1068)

顺州闻角

北山三千里,归来已近边。如何闻鼓角,晨坐更凄然。

离鄂州至汉阳

小郡缘山腹,孤城暗夕枫。蛟龙戏雾雨,鼓角乱西东。
江汉浮南纪,秋冬拟绪风。离骚楚人恨,过半夕阳中。

送信阳舒使君

闻名自夙昔,已作旧相知。倾盖成邂逅,如何还别离。
军声咽鼓角,行色满旌麾。莫怪樽前醉,亲邻心所期。

刘 过(1154—1206)

上金陵章侍郎(其一)

龙虎东西两踞盘,帝教弹压此山川。风行魏蜀三分国,浪静江淮万里天。
半壁旌旗佳丽地,十州鼓角郁葱边。便当击楫中流誓,莫使鞭为祖逖先。

寄湖州赵侍郎

桑柘村村烟树浓,新秧刺水麦梳风。舟行苕霅双溪上,人在苏杭两郡中。
鼓角丽声相旦暮,旌旗小队间青红。主人夙有神仙骨,合住水晶天上宫。

刘 跂(1053—?)

使辽作十四首(其八)

鼓角霜初晓,箫笳日欲曛。莫为天外意,只作梦中闻。
问道无人迹,嘶风有马群。山高飞鸟急,决眦入层云。

808

刘一止(1080—1161)

贼臣刘豫挟虏骑犯两淮天子亲总六师出征贼骑摧衄宵遁銮舆既还效杜拾遗作欢喜口号十二首(其一一)

晓来鼓角动辕门,便觉升平气象存。他日两宫归就养,更看天子父兄尊。

刘子翚(1101—1147)

春夜二首(其二)

楼迥星河转,宵残鼓角催。重门和月锁,寒梦绕花回。

过丹峰庵

杖策到丹峰,开轩对绿丛。禅心清似水,客鬓乱如蓬。
鼓角谯门日,莺花上巳风。逢人相借问,何地隐庞翁。

陆 佃(1042—1102)

依韵和查许国梅花六首(其一)

腊月狐裘尚御黄,靓妆先了为谁忙。与春不足都缘淡,教雪难知只为香。
曾拥旌旗闻鼓角,终随蘩鼎见烝尝。少陵赖尔牵诗思,得向诗中号帝王。

陆 游(1125—1210)

戏题江心寺僧房壁

史君千骑驻霜天,主簿孤舟冷不眠。也与史君同快意,卧听鼓角大江边。

乙丑夏秋之交小舟早夜往来湖中戏成绝句十二首(其三)

谯门鼓角寺楼钟,一一风传到短篷。唤得放翁残酒醒,锦囊诗草不教空。

即事八首(其七)

小阁凭栏望远空,天河横贯斗牛中。他年鼓角榆关路,马上遥看与此同。

沙 头

游子行愈远,沙头逢暮秋。孙刘鼎足地,荆益犬牙州。
鼓角风云惨,江湖日夜浮。此生应衮衮,高枕看东流。

809

夔州重阳

夔州鼓角晚凄悲,恰是幽窗睡起时。但忆社醅授菊蕊,敢希朝士赐萸枝。
山川信美吾庐远,天地无情客鬓衰。佳日掩门君莫笑,病来纱帽不禁吹。

马 上

春残马上意怅怅,纵辔微吟过数坊。绿树成帷连药市,清流如带绕球场。
城荒鼓角增悲壮,苑废云烟尚莽苍。堪笑年来向诗懒,还家古锦只空囊。

幽居感怀

偶傍枫林结数椽,东归也复度流年。汀洲雁下依残水,墟里人行破夕烟。
十月风霜欺客枕,五更鼓角满江天。散关清渭应如昨,回首功名一怆然。

官居戏咏三首(其二)

说著功名即自羞,暮年世味转悠悠。一庭落叶楸梧老,万里悲风鼓角秋。
怀绶不为明日计,登楼且散异乡愁。渔舟大似非凡子,能拣溪山胜处留。

自郊外归北望谯楼

天上何年堕翠虹,屈蟠爪尾护吾州。重门雨细旌旗湿,危堞风高鼓角遒。
漠漠川云昏佛塔,涓涓野水入农畴。旷怀不耐微官缚,拟脱朝衫换钓舟。

乌龙庙

江边苍龙背负天,蟠踞千载常蜿蜒。其前横辟为大川,高城鼓角声隐然。
龙庙于山家于渊,世为吾州作丰年。老守虽愧笔如椽,洁斋试赋迎神篇。

寓蓬莱馆

朱门高柳画桥南,掠面风埃喜解骖。霁日偶逢春盎盎,野人不惯屋潭潭。
堂中剩喜簪裾集,楼上时闻鼓角酣。明发扁舟觅归路,趁时吾欲事农蚕。

会 稽

海近风云恶,城高鼓角雄。山川横惨淡,楼阁半虚空。
故国千年鹤,征途万里蓬。余生犹几日,尽合付杯中。

梦中游禹祠

湖上无人月自明,梦中仿佛得闲行。庭空满地楸梧影,风壮侵云鼓角声。
世异客怀增惨怆,秋高岁事已峥嵘。长歌忽遇骑鲸客,唤取同朝白玉京。

秋晚二首(其二)

木落寺楼出,江平沙渚生。牛羊下残照,鼓角动高城。
寒至衣犹质,忧多梦自惊。群胡方斗穴,河渭几时清。

村居四首(其一)

白首归来亦灌畦,任教邻里笑栖栖。道心宁感两雌雉,生计惟存五母鸡。
不恨闲门可罗爵,本知穷巷自多泥。暮闻鼓角犹人境,更欲移家入剡溪。

秋　夕

承学虽云浅,初心敢自轻。飘零为禄仕,蹭蹬得诗名。
抚事悲长剑,怀人感短檠。不堪秋雨夕,鼓角下高城。

送韩立道守池州

千里江山控上流,省郎怀绶去为州。才华故在诸公右,谈笑遥分圣主忧。
月堕丽谯喧鼓角,雨余绿野遍锄耰。万家歌舞春风里,秋浦如今不似秋。

春晴二首(其一)

雨断云归两作晴,夕阳鼓角动高城。客愁正得酒排去,草色直疑烟染成。
莺为风和初命友,鸥缘水长欲寻盟。不须苦问春深浅,陌上吹箫已卖饧。

夜坐中庭

萧散坐中庭,三更月未生。溯风凉醉颊,汲井濯尘缨。
草露沾衣冷,天河隔树明。裴回不能睡,鼓角下高城。

暮秋中夜起坐次前韵

东吴秋令迟,得雨亦良悦。中庭有流萤,烈风吹不灭。
披衣起坐久,鼓角参差发。西成虽作劳,农事亦渐歇。
老怯岁律残,俯仰忽九月。蟋蟀鸣壁间,愧汝知时节。

五月十一日夜且半梦从大驾亲征尽复汉唐故地见城邑人物繁丽云西凉府也喜甚马上作长句未终篇而觉乃足成之

天宝胡兵陷两京,北庭安西无汉营。五百年间置不问,圣主下诏初亲征。
熊罴百万从鸾驾,故地不劳传檄下。筑城绝塞进新图,排仗行宫宣大赦。

冈峦极目汉山川,文书初用淳熙年。驾前六军错锦绣,秋风鼓角声满天。
苜蓿峰前尽亭障,平安火在交河上。凉州女儿满高楼,梳头已学京都样。

闻鼓角感怀

鼓坎坎,角呜呜,四鼓欲尽五鼓初。老眼不寐如鳏鱼,抚枕起坐涕泗濡。
平生空读万卷书,白首不识承明庐。时多通材臣腐儒,妄怀孤忠策则疏。
欲剖丹心奏公车,论罪万死尚有余。雷霆愿复宽须臾,许臣指陈舆地图。
亿万遗民望来苏,艺祖有命行天诛。皇明如日讵敢诬,拜手乞赐丈二殳。
中原烟尘一扫除,龙舟溯汴还东都。

送汤岐公镇会稽

吴越东西州,浙江限其中。黄旗高十丈,大舟凌虚空。
都人送留守,郡吏迎相公。江心波涛壮,帐下鼓角雄。
乐哉公何憾,廷论则未同。永怀前年秋,群胡方啸凶。
间左发蓟北,戈船满山东。旧盟顾未解,谁敢婴其锋。
公时立殿上,措置极雍容。南荒窜骄将,京口起元戎。
旧勋与宿贵,屏气听指踪。规模一朝定,强虏终归穷。
当时谓易耳,未见回天功。及今始大服,咨嗟到儿童。
天心佑社稷,主圣肖祖宗。旌节早来朝,笑谈折遐冲。

吕本中(1084—1145)

唐张琯书记梁时妇人黄鼎因侯景乱没北齐为小校胡儿所虏生二子后附海舶归闻鼓角得岸乃知是会稽郡鼎先在梁许嫁张固及归固适为剡令求与相见不可乃遣令送之宣城鼎在齐时作秋风曲渡海时又作诗三章琯书称其词凄怨自琯时已不传

万里秋风曲,三章渡海诗。绝胜汉公主,略似蔡文姬。
故国山河在,荒城鼓角悲。何如觅张固,不用忆胡儿。

清明游震泽即事

挈伴提壶桃柳芳,东风暂醉少年场。波浮十里飞舸疾,衣影千重夹道光。
使气可如燕赵士,轻兵原是楚吴卿。应知万事同棋局,鼓角春江一日狂。

812

吕　定(？—？)

调　　兵

年少谈兵胆气豪,折冲千里岂辞劳。旌旗影动秋风瑟,鼓角声回夜月高。
红锦裁鞍新试马,黄金装带旧悬刀。临征自信军容盛,五色团花绣战袍。

吕南公(1047—1086)

夜拟李义山四更四点

四更四点露成霜,个里愁人暗断肠。鼓角未喧闻鼻鼾,北风窗户月荒凉。

毛　珝(？—？)

金　　陵

虎踞龙蟠在目前,依前行阙锁寒烟。津头鼓角增新戍,陌上笙箫减旧年。
高塔直看淮对境,断碑闲忆晋诸贤。我来尚喜秋成日,鱼蟹堪赊满市边。

梅尧臣(1002—1060)

张修赴威胜军判官

青骊渡河水,侠气动刀环。入幕沙尘暗,临风鼓角闲。
地形通柏谷,秋色满榆关。谁复轻儒者,难淹笔砚间。

送徐君章秘丞知梁山军

苍壁束江流,孤军水上头。蛟龙惊鼓角,云雾裛衣裘。
午市巴姑集,危滩楚客愁。使君才笔健,当似白忠州。

右丞李相公自洛移镇河阳

侯服齐三辅,天台耸百僚。新章刻铜虎,旧德冠金貂。
已作歌襦化,方期执玉朝。双鞭辞洛宅,千骑向河桥。
鼓角春城暮,莺花故苑遥。瓜亭犹接轸,棠茇自敷条。
夹道都人拥,迎风驷牡骄。莫随文学乘,空望旆旌飘。

元忠示胡人下程图①

单于猎罢卧锦红,解鞍休骑荒碛中。苍驹骒骆六十匹,隐谷映坡分尾鬃。
九驼五牛羊颇倍,沙草晚牧生寒风。贵贱小大指五百,执作意态皆不同。
二鹰在臂二鹰架,骏犬当对宁争功。毡庐鼎列帐幕拥,鼓角未吹惊塞鸿。
土山高高置烽燧,毛囊贮获闲刀弓。水泉在侧挹其上,长河杳杳流无穷。
素纨六幅笔何巧,胡瓌尽妙谁能通。今日都城有别识,别识共许刘元忠。

寄许越州

开元冠盖里,无若贺知章。乞得镜湖水,洗出明月光。
行坐镜与月,身衣羽人裳。心存黄庭经,目视白鸟行。
岁时忽已古,高韵抗彭庄。今闻许子春,来守稽山傍。
稽山风月在,镜水菰蒲长。腊市开梅萼,霰雪凌早芳。
卧龙生茗舌,鼓角催新阳。焙边可以啜,树间可以觞。
贺老于当日,必定无此尝。唯有李白诗,酒船芙蓉香。
安得效白也,剩载借艅艎。与君同醉翁,智虑收肝肠。

送王微之学士知池州

秋江渺然生寒潮,北风吹帆上青霄。旗脚舒舒战红鬣,旗心闪闪交皂雕。
樯下健儿发金铙,屋上鸾僮鸣紫箫。岸傍舟人望且拜,溪口直入当高谯。
正闻鼓角波动摇,齐山舞翠挹岩峣。郭西猛虎夜莫入,太守号令如怒飙。
长戈椿尔喉,长刀断尔腰。牙兵将吏无敢嚣,新威烈烈野火烧。

欧阳修(1007—1072)

送沈学士知常州

旧馆芸香锁寂寥,斋舻东下入秋涛。江晴风暖旌旗扬,木落霜清鼓角高。
吟就彩笺宾已醉,舞翻红袖饮方豪。平生粗得为州乐,因羡君行首重搔。

送谢希深学士北使

汉使入幽燕,风烟两国间。山河持节远,亭障出疆闲。

---

① 周紫芝《元忠作胡人下程图》内容与此诗大致相同,仅个别字词有异,不再重复收录。

征马闻笳跃,雕弓向月弯。御寒低便面,赠客解刀环。
鼓角云中垒,牛羊雪外山。穹庐鸣朔吹,冻酒发朱颜。
寒草生侵碛,春榆绿满关。应须雁北向,方值使南还。

钱惟演(962—1034)

句(其二二)

沃野桑麻涵细雨,严城鼓角送斜阳。

钱 勰(1034—1097)

睦 州 秀 亭

秀色四时好,探春来此亭。花初拥槛发,山晚与云青。
得鲙严陵濑,评泉陆羽经。欢余不尽醉,鼓角限重扃。

仇 远(1247—?)

邻 家 晓 鸡

严城鼓角送钟声,顷刻三更四五更。却是邻家鸡唱准,不差消息已天明。

鼓 角

五更相次晓,一曲有余清。忽醒山林梦,遥闻鼓角声。
背风还迤逦,带月最分明。莫作边城看,长淮久息兵。

沈 辽(1032—1085)

复作过商翁墓(其一)

当年不佩封侯印,后世谁寻堕泪碑。定远将军岂夸勇,关南常侍最能诗。
故人不解传遗事,五岭犹能识信旗。墓下寂寥无鼓角,秋风独向白杨悲。

沈 绅(?—?)

送程给事知越州(其二)

千兵督府占楼居,刻锁君门一夕虚。为厌承明新递直,却探禹穴旧藏书。
家头鼓角闻初近,座上湖山画不如。一道政清貔虎肃,四星密拱紫微车。

师　严(？—？)

大　阅

长江天设险,荆州国西门。幕前杖斧钺,赫赫齐晋尊。
熊罴在掌握,百万不敢喧。固列崖峤立,动色虹霓翻。
虽云上将猷,亦是明主恩。高秋鼓角壮,惨澹伤精魂。
山南正困厄,血肉连川原。由来多垒辱,岂不在大藩。
既同事王室,于义如弟昆。勖哉从简书,恤邻古所敦。

石麟之(？—？)

送程给事知越州

鹿辂龙节上恩华,衣绣先归士论嘉。琐闼暂虚元老席,蓬莱还属侍臣家。
旌旗天上浮文鹢,鼓角江头拥将牙。东越又新南越治,到时歌咏已喧哗。

史弥宁(？—？)

大　阅

擐甲边城教即戎,三军锦绣晓光中。影摇溠水旌旗动,声震文山鼓角雄。
马惯挥戈翻塞雪,雁惊鸣镝响天风。十行忍负君王意,同向燕然勒隽功。

释德洪(1071—1128)

湘西暮归

笋舆鼓角背层城,湘水涸尽行沙汀。岳麓雪云献楼阁,橘洲烟雨学丹青。
此生多艰付跛挈,投老余闲到寂惺。苍鼹万身门窈窕,归来风叶扫空庭。

释善珍(1194—1277)

江　南

江南春水荻芽青,江北春风鱼上冰。花发正催寒食节,雁归应过永昌陵。
骑奴玉辔闲调马,公子锦韛行臂鹰。曾宿扬州建隆寺,五更吹角鼓腾腾。

释思慧(1071—1145)

偈四首(其三)

一切法无差,云门胡饼赵州茶。黄鹤楼中吹玉笛,江城五月落梅花。

惭愧太原孚上座,五更闻鼓角,天晓弄琵琶。

释斯植(?—?)

金 陵 道 中

望远生愁思,凄凉处处同。青山迷旧冢,芳草蔽闲宫。
雨过城楼月,潮回鼓角风。十年怀古恨,多在六朝中。

释希昼(?—?)

寄寿春使君陈学士

三处波涛郡,连年辍谢公。春斋山药遍,夜舶海书通。
楼润星河露,川寒鼓角风。谁当刊惠政,一一古贤同。

释行海(1224—?)

怀珣潜山

楚雨吴烟动客思,江梅发后失归期。传来踪迹浑无定,飘泊情怀已可知。
鼓角每惊多事日,莺花空度少年时。与君如此长相别,苦乐同心更有谁。

归剡(其三)

天地宽闲鼓角疏,江南烟景忆当初。乍归故里仍如客,偏爱沧洲不为鱼。
草木有心知雨露,楼台回首作丘墟。夕阳咏罢餐秋菊,又放青山入弊庐。

释延寿(904—975)

山居诗(其一〇)

旷然不被兴亡坠,豁尔难教宠辱惊。鼓角城遥无伺候,轮蹄路绝免逢迎。
暖眠纸帐茅堂密,稳坐蒲团石面平。只有此途为上策,更无余事可关情。

释元肇(1189—?)

印 金 判

才业魁多士,英声早岁驰。宦涂将晚达,贤路有深知。
月借山城白,风飘鼓角悲。用公浑不尽,珠树照清时。

和魏侍郎登虎丘

朱轮千骑出行秋,览胜须登海涌丘。水与天光远相接,云遮山色半如羞。

先贤祠下修时敬,古剑池边记昔游。醉墨淋浪足酬唱,归来鼓角动城头。

舒　亶(1041—1103)

寄台州使君五首(其二)

使君家是八仙家,不负黄菁与紫霞。麦陇儿童行竹马,月楼鼓角度梅花。
彩笺吟就云初合,玉局棋残月半斜。闻说握兰消息近,星郎昨夜倍光华。

宋　无(1260—?)

送邓侍郎归江西

中国衣冠尽,孤臣蹈海回。秦思鲁连操,汉忆贾生才。
天远文星隐,江平画鹢摧。人寻芳草去,雁到故乡来。
山色催行棹,波声送客杯。身还苏武节,梦泣李陵台。
水落蛟龙缩,城空鼓角哀。苍梧云浩荡,黄屋浪崔嵬。
夜雨江蓠湿,春风杜若开。只令少微动,慎莫应三台。

苏　过(1072—1123)

不　睡

四邻悄悄鼾殷床,惟有客梦不得长。柴门独掩灯有晕,欹枕未熟背已芒。
四更山月来洞房,炯炯孤影射屋梁。茅檐窸窣鼠自啮,烟树苍莽枭为祥。
海风萧萧振槁叶,溪声苴苴决废塘。二三黄冠真可怜,空祠夜祷寒欲僵。
步虚声断翠微远,钟磬时款幽人堂。山城寂寞消残漏,鼓角凄悲吟晓霜。
悬知此时我独觉,胡为百想悬肺肠。鸡鸣世务纷如织,曷此顷刻聊坐忘。

苏　泂(1170—?)

金陵杂兴二百首(其一九〇)

旂帜精明鼓角雄,江淮草木尽闻风。面门神王须如戟,鼠子无轻怒我公。

苏　轼(1037—1101)

王郑州挽词

羡君华发起琳宫,右辅初还鼓角雄。千里农桑歌子产,一时冠盖慕萧嵩。
那知聚散春粮外,便有悲欢过隙中。京兆同僚几人在,犹思对案笔生风。

江月五首(其五)

五更山吐月,窗迥室幽幽。玉钩还挂户,江练却明楼。
星河澹欲晓,鼓角冷如秋。不眠翻五咏,清切变蛮讴。

陶移居二首(其一)

昔我初来时,水东有幽宅。晨与鸦鹊朝,暮与牛羊夕。
谁令迁近市,日有造请役。歌呼杂闾巷,鼓角鸣枕席。
出门无所诣,乐事非宿昔。病瘦独弥年,束薪与谁析。

送孔郎中赴陕郊

惊风击面黄沙走,西出崤函脱尘垢。使君来自古徐州,声震河潼殷关右。
十里长亭闻鼓角,一川秀色明花柳。北临飞槛卷黄流,南望青山如岘首。
东风吹开锦绣谷,渌水翻动蒲萄酒。讼庭生草数开樽,过客如云牢闭口。

过江夜行武昌山闻黄州鼓角

清风弄水月衔山,幽人夜度吴王岘。黄州鼓角亦多情,送我南来不辞远。
江南又闻出塞曲,半杂江声作悲健。谁言万方声一概,鼍愤龙愁为余变。
我记江边枯柳树,未死相逢真识面。他年一叶溯江来,还吹此曲相迎饯。

送将官梁左藏赴莫州

燕南垂,赵北际,其间不合大如砺。至今父老哀公孙,蒸土为城铁作门。
城中积谷三百万,猛士如云骄不战。一旦鼓角鸣地中,帐下美人空掩面。
岂如千骑平时来,笑谈謦欬生风雷。葛巾羽扇红尘静,投壶雅歌清燕开。
东方健儿虓虎样,泣涕怀思廉耻将。彭城老守亦凄然,不见君家雪儿唱。

和陶归去来兮辞

归去来兮,吾方南迁安得归。卧江海之顽洞,吊鼓角之凄悲。
迹泥蟠而愈深,时电往而莫追。怀西南之归路,梦良是而觉非。
悟此生之何常,犹寒暑之异衣。岂袭裘而念葛,盖得粗而丧微。
我归甚易,匪驰匪奔。俯仰还家,下车阖门。
藩垣虽缺,堂室故存。挹吾天醴,注之洼尊。
饮月露以洗心,餐朝霞而眩颜。混客主而为一,俾妇姑之相安。

819

知盗窃之何有,乃掊门而折关。廓圜镜以外照,纳万象而中观。
治废井以晨汲,瀹百泉之夜还。守静极以自作,时爵跃而鲵桓。
归去来兮,请终老于斯游。我先人之敝庐,复舍此而焉求。
均海南与漠北,挈往来而无忧。畸人告予以一言,非八卦与九畴。
方饥须粮,已济无舟。忽人牛之皆丧,但乔木与高丘。
警六用之无成,自一根之返流。望故家而求息,曷中道之三休。
已矣乎,吾生有命归有时,我初无行亦无留。
驾言随子听所之,岂以师南华而废从安期。
谓汤稼之终枯,遂不溉而不耔。师渊明之雅放,和百篇之新诗。
赋归来之清引,我其后身盖无疑。

正月二十一日病后述古邀往城外寻春

屋上山禽苦唤人,槛前冰沼忽生鳞。老来厌伴红裙醉,病起空惊白发新。
卧听使君鸣鼓角,试呼稚子整冠巾。曲栏幽榭终寒窘,一看郊原浩荡春。

壬寅二月有诏令郡吏分往属县减决囚禁自十三日受命出府至宝鸡虢郿盩厔四县既毕事因朝谒太平宫而宿于南溪溪堂遂并南山而西至楼观大秦寺延生观仙游潭十九日乃归作诗五百言以记凡所经历者寄子由

远人罹水旱,王命释俘囚。分县传明诏,寻山得胜游。
萧条初出郭,旷荡实消忧。薄暮来孤镇,登临忆武侯。
峥嵘依绝壁,苍茫瞰奔流。半夜人呼急,横空火气浮。
天遥殊不辨,风急已难收。晓入陈仓县,犹余卖酒楼。
烟煤已狼藉,吏卒尚呀咻。鸡岭云霞古,龙宫殿宇幽。
南山连大散,归路走吾州。欲往安能遂,将还为少留。
回趋西虢道,却渡小河洲。闻道磻溪石,犹存渭水头。
苍崖虽有迹,大钓本无钩。东去过郿坞,孤城象汉刘。
谁言董公健,竟复伍孚仇。白刃俄生肘,黄金谩似丘。
平生闻太白,一见驻行驺。鼓角谁能试,风雷果致不。
岩崖已奇绝,冰雪更雕锼。春旱忧无麦,山灵喜有湫。

蛟龙懒方睡,瓶罐小容偷。二曲林泉胜,三川气象侔。
近山莠麦早,临水竹篁修。先帝膺符命,行宫画冕旒。
侍臣簪武弁,女乐抱箜篌。秘殿开金锁,神人控玉虬。
黑衣横巨剑,被发凛双眸。邂逅逢佳士,相将弄彩舟。
投篙披绿荇,濯足乱清沟。晚宿南溪上,森如水国秋。
绕湖栽翠密,终夜响飕飗。冒晓穷幽邃,操戈畏炳彪。
尹生犹有宅,老氏旧停辀。问道遗踪在,登仙往事悠。
御风归汗漫,阅世似蜉蝣。羽客知人意,瑶琴系马秋。
不辞山寺远,来作鹿鸣呦。帝子传闻李,岩堂仿像緱。
轻风帏幔卷,落日髻鬟愁。入谷惊蒙密,登坡费挽搂。
乱峰搀似槊,一水澹如油。中使何年到,金龙自古投。
千重横翠石,百丈见游鯈。最爱泉鸣洞,初尝雪入喉。
满瓶虽可致,洗耳叹无由。忽忆寻蟆培,方冬脱鹿裘。
山川良甚似,水石亦堪俦。惟有泉傍饮,无人自献酬。

苏　辙(1039—1112)

十一月一日作

昼短图书看不了,夜长鼓角睡难堪。老怀骚屑谁为伴,心地空虚成妄谈。
酒少不妨邻叟共,病多赖有衲僧谙。积阴深厚阳初复,一点灵光勤自参。

次韵子瞻送陈睦龙图出守潭州

海上石桥余折栋,大舶记君过铁瓮。东行万里若乘空,老鼍长鲸应入鞚。
波摇风卷卧不起,免教髀肉鞍磨痛。归来过我话艰苦,惊汗津津尚流湩。
海涯风物画成图,错落天吴兼紫凤。至今想象隔人世,往往风涛吹昼梦。
长沙欲往厌飞楫,幸有千兵作迎送。文章清逸世少比,科第峥嵘声自重。
远行屡屈众所叹,出祖谁攀车欲动。明朝鼓角背王城,莫听单于吹晓弄。

孙　觌(1081—1169)

光禄董公挽词二首(其二)

帐殿旌旗卷,辕门鼓角悲。江边五马渡,天上六龙飞。

感愤冠冲发,追攀肘见衣。兴元戡难日,零落寸心违。

平江太守侍郎王公挽词三首(其一)

燕颔封侯相,鹰扬国士风。金貂七叶贵,鼓角十州雄。
按节星轺动,埋轮虎穴空。谁令交一臂,已失大槐宫。

次韵叔毅兄佳什

云梦平吞八九宽,紫髯红颊秀春峦。天边鸿雁心应折,竿上鲸鲵肉未寒。
倦听山城鸣鼓角,喜瞻衡宇挂衣冠。培风好上天南去,莫遣荆榛箳孔鸾。

平江燕张节使乐语

秋风猎猎卷法旌,贼垒匆匆唾手平。笑倚柁楼天上坐,卧闻鼓角地中声。
九门合遝追锋去,千里欢呼负弩迎。从此三吴传胜事,一时草木尽知名。

雉山岩昔有僧结庵此山中诵法华经野雉日一集听之至终卷乃去率以为常忽数日不至山下有妇人产子腰胁间余雉毛数寸寺有石纪其事·虞氏隐居雷守虞沈避地桂林结茅江上万山环立二水交流游客过其下皆有忘归与卜邻之意

山色洗眼青,遥见紫翠重。江光照肌白,靧作冰雪容。
问谁三间茅,散我九节筇。江声过席上,山影落杯中。
主人乐忘归,卧听鼓角雄。检点屐齿痕,斓斑尚苔封。
寂寂春萝月,萧萧秋桂风。何日赋归来,庭柯抚孤松。

孙应时(1154—1206)

寄黄州录事刘进之同年

骑曹新上雪堂西,千里淮南望眼迷。正我寻云并沧海,思君步月过黄泥。
清时鼓角无惊梦,胜日樽罍有共携。人物风流对江浪,数将冰茧寄新题。

益昌夜泊

孤舟了不梦邯郸,起凭阑干烟水间。五夜清风鸣鼓角,一天佳月悄江山。
客身憔悴衣尘黑,世路崎岖鬓发斑。未决乘流便东下,明朝且复剑门关。

唐仲友(1136—1188)

续八咏·双溪占胜地

占胜地,胜地难摹写。二水护城闉,千山带林野。
山林郁苍苍,千里遥相望。括苍转晓色,九峰含夕阳。
危栏压雉堞,嘉名寄文章。阴晴阅变态,昼夜无故常。
郊平涨潦渺沧溟,渚回澄波萦素练。霁后遥岑历历分,雾中叠嶂蒙蒙见。
增远目兮双明,含清辉兮四面。奉分星之胗蜃,切宸居之眩转。
邦人来此意以恭,客子临之游欲倦。神莫睹,敬先通。
言有尽,兴无穷。烟笼野以浮碧,浪射霞而涌红。
连赤松之佳气,过三洞之罡风。仰层阁而跂翼,俯浮梁而卧虹。
数征帆而引兴,瞻倦翼而省躬。接弦歌之盈耳,震鼓角之凌空。
洪钟发天半,清磬入云中。英灵降神异,膏腴生物丰。
清绝兹楼景,佳哉冠江东。

田 锡(940—1004)

圣方平戎歌

玉关秋早霜飞速,代马新羁逞南牧。胡人背信窥汉边,刻箭为书召戎族。
渔阳烽火照甘泉,疆吏飞笺至御前。睿谋英武何神速,銮舆自欲平三边。
百万羽林随驾出,杀气皇威先破敌。贼臣丧阵遽奔逃,漳水波清因驻跸。
宫锦战袍花斗新,绣鞯珠络金麒麟。天颜威武不可犯,垂鞭按辔视群臣。
金吾队仗如鳞萃,环卫旌旗径千里。汉皇曾上单于台,壮心磊落俦风雷。
比量英武不足数,圣文神武双全才。势可驱山塞沧海,紫气透迤龙凤盖。
金花簇敛若星罗,宝细乘舆翼云旆。涂山禹帝戮防风,涿鹿蚩尤死战锋。
锋铓俱染玄黄血,争如不陈而成功。示暇皇欢有余意,御笔题诗饶绮思。
翰林承旨先受宣,西掖词臣及近侍。诏命交酬继和来,君臣道合何如是。
和气感天天地宁,日融瑞景笼八纮。风生旗旆翻龙凤,霜严鼓角喧雷霆。
海神来受军门职,太上祷兵尊帝德。牢笼万国顿天纲,天纲恢恢恩信广。
胡儿溃散何比之,大明升空逃魍魉。漳川地阔霜草平,合闱会猎布天兵。
六师雄勇一百万,六班侍卫交纵横。铁衣间耀金锁甲,鼓旗杂错枪刀鸣。

霓旌似系单于颈，猎骑如破匈奴营。雕鹗狰狞搦狐兔，花骢跃龙骄在御。
弓圆明月金镞飞，妖狐中镞骇天机。兵师会合如波注，山呼万岁震边陲。
东海为樽盛美酒，斟酌酒浆掺北斗。鸾刀割肉若邱陵，军声汹如狮子吼。
三公拜舞百辟随，鸣珂飞鞚星离离。云舒二十有四纛，传宣罢猎整鱼丽。
胜气威声压千古，堪笑骊山称讲武。直馆微臣乐扈随，太平盛事今亲睹。
会看金泥封禅仪，拜章别献新歌诗。歌诗何以容易进，为受文明天子知。

汪元量(1241—1317)

湖州歌九十八首（其五一）

邵伯津头闸未开，山城鼓角不胜哀。一川霞锦供行客，且掬荷香进酒杯。

唐律寄呈父凤山提举（其八）

南岳诸峰处处嘉，麻鞋竹杖蹋青霞。山前已见九杈□，洞里不逢三朵花。
岩瀑垂垂腾晓霞，野田渺渺落寒鸦。衡阳鼓角风悲咽，游子斯时正忆家。

汪　藻(1079—1154)

次韵桂林经略李尚书投赠之句三首（其一）

方隅谋帅重，帝旦贾生疏。绝域须高枕，中朝辍引裾。
边城雄鼓角，幕府省文书。暂作骖鸾去，群公叹不如。

汪　晫(1162—1227)

城中春寒即事

重来春又半，梦寐念归期。山近衾裯薄，春寒鼓角悲。
晓钟风送远，宿霭日开迟。客里真寥落，愁添两鬓丝。

王安石(1021—1086)

送和甫至龙安暮归

隐隐西南月一钩，春风落日澹如秋。房栊半掩无人语，鼓角声中始欲愁。

王安中(1076—1134)

闻帅府大阅军作诗送梁帅

坐想郊坰鼓角雄，弓刀十万拥元戎。令传帐下偏裨栗，声走山前部落空。

824

勒石何须称窦宪,反风已卜相周公。自嗟不预从军乐,贾勇犹能气吐虹。

王　珪(1019—1085)

秋　　风

猎桂来钟岭,掀椒度汉宫。云飞汾水阔,叶下洞庭空。
海国樯帆壮,边城鼓角雄。谁知洛阳客,归意在江东。

宫词(其六九)

鼓角三声夜奏严,夕斋清庙宿重帘。殿前太尉横银仗,指点金盆御水添。

王十朋(1112—1171)

枕上闻鼓角

五更枕上梦还醒,初听夔州鼓角声。悲壮端如少陵语,它时送我更多情。

寓小能仁寺即事书怀

小国青径梅溪老,绿水红莲越幕宾。药裹随身多半夏,花枝照眼只常春。
郡楼鼓角听殊远,僧舍钟鱼闻已频。窗外清风数竿竹,澹然相对净无尘。

中秋赏月蓬莱阁呈同官

中秋玩月小蓬莱,风送婵娟入座来。樽俎论文清有味,湖山照眼净无埃。
云生脚底蛟龙卧,影落人间鼓角催。把酒问天兼问月,何时此夜更衔杯。

王庭珪(1080—1172)

送同年赵季成知武冈军

收科同日上蓬瀛,独我胡为憔悴生。晚节见君乘五马,前驱夹道拥千兵。
行间峒窟烟霞静,卧听边城鼓角声。入境旌旗应动色,更看蛮户带刀迎。

阅军致语口号

秀岭东边今日晴,千兵绕出阵云平。长枪大剑遮行路,后虎前貔拥使旌。
看拓弓弦声霹雳,愿回甲马扫欃枪。山农野叟何曾识,来听秋风鼓角声。

次前韵酬董衮臣使君见寄

少年通籍金闺里,持节荆湖已三至。巴陵江水天上来,楼观峥嵘半天起。

使君才气雄山东,豪曹巨阙谁争锋。谯门高开洞庭野,鼓角震动鱼龙宫。
此中为郡最佳处,宴间不复谈征虏。题诗远寄江外人,政恐六丁来下取。

王　炎(1138—1218)

和沈粹卿登南楼韵

鼓角声悲城上头,沈郎怀古一登楼。下临平楚容回顾,北望神州定欲愁。
叫日征鸿云路冷,嘶风战马塞垣秋。人间俯仰更兴废,江汉滔滔万古流。

送房陵倅韦同年二首(其一)

白玉难求市,青云缓作程。小烦乘别驾,远去护边城。
斥堠烽烟冷,谯门鼓角清。采桑遗戒在,约束要坚明。

王禹偁(954—1001)

送寇谏议赴青州

表海镇峥嵘,枢臣辍禁庭。两蕃申族帐,七县造图经。
密勿君恩异,循良祖德馨。旌旗驱驿路,鼓角出郊坰。
归梦寻温树,行尘动福星。上仪三道判,排设十间厅。
风静衙门戟,霜寒郡阁铃。看山楼号白,封社土分青。
花好诗难惜,梨甘酒易醒。征还都几日,莫爱妓娉婷。

王　灼(?—?)

题荣首座巴东三峡图

白帝城高鼓角罢,巫娥庙冷云雨空。只知楚塞明双眼,不觉神游尺素中。

前年一首投赠刘荆州

前年别公东南驰,正当六馭还宫时。都人欢传好消息,慈宁首问公何之。
毡裘不复恃军马,颍上一战中兴基。青天白日呈万象,向来谗吻真成痴。
数从西府伺行李,枢管政要人扶持。吴江再见丹枫落,宁料我公犹在兹。
呼鹰台边闲鼓角,望沙楼上陈书诗。夕烽平安置莫问,贤牧自当十万师。
维昔全荆号强国,近者贼火仍疮痍。形胜之地勋名集,端使前辈相追随。
袁宗依刘有故事,自怜远去作儿嬉。明朝烂醉沙头酒,不管春风吹鬓丝。

卫宗武（？—1289）

过安吉城

一年两到吴兴郡,梦想往时云锦乡。败堞颓垣尚围绕,雕梁画栋总凄凉。
萧萧适际风寒候,黯黯全无山水光。日暮楼头鸣鼓角,声声悲壮断人肠。

魏　野（960—1020）

送太博知荣州

莫叹迢迢远帝京,且怜叱驭继家声。歌钟竞出棠郊送,鼓角应过剑阁迎。
棕叶带风惊玉勒,梅花和雪照红旌。下车遥想无余事,政誉遥同在陕城。

文天祥（1236—1283）

至扬州（其三）

怅怅乾坤靡所之,平山风露夜何其。翁翁岂有甘心事,何故高楼鼓角悲。

睡　起

空堂孤影起闻鸡,风起高楼鼓角悲。江海无情游子倦,岁年如梦美人迟。
平生管鲍成何事,千古夷齐在一时。坐久日斜庭木落,浮云灭没漏朝曦。

元　日

铁马风尘暗,金龙日月新。衣冠怀故国,鼓角泣离人。
自分流年晚,不妨吾道春。方来有千载,儿女枉悲辛。

吴惟信（？—？）

寄朱仁叔伦魁

论文豁意气,把酒见情亲。一别不知返,烟花空自春。
边愁生鼓角,客梦落风尘。相约在何许,买山归卜邻。

上高疏寮处州守

神仙来守神仙地,铭石庭空画戟森。道接圣贤韩愈学,诗关风教杜陵心。
二年鼓角传清调,万古溪山得赏音。即有诏书催入觐,金莲夜草玉堂深。

827

吴则礼(？—1121)

寄 尚 志

孤城惨淡临寒水,战马不收眠陇底。戍鼓吹角夜迢迢,霜月徘徊梦惊起。
遥知横槊兴方新,绿入沙场细草春。憔悴谁怜苏季子,貂裘空复敝黄尘。

谢尧仁(？—？)

句

半夜鬼神朝水府,五更鼓角动扬州。

谢 逸(1068—1112)

翻 经 台

吾祖牧临汝,滞讼清公庭。胥吏退雁鹜,疏帘挂寒厅。
鼓角唤幽梦,草色池塘青。双旌引五马,驾言出郊坰。
足蹑云端屦,手展贝叶经。税驾妙高台,几砚陈轩楹。
朱墨纷在眼,梵宇森如星。台倾人已寂,声名蔼余馨。
想公忘言处,角挂山中羚。

徐 玑(1162—1214)

送 刘 和 州

扬旌遥指历阳城,霜淡晴天鼓角明。步骑打围秋草绿,舳舻传唱晓江平。
岸分南北人烟近,地控东南羽檄清。牧守只今非易予,九重渊默待盈成。

送张尚书出镇建宁

焚罢南坡藁,星华接履声。艰时曾倚重,钩党赖持平。
仲甫思全衮,元戎正本兵。丰仪麟阁贵,威重犬戎惊。
圣主忧遐远,朝端择老成。迩臣宣惠化,七岭动欢情。
风俗移刀剑,田间遂凿耕。试茶龙井碧,开砚凤潭清。
秋日江沙渺,晴天鼓角鸣。稻香随使驿,桂影伴仙程。
美玉非藏韫,黄金笑满籝。宽和无白发,卑逊有高名。
登用唐三世,枢机汉九卿。鼎司虚正席,丹宸待忠诚。

徐　铉(917—992)

从兄龙武将军没于边戍过旧营宅作

前年都尉没边城,帐下何人领旧兵。徼外瘴烟沉鼓角,山前秋日照铭旌。
笙歌却返乌衣巷,部曲皆还细柳营。今日园林过寒食,马蹄犹拟入门行。

徐元杰(1194?—1245)

荷　　花

鼓角声中璧月光,竹舆十里绕横塘。碧摇仙子凌波袜,红散天丝织锦裳。
仿佛若耶溪上路,栖迷太华井边凉。入城不觉东方白,吹散一身风露香。

许及之(1141—1209)

和袁同年接伴赓从客霍希文过楚州韵

一水分流西复东,画船随水去匆匆。晚风鼓角增悲壮,高垒营屯足长雄。
粮道已无清口应,舟师会把朔庭空。眼中方略全图在,未肯轻将属画工。

严　羽(1192?—1245?)

别　　客

客鬓风霜晚,离亭鼓角闻。念君当此去,把袂不能分。
衡霍连秋气,潇湘合暮云。愁心将落叶,向晚共纷纷。

阳　枋(1187—1267)

见欧制干(其一)

殿西歌彻采薇声,记室烦君为一行。窦幕有班燕刻重,裴寮得愈蔡功成。
文书昼静旌旗卷,筹画宵闲鼓角清。今日元戎前长史,步趋脚迹好门生。

杨安诚(?—?)

白　帝　庙

蜀江万壑俱东奔,瞿唐喧豗争一门。惊涛骇浪建瓴下,颠崖仆谷相吐吞。
朋妖窟宅恃幽阻,正昼喷薄阴霾昏。灵宫奕奕镇地险,众渎禀令川祇尊。
赤甲后耸黄熊跃,滟滪前峙青猿蹲。舳舻衔尾下吴楚,约束蛟鳄如鸡豚。

旧传鼓角致雨雹,裹篙不触撑舟痕。综理脉络尽西徽,帝假之柄攸司存。
子阳祚国十年近,此地未省东其辕。联江列炬铁锁断,戎满奔北无留屯。
江关回首尽汉帜,遗黎何自知公孙。血食汉代定不尔,但有故垒山之樊。
子美误信齐东语,感慨勇略招英魂。山川之灵载望秩,僭伪讵可同时论。
向来名实久涵溷,荐祼无乃渎俎膰。请从郾元为考证,神理昭昭斯可原。

杨　备(？—？)

观 风 楼

观风危堞与云齐,楼下开门画戟西。鼓角声沉丝管沸,卷帘晴黛远山低。

杨公远(1227—？)

游水西次吴秋磵韵

松阴石径绝纤埃,缓步行春得得来。风景一川诗料足,楼台两岸画图开。
山花乱插髦松鬈,村酒频倾潋滟杯。扶醉归来天欲莫,数声鼓角又相催。

杨万里(1127—1206)

毗陵辞满出舍添倅厅

小住丞厅更一旬,客魂先入故乡春。未离鼓角声中梦,已是谯门外面人。

过杨子江二首(其二)

天将天堑护吴天,不数殽函百二关。万里银河泻琼海,一双玉塔表金山。
旌旗隔岸淮南近,鼓角吹霜塞北闲。多谢江神风色好,沧波千顷片时间。

登凤凰台

千年百尺凤凰台,送尽潮回风不回。白鹭北头江草合,乌衣西面杏花开。
龙蟠虎踞山川在,古往今来鼓角哀。只有谪仙留句处,春风掌管拂蛛煤。

杨　亿(974—1020？)

奉和圣制南郊礼毕五言六韵诗

燔柴就阳位,烟燎达高穹。扫地铏甑洁,严更鼓角雄。
天心俘兑悦,皇泽比春融。帝享惟馨德,民苏解愠风。
周郊四祭重,汉時五祠同。灵贶昭玄感,神光望拜中。

叶梦得(1077—1148)

连日边报稍稀西斋默坐

鼓角遥闻出塞声,边风吹雁过高城。疆陲无复戊己尉,盗贼犹怜壬午兵。
岁晚胡床闭深阁,夜长刁斗听连营。便须从此传烽息,要及春农论劝耕。

与陈子高夜话

鼓角开东道,山川壮别京。病慵怜窃食,幽愤敢论兵。
废简铅黄暗,驰囊赤白惊。褒衣聊自喜,时见鲁诸生。

俞德邻(1232—1293)

吴门逢友人

泽国江山冷战云,扁舟春晚忽逢君。荒城鼓角含商气,旧曲楼台暗楚氛。
海燕认巢迷故主,苔蜗篆壁变新文。更怜庾信江南赋,音调凄清不忍闻。

虞 俦(?—?)

早上过溪报谒林子长承约客回途作(其一)

臭味还吾辈,炎凉笑若曹。相逢倾盖旧,可但泛舟劳。
夜雨湖山好,西风鼓角豪。主人宁避客,只觉杜门高。

秋大阅呈郡僚

横槊何人解赋诗,东方千骑出郊时。天高霁色旌旗上,地迥秋声鼓角悲。
漫授一编黄石老,相从千载赤松期。据鞍矍铄非吾事,惭愧江湖把一麾。

往瓜州护使客回程

寒天短日少晶辉,薄暮边城鼓角悲。外使方将接踵至,淮民未有息肩期。
吁嗟道路频牵挽,表里河山几合离。闻道遗黎尚思汉,中原恢复定何时。

喻良能(1120—?)

题祥符寺灵山阁

一倚危栏已快哉,俯看屏障掌中开。江间碧浪循城去,天外青山入座来。
隔岸几声闻鼓角,傍林千簇见楼台。白云只在孤飞处,西望关心首重回。

岳　珂(1183—?)

夜过寿昌

风云八字护城隅,楼殿崔嵬想帝居。曾侍金舆惟石马,幸因玉玺记铜鱼。
千年鼓角声犹壮,四塞河山恨未祛。麋鹿已游人事改,何人曾读辅吴书。

张　纲(1083—1166)

闻官军掩杀城中群寇次传道韵

未复钱塘郡,先收铁瓮城。妖星随月落,杀气逐参横。
已筑鲸鲵观,重新鼓角声。大江应好在,流恨几时平。

张　耒(1054—1114)

楚城晓望

鼓角凌虚雉堞牢,晚天如鉴绝秋毫。山川摇落霜华重,风日晴明雁字高。

秋　夜

微云淡月夜朦胧,幽草虫鸣树影中。不待南城吹鼓角,桐声长报五更风。

秋　晓

老人不睡秋夜长,五更鼓角鸣东堂。悲蛩床下欲无语,黄叶瓦清新有霜。
雁声相应江南北,斗杓欲下天中央。老人山尊有美酒,岸巾先酌一杯尝。

九日独游怀故人

故人分散在天涯,九日登临独叹嗟。人世光阴催日日,乡间时节自家家。
风烟满眼临秋尽,鼓角荒城送日斜。取醉凭谁正乌帽,遣愁犹强插黄花。

张　栻(1133—1180)

多景楼

畴昔南徐地,登临北固楼。平原迷故国,沧海接江流。
木落烟莎晚,城孤鼓角秋。寄言鸥鹭侣,吾已具扁舟。

张舜民(？—？)

秋暮书怀(其八)

冶谷鸦仍乱,空同日欲曛。关河围绝壁,鼓角壮中军。
自纳和戎策,还停草檄文。征西好规矩,后世见忠勤。

张　维(956—1046)

十咏图·宿后陈庄

腊冻初开苕水清,烟村远郭漫吟行。滩头斜日凫鹥队,枕上西风鼓角声。
一棹寒灯随夜钓,满犁膏雨趁春耕。谁言五福仍须富,九十年余乐太平。

张孝祥(1132—1170)

赠邕州滕史君

千骑东方白玉镳,十眉环坐紫檀槽。安南都护来鳌禁,建武将军握豹韬。
瘴雨蛮烟惊鼓角,朔云边雪满旌旄。夕烽不到甘泉殿,尺一征还近赭袍。

张玉娘(1250—1276)

灯夕迎紫姑神

淑气回春雪渐融,星河天上一宵通。芙蕖万点交秋月,鼓角三更度晓风。
烛影晕迷光绰约,帘环声彻佩玲珑。不妨鸟篆留仙迹,凤辇殷勤出紫宫。

塞　上　曲

为国劳戎事,迢迢出玉关。虎帐春风远,铠甲清霜寒。
落雁行银箭,开弓响铁环。三更豪鼓角,频催乡梦残。
勒兵严铁骑,破房燕然山。宵传前路捷,游马斩楼兰。
归书语孀妇,一宵私昵难。

赵　抃(1008—1084)

括苍照水阁饮散闻角

主礼殷勤醉玉杯,暮云山顶压楼台。浑如元相夸州宅,鼓角声从地底回。

赵 蕃(1143—1229)

冯守生日(其一)

西汉冯君裔,康时万石家。治边清鼓角,劝课足桑麻。
诞日今年再,欢声阖境哗。无言政长夏,亦可醉流霞。

枕上(其一)

鼠上书檠暗,巢惊瓮牖明。不眠知夜久,欲起怕寒生。
城与江山近,秋添鼓角清。经营才五字,展转欲残更。

赵汝鐩(1172—1246)

宿康口渔家

阴云议雪风飕飕,黄沙翳暝征人愁。渔家假宿休疲骨,败芦纫壁茅盖头。
行营鼓角声动地,钓翁不惯皆掩耳。刺船火急入葭苇,问讯鸥鹭莫惊起。

题会稽用林帅侍韵

东越乾坤到眼边,乱云连堑草迷川。五更城落千岩月,万顷湖开一镜天。
鼓角声残秦望晓,楼台影湿卧龙烟。旧时太史登临处,每想风流为慨然。

赵文昌(？—？)

鹤 林

江声撼群山,万马东南驰。盘盘铁瓮城,鼓角缠秋悲。
维天有设险,实为奸雄资。阿奴何许来,王业自此基。
金陵气已基,虎口余义熙。潜机寿阳发,凛凛天象垂。
划然九州鼎,竟属卖履儿。中原自汉蹶,神器良屡移。
黄屋如传舍,与夺谁汝疵。顺守尚有策,嗜杀徒自隳。
山阳作虞宾,豚犬犹能知。零陵一累囚,互亡何足疑。
凶德一至再,鬼责其何辞。殄歼肘腋来,泉壤悔莫追。
惜哉勤王功,一臭万古遗。我登黄鹤山,指顾生嗟咨。
茫茫六合内,俯仰几盛衰。尧年与桀日,究竟孰纲维。
东去云悠悠,西来风飕飕。把酒呼山灵,听我鹤林诗。

郑刚中(1088—1154)

仙人山寨至日

戍兵列栅半空苍,俯瞰嘉陵万仞江。山下不知传鼓角,天边时见引旌幢。
岁寒木落鸟穿屋,昼静帘垂云绕窗。教罢诸营无一事,锦腰催拍照金釭。

即　　事

晚来登眺处,寒暖正争春。城古亭台少,门严鼓角新。
江山真是好,风俗不妨贫。克己从清约,须知太守仁。

郑　獬(1022—1072)

送颍川使君韩司门

喜君又佩鱼符去,驷马雍容朱两幡。自昔诸侯颍阴国,太平宰相魏公孙。
水边日落旌旗暗,花外风高鼓角喧。到部行春应未晚,绿村正是杏梢繁。

周必大(1126—1204)

二月十二日夜梦奏事

曾抱疲驽佐圣明,枕中议政似平生。五更鼓角惊残梦,仿佛街司报点声。

周紫芝(1082—?)

须江暮春杂题三首(其三)

淮上风埃满客衣,二年楼阁送斜晖。心如落絮随风去,春与残花作伴归。
塞外夕烽悲鼓角,江边飞雨湿旌旗。只今便觅东皋路,已失南山种豆期。

朱　翌(1097—1167)

南华五十韵

乡里黄梅接,家居祖刹邻。常闻肉身佛,甘作碓坊人。
坚有悬腰石,空无拂镜尘。已舂诸米熟,自识本心真。
拄杖敲顽质,袈裟绕净身。衣传千古信,法待五年伸。
拨棹烦师送,投林避众嗔。风幡俱不动,金瓦定非伦。
汝听宜皆谛,吾言决可遵。由兹开顿教,为世作良因。

叶坠虽归本,烟斜不向新。铃声鸣白塔,雾气走黄巾。
塑手藏衣袭,闺姝败钵唇。全提诸佛印,开尽一花春。
代代灯灯续,尘尘刹刹均。性天南北合,道德帝王亲。
歌鼓昭陵日,梯航外国珍。庄严及山谷,赐予出金银。
龙翥开飞帛,春温布缊纶。镇安清净境,奔走护持神。
楼阁三千界,香灯十二辰。苏铭模妙墨,柳记刻丰珉。
自昔炎荒地,常容放逐臣。流人悲去越,从者病居陈。
庚子何忧鹏,春秋谩感麟。足生行路茧,眉结念亲颦。
卜吐千瓶水,官分十束薪。九韶先幸舜,五岭后通秦。
气候今无瘴,人情古亦惇。何尝疏北客,剩喜预嘉宾。
鼓角催归梦,江湖动钓缗。时花开有信,山果种生仁。
武水长怀古,曹溪每问津。端居七里郭,相望一由旬。
抱被来投宿,闻钟起及晨。自怜终北向,天遣试南询。
竟日云垂地,通宵雨溅茵。桥横一滴上,雀见五方驯。
飞锡泉香发,连山宝气振。杖寻桃竹把,佩采楚兰纫。
大礼行郊次,洪恩浃海滨。稍宽三面网,归作再生民。
甫里将收栗,松江细煮莼。橘怀工戏彩,萱背更栽椿。
风急团云絮,霜清洗月轮。治行今数日,问信不嫌频。
三宿真成恋,诸寮且遍巡。斗茶夸顾渚,羹芋说西岷。
寺有坛经旧,谁知祖意谆。持归化岭北,大地免沉沦。

邹　浩(1060—1111)

次韵文仲元日登巽亭(其一)

春随鼓角静浮游,放浪乾坤百尺楼。北陌东阡政车马,一时高兴属清流。

入试院呈同事章显父推官及监试柴承之朝奉

汉江汹汹不知休,江上谯门鼓角秋。匹马崎岖随国事,同心邂逅得儒流。
何妨蟋蟀床头急,况是芭蕉雨脚收。别乘端容共萧散,从今相与傲浮丘。

送望之移帅荆南

荆湖地与蛮獠通,江陵开府节制雄。劲兵十万拥罴虎,鼓角声动波涛风。

列城如子满棋面,一一元帅呼吸中。陛下钩帘抚天宇,妙选百辟今属公。
楚峰峻拔江汉广,晴光带影落渚宫。悬知黄馘日饱饭,酣歌鼓腹均儿童。
裕陵松柏老霜露,钟山杖屦埋蒿蓬。自从知已失君相,隼旟熊轼西复东。
赭袍可想不可见,十年一梦朝来空。荆湖虽重岂留处,朝廷百度皆元丰。

筝 笛

陈 普(1244—1315)

赤壁赋中四句·耳得之而为声

司聪坎体本来清,举世都将贮笛筝。饱听翛翛北窗吹,人间能有几长庚。

方 回(1227—1307)

过李景安论诗为作长句

三百年来工五七,追雅媲骚谁第一。独闻彭城陈正字,向来得法金华伯。
终古不朽语言在,以诗教人人不识。善学少陵而不为,殆如孟子不言易。
世人往往谈神仙,便欲插翅登青天。邀寻道士学服饵,朝呼暮吸夜炼煎。
换骨一语曾未悟,未办黄庭修内丹。俗流无骨但有肉,虾蟆敢竞骊龙先。
姚合许浑精俪偶,青必对红花对柳。儿童效之易不难,形则肖矣神何有。
求之雕刻绘画间,鹄乃类鹜虎胜狗。由陈入黄据杜坛,当知掬水月在手。
后生可畏尝闻之,君友何人师者谁。双井白门浣花脉,实字用正虚用奇。
郁轮袍曲异筝笛,藐姑射姿无粉脂。梯危磴绝不可近,尚有简斋横一枝。

方一夔(?—?)

次韵通甫赠别

借我折弦琴,弹君不调曲。此材从何来,妙斫峄阳木。
一奏唱离鸾,再和弹别鹄。音响无人知,清绝过如玉。
若人太古民,不肯堕尘俗。写兴希夷前,袖手澹无欲。
彼哉纨袴儿,下视等毛粟。怜我来乡村,妙诗时往复。
相思隔碧云,清啸振幽谷。老我空自怜,赖君时击触。
知音古来稀,不数晋荀勖。纷纷筝笛耳,勿与相征逐。

方　岳(1199—1262)

次韵赵同年赠示进退格(其一)

半生湖海老元龙,不肯函书问子公。蓬鬓此来真潦倒,荷衣久已倦迎逢。春风期集几年梦,夜醉比邻一笑同。已洗从前筝笛耳,岂堪奉缶杂俚钟。

又　次　韵

　　月寒弄清琴,石齿鸣涧水。寥寥古音在,难入筝笛耳。
　　钟期渺秋江,停手子姑已。齐竽杂秦缶,乃倾市门倚。
　　归从柴桑人,醉漉春瓮蚁。

郭祥正(1035—1113)

和君仪感时书事

海角逢春仔细看,一番莺燕展轻翰。约风柳带金争软,着雨梨花玉斗寒。陇笛不知何处咽,秦筝着意为谁弹。留郎更赋多情曲,直欲豪华将杜坛。

胡志道(？—？)

夜宿仙都山闻松声作

　　仙都古洞天,云阙高嵽嵲。新宫欣然成,碧瓦灿鳞列。
　　我时宿琳房,六月失烦热。松声起中夜,梦枕忽惊辍。
　　天籁鸣虚徐,玉箫递泠彻。凤歌谐律吕,鹤舞想应节。
　　安知非群仙,宴罢摇佩玦。从来筝笛耳,一洗万想灭。

刘　过(1154—1206)

清溪阁交胡仲芳韵

琼树枝新梅蕊迸,与君携手清溪问。旧时狎客歌舞场,何似诗人风雪径。溪边杰阁高峻层,左右华屋连飞甍。依稀王谢鸣珂里,仿佛秦筝云母屏。古来繁华各衰歇,只有不磨惟璧月。小船何处载愁来,哀怨一声吹笛裂。

刘克庄(1187—1269)

题郑宁文卷

昔侍西山讲习时,颇于函丈得精微。书如逐客犹遭绌,辞取横汾亦恐非。

筝笛岂能谐雅乐,绮纨元未识深衣。嗟余老矣君方少,勤向师门扣指归。

竹溪评余近诗发药甚多次韵（其一）

辇路曾联花底辔,钓矶共著雪中蓑。璧瑕自是难为掩,言玷谁云不可磨。
烦锦绣肠施月斧,洗筝笛耳听云和。两翁弄此穷生活,户外浑无客屦过。

马廷鸾（1222—1289）

题王氏琴清堂

孤桐缺月风露秋,夜虫催织寒飕飗。拂床文字翻叶叶,古心埋没从何求。
客来洗予筝笛耳,清圜琅然散百忧。南窗无弦鼓愈淡,焦尾有桐弃不收。
卓哉奇士千载去,已矣奇弄万古休。江左诸王孙子侪,琴清之堂遗风流。
飞泉爽籁十二操,铿锵浮玉鸣天球。文王宣父次第作,此身还见大雅不。
收拾书囊杂钓具,伴君携琴隐林丘。作诗一为写奇趣,此生此兴长悠悠。

史　浩（1106—1194）

进锡宴澄碧殿诗

季秋中浣日,淳熙隆四祀。朝回揽辔间,中使俄传旨。
少须日转申,宣名陪宴喜。预令扫玉堂,深夜备栖止。
悚惧跪承命,走驺亟穿市。绛阙笋皇居,非烟常靡靡。
入自东华门,熊罴森爪士。诏许乘肩舆,安徐无跛倚。
复古距选德,相望几数里。修廊接云汉,岩峣灿珠蕊。
中途敞金扉,恍若蓬壶里。群山拥苍壁,四顾环弱水。
山既日夕佳,水亦湛无滓。冰帘映绮疏,琼殿中央峙。
澄碧曜宸奎,神龙争守视。舞蹈上丹墀,天威不违咫。
奉觞祈万寿,时蒙一启齿。余波丐鼠腹,酒行不知几。
徘徊下瑶席,缓步烦玉趾。从游至清激,锡坐谈名理。
泉声韵瑟琴,一洗筝笛耳。皇云万几暇,观书每来此。
论道及帝王,直欲齐其轨。尧舜禹汤文,前身无乃是。
臣言匪献谀,道实由心起。既然明是心,要在力行尔。
登桥醺余罍,饮兴未容已。金莲引双烛,再拜离阶屺。

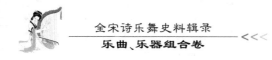

玉音宠谕臣,此会宜有纪。归涂感恩荣,占写忘骫骳。

释居简(1164—1246)

赠悟上人

峨峨复汤汤,夭阏不可寻。哀丝一弹绝,不救焦尾喑。
遂使筝笛耳,喜厌郑卫淫。划然勇为赏音废,此道未必皆平沈。
盍观薰弦育万汇,不育傲很顽嚚心。禀完未既使浚井,仅脱死地仍床琴。
拳拳终慕不知老,放勋赏此不赏其声音。圣贤不与我殊类,出乎其类吾所钦。
弹兮须弹古人意,学平当学有虞氏。赠颖师者韩退之,悟师鉴赏今其谁。

汪　藻(1079—1154)

宿东山寺有谢公井存焉

谢公当日此倘佯,千载空余一径荒。林壑久应无小草,石泉今即是甘棠。
江山似恨功名误,花竹犹含笑语香。投老西州知不反,可堪垂涕笛筝傍。

从吴禹功借徐铉小篆帖以诗还之

六书散浮云,篆籀世不数。陵夷到草隶,差别几四五。
人皆逐曾玄,不复知父祖。中间尤可笑,鸡鹜纷去取。
孰为鲁漆书,况说周石鼓。阳冰虽晚出,妙意得千古。
后来继者谁,骑省人最许。明窗出小轴,惊叹手为拊。
平生筝笛耳,惯见沐猴舞。一登韶濩堂,方信有干羽。
援毫极摹仿,涴壁类儿女。秋蛇已成癖,老腕徒自苦。
卷书还归公,只自愧韩愈。

王　炎(1138—1218)

和何元清韵九绝(其八)

一洗平生筝笛耳,极知绿绮有遗音。君臣庆会休三弄,泉石膏肓不可针。

韦　骧(1033—1105)

再和二首(其一)

会饮临登燕,逢春第一回。筝移未归雁,笛送已飘梅。
北海俄空酒,南山忽隐雷。交谈幸投隙,尘虑此时开。

徐安国(?—?)

清 音 亭

山川无古亦无今,只在游人得趣深。洗耳屏除筝与笛,来贤几个是知音。

严 粲(?—?)

琵 琶 洲

琵琶古怨犹凄清,何年一抹横烟汀。
人言随波高下如浮萍,神鳌背负能亭亭。
不知水仙宫殿碧皎洁,玉弦遥映云锦屏。
胡沙万里音尘绝,独与鹦鹉愁青冥。
天际归舟认仿佛,江头寒月伤伶仃。
悄然夜久天籁起,往往恍惚游百灵。
秋风袅袅兮水泠泠,俗耳筝笛兮谁能听。
我眼如耳耳如鼻,妙处不言心独醒。
钧天住奏三千龄,石钟水乐遗林坰,岂有宝器终飘零。
一朝趹荡开天扃,帝命下取呵六丁。
陶梭共起变化随雷霆,古余山色空青青。

杨万里(1127—1206)

出永丰县西石桥上闻子规二首(其二)

怨笛哀筝总不如,一声声彻九天虚。若逢雨夜如何听,幸得花时莫管渠。

姚 勉(1216—1262)

丁巳春言事西归和朱子云赐诗韵

鲤鱼书来上谁字,斗牛光中湖海士。梅花腊雪曾会面,桃李春风一弹指。
剥书得诗意雄杰,钟吕惊闻筝笛耳。懦夫有闻气可作,奸谀未诛神已死。
奴唇争笑乃独否,我心有同固如此。君家请剑攀折槛,远胜衣绣夸归里。
立朝日少谏多藁,况有竹林老夫子。百年易了富与贵,万古不磨天此理。
笑骂从渠官欲好,妻妾羞人身不耻。获禽一朝固可十,天下良工安肯诡。

841

古人寥寥今不见,举世滔滔此皆是。蛾眉方遭众女嫉,足音忽动空谷喜。
我欲净洗后土泥,子为快挽天河水。

张　伲(?—?)

碧　户

碧户扃鱼锁,兰窗掩镜台。落花疑怅望,归燕自裴回。
咏絮知难敌,伤春不易裁。恨从芳草起,愁为晚风来。
衣惹湘云薄,眉分楚岫开。香浓眠旧枕,梦好醉春杯。
小障明金凤,幽屏点翠苔。宝筝横塞雁,怨笛落江梅。
卓氏仍多酒,相如正富才。莫教琴上意,翻作鹤声哀。

张　守(1084—1145)

族叔祖示四绝句次韵(其三)

衰怀底物能陶写,社舞村歌眼暂明。谁似玉人供巧笑,不劳长笛与哀筝。

郑清之(1176—1251)

孟童子中异科而还来访余于行都赐第辄赠以诗

在昔昌黎公,序赠张童子。独出超等夷,芳名驾青史。
君门蔼世勋,夐轶西平李。宗社方同休,彪炳见稚孺。
天庭插犀角,星眸炯秋水。诵书如焦琴,高下涵角祉。
朱门共骇听,洗此筝笛耳。老翁欲笞儿,眼看拾青紫。
一朝闻九关,赍予出周筐。我朝晏与杨,炳炳贵名起。
愿子志远大,勤学踵前轨。家尊我相知,作诗赠归骑。

筝　瑟

程公许(1182—?)

参选铨曹

筝瑟明知缪所操,才疏分不与时遭。扶犁轻失田家计,敛版来趋吏部曹。
邂逅功名嫌预借,驰驱州县敢辞劳。忧时空有峥嵘愤,九钥天关守护牢。

戴表元(1244—1310)

湖 山 村

老去生涯学钓鱼,溪山忽忆似湘湖。风林四畔动筝瑟,烟雨一篙行画图。
小市簰明沽郭索,平园栅树备於菟。偶然得住何妨住,是处人间足畏途。

韩 驹(1080—1135)

入鸣水洞循源至山上

崇山蓄灵泉,万古去不息。潴为百斛深,散入千渠溢。
其东汇民田,又北寻山腋。断崖如破瓜,飞瀑中荡激。
大声或雷霆,细者亦筝瑟。末流垂半山,十里见沸白。
得非拖天绅,常恐浮地脉。吕梁丈人老,尚与泪偕出。
我欲蹋惊湍,下穷龈腭石。惜哉意徒然,属此岁凛栗。
安得汝南周,断取白蛟脊。归之龙泉峰,山门夜喧席。

孔平仲(1044—1102)

郡名诗呈吕元钧五首(其四)

南轩何靓深,触处皆野质。檐间画眉语,砌下霜筠密。
小窗任明晦,一榻随伸屈。宿鸟聚樛枝,凉蝉噪岕荜。
端居得颐养,诚意更精一。夏阑体长健,春至转安佚。
铅鼎熟黄牙,仙经横缥帙。和言不忤俗,定力何转物。
嗟我已龙钟,江潭恋章绂。尘中素袍化,镜里韶颜失。
爱君诗思茂,雅奏合筝瑟。爱君道气成,金石丛寿骨。
及瓜期尚远,发药容有日。德爵齿俱尊,登门但祗栗。

李流谦(1123—1176)

林夫有诗趣归期次其韵答之

乾坤大逆旅,日月两行客。江头垂杨树,折尽供马策。
学舍如冰壑,远与簿书隔。天风吹我去,自哂殊役役。
英英君子僚,妙响协筝瑟。诗来促还期,珠琲莹巾帙。

久枵渴嘉馔,积阴跂白日。谈为无底囊,剪烛期竟夕。
但恐又西东,摧车叹寂寂。盍不歌归来,已痼烟霞疾。

李曾伯(1198—1268)

赠林相士

卖卜长安作漫游,裹粮千里为亲谋。时危贵得班超相,命薄那能李广侯。
术挟瑟竽虽易售,话逢枘凿亦难投。江头雨滑东风急,挑却行包归去休。

仇 远(1247—?)

赠溧水杨老

浙间笔工麻粟多,精艺惟数冯应科。吴升姚恺已难得,陆震杨鼎肩相摩。
我游金渊饭不足,破砚生苔尘满目。毛锥自笑不中书,白发纷纷老而秃。
中山博士子墨卿,赍书荐至杨茂林。里儒大半习刀笔,耳闻竽瑟谁知音。
善刀而藏归勿出,博士校书行有日。
定当致汝数百枚,东坡有云北方无此笔。

苏 籀(1091—?)

灵岩寺偃松一首

直哉十寻干,亭亭无附枝。纡哉独纵肆,蟠据何离奇。
垂髯郁千霜,蛟臂犀兕皮。揉刚为谦屈,至高而听卑。
攀玩凡几曲,凛冽英雄姿。杰卓矧尚同,摆落造物为。
进乎绳缪外,诡异有所施。激耳奏竽瑟,超世腾龙螭。
横秋老气逸,轶材那绁羁。高可容冠舆,清甚生泠飔。
先容器万乘,爱身恐无辞。抑抑卫武公,逮下文王妃。
筇竹与酒壶,挂空憩寂时。客来秋冬际,狗驷车鸡栖。
有僧扪翠拂,擎跽求此诗。

孙应时(1154—1206)

宿上方院祷晴

鹊为晚晴喜,山如秋夜凉。蝉声起竽瑟,云影散牛羊。
神理应难昧,民忧得自康。平生蔬笋腹,不厌宿僧房。

王拱辰（1012—1085）

耆英会诗

西都山水天下奇，神嵩景室环清伊。
衣冠占数盛文雅，台符卿月光离离。
膏田千里翳桑柘，犀甲万旅驯熊罴。
追推契遇最深旧，加复雍孟交荏麋。
宦游出处五十载，鸾台骥路俱腾夷。
公今复主凤门钥，仆亦再抚侗台圻。
忽闻千步踵门至，投我十二耆英诗。
为言白傅有高躅，九尹结社真可师。
词宗端殿序篇目，滂洒大笔何淋漓。
敢云绘素得精笔，愿列霜壁如唐规。
康宁富贵备五福，灵宝盛气如虹霓。
紫垣步武既通接，金沙里闬还邻比。
二贤勋业冠朝省，爵齿官学谁依稀。
既蒙月品定人物，不敢循避违风期。
铜驼坊西福善宅，修竹万个笼清漪。
花王千品尽殊胜，风光绣画三春晖。
左隅庙室本经礼，右阁宸翰尊星奎。
石渠飞溜漱寒玉，昼夜竽瑟鸣阶墀。
楼名多景可旷望，台号风月延清晖。
怀归抚事若饥渴，恨无羽翼西南飞。
岂无晚秀负才蕴，高谈大笑拘礼仪。
洒冠登仕荷天宠，尊君报国当百为。
顾方北道倚烦剧，未许解绂披荷衣。
如饮甘露爽心骨，似柄玉麈亲颜眉。
子山已著小园赋，彦伦犹愧钟山移。

甫申间气秀不绝，生贤会圣昌明时。
魏京雄奥压幽朔，游宫御府严天威。
公当缓带名三镇，悬赤继轸承保厘。
仁皇一庄龙虎榜，桂堂先后攀高枝。
三公极位固辽隔，五年以长犹肩随。
二京相望阻河广，三径不克陪游嬉。
整冠肃貌讽章句，若坐宝肆罗珠玑。
欲令千载著风迹，亟就僧馆图神姿。
眷言履道靡充诎，菟裘近邑将营归。
退居旧相国元老，十年还政瀍之涯。
昔年大对继晁董，登科赐第同一期。
探禅论道剧训对，摩轧太古穷天机。
今将图画表来世，讵可下客联缨緌。
况承开阁厚宾客，富有景物佳园池。
天光台高未百尺，下眺林岭如屏帷。
六相街中潞公第，碧瓦万木烟参差。
婆娑青凤舞松柏，焕烂素锦薰酴醿。
伊予陋宇治穷僻，姑喜地广为环溪。
四时花蘤不外假，拏舟傲帻联嬉怡。
人生交旧贵伦辈，情亲意接心相知。
洛中故事名义燕，二毛第一年相推。
既嗟大耋盍知止，纳禄谢事皆所宜。
长篇不令负花约，为指风什歌式微。
兰丛虽未长罗宅，菊英似亦思陶篱。
聊摭短引谢招隐，肯使猿鹤常惊啼。

赵 蕃(1143—1229)

过商叟林居蒙示半村诗集及曾吉父宏父王元渤诗卷因用前者奉简之韵作二诗上呈商叟许抄半村诗集见遗故及之(其一)

只道诗家无续灯,半村今喜见孙曾。非关竽瑟异王好,自是文章多命憎。题赠向人无苦秘,流传后世岂无能。溪头剩欲连朝住,舟子催行底见仍。

郑 昂(?—?)

题阎立本十八学士图

阎公十八学士图,当时妙笔分镏铢。惜哉名姓不题别,但可以意推形模。十二匹马一匹驴,五士无马应直庐。五鞍施狭乃禁从,长孙房杜王魏徒。一人醉起小史扶,一人欠伸若挽弧。一人观鹅凭栏立,一人运笔无乃虞。树下乐工鸣瑟竽,八士环列按四隅。笑谈散漫若饮彻,盘盂杯勺一物无。坐中题笔清而癯,似是率更闲论书。其中一著道士服,又一道士倚枯株。三人傍树各相语,一人系带行徐徐。后有一人丰而胡,独吟芭蕉立踟蹰。一时登瀛客若是,贞观治效真不诬。书林我曾昔曳裾,三局腕脱几百儒。雄文大笔亦何有,餐钱但日靡公厨。邦家治乱一无补,正论出口遭非辜。时危玉石一焚扫,览画思古为嗟吁。

箫 瑟

赵 佶(1082—1135)

宫词(其八八)

燕馆余闲玉漏沉,华容芳质尽知音。不将箫瑟为贪靡,竞鼓瑶徽数弄琴。

丝　　竹

晁冲之（1073—1126）

拟一上人怀山之什

中夜雪打窗，灯暗火照屋。袖手地炉火，瓶声起丝竹。
忆我故山房，松风韵崖谷。山空牛斗寒，寺静鱼鼓肃。
西寨鹿不归，东岭鹤独宿。更想醉翁亭，两峰高并玉。

陈傅良（1137—1203）

题僧法传为沈仲一画听松图

古松不知几千年，直干欲上干青天。樛枝下与人世接，冷风过之万壑喧。
猿惊鹤怪樵牧遁，百鬼愁绝谁傍边。纷纷海内丝竹耳，何处缥缈来臞仙。
整襟拱听移永日，置琴弗顾僮欹眠。松风有际意无尽，庄骚不数惟易玄。
嗟乎深山大泽松不乏，斯人往往千载之陈编。
笔端若有夜半力，一日忽在轩楹前。止斋虚静对立久，晴昊亦为生苍烟。
毕宏韦偃骨已朽，画工一世脂粉便。北湖居士安得此，奄有二子云山传。
北湖居士云山传，吾诗孰与杜老起九原。

陈　造（1133—1203）

谢程帅袁制使（其五）

江左风流人，安石颇巨擘。丝竹不去耳，用逃忧患域。
陶琴不须弦，我辈所矜式。设逢东山翁，咒觚与浮白。

复次韵寄程帅二首（其二）

人家禊祓竞攀追，刺史春游正此时。羯鼓声中花作锦，壶筹多处酒为池。
绝须丝竹娱安石，剩有篇章付雪儿。闻道续貂容下客，老无佳句坐荒嬉。

范仲淹（989—1052）

天平山白云泉

灵泉在天半，狂波不能侵。神蛟穴其中，渴虎不敢临。

847

隐照涵秋碧,泓然一勺深。游润腾龙飞,散作三日霖。
天造岂无意,神化安可寻。挹之如醍醐,尽得清凉心。
闻之异丝竹,不含哀乐音。月好群籁息,涓涓度前林。
子晋罢云笙,伯牙收玉琴。徘徊不拟去,复发沧浪吟。
乃云尧汤岁,盈盈常若今。万里江海源,千秋松桂阴。
兹焉如有价,北斗量黄金。

方 岳(1199—1262)

呈 和 仲

何须不踏东华土,何须不吃吴山水。同时辈流半霄汉,径上银台披凤尾。
几曾礼部奏第一,十载青衫百寮底。相公之甥径甚捷,头放稍低那得尔。
直不虎关非狂耶,胡不爱官几历诋。吏铨教授古括州,管领风云二三子。
孔堂丝竹秋雨荒,弦诵琅然顿盈耳。深衣楚楚有古意,相对青灯夜分语。
六鳌云海渺何许,宝字森罗风日美。人言欠渠挥翰手,倘及春江戒行李。
寒毡对客澹无欲,清梦不劳曾到此。谈经归来喜津津,手洗翠缶香倾银。
何以娱子白发亲,梅花中有无边春。

韩 驹(1080—1135)

赠 蔡 伯 世

君家夫人林下风,长斋绣佛鸣金钟。侍儿百指亦清净,凌晨梵呗声摩空。
潭潭大第依乔木,日午卷帘按丝竹。古调犹歌于芳于,丽词不唱新翻曲。
有美一子天麒麟,孟嘉外孙见渊明。扫地焚香坐弦诵,不闻梵呗连歌声。
俗子何由共杯酒,容我叩门呼小友。欲求百万钱买邻,倒囊只有诗千首。
安得一把茆盖头,榆林从君父子游。敢期丝竹娱下客,但喜白业同精修。
秃襟短帽纷纷是,眼明见此褎衣士。和诗论道有余闲,为语故家遗俗事。

韩 琦(1008—1075)

醉 白 堂

懿老新成池上堂,因忆乐天池上篇。乐天先识勇退早,凛凛万世清风传。
古人中求尚难拟,自顾愚者孰可肩。但举当时池上物,愧今之有殊未全。

848

池东无廪贮余粟,池西无亭挥五弦。中无高桥跨三岛,下压鳌背浮清涟。
其间合奏散序者,童妓百指皆婵娟。平无三石展湘簟,静无双鹤翘丁仙。
雅无吴郡青版舫,游泛安便牢且坚。吾今谋退亦易足,池南大屋藏群编。
一车岂若万籍富,子孙得以精覃研。夹堂修竹抱幽翠,森森拥槛竿逾千。
池中所出粗可爱,芡盘菱角红白莲。芍药多名来江都,牡丹绝艳移洛川。
及时花发池左右,香苞烂染朝霞鲜。戆老于此兴不浅,间会宾属陈芳筵。
妖妍姬侍目嘉卉,咿哑丝竹听流泉。宜城酿法亦云美,诗酒仅可追前贤。
狂吟气健薄霄汉,豪饮体放忘貂蝉。酒酣陶陶睡席上,醉乡何有但浩然。
人生所适贵自适,斯适岂异白乐天。未能得谢已知此,得谢吾乐知谁先。

韩 漪(?—?)

六 经 阁

小楼灯火夜青荧,风撼梧桐客梦惊。谁家更理琴乌曲,误听壁间丝竹声。

韩元吉(1118—?)

偶得佳酒怀尹少稷闻其连日致斋在台作长句寄之

孔君一月二十九日醉,太常一年三百五十九日斋。
人生百岁驹过隙,直与外物劳形骸。君非太常何用尔,监祭有令时当差。
朝廷礼备百神秩,不比媚奥犹燔柴。念君几日得闲暇,归胙餍饫妻奴哇。
重门咫尺不得见,使我有酒空相怀。忆昔过从水南寺,风廊雪屋靡不偕。
灵山怀玉了在眼,苍翠突兀石笋铁柱如签排。
醉来起舞对山水,狂歌亦和襄阳簰。一时取乐未云足,后会回首何其乖。
今者相逢号朝士,仆仆听鼓趋天街。欲观礼乐问文物,但见鼙鼓鸣江淮。
喜君头上冠作廌,文笔愈健诗愈佳。青云万里要直气,幸勿触狐当触豺。
我今勃窣百僚后,自觉迂钝难为侪。一杯耳热不共醉,夜长独坐烧寒秸。
隔墙降将新授节,丝竹间响骈金钗。时逢富贵虽可羡,扰扰得失真蝇蜗。
江山到处有佳趣,故应赤舃输青鞋。
明年春风我欲赋归去,仔君功成作颂磨苍崖。

何梦桂（1229—?）

知卢可庵教谕鼓歌

崇牙枞枞,贲鼓逢逢。
始作之以荆衡底贡之新革,试叩之以巴蜀故产之孤桐。
雷震一声草木拆,蟄信其屈龙起蛰。天地欣合万物苏,阳气宣声阴屏迹。
蒙瞍一鼓歌辟雍,始与斯民发童蒙。大胥再鼓征学士,复与学者开天聪。
当其俎豆前陈,甫掖山立。缀兆序位,登降终日。
吾故鼓之以相礼,所以作尔之强力。乃若冠盖孔孟,佩服程朱。
鸡鸣而起,亦步亦趋。吾故鼓之以戒晨,所以觉尔之迷途。
至若理欲昏明,义利白黑。夕惕不谨,日省何益。
吾故鼓之以谨昏,所以使尔非心之必斥。
呜呼,鼓人职废周礼湮,方叔入汉鼓收声。
举世聩聩呼不应,千载孔堂丝竹音。铿然一鼓惊雷霆,撼动天地众耳醒。
昌黎老死石鼓裂,愧我才薄争奈此鼓文。

李之仪（1048—1127）

抚 掌 泉

泓渟宿寒藻,正占山一曲。平时常湛然,抚掌珠可掬。
喜怒去千里,气类若相属。如何辄示异,乃尔分迟速。
霜风鼓橐籥,岩树响丝竹。语出若有答,路转疑绝续。
幽寻力恨短,博采日苦促。便拟寄无余,舍策遂留宿。

释德洪（1071—1128）

次 韵 熏 堂

无言桃李已垂阴,小雨南风自满襟。佳客偶来持茗碗,宝书看罢整瑶琴。
未容丝竹陶闲适,尽把云山付醉吟。图画麒麟他日事,不将行乐负初心。

子伟约见过已而饮于城东但以诗来次韵

一杯愁倡低眉峰,不平万事都消融。嗟余分身处处有,遥知到子谈笑中。
平生踪迹亦可笑,以丑见传如瘿枫。而公才大置闲地,正坐道骨合仙风。

颇闻少年类豪侠,臂鹰走马王城东。尔来闭门看修竹,藉甚但传诗句工。
懒于能琴嵇叔夜,痴于恋酒王无功。明朝此乐堕渺莽,路隔关河魂梦通。
付子后堂以清夜,料理丝竹围酥胸。曲音少误即回顾,笑看杯面微波红。

次韵游方广

万峰缠烟霏,一线盘空路。丹楹出翔舞,半在生云处。
海人猿臂上,哀湍不堪溯。夫子英特人,自是干国具。
醉耳厌丝竹,来此良有故。临高赋新诗,妙语发奇趣。
便欲抱琴书,亦作东家住。山灵应拊掌,笑公入窾步。
自当眠玉堂,莲烛夜柱顾。偶此爱山尔,戏语亦瓦注。
富贵本缚公,云泉宁可付。置卷发遐想,湘月微云度。

苏　轼(1037—1101)

游 东 西 岩

谢公含雅量,世运属艰难。况复情所钟,感慨萃中年。
正赖丝与竹,陶写有余欢。尝恐儿辈觉,坐令高趣阑。
独携缥缈人,来上东西山。放怀事物外,徙倚弄云泉。
一旦功业成,管蔡复流言。慷慨桓野王,哀歌和清弹。
挽须起流涕,始知使君贤。意长日月促,卧病已辛酸。
恸哭西州门,往驾那复还。空余行乐处,古木昏苍烟。

苏　辙(1039—1112)

舟 中 听 琴

江流浩浩群动息,琴声琅琅中夜鸣。水深天阔音响远,仰视牛斗皆从横。
昔有至人爱奇曲,学之三岁终无成。一朝随师过沧海,留置绝岛不复迎。
终年见怪心自感,海水震掉鱼龙惊。翻回荡漾有遗韵,琴意忽忽从此生。
师来迎笑问所得,抚手无言心已明。世人嚣嚣好丝竹,撞钟击鼓浪谓荣。
安知江琴韵超绝,摆耳大笑不肯听。

孙应时(1154—1206)

郑倅是岁七月同游和余韵复和酬之

高人遗世纷,山水好常酷。监州当暑来,风露劳栉沐。
千里生清凉,万象入睐瞩。公余事幽讨,驾言访空谷。
岂知丛尔县,有此壮哉瀑。飞盖缭崇阿,响屐穿翠麓。
林声疑雨鸣,石怪若釜覆。辉辉倚天剑,凛凛寒水玉。
画图见所稀,瑶琴写难足。余霏湿巾袂,莹色照眉目。
平生此会心,一笑欲捧腹。酒间出新篇,明珠粲盈掬。
留作岩壑光,长令鬼神伏。东山怀太傅,濂溪想茂叔。
逸兴渺乾坤,真赏谢丝竹。何由频执鞭,云峰恣游宿。

王　珪(1019—1085)

白　鹭　亭

白鹭敞西轩,栋宇穷爽垲。千峰若联环,翠色不可解。
是时天宇旷,六幕无纤霭。金斗熨秋江,素练横衣带。
乾坤清且敛,气象朝昏改。芦花作雪风,飞舞来沧海。
九霄汀鹤起,万里樯乌快。月上三山头,鸟没横塘外。
苍茫洲渚寒,银错星斗大。开樽屏丝竹,披襟向箫籁。
余生本江湖,偃蹇欣作会。清兴虽自发,苦嗜亦吾累。
鱼龙凭夜涛,四面忽滂湃。安得犀灯然,煌煌发水怪。

文天祥(1236—1283)

名　姝　吟

丈夫至白首,钟鼎垂功名。未有朱门中,而无丝竹声。
与主共富贵,不见主苦辛。名姝从何来,婉娈出神京。
京人薄生男,生女即不贫。东家从王侯,西家事公卿。
吾行天下多,朱紫稀晨星。大都不一一,甚者旷数城。
如何世上福,冉冉归娉婷。乃知长安市,家家生贵人。

徐　积(1028—1103)

谢周裕之(其一)

乐不须丝竹,花不须桃李。舞不须轻躯,歌不须皓齿。
人生各有乐,顾我如何尔。我是两柳翁,家在南郭里。
诗酒以为乐,宾客至即喜。酒味酸或淡,瓷碗粗而伟。
或无一钉菜,但费几张纸。人情慕富贵,公何视贱鄙。
寒冷载肴酒,暮夜烦展履。孚诚非猝然,钉饾亦劳止。
不用下郎瓠,但坐杜侯椅。两桌合八尺,一炉暖双趾。
不以药随时,而用缯掩耳。或唼鱼菹尽,或爱藏蔬美。
或取鱐与腊,或约酒以指。人皆悦真厚,谁敢停箸匕。
一客癯而清,偶坐为六子。吟声尚鼓吹,欢情胜罗绮。
俗物无所用,高会有如此。

赵　佶(1082—1135)

宫词(其二)

方响新成白玉牌,叩声仍与八音谐。高低二八还相映,丝竹陶匏莫可偕。

赵　炅(939—997)

缘识(其三)

紫檀金线槽偏蹙,拨弄朱弦敲冰玉。指法从来天下闻,翻成尽入升平曲。
传之世上五音足,希夷道听化民俗。盘龙面对压鳌头,玄微风散万般流。
长春苑内半酣酒,阳和自态低回首。声高细咽浪潜幽,不胜情处稀还有。
韵响寒空明月里,亦非涤荡凡愚耳。谩说仙家调宫徵,丝竹那堪将比拟。
温柔腕软一双轻,满坐馨香来四起。珠囊抉破无多力,好似凤皇张羽翼。
昔时皆总用心劳,几许名扬弹尽得。和合象同琴与瑟,凝神巧妙通南北。
莺娇舌急恋芳菲,水精帘外欲含辉。此艺人间堪可重,杏花杨柳色依依。

缘识(其二九)

月琴三柱四条水,圆魄移来混俗耳。自古从今清且奇,五音一弄惊神鬼。
勾挑指下何纤细,傍观侧听心先醉。胡茄十八笑思归,悲风切切摇朱翠。

凤游云里情荡扬,不无萧洒真高尚。寒暄聚散得馨香,奚为丝竹兼歌唱。
慢锁朱弦急如雨,疑似春莺相共语。莫惮辞劳用意弹,堪对鸾吟与凤舞。

赵汝鐩(1172—1246)

饮通幽园

典却身上鹔鹴裘,买酒领客寻清游。欲洗胸襟尘万斛,快上青云展秋眸。
晴沙翳天风动地,挈壶卷席移通幽。一沼镜净清可掬,千竿玉立尘不留。
拒霜两岸花烂熳,红蓼错杂争开秋。人生适意未易得,痴儿了事何时休。
陶写岂必在丝竹,山有鸣禽水游鯈。酒酣题蕉竞新句,景物辟易困雕搜。
一梳凉月插空碧,楼头暮角催归驺。双桂余葩尚堪摘,便道肯访勿蕲不。

赵善坚(?—?)

化 成 岩

低帽白蕉衫,跨马北岩路。为我撤炎歊,时有清风度。
投策蹑游屐,扪萝穷幽趣。怪石鸣瘦筇,狭径窘危步。
云间启深洞,玲珑天巧露。僧侣罗上下,钟声答晨暮。
长笑排翠谒,围棋惊振鹭。陶写屏丝竹,恐为风景污。
拂藓题苍崖,纵横醉中句。兹游岂易得,载酒莫辞屡。

赵师秀(1170—1219)

官田之集翁聘君失期陈伯寿赋诗率尔次韵

好水不厌阔,好风不厌凉。况有十顷荷,荷风媚波光。
主人昔谓余,此境不可忘。举觞集群英,期以朝未央。
清欢遣丝竹,善谑停优倡。快若鱼脱网,适比鸳在梁。
搴芳衣履湿,饮渌肌骨香。操觚赋相联,妙续楚九章。
苦吟堕饥蝉,巧咏发轻簧。常胜或倒戈,突出或擅场。
或峙而遽蹴,或抑而载扬。所欠独巨翁,不使人意强。
孱衲尔何为,竭飙立在傍。有间众稍默,谈辩忽汪洋。
夕风亦损荷,万事付巨量。

管　弦

董嗣杲（？—？）

九江易帅遂得尽游郡斋

郡吏东征迓衮衣,不知郡圃掩芳扉。樱桃熟处香山识,杨柳栽时靖节归。壁帖嵌尘钟鼎碎,楼歌压市管弦飞。庐山面目清如此,几客登临几夕晖。

大　佛　头

不是金涂丈六仙,庄严法界想西天。自因僧净镌空像,谁说秦皇缆海船。全体未知何日现,半生且坐此山禅。石头照水无尘土,饱听钟声杂管弦。

登　城　楼

登临慰两眼,不暇顾炎天。万顷大江水,枕压城郭边。
沙际少渔鼓,岸曲纷商船。洪波沸赤日,碧树沈苍烟。
行客迷古道,游尘眯嚣塵。伟哉乾坤秀,聚此楼观前。
夕雨濯暑烦,便觉体欲仙。山光已滴滴,月色何娟娟。
更深天宇净,灯火照管弦。归去抱凉睡,梦里嗟流年。

郭祥正（1035—1113）

古　思　归　引

昔人思归兮,宅林薮之邃深。阻长堤而临清渠兮,芬翳翳以交阴。
有观阁池沼兮,通泉溜而附嶔崟。寒美羽之翔集兮,嘉鱼乐而浮沉。
时则命宴于芳晨兮,连亲戚与佳宾。执乐而侍兮,列秦赵之艳人。
管弦奏兮,歌悠扬而绝尘。浆兰桂兮,羞肴珍。
左琴右书兮,助为娱而养真。又期于不朽兮,志憿然而陵云。
孰能婆娑于九列兮,顾牵羁于繁文。曲有弦而无辞兮,述予怀以自信。
歌曰:日毂驰兮老将至,铄外纷兮中系累。
归去来兮予之思,放吾形兮聊逍遥以卒岁。

韩　维（1017—1098）

游　北　台

南谯古佳郡,四郊富登临。晨跻北原上,却视涡水阴。
云昔魏太子,离宫构欹崟。故事邈已远,荒台犹至今。
危亭冠其巅,左右背长林。是月暑尚盛,秋行不能金。
截然天地间,轩户萧以森。凉风泛广坐,浊醪时一斟。
圆歌贯珠玑,丽句铿璆琳。虽无管弦乐,所要在适心。
中宴下危磴,浮舟事幽寻。披藻出潜蚌,回桡散游禽。
岸长草不断,城转树更深。沙纹与水影,浮动光差参。
游鳞不知数,琐细如糁针。四顾物色静,但闻天籁音。
羡此鱼鸟性,云飞而渊沉。安得高世士,不为时好侵。
相携去缰锁,投竿坐清浔。制芰为我裳,纫兰间予襟。
上歌唐虞道,寄适朱弦琴。人生苟如此,何必组与簪。

黄庭坚（1045—1105）

次韵廖明略同吴明府白云亭宴集

江静明花竹,山空响管弦。风生学士麈,云绕令君筵。
百越余生聚,三吴远接连。庖霜刀落鲙,执玉酒明船。
叶县飞来舄,壶公谪处天。酌时多暴谑,舞短更成妍。
唯我孤登览,观诗未究宣。空余五字赏,文似两京然。
医是肱三折,官当岁九迁。老夫看镜罢,衰白敢争先。

阻风入长芦寺

福公开百室,不借邻国权。法筵森龙象,天乐下管弦。
我来雨花地,依旧薰炉烟。金碧动江水,钟鱼到客船。
茗碗洗昏著,经行数徂年。岁寒风落山,故乡喜言旋。
林回负赤子,白璧乃可捐。侍亲如履冰,风雨森暗川。

856

孔武仲(1041—1097)

诸葛武侯

天下军书动,西南霸气偏。太公谋国妙,伊尹佐时专。
季汉基还立,强吴势外连。兵从新节制,志复旧山川。
霜肃关中晚,春浮渭上天。恩威人并附,将相器俱全。
丑虏羞巾帼,遗音被管弦。妖星如不堕,功业管箫前。

李　光(1078—1159)

二月九日北园小集烹茗奕棋抵暮坐客及予皆沾醉无志一时之胜者今晨枕上偶成鄙句写呈逢时使君并坐客

胜日邀朋醉北园,森森乔木欲参天。更无粉色汙尊俎,只有琴声敌管弦。
腊酒旋开浮绿蚁,春芽初破瀹新泉。欲修禊事清明近,曲水流觞拟晋贤。

陆　游(1125—1210)

题望海亭亭在卧龙绝顶

瑞龙千丈何蜿蜒,苍鳞翠鬣翔江边。路逢镜湖乃下驻,玩珠不去知何年。
七州元帅拥画戟,全家终日楼居仙。霜笳一曲入银汉,碧瓦万叠浮岚烟。
其间望海最杰观,疏豁坐占蓬莱先。风云变化几席上,蛟鼍出没阑干前。
手扪心房倚北斗,眼中万象俱森然。尚书唤客共领略,远坊十里闻管弦。
从容赋诗出妙思,超绝欲拍微之肩。坐中有客垂九十,追逐无路空自怜。
夜阑客散公归院,笙歌隐隐在半天。向来老客今何处,菱唱三更起钓船。

罗太瘦(？—？)

述　怀

淮海归来二十年,结庐仍向旧山川。既无酒债贫休恨,浪得文名老尚传。
晓日轮蹄思柳外,春风羯鼓在花前。如今静听瓶笙韵,犹似当年咽管弦。

邵　雍(1011—1077)

寄谢三城太守韩子华舍人

洛阳自为都,二千有余年。举步图籍中,开目今古间。

西北岌宫殿,东南倾山川。照人伊洛清,迎门嵩少寒。
水竹最佳处,履道之南偏。下有幽人室,一径通柴关。
蓬蒿隐其居,藜藿品其餐。上亲下妻子,厚薄随其缘。
人虽不堪忧,己亦不改安。阅史悟兴亡,探经得根源。
有客谓予曰,子独不通权。清朝能用才,圣主正求贤。
道德与仁义,不徒为空言。功业贵及时,何不求美官。
上食天子禄,下拯苍生残。通衢张大第,负郭广良田。
朱门烂金紫,青楼繁管弦。外厩列肥骏,后庭罗纤妍。
入则坐虚堂,出则乘华轩。冠剑何烨烨,气体自舒闲。
高谈天下事,广坐生晴烟。人莫敢仰视,屏息候其颜。
此所谓男子,志可得而观。又何必自苦,形容若枯鳣。
道古人行事,拾前世遗编。而临水一沟,而爱竹数竿。
此所谓匹夫,节何足而攀。予敢对客曰,事有难其诠。
身非好敝缊,口非恶珍膳。岂不知系匏,而固辞执鞭。
盖惧观朵颐,敢忘贲丘园。深极有层波,峻极有层巅。
履之若平地,此非人所艰。贫贱人所苦,富贵人所迁。
处之若无事,此诚人所难。进行己之道,退养己之全。
既未之易地,胡为乎不坚。敢谓客之说,曾无所取焉。
猗嗟乎玉兮,产之于荆山。和氏虽云知,楚国未为然。
污隆道屈伸,进退时后先。苟不循此理,玉毁谁之愆。
道之未行兮,其命也在天。近日游三城,薄言尚盘桓。
当世之名卿,加等为之延。或清夜论道,或后池漾船。
数夕文酒会,有无涯之欢。十月初寒外,万叶清霜前。
归来到环堵,竹窗晴醉眠。仰谢君子知,代书成此篇。

史卫卿(?—?)

渔　父

白头长是醉,湖海不知年。活业惟耕纲,全家只住船。
荷花同鹭宿,杨柳得鱼穿。一笛吹明月,朱门谩管弦。

汪元量(1241—1317)

冬至日同舍会拜

燕市人争看秀才,团栾此日会金台。葡萄酒熟浇驼髓,萝卜羹甜煮鹿胎。
砚笔寂寥空洒泪,管弦呜咽自生哀。雪寒门户宾朋少,且拨红炉守泰来。

王禹偁(954—1001)

张屯田弄璋三日略不会客戏题短什期以满月开筵

布素相知二十年,喜君新咏弄璋篇。洗儿已过三朝会,屈客应须满月筵。
桂子定为前进士,兰芽兼是小屯田。至时担酒移厨去,请办笙歌与管弦。

项安世(1129—1208)

还过郢城

头白初行郢水边,故城千载尚依然。岂无戍卒持钲鼓,应有居人沸管弦。
今日桑麻成沃野,几家茅竹散平川。停车欲问当时事,红日翩翩下翠烟。

金陵纪游百韵

舣棹秦淮日,中秋万客船。水门高夹岸,河道曲通廛。
港对青林直,洲横皓鹭鲜。会怜桃渡楫,离惜柳亭鞭。
木志婵娟墓,香埋睥睨颠。赏心飞观出,旌德旧题镌。
沙白寒笼月,波清暝宿烟。酒家知是否,商妇唱依然。
儿病留三月,身闲近半年。游山情矗矗,吊古笔翩翩。
寺觅清凉邃,堂窥德庆悬。雉堞寻古址,虎踞出层巅。
处峻生堪戮,袁刘死合甄。山腰舟万竹,峰顶上千川。
楚甸前开辟,吴山后接连。似垣环泰一,如阵拥中权。
江触崖根转,潮冲石角旋。莫愁迷系艇,王濬罢扬舻。
离殿逃唐暑,精蓝变竺乾。虽知悲李主,未免佞金仙。
兑野情方倦,春墟兴已遄。门经白下过,沟傍冶亭沿。
旧驿分携处,新园欲饯边。路趋钟阜近,人畏谷灵专。
轩冕吾无欲,文移汝勿儇。半山悲故相,晚岁悦空诠。
零落逢诗板,荒寒见采椽。骑驴当独往,挟册想深研。

僧刻前朝诏，农耕绕舍田。争堆犹在眼，说字已成筌。
后嶂当胸阔，中峰覆顶圆。披山安万柱，聚衲演三元。
突兀留髡塔，炜煌志老筵。齐梁陈继踵，刀尺拂随肩。
木末幽轩缀，云间小径穿。定林庵莽苍，功德水潺湲。
洗砚池涵月，栽松干拂天。摇摇支败屋，草草订遗篇。
坛祀阳郊借，岩居少海偏。未穷山背展，已迫日西鞯。
朔易需明旦，周遭了胜缘。鸡笼残兀兀，玄武断涓涓。
阅士常于此，倾城每往焉。因高营玉帐，就下列金铤。
忆昨南朝盛，开湖后苑妍。泛舟崇宴席，应诏想英躔。
牲酒丛祠渎，香灯佛屋虔。草堂钟呗肃，兰籍鼓箫阗。
蒋尉官为帝，周儒宅化禅。神兵功易诳，俗驾耻难湔。
南陌开朱阙，三桥跨碧涟。观台夸凤翥，讲席伟牛牵。
李白愁难解，萧延蔽莫镌。浮云迷帝所，花雨眩胡袄。
朱雀波声小，乌衣草色蔫。诇询华屋础，谁见大航舷。
郁郁长干迥，岩岩崒堵骞。芳峦青宛宛，香径绿芊芊。
秀水横塘外，平池曲槛前。一春来士女，千两拥辐辊。
郭内清溪好，州东旧迹传。名园花隐映，甲第锦蝉联。
门巷喧车马，楼台沸管弦。若非江令出，即是褚公还。
绮院摧荒圃，瑶池逗浅溅。空余杨嫋嫋，时有芰娟娟。
新阁虚堪爱，危桥净可怜。花残思战栅，神遇想灵渊。
步月逢娇魄，弹霜引腻咽。金簪花恍惚，银碗意微绵。
复有陈宫井，深依北垒堧。哀声啼断绠，辱色玷清泉。
栏石文虽暗，亭碑义更宣。桐雕疑陨黛，花坠忆飘钿。
狎客谣琼树，妖嫔踏宝莲。自矜鱼目比，宁悟鹊毛填。
珠玉施窗带，沉檀制屋橼。鬼工三阁就，神器一朝捐。
证圣无存瓦，台城绝断砖。永为前鉴渴，长使后车悛。
右转遵琳馆，西郛记冶埏。谁知黄土贵，下有玉人眠。
事变明高节，时艰别巨贤。光华三卞死，磊落一门全。
俗爱风流久，人无操行坚。忠肝甘虎口，孝骨委蛟涎。

子岫王公鼍,寅冈将相阡。麒麟纷杂遝,翁仲蔼蹁跹。
独美斯邱石,堪同信史编。六朝多胜概,孤冢孰争先。
我有耽幽癖,家无买墅钱。随身凭挂杖,系脚赖行缠。
此地闻畴素,陪京冠幅员。孙刘同相宅,王谢迭扶亶。
今岁知何幸,兹来得所便。侵星赍粮饵,借力荷舆篯。
吟笑髭频断,登临颈屡延。山川穷表里,善恶究芗膻。
愧匪诗三百,空成字一千。更须无党注,还与郑玄笺。

徐　铉(917—992)

抛球乐辞二首(其一)

歌舞送飞球,金觥碧玉筹。管弦桃李月,帘幕凤凰楼。
一笑千场醉,浮生任白头。

许及之(1141—1209)

送陈西老西上并简张功甫

二月春光韵管弦,琴书独上馆头船。箧中未有西湖句,阙下曾传乐府篇。
名胜难逢分手易,游从虽晚服膺先。有如尚待金门诏,须访南湖桂隐仙。

俞德邻(1232—1293)

癸未游杭作口号十首因事怀旧杂以俚语不复诠择(其三)

万户千门达曙开,管弦嘲哳沸楼台。只今明庆钟声动,已报巡灯响铎来。

张商英(1043—1121)

和刘尉赤岸上巳(其一)

教池天气不胜情,携手聊同陌上行。洛禊嬉游修故事,楚歌欢笑集村氓。
慕潘珍果盈车掷,挑卓幽琴满座倾。为报兰亭王逸少,且无今日管弦声。

章　甫(?—?)

送张寺丞

知己不易得,相知贵知心。我行遍四方,公独知我深。
公如千丈松,凛凛有直气。我如松下草,亦有傲霜意。

公分刺史符,揭来淮上州。而我倦游者,振衣从公游。
花月醉管弦,江山随杖履。激水渐穷愁,逢人赏佳句。
政成公入觐,酒尽客语离。叠鼓催发船,不顾邦人悲。
邦人勿深悲,宣室定前席。公必念尔民,还陈治安策。
吾君自神圣,事君公不欺。祝公但加餐,慰此邦人思。

赵师秀(1170—1219)

吹 台 曲①

天门玉钥双龙开,霓旌羽盖天上来。管弦嘈杂入霄汉,美人侍宴黄金台。
羽觞行歌欢未足,燕姬成行列红玉。梁王半醉起更衣,夜按玉箫亲度曲。
曲终举袂俱争妍,拜舞樽前称万年,三山玉女朝群仙。
当时弄玉飞上天,至今台下草成烟。

真德秀(1178—1235)

嘉定六年皇后阁春贴子词五首(其三)

翠辇回从五福宫,管弦声里万花红。熙熙和气皇州满,都在乾坤橐籥中。

郑　侠(1041—1119)

赠余纯臣通判

清人如玉如兰茎,元是水晶宫里仙。贰车海阳未期月,士庶一口咸称贤。
请言清人所以贤,清人貌庄神凛然。中扃恬夷已自得,志意高洁凌云天。
犀珠焜煌照天地,清人不为迁其视。金钟球磬杂管弦,清人不以劳其耳。
惟视与听尚不为,岂肯为彼回其意。是焉神照无不通,岂特视明而听聪。
是非毁誉不立已,轻重默与权衡同。上訚訚兮下侃侃,和以不同惠而断。
自然民物被休赐,芬馥不驰而自远。闽山下士狂且侗,二十八年如萍蓬。
遇公于兹心胆空,教诲怜念皆深衷。大论时闻鏓霹雳,健句每惊争化工。
听言观事潜欣悦,不见累旬如岁月。作歌笥中时一阅,如对岩岩冰蘖节。
愿公保此清人躬,古来大任求明哲。

---

① 周紫芝《吹台曲》内容与此诗相同,不再重复收录。

仲 并(?—?)

送郑公老少卿赴吉州三首(其二)

静掩岩扉定几年,兰陵谣诵似新传。文如此老仍千骑,恩与州人作二天。
一室萧然余隶几,平生用处只蒲鞭。琵琶休抹三千指,公到家家自管弦。

朱淑真(?—?)

元夜三首(其一)

阑月笼春霁色澄,深沉帘幕管弦清。争豪竞侈连仙馆,坠翠遗珠满帝城。
一片笑声连鼓吹,六街灯火丽升平。归来禁漏逾三四,窗上梅花瘦影横。

八 音

晁补之(1053—1110)

八音歌①二首答黄鲁直(其一)

金兰况同心,莫乐心相知。石田罹清霜,念此百草腓。
丝看煮茧吐,士听愤悱语。竹马非妙龄,美人恐迟暮。
匏系鲁东家,今君尚天涯。土膏待阳瘅,气至如呪嗟。
革薄不可廓,士迫下流恶。木无松柏心,蝎处蝼蚁托。

八音歌二首答黄鲁直(其二)

金丹妙通灵,子有遗世术。石髓不成餐,闵予多滞骨。
丝声纺事暮,捣声寒事来。竹叶将菊花,及时同一杯。
匏器祀天地,贵质不贵华。土缘井渠繁,生气泄大和。
革面固非性,小人变丹青。木鸡本无心,风雨安所能。

陈与义(1090—1138)

八音歌(其一)

金张与许史,不知寒士名。石交少瑕疵,但有一曲生。

---

① 八音歌:杂体诗句,五言十六句,自首句起每隔一句冠以金、石、丝、竹、匏、土、革、木八字。因此八字代表中国古代八音乐器,统称"八音",故名。

丝色随染异,择交士所贵。竹林固皆贤,山王以官累。
匏酌可延客,藜羹无是非。土思非不深,无屋未能归。
革华虽可侯,不敢践危地。木奴会足饱,宽作十年计。

八音歌(其二)

金章笑鹑衣,玉堂陋茅茨。石火不须臾,白驹隙中驰。
丝鬓那可避,会当来如期。竹固不如肉,飞觞莫辞速。
匏竹且勿喧,听我歌此曲。土花玩四时,未觉有荣辱。
革木要一声,好异乖人情。木公不可待,且复举吾觥。

程　俱(1078—1144)

八音歌赠别赵子雍觥之二首(其一)

金矿具奇质,百炼出其刚。石中含结绿,追彼蒲谷章。
丝也谈有余,于道乃易方。竹林醉黄垆,诞放非古狂。
匏瓜固非伦,顺俗岂所望。土门谢恶友,要若拒獠羌。
革枉表斯正,渟滓水乃清。木贵就绳矩,愿言赠子行。

八音歌赠别赵子雍觥之二首(其二)

金张珥汉貂,况乃出天派。石渠重儒冠,武弁聊复戴。
丝麻宜自任,粗使有管蒯。竹简书汗青,高吟当人籁。
匏虽贵中虚,植固须本大。土耕戒莽卤,道耕恶疵累。
革带勿佩韦,赠子弦作佩。木强虽过中,宁师伯夷隘。

方　回(1227—1307)

冷　泉　亭

金鞍骤紫陌,讵识林下胜。石苔为谁碧,我辈坐乃称。
丝毫无愧容,照此冷泉镜。竹树亦如我,不与春色竞。
匏尊未用酌,一见百虑醒。土囊发饕风,无波此终定。
革履汉臣心,恐未敌兹莹。木杪夜月孤,庶其许相映。

方　岳（1199—1262）

夏日珠溪赋八音体（其一）

金筛薜萝月，玉戛琅玕风。石根一睡美，幽尚谁与同。
丝梦俗士怀，颠倒崔烈铜。竹筇肯俱来，独予两诗穷。
匏瓠亦缠藤，永日闭梵宫。土花侵道碧，晚翠初空蒙。
革华共徘徊，爱此山丛丛。木犀约重游，小待香玲珑。

黄庭坚（1045—1105）

八音歌赠晁尧民

金生寒沙中，见别会有时。石上千年柏，材高用苦迟。
丝乱犹可理，心乱不可治。竹斋闻履声，乃是故人来。
匏苦只多叶，水深难为涉。土床不安席，象床卧烨烨。
革与井同功，守道非关怯。木直常先伐，樗栎万世叶。

八音歌赠晁尧民

金荷酌美酒，夫子莫留残。石有补天材，虎豹守九关。
丝寋将柳花，入户扑衣冠。竹风摇永日，思与子盘桓。
匏瓜岂无匹，自古同心难。革急而韦缓，只在揉化间。
木桃终报汝，药石理予颜。

赠无咎八音歌

金马避世客，谈谐玩汉朝。石门抱关人，长往闭寂寥。
丝虫日夜织，劳苦则以食。竹生罹斧斤，高林乃其贼。
匏樽酌吾子，虽陋意不浅。土德贵重迟，水德贵深远。
革能谈鲲鹏，晚乃得庄周。木雁两不居，相期无待游。

侯元功问讲学之意

金声而玉振，从本用圣学。石师所未讲，赤子有先觉。
丝直则为弦，可射可以乐。竹笋不成芦，白珪元抱璞。
匏瓜不能匏，其裔犹为瓟。土俗颇暖姝，西笑长安乐。
革无五声材，终然应宫角。木人得郢工，鼻端乃可斫。

古意赠郑彦能八音歌

金欲百炼刚,不欲绕指柔。石羊卧荒草,一世如蜉蝣。
丝成蚕自缚,智成龟自囚。竹箭天与美,岂愿作嚆矢。
匏枯中笙竽,不用系墙隅。土偶与木偶,未用相贤愚。
革辙要合道,覆车还不好。木讷赤子心,百巧令人老。

孔平仲(1044—1102)

八音诗呈诸公

金罍美酒斗十千,石榴花开窗户前。丝梦万事何足言,竹溪六逸方醉眠。
匏瓜系焉虽不久,土风堪美人皆贤。革易暌散心惘然,木在高山鱼逐泉。

再　　赋

金房此去路几千,石濑齿齿秋风前。丝侵两鬓老不言,竹实已空饥凤眠。
匏笙吹作别离曲,土坯渐异思诸贤。革屦练服何萧然,木阴缓步寻双泉。

和天觉钱朝散度上余兴之作

金轮演法教大千,石沙蒸饭戒在前。丝挂千钧危何言,竹映南窗犹可眠。
匏簧弦索莫妄想,土视粉黛宁非贤。革面匪诚君岂然,木强我只思林泉。

和天觉赠仲光

金声玉振辨服千,石棱猬磔奋无前。丝乱获理赖正言,竹有特操非芊眠。
匏羹淡薄菹醢贵,土鼓摈弃淫哇贤。革去浮伪真慨然,木秀风摧堆毁泉。

奉使京西呈诸公

金科备使提三千,石马泥牛鞭不前。丝麻民足吾何言,竹舆山行秋雨眠。
匏黄芋紫汉上口,土人当有庞葛贤。革车战舰今不然,木杪凤栖龙戏泉。

宝剑一首赠天觉

金装宝剑值万千,石上横磨太古前。丝缕消烂那复言,竹杖未化蛟龙眠。
匏裁瓠切随所用,土拭当有张雷贤。革室夜锁声铿然,木刃谁与淬寒泉。

和　天　觉

金章玉佩动百千,石火光中风叶前。丝鞭相揖笑不言,竹下有人想待眠。
匏身落蒂终腐烂,土壁绘像谁愚贤。革贪惩躁心泰然,木食草衣行饮泉。

八音诗(其一)

金风荡炎暑,六合气已清。石崇南山高,晨起见峥嵘。
丝垂虫就茧,彼各有所营。竹实不足饱,凤凰尚饥鸣。
匏瓜固贱草,引蔓上高城。土地之所宜,结子如瓶罂。
革带守空文,岁月逝可惊。木落行且秀,欣欣候春荣。

八音诗(其二)

金杯十分酒,酌子消百忧。石可补青天,弃与瓦砾俦。
丝可弦南风,织成绢素柔。竹帛未书功,光景忽以遒。
匏系久不食,栖栖江上洲。土鼓与黄桴,为用先鸣球。
革带人所贱,犹列下邳侯。木有栋梁材,终当回万牛。

八音诗(其三)

金谷草离离,绿珠魂已蛰。石崇虽富贵,一散不可集。
丝亦不须悲,岐亦不须泣。竹林诸逸士,以醉名自立。
匏弦且为乐,惜此光景急。土人劝我勤,朱紫当早拾。
革性以从容,矫揉未易入。木散姑自全,宁求斧斤及。

八音诗(其四)

金色晦尘垢,人疑以为鍮。石有洁白姿,昧者比琳璆。
丝缲不尽绪,谁与结绸缪。竹可裁笙竽,奈何困薪樲。
匏黄已落蒂,岁序飒惊秋。土壤厌卑湿,山川嗟阻修。
革车召武士,折敌当与谋。木铎一奋剑,为君斩倡优。

八音诗(其五)

金弦调阴阳,诸公尽梁栋。石室校图书,英才皆屈宋。
丝侵鬓边发,濒老知无用。竹径理旧居,蔬畦阅新种。
匏剖以酌酒,自唱出歌送。土燥叶可收,水清鱼益众。
革屦随藜杖,徜徉步方纵。木末见栖鸦,暝归街鼓动。

八音诗(其六)

金乌卷海水,东欲上扶桑。石性本沉滞,不能随波扬。

丝紫自作茧,渐老甘退藏。竹会有青色,牵人幽兴长。
匏羹若可饱,何必羡牛羊。土室若可安,不须高栋梁。
革以脂自柔,铁遇火则烊。木可揉而直,惟士心有常。

又谢诸君酬和

金兰诸益友,一一皆诗家。石音尽清越,使我惭淫哇。
丝棼强抽绪,语句多疵瑕。竹笺屡涂窜,谁谓点不加。
匏实虽百枚,不如一甘瓜。土朱重千钧,不如一丹砂。
革去齐梁体,羡君吐天葩。木强未肯休,余辞缀车斜。

又奉项元师

金刚有遗偈,难以声音求。石击乃有光,是名为火不。
丝从何处来,认著从茧抽。竹本由根生,根外又何由。
匏开即为勺,针屈即为钩。土地水火风,合为一浮沤。
革易固不常,汹山水牯牛。木性无荣谢,古今春复秋。

又奉朱明叟

金榜阅名姓,于今二十秋。石陨鹢退飞,才命不相谋。
丝绳可比直,应笑曲如钩。竹未遇蔡邕,有声谁见求。
匏瓜岂无蔓,奈何枝不樛。土俗相慢侮,有如东家丘。
革囊贮珠玉,至宝勿暗投。木若假先容,为君效绸缪。

又奉周文之

金台招俊义,之子值明时。石蕴荆山璞,当为璧与珪。
丝随物所染,在涅要不缁。竹箭中有筠,岁寒尚猗猗。
匏叶异甘苦,采掇须自知。土性殊美恶,栽培择所宜。
革急而韦缓,古人贵调腩。木老雁被烹,吾师乃支离。

赵 佶(1082—1135)

宫词(其二)

方响新成白玉牌,叩声仍与八音谐。高低二八还相映,丝竹陶匏莫可偕。

鼓　吹

曹　勋(1098—1174)

鼓　吹　曲

按节临瀚海,舒军耀朔方。幕中延挦客,马首系降王。
封君行负弩,天子赐干将。后乘腾沙漠,前驱过渭阳。
箫鼓通平乐,旌旗属建章。明堂献捷罢,甲矛自生光。

晁补之(1053—1110)

感寓十首次韵和黄著作鲁直以将穷山海迹胜绝赏心晤为韵(其五)

鼓吹出西羌,光华动眉额。鞬囊望酒泉,面有可怜色。
念身匪兕虎,少日四方迹。百计等画蛇,老大悲故国。

家池雨中二首(其一)

小池初凿新得雨,一部鼓吹从何来。有蟾正碧乱草色,时出汨没西南隈。
井干跳梁百不少,洞庭鱼龙何有哉。能歌得胜莫入月,凉夜与尔俱忘回。

秦国夫人挽辞安门下母二首(其一)

瓜瓞传仙裔,鸤鸠媲积功。龙章看子贵,鹤发与夫同。
褕翟丹青里,珠襦鼓吹中。秋原送车泪,斜日起西风。

陈　棣(?—?)

上梁尚书生辰(其三)

上苑春光一夜回,和羹消息报江梅。促装旧事追曹相,折桂新荣付老莱。
千里颂声形鼓吹,万家和气入樽罍。明年此日趋黄阁,待看传宣押赐来。

陈　观(?—?)

武　夷　山

邮亭立溪端,上有石鼓字。回顾溪水中,石鼓安所置。

移舟溯清流,前山郁苍翠。一曲遽停桡,寻真步幽邃。
洞天阊阖开,殿阁俨神位。秦汉纪兹山,武夷君所治。
幔亭晏曾孙,遐踪久已秘。巍巍大王峰,玉女傍立侍。
狮子西东来,昂藏不敢肆。我本羽衣人,憩迹升真地。
珍重学仙翁,命舟行厨备。溪山偕侣游,讨论每延迟。
二曲顿清奇,彼美宛临水。三曲多仙岩,峭峙罕匹类。
倚空架舟函,不腐亦不坠。小泊三杯石,坐玩逸清思。
石上饮三杯,昔贤同一致。四曲入云中,繁花方妩媚。
春光耀亭台,灵草渐萌瑞。崖阴刻字新,往往书故事。
五曲达平林,蔼然千古意。精舍瞻遗容,丰碑诵遗记。
杏坛相因依,高堂揭仁智。却令闽越中,居然作洙泗。
雄哉大隐屏,仙掌列其次。六曲转盼间,仰高发长喟。
七曲著渔家,碧津富投饵。八曲寂尔过,楼岩无鼓吹。
穷幽造灵峰,玄都矧可暨。临池数本桃,道士昔手植。
感慨却回舟,烹鲜侑扬觯。九曲烟霞深,彤庭敞宏庇。
即此非桃源,复何工拟议。仙客偶谈玄,主人已心醉。
欢言一宿留,醺酣饱熟睡。晨兴复招邀,具我鸡黍饲。
临行意有余,醇醪馈盈器。顺流睇层巅,天游冀愿遂。
扪萝履崎崟,登陟良不易。绝顶隐君居,崇台境殊异。
凭虚俯危栏,重峦俱下视。参差森欲动,恍惚眩眸眦。
灵飚空中来,松竹舞仙帔。杖藜还高冈,夷犹不忍弃。
何当濯尘缨,永兹飘笠寄。归休赋长篇,聊为斯游识。

陈 襄(1017—1080)

寄李惟肖

峨峨神岳吐灵襟,弱冠飞英翰墨林。楚国未登和氏璧,晋人惟重孔家金。
文高千丈云霞彩,赋敌三都鼓吹音。圣代已招岩穴士,傅生他日定为霖。

马筱潭报雨

皇祐岁庚寅,阴阳久郁堙。二时愆雨泽,百物悯膏屯。

谷价方翔踊,民言备苦辛。原畴无播种,道路有饥贫。
县令忧忘食,斋房退省身。朝归占甲子,暮出看星辰。
野祀曾徼福,雩坛示礼神。祈求观古法,询访得龙津。
遣吏频蘩洁,斋书肺腑陈。灵泉汲坎窞,仙仗下嶙峋。
雷斧潜嗔树,天波忽洒尘。音官沈鼓吹,市户湿衣巾。
隆应声何速,盘旋志未伸。经纶惟四日,滂沛即逾旬。
万谷山源发,三农水利均。趋田多耒耨,入里少刍薪。
苗稼晨争插,坊庸夜不巡。讴谣兴父老,燕喜集宾亲。
捐瘠苏中壑,生成赋大钧。邑人勿忘报,世世荷深仁。

陈 渊(?—1145)

九月二十二日秋举失利出门用中相饯夜步河上留别

太平今日古无邻,触目郊原事事新。年少自应迷鼓吹,野人终是厌尘埃。
忘怀处世思同俗,有事关心不为身。药石有能医久痼,此生宁复怨垂纶。

陈 藻(1151—1225)

除夜寄妻叔刘丈

一自邻居十二年,几番为客更从前。入同饮酒柴炉畔,出看呼卢竹爆边。
鼓吹儿童随处闹,庖厨烟火几家眠。今宵莫恨轻离别,此地蹉跎岂偶然。

陈 造(1133—1203)

十绝句寄赵帅(其三)

款陪仙伯燕池亭,不但新诗老眼明。鼓吹激天飞鸟堕,旌幢点水睡龙惊。

梁广文归自襄阳作古乐章迎之(其二)

自君之出矣,春意尚妖冶。著我愁城中,转首已中夏。
岂无鼓吹具,尘笔置不把。亦欲鞭其慵,独倡无和者。

西林访铦师

天将宿雨净春空,却著湖山鼓吹中。载酒言辞藉花伴,运斤来看斫泥工。
前身师定参寥子,拙宦吾今张长公。俛首人间皆长物,未妨分飨北窗风。

厅事落成致语口号

向晚帘栊上玉钩,县人应指小瀛洲。龙兰烟外调宫羽,罗绮香中拥献酬。
百祀规模新壮观,一时文武极风流。月明鼓吹烦重赋,终恐清新愧少游。

再次韵示师文

中年多病刚制酒,文字讥评慵挂口。克家尚须狮子子,时踞风林一哮吼。
藏山有书当衣钵,端能太史牛马走。之齐莫操竽,名楚要穿柳。
未闻狗监荐子虚,聊遣吴王质非有。独无鼓吹娱乃公,胜日不应长袖手。

有叹(其一)

应事如应敌,收功端有素。诗乃随景迁,预计几胶柱。
鼓吹月明秋,当时亦佳句。见卵求时夜,竟为阴云妒。
想像蕲为工,故智那用据。向来东游意,梦境骚人赋。
出郭带月行,过山冲雪去。风力马欲却,寒气鸟不度。
旧拟忽新偶,自笑邯郸步。与世甘数奇,失意资一悟。
覆却从万方,翛然随所遇。吟情形前影,尘事风外絮。

次朱必先与师是唱酬韵(其一)

朱郎满腹抱贤业,壮岁弹铗仍哀歌。飞将未侯方朔饿,天无老眼如子何。
纷纷过眼日百十,超拔如君信难及。平陵笔阵吾敢支,稳掇世科人所必。
小儿鹿鹿空肩随,血指汗颜惊崛奇。於菟一啸百兽慴,谁顾露草寒蛩悲。
诗书鼓吹且强饭,舜咨皋谟适华旦。功名追逐可得辞,等闲莫咏南山粲。

雪夜与师是棋次前韵

投醪士或醉,说梅人不渴。穷途余乐事,不受忧患遏。
诗可供呻吟,棋亦识死活。朝来喜雪句,神药胎可夺。
一枰与儿晤,断无市声聒。既免沈舟谚,不作赌墅谒。
指冷良易忍,眼花苦为孽。疏置仍作罫,随意略细阅。
瓜葛胜负间,时亦近屑屑。策几奇兵麋,地比弱王割。
吾非江左管,舐犊愈爱说。升沈作丰悴,今古无成说。
家居鼓吹具,借以保晚节。掀髯得一笑,为汝倒蕉叶。

袖手听残更,红鳞瞳晴雪。

再 次 韵

人间十日雪,已润夸父渴。宿云忽披靡,羲驭与抑遏。
春从九地回,旋放牙甲活。主张披拂是,大块司予夺。
椒柏追时序,鼓吹听晓聒。诗坛有同盟,办作衔袖谒。
得雪晴更佳,过是或为孽。群山半披剥,众巧献一阕。
悬知兵吏集,不待铺木屑。令尹活人手,小试牛刀割。
广文甘僻左,不肯事容说。与俗分乐事,盍以韵语说。
独惭长须送,不量好时节。要须百篇富,趁此梅未叶。
正使领觊觎,快作汤沃雪。

程公许(1182—?)

同杨景韩饮虞献子江亭用壁间文与可韵

晴滩属玉玩烟霏,照眼琅玕碧四围。堂荫白茅娱子美,江吟净练忆玄晖。
谁家鼓吹观游去,何处笭箵罢钓归。尚想江南图画里,风帆夜落道人矶。

程 俱(1078—1144)

次韵和颍昌叶翰林·同许学士亢宗干誉泛舟溵水(其三)

往者巾柴车,追游下山村。今焉镇三辅,鼓吹喧谯门。
遥知手种松,浸有苍苔痕。许下今乐郊,胜事亦复繁。
但令足兵食,饱暖同君恩。长安举头见,煌煌太微垣。
江湖与魏阙,一一寄默存。正恐受厘室,虚怀待微言。

淳祐士人(?—?)

上 元 遇 雨

隐隐雷声天鼓吹,荧荧灯火夜星辰。风流太守明如镜,何用姮娥作主人。

崔公度(?—1097)

送程给事知越州(其二)

朱幡所至蔼徽音,谈笑金城亿万寻。计压南夷瓯狢文,官崇东省秀儒林。
过家鼓吹新仪盛,拜宠朝廷此意深。闻说钱塘连得守,非公谁慰粤人心。

戴复古(1167—?)

豫章巨浸呈陈幼度提干

乞得新晴赋晚霞,出门无路欲乘槎。忧风忧雨动经月,足食足衣能几家。
一饭共君烹瓠叶,三杯无处看荷花。自成鼓吹喧朝夕,输与东湖两部蛙。

度 正(?—?)

八月中浣同官会于尘外亭分韵得烟字

放步超阛阓,濯缨俯漪涟。清风来徐徐,玉宇明娟娟。
平畴卷黄云,远浦凝寒烟。横空六六峰,一一来当筵。
秋光助颜色,相对如高贤。三峨眇遐思,仿佛窥其巅。
悠悠城南道,郁郁惠陵阡。怀哉千载人,乔木今参天。
回头子云宅,池塘亦依然。奈何傍人门,不几丧我玄。
沿河西复西,草草屋数椽。唐儒杜先生,向来此周旋。
食我西山英,饮我西涧泉。吐出五色丝,无愧三百篇。
遂令浣溪上,草木皆光鲜。我欲于其间,结茅近英躔。
尚论古之人,永谢区中缘。鹓鷟翔蓬蒿,庶几避鹰鹯。
但欲一区宅,不用二顷田。念昔怀此心,只今已十年。
平生百事拙,为计亦可怜。家有万卷书,而囊无一钱。
登临每怅望,兴味徒拳拳。珍重金石交,议论相磨研。
求寻鸥鹭盟,摆脱簿书缠。风月为鼓吹,溪声为管弦。
茗饮间醴醪,藜羹杂豆笾。谈谐各自适,洒落真神仙。
哦诗纪胜游,他年草堂编。

范仲淹(989—1052)

依韵答蒋密学见寄

东南为守慰衰颜,忧事浑祛乐事还。鼓吹夜归湖上月,楼台晴望海中山。
奋飞每羡冥鸿远,驰骋那惭老骥闲。此日共君方偃息,是非荣辱任循环。

依韵和胡使君书事

都督再临横海镇,集仙遥辍内朝班。清风又振东南美,好梦多亲咫尺颜。

坐啸楼台凌皓月,行春鼓吹入青山。太平天子尊耆旧,八十王祥未赐闲。

寄乡人

长白一寒儒,登荣三纪余。百花春满地,二麦雨初车。
鼓吹前迎道,烟霞指旧庐。乡人莫相羡,教子读诗书。

寄题许州钱相公信美亭

华构高轩敞,名湖一面分。星辰居上相,鼓吹燕中军。
山色来嵩室,风光彻汝坟。杉篁涵晚翠,兰茝荐时薰。
坐啸频乘月,归怀几望云。迥临黄霸俗,远味仲宣文。
万户方开国,三阶复致君。斯亭比棠树,千载颂清芬。

方　回(1227—1307)

秀亭秋怀十五首(其一五)

老怀幸无事,何用知秋风。团团乌桕树,一叶垂殷红。
为此有所感,长吟敲虚空。城市了在目,心隔云万重。
燕席鼓吹急,游骑呵殿雄。亦各适尔适,扰扰尘堁中。
焉知天地外,有此颓然翁。

送前歙黟楚□□五首(其二)

歙三万户多,黟户减半少。君才宜大用,何乃易而小。
易邑不易心,千江一月皎。歙民时有谣,夺菫茹我蓼。
黟产足筒布,粗绤自缠绕。黟之酒良佳,樽中无清醥。
归来卧城东,赁阁临木杪。唯有一卷梅,古色暗锦缥。
高官跃大马,鼓吹日扰扰。廉吏无人知,酸吟夜连晓。

留吴田霜崖吴居士宅予仲女许其孙姻

众山环如规,中有一川水。山腴翠树圆,水洁玉石峙。
居人近百家,耕余习文史。此翁独能诗,早充宾贡士。
平生宦情薄,一试仓庾氏。中年厌兵革,肥遁白云里。
时时吟一篇,自教孙与子。满屋读书声,万事不到耳。
问途访幽居,曲折十余里。麦天小雨霁,初夏风日美。

远迓携饮壶,剧谈并宴几。门帖句句佳,字画亦劲伟。
尽出名画挂,频共高阁倚。烹煎茗笋良,饤饾蔬果旨。
鼓吹聒深夜,酒酣未容起。寒薄攀华盛,两姓合嘉礼。
东床向志学,骨相良可喜。积德贻后人,方兴未云已。
发禀济青黄,垂绅曳朱紫。天人幽显间,施报有兹理。
略窥宅边园,培芳茂花卉。黄莺殆无数,白鸥不知几。
山茶及岩桂,叶叶莹如洗。间气钟人物,吾故卜诸此。
老夫托姻好,悠远自此始。定当继朱陈,何但夸孔李。

葛　琳(?—?)

和运使学士浣花亭

井络西南区,成都号佳丽。锦城十里外,景物居然异。
傍萦浣花溪,中开布金地。杜宅岿遗址,任祠载经祀。
自昔岁一游,有亭久摧废。将期泛舟会,先此留旌骑。
弗基矧肯构,后人莫予嗣。冠盖或戻止,风雨亡所庇。
我公至之初,行乐徇人意。栀车集宾组,幕天陈燕器。
苟弗谋高明,胡为革偷敝。鸠工度材用,奢俭求中制。
举从县官给,下靡秋毫费。巍然大厦成,甚于折枝易。
藩条息偃暇,时律清和际。落成及休辰,凤驾忻重诣。
群嬉逐使毂,杂处同蚕市。栋宇美可观,席筵陈有次。
芳樽既罢撤,彩舲爰登憩。夹岸布缇帟,中流喧鼓吹。
溯沿烟霭间,禽鸟共翔戏。都人与士女,叠足连帷被。
弄珠疑汉曲,浮觞均洛禊。晻晻日将暮,熙熙众皆醉。
恍入武陵源,却返尘寰世。自是毕遨赏,始复专民事。
农耕士就学,商贩工居肆。蜀邦生齿繁,衣食良囏匮。
三时急耕播,寸壤无遗弃。兹焉俾暇逸,所以慰勤瘁。
上赖天子心,慎重坤维寄。既择迩臣德,来秉诸侯瑞。
且命太史贤,出揽清澄辔。第务广教育,孜孜布仁惠。
匪图极聚敛,规规奉邦计。和气斯涵濡,群生皆茂遂。

乃跻富寿域,共乐升平治。不才备属僚,罔补公家利。
荫宇幸焉依,雅声惭善继。愿比召南篇,永歌棠蔽芾。

葛绍体(?—?)

太师汪焕章社日劝农余出湖曲(其一)

飞斾行春沐雨天,风光一阵杂晴烟。麦苗绿润秧芽嫩,鼓吹声中卜有年。

西湖二首(其二)

杨柳芙蓉旧日栽,近来堂宇更安排。湖光接得全天趣,莫遣游人鼓吹来。

韩 驹(1080—1135)

送王左丞宣抚河北

百里烟云堕目中,天戈直捣大槐宫。已烦宠数褒申伯,更遣羌戎识晋公。
玉帐旌旗皆喜色,铁林鼓吹自春风。应磨万丈燕山石,独揽宣和第一功。

韩 亿(972—1044)

洋 州

梁州邻左右洋川,气候融融别是天。地僻过冬稀见雁,箐深初夏已闻蝉。
乡风与蜀微相似,驿路见秦旧接连。骆谷转山围境内,汉江奔浪绕城边。
展开步障䌷花地,画出棋枰早稻田。远寺径危攒进笋,后园池冷软飞泉。
秋深满院芭蕉雨,晚色临轩薜荔烟。南浦采蒲当凛冽,西溪踏石向喧妍。
夕阳道观鸣钟鼓,夜月人家奏管弦。杨柳影中沽酒市,芰荷香里钓鱼船。
珍禽听久名难辨,新果尝余味更全。野渡潮平分浅濑,群楼云散露高巅。
喧阗鼓吹迎神社,狼籍杯盘送客筵。慈竹清筠霜斗腻,海棠堆艳火争燃。
苍崖险峻应藏虎,碧洞阴深恐隐仙。妓女从游持翠盖,士流寻胜擘香笺。
戚姬庙宇青芜没,和相诗碑绿藓沿。三县俗淳宜静理,两衙事简可闲眠。
纷华度岁他乡外,幽趣终朝在眼前。不为近颁明诏下,及瓜情愿满三年。

韩元吉(1118—?)

晓霁再用前韵二首(其二)

新笋成行嫩菊生,故人为作小轩名。十年敢有旌麾意,两部空遗鼓吹声。
世事如尘纷过眼,风光和酒最关情。曲肱不作南柯梦,槐影阴阴枕簟清。

洪刍(?—?)

学韩退之体赋虾蟆一篇

吾庐逼沮洳,蛙蛤宗生之。委委见蝌蚪,阁阁已在兹。
夜声一何喧,达旦乃浸微。月令纪蝼蝈,语默亦有时。
岂伊不平鸣,沓沓竟何为。那复当鼓吹,安能问官私。
吾闻昆仑下,厥大数十围。蟾蜍窟望舒,色胜金裒蹄。
痴呆反食月,吞吐谁能知。坎井我自足,跳梁而持颐。
鳖笑色无愧,鹑化理莫推。疥体不自惜,或以调盐醯。
柳州味南烹,下箸甘若饴。在昔荐宗庙,乃与羔兔齐。
擅减几被坐,巨细不可遗。莫以腥臊弃,终将瑚琏期。

洪皓(1088—1155)

讲武城

长笑袁本初,妄意清君侧。垂头返官渡,奇祸怜幕客。
曹公走熙尚,气欲陵韩白。欺孤计已成,军容漫辉赫。
跨漳筑大城,劳民屈群策。北虽破乌丸,南亦困赤壁。
八荒思并吞,二国尽勍敌。西陵寄遗恨,讲武存陈迹。
雉堞逐尘飞,浊流深莫测。回首铜雀台,鼓吹喧龟蝈。

洪适(1117—1184)

留别县僚

满城鼓吹出林坰,珍重来思此日情。共说栖鸾留政迹,自怜展骥坠家声。
一时宦侣推儒雅,百里民编乐治平。山意川容若相挽,不堪整驾问归程。

又归路

风动旌旗熊虎开,喧轰鼓吹隐晴雷。襟裾夹道邦人出,介胄填郭方伯来。
按辔传声真烜赫,铺茵呈舞少徘徊。林蛮洞蜑皆心耆,共看威伸讲武台。

洪咨夔(1176—1236)

送交代王公辅

兴州乳臭腥红袍,万马夹拥横磨刀。奴颜婢舌竞劝进,罗拜狗甗护优狨。

汉家衣冠余两豪,却立渠肯污腥臊。传呼趣拜声色厉,一已俯首昂其尻。
独君此膝竟不屈,男儿等死轻鸿毛。群憸相顾重太息,我辈天地焉能逃。
安西楼碑字如斗,勋名烂熳官称高。若为龙州易万州,双鬓如雪风骚骚。
君不见义不帝秦鲁仲连,何曾黄金横带后部鼓吹前驿旄。

胡　宿(995—1067)

兵部尚书赠司空侍中晏元献公挽词三首(其三)

储极元寮宠,公貂盛策班。宁神依大駷,结冢近陉山。
鼓吹春风里,麒麟夕照间。寄言川上水,何事不西还。

送马少卿赴襄阳

冰操从来畏四知,汉江南畔拥藩麾。地经谢守开油幕,人忆山公倒接䍦。
风入射堂飘鼓吹,雨随行县湿旌旗。前朝叔子流遗爱,拂藓应看岘首碑。

胡　寅(1098—1156)

新州鹿鸣宴致语口号

秋气清高肃雁行,贤侯劝驾会黄堂。宾朋满座曳珠履,鼓吹喧天飞羽觞。
题柱弃繻俱有志,班荆折桂正相望。明年春色催行李,衣锦荣归耀故乡。

华　镇(1051—?)

早发芜湖风便舟中有感

长波西南骛,高风激江流。挂席向浦溆,凌虚驾轻舟。
洲渚乱挥霍,兼葭飒飕飗。重山捷飞过,叠浪纷悠悠。
凫鹥不及辨,频咤越飞鸥。舟人击鼓吹,谑浪相赓酬。
调笑西来人,掩泪寒沙头。人闻此语乐,我闻此言忧。
尔速非尔巧,彼淹岂其尤。淹速偶所值,矜笑徒自偷。
况余涉世途,泰稀否常稠。此日虽偶驶,来日恐或不。
驭也傥可矜,留滞还增羞。天道雅无常,非分非所求。
但愿日日行,行路无阻修。

黄　裳（1043—1129）

送延平太守

南有溪山谁可托,须拥旌麾日边落。无政人向溪山愁,公徒追索情如酬。
有政人向溪山醉,鼓吹寻幽闹如市。七闽山水世所议,尤喜延平得高致。
山光水色秋意清,月华剑气空体明。双流既往却再顾,五龙虽奋还相迎。
断云天北列寸碧,中有仙人骑鹤行。仙人岩前万人聚,金碧下瞰天津横。
霁色还空影高下,蓬莱幻化俄顷生。太原使君未下车,公论已许程与吴。
独游才刃安能拘,发遣万事归玄无。洗眼待看乡老书,使君政事当起予。
年丰讼少民已苏,两税竟了谁无襦。万户有酒钱足酤,飘飘帘下吹笙竽。
山水图中声色活,大小从公四园阔。飒飒山风吹夕照,想见颓然使君笑。
南来莫使诗筒少,慰我尘劳空扰扰。

黄公度（1109—1156）

别陈景明二首（其二）

冕旒目送出延英,鼓吹江喧引去程。三夏日迟心自急,百年恩重命还轻。
贾胡久矣传诗句,蛮长依然识姓名。丹鼎刀圭应有在,愿随鸡犬上蓬瀛。

黄庭坚（1045—1105）

赠黔南贾使君

绿发将军领百蛮,横戈得句一开颜。少年圯下传书客,老去崆峒问道山。
春入莺花空自笑,秋成梨枣为谁攀。何时定作风光主,待得征西鼓吹还。

鄂州节推陈荣绪惠示沿檄崇阳道中六诗老懒不能追韵辄自取韵奉和·道中闻松声

蟠空作风雨,发地鸣鼓吹。日晴四无人,声在高林际。
伊优儿女语,蹇浅市井议。我欲抱七弦,写此以卒岁。

出迎使客质明放船自瓦窑归

鼓吹喧江雨不开,丹枫落叶放船回。风行水上如云过,地近岭南无雁来。
楼阁人家卷帘幕,菰蒲鸥鸟乐湾洄。惜无陶谢挥斤手,诗句纵横付酒杯。

圣柬将寓于卫行乞食于齐有可怜之色再次韵感春五首赠之(其二)

种萱欲遣忧,丛薄空自绿。洗心日三省,人亦不我穀。
谁能书窗下,草玄抱幽独。白首官不迁,校书汉天禄。
身当万户侯,鼓吹拥部曲。解佩著犀渠,张弓插雕服。
何时李将军,射猎出上谷。

薄薄酒二章(其二)

薄酒终胜饮茶,丑妇不是无家。醇醪养牛等刀锯,深山大泽生龙蛇。
秦时东陵千户食,何如青门五色瓜。传呼鼓吹拥部曲,何如春雨一池蛙。
性刚太傅促和药,何如羊裘钓烟沙。绮席象床雕玉枕,重门夜鼓不停挝。
何如一身无四壁,满船明月卧芦花。吾闻食人之肉,可随以鞭朴之戮。
乘人之车,可加以铁钺之诛。不如薄酒醉眠牛背上,丑妇自能搔背痒。

孔平仲(1044—1102)

立 春

春风不择地,亦到海边城。衮衮衣冠会,喧喧鼓吹迎。
为牛一何苦,举世尽相争。旅客心偏静,停杯想耦耕。

正月十四夜

都人行正乐,天气忽微阴。尽恐明朝雪,如何此夕心。
轮蹄迷道远,鼓吹乱更深。我独甘幽静,青灯照苦吟。

黎廷瑞(1250—1308)

闻 蛙

族处污池底,气张新雨余。交交还阁阁,疾疾更徐徐。
别制鼓吹曲,自吟蝌蚪书。道人喧寂等,欹枕到华胥。

李 复(1052—?)

梁元彬招池上府会辞之以诗

东郊日日唤春催,得意晴天浩荡来。病客强因寒食起,新花不为老人开。
尘埃边叟抛书卧,鼓吹山翁倒载回。欲问湖光几时净,试容扶杖独徘徊。

李　纲(1083—1140)

上　巳　日

暮春祓禊集簪裾,锡燕昆明咏乐胥。宝马骁腾随鼓吹,彩舟曼衍戏龙鱼。
闽山放逐家何在,帝里风光乐自如。嘉节只添迁客恨,宽恩何日赋归欤。

李　觏(1009—1059)

虾　　蟆

虾蟆尔奚为,阁阁搅人耳。在官不为官,在私无私事。
徒将一寸口,日夜相鸣吠。岂能劘语言,且欲噪梦寐。
何者孔稚珪,爱之如鼓吹。谁论正与淫,各自有知己。

李　光(1078—1159)

三月六日闻五马同郡僚出郊劝农(其一)

遥闻鼓吹出城闉,露冕褰帷意在民。父老莫疑频驻马,使君那顾采桑人。

三月三日康守燕严亭

禊饮城西路,山翁岸幅巾。习池还倒载,曲水暗通津。
鼓吹雄南国,旌旗照暮春。莫嫌娼妓拙,自有主人真。
散策花迷径,随车雨洗尘。杖藜归兴晚,犹有浣纱人。

九日登琼台再次前韵

异乡感节物,聊赴使君请。层台缥缈间,野旷天宇静。
木落水涵空,氛雾俱远屏。篱边菊斓斑,远摘带沙泞。
谁云鼓吹雄,谩欲等蛙黾。短发不胜簪,乌帽倩谁整。
衰颓强追欢,起舞羞顾影。君忧白昼短,我爱清夜永。
三釂意弥勤,殽酒罄杯皿。弃置身外事,聊复乐俄顷。
世方汹波澜,我心犹古井。归来豪兴尽,宴坐朝内景。
明朝汲新泉,旧箧余赐茗。

李 彭(？—？)

自和六绝句(其四)

蛙鸣废沼弄妍姿,破梦起看星斗垂。度曲安能当鼓吹,洒灰那复计官私。

戏次人韵

人言鼓吹来诗思,鸣鹤遂闻长阜音。细读一犁新句好,始知三语用功深。
自甘散木傲霜节,懒作幽云出岫心。茗碗炉芬清昼永,流莺捎蝶过墙阴。

次韵寄钱伸仲

简秀叹真长,韶润思阮裕。眼中人物衰,政尔用金注。
吴产尚父孙,思脱尘中屦。嗜学颇惊奇,于我实肺腑。
高材堪遗补,伐冰非所慕。时于鼓吹间,自得鸣鹄句。
妙语随霜飚,识我丘园路。赏音吾敢辞,当传太冲赋。

李 石(1108—1181)

扇子诗(其一)

节节荷风驿置,疏疏竹雨龙悭。欹枕几声鼓吹,卷帘数笔湖山。

李曾伯(1198—1268)

丁亥纪蜀百韵

太岁在娵觜,羲驭正东陆。羽书西边来,胡骑报南牧。
仓茫星火急,飘忽风雨速。凭陵我封疆,剽掠我孳畜。
一越摩云险,已污岩岷俗。再度峰贴隘,重为武阶毒。
胡儿忽令名,见谓鞑靼属。或疑女真诈,颇讶叠州族。
衣毛不知帛,饮酪非茹粟。劲弓骨为面,健马铁裹足。
驾言取金夏,其锋不可触。如竹迎刃解,犹雪以汤沃。
先声张虚疑,我师遽蓄缩。心已执橄迷,手为望风束。
策昧战为守,计乏奇与伏。西和久间断,文南暂蹢躅。
将利仅小退,凯音误陆续。兰皋要寸功,良将半丧衄。
败书丙夜闻,前矛石门宿。亟令控三关,谨毋费一镞。

鱼梁闭仙原,武林护午谷。
县官塞蹊径,战士据林麓。
西康至天水,患不翅蛇蝮。
河池本无虞,百里祸尤酷。
母悲爱子死,夫没嫠妇哭。
于时益昌民,十室空五六。
十乘随启行,驿书转加促。
两劳使者车,三分元戎纛。
声言诛不平,未知不平孰。
土著避乡井,游手伺风烛。
事机正诛张,天时幸炎燠。
不闻武侯败,街亭诛马谡。
不待斩楼兰,闻已事薰粥。
中有山西人,慊若国深辱。
大言往者悔,几已溃心腹。
厥今敌虽去,乡道渠已熟。
不见关以外,处处空杼柚。
一朝弃粪土,知几十万斛。
色虽帷幄喜,骨尚原野暴。
辛苦在貔貅,恩赏归雁鹜。
魏师付乳臭,汉校起奴仆。
于时在劳来,仍忍逞诛剹。
边无一人耕,食能几日蓄。
了无金城图,酣事铜鞮曲。
纵君不惩艾,而我为惭恧。
一人万人心,可欺宁可服。
凡此保蜀功,两和李公独。
益昌所毋动,饷臣尼其毂。
安得如绍兴,魏公任都督。

七方对垒持,相戒前辙覆。
由是关以外,民皆弃庐屋。
凤集一炬余,地已付麋鹿。
群盗沸于鼎,流民凑如辐。
城市委焚荡,道路纷怨讟。
牙樯嘉陵来,舳舻尾联属。
鼓吹喧后部,旌旗蔽前纛。
重以溃卒徒,跳梁满山谷。
人情往伤弓,未免惊曲木。
嗟哉是日也,性命龟未卜。
晋边死季龙,周翰奋方叔。
犹有孟明在,焚舟报秦穆。
搢绅屐欲折,意气喜可掬。
问之何所云,首疾已频蹙。
尚为来者忧,不知护头目。
三关固天险,五都恐日蹙。
朝廷无事时,司农积边谷。
民力哀何辜,边人罪难赎。
未旌平凉家,方起邹阳狱。
几效先轸死,不及介推禄。
平时好糜烂,深刑痛敲扑。
颇闻富窖藏,悉已发麦菽。
田里思反业,原堡未修筑。
朽索驾虚舟,空衾著亡局。
我闻报中朝,四境已清肃。
当时屹如山,一二臣可录。
赵公继一出,颇慰沔人欲。
公论虽未泯,天幸不可复。
以口伐可汗,我恨匪元璹。

徒能效曹刿，远谋鄙食肉。言之貌愈切，至此泪几簌。
客既闻斯言，稽首拜且祝。九庙宗社灵，百城耄倪福。
德泽在天下，人心久渗漉。徒以成败论，公等皆碌碌。
伯比议莫敖，芳贾知子玉。春秋过责备，小事书简牍。
子其钳尔舌，毋取斧锧戮。汉人悔雁门，唐师老鸭绿。
有道守四夷，初何事穷黩。不战屈人兵，正岂待驱逐。
吾皇天地心，万国囿春育。畴咨元帅功，非夕则在夙。
出命宣黄麻，入相赓绿竹。除书从天来，恩礼方隆渥。
三公应鼎象，相与运坤轴。小夷置蚊虻，壮志寄鸿鹄。
分无万户印，莞尔一杯醁。熟慰豪杰心，有诏不盈轴。
尧门万里天，意者未亲瞩。君相勤外忧，必有宁我蜀。

李之仪（1048—1127）

初夜有雨意欲晓风大作

昨夜雪深疑有雨，五更还作扫云风。我于此地虽无责，伤时失事心则同。
起来怅望一吁歔，又觉烈日侵阶红。隔墙鼓吹去何许，入户哀怨号无踪。
寻花恋蕊尔自乐，啼夫哭子情无穷。平生感慨垂老别，异时独与新丰翁。
迩来眼力不解事，仿佛推堕此境中。天公岂肯违一物，尔且莫叹杼柚空。
无心致祷祷必应，会见一雨半年丰。

林表民（？—？）

挽都梁太守洪季辅寺丞

鼓吹舟归日，军门巷哭时。身抛淮郡印，事入岘山碑。
敌在家何用，城危孰与持。墓门今已闭，千载使人悲。

林亦之（1136—1185）

丈人行答通平林簿

祖龙一出群儒怒，滔滔稷下如抽缕。乐以声传非文字，千年阙断无人补。
昔有丈人壶山前，绍兴甲寅乙卯年。定律不待累黍起，瓦缶皆可成宫徵。
更言吹律随隆污，百世不以一声拘。此法汉魏周隋无，红泉得之延坐隅。

一时河汉东西奔,姓氏胡为旅人门。我欲栩栩还皇坟,要以六琯为根原。
九箫鼓吹百物和,羽衣狼藉渔阳戈。须信乐能召太平,非是太平为乐歌。
丈人宿草飞毿毿,乾旋坤转谁更堪。忽有尺纸如春蚕,遗音石笋天一南。
三更把书不成眠,四更起坐霜月悬。五更开门欲上马,至竟此人何山下。

刘 敞(1019—1068)

送怀安李使君屯田

汝颍多奇士,磊落布方册。先进存古风,若人复令德。
诗书秀英华,鹰鹘勇排击。曩者从军行,早闻平戎策。
纵横志未展,慷慨意更激。坐惊齿牙脱,忽使头发白。
颇与嵇阮同,闭关以藏迹。老骥甘道路,黄鹄羞斥泽。
复持一麾去,坚取万里役。旌旗暗长亭,已想蜀山碧。
鼓吹喧前除,稍知楚风易。专城自足贵,远览固多适。
胡为结离愁,恨此晚同得。

校猎同支使作

长郊被山泽,积雪净林皋。杀物天时武,从禽士气豪。
飚尘遂车骑,鹰隼乱旌旄。壮节排苍极,欢声激怒涛。
兴余生鼻火,空阔散风毛。狡穴无遗噍,穷巢或暗嘷。
中原遂除害,汗马敢辞劳。劝赏车行炙,均恩士籍醪。
归涂喧鼓吹,余勇属鞭櫜。快意当如此,君看岁月淹。

和过骐骥院观马因饮李氏夜归复与江谢会于敝居

子真王济徒,爱马有马癖。每嫌驽骀众,未睹千里格。
朅来飞龙厩,一一数白黑。始惊麒麟骨,秀出无与敌。
旗旄乱云霞,鼓吹喧霹雳。从容看回旋,感激私叹息。
此当逝昆仑,上与天无极。奈何局轩陛,终岁老羁靮。
主人贵公子,堉榻多容客。聊欲宽其意,无为稍戚戚。
珍羞杂水陆,清酒漾金碧。嘲笑心目开,留连日已夕。
归来兴不尽,驻马问所适。知我方会友,投鞭遽登席。
贫家竟何如,脯醢乏余力。歌舞复无素,儿童强敦逼。

多君平生怀,不与贫富隔。欢来亦酪酊,俯仰愧三益。

刘 过(1154—1206)

上袁文昌知平江五首(其五)

已办行都欲去船,个中因得少留连。长安在望空悲日,刺史谁知别有天。
鼓吹后车喧水际,旌旗前骑簇花边。书生不愿悬金印,只觅扬州骑鹤钱。

刘克庄(1187—1269)

挽顾监丞

四州鼓吹迈前茅,几载疮痍变乐郊。黎母盗清民有犊,饮飞士勇海无蛟。
安排循吏添新传,检点耆英少故交。欲发幽潜慰冥漠,自惭笔砚暮年抛。

刘 弇(1048—1102)

读汪都讲邵宫教拟试赋三十韵

文效追前日,词科急俊民。儒风穆汉殿,家璞走荆珍。
汪邵推高手,卿云想后身。争移初律暖,竞拨老根陈。
睥睨三都上,吹嘘七子邻。龙蛇开蛰户,河汉洗天津。
堂室谁升入,诗书迓主宾。剚犀锋自倍,彻札手弥亲。
鼓吹丘轲外,波澜屈宋新。巴歌徒里耳,燕石谩缇巾。
美观圭联璧,和声鼓间锌。骎骎新历块,喔喔旧司晨。
爽实嗤乌有,阿时陋剧秦。凿愁神秘露,搜恐物华贫。
楚剑双干斗,吴娃几学颦。飞扬逼场屋,旁午动簪绅。
伦父几焚砚,修家旧有人。珠惊对还浦,角岂独推麟。
价比千琼玖,文成一欠呻。鼻端论妙斫,使外得周询。
布瑞云歆鼎,连深鲤挂缗。岂徒矜羽猎,直可绚郊禋。
宛是隋唐旧,何分雅颂真。两眸宽病客,一气到洪钧。
捉卷时湔掌,沿涯屡耗神。爱居泣韶濩,嫫姆骇蛾蠎。
怏兴谁爬背,长哦独哆唇。传夸归有恃,羞缩死将滨。
雠校三千士,蹉跎九十春。岐周双鹭鹭,不省至何因。

刘 筠(971—1031)

初秋属疾

秋阴凄淡隔重城,一亩居仍近禁营。汉苑楼台沉暮影,谢家鼓吹发新声。
烟昏露井残桃坠,叶下凉波独鸟惊。节物变衰吟更苦,可堪漳浦卧刘桢。

刘 挚(1030—1097)

挽司空赠太师申国吕公四首(其四)

岁有悬车表,新闻曳杖嗟。风云四朝仕,公相百年家。
故国山川近,西郊鼓吹哗。旂常难尽记,膏泽遍幽遐。

正月十一日迎驾大庆殿次曾子固韵

锦绣龙鸾仗卫新,绛袍黄伞拜行宸。天开云日端闱晓,岁谒衣冠别庙春。
归辇顺风传鼓吹,广街严跸静音尘。上元咫尺瞻游豫,更慰都城望幸人。

挽慈圣光献皇后二首(其一)

翼子诒孙庙社功,忧劳嘉祐治平中。泽流自配皇图远,仙去谁期寿劫空。
三献奄违长信殿,万灵神会永昭宫。母仪五十年间事,愁入西郊鼓吹风。

楼 钥(1137—1213)

送制帅林和叔归

使君一何清,鹤骨天与瘦。少年场屋声,六艺饱芳漱。
一行起作吏,所立已不苟。立朝凛大节,论事几及溜。
发言必体国,平正无矫揉。藜藿为不采,风采照宇宙。
出入有本末,眼见凡三就。来不为苟合,荐召乃结绶。
去亦不好高,三宿徐出昼。天官岂不贵,陈义坚素守。
赣川尝报政,复来守鄞鄮。不求赫赫名,实出龚黄右。
情伪千万端,到眼辄空透。抚民过婴儿,闾里息争斗。
奸胥及强梗,时用霹雳手。人诵南山判,情通理亦究。
六邑俱帖静,称赞不容口。律身至严冷,无能掣吾肘。
吏事精且勤,呼烛侵夜漏。公退入家塾,诸孙后来秀。

吏卒不识面,洛诵出窗牅。几年南塘路,来往困僵仆。
一朝平似掌,行歌纷老幼。公心信如水,古井波不皱。
荣观处超然,轩冕亦何有。翩翩欲赋归,排云屡腾奏。
庙论终不许,斯民方借寇。上心重闵劳,祠官向庐阜。
阖境极攀恋,人人怀杜母。君看卧辙人,谁能使奔走。
挽须不得留,百拜愿公寿。老我幸同朝,倾盖已如旧。
联事东西省,交情久益厚。我归公亦来,门户托云覆。
黄堂间参语,惟我甥与舅。扬旌鸣鼓吹,贲此蓬荜陋。
清谈不及私,翁归况不受。义命孰不知,践履或差缪。
惟公见善明,力行真耐久。有时相与言,心同兰其臭。
掺袪宁忍别,追送列觞豆。公虽不好饮,勉为引醇酎。
公去我亦隐,菽水翻彩袖。花溪渺何许,望望几双堠。
千里共月明,怀人重搔首。惟应折梅花,临风为三嗅。

送万耕道帅琼管

黎山千仞摩苍穹,颙颙独在大海中。自从汉武置两郡,黎人始与南州通。
历历更革不胜计,唐设五筦如容邕。皇朝声教久渐被,事体全有中华风。
生黎中居不可近,熟黎百洞蟠疆封。或从徐闻向南望,一粟不见波吞空。
灵神致祷如响答,征帆饱挂轻飞鸿。晓行不计几多里,彼岸往往夕阳春。
流求大食更天表,舶交海上俱朝宗。势须至此少休息,乘风径集番禺东。
不然舶政不可为,两地虽远休戚同。古今事变无定论,难信捐之与扬雄。
四州隔分各置守,琼台帅阃尤尊崇。高牙大纛拥方伯,鼓吹振响惊蛟龙。
汉家威名两伏波,卢丁以来几宗工。卫公精爽尚如生,妙语况有玉局翁。
史君吏事素高了,明若古镜摩青铜。叱驭行行不作难,平生惟仗信与忠。
布宣王灵万里外,益使向化来蛮賨。第惟遐方习疏慢,政化要当率以躬。
雾中能见越王石,自然心服令易从。顽犷未率宜以渐,勿示骇政先含容。
平平之策用定远,下下之考书阳公。吏民生长固安土,尚当摩抚如童蒙。
属僚宦游岂得已,士多失职悲途穷。名分卑尊不可紊,更念何处不相逢。
官事既了与无间,可使知气俱冲融。乡间惜别情所钟,临岐为倾琥珀浓。
手遮西日念远去,欲留奈何鼓逢逢。愿君稳度三合溜,早归入侍明光宫。

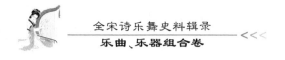

陆文圭(1250—1334)

送元帅移屯太仓

十乘元戎又启行,澄川老稚送倾城。北风吹转旌旗影,东海欢腾鼓吹声。
桑麦千村无吠犬,波涛万里息奔鲸。新年凤诏催归觐,殿内金瓯覆姓名。

陆　游(1125—1210)

迎诏书

忆瞻銮仗省门前,扇影鞭声下九天。寂寞嘉州迎诏处,忽闻鼓吹却凄然。

立春

鬓毛萧飒寸心灰,生怕新年节物催。幸是身闲朝睡美,忽闻鼓吹打春回。

建安遣兴六首(其五)

绿沈金锁少时狂,几过秋风古战场。梦里都忘闽峤远,万人鼓吹入平凉。

湖村月夕四首(其三)

金尊翠杓犹能醉,狐帽貂裘不怕寒。安得骅骝三万匹,月中鼓吹渡桑干。

作盆池养科斗数十戏作

小小盆池不畜鱼,题诗聊记破苔初。未听两部鼓吹乐,且看一编科斗书。

初冬绝句二首(其二)

道途冬暖衣裘省,村落年丰鼓吹喧。下麦种荞无旷土,压桑接果有新园。

丁酉上元三首(其二)

鼓吹连天沸五门,灯山万炬动黄昏。美人与月正同色,客子折梅空断魂。
宝马暗尘思辇路,钓船孤火梦江村。古来漫道新知乐,此意何由可共论。

初发夷陵

雷动江边鼓吹雄,百滩过尽失途穷。山平水远苍茫外,地辟天开指顾中。
俊鹘横飞遥掠岸,大鱼腾出欲凌空。今朝喜处君知否,三丈黄旗舞便风。

记梦

世事纷纷触眼新,何由常作梦中身。远游万里才移刻,豪饮千场不忤人。
鼓吹满城壶日晚,莺花如海洞天春。是间可老君知否,莫信人言想与因。

五月得雨稻苗尽立

城郭迎龙鼓吹喧,甘膏三夕慰黎元。草荒常日经行路,水到前村旧涨痕。
黄犊尽耕稀旷土,绿苗无际接旁村。家家足食山无盗,安枕何劳夜闭门。

残春二首(其二)

过了清明日愈迟,年华不复在辛夷。谁知绿叶阴成处,正是青天露坐时。
茂草满庭喧鼓吹,嫩汤出鼎试枪旗。衰翁敢作明年计,剩与东君惜语离。

雨夜不寐观壁间所张魏郑公砥柱铭

疾风三日横吹雨,竹倒荷倾可怜汝。空堂无人夜向中,卧看床前烛花吐。
壮怀耿耿谁与论,楷床老龟不能语。世间岂无一好汉,叱咤喑呜力如虎。
壁间三丈砥柱铭,贞观太平如更睹。何当鼓吹渡河津,下马观碑驰马去。

久雨排闷

一春略无十日晴,雨脚才断云已生。奇葩摧败等青苋,嘉谷漂荡随浮萍。
书生病卧苫及榻,湿薪燎衣熏欲盲。腰顽足痹空叹息,咫尺不得行中庭。
读书窗黑不见字,弹琴弦缓那成声。老盆浊酒且复醉,两部鼓吹方施行。

衰病不复能剧饮而多不见察戏作此诗

平生不持面看人,宁作五湖云水身。忍穷闭门岂自苦,是中有味敌八珍。
酒杯潋滟鼓吹作,我自悲咤人自乐。更阑坐睡不得去,如鹰在韝虎遭缚。
丈夫欢乐自有时,遇酒先怯非予衰。万骑击胡青海岸,此时意气令君看。

东　　山

今日之集何佳哉,入关剧饮始此回。登山正可小天下,跨海何用寻蓬莱。
青天肯为陆子见,妍日似趣梅花开。有酒如涪绿可爱,一醉直欲空千罍。
驼酥鹅黄出陇右,熊肪玉白黔南来。眼花耳热不知夜,但见银烛高花摧。
京华故人死太半,欢极往往潜生哀。聊将豪纵压忧患,鼓吹动地声如雷。

梦范参政

梦中不知何岁月,长亭惨淡天飞雪。酒肉如山鼓吹喧,车马结束有行色。
我起持公不得语,但道不料今遽别。平生故人端有几,长号顿足泪迸血。
生存相别尚如此,何况一旦泉壤隔。欲怀鸡黍病为重,千里关河阻临穴。

速死从公尚何憾,眼中宁复见此杰。青灯耿耿山雨寒,援笔诗成心欲裂。

姜总管自筑墓舍名茧庵求诗

君不见赘翁退隐真皇时,茧室遗名星日垂。
虽无豪士千车送,不愧高人一锸随。
又不见贞观故人有王显,抵老摧颓不作茧。
一时戏语今尚传,人生穷达谁能免。
茧庵知君出游戏,寿过期颐乃常事。青松手种三千本,会看半空翻鼓吹。
人老则衰君不然,快泻玉船鲸吸川。钓璜远祖应相似,八十方为筮仕年。

题郭太尉金州第中至喜堂

安康甲第天下传,玉题绣井摩云烟。落成鼓吹震百里,意气欲压秦山川。
第中筑堂最宏丽,奎画炱炱蛟龙缠。知公所喜在勇退,顾视解组如登仙。
公心虽尔天未可,终倚北伐铭燕然。十年宿卫功第一,小却卧护长淮边。
帐前犀甲罗十万,幕下珠履逾三千。愿公小缓高枕计,即今河雒犹腥膻。
出师鸡鹿拥皂纛,画象麒麟峨玉蝉。是时公喜客亦乐,为公满泻黄金船。

秋夜独坐闻里中鼓吹声

收尽浮云见素娥,青天脉脉映明河。时平里巷吹弹闹,岁熟人家嫁娶多。
高会不知清夜永,散归想见醉颜酡。小窗灯火晶荧处,也有人赓七月歌。

吕本中(1084—1145)

送苏龙图知明州(其一)

知君乡味忆吴馂,便逐轻鸥下急湍。更使烟云有佳思,莫驱鼓吹傍湖山。

罗大经(?—?)

陪桂林伯赵季仁游桂林暗洞列炬数百随以鼓吹市人从之者以千计巳而入申而出入自曾公岩出于栖霞洞入若深夜出乃白昼恍如隔宿异世季仁索余赋诗纪之

瑰奇恣搜讨,贝阙青瑶房。方隘疑永巷,俄敞如华堂。
玉桥巧横溪,琼户正当窗。仙佛肖仿佛,钟鼓铿击撞。
赑屃左顾龟,猙猙欲吠狵。丹灶俨亡恙,芝田蔼生香。

搏噬千怪聚,绚烂五色光。更无一尘涴,但觉六月凉。
玲珑穿数路,屈曲通三湘。神鬼工剜刻,乾坤真混茫。
入如夜漆暗,出乃日珠光。隔世疑恍惚,异境难揣量。

潘大临(?—?)

登大别眺望

人争汉口渡,日落阳台坂。鼓吹隔岸闻,楼观排云见。

潘兴嗣(1021—?)

逍 遥 亭

作亭名逍遥,此理诚不虚。宽于一天下,原宪惟桑枢。
况我卜清旷,风雨庇有余。方池容激滟,小径足萦迂。
花木颇窈窕,松筠亦扶疏。鸣蛙送鼓吹,好鸟来笙竽。
可琴亦可咏,可饮亦可娱。盘虽无下箸,宾食亦有鱼。
恢论或申旦,隐几忘移晡。困来展足眠,醉倒从人扶。
率尔但付畅,因烦而领无。邺侯三万轴,方朔五车书。
弃置复弃置,任自相贤愚。无妨吾逍遥,此乐诚何如。

钱惟演(962—1034)

汉 武

一曲横汾鼓吹回,侍臣高会柏梁台。金芝烨煜凌晨见,青雀轩翔白昼来。
立候东溟邀鹤驾,穷兵西极待龙媒。甘泉祭罢神光灭,更遣人间识玉杯。

强 至(1022—1076)

韩魏公生日(其二)

天地开秋气兆凉,当年大昴降星芒。溢城鼓吹迎恩赐,倾府衣冠望宠光。
马出上闲牵骏足,衣颁内府叠浓香。令孙今日方传诏,更待曾云捧寿觞。

寄献王中丞

近侍才俱杰,明公望独尊。纪纲新献府,德业旧王门。
礼乐陪朱邸,文章落紫垣。训辞含鼓动,气概独飞骞。

厌直词臣笔,坚求牧守藩。图书迁禁阁,封部领家园。
晓日旌旗叠,秋风鼓吹喧。万人瞻驷马,千骑簇双鞬。
令肃关河静,仁深草木蕃。先皇俄侧席,百姓互攀援。
到阙何心绪,遗弓已泪痕。东厢延进对,数刻慰烦冤。
一昨逢仁庙,三朝见圣孙。风云归凤契,社稷入危言。
罄竭丹诚露,从容玉色温。殿中繄执法,陛下肇披元。
爰立宫寮近,由来国史存。台星看比比,淮水正源源。
白简抨弹后,洪钧宰制繁。盛期开旦暮,伟烈照乾坤。
下客真疏鄙,参戎谬荐论。去年趋大幕,累月奉清樽。
召旨催乘传,驽情剧恋轩。此生犹断梗,在处是孤根。
岂自身难致,云谁手未援。空弹愁坐剑,感慕主人恩。

秦　观(1049—1100)

次韵莘老

妙龄随计日,绀发度关年。较艺先豪俊,飞声动眇绵。
秘书窥甲乙,密室诣温宣。已叶半千运,仍亲五尺天。
御香春晚炷,宫蜡夜深燃。汉殿螭头笔,岐藩幕下莲。
孔鸾人共贵,兰蕙世皆怜。附尾方瞠若,提刀独恚然。
皂囊封细札,青简续遗编。璧府深难造,龙媒隽莫先。
大农参奏计,宗伯与兴贤。玉铉行真即,金瓯忽浪传。
两轮苕上驾,百仗剡中牵。荏苒冯唐老,淹回贾傅还。
星霜俄九换,金竹遽三迁。鼓吹吴云外,旌幡楚水壖。
经纶殊未倦,忧患复相连。恶草空摇毒,群蜗谩污涎。
松筠终不易,雨露竟无偏。憔悴千株橘,荒凉二顷田。
几书借船帖,屡广绝交篇。禅誉推庞蕴,亲评主闵骞。
懒因闲处极,乐向静中全。岁月黄尘里,莺花白发前。
冰台清照底,玉海湛无边。身世尤飞隼,功名眇蜕蝉。
蕉心难固待,楮叶谩劳镌。仡续清都梦,还随浊世缘。
泉虬淹已久,风翮去应便。预想朝元处,簪裾立万仙。

中秋口号

云山檐楯接低空,公宴初开气郁葱。照海旌幢秋色里,激天鼓吹月明中。
香槽旋滴珠千颗,歌扇惊围玉一丛。二十四桥人望处,台星正在广寒宫。

仇 远(1247—?)

除夜新居(其三)

茅檐盈尺雪,真是冷官居。穷巷稀人迹,今朝是岁除。
聒厅无鼓吹,消夜足琴书。晓冻冰桥滑,邻家借板舆。

裘万顷(?—1219)

上元忆大梵明灯二首(其一)

经年不到豫章城,灯火遥闻鼓吹声。却忆秋屏台上寺,绛纱青玉几长明。

邵 雍(1011—1077)

履道会饮

众人之所乐,所乐唯嚣尘。吾友之所乐,所乐唯清芬。
清芬无鼓吹,直与太古邻。太古者靡佗,和气常缊纭。
里闬旧情好,有才复有文。过从一日乐,十月生阳春。
洛阳古神州,周公尝缕陈。四时寒暑正,四方道里均。
代不乏英俊,号为多缙绅。至于花与木,天下莫敢伦。
而逢此之景,而当此之辰。而能开口笑,而世有几人。
清衷贯金石,剧变惊鬼神。天地为一指,富贵如浮云。
明时缓康济,白昼闲经纶。莫如陪欢伯,又复对此君。
商於六百里,黄金四万斤。不能买兹乐,自余恶足论。
接䍦倒戴时,蟾蜍生海垠。小车倒载时,山翁归天津。

静乐吟

和气四时均,何时不是春。都将无事乐,变作有形身。
静把诗评物,闲将理告人。虽然无鼓吹,此乐世难伦。

施 枢(?—?)

正月十四夜

羁游偶值上元时,莲艳烧空照锦溪。堂上珠帘如水浸,庭前鳌架与山齐。
风传鼓吹春声闹,雨遏笙歌夜语低。自笑蓬窗勤苦士,何当太乙为燃藜。

史 浩(1106—1194)

诸亲庆弥正弥远及具叔怀恩命复会致语口号

都城赐第起祥云,知是君王贵老人。罗绮丛中喧鼓吹,楼台影里聚簪绅。
剩添风月非钱买,赢得樽罍到手频。他日华堂重此会,主宾朱紫耀青春。

走笔次韵胡中方赏丹桂之什

粟蕊抟金叶凝碧,独在秋林逞颜色。岂知东溟史氏居,别有奇标人不识。
嫦娥侍女盈万千,一一姿貌皆无前。为厌此花忒淡薄,渥丹乞与春争妍。
媒滋燕脂霜染蒨,殖根只向广寒殿。几尘俗韵不可干,清凉唯许金风扇。
何年移到蓬莱乡,钜万索直谁敢偿。盘纡栏槛久不曜,一日名飞群国香。
豪贵争看期缩地,载酒迟来烦鼓吹。园丁闻之竞采撷,夜深不使花神睡。
接枝换骨离四明,飘飘爽气排妖氛。遂令禁籞成真赏,余馨剩馥常氤氲。
芙蓉寒菊不足数,包羞正似无盐女。从渠摇落动秋声,独步唯兹遍寰宇。
我尝对此倾葵金,却思四海状元心。殷勤劝花宜且住,寒士人人折得去。

史弥宁(?—?)

炊 烟

丝丝古柳网罗鸦,拍拍平田鼓吹蛙。不是青烟出林杪,得知山崦有人家。

释道潜(1044—?)

次韵闻复西湖夏日六言(其二)

老蒪年来席卷,吴侬旧恨弥申。昨夜冯夷鼓吹,邀嬉抵彻诸邻。

释法全(1114—1169)

闻僧举五祖颂赵州露刀剑作偈

鼓吹轰轰祖半肩,龙楼香喷益州船。有时亦脚弄明月,踏破五湖波底天。

释慧空(1096—1158)

庵前蜂去数日复返因作(其三)

无多鼓吹恼比邻,且看梅梢欲放春。尔辈只如前日乐,老僧何似去年贫。

释居简(1164—1246)

九日寄宜兴谢长官

射蛟溪上黄花酒,灏气浮溪静弗澜。素羽已忘秋后热,紫荚不怕夜来寒。
轸裁雕玉鸣焦尾,屏掩涂金炷博山。步武自高吟自适,何须鼓吹上层峦。

下竺印画像赞

窣然短衣,崒然插犀。岁晚寂莫,奋此一夔。

胶名相求之,则万言不直杯水。外形骸索之,则半芋美于紫泥。

宪章左溪,鼓吹荆溪。使人复见古道颜色,舍斯人其谁归。

释绍昙(?—1297)

题坐禅虾蟆

一从识得性分明,懒作春池鼓吹声。闲把六门深锁断,白莲香散水风清。

释元肇(1189—?)

湖 上

五年踏破几芒鞋,山色湖光识再来。鱼鸟散时浮鼓吹,烟云缺处见楼台。
白绵飞尽苏公柳,青豆初尝处士梅。小立东风争渡急,句中无地著尘埃。

舒岳祥(1219—1298)

雨余草树间羽虫乱鸣山斋晚酌朋辈已散听之不减孔稚圭两部鼓吹也既醉而卧卧而觉家人尚明灯事绩说向来鼻鼾雷鸣两山皆撼也戏作示之

秋虫不用喙,动羽哀更清。夜长不肯默,我眠渠自鸣。

我则异于是,鼻息为雷声。止作不以力,大音自天成。

鼻吼耳不知,此乐尤难名。

司马光（1019—1086）

效赵学士体成口号十章献开府太师（其六）

过春稀复到诸园，厌苦终朝鼓吹喧。招得老僧江外至，啜茶挥麈话松轩。

陪始平公燕柳溪

溪光不动柳风轻，玉帐森沈拥万兵。鸥入烟中闲自舞，鱼翻波面喜相迎。
楼船下视晴天碧，鼓吹前驱远陌清。桃李归时应盛发，薰然和气满春城。

和刘伯寿陪潞公禊饮

旌幢车骑满沙头，鼓吹喧繁画鹢浮。十里罗纨光照地，千家帘幕远临流。
觞随洛水周公事，月映凤楼裴相游。令典久堕今更举，行闻美俗遍中州。

宿南园·九月十一日夜雨宿南园韩秉国寄酒兼见招以诗谢之

雨多秋草盛，浓绿拥寒阶。吾庐奥且曲，退缩如晴蜗。
小园已自隘，欲往泥沾鞋。体羸畏风冷，室处门常闑。
九日古所重，负此时节佳。缅想使君宴，绮席临高斋。
肥胕堆玉盘，飞觞酒如淮。楚舞陵湖波，茱萸落金钗。
神醒鼓吹喧，百叠疑倾崖。欢余忽我思，牙兵星火差。
渳泉耻独醉，醇味相与偕。我饮虽不多，和气浩无涯。
梧子拾为果，拒霜伐为柴。沼中数寸鱼，烹煎足为鲑。
谁言无以侑，绕渚多鸣蛙。交道久衰薄，岿然见吾侪。
奈何数舍遥，晤语积年乖。况乃辱嘉招，私心岂不怀。
辗辕石道涩，重以阴云埋。虽有果下马，款段非渥洼。
临风徒辣踊，志愿焉能谐。狂诗寄一笑，聊用当诙俳。

登平陆北山回瞰陕城奉寄李八丈学士使君二十二韵

汉家二千石，体望向来尊。况复严徐客，从前益稷孙。
公侯贵不绝，礼乐器长存。符竹临分陕，声光应列藩。
亲闻先契重，子舍近交敦。柏埜依仁域，棠阴接故园。
怀归聊露请，予告入推恩。荷袯烦疆候，停车下郡门。
帷庮纷大馆，驺骑屈朱轓。不以黎苗待，还将臭味论。

森罗牢礼重，灭裂俗仪烦。霜霁威严息，春生笑语温。
草微侵碧甃，尘不染华轩。日影摇云栋，风痕过玉樽。
落尘歌迥出，激楚衷双翻。雅戏象交局，珍肴熊荐蹯。
河梁俄首路，汾曲访吹埙。举手辞双戟，腾装改北辕。
乌飞城树晓，雁泊野芜喧。耿耿清标阔，浐浐宿酒昏。
百蟠萦阪道，数里豁川原。跋马风烟外，依稀鼓吹喧。

宋　祁（998—1061）

赋成中丞临川侍郎西园杂题十首·射埔

栖鹄云侯迥势开，主人留客侑金罍。欲知谢尚风流极，赌得将军鼓吹来。

忆浣花泛舟

早夏清和在，晴江沿溯时。岸风摇鼓吹，波日乱旌旗。
醉帟牵缃蔓，游鬟扑绛蕤。树来惊浦近，山失悟舟移。
雅俗西南盛，归轺东北驰。此欢那复得，抛恨寄天涯。

送承制刘兼济知原州

假节分州郡，抡才出将门。还提射声旅，并破护羌屯。
尺诏方临遣，新书得细论。旃酋陪猎帐，戍校接欢樽。
后伍鞭橐密，前驱鼓吹喧。陇笛梅落怨，边阵月残奔。
赤白犹传警，先零久负恩。行期雪家耻，三捷奏天阍。

孟冬驾狩近郊

讲事当农隙，于畋法健行。百神奔汉跸，万骑扈轩营。
犷弩先驱肃，雕戈后队明。云罗垂列岳，虎落压神瀛。
掠野毛群萃，搜林羽族并。熊罴兆中见，鹈鹕阵前程。
叠中星弧妙，连飞月箭轻。雁穷书并坠，兔尽窟兼平。
俊鹘交拳击，寒鹰厉吻鸣。舞骖均耳耳，韩犬斗令令。
示祝仍开网，招虞不用旌。才闻大绥下，已见护车盈。
行在移銮仗，中涂集幔城。寿觞称帝酒，恩膳遍君羹。
雾日曈昽暖，霜原澶漫清。长杨卷衰叶，敦苇拉枯茎。

羽猎何烦讽,车攻遂合赓。宁专乾豆荐,要阅建章兵。
风入旂常影,天含鼓吹声。九街犹未晚,尧屋已还衡。

宋 庠(996—1066)

和答并州经略太尉相公元日见寄

边亭春色感离居,犹记衰龄本命余。樽味阻陪曹相国,带围空老沈尚书。
军中鼓吹千蹄马,物外风烟一壑鱼。干栋不材须适分,愿公容我作庄樗。

灯夕斋中香火独坐招希元不至

掩室维摩病,从昏太一祠。谁言鼓吹夕,独礼天人师。
烛烬委寒繁,茗华浮缥瓷。同袍不我顾,宴坐复何思。

岁晏出沐感事内讼一首

山海有完士,希世无良筹。偶穿东郭履,遂别野人舟。
不耻篆刻赋,来肩英俊游。私智甚凫短,尘容若鸥愁。
备员太史氏,补属富民侯。姑学了官事,何尝分主忧。
日贪斗食利,岁感星躔周。中都富才彦,方驾若龙虬。
茂先善史汉,平津治春秋。高文用司马,格五宠虞丘。
间阔路逢葛,缤纷人召邹。桑羊兴贾竖,安国出缧囚。
汲郑贵交盛,徐陈英藻遒。况乃天下枢,雄雌来九州。
衣冠径复道,鼓吹出长楸。席上万钱箸,桥边八列驺。
雍容缓鲁玦,意气拂吴钩。咨予良不腆,瓴甓厕珠璆。
吹竽昔已滥,在梁今可尤。台阁魏舒被,风霜苏季裘。
有志谢轩鹤,无机防海鸥。恭俟杜陵课,诛茅归故畴。

苏 过(1072—1123)

次韵大人与藤守游东山

滩声已悲秋,涧色犹藏春。驾言东山游,缅彼千载人。
使君平阳意,客至但饮醇。风松作鼓吹,迎送长江滨。
尔来乘桴翁,归路物色新。高情寓箕颍,绝意登麒麟。
三吴有负郭,秔稌秋盈囷。瘴茅喜欲脱,下泽还当巾。
缥缈九疑行,此生定知津。故人傥见思,尺书凭素鳞。

苏　泂(1170—?)

杂兴四首(其一)
满地秋声鼓吹同,草根无赖更寒蛩。情知万事终摇落,忍见霜林一叶红。

十六日伏睹明堂礼成圣驾恭谢太一宫小臣敬成口号(其三)
月中鼓吹日中归,重领中宫拜寿闱。指点都人最欢喜,今郊恩赦每郊稀。

陪制帅宝学侍郎饮别金陵诸胜地
制阃三年名,亭台一日违。江山云外款,鼓吹月中归。
夜气轻杯力,霜棱迫妓围。明当趁朝谒,回首此依依。

苏　轼(1037—1101)

寒食未明至湖上太守未来两县令先在
城头月落尚啼乌,乌榜红舷早满湖。鼓吹未容迎五马,水云先已扬双凫。
映山黄帽螭头舫,夹道青烟鹊尾炉。老病逢春只思睡,独求僧榻寄须臾。

残腊独出二首(其二)
江边有微行,诘曲背城市。平湖春草合,步到栖禅寺。
堂空不见人,老稚掩关睡。所营在一饱,食已宁复事。
客来岂无得,施子净扫地。风松独不静,送我作鼓吹。

次韵正辅同游白水山
只知楚越为天涯,不知肝胆非一家。此身如线自萦绕,左旋右转随缥车。
误抛山林入朝市,平地咫尺千褒斜。欲从稚川隐罗浮,先与灵运开永嘉。
首参虞舜款韶石,次谒六祖登南华。仙山一见五色羽,雪树两摘南枝花。
赤鱼白蟹箸屡下,黄柑绿橘筐常加。糖霜不待蜀客寄,荔支莫信闽人夸。
恣倾白蜜收五棱,细劚黄土栽三桠。朱明洞里得灵草,翩然放杖凌苍霞。
岂无轩车驾熟鹿,亦有鼓吹号寒蛙。山人劝酒不用勺,石上自有樽罍洼。
径从此路朝玉阙,千里莫遣毫厘差。故人日夜望我归,相迎欲到长风沙。
岂知乘槎天女侧,独倚云机看织纱。世间谁似老兄弟,笃爱不复相疵瑕。
相携行到水穷处,庶几一见留子嗟。千年枸杞常夜吠,无数草棘工藏遮。
但令凡心一洗濯,神人仙药不我遐。山中归来万想灭,岂复回顾双云鸦。

孙　觌（1081—1169）

寄题洪巨济中大鄱阳园亭四咏·协趣亭

一邱破天巧，万壑回春姿。使君载酒地，不著鼓吹随。
翛然一幅巾，自与幽人期。水浅欲平杯，风细不满旗。
疏疏残雨里，独理钓鱼丝。

致政中奉胡公挽词

钓石駸駸上绿苔，起弹长铗咏归哉。此翁矍铄丹心在，老子婆娑两鬓催。
一夜剑津龙化后，千年辽海鹤归来。匆匆鼓吹城南路，往和松风万壑哀。

右丞相张公达明营别墅于汝川记可游者九处绘而为图贻书属晋陵孙某赋之·虾蟆石

天公磔蛙死，堕地化为石。魁然此江郊，面滞苍烟色。
葱茏一拳青，凝湛半蒿碧。犹疑老蟾窟，尚吐月中液。
我来蹈其背，坐睨倚天壁。鼓吹不复鸣，烟雨空寂历。

过慧山方丈皭老酌泉试茶赋两诗遗之（其二）①

战尘霾汉天，猎火燉胡地。一笻道垢气，步入青莲寺。
眈眈九龙盘，一壑埋老翠。倚天松骨大，粘壁苔发细。
道人本腥儒，得法妙出世。胸中万斛泉，洗尽蔬笋气。
大风吹泠泠，助我鸣鼓吹。名为不二门，声音作佛事。

龟潭二首（其二）

风涟细娟娟，月彩光弥弥。庭空韵琴筑，故入幽人耳。
皓白有真色，澹泊非世味。谁能听蛙淫，唤汝作鼓吹。

孙应时（1154—1206）

和刘过夏虫五咏·蛙

将军鼓吹来，处士非所喜。夸汝风月夕，天籁鸣不已。

---

① 孙迪《过惠山皭老试茶二首（其二）》内容与此诗相同，不再重复收录。

汝姑勿自夸,坎井不可恃。当知马伏波,笑杀公孙子。

谭 黉(?—?)

句(其一)

水腹鱼龙宅,山腰鼓吹衙。

田 况(1005—1063)

成都遨乐诗二十一首·上元灯夕

予尝观四方,无不乐嬉游。惟兹全蜀区,民物繁它州。
春宵宝灯然,锦里香烟浮。连城悉奔骛,千里穷边陬。
纷裶合绣袂,辗辘驰香辀。人声震雷远,火树华星稠。
鼓吹匝地喧,月光斜汉流。欢多无永漏,坐久凭高楼。
民心感上恩,释呗歌神猷。齐音祝东北,帝寿长嵩邱。

田 瑜(?—?)

送钤辖馆使王公

阃外膺宸寄,坤维握虎兵。真纯逾璞玉,方重敌长城。
肯构诗名著,承家将略明。四年凝茂绩,一节促归程。
水际旌旗影,风前鼓吹声。西州怀惠爱,北阙被恩荣。
护卫亲严近,雍容侍穆清。分携暂销黯,良会在神京。

汪 莘(1155—1212)

中秋月(其五)

诗人长以月为心,对月题诗随浅深。缺此作钩圆作鉴,白将如玉紫如金。
炼丹道士绵绵守,见性禅师了了吟。今夜谁家杀风景,聒天鼓吹到横参。

汪元量(1241—1317)

幽州除夜

十年旅食在天涯,到处身安只是家。雪塞春回邹衍律,霜营寒入祢衡挝。
壶倾卯酒杯浮粟,厨出辛盘饤簇花。奴仆不须喧鼓吹,恐惊枥马与林鸦。

涿　　州

泸沟桥下水泠泠,落木无边秋正清。牛马乱铺黄帝野,鹰鹯高摩涿州城。
柳亭日射旌旗影,花馆风传鼓吹声。归客偶然舒望眼,酒边触景又诗成。

汪　藻(1079—1154)

何郡王挽词二首(其一)

两纪中天侍冕旒,甘盘仍作济川舟。传家经术终黄阁,袖手功名未白头。
身似留侯初出汉,葬如姬旦不忘周。千官祖奠城东陌,十里春风鼓吹忧。

王安石(1021—1086)

入　　塞

荒云凉雨水悠悠,鞍马东西鼓吹休。尚有燕人数行泪,回身却望塞南流。

云山诗送正之

云山参差碧相围,溪水诘曲带城陴。溪穷壤断至者谁,予独与子相谐熙。
山城之西鼓吹悲,水风萧萧不满旗。子今去此来无时,予有不可谁予规。

长　垣　北

揽辔长垣北,貂寒不自持。霜风急鼓吹,烟月暗旌旗。
骑火流星点,墙桑亚戟枝。柴荆掩春梦,谁见我行时。

寄深州晁同年

秀色归荒陇,新声换氉毛。日催花蕊急,云避雁行高。
驻马旌旗暖,传觞鼓吹豪。班春不知负,短发为君搔。

送李太保知仪州

北平上谷当时守,气略人推李广优。还见子孙持汉节,欲临关塞抚羌酋。
云边鼓吹应先喜,日下旌旗更少留。五字亦君家世事,一吟何以称来求。

正宪吴公挽辞

丙魏虽遭汉道昌,岂如公出值虞唐。秀钟旧国山川气,荣附中天日月光。
更化事功参虎变,赞元时序得金穰。伤心鼓吹城南陌,回首新阡柏一行。

王十朋(1112—1171)

和韩答柳柳州食虾蟆

虫鱼千万族,一一异状貌。飞潜同一性,巨细何必校。
彼微水中蛙,四足伛而疱。自从科蚪初,生育在泥淖。
好鸣乃其性,非故欲喧闹。蜩氏职洒灰,恐非圣人教。
吾闻人间世,生死同梦觉。杀物伤吾仁,忍听声烨爆。
况我儒衣冠,弦诵生乡校。彼亦呼子曰,有意欲吾效。
人虫各好生,奚用苦相挠。退之惮食蛇,得得释笼罩。
子厚放鹧鸪,仁心亦稍稍。胡为于此虫,未尽忘嗜乐。
荐祠用枭獍,穿阱诛虎豹。古人岂妄杀,去害除不孝。
愿留兹鼓吹,驻我寒溪櫂。

王 遂(?—?)

宁考神御奉安原庙(其二)

卤簿萧萧鼓吹鸣,属车前导乘舆轻。□□殿里朱门闳,无复传呼辇路声。

王同祖(?—?)

京 城 元 夕

鼓吹喧喧月色新,天街灯火夜通晨。玉皇不赐传柑宴,散与千门万户春。

寒夜(其二)

风收云卷月当天,独立中庭思悄然。市井不知边塞事,鸣鸣鼓吹乐新年。

王 洋(1089—1154)

七月八日小雨

万汇就槁死,一凉送生意。问谁犯炎威,用事得屏翳。
始自长夏来,龙骨呕四裔。平原暴槁干,生火自焚燧。
藉令翻长河,不给野老泪。祝融固有逞,轩轩抱余恚。
商飚欲小展,不费一矢遗。人谋略殚穷,乃作鬼事计。
此邦严百神,奉事罔失坠。恶衣不掩胫,致美尽一祭。

有严者贵神,父老诵明记。适当牛女期,悬弧值嘉瑞。
不知谁相传,轰然动天地。走书集房祀,刻日共高会。
俄然驾云骈,各以伟像至。原野照旌旗,间阎便鼓吹。
鞠躬侦颜色,大房荐笾蒇。恍惚动百灵,相传亦汪濊。
今朝响云车,风马继飘驶。意挟大江神,倾输作霁霈。
日影弄廉纤,檐马鸣细碎。涓涓乍伶俜,赫赫复昌炽。
神乎享已丰,何乃靳小施。妇怒骂少年,汝定事游戏。
汝牲汝自甘,汝酒汝既醉。我疑神吐之,祸汝不少贷。
得免已可怜,尚敢望嘉惠。嗟我偶投身,枵腹俟丰岁。
感此意凄然,中旦不成寐。纪见成小诗,岂谓非吾事。

王 质 (1135—1189)

代虞枢密宴晁制置口号二首 (其一)

合奏元和鼓吹声,旌幢交映两辕门。中台上相官仪重,大国诸侯礼数尊。
一会星辰朝北极,八方风雨聚西坤。今朝宾主周旋地,千古英豪气象昏。

水友辞·科斗儿

科斗儿,科斗儿,役役聿聿成攒嬉。软温春水调春泥,嚃深嚃浅随高低。
傍春草,傍春石,莫向空中乱澄碧。呜呼此友兮良可观,羽葆鼓吹春风前。

韦 骧 (1033—1105)

晓霁归邑

夜枕轻寒睡思衰,迟明方霁促归来。车徒虽患泥行蹇,林麓还逢秀色回。
山雨定非天意足,溪云应为主人开。野花零乱春禽闹,此兴何如鼓吹陪。

送别回作

祖饯初还重伬违,懒鞭款段入城扉。旌旗人去山川晚,台榭春归花药稀。
鼓吹渐遥空望望,旄倪相顾共依依。自怜无以纾诚恋,唯有诗筒殆庶几。

送王学士赴京东漕

重寄属名卿,除书拜宠荣。山东移使节,天上动星明。
经画几三载,恩威尽列城。询求皆疾苦,课入自丰盈。

酣宴哈无取，焦心悯未宏。孟阳魂已愧，刘晏誉还轻。
报国胸襟壮，纾民术学精。休风鼓群吏，高论满诸生。
讵奋身干进，难排翼传声。褒功形圣诏，易地近王京。
持节将新命，遮车见众诚。拳拳思远托，冉冉即修程。
风扬旌旗活，云收鼓吹清。山川开爽气，草木有余情。
行健途疑促，吟豪思欲倾。越吴钧慕恋，齐鲁乐奔迎。
万里宣材力，中朝倚办营。佥谐犹有待，舆议岂能平。
器尚虚兼济，谋终赞仰成。宸衷方外藉，安可忆登瀛。

吴　芾（1104—1183）

大阅即事书怀（其一）

东郊雨后好风烟，大阅归来意豁然。十里旌旗明照日，九衢鼓吹闹喧天。
醁醆开也浑如雪，杨柳飞来总是绵。景物眼前虽不恶，老来无奈忆林泉。

遣　兴

天怜衰病放还乡，犹恐多情易感伤。已遣蛙声喧鼓吹，更令燕语奏丝簧。
固知老去心情减，颇爱闲中气味长。终日杜门无一事，不妨隐几净焚香。

吴　可（？—？）

李氏娱书斋

李侯平生无他好，眼中黄卷常自娱。明窗危坐对贤圣，鼓吹不可一日无。
欣然会意便忘食，心醉何止勤三余。几年携家避盗寇，尚得戏彩乘潘舆。
摄官江外有何好，阔步日边真良图。试求假直亦不恶，他年不减行秘书。

吴可儿（？—？）

和孔司封题蓬莱阁

皇唐旧相元才子，曾作蕃宣式燕遨。郛郭上当星纪分，轩甍全压阆风高。
宾僚会集簪裾盛，衙队周环鼓吹豪。不出公庭得仙馆，岂同徐福绝云涛。

吴则礼（？—1121）

寄江仲嘉

忆昨南宫战，骞腾实妙年。操戈万人废，受铠百城连。

器敌南溟大，姿逾白璧坚。一官聊负弩，四部合磨铅。
取友何蕃俊，论交鲍叔贤。未聆歌出谷，俄忽愧沉渊。
识字今奚补，能诗昔谩传。且酬持钓手，那问买山钱。
轩冕亦姑尔，林泉宁偶然。鸣蛙当鼓吹，短褐等貂蝉。
蹭蹬甘垂翅，尰尲罢著鞭。纫兰徒自好，怀瑾复谁怜。
末路成悲咤，微躯任弃捐。尘埃避乌几，香火付华颠。
泫露滋篱槿，飞霜堕渚莲。幽畦方寂历，寒蝶正便娟。
挥麈晚洲外，骑鲸高浪前。尚思终夜语，独想对床眠。
雁逝闻号月，渔归觉扣舷。剧谈容促膝，痛饮或差肩。
江阔尊罍净，楼空云水鲜。解衣寻窈窕，脱足弄潺湲。
柁转峰峦碎，帆收橘柚圆。扪萝且扶羮，曳策每争先。
茗碗遇清赏，齐盂逢旧缘。偶拈居士句，尝悟祖师禅。
风雨侵芳栋，荆榛翳石田。病宜篮舆稳，懒任角巾偏。
饭共长腰米，羹分缩项编。故情才款款，只影遽翩翩。
落木非淮树，残霞只楚天。感时肠屡绝，望远涕频悬。
古堞哀笳动，平沙倦翼还。野流晴衮衮，汀日淡涓涓。
岂谓游梁驾，来看下峡船。讵惭门有席，敢叹坐无毡。
陶谢格弥老，欧虞体更妍。定应随驿使，时到草堂边。

武　衍（？—？）

春日湖上（其三）

飞鹢鸣镳鼓吹喧，繁华应胜渡江前。吟梅处士今还在，肯住孤山尔许年。

项安世（1129—1208）

贺杨枢密新建贡院三十韵

楚囿七泽荒南云，三江五湖同吐吞。杞梓橘柚杶干柏，芷蒚椒桂蘼兰荪。
天英地灵聚为人，魁垒诡异难具论。屈原离骚二十五，句句字字皆瑶琨。
六朝弼亮胡伯始，学士登瀛刘季孙。恭惟火德据天统，翼轸正值鹑贲贲。
质肃声名海山动，谏议才气淮湖奔。日中则昃固其理，城复于隍吁忍言。
生聚教训五十载，昔无萌蘖今轮辕。尧汤立贤遍天下，九重科诏如春温。

州家不办一椽屋,往往盛之给孤园。鹄袍竹笴合羞死,况欲开口人其髡。
关西夫子杨伯起,后身把钺来西门。荆棘之薮瓦砾场,一日汗础千猊蹲。
翼飞革棘不可状,铁画怒起翔鸾鹓。日者稽山始开辟,已有大策当临轩。
吾州故事有元祐,追配讵肯惭东藩。晚生科第愧前辙,考室误使当罍樽。
向来气习今未已,犹梦裹饭趋晨阍。一官却恨大早计,不得掉鞅骖鹏鹍。
明年珍产入包贡,琳琅瑰磊堆金盆。蓬莱弱水三十万,借以鼓吹看横骞。
吾侪小人科举士,一朝出守忘其源。台池崇深学校废,况此赑屃楹梁尊。
第言三岁始一用,缓而不切非所敦。偷安幸不目前急,事至踧躩如惊猿。
先生闲暇窥远略,如以大手开中原。先为之地待其至,虽有万事无由繁。
绣裳天上傥归去,愿广此意扶乾坤。诸生脚迹不足道,大庇四海安元元。

谢 翱(1249—1295)

宋铙歌鼓吹曲(其一)

日离海,青曈昽。沃以积水,涵苍穹。
神光隐,豹雾空。气呼吸,为蛇龙。
赤云衣,紫霓从。吹白众宿,歌大风。
天吴遁,清海宫。

宋铙歌鼓吹曲(其二)

天马黄,产异方。龙为马,白照夜。
气汗云,声彗野。备法衣,引宸驾。
腾天垠,倏变化。闻之余,劘以霸。
阅八姓,瞬代谢。驱祥灵,入罟攫。
皇上帝,监于下。誓无哗,出既祸。
市日中,不易贾。坐明堂,朝诸夏。
赍万方,锡纯嘏。

宋铙歌鼓吹曲(其三)

黎之野,弥苍莽。迤壶关,属上党。
有雄矫健,曰余宿将。于故之思,泣示厥像。
倚孽狐,势方张。辨臣献议,劝下太行。

趋怀孟虎牢,计之上。争洛邑,以东乡。
王师奄至,扼其吭。帝授方略,中厥状。
兽穷骇突,死卒以炀。胁从已逮,孥肆放。
凯歌回,皇威畅。

宋铙歌鼓吹曲(其四)

上临墉,戈耀日。靺韦指顾,流电疾。
罪止其魁,不及卒。其魁则顽,曰予虩自出。
坐于辕门,斧以率归。子往谕,泣股栗。
语中其肝,至毕述。侍不及屏,沮回遹鞠。
投于燎,甘所即。皇仁闵下,焉止跸。
貔狖彻灶,归数实。获其棘矢,纳世室。

宋铙歌鼓吹曲(其五)

军澧南,溃飞鸟。鹰隼北来,龙蛇夭矫。
帝有初命,奉致讨。临于荆,妖孽既扫。
胡驱而孕雉,入苍莽以保。王旅长驱,飒振槁。
以仁易暴,戒击剽。惟荆衡及郴,士如林,磔其节蟊。
春葩秋阴,我有造于南。式敷德音。

宋铙歌鼓吹曲(其六)

邻之震,震于户。戒登陴,彻守御。
神威掩至,不及拒。沿楚以南,菁茅宿莽。
献于王吏,奉厥土。天子有诏,侯西楚。
自南北东,皆我疆。龙旗虎节,拜降王。
秦戈巩甲,期韬藏。冕旒当中,垂衣裳。

宋铙歌鼓吹曲(其七)

母思悲,母于归。母闻帝语,妾归无所。
妾生并土,蜀野芒芒,奄失其疆。
初帝谓母,子昶来,小者侯,大者王。
有痍其肌,载粟于创。毕有下土,方归母于乡。

天不女夺,朕言不忘。

宋铙歌鼓吹曲(其八)

象之奔斯,惟迹蹶蹶。鱼丽驾空,云鸟溃。
南草浮浮,顺于貔狳。焚其帑,实弃厥陬。
皇风播,平謦欬。星辰起,皆北走。
唐季以来,逆雏来咪。岭海肃清,无留后。
于汴献囚,凯歌奏。

宋铙歌鼓吹曲(其九)

帝命将臣,誓师于征。伯牙于庭,曰无刘我人。
曲阿惟唐,以及豫章。孽于南国,楚粤是疆。
我师孔武,聿禽其王。始怒皋皋,将臣不怿。
曰如上命,即起予疾。弓韬于衣,刃以不血。
收其石程,焚其侈淫。视于丁宁,笴羽不饮。
取其镈磬,以献于京。于庙告成,垓埏既平。

宋铙歌鼓吹曲(其一〇)

版图归,归职方。昔服跗注,备戎行。
帝锡之帗,龙鸟章。酬献命与胥,今上及秦王。
外臣拜稽首,笑颔帝色康。毕同轨,来于梁。
晔灵奕奕,敷重光。愿止剑履,靓带裳。
四海臣妾,配虞唐。

宋铙歌鼓吹曲(其一一)

清源无诸邦,力弱臣秫陵。间道遣进表,九门望日旌。
愿齿邹与郳,自达天子庭。四邻凋霸业,国除洗天兵。
皇灵畅遐外,蛮俗迓声明。归其所隶州,乞身奉朝请。
帝命得陪祀,汤沐在王城。从兹附庸毕,歌以颂河清。

宋铙歌鼓吹曲(其一二)

上之回,舞干戚。鸣鸾在镳,士饱力。

桴鼓轰腾,罕山北。余刃恢恢,军容肃穆。
王畿主辰,参后服神。继圣伐功,卒扼以偏师,断北狄。
矢箙鸣房,猲集的。质子援绝,亲衔璧。
并俗嘽嘽,附于化,以安得。其屈产,归帝闲。
四夷君长,来称藩。籥节夷乐,示子孙。

徐　积(1028—1103)

代简招魏君

诗老今朝颇安否,且来同酌一杯酒。虽无鼓吹相欢娱,自可笑吟相拍手。

再送端叔

关中日落时,但见山相接。塞上闭城时,但听吹芦叶。
延州平安火过早,月出山头照孤堡。王家池上醉欲倒,铜钵声中诗已了。
落笔挥成露布草,主人更索平戎表。文章意气入杳冥,金船插羽如飞鸟。
诸军鼓吹高牙晓,大纛门开扑余燎。壮士犀衣剑气寒,客身依旧红霞绕。
陆生待寄梅花枝,庾郎莫爱芙蓉好。

望淮篇示门人

闲花落尽春无有,脚踏青红望淮走。到淮适值晚潮来,满淮鼓吹风波吼。
传声急唤钓鱼船,船未到时洗双手。买得船中双白鱼,便访村前五青柳。
旋烹野茗问村醪,五柳阴中坐良久。此行大略类陶潜,但乏黄花白衣酒。
操舟人去一点鸥,帆入云开何处收。孤鸥浴处依浅滩,修竿放饵投深流。
岂无野妇荷而汲,亦有老翁行且讴。君看此景直几钱,此时正是夕阳天。
便教金印大如斗,何似鱼庵共钓船。有人问君莫要说,怀中取出吟翁篇。

徐集孙(?—?)

灵　芝　寺

梵宇背湖光,朱桥度绿杨。折藤维小艇,拂石坐幽房。
斋版惊闲鹭,苔碑卧夕阳。都人喧鼓吹,未识此徜徉。

薛季宣(1134—1173)

天　阴

梅月乍开霁,油云闲卷舒。溢光穿隙日,浮祲出清虚。
鼓吹蛙声乱,笙簧竹影疏。雨来三四点,静觉打籧篨。

杨　备(?—?)

双　莲　堂

双莲仙影面波光,翠盖摇风红粉香。中有画船鸣鼓吹,瞥然惊起两鸳鸯。

杨　亿(974—1020?)

寄并州张给事

山河表里绝狼烟,幕府朝朝醉玳筵。合乐中军雄鼓吹,传杯四座艳花钿。
行春好驻桑郊骑,卜夜谁谈雪窦禅。梁苑并门杳千里,离怀愁对月婵娟。

宋殿丞广南东路转运

天子忧南越,公卿荐陆生。九年须富国,万里便扬旌。
封部诸蛮接,官曹六尚荣。交州何日到,鼓吹定相迎。

叶　茵(1199?—?)

自　适

澹薄野人心,难教著利名。重农田舍熟,省事世情生。
石老旗枪叶,池喧鼓吹声。东风知此乐,飞絮荡新晴。

余　靖(1000—1064)

和钱学士见谢新栽竹

碧池深院副莓苔,鼓吹山前共得来。高节最宜和雪看,虚心莫把夹桃栽。
肤清似玉休移石,骨瘦成龙不待雷。若使菁莪逢此地,也应同喜育良材。

虞　俦(?—?)

夜来四鼓枕上闻雨声喜而不寐

雨声天外倒银潢,枕上才闻喜欲狂。鼓吹不须教两部,稻粱行庆有千仓。
青缸照影花无睡,红袂行云梦有香。最好空阶泻檐溜,却疑并舍压糟床。

913

巩使君劝耕汪倅有诗次韵

小队行春簇使旌,黄童白叟递逢迎。劝耕试向何山麓,竞渡还倾极乐城。
画舫骁腾喧鼓吹,红妆凝伫傍轩楹。山公归路人争看,已有丰年笑语声。

和吴守拜上方历日之赐已而雪作约同僚登俯江楼见怀之作(其二)

天教三白瑞来莘,黄竹歌声浪自愁。未问骑驴游霸上,行将跨鹤上扬州。
桥横忽度行天马,帘卷何须压海牛。鼓吹从来杀风景,丁宁江上莫惊鸥。

喻良能(1120—?)

宴饯逢寺丞口号

一扇清风自楚台,公堂葱郁玳筵开。旌幢映座千峰日,鼓吹喧天万壑雷。
秋水几行挥玉箸,春葱千指送金杯。甘棠不独留遗爱,会见翻为调鼎梅。

元 绛(1009—1084)

桐 庐 晚 景

向晚西风急,扁舟下濑轻。帆樯挂山影,鼓吹压潮声。
白鸟烟中没,斜阳雨外明。汕然五湖意,浑欲薄功名。

戊戌清明在吴去春阅武于河朔今被召参贰大农悦然有感

前载赏花乡国中,三行粉面绮罗红。去看持斧边城下,十万军声鼓吹雄。
每岁春辉长忽忽,此时朝骑又匆匆。却将半暗尘沙眼,去看东都御柳风。

岳 珂(1183—?)

中桥二首(其一)

过了平湖又小溪,却从芜径访多歧。如何江上乘风鹢,化作泥中曳尾龟。
谁遣旌旄行沮洳,定知鼓吹宅涟漪。中桥咫尺末由到,且作吴儿玩水嬉。

当涂劝驾诗

礼行鸣鹿盛侯邦,企慕才因既见降。诏下菑川今第一,才如成纪古无双。
雷声龙化标应夺,笔力牛迥鼎易扛。老守殷勤折津柳,相期鼓吹辂春江。

曾　巩（1019—1083）

正月十一日迎驾呈诸同舍

锦袍周卫一番新,警跸朝严下紫宸。俗眼望来犹眩日,天颜回处自生春。
行齐鹓鹭常随仗,步稳骅骝不起尘。归路青云喧鼓吹,乐游从此属都人。

八月二十九日小饮

阴阳在天地,鼓吹犹橐籥。烦蒸翕已尽,灏气乃浮薄。
群山翠相抱,尘霭如洗濯。川源亦虚彻,派别归众壑。
嚣音灭蛙蚓,劲意动雕鹗。蝇蚊自不容,虽有类钳缚。
驱之旧苦众,忽去宁匪乐。俯仰自醒然,意适忘体瘼。
天运虽已晏,生物固未剥。姜芋圃可掘,禾黍田始获。
脱苞紫栗迸,透叶红梨渥。幽花媚清景,鲜丛耀新萼。
西风动孤格,露晓愈修擢。能终犯寒冱,讵可忽纤弱。
况当九日近,家酿成已昨。温颜几杖适,弱质衣冠恪。
闱门自可会,非必千里约。筝匏出人指,迤逦奋宫角。
初严小人献,终拜长者酢。清言喜自洽,细故忧可略。
幸无职事顾,况荷租赋薄。读书有休暇,得醉且吟噱。

曾　极（？—？）

华　林　园

羽葆来临鼓吹停,华林畅饮倒长瓶。万年天子瞢腾眼,错认长星作酒星。

张　纲（1083—1166）

赴喜雪御筵归作

喜雪排筵晓漏催,玉人传诏下天来。香随日转蓬莱近,花带春回锦绣开。
一线新阴留鼓吹,三登和气入樽罍。叨沾惠渥思归美,授简梁园愧乏才。

张　耒（1054—1114）

奉安神考御容入景灵宫小臣获睹有感二首（其一）

灵风依伞绣舆深,仗外犹疑警跸音。不似寻常游幸日,楼前鼓吹却沾襟。

七月六日二首(其二)

山川摇落雁南飞,想见横汾鼓吹时。得意刘郎犹叹老,萧条宋玉故应悲。

张元干(1091—1161)

挽少师相国李公(其四)

壮志深忧国,丹心笃爱君。谤书兴众枉,谏疏在奇勋。
风咽梁溪水,山悲湛岘云。空余双舞鹤,鼓吹不堪闻。

奉同黄檗慧公秀峰昌公丁巳上元日访鼓山珪公游临沧亭为赋十四韵

孤云乘天风,飞入海上山。松声发鼓吹,导我登层峦。
平生烟霞想,政在岩壑间。及兹百事懒,作意三日闲。
聊将烧灯夜,付与儿辈看。来陪老禅伯,杖履同跻攀。
曲折几薛磴,竹引春斓斑。窦口咽细泉,崖腹鸣飞澜。
足疲眼界远,语乐心地安。倒景射西崦,晃荡云海宽。
十年戎马后,集此兰若难。未必支许游,能尽宾主欢。
暝色到峰顶,月光散林端。摩挲忘归石,告以幽遐观。

张　载(1020—1078)

合云寺书事三首(其一)①

山前咫尺市朝赊,垣屋萧条似隐家。过客不须携鼓吹,野塘终日有鸣蛙。

章　甫(?—?)

纳　凉

大热金石流,日色赤可畏。鄙夫先多病,喘息仅存气。
饮冰不救渴,肤汗那容睡。秋风几时来,不问黑貂敝。
林梢堕斜阳,凉飔飒然至。呼童汲井泉,洒扫庭中地。
胡床得露坐,始觉有生意。老妻破甘瓜,儿女膝下戏。

---

① 杨时《含云寺书事六绝句(其三)》内容与此诗相同,不再重复收录。

鸣蝉虽强聒,亦足代鼓吹。坐久月照人,金波正澄霁。
惜哉疲薾甚,杯酒未敢置。浮生能几何,荏苒忽中岁。
四时更代谢,寒暑不可避。幻身岂长存,中有不迁义。
且享今夕凉,百年安用计。

赵 抃(1008—1084)

张公咏二月二日始游江以集观者韩公绛因创乐俗亭为驻车登舟之所

长桥东畔尼朱轮,画栋雕栏锦水滨。子美浮槎传大句,乖崖游棹看芳春。
樽罍泛泛留佳客,鼓吹喧喧乐远人。夹岸香风十余里,晚随和气入城闉。

答前人喜杭越二守赓唱

吴越江分两郡斋,涛音朝夕听风雷。且陪故友闲赓唱,未遂先庐归去来。
时节丰登饶鼓吹,湖山清旷见楼台。中秋明月期公共,万里烟氛彻晓开。

游元积之龙图江湖堂

高堂游赏兴无厌,况是江湖两得兼。白傅阁危犹下视,子胥涛远更前瞻。
盘桓鼓吹风光盛,掩映烟波气象添。太守老来难久恋,柯山朝暮欲归潜。

赵 鼎(1085—1147)

蒲中杂咏·面山堂

老去收身百战场,厌闻鼓吹奏西凉。凭君剩把珠帘卷,要与青山共此觞。

赵 蕃(1143—1229)

新淦道中呈运使钱侍郎

几日阴霾斗不开,今晨万顷静无埃。山枫借润旌旗色,江鸟忘机鼓吹猜。
诏狱务平勤驻节,阃符兼总待还台。扁舟又迩东随檄,借此余波亦快哉。

赵公硕(1121—?)

积雨初霁乘兴邀王和叟赵久成二监郡游南山饮于云间阁因成一诗醉书于石壁

云间飞阁倚峥嵘,烟外寒江坠镜清。绝巘高头惟古木,断崖直下只孤城。
二年谩结巴南恨,万里空县楚客情。鼓吹不须催我去,夕阳犹傍远山明。

郑刚中(1088—1154)

移司道中四绝(其二)

鱼惊鼓吹寒犹出,乌避旌旗去肯留。顾我才疏何所用,空将行李恩清幽。

元夜二绝(其二)

门前又结彩为山,千骑从容鼓吹间。孰谓柴扉连竹坞,一灯和月夜深关。

郑子思(?—?)

三 贤 祠

飞凤屹立万仞壁,下有深渊不可测。问讯深渊有何物,骄然桀鹜护巢穴。
寻常任意出没,砥柱中流喷涛雪。舟人偶有毫厘失,挫手婴鳞即粉骨。
每到王正上七日,昂头掉尾见金脊。霁严收怒了无迹,共与邦人供踏迹。
滩头鸡卜人得吉,鼓吹秋千总春色。但见五采文焕发,尽是前贤醉鸦墨。
今来古往几风月,要之勿用果何益。莫邪尚不终磨灭,筇杖一跃肯局蹐。
我龙会见乘霹雳,起作甘霖沛天泽。

周必大(1126—1204)

安福宗子师共兄弟五人作慈顺堂养母求诗

五窦曾夸擢桂枝,从今天族更光辉。会看鼓吹喧龟洛,何止三人从伏妃。

周 密(1232—1298)

怀 鸣 禽

竹树环幽栖,积翠何森森。鸣禽不知数,日夕传好音。
居然谢嚣壒,宛若居山林。哢清孤枕晓,声碎花房深。

笙竽杂天籁,鼓吹无哇淫。物我自两忘,彼此无机心。
髡奴不解事,探鷇稍见侵。忽动择木志,一去不可寻。
鸥鸟骇海翁,智莫欺鱼禽。何以慰寂寥,静对空愔愔。
风篁落纤月,谁伴清宵吟。

周文璞(?—?)

水仙庙鼓吹曲四首(其一)

水瀹沦兮不扬,山嵚岑兮多巨石。神来下独舂,仰昂神远适。
王孙的咳,神无噁兮。

水仙庙鼓吹曲四首(其二)

倚碧栌,款铜铺,德星在南乌尾遹。两峰隐天,花深草藹。
钱唐十余万户,皆看史君欢娱。虽涉流沙历炎都,入医无间不如东吴。

水仙庙鼓吹曲四首(其三)

龙飞天门,鸡鸣日观。湖州有鹤知夜半。
端冕结缨,锋车施幰。瞻彼孤山,男呼女怨。
欲裂冕毁车,春荣秋枯,无翁愁予。

水仙庙鼓吹曲四首(其四)

云冥冥,雷阗阗。横玉转,流珠干。
灵龟入我梦,谓君当旋。既穷海硚之炎天,当饮山中之流泉。

周彦质(?—?)

宫词(其一五)

元宵鼓吹满严城,万烛荧煌御驾行。才入端门回凤辇,两军游艺一齐呈。

宫词(其七一)

深秋萧爽十分凉,茉菊浮杯满座香。百尺玉楼喧鼓吹,六宫思许醉重阳。

周紫芝(1082—?)

次韵罗仲共教授闲居三首(其二)

了事痴儿不到诗,间中鼓吹自应奇。莫教句法惊人甚,便恐功名入手迟。
性癖雅宜嵇叔懒,官闲只有漫郎知。庭梧想得西风急,秋意微生楚些悲。

晓 晴

瞳昽晓色上帘旌,吹尽江头滴雨声。百岁一生常苦恼,三春几日好晴明。
从他落絮随人去,但趁青山放脚行。尚有诗肠新鼓吹,满携樽酒听黄莺。

二妙堂落成家集致语口号

居士归来已白头,数椽聊喜枕江流。百年梦幻何时了,二妙江山一日收。
鼓吹自从诗里得,光阴都在醉中休。蟹螯霜后偏宜酒,苏幕歌成可共讴。

朱淑真(?—?)

元夜三首(其三)

火独银花触目红,揭天鼓吹闹春风。欣欢入手愁忙里,旧事惊心忆梦中。
但愿暂成人缱绻,不妨常任月朦胧。赏灯那得工夫醉,未必明年此会同。

朱 翌(1097—1167)

淮人多食蛙者作诗示意

淮人为水族,庖脍亦已巧。田间有鸣鸡,性命得自保。
吴人口垂涎,捕取穷浩渺。于吴产或多,于淮求则少。
要之业境会,食债良自绕。予也家淮南,游吴尝草草。
平生下箸处,但觉皆羊枣。不论赤鲫公,亦及长须老。
何况鼓吹部,可作钟鼎宝。世间多空中,所见徒有表。
至美不外示,鱼鳖岂皆好。君看十月鹑,羽翼甚轻矫。
变化须臾间,不念旧池沼。食鹑乃无言,食蛙或颦愀。
鹑蛙等无二,妄想自颠倒。舌根无尽期,所得在一饱。
哀哉南路徐,食方说炸熝。但俱供芋羹,不必著锦袄。
较之食疮痂,岂但能稍稍。

左 纬(?—?)

次盛元叙游九峰韵

恰恰莺啼欲晓天,唤人担酒入林泉。沿崖觅路僧先引,选胜看山席屡迁。
心静掉头嫌鼓吹,酒狂挥手弄云烟。日斜数点残红下,芳草菲菲索醉眠。

后 记

　　甲辰年的盛夏,随着《全宋诗乐舞史料辑录与研究》之"研究卷"的定稿,六卷本的《全宋诗乐舞史料辑录与研究》编撰工作也接近尾声。掩卷回首,针对全宋诗的系列学术研究工作弹指已过八年,由衷感慨人生如白驹过隙,光阴似流水。

　　2016年在指导研究生王珂选择毕业论文题目时,不经意间关注到了全宋诗,但考虑到全宋诗的体量,就退而求其次,让其选择《宋诗钞》作为研究范畴,重点聚焦《宋诗钞》中的乐舞史料研究,这也由此拉开了我和学生们持续研究全宋诗中乐舞史料的序幕。

　　2019年我又决定让研究生韩莉薇继续扩大对宋诗乐舞史料的研究,将北京大学出版社出版的72册《全宋诗》作为研究对象,试图从宏观维度勾勒其所蕴含的乐舞史料特点。这对于一名硕士研究生来说是一个巨大的挑战。《全宋诗》是由北京大学古文献研究所牵头,傅璇琮、倪其心、孙钦善、陈新、许逸民任主编,集众多学者之力、历经八年之功系统整理出版的宋诗研究的里程碑式成果。其共辑录两宋9000余名诗人的24万余首诗作,涵盖了两宋300余年间有迹可循的几乎所有诗作,近4000万字,在数量上远超《全唐诗》,更是《全宋词》的数倍。之所以做这样冒险式的选择,是基于前期我带领学生做《宋诗钞》乐舞史料整理时形成的勇气和责任感。因为,这浩瀚的宋诗蕴含了极为丰富的乐舞史料,这是研究宋代及其前代音乐历史的重要材料。可以说,一首首宋诗,就是一个个生动的宋人乐舞生活场景片段、一段段宋人对乐舞认知的情感表达。这是极具学术魅力的领域,值得去系统研究和长期探索。

所以,从2019年起,我开始带领研究生有计划地对《全宋诗》中的乐舞诗进行系统整理、辑录,但当时并没有想到《全宋诗》中的乐舞诗会有如此巨大的体量。经过3年的努力,我们基本上把其中的乐舞诗辑录出来,初步发现《全宋诗》中有乐舞诗留存的诗人共2000余名,乐舞诗约2万首,内容包括乐器、乐舞、乐人、乐曲、乐律、乐事等多个方面,总字数300余万字。

2022年,苏州大学出版社编辑孙腊梅得知我在做此项工作,推荐我申报2023年度的国家出版基金。我根据现有的史料辑录情况,将我们的整理成果设定为六卷本,即《全宋诗乐舞史料辑录·弹拨乐器卷》《全宋诗乐舞史料辑录·吹管乐器卷》《全宋诗乐舞史料辑录·打击乐器卷》《全宋诗乐舞史料辑录·乐曲、乐器组合卷》《全宋诗乐舞史料辑录·乐舞、乐人、乐事、乐律卷》《全宋诗乐舞史料研究》。

国家出版基金的申报成功,肯定了我和我的团队近几年在这一领域的付出,给了我极大的信心和鼓励,同时也让我们压力倍增。因为这让我想起了同样在有限时间内撰写、出版《中国音乐经济史》的艰难历程。但一想到那些大量的、鲜为学术界所知和使用的全宋诗乐舞史料,一想到在整理过程中时刻如身临其境般走入宋代文人的乐舞生活世界,一切压力也就消失了。

编撰六卷本的《全宋诗乐舞史料辑录与研究》是一项相对庞大、复杂的学术工作,需要团队协作。因此,前五卷的编撰团队由我和韩莉薇、郑捷、钟文君、王梓均、王珂五位同学组成。研究卷的第一章、第二章、第四章、第六章、第七章、第九章、第十章由我和韩莉薇同学合作完成;第三章由我和郑捷同学合作完成;第五章由我和钟文君同学合作完

后 记

成;第八章由我和王梓均、韩莉薇同学合作完成。

因此,这一系列成果是我和我的研究生们一起学习全宋诗的阶段性成果,尽管我们在主观上做了最大的努力,但限于学识,在研究过程中,我和我的团队也存在诸多困惑,有很多不足。如太大的诗文体量,让我们常常感到心有余而力不足,甚至是眼花缭乱;在文献学、文学史、古代汉语和校勘学等方面的不足,导致我们在辑录和编撰过程中,可能会存在错收、漏收的现象,存在对个别诗文解读偏颇的现象。原计划要对乐律诗、诗人们的朋友圈、不同阶层群体的音乐生活进行更为细微的分析,但限于篇幅总量和时间就只能暂时忍痛割爱,适度压缩。以上诸种遗憾,只能寄希望于未来弥补! 所以,衷心希望学界同仁多多指正,我们将持续努力,不断完善。

当然,五卷本的全宋诗乐舞史料辑录和一卷本的理论研究并非全宋诗乐舞史料研究工作的终结,实际上这仅仅是一个开始,是借诗文史料回到历史场景中去探寻宋代音乐史的一个起点。

最后,非常感谢参与这套丛书编撰的研究生们,尤其是我的博士生韩莉薇同学,她为此套丛书的顺利出版付出了非常大的努力。还要感谢苏州大学出版社的编辑孙腊梅女士,也正因为她不懈的敦促和坚持,才有了今天的成果,才有了我们学术团队的进步。

韩启超

2024 年 9 月 10 日